O. Schlömilch, B. Witzschel

Zeitschrift für Mathematik und Physik

Zweiter Jahrgang

Anatiposi

O. Schlömilch, B. Witzschel

Zeitschrift für Mathematik und Physik

Zweiter Jahrgang

Unveränderter Nachdruck der Originalausgabe von 1857.

1. Auflage 2023 | ISBN: 978-3-38200-999-1

Anatiposi Verlag ist ein Imprint der Outlook Verlagsgesellschaft mbH.

Verlag: Outlook Verlag GmbH, Zeilweg 44, 60439 Frankfurt, Deutschland
Vertretungsberechtigt: E. Roepke, Zeilweg 44, 60439 Frankfurt, Deutschland
Druck: Books on Demand GmbH, In de Tarpen 42, 22848 Norderstedt, Deutschland

Zeitschrift

für

Mathematik und Physik

herausgegeben

unter der verantwortlichen Redaction

von

Dr. O. Schlömilch und Dr. B. Witzschel.

Zweiter Jahrgang.

Mit 5 lithographirten Tafeln und Holzschnitten.

LEIPZIG,
Verlag von B. G. Teubner.
1857.

Druck von B. G. Teubner in Dresden.

INHALT.

Arithmetik und Analysis.

Theoretische und praktische Geometrie.

Geschichte der Mathematik.

Mechanik.

Akustik.

Optik.

Wärmelehre.

Electricität und Galvanismus.

Kleinere Mittheilungen vermischten Inhalts.

I.

Ueber die reellen Wurzeln dreigliedriger algebraischer Gleichungen von beliebigem Grade.

Von Dr. M. W. Drobisch,

Ordentlichem Professor an der Universität Leipzig.

(Aus den Sitzungsberichten der K. S. Gesellschaft der Wissenschaften zu Leipzig.)

Allgemein bekannt ist der Satz, dass jede cubische Gleichung von der Form

$$x^3 - ax \pm b = 0,$$

wenn a und b reelle positive Grössen bedeuten, je nachdem $\frac{1}{27}a^3$ kleiner, oder gleich, oder grösser als $\frac{1}{4}b^2$, bezüglich auf das $\left\{\begin{matrix}\text{obere}\\\text{untere}\end{matrix}\right\}$ Vorzeichen von b nur eine $\left\{\begin{matrix}\text{negative}\\\text{positive}\end{matrix}\right\}$ reelle Wurzel, oder ausser dieser noch zwei gleiche $\left\{\begin{matrix}\text{positive}\\\text{negative}\end{matrix}\right\}$, oder ausser derselben zwei ungleiche $\left\{\begin{matrix}\text{positive}\\\text{negative}\end{matrix}\right\}$ reelle Wurzeln, dagegen wenn a negativ ist, immer nur eine $\left\{\begin{matrix}\text{negative}\\\text{positive}\end{matrix}\right\}$ reelle Wurzel hat. Auf die nachfolgende Erweiterung dieses Satzes für dreigliedrige algebraische Gleichungen von beliebigem Grade bin ich durch die geometrischen Betrachtungen über eine specielle cubische Gleichung geleitet worden, welche in einem früheren Vortrag mitgetheilt worden sind*). Einige der hier erhaltenen Resultate sind allerdings schon in Gauss's Beiträgen zur Theorie der algebraischen Gleichungen (§. 11 ff.) beiläufig bemerkt. Doch lag die vollständige Erörterung der Zahl und Beschaffenheit der reellen Wurzeln dreigliedriger algebraischer Gleichungen nicht in dem Hauptzweck von Gauss's Untersuchung, welcher vielmehr die Berechnung der reellen und imaginären Wurzeln solcher Gleichungen war. Da nun die negativen reellen Wurzeln einer algebraischen Gleichung als die positiven ihrer entgegengesetzten angesehen werden können, so genügte

*) *Berichte*, 1854. 3. Heft. S. 122.

es für jenen Zweck, was die reellen Wurzeln betrifft, zu zeigen, wie die positiven zu berechnen sind, und konnten deshalb diejenigen Gleichungen, in denen alle drei Glieder positiv sind, und die daher keine positiven reellen Wurzeln haben, von der Betrachtung ausgeschlossen werden. Ebenso konnte für die übrig bleibenden die beschränkende Voraussetzung gemacht werden, dass die beiden Exponenten der Unbekannten keinen gemeinschaftlichen Divisor haben, weil, wenn die Gleichungen dieser Form gelöst sind, sich daraus die Auflösung der Gleichungen, deren Exponenten ein gemeinsamer Divisor zukommt, leicht von selbst ergiebt. Unsere Aufgabe dagegen ist, für alle Formen, welche dreigliedrige algebraische Gleichungen hinsichtlich der Vorzeichen der Coefficienten und der Beschaffenheit der Exponenten annehmen können, die Kennzeichen der reellen Wurzeln, ihre Vorzeichen und Grenzen zu finden.

1.

Alle dreigliedrige algebraische Gleichungen mit reellen Coefficienten sind unter einer von folgenden vier Formen enthalten, in denen a und b reelle positive Grössen, m und n positive ganze Zahlen bedeuten:

$$\text{I)}\quad x^{m+n} - a x^m + b = 0,$$
$$\text{II)}\quad x^{m+n} + a x^m + b = 0,$$
$$\text{III)}\quad x^{m+n} + a x^m - b = 0,$$
$$\text{IV)}\quad x^{m+n} - a x^m - b = 0.$$

Dividirt man jede dieser Gleichungen durch b und setzt

$$\frac{x}{\sqrt[m+n]{b}} = \xi, \quad \frac{a}{\sqrt[m+n]{b^n}} = \eta,$$

so erhält man der Reihe nach die Gleichungen

$$\text{I*)}\quad \xi^{m+n} - \eta\xi^m + 1 = 0,$$
$$\text{II*)}\quad \xi^{m+n} + \eta\xi^m + 1 = 0,$$
$$\text{III*)}\quad \xi^{m+n} + \eta\xi^m - 1 = 0,$$
$$\text{IV*)}\quad \xi^{m+n} - \eta\xi^m - 1 = 0.$$

Denkt man sich nun ξ und η als rechtwinklige veränderliche Coordinaten, wobei wir a als variabel, b als constant annehmen, so stellen diese Gleichungen, im allgemeinen betrachtet, algebraische Linien der $(m+n)$ten Ordnung dar. Zwischen diesen Curven und den reellen Wurzeln der Gleichungen I bis IV findet aber folgender Zusammenhang statt. Da a und b, folglich auch $\frac{a}{\sqrt[m+n]{b^n}} = \eta$ positiv, so kommen in Bezug auf die Gleichungen I bis IV nur diejenigen Theile der Curven in Betracht, welche positive Ordinaten haben, also oberhalb der ξ-Axe liegen, und jede zu einer solchen Ordinate gehörige Abscisse ξ zeigt, da $x = b^{\frac{1}{m+n}}\xi$, eine reelle Wurzel der entsprechenden Gleichung unter I bis IV von demselben Vorzeichen an. Den zu negativen Ordinaten gehörigen ξ dagegen entsprechen keine reellen Wurzeln der Gleichungen I bis IV. Liegt daher die Curve ganz unter der ξ-Axe, so hat die ihr entsprechende Gleichung keine reellen Wurzeln. Dies bedeutet nun aber soviel als: jede in dem positiven Abstand $\frac{a}{\sqrt[m+n]{b^n}}$ parallel zur ξ-Axe gezogene Gerade, welche die Curven unter I* bis IV* in einem oder mehreren Punkten schneidet, zeigt ebensoviele reelle Wurzeln der entsprechenden Gleichungen unter I bis IV an, welchen dieselben Vorzeichen zukommen wie den Abscissen der Durchschnitte. Untersucht man daher aus der Natur der Curve die Bedingungen, unter denen solche Durchschnitte gegeben sind, so sind dies zugleich die Bedingungen, unter denen die dreigliedrige Gleichung reelle Wurzeln hat. Hierbei ist es aber nöthig, in jeder der vier Formen der dreigliedrigen Gleichung die Beschaffenheit der Exponenten in Betracht zu ziehen. Hinsichtlich dieser nämlich sind folgende vier Fälle zu unterscheiden. Es ist entweder

1) $m+n$ gerade und m gerade; oder
2) $m+n$ gerade und m ungerade; oder
3) $m+n$ ungerade und m ungerade; oder
4) $m+n$ ungerade und m gerade.

Wir gehen im Folgenden von dieser Eintheilung der Beschaffenheit der Exponenten aus und ordnen ihr die Formverschiedenheit der Gleichungen hinsichtlich der Vorzeichen unter.

2.

Sei zuerst $m+n$ sowohl als m gerade.

Aus I* folgt

$$\eta = \frac{1+\xi^{m+n}}{\xi^m}; \quad \frac{d\eta}{d\xi} = \frac{n\xi^{m+n} - m}{\xi^{m+1}}; \quad \frac{d^2\eta}{d\xi^2} = \frac{m(m+1) + n(n-1)\xi^{m+n}}{\xi^{m+2}}.$$

Hieraus ergiebt sich beistehende Gestalt der Curve.

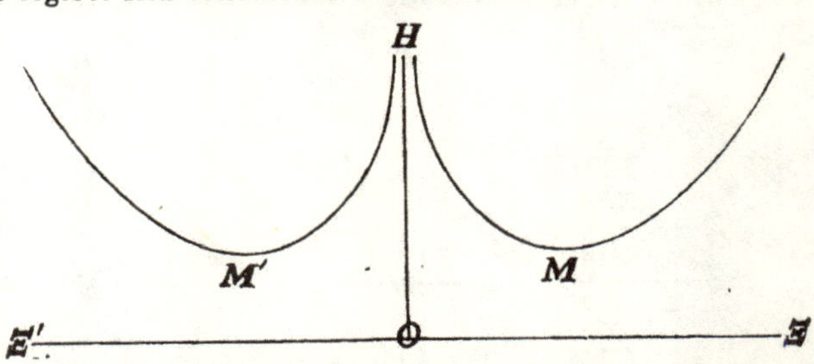

Die Curve besteht nämlich aus zwei Zweigen, welche einerseits die η-Axe zur gemeinschaftlichen Asymptote haben, gegen diese Axe symmetrisch und ganz oberhalb der ξ-Axe liegen, bei M und M' Minima haben und andrerseits, der parallelen Richtung mit der η-Axe sich ohne Ende nähernd, ins Unendliche gehen; sie wenden der ξ-Axe überall ihre convexe Seite zu. Man findet leicht, dass der Ort der Minimalpunkte bestimmt ist durch die Coordinaten

$$\xi = \pm \left(\frac{m}{n}\right)^{\frac{1}{m+n}}; \quad \eta = \frac{m+n}{(m^m n^n)^{\frac{1}{m+n}}}.$$

Wird daher in dem Abstand $\frac{a}{\sqrt[m+n]{b}}$ von der ξ-Axe eine Parallele zu dieser gezogen, so wird, je nachdem dieser Abstand grösser, gleich, oder kleiner ist als der vorstehende Minimalwerth von η, d. i. je nachdem $\left(\frac{a}{m+n}\right)^{m+n}$ grösser, gleich, oder kleiner als $\frac{b^n}{m^m n^n}$, die Parallele die Curve resp. in vier paarweise gegen die η-Axe symmetrisch liegenden Punkten schneiden, oder in zwei ebenfalls gegen die η-Axe symmetrisch liegenden Punkten berühren, oder endlich sie weder schneiden noch berühren. Es wird demnach unter denselben Bedingungen die Gleichung I resp. zwei verschiedene Paare gleicher und entgegengesetzter, oder zwei gleiche Paare gleicher und entgegengesetzter, oder keine reellen Wurzeln haben.

Was ferner die durch II* gegebene Curve betrifft, so erhellt unmittelbar, dass ihre Ordinaten denen der Curve I* gleich und entgegengesetzt sind. Man erhält also ihre Figur, wenn man die Ebene der Curve I* eine Drehung von 180° um die ξ-Axe machen lässt. Da demnach alle ihre Ordinaten negativ sind, so hat die Gleichung II keine reellen Wurzeln.

Aus III* folgt

$$\eta = \frac{1-\xi^{m+n}}{\xi^m}; \quad \frac{d\eta}{d\xi} = \frac{-n\xi^{m+n}-m}{\xi^{m+1}}; \quad \frac{d^2\eta}{d\xi^2} = \frac{m(m+1)-n(n-1)\xi^{m+n}}{\xi^{m+2}}.$$

Dies giebt die Figur der Curve

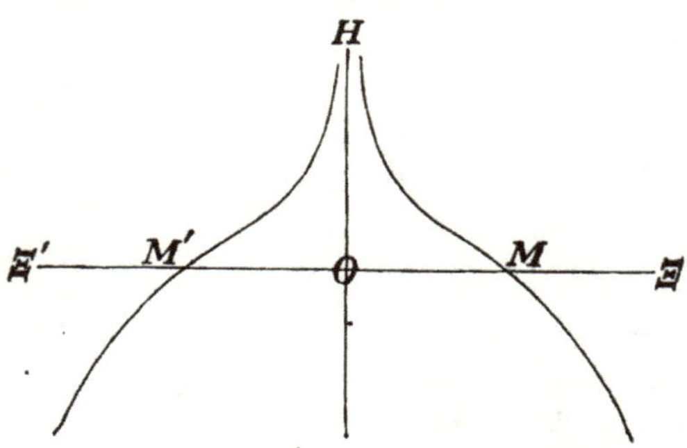

Auch hier besteht dieselbe zwar aus zwei gegen die η-Axe symmetrischen Zweigen, welche die positive Seite derselben zur gemeinsamen Asymptote haben, aber die Curve schneidet bei $\xi = \pm 1$ die ξ-Axe, hat für die Coordinaten

$$\xi = \pm\left(\frac{m(m-1)}{n(n-1)}\right)^{\frac{1}{m+n}};\quad \eta = \frac{n(n-1)-m(m+1)}{[m^m n^n (m+1)^m (n-1)^n]^{\frac{1}{m+n}}}$$

Wendepunkte und geht auf der untern Seite, dem Parallelismus mit der η-Achse sich ohne Ende nähernd, ins Unendliche. Sie wird also offenbar durch die in dem Abstand $\frac{a}{\sqrt[m+n]{b^n}}$ gezogene Parallele zur ξ-Axe immer in zwei gegen die η-Axe symmetrisch liegenden Punkten geschnitten, welchen Werth auch a haben möge. Demnach hat die Gleichung III stets zwei gleiche und entgegengesetzte reelle Wurzeln.

Die Curve IV* entsteht aus III* ebenso wie II* aus I*, nämlich durch eine Drehung von 180° der Ebene von III* um die ξ-Axe. Daher hat offenbar auch die Gleichung IV stets zwei gleiche und entgegengesetzte Wurzeln.

Fassen wir jetzt die erhaltenen Resultate zusammen, so ergiebt sich folgender Satz: Wenn in den Gleichungen I bis IV sowohl $m+n$ als m gerade ist, so hat die Gleichung I, jenachdem $\left(\frac{a}{m+n}\right)^{m+n}$ grösser, gleich oder kleiner als $\frac{b^n}{m^m n^n}$, resp. zwei verschiedene Paare gleicher und entgegengesetzter, oder zwei gleiche Paare gleicher und entgegengesetzter, oder keine reellen Wurzeln. Die Gleichung II hat keine, die Gleichungen III und IV dagegen haben immer zwei gleiche und entgegengesetzte reelle Wurzeln.

3.

Sei zweitens $m + n$ gerade und m ungerade.

Die Figur der Curve I* erhält man, wie man durch einfache Betrachtungen findet, aus der ersten Figur des vorigen Artikels, wenn man den linken Zweig derselben eine Drehung von 180° um die ξ-Axe machen lässt. Es bleibt also nur der rechte Zweig auf der obern Seite dieser Axe. Hieraus folgt nun auf dieselbe Weise wie a. a. O., dass, je nachdem $\left(\frac{a}{m+n}\right)^{m+n}$ grösser, gleich, oder kleiner als $\frac{b^n}{m^m n^n}$, die Gleichung I resp. zwei ungleiche positive, oder zwei gleiche positive, oder keine reellen Wurzeln hat.

Da die *Curve II** aus der Curve I* durch eine Drehung von 180° ihrer *Ebene um die ξ-Axe* entsteht, so liegt in der ersteren der linke Zweig oberhalb, der rechte unterhalb der ξ-Axe. Daher erhält der eben ausgesprochene Satz nur die Aenderung, dass die angezeigten reellen Wurzeln negative sind.

Die Figur der Curve III* erhält man aus der zweiten Figur des vorigen Artikels auf dieselbe Weise, wie oben I* aus der ersten, nämlich, wenn man den linken Zweig der zweiten Figur eine Drehung von 180° um die ξ-Axe machen lässt. Die beiden Zweige liegen daher nun asymmetrisch gegen die η-Axe, und beide werden auf der obern Seite der ξ-Axe durch jede zu dieser gezogene Parallele in zwei Punkten geschnitten, deren Abscissen entgegengesetzt, aber ungleich sind. Hieraus folgt, dass jetzt die Gleichung III immer zwei entgegengesetzte, aber ungleiche reelle Wurzeln hat.

Dasselbe gilt für IV, da die Curve IV* aus III* durch Drehung von 180° der ganzen Ebene der letzteren um die ξ-Axe entsteht.

Das Gesammtergebniss ist also der Satz: Wenn in den Gleichungen I bis IV $m+n$ gerade und m ungerade ist, so haben $\begin{Bmatrix} \text{I} \\ \text{II} \end{Bmatrix}$ je nachdem $\left(\frac{a}{m+n}\right)^{m+n}$ grösser, gleich, oder kleiner als $\frac{b^n}{m^m n^n}$ resp. zwei ungleiche $\begin{Bmatrix} \text{positive} \\ \text{negative} \end{Bmatrix}$, oder zwei gleiche $\begin{Bmatrix} \text{positive} \\ \text{negative} \end{Bmatrix}$ oder keine reellen Wurzeln; III sowohl als IV aber haben, eine jede, zwei ungleiche und entgegengesetzte reelle Wurzeln.

4.

Sei drittens $m+n$ sowohl als m ungerade.

Die Curve I* hat dann diese Gestalt:

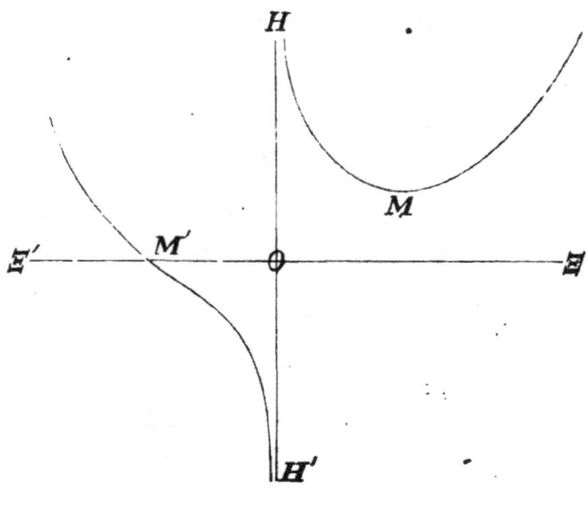

Der rechte Zweig hat dieselbe Gestalt, wie in Art. 2. Fig. 1, der linke Zweig dieselbe wie der durch 180° um die ξ-Axe gedrehte linke Zweig der Fig. 2. obendaselbst. Eine in dem positiven Abstand $\frac{a}{\sqrt[m+n]{b^n}}$ von der ξ-Axe zu dieser gezogene Parallele wird also den linken Zweig der Curve immer in Einem Punkte, den rechten aber entweder in zwei Punkten schneiden, oder berühren, oder nicht treffen, je nachdem jener Abstand grösser, gleich, oder kleiner ist als die Ordinate des Minimalpunktes dieses Zweigs. Die Gleichung I hat demnach, je nachdem $\left(\frac{a}{m+n}\right)^{m+n}$ grösser, gleich oder kleiner als $\frac{b^n}{m^m n^n}$, eine negative und zwei ungleiche positive, oder eine negative und zwei gleiche positive reelle Wurzeln, oder nur eine negative reelle Wurzel.

Da auch hier II* aus I* durch Umdrehung der letztern Curve um die ξ-Axe entsteht, so hat die Gleichung II offenbar immer nur Eine negative reelle Wurzel.

Die Curve III* hat jetzt folgende Gestalt,

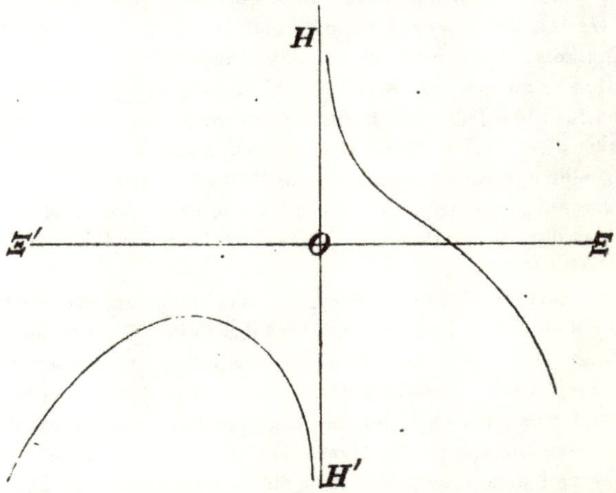

wo der rechte Zweig dem linken der vorigen Figur, der linke dem rechten derselben, beide in umgekehrter Lage (um die ξ-Axe um 180° gedreht), entspricht. Es hat daher die Gleichung III immer nur Eine positive reelle Wurzel.

Lässt man die Ebene dieser Figur eine Drehung von 180° um die ξ-Axe machen, so erhält man die Curve IV*. Es folgt daher, wie zuvor, dass die Gleichung IV, je nachdem $\left(\frac{a}{m+n}\right)^{m+n}$ grösser, gleich, oder kleiner als

$\frac{b^n}{m^m n^n}$, zwei negative ungleiche und eine positive, oder zwei negative gleiche reelle Wurzeln und eine positive, oder nur Eine positive reelle Wurzel hat.

Das Gesammtresultat ist also der Satz: Wenn in den Gleichungen I bis IV sowohl $m+n$ als m ungerade ist, so haben $\left\{\begin{matrix}\text{I}\\ \text{IV}\end{matrix}\right\}$, je nachdem $\left(\frac{a}{m+n}\right)^{m+n}$ grösser, gleich oder kleiner als $\frac{b^n}{m^m n^n}$ resp. eine $\left\{\begin{matrix}\text{negative}\\ \text{positive}\end{matrix}\right\}$ und zwei ungleiche $\left\{\begin{matrix}\text{positive}\\ \text{negative}\end{matrix}\right\}$, oder eine $\left\{\begin{matrix}\text{negative}\\ \text{positive}\end{matrix}\right\}$ und zwei gleiche $\left\{\begin{matrix}\text{positive}\\ \text{negative}\end{matrix}\right\}$ reelle Wurzeln, oder nur Eine $\left\{\begin{matrix}\text{negative}\\ \text{positive}\end{matrix}\right\}$ reelle Wurzel. Die Gleichungen $\left\{\begin{matrix}\text{II}\\ \text{III}\end{matrix}\right\}$ haben immer nur Eine $\left\{\begin{matrix}\text{negative}\\ \text{positive}\end{matrix}\right\}$ reelle Wurzel.

5.

Sei viertens $m+n$ ungerade und m gerade.

Die Gestalt der Curve I* erhält man hier aus der ersten Figur des vorigen Artikels, wenn man wieder den linken Zweig eine Drehung von 180° um die ξ-Axe machen lässt. Die Gleichung (I) hat daher unter den schon mehrfach wiederholten Bedingungen resp. eine negative und zwei ungleiche positive, oder eine negative und zwei gleiche positive reelle Wurzeln, oder nur Eine negative reelle Wurzel.

Die Drehung von 180° der Curve I* um die ξ-Axe giebt die Gestalt von II*, aus der unmittelbar folgt, dass die Gleichung II immer nur Eine negative reelle Wurzel hat.

Die Gestalt der Curve III* ergiebt sich aus der zweiten Figur des vorigen Artikels durch Drehung von 180° des linken Zweigs um die ξ-Axe. Hieraus folgt, dass unter den nämlichen Bedingungen wie zuvor die Gleichung III resp. zwei ungleiche negative und eine positive, oder zwei gleiche negative und eine positive, oder nur Eine positive reelle Wurzel hat.

Lässt man die Ebene der Curve III* wieder eine Drehung von 180° um die ξ-Axe machen, so erhält man die Gestalt der Curve IV*. Sie ergiebt, dass die Gleichung IV immer nur Eine positive Wurzel hat.

Das Gesammtergebniss ist also hier der Satz: Wenn in den Gleichungen I bis IV $m+n$ ungerade und m gerade ist, so haben $\left\{\begin{matrix}\text{I}\\ \text{III}\end{matrix}\right\}$, je nachdem $\left(\frac{a}{m+n}\right)^{m+n}$ grösser, oder gleich, oder kleiner als $\frac{b^n}{m^m n^n}$, *resp. eine* $\left\{\begin{matrix}\text{negative}\\ \textit{positive}\end{matrix}\right\}$ und zwei ungleiche $\left\{\begin{matrix}\text{positive}\\ \text{negative}\end{matrix}\right\}$

oder eine $\left\{\begin{matrix}\text{negative}\\ \text{positive}\end{matrix}\right\}$ und zwei gleiche $\left\{\begin{matrix}\text{positive}\\ \text{negative}\end{matrix}\right\}$ reelle Wurzeln, oder nur Eine $\left\{\begin{matrix}\text{negative}\\ \text{positive}\end{matrix}\right\}$ reelle Wurzel. Die Gleichungen $\left\{\begin{matrix}\text{II}\\ \text{IV}\end{matrix}\right\}$ haben immer nur Eine $\left\{\begin{matrix}\text{negative}\\ \text{positive}\end{matrix}\right\}$ reelle Wurzel.

6.

Aus den in den Art. 2—5 gewonnenen Resultaten können wir weiter folgende Sätze ziehen, in denen zur Abkürzung $\left(\frac{a}{m+n}\right)^{m+n} = [a]$, $\frac{b^n}{m^m n^n} = [b]$ gesetzt, ein $\left\{\begin{matrix}\text{gerades}\\ \text{ungerades}\end{matrix}\right\}$ $m+n$ durch $\left\{\begin{matrix}2i\\ 2i+1\end{matrix}\right\}$, ein $\left\{\begin{matrix}\text{gerades}\\ \text{ungerades}\end{matrix}\right\}$ m durch $\left\{\begin{matrix}2k\\ 2k+1\end{matrix}\right\}$ bezeichnet ist, und unter den Wurzeln immer nur die reellen zu verstehen sind.

1) Eine dreigliedrige algebraische Gleichung hat keine Wurzeln:

A) wenn sie von der Form $x^{2i} + ax^{2k} + b = 0$;

B) oder von einer der Formen

$$x^{2i} - ax^{2k} + b = 0, \quad x^{2i} \pm ax^{2k+1} + b = 0,$$

in beiden Fällen aber $[a] < [b]$ ist.

2) Eine dreigliedrige algebraische Gleichung hat nur eine positive Wurzel:

A) wenn sie von einer der Formen

$$x^{2i+1} + ax^{2k+1} - b = 0, \quad x^{2i+1} - ax^{2k} - b = 0;$$

B) wenn sie von einer der Formen

$$x^{2i+1} - ax^{2k+1} - b = 0, \quad x^{2i+1} + ax^{2k} - b = 0,$$

und in beiden Fällen $[c] < [b]$ ist.

3) Eine solche Gleichung hat nur eine negative Wurzel:

A) wenn ihre Form

$$x^{2i+1} + ax^{2k+1} + b = 0, \text{ oder } x^{2i+1} + ax^{2k} + b = 0;$$

B) wenn ihre Form

$$x^{2i+1} - ax^{2k+1} + b = 0, \text{ oder } x^{2i+1} - ax^{2k} + b = 0,$$

und in beiden Fällen $[a] < [b]$ ist.

4) Eine solche Gleichung hat zwei $\left\{\begin{matrix}\text{gleiche}\\ \text{ungleiche}\end{matrix}\right\}$ positive Wurzeln, wenn ihre Form $x^{2i} - ax^{2k+1} + b = 0$, und $[a] \geqq [b]$.

5) Dieselbe hat zwei $\left\{\begin{matrix}\text{gleiche}\\ \text{ungleiche}\end{matrix}\right\}$ negative Wurzeln, wenn ihre Form $x^{2i} + ax^{2k+1} + b = 0$, und $[a] \geqq [b]$.

6) Dieselbe hat zwei gleiche und entgegengesetzte Wurzeln, *wenn ihre Form* $x^{2i} \pm ax^{2k} - b = 0$.

7) Sie hat zwei ungleiche und entgegengesetzte Wurzeln, wenn ihre Form $x^{2i} \pm ax^{2k+1} - b = 0$.

8) Eine solche Gleichung hat eine negative und zwei $\left\{\begin{matrix}\text{gleiche}\\ \text{ungleiche}\end{matrix}\right\}$ positive Wurzeln, wenn ihre Form

$$x^{2i+1} - ax^{2k+1} + b = 0, \text{ oder } x^{2i+1} - ax^{2k} + b = 0,$$

und in beiden Fällen $[a] \stackrel{=}{>} [b]$.

9) Dieselbe hat eine positive und zwei $\left\{\begin{matrix}\text{gleiche}\\ \text{ungleiche}\end{matrix}\right\}$ negative Wurzeln, wenn ihre Form

$$x^{2i+1} - ax^{2k+1} - b = 0, \text{ oder } x^{2i+1} + ax^{2k} - b = 0,$$

und in beiden Fällen $[a] \stackrel{=}{>} [b]$.

10) Dieselbe hat zwei $\left\{\begin{matrix}\text{gleiche}\\ \text{verschiedene}\end{matrix}\right\}$ Paare gleicher und entgegengesetzter Wurzeln, wenn ihre Form

$$x^{2i} - ax^{2k} + b = 0, \text{ und } [a] \stackrel{=}{>} [b].$$

Da nun dies alle möglichen Fälle sind, in denen eine dreigliedrige algebraische Gleichung reelle Wurzeln haben kann, so erhellt, dass ihr nie mehr als drei ungleiche reelle Wurzeln zukommen, von denen immer eine $\left\{\begin{matrix}\text{positiv}\\ \text{negativ}\end{matrix}\right\}$ und zwei $\left\{\begin{matrix}\text{negativ}\\ \text{positiv}\end{matrix}\right\}$ sind, und dass wenn sie vier reelle Wurzeln hat, diese entweder sämmtlich dem absoluten Werthe nach gleich und paarweise entgegengesetzt sein, oder aus zwei verschiedenen Paaren gleicher und entgegengesetzter Werthe bestehen müssen. Ist in dem ersten Falle der absolute Werth der vier Wurzeln α, so hat $x^{2i} - ax^{2k} + b$ den Factor $(x^2 - \alpha^2)^2$. Sind im andern Falle die beiden verschiedenen Werthe α und β, so hat $x^{2i} - ax^{2k} + b$ den Factor $(x^2 - \alpha^2)(x^2 - \beta^2)$, und muss im ersten Falle $[a] = [b]$, im zweiten $[a] > [b]$ sein.

7.

Specialisiren wir diese Sätze für die cubischen und biquadratischen dreigliedrigen Gleichungen, so ergeben sich folgende Bestimmungen:

I) Eine dreigliedrige cubische Gleichung hat

1) nur eine positive Wurzel,

wenn ihre Form $x^3 + ax - b = 0$, oder $x^3 - ax^2 - b = 0$;
oder wenn dieselbe $x^3 - ax + b = 0$, und $4a^3 < 27b^2$;
oder wenn sie $x^3 + ax^2 - b = 0$, und $4a^3 < 27b$.

2) Sie hat nur eine negative Wurzel,

wenn ihre Form $x^3 + ax + b = 0$, oder $x^3 + ax^2 + b = 0$;
oder wenn dieselbe $x^3 - ax - b = 0$, und $4a^3 < 27b^2$;
oder wenn sie $x^3 - ax^2 + b = 0$, und $4a^3 < 27b$.

3) Sie hat eine negative und zwei $\left\{\begin{matrix}\text{gleiche}\\ \text{ungleiche}\end{matrix}\right\}$ positive Wurzeln,

wenn ihre Form $x^3 - ax + b = 0$, und $4a^3 \overline{>} 27b^2$;
oder wenn sie $x^3 - ax^2 + b = 0$, und $4a^3 \overline{>} 27b$.

4) Sie hat eine positive und zwei $\left\{\begin{matrix}\text{gleiche}\\ \text{ungleiche}\end{matrix}\right\}$ negative Wurzeln,

wenn ihre Form $x^3 - ax - b = 0$, und $4a^3 \overline{>} 27b^2$;
oder wenn sie $x^3 + ax^2 - b = 0$, und $4a^3 \overline{>} 27b$.

II) Eine dreigliedrige biquadratische Gleichung hat

1) keine reelle Wurzeln,

wenn ihre Form $x^4 + ax^2 + b = 0$;
oder wenn dieselbe $x^4 - ax^2 + b = 0$, und $a^2 < 4b$;
oder wenn sie $x^4 \pm ax^3 + b = 0$, und $27a^4 < 256b$;
oder wenn sie $x^4 \pm ax + b = 0$, und $27a^4 < 256b^3$.

2) Sie hat zwei $\left\{\begin{matrix}\text{gleiche}\\ \text{ungleiche}\end{matrix}\right\}$ positive Wurzeln,

wenn ihre Form $x^4 - ax^3 + b = 0$, und $27a^4 \overline{>} 256b$;
oder dieselbe $x^4 - ax + b = 0$, und $27a^4 \overline{>} 256b^3$.

3) Sie hat zwei $\left\{\begin{matrix}\text{gleiche}\\ \text{ungleiche}\end{matrix}\right\}$ negative Wurzeln,

wenn ihre Form $x^4 + ax^3 + b = 0$, und $27a^4 \overline{>} 256b$;
oder wenn dieselbe $x^4 + ax + b = 0$, und $27a^4 \overline{>} 256b^3$.

4) Sie hat zwei gleiche und entgegengesetzte Wurzeln,
wenn ihre Form $x^4 \pm ax^2 - b = 0$;

5) Sie hat zwei ungleiche und entgegengesetzte Wurzeln,
wenn ihre Form $x^4 \pm ax^3 - b = 0$,
oder $x^4 \pm ax - b = 0$.

6) Sie hat zwei $\left\{\begin{matrix}\text{gleiche}\\ \text{verschiedene}\end{matrix}\right\}$ Paare gleicher und entgegengesetzter Wurzeln,

wenn ihre Form $x^4 - ax^2 + b = 0$ und $a^2 \overline{>} 4b$.

8.

Haben in der dreigliedrigen Gleichung

$$x^{m+n} \pm ax^m \mp b = 0,$$

in der alle vier Combinationen der Zeichen zulässig sind, die Exponenten $m+n$ und m einen gemeinsamen Factor k, so dass $m = k\mu$ und $m+n = k(\mu+\nu)$, *so sind die reellen* Wurzeln dieser Gleichung *von derselben Zahl und denselben Vorzeichen* wie die der niedrigeren

$$x^{\mu+\nu} \mp a x^{\mu} \pm b = 0,$$

wofern k eine ungerade Zahl ist. Denn es sind dann offenbar m und μ, $m+n$ und $\mu+\nu$ immer zugleich gerade oder ungerade, und es reducirt sich das in den Sätzen Art. 2—5 vorkommende Unterscheidungszeichen der Wurzeln

$$\left(\frac{a}{m+n}\right)^{m+n} \gtreqless \frac{b^n}{m^m n^n}$$

auf

$$\left(\frac{a}{\mu+\nu}\right)^{\mu+\nu} \gtreqless \frac{b^\nu}{\mu^\mu \nu^\nu}.$$

Dies ergiebt sich auch auf folgende Weise. Da dann die gegebene Gleichung die Form

$$(x^k)^{\mu+\nu} \mp a(x^k)^{\mu} \pm b = 0,$$

oder, wenn $x^k = z$ gesetzt wird, die Form

$$z^{\mu+\nu} \mp a z^{\mu} \pm b = 0$$

hat, so sind, wenn die reellen und imaginären Wurzeln dieser letzteren Gleichung $z = \alpha, \beta, \gamma, \ldots$, die der gegebenen $x = \sqrt[k]{\alpha}, \sqrt[k]{\beta}, \sqrt[k]{\gamma}, \ldots$, wo jedem reellen Werth von z ein, aber auch nur ein reeller Werth von x mit demselben Vorzeichen entspricht. Haben also die Exponenten der gegebenen Gleichung einen gemeinsamen ungeraden Factor k, so kann man sie durch Division mit k verkleinern und erhält eine niedrigere Gleichung, die ebensoviel reelle Wurzeln mit denselben Vorzeichen hat wie die gegebene. Ist dagegen k gerade, folglich auch immer m und $m+n$ gerade, so können μ und $\mu+\nu$ resp. gerade und ungerade, oder ungerade und gerade, oder ungerade und ungerade sein, und ist eine solche Reduction des Grades der gegebenen Gleichung wie für ein gerades k nicht zulässig.

9.

Die Betrachtung derselben Curven, welche auf die Kennzeichen der reellen Wurzeln führten, giebt auch in den Fällen, wo die dreigliedrigen Gleichungen ein oder zwei Paare gleicher reeller Wurzeln haben, diese Wurzeln selbst. Denn da die Abscissen der Minimalpunkte der Curven, denen die gleichen Wurzeln entsprechen, durch $\xi = \pm \left(\frac{m}{n}\right)^{\frac{1}{m+n}}$ gegeben sind, wo, wenn $m+n$ gerade, sowohl + als —, wenn $m+n$ aber ungerade, nur eins von beiden gilt, und $x = b^{\frac{1}{m+n}}\xi$, so sind die gleichen Wurzeln immer von der Form

$$x = \pm \left(\frac{mb}{n}\right)^{\frac{1}{m+n}}.$$

Hiernach hat nun

1) nach Art. 2, die Gleichung $x^{m+n} - ax^m + b = 0$, wenn $m + n$ und m gerade und $\left(\frac{a}{m+n}\right)^{m+n} = \frac{b^n}{m^m n^n}$, sowohl die Wurzel $\left(\frac{mb}{n}\right)^{\frac{1}{m+n}}$ als die Wurzel $-\left(\frac{mb}{n}\right)^{\frac{1}{m+n}}$ doppelt.

2) Nach Art. 3 hat die Gleichung $x^{m+n} \mp ax^m + b = 0$, wenn $m+n$ gerade und m ungerade, überdies $\left(\frac{a}{m+n}\right)^{m+n} = \frac{b^n}{m^m n^n}$, die Wurzel $\pm\left(\frac{mb}{n}\right)^{\frac{1}{m+n}}$ doppelt, wo das obere Zeichen auf das obere in der Gleichung, das untere auf das untere derselben zu beziehen ist.

3) Nach Art. 4 hat die Gleichung $x^{m+n} - ax^m \pm b = 0$, wenn $m+n$ und m ungerade und ebenfalls $\left(\frac{a}{m+n}\right)^{m+n} = \frac{b^n}{m^m n^n}$, die Wurzel $\pm\left(\frac{mb}{n}\right)^{\frac{1}{m+n}}$ doppelt, wo von den Vorzeichen dasselbe wie unter 2 gilt.

4) Nach Art. 5 hat die Gleichung $x^{m+n} \mp ax^m \pm b = 0$, in der die oberen Zeichen mit den oberen, die unteren mit den unteren zu verbinden sind, wenn $m+n$ ungerade und m gerade, übrigens $\left(\frac{a}{m+n}\right)^{m+n} = \frac{b^n}{m^m n^n}$, die Wurzel $\pm\left(\frac{mb}{n}\right)^{\frac{1}{m+n}}$ doppelt, wo von den Zeichen dasselbe gilt wie zuvor.

In allen diesen vier Sätzen kann auch wegen der ihnen gemeinschaftlichen Bedingung $\left(\frac{a}{m+n}\right)^{m+n} = \frac{b^n}{m^m n^n}$, statt $\left(\frac{mb}{n}\right)^{\frac{1}{m+n}}$ gesetzt werden $\left(\frac{ma}{m+n}\right)^{\frac{1}{n}}$.

Wenden wir diese Sätze auf die cubischen und biquadratischen Gleichungen an, so hat die Gleichung

$$x^3 - ax \pm b = 0,$$

wenn $4a^3 = 27b^2$, die Wurzel $\pm\sqrt{\frac{a}{3}}$ doppelt, ihr linker Theil daher den Divisor $\left(x \mp \sqrt{\frac{a}{3}}\right)^2$. Dieser giebt den Quotienten $x \pm 2\sqrt{\frac{a}{3}}$, mithin ist die dritte Wurzel $\mp 2\sqrt{\frac{a}{3}}$.

Die Gleichungen

$$x^3 - ax^2 + b = 0 \text{ und } x^3 + ax^2 - b = 0$$

haben, wenn $4a^3 = 27b$, resp. die Wurzel $\frac{2a}{3}$ und $-\frac{2a}{3}$ doppelt, wodurch sich als dritte Wurzel resp. $-\frac{a}{3}$ und $\frac{a}{3}$ findet.

Die Gleichung

$$x^4 \mp ax + b = 0$$

hat, wenn $27a^4 = 256b$, die Wurzel $\pm\sqrt[3]{\frac{a}{4}}$ doppelt, daher ihr linker Theil den Divisor $\left(x \mp \sqrt[3]{\frac{a}{4}}\right)^2$, welcher den Quotienten $x^2 \pm 2x\sqrt[3]{\frac{a}{4}} + \frac{3}{2}\sqrt[3]{\frac{a^2}{2}}$ giebt. Wird derselbe $= 0$ gesetzt, so erhält man für die noch übrigen beiden Wurzeln, je nachdem das obere oder untere Zeichen gilt, resp.

$$-\sqrt[3]{\frac{a}{4}} \pm \sqrt[3]{\frac{a\sqrt{2}}{2}} \cdot \sqrt{-1} \text{ oder } \sqrt[3]{\frac{a}{4}} \mp \sqrt[3]{\frac{a\sqrt{2}}{2}}\sqrt{-1}.$$

Die Gleichung

$$x^4 \mp ax^3 + b = 0$$

hat, wenn $27a^4 = 256b$, die Wurzel $\pm\frac{3a}{4}$ doppelt, mithin ihr linker Theil den Divisor $(x \mp \frac{3}{4}a)^2$, welcher den Quotienten $x^2 \pm \frac{1}{2}ax + \frac{3}{16}a^2$ giebt, aus dem man für die übrigen beiden Wurzeln erhält, je nachdem das obere oder untere Zeichen gilt,

$$-\tfrac{1}{4}a(1 \pm \sqrt{2}\cdot\sqrt{-1}) \text{ oder } \tfrac{1}{4}a(1 \pm \sqrt{2}\cdot\sqrt{-1}).$$

Die Gleichung

$$x^4 - ax^2 + b = 0$$

endlich hat, wenn $a^2 = 4b$, die Wurzeln $\pm\sqrt{\frac{a}{2}}$ doppelt.

10.

Dieselben Curven bestimmen endlich auch in den Fällen, wo die Gleichung nur einfache reelle Wurzeln, oder eine solche neben zwei gleichen Wurzeln hat, die Grenzen, zwischen denen diese Wurzeln liegen, die sich dann für beliebig gegebene numerische Werthe von a und b nach den bekannten Näherungsmethoden berechnen lassen. Ueberall nämlich, wo jene Curven einen Minimalpunkt in Bezug auf die ξ-Axe haben, liegt dieser zwischen den Durchschnitten der der ξ-Axe parallelen Geraden, deren Abscissen den reellen Wurzeln der Gleichung entsprechen. Es ist daher von diesen Abscissen immer die eine kleiner, die andere grösser als die Abscisse des Minimalpunktes, welche $= \pm\left(\frac{m}{n}\right)^{\frac{1}{m+n}}$, wo, je nachdem $m+n$

gerade oder ungerade, entweder sowohl + als — oder nur eines von beiden gilt. Folglich lässt sich, da $x = b^{\frac{1}{m+n}}\xi$, immer ein Werth von x angeben, der die dann vorhandenen zwei reellen Wurzeln trennt. Haben die Curven kein Minimum, so schneiden sie die ξ-Axe in zwei Punkten, deren Abscissen $= \pm 1$. Es liegt daher die entsprechende Wurzel der Gleichung entweder über oder unter dem Grenzwerth $\pm b^{\frac{1}{m+n}}$. Wenden wir dies auf die in Art. 2 bis 5 betrachteten vier Hauptfälle an, so ergiebt sich Folgendes.

1) Sei $m+n$ und m gerade (Art. 2). Hat dann die Gleichung I zwei verschiedene Paare gleicher und entgegengesetzter Wurzeln, so liegt das eine Paar zwischen 0 und $\pm\left(\frac{mb}{n}\right)^{\frac{1}{m+n}}$, das andere zwischen $\pm\left(\frac{mb}{n}\right)^{\frac{1}{m+n}}$ und $\pm\infty$.

Die Gleichung II hat hier keine reellen Wurzeln.

Die Gleichungen III und IV aber haben immer zwei gleiche und entgegengesetzte Wurzeln zwischen 0 und $\pm b^{\frac{1}{m+n}}$.

2) Sei $m+n$ gerade und m ungerade (Art. 3). Haben hier die Gleichungen $\begin{Bmatrix}\text{I}\\\text{II}\end{Bmatrix}$ zwei ungleiche $\begin{Bmatrix}\text{positive}\\\text{negative}\end{Bmatrix}$ Wurzeln, so liegt die eine zwischen 0 und $\pm\left(\frac{mb}{n}\right)^{\frac{1}{m+n}}$, die andre zwischen $\pm\left(\frac{mb}{n}\right)^{\frac{1}{m+n}}$ und $\pm\infty$.

Die Gleichungen $\begin{Bmatrix}\text{III}\\\text{IV}\end{Bmatrix}$ haben hier immer eine $\begin{Bmatrix}\text{positive}\\\text{negative}\end{Bmatrix}$ Wurzel zwischen 0 und $\pm b^{\frac{1}{m+n}}$ und eine $\begin{Bmatrix}\text{negative}\\\text{positive}\end{Bmatrix}$ zwischen $\mp b^{\frac{1}{m+n}}$ und $\mp\infty$.

3) Sei $m+n$ und m ungerade (Art. 4). Die Gleichungen $\begin{Bmatrix}\text{I}\\\text{IV}\end{Bmatrix}$ haben hier immer eine $\begin{Bmatrix}\text{negative}\\\text{positive}\end{Bmatrix}$ Wurzel zwischen $\mp b^{\frac{1}{m+n}}$ und $\mp\infty$.

Haben sie überdies zwei ungleiche $\begin{Bmatrix}\text{positive}\\\text{negative}\end{Bmatrix}$ Wurzeln, so liegen diese zwischen 0 und $\pm\left(\frac{mb}{n}\right)^{\frac{1}{m+n}}$ und zwischen $\pm\left(\frac{mb}{n}\right)^{\frac{1}{m+n}}$ und $\pm\infty$.

Die Gleichungen $\begin{Bmatrix}\text{II}\\\text{III}\end{Bmatrix}$ haben hier immer nur Eine $\begin{Bmatrix}\text{negative}\\\text{positive}\end{Bmatrix}$ Wurzel zwischen 0 und $\mp b^{\frac{1}{m+n}}$.

4) Sei $m+n$ ungerade und m gerade (Art. 5). Die Gleichungen $\begin{Bmatrix}\text{I}\\\text{III}\end{Bmatrix}$

haben hier immer eine $\begin{Bmatrix}\text{negative}\\\text{positive}\end{Bmatrix}$ Wurzel zwischen 0 und $\mp b^{\frac{1}{m+n}}$. Haben sie überdies zwei ungleiche $\begin{Bmatrix}\text{positive}\\\text{negative}\end{Bmatrix}$ Wurzeln, so liegen diese zwischen 0 und $\pm\left(\frac{mb}{n}\right)^{\frac{1}{m+n}}$ und zwischen $\pm\left(\frac{mb}{n}\right)^{\frac{1}{m+n}}$ und $\pm\infty$.

Die Gleichungen $\begin{Bmatrix}\text{II}\\\text{IV}\end{Bmatrix}$ haben hier immer nur Eine $\begin{Bmatrix}\text{negative}\\\text{positive}\end{Bmatrix}$ Wurzel zwischen $\mp b^{\frac{1}{m+n}}$ und $\mp\infty$.

Wenden wir auch diese Sätze auf die cubischen und biquadratischen Gleichungen an, so findet sich Folgendes.

Die Gleichung

$$x^3 - ax \pm b = 0$$

hat immer eine $\begin{Bmatrix}\text{negative}\\\text{positive}\end{Bmatrix}$ Wurzel zwischen $\mp\sqrt[3]{b}$ und $\mp\infty$; überdies aber, wenn $4a^3 > 27b^2$, eine $\begin{Bmatrix}\text{positive}\\\text{negative}\end{Bmatrix}$ Wurzel zwischen 0 und $\pm\sqrt[3]{\frac{b}{2}}$ und eine zweite zwischen $\pm\sqrt[3]{\frac{b}{2}}$ und $\pm\infty$.

Die Gleichung

$$x^3 + ax \pm b = 0$$

hat immer nur Eine $\begin{Bmatrix}\text{negative}\\\text{positive}\end{Bmatrix}$ Wurzel zwischen 0 und $\mp\sqrt[3]{b}$.

Die Gleichung

$$x^3 \mp ax^2 \pm b = 0,$$

wo die oberen Zeichen mit den unteren nicht zu combiniren sind, hat immer eine $\begin{Bmatrix}\text{negative}\\\text{positive}\end{Bmatrix}$ Wurzel zwischen 0 und $\mp\sqrt[3]{b}$; überdies aber, wenn $4a^3 > 27b$, eine $\begin{Bmatrix}\text{positive}\\\text{negative}\end{Bmatrix}$ Wurzel zwischen 0 und $\pm\sqrt[3]{2b}$ und eine zweite zwischen $\pm\sqrt[3]{2b}$ und $\pm\infty$.

Die Gleichung

$$x^3 \pm ax \pm b = 0,$$

wo ebenfalls die oberen Zeichen mit den unteren nicht zu combiniren sind, hat immer nur Eine $\begin{Bmatrix}\text{negative}\\\text{positive}\end{Bmatrix}$ Wurzel zwischen $\mp\sqrt[3]{b}$ und $\mp\infty$.

Die Gleichung

$$x^4 \mp ax + b = 0$$

hat, wenn $27a^4 > 256b^3$, eine $\begin{Bmatrix}\text{positive}\\\text{negative}\end{Bmatrix}$ Wurzel zwischen 0 und $\pm\sqrt[4]{\frac{b}{3}}$

und eine zweite zwischen $\pm\sqrt[4]{\frac{b}{3}}$ und $\pm\infty$.

Die Gleichung

$$x^4 \pm ax - b = 0$$

hat immer eine $\left\{\begin{matrix}\text{positive}\\ \text{negative}\end{matrix}\right\}$ Wurzel zwischen 0 und $\pm\sqrt[4]{b}$ und eine $\left\{\begin{matrix}\text{negative}\\ \text{positive}\end{matrix}\right\}$ zwischen $\mp\sqrt[4]{b}$ und $\mp\infty$.

Die Gleichung

$$x^4 \mp ax^3 + b = 0$$

hat, wenn $27a^4 > 256b$, eine $\left\{\begin{matrix}\text{positive}\\ \text{negative}\end{matrix}\right\}$ Wurzel zwischen 0 und $\pm\sqrt[4]{3b}$ und eine zweite zwischen $\pm\sqrt[4]{3b}$ und $\pm\infty$.

Die Gleichung

$$x^4 \pm ax^3 - b = 0$$

hat immer eine $\left\{\begin{matrix}\text{positive}\\ \text{negative}\end{matrix}\right\}$ Wurzel zwischen 0 und $\mp\sqrt[4]{b}$ und eine $\left\{\begin{matrix}\text{negative}\\ \text{positive}\end{matrix}\right\}$ zwischen $\pm\sqrt[4]{b}$ und $\mp\infty$.

II.

Ueber die Porismen des Euclid und deren Divinatoren.

Von Dr. M. Cantor,

Docent an der Universität Heidelberg.

Wenn bei historischen Untersuchungen von einer Verschiedenheit der Schwierigkeiten gesprochen werden kann, so gehören sicher die Forschungen zu den feinsten, bei denen es sich um die Wiederherstellung verloren gegangener Werke aus mehr oder minder sparsamen Resten handelt, und wo es folglich mehr als bei irgend einer anderen Arbeit nöthig ist, sich so in den Geist des Autors zu versetzen und den wissenschaftlichen Standpunkt seines Zeitalters so zu erfassen, dass man sich mit demselben identificirt und die Divination des zu behandelnden Werkes mehr eine Production als eine Reproduction wird. Daraus erklärt es sich, dass wenn auch viele Gelehrte ersten Ranges sich mit solchen Untersuchungen beschäftigten, *doch nur bei Werken* ein Resultat erschien, welches auch andere als den Forscher selbst befriedigen konnte, theils weil diese nicht im Stande gewesen waren, die Grösse der Aufgabe zu bewältigen, theils weil es schon ein eigenes Studium erfordert, nur ein Urtheil über derartige Versuche abgeben zu können.

Nur selten gelang es später noch deutlichere Spuren des Verlorengegangenen aufzufinden und einzig möchte das Beispiel Viviani's sein, welcher 1659 eine Divination des fünften Buches der Kegelschnitte des Apollonius von Pergä veröffentlichte, die schon wenige Jahre später ihre glänzende Bestätigung in dem arabischen Manuscripte fand, welches durch den Mönch Golius aus dem Oriente mitgebracht, durch Borellius 1661 übersetzt wurde.

Nicht so gut ward es den Wiederherstellern sonstiger Werke des Alterthums, die in ihren vielmehr schwierigen als dankbaren Forschungen um so weiter von einander abwichen, je pflichtgetreuer sie sich von allen neueren Kenntnissen entkleidet in die Natur des Autors versenkt hatten. Leicht erklärlich, hatte doch jeder mit seinen Kenntnissen nicht seinen eigenen Geist abstreifen können, und dieser ist zu verschieden, als dass er nicht von demselben Standpunkte ausgehend je nach seiner Individualität unzählige Wege einschlagen könnte, einschlagen müsste, so dass es hier in gutem Sinne sich bewährt, was unser grösster deutscher Dichter vielleicht etwas boshaft ausspricht: „Es ist der Herren eigner Geist, in dem die Zeiten sich bespiegeln."

Ein Werk, welches besonders die Aufmerksamkeit derer rege gemacht hat, die sich gern dem Reize divinatorischer Untersuchungen hingaben, sind die *Πορίσματα* des Euclid, dessen Titel wir nicht einmal verstehen, da die Modernisirung „Porismen" (*porismes*) doch gewiss keine Uebersetzung genannt zu werden verdient. Mit diesem Werke wollen wir uns nun auch einigermassen beschäftigen, indem wir erstens die Ueberreste aus alter Zeit angeben, von denen bei der Divination Gebrauch gemacht werden muss. Zweitens nennen wir in chronologischer Reihenfolge die Forschungen, die in dieser Beziehung angestellt worden sind. Drittens werden wir versuchen, die Hauptansichten zusammenzustellen und einer Prüfung zu unterwerfen.

I. Von dem Material zur Wiederherstellung der Porismen des Euclid.

Dieses Material selbst ist Nichts weniger als gleichartig. Es besteht nämlich ausser in solchen Stellen, die sich speciell auf die Porismen des Euclid beziehen, auch noch in solchen, wo von Porismen im Allgemeinen, oder gar von Werken anderer Mathematiker die Rede ist, welche denselben Titel führten, aber höchst wahrscheinlich einen ganz anderen Sinn mit diesem Worte verbanden, welches im Laufe der vielen Jahrhunderte, durch die es sich zieht, mehrfach die Bedeutung gewechselt zu haben scheint.

Ist nämlich auch die Abstammung von *πορίζω* — auf den Weg bringen, unzweifelhaft und damit der Zusammenhang mit πείρω, mit Pore, aber auch mit *parare* gegeben, so ist das Wort selbst doch nur bei wenigen weit auseinander liegenden Schriftstellern im Gebrauche, und zwar fast nur bei Mathematikern. Es bedeutet dann in den bei Weitem häufigsten Fällen, wo es als Ueberschrift einzelner Sätze erscheint (in den Elementen des Euclid wie bei späteren Autoren) einen solchen Satz, den wir uns nebenbei erwerben, der unmittelbar aus dem Vorhergehenden folgt, ohne einer neuen strengeren Herleitung zu bedürfen; also das was man einen Zusatz, ein Corollarium zu nennen pflegt. Herr Terquem behauptet zwar (*Liouville, Journal des mathématiques* XXI, 194) πόρισμα als Magazin bei Xenophon gefunden zu haben. Da er indessen keine Stelle anführt, so möchten wir fast an einen Irrthum glauben, indem das Wort weder in dem vierbändigen *Lexicon Xenophonteum, ed. Sturzius, Lipsiae* 1801 — 1804 überhaupt vorkommt, noch auch in dem grossen *Thesaurus Graecae linguae, T.* 6, *Paris* 1842 — 47 dieser Autor citirt ist. Wäre aber selbst jene Angabe richtig und dürfte daraus der Schluss gezogen werden, Euclid habe seine Schrift etwa „Magazin geometrischer Sätze" nennen wollen, so würde dadurch doch Nichts für die Bestimmung des Inhaltes jenes Werkes gewonnen sein.

Für diesen Zweck sind die *Μαθηματικαὶ συναγωγαὶ* des Pappus am wichtigsten. Von diesem bedeutenden Werke aus der Mitte des 4ten Jahrhunderts (also etwa 650 Jahre nach Euclid geschrieben) existiren zwar auch keine ganz vollständigen Manuscripte, indem die beiden ersten Bücher fast ganz verloren gegangen sind; doch ist das 7. Buch unversehrt erhalten, welches das einzige ist, das uns hier interessirt. Die Einleitung zu diesem 7ten Buche nämlich ist sowohl bei *Halley, Apollonii Pergaei de sectione rationis, in* 8°. *Oxoniae* 1706 im Urtexte abgedruckt, als auch nach Vergleichung der Manuscripte Nr. 2368 und 2440 der kaiserlichen Bibliothek zu Paris in einem bald näher zu erwähnenden Aufsatze des Herrn Breton (de Champ) in Liouville's Journal XX, 211; während die lateinische Uebersetzung des 3. bis 8. Buches unter dem Namen *Collectiones mathematicae* von Commandinus besorgt, in mehreren Ausgaben existirt, von welchen uns diejenige vorliegt, welche Pisauri 1602 erschien. In dieser Einleitung werden verschiedene Schriften älterer Mathematiker näher charakterisirt, welche über die Elemente sich erhoben, und so ist auch von den Porismen etwas ausführlicher die Rede. In einer deutschen Uebersetzung lautet der dahin zielende Abschnitt etwa folgendermassen:

„Nach den „Berührungen" kommen die 3 Bücher „Porismen" des Euclid, in vielen Beziehungen die kunstreichste Sammlung zur Auflösung schwieriger Probleme und ganzer Klassen von Sätzen, wie sie die Natur in unbegrenzter Weise darbietet. Zu dem, was Euclid zuerst schrieb, wurde auch Nichts hinzugefügt, als dass einige ungeschickte Menschen vor und zu einigen wenigen derselben zweite Lesarten (δευτέρας γραφάς) beibrachten. Denn jedes Porisma kann zwar in der Menge nach beschränkten

Darstellungsweisen angegeben werden, aber Euclid gab immer nur eine und diese nur sehr angedeutet (τὴν μάλιστα ὑπεμφαίνουσαν). Sie bieten eine feine, natürliche, nothwendige und allgemeinere Theorie dar, voller Annehmlichkeit für die, welche sehen und finden (πορίζειν) können. Sie haben alle weder den Anschein von Lehrsätzen noch von Aufgaben, sondern von einer Gattung, die sich etwa in der Mitte hält, sodass der Ausdruck derselben in die Form von Lehrsätzen und von Aufgaben gebracht werden kann. Aus diesem Grunde haben viele Mathematiker, die nur auf die Form des Ausdruckes sahen, sie bald zu den Lehrsätzen, bald zu den Aufgaben zählen wollen. Dass die Alten den Unterschied der drei Gattungen besser kannten, zeigt sich aus den Definitionen. Denn sie nannten den Ausspruch einen Lehrsatz, wenn es sich um den Nachweis (ἀπόδειξιν) des Ausgesprochenen handelte; eine Aufgabe, wenn es sich um die Construction (κατασκευήν) desselben handelte; endlich ein Porisma, wenn es sich um die Porismirung (πορισμόν) desselben handelte. Diese Definition des Porismas wurde von den Neueren verändert, welche nicht Alles finden können, sondern auf diese „Elemente" gestützt, nur zeigen, dass das, was gesucht wird, existirt (δεικνύντων αὐτὸ μόνον τοῦθ' ὅτι ἐστὶ τὸ ζητούμενον) nicht aber dieses selbst finden. So schrieben sie, obschon durch die Definition selbst und das Erlernte widerlegt, nach einem Nebenumstande (ἀπὸ συμβεβηκότος): Ein Porisma sei das, was zur Hypothese eines Ortstheorems fehle. Von dieser Gattung der Porismen sind die Oerter selbst eine Art, auch kommen Erstere häufig in dem „aufgelösten Orte" vor. Letztere wurden nach Absonderung der Porismen gesammelt, mit Ueberschriften versehen und überliefert, weil sie von grösserer Reichhaltigkeit als die anderen Arten waren. Wenigstens giebt es unter den Oertern: ebene, körperliche, lineäre, endlich solche, die sich auf mittlere Proportionalen beziehen. Mit den Porismen andererseits ging es so: der Vordersatz derselben wurde durch die Verdrehung (διὰ τὴν σκολιότητα) von Vielen, was in der Regel stillschweigend verstanden ward, so beschnitten, dass viele Mathematiker nur einzelne Theile auffassten und das Nothwendigere der Bedeutung verkannten."

Die nun folgende Periode ist offenbar so verstümmelt und in den verschiedenen Uebersetzungen so entgegengesetzt aufgefast, dass wir es nicht wagen, eine Interpretation davon zu geben. Doch scheint sie nicht von bedeutender Wichtigkeit zu sein. Im Urtexte lautet sie: *Περιλαβεῖν δὲ πολλὰ μιᾷ προτάσει ἥκιστα δυνατὸν ἐν τούτοις, διὰ τὸ καὶ αὐτὸν Εὐκλείδην οὐ πολλὰ ἐξ ἑκάστου εἴδους τεθεικέναι ἀλλὰ δείγματος ἕνεκα πολυπληθίας ἐν ἢ ὀλίγα πρὸς ἀρχήν. Δεδομένον τοῦ πρώτου βιβλίου τέθεικεν ὁμοειδῆ παρ' ἐκείνου τοῦ δαψιλεστέρου εἴδους τῶν τόπων, ὡς δέκα τὸ πλῆθος.* Darauf giebt Pappus ein Beispiel in einem Satze, der der heutigen Theorie der *Transversalen* angehören würde, und den er in einer Allgemeinheit ausspricht, welche er als sein Eigenthum documentirt, wenn auch mit den bescheidenen Worten: Auch diese Verallgemeinerung sei dem Euclid wohl nicht unbekannt gewesen. Und endlich erscheint eine Art von Inhaltsverzeichniss der drei Bücher Porismen, so concis aber auch so gleichförmig abgefasst, dass wir nicht zweifeln können, es sei hier eine zum Theil wörtliche Abschrift dessen vorhanden, was vielleicht in den Ueberschriften der einzelnen Porismen enthalten war. So sind z. B. alle diese Aussprüche durch ὅτι eingeführt, ohne dass ein regierendes Zeitwort vorhergeht, woraus schon von Herrn Breton (de Champ) mit Recht gefolgert wurde, es müsse dies wohl die canonische Form gewesen sein. Ohne eine Uebersetzung jenes ganzen Inhaltsverzeichnisses zu geben, wollen wir hier nur Einiges über das erste Buch anführen, wo es heisst:

„Inhalt des Folgenden: dass ein gewisser Punkt eine der Lage nach gegebene Grade beschreibt; dass zwei gewisse Linien in gegebenem Verhältnisse stehen; dass eine gewisse Linie zu einem Abschnitte in gegebenem Verhältnisse steht; dass eine gewisse Linie der Lage nach gegeben ist; u. s. w., u. s. w.“

Ueberdies enthält das 7. Buch selbst noch 38 Sätze, auch fast alle in die Theorie der Transversalen einschlagend, die von Pappus als Lemmen zu den Porismen bezeichnet werden und den Schluss dessen bilden, was diesem Autor entnommen werden kann.

Etwa gleichzeitig mit Pappus lebte Diophant, dessen Blüthezeit nach Nesselmann's gelehrten Untersuchungen (Geschichte der Algebra bei den Griechen, S. 245—252) etwa an das Ende des 4ten Jahrhunderts fällt, wie ihn auch Abulpharajus in die Regierung des Kaisers Julianus Apostata 361—363 setzt. Auch Diophant scheint ein eigenes Werk „Porismen“ geschrieben zu haben, welches aber noch weniger Spuren hinterlassen hat, als die des Euclid. Nur an drei Stellen, nämlich bei der 3ten, 5ten und 6ten Aufgabe des V. Buches, citirt Diophant selbst Sätze aus dieser Schrift, welche Nesselmann folgendermassen übersetzt:

„Und da wir in den Porismen den Satz haben, dass wenn zwei Zahlen so beschaffen sind, dass sowohl jede von ihnen als das Product beider ein Quadrat wird, wenn man dieselbe gegebene Zahl dazu addirt, diese Zahlen dann aus zwei auf einander folgenden Quadraten entstanden sind, so ....“

„Und wir haben abermals in den Porismen den Satz, dass wenn man zu zwei auf einander folgenden Quadratzahlen eine andere Zahl nimmt, welche um 2 grösser ist als die doppelte Summe jener beiden, man dann drei Zahlen von der Beschaffenheit hat, dass das Product von je zweien, sowohl wenn die Summe der beiden multiplicirten, als auch wenn die dritte Zahl dazu addirt wird, ein Quadrat wird“.

Das letzte dieser Diophantischen Porismen endlich, welches sich wörtlich nicht *wieder herstellen lässt*, hatte den Sinn, dass die Differenz zweier

Kubikzahlen sich immer auch in die Summe zweier Kubikzahlen zerlegen lasse.

Noch einen dritten griechischen Schriftsteller giebt es, der hier in Betracht kommt: Proclus Diadochus, aus dem 5. Jahrhundert. Von diesem werden zwei auf die Bedeutung der Porismen bezügliche Stellen angeführt, beide in seinem Commentare zu dem ersten Buche der Euclidischen Elemente, welcher im Urtexte als Anhang zu der Ausgabe des Euclid, Basileae 1533, fol. vorhanden ist und in lateinischer Uebersetzung durch Franciscus Barocius noch besonders, Patavii 1560, fol. erschien. Die erste Stelle zu Euclid I, 1. (*ed. Bas. p.* 58, *ed. Pat. p.* 121) giebt an:

„Der Name Porisma wird für gewisse Probleme gebraucht, wie die Porismen des Euclid; eigentlich aber hat er die Bedeutung, dass aus dem Bewiesenen noch zugleich ein anderer Satz mit hervorgeht, ohne dass wir uns denselben zum Ziele gesetzt, und welcher deshalb Porisma genannt wird, als ein Gewinn, der nebenbei aus dem zur Sache gehörigen Beweise gezogen wird.“

Ist hier einerseits also angegeben, was die sogenannten Porismen des Euclid nicht sind, so giebt die zweite Stelle etwas positivere Auskunft. Diese Stelle zu I, 15. gehörig (*ed. Bas. p.* 80, *ed. Pat. p.* 173) heisst folgendermassen:

„Porisma ist ein bei den Mathematikern gebräuchliches Wort von doppelter Bedeutung. Einmal nennt man es ein Porisma, wenn ein Satz aus dem Beweise eines anderen Satzes mit erhalten wird als Fund oder grade vorhandener Gewinn bei dem Gesuchten, zweitens aber auch, wenn Etwas zwar gesucht wird, aber, um von der Erfindung Gebrauch zu machen, und nicht von der Entstehung oder der einfachen Anschauung. Dass z. B. die Winkel an der Basis eines gleichschenkligen Dreiecks gleich sind, muss aus der Anschauung hervorgehen, und ähnlich ist die Kenntniss aller vorhandenen Dinge. Ferner einen Winkel halbiren, oder ein Dreieck verzeichnen, oder Etwas wegnehmen oder hinzusetzen, das Alles verlangt eine Ausführung. Aber den Mittelpunkt eines gegebenen Kreises finden, oder das grösste gemeinsame Maass zweier commensurablen Grössen finden und dergleichen mehr, das liegt in der Mitte zwischen einem Theoreme und einem Probleme. Da hat man es nicht mit der Entstehung des Gesuchten zu thun, sondern mit dessen Erfindung, und auch eine blosse Anschauung genügt nicht. Man muss das Gesuchte in das Gesichtsfeld bringen und vor den Augen ausführen. Von dieser Art sind auch die Porismen, welche Euclid schrieb, als er seine Bücher „Aufgaben“ zusammenstellte. Doch von diesen Porismen wollen wir nicht weiter reden.“

II. Von den Divinatoren der Porismen des Euclid.

Waren wir genöthigt, in dem vorigen Paragraphe sämmtliches Material vorzuführen, zum Theil weil überhaupt noch keine deutsche Uebersetzung dieser Stellen veröffentlicht ist, zum Theil auch weil wir uns mit den sonstigen Uebersetzungen in neuern Sprachen nicht immer einverstanden erklären konnten, so wird es uns dafür erlaubt sein, uns hier desto kürzer zu fassen, da wir doch nur wiederholen könnten, was schon in Chasles, Geschichte der Geometrie (S. 283 der deutschen Uebersetzung) angegeben ist, und höchstens einige neuere Arbeiten hinzuzufügen hätten. Wir wollen daher in der That nur diese letzteren angeben, für Alles frühere auf die erwähnte Stelle verweisend, und nennen somit:

Chasles, Geschichte der Geometrie, Note III. (S. 273—286 der deutschen Uebersetzung);

Nesselmann, Geschichte der Algebra bei den Griechen, S. 437—446.

Breton (de Champ) in den *Comptes rendus de l'Académie des sciences* vom 29. October 1849 und 6. Juni 1853 und namentlich in *Liouville, Journal des mathématiques T. XX, p.* 209—299;

Ch. Housel in *Liouville*, *Journal des mathématiques*, *T. XXI*, *p.* 193 bis 209 (Maiheft des Jahrganges 1856).

III. Inhalt der Porismen nach den verschiedenen Ansichten.

Etwas ausführlicher wieder werden wir in diesem dritten Paragraphen uns aussprechen müssen, wo, wenn nicht alle, doch die meisten Ansichten anzuführen sind, die über die Porismen des Euclid und über Porismen überhaupt in früherer oder späterer Zeit aufgestellt worden sind.

Zuerst bietet sich uns zur Besprechung die Abhandlung des Herrn Breton (de Champ), weil sie am Wenigsten bestimmt, was die Porismen eigentlich waren. Seine Schlüsse bestehen im Wesentlichen in Folgendem: Es seien die Porismen die Relationen gewesen, welche am Häufigsten bei geometrischen Untersuchungen vorkamen und der Gedanke bei der Abfassung jenes Werkes müsse der gewesen sein, Beispiele jener Relationen (jenes inneren Zusammenhanges einzelner Untersuchungen) und zugleich der allgemeinen Methoden zu liefern, welche in den einzelnen Fällen anzuwenden waren. Es seien, heisst es bei ihm, die Porismen keine Sätze (*propositions*) gewesen, sondern sie hätten als Antworten auf eine Reihe von Fragen gedient, welche uns von Pappus nicht aufbewahrt worden, wenn schon die eigentlichen Porismen des Euclid fast vollständig in die *Collectiones mathematicae* übergegangen seien. Die Stellen des Proclus hingegen werden ganz zurückgewiesen, weil diese nur auf Sätze der „Elemente" sich beziehen, die den Porismen ähneln, nicht aber auf diese selbst.

In seinen früheren Publicationen hat der gelehrte Herr Verfasser zwar mit *kürzerer Begründung* doch fester behauptet, was die Porismen gewesen seien. In der Notiz vom 29. October 1849 findet er in ihnen die sogenannte Transformation der Figuren, dasselbe Thema, welches Newton in allgemeiner Fassung in dem 22. Lemma des ersten Buches der Principien behandelt habe, und welches dort durch die Worte bezeichnet werde: *Figuras in alias ejusdem generis figuras mutare.* Und diese Erklärung scheint ihm ausserdem noch mit der von Herrn Poncelet gegebenen übereinzustimmen.

In letzterer Beziehung können wir ihm allerdings einigermassen beipflichten. Denn in der Einleitung zu dem *Traité des propriétés projectives des figures* heisst es: die Porismen des Euclid hätten keinen anderen Inhalt gehabt, als die allgemeinsten, abstractesten Eigenschaften der Figuren, deren Charakter nur schwer durch die Sprache der alten Geometrie definirbar war. Mit einem Worte, es lägen hier wirkliche projectivische Eigenschaften vor, die Euclid durch Betrachtungen, die der Perspective angehören, abgeleitet habe.

Kehren wir indessen zu Herrn Breton (de Champ) zurück, so finden wir in dessen Notiz vom 6. Juni 1853 wieder eine neue Ansicht aufgestellt, welche folgendermassen ausgedrückt wird: „Bei den Griechen galt eine Frage nur dann als Problem, wenn sie sich in die Worte fassen liess, wie wird diese oder jene Sache ausgeführt? Nun giebt es aber Fragen, welche durch die Erfindung oder den Ausspruch einer Wahrheit gelöst werden; und diese Fragen konnten die Griechen, wenn sie sich überhaupt damit beschäftigten, nicht als eigentliche Probleme anerkennen. Diese Fragen nun bildeten die Porismen“. Offenbar schliesst sich diese Erklärungsweise, von der ersten total verschieden, an dieselben Stellen des Proclus an, die in der dritten Abhandlung wieder zurückgewiesen werden. So dass es wohl einige Verwunderung erregen darf, wie am Eingange der letzteren Abhandlung gesagt werden kann, sie sei nur eine weitere Ausführung des schon in jenen Notizen in den *Comptes rendus* Enthaltenen.

Eine weitere Ansicht führen wir fast mit einer gewissen Scheu an, da sie zu sehr entlegenen Zeiten von zwei Männern aufgestellt wurde, welche Frankreichs Mathematiker mit Stolz zu den Ihren rechnen, von Fermat und Chasles. Nach diesen Beiden ist die allgemeine Aufgabe, welche durch die Porismen gelöst werden sollte, folgende: „Wenn ein Ort durch eine allen seinen Punkten gemeinsame Construction oder durch ein gewisses Coordinatensystem bestimmt ist, dann eine andere Construction oder ein anderes Coordinatensystem zu finden, welche allen Punkten dieses Ortes genügen und wodurch man die Natur und die Lage desselben erkennet“. Herr Chasles setzt noch hinzu: die Data seien Ergänzungen der Elemente. Sie lehren aus den Bedingungen einer Aufgabe Alles das folgern, was aus ihnen vermöge der Elemente hervorgeht. Ebenso verhielten sich die Porismen zu den Oertern (?). Sie dienten zur Kenntniss der Oerter zu *gelangen, indem sie die Mittel* darböten, aus den Bedingungen, durch welche ein unbekannter Ort bestimmt wird, einen einfacheren Ausdruck dieses Ortes zu erhalten, der seine Natur und seine Lage näher kennen lehrt.

Diese Erklärungsweise ist eine so allgemein gehaltene, dass unter dieselbe wohl ganz verschiedene Ansichten sich subsumiren lassen, und sagt uns deshalb von den bisher gegebenen am Meisten zu. Was die Anwendung auf die Porismen des Euclid betrifft, so hat Herr Chasles seine Divination derselben noch nicht veröffentlicht; wir können uns daher kein Urtheil darüber erlauben, und nur die Hoffnung aussprechen, es möge dabei nicht zu viel Gewicht auf die Lemmen des Pappus gelegt sein, bei deren Gebrauch schon Herr Breton (de Champ) mit Recht zu der grössten Vorsicht ermahnt. Denn, wie dieser Gelehrter bemerkt, sind unter den 70 Lemmen, die zu den Kegelschnitten gehören, nur 3, in welchen wirklich Kegelschnitte vorkommen; und ebenso dürfte es sich mit den Lemmen zu den Porismen verhalten.

Viel specieller und auch im Ausdrucke weniger klar gehalten ist die Definition der Porismen, welche Robert Simson gab (*Roberti Simson Opera quaedam reliqua*, in 4°. *Glasgow* 1776), und welche vielleicht wegen ihrer dunkeln Fassung über ein halbes Jahrhundert lang die öffentliche Meinung beherrschte. In der möglichst getreuen Uebersetzung von Sohncke (Geschichte der Geometrie von Chasles, S. 10) lautet sie wie folgt: „Ein Porisma ist ein Satz, in welchem ausgesprochen wird, dass man gewisse Dinge bestimmen könne, und in welchem man sie auch wirklich bestimmt, wenn deren Beziehung zu festen und bekannten und auch zu solchen Dingen gegeben ist, welche bis in's Unendliche variirt werden dürfen, wobei diese letzteren durch eine oder mehrere Relationen unter einander verbunden sind, welche das Veränderungsgesetz, dem sie unterworfen sind, bilden.“

Die neueste Arbeit über die Porismen von Herrn Housel giebt eine so kühne Interpretation der Stellen des Pappus, dass wir sie gewagt nennen möchten, und uns nicht damit einverstanden erklären können, wenn einem Worte ein Sinn zugetheilt wird, von dem es nicht wenigstens constatirt ist, dass er überhaupt möglich ist, und wenn dann auf dieses eine Wort ein ganzes System gebaut wird. So macht es aber Herr Housel. Das Wort συμβεβηκός nämlich, welches wir als „Nebenumstand“ übersetzten (wir haben es bei der betreffenden Stelle in Klammern beigefügt), nimmt Herr Housel als einen Kunstausdruck, den er durch *accident* übersetzt, wofür wir das Wort „Accidenz“ gebrauchen wollen. Dann sagt er, bei dem Porisma käme es einerseits auf das Gesuchte an, andererseits auf die Hypothese, und letztere zerfalle in zwei Theile, in die eigentliche Hypothese und in die Accidenz. Jene enthalte die festen Bedingungen des Porismas, diese, die Accidenz, enthalte die Bedingungen der Veränderlichkeit. Als Beispiel wird das von Simson wiederhergestellte Porisma benutzt, *wonach, wenn die vier Linien* eines vollständigen Vierseits sich in

6 Punkten schneiden, von denen 3 in einer Graden liegende gegeben sind, und wenn von den 3 übrigen Punkten 2 der Bedingung unterworfen sind, je auf einer gegebenen Graden zu bleiben, auch der letzte Punkt eine grade Linie zum geometrischen Orte haben wird. In diesem Beispiele besteht nach Herrn Housel die Hypothese darin, dass 3 von den 6 Punkten fest gegeben sind; die Accidenz erfordert, dass 2 von den übrigen Punkten auf 2 gegebenen graden Linien sich bewegen; und diese beiden Bedingungen zusammen bilden die Hypothese im weiteren Sinne. Das Resultat endlich besteht darin, dass der letzte Punkt alsdann eine grade Linie beschreibt. So wird also endlich die Definition des Porismas abgeleitet: es beschäftige sich mit den Sätzen, die bei der Bewegung einzelner Theile der Figuren auftreten. Wir geben Herrn Housel gern zu, dass er vielen Scharfsinn in dieser Conjectur an den Tag gelegt hat, müssen aber zu viel Willkürlichkeit in seiner Grundannahme finden, als dass wir mehr als eben eine Conjectur darin erkennen sollten.

Führen wir endlich noch die Ansicht des Herrn Nesselmann an, so glaubt dieser Gelehrte aus der Stelle des Pappus folgern zu müssen, dass die Neueren (natürlich die Neueren des Pappus) solche Sätze mit dem Namen der Porismen belegt hätten, die neben dem als Theorem ausgesprochenen Satze noch eine auszuführende Operation oder Construction in sich schliessen; mit anderen Worten solche Sätze, welche die Möglichkeit einer zu bewerkstelligenden Operation aussprechen; die also als Lehrsatz ausgesprochen die Ausführung einer Operation, als Aufgabe ausgesprochen einen ihre Möglichkeit bestimmenden Lehrsatz voraussetzen. Auf den Begriff hingegen, den die Alten mit dem fraglichen Worte verbanden, wird als den näheren Zweck nicht berührend gar nicht eingegangen.

Durch die bisherigen Auseinandersetzungen glauben wir nun gezeigt zu haben, wie widersprechend die einzelnen Ansichten über den Inhalt der verlorenen Porismen sind, und wie es gerade die Theile der Wissenschaft waren, mit denen die einzelnen Divinatoren sich besonders beschäftigten, welche sie in den Porismen suchten und dann auch fanden. So war es kein Wunder, wenn Fermat, der Mitbegründer der analytischen Geometrie, diese in den Porismen wieder erkannte; wenn der Verfasser der *Géométrie supérieure* in den Porismen einen Vorläufer dieses seines Werkes fand; wenn Herr Poncelet in ihnen projectivische Eigenschaften der Figuren auftreten sah; und es sollte uns wundern, wenn Herr Housel sich nicht vielfach mit Mechanik beschäftigt hätte, da er die Porismen auf Bewegungserscheinungen zurückführt. Es würde im höchsten Grade anmassend erscheinen, wenn wir nach diesen Bemerkungen und nach dem, was am Anfange dieses Aufsatzes gesagt ist, unsere eigenen Gedanken als maassgebend ausposaunen wollten. Wenn wir sie hier in Kürze noch beifügen, so wollen wir im Gegentheile nur dadurch angeben, wie sich in unserem *Geiste die Wissenschaft* der Alten abspiegelt, die wir uns, wir gestehen es offen ein, immer lieber mit dem Studium der Analysis als der Geometrie beschäftigt haben. Von diesem Standpunkte aber erscheint uns folgende Lösung der Aufgabe.

Die Mathematik der Alten ist in den wesentlichsten Beziehungen von der der Neuzeit verschieden. Sie unterscheidet sich nicht blos in der Darstellungsweise des Einzelnen, auch die Anordnung des Ganzen hat sich durchaus geändert. Bei den Alten stand die Geometrie an der Spitze der ganzen Mathematik. Die Arithmetik war nur ein Anhängsel derselben, arithmetische Sätze wurden nur abgeleitet, wenn sie eine geometrische Bedeutung hatten, galten nur, wenn diese geometrische Deutung zulässig war. Daher die Beschränktheit der Analysis bei den Alten, wenn wir unter diesem Namen allgemein den Theil der Mathematik verstehen, der sich mit Zahlengrössen und deren Verknüpfung beschäftigt. Im schroffen Gegensatze dazu stellen die neueren Mathematiker die Analysis an die Spitze von dem richtigen Gedanken ausgehend, dass die Zahl als allgemeinste Grösse zuerst betrachtet werden muss, um sodann zur Vergleichung der übrigen Grössen zu dienen. Daraus folgt, dass bei den Griechen eine ganze Reihe von Sätzen in geometrischer Gestalt auftritt und auftreten muss, welche ursprünglich gewiss Zahlensätze waren. Wir erinnern nur an den bekanntesten aller geometrischen Sätze, an den pythagoräischen Lehrsatz. Daraus folgt aber ferner, dass, um manche Sätze und ihren innern Zusammenhang mit Vorhergehendem und Folgendem recht zu würdigen, wir dieselben erst in unseren neueren Gedankenkreis überführen, sie in analytische Form bringen müssen. So dürfte es sich auch mit den Porismen verhalten. Es dürften in ihnen Wahrheiten enthalten sein, die auch der neueren Analysis Stoff zu interessanten Untersuchungen bieten, wenn auch die andere Form sie nicht sogleich wiedererkennen lässt. Und suchen wir in dieser Absicht die Untersuchungen der Analysis so zu classificiren, dass die einzelnen Abtheilungen den Abtheilungen entsprechen, welche namentlich von Proclus definirt werden, so glauben wir die Analogieen in folgender Weise aussprechen zu können:

„Eigenschaften einer gegebenen Function zu finden, giebt das Theorem an; Werthe der Function bei gegebenem Argumente leitet das Problem ab; endlich aus Eigenschaften auf die Art der Function schliessen, lehrt das Porisma.“

III.

Ueber eine neue Beugungserscheinung und über einige Gesetze der gewöhnlichen Beugung.

Von Quet*).

Die in Untersuchung genommenen Erscheinungen treten in dem schwachen Lichte, das sich in dem Schatten dunkler Körper fortpflanzt, hervor. Stellt man nämlich vor eine Lichtquelle eine Reihe von Schirme, von denen jeder in den Schatten des vorhergehenden eingreift, so erblickt man bei entsprechender Anordnung dieser Vorrichtungen gewisse Beugungsfransen, welche ebenso durch ihre Schönheit, wie durch die Schwierigkeit ihrer Erklärung und wiederum durch die Leichtigkeit den Streit zwischen den Theorien von Young und Fresnel zu entcheiden, ein besonderes Interesse in Anspruch nehmen. Sie haben einige Verwandtschaft mit denjenigen Erscheinungen, welche Lord Brougham im Jahre 1850**) bekannt machte und als derartige, welche durch die Interferenztheorie nicht vollständig erklärbar seien, hinstellte. So wenig man indess im Allgemeinen noch Grund hat, Fresnels Theorie in Frage zu stellen, eben so wenig Zweifel dürfte man auch bezüglich der Zulänglichkeit dieser Theorie zur vollständigen Erklärung jener und der folgenden Erscheinungen zu hegen haben.

Fig. 1.

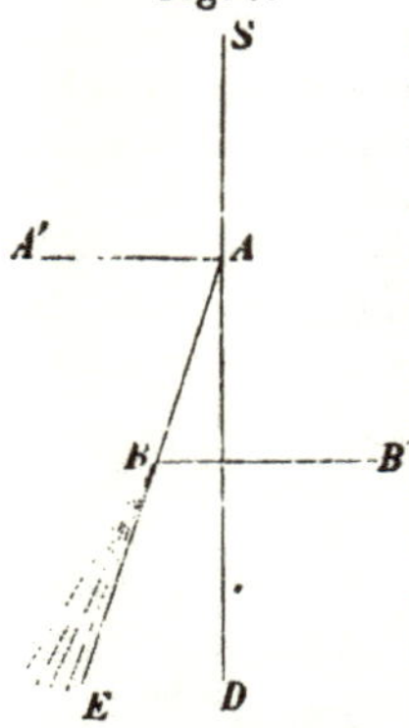

Stellt man vor einen leuchtenden Punkt S (Fig. 1) zwei Schirme AA', BB' mit geradlinigen und parallelen Kanten in entgegengesetzter Richtung und so auf, dass der Rand des zweiten Schirmes in den Schatten des ersten hineinragt, so entstehen jenseits des zweiten Schirmes und ausserhalb seines Schattens $B'BE$ eine Reihe sehr deutlicher und wohl unterschiedener Fransen. Die hervorstechendsten Stellen haben allerdings nicht denselben Glanz als bei dem Beugungsphänomen, das man mit einem einzigen Schirm erhält, doch stehen sie bei homogenem Lichte in einem lebhaften Contraste gegen ihre benachbarten Stellen, die sehr dunkel sind und jene besonders hervortreten lassen. Diese Fransen sind noch zu erkennen, selbst wenn der Rand

*) *Annales de chemie et de Physique. Tom. XLVI. p.* 385.

**) *Compt. rend. 1850. No. 3.*

des zweiten Schirmes sehr tief in den Schatten des ersten eingeschoben ist. Ihr Vorhandensein constatirt sehr bestimmt und auf grosse Angulardistanz den verwaschenen Schimmer, der sich hinter dunkeln Gegenständen fortpflanzt. Die Gesetze dafür sollen weiter unten ermittelt werden.

Die Fransen verschwinden vollständig, wenn man den zweiten Schirm eine halbe Umdrehung um seinen Rand machen lässt. Diese einfache Thatsache reicht hin, um Young's Theorie zu widerlegen; denn nach derselben müssten die Fransen für beiderlei Stellung des Schirmes vorhanden sein, indem in jedem Punkte P ausserhalb des Schattens des zweiten Schirmes (Fig. 2 und 3) zwei Strahlen sich treffen und interferiren könnten, nämlich ein Strahl AP, der direct vom Rande A des ersten Schirmes kommt, und ein zweiter ABP, der eben daher aber erst in Folge einer am Rande B des zweiten Schirmes geschehenen Reflexion nach P gelangt. Hier sind somit keine mikrometrischen Messungen nöthig, wie bei mehreren Demonstrationen von Fresnel; das Eintreten oder Nichteintreten einer gewissen Erscheinung reicht einzig zur Bestätigung der aufgestellten Behauptung hin.

Fig. 2. Fig. 3.

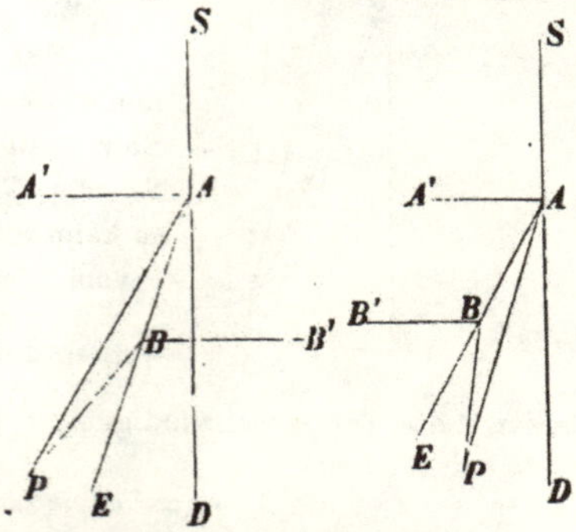

Indem wir nun die unzureichende Theorie Young's bei Seite lassen, die ja auch schon mehrere Erscheinungen der gewöhnlichen Diffraction nicht zu erklären vermag, wollen wir vielmehr auf das Huygen'sche Princip gestützt untersuchen, ob man bei Erklärung der verschiedenen Beugungserscheinungen, welche mehrfache Schirme darbieten, von der Undulationstheorie ausgehen kann.

I. Beugung an einem geradlinigen Rande.

In der für diesen Fall genugsam bekannten Fig. 4 bedeuten:

S den leuchtenden Punkt, durch den man sich eine zum Rande des Schirmes senkrechte Ebene vorzustellen hat;

AA', $A'AD$, AMX die Durchschnitte des Schirmes, seines geometrischen Schattens und der Wellenfläche mit der nur bezeichneten Fläche;

P irgend einen Punkt über dem Schirme hinaus;

M den Durchschnitt der Geraden SP und des Bogens AX;

GMR einen Bogen mit dem Halbmesser PM vom Centrum P aus beschrieben;

Fig. 4.

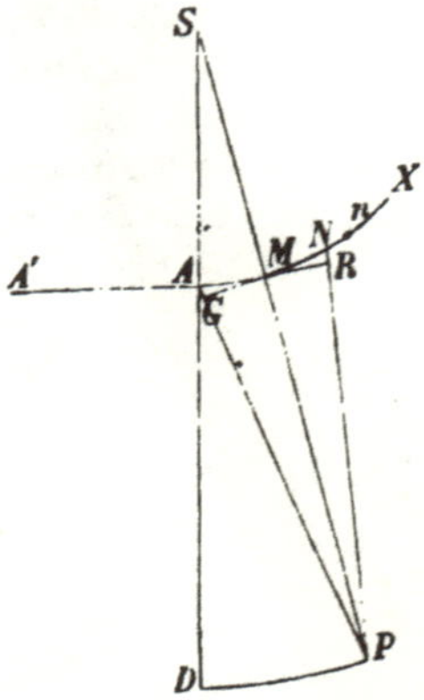

Nn ein Bogenelement von AX;

G, R die Durchschnitte des Bogens GMR mit der nach A und N gerichteten Radien PA, PN.

Ferner bedeuten:

T die Schwingungsdauer der Lichtschwingungen;

λ die Wellenlänge;

V die Geschwindigkeit, die der Punkt P von der Wellenfläche AX erhält.

Zunächst handelt es sich um die Bestimmung der Intensität des Lichts im Punkte P. Setzt man

$SA = a$, $SP = a + p$, $NM = z$, $Nn = dz$, $NR = r$.

so kann die Geschwindigkeit, welche der Punkt P vom Element Nn zur Zeit t erhält, dargestellt werden durch $\sin 2\pi\left(\frac{t}{T} - \frac{p+r}{\lambda}\right) dz$; und wie bekannt die Totalgeschwindigkeit V durch

$$V = \Sigma dz \sin 2\pi\left(\frac{t}{T} - \frac{p+r}{\lambda}\right),$$

wobei sich die Summe Σ auf alle Elemente des Bogens AX erstreckt. Hieraus folgt

$$V = \sin 2\pi\left(\frac{t}{T} - \frac{p}{\lambda}\right) \Sigma dz \cos\frac{2\pi r}{\lambda} - \cos 2\pi\left(\frac{t}{T} - \frac{p}{\lambda}\right) \Sigma dz \sin\frac{2\pi r}{\lambda}.$$

Bezeichnet man mit $\sqrt{H}$ eine positive Grösse und mit φ eine Zahl zwischen 0 und 1, so kann man immer

$$1)\quad \begin{cases} \Sigma dz \cos\dfrac{2\pi r}{\lambda} = \sqrt{H}\cos 2\pi\varphi, \\ \Sigma dz \sin\dfrac{2\pi r}{\lambda} = \sqrt{H}\sin 2\pi\varphi, \end{cases}$$

setzen, und dann hat man

$$2)\quad V = \sqrt{H}\sin 2\pi\left(\frac{t}{T} - \frac{p}{\lambda} - \varphi\right),$$

woraus sich ergiebt, dass die Intensität des Lichtes im Punkte P durch H dargestellt ist, d. h. durch

$$3)\quad H = \left(\Sigma dz \cos\frac{2\pi r}{\lambda}\right)^2 + \left(\Sigma dz \sin\frac{2\pi r}{\lambda}\right)^2.$$

Von den beiden Variabeln r und z kann eine durch die andere dargestellt werden. Vernachlässigt man die vierten Potenzen des Verhältnisses von z gegen a, so hat man

4) $$r = \frac{(a+p)z^2}{2ap} \; {}^{*})$$

und setzt man

5) $$\frac{r}{\lambda} = \frac{v^2}{4}$$

6) $$X = \Sigma dv \cos\frac{\pi v^2}{2}, \qquad Y = \Sigma dv \sin\frac{\pi v^2}{2},$$

so ergiebt sich leicht

7) $$\begin{cases} \Sigma dz \cos\frac{2\pi r}{\lambda} = X\sqrt{\frac{ap\lambda}{2(a+p)}}, \\ \Sigma dz \sin\frac{2\pi r}{\lambda} = Y\sqrt{\frac{ap\lambda}{2(a+p)}}, \end{cases}$$

8) $$H = (X^2 + Y^2)\frac{ap\lambda}{2(a+p)},$$

9) $$tg\, 2\pi\varphi = \frac{Y}{X}.$$

Der Werth des Integrales $\int_{v'}^{v''} dv \cos\frac{\pi v^2}{2}$ ist verschwindend klein, wenn die Grenzen v', v'' hinreichend gross sind; denn bei partieller Integration findet sich

$$\int_{v'}^{v''} dv \cos\frac{\pi v^2}{2} = \frac{1}{\pi v''}\sin\frac{\pi v''^2}{2} - \frac{1}{\pi v'}\sin\frac{\pi v'^2}{2} - \int_{v'}^{v''} \sin\frac{\pi v^2}{2}\, d.\frac{1}{\pi v};$$

unter den angegebenen Bedingungen ist aber einmal

$$\frac{1}{\pi v''}\sin\frac{\pi v''^2}{2} - \frac{1}{\pi v'}\sin\frac{\pi v'^2}{2}$$

verschwindend klein, sodann der absolute Werth von $\int_{v'}^{v''} \sin\frac{\pi v^2}{2}\, d.\frac{1}{\pi v}$ nothwendiger Weise kleiner als der von $\int_{v'}^{v''} d.\frac{1}{\pi v}$, das heisst kleiner als

---

*) Es ist nämlich $\overline{PN}^2 = \overline{SP}^2 + \overline{SN}^2 - 2SP.SN\cos\frac{z}{a}$

$$= (a+p)^2 + a^2 - 2a(a+p)\left\{1 - \frac{z^2}{2a^2}\dots\right\}$$

$$= p^2 + \frac{(a+p)z^2}{a}$$

$$PN = \sqrt{p^2 + \frac{a+p}{a}z^2} = p + \frac{a+p}{2ap}z^2,$$

mithin $RN = PN - PR = \frac{a+p}{2ap}z^2$.

$\frac{1}{\pi v''} - \frac{1}{\pi v'}$. Da dieser Werth auch verschwindend klein ist, so ist die obige Behauptung richtig. Dasselbe würde sich auch von $\int_{v'}^{v''} dv \sin \frac{\pi v^2}{2}$ erweisen lassen. Nimmt man auf *MX* irgend einen Bogen in hinreichend grosser Entfernung von *M*, so sind diejenigen Glieder der Summen *X* und *Y*, welche aus diesem Bogen sich ableiten, als unmerkliche Grössen zu vernachlässigen, so dass also der Einfluss des entsprechenden Theiles der Wellenfläche auf die Vibrationsgeschwindigkeit des Punktes *P* unmerklich ist. Man beweist dasselbe übrigens auch leicht durch einfache geometrische Betrachtungen. Aus dem Vorhergehenden folgt noch, dass, wenn eine der Grenzen sehr gross ist, man dieselbe in den Summen *X* und *Y* vertreten lassen kann durch $v = \infty$. Wäre der Schirm *AA'* gar nicht vorhanden, so würden beide Grenzen unendlich gross sein und man hätte dann

$$X = \int_{-\infty}^{\infty} dv \cos \frac{\pi v^2}{2} = 1, \quad Y = \int_{-\infty}^{\infty} dv \sin \frac{\pi v^2}{2} = 1.$$

Bezeichnet man durch *H'* den Werth von *H*, welcher diesem Falle entspricht, oder die Intensität des Lichtes, welche in *P* vorhanden wäre, wenn es kein Hinderniss gäbe, so giebt die Gleichung 8)

$$H' = \frac{ap\lambda}{a+p} \text{ und } \frac{H}{H'} = \frac{X^2 + Y^2}{2}.$$

Setzt man das Verhältniss $\frac{H}{H'} = \frac{1}{2}h$, so bedeutet dasselbe die Intensität des Lichts im Punkte *P*, gemessen durch eine Intensitätseinheit, welche bei gänzlicher Abwesenheit des Schirmes stattfinden würde. Man hat somit noch

$$h = X^2 + Y^2. \tag{10}$$

Zur Auflösung des aufgestellten Problemes und zur Berechnung von φ hat man nur nöthig, die Integrale *X* und *Y* innerhalb der auf das Problem bezüglichen Grenzen zu bestimmen. Integrirt man zu dem Zwecke partiell und führt die Integration an den Coefficienten zu den trigonometrischen Funktionen aus, so hat man unmittelbar

$$\text{11)} \quad \begin{cases} \int_0^v dv \cos \frac{\pi v^2}{2} = P \sin \frac{\pi v^2}{2} + Q \cos \frac{\pi v^2}{2}, \\ \int_0^v dv \sin \frac{\pi v^2}{2} = Q \sin \frac{\pi v^2}{2} - P \cos \frac{\pi v^2}{2}; \end{cases}$$

wobei

$$
12)\quad \begin{cases} P = \dfrac{\pi v^3}{3} - \dfrac{\pi^3 v^7}{1.3.5.7} + \dfrac{\pi^5 v^{11}}{1.3.5.7.9.11} - \ldots \\ Q = v - \dfrac{\pi^2 v^5}{1.3.5} + \dfrac{\pi^4 v^9}{1.3.5.7.9} - \ldots \end{cases}
$$

gesetzt ist. Die Formeln 11) und 12) sind von Herrn **Knochenhauer** (vergl. dessen „Undulationstheorie" S. 36 und 37 und Poggendorff's Annal. Bd. XLI. S. 103). Die Reihen 12) convergiren für alle Werthe von $v = 0$ bis ∞, ausschliesslich jedoch des letzten Grenzwerthes $v = \infty$; mithin sind die Gleichungen 11) für alle Fälle und besondern Umstände bezüglich des betrachteten Phänomens anwendbar. Die Reihen 12) sind insbesondere sehr schnell convergirend, wenn v sehr klein ist, d. h. wenn man den Punkt P sehr nahe an der Grenze des geometrischen Schattens annimmt. Ist v sehr gross, so muss man von den Reihen 12) eine grosse Anzahl Glieder nehmen und dann bieten diese wenig Bequemlichkeit dar; doch kann man in diesem Falle sie durch andere, besser convergirende ersetzen. Wie dem auch sei, immer wird man bei den Reihen 12) bis zu einer Grenze rechnen können, die unter jedem Fehler steht, der mit dem Abbrechen derselben bei einem gewissen Gliede verbunden ist. Zunächst mögen die Formeln 11) und 12) ihrem analytischen Werthe nach zur weiteren Anwendung kommen; unten sollen für die numerische Berechnung derselben noch Wege zur Abkürzung angegeben werden. Die Formeln 11) und 12) ergeben sich auch leicht aus dem Integrale

$$\int_0^x e^{-x^2} dx,$$

dessen Entwickelung in Reihen so häufig in der Wahrscheinlichkeitsrechnung zur Anwendung kommt; man hat nur $-\frac{i\pi v^2}{2}$ für x^2 zu setzen, wobei $i = \sqrt{-1}$ ist. In der Wahrscheinlichkeitsrechnung ist noch eine zweite Entwickelung desselben Integrales $\int_0^x e^{-x^2} dx$ üblich, welche für numerische Berechnungen eine schnelle Approximation gewährt, wenn auch die Reihe divergent ist, und hierauf wird bei der numerischen Berechnung Rücksicht genommen werden.

Mit Hilfe der Formeln 11) geht die Gleichung 10) über in

$$
13)\quad h = \left(\tfrac{1}{2} + P \sin\frac{\pi v^2}{2} + Q \cos\frac{\pi v^2}{2}\right)^2 + \left(\tfrac{1}{2} + Q \sin\frac{\pi v^2}{2} - P \cos\frac{\pi v^2}{2}\right)^2.
$$

In dieser Gleichung ist v und deshalb auch P, Q positiv oder negativ zu nehmen, je nachdem der Punkt P ausserhalb oder innerhalb des geometrischen Schattens vom Schirme liegt. Entwickelt man die Gleichung 13), so kommt

$$14)\qquad h = \tfrac{1}{2} + P^2 + Q^2 + (P^2 + Q^2)\sin\frac{\pi v^2}{2} - (P - Q)\cos\frac{\pi v^2}{2}.$$

Um ferner die Werthe von v zu ermitteln, welche den Maximal- und Minimal-Intensitäten entsprechen, setzt man $\frac{dh}{dv} = 0$, wodurch man erhält

$$15)\qquad 0 = 2\left(P\frac{dP}{dv} + Q\frac{dQ}{dv}\right) + \left[\frac{dP}{dv} + \frac{dQ}{dv} + \pi v(P - Q)\right]\sin\frac{\pi v^2}{2} + \left[\frac{dQ}{dv} - \frac{dP}{dv} + \pi v(P + Q)\right]\cos\frac{\pi v^2}{2}.$$

Die Formeln 12) geben aber

$$16)\qquad Q = \frac{1}{\pi v}\frac{dP}{dv},\quad \frac{dQ}{dv} = 1 - \pi v P,\quad Q\frac{dQ}{dv} = Q - P\frac{dP}{dv},$$

damit reducirt sich 15) auf

$$17)\qquad 0 = 2Q + \sin\frac{\pi v^2}{2} + \cos\frac{\pi v^2}{2}.$$

Ist $v < 1$, so ist, wie leicht zu sehen, Q positiv und die Gleichung 17) kann für einen solchen Werth nicht bestehen. Um zu untersuchen, durch welche reellen Werthe von $v > 1$ diese Gleichung befriedigt wird, müssen zuvor die Werthe von P und Q mit hinlänglicher Annäherung durch Reihen bestimmt werden, welche auch bei einem $v > 1$ schnell convergiren.

Zu dem Zwecke bemerke man folgende Integrale, die durch partielle Integration, welcher aber zuerst die trigonometrischen Funktionen unterworfen werden, sich ergeben:

$$18)\qquad \begin{cases} \displaystyle\int_v^\infty \cos\frac{\pi v^2}{2}\,dv = -M\sin\frac{\pi v^2}{2} + N\cos\frac{\pi v^2}{2} + R, \\ \displaystyle\int_v^\infty \sin\frac{\pi v^2}{2}\,dv = M\cos\frac{\pi v^2}{2} + N\sin\frac{\pi v^2}{2} + R', \end{cases}$$

wobei

$$19)\qquad \begin{cases} M = \dfrac{1}{\pi v}\left(1 - \dfrac{1.3}{\pi^2 v^4} + \dfrac{1.3.5.7}{\pi^4 v^8} - \ldots\right), \\ N = \dfrac{1}{\pi^2 v^2}\left(1 - \dfrac{1.3.5}{\pi^2 v^4} + \dfrac{1.3.5.7.9}{\pi^4 v^8} - \ldots\right), \end{cases}$$

gesetzt ist und R, R' die Reste andeuten, welche man hinzuzufügen hat, wenn man die partielle Integration bei irgend einem Gliede abbricht. Aus 18) ergiebt sich nun

$$20)\qquad \begin{cases} \displaystyle\int_0^v \cos\frac{\pi v^2}{2}\,dv = \tfrac{1}{2} + M\sin\frac{\pi v^2}{2} - N\cos\frac{\pi v^2}{2} - R, \\ \displaystyle\int_0^v \sin\frac{\pi v^2}{2}\,dv = \tfrac{1}{2} - M\cos\frac{\pi v^2}{2} - N\sin\frac{\pi v^2}{2} - R'. \end{cases}$$

Man verdankt diese Formeln Herrn Cauchy (vergl. *Compt. rend.* 1842. Tom. XV). Sollen dieselben allgemein bleiben, so sind die Reste R, R' zu beachten, indem die Reihen für M und N divergent sind. Durch Vergleichung von 11) und 20) ergiebt sich

$$21)\quad \begin{cases} P = M + \tfrac{1}{2}(S - C) + R'C - RS, \\ Q = -N + \tfrac{1}{2}(S + C) - R'S - RC, \end{cases}$$

wobei der Kürze wegen mit S und C der Sinus und Cosinus des Bogens $\frac{\pi v^2}{2}$ bezeichnet ist. Hieraus lassen sich sofort P und Q für Werthe von $v > 1$ bestimmen.

Zu bemerken ist zuvor, dass nach derselben partiellen Integration der Rest die eine von den beiden Formen

$$\int_0^\infty \cos\frac{\pi v^2}{2}\,du, \qquad \int_0^\infty \sin\frac{\pi v^2}{2}\,du$$

hat, worin u das letzte Glied bezeichnet, bis zu welchem man die Reihen M und N entwickelt hat. Diese Integrale sind ihrem absoluten Werthe nach kleiner als $\int_0^\infty du$ oder als u. Das letzte Glied u von M oder N giebt demnach eine obere Grenze ab für den Fehler, den man bei Vernachlässigung von R oder R' in den Gleichungen 20) begeht. Es ist somit auch klar, dass, wenn das unmittelbar auf u folgende Glied vernachlässigt wird, der begangene Fehler kleiner sein wird als der doppelte Werth dieses Gliedes. Da die Reihen 19) sehr rasch convergiren, wenn v merklich grösser als 1 ist, so kann man die Gleichungen 20) reduciren auf

$$22)\quad \begin{cases} \int_0^v \cos\frac{\pi v^2}{2}\,dv = \tfrac{1}{2} + M\sin\frac{\pi v^2}{2} - N\cos\frac{\pi v^2}{2} \\ \int_0^v \sin\frac{\pi v^2}{2}\,dv = \tfrac{1}{2} - M\cos\frac{\pi v^2}{2} - N\sin\frac{\pi v^2}{2} \end{cases}$$

und ebenso 21) auf

$$23)\quad \begin{cases} P = M + \tfrac{1}{2}(S - C), \\ Q = -N + \tfrac{1}{2}(S + C). \end{cases}$$

Substituirt man diesen Werth von Q in der Gleichung 17) mit demselben oder verändertem Zeichen, je nachdem der Punkt P ausserhalb oder innerhalb des geometrischen Schattens vom Schirme angenommen wird, so erhält man im ersteren Falle

$$24)\quad 0 = -N + \sin\frac{\pi v^2}{2} + \cos\frac{\pi v^2}{2};$$

im anderen Falle

$$25)\quad 0 = N.$$

Man hätte auch direct die Gleichungen 22) statt der Gleichungen 11) anwenden können, um die Intensität des Lichts in P zu berechnen und zu den Gleichungen 24) und 25) zu gelangen; da indess die Gleichungen 22) nur Annäherungen enthalten, so würde man nicht so leicht den Grad der Annäherung bezüglich der Gleichungen 24) und 25) ersehen haben.

Betrachtet man zuerst die Gleichung 24), welche sich auf den Fall bezieht, dass P ausserhalb des geometrischen Schattens des Schirmes sich befindet, so ist zu bemerken, dass die Anwendung von 24) ein $v > 1$ voraussetzt, und weil für nur einigermaassen merkliche Werthe von v N sehr klein ist, so kann man für eine erste Annäherung, die übrigens für den vorliegenden Zweck hinreichend ist, die Gleichung 24) reduciren auf

$$26)\qquad \sin\frac{\pi v^2}{2} + \cos\frac{\pi v^2}{2} = 0\,,\ \text{oder}\ \tan\frac{\pi v^2}{2} = -1\,,$$

eine Gleichung, welche Herr Knochenhauer in seiner Undulationstheorie (s. o.) aufgestellt hat. Die daraus gezogenen Werthe von v sind die Quadratwurzeln der Zahlen

$$\frac{3}{2},\ \frac{7}{2},\ \frac{11}{2}\ \ldots\ \frac{3+4n}{2}.$$

Die doppelten Quadrate der verschiedenen Werthe von v entsprechen den hellen und dunkeln Fransen und folgen demgemäss auf einander wie die Glieder der Reihe

3, 7, 11, 15, 19 etc.

Diese merkwürdige Eigenschaft giebt sich schliesslich sehr leicht in den vierzehn Werthen zu erkennen, welche von Fresnel auf sehr mühsame Weise berechnet worden sind. Von vorstehendem Gesetz erhält man noch leicht folgenden Ausdruck: Die hellsten und dunkelsten Stellen der Beugungsfransen sind so vertheilt, dass die Differenz der durchlaufenen Wege zweier Strahlen, die sich daselbst durchkreuzen und von denen der eine von der Lichtquelle unmittelbar, der andere durch Reflexion am Rande des Schirmes dahin gelangt, gleich ist einer geraden oder ungeraden Zahl halber Wellenlängen, die jedoch um $\frac{1}{8}$ Wellenlänge vermindert ist. Denn nach der Gleichung 5) hat man

$$\frac{v^2}{4} = \frac{AG}{\lambda},$$

und daher bezüglich der hellen und dunklen Fransen, für welche 26) gilt,

$$\frac{AG}{\lambda} = \frac{3}{8},\ \frac{7}{8},\ \frac{11}{8},\ \frac{15}{8}\ \ldots\ \frac{3+4n}{8}.$$

Ist v eine etwas beträchtliche Zahl, so wird N sehr klein und die Gleichung 14), welche in Folge von 23) sich auf

$$27)\qquad h = 2 + M^2 + N^2 + 2(M - N)\sin\frac{\pi v^2}{2} - 2(M + N)\cos\frac{\pi v^2}{2}$$

reducirt, giebt nahezu

$$h = 2 + \frac{1}{\pi^2 v^2} + \frac{2}{\pi v}\left(\sin\frac{\pi v^2}{2} - \cos\frac{\pi v^2}{2}\right),$$

woraus zu ersehen ist, dass die Differenz der Maximal- und Minimalwerthe von h immer mehr abnimmt, je grösser v wird, oder je weiter die Linie AP sich von der geometrischen Schattengrenze entfernt, und dass die Intensität des Lichtes einer festen Grenze $= \frac{1}{2} h$ oder $= 1$ sich nähert.

Im zweiten Falle, wenn der Punkt P innerhalb des geometrischen Schattens vom Schirme angenommen wird (Fig. 5), gilt, wie erwähnt, für die Minima und Maxima der Intensität die Bedingungsgleichung 25), welche durch keinen reellen und endlichen Werth von v befriedigt wird, so dass es keine Diffractionsfransen im Schatten des Schirmes giebt.

Fig. 5.

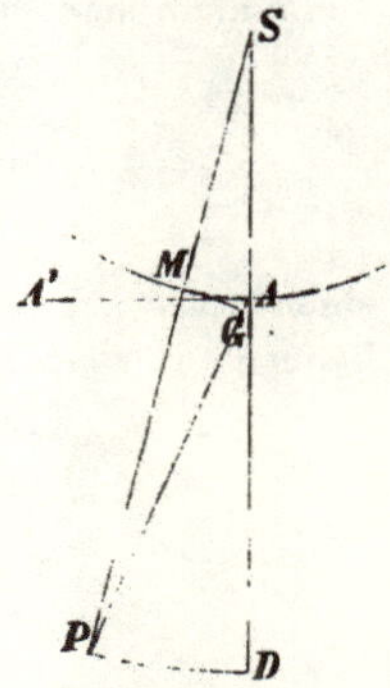

Ist v eine etwas beträchtliche Zahl, so wird N^2 sehr klein, M^2 reducirt sich auf $\frac{1}{\pi^2 v^2}$ und $h = M^2 + N^2$ (für Punkte innerhalb des geometrischen Schattens) ebenfalls auf $\frac{1}{\pi^2 v^2}$. Daraus folgt, dass die Intensität des Lichtes innerhalb des geometrischen Schattens im umgekehrten Verhältniss zu v^2 steht. Dieses Gesetz lässt sich auch leicht aus der von Fresnel berechneten Tabelle ziehen. Zu den Werthen von

$$v = 2,\ 2.4,\ 3,\ 4,\ 5,\ 5.5$$

giebt dieselbe für h die Werthe

$$h = 0.0247,\ 0.0173,\ 0.0113,\ 0.0064,\ 0.0041,\ 0.0033;$$

vorstehendes Gesetz dagegen giebt unter denselben Voraussetzungen:

$$0.0247,\ 0.0171,\ 0.0109,\ 0.00617,\ 0.00397,\ 0.0031.$$

Die Differenzen hierbei sind, wie man sieht, ganz unbedeutend, sie würden noch unbedeutender ausfallen, wenn man die Reihe der verglichenen Glieder mit dem zu $v = 3$ gehörigen begonnen hätte. Für $v = 2$ und $v = 3$ giebt die Formel

$$h = \frac{1}{\pi^2 v^2}$$

die Werthe 0.0253 und 0.01125, welche wenig von den Fresnel'schen abweichen. Man kann also zur Bestimmung von $\frac{h}{2}$ oder der Intensität des Lichts mit hinlänglicher Genauigkeit $M = \frac{1}{\pi v}$ und $N = 0$ setzen, wenn v grösser als 2, und um so mehr, wenn $v = 3$ ist.

Die Gleichungen 9) und 11) geben nun allgemein

$$tang\, 2\pi\varphi = \frac{Q \sin \frac{\pi v^2}{2} - P \cos \frac{\pi v^2}{2}}{P \sin \frac{\pi v^2}{2} + Q \cos \frac{\pi v^2}{2}},$$

wobei man noch die Zeichen von P und Q entgegengesetzt nehmen muss, wenn es sich um einen innerhalb des geometrischen Schattens liegenden Punkt P handelt. In diesem Falle und für einigermaassen merkliche Werthe von v kann man sich auch der Gleichungen 23) bedienen und erhält dadurch

$$tang\, 2\pi\varphi = \frac{N \sin \frac{\pi v^2}{2} + M \cos \frac{\pi v^2}{2}}{-M \sin \frac{\pi v^2}{2} + N \cos \frac{\pi v^2}{2}},$$

einen Ausdruck, den man unmittelbar aus 9) und 18) hätte entwickeln können. Für $v > 2$ reducirt sich N auf 0 und vorstehender Ausdruck auf

$$tang\, 2\pi\varphi = -\cot \frac{\pi v^2}{2},$$

woraus

$$\varphi = \frac{v^2 \pm (2k+1)}{4}$$

folgt, indem k jede beliebige ganze Zahl bedeutet. Nun ist $\frac{v^2}{4} = \frac{AG}{\lambda}$, demnach, wenn man $r' = AG$ setzt,

28) $$\varphi = \frac{r'}{\lambda} \pm \frac{2k+1}{4}.$$

Ferner ist nach 8) und 10) $H = \frac{ap\lambda}{2(a+p)} h$, $h = \frac{1}{\pi^2 v^2}$; hiernach und mit Berücksichtigung von 28) nimmt die Gleichung 2) folgende Form an:

29) $$V = -\sqrt{\frac{ap\lambda}{2(a+p)}} \cdot \frac{1}{\pi v} \cos 2\pi \left(\frac{t}{T} - \frac{p+r'}{\lambda}\right).$$

Beschreibt man (Fig. 5) von A aus als Centrum mit dem Radius $AP = p + r' = \varrho$ einen Kreisbogen $DP = s$, so hat man zum Maasse der Winkel PAD, APS, PSA resp. die Verhältnisse: $\frac{s}{\varrho}$, $\frac{MG}{p}$, $\frac{z}{a}$, mithin annäherungsweise $\frac{s}{\varrho} = z \frac{a+p}{ap}$ und in Folge dessen nach 4) und 5)

$$v = \frac{s}{\varrho} \sqrt{\frac{2ap}{(a+p)\lambda}};$$

damit geht die Gleichung 29) über in

30) $$V = -\frac{\varrho}{s} \cdot \frac{\lambda}{2\pi} \cos 2\pi \left(\frac{t}{T} - \frac{\varrho}{\lambda}\right).$$

Diese Gleichung findet auf alle Punkte des Bogens DP Anwendung, so *lange derselbe* wenige *Grade* nicht übersteigt, und lässt nachstehende

Folgerungen zu: Der Bogen *DP* besitzt unter den angezeigten Umständen zwar die charakteristische Eigenschaft der gewöhnlichen Wellenflächen, insofern alle Punkte desselben in derselben Schwingungsphase sich befinden, gleichsam als ob der Punkt *A* eine Lichtquelle wäre; doch ist die Schwingungsamplitude nicht in allen Punkten desselben gleich, sondern steht im umgekehrten Verhältniss des Bogentheiles, um welchen der betreffende Punkt von der geometrischen Schattengrenze entfernt ist, und in Folge dessen ist die Intensität des Lichtes daselbst dem Quadrate dieses Bogens umgekehrt proportional. Auf der Verlängerung dieses Bogens ausserhalb des geometrischen Schattens und durch die gewöhnlichen Beugungsfransen hindurch würde diese Eigenthümlichkeit natürlich nicht mehr hervortreten. Das in den geometrischen Schatten eindringende Licht verbreitet sich demnach so, als ob der Rand des Schirmes eine gewöhnliche Lichtquelle wäre, nur mit der angegebenen Abänderung hinsichtlich der Veränderlichkeit der Schwingungsweise für die einzelnen Punkte einer und derselben Wellenoberfläche. Man begreift hiernach, dass man mit diesen secundären Lichtwellen (unter Umständen) wieder Beugungserscheinungen wird hervorrufen können.

II. Beugungserscheinungen durch zwei Schirme, von denen der eine in den Schatten des andern eingreift.

Vor die Lichtquelle *S* (Fig. 6) sind die Schirme *AA'*, *BB'* mit rechtwinkligen und parallelen Rändern gestellt. Man denke sich durch *S* eine zu den Rändern der Schirme senkrecht gerichtete Ebene, welche die Ränder in *A* und *B* und die Schirme längs *AA'*, *BB'* schneide. Der geometrische Schatten des ersten Schirmes hat die Grenze *ADE* oder die Verlängerung von *SA*; der Rand *B* des zweiten Schirmes rage in den geometrischen Schatten des ersten um eine nicht ganz unbedeutende Grösse hinein und die Richtungen *AA'*, *BB'* der Schirme von ihren senkrechten Rändern aus nach ihren unbestimmten Grenzen sollen einander entgegengesetzt sein.

Fig. 6.

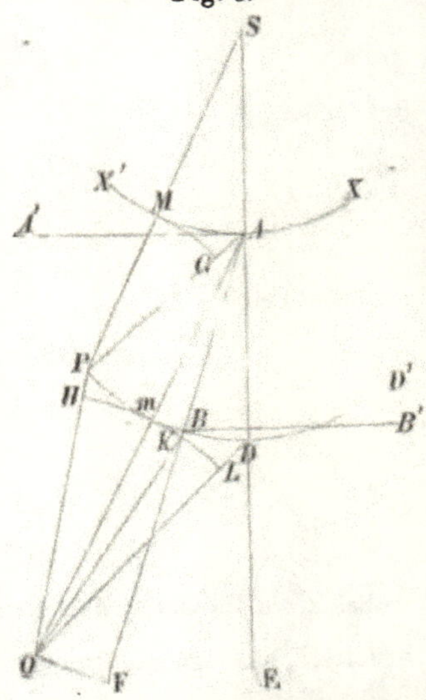

XAX' bezeichne die Lage der Wellenoberfläche bezüglich des Randes *A* vom ersten Schirme. Von *A* aus beschreibe man den Kreisbogen *D'P* mit einem bis zum Rande des zweiten Schirmes reichenden Halbmesser *AB*. Die Verlängerung von *AB* oder *BF* stellt dann die

Schattengrenze des zweiten Schirmes dar unter der Voraussetzung, dass derselbe von A aus beleuchtet wird. Q sei ein beliebiger über den Bogen $D'BP$ hinaus und ausserhalb des Schattens vom zweiten Schirme liegender Punkt, von welchem als Centrum aus der Bogen HmL beschrieben werde, der den Bogen DP in m berühre und die Linien QP, QB und QD in H, K und L schneide. Man setze nun

$$31)\quad \begin{cases} SA = a, \quad MP = P, \quad AP = \varrho, \quad PD = s, \\ DB = s', \quad \dfrac{AG}{\lambda} = \dfrac{V^2}{4}, \quad MA = z, \\ mQ = q, \quad mP = \sigma, \; PH = R, \quad \dfrac{R}{\lambda} = \dfrac{x^2}{4}, \\ \dfrac{DL}{\lambda} = \dfrac{y^2}{4}, \quad mD = \sigma'. \end{cases}$$

Nach den vorhergehenden Erörterungen befinden sich die Punkte von BP in gleicher Schwingungsphase und ihre Oscillationsgeschwindigkeiten stehen im umgekehrten Verhältniss der Bogen, um welche sie vom Rande D des geometrischen Schattens des ersten Schirmes abstehen. Hieraus folgt, dass man die Oscillationsgeschwindigkeit, welche der Punkt Q vom Elemente P des Bogens BP erhält, ausdrücken kann durch

$$\frac{1}{s} \sin 2\pi \left(\frac{t}{T} - \frac{q+R}{\lambda}\right) d\sigma,$$

sowie die Geschwindigkeit vom ganzen Bogen BP durch

$$U = \Sigma \frac{d\sigma}{s} \sin 2\pi \left(\frac{t}{T} - \frac{q+R}{\lambda}\right).$$

Setzt man

$$32)\quad \begin{cases} \Sigma \dfrac{d\sigma}{s} \cos \dfrac{2\pi R}{\lambda} = \sqrt{A} \cos 2\pi\psi, \\ \Sigma \dfrac{d\sigma}{s} \sin \dfrac{2\pi R}{\lambda} = \sqrt{A} \sin 2\pi\psi, \end{cases}$$

so ergiebt sich

$$33)\quad U = \sqrt{A} \sin 2\pi \left(\frac{t}{T} - \frac{q}{\lambda} - \psi\right),$$

und

$$34)\quad \operatorname{tang} \psi = \frac{\Sigma \dfrac{d\sigma}{s} \sin \dfrac{2\pi R}{\lambda}}{\Sigma \dfrac{d\sigma}{s} \cos \dfrac{2\pi R}{\lambda}},$$

wobei A die Intensität des Lichtes im Punkte Q darstellt. Um dieselbe zu erhalten, hat man die Summen $\Sigma \frac{d\sigma}{s} \cos \frac{2\pi R}{\lambda}$ und $\Sigma \frac{d\sigma}{s} \sin \frac{2\pi R}{\lambda}$ zu bestimmen. Hierzu hat man

$$35)\quad \begin{cases} R = \dfrac{\sigma^2 (q+\varrho)}{2q\varrho}, & \sigma^2 = \dfrac{x^2 \lambda q \varrho}{2(q+\varrho)}, \\ DL = \dfrac{\sigma'^2 (q+\varrho)}{2q\varrho}, & \sigma'^2 = \dfrac{y^2 \lambda q \varrho}{2(q+\varrho)}, \\ \dfrac{d\sigma}{s} = \dfrac{dx}{y+x}, & s = (y+x)\sqrt{\dfrac{\lambda q \varrho}{2(q+\varrho)}}. \end{cases}$$

Damit erhält man

$$\Sigma \frac{d\sigma}{s} \cos \frac{2\pi R}{\lambda} = \Sigma \frac{dx}{y+x} \cos \frac{\pi x^2}{2},$$
$$\Sigma \frac{d\sigma}{s} \sin \frac{2\pi R}{\lambda} = \Sigma \frac{dx}{y+x} \sin \frac{\pi x^2}{2},$$

wobei die Summen sich auf alle Elemente des Bogens BmP beziehen. Man kann somit setzen

$$\Sigma \frac{d\sigma}{s} \cos \frac{2\pi R}{\lambda} = \int_0^x \frac{\cos \frac{\pi x^2}{2} dx}{y-x} + \int_0^\infty \frac{\cos \frac{\pi x^2}{2} dx}{y+x},$$
$$\Sigma \frac{d\sigma}{s} \cos \frac{2\pi R}{\lambda} = \int_0^x \frac{\sin \frac{\pi x^2}{2} dx}{y-x} + \int_0^\infty \frac{\sin \frac{\pi x^2}{2} dx}{y+x},$$

oder auch

$$36)\quad \begin{cases} \Sigma \dfrac{d\sigma}{s} \cos \dfrac{2\pi R}{\lambda} = 2y \displaystyle\int_0^x \frac{\cos \frac{\pi x^2}{2} dx}{y^2-x^2} + \int_x^\infty \frac{\cos \frac{\pi x^2}{2} dx}{y+x}, \\ \Sigma \dfrac{d\sigma}{s} \sin \dfrac{2\pi R}{\lambda} = 2y \displaystyle\int_0^x \frac{\sin \frac{\pi x^2}{2} dx}{y^2-x^2} + \int_x^\infty \frac{\sin \frac{\pi x^2}{2} dx}{y+x}, \end{cases}$$

in welchen Formeln die Grenze x auf den Rand B des zweiten Schirmes ihre Beziehung hat.

Durch partielle Integration, wobei die Integrationen auf die trigonometrischen Functionen übertragen werden, erhält man unmittelbar

$$37)\quad \begin{cases} \displaystyle\int_x^\infty \frac{\cos \frac{\pi x^2}{2} dx}{y+x} = -m \sin \frac{\pi x^2}{2} + n \cos \frac{\pi x^2}{2}, \\ \displaystyle\int_x^\infty \frac{\sin \frac{\pi x^2}{2} dx}{y+x} = m \cos \frac{\pi x^2}{2} + n \sin \frac{\pi x^2}{2}, \end{cases}$$

in denen m und n folgende Reihen bedeuten:

$$38)\quad \begin{cases} m = x_1 - x_3 + x_5 + x_7 + \dots \\ n = x^2 - x_4 + x_6 + x_8 + \dots \end{cases}$$

deren auf einander folgende Glieder das rekurrirende Gesetz

$$x_n = \frac{1}{\pi x} \frac{dx}{d.x_{n-1}}$$

befolgen und deren Anfangsglied $= \frac{1}{\pi x (y+x)}$ ist. Man hat somit zur Bildung dieser Reihen

$$39) \begin{cases} x_1 = \frac{1}{\pi x (y+x)}, \\ x_2 = \frac{1}{\pi^2 x^2 (y+x)} \left(\frac{1}{x} + \frac{1}{y+x}\right), \\ x_3 = \frac{1}{\pi^3 x^3 (y+x)} \left(\frac{3}{x^2} + \frac{3}{x(y+x)} + \frac{2}{(y+x)^2}\right), \\ x_4 = \frac{1}{\pi^4 x^4 (y+x)} \left(\frac{3.5}{x^3} + \frac{3.5}{x^2(y+x)} + \frac{1.2.3}{x(y+x)^2} + \frac{1.2.3}{(y+x)^3}\right). \end{cases}$$

Die Reihen m und n sind wegen ihrer Divergenz nicht bis ins Unendliche fortzusetzen. Bricht man sie bei irgend einem Gliede x_n ab, so begeht man in den Gleichungen 37) einen Fehler, der absolut genommen kleiner als x_n ist. Obgleich somit die Gleichungen 37) nicht scharf sind, so kann man doch bei Anwendung derselben die Approximation beurtheilen, weil man immer bis zu einer über den Fehler liegenden Grenze rechnen kann. Sind x und y ein wenig merkliche Grössen, so kann diese Annäherung schon sehr gross sein bei einer nur ganz geringen Gliederzahl in m und n. Dieselben Betrachtungen, wie sie bezüglich 22) angestellt worden sind, sind auch hier zu wiederholen.

In der identischen Gleichung

$$40) \quad \frac{1}{y^2 - x^2} = \frac{1}{y^2} + \frac{x^2}{y^4} + \frac{x^4}{y^6} + \ldots + \frac{x^{2n-2}}{y^{2n}} + \frac{x^{2n}}{y^{2n}(y^2 - x^2)},$$

in welcher obigen Annahmen zufolge $\frac{x}{y} < 1$ ist, kann zwar die Reihe auf der rechten Seite, weil sie convergent ist; ins Unendliche fortgesetzt gedacht werden; doch möge hier der Rest $\frac{x^{2n}}{y^{2n}(y^2 - x^2)}$ für weitere Berechnungen angemerkt werden, indem daraus weiter unten für gewisse divergente Reihen, die bei einem Gliede abgebrochen werden müssen, sich eine obere Fehlergrenze ableiten lässt.

In den Integralen

$$\int_0^x x^{2k} \cos \frac{\pi x^2}{2} dx, \quad \int_0^x x^{2k} \sin \frac{\pi x^2}{2} dx$$

kann man durch partielle Integration, indem man die Integrationen auf die *trigonometrischen* Funktionen überträgt, den Exponent $2k$ successiv um *zwei Einheiten verringern* und so die Integrale auf die folgenden

$$\int_0^x \cos\frac{\pi x^2}{2}\,dx,\quad \int_0^x \sin\frac{\pi x^2}{2}\,dx$$

herabbringen. Letztere haben aber nach 22) die Werthe

$$41)\quad \begin{cases} E = \int_0^x \cos\frac{\pi x^2}{2}\,dx = \frac{1}{2} + M\sin\frac{\pi x^2}{2} - N\cos\frac{\pi x^2}{2}, \\ F = \int_0^x \sin\frac{\pi x^2}{2}\,dx = \frac{1}{2} - M\cos\frac{\pi x^2}{2} - N\sin\frac{\pi x^2}{2}, \end{cases}$$

wobei M und N sich aus 19) ergeben, wenn man daselbst v mit x vertauscht.

Hiernach erhält man

$$\begin{aligned} \int_0^x x^{2k}\cos\frac{\pi x^2}{2}\,dx &= \sin\frac{\pi x^2}{2}\left\{\frac{x^{2k-1}}{\pi} - \frac{\overline{2k-1}.\overline{2k-3}}{\pi^3}x^{2k-5} + \ldots\right\} \\ &+ \cos\frac{\pi x^2}{2}\left\{\frac{2k-1}{\pi^2}x^{2k-3} - \frac{\overline{2k-1}.\overline{2k-3}.\overline{2k-5}}{\pi^4}x^{2k-7} + \ldots\right\} \\ &\pm \frac{1.3.5\ldots 2k-1}{\pi^k}R; \end{aligned}$$

$$\begin{aligned} \int_0^x x^{2k}\sin\frac{\pi x^2}{2}\,dx &= -\cos\frac{\pi x^2}{2}\left\{\frac{x^{2k-1}}{\pi} - \frac{\overline{2k-1}.\overline{2k-3}}{\pi^3}x^{2k-5} + \ldots\right\} \\ &+ \sin\frac{\pi x^2}{2}\left\{\frac{2k-1}{\pi^2}x^{2k-3} - \frac{\overline{2k-1}.\overline{2k-3}.\overline{2k-5}}{\pi^4}x^{2k-7} + \ldots\right\} \\ &\pm \frac{1.3.5\ldots 2k-1}{\pi^k}R'. \end{aligned}$$

wobei, wenn k eine gerade Zahl ist,

$$R = E,\quad R' = F,$$

und wenn k ungerade

$$R = F,\quad R' = E \text{ ist.}$$

Mit Hilfe dieser Formeln erhält man weiter:

$$42)\quad \begin{cases} y\int_0^x \frac{\cos\frac{\pi x^2}{2}\,dx}{y^2 - x^2} = m'\sin\frac{\pi x^2}{2} + n'\cos\frac{\pi x^2}{2} + eE - fF, \\ y\int_0^x \frac{\sin\frac{\pi x^2}{2}\,dx}{y^2 - x^2} = m'\cos\frac{\pi x^2}{2} + n'\sin\frac{\pi x^2}{2} + eF + fE, \end{cases}$$

indem zur Abkürzung

$$43)\quad \begin{cases} m' = \frac{1}{y^3}\frac{x}{\pi} + \frac{1}{y^5}\frac{x^3}{\pi} + \frac{1}{y^7}\left(\frac{x^5}{\pi} - \frac{5.3\,x}{\pi^3}\right) + \frac{1}{y^9}\left(\frac{x^7}{\pi} - \frac{7.5x^3}{\pi^2}\right) + \dots \\ n' = \frac{1}{y^5}\frac{3x}{\pi^2} + \frac{1}{y^7}\frac{5x^3}{\pi^2} + \frac{1}{y^9}\left(\frac{7x^5}{\pi^2} - \frac{7.5.3x}{\pi^4}\right) + \dots \\ c = \frac{1}{y} - \frac{1.3}{\pi^2 y^5} + \frac{3.5.7}{\pi^4 y^9} + \dots \\ f = \frac{1}{\pi y^3} - \frac{1.3.5}{\pi^3 y^7} + \dots \end{cases}$$

gesetzt worden ist. Die beiden letzten Gleichnungen geben noch die Beziehungen

$$44)\qquad f = -\frac{1}{\pi y}\frac{de}{dy};\quad \frac{df}{dy} = \pi(ey - 1)$$

und in Folge dessen

$$44)\quad \begin{cases} e\,de + f\,df = \frac{1}{y}\,de, \\ de - df = -\pi dy[(e+f) - 1], \\ de + df = \pi dy[(e-f) - 1]. \end{cases}$$

— Gleichungen, welche weiter unten noch zur Anwendung kommen werden. — Damit nun die Formeln 43) nicht divergente Reihen einschliessen, muss man eben die Reihe 40) nicht als eine unendliche annehmen. Bricht man dieselbe mit $\frac{x^{2n-2}}{y^{2n}}$ ab, so muss man die Gleichungen 42) resp. durch die Glieder

$$\int_0^x \frac{x^{2n}\cos\frac{\pi x^2}{2}\,dx}{y^{2n-1}(y^2 - x^2)},\qquad \int_0^x \frac{x^{2n}\sin\frac{\pi x^2}{2}\,dx}{y^{2n-1}(y^2 - x^2)}$$

ergänzen. Dieselben sind aber ihrem absoluten Werthe nach kleiner als

$$\int_0^x \frac{x^{2n}\,dx}{y^{2n-2}(y^2 - x^2)}.$$

Dieses Integral lässt sich zwar bestimmen, doch genügt es hier zu bemerken, dass dasselbe wiederum kleiner ist, als

$$\frac{1}{y^{2n-1}(y^2 - x^2)}\int_0^x x^{2n}\,dx = \frac{1}{2n+1}\left(\frac{x}{y}\right)^{2n+1}\frac{1}{1 - \frac{x^2}{y^2}}.$$

Da die Grenze x, wie schon bemerkt, sich auf den Rand B des Schirmes bezieht und daher seinen grössten Werth hat, ferner y bei den Versuchen immer hinreichend gross angenommen werden kann, so dass der vorstehende Ausdruck einen hinlänglich kleinen Werth für irgend ein gegebenes n erhält; so kann man unter diesen Voraussetzungen in 42) die eben angegebenen Ergänzungen vernachlässigen und sich in den Reihen 43) auf die *Glieder beschränken*, in denen der Exponent von y höchstens $= 2n - 1$ ist.

Mit Hilfe von 37) und 42) gehen nun die Integrale 36) über in

$$46)\quad \begin{cases} \Sigma \frac{d\sigma}{s} \cos \frac{2\pi R}{\lambda} = e - f + \alpha \sin \frac{\pi x^2}{2} + \beta \cos \frac{\pi x^2}{2} \\ \Sigma \frac{d\sigma}{s} \sin \frac{2\pi R}{\lambda} = e + f - \alpha \cos \frac{\pi x^2}{2} + \beta \sin \frac{\pi x^2}{2} \end{cases}$$

in welchen Ausdrücken α und β folgende Bedeutung haben:

$$47)\quad \begin{cases} \alpha = 2m' + 2eM + 2fN - m, \\ \beta = 2n' - 2eN + 2fM + n. \end{cases}$$

Den Gleichungen 32) gemäss hat man dann für die Intensität des Lichts im Punkte Q:

$$48)\quad A = e^2 + f^2 + \alpha^2 + \beta^2 + 2[\alpha(e-f) + \beta(e+f)] \sin \frac{\pi x^2}{2} - 2[\alpha(e+f) - \beta(e-f)] \cos \frac{\pi x^2}{2},$$

Diese Gleichung ist schon hinreichend, zu zeigen, dass es ausserhalb des Schattens des zweiten Schirmes eine Reihe Maxima und Minima der Lichtintensitäten giebt und sie erklärt leicht die Entstehung der Fransen, welche das Experiment darstellt. Es mögen nun noch die charakteristischen Eigenschaften dieser Fransen erörtert werden.

Die Gleichungen 31) und 35) geben

$$s' = (y-x)\sqrt{\frac{\lambda q \varrho}{2(q+\varrho)}}.$$

Bleibt die Linie AQ unveränderlich und lässt man nur die Lage des Punktes Q sich verändern, ohne auch den Schirm BB' zu verrücken, so werden in 49) sich auch nur x und y verändern und in Folge dessen $dy = dx$ sein. Betrachtet man nun unter diesen Bedingungen in 48) y als eine Funktion von x und setzt

$$\frac{dA}{dx} = 0,$$

so hat man mit Berücksichtigung von 45)

$$50)\quad 0 = e\frac{de}{dy} + f\frac{df}{dy} + \alpha\frac{d\alpha}{dx} + \beta\frac{d\beta}{dx} + H \sin \frac{\pi x^2}{2} + G \cos \frac{\pi x^2}{2},$$

worin zur Abkürzung

$$51)\quad \begin{cases} H = eB + \pi\alpha - fC + (eC - \pi\beta + fB), \\ G = eB + \pi\alpha - fC - (eC - \pi\beta + fB), \\ B = \frac{d\alpha}{dx} + \pi\beta(y-x), \\ C = \frac{d\beta}{dx} - \pi\alpha(y-x) \end{cases}$$

gesetzt worden ist.

Stellt man die hier einschlagenden Funktionen übersichtlich zusammen und benutzt davon nur die höchstens bis zur fünften Ordnung aufsteigenden Glieder, so hat man

$$
52)\quad \left\{
\begin{aligned}
m' &= \frac{x}{\pi y^3} + \frac{x^3}{\pi y^5} + \frac{x^5}{\pi y^7} + \frac{x^7}{\pi y^9} + \ldots = \frac{x}{\pi y (y^2 - x^2)},\\
n' &= \frac{3x}{\pi^2 y^5} + \frac{5x^3}{\pi^2 y^7} + \frac{7x^5}{\pi^2 y^9} + \ldots = \frac{1}{\pi x}\,\frac{\partial.\left(m' - \frac{x}{\pi y^3}\right)}{\partial x}\\
&\qquad = \frac{y^2 + x^2}{\pi^2 x y (y^2 - x^2)^2} - \frac{1}{\pi^2 x y^3},\\
e &= \frac{1}{y} - \frac{3}{\pi^2 y^5} \ldots \quad f = \frac{1}{\pi y^3} \ldots\\
M &= \frac{1}{\pi x} - \frac{3}{\pi^3 x^5} \ldots \quad N = \frac{1}{\pi^2 x^3} \ldots\\
m &= \frac{1}{\pi x (y + x)} \ldots, \quad n = \frac{1}{\pi^2 x^2 (y + x)}\left(\frac{1}{x} + \frac{1}{y + x}\right),\\
eM &= \frac{1}{\pi x y}, \quad eN = \frac{1}{\pi^2 y x^3}, \quad fN = 0, \quad fM = \frac{1}{\pi^2 x y^3} \ldots\\
\alpha &= \frac{2x}{\pi y (y^2 - x^2)} - \frac{1}{\pi x (y + x)} + \frac{2}{\pi y x} = \frac{1}{\pi x (y - x)}\\
\beta &= -\frac{2}{\pi^2 y^3} + \frac{2}{\pi^2 x y^3} - \frac{y}{\pi^2 x^3 (y^2 - x^2)} + \frac{2}{\pi^2 x (y - x)(y^2 - x^2)} \ldots
\end{aligned}
\right.
$$

und hieraus ergiebt sich weiter

$$
53)\quad \left\{
\begin{aligned}
B &= -\frac{2(y - x)}{\pi y^3} \ldots, \qquad C = -\frac{1}{x} \ldots\\
H &= -\frac{1}{y(y - x)} + \frac{2x}{y^4} \ldots, \quad G = \frac{1}{y(y - x)} - \frac{2x}{y^4} \ldots
\end{aligned}
\right.
$$

Beschränkt man sich ferner in der Gleichung 50) auf Glieder von nur unter der vierten Ordnung, so zieht sich dieselbe zusammen auf

$$
0 = -\frac{1}{y^3} + \left[\frac{1}{y(y - x)} + \frac{2x}{\pi y^4}\right] \sin\frac{\pi x^2}{2} + \left[\frac{1}{y(y - x)} - \frac{2x}{\pi y^4}\right] \cos\frac{\pi x^2}{2}.
$$

Da man endlich bei den Versuchen y hinreichend gross annehmen kann, so lässt sich diese Gleichung annäherungsweise auch ausdrücken durch

$$
0 = \sin\frac{\pi x^2}{2} + \cos\frac{\pi x^2}{2},
$$

oder

$$
54)\qquad tg\,\frac{\pi x^2}{2} = -1.
$$

Die Werthe von x, welche dieser Gleichung genügen, sind enthalten in der Reihe

$$
55)\qquad \frac{x^2}{4} = \frac{3}{8},\ \frac{7}{8},\ \frac{11}{8},\ \frac{15}{8} \ldots;
$$

und es fallen somit die Werthe von x aus 54) mit denen von r aus 26) zusammen, sowie auch die übrigen Folgerungen daraus dieselben sind.

Beschreibt man vom Punkte B als Centrum mit dem Halbmesser BQ einen Bogen QF, dessen Anfang an der Grenze BF des geometrischen

Schattens vom zweiten Schirme liegt, so werden die drei Winkel QBF, BQA, BAQ bezüglich gemessen durch $\frac{QF}{BQ}$, $\frac{mK}{q}$, $\frac{mB}{\varrho}$ und man hat

$$\frac{QF}{BQ} = \frac{mK}{q} + \frac{mB}{\varrho},$$

woraus man annäherungsweise $QF = mB\,\frac{q+\varrho}{\varrho}$ folgern kann, insofern die Bogen QF, mB sehr klein sind. Andererseits hat man $x = mB\sqrt{\frac{2(q+\varrho)}{q\varrho\lambda}}$, mithin

$$QF = x\sqrt{\frac{\lambda(q+\varrho)}{2}} \cdot \frac{q}{\varrho}.$$

Aus dieser Gleichung kann man die Lagen der verschiedenen hellen und dunklen Fransen berechnen und darnach die Theorie durch den Versuch bestätigen.

Dieselbe Gleichung 56) zeigt, dass die Fransen sich vom Schatten um so mehr entfernen, je näher der zweite Schirm dem ersten steht. Unter diesen und den übrigen Verhältnissen sind die Beugungserscheinungen denjenigen an einem einzigen Rande ganz analog. Dieses ist übrigens auch *a priori* wohl begreiflich dadurch, dass die Wellenfläche $D'DmP$ theilweise durch den Schirm BB'' aufgefangen ist. Der wirksame Theil derselben BP muss aber auf den Punkt Q, wenn auch nicht genau dieselben Wirkungen, wie eine gewöhnliche Lichtwelle, doch wenigstens denselben ähnliche hervorbringen.

Wird der zweite Schirm in entgegengesetzter Richtung von der oben vorausgesetzten aufgestellt, so geht der wirksame Theil der Welle vom Rande des Schirmes nicht in so einfache Verhältnisse ein; dagegen bleiben die Wirkungen der Welle AX auf den Punkt Q dieselben, mag man den zweiten Schirm hinstellen oder ganz wegnehmen. Aus Allem geht aber hervor, dass die Fresnel'sche, auf das Huygens'sche Princip gegründete Theorie von den bemerkten Erscheinungen vollkommen Rechenschaft giebt.

Die Gleichung 48) geht, wenn man in ihren Coefficienten nur die Glieder, die höchstens bis in den dritten Grad steigen, berücksichtigt, über in

$$A = \frac{1}{y_2} - \frac{2}{\pi x y (y-x)}\left(\sin\frac{\pi x^2}{2} - \cos\frac{\pi x^2}{2}\right):$$

eine Gleichung, aus der man ersehen kann, warum die Anzahl der sichtbaren Fransen begrenzt ist.

Wird im andern Falle Q innerhalb des Schattens vom zweiten Schirme angenommen, so hat man

$$\Sigma\frac{d\sigma}{s}\cos\frac{2\pi R}{\lambda} = \int_x^\infty \frac{\cos\frac{\pi x^2}{2}\,dx}{y+x},$$

$$\Sigma \frac{d\sigma}{s} \sin \frac{2\pi R}{\lambda} = \int_x^\infty \frac{\sin \frac{\pi x^2}{2} dx}{y+x}$$

und vermittels der Gleichungen 32), 33), 34), 37)

$$A = m^2 + n^2,$$

$$tg\, 2\pi\psi = \frac{m \cos \frac{\pi x^2}{2} + n \sin \frac{\pi x^2}{2}}{-m \sin \frac{\pi x^2}{2} + n \cos \frac{\pi x^2}{2}},$$

$$U = \sqrt{m^2+n^2} \sin 2\pi \left(\frac{t}{T} - \frac{q}{\lambda} - \psi\right).$$

Ist der Punkt Q weit genug von der Grenze des geometrischen Schattens entfernt und ist y eine merkliche Grösse, so kann man n vernachlässigen und m auf $\frac{1}{\pi x (y+x)}$ (s. 52) reduciren. Dann geben die vorstehenden Gleichungen

$$tg\, 2\pi\psi = -cot \frac{\pi x^2}{2} \text{ und } \psi = \frac{x^2}{4} \pm \frac{2k+1}{4}.$$

Bezeichnet man noch BQ mit ϱ', wofür man

$$\varrho' = q + \frac{x^2\lambda}{4}$$

hat, und bemerkt, dass

$$y + x = BD \sqrt{\frac{2(q+\varrho)}{q\varrho\lambda}}$$

ist, so ergiebt sich

$$U = -\frac{1}{\pi BD} \sqrt{\frac{q\varrho\lambda}{2(q+\varrho)}} \cdot \frac{1}{x} \cos 2\pi \left(\frac{t}{T} - \frac{\varrho'}{\lambda}\right).$$

Aus der Gleichung

$$\frac{QF}{BQ} = \frac{mK}{q} + \frac{mB}{\varrho}$$

erhält man

$$QF = mB \,.\, \frac{\varrho'(q+\varrho)}{q\varrho}, \text{ oder}$$

$$= \varrho' x \sqrt{\frac{\lambda(q+\varrho')}{2q\varrho}},$$

und damit endlich

$$U = -\frac{\lambda\varrho'}{2\pi BD} \cdot \frac{1}{QF} \cos 2\pi \left(\frac{t}{T} - \frac{\varrho'}{\lambda}\right).$$

Hieraus geht hervor, dass auf irgend einem von B aus als Centrum im Schatten des zweiten Schirmes gezogenen Kreisbogen die verschiedenen Punkte in derselben Oscillationsphase sich befinden, und dass ihre Geschwindigkeiten im umgekehrten Verhältniss zum Bogen QF stehen, um welchen der betreffende Punkt von der Grenze des geometrischen Schattens absteht. Das in den Schatten des zweiten Schirmes sich verbreitende Licht hat demnach dieselben Eigenschaften, wie dasjenige, welches sich in dem Schatten des ersten Schirmes verbreitet, und muss hinter einem dritten Schirme den vorhergehenden ähnliche Erscheinungen hervorrufen. Die Gleichung 54) führt übrigens wieder zu folgendem Ausdruck des die Erscheinungen an zwei Schirmen betreffenden Gesetzes: Nimmt man zwei Strahlen an, die vom Rande des der Lichtquelle am nächsten stehenden Schirmes kommen und zwar der eine auf directem Wege, der andere nach einer Reflexion am Rande des andern Schirmes und die sich in den hellsten oder dunkelsten Partien der Fransen durchkreuzen, so ist die Differenz der von diesen Strahlen durchlaufenen Wege gleich einer um eine Achtelwelle verminderten geraden oder ungeraden Anzahl halber Wellenlängen.

Kleinere Mittheilungen.

I. Ueber einige elliptische Integrale.

Durch Anwendung imaginärer Substitutionen ist es bekanntlich gelungen, die drei Integrale

$$\int_0^{\frac{1}{2}\pi} \frac{l \sin \varphi}{\Delta(k,\varphi)}\,d\varphi, \qquad \int_0^{\frac{1}{2}\pi} \frac{l \cos \varphi}{\Delta(k,\varphi)}\,d\varphi, \qquad \int_0^{\frac{1}{2}\pi} \frac{l\,\Delta(k,\varphi)}{\Delta(k,\varphi)}\,d\varphi,$$

in denen $\Delta(k,\varphi)$ wie gewöhnlich $\sqrt{1-k^2 \sin^2\varphi}$ bezeichnet, auf die vollständigen elliptischen Integrale erster Gattung

$$\int_0^{\frac{1}{2}\pi} \frac{d\varphi}{\Delta(k,\varphi)} = K, \qquad \int_0^{\frac{1}{2}\pi} \frac{d\varphi}{\Delta(k',\varphi)} = K', \qquad k^2 + k'^2 = 1,$$

zurückzuführen*); da diese Reduction, selbst abgesehen von ihrem Ge-

*) Die obigen Integrale gehen, wenn $F(k,\varphi) = u$ also $\frac{d\varphi}{\Delta(k,\varphi)} = du$ und umgekehrt $\varphi = am\,u$ gesetzt wird, in die folgenden über

$$\int_0^K l\,sn\,am\,u\,du, \qquad \int_0^K l\,cs\,am\,u\,du, \qquad \int_0^K l\,\Delta\,am\,u\,du;$$

nun ist aber bekannt, dass die Funktionen der Amplitude in periodische Reihen verwandelbar sind, nämlich brauche in der Theorie der elliptischen Funktionen, immer von Interesse ist, so dürfte vielleicht ein auf reellen Grundlagen beruhender Beweis derselben nicht überflüssig erscheinen.

a) Aus der bekannten, für beliebige positive p und q geltenden Formel

$$\int_0^1 x^{p-1}(1-x)^{q-1}\,dx = \frac{\Gamma(p)\,\Gamma(q)}{\Gamma(p+q)}$$

folgt für $q=\frac{1}{2}$ und $x=\sin^2\vartheta$

$$\int_0^{\frac{1}{2}\pi} \sin^{2p-1}\vartheta\, d\vartheta = \frac{\sqrt{\pi}}{2}\,\frac{\Gamma(p)}{\Gamma(p+\frac{1}{2})};$$

diese Gleichung differenziren wir in Beziehung auf das willkürliche p und wenden rechts die identische Gleichung $\frac{dQ}{dp} = Q\,\frac{dlQ}{dp}$ an; wir erhalten auf diesem Wege

$$2\int_0^{\frac{1}{2}\pi} l\sin\vartheta\,\sin^{2p-1}\vartheta\,d\vartheta = \frac{\sqrt{\pi}}{2}\,\frac{\Gamma(p)}{\Gamma(p+\frac{1}{2})}\left[\frac{dl\Gamma(p)}{dp} - \frac{dl\Gamma(p+\frac{1}{2})}{dp}\right].$$

Die rechte Seite dieser Gleichung lässt sich mittelst der bekannten Relation

$$\frac{dl\,\Gamma(p)}{dp} - \frac{dl\,\Gamma(q)}{dq} = \int_0^1 \frac{y^{q-1}-y^{p-1}}{1-y}\,dy$$

transformiren, dies giebt

$$l\,sn\,am\,u - l\sin\frac{\pi u}{2K} = A_0 + A_1\cos\frac{\pi u}{K} + A_2\cos\frac{2\pi u}{K} + \dots.$$

$$l\,cs\,am\,u - l\cos\frac{\pi u}{2K} = B_0 + B_1\cos\frac{\pi u}{K} + B_2\cos\frac{2\pi u}{K} + \dots.$$

$$l\,\Delta\,am\,u = C_0 + C_1\cos\frac{\pi u}{K} + C_2\cos\frac{2\pi u}{K} + \dots.$$

man hat daher

$$\int_0^K \left(l\,sn\,am\,u - l\sin\frac{\pi u}{2K}\right)du = A_0 K,$$

$$\int_0^K \left(l\,cs\,am\,u - l\cos\frac{\pi u}{2K}\right)du = B_0 K,$$

$$\int_0^K l\,\Delta\,am\,u\,du = C_0 K.$$

Vergl. Jacobi, *Fundamenta nova*, §. 39, oder des Verf. Abhandlung: „Ueber einige allgemeine Reihenentwickelungen und deren Anwendung auf die elliptischen Funktionen" (Abhandlungen der K. S. Gesellsch. d. Wissensch. in Leipzig. S. 395).

$$\int_0^{\frac{1}{2}\pi} l \sin\vartheta \sin^{2p-1}\vartheta\, d\vartheta = \frac{\sqrt{\pi}}{4}\frac{\Gamma(p)}{\Gamma(p+\frac{1}{2})}\int_0^1 \frac{\sqrt{y}-1}{1-y} y^{p-1}\, dy$$

und für $p = n + \frac{1}{2}$, $y = z^2$,

$$1)\qquad \int_0^{\frac{1}{2}\pi} l \sin\vartheta \sin^{2n}\vartheta\, d\vartheta = -\frac{\sqrt{\pi}}{2}\frac{\Gamma(n+\frac{1}{2})}{\Gamma(n+1)}\int_0^1 \frac{z^{2n}\, dz}{1+z}.$$

Diese Formel gilt, da früher p beliebig positiv war, für alle zwischen $-\frac{1}{2}$ und $+\infty$ liegende n; für $n = 0$ liefert sie das bekannte Resultat

$$2)\qquad \int_0^{\frac{1}{2}\pi} l \sin\vartheta\, d\vartheta = -\frac{\pi}{2}\int_0^1 \frac{dz}{1+z} = -\frac{\pi}{2} l2,$$

bei ganzen n wird aus Nr. 1)

$$3)\qquad \int_0^{\frac{1}{2}\pi} l \sin\vartheta \sin^{2n}\vartheta\, d\vartheta = -\frac{\pi}{2}\frac{1.3.5\ldots(2n-1)}{2.4.6\ldots.(2n)}\int_0^1 \frac{z^{2n}\, dz}{1+z}$$

$$= -\frac{\pi}{2}\frac{1.3\ldots(2n-1)}{2.4\ldots.(2n)}\left[l2 - \frac{1}{1} + \frac{1}{2} - \ldots + \frac{1}{2n}\right].$$

Multiplicirt man diese Gleichung mit r^{2n}, wobei r eine beliebige Constante bezeichnet, setzt der Reihe nach $r = 1, 2, 3 \ldots.$ und vereinigt alle einzelnen Ergebnisse sammt der Gleichung 2), so erhält man die neue Beziehung

$$\int_0^{\frac{1}{2}\pi} l \sin\vartheta\,(1 + r^2\sin^2\vartheta + r^4\sin^4\vartheta + r^6\sin^6\vartheta + \ldots)\, d\vartheta$$

$$= -\frac{\pi}{2}\int_0^1 \left(1 + \tfrac{1}{2}r^2z^2 + \frac{1.3}{2.4}r^4z^4 + \frac{1.3.5}{2.4.6}r^6z^6 + \ldots\right)\frac{dz}{1+z}$$

d. h. kürzer

$$\int_0^{\frac{1}{2}\pi} \frac{l \sin\vartheta\, d\vartheta}{1 - r^2\sin^2\vartheta} = -\frac{\pi}{2}\int_0^1 \frac{1}{\sqrt{1-r^2z^2}}\frac{dz}{1+z}.$$

Die Integration rechter Hand ist leicht ausführbar und giebt

$$4)\qquad \int_0^{\frac{1}{2}\pi} \frac{l \sin\vartheta\, d\vartheta}{1 - r^2\sin^2\vartheta} = -\frac{\pi}{2}\frac{1}{\sqrt{1-r^2}}\, l\,(1 + \sqrt{1-r^2}),$$

ein, wie es scheint, nicht bekanntes Resultat. Schreibt man statt der vorstehenden Gleichung die folgende mit ihr identische

$$\int_0^{\frac{1}{2}\pi} \frac{l \sin\vartheta\, d\vartheta}{1 - r^2\sin^2\vartheta} = -\frac{\pi}{2}\frac{1}{\sqrt{1-r^2}}\, l\left(\frac{r^2}{1-\sqrt{1-r^2}}\right),$$

so findet man als arithmetisches Mittel

$$5)\quad \int_0^{\frac{1}{2}\pi} \frac{l \sin\vartheta\, d\vartheta}{1 - r^2 \sin^2\vartheta} = -\frac{\pi}{4}\,\frac{1}{\sqrt{1-r^2}}\, l\left(\frac{1+\sqrt{1-r^2}}{1-\sqrt{1-r^2}}\right) - \frac{\pi}{2}\,\frac{lr}{\sqrt{1-r^2}}.$$

b) Nach dieser Vorbereitung ist das erste der anfangs erwähnten drei Integrale sehr leicht zu entwickeln. Wir setzen nämlich $r = k \sin\varphi$, multipliciren beiderseits mit $d\varphi$ und integriren von $\varphi = 0$ bis $\varphi = \frac{1}{2}\pi$; dies giebt, wenn linker Hand $1 = \cos^2\varphi + \sin^2\varphi$ gesetzt und die Anordnung der Integrationen umgekehrt wird,

$$\int_0^{\frac{1}{2}\pi} l \sin\vartheta\, d\vartheta \int_0^{\frac{1}{2}\pi} \frac{d\varphi}{\cos^2\varphi + (1 - k^2 \sin^2\vartheta)\sin^2\varphi}$$

$$= -\frac{\pi}{4} \int_0^{\frac{1}{2}\pi} \frac{d\varphi}{\Delta(k,\varphi)}\, l\left(\frac{1+\Delta(k,\varphi)}{1-\Delta(k,\varphi)}\right) - \frac{\pi}{2} \int_0^{\frac{1}{2}\pi} \frac{l(k\sin\varphi)\, d\varphi}{\Delta(k,\varphi)}.$$

Das auf φ bezügliche Integral linker Hand hat den Werth

$$\frac{\pi}{2}\,\frac{1}{\sqrt{1-k^2\sin^2\vartheta}};$$

rechter Hand ist nach einer bekannten Formel*)

$$\int_0^{\frac{1}{2}\pi} \frac{d\varphi}{\Delta(k,\varphi)},\ l\left(\frac{1+\Delta(k,\varphi)}{1+\Delta(k,\varphi)}\right) = \pi K',$$

---

*) Die obige, von Legendre gefundene Formel wird nach einer Bemerkung Lejeune Dirichlet's am einfachsten auf folgende Weise abgeleitet. In der Gleichung

$$\int_0^{\frac{1}{2}\pi} \frac{d\varphi}{a^2\cos^2\varphi + b^2\sin^2\varphi} = \frac{\pi}{2}\,\frac{1}{ab}$$

nehme man $a^2 = 1 - x^2$, $b = 1 - k'^2 x^2$, multiplicire beiderseits mit dx und integrire von $x = 0$ bis $x = 1$; man hat dann

$$\int_0^1 dx \int_0^{\frac{1}{2}\pi} \frac{d\varphi}{(1-x^2)\cos^2\varphi + (1-k'^2x^2)\sin^2\varphi} = \frac{\pi}{2}\int_0^1 \frac{dx}{\sqrt{(1-x^2)(1-k'^2x^2)}}.$$

Der Werth der rechten Seite ist $\frac{1}{2}\pi K'$; linker Hand kann die Reihenfolge der Integrationen umgekehrt werden, wodurch man erhält

$$\int_0^{\frac{1}{2}\pi} d\varphi \int_0^1 \frac{dx}{1-(1-k^2\sin^2\varphi)\,x^2} = \frac{1}{2}\pi K';$$

nach Ausführung der auf x bezüglichen Integration bleibt

$$\int_0^{\frac{1}{2}\pi} \frac{d\varphi}{\sqrt{1-k^2\sin^2\varphi}}\ \frac{1}{2}\, l\left(\frac{1+\sqrt{1-k^2\sin^2\varphi}}{1-\sqrt{1-k^2\sin^2\varphi}}\right) = \frac{1}{2}\pi K',$$

welche Gleichung mit der im Texte angegebenen Formel identisch ist.

ferner

$$\int_0^{\frac{1}{2}\pi} \frac{l\,(k \sin\varphi)\,d\varphi}{\Delta(k,\varphi)} = lk\,.\,K + \int_0^{\frac{1}{2}\pi} \frac{l \sin\varphi}{\Delta(k,\varphi)}\,d\varphi;$$

nach Substitution dieser Werthe und Hebung von $\frac{1}{2}\pi$ bleibt

$$\int_0^{\frac{1}{2}\pi} \frac{l \sin\vartheta\, d\vartheta}{\sqrt{1-k^2\sin^2\vartheta}} = -\frac{\pi}{2}K' - Klk - \int_0^{\frac{1}{2}\pi} \frac{l \sin\varphi}{\Delta(k,\varphi)}\,d\varphi.$$

Schreibt man φ statt ϑ, was in einem bestimmten Integrale erlaubt ist, so hat man links dasselbe Integral wie rechts, folglich

$$6)\qquad \int_0^{\frac{1}{2}\pi} \frac{l \sin\varphi}{\Delta(k,\varphi)}\,d\varphi = -\tfrac{1}{2}Klk - \tfrac{1}{4}\pi K'.$$

c) Um hieraus die übrigen der anfangs genannten Integrale abzuleiten, benutzen wir die bekannte Substitution

$$\tan\varphi = \frac{1}{k'}\cot\psi,$$

mithin

$$\sin\varphi = \frac{\cos\psi}{\Delta(k,\psi)},\quad \Delta(k,\varphi) = \frac{k'}{\Delta(k,\psi)},$$

$$\frac{d\varphi}{\Delta(k,\varphi)} = \frac{d\psi}{\Delta(k,\psi)},$$

und erhalten

$$\int_0^{\frac{1}{2}\pi} \frac{l \sin\varphi}{\Delta(k,\varphi)}\,d\varphi = \int_0^{\frac{1}{2}\pi} \frac{l\cos\psi - l\,\Delta(k,\psi)}{\Delta(k,\psi)}\,d\psi$$

oder vermöge des bekannten Werthes der linken Seite

$$\int_0^{\frac{1}{2}\pi} \frac{l\cos\psi}{\Delta(k,\psi)}\,d\psi - \int_0^{\frac{1}{2}\pi} \frac{l\,\Delta(k,\psi)}{\Delta(k,\psi)}\,d\psi = -\tfrac{1}{2}Klk - \tfrac{1}{4}K'.$$

Dieselbe Substitution, auf das dritte Integral angewendet, giebt

$$\int_0^{\frac{1}{2}\pi} \frac{l\,\Delta(k,\varphi)}{\Delta(k,\varphi)}\,d\varphi = \int_0^{\frac{1}{2}\pi} \frac{l\,k' - l\,\Delta(k,\psi)}{\Delta(k,\psi)}\,d\psi$$

$$= lk'\,.\,K - \int_0^{\frac{1}{2}\pi} \frac{l\,\Delta(k,\psi)}{\Delta(k,\psi)}\,d\psi;$$

schreibt man in den beiden Gleichungen wieder φ statt ψ, so enthalten dieselben *zwei Unbekannte* und geben

$$7)\qquad \int_0^{\frac{1}{2}\pi} \frac{l\cos\varphi}{\Delta(k,\varphi)}\,d\varphi = \tfrac{1}{2}K\,l\left(\frac{k'}{k}\right) - \tfrac{1}{4}\,\pi K',$$

$$8)\qquad \int_0^{\frac{1}{2}\pi} \frac{l\,\Delta(k,\varphi)}{\Delta(k,\varphi)}\,d\varphi = \tfrac{1}{2}K\,l\,k'.$$

d) Durch gegenseitige Vertauschung von k mit k' und K mit K' zieht man aus Nr. 6 noch die Gleichung

$$9)\qquad K = \frac{2}{\pi}K'\,l\left(\frac{1}{k'}\right) - \frac{4}{\pi}\int_0^{\frac{1}{2}\pi} \frac{l\sin\varphi}{\Delta(k',\varphi)}\,d\varphi\ .$$

und diese führt zur Berechnung von K für den Fall, dass k der Einheit nahe liegt, mithin k' ein kleiner Bruch ist. Unter diesen Umständen würde nämlich die gewöhnliche Formel

$$K = \frac{\pi}{2}\left[1 + \left(\frac{1}{2}\right)^2 k^2 + \left(\frac{1\,.\,3}{2\,.\,4}\right)^2 k^4 + \left(\frac{1\,.\,3\,.\,5}{2\,.\,4\,.\,6}\right)^2 k^6 + \ldots\right]$$

wegen der schwach convergirenden Reihe von keinem Vortheil sein; setzt man dagegen in Nr. 9

$$\frac{2}{\pi}K' = 1 + \left(\frac{1}{2}\right)^2 k'^2 + \left(\frac{1\,.\,3}{2\,.\,4}\right)^2 k'^4 + \left(\frac{1\,.\,3\,.\,5}{2\,.\,4\,.\,6}\right)^2 k'^6 + \ldots$$

$$\Delta(k',\varphi) = 1 + \frac{1}{2}k'^2\sin^2\varphi + \frac{1\,.\,3}{2\,.\,4}k'^4\sin^4\varphi + \ldots$$

und integrirt die einzelnen Glieder nach den Formeln 2) und 3) so gelangt man zu folgendem Ausdrucke:

$$10)\qquad \begin{aligned} K = l\left(\frac{4}{k'}\right) &+ \left(\frac{1}{2}\right)^2\left[l\left(\frac{4}{k'}\right) - A_1\right]k'^2 \\ &+ \left(\frac{1\,.\,3}{2\,.\,4}\right)^2\left[l\left(\frac{4}{k'}\right) - A_3\right]k'^4 \\ &+ \left(\frac{1\,.\,3\,.\,5}{2\,.\,4\,.\,6}\right)^2\left[l\left(\frac{4}{k'}\right) - A_5\right]k'^6 + \ldots \end{aligned}$$

wobei die mit A bezeichneten Grössen nach folgendem Gesetze gebildet sind

$$11)\qquad \begin{cases} A_1 = 1, \\ A_3 = 1 + \dfrac{2}{3\,.\,4}, \\ A_5 = 1 + \dfrac{2}{3\,.\,4} + \dfrac{2}{5\,.\,6}, \\ A_7 = 1 + \dfrac{2}{3\,.\,4} + \dfrac{2}{5\,.\,6} + \dfrac{2}{7\,.\,8} \\ \ldots\ldots\ldots\ldots \end{cases}$$

Mittelst der bekannten Relation

$$E = k'^2 K - k'(1 - k'^2)\frac{dK}{dk'}$$

erhält man noch

$$\begin{aligned} E = 1 &+ \frac{1}{2}\left[l\left(\frac{4}{k'}\right) - \frac{1}{1.2}\right]k'^2, \\ &+ \left(\frac{1}{2}\right)^2\frac{3}{4}\left[l\left(\frac{4}{k'}\right) - A_1 - \frac{1}{3.4}\right]k'^4, \\ &+ \left(\frac{1.3}{2.4}\right)^2\frac{5}{6}\left[l\left(\frac{4}{k'}\right) - A_2 - \frac{1}{5.6}\right]k'^6. \\ &+ \dots\dots\dots\dots \end{aligned}$$

Es sind diess die nämlichen Formeln, welche Legendre in Cap. XIV. seines *Traité des fonct. ellipt.* auf ganz anderem Wege entwickelt hat.

e) Behufs einer weiteren Anwendung der Formeln 6), 7) und 8) betrachten wir das Doppelintegral

$$\int_0^{\frac{1}{2}\pi}\int_0^{\frac{1}{2}\pi}\frac{k^2 \sin^2\varphi \sin\omega \cos\omega}{(1 - k^2\sin^2\varphi\sin^2\omega)\,\Delta(k,\varphi)}\,d\varphi\,d\omega.$$

Durch Integration in Beziehung auf ω erhalten wir

$$-\int_0^{\frac{1}{2}\pi}\frac{l\,\Delta(k,\varphi)}{\Delta(k,\varphi)}\,d\varphi = -\tfrac{1}{2}K\,l\,k'.$$

Kehren wir dagegen die Anordnung der Integrationen um und benutzen in der neuen Form

$$\int_0^{\frac{1}{2}\pi}d\omega\int_0^{\frac{1}{2}\pi}\frac{k^2\sin\omega\cos\omega\sin^2\varphi}{(1 - k^2\sin^2\omega\sin^2\varphi)\,\Delta(k,\varphi)}\,d\varphi$$

die bekannte Reductionsformel für die vollständigen elliptischen Integrale dritter Art (Legendre pag. 141), so finden wir

$$14)\quad \left\{\begin{aligned} &\int_0^{\frac{1}{2}\pi}\frac{d\omega}{\Delta(k,\omega)}\,[K.E(k,\omega) - E.F(k,\omega)] \\ &\quad = K\int_0^{\frac{1}{2}\pi}\frac{E(k,\omega)}{\Delta(k,\omega)}\,d\omega - E.\tfrac{1}{2}K^2. \end{aligned}\right.$$

Die Vergleichung der in 13) und 14) verzeichneten Ausdrücke liefert die Formel

$$15)\quad \int_0^{\frac{1}{2}\pi}\frac{E(k,\omega)}{\Delta(k,\omega)}\,d\omega = \tfrac{1}{2}(KE - l\,k'),$$

die Jacobi auf anderem Wege erhalten hat.

f) Betrachten wir ferner das Doppelintegral

$$\int_0^{\frac{1}{2}\pi}\int_0^{\frac{1}{2}\pi}\frac{\cos^2\varphi\,\sin\omega\cos\omega\,d\varphi\,d\omega}{(\sin^2\omega+\cos^2\omega\sin^2\varphi)\,\Delta(k,\varphi)},$$

so giebt die Ausführung der auf ω bezüglichen Integration

$$16)\qquad -\int_0^{\frac{1}{2}\pi}\frac{l\sin\varphi}{\Delta(k,\varphi)}\,d\varphi=\tfrac{1}{2}K\,lk+\tfrac{1}{4}\pi K'.$$

Bei umgekehrter Anordnung der Integrationen, nämlich

$$\int_0^{\frac{1}{2}\pi}d\omega\int_0^{\frac{1}{2}\pi}\left[\frac{1}{\sin\omega\cos\omega}\,\frac{1}{1+\cot^2\omega\sin^2\varphi}-\tan\omega\right]\frac{d\varphi}{\Delta(k,\varphi)}$$

lässt sich die von Legendre pag. 134 angegebene Reduction der vollständigen elliptischen Integrale dritter Art anwenden, und zwar findet sich

$$\int_0^{\frac{1}{2}\pi}\frac{d\omega}{\Delta(k',\omega)}\left[\tfrac{1}{2}\pi+(K-E)\,F(k',\omega)-K\,E(k',\omega)\right]$$

d. i. bei Integration der einzelnen Theile und Benutzung von Nr. 15)

$$17)\qquad \begin{cases}\tfrac{1}{2}\pi K'+(K-E)\,\tfrac{1}{2}K'^2-K\,\tfrac{1}{2}(K'E'-lk)\\ =\tfrac{1}{2}K\,lk+\tfrac{1}{4}\pi K'-\tfrac{1}{2}K'(KE'-K'E-KK').\end{cases}$$

Die Vergleichung der Resultate in 16) und 17) führt zu der Relation

$$18)\qquad KE'+K'E-KK'=\tfrac{1}{2}\pi,$$

welche das bekannte Legendre'sche Theorem über die vollständigen Funktionen erster und zweiter Art ist.

Schlömilch.

II. Ueber das vollständige Viereck und das Tangentenviereck. Zufolge der Bemerkung, dass die bekannten Beweise des Gauss'schen Satzes vom vollständigen Viereck und eines anderen Satzes vom Tangentenviereck Manches zu wünschen übrig lassen (Zeitschrift f. Math. u. Phys. Bd. I., S. 317) habe ich von Herrn Fr. Paugger, Lehramtscandidat zu Gratz, nachstehende überaus einfache Beweise jener Sätze erhalten.

1. Die Seiten eines einfachen Vierecks $ABCD$ sind verlängert, bis sich AB und CD in E, sowie BC und DA in F schneiden; L sei der Mittelpunkt von AC, N der Mittelpunkt von EF und M der Durchschnitt von BD mit LN; zu beweisen bleibt dann, dass M der Mittelpunkt von BD ist. Man hat nun wegen $EN=FN$

$$\triangle AEN=\triangle AFN,$$

oder, wenn jedes Dreieck in seine Bestandtheile zerlegt wird,

$$\begin{aligned}&\triangle ABL+\triangle BLN+\triangle NBE\pm\triangle ALN\\ &=\triangle ADL+\triangle DLN+\triangle NDF\mp\triangle ALN,\end{aligned}$$

wobei gleichzeitig die oberen oder unteren Zeichen zu nehmen sind, jenachdem die verlängerte AC die Gerade EF zwischen E und N oder zwischen F und N schneidet. Weiter ist linker Hand:

$$\triangle ABL = \triangle CBL,\quad \triangle NBE = \triangle NBF$$
$$= \triangle NBC + \triangle CFN,\quad \triangle ALN = \triangle CLN,$$

und ähnlich rechts:

$$\triangle ADL = \triangle CDL,\quad \triangle NDF = \triangle NDE$$
$$= \triangle NDC + \triangle CEN,\quad \triangle ALN = \triangle CLN;$$

nach Substitution dieser Werthe kann man links $\triangle CFN$ gegen das rechter Hand vorkommende gleiche $\triangle CEN$ streichen, und es bleibt:

$$\triangle CBL + \triangle BLN + \triangle NBC \pm \triangle CLN$$
$$= \triangle CDL + \triangle DLN + \triangle NDC \mp \triangle CLN.$$

Das erste, zweite und vierte Dreieck links geben zusammen das Dreieck BLN, also ist die linke Seite $= 2\triangle BLN$; die rechte Seite findet man ebenso $= 2\triangle DLN$ und es ist daher

$$\triangle BLN = \triangle DLN.$$

Da diese Dreiecke über der gemeinschaftlichen Basis LN stehen, so folgt aus der Gleichheit ihrer Flächen die Gleichheit ihrer Höhen, die BP und DQ heissen mögen. Dann sind aber die Dreiecke BPM und DQN congruent vermöge ihrer Uebereinstimmung in einer Seite und zwei Winkeln, mithin ist auch $BM = DM$ w. z. b. w.

2. Das Viereck sei specieller ein Tangentenviereck, L wieder der Mittelpunkt von AC, O das Centrum des eingeschriebenen Kreises und M der Durchschnitt von BD mit LO. Aus der bekannten Eigenschaft des Tangentenvierecks, dass $AB + CD = BC + DA$, folgt sehr leicht

$$\triangle ABO + \triangle CDO = \triangle BCO + \triangle DAO;$$

jede der beiden Summen, einzeln genommen, stellt also die halbe Vierecksfläche dar. Andererseits ist diese halbe Vierecksfläche auch gleich

$$\tfrac{1}{2}\triangle ABC + \tfrac{1}{2}\triangle CDA = \triangle ABL + \triangle CDL,$$

mithin durch Vergleichung mit dem Vorigen

$$\triangle ABO + \triangle CDO = \triangle ABL + \triangle CDL$$

oder auch

$$\triangle ABO - \triangle ABL = \triangle CDL - \triangle CDO.$$

Letztere Gleichung kommt überein mit

$$\triangle ALO + \triangle BLO = \triangle CLO + \triangle DLO$$

und wenn hier die gleichen links und rechts stehenden Dreiecke ALO und CLO weggelassen werden, so bleibt

$$\triangle BLO = \triangle DLO.$$

Hieraus folgt wie vorhin, dass diese Dreiecke gleiche Höhen besitzen mithin $BM = DM$ ist. Bei dem Tangentenviereck geht also die Gauss'sche Transversale durch den Mittelpunkt des eingeschriebenen Kreises w. z. b. w.

Diese zwei Beweise verdienten wohl in die Lehrbücher der Elementargeometrie aufgenommen zu werden. Schlömilch.

Ueber die Berührung ebener Curven mit der Parabel. (Auszug aus einer Abhandlung in den Schriften der Gesellschaft für Beförd. d. ges. Naturw. zu Marburg, von Dr. W. SCHELL, Prof. an d. Univ. daselbst.)

I.

1) Eine Parabel, welche eine Curve in der zweiten Ordnung berührt, hat mit ihr im Berührungspunkte einen gemeinschaftlichen Krümmungskreis. Zwischen dem Krümmungshalbmesser ϱ, dem halben Parameter p, der Normalen N und dem Winkel ω, welchen der Radiusvector des Berührungspunktes mit der Normalen bildet, bestehen die beiden Relationen

$$\varrho p^2 = N^3, \qquad p:N = \cos\omega,$$

aus welchen folgt:

$$N = \varrho . \cos^2\omega,$$

d. h. (s. Fig. 1):

Fig. 1.

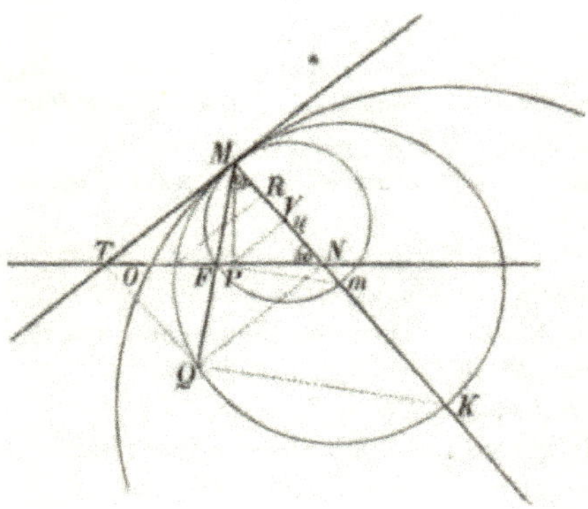

Die Axe der Parabel, welche die Curve in der zweiten Ordnung berührt und deren Radiusvector mit der Normalen einen gegebenen Winkel ω bildet, schneidet die Normale in einem Punkte, welcher gefunden wird, wenn man die Projection des Krümmungsmittelpunktes auf die Richtung des Radiusvectors nochmals auf die Normale projicirt.

Da ferner das Dreieck FMN gleichschenklich ist, so folgt weiter, dass die Axe des Radiusvectors dieser Parabel die Diagonalen und der Brennpunkt der Mittelpunkt eines Rechtecks ist, dessen Seiten von der Tangente und Normalen gebildet werden.

Halbirt man den Krümmungshalbmesser MK in m und verbindet m mit dem Brennpunkte F, sowie K mit dem Eckpunkt Q des genannten Rechtecks, welcher nicht in die Tangente oder Normale fällt, so ergiebt sich, dass der geometrische Ort der Brennpunkte aller in der zweiten Ordnung berührender Parabeln, die man erhält, indem man dem Winkel ω alle möglichen Werthe ertheilt, ein Kreis ist, welcher über der Hälfte Mm des Krümmungshalbmessers als Durchmesser beschrieben wird.

Mit Hilfe dieser Sätze kann eine beliebige, einem Winkel ω entsprechende Berührungsparabel zweiter Ordnung construirt werden. Ist nämlich $KMQ = \omega$ und man beschreibt über Mm und MK als Durchmessern Kreise, so schneidet der erste die Linie MQ in dem Brennpunkte F, der zweite im Punkte Q, dess Projection auf MK den Punkt N bezeichnet, durch welchen die Axe der Parabel geht. Den halben Parameter findet man, indem man von M ein Perpendikel MP auf die Axe fällt, er ist alsdann PN.

Bezeichnet man noch den Radiusvector FM der in der zweiten Ordnung berührenden Parabel mit r, so ergiebt sich sofort die Proportion

$$p : N : r : \varrho = \cos^3 \omega : \cos^2 \omega : \cos \omega : 1,$$

d. h. der Halbparameter, die Normale und der doppelte Radiusvector einer Berührungsparabel verhalten sich zum Krümmungshalbmesser, wie die dritte, zweite und erste Potenz vom Cosinus des Winkels ω zur Einheit.

Lässt man den Winkel ω continuirlich von 90^0 bis -90^0 variiren, so ändert die Berührungsparabel continuirlich ihre Dimensionen, bei 0^0 erreichen diese ein Maximum. Bei $\omega = 45^0$ geht das obenerwähnte Rechteck in ein Quadrat über und es stehen alsdann die Axe und der Radiusvector senkrecht aufeinander. Für $\omega = 30^0$ berührt die Axe den Ort der Brennpunkte.

2) Nimmt man die Normale und Tangente der Curve zu Axen der x, y, so ergeben sich für die Enveloppe der Axen aller in der zweiten Ordnung berührenden Parabeln die Gleichungen

$$x = \varrho \cos^2 \omega \cos 2\omega$$
$$y = \varrho \sin^2 \omega \sin 2\omega$$

und zwischen x und y die Gleichung

$$\left(\frac{4x}{\varrho \mp \sqrt{\varrho(8x+\varrho)}}\right)^2 + \left(\frac{4y}{3\varrho \mp \sqrt{\varrho(8x+\varrho)}}\right)^2 = 1.$$

Die Enveloppe der Parabelaxen ist also eine Curve vierten Grades. Sie hat 3 Spitzen und berührt in drei Punkten den Ort der Brennpunkte. (S. Fig. 2.)

Aus den beiden Gleichungen für x und y folgt noch

$$\left(\frac{x}{\varrho \cos^2 \omega}\right)^2 + \left(\frac{y}{\varrho \sin^2 \omega}\right)^2 = 1,$$

d. h. die Berührungspunkte der Parabelaxen und ihrer Enveloppen liegen auf den einzelnen Curven eines Systemes concentrischer Ellipsen, deren Mittelpunkt im Berühungspunkt liegt und deren Hauptachsen die Richtung der Tangente und Normale der Curven haben. Die halben Hauptachsen haben die Längen der Strecken MN und NK (Fig. 1) und es liegen die Brennpunkte so lange auf der Normalen als $MN > NK$ ist, für $MN < NK$ aber auf der Tangente.

3) *Für den Ort der Scheitel* aller Berührungsparabeln erhält man

Fig. 2.

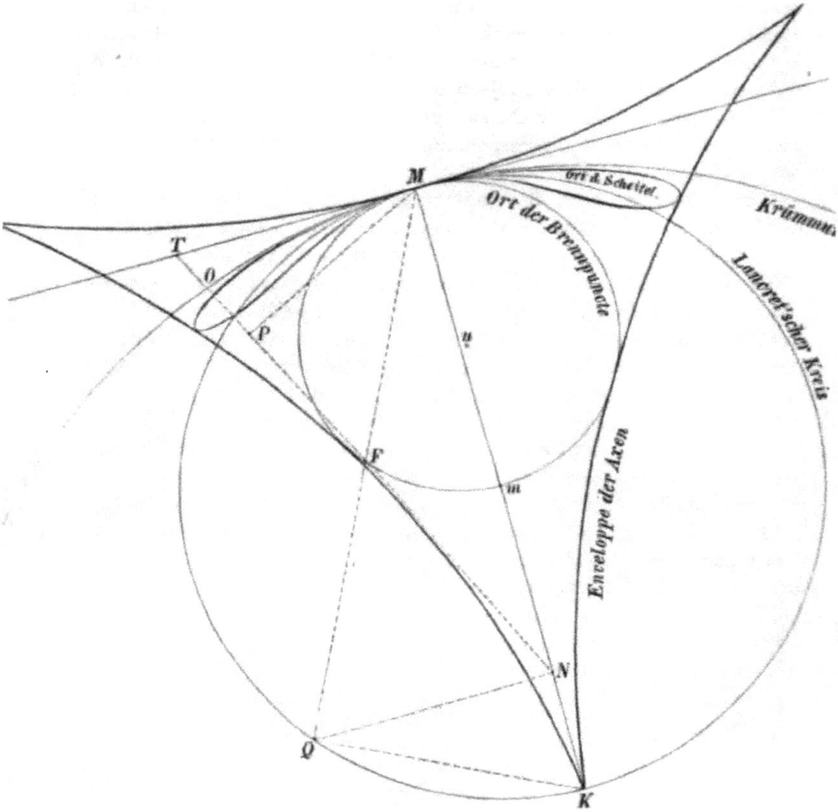

$$2x = \varrho \cos^2 \omega \sin^2 \omega$$
$$2y = \varrho \cos \omega \sin \omega (1 + \cos^2 \omega)$$

und hieraus durch Elimination von ω

$$(x^2 + y^2 + \varrho x)^2 = \frac{9}{2} \varrho x y^2.$$

Der Ort der Scheitel ist also gleichfalls eine Curve vierten Grades. Sie bildet eine Schleife und berührt die Enveloppe der Axen ausser dem Berührungspunkt der Curve noch in zwei andern Punkten. (S. Fig. 2.)

Man erhält durch Elimination des Productes $\sin \omega \cos \omega$ noch die Gleichung

$$y^2 = \tfrac{1}{2} \varrho (1 + \cos^2 \omega)^2 x;$$

d. h. die Scheitel aller in der zweiten Ordnung berührender

Parabeln liegen auf den einzelnen Curven eines Systems Parabeln, welche alle die Normale der Curve zur gemeinsamen Axe haben.

II.

Die Parabel, welche eine Curve in der dritten Ordnung berührt (die Osculationsparabel) hat mit derselben zwei aufeinander folgende Krümmungskreise gemein. Ihre Evolute und die Evolute der Curve berühren sich folglich in der ersten Ordnung. Sobald wir mit Hilfe dieser Bedingung den Winkel Ω gefunden haben, den ihr Radiusvector oder ihre Axe mit der Normalen bildet, kann die Parabel selbst nach I construirt werden. Ist nun (Fig. 3) das Bogenelement der Curve $MM' = ds$, das ihrer Evolute $KK' = d\varrho$ und sind dx, $d\xi$ die Projectionen dieser Elemente auf die Axe der Osculationsparabel, so wird

$$dx = ds \,.\, \sin \Omega$$
$$d\xi = d\varrho \,.\, \cos \Omega,$$

also

$$tg\, \Omega = \frac{dx}{d\xi} \cdot \frac{d\varrho}{ds}.$$

Fig. 3.

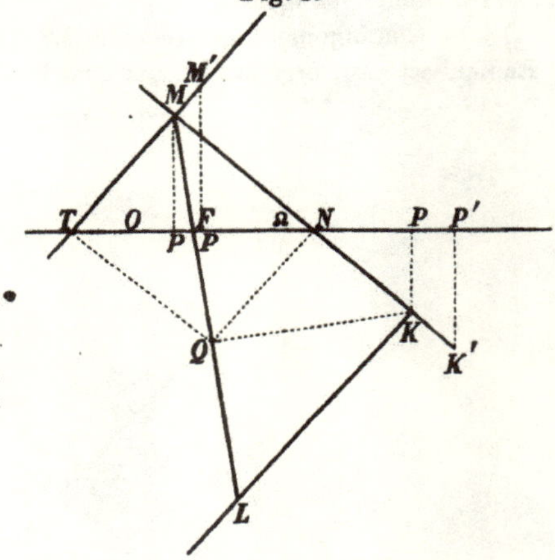

Rechnet man die x vom Scheitel der Parabel und bezeichnet mit p deren halben Parameter, so hat man weiter

$$\xi = p + 3x,$$

also

$$\frac{dx}{d\xi} = \frac{1}{3}$$

und folglich

$$tg\, \Omega = \frac{1}{3} \frac{d\varrho}{ds} = \frac{\frac{1}{3}\varrho_1}{\varrho},$$

wenn ϱ_1 den Krümmungshalbmesser der Evolute bezeichnet, d. h.:

Der Radiusvector und die Axe der Osculationsparabel bilden mit der Normalen des Berührungspunktes gleiche Winkel, deren Tangente dem Verhältniss des dritten Theiles vom Krümmungshalbmesser der Evolute zum Krümmungshalbmesser der Curve gleich ist.

Theilt man die Krümmungshalbmesser der Evolute in drei gleiche Theile und bezeichnet die nach dem Endpunkt L des ersten Dritttheils vom Berührungspunkte an gezogenen Linien ML mit L, so ist

$$\cos \Omega = \frac{\varrho}{L}$$

und man erhält daher für die Bestimmung der übrigen Elemente der Osculationsparabel der Proportion

$$p:N:2r:\varrho = \left(\frac{\varrho}{L}\right)^3 : \left(\frac{\varrho}{L}\right)^2 : \frac{\varrho}{L} : 1.$$

III.

Denkt man sich eine Parabel so längs einer Curve hingleitend, dass sie stets deren Osculationsparabel bleibt, so erzeugen ihre Axe, Directrix und der Radiusvector des Berührungspunktes drei Enveloppen und beschreiben der Brennpunkt, die Durchschnitte der Axe mit der Normale und Tangente und der Durchschnitt des Radiusvectors mit der Normalen der Evolute vier andere Curven, welche mit der von der Parabel berührten Curve in nahen Beziehungen stehen.

1) Der Contingenzwinkel $dR = MSM'$ (Fig. 4) der Enveloppe SS'... der Radienvectoren, ergiebt sich aus dem Dreieck MSM'. Ist nämlich $d\tau$

Fig. 4.

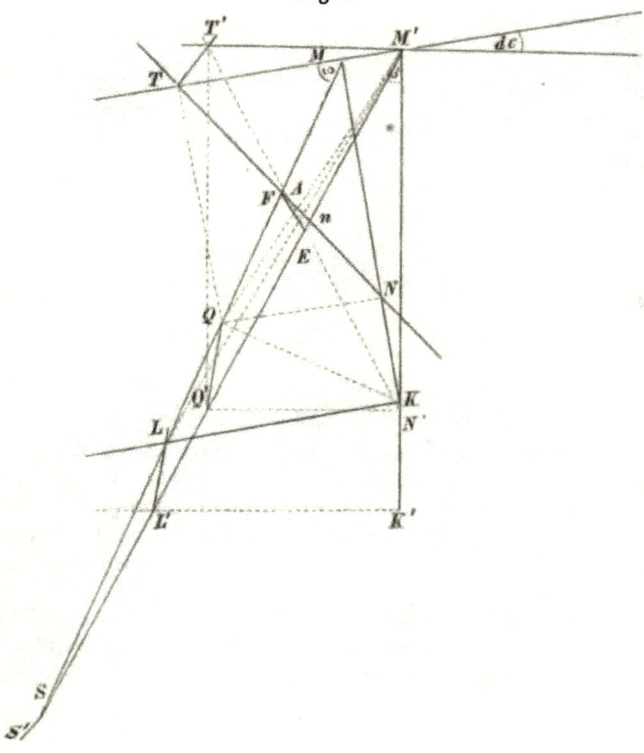

der Contingenzwinkel der gegebenen Curve, ω der Winkel, welchen der Radiusvector der Osculationsparabel mit der Normalen bildet, so wird

$$dR = d\tau + d\omega,$$

d. h. Der Contingenzwinkel der Enveloppe der Radienvectoren aller Osculationsparabeln einer Curve ist die Summe von dem Contingenzwinkel $d\tau$ dieser Curve und dem Differentiale des Winkels ω, welchen der Radiusvector mit der Normale bildet. Dabei ist $d\omega$ positiv oder negativ, je nachdem ω wächst oder abnimmt.

Auf ganz ähnliche Weise findet man für den Contingenzwinkal dA der Enveloppe der Axen und Directricen

$$dA = d\tau - d\omega,$$

d. h. Der Contingenzwinkel der Enveloppe der Axen, sowie der der Enveloppe der Directricen aller Osculationsparabeln einer Curve ist die Differenz zwischen dem Contingenzwinkel der berührten Curve und dem Differentiale des Neigungswinkels der Axe der Osculationsparabel gegen die Normale.

Durch Combination dieser beiden Sätze erhält man weiter

$$d\tau = \tfrac{1}{2}(dR + dA)$$

$$dR^2 = dA^2 = 2\,(d\tau^2 + d\omega^2),$$

d. h. Der Contingenzwinkel einer Curve ist das arithmetische Mittel zwischen den Contingenzwinkeln der Enveloppen der Radienvectoren und der Axen aller Osculationsparabeln;

die Quadratsumme der Contingenzwinkel dieser beiden Enveloppen ist das Doppelte von der Quadratsumme des Contingenzwinkels der ursprünglichen Curve und des Differentials vom Neigungswinkel der Axe gegen die Normale.

2) Aus dem Dreieck MSM' folgt weiter

$$SM = \frac{ds \cos\omega}{d\tau + d\omega}$$

und wenn man in S auf SM senkrecht die Normale der Curve $SS' \ldots$ errichtet, die sich mit der Normalen MK der gegebenen Curve in einem Punkte U schneiden wird, so ist

$$MU = \frac{SM}{\cos\omega}$$

und daher, wenn $MU = P$ gesetzt und die Gleichung nach $\frac{1}{P}$ aufgelöst wird,

$$\frac{1}{P} = \frac{d\tau}{ds} + \frac{d\omega}{ds}.$$

Hierin bedeutet $\frac{d\tau}{ds}$ die Krümmung $\frac{1}{\varrho}$ der Curve $MM' \ldots$ oder, was dasselbe ist, die des Krümmungskreises, $\frac{d\omega}{ds}$ ebenso die Krümmung $\frac{1}{\varrho^*}$ eines

Kreises vom Radius ϱ^*, dessen Mittelpunkt auf der Normale so gefunden werden kann, dass er durch die Punkte M und M' geht und $d\omega$ zum Centriwinkel hat; endlich ist auch $\frac{1}{P}$ die Krümmung eines Kreises vom Radius $P = MU$. Die vorstehende Gleichung, welche wir so schreiben wollen,

$$\frac{1}{\varrho} = \frac{1}{P} - \frac{1}{\varrho^*}$$

enthält den Satz:

Die Krümmung $\frac{1}{\varrho}$ einer Curve kann in jedem Punkte M als die Differenz der Krümmungen $\frac{1}{P}$, $\frac{1}{\varrho^*}$ zweier Kreise angesehen werden, welche beide in M berühren und von deren Radien der eine P gleich ist dem Abstande des Punktes M von dem Durchschnitt der Normalen der Curve mit der Normale der Enveloppe der Radienvectoren aller Osculationsparabeln, der andere aber erhalten wird, wenn man das Bogendifferential der Curve durch das Differential des Neigungswinkels der Axe der Osculationsparabel gegen die Normale dividirt.

IV. Physikalische Aufgabe. Es sei eine Glocke von dem bekannten Volumen v gegeben, in welche durch die Oeffnung B in jeder Zeiteinheit ein Quantum q eines gewissen Gases einströmt. In dieselbe mündet luftdicht noch eine zweite Röhre A und eine Saugröhre C. Der Saugapparat ist von constanter Geschwindigkeit und so eingerichtet, dass in der Zeiteinheit durch die Röhre A eine Menge m eines zwar bekannten aber von dem ersteren verschiedenen Gases einströmt und gleichzeitig auch eine Menge m des entstehenden Gasgemenges durch die Röhre C ausströmt. Von vornherein ist die Glocke mit dem Gase erfüllt, welches durch die Röhre A aufgenommen wird. Ist der Saugapparat nun während t Zeiteinheiten in Thätigkeit, so fragt man, wie viel in dem aufgefangenen Gemenge von dem Gase enthalten sein müsse, welches durch die Oeffnung B eingeströmt war.

Nennen wir diese Quantität x, so wird noch $qt - x$ in der Glocke enthalten sein; es wird also in dem unendlich kleinen Zeittheilchen dt eine Menge dx ausströmen, welches der Menge $\frac{m}{v}(qt - x)$ proportional sein muss, die in der nächsten Zeiteinheit ausströmen würde, vorausgesetzt, dass durch B kein neues Gas mehr einströmte und die Glocke sich gleichmässig entleerte. Mit anderen Worten, es ist:

$$\frac{dx}{dt} = \frac{m}{v}(qt - x),$$

wo die Integration der Gleichung von $t=0$ bis $t=t$ auszuführen ist. Durch Substitution von $x=z_1 . z_2$ verwandelt sie sich in

$$z_1\left(\frac{dz_2}{dt}+\frac{m}{v}z_2\right)+\left(z_2\frac{dz_1}{dt}-\frac{m}{v}qt\right)=0,$$

worauf man bekanntlich die eine der beiden Functionen z_1, z_2 willkührlich bestimmen darf und dazu die Gleichung benutzt:

$$\frac{dz_2}{dt}+\frac{m}{v}z_2=0,$$

so erhält man

$$z_2=c\,e^{\frac{-mt}{v}}$$

und ferner

$$z_1=\frac{mq}{vc}\int t\,e^{\frac{mt}{v}}\,dt,$$

folglich unter Einführung der gegebenen Grenzen

$$x=q\left(t-\frac{v}{m}\right)+\frac{qv}{m}e^{-\frac{mt}{v}}$$

Da aber die Zeiteinheit eine willkürliche, der Saugapparat ein constant wirkender ist, so kann erstere nach vorausgehender experimenteller Prüfung immer so gewählt werden, dass $m=v$ wird. Dann vereinfacht sich der gefundene Werth zu

$$x=q(t-1)+q\,e^{-t}.$$

Wird ferner die Beobachtung eine ziemlich lange Zeit fortgesetzt, so dass t sehr gross wird, so verschwindet offenbar die Grösse qe^{-t}, da q seinen Werth unverändert behält, gegen die unvermeidlichen Versuchsfehler, welche es z.B. unmöglich machen, sämmtliches Gas x wirklich festzuhalten, und man wird bei der praktischen Berechnung mit der Formel

$$x=q(t-1)$$

vollständig ausreichen, woraus umgekehrt

$$q=\frac{x}{t-1}$$

folgt, wenn die Beobachtung der Art ist, dass man das ausströmende Gasgemenge untersucht, und dadurch auf die Reichhaltigkeit der Quelle B zurückschliessen will.

CANTOR.

V. Ueber eine Eigenschaft der Binomialcoefficienten. Es ist eine bekannte Eigenschaft des Binomialcoefficienten, der zu einer geraden Potenz $2r$ gehört, dass er der Summe der Quadrate der Binomialcoefficienten gleich ist, die zu der um die Hälfte niedrigern Potenz r gehören. Der Satz wurde zuerst von Lagrange bei Betrachtungen über Wahrscheinlichkeitsrechnung gefunden und in den *Mélanges de la société de Turin T. V.* für die Jahre 1770—1773 veröffentlicht. Einen andern Beweis lieferte Euler in dem Aufsatze *De mirabilibus proprietatibus unciarum, quae in evolutione binomii ad potestatem quamcunque evecti occurrunt* (*Acta Academiae Petropolitanae T. V.* für 1781), wo er bemerkt, er halte einen directen Beweis für unmöglich. Wenn auch seine Voraussage getäuscht wurde, indem sogar mehrere directe Beweise jenes Theorems existiren, so wird doch auch eine indirecte Begründung interessant erscheinen, die uns von einem jungen Kaufmann mitgetheilt wurde, der den Satz selbstständig ableitete und für neu hielt. Diese Ableitung war im Wesentlichen folgendermaassen:

Es seien 8 Elemente gegeben, von denen je 4 einander gleich, also etwa *aaaabbbb*. Wir bilden aus denselben sämmtliche Permutationsformen und machen bei jeder in der Mitte einen Abschnitt, so werden, was die Anzahl gleicher Elemente betrifft, beide Abschnitte gleichmässig erscheinen. Denn entweder sind

	im	ersten	$4a$,	; im	zweiten	$4b$,
oder	„	„	$3a, 1b$;	„	„	$3b, 1a$,
„	„	„	$2a, 2b$;	„	„	$3b, 2a$,
„	„	„	$1a, 3b$;	„	„	$1b, 3a$,
„	„	„	$4b$;	„	„	$4a$.

Jede Abtheilung für sich hat also dieselbe Permutationszahl wie die andere, und zwar in den 5 verschiedenen Fällen die Permutationszahlen: 1, 4, 6, 4, 1 Da jede Form der ersten Abtheilung mit allen Formen der zugehörigen zweiten Abtheilung zusammengesetzt werden muss, um alle möglichen Versetzungen zu erhalten, so quadriren sich diese Permutationszahlen und es giebt im Ganzen

$$1^2 + 4^2 + 6^2 + 4^2 + 1^2$$

Formen. Deren Anzahl ist aber auch $\frac{1.2.3.4.5.6.7.8}{1.2.3.4.1.2.3.4} = 70$, folglich ist

$$70 = 1^2 + 4^2 + 6^2 + 4^2 + 1^2$$

Setzen wir hier $2r$ statt 8, so wird das Schlussresultat:

$$\frac{P_{2r}}{P_r . P_r} = \left(\frac{P_r}{P_r}\right)^2 + \left(\frac{P_r}{P_{r-1} . P_1}\right)^2 + \cdots + \left(\frac{P_r}{P_{r-k} . P_k}\right)^2 + \cdots + \left(\frac{P_r}{P_r}\right)^2$$

was mit dem Lagrange'schen Theorem übereinstimmt.

In dieser Ableitung zeigt sich eine unverkennbare Aehnlichkeit mit einem Beweise desselben Satzes von Vallès (*annales des mathématiques publiés par Gergonne, T.* 16, *p.* 253) und mit der Art, auf welche Thibaut die Anzahl der Combinationen ohne Wiederholung ableitete (Grundriss der allgemeinen Arithmetik, 2. Auflage, Göttingen 1830, S. 17). Wir können jedoch versichern, dass dem Verfasser der hier veröffentlichten Ableitung jene beiden Analoga völlig unbekannt waren. Cantor.

VI. Notiz über die Entwickelung des Integrales

$$\int_0^1 \frac{t^{\mu+\frac{1}{2}}(1-t)^{\mu-\frac{1}{2}}\,dt}{(a+bt-ct^2)^{\mu+1}}.$$

Im Novemberhefte 1856 seines Journal's giebt Liouville eine Entwickelung des obigen Integrales, welche im Wesentlichen darauf hinauskommt, dasselbe auf die Form

$$\int_0^\infty \frac{dz}{(k+z^2)^{\mu+1}}$$

zurückzuführen. Da Liouville seine Ableitung für neu zu halten scheint, so erlaube ich mir die Bemerkung, dass derselbe Gedanke bereits in meinen Analytischen Studien, Leipzig 1848, Bd. I, S. 83—92 mit ganz gleichen Mitteln ausgeführt worden ist. Setzt man nämlich in das Integral

$$\int_0^\infty F\left(\frac{a^2}{x^2}+c^2x^2\right)dx = \int_0^\infty F\left[2ac+\left(\frac{a}{x}-cx\right)^2\right]dx$$

die neue Variabele

$$\frac{a}{x}-cx=y,$$

so findet man leicht

$$\int_0^\infty F\left(\frac{a^2}{x^2}+c^2x^2\right)dx = \frac{1}{2c}\int_{-\infty}^\infty F(2ac+y^2)\,dy + \frac{1}{2c}\int_{-\infty}^\infty \frac{F(2ac+y^2)\,y\,dy}{\sqrt{4ac+y^2}}$$

d. i. weil das zweite Integral verschwindet,

$$\int_0^\infty F\left(\frac{a^2}{x^2}+c^2x^2\right)dx = \frac{1}{c}\int_0^\infty F(2ac+y^2)\,dy$$

und für $a^2=\alpha$, $c^2=\gamma$, $x^2=\xi$, $y^2=\eta$, wo nun α und γ positive Constanten sein müssen

$$\int_0^\infty F\left(\frac{\alpha}{\xi}+\gamma\xi\right)\frac{d\xi}{\sqrt{\xi}} = \frac{1}{\sqrt{\gamma}}\int_0^\infty F(2\sqrt{\alpha\gamma}+\eta)\,\frac{d\eta}{\sqrt{\eta}}.$$

Aus dieser Formel folgt z. B. in dem speciellen Falle

$$F(\zeta)=\frac{1}{(\beta+\zeta)^{m+1}}, \qquad (\beta>0)$$

die nachstehende

$$\int_0^\infty \frac{\xi^{m+\frac{1}{2}}\,d\xi}{(\alpha+\beta\xi+\gamma\xi^2)^{m+1}} = \frac{1}{\sqrt{\gamma}}\int_0^\infty \frac{\eta^{\frac{1}{2}-1}\,d\eta}{(\beta+2\sqrt{\alpha\gamma}+\eta)^{m+1}}$$

$$= \frac{1}{\sqrt{\gamma}}\,\frac{\Gamma(\frac{1}{2})\,\Gamma(m+\frac{1}{2})}{\Gamma(m+1)}\cdot\frac{1}{(\beta+2\sqrt{\alpha\gamma})^{m+\frac{1}{2}}}.$$

Dies ist die Liouville'sche Formel; setzt man nämlich

$$t = \frac{\xi}{1+\xi},$$

so geht Liouville's Integral in das folgende über

$$\int_0^\infty \frac{\xi^{\mu+\frac{1}{2}} d\xi}{[a+(2a+b)\xi+(a+b-c)\xi^2]^{\mu+1}},$$

welches von dem vorigen nicht wesentlich differirt.

Man kann übrigens, wie ich a. a. O. gezeigt habe, die angegebene Formel durch Differentiation in Beziehung auf eine der Constanten α, β, γ noch verallgemeinern; so findet man z. B., $p > n$ vorausgesetzt,

$$\Gamma(p+\tfrac{1}{2})\sqrt{\frac{\gamma}{\pi}}\left(\frac{\gamma}{\alpha}\right)^{\frac{1}{2}n}\int_0^\infty \frac{\xi^{p+n}\, d\xi}{(\alpha+\beta\xi+\gamma\xi^2)^{p+\frac{1}{2}}}$$

$$= \frac{\Gamma(p)}{(\beta+2\sqrt{\alpha\gamma})^p} + \frac{K_1}{2\sqrt{\alpha\gamma}}\frac{\Gamma(p-1)}{(\beta+2\sqrt{\alpha\gamma})^{p-1}}$$

$$+ \frac{K_2}{(2\sqrt{\alpha\gamma})^2}\frac{\Gamma(p-2)}{(\beta+2\sqrt{\alpha\gamma})^{p-2}} + \dots$$

wobei die Coefficienten K_1, K_2 etc. nach dem Gesetze

$$K_1 = \frac{(n+1)n}{2}, \quad K_2 = \frac{(n+2)(n+1)n(n-1)}{2.4},$$

$$K_3 = \frac{(n+3)(n+2)(n+1)n(n-1)(n-2)}{2.4.6}, \dots$$

gebildet sind. Für $\alpha = \gamma = 1$, $\beta = 0$ ergiebt sich hieraus eine Eigenschaft der Gammafunktionen.

SCHLÖMILCH.

VII. Ueber die Dichtigkeit der Erde, hergeleitet aus den Pendelbeobachtungen des Herrn AIRY in der Kohlengrube Harton von Herrn S. HAUGHTON, Fellow am Trinity-College in Dublin. (Phil. Magazin 1856. V. XII. p. 50.)

Die folgende Methode der Berechnung der Dichtigkeit der Erde ist allerdings etwas roh und kann den genaueren von Herrn Airy ausgeführten nicht zur Seite gestellt werden; doch ist sie so einfach und leicht verständlich, dass sie nicht ohne Interesse bleiben wird.

1) Aus der Thatsache, dass das Secundenpendel täglich 2¼ Secunde am Boden des Kohlenschachtes gewann, ist zu schliessen, dass die Schwerkraft an der Erdoberfläche sich zu der am Boden des Schachtes verhält wie 19200 : 19201.

2) Wenn eine sphäroidische Schale, die dem von der Meeresfläche *gebildeten Sphäroide* ähnlich ist, durch den Boden des Schachtes ge-

legt wird, so ist die gesammte Masse der Erde gleich der des kleineren Sphäroides vermehrt um die Masse ausserhalb desselben, Land und Meer eingeschlossen.

Zu diesen beiden ohne Weiteres annehmbaren Sätzen füge man noch folgende Hypothese hinzu, deren Inhalt von der Wahrheit nicht merklich abweichen wird:

3) Die Anziehung der Masse alles Meeres und Landes, welche ausserhalb des durch den Boden des Schachtes gelegten Sphäroides liegt, weicht nicht merklich ab von der Anziehung einer Schale, die äusserlich von einer ähnlichen Oberfläche begrenzt ist und eine mittlere Dichtigkeit hat, die gleich der mittleren Dichtigkeit des ausserhalb des erstgenannten Sphäroides liegenden Landes und Meeres ist.

Dieses zugegeben lassen sich aus obigen Thatsachen folgende Beziehungen herleiten.

1) $$\delta = \frac{19201}{19200}\left(1 + \frac{h}{r}\right)\Delta;$$

2) $$\Delta = \left(1 - \frac{3h}{r}\right)\delta + \frac{3h}{r}\varrho,$$

wobei

Δ die mittlere Dichtigkeit der gesammten Erde,

δ die mittlere Dichtigkeit desjenigen Theils derselben, welcher von dem durch den Boden des Schachtes gelegten Sphäroid eingeschlossen ist,

ϱ die mittlere Dichtigkeit des Landes und Meeres ausserhalb dieses Sphäroides,

$\frac{h}{r}$ das Verhältniss der Tiefe des Schachtes zum Erdradius

bedeuten.

Ist nun die Tiefe des Schachtes 1260 (engl.) Fuss und der Radius der Erde 4000 (engl.) Meilen, so ist $\frac{h}{r} = \frac{1}{16762}$. Eliminirt man δ aus den Gleichungen 1) und 2) und substituirt dessen Werth von $\frac{h}{r}$, so findet man

3) $$\Delta = \frac{1440}{541}\varrho.$$

Zur Bestimmung von ϱ können folgende Angaben dienen: Nach Humboldt beträgt die mittlere Höhe der Continente über dem Meeresspiegel 1000 (engl.) Fuss und nach Rigaud verhält sich die Oberfläche des Landes zu der des Meeres wie 1 : 2,815. Nimmt man nun die mittlere Dichte des Landes zu 2,75 an und denkt sich, da der Boden des Schachts 1200 Fuss unter dem Meeresspiegel liegt, Land und Wasser zu einer einzigen Schicht von 1200 Fuss Dicke vermischt, deren Dichte durch ϱ bezeichnet ist, so hat man

$$1200 \times 2,75 \,.\, l + 1200 \,.\, w = 1200\,(l + w)\,\varrho$$

wobei l die Oberfläche des Landes, w die des Meeres darstellt. Werden dafür die zugehörigen Werthe eingesetzt, so erhält man

4) $$\varrho = 2{,}059$$

und nach Substitution dieses Werthes von ϱ in 3)

5) $$\Delta = 5{,}480,$$

welches Resultat mit den bessern, aus den Beobachtungen an der Torsionswage abgeleiteten gut übereinstimmt.

VIII. Ueber die Wärmeentwickelung bei Molecularveränderungen des Schwefels und Quecksilberjodids, nach Rudolph Weber (Poggend. Ann. B. 100, S. 127).

Schon von Regnault ist bei seinen Untersuchungen über specifische Wärme ein eigenthümliches Verhalten des Schwefels beobachtet worden. (*Annal. d. Phys. Chim. III. serie T. I. p.* 206.) Bei Untersuchung des weichen γ Schwefels brachte er denselben in ein Luftbad von nahe 100°. Nachdem der Schwefel sich bis zu etwa 93° erwärmt hatte, stieg das ihn berührende Thermometer plötzlich auf 110° und sank dann allmälig auf die Temperatur des Luftbades zurück. Während dieses Vorganges hatte sich der weiche γ-Schwefel in gewöhnlichen harten gelben Schwefel verwandelt. Somit verändert sich der weiche Schwefel bei 93° in kurzer Zeit und unter Wärmeentwickelung im gewöhnlichen Schwefel, während bei gewöhnlicher Temperatur diese Umwandlung erst innerhalb längerer Zeit vor sich geht.

Diese Erscheinungen hat H. R. Weber nicht blos bei seinen Versuchen wiederholt beobachtet, sondern dabei noch gefunden, dass auch der nach längerer Zeit (4 Wochen) völlig erhärtete Schwefel (durch Ausgiessen des bis 250° erhitzten Schwefels in Wasser erhalten) eine spontane Erwärmung von 1 bis 2° zeigte, wenn er durch Dämpfe von kochendem Wasser erwärmt wurde. (Bei einer gleichen Menge weichen γ-Schwefel betrug die Temperaturerhöhung unter denselben Umständen 7½°.) Während der Erwärmung veränderte der Schwefel seine Farbe in eine mehr bräunlich gelbe und nach dem Erkalten hatte er einen krystallinischen Bruch und war völlig in Schwefelkohlenstoff löslich, während derselbe erhärtete Schwefel vor dieser Behandlung einen glasigen Bruch zeigte und sich nur zum Theil in Schwefelkohlenstoff löste.

Da der rasch abgekühlte Schwefel einen grössern oder geringern Theil von in Schwefelkohlenstoff unlöslichem Schwefel enthält, der hiernach durch Erwärmen im Wasserbade in löslichen krystallinischen Schwefel umgewandelt wird, so ist es nicht unwahrscheinlich, dass diese Wärmeentwickelung an den Uebergang des unlöslichen Schwefels in den auflöslichen Zustand geknüpft ist.

Auch der Uebergang des prismatischen Schwefels in den octaedrischen *erfolgt* unter Wärmeentwickelung. Die durch Schmelzen erhaltenen und isolirten prismatischen Krystalle von Schwefel gehen bekanntlich sich selbst überlassen langsam in ein Aggregat von Krystallen der andern Form über. Nach den Versuchen des Herrn Mitscherlich*) kann diese Umwandlung in kurzer Zeit durch Berührung der Krystalle mit einer Lösung von Schwefel in Schwefelkohlenstoff oder durch Zerdrücken derselben bewirkt werden. Dabei ist eine genauere Messung der entwickelten Wärme möglich; dieselbe vermag die angewandte Menge Schwefel um 12° zu erwärmen. Bekanntlich bleibt auch bei der Temperatur des zähflüssigsten Zustandes des Schwefels das Thermometer einige Zeit fast constant, was auf Abgabe von latenter Wärme bei diesem Zustande schliessen lässt.

Aehnlich dem Schwefel zeigt nach Herrn R. Weber auch das Quecksilberjodid bei seiner Molecularveränderung eine spontane Erwärmung.

Die Erwärmung, welche beim Uebergange der gelben, durch Sublimation erhaltenen Modification des Quecksilberjodids in die rothe stattfindet, kann durch folgenden Versuch nachgewiesen werden.

Das rothe durch Fällen von Sublimat mit Jodkalium erhaltene (officinelle) Pulver wird in einem Reagenzglase über einer kleinen Flamme vorsichtig unter stetem Drehen des Glases erwärmt. Dabei färbt sich das rothe Pulver bald gelb und man hat dabei nur die Vorsicht anzuwenden, dass das Pulver nicht an die Wand des Glases anschmilzt, weil die geschmolzenen Partien beim Erkalten äusserst leicht wieder in die rothe Modification übergehen.

Das gelbe Pulver wird noch heiss in einen (Achat-) Mörser geschüttet, wo es sich, wenn es nicht berührt worden ist, mehrere Stunden lang rein gelb erhält, später tritt eine leichte Röthung an der Oberfläche ein. Hat nach zwei oder drei Stunden das gelbe Pulver sicher die Temperatur des Zimmers angenommen, so wird es in ein kurzes Reagenzglas um das cylindrische Gefäss eines Thermometers leicht eingeschüttet; das Glas ist zur Vermeidung äusserer Einflüsse von einem zweiten umgeben. Nach 10 Minuten wird das Thermometer abgelesen, das gelbe Pulver dann mit einem dicken Platindraht (besser vielleicht mit einem Glasstabe) umgerührt und etwas zusammengedrückt. Hierdurch tritt sehr bald die Röthung durch die ganze Masse des Pulvers ein, die Temperatur steigt dabei und erreicht in einigen Minuten ihr Maximum.

Bei Anwendung von 1 Loth Quecksilberjodid hat Herr R. Weber eine Temperaturerhöhung von 3 bis 3½ Grad beobachtet. Durch besondere Versuche mit dem rothen Pulver hat er sich überzeugt, dass die durch Drücken und Rühren mit dem Platinstäbchen veranlasste Temperaturerhöhung so gering ist, dass sie nicht in Anschlag gebracht werden kann. Auch bei andern Körpern hat eine Veränderung des Molecularzustandes eine Erwärmung zur Folge. So hat H. Hittorf**) an amorphen, bis 180° erhitzten Selen

*) Poggend. Ann. Bd. 88, S. 328.

**) Poggend. Ann. Bd. 84, S. 214.

eine Temperaturerhöhung von 10 bis 50° mit dem Uebergange in den krystallinischen Zustand beobachtet. Nach Hrn. Regnaults *) Versuchen entbindet dabei das Selen eine Wärme, welche dasselbe um 200° zu erwärmen vermag.

Nach Graham **) geht der geschmolzene Zucker (Candis) auf 38° erwärmt und schnell in Fäden wiederholt gezogen in den krystallinischen Zustand über bei gleichzeitiger Temperaturerhöhung von 38° bis auf 80°. Derselbe Uebergang findet auch allmälig bei gewöhnlicher Temperatur statt (Absterben des Zuckers).

IX. Ueber das Maximum-Thermometer, von Negretti und Zambra. Herr Dove hat in der Sitzung der Berl. Akademie vom 3. März 1856 folgende Notiz über dasselbe gegeben:

Die Maximum-Thermometer, bei denen ein ausserhalb des Quecksilbers befindlicher Stift durch das sich ausdehnende Quecksilber verschoben wird, entsprechen ihrem Zwecke deswegen auf ungenügende Weise, weil bei dem Transport sehr leicht der Stift in das Quecksilber hineingeht und ausserdem, selbst wenn die Quecksilberoberfläche durch einen Glasstift oder ein gläsernes Röhrchen von dem beweglichen Stift getrennt ist, doch in der Regel nach längerem Gebrauch der Stift nicht losreisst oder das Quecksilber sich bei ihm vorbeidrängt. Die Thermometer von Negretti und Zambra sind dicht über der Kugel umgebogen und in der Umbiegungsstelle befindet sich ein mit umgebogener und dadurch festgeklemmter Glasstift, welcher einen sehr dünnen Kanal für das sich ausdehnende Quecksilber übrig lässt. Bei horizontaler Stellung des Instruments trennt sich, wenn die Wärme abzunehmen beginnt, das Quecksilber an dieser Stelle, so dass man die Ablesung des Maximums später unmittelbar am Ende des getrennten Quecksilberfadens erhält. Neigt man nun das Instrument, so dass die Kugel nach unten zu stehen kommt und giebt ihm eine kleine Erschütterung, so vereinigt sich der getrennte Faden mit dem Quecksilber in der Kugel. Das Instrument kann aus dem Grunde, weil hier kein Stift bewegt wird, eine viel kleinere Kugel erhalten, als die gewöhnlichen Maximum-Thermometer und steht daher durch seine Construction im Vortheil vor jenen.

*) Ann. d. Chim. Phys. III. ser. T. 46, p. 281.

**) Lehrbuch der Chemie, von Graham-Otto. I. Bd. S. 61. Man vergleiche damit S. 541 Grahams Ansichten über Polymorphie. Desgleichen sind noch viele andere Substanzen in derselben Hinsicht merkwürdig, z. B. arsenige Säure, Glas (m. s. diese Zeitschr. 1856, S. 191 über das Reaumursche Porcellan), ferner Thonerde und Chromoxyd. (S. auch Physik von Witzschel S. 100.)

IV.

Zur Theorie der Trägheitsmomente.

Von C. Küpper,
Lehrer an der Gewerbschule in Trier.

I. Das Trägheitsmoment eines ebenen Systems in Bezug auf eine Gerade in seiner Ebene.

§. 1. Zu einem willkührlichen Quadrat steht jede Gerade, welche in seiner Ebene liegt, in folgender Beziehung:

> Wenn man zur Summe der Quadrate der Abstände einer Geraden von zwei gegenüberliegenden Ecken des Quadrats das doppelte Rechteck aus den Abständen von den beiden andern Ecken hinzufügt (dieses letztere $+$, oder $-$ genommen, je nachdem die Gerade zwischen den letzteren Ecken hindurchgeht, oder nicht), so erhält man das gegebene Quadrat.

Fig. 1. $FGF'G'$ sei das gegebene Quadrat, S sein Mittelpunkt, $2e$ die Länge einer Diagonale. Durch f, g, f', g' sollen die Abstände der Ecken, durch s der Abstand des Punktes S von einer beliebigen Geraden bezeichnet werden. Durch S ziehe man die SA dieser Geraden parallel, nenne φ, φ' die Abstände der Punkte F, F' oder was dasselbe ist der Punkte G, G' von SA. Betrachtet man S als Schwerpunkt der vier gleichbelasteten Ecken des Quadrats, so ist

$$f^2+g^2+f'^2+g'^2=4s^2+2(\varphi^2+\varphi'^2),\quad \varphi^2+\varphi'^2=2e^2,$$

somit:

$$f^2+g^2+f'^2+g'^2=4s^2+4e^2.$$

Ferner, je nachdem die gedachte Gerade die endliche Strecke FG schneidet oder nicht, hat man $f\mp g=\mp 2s$, also $f^2+g^2=4s^2\pm 2fg$, mithin:

$$f'^2+g'^2\pm 2fg=2e^2,$$

wie der Satz verlangt.

§. 2. Transformation des Trägheitsmomentes.

S sei der Schwerpunkt des ebenen Systemes, SX, SY die Hauptaxen, M sei die Masse des Systems, in Bezug auf SX sei das Trägheitsmoment das grösste $=Ma^2$, in Bezug auf SY sei das kleinste $=Mb^2$.

Für die Gerade SA, welche mit den Axen die Winkel α, β bildet, ist das Trägheitsmoment:

$$T' \left\{ \begin{array}{l} = M(a^2 \cos \alpha^2 + b^2 \sin \alpha^2) \\ = M[(a^2 - b^2) \cos \alpha^2 + b^2)]. \end{array} \right.$$

Wenn nun F, G und F', G' die reellen und imaginären Brennpunkte der Ellipse sind, welche zu Halbachsen a, b hat, deren Excentrizität $e = \sqrt{a^2 - b^2}$, so hat man

$$T' = M(e^2 \cos \alpha^2 + b^2) = M(\varphi'^2 + b^2) = \frac{M}{2} \varphi'^2 + \frac{M}{2} \varphi'^2 + Mb^2.$$

Das Trägheitsmoment T für eine mit SA parallele und von dieser Linie um s entfernte Gerade ist aber:

$$T = T' + Ms^2 = \frac{M}{2} \varphi'^2 + \frac{M}{2} \varphi'^2 + 2 \frac{M}{s} s^2 + M b^2.$$

Betrachten wir nun S als Schwerpunkt der Punkte F', G', wovon jeder die Masse $\frac{M}{2}$ habe, so ist

$$\frac{M}{2} \varphi'^2 + \frac{M}{2} \varphi'^2 + 2 \frac{M}{2} s^2 = \frac{M}{2} f'^2 + \frac{M}{2} g'^2;$$

wo f', g' die Abstände der Punkte F', G' von der zu SA parallelen Geraden bedeuten.

Demnach
$$T = \frac{M}{2} (f'^2 + g'^2) + M b^2.$$

Diess Resultat lautet in Worten:

> Das Trägheitsmoment eines ebenen Systems in Bezug auf eine beliebige Gerade seiner Ebene wird erhalten, wenn man zum Trägheitsmoment zweier bestimmten Punkte, wovon jeder mit der halben Masse des Systems behaftet ist, eine gewisse Constante hinzufügt. Diese beiden Punkte liegen in gleichem Abstand vom Schwerpunkt des Systems auf derjenigen Geraden, für welche das Trägheitsmoment das kleinste ist, und dieser kleinste Werth, den das Trägheitsmoment überhaupt annehmen kann, ist die hinzukommende Constante.

§. 3. Confokale Kegelschnitte. Es ist bekannt, dass die Geraden, für welche das Rechteck aus ihren Abständen von zwei festen Punkten einen constanten Werth b'^2 hat, einen Kegelschnitt umhüllen, dessen reelle Brennpunkte jene beiden Punkte sind. F, G seien diese Punkte, a' die grosse (reelle) Halbaxe eines Kegelschnitts, für dessen Tangenten $fg = b'^2$, so hat man $a'^2 = e^2 \pm b'^2$, je nachdem dieser Kegelschnitt eine Ellipse oder Hyperbel ist.

Für $b' > e$ sind die confokalen Kegelschnitte alle Ellipsen.

Für $b' < e$ genügen jedesmal sowohl die Tangenten einer Ellipse, als *auch einer* Hyperbel einer bestimmten Annahme von b', denn für jede Gerade, welche die endliche Strecke FG schneidet, ist $fg < e^2$; aber es giebt noch unendlich viele Geraden, für welche $fg < e^2$, und die jene Strecke nicht schneiden.

Bei jeder Geraden, für welche fg constant ist, ist auch $f'^2 + g'^2$ constant, und zwar nach §. 1: $f'^2 + g'^2 - 2fg = 2e^2$ für die Tangenten der Ellipsen, und $f'^2 + g'^2 + 2fg = e^2$ für die Tangenten der Hyperbel, daher für jene:

$$f'^2 + g'^2 = 2(e^2 + b^2) = 2a'^2,$$

und auch für diese:

$$f'^2 + g'^2 = 2(e^2 - b^2) = 2a'^2.$$

Wenn man folglich nach dem Ort derjenigen Geraden fragt, welche durch die Eigenschaft $fg = const.$ charakterisirt sind, so erhält man für Werthe dieser Constanten $< e^2$, ohne Unterschied Hyperbeln und Ellipsen zugleich. Benutzt man hingegen die für dieselben Geraden mit der obigen zugleich stattfindende Relation $f'^2 + g'^2 = const$, um die umhüllten Curven zu bestimmen, so sondern sich diese in Ellipsen und Hyperbeln, indem diese bei der Annahme: $f'^2 + g'^2 < e^2$, jene bei der Annahme $f'^2 + g'^2 > e^2$ hervorgehen.

In Bezug auf eine beliebige Gerade ist nun das Trägheitsmoment:

$$T = \frac{M}{2}(f'^2 + g'^2) + Mb^2 = Ma'^2 + Mb^2;$$

wenn a' die grosse oder reelle Halbaxe des Kegelschnitts ist, welcher die Punkte F, G zu Brennpunkten hat, und die Gerade berührt. Dieser Kegelschnitt ist Ellipse oder Hyperbel, je nachdem die Gerade die Strecke FG nicht schneidet, oder schneidet. Im ersten Falle ist $a'^2 > e^2$, also $Ma'^2 + Mb^2 > M(e^2 + b^2)$ d. i. $T > Ma^2$, im zweiten Fall ist $a'^2 < e^2$ und somit $T < Ma^2$.

Die Geraden, für welche T constant ist, umhüllen confokale Kegelschnitte, welche, je nachdem $T \gtrless Ma^2$, Ellipsen oder Hyperbeln sind.

Nach bekannten geometrischen Sätzen giebt es:

Erstens: Auf jeder Geraden, welche die endliche Strecke FG nicht schneidet einen Punkt, für welchen die Summe seiner Abstände von F, G am kleinsten ist, es ist diess der Punkt, in welchem eine Ellipse, deren Brennpunkte F, G sind, jene Gerade berührt; die kleinste Abstandssumme ist der grossen Axe dieser Ellipse gleich.

Zweitens: Auf jeder Geraden, welche die endliche Strecke FG schneidet, giebt es einen Punkt, für welchen die Differenz der Abstände von F, G am grössten ist, in diesem Punkte wird die Gerade von einer Hyperbel berührt, deren Brennpunkte F, G sind, und welche jene grösste Abstandsdifferenz zur reellen Axe hat.

Unter den Geraden, welche einen bestimmten Punkt O enthalten, ist eine, für welche die kleinste der Abstandssummen gleich $OF + OG$ ist, diese Gerade halbirt *den Nebenwinkel* von FOG; unter diesen Geraden ist eine zweite, für welche $OF - OG$ die grösste ihrer Abstandsdifferenzen ist, sie halbirt den Winkel FOG und steht somit auf jener senkrecht.

Weil nun O allen diesen Geraden angehört, so ist unter den zu jeder Geraden gehörigen kleinsten Abstandssummen die Summe $OF + OG$ die grösste, unter den grössten Abstandsdifferenzen $OF - OG$ die kleinste, so dass folgt:

Unter den confokalen Ellipsen, welche die Geraden eines Strahlenbüschels (O) berühren, hat diejenige die grösste Axe, welche durch O geht, und unter den confokalen Hyperbeln, welche die Geraden des Strahlenbüschels (O) berühren, hat die kleinste reelle Axe diejenige, welche durch O geht. Also: Unter den Geraden, welche durch O gehen, ist eine, für welche $f'^2 + g'^2$ und fg ein Maximum wird, nämlich die Tangente der Ellipse, welche F, G zu Brennpunkten hat, und durch O geht, und unter diesen Geraden ist eine zweite, für welche $f'^2 + g'^2$ ein Minimum, und zugleich der absolute Werth von fg ein Maximum, also $-fg$ ein Minimum ist, diese Gerade berührt die Hyperbel, welche F, G zu Brennpunkten hat, und durch O geht. Die eine Gerade halbirt den Winkel FOG, die andere seinen Nebenwinkel.

Betrachten wir demnach einen Punkt O der Ebene als Durchschnitt einer Ellipse und Hyperbel, welche die Punkte F, G zu Brennpunkten haben und sich folglich im Punkte O rechtwinklig schneiden, so gehört von allen Geraden des Punktes O der Tangente der Ellipse das grösste, der Tangente der Hyperbel das kleinste Trägheitsmoment.

Fig. 2. OU, OV seien die beiden Tangenten, welche den Winkel FOG und seine Nebenwinkel halbiren, so ist das Trägheitsmoment für OU:

$$T\,(max) = M\left[\left(\frac{OF + OG}{2}\right)^2 + b^2\right]$$

und für OV:

$$T\,(min) = M\left[\left(\frac{OF - OG}{2}\right)^2 + b^2\right].$$

Man kann auch das Rechteck aus den Abständen f, g der Punkte F, G von OU oder OV einführen in die allgemeine Formel:

$$T = M\left(\frac{f'^2 + g'^2}{2} + b^2\right);$$

denn man hat für OU:

$$f'^2 + g'^2 - 2fg = 2e^2,$$

für OV:

$$f'^2 + g'^2 + 2fg = 2e^2,$$

liefert:

$$T\,(max) = M\,(fg + e^2 + b^2) = M\,(fg + b^2)$$
$$T\,(min) = M\,(-fg + e^2 + b^2) = M\,(-fg + a^2).$$

Natürlich dürfen die Abstände f, g in der letzten Formel nicht mit denen *in der ersten* verwechselt werden.

Die erhaltenen Resultate, sowie diess $T(max) - T(min) = M.OF.OG$ wird der Leser selbst leicht in Worte kleiden können; auch unterlasse ich die Mittheilung eines einfachen analytischen Verfahrens, dieselben herzuleiten, weil es ganz analog demjenigen ist, welches ich im Folgenden bei den Entwickelungen im Raume von drei Dimensionen einhalten werde. Diesen Entwickelungen aber stelle ich die Bestimmung der drei Hauptaxen bei einer Mittelpunktsfläche zweiten Grades voraus, die durch eine eigenthümliche Substitution wie ich glaube übersichtlicher und einfacher wie gewöhnlich sich gestaltet.

II.

§. 1. Ueber die Hauptaxen der Flächen zweiten Grades.

Drei Grössen (λ, μ, ν), welche den Cosinus der Neigungswinkel einer Geraden gegen drei rechtwinklige Coordinatenaxen proportional sind, nenne ich die Richtungscoeffizienten dieser Geraden, und sage, die Gerade habe die Richtung (λ, μ, ν); drei Grössen p, q, r, welche proportional den Cosinus der Neigungswinkel einer Ebene, oder vielmehr ihrer Normalen gegen die Coordinatenaxen sind, nenne ich Stellungscoeffizienten dieser Ebene, und sage, die Ebene habe die Stellung (p, q, r).

Die Gleichung einer Mittelpunktsfläche zweiten Grades in Bezug auf drei in ihrem Mittelpunkte rechtwinklig sich schneidende Coordinatenaxen sei:

$$Ax^2 + By^2 + Cz^2 + 2Dyz + 2Ezx + 2Fxy = Q.$$

Ich setze

$$p_{x,y,z} = Ax + Ez + Fy$$
$$q_{x,y,z} = By + Dz + Fx$$
$$r_{x,y,z} = Cz + Dy + Ex.$$

Im Punkte $(\mathfrak{x}, \mathfrak{y}, \mathfrak{z})$ wird obige Fläche von einer Ebene berührt, deren Stellungscoeffizienten $p_{\mathfrak{x},\mathfrak{y},\mathfrak{z}}$, $q_{\mathfrak{x},\mathfrak{y},\mathfrak{z}}$, $r_{\mathfrak{x},\mathfrak{y},\mathfrak{z}}$ sind. Setzt man $\frac{\mathfrak{x}}{D}$, $\frac{\mathfrak{y}}{D}$, $\frac{\mathfrak{z}}{D}$ für $\mathfrak{x}$, $\mathfrak{y}$, $\mathfrak{z}$, (wo D die Hälfte des in $(\mathfrak{x}\mathfrak{y}\mathfrak{z})$ endigenden Durchmessers der Fläche bedeutet) so wird hierdurch das Doppelverhältniss $p_{\mathfrak{x},\mathfrak{y},\mathfrak{z}} : q_{\mathfrak{x},\mathfrak{y},\mathfrak{z}} : r_{\mathfrak{x},\mathfrak{y},\mathfrak{z}}$ nicht geändert.

Hat also ein Durchmesser die Richtung (λ, μ, ν), so hat die ihm conjugirte Diametral-Ebene die Stellung $(p_{\lambda,\mu,\nu}, q_{\lambda,\mu,\nu}, r_{\lambda,\mu,\nu})$.

Soll dieser Durchmesser auf der ihm conjugirten Ebene normal sein, so müssen die Stellungscoeffizienten dieser letzteren durch $u.\lambda$, $u.\mu$, $u.\nu$ sich ausdrücken lassen, wo unter λ, μ, ν die Cosinus der Neigungswinkel des Durchmessers gedacht werden sollen, und u eine demgemäss zu bestimmende Constante ist. Somit haben wir die Gleichungen

$$\text{I)} \quad \begin{cases} \lambda . u = p_{\lambda,\mu,\nu} \\ \mu . u = q_{\lambda,\mu,\nu} \\ \nu . u = r_{\lambda,\mu,\nu} \end{cases}$$

Diese nehmen eine für ihre Auflösung sehr bequeme Form an, wenn wir folgende Substitutionen machen:

$D = \mathfrak{y}\mathfrak{z}, \quad E = \mathfrak{z}\mathfrak{x}, \quad F = \mathfrak{x}\mathfrak{y}, \quad A = a + \mathfrak{x}^2, \quad B = b + \mathfrak{y}^2, \quad C = c + \mathfrak{z}^2,$

woraus:

$$\mathfrak{x}^2 = \frac{EF}{D}, \quad \mathfrak{y}^2 = \frac{FD}{E}, \quad \mathfrak{z}^2 = \frac{DE}{F}.$$

Hierdurch entsteht:

$$\lambda(u-a) = \mathfrak{x}(\lambda\mathfrak{x} + \mu\mathfrak{y} + \nu\mathfrak{z})$$
$$\mu(u-b) = \mathfrak{y}(\lambda\mathfrak{x} + \mu\mathfrak{y} + \nu\mathfrak{z})$$
$$\nu(u-c) = \mathfrak{z}(\lambda\mathfrak{x} + \mu\mathfrak{y} + \nu\mathfrak{z}).$$

Setzen wir

$$\lambda\mathfrak{x} + \mu\mathfrak{y} + \nu\mathfrak{z} = \varkappa.$$

Folglich

$$\frac{\lambda\mathfrak{x}}{\varkappa} = \frac{\mathfrak{x}^2}{u-a}, \quad \frac{\mu\mathfrak{y}}{\varkappa} = \frac{\mathfrak{y}^2}{u-b}, \quad \frac{\nu\mathfrak{z}}{\varkappa} = \frac{\mathfrak{z}^2}{u-c},$$

und durch Addition:

$$\text{II)} \qquad \frac{\mathfrak{x}^2}{u-a} + \frac{\mathfrak{y}^2}{u-b} + \frac{\mathfrak{z}^2}{u-c} = 1.$$

Diese Gleichung ist vom dritten Grade, und hat drei reelle Wurzeln, welche, wie man leicht beweisen kann, so liegen, dass für $a < b < c$, die kleinste zwischen a, b, die mittlere zwischen b, c, die grösste über c liegt. In dieser Ordnung seien sie durch $u' < u'' < u'''$ bezeichnet. Die obigen Gleichungen liefern dann zur Bestimmung von λ, μ, ν die Relation:

$$\lambda : \mu : \nu = \frac{\mathfrak{x}}{u-a} : \frac{\mathfrak{y}}{u-b} : \frac{\mathfrak{z}}{u-c},$$

also mit Hilfe der Werthe u', u'', u''' drei Systeme von zusammengehörenden Werthen von λ, μ, ν. Nennen wir sie (λ', μ', ν'), $(\lambda'', \mu'', \nu'')$, $(\lambda''', \mu''', \nu''')$. Führen wir diese in die Gleichungen I) ein, so entsteht:

$$1)\begin{cases} \lambda' . u' = p_{\lambda', \mu', \nu'}, \\ \mu' . u' = q_{\lambda', \mu', \nu'}, \\ \nu' . u' = r_{\lambda', \mu', \nu'}, \end{cases} \quad 2)\begin{cases} \lambda'' . u'' = p_{\lambda'', \mu'', \nu''}, \\ \mu'' . u'' = q_{\lambda'', \mu'', \nu''}, \\ \nu'' . u'' = r_{\lambda'', \mu'', \nu''}, \end{cases} \quad 3)\begin{cases} \lambda''' . u''' = p_{\lambda''', \mu''', \nu'''}, \\ \mu''' . u''' = q_{\lambda''', \mu''', \nu'''}, \\ \nu''' . u''' = r_{\lambda''', \mu''', \nu'''}. \end{cases}$$

Da die Funktionen p, q, r so beschaffen sind, dass:

$$l . p_{\lambda, \mu, \nu} + m . q_{\lambda, \mu, \nu} + n . r_{\lambda, \mu, \nu} = \lambda . p_{l, m, n} + \mu . q_{l, m, n} + \nu . r_{l, m, n}$$

so folgt, wenn man 1) mit λ'', μ'', ν'' bezüglich multiplicirt und dann addirt, mit 2) und λ', μ', ν' ebenso verfährt:

$$(\lambda'\lambda'' + \mu'\mu'' + \nu'\nu'')\, u' = (\lambda'\lambda'' + \mu'\mu'' + \nu'\nu'')\, u'',$$

also

$$\lambda'\lambda'' + \mu'\mu'' + \nu'\nu'' = 0,$$

ebenso

$$\lambda'\lambda''' + \mu'\mu''' + \nu'\nu''' = 0, \quad \lambda''\lambda + \text{etc.} = 0.$$

„*Die drei Durchmesser*, deren conjugirte Ebenen auf ihnen selbst normal sind, bilden demnach rechte Winkel mit einander, und somit ist die Ebene von je zweien die dem dritten conjugirte Diametralebene.“

Die geometrische Bedeutung von u zu erhalten, bezeichne man durch Δ die Hälfte eines der auf einander normalen conjugirten Durchmesser, dessen Richtung (λ, μ, ν) sei.

Multipliciren wir die Gleichungen (I.) auf beiden Seiten der Reihe nach mit λ, μ, ν, und addiren sie hierauf, so kommt

$$u = \lambda . p_{\lambda, \mu, \nu} + \mu . q_{\lambda, \mu, \nu} + \nu . r_{\lambda, \mu, \nu}.$$

Setzen wir $\lambda = \frac{x}{\Delta}, \mu = \frac{y}{\Delta}, \nu = \frac{z}{\Delta}$, ($x, y, z$ sind die Coordinaten des auf der Fläche liegenden Endpunktes von Δ), so entsteht:

$$u \Delta^2 = x p_{x, y, z} + y q_{x, y, z} + z r_{x, y, z}.$$

Weil aber

$$Q = x q_{x, y, z} + y q_{x, y, z} + z r_{x, y, z},$$

so hat man

$$u = \frac{Q}{\Delta^2}.$$

§ 2. Trägheitsmoment eines räumlichen Systems in Bezug auf eine Ebene.

A) Die Ebene geht durch den Schwerpunkt des Systems. Drei rechtwinklige Coordinatenaxen in diesem Punkt werden zu Grunde gelegt.

Durch die Cosinus α, β, γ sei die Stellung der Ebene bestimmt.

Der Abstand R irgend eines Punktes (x, y, z) von dieser Ebene ist $\alpha x + \beta y + \gamma z = R$, und demnach $\int R^2 dm = \int (\alpha x + \beta y + \gamma z)^2 dm$; oder wenn $\int x^2 dm = M.A$, $\int y^2 dm = M.B$, $\int z^2 dm = M.C$, $\int yz\,dm = M.D$, $\int zx\,dm = M.E$, $\int xy\,dm = M.F$, $\int R^2 dm = M.u$ gesetzt wird,

$$u = A\alpha^2 + BC^2 + C\gamma + 2\beta\gamma D + 2\gamma\alpha E + 2\alpha\beta F.$$

Setzen wir $\alpha = \frac{x}{\Delta}, \beta = \frac{y}{\Delta}, \gamma = \frac{z}{\Delta}$, wonach (x, y, z) ein Punkt der im Schwerpunkt auf der Ebene errichteten Normalen ist, der zum Abstand vom Schwerpunkt Δ hat, so ergiebt sich:

$$u . \Delta^2 = Ax^2 + By^2 + Cz^2 + 2yzD + 2zxE + 2xyF.$$

Nehmen wir Δ so, dass $u . \Delta =$ constant $= Q$, so liegt der Punkt (x, y, z) auf einem Ellipsoid, welches den Schwerpunkt zum Mittelpunkt hat, und in dem ein beliebiger Durchmesser umgekehrt proportional der Quadratwurzel aus dem Trägheitsmoment (dem Trägheitsarm) der auf derselben normalen Diametral-Ebene ist.

Für die drei Hauptebenen dieses Ellipsoids nimmt also das Trägheitsmoment drei ausgezeichnete Werthe an, welche nach den Substitutionen:

$$D = \mathfrak{y}\mathfrak{z},\ E = \mathfrak{z}\mathfrak{x},\ F = \mathfrak{x}\mathfrak{y},\ A = a + \mathfrak{x}^2,\ B = b + \mathfrak{y}^2,\ C = c + \mathfrak{z}^2,$$

der vorhergehenden Entwickelung gemäss, sich als Wurzeln (u', u'', u''') der kubischen Gleichung:

$$\frac{\mathfrak{x}^2}{u-a}+\frac{\mathfrak{y}^2}{u-b}+\frac{\mathfrak{z}^2}{u-c}=1$$

ergeben, während die Stellungen (λ, μ, ν) dieser Hauptebene durch drei Systeme von Gleichungen bestimmt werden, welche aus der Relation

$$\lambda:\mu:\nu=\frac{\mathfrak{x}}{u-a}:\frac{\mathfrak{y}}{u-b}:\frac{\mathfrak{z}}{u-c}$$

hervorgehen, wennn man darin $u=u', u'', u'''$ einführt.

Auf die drei Durchschnittslinien dieser Ebene als Coordinatenaxen bezogen, wird die Gleichung des Ellipsoids:

$$\frac{x^2}{\Delta^2}+\frac{y^2}{\Delta'^2}+\frac{z^2}{\Delta''^2}=1. \quad (\Delta, \Delta', \Delta'' \text{ die Hälften der Hauptaxen.})$$

Multipliciren wir diese Gleichung mit Q und erwägen, dass $\frac{Q}{\Delta^2}=u'$, u. s. f. so kommt $u'x^2+u''y^2+u'''z^2=Q$.

Δ sei die Hälfte des Durchmessers, welche auf einer Diametralebene von der Stellung (α, β, γ) normal ist, so hat man hiernach:

$$\Delta^2 u' \alpha^2+\Delta^2 u'' \beta^2+\Delta^2 u''' \gamma^2=Q,$$

also weil $\frac{Q}{\Delta^2}=u$, gleich dem Trägheitsarm der Ebene (α, β, γ) ist:

$$u=u'\alpha^2+u''\beta^2+u'''\gamma^2.$$

Im Folgenden wird dies Axensystem zu Grunde gelegt.

B) Wenn die Ebene, in Bezug auf welche das Trägheitsmoment genommen werden soll, die Stellung (α, β, γ) und vom Schwerpunkt den Abstand R hat, so dass in ihrer Gleichung:

$$\frac{x}{p}+\frac{y}{q}+\frac{z}{r}=1, \quad \frac{1}{p}=\frac{\alpha}{R}, \quad \frac{1}{q}=\frac{\beta}{R}, \quad \frac{1}{r}=\frac{\gamma}{R},$$

so wird für dieselbe das Trägheitsmoment Mu bekanntlich:

$$Mu=M(u'\alpha^2+u''\beta^2+u'''\gamma^2)+MR^2.$$
$$u=u'\alpha^2+u''\beta^2+u'''\gamma^2+R^2,$$

oder:

$$(u-u')\frac{\alpha^2}{R^2}+(u-u'')\frac{\beta^2}{R^2}+(u-u''')\frac{\gamma^2}{R^2}=1,$$

oder:

$$(u-u')\frac{1}{p^2}+(u-u'')\frac{1}{q^2}+(u-u''')\frac{1}{r^2}=1. \quad \text{(I.)}$$

Setzen wir u constant und stellen uns die Fläche:

$$\frac{x^2}{u-u'}+\frac{y^2}{u-u''}+\frac{z^2}{u-u'''}=1 \quad \text{(II.)}$$

vor, so enthält diese nach I. den Punkt

$$\mathfrak{x}=\frac{u-u'}{p}, \quad \mathfrak{y}=\frac{u-u''}{q}, \quad \mathfrak{z}=\frac{u-u'''}{r},$$

dieser Punkt $(\mathfrak{x}, \mathfrak{y}, \mathfrak{z})$ liegt aber nach derselben Bedingungsgleichung I. auch *auf unserer Ebene:*

$$\frac{x}{p}+\frac{y}{q}+\frac{z}{r}=1,$$

und da ferner die Berührungsebene der gedachten Fläche im Punkte $(\mathfrak{x}, \mathfrak{y}, \mathfrak{z})$

$$\frac{\mathfrak{x}.x}{u-u'}+\frac{\mathfrak{y}.y}{u-u''}+\frac{\mathfrak{z}.z}{u-u'''}=1$$

ist, so sieht man durch Einführen der Werthe von $(\mathfrak{x}, \mathfrak{y}, \mathfrak{z})$, dass diese mit der Ebene (p, q, r) zusammenfällt.

Eine Ebene also, für welche das Trägheitsmoment den constanten Werth u hat, berührt die Mittelpunktsfläche zweiten Grades (II.) Diese Fläche ist bei der Annahme $u' < u'' < u'''$ ein Ellipsoid, oder eins der beiden Hyperboloide, je nachdem $u > u''$, $u''' > u > u''$, $u'' > u > u'$. Die Schaar solcher Flächen, welche dadurch entsteht, dass die Constante u alle denkbaren Werthe annimmt, haben ihre Axen in den drei Hauptaxen des Schwerpunktes liegen, und ausserdem in den drei Hauptebenen dieses Punktes dieselben excentrischen Kegelschnitte.

C) Trägheitsmoment in Bezug auf die Ebenen eines Ebenenbündels, dessen Mittelpunkt der Punkt $(\mathfrak{x}, \mathfrak{y}, \mathfrak{z})$ sei.

Die drei Trägheitsmomente in Bezug auf die Hauptebenen des Schwerpunktes seien $M.a$, $M.b$, $M.c$, $a < b < c$, (α, β, γ) sei die Stellung einer durch den Punkt $(\mathfrak{x}, \mathfrak{y}, \mathfrak{z})$ gehenden Ebene, Mu das Trägheitsmoment des Systems in Bezug auf dieselbe, so hat man:

$$u = a.\alpha^2 + b.\beta^2 + c.\gamma^2 + (\alpha\mathfrak{x} + \beta\mathfrak{y} + \gamma\mathfrak{z})^2,$$

denn durch $\alpha\mathfrak{x} + \beta\mathfrak{y} + \gamma\mathfrak{z}$ wird der Abstand der Ebene vom Schwerpunkt dargestellt.

Oder:

$$u = (a+\mathfrak{x}^2)\alpha^2 + (b+\mathfrak{y}^2)\beta^2 + (c+\mathfrak{z}^2)\gamma^2 + 2\beta\gamma\mathfrak{y}\mathfrak{z} + 2\gamma\alpha\mathfrak{z}\mathfrak{x} + 2\alpha\beta\mathfrak{x}\mathfrak{y}.$$

Verlegen wir das ursprüngliche Coordinatensystem in den Punkt $(\mathfrak{x}, \mathfrak{y}, \mathfrak{z})$, errichten in diesem Punkt auf der Ebene (α, β, γ) eine Normale Δ, so dass $\Delta^2.u = Q =$ const., bezeichnen durch (x, y, z) die Coordinaten des Endpunktes von Δ in Bezug auf das neue Axensystem, so hat man offenbar:

$$Q = (a+\mathfrak{x}^2)x^2 + (b+\mathfrak{y}^2)y^2 + (c+\mathfrak{z}^2)z^2 + 2\mathfrak{y}\mathfrak{z}.yz + 2\mathfrak{z}\mathfrak{x}.zx + 2\mathfrak{x}\mathfrak{y}.xy,$$

d. h. für den Ort jenes Endpunktes (x, y, z) ein Ellipsoid, dessen Mittelpunkt der Punkt $(\mathfrak{x}, \mathfrak{y}, \mathfrak{z})$ ist. In Bezug auf seine drei Hauptebenen nimmt das Trägheitsmoment drei besondere Werthe an, u', u'', u''', welche aus der Gleichung

$$\frac{\mathfrak{x}^2}{u-b}+\frac{\mathfrak{y}^2}{u-b}+\frac{\mathfrak{z}^2}{u-c}=1$$

für u folgen, und so liegen:

$$a < u' < b < u'' < c < u'''$$

Die drei Systeme von Werthen, welche durch Substitution von u', u'' u''' an die Stelle von u aus der Relation $\lambda:\mu:\nu = \frac{\mathfrak{x}}{u-a}:\frac{\mathfrak{y}}{u-b}:\frac{\mathfrak{z}}{u-c}$ sich ergeben, *bestimmen die Stellung* der drei Hauptebenen des Punktes $(\mathfrak{x}, \mathfrak{y}, \mathfrak{z})$.

Für die drei Werthe von u, stellt die Gleichung $\frac{\mathfrak{x}^2}{u-a}+\frac{\mathfrak{y}^2}{u-b}+\frac{\mathfrak{z}^2}{u-c}=1$, wenn darin $\mathfrak{x}, \mathfrak{y}, \mathfrak{z}$ veränderlich gedacht werden, drei confokale Mittelpunktsflächen zweiten Grades dar, welche zu der oben erwähnten Schaar gehören. Da, wie sofort in die Augen fällt, die drei Systeme von Werthen, welche aus $\left(\frac{\mathfrak{x}}{u-a}, \frac{\mathfrak{y}}{u-b}, \frac{\mathfrak{z}}{u-c}\right)$ hervorgehen, die Richtungscoefficienten der drei Normalen dieser Flächen sind, so fallen diese mit den Hauptaxen des Punktes $(\mathfrak{x}, \mathfrak{y}, \mathfrak{z})$ zusammen, und die confokalen Flächen schneiden sich in diesem Punkie rechtwinklig.

1. Anmerkung. Ich will von diesem Satze noch einen anderen Beweis geben, so wie sehr einfach darthun, dass die drei Normalen der confokalen Flächen im gemeinsamen Durchschnittspunkt die durch diesen Punkt gehenden Linien der kleinsten und grössten Krümmung jener Flächen berühren.

Wenn man je zwei der Gleichungen:

$$\frac{\mathfrak{x}^2}{u'-a}+\frac{\mathfrak{y}^2}{u'-b}+\frac{\mathfrak{z}^2}{u'-c}=1 \qquad \text{(I.}$$

$$\frac{\mathfrak{x}^2}{u''-a}+\frac{\mathfrak{y}^2}{u''-b}+\frac{\mathfrak{z}^2}{u''-c}=1 \qquad \text{(II.}$$

$$\frac{\mathfrak{x}^2}{u'''-a}+\frac{\mathfrak{y}^2}{u'''-b}+\frac{\mathfrak{z}^2}{u'''-c}=1 \qquad \text{(III.}$$

von einander subtrahirt, so entsteht:

$$\frac{\mathfrak{x}^2}{(u'-a)(u''-a)}+\frac{\mathfrak{y}^2}{(u'-b)(u''-b)}+\frac{\mathfrak{z}^2}{(u'-c)(u''-c)}=0 \text{ (IV. u. s. f.}$$

Diese Gleichung zeigt, dass die Geraden von der Richtung:

$$\left(\frac{\mathfrak{x}}{u'-a}, \frac{\mathfrak{y}}{u'-b}, \frac{\mathfrak{z}}{u'-c}\right) \text{ und } \left(\frac{\mathfrak{x}}{u''-a}, \frac{\mathfrak{y}}{u''-b}, \frac{\mathfrak{z}}{u''-c}\right),$$

d. h. die Normalen der Flächen I., II. auf einander senkrecht stehen.

Wenn man ferner irgend zwei der in IV. erhaltenen Gleichungen von einander subtrahirt, so kommt:

$$\frac{\mathfrak{x}^2}{(u'-a)(u''-a)(u'''-a)}+\frac{\mathfrak{y}^2}{(u'-b)(u''-b)(u'''-b)}+\frac{\mathfrak{z}^2}{(u'-c)(u''-c)(u''-c)}=0. \text{V.}$$

Nun denke man in einer der drei Flächen etwa in III. zwei Durchmesser den Normalen der anderen Flächen parallel, also hier die Durchmesser, deren Richtungen $\left(\frac{\mathfrak{x}}{u'-a}, \frac{\mathfrak{y}}{u'-b}, \frac{\mathfrak{z}}{u'-c}\right)$ und $\left(\frac{\mathfrak{x}}{u''-a}, \frac{\mathfrak{y}}{u''-b}, \frac{\mathfrak{z}}{u''-c}\right)$ sind, so behaupte ich, dass diese mit dem in $(\mathfrak{x}, \mathfrak{y}, \mathfrak{z})$ endigenden Durchmesser der Fläche III. drei conjugirte Durchmesser bilden. Denn die Ebene der beiden gedachten Durchmesser ist der Berührungsebene im Punkt $\mathfrak{x}, \mathfrak{y}, \mathfrak{z}$ parallel, und weiter ist einem dieser Durchmesser die Ebene conjugirt, *welche durch den* andern und den Punkt $\mathfrak{x}, \mathfrak{y}, \mathfrak{z}$ geht.

Dies letztere einzusehen, ist nach dem Voranstehenden dem Durchmesser $\left(\frac{\mathfrak{x}}{u'-a}, \frac{\mathfrak{y}}{u'-b}, \frac{\mathfrak{z}}{u'-c}\right)$ in der Fläche III. die Diametralebene conjugirt, deren Stellung $\left(\frac{\mathfrak{x}}{(u'-a)(u'''-a)}, \frac{\mathfrak{y}}{(u'-b)(u'''-b)}, \frac{\mathfrak{z}}{(u'-c)(u'''-c)}\right)$ ist.

Aus V. erhellt aber, dass diese Ebene die Richtung $\left(\frac{\mathfrak{x}}{u''-a}, \frac{\mathfrak{y}}{u''-b}, \frac{\mathfrak{z}}{u''-c}\right)$, also auch den durch diese Richtung bestimmten Durchmesser der Fläche III. enthält.

Mithin können wir Folgendes aufstellen:

Von den drei Normalen im Punkte $(\mathfrak{x}, \mathfrak{y}, \mathfrak{z})$ berühren zwei die Fläche III., zieht man durch den Mittelpunkt der Fläche zu diesen Normalen zwei parallele Durchmesser, und legt durch dieselben eine Ebene, so schneidet diese die Fläche III. in einer Linie zweiten Grades, deren Hauptaxen eben jene beiden Durchmesser sind. Denn in diesem Diametralschnitt sind die beiden Durchmesser conjugirt und stehen überdies senkrecht auf einander. Nun sind aber bekanntlich die Richtungen, in welchen die Fläche III. um den Punkt $(\mathfrak{x}, \mathfrak{y}, \mathfrak{z})$ herum die grösste und kleinste Krümmung darbietet, den Hauptaxen jenes Diametralschnitts parallel, wodurch denn das oben Behauptete bewiesen ist.

2. Anmerkung. Chasles betrachtet bei Behandlung der Aufgabe, „mit Hülfe dreier conjugirten Durchmesser einer Fläche zweiten Grades die Axen derselben zu bestimmen“ einen Punkt (den Endpunkt eines der gegebenen Durchmesser) als Durchschnittspunkt der gegebenen Fläche und zweier anderen mit ihr confokalen, welche drei sich rechtwinklig durchschneiden, und kommt dabei auf drei andere confokale Flächen zweiten Grades, welche jenen Punkt zum Mittelpunkt, die drei Berührungsebenen der ersten gegebenen Flächen zu Hauptebenen haben und in diesem Punkte von den zu suchenden Hauptebenen dieser Flächen berührt werden. Die Gleichungen, welche wir benutzten, um die Stellungen $(\lambda', \mu' \nu')$, $(\lambda'', \mu'' \nu'')$, $(\lambda''', \mu''', \nu''')$ der Hauptebenen des Punktes $(\mathfrak{x}, \mathfrak{y}, \mathfrak{z})$ zu bestimmen, führen sogleich zu den in Rede stehenden Flächen. Mit Rücksicht auf die in § 1 vorgenommene Untersuchung ist nämlich:

$$\lambda'(u'-a) = \mathfrak{x}(\lambda'\mathfrak{x} + \mu'\mathfrak{y} + \nu'\mathfrak{z}) = \mathfrak{x}X,\ \mu'(u'-b) = \mathfrak{y}X,\ \nu'(u'-c) = \mathfrak{z}X,$$
$$\lambda''(u''-a) = \mathfrak{x}(\lambda''\mathfrak{x} + \mu''\mathfrak{y} + \nu''\mathfrak{z}) = \mathfrak{x}Y,\ \mu''(u''-b) = \mathfrak{y}Y,\ \nu''(u''-c) = \mathfrak{z}Y,$$
$$\lambda'''(u'''-a) = \mathfrak{x}(\lambda'''\mathfrak{x} + \mu'''\mathfrak{y} + \nu'''\mathfrak{z}) = \mathfrak{x}Z,\ \mu'''(u'''-c) = \mathfrak{y}Z,\ \nu'''(u'''-c) = \mathfrak{z}Z,$$

Wenn man die drei für den Punkt $(\mathfrak{x}, \mathfrak{y}, \mathfrak{z})$ bestimmten Hauptaxen, welche die Richtungen (λ, μ, ν) haben, zu Coordinatenaxen nimmt, so sind die mit X, Y, Z bezeichneten Grössen die Coordinaten des früheren Anfangspunktes (des Schwerpunktes) in Bezug auf das jetzige System, demnach wird:

$$\lambda' X + \lambda'' Y + \lambda''' Z = \mathfrak{x},\ \mu' X + \mu'' Y + \mu''' Z = \mathfrak{y},\ \nu' X + \nu'' Y + \nu''' Z = \mathfrak{z}.$$

Nun geben die *obigen Gleichungen*:

$$\frac{\lambda'.X}{r}=\frac{X^2}{u'-a}$$
$$\frac{\lambda''.Y}{r}=\frac{Y^2}{u''-a}$$
$$\frac{\lambda'''.Z}{r}=\frac{Z^2}{u'''-a}$$

u. s. f. Durch Addition erhalten wir also:

$$\frac{X^2}{u'-a}+\frac{Y^2}{u''-a}=\frac{Z^2}{u'''-a}=1,$$
$$\frac{X^2}{u'-b}+\frac{Y^2}{u''-b}+\frac{Z^2}{u'''-b}=1,$$
$$\frac{X^2}{u'-c}+\frac{Y^2}{u''-c}+\frac{Z^2}{u'''-c}=1,$$

Drei Flächen, welche den Punkt (X, Y, Z) enthalten, deren Normalen in diesem Punkt die Richtungen

$$\left(\frac{X}{u'-a},\frac{Y}{u''-a},\frac{Z}{u'''-a}\right),\left(\frac{X}{u'-b},\frac{Y}{u''-b},\frac{Z}{u'''-b}\right),\left(\frac{X}{u'-c},\frac{Y}{u''-c},\frac{Z}{u'''-c}\right)$$

haben. Aber es ist

$$\frac{X}{u'-a}:\frac{Y}{u''-a}:\frac{Z}{u'''-a}=\lambda':\lambda'':\lambda'''$$

u. s. f., also sind die Richtungen dieser Normalen $(\lambda', \lambda'', \lambda''')$, (μ', μ'', μ''') (ν', ν'', ν'''), d. h. es fallen die Normalen der drei zuletzt erhaltenen Flächen in die Hauptaxen der drei ursprünglichenFlächen.

II.

Ueber die analytischen Beweise des Satzes vom Parallelogramm der Kräfte.

Von O. Schlömilch.

Die analytischen Beweise des in der Ueberschrift genannten Satzes haben das Gemeinsame, dass sie sich zuerst auf einen speciellen Fall der Sache beschränken und nachher mittelst einer geometrischen Construction zum allgemeinen Theoreme gelangen. Solcher Specialisirungen giebt es hauptsächlich zwei und daher lassen sich jene Beweise in zwei Gruppen ordnen. Man betrachtet entweder zunächst zwei gleiche Kräfte, die unter einem beliebigen Winkel auf einen Punkt wirken, oder man setzt ungleiche Kräfte voraus, deren Richtungen einen rechten Winkel *einschliessen. Im ersten* Falle kennt man sofort die Richtung der Resultante (sie darf sich nicht ändern, wenn man die Componenten gegen einander vertauscht) nicht aber deren Grösse und es muss diese mittelst einer Functionalgleichung bestimmt werden; im zweiten Falle findet man leicht die Grösse der Resultirenden, die Angabe ihrer Richtung führt aber wieder auf eine Functionalgleichung. Ohne uns auf die naheliegende Frage einzulassen, ob ein solches Aufgebot analytischer Künste bei dem einfachsten Satze der Mechanik nicht etwa übel angebracht sei, wollen wir uns nur an die Thatsache halten, dass jene Beweise nun einmal vorhanden und wegen des in ihnen liegenden Scharfsinn's jedenfalls sehr interessant sind. Indem wir eine vom analytischen Gesichtspunkte ausgehende Untersuchung beider Beweisarten geben, beabsichtigen wir, einzelne Punkte schärfer zu begründen, vorhandene Lücken auszufüllen, eingeschlichene Irrthümer zu beseitigen und durch neue Deductionen zu ersetzen.

1. Als allgemeinen Grundsatz muss man vorausschicken, dass beliebig viele auf einen und denselben Punkt wirkende Kräfte überhaupt nur eine Resultante haben können oder, was Dasselbe ist, dass immer die nämliche Resultante zum Vorschein kommt, in welcher Reihenfolge auch die Componenten zur Resultante zusammengezogen werden. Ohne dies Axiom verlieren alle analytischen Beweise ihre Kraft, weil die Bildung der Funktionalgleichung wesentlich auf dem Kunstgriffe beruht, vier Kräfte auf zwei verschiedene Weisen zu einer Resultante zu vereinigen und die Ergebnisse gleich zu setzen. Das erwähnte Princip ist übrigens so einfach und so leicht zu motiviren, dass es wohl kaum beanstandet werden dürfte.

2. Hieraus folgt zunächst das Verhalten der Resultante für zwei ohne Aenderung ihrer Richtungen in gleichem Verhältnisse zu- oder abnehmende Componenten. Ist nämlich Q die Resultante von P und Q, und werden ferner die Kräfte P und Q in denselben Richtungen noch einmal angebracht, so ergiebt sich $R+R=2R$ als Wirkung des zweimaligen Anbringens von P und Q; letzteres lässt sich nach dem Vorigen durch das einmalige Anbringen von $2P$ und $2Q$ ersetzen, es ist daher $2R$ die Resultante von $2P$ und $2Q$ und zugleich $\angle(2P, 2R) = \angle(P, R)$. Diese Schlussweise kann leicht fortgesetzt und auf beliebige andere Verhältnisse ausgedehnt werden; das Resultat besteht in dem Satze: „wenn P und Q die Resultante R geben, so liefern μP und μQ, unter demselben Winkel wie P und Q zusammengesetzt, die Resultante μR, deren Richtung mit jener von R zusammenfällt.“ Man kann dies Theorem auch in folgender Form aussprechen: „solange der Winkel zwischen den Richtungen von P und Q und das Verhältniss $Q:P$ sich nicht ändern, solange bleiben auch die Richtung der Resultirenden sowie die Verhältnisse $R:P$ und $R:Q$ constant.“

3. Betrachten wir mit Poisson den speciellen Fall zweier gleichen Componenten, deren Richtungen den Winkel 2ω zwischen sich fassen mögen, so wissen wir von der Resultante, dass sie in die Halbirungslinie des Winkels 2ω fällt, *und ferner*, dass ihr Verhältniss zur Componente so lange

denselben Werth behält, als die Richtung der Componenten, d. h. ω, keine Aenderung erleidet. Es ist mithin jenes Verhältniss nur von ω abhängig, etwa

1) $$\frac{R}{P} = f(\omega) \text{ oder } R = P f(\omega),$$

was Poisson aus dem Principe der Homogenität schliesst, dessen Anwendung wir absichtlich vermieden haben.*)

Zwei Specialwerthe von $f(\omega)$ kennt man direct; denn für $2\omega = 0$ wird $R = 2P$ und für $2\omega = \pi$ ist $R = 0$, also

2) $$f(\omega) = 2, \quad f(\tfrac{1}{2}\pi) = 0.$$

Um die allgemeine Form der Funktion zu finden, betrachten wir vier gleiche Kräfte Q_1, Q_2, Q_3, Q_4, deren gemeinschaftliche Intensität Q heisse (siehe Fig. 1) und deren Richtungen MQ_1, MQ_2, MQ_3, MQ_4 so gewählt sein mögen, dass $\angle Q_1 MQ_2 = \angle Q_3 MQ_4$ ist. Die Gerade MU halbire $\angle Q_1 MQ_3$, die Gerade MV den Winkel $Q_2 MQ_4$, MW den Winkel $Q_1 MQ_2$ und es sei

$$\angle WMQ_1 = \angle WMQ_2 = \eta,$$
$$\angle UMQ_1 = \angle VMQ_2 = \delta.$$

Vereinigt man Q_1 mit Q_2 sowie Q_3 mit Q_4, so erhält man die in gleicher Richtung nach MW wirkenden Kräfte $Q f(\eta)$ und $Q f(\eta + 2\delta)$, mithin sind alle vier Kräfte Q_1, Q_2, Q_3, Q_4 äcquivalent der einen

$$Q f(\eta) + Q f(\eta + 2\delta).$$

Andererseits lässt sich Q_1 mit Q_3 zu der längs MU wirkenden Kraft $Q f(\delta)$ ebenso Q_2 mit Q_4 zu der längs MV wirkenden Kraft $Q f(\delta)$ vereinigen und aus den beiden Kräften $Q f(\delta)$ die Resultante

$$Q f(\delta) \cdot f(\eta + \delta)$$

bilden, welche wiederum den vier Kräften Q_1, Q_2, Q_3, Q_4 äcquivalent sein muss; die Vergleichung beider Resultate führt zu der Funktionalgleichung

3) $$f(\eta + 2\delta) + f(\eta) = f(\delta) f(\eta + \delta),$$

welche von der Poisson'schen nicht wesentlich differirt. In der ersten Ausgabe seiner Mechanik hat Poisson eine Auflösung dieser Gleichung gegeben und zwar unter der Voraussetzung, dass $f(\omega)$ in eine nach Potenzen von ω

---

*) Das sogenannte Princip der Homogenität kommt im Wesentlichen auf folgenden Schluss hinaus: „Der Winkel ω muss derselbe bleiben, nach welchem Maasse auch P und R gemessen sein mögen, mithin kann ω nur von dem Verhältnisse $\frac{P}{R}$ abhängen;" obschon nun die erste Bemerkung richtig ist, so folgt daraus doch nicht die Behauptung, weil es recht gut denkbar wäre, dass ω ausser von P und R auch noch von einer constanten Kraft etwa g abhinge. In der That würde die Form

$$\omega = F\left(\frac{P}{g}, \frac{R}{g}\right)$$

der ersten Bedingung genügen, ohne der behaupteten Art des Zusammenhanges zu entsprechen. Es müsste also mindestens noch der Beweis geführt werden, dass eine solche Constante g, wie sie z. B. in allen dynamischen Formeln erscheint, in der Statik *nicht vorkommen kann.*

fortschreitende Reihe verwandelbar sei; das Ungenügende dieser Hypothese mag Poisson später wohl selbst gefühlt haben, denn in der zweiten Auflage fehlt jene Ableitung und ist durch die einfache Bemerkung ersetzt, dass die Annahme $f(\omega) = 2\cos a\omega$ die Gleichung befriedige. Für ein Lehrbuch der Mechanik mag diese Angabe allenfalls hinreichen, besser ist es ohne Zweifel, eine genaue Auflösung zu geben. Man gelangt dazu auf folgendem Wege.*)

Aus Nr. 4) ergiebt sich durch beiderseitige Subtraction von $2f(\eta+\delta)$ und Division mit δ^2

$$\frac{f(\eta+2\delta)-2f(\eta+\delta)+f(\eta)}{\delta^2} = \frac{f(\delta)-2}{\delta^2} f(\eta+\delta);$$

beim Uebergange zur Grenze für verschwindende δ wird die linke Seite zu $f''(\eta)$, rechter Hand geht $f(\delta)$ in $f(0) = 2$, mithin $\frac{f(\delta)-2}{\delta^2}$ in $\frac{0}{0}$, und $f(\eta+\delta)$ in $f(\eta)$ über. Den genauen Betrag jenes $\frac{0}{0}$ kennen wir allerdings nicht, wohl aber wissen wir, dass er von η unabhängig, also irgend eine positive oder negative Constante ist, die wir mit k bezeichnen wollen. Dieses k kann auch keine schlechthin unbestimmte Grösse sein (wie z. B. $\sin\infty$), weil sonst vermöge der nunmehrigen Gleichung

$$f''(\eta) = kf(\eta)$$

$f''(\eta)$ eine unbestimmbare Funktion wäre, mithin auch $f'(\eta)$ und $f(\eta)$ unbestimmbare Funktionen sein müssten, was letzteres der Bestimmtheit der Aufgabe widerspricht. Das vollständige Integral der erhaltenen Differentialgleichung ist bekanntlich

$$f(\eta) = Ae^{\eta\sqrt{k}} + Be^{-\eta\sqrt{k}},$$

wo A und B die willkührlichen Integrationsconstanten bedeuten. Um ihre Werthe zu ermitteln, braucht man nur die durch vorstehende Formel gegebenen Ausdrücke für $f(\eta)$, $f(\eta+\delta)$ und $f(\eta+2\delta)$ in die Gleichung 3) einzusetzen und die Coefficienten der auf beiden Seiten vorkommenden gleichen Exponentialgrössen zu identificiren; man findet so $A = B = 1$, mithin

$$f(\eta) = e^{\eta\sqrt{k}} + e^{-\eta\sqrt{k}}.$$

Die noch unbekannte Grösse $\sqrt{k}$ ergiebt sich aus der Bedingung $f(\frac{1}{2}\pi) = 0$; es wird nämlich

$$e^{\pi\sqrt{k}} = -1, \text{ folglich } \sqrt{k} = m\sqrt{-1}$$

wo m irgend eine positive oder negative ganze Zahl bedeutet. Demnach ist

$$f(\eta) = e^{m\eta\sqrt{-1}} + e^{-m\eta\sqrt{-1}} = 2\cos m\eta$$

und daraus folgt nach Nr. 1), wenn man ω an die Stelle von η treten lässt,

$$R = 2P\cos m\omega.$$

*) Zuerst mitgetheilt in den Sitzungsberichten der K. S. Gesellsch. d. Wissensch. zu Leipzig. Jahrgang 1852, S. 28.

Wäre nun $m = \pm 3$, so würde die Resultante für $\omega = 30^0$ verschwinden, was offenbar unmöglich ist; ebensowenig kann $m = \pm 5$ sein, weil sonst $R = 0$ wäre für $\omega = 18^0$ u. s. w.; es muss daher $m = \pm 1$, mithin

4) $$R = 2P\cos\omega$$

sein, womit der Rhombus zweier gleichen Kräfte bewiesen ist. Wie man hieraus das Rechteck und zuletzt das Parallelogramm zweier ungleichen Kräfte herleitet, brauchen wir hier nicht näher zu erörtern, da die Sache hinreichend bekannt ist.

4. Betrachten wir zweitens mit Lambert und Laplace zwei beliebige Kräfte P und Q, (s. Fig. 4.) die unter einem rechten Winkel auf den Punkt M wirken, so können wir zunächst die Grösse der Resultante R auf folgende einfache Weise bestimmen. Die gesuchte Resultante werde der Grösse und Richtung nach, durch die Gerade MR dargestellt, welche mit MP und MQ die Winkel $PMR = \eta$ und $QMR = \zeta$ bildet; an MP legen wir die Winkel $MPS = MRP$, $MPU = MRQ$, $PMU = RMQ = \zeta$, ebenso an MQ die Winkel $MQT = MRQ$, $MQV = MRP$, $QMV = RMP = \eta$ und erhalten zwei dem ursprünglichen Vierecke $PMQR$ ähnliche Vierecke $SMUP$ und $TMVQ$. Da nun die Resultante zweier in gleichem Verhältnisse wachsenden Componenten in demselben Verhältnisse zunimmt ohne ihre Richtung zu ändern, so kann $MP = P$ als Resultante der Kräfte $MS = S$ und $MU = U$, ebenso $MQ = Q$ als Resultante von $MT = T$ und $MV = V$ angesehen werden, und es ist daher R äcquivalent den vier Kräften S, T, U, V. Für diese hat man aus ähnlichen Dreiecken

$$MS : MP = MP : MR \text{ mithin } S = \frac{P^2}{R},$$

$$MT : MQ = MQ : MR \quad „ \quad T = \frac{Q^2}{R},$$

$$MU : MP = MQ : MR \quad „ \quad U = \frac{PQ}{R}$$

$$MV : MQ = MP : MR \quad „ \quad V = \frac{QP}{R};$$

die Kräfte U und V sind gleich und wirken in entgegengesetztem Sinne, sie heben sich folglich auf, demnach bleiben nur die in gleichem Sinne wirkenden Kräfte S und T übrig, und da R diesen äcquivalent sein muss, so hat man die Gleichung

$$R = S + T = \frac{P^2}{R} + \frac{Q^2}{R}$$

oder

5) $$R^2 = P^2 + Q^2.$$

Zur Bestimmung der Richtung von R haben mehrere Schriftsteller folgenden Weg eingeschlagen. Da der Winkel η nur von dem Verhältnisse $P : R$ abhängt, so kann

$$\frac{P}{R} = F(\eta) \text{ mithin } P = R\,F(\eta)$$

und dem entsprechend

$$Q = R\,F(\zeta) = R\,F(\tfrac{1}{2}\pi - \eta)$$

gesetzt werden; durch Substitution dieser Werthe von P und Q in die Gleichung 5) ergiebt sich die Relation

$$6) \qquad [F(\eta)]^2 + [F(\tfrac{1}{2}\pi - \eta)]^2 = 1,$$

woraus

$$F(\eta) = \cos\eta \text{ oder } F(\eta) = \sin\eta$$

geschlossen und nacher mittelst der Specialisirung $Q = 0$ für den ersten Fall entschieden wird.*) Dieser Beweis ist aber illusorisch, weil $\cos\eta$ und $\sin\eta$ nicht die einzigen der Bedingung 6) genügenden Functionen sind, was stillschweigend vorausgesetzt wird. Im Gegentheil kann man sich leicht überzeugen, dass der obigen Functionalgleichung unendlich viel Auflösungen von sehr unbestimmter Form zukommen.

Aus der Gleichung 6) geht nämlich zunächst hervor, dass die Werthe von $F(\eta)$, soweit sie reell sind, immer ächte Brüche sein müssen; man kann daher ohne Beeinträchtigung der Allgemeinheit

$$F(\eta) = \sin[f(\eta)]$$

setzen, wo $f(\eta)$ eine neue unbekannte Function von η bezeichnet. Die Gleichung 6) wird jetzt

$$\sin^2[f(\eta)] + \sin^2[f(\tfrac{1}{2}\pi - \eta)] = 1$$

und zum Bestehen derselben ist es erforderlich und hinreichend, dass

$$\sin[f(\tfrac{1}{2}\pi - \eta)] = \pm\cos[f(\eta)]$$

mithin

$$f(\tfrac{1}{2}\pi - \eta) = \tfrac{1}{2}k\pi - f(\eta)$$

sei, wenn unter k irgend eine positive oder negative ungerade Zahl verstanden wird. Um noch der vorstehenden Gleichung zu genügen, erinnern wir an den Satz, dass jede Function $f(\eta)$ innerhalb der Grenzen $-\pi$ und $+\pi$ auf folgende Weise entwickelbar ist:

$$\begin{aligned} f(\eta) = a_0 + a_1\cos\eta + a_2\cos 2\eta + a_3\cos 3\eta + \dots \\ + b_1\sin\eta + b_2\sin 2\eta + b_3\sin 3\eta + \dots; \end{aligned}$$

bilden wir hiernach $f(\tfrac{1}{2}\pi - \eta)$ und vergleichen dies mit $\tfrac{1}{2}k\pi - f(\eta)$, indem wir die Coefficienten gleicher trigonometrischer Functionen identificiren, so erhalten wir

*) M. 1. z. B. Anfangsgründe der höheren Mechanik von Professor Kulik, Handbuch der rationellen (?) Mechanik von Prof. Decher, und einen Aufsatz über das Parallelogramm der Kräfte von Dr. Zernikow, Archiv der Mathematik, Theil XXV. S. 387. In dem letzten Aufsatze wird sogar der Versuch gemacht, die Gleichung 6) mittelst des Maclaurin'schen Satzes aufzulösen, ein Versuch, der immer nur zu einer particulären Lösung des Problemes führen kann da a priori nicht bekannt ist, ob $F(\eta)$ die Form $a_0 + a_1\eta + a_2\eta^2 + etc.$ annehmen kann oder nicht.

$$a_0 = \tfrac{1}{4}k\pi, \quad b_2 = a_4 = b_6 = a_8 \ldots = 0,$$
$$b_1 = -a_1, \quad b_3 = +a_3, \quad b_5 = -a_5, \quad b_7 = +a_7, \ldots$$

mithin

$$\begin{aligned} f(\eta) = \tfrac{1}{4}k\pi + a_1 \cos\eta + a_3 \cos 3\eta + a_5 \cos 5\eta + \ldots \\ - a_1 \sin\eta + a_3 \sin 3\eta - a_5 \sin 5\eta + \ldots \\ + a_2 \cos 2\eta + a_6 \cos 6\eta + a_{10} \cos 10\eta + \ldots \\ + b_4 \sin 4\eta + b_8 \sin 8\eta + b_{12} \sin 12\eta + \ldots \end{aligned}$$

Hier bleiben unendlich viel Coefficienten willkührlich und sind nur an die eine Bedingung gebunden, dass die Reihen rechter Hand convergiren, was zwischen den Grenzen $-\frac{1}{2}\pi$ und $+\frac{1}{2}\pi$ der Fall ist für $Lim\, a_n = 0$ und $Lim\, b_n = 0$, wenn $n = \infty$. Auch die Hinzufügung der Bedingungen $F(0) = 1$ und $F(\frac{1}{2}\pi) = 0$, d. h. $f(0) = \frac{1}{2}\pi$ und $f(\frac{1}{2}\pi) = 0$ ändert an der Unbestimmtheit der Auflösung nichts; nimmt man z. B. $k = 1$, $a_1 = a_3 = a_5 \ldots = b_4 = b_8 \ldots = 0$ und wählt die übrigen Coefficienten so, dass

$$a_2 + a_6 + a_{10} + \ldots = \tfrac{1}{4}\pi,$$

was wiederum auf unendlich viel verschiedene Weisen möglich ist, so genügt die Funktion

7) $$F(\eta) = \sin\left[\tfrac{1}{4}\pi + a_2 \cos 2\eta + a_6 \cos 6\eta + a_{10} \cos 10\eta + \ldots\right]$$

in der That allen gestellten Forderungen. Als einfachsten Fall der Art hat man

$$F(\eta) = \sin\left[\tfrac{1}{4}\pi + \tfrac{1}{4}\pi \cos 2\eta\right] = \sin\left(\tfrac{1}{2}\pi \cos^2\eta\right).$$

Die Funktionalgleichung 6) sagt demnach weiter nichts, als dass $F(\eta)$ eine gewisse periodische Funktion sein muss, was man freilich ohne alle Rechnung vorherweiss.

Dagegen dürfte folgende Bestimmung der Richtung der Resultante vollkommen streng sein.*) Der Winkel η ist (nach Abschnitt 2) nur von dem Verhältnisse der Kräfte P und Q abhängig, und es darf folglich

8) $$\eta = \varphi\left(\frac{Q}{P}\right)$$

gesetzt werden; für ein paar andere P_1 und Q_1, die nach denselben Richtungen wie resp. P und Q wirken, ist entsprechend

$$\eta_1 = \varphi\left(\frac{Q_1}{P_1}\right).$$

Wählen wir die neuen Kräfte P_1 und Q_1 so, dass

$$P_1^2 + Q_1^2 = P^2 + Q^2,$$

so ist die Resultante R_1 der Kräfte P_1 und Q_1 von gleicher Grösse mit R und nur in ihrer Richtung davon verschieden; die beiden gleichen mit der Richtung von P die Winkel η und η_1 einschliessenden Kräfte R und R_1 können wir zu einer neuen Kraft S zusammensetzen und von dieser wenigstens

*) Zuerst mitgetheilt in den Sitzungsberichten der K. S. Gesellsch. d. Wissensch. *Jahrgang 1853, S. 139.*

die Richtung angeben; die Richtung von S halbirt nämlich den Winkel zwischen den Richtungen von R und R_1, d. h. in Zeichen

$$\angle(S,P) = \tfrac{1}{2}(\eta+\eta_1) = \tfrac{1}{2}\left[\varphi\left(\frac{Q}{P}\right)+\varphi\left(\frac{Q_1}{P_1}\right)\right].$$

Andererseits lassen sich die vier Kräfte P, Q, P_1, Q_1 auch auf die Weise zu einer Kraft S zusammenziehen, dass man erst die gleichgerichteten Kräfte P und P_1, Q und Q_1 zu den zwei rechtwinklig gegeneinander wirkenden Kräften $P+P_1$, $Q+Q_1$ vereinigt und die Resultante der letzteren sucht; die Richtung dieser Resultante bestimmt sich entsprechend Nr. 8 durch die Formel

$$\angle(S,P) = \varphi\left(\frac{Q+Q_1}{P+P_1}\right).$$

Die Vergleichung beider Werthe von $\angle(S,P)$ führt zu der Funktionalgleichung

$$9)\qquad \left\{\begin{array}{l} \tfrac{1}{2}\left[\varphi\left(\frac{Q}{P}\right)+\varphi\left(\frac{Q_1}{P_1}\right)\right] = \varphi\left(\frac{Q+Q_1}{P+P_1}\right), \\ \textit{Condit.}\ P_1^2+Q_1^2 = P^2+Q^2. \end{array}\right.$$

Um sie aufzulösen, setzen wir $P_1 = P+\Delta P$, $Q_1 = Q+\Delta Q$ und schreiben statt des Obigen

$$\varphi\left(\frac{Q}{P}\right)+\varphi\left(\frac{Q}{P}+\frac{P\,\Delta Q-Q\,\Delta P}{P(P+\Delta P)}\right) = 2\varphi\left(\frac{Q}{P}+\frac{P\,\Delta Q-Q\,\Delta P}{P(2P+\Delta P)}\right)$$

$$\textit{Condit.}\ (2P+\Delta P)\,\Delta P+(2Q+\Delta Q)\,\Delta Q = 0,$$

oder noch einfacher

$$10)\qquad \varphi(x)+\varphi(x+2\delta) = 2\varphi(x+\varepsilon),\quad \frac{\Delta Q}{\Delta P} = -\frac{2P+\Delta P}{2Q+\Delta Q},$$

wobei zur Abkürzung gesetzt wurde

$$x = \frac{Q}{P},\quad \delta = \frac{P\,\Delta Q-Q\,\Delta P}{2P(P+\Delta P)},\quad \varepsilon = \frac{P\,\Delta Q-Q\,\Delta P}{P(2P+\Delta P)}.$$

Die erste Gleichung in Nr. 10 ist identisch mit

$$\delta\,\frac{\varphi(x+2\delta)-2\varphi(x+\delta)+\varphi(x)}{\delta^2} = 2\left(\frac{\varepsilon}{\delta}-1\right)\frac{\varphi(x+\varepsilon)-\varphi(x+\delta)}{\varepsilon-\delta},$$

in dieser substituiren wir linker Hand für den Faktor δ, rechter Hand für den Quotienten $\frac{\varepsilon}{\delta}$ seinen Werth und dividiren beiderseits mit ΔP; diess giebt

$$\frac{P\frac{\Delta Q}{\Delta P}-Q}{2P(P+\Delta P)}\,\frac{\varphi(x+2\delta)-2\varphi(x+\delta)+\varphi(x)}{\delta^2} = \frac{2}{2P+\Delta P}\,\frac{\varphi(x+\varepsilon)-\varphi(x+\delta)}{\varepsilon-\delta}.$$

Beim Uebergange zur Grenze für verschwindende ΔP und ΔQ werden δ und ε ebenfalls zu Null und aus der zweiten Gleichung in Nr. 10 folgt $\mathrm{Lim}\,\frac{\Delta Q}{\Delta P} = -\frac{P}{Q}$; die vorige Gleichung gestaltet sich hiermit zur folgenden

$$-\frac{1}{2P^2}\left(\frac{P^2}{Q}+Q\right)\varphi''(x) = \frac{1}{P}\,\varphi'(x)$$

und nach Hebung mit P, sowie unter Rücksicht auf $\frac{Q}{P} = x$

$$-\tfrac{1}{2}\left(\frac{1}{x} + x\right)\varphi''(x) = \varphi'(x)$$

oder

$$\varphi''(x) = -\frac{2x}{1+x^2}\varphi'(x).$$

Das vollständige Integral dieser Differentialgleichung ist

$$\varphi(x) = a + b \, Arctan \, x$$

und wir haben daher

$$\eta = a + b \, Arctan \frac{Q}{P}.$$

Die Integrationsconstanten a und b bestimmen sich durch die Bemerkung, dass $\eta = 0$ wird für $Q = 0$ und dass $\eta = \frac{1}{2}\pi$ wird für $P = 0$; hieraus ergeben sich, wenn *Arctan* wie gewöhnlich von $-\frac{1}{2}\pi$ bis $+\frac{1}{2}\pi$ gerechnet wird, die Werthe $a = 0$, $b = 1$ und damit die Formeln

11) $$\eta = Arctan \frac{Q}{P}, \quad tan \, \eta = \frac{Q}{P}.$$

Zu demselben Resultate kann man auch dadurch gelangen, dass man nicht $\eta = \varphi\left(\frac{Q}{P}\right)$, sondern umgekehrt

$$\frac{Q}{P} = f(\eta), \quad \text{ebenso } \frac{Q_1}{P_1} = f(\eta_1)$$

setzt, die hieraus folgenden Werthe von Q und Q_1 in die noch übrigen Gleichungen

$$\frac{Q+Q_1}{P+P_1} = f\left(\frac{\eta+\eta_1}{2}\right), \quad P^2 + Q^2 = P_1^2 + Q_1^2$$

substituirt und beide auf $\frac{P}{P_1}$ reducirt; man erhält dann zunächst die Funktionalgleichung

12) $$\frac{f(\eta_1) - f\left(\frac{\eta+\eta_1}{2}\right)}{f\left(\frac{\eta+\eta_1}{2}\right) - f(\eta)} = \sqrt{\left\{\frac{1+[f(\eta_1)]^2}{1+[f(\eta)]^2}\right\}}.$$

Um aus ihr eine Differentialgleichung zu bilden, nehmen wir $\eta_1 = \eta + 2\vartheta$ und subtrahiren beiderseits die Einheit; diess giebt:

$$\frac{f(\eta+2\vartheta) - 2f(\eta+\vartheta) + f(\eta)}{f(\eta+\vartheta) - f(\eta)} = \sqrt{\left\{\frac{1+[f(\eta+2\vartheta)]^2}{1+[f(\eta)]^2}\right\}} - 1.$$

Bezeichnen wir das Radical rechter Hand für den Augenblick mit $\sqrt{V}$, schreiben $\frac{V-1}{\sqrt{V}+1}$ für $\sqrt{V}-1$ und setzen im Zähler statt des rationalen V *wieder seinen Werth*, so erhalten wir nach beiderseitiger Division mit ϑ

$$\frac{\dfrac{f(\eta+2\vartheta)-2f(\eta+\vartheta)+f(\eta)}{\vartheta^2}}{\dfrac{f(\eta+\vartheta)-f(\eta)}{\vartheta}}=\frac{2}{\sqrt{V}+1}\,\frac{f(\eta+2\vartheta)+f(\eta)}{1+[f(\eta)]^2}\,\frac{f(\eta+2\vartheta)+f(\eta)}{2\vartheta};$$

beim Uebergange zur Grenze für verschwindende ϑ wird $V=1$ und aus der vorigen Gleichung die folgende

$$\frac{f''(\eta)}{f'(\eta)}=\frac{2f(\eta)}{1+[f(\eta)]^2}f'(\eta).$$

Das Integral dieser Differentialgleichung findet sich durch die gewöhnlichen Substitutionen

$$f(\eta)=u,\quad f'(\eta)=\frac{du}{d\eta}=u',$$

$$f''(\eta)=\frac{du'}{d\eta}=\frac{du}{d\eta}\,\frac{du'}{du}=u'\,\frac{du'}{du};$$

man erhält zuerst

$$u'=\alpha\,(1+u^2),\quad \text{oder}\ \frac{du}{1+u^2}=\alpha\,d\eta,$$

nachher

$$Arctan\ u=\alpha\eta+\beta,\quad \text{oder}\ u=tan\,(\alpha\eta+\beta),$$

wobei die Integrationsconstanten α und β auf ähnliche Weise wie vorhin bestimmt werden.

IV.

Das Leben und die Werke von Karl Sturm.

(Aus dem Französischen des Herrn E. Prouhet.)

Karl Sturm wurde am 6. Vendémiaire des Jahres XII. (29. Sept. 1803) in Genf geboren, welches damals Hauptort des Département du Léman war Seine Familie, die sich zur protestantischen Kirche bekannte, stammte aus Strassburg und hatte diese Stadt gegen das Jahr 1760 verlassen. Es ist wahrscheinlich, dass sie unter ihren Vorfahren zwei im sechzehnten Jahrhundert berühmte Männer zählte, Jacob Sturm, Stadtmeister der freien Reichsstadt Strassburg, der sich in dem Kampfe dieser Stadt gegen Karl V. auszeichnete, und Johann Sturm, Humanist, Diplomat, Theolog, dessen Namen man in allen literarischen, politischen und religiösen Streitfragen seiner Zeit antrifft.

Der junge Sturm zeigte frühzeitig ausserordentliche Anlagen und erhielt im Gymnasium viele Preise in allen Fächern. Er erlernte mit gleicher Leichtigkeit die alten und neuen Sprachen, die Literatur und die Geschichte. Man erzählt selbst, dass er mit zwölf Jahren Gedichte verfasste, die von viel Phantasie und Gefühl zeugten. Aber mit vorrückenden Jahren neigte er sich mehr und mehr den wissenschaftlichen Studien zu.

Sturm verliess im Jahre 1818 das Gymnasium, um in die Genfer Akademie einzutreten. Seine Lehrer daselbst waren J. J. Schaub, der Oberst (jetzt General) Dufour und Simon Lhuilier. Dieser letztere, ein bedeutender Geometer, hatte für seinen Zögling eine lebhafte Zuneigung gefasst und sagte ihm eine glänzende Zukunft voraus. Er hatte das Glück, lange genug zu leben, um zu sehen, wie seine Hoffnungen in Erfüllung gingen.

Im Jahre 1819 hatte Sturm ein grosses Unglück zu ertragen und zum ersten Mal den Kampf mit der Noth des Lebens aufzunehmen. Sein Vater starb in den besten Jahren und hinterliess seiner Wittwe und vier Kindern, von denen Karl das älteste war, kein Vermögen. Um seine Mutter zu unterstützen, die er zärtlich liebte, musste Sturm Privatunterricht geben. Im Jahre 1823 kam er als Hofmeister zur Familie Broglie und wurde mit der Erziehung des Bruders der Frau von Broglie, des Sohnes der berühmten Frau von Staël betraut. Er blieb fünfzehn Monate bei dieser Familie und erinnerte sich später stets mit Vergnügen an dieselbe.

Gegen das Ende des Jahres 1823 begleitete Sturm seinen Zögling nach Paris. Unterwegs machte er Bekanntschaft mit einem Bibliothekar aus Dijon, der seinen Sohn zur Polytechnischen Schule geleitete. Diese Herren waren eifrige Leser des Journals von Gergonne, in welches Sturm bereits einige gute Artikel eingesandt hatte. Als sie den Namen ihres Reisegefährten erfuhren, überhäuften sie ihn mit Artigkeiten. Mit zwanzig Jahren haben solche zufälligen Begegnungen als erste Freuden einer aufkeimenden Berühmtheit einen besondern Reiz und man zählt sie zu den höchsten Glückseligkeiten des Lebens.

Sturm erinnerte sich gerne dieser Zeit. Er war damals arm und beinahe unbekannt. Aber er hatte das Bewusstsein seiner Kraft, und auf sein bescheidenes Dasein leuchtete die Hoffnung, welche oft einem fest vorgesteckten Ziele vorzuziehen ist. Ich bin jetzt, schrieb er an seine Mutter, in Berührung mit sehr gelehrten und sehr berühmten Männern. Ich muss streben, mich ungefähr auf ihre Höhe zu erheben.

Dieser erste Aufenthalt in Paris war von kurzer Dauer. Sturm kehrte ein Jahr später dahin zurück mit seinem Jugendfreund, Herrn Daniel Colladon, jetzt Professor an der Akademie zu Genf und ausgezeichneter Physiker. Von 1825 bis 1829 lebten die beiden Freunde zusammen, ihre Arbeiten, Hoffnungen, Freuden und Leiden theilend. Am 11. Juni 1827 wurden ihre Anstrengungen mit einer hohen Auszeichnung gekrönt. Sie erhielten den grossen Preis für Mathematik, welchen die Akademie für die Zusammendrückung der Flüssigkeiten ausgesetzt hatte.

Sturm war nach Paris gekommen mit einem Empfehlungsschreiben des Herrn Lhuilier an Herrn Gerono. Der berühmte Professor empfing den jungen Mathematiker mit einer Herzlichkeit, welche dieser nie vergessen hat, und verschaffte ihm nützliche Bekanntschaften. Arago, Ampère und Fourier folgten mit Interesse den Arbeiten Sturms und seines Freundes. Freilich waren die jungen Gelehrten bisweilen genöthigt, die hohe Theorie mit weniger erhabenen, aber mehr gewinnbringenden Beschäftigungen zu vertauschen. Arago, dessen umsichtige Freundschaft für Alles ein Augenmerk hatte, liess keine Gelegenheit vorbeigehen, ihnen Schüler zuzuschicken.

Zu jener Zeit vereinigten sich um Fourier einige junge Geometer, deren Ruf damals im Entstehen war und die seither gehalten haben, was sie versprachen. Der berühmte Gelehrte weihte sie in seine Lieblingsarbeiten ein und zog sie mit sich fort auf dem Wege, der ihn zu so bedeutenden Entdeckungen geführt hatte. Sturm gab sich ganz dem glücklichen Einflusse des verehrten Lehrers hin und sprach nie ohne Rührung von ihm. Er richtete nun seine Untersuchungen auf die Theorie der Wärme und auf die algebraische Analysis. Bei Betrachtung der Eigenschaften gewisser Differentialgleichungen, die sich in vielen Fragen der Physik darbieten, fand er seinen berühmten Lehrsatz. Dieser Satz, den er 1829 veröffentlichte, machte grosses Aufsehen, und stellte seinen Erfinder in die Reihe der ersten Geometer.

Mit Freude begrüsste Sturm die Juliusrevolution, denn er hoffte, dass durch dieselbe eine vernünftige Freiheit ins Leben treten werde. Persönlich war ihm diese Revolution wenigstens günstig, indem sie ihm erlaubte, in die Laufbahn des öffentlichen Unterrichts einzutreten, wovon sein protestantisches Glaubensbekenntniss ihn während der Restauration ausgeschlossen hatte. Durch die mächtige Fürsprache Arago's wurde er gegen Ende des Jahres 1830 zum Professor der Mathematik am Collége Rollin ernannt.

Von dieser Zeit stammt seine Freundschaft mit Herrn Liouville, die bis zu seinem Tode gedauert hat.

Am 4. December 1824 ehrte ihn die Akademie der Wissenschaften durch den grossen Preis, welcher nach dem Programm dem Urheber der wichtigsten in den letzten drei Jahren veröffentlichten Entdeckung zuerkannt werden sollte. Die gekrönte Abhandlung, welche am 30. September 1833 im Sekretariat niedergelegt wurde, bezog sich auf die Theorie der Gleichungen.

Im Jahre 1836 wurde Sturm an Ampère's Stelle mit 46 von 52 Stimmen zum Mitglied der Akademie der Wissenschaften ernannt.

Im Jahre 1838 trat Sturm als Repetitor der Analysis in die Polytechnische Schule ein und wurde zwei Jahre später Professor an dieser Schule.

In demselben Jahre 1840 erhielt er, von dem akademischen Rath und der Fakultät in erster Reihe vorgeschlagen, den Lehrstuhl der Mechanik, der durch Poisson's Tod erledigt war.

Sturm war ausserdem Offizier der Ehrenlegion (1837), Mitglied der Société Philomatique, der Akademien von Berlin (1835) und St. Petersburg (1836) und der Royal Society zu London (1840). Diese letztere hatte ihm die Medaille Copley's für seine Arbeiten über die Gleichungen zuerkannt.

Sturm zeigte sich durch den Eifer, mit dem er seine verschiedenen Aemter erfüllte, aller dieser Ehren würdig. Mit einer kräftigen Gesundheit begabt, konnte er eine lange und erfolgreiche Laufbahn hoffen. Unglücklicherweise erlitt seine Gesundheit 1851 durch allzu angestrengten Fleiss eine Störung, und er sah sich genöthigt, seine Lehrstühle an der Sorbonne und der Polytechnischen Schule Stellvertretern zu übergeben. Zwar übernahm er dieselben wieder gegen Ende des Jahres 1852, allein er wurde nie wieder vollkommen hergestellt. Die sorgfältige Pflege seiner Familie konnte das Uebel verzögern, aber nicht aufheben. Er starb am 18. December 1855 im Alter von 51 Jahren.

Sturm war nicht nur ein Mann von Talent, er war auch ein Mann von Herz, gut für seine Familie, gut für seine Freunde, deren Zahl gross war. „Ich habe viele Freunde“, sagte er mit naivem Stolz, und dieses Wort, welches bei jedem Anderen eine Uebertreibung gewesen wäre, war buchstäblich wahr. Ohne auf eine vollständige Aufzählung Anspruch zu machen, nenne ich ausser seinen schon angeführten Freunden noch die Herren Lejeune-Dirichlet, Ostrogradsky, Brassine, Catalan. Herr Faurie, erst Zögling, dann intimer Freund Sturm's, verdient eine besondere Erwähnung für die Aufopferung, die er unter den schwierigsten Umständen bewiesen hat.

In seinem Glücke vergass Sturm nie die schweren Tage und die edelmüthige Hilfe, die er damals bei Ampère, Fourier und Arago gefunden hatte. Er unterstützte gern junge Leute, die sich den Wissenschaften widmeten, und seine Hilfe war ebenso zart als wirksam.

Sturm war gerne schweigsam in Gesellschaft von Personen, die er nicht kannte; aber wenn seine angeborene Schüchternheit einmal überwunden war, enthüllte er den ganzen Zauber eines scharfsinnigen und originellen Geistes. Er liebte leidenschaftlich die Musik der grossen Meister und wir wissen von ihm selbst, dass er zu einer Zeit, als seine Hilfsquellen noch schwach waren, sich Entbehrungen auferlegte um die Meisterwerke von Rossini und Meyerbeer hören zu können.

Als Lehrer zeichnete sich Sturm durch Klarheit und Strenge aus. Man verdankt ihm viele scharfsinnige Beweise, welche, durch seine Schüler verbreitet, in Lehrbücher übergegangen sind, deren Verfasser fast immer „vergessen“ haben, ihn zu nennen. Aber er war reich und nicht geizig. Viele solcher Kleinigkeiten, pflegte er lachend zu sagen, habe ich schon verloren, und wie wenige sind mir durch ehrliche Arbeiter zurückgebracht worden! Auf die Länge mag freilich das Ganze ein artiges Sümmchen ausmachen.

Die ausgezeichneten Eigenschaften Sturm's wurden von der gebildeten und verständigen Jugend, welche seine Vorträge hörte, wohl gewürdigt. Man bewunderte, sagt einer seiner Schüler, Herr Regray-Belmy, (und ich füge hinzu: man liebte) diesen überlegenen Mann, der sich Mühe gab, sich klein zu machen, der mit Schüchternheit in den Hörsaal trat und seine Zuhörer kaum anzublicken wagte. Die feierlichste Stille herrschte während seines Vortrags, und man konnte von ihm sagen, was man von Andrieux gesagt hat: Wer ihn hörte, verstand ihn. So gross ist die Macht des Genies.

Verzeichniss der Werke und Abhandlungen Sturm's.

Annales de Mathématiques von Gergonne.

1) Tome XIII. (1822—1823), p. 289. Ausdehnung der Aufgabe über die Verfolgungscurven. Lösung einer vom Herausgeber vorgelegten Frage.

2) Ebendas., p. 314. Als Funktion der Seiten eines in den Kreis beschriebenen Vierecks zu bestimmen: 1) den Winkel, den zwei entgegengesetzte Seiten einschliessen; 2) den Winkel der Diagonalen.

3) Tome XIV. (1823—1824), p. 13. Es sind drei Punkte und eine Ebene gegeben; man soll in dieser Ebene einen solchen Punkt finden, dass die Summe seiner Entfernungen von den drei gegebenen Punkten ein Minimum sei.

Sturm, ohne die Aufgabe durch ausführliche Formeln zu lösen, zeigt durch Betrachtungen, die der Mechanik entlehnt sind, mehrere Eigenschaften des gesuchten Punktes und verallgemeinert alsdann die Aufgabe.

4) Ebendas., p. 17. Analytischer Beweis zweier Lehrsätze über die Lemniscate.

Diese beiden Sätze sind von Talbot und betreffen den endlichen Excess der Asymptote einer gleichseitigen Hyperbel über den Quadranten dieser Curve.

5) Ebendas., p. 108. Analytische Untersuchungen über eine Classe von geometrischen Aufgaben, welche von der Theorie der Maxima und Minima abhängen.

Maximum und Minimum einer Funktion der Entfernungen eines veränderlichen Punktes von anderen Punkten, von denen die einen fest sind; die anderen sich auf gegebenen Curven oder Flächen befinden sollen.

6) Ebendas., p. 225. Beweis zweier Sätze über die Transversalen.

7) Ebendas., p. 286. Ort der Punkte von denen man Perpendikel auf

die Seiten eines Dreiecks fällen muss, um durch Verbindung ihrer Fusspunkte ein Dreieck von constantem Flächeninhalt zu erhalten.

8) Ebendas., p. 302. Untersuchung über die krumme Fläche, welche so beschaffen ist, dass, wenn man von jedem ihrer Punkte Gerade nach drei festen Punkten zieht, diese Geraden auf einer festen Ebene die Spitzen eines Dreiecks von constantem Inhalt bestimmen.

9) Ebendas., p. 381. Krümmung eines biegsamen und unausdehnbaren Fadens, dessen Endpunkte fest sind und dessen sämmtliche Punkte von einem festen Centrum nach einer bestimmten Funktion der Entfernung angezogen und abgestossen werden.

10) Ebendas., p. 390. Die Entfernung der Mittelpunkte des einem Dreieck eingeschriebenen und des demselben umschriebenen Kreises ist die mittlere Proportionale zwischen dem Halbmesser des umschriebenen und dem Excess dieses Halbmessers über den Durchmesser des eingeschriebenen Kreises.

11) Tome XV. (1824—1825), p. 100. Beweis von vier Sätzen über die Hyperbel.

12) Ebendas., p. 205. Untersuchungen über die Brennlinien.

Der Fall, wo die reflectirende Linie oder Trennlinie zweier Mittel ein Kreisumfang ist. Eigenschaften der Ovalen von Descartes.

Diese Abhandlung ist die einzige rein geometrische, welche uns Sturm hinterlassen hat, und zeigt, was er auf diesen Felde hätte leisten können, wenn er es angebaut hätte.

13) Ebendas., p. 250. Sätze über die regelmässigen Vielecke.

Beweis und Verallgemeinerung eines Satzes von Lhuilier.

14) Ebendas., p. 309. Analytische Untersuchungen über die ebenen oder räumliche geradlinigen Polygone.

15) Ebendas., p. 238. Analytische Untersuchungen über die ebenen Brennlinien.

Beziehungen zwischen den Längen der einfallenden und gebrochenen Strahlen, beide Längen von dem Einfallspunkte an bis zu dem Punkte gemessen, wo diese Strahlen ihre respectiven Brennlinien berühren. Rectification der ebenen Brennlinien.

16) Tome XVI., p, 265. Memoire über die Linien des zweiten Grades. (Erster Theil.)

Eigenschaften der Kegelschnitte, welche vier gemeinschaftliche Punkte haben. Pole und Polaren. Sätze von Pascal und Brianchon.

17) Tome XVII., p. 177. Memoire über die Linien des zweiten Grades. (Zweiter Theil.)

Man findet daselbst die beiden folgenden Lehrsätze, welche eine Verallgemeinerung des Satzes von Desargues sind:

Sind zwei Kegelschnitte einem Viereck umschrieben, und zieht man irgend eine Transversale, welche die beiden Kegelschnitte in vier Punkten und zwei gegenüberliegende Seiten des Vierecks in zwei anderen Punkten schneidet, so sind diese sechs Punkte in Involution.

Wenn drei Kegelschnitte demselben Viereck umschrieben sind, so schneidet irgend eine Transversale dieselben in sechs Punkten, welche in Involution sind.

Bulletin des Sciences von Férussac.

Sturm redigirte 1829 und 1830 den mathematischen Theil dieses Bulletins.

18) Tome XV. (1829), p. 419. Analyse eines Memoires über die Auflösung der numerischen Gleichungen. (Gelesen in der Akademie der Wissenschaften am 13. Mai 1829.)

Dieses Memoire enthält den berühmten Lehrsatz Sturm's. Der Beweis desselben erschien zum ersten Mal in der Algebra von Choquet und Mayer (erste Auflage 1832). In demselben Werk bewiess Sturm auf einfachere Art als Cauchy den Satz, dass jede algebraische Gleichung eine Wurzel hat.

Von seinen Verpflichtungen gegen Fourier spricht Sturm auf folgende Weise: „Das Werk, das seine sämmtlichen Untersuchungen über die algebraische Analysis enthalten soll, ist noch nicht veröffentlicht worden. Herr Fourier war so freundlich, mir und einigen anderen Personen die gründliche Durchsicht desselben zu gestatten. Ich erkläre somit, dass ich vollkommene Kenntniss der ungedruckten Werke des Herrn Fourier hatte, die sich auf die Auflösung der Gleichungen beziehen, und ich ergreife diese Gelegenheit, ihm den Dank zu bezeugen, den ich seiner Güte schuldig bin. Indem ich mich auf seine Principien stützte und seine Beweise nachahmte, erfand ich die Sätze, von denen jetzt die Rede ist."

19) Ebendas., p. 422. Auszug aus einem der Akademie vorgelegten Memoire. (1. Juni 1829.)

Ausdehnung der Sätze von Fourier und Descartes auf Gleichungen von der Form

$$Ax^{\alpha}+Bx^{\beta}+\ldots=0,$$

wo α, β, γ ... beliebige reelle Zahlen sind.

Am Schlusse dieses Auszuges theilt Sturm einige Sätze mit, die sich auf die Bewegung der Wärme in einer Kugel oder in einem Prisma beziehen. Diese Sätze sollten Theile einer Abhandlung sein, welche wahrscheinlich nie vollständig geschrieben worden ist. Herr Liouville hat sie sehr einfach bewiesen in seinem Cours du Collége de France (zweites Semester 1856). Dieser Cursus, welcher der Analyse der Werke Sturm's gewidmet ist, war uns bei der Zusammenstellung dieser Nachrichten sehr nützlich.

20) Ebendas., p. 273. Note, welche der Akademie am 8. Juni 1829 vorgelegt wurde.

Realität der Wurzeln gewisser transscendenten Gleichungen. Ueber die Coefficienten der Reihen, welche eine willkührliche Funktion zwischen gegebenen Gränzen darstellen.

Diese Note wurde später in andern Werken des Verfassers umgearbeitet.

21) Tome XII. (1829), p. 314. Auszug aus einer Abhandlung über die Integration eines Systems linearer Differentialgleichungen. (Der Akademie am 27. Juli 1829 vorgelegt.)

Untersuchung der Wurzeln der Gleichungen, die sich bei der Integration eines Systemes linearer Gleichungen darbieten. Anzahl der Wurzeln, welche zwischen zwei gegebenen Gränzen enthalten sind.

Dieser ausführliche Auszug kann die Stelle der Abhandlung selbst vertreten. In einer Note bemerkt der Verfasser, dass die Schlüsse, die er in einer früheren Abhandlung (s. Nr. 19) gezogen hatte, sich auf eine grosse Anzahl transscendenter Gleichungen ausdehnen lassen.

Journal von Liouville.

22) Tome I. (1836), p. 106. Memoire über die linearen Differentialgleichungen der zweiten Ordnung. (Gelesen in der Akademie der Wissenschaften am 30. September 1833.)

In diesem schönen Aufsatze werden die Eigenschaften der Funktionen, welche einer Differentialgleichung Genüge leisten, an dieser Gleichung selbst untersucht.

Ein kurzer Auszug aus dieser Abhandlung erschien in dem Journal l'Institut am 9. November 1833. Dasselbe Journal enthält in der Nummer vom 30. November eine Note Sturm's, welche seine Theorie ergänzt.

23) Ebendas., p. 278. Beweis eines Lehrsatzes von Cauchy. (In Gemeinschaft mit Liouville.)

Lehrsatz über die Anzahl der Wurzelpunkte, die in einem gegebenen Umfange enthalten sind.

24) Ebendas., p. 290. Andere Beweise desselben Satzes.

25) Ebendas., p. 373. Ueber eine Classe von Gleichungen mit partiellen Differentialen.

Gleichungen von der Form:

$$g \frac{du}{dt} = \frac{d k \frac{du}{dx}}{dx} - l u.$$

Ergänzung der Abhandlung Nr. 22 (s. auch Comptes rendus, t. IV., p. 35.)

26) Tome II., p. 220. Auszug aus einer Abhandlung über die Entwickelung der Funktionen in Reihen etc. (In Gemeinschaft mit *Liouville.*)

(S. auch Comptes rendus, T. IV., p. 675.)

27) Tome III., p. 357. Memoire über die Optik.

Brennflächen gebildet durch Lichtstrahlen, welche von einem Punkte ausgehen und eine Reihe von Brechungen oder Reflectionen erleiden.

28) Tome VI., p. 315. Note bei Gelegenheit eines Artikels des Herrn Delaunay über die Rotationsfläche, deren mittlere Krümmung constant ist.

29) Tome VII., p. 132. Note bei Gelegenheit eines Artikels des Herrn Gascheau über die Anwendung des Sturm'schen Lehrsatzes auf die Transformirten der binomischen Gleichungen.

30) Ebendas., p. 345. Note über einen Lehrsatz des Herrn Chasles.

Neuer Beweis des folgenden Satzes: Ein unendlich kleiner Canal, dessen krummlinige Kanten Trajectorien sind, rechtwinklig zu den Niveauflächen in Beziehung auf einen beliebigen Körper, fängt auf den Niveauflächen Elemente auf, für welche die von dem Körper ausgeübte Attraction denselben Werth hat.

31) Ebendas., p. 356. Beweis eines algebraischen Lehrsatzes des Herrn Sylvester.

Dieser schöne Satz ergänzt den Sturm'schen, indem er angiebt, in welcher Beziehung die verschiedenen Reste zu den Faktoren der Gleichung stehen.

Comptes Rendus der Akademie der Wissenschaften.

32) Tome V., p. 720. Note über einen Satz des Herrn Cauchy in Beziehung auf die Wurzeln der Simultangleichungen. (In Gemeinschaft mit Liouville.)

33) Tome V., p. 867. Bericht über ein Memoire des Herrn Bravais, das von den Linien in einer Ebene handelt, welche durch Punkte gebildet werden, deren Coordinaten ganze Zahlen sind.

34) Tome VII., p. 1143. Bericht über zwei Abhandlungen des Herrn Blanchet, die Fortpflanzung und die Polarisation der Bewegung in einem elastischen Mittel betreffend.

35) Tome VIII., p. 788. Note über Libri's kritische Bemerkungen zu den Arbeiten des Herrn Liouville.

36) Tome XIII., p. 1046. Memoire über einige Sätze der theoretischen Mechanik.

„Wenn die Verbindungen eines in Bewegung befindlichen Systems materieller Punkte in einem sehr kurzen Zeitabschnitt sich ändern, so übertrifft die Summe der lebendigen Kräfte vor diesem Zeitabschnitt diejenige, welche nachher stattfindet, und zwar um eine *Grösse, die gleich ist* der Summe der lebendigen Kräfte, welche den während des Uebergangs vom ersten Zustand zum zweiten erlittenen Geschwindigkeitsverlusten entsprechen."

37) Tome XX., p. 554, 761 und 1228. Memoire über die Theorie des Sehens.

Der Verfasser erklärt, wie das Sehen in verschiedenen Entfernungen deutlich sein kann. Die von einem Punkte ausgehenden Lichtstrahlen gehen durch die ungleich brechenden Mittel des Auges und bilden eine Brennfläche. Damit das Sehen deutlich sei, genügt es, wenn ein Theil dieser Brennfläche, welche sich beinahe auf eine mathematische Linie reducirt und in welcher die Lichtstrahlen mehr condensirt sind, als irgendwo sonst, die Netzhaut trifft.

38) Tome XXVI., p. 658. Note über die Integration der allgemeinen Gleichungen der Dynamik.

Lehrsätze von Hamilton und Jacobi.

39) Tome XXVIII., p. 66. Bericht über einen Aufsatz des Herrn L. Wantzel: Theorie der geradlinigen Diameter beliebiger Curven.

Mémoires des savants étrangers.

40) Tome II. (1834), p. 267. Memoire über die Zusammendrückung der Flüssigkeiten. (In Gemeinschaft mit Herrn Colladon.)

Diese Abhandlung erhielt 1827 den grossen Preis der Mathematik. Sie befindet sich auch in den Annales de Chimie et de Physique, t. XXII., p. 113.

41) Memoire über die Auflösung der numerischen Gleichungen. (Siehe Nr. 18.)

Nouvelles Annales de Mathématiques.

42) Tome X. (1851), p. 419. Ueber die Bewegung eines festen Körpers um einen festen Punkt.

Manuscripte.

43) Eine sehr ausführliche Abhandlung über die Mittheilung der Wärme in einer Reihe von Gefässen.

44) Eine Abhandlung über die Linien des zweiten Grades, von welcher nur die zehn ersten Paragraphen in den Annalen von Gergonne erschienen sind. (S. Nr. 16 und 17.)

Diese beiden Abhandlungen sind zum Druck vorbereitet und Herr Liouville hat ihre Herausgabe übernommen.

Die anderen Papiere Sturm's enthalten Rechnungen, die sich auf seine schon gedruckten Aufsätze beziehen, Auszüge aus seiner Lectüre, und endlich besondere Untersuchungen über die Gleichungen. Da die meisten dieser Rechnungen nicht von Worten begleitet sind, ist es schwer, dem Gedankengang des Verfassers zu folgen. Wenn eine genaue Durchsicht Interessantes zu Tage fördert, wird man einiges davon herausgeben.

Cursus an der Polytechnischen Schule.

Die Vorlesungen über Analysis und Mechanik sind von Schülern der polytechnischen Schule niedergeschrieben und zum Gebrauch dieser Schule autographirt worden. Es wurde nur eine kleine Anzahl Exemplare abgezogen.

Der Text dieser Vorlesungen ist grossentheils von Sturm durchgesehen und verbessert worden, und die wichtigsten Theorien sind von ihm selbst redigirt. Sie werden zusammen vier Bände bilden. Der Verfasser dieser Nachricht ist nach Sturm's eigenem Wunsche mit der Herausgabe derselben beauftragt. Der erste Band wird am 1. September erscheinen, und die drei andern werden bald nachfolgen.

(Auszug aus dem Bulletin de Bibliographie, d'Histoire et de Biographie mathématiques, Mai und Juni 1856.)

Kleinere Mittheilungen.

X. Ueber eine combinatorische Aufgabe. Unter den vielen Aufgaben der Combinatorik, welche zum Theil durch ihre eleganten und überraschenden Auflösungen sich sehr zu Uebungsbeispielen für solche eigenen, die sich mit dem Studium der niedern Analysis beschäftigen, ist folgende unseres Wissens noch nirgends behandelt:

„Die Anzahl derjenigen Permutationsformen aus dem $2m$ Elementen $a_1 a_1 a_2 a_2 a_3 a_3 \ldots a_m a_m$, von denen je zwei identisch sind, zu finden, in welchen keine unmittelbare Folge identischer Elemente vorkommt."

Um zuerst die Bezeichnungen festzustellen, deren wir uns bedienen wollen, sei $P_m = 1.2.3 \ldots m$ die Anzahl der Permutationen aus m von einander verschiedenen Elementen; $\overset{k}{C_n} = \frac{n(n-1)\ldots(n-k+1)}{1.2\ldots k}$ die Anzahl der Combinationen ohne Wiederholung aus n Elementen zur Classe k; ferner bedeute noch A_k die Anzahl derjenigen Permutationen aus den $m+k$ Elementen $a_1 a_2 a_3 \ldots a_m a_1 a_2 a_3 \ldots a_k$ (wo $k \leqq m$), in welchen keine zwei identischen Elemente unmittelbar auf einander folgen, so dass also A_m die Zahl ist, welche in obiger Aufgabe gesucht wird.

Sind zuerst nur m von einander verschiedene Elemente $a_1 a_2 a_3 \ldots a_m$

vorhanden, so kann unter denselben keine Folge identischer Elemente stattfinden, mithin fällt keine der P_m möglichen Permutationen weg, und es ist $A_0 = P_m$, oder wie wir der Symetrie wegen schreiben wollen:

$$A_0 = \frac{P_m}{2^0}.$$

Kommt als $m+1$tes Element nochmals a_1 hinzu, so giebt es im Ganzen $\frac{P_{m+1}}{2}$ Formen, von welchen aber alle jene weggelassen werden müssen, in denen die Folge $a_1\, a_1$ vorkommt. Da diese letzteren Formen gebildet werden können, indem man das Elementenpaar $a_1\, a_1$ als ein Element betrachtet und mit den übrigen $m-1$ Elementen permutirt, so ist ihre Anzahl P_m oder A_0. Mithin ist, da $1 = \overset{1}{C_1}$

$$A_1 = \frac{P_{m+1}}{2^1} - \overset{1}{C_1} \,.\, A_0.$$

Wir lassen jetzt noch ein Element a_2 hinzutreten, so sind $\frac{P_{m+1}}{2^2}$ Permutationsformen möglich. Davon fallen einmal solche weg, in denen nur die Folge $a_1\, a_1$ stattfindet; ferner solche, und zwar ebensoviele an der Zahl, in denen nur die Folge $a_2\, a_2$ stattfindet. Dann fallen aber auch solche weg, in denen beide Folgen $a_1\, a_1$ und $a_2\, a_2$ zugleich vorkommen, und die doppelt verbotene Formen heissen sollen. Die Anzahl der letzteren ist offenbar wieder A_0, denn man findet sie, indem man sowohl $a_1\, a_1$, als auch $a_2\, a_2$ als je ein Element betrachtet und dann die Permutationen bildet. Die Anzahl der wegen $a_2\, a_2$ allein verbotenen Formen ergiebt sich, wenn man in den vorhin gefundenen A_1 Formen von $m+1$ Elementen des neuen a_2 neben das schon vorhandene a_2 setzt; sie ist also $= A_1$ und ebensoviele Formen werden die Folge $a_1\, a_1$ allein enthalten. Bemerkt man noch, dass $1 = \overset{2}{C_2}$, $2 = \overset{1}{C_2}$, so ist

$$A_2 = \frac{P_{m+2}}{2^2} - \overset{1}{C_2} \,.\, A_1 - \overset{2}{C_2} \,.\, A_0.$$

Um den Gang des Verfahrens recht klar hinzustellen, wollen wir jetzt noch ein weiteres Element a_3 hinzutreten lassen, so giebt es im Ganzen $\frac{P_{m+4}}{2^3}$ Formen und unter diesen einfach, doppelt und dreifach verbotene. Die Anzahl der in Bezug auf die Folge $a_3\, a_3$ einfach verbotenen Formen ist A_2, denn die Formen selbst ergeben sich, indem man in den so eben gefundenen A_2 Formen von $m+2$ Elementen das neue Element a_3 neben das schon vorhandene a_3 setzt. Ganz ebensoviele Formen sind wegen $a_2\, a_2$ einfach verboten, ebensoviele wegen $a_1\, a_1$. Die Anzahl der in Bezug auf die Folgen $a_3\, a_3$, $a_1\, a_1$ doppelt verbotenen Formen ist A_1, denn die Formen selbst ergeben sich, wenn man in den A_1 Formen von je $m+2$ Elementen, die schon in Bezug auf die Folge $a_1 a_1$ verboten sind, dass neue a_3 neben das schon vorhandene a_3 setzt. Ganz ebensoviele doppelt verbotene Formen werden die Folge $a_1 a_1$, $a_2 a_2$ und $a_2 a_2$, $a_3 a_3$ hervorbringen. Endlich ist A_0 wieder die Anzahl der wegen $a_1 a_1$, $a_2 a_2$, $a_3 a_3$ dreifach verbotenen Formen, die man erhält, wenn man von Anfang die drei Elementenpaare als je ein Element betrachtet, und dann ohne Weiteres die Permutationen bildet. So ist also:

$$A_3 = \frac{P_{m+3}}{2^3} - \overset{1}{C}_3 . A_2 - \overset{2}{C}_3 . A_1 - \overset{3}{C}_3 . A_0.$$

Da aber, so viele neue Elemente man auch hinzutreten lässt, immer das gleiche Raisonnement anzustellen sein wird, und namentlich die Combinationszahlen dabei in ihrer recht eigentlichen Bedeutung auftreten, so ist allgemein:

$$1)\qquad A_k = \frac{P_{m+k}}{2^k} - \overset{1}{C}_k . A_{k-1} - \overset{2}{C}_k . A_{k-2} - \ldots - \overset{k}{C}_k . A_0,$$

wo nur die selbstverständliche Bedingung $k \leqq m$ stattfindet. Wird $k = m$, so ergiebt sich zur Lösung der von Anfang gestellten Aufgabe die Recursionsformel:

$$2)\qquad A_m = \frac{P_{2m}}{2^m} - \sum_{k=1}^{k=m} \overset{k}{C}_m . A_{m-k}.$$

Wird noch, wie es gewöhnlich in combinatorischen Formeln geschieht, das an sich sinnlose Symbol $\overset{0}{C}_m = 1$ gesetzt, so kann die obige Gleichung in der Gestalt:

$$3)\qquad \sum_{k=0}^{k=m} \overset{k}{C}_m . A_{m-k} = \frac{P_{2m}}{2^m}$$

dargestellt werden, welche folgenden interessanten Satz enthält:

> „Wenn man m von einander verschiedene Elemente hat, zu diesen der Reihe nach $1, 2, \ldots m$ neue Elemente hinzutreten lässt, von denen jedes mit einem vorhandenen Elemente identisch ist, und zwar diese neuen Elemente jedesmal auf alle möglichen Weisen auswählt, dann mit diesen m, $m+1$, $m+2$, $\ldots 2m$ Elementen diejenigen Permutationen bildet, in denen keine Folge identischer Elemente stattfindet, so ist die Anzahl dieser Formen zusammengenommen genau eben so gross, als wenn man aus den $2m$ Elementen, von welchen je zwei identisch sind, ohne weitere Beschränkung die Permutationen bildete."

Z. B. es sei $m = 3$, so ist

$\overset{3}{C}_3 . A_0 =$ 123, 132, 213, 231, 312, 321

$\overset{2}{C}_3 . A_1 = \begin{cases} 1213, 1231, 1312, 1321, 2131, 3121 \\ 1232, 2123, 2132, 2312, 2321, 3212 \\ 1323, 2313, 3123, 3132, 3213, 3231 \end{cases}$

$$\overset{1}{C_3} \cdot A_2 = \begin{cases} 12123,\ 12132,\ 12312,\ 12321,\ 13212,\ 21213,\ 21231,\ 21312,\ 21321, \\ \qquad 23121,\ 31212,\ 32121, \\ 12313,\ 13123,\ 13132,\ 13213,\ 13231,\ 21313,\ 23131,\ 31232,\ 32123, \\ \qquad 32132,\ 32312,\ 32321, \\ 12323,\ 13232,\ 21323,\ 23123,\ 23132,\ 23213,\ 23231,\ 31232,\ 32123, \\ \qquad 32132,\ 32312,\ 32321, \end{cases}$$

$$\overset{0}{C_3} \cdot A_3 = \begin{matrix} 121323,\ 123123,\ 123132,\ 123213,\ 123231,\ 131232,\ 132123,\ 132132, \\ 132312,\ 132321,\ 212313,\ 213123,\ 213132,\ 213213,\ 213231,\ 231213, \\ 231231,\ 231312,\ 231321,\ 232131,\ 312123,\ 312132,\ 312312,\ 312321, \\ 313212,\ 321213,\ 321.31,\ 321312,\ 321321,\ 323121. \end{matrix}$$

Ebenso giebt es bekanntlich 90 Permutationsformen aus den Elementen 112233, wenn man keine weitere Bedingung hinzusetzt.

Auch die Darstellung einer independenten Formel für A_m ist nicht gerade mit Schwierigkeiten verbunden. Substituirt man nämlich den Werth von A_0 in die Gleichung für A_1, dann A_0 und A_1 in die Gleichung für A_2 u. s. w., so erhält man der Reihe nach:

$$A_0 = \frac{P_m}{2^0}$$

$$A_1 = \frac{P_{m+1}}{2^1} - \frac{P_m}{2^0}$$

$$A_2 = \frac{P_{m+2}}{2^2} - 2\frac{P_{m+1}}{2^1} + \frac{P_m}{2^0}$$

$$A_3 = \frac{P_{m+3}}{2^3} - 3\frac{P_{m+2}}{2^2} + 3\frac{P_{m+1}}{2^1} - \frac{P_m}{2^0}$$

$$A_4 = \frac{P_{m+4}}{2^4} - 4\frac{P_{m+3}}{2^3} + 6\frac{P_{m+2}}{2^2} - 4\frac{P_{m+1}}{2^1} + \frac{P_m}{2^0}.$$

Das Gesetz, nach welchem die A fortschreiten, ist leicht ersichtlich und es bleibt nur der Beweis der Allgemeinheit desselben übrig, der nach der Bernoulli'schen Methode geführt werden mag, indem das Gesetz für A_k als richtig angenommen und daraus gezeigt wird, wie es für A_{k+1} noch Geltung habe. Es sei demnach

$$4) \qquad A_k = \sum_{h=0}^{h=k} (-1)^{k-h} \cdot \overset{k-h}{\underset{k}{C}} \cdot \frac{P_{m+h}}{2^h}.$$

Zur Darstellung von A_{k+1} hingegen kann jedenfalls die Gleichung 1) benutzt werden, d. h. es ist

$$5) \quad A_{k+1} = \frac{P_{m+k+1}}{2^{k+1}} - \overset{1}{C}_{k+1} \cdot A_k - \overset{2}{C}_{k+1} \cdot A_{k+1} - \ldots - \overset{k+1}{C}_{k+1} \cdot A_0.$$

In dieser letzteren Gleichung können sämmtliche A rechts vom Gleichheitszeichen nach der Formel 4) dargestellt werden. Es muss daher möglich sein, A_{k+1} *in der Gestalt:*

$$\frac{P_{m+k+1}}{2^{k+1}} + \sum_{h=0}^{h=k} c_h . \frac{P_{m+h}}{2^h}$$

zu erhalten, wo es nur auf die Bestimmung des Coefficienten c_h ankommt.

Da nun in der Entwickung 5) der Coefficient von $A_{h+\lambda}$ bekannt ist $= -\overset{k+1-h-\lambda}{C}_{k+1}$; ferner auch aus 4) der Coefficient von $\frac{P_{m+h}}{2^h}$ in der Entwicklung von $A_{h+\lambda}$ nämlich $(-1)^{\lambda} \overset{\lambda}{C}_{\lambda+h}$; also das Glied $-\overset{k+1-h-\lambda}{C}_{k+1} . A_{h+\lambda}$ zu c_h den Theil $(-1)^{\lambda+1} . \overset{\lambda}{C}_{\lambda+h} . \overset{k+1-h-\lambda}{C}_{k+1}$ liefert, so ist, indem λ die Werthe von 0 bis $k-h$ annimmt:

$$c_h = \sum_{\lambda=0}^{\lambda=k-h} (-1)^{\lambda+1} . \overset{k-h+1-\lambda}{C}_{k+1} . \overset{\lambda}{C}_{\lambda+h}$$

oder durch leichte Reduction, nachdem die Werthe der beiden Combinationszahlen eingesetzt werden:

$$c_h = P_{k-h+1} . \overset{k-h+1}{C}_{k+1} . \sum_{\lambda=0}^{\lambda=k-h} (-1)^{\lambda+1} . \frac{1}{P_\lambda} . \frac{1}{P_{k-h+1-\lambda}}$$

Auch diese letzte Summation lässt sich indessen ausführen, wenn man folgende Bemerkung macht. Es ist $e^x . e^{-x} = 1$. Werden daher die Rechenentwicklungen beider Faktoren genommen, so muss nach Ausführung der Multiplication der Coeffient jeder Potenz von x verschwinden. Der Coefficient von x^{k-h+1} ist demnach;

$$0 = \frac{1}{P_0} . \frac{1}{P_{k-h+1}} - \frac{1}{P_1} . \frac{1}{P_{k-h}} + \ldots (-1)^{k-h} \frac{1}{P_{k-h}} . \frac{1}{P_1} + (-1)^{k-h+1} \frac{1}{P_{k-h+1}} . \frac{1}{P_0}$$

Folglich ist auch

$$\sum_{\lambda=0}^{\lambda=k-h} (-1)^{\lambda+1} . \frac{1}{P_\lambda} . \frac{1}{P_{k-h+1-\lambda}} = (-1)^{k-h+1} . \frac{1}{P_{k-h+1}} . \frac{1}{P_0}$$

und darnach

$$c_h = (-1)^{k+\lambda-h} . \overset{k+1-h}{C}_{k+1}$$

Wird dieser Werth in den Ausdruck für A_{k+1} substituirt und in Erwägung gezogen dass

$$1 = (-1)^0 . \overset{0}{C}_{k+1}$$

so erhält man

$$A_{k+1} = \sum_{\lambda=0}^{\lambda=k+1} (-1)^{k+1-\lambda} . \overset{k+1-\lambda}{C}_{k+1} . \frac{P_{m+\lambda}}{2^\lambda}$$

d. h. denselben Werth der aus 4) folgen würde. Diese Formel ist demnach allgemein bewiesen, und wird $k = m$ gesetzt, so ist in's Besondere:

$$6) \qquad A_m = \sum_{\lambda=0}^{\lambda=m} (-1)^{m-\lambda} . \overset{m-\lambda}{C}_m . \frac{P_{m+\lambda}}{2^\lambda}.$$

Cantor.

XI. Ueber das Rückwärtseinschneiden mit dem Messtische findet sich im Februarhefte des Jahrganges 1855 der Sitzungsberichte der mathem. naturw. Klasse der kais. Acad. d. Wissensch. zu Wien eine sehr lesenswerthe Abhandlung von Herrn Dr. A. Winckler, Prof. der pract. Geometrie am Polytechnikum zu Brünn. Der Verf. giebt ein Verfahren zum Rückwärtseinschneiden an, das wegen seiner practischen Brauchbarkeit in weiteren Kreisen bekannt zu werden verdient. Wir theilen daher im Folgenden Einiges aus der genannten Abhandlung wörtlich mit.

„1. Die praktische Wichtigkeit der Aufgabe, aus der bekannten Lage dreier Punkte auf dem Felde die Lage eines vierten Punktes blos durch Messung der Winkel, welche die von ihm nach den gegebenen Punkten gehenden Visirlinien mit einander bilden, zu bestimmen, hat, wie bekannt, eine grosse Anzahl von Abhandlungen und verschiedene Lösungen hervorgerufen.

Diese Lösungen, die zum Theile von den ausgezeichnetsten Geometern herrühren, unterscheiden sich natürlich darin, ob der Theodolit oder Messtisch zur Anwendung kommt.

Bei Anwendung des Theodoliten geschieht die Lösung, wie sich von selbst versteht, nur durch Rechnung, und in dieser Hinsicht ist die Sache als erledigt zu betrachten.

Nicht in gleichem Maasse ist dies bei den bis jetzt bekannten Auflösungen der Fall, welche sich auf den Gebrauch des Messtisches beziehen, wo begreiflich nur die graphische Methode anwendbar ist. Denn hier stellt der Praktiker mit Recht die Anforderung, dass die Auflösung (das Rückwärtseinschneiden genannt) in allen Fällen, welche überhaupt eine solche zulassen, leicht (ohne weitläufige Sätze und Regeln beachten zu müssen), bequem (ohne geometrische Constructionen mit Cirkel und Lineal und ohne grössere Drehungen des Messtischblattes), sowie schnell und sicher auf dem Felde ausgeführt werden könne.

In der That entsprechen die bisher üblichen Verfahrungsarten diesen Anforderungen nicht vollständig, und es scheint zur näheren Begründung angemessen, die wichtigsten jener Methoden mit Rücksicht auf die angeführten Gesichtspunkte in Kürze zu betrachten.

Bekanntlich kommen praktisch nur noch die Methoden der directen Bestimmung des vierten Punktes oder Standortes von Bessel und Bohnenberger, durch welche ein zweiter Punkt (Hilfspunkt) der Orientirungslinie nach einem der drei gegebenen Punkte construirt wird, sodann die beiden Näherungsmethoden von Lehmann und Netto zur Anwendung.

Das erstere, directe Verfahren leidet, so einfach es sonst zu sein scheint, wie dies in jedem guten Lehrbuche auseinander gesetzt wird, an dem Uebelstande, dass unter Umständen der Hilfspunkt entweder durch einen schlechten Schnitt erhalten wird oder zu nahe an denjenigen der drei Punkte fällt, welcher mit ihm die Orientirungslinie bestimmt, so dass diese unsicher wird, oder endlich, dass der Hilfspunkt ausserhalb des Tischblattes fällt. Kann man sich in diesen Fällen auch auf andere Weise helfen, so entstehen daraus doch Umständlichkeiten. Eine wesentliche Verzögerung der Arbeit entsteht aber immer dadurch, dass grössere Drehungen des Tischblattes und in deren Folge wiederholte Einstellungen desselben nothwendig werden.

Diese Rücksichten waren es wohl, welche zur Aufsuchung einer anderen approximativen Lösung Veranlassung gaben, bei welcher eine Drehung des Tischblattes von Hause aus ganz umgangen und wobei, wenn die Orientirung nach Schätzung einigermaassen gelungen ist, nur noch sanfte Mikrometerbewegungen erforderlich werden, welche eine weitere Berücksichtigung der Libelle nicht mehr nöthig machen. Nachdem nämlich zwei kleine sogenannte Fehlerdreiecke erhalten worden sind, welche in Bezug auf die „mittlere" Visirlinie eine entgegengesetzte Lage haben, kann man, wie bekanntlich Lehmann gezeigt hat, durch Schätzung einen Punkt finden, bei welchem die auf die beiden äusseren Visirlinien gefällten Perpendikel sich nahezu wie diese Linien verhalten, und welcher dann ebenfalls nahezu ein Punkt der mittleren Visirlinie ist, nach der man nun den Tisch orientiren kann. Dieser Orientirung wird aber meistens wieder ein Fehlerdreieck entsprechen, und ohne einige Wiederholungen des Verfahrens wird man wohl selten ganz scharf zum Ziele gelangen. So sicher man nun dieses auch erreichen wird, so beschwerlich wird es demjenigen Geometer sein, der in jener Schätzung nicht bald das Rechte trifft, oder dessen Gedächtniss einen der Lehrsätze nicht treu bewahrt hat, welche Lehmann rücksichtlich der gegenseitigen Lage der mittleren Visirlinie und der Fehlerdreiecke auf empirischem Wege gefunden hat, und welche später von Herrn Professor Hartner in den Sitzungsberichten der kais. Akademie der Wissenschaften allgemein bewiesen worden sind.

Diese Rücksichten hinwieder mögen es gewesen sein, welche Netto zur Ermittelung eines mehr directen, von blossen Schätzungen unabhängigen Verfahrens führten, vermöge welchen aus blos zwei Fehlerdreiecken ein zweiter Punkt der mittleren Visirlinie durch Construction erhalten werden kann. Dieses Verfahren, im weiteren als bekannt vorausgesetzt, erfordert, wenigstens behufs einer schäferen Bestimmung jenes Punktes, ebenfalls die Kenntniss der Lehmann'schen Sätze, bedingt das Operiren mit sehr kleinen Linienstücken vermittelst des Cirkels und liefert den gesuchten Punkt durch einen einzigen, nicht selten sehr schiefen Schnitt. Es ist also auch hierbei nicht jede Hilfsconstruction mit Cirkel und Lineal vermieden, und wird man wohl öfter, ohne Wiederholung des Verfahrens, eine scharfe Orientirung des Tisches nicht erlangen können.

2. Das Verfahren nun, welches wir dem Praktiker als in allen Fällen leicht, bequem und sicher zum Ziele führend empfehlen möchten, und welches weder die Kenntniss der Lehmann'schen Sätze, noch andere Constructionsregeln *voraussetzt*, auch den Gebrauch des Cirkels nicht nothwen-

dig macht, sondern auf rein mechanische Weise die Lage des Standortes auf dem Messtischblatte mit aller erforderlichen Schärfe liefert, nachdem nur etwa drei grössere oder kleinere Fehlerdreiecke erzeugt worden sind, — ein solches Verfahren, welches also allen Eingangs gestellten Anforderungen entspricht, liegt viel näher als alle vorhin aufgeführten Regeln und beruht auf der folgenden überaus einfachen Bemerkung. Denkt man sich nämlich dass Messtischblatt continuirlich gedreht und in jeder Lage desselben durch zwei der gegebenen Punkte und die entsprechenden auf dem Felde Visirlinien gezogen und ihre Durchschnittspunkte auf dem Blatte bemerkt, so werden diese Punkte in ihrer Gesammtheit eine krumme Linie — Scheitelcurve — bilden, welche, wie schon aus elementaren Gründen klar ist, und wie wir zum Ueberflusse noch näher zeigen werden, einem Kreise sehr nahe kommt, und in welcher derjenige Punkt liegt, durch welchen die Visirlinien gehen müssen, wenn die beiden gegebenen Punkte auf dem Tischblatte in einer zur entsprechenden auf dem Felde parallelen Linie liegen. Da aber d r e i Punkte auf dem Blatte gegeben sind, so kann man je zwei derselben auf dreierlei Arten mit einander verbinden und erhält also auf beschriebene Weise drei verschiedene Curven, wovon jede den gesuchten Punkt — Standort — enthalten muss. Dieser kann also nur im gemeinschaftlichen Durchschnittspunkte aller drei Curven liegen und ist durch den letzteren vollständig bestimmt.

Die practische Ausführung des hierdurch angedeuteten Verfahrens lässt sich nun einfach wie folgt bezeichnen.

Man orientire den Tisch von Auge aus so genau als möglich, und ziehe nach den drei gegebenen Punkten die Visirlinien, welche im Allgemeinen ein Fehlerdreieck liefern werden. Man drehe hierauf das Tischblatt vermittelst der Mikrometerschraube einmal nach der rechten und einmal nach der linken Seite um soviel, dass die beiden neuen, auf gleiche Weise entstehenden Fehlerdreiecke zu entgegengesetzten Seiten des ersteren liegen und etwas grösser als diese sind. Bezeichnet man dabei, um Irrungen vorzubeugen, die drei gegebenen Punkte auf dem Tische mit a, b, c, und die Durchschnittspunkte der Visirlinien nach a und b, nach a und c, nach b und c beziehungsweise beim ersten Fehlerdreiecke mit γ, β, α, beim zweiten mit γ', β', α' und beim dritten mit $\gamma'', \beta'', \alpha''$, so sind nun $\alpha, \alpha', \alpha''$ und β, β', β'' und $\gamma, \gamma', \gamma''$ jedesmal drei Punkte der oben bezeichneten Curven. (Da schon α mit α' und β mit β' durch gerade Linien verbunden, eine genäherte Lage des Standortes liefern, so erfährt man hierdurch, nach welcher Seite das Blatt zu drehen ist, um das dritte Fehlerdreieck in der oben vorausgesetzten Lage zu erhalten.) Die Curven lassen sich, soweit wir ihrer bedürfen, mit um so grösserer Sicherheit durch einen blossen Freihandzug construiren, als die Punkte, durch welche sie gehen müssen, fast immer sehr nahe an einander liegen, die Curven selbst aber äusserst nahe eine constante Krümmung haben, *nämlich Kreisbogen* sind, ausserdem durch die Punkte a, b; a, c; b, c

gehen und sich in einem gemeinschaftlichen Punkte schneiden müssen, so dass bei einiger Uebung und Sorgfalt rücksichtlich ihrer Construction jede Willkürlichkeit sich von selbst ausschliesst. In welch' hohem Grade dies der Fall ist, habe ich mich vielfältig und unter den verschiedensten Umständen praktisch überzeugt, und einige wenige Versuche werden für jeden Geometer hinreichen, um alle Zweifel in die vollkommene Zuverlässigkeit und ungemeine Förderlichkeit des Verfahrens zu beseitigen.

Sollte sich indessen zeigen, dass, nachdem bereits drei Fehlerdreiecke erhalten und die einander entsprechenden Eckpunkte derselben durch Bogen verbunden worden sind, diese Bogen sich erst in ihrer Verlängerung schneiden, dass also die anfängliche Orientirung noch sehr unrichtig war, so erhält man hierdurch den sichersten Fingerzeig, nach welcher Richtung das Messtischblatt weiter zu drehen sei, um ein viertes Fehlerdreieck zu erhalten, welches nun ganz gewiss über dem gesuchten Punkte hinaus liegt, Da nun die drei Curvenbogen mit Sicherheit bis zu den respectiven Eckpunkten dieses neuen Fehlerdreieckes fortgesetzt werden können, und der Durchschnittspunkt in ihnen selbst und nicht mehr in ihren Verlängerungen liegt, so ergiebt er sich mit derselben Bestimmtheit wie in dem oben zuerst angenommenen Falle.

Uebrigens braucht kaum bemerkt zu werden, dass, da die Bildung der Fehlerdreiecke sehr leicht und schnell von Statten geht und da, je grösser die Zahl derselben ist, um so bequemer die Curven gezogen werden, es der Bequemlichkeit des ganzen Verfahrens keinen Eintrag thut, wenn man überhaupt statt drei etwa vier oder fünf Fehlerdreiecke nach einander bildet, die an der Stelle, wohin der gesuchte Punkt fallen wird, in kleineren Zwischenräumen auf einander folgen.

Nach dem bisher Ausgefüheten ist ferner klar, dass das obige Verfahren unmittelbar und schneller als jedes andere den bekannten Ausnahmefall, in welchem das Problem keine oder nur eine sehr unsichere Auflösung zulässt, anzeigt, den Fall nämlich, in welchem der Standort mit den drei gegebenen Punkten nahezu oder ganz genau im Kreise liegt. Auf dass Stattfinden dieses Falles wird man nämlich sogleich schliessen, wenn die drei Curven sehr nahe zusammenfallen und demgemäss ihr Durchschnittspunkt unsicher wird, und dies zeigt sich schon auf das Bestimmteste, nachdem drei Fehlerdreiecke gebildet und ihre entsprechenden Eckpunkte durch Curvenbogen verbunden worden sind. Bei jeder anderen Lage des Standortes, und insbesondere dann, wenn die Entfernungen desselben von den drei Punkten unter sich sehr ungleich sind, werden sich immer wenigstens zwei dieser Bogen unter so grossen Winkeln durchsetzen, dass ihr Schnittpunkt mit der nöthigen Schärfe erscheint.

Diese umständlichere Darlegung des Verfahrens schien durch den Umstand geboten, dass dasselbe, so nahe es liegt und so weniger theoretischer Auseinandersetzungen es erfordert, in keinem der mir bekannten Werke welche diesen Gegenstand behandeln, erwähnt wird. In einigen Lehrbüchern über praktische Geometrie, z. B. jenem von Herrn Professor Grunert, wird (S. 230) nach Bohnenberger zwar bemerkt, dass man den Standort näherungsweise dadurch auf dem Tischblatte betimmen könne, dass man die sich correspondirenden Eckpunkte zweier Fehlerdreiecke durch gerade Linien verbinde und ihren Durchschnittspunkt bestimme. Aber abgesehen davon, dass sich auch bei nahe an einander liegenden Fehlerdreiecken die meistens ziemlich stark gekrümmten Curvenbogen mit einiger Genauigkeit zwar der Grösse aber nicht der Richtung nach durch ihre Sehnen ersetzen lassen, ist eine schnelle und sichere Bestimmung des Standortes auf diese Weise schon darum unmöglich, weil sich die drei Sehnen, die man ziehen kann, wohl niemals in einem Punkte treffen werden, und man also statt des richtigen, drei ungenaue Punkte für den Standort erhält.

3. Die oben mitgetheilte, auch dem weniger unterrichteten Praktiker zugängliche Auflösung erledigt, wie wir glauben, die immer noch häufig zu vernehmenden Einwürfe gegen die öftere Anwendbarkeit dieses nützlichen Problems. In der That wird man sich desselben nicht nur in dem Falle, wo drei Punkte auf dem Blatte gegeben sind, wovon keiner sich zur Aufstellung des Instrumentes eignet, sondern auch in mehreren andern Fällen mit Nutzen bedienen, die wir nun in Kürze anführen werden.

A. Wenn in einem der drei Punkte eine Aufstellung zwar möglich, aber für die Detailaufnahme nicht weiter von Nutzen wäre, und nur den Zweck haben würde, eine Orientirungslinie nach einem neuen Standorte hin zu liefern, so wird man es vorziehen, sich unmittelbar auf diesem Standorte aufzustellen und denselben, wie oben auseinandergesetzt, aus den gegebenen Punkten durch Rückwärtseinschneiden zu bestimmen. Man gewinnt dadurch nicht nur an Zeit, sondern hat vermöge der gleichzeitigen Benützung aller drei Punkte zugleich eine im Verfahren selbst liegende Controle und die Sicherheit, den richtigen Punkt erhalten zu haben, welche um so mehr in Anschlag zu bringen ist, als etwaige Orientirungsfehler, welche bei jener Hilfsaufstellung eintreten könnten, hierbei ganz vermieden werden.

B. Eine weitere nicht minder bemerkenswerthe Anwendung lässt das Problem vermöge seiner leichtern Auflösung in dem Falle zu, wenn man zwar eine Orientirungslinie nach dem neuen Standorte hin bereits besitzt, der durch Seitwärtsabschneiden nach einem zweiten Fixpunkte erhaltene Schnitt aber nicht ganz günstig ist, oder die Controle nach einem dritten Punkte nicht aushält, sondern ein Fehlerdreieck giebt, so dass man genöthigt wäre, durch eine neue Aufstellung des Messtisches eine günstigere Orientirungslinie von einem anderen Fixpunkte aus zu erheben oder die bereits gegebene zu verbessern, wodurch in beiden Fällen die Arbeit verzögert würde. Statt dessen wird man den einmal eingenommenen Standpunkt *beibehalten, vermittelst* der gegebenen Orientirungslinie den Tisch einstellen und nun den Standort mit Schärfe durch Rückwärtseinschneiden bestimmen. Die Zweckmässigkeit dieses Verfahrens bedarf für den practischen Geometer keiner weiteren Auseinandersetzung, denn es ist klar, dass es in allen Fällen das bequemste und sicherste Mittel darbietet, um die durch mehrere auf einander folgende mittelbare Orientirungen des Tisches eintretenden Fehler zu beseitigen und den jeweiligen Standort den Fixpunkten möglichst genau anzuschliessen.

Von den mannigfachen Anwendungen, deren die beschriebene rein mechanische und von allen geometrischen Lehrsätzen unabhängige Methode zur Lösung schwierig scheinender Aufgaben fähig ist, und welchen der Leser selbst beifügen wird, mögen nur noch die folgenden zwei Erwähnung finden.

C. Die Lage zweier Punkte und die Entfernung eines derselben vom Standorte ist gegeben; es soll der Tisch orientirt, resp. der Standort bestimmt werden. Man beschreibe mit jener gegebenen Entfernung aus ihrem ebenfalls gegebenen Endpunkte einen Kreisbogen und bilde, nachdem der Messtisch von Auge aus möglichst genau orientirt ist, mit Hilfe von drei oder mehreren Durchschnitten der nach den beiden Punkten auf dem Blatte und auf dem Felde gezogenen Visirlinien einen jenen Kreis durchsetzenden Bogen der in Art. 2 erwähnten Scheitelcurve, so wird man, wie nicht näher gezeigt zu werden braucht, den Standort aus einer einzigen Aufstellung des Tisches erhalten. Obgleich diese Aufgabe gewiss nur selten vorkommen wird, so schien sie doch darum erwähnenswerth, weil wohl jede andere Auflösungsart zwei Aufstellungen des Messtisches erfordern würde.

D. Eine ähnliche Behandlung ergiebt sich für die folgende Aufgabe. Die Lage dreier Punkte ist gegeben, wovon aber keiner von dem anderen aus sichtbar ist. Man besitzt ferner die Orientirungslinie von einem dieser Punkte nach einem vierten, — dem Standorte des Messtisches, kann aber von diesem aus nicht zurückorientiren, weil sich nach dem entsprechenden Punkte des Terrains nicht visiren lässt; nach den beiden anderen gegebenen Punkten dagegen ist die Visirrichtung frei. Es soll nun der Messtisch orientirt, beziehungsweise der Standort auf dem Blatte bestimmt werden.

Man orientire den Tisch von Auge aus möglichst genau, bilde auf angegebene Weise mittelst der beiden sichtbaren Punkte die Scheitelcurve der Visirlinien und bestimme mit Schärfe den Punkt, in welchem sie die gegebene Orientirungslinie durchschneidet, so ist dieser der Standort auf dem Blatte. Eine Hilfsaufstellung ist auch hier nicht erforderlich, und es löst sich also diese Aufgabe, welche, wie die vorhergehende, meines Wissens noch nicht erörtert worden ist, auf ganz einfache Art.

Diese Aufgabe kann z. B. in gebirgigen Gegenden bei graphischen Triangulationen in Fällen vorkommen, wenn der gegebene Punkt, von welchem aus nach dem neuen Standorte rayonnirt werden kann, viel tiefer als dieser liegt, so dass man den letzteren vom ersteren, aber nicht umgekehrt diesen von jenem aus anvisiren kann.

XII. Verbesserungen an galvanischen Batterien.

Von G. E. Dering zu Lockleys in Hertfordshire. (*Repertory of Patent-Inventions*, *Juli* 1856.)

Meine erste Verbesserung besteht in einer neuen erregenden Flüssigkeit für das negative Element derjenigen Batterie, bei welcher man sich zur Erregung dieses Elementes der Salpetersäure oder einer Mischung von Salpetersäure mit andern Säuren zu bedienen pflegt. Ich benutze zu demselben Zweck eine Mischung von Salzsäure und Kali- oder Natronsalpeter. Ich giesse nämlich die zur Füllung der Batterie dienliche Quantität käuflicher Salzsäure in ein offenes Gefäss und setze käuflichen krystallisirten Kali- oder Natronsalpeter so lange hinzu, bis die Flüssigkeit von demselben so viel aufgenommen hat, dass die Krystalle nach 24 Stunden ungelöst bleiben. Die Flüssigkeit wird hierauf abgezogen, filtrirt und ist nun für den Gebrauch fertig; sie kann als Ersatz für die gewöhnliche Salpetersäure und zwar mit oder ohne Zusatz von Schwefelsäure angewendet werden. Sie hat der gewöhnlichen Salpetersäure gegenüber den Vortheil der grösseren Billigkeit und dass sie während der Thätigkeit der Batterie keine so lästigen und schädlichen Dämpfe entwickelt. Die Construction der Batterie selbst bleibt unverändert.

Meine zweite Verbesserung besteht darin, dass ich der Oberfläche des Kupfers oder der Kupferlegirung, welche das negative Element der Batterie bildet, einen dünnen Ueberzug von Platin gebe. Man behandelt zwar auf ähnliche Weise die Oberfläche des Silbers und gewisser anderer Metalle; meines Wissens ist jedoch dieses Verfahren bis jetzt noch nicht mit Erfolg auf Kupfer angewendet worden. Lange Zeit war meine Bemühung in dieser Hinsicht erfolglos, weil sich der Ueberzug der negativen Metalle ablöste, sobald die Batterie in Thätigkeit gesetzt wurde. Endlich machte ich die Entdeckung, dass eine Ablagerung des negativen Metalles so ausserordentlich dünn, dass man glauben sollte, dieselbe könnte auf die Wirksamkeit der Batterie keinen Einfluss haben, ebenso stark elektromotorisch wirkt, als ein Ueberzug von beträchtlicher Dicke. Dadurch wird der Vortheil einer permanenten Wirkung gewonnen. In der That scheint es beinahe unmöglich, die Platte durch irgend eine rauhe und sorglose Behandlung der ihr mitgetheilten kräftigen elektromotorischen Eigenschaften zu berauben. Den Platinüberzug erzeuge ich dadurch, dass ich die mittelst einer Säure zuvor gereinigte Platte in eine sehr schwach angesäuerte Lösung von Zweifach-Chlorplatin tauche. Die Platte wird dann aus der Lösung genommen und in reinem Wasser abgewaschen. Das auf solche Weise vorbereitete Kupfer oder Messing liefert mit der nämlichen Flüssigkeit einen eben so kräftigen Strom, als eine gleiche Oberfläche von verplatinirtem Silber, und da solche verplatinirte Kupferplatten verhältnissmässig billig herzustellen sind, so werden durch dieses Verfahren die Kosten der Batterie sehr vermindert, während zugleich Platten von hinreichender mechanischer Stärke die Stelle der dünnen und zerbrechlichen verplatinirten Silberbleche vertreten. — Patentirt in England am 26. November 1855.

XIII. Quecksilberapparat zur Unterbrechung der Inductionsströme. Von Leon Foucault. (*Cosmos*, *Revue encyclopédique*. Juli 1856.) S. Fig. 5.

Bei den meisten Inductionsapparaten wird der inducirende Strom durch das Spiel eines Unterbrechers, welcher zwischen den Enden der Rheophoren periodisch einen Contact herstellt, intermittirend gemacht. Unter allen Metallen, deren man sich bis jetzt für die Berührungsstellen bediente, hat das Platin den besten Erfolg gehabt. Die Höhe seines Schmelzpunktes und seine geringe Neigung, sich zu oxydiren, schützen es mehr als die anderen Metalle gegen die corrodirende Wirkung des bei jeder Unterbrechung auftretenden Funkens. Demungeachtet wird, wenn der Apparat eine gewisse Zeit lang gearbeitet hat, das Platin angegriffen, die Berührungsflächen verlieren ihre Form, die Textur des Metalles verändert sich und der Unterbrecher versagt zuletzt ganz seinen Dienst. Dieses missliche Resultat stellt sich um so früher ein, mit je kräftigerem Strome man arbeitet, und wenn die Intensität des letztern eine gewisse Grenze überschreitet, so schweissen die Theile des Unterbrechers bei der ersten Berührung zusammen und sind wirkungslos.

Da ich ein Verfahren zu ermitteln suchte, die Phänomene der Induction zu vergrössern, so fand ich in der bezeichneten Unvollkommenheit des Contactes eine erhebliche Schwierigkeit, die mich, wie ohne Zweifel viele Andere, veranlasste, auf das Quecksilber zurückzukommen.

Gleich bei den ersten Versuchen erkannte ich, dass es unpraktisch wäre, bei einem intensiven Strom das blossgelegte Quecksilber an der Unterbrechungsstelle anzuwenden. Denn dieses Unterbrechungsmittel wirkt nicht rasch genug; die Oberfläche des Metalles oxydirt sich in wenigen Augenblicken, sie entwickelt reichliche Dämpfe, welche nicht verfehlen würden, über kurz oder lang ihren schädlichen Einfluss auszuüben. So kam ich auf den Gedanken, das Quecksilber mit einer Schichte destillirten Wassers, oder noch besser, mit einer Schichte Alkohol zu bedecken, wodurch den verschiedenen Unannehmlichkeiten, welche die Anwendung von Quecksilber allein darbietet, vorgebeugt ist. Die Unterbrechung des Stromes findet unter Alkohol plötzlich und daher mit einem trockenen Geräusch statt; der Alkohol trübt sich in wenigen Augenblicken, aber er hört nicht auf, die an der Unterbrechungsstelle sich entwickelnden Quecksilberdämpfe auf eine wirksame Weise zu verdichten, während er zugleich die Oxydation auf der Oberfläche des Quecksilbers verhindert. Der Apparat arbeitet daher regelmässig so lange fort, als die Säule im Stande ist, den Inductionsstrom zu unterhalten.

Aus dem mechanischen Gesichtspunkte ist die Anwendung des Quecksilbers beim Unterbrecher als eine glückliche Modification zu bezeichnen. Da der oscillirende Theil, der sogenannte Hammer, in seiner Bewegung nicht mehr durch ein starres Hinderniss, den Amboss beschränkt ist, so konnte er durch einen elastischen Stab ersetzt werden, welcher unter dem Einfluss eines Electromagneten mittelst eigener Federkraft oscillirt. Dieser Stab, welcher umgebogen ist und an seinem freien Ende sich in eine Platinspitze endigt, schliesst und öffnet den Inductionsstrom 60mal in 1 Secunde, indem er mehr oder weniger in das Quecksilber eindringt. Der Contact ist ungeachtet seiner kurzen Dauer nicht minder vollkommen, er bietet an sich einen Widerstand dar, welcher gegen die in der ganzen Ausdehnung der Kette verbreiteten Widerstände verschwindet. Da ferner das elastische Organ ganz frei oscillirt, so folgen diese Contacte regelmässig auf einander, wie man aus dem anhaltenden Ton, den ein in Thätigkeit befindlicher Apparat hören lässt, schliessen kann. Die Reihe der an den Enden der eintauchenden Spitze auftretenden Funken hat den gleichen Charakter, und in dem Geräusch derselben unterscheidet das Ohr einen bestimmten, demjenigen der vibrirenden Feder conformen Ton.

Während er den Abgang der Inductionsfunken regulirt, hat der neue Unterbrecher in Anwendung auf die gebräuchlichen Apparate die Eigenschaft, bis zu einem gewissen Punkt die Kraft zu vermehren. Im Allgemeinen arbeitet er so, dass er die Effecte den Intensitäten des vertheilten Stromes proportional macht, woraus hervorgeht, dass er den Unterbrechern mit festen Contact gegenüber, bei Anwendung kräftiger Ströme einen wesentlichen Vortheil darbietet.

Es wäre zwar unklug, mit einer einzigen Maschine von gewöhnlichen Dimensionen die Intensität des Inductionsstromes über eine gewisse Grenze hinaus steigern zu wollen, denn man würde unfehlbar die Spule des inducirten Drahtes innerlich zersprengen. Vereinigt man aber mehrere Maschinen, so vertheilt sich die Spannung unter die verschiedenen Elemente dieser Art von Batterie, und man kann auf das Ganze eine der Anzahl der Maschinen proportionale Anzahl von Paaren wirken lassen, wodurch in gleichem Verhältnisse die Schlagweite der Funken vergrössert wird.

Dieses System der Vereinigung lässt sich ohne Schwierigkeit auf die vortrefflichen Maschinen des Herrn Ruhmkorff anwenden, wenn man sich darauf beschränkt, sie paarweise zusammenzustellen. Man lässt die Hämmer weg und ersetzt sie durch bleibende Leiter; man vereinigt die beiden Leitungsdrähte einen hinter den andern und schaltet den Unterbrecher in die Kette ein, indem man ihm den Condensator des Extrastromes beigiebt. Zur Vorsicht sollten bei jeder Maschine die Entladungsconductoren auf die normale Entfernung auseinander gestellt werden; auch behalten alle beide ihre Commutatoren, welche dazu dienen, jedem der beiden Theile des Stromes eine solche Richtung zu geben, dass die Spannungen der entgegengesetzten Electricitäten sich an den innern Enden der zwei inducirten Drähte anhäufen; setzt man diese endlich mit einander in Communication, so werden die äusseren freibleibenden Enden die beiden Pole des Systemes und geben Funken auf eine Entfernung von 30 bis 35 Millimetern.

Fig. 5 stellt den Quecksilberunterbrecher in perspectivischer Ansicht dar. c und c' sind die beiden Spulen der unter dem Einfluss des inducirenden Stromes stehenden Elektromagnete. R ist der oscillirende elastische Streifen; derselbe ist mit einem weichen Eisenstück K und einer gebogenen Verlängerung C versehen, die mit ihrer Platinspitze in das Quecksilber des Näpfchens V taucht. Ueber dem Quecksilber befindet sich eine Schicht Alkohol. Angenommen, der Strom gehe durch den Draht q, so wird er durch diesen bis zum Quecksilber geleitet, welches ihn in Folge des Contactes mit dem Ende des eintauchenden Theiles C nach dem Elektromagneten fortpflanzt; dieser Strom setzt dann durch den Draht q' seinen Weg fort. Es ist klar, dass unter dieser Bedingung der elastische Streifen in Vibration gelangt und somit als Stromunterbrecher wirkt, p und p' sind zwei Drähte, welche auf beiden Seiten der Unterbrechungsstelle eingefügt sind und nach dem Conductor des Extrastromes sich erstrecken.

Will man mehr als zwei Maschinen in den Wirkungskreis des Quecksilberunterbrechers einschalten, so ist es nothwendig, die überzähligen Apparate mit besonderer Sorgfalt zu isoliren. Denn in Betracht der sehr starken Spannungen, welche sich in dem inducirten Draht in der Nähe der Enden kund geben, kann der Leitungsdraht, welcher in die Achse der Spule eintritt, als ein träger Leiter betrachtet werden, und wenn dieser Leiter sich den inducirten Spulen an Punkten nähert, welche mehr oder weniger von der Stelle entfernt sind, wo die Spannungen gleich Null sind, so bietet er der Entladung einen ganz bequemen Weg dar. Es ist daher wichtig, bei den überzähligen Maschinen eine absolute Isolirung zwischen dem Inductionsdrahte und der innern Fläche der inducirten Spirale herzustellen. Diese Isolirung wird auf eine vollständige Weise erzielt, wenn man eine Glasröhre in den ringförmigen Raum bringt, welcher die beiden concentrischen Spiralen trennt. Von dem Augenblicke an, wo durch die Sorgfalt des Herrn Ruhmkorff diese Bedingung erfüllt wurde, gaben vier vereinigte Maschinen die Spannung, welche man erwarten konnte, und die Funken sprangen auf eine Entfernung von 7 bis 8 Centimetern über.

XIV. Bemerkung über die Evolute der Ellipse. Die Gleichung einer Ellipse sei wie gewöhnlich

$$\frac{x^2}{a^2}+\frac{y^2}{b^2}=1,$$

die *lineare Excentricität* $\sqrt{a^2-b^2}=c$, ξ das Stück, welches die durch den

Punkt xy gehende Normale auf der x-Achse abschneidet und η die Strecke, welche dieselbe Normale auf der y-Ache begrenzt; bekanntlich ist

$$\xi = \frac{c^2}{a^2}x, \quad \eta = -\frac{c^2}{b^2}y$$

oder, wenn $\frac{c^2}{a} = a_1$ und $\frac{c^2}{b} = b_1$ gesetzt wird,

$$\frac{\xi}{a_1} = \frac{x}{a}, \quad \frac{\eta}{b_1} = -\frac{y}{b},$$

mithin

$$\left(\frac{\xi}{a_1}\right)^2 + \left(\frac{\eta}{b_1}\right)^2 = 1.$$

Betrachtet man also ξ und η als Coordinaten eines neuen Punktes, so beschreibt letzterer eine Ellipse aus den Halbachsen a_1 und b_1. In Folge dieses Satzes ist die Evolute der Ellipse nichts Anderes, als die einhüllende Curve eines Systemes von Geraden, welches auf folgende Weise zu Stande kommt.

Die Halbachsen der ursprünglichen Ellipse mögen CA und CB sein; man ziehe von B nach dem Brennpunkte F die Gerade BF ($= a$), fälle auf sie von C aus die Senkrechte CG und nehme auf CA die Strecke $CA_1 = FG = \frac{c^2}{a}$. Ferner errichte man in F auf BF eine Senkrechte, welche die verlängerte BC in B_1 schneidet, so ist $CB_1 = \frac{c^2}{b}$. Aus den Halbachsen CA_1 und CB_1 construire man eine neue Ellipse und lasse von jedem Punkte P_1 derselben auf CA_1 und CB_1 die Senkrechten CU, CV herab und ziehe UV. Letztere Gerade schneidet die ursprüngliche Ellipse normal, und alle die Geraden UV umhüllen in ihrer stetigen Aufeinanderfolge die Evolute der ersten Ellipse.

XV. Ableitung des Attraktions-Gesetzes aus den Keppler'schen Gesetzen, nebst einigen Ausdrücken für das Differenzial des Ellipsen- und Hyperbelbogens. (Siehe Fig. 6) Ein Punkt C bewege sich in einer Ellipse so, dass die von seinem Radiusvektor überstrichenen Räume der Zeit proportional sind, welches ist der Richtung und Grösse nach die Beschleunigung, die er erfährt?

Es seien ds, ds' zwei auf einander folgende Elemente der Bahn des Punktes C; auf die Tangenten, in welchen ds, ds' liegen, seien vom Brennpunkte F die Senkrechten $FA = x$, $FA' = x'$ gefällt, dann soll: $x \,.\, ds = x' \,.\, ds' = K \,.\, dt = const.$

Stellen wir uns das gerade Stück u vor, welches mit ds geometrisch zusammengesetzt, ds' hervorbringt, so ist bekanntlich $\frac{u}{dt^2}$ das Maass der gesuchten Beschleunigung, und das Stück u giebt auch die Richtung derselben an. Aber das aus ds, u, ds' gebildete Dreieck ist dem FAA' ähnlich, weil ds normal gegen FA, ds' normal gegen FA' gerichtet und: $ds : ds' = x' : x$; folglich:

$$1) \qquad u : ds = AA' : x \ldots$$

und der Winkel, den u mit ds bildet, ist dem Winkel gleich, den FA mit AA' bildet, oder wie man leicht sieht, dem Winkel FCA, d. i. die Beschleunigung erfolgt in der Richtung des Leitstrahls CF. Verbinden wir A mit M, dem Mittelpunkte der Ellipse, und setzen der Kürze wegen AA' oder das Element des mit $MA = a$, der grossen Halbachse als Radius beschriebenen Kreises $= d\sigma$, nennen f, g die beiden Leitstrahlen CF, CG; 2φ den Winkel FCG; so wird, weil GC dem Radius MA stets parallel bleibt,

$$2) \qquad \frac{d\sigma}{a} = \frac{ds \cos\varphi}{g} \ldots$$

Also nach 1):

$$u = \frac{ds\, d\sigma}{x} = a\, \frac{(ds)^2 \cos\varphi}{g \,.\, x}.$$

Nun ist

$$\cos\varphi = \frac{x}{f},$$

demnach

$$u = a\, \frac{(ds)^2}{f g}.$$

Aber

$$x\, ds = K\, dt,$$

somit:

$$\frac{u}{dt^2} = a\, \frac{K^2}{x^2 f g}.$$

x drückt man so aus: $y = GB$ bezeichne den Abstand des Brennpunktes G von der Tangente, welche die Verlängerung von ds ist, dann hat man

$$x : y = f : g$$
$$x\, y = b^2$$

(b die kleine Halbachse der Ellipse), woraus

$$x^2 = b^2\, \frac{f}{g}.$$

Also

$$\frac{u}{dt^2} = \frac{a K^2}{b^2} \cdot \frac{1}{f^2},$$

welches der bekannte Ausdruck des Gesetzes von Newton ist.

Für die Hyperbel und Parabel ist die Entwickelung der gegebenen durchaus analog.

Die Formel 2), welche auch für die Hyperbel gilt, wenn nur unter der Nebenwinkel des von den Leitstrahlen eingeschlossenen Winkels v standen wird, bietet ein sehr einfaches Mittel, äquivalente Ausdrücke das Bogenelement der genannten Kegelschnitte herzuleiten.

(S. Fig. 6 u. 7.) ψ sei der Winkel, den die Normale im Punkte C mit grossen (reellen) Achse bildet; da FA offenbar der Normalen parallel so ist

$$3)\qquad d\psi = \frac{d\sigma \cos\varphi}{x}$$

Verlängern wir FA um ein Stück $AF' = AF$ und ziehen GF', so ist $GF' = FG = 2e$, also liefert das Dreieck $GF'F$:

$$4)\qquad \sin\varphi : \sin\psi = e : a.$$

Mittels dieser Relation und 2), 3) kann man ds als Funktion von φ, ode ausdrücken: Nämlich aus 2) und 3):

$$ds = \frac{g\, d\sigma}{a \cos\varphi} = \frac{g\, x\, d\psi}{a \cos\varphi^2},$$

da nun $g \cos\varphi = y$, so kommt

$$ds = \frac{x\, y}{a} \frac{d\psi}{\cos\varphi^3} = \frac{b^2}{a} \frac{d\psi}{\cos\varphi^3}.$$

[Durch Multiplication mit ϱ, dem Krümmungsradius, giebt diese Forn wegen $ds = \varrho\, d\psi$ für ϱ den bekannten Ausdruck: $\varrho = \frac{b^2}{a} \frac{1}{\cos\varphi^3}$.]

Erstens folgt aus 4):

$$\cos\varphi = \sqrt{1 - \frac{e^2}{a^2} \sin\psi^2};$$

demnach:

$$\text{I)}\qquad ds = \frac{b^2}{a} \frac{d\psi}{\left(1 - \frac{e^2}{a^2}\sin\psi^2\right)\sqrt{1 - \frac{e^2}{a^2}\sin\psi^2}}$$

Zweitens folgt aus 4):

$$d\psi = \frac{a}{e} \frac{\cos\varphi}{\cos\psi} d\varphi;$$

mithin:

$$ds = \frac{b^2}{e} \frac{d\varphi}{\cos\varphi^2 \cos\psi};$$

und da

$$\cos\psi = \sqrt{1 - \frac{a^2}{e^2} \sin\varphi^2},$$

$$\text{II)}\qquad ds = \frac{b^2}{e} \frac{d\varphi}{\cos\varphi^2 \sqrt{1 - \frac{a^2}{e^2} \cos\varphi^2}}.$$

Bei der Rectification der Hyperbel benutzt man die Formel II); die Formel I) geht durch die Substitution:

$$tg\,\psi\, tg\,\lambda = \frac{a}{b}$$

über in:

$$ds = -a\sqrt{1-\frac{e^2}{a^2}\sin\lambda^2}.$$

Anmerkung. Nach dem Fagnano'schen Satz ist die Differenz zwischen dem elliptischen Bogen:

$$a\,E\,(k,\psi)$$

und dem Bogen

$$\frac{b^2}{a}\int_0^{\psi}\frac{d\psi}{\left(1-\frac{e^2}{a^2}\sin\psi^2\right)\sqrt{1-\frac{e^2}{a^2}\sin\psi^2}}$$

gleich:

$$\frac{a^2-b^2}{a}\;\frac{\sin\psi\cos\psi}{\sqrt{1-\frac{e^2}{a^2}\sin\psi^2}}.$$

Die in der Gleichung:

$$\frac{b^2}{a}\int_0^{\psi}\frac{d\psi}{\left(1-\frac{e^2}{a^2}\sin\psi^2\right)\sqrt{1-\frac{e^2}{a^2}\sin\psi^2}} = a\,E(k,\psi) - \frac{a^2-b^2}{a}\;\frac{\sin\psi\cos\psi}{\sqrt{1-k^2\sin\psi^2}}$$

ausgesprochenen Transformation des Integrals, direct ausgeführt, würde einen neuen Beweis des Fagnano'schen Satzes liefern.

XVI. Bekanntlich liegen in jedem zwei geraden Linien *AD*, *BC* eingeschriebenen Rechtecke *AFDBECA* (siehe Fig. 8) die Durchschnittspunkte der gegenüberliegenden Seiten in gerader Linie. Mit Zuhilfenahme von Doppelverhältnissen hat man davon folgenden leichten Beweis.

Seien *O*, *P*, *Q* die Durchschnitte der Geraden *AD* und *BC*, *BE* und *FD*, *BD* und *CE*. Die Strahlenbüschel

$$FA,\ FE,\ FD,\ FO$$
$$CA,\ CF,\ CD,\ CO$$

sind einander collinear, und schneiden folglich jede Transversale nach demselben Doppelverhältnisse, folglich ist

$$\frac{AD}{DE}:\frac{AO}{OE}=\frac{GP}{PE}:\frac{GB}{BE} \text{ oder } (AEDO)=(GEPB),$$

$$\frac{AD}{DE}:\frac{AO}{OE}=\frac{HD}{DQ}:\frac{HB}{BQ} \text{ oder } (AEDO)=(HQDB).$$

Aus der Gleichheit von ($GEPB$) und ($HQDB$) und weil der Punkt B beiden Doppelverhältnissen gemein ist, folgt aber, dass die Geraden GH, KQ, PD oder was dasselbe ist, die Geraden GH, EC, FD sich in einem Punkte K schneiden. — (M. vergl. Steiner systemat. Entwickelung etc. § 23. III.)

Die Figur des zweien Geraden eingeschriebenen Sechseckes kann man, wenn noch AB und CD gezogen werden, auch als ein Viereck $ABCD$ betrachten, welches durch eine beliebige Transversale FE in zwei andere Vierecke getheilt ist, und in welchem sowie in den beiden neu entstandenen Vierecken die Diagonalen AC und BD, AF und BE, CE und FD, die in den Punkten G, M, K sich durchschneiden, gezogen sind. Hiernach lässt obiger Satz auch folgende Fassung zu, nach welcher er mehrere Anwendungen in der Geodäsie gestattet: Theilt man ein beliebiges ebenes Viereck $ABCD$ durch eine beliebige Transversale EF in zwei Vierecke und zieht in den dadurch entstandenen drei Vierecken, dem ganzen und seinen Theilen, die Diagonalen AC und BD, AF und BE, CE und FD, so liegen die drei Durchschnittspunkte G, H, K der zusammengehörigen Diagonalen in einer Geraden.

Von diesem in solcher Fassung ausgesprochenen Satze ist uns von dem Lehramtscandidaten Herrn J. Bauschinger zu Nürnberg durch Herrn Bauernfeind in München folgender elementar-geometrischer Beweis nebst der im Zusatz gegebenen Erweiterung zugekommen, der seiner Eigenthümlichkeit wegen einiger Beachtung werth sein dürfte.

Denkt man sich GK als gerade Linie gezogen, so müssen, unserem Satze zufolge, die beiden Durchschnittspunkte der Diagonalen BD und AC mit GK in einen einzigen Punkt H zusammenfallen. Um aber nachzuweisen, dass dies in der That der Fall ist, darf blos dargethan werden, dass sich GH zu HK, — H als den Durchschnittspunkt von BD mit GK genommen, — ebenso verhält, wie GH zu HK, — H als den Durchschnittspunkt von AC mit GK genommen. Im ersteren Fall aber, wo H als der Durchschnittspunkt der BD mit GK betrachtet wird, findet, nachdem man BK und GD gezogen hat, offenbar folgende Proportion statt:

$$\triangle BGD : \triangle BKD = \overline{GH} : \overline{HK}$$

und im zweiten Fall, wo H als der der Durchschnittspunkt der AC mit GK genommen wird, findet, nachdem AK und GC gezogen ist, folgende Proportion statt:

$$\triangle AGC : \triangle AKC = \overline{GH} : \overline{HK}$$

es darf also offenbar, um zu beweisen, dass die beiden Durchschnitte der AC und BD mit GK in einen einzigen, H, zusammenfallen, dass also die drei Diagonalen-Durchschnittspunkte G, H, K in einer geraden Linie liegen, nur die Richtigkeit der Proportion

$$1)\qquad \triangle BGD : \triangle BKD = \triangle AGC : \triangle AKC$$

dargethan werden.

Dies muss natürlich mit Hülfe der Bedingungen geschehen, die in unserem Satze liegen, und bisher noch nicht benützt worden sind, nämlich denen, dass $\overline{BGE}$, $\overline{DKF}$, $\overline{AGF}$, $\overline{CKE}$, $\overline{AED}$, und $\overline{BFC}$ gerade Linien sind. Nun ist, weil $\overline{BGE}$ eine gerade Linie ist:

$$\triangle BGD : \triangle GED = \overline{BG} : \overline{GE}$$

woraus folgt:

$$2)\qquad \triangle BGD = \triangle GED . \frac{\overline{BG}}{\overline{GE}}$$

Ganz ähnlich folgt, da $\overline{DKF}$, $\overline{AGF}$ und $\overline{CKE}$ gerade Linien sind, der Ordnung nach:

$$\triangle BKD : \triangle BFK = \overline{DK} : \overline{KF}$$

woraus:

$$3)\qquad \triangle BKD = \triangle BFK . \frac{\overline{DK}}{\overline{KF}}$$

ferner:

$$\triangle AGC : \triangle GFC = \overline{AG} : \overline{GF}$$

woraus:

$$4)\qquad \triangle AGC = \triangle GFC . \frac{\overline{AG}}{\overline{GF}}$$

und zuletzt:

$$\triangle AKC : \triangle AEK = \overline{CK} : \overline{KE}$$

woraus:

$$5)\qquad \triangle AKC = \triangle AEK . \frac{\overline{CK}}{\overline{KE}}$$

Soll nun die Proportion 1) eine richtige sein, so muss auch die folgende stattfinden, die man erhält, wenn man die Werthe 2), 3), 4), 5) in 1) substituirt, nämlich die:

$$6)\qquad \triangle GED . \frac{\overline{BG}}{\overline{GE}} : \triangle BFK . \frac{\overline{DK}}{\overline{KF}} = \triangle GFC . \frac{\overline{AG}}{\overline{GF}} : \triangle AEK . \frac{\overline{CK}}{\overline{KE}}$$

Darin ist nun, weil zuletzt noch $\overline{AED}$ und $\overline{BFC}$ gerade Linien sind:

$$\triangle GED : \triangle GEA = \overline{DE} : \overline{EA}$$

woraus:

$$7)\qquad \triangle GED = \triangle GEA . \frac{\overline{DE}}{\overline{EA}}$$

ferner:

$$\triangle BFK : \triangle FKC = \overline{BF} \,.\, \overline{FC}$$

woraus:

$$\triangle BFK = \triangle FKC \,.\, \frac{\overline{BF}}{\overline{FC}}$$

ferner:

$$\triangle GFC : \triangle GBF = \overline{CF} : \overline{FB}$$

woraus:

$$\triangle GFC = \triangle GBF \,.\, \frac{\overline{CF}}{\overline{FB}}$$

und zuletzt noch:

$$\triangle AEK : \triangle EKD = \overline{AE} : \overline{ED}$$

woraus:

$$10) \qquad \triangle AEK = \triangle EKD \,.\, \frac{\overline{AE}}{\overline{ED}}$$

Substituirt man diese Werthe in die Proportion 6), so geht diese in folgende über:

$$11) \; \triangle GEA \,.\, \frac{\overline{DE}}{\overline{EA}} \,.\, \frac{\overline{BG}}{\overline{GE}} : \triangle FKC \,.\, \frac{\overline{BF}}{\overline{FC}} \,.\, \frac{\overline{DK}}{\overline{KF}} = \triangle GBF \,.\, \frac{\overline{CF}}{\overline{FB}} \,.\, \frac{\overline{AG}}{\overline{GF}} : \triangle EKD \,.\, \frac{\overline{AE}}{\overline{ED}} \,.\, \frac{\overline{CK}}{\overline{KE}}$$

welches eine richtige Proportion sein muss, wenn 1) eine solche sein soll. Nun ist aber in der Proportion 11) folgende gewiss richtige enthalten:

$$\frac{\overline{DE}}{\overline{EA}} : \frac{\overline{BF}}{\overline{FC}} = \frac{\overline{CF}}{\overline{FB}} : \frac{\overline{AE}}{\overline{ED}}$$

so dass von 11) nur noch folgende übrig bleibt:

$$12) \qquad \triangle GEA \,.\, \frac{\overline{BG}}{\overline{GE}} : \triangle FKC \,.\, \frac{\overline{DK}}{\overline{KF}} = \triangle GBF \,.\, \frac{\overline{AG}}{\overline{GF}} : \triangle EKD \,.\, \frac{\overline{CK}}{\overline{KE}}$$

deren Richtigkeit immer noch die der Proportion 1) bedingt. Man kann sie aber auf folgende Art schreiben:

$$\triangle GEA \,.\, \frac{\overline{BG}}{\overline{GE}} : \triangle GBF \,.\, \frac{\overline{AG}}{\overline{GF}} = \triangle FKC \,.\, \frac{\overline{DK}}{\overline{KF}} : \triangle EKD \,.\, \frac{\overline{CK}}{\overline{KE}}$$

oder:

$$13) \; \triangle GEA \,.\, \overline{BG} \,.\, \overline{GF} : \triangle GBF \,.\, \overline{AG} \,.\, \overline{GE} = \triangle FKC \,.\, \overline{DK} \,.\, \overline{KE} : \triangle EKD \,.\, \overline{CK} \,.\, \overline{KF}$$

Darin ist nun aber:

$$\overline{BG} \,.\, \overline{GF} : \overline{AG} \,.\, \overline{GE} = \triangle GBF : \triangle GEA$$

und:

$$\overline{DK} \,.\, \overline{KE} : \overline{CK} \,.\, \overline{KF} = \triangle EKD : \triangle FKC$$

und dies, in die Proportion 13) substituirt, giebt:

$$14) \; \triangle GEA \,.\, \triangle GBF : \triangle GBF \,.\, \triangle GEA = \triangle FKC \,.\, \triangle EKD : \triangle EKD \,.\, \triangle FKC$$

welches gewiss eine richtige Proportion ist. Deshalb ist aber nun auch die Proportion 1) richtig, und folglich schneiden die Linien *BD* und *AC* die *GK* nur in einem einzigen Punkte *H*, d. h. die drei Durchschnittspunkte der Diagonalen liegen in einer geraden Linie.

Zusatz. Der vorhergehende Lehrsatz lässt, wie man sehr leicht sieht, folgende Erweiterung zu:

Wenn man ein beliebiges ebenes Viereck nach einander durch beliebige gerade Linien in je zwei Vierecke zerlegt, und jedesmal die Durchschnittspunkte der Diagonalen zweier zusammengehöriger Theil-Vierecke durch eine gerade Linie verbindet, so schneiden sich alle diese geraden Linien in Einem Punkte, dem Durchschnittspunkte der Diagonalen des ursprünglichen ganzen Vierecks.

XVII. Beiträge zur elementaren Optik. Von Prof. Decher in Augsburg.

I.

Die Dispersion und das prismatische Farbenspectrum kann man sehr schön ohne Sonnenlicht dadurch zeigen, dass man auf einem schwarzen Grund, am besten schön schwarzem Sammt, einen schmalen weissen Papierstreifen legt (etwa 10 bis 15 Centim. lang, 0,5 Centim. breit) und ihn in einer Entfernung von 4 bis 5 Fuss durch ein Prisma betrachten lässt, dessen brechende Kante zur Länge des Streifens parallel ist. Am besten legt man dazu den Sammt mit dem Papierstreifen in die Nähe eines Fensters auf den Boden, so dass er recht hell beleuchtet ist, und stellt das Prisma in einer geeigneten Fassung auf einen Tisch. — Wird der weisse Papierstreifen dann durch breitere ersetzt, so ändert sich die Mitte des Spectrums, das Grün verschwindet und es erscheint ein weisser Streifen, auf der einen Seite mit Roth und Gelb, auf der anderen mit Blau und Violett eingesäumt. Dass diese Aenderung durch das Uebereinandergreifen der dem Papiere an Breite gleichen Farbenbilder entsteht, und dass namentlich das Weiss durch das Uebereinandergreifen aller Farben hervorgeht, erkennt man am deutlichsten dadurch, dass man ein weisses Quadrat von etwa 5 C. Seite auf den schwarzen Grund legt, und zwar so, dass die eine Diagonale parallel zur brechenden Kante des Prisma's ist. Man sieht dann die verschiedenfarbigen Quadrate über einander verschoben, wie Fig. 9 zeigt, und das in der Mitte liegende weisse Quadrat wird deutlich durch die Seiten des rothen und violetten Quadrates gebildet; es begrenzt also diejenige Fläche, auf welcher sich alle Farben decken.

Fernere schöne Erscheinungen ergeben sich, wenn man einen breiten weissen Streifen, parallel zur brechenden Kante gelegt, durch einen mehr oder minder schmalen schwarzen Streifen der Länge nach theilt, so dass die Farbenbilder beider Theile mehr oder weniger übereinandergreifen.

II.

Um den Weg eines durch eine Sammellinse gebrochenen Lichtstrahles zu construiren, hat man sich bisher nur folgender Sätze bedient:

> Durch den optischen Mittelpunkt der Linse geht jeder Strahl ungebrochen hindurch; ein Strahl, welcher parallel zur optischen Achse der Linse einfällt, geht hinter der Linse durch deren Brennpunkt; ein Strahl, welcher aus dem Brennpunkte kommt, geht hinter der Linse parallel zur Achse fort.

Mit diesen Sätzen kann aber der Gang eines beliebigen Lichtstrahles nur in solcher Weise gefunden werden, dass man von einem Punkte desselben wenigstens zwei neue Strahlen ausgehen lässt und den Vereinigungspunkt derselben bestimmt. Um z. B. den Weg des Strahles *AM* (s. Fig. 10) zu finden, lässt man von einem beliebigen Punkte *N* derselben einen Strahl *NO* durch den optischen Mittelpunkt *O* gehen und einen zweiten *Nm* parallel zur Achse *AO* einfallen; der letztere geht durch den Brennpunkt *F'* und schneidet die *NO* rückwärts in *T*. Der Weg des Strahles *AM* nach der Brechung ist die durch *T* und *M* gezogene *MD*.

Durch folgende Betrachtung wird die Sache viel einfacher. (S. Fig. 11) Wählt man den Punkt *N* so, dass er senkrecht über *F* liegt, so werden die *NO* und die *mF'* parallel; es muss also auch die *MD* zu *NO* parallel werden.

Denkt man sich demnach durch die beiden Brennpunkte *F* und *F'* eine Ebene senkrecht zu *AO* gelegt, und nennt sie Brennebene und bezeichnet eine beliebige durch den optischen Mittelpunkt gehende Gerade mit dem Namen: Nebenachse, so kann man folgenden Satz aufstellen, mittelst dessen sich der Weg jedes Lichtstrahles sehr leicht ergiebt:

> Ein Lichtstrahl, welcher durch eine Sammellinse gebrochen wird, geht hinter der Linse parallel zu der Nebenachse fort, welche mit ihm aus demselben Punkte der Brennebene vor der Linse kommt, oder trifft die Brennebene hinter der Linse in demselben Punkte wie die Nebenachse, welche zu ihm vor der Linse parallel ist.

Man hat demnach für jeden Strahl zwei sehr einfache Constructionen, die in Fig. 12 und Fig. 13 dargestellt sind. Der einfallende Strahl *BM*, (Fig. 12) schneidet die Brennebene *Ff* vor der Linse in *f*, und geht daher hinter der Linse parallel zu *fO* nach *MD* fort. Der einfallende Strahl *BM* (Fig. 13) tritt parallel zu *Of'* ein und geht daher hinter der Linse durch den Punkt *f'*, in dem die Nebenachse *Of'* die Brennebene *F'f'* schneidet.

Mit diesem Satze, dem wie den früheren noch die Voraussetzung zu Grunde liegt, dass die Linsen selbst keine Dicke haben, also als Ebenen betrachtet werden können, welche ihren Brennebenen parallel sind und in der Mitte zwischen denselben liegen, ist es leicht, die Erscheinungen für irgend eine Combination von solchen Linsen richtig darzustellen, und nicht blos so oberflächlich, wie es bisher in Betreff der optischen Instrumente in den meisten Lehrbüchern der Physik der Fall ist. Als Beispiel diene Fig. 14, welche die Construction eines zusammengesetzten Mikroscops darstellt.

O_1, O_2, O_3 sind die drei Linsen desselben, Objectiv-, Collectiv- und Ocularlinse in gegebenen Stellungen; F_1, F_2, F_3 die Brennebenen derselben so gewählt, dass die Construction möglichst durchsichtig bleibt, da für jede Linse eine Brennlinie in allen Fällen genügt. Die Stellung des Objectes *ab* von dem Objective O_1 hängt von der deutlichen Sehweite O_3C des hinter dem Ocular O_3 befindlichen Auges ab und muss zuerst construirt werden. Dazu lässt man vom Ocular einen Strahl *fg* austreten, welcher von *C* zu kommen scheint; dieser musste parallel zu O_3g auf das Ocular fallen, also in der Richtung *cf* von der Collectivlinse O_2 ausgetreten sein; er musste demnach aus dem Punkte *h* der Brennebene F_2h vor der letzteren kommen, oder in der Richtung *dc* von dem Objectiv austreten; folglich müsste der von *c* einfallende Strahl parallel zu O_1i sein und die Richtung *cd* haben. Mit dieser Construction sind zugleich die Punkte *c''* und *c'* gegeben für das zwischen der Collectivlinse und dem Ocular wirklich entstehende Bild *a''b''* und für das hypothetische Bild *a'b'*, welches ohne Dazwischenkunft der Collectivlinse entstehen würde. Der Weg der von dem Punkte *a* des Objectes ausgehenden Strahlen ist dann nach dem Obigen leicht zu finden; sie schneiden sich alle in *a''* und gehen so von dem Ocular aus, als kämen sie von *A*. Durch den Ort des Bildes *a''b''*, ist auch die Stellung des Diaphragma's *DE* bedingt.

Für Zerstreuungslinsen, bei welchen die Brennpunkte *F* und *F'* ihre Stellen gewechselt haben, ändert sich der obige Satz in folgenden um:

> Durch eine Zerstreuungslinse wird ein Strahl *AM* so gebrochen, dass er entweder parallel zu der Nebenachse *Of* austritt, welche durch denselben Punkt *f* der Brennebene *Ff* hinter der Linse geht, wie der verlängerte einfallende Strahl Fig. 15, oder dass er aus demselben Punkt *f'* der Brennebene *F'f'* von der Linse zu kommen scheint, wie die zum einfallenden Strahl parallele Nebenachse *f'O*, Fig. 16.

III.

Bei der Wunderscheibe (Phenakistoskop) kann der Spiegel erspart werden, wenn man die Löcher in einer cylindrischen Wand anbringt, welche auf die Scheibe befestigt ist. Giebt man dieser Wand eine grössere Höhe, so können auch auf der inneren Seite derselben unter den Löchern noch Figuren angebracht werden, und man gewinnt für diese einen geeigneteren Raum, als bei den Sectoren einer Scheibe.

XVIII. Ueber die Bestimmung der mittleren Dichtigkeit der Erde. Das in Heft 1, S. 68 dieses Jahrganges der Zeitschrift mitgetheilte Verfahren zur Bestimmung der mittleren Dichtigkeit der Erde kann leicht zu einer Näherungsformel verallgemeinert werden, die wenigstens in so fern von Interesse ist, als die zu ihrem Gebrauche nöthigen Beobachtungsdata in grubenreichen Gegenden nicht so schwer zu erhalten sind.

Wenn ein Pendel von der Länge l in der Zeit T an dem einen Orte n und am anderen n_1 Schwingungen macht, so hat man gleichzeitig

$$\frac{T}{n} = \pi\sqrt{\frac{l}{g}} \quad \text{und} \quad \frac{T}{n_1} = \pi\sqrt{\frac{l}{g_1}},$$

mithin

$$\frac{g}{g_1} = \left(\frac{n}{n_1}\right)^2;$$

für ein Secundenpendel, welches im Horizonte des Meeres 86400 Schwingungen in 24 Stunden, an einer tiefer liegenden Stelle dagegen $86400 + p$ Schwingungen in derselben Zeit macht, also p Secunden gewinnt, ist $n_1 = 86400 + p$, mithin

$$\frac{g}{g_1} = \left(\frac{86400}{86400 + p}\right)^2 = \left(1 + \frac{p}{86400}\right)^{-2}$$

oder kürzer, weil p in der Regel nur wenige Secunden beträgt,

$$1) \qquad \frac{g}{g_1} = 1 - \frac{2p}{86400} = 1 - \frac{p}{43200}.$$

Die Anziehung der ganzen Erde auf die an ihrer Oberfläche befindliche Masseneinheit berechnet sich nach der bekannten Formel

$$g = \tfrac{4}{3}\pi k r \Delta,$$

worin k die Anziehung der Masseneinheit auf die in der Entfernung 1 befindliche gleiche Masse, r den Erdhalbmesser und Δ die mittlere Dichtigkeit der Erde bezeichnet; ein in der Tiefe h liegender Punkt gehört zur Oberfläche einer mit dem Halbmesser $r - h$ beschriebenen Kugel und wird nur von dieser, nicht aber von der umschliessenden Kugelschaale angezogen, daher

$$g_1 = \tfrac{4}{3}\pi k (r - h)\,\delta.$$

Entwickelt man hieraus $\frac{g}{g_1}$ und vergleicht diess mit dem vorigen Werthe, so hat man

$$1 - \frac{p}{43200} = \frac{r\Delta}{(r-h)\,\delta}$$

und

$$\delta = \frac{1}{1 - \frac{p}{43200}} \cdot \frac{1}{1 - \frac{h}{r}}\Delta$$

mit hinreichender Genauigkeit, weil h sehr klein gegen r ist,

2) $$\delta = \left(1 + \frac{p}{43200}\right)\left(1 + \frac{h}{r}\right) \varDelta.$$

Denkt man sich ferner die Masse der Erde zusammengesetzt aus der Masse der innern Kugel, deren Halbmesser $r-h$ und deren mittlere Dichtigkeit $=\delta$ ist, und aus der Masse der Kugelschaale, welche die Halbmesser $r-h$ und r, so wie die mittlere Dichtigkeit ε besitzt, so hat man noch die Gleichung

$$\tfrac{4}{3}\pi r^3 \varDelta = \tfrac{4}{3}\pi (r-h)^3 \delta + \tfrac{4}{3}\pi [r^3 - (r-h)^3]\, \varepsilon$$

oder

$$\varDelta = \left(1 - \frac{h}{r}\right)^3 \delta + \left[1 - \left(1 - \frac{h}{r}\right)^3\right] \varepsilon,$$

d. i. bei Weglassung der zweiten und höheren Potenzen von $\frac{h}{r}$.

3) $$\varDelta = \left(1 - 3\frac{h}{r}\right)\delta + 3\frac{h}{r}\,\varepsilon.$$

Die Substitution des obigen Werthes von δ giebt bei gleicher Vernachlässigung

$$\varDelta = \left(1 + \frac{p}{43200}\right)\left(1 - 2\frac{h}{r}\right)\varDelta + 3\frac{h}{r}\,\varepsilon$$

und

4) $$\varDelta = \frac{3\frac{h}{r}\varepsilon}{1 - \left(1 + \frac{p}{43200}\right)\left(1 - 2\frac{h}{r}\right)}.$$

Die mittlere Höhe des Continentes über der Meeresfläche beträgt 1000 Fuss engl., wenn daher alles Land L und alles Meer M zu einer Kugelschaale von der Dicke h vereinigt werden, so ist die Masse der letzteren einerseits $= h(L+M)\,\varepsilon$, andererseits $= (1000+h) \,.\, 2{,}75 \,.\, L + hM$, wobei die Dichtigkeit des Wassers $= 1$ und die des Landes $= 2{,}75$ gesetzt wurde. Da ferner die Oberfläche des Meeres 2,815 mal soviel als die Oberfläche des Landes beträgt, so hat man $M = 2{,}815 \,.\, L$ zu nehmen, folglich

$$(1000 + h) \,.\, 2{,}75 \,.\, L + h \,.\, 2{,}815 \,.\, L = h \,.\, 3{,}815 \,.\, L\,\varepsilon,$$

woraus

5) $$\varepsilon = \frac{5{,}565 \,.\, h + 2750}{3{,}815 \,.\, h}.$$

Durch Substitution dieses Werthes in Nr. 4 ergiebt sich

$$\varDelta = \frac{\frac{3}{r}}{1 - \left(1 + \frac{p}{43200}\right)\left(1 - 2\frac{h}{r}\right)} \cdot \frac{5{,}565 \,.\, h + 2740}{3{,}815}$$

oder kürzer

6) $$\varDelta = 0{,}78367 \cdot \frac{5{,}565 \cdot h + 2750}{2h - \frac{(r-2h)p}{43200}},$$

wobei h und r in englischen Fussen auszudrücken, also $r = 4000$ Meilen $= 4000 \cdot 5280' = 21120000'$ zu setzen ist.

XIX. Ueber die Lage der Schwingungsebene des geradlinig polarisirten Lichts gegen die Polarisationsebene giebt Herr Holtzmann (Poggend. Annal. Bd. 99, S. 446) eine Entscheidung dahin ab, dass beide Ebenen zusammenfallen. Die von ihm zu dem Ende angestellten Beobachtungen und Untersuchungen beziehen sich auf das gebeugte Licht und sind im Wesentlichen folgende.

Fällt auf ein Beugungsgitter mit parallelen vertikal stehenden Spalten ein polarisirtes Lichtbündel in horizontaler Richtung, so wird dasselbe in horizontaler Richtung durch Beugung ausgebreitet werden und seine Schwingungen können in vertikale, oder mit der Spalte parallele und in horizontale zerlegt werden. Die vertikalen Schwingungen erleiden durch die Beugung keine Veränderung, dagegen lassen sich die horizontalen wieder zerlegen in solche, welche in der Richtung eines gebeugten Strahles liegen und als Licht nicht empfunden werden, und in solche, welche normal auf diese gerichtet sind und als zu der Richtung des gebeugten Strahles transversale Wellen fortgehen. Diese setzen sich mit den nach derselben Richtung fortschreitenden vertikalen zum gebeugten Licht zusammen. Das gebeugte Licht besitzt sonach dieselbe vertikale aber eine kleinere horizontale Componente, als das einfallende Licht und seine Schwingungsebene oder Richtung kann sonach mit derjenigen des einfallenden Lichtes nicht zusammenfallen, sondern muss mit der Vertikalen einen kleinern Winkel als jene bilden.

Ist nun unter der Voraussetzung, dass nur Transversalwellen auf das Gitter fallen, s der Abstand eines Aethertheilchens von seiner Gleichgewichtslage und α der Winkel der Schwingungsrichtung mit der Vertikalen, so ist die Vertikalprojection von s, oder die oben bezeichnete vertikale Componente

$$s \cos \alpha$$

und die horizontale, in die Ebene des Gitters fallende

$$s \sin \alpha.$$

Für einen gebeugten Strahl, welcher mit der Fortsetzung des einfallenden den Beugungswinkel β bildet, zerfällt die letztere horizontale Schwingungscomponente in eine mit der Richtung des gebeugten Strahles zusammenfallende

$$s \sin \alpha \sin \beta$$

und in eine normal auf demselben gerichtete

$$s \sin \alpha \cos \beta.$$

Diese letzte Schwingung giebt mit der vertikalen $s \cos \alpha$ die transversale Schwingung des gebeugten Strahles, welche gegen die Vertikale unter einem Winkel α_1 geneigt ist, für den man

$$\text{A)} \qquad tg\, \alpha_1 = \frac{s \sin \alpha \cos \beta}{s \cos \alpha} = tg\, \alpha \cos \beta$$

hat — eine Formel, welche mit der von Stokes in seiner Abhandlung über die dynamische Theorie der Beugung auf anderem Wege entwickelten übereinstimmt. Ist nun der Winkel, welchen die Polarisationsebene des einfallenden Strahles mit der vertikalen bildet, durch Messung $= \gamma$ gefunden worden, ebenso der Winkel der Polarisationsebene des gebeugten Strahles $= \gamma_1$, so stehen beide Winkel in derselben durch A) gegebenen Abhängigkeit von einander, wenn die Polarisationsebene mit der Schwingungsebene zusammenfällt. Sind dagegen beide Ebenen auf einander senkrecht gestellt, so muss man in A) statt der Tangenten von α und α_1, die Cotangenten von γ und γ_1 einsetzen und daraus folgt das einfache Entscheidungsmerkmal, dass, wenn γ_1 kleiner als γ ist, das Licht in der Polarisationsebene schwingt, dagegen im umgekehrten Falle Schwingungs- und Polarisationsebene normal auf einander stehen.

Diese Beobachtungs- und Entscheidungsweise hat auch Stockes gewählt, obgleich sein Resultat ganz das entgegengesetzte von demjenigen ist, zu welchem Herr Holtzmann gelangt ist. Der letztere Beobachter vermuthet die Ursache dieser Abweichung in der Anwendung von Gittern, welche durch Theilungen in Glas vermittels Einschneiden mit dem Diamante hergestellt werden und deren sich Stockes bei seinen Versuchen bedient hat. Diese geben aber nach eignen Erfahrungen des Herrn Holtzmann, der anfänglich auch mit solchen operirt hat, noch zu wenig haltbare Data in Folge der für diese Beobachtungen noch zu groben und unregelmässigen Schnittflächen des Gitters. Viel geeigneter hat sich hierzu Herrn Holtzmann ein Schwerd'sches Russgitter erwiesen. Die Resultate seiner Messungen verglichen mit der Formel giebt folgende kleine Tabelle an:

Beugungswinkel β	Winkel der Polarisationsebene des einfallenden Lichtes mit der Vertikalen α oder γ	Winkel der Polarisationsrichtung am gebeugten Lichte mit der Vertikalen α_1 oder γ_1		Differenz.
		beobachtet	berechnet	
10° 36′	45° 36′	44° 27′	45° 9′	—0 42′
20° 17	44 5	40 32	42 15	—1° 43
20 35	45 36	40 52	43 43	—2 51
31 5	45 0	38 6	40 35	—2 29
32 15	45 36	38 4	40 49	—2 45

Die Winkel der Polarisationsebene gegen die Vertikale sind im gebeugten Lichte nach dieser Tabelle entschieden kleiner als beim einfallenden Lichte, so dass also nach Obigem die Schwingungsrichtung mit der Polarisationsebene zusammenfallen muss. Zugleich ist aber auch aus den Differenzen der beobachteten und berechneten Werthe von α_1 ersichtlich, dass die Formel A) nicht genau den Winkel der Schwingungsrichtung gegen die Vertikale zu geben scheint und dass hier noch Etwas zu untersuchen übrig ist.

Das Zusammenfallen der Polarisations- und Schwingungsebene hat Herr Holtzmann auch noch auf folgendem Wege dargethan. Lässt man das gebeugte Licht durch ein doppeltbrechendes Prisma gehen, dergestalt, dass die beiden durch dasselbe gesehenen Bilder vertikal über einander stehen, so wird bei der gewöhnlichen Constructionsart dieser Prismen das eine dieser Bilder durch die horizontalen Schwingungscomponenten, nämlich

$$s \sin \alpha \cos \beta$$

und das andere durch die vertikalen

$$s \cos \alpha$$

gebildet. Die Intensitäten beider Bilder stehen somit im Verhältniss von

$$(tg\, \alpha \cos \beta)^2 : 1.$$

Wählt man $\alpha = 45^{\circ}$ oder stellt die Polarisationsebene unter 45° gegen die Vertikale, so werden sich die Intensitäten verhalten wie

$$\cos \beta^2 : 1,$$

also beispielsweise für $\beta = 30^{\circ}$ wie

$$3:4,$$

welches schon ein wohl bemerkbares Intensitätsverhältniss ist. Der Voraussetzung nach muss das schwächere Bild das durch die horizontalen Schwingungen erzeugte sein.

Herr Holtzmann liess nun Sonnenlicht durch eine vertikale Spalte in ein dunkles Zimmer treten, das zunächst durch einen Nicol polarisirt wurde, dessen Hauptschnitt zuerst 45° gegen die Vertikale geneigt war, hierauf durch das Russgitter gehen und beobachtete in gewöhnlicher Weise die Beugungsspectra durch ein hinter demselben aufgestelltes Fernrohr, das um die Mittellinie des Gitters horizontal beweglich war. Vor das Ocular des Fernrohrs wurde ein doppelt brechendes Prisma so angebracht oder gedreht, dass der Vertikalfaden des Fadenkreuzes in beiden Spectren in einer Vertikale erschien.

Für die Mitte der Beugung oder für $\beta = 0$, wo die Spalte weiss sieht, wurden beide Bilder gleich hell gesehen, dagegen wurde ungefähr bei $\beta = 20^{\circ}$ das eine der Bilder merklich dunkler als das andere und diese Differenz in der Helligkeit nahm mit der Entfernung von der Beugungsmitte ganz merklich zu. Wie erwähnt, ist hier das schwächere Bild das durch die horizontalen Schwingungen erzeugte.

Wurde aber zweitens auf dieselbe Weise das Licht untersucht, welches durch den ersten Nicol kommt, wenn derselbe mit seinem Hauptschnitte vertikal gestellt ist, so blieb das Bild, welches früher das schwächere war, und das stärkere verschwand, d. h. der Nicol, dessen Hauptschnitt vertikal steht, lässt nur horizontale Schwingungen durch, oder die Schwingungen des durchgelassenen (ausserordentlichen) Lichts geschehen in der Polarisationsebene.

XX. Ueber den Einfluss der Temperatur auf die Kraft der Magnete macht Herr Dufour in Lausanne vorläufig aus einer grösseren Reihe von Versuchen folgende bemerkenswetrhen Resultate bekannt (Poggend. Ann. Bd. 99, S. 476). Wird ein Magnetstab über die Temperatur, bei der er magnetisirt worden ist, erhitzt, so verliert er, wie schon von früher her bekannt ist, einen Theil seiner Kraft, und nur ein gewisser Theil des Verlustes wird wieder ersetzt, wenn der Stab auf seine frühere Temperatur zurückgebracht wird. Es fragt sich nun, ob und wie die Kraft des Stabes sich verändert, wenn seine Temperatur unter diejenige, bei welcher er magnetisirt wurde, erniedrigt wird.

Hierauf bezügliche Untersuchungen wurden an fünf verschiedenen Stäben vorgenommen. Sie wurden bei einer verhältnissmässig hohen Temperatur (die vier ersten bei gegen 60°, der letze bei 6—8°) mit verschiedener Magnetkraft, welche durch ein magnetisches Pendel bestimmt wurde, versehen und hierauf niedrigern Temperaturen ausgesetzt (an den vier ersteren wurde dieselbe bis auf 3°—0°, an dem letzten bis —22° bis —25° herabgedrückt) wobei die Magnetkraft auch für mehre zwischen liegende Temperaturen mittelst desselben Pendels untersucht wurde. Diese Versuche haben nun durchgängig ergeben, dass die Magnetkraft gleichfalls durch Temperaturerniedrigung geschwächt wird und zwar (wenigstens innerhalb der Versuchsgrenzen) unter übrigens gleichen Umständen um so mehr, je niedriger die Temperatur sinkt. Verbindet man diese Beobachtungen mit den schon früher bekannten auf Temperaturerhöhung bezüglichen, so ergiebt sich als allgemeineres Gesetz:

Bei welcher Temperatur ein Stahlstab auch magnetisirt sein möge, seine Magnetkraft wird durch jede Temperaturveränderung geschwächt.

Es folgt hieraus weiter, dass die Intensität des Magneten von dem Molecularzustand desselben abhängig und mit demselben veränderlich ist.

Besonders bemerkenswerth hierbei ist noch, dass die Menge des Magnetismus, welche ein Stahlstab aufnehmen kann, von der Magnetisirungstemperatur abhängig ist. Je niedriger dieser Temperatur, desto grösser im Allgemeinen die Menge des Magnetismus. Hat indess der Stab bei irgend einer Temperatur eine gewisse Magnetkraft erhalten, so verliert er bei irgend einer Molecularveränderung einen Theil derselben. Eine Erkältung bewirkt *diesen Verlust, wenn* die Temperatur des Stabes unter die Magnetisirungstemperatur gebracht wird. Wenn dagegen die Temperatur des zuvor erwärmten Magnets (wobei er auch einen Theil seiner Kraft verloren hat) sich beim nachherigen Erkalten der Magnetisirungstemperatur wieder nähert, so ist diese Erkältung wieder mit einer (relativen) Verstärkung der Kraft begleitet.

Diese Veränderungen sind wichtig und in Betracht zu ziehen bei vielen die Intensität betreffenden Untersuchungen, z. B. bei Beobachtungen über die Intensität des Erdmagnetismus verschiedener Orte etc.

Herr Dufour hofft bald die Resultate seiner Untersuchungen über die von der Temperatur des Stahls, seiner Magnetisirungstemperatur, Härte u. s. w. abhängigen Veränderungen der Magnetkraft in einer ausführlichern Arbeit veröffentlichen zu können. Inzwischen hat er von seinen weiteren Beobachtungen über denselben Gegenstand unter andern noch folgendes bemerkenswerthe Resultat bekannt gemacht (*Archive de Genève T.* 33, *p.* 50. 1856 *Sept.*).

Wird ein bei einer gewissen Temperatur, z. B. 50°, magnetisirter Stab zu wiederholten Malen bis auf 0° erkältet und auf die ursprüngliche Magnetisirungstemperatur gebracht, so wird er zuletzt nach etwa 10 Temperaturwechseln gegen Temperaturveränderungen nahe zu unempfindlich.

Hiermit stehen indess die Resultate von Versuchen, welche Herr Wiedemann über den Magnetismus der Stahlstäbe angestellt und in Poggend. Ann. Bd. 100, S. 242 veröffentlicht hat, in einigem oder theilweisem Widerspruch.

Derselbe magnetisirte unter andern einen Stab mittels einer Inductionsspirale bei 18° und brachte dessen Temperatur wiederholt durch Einlegen in kochendes Wasser und schmelzenden Schnee auf 100° und 0°. Die dabei aufeinanderfolgenden Magnetisirungen wurden (durch die Schwingungen eines magnetischen Stahlspiegels gemessen) durch die Zahlen

118 75,6 96,5 70,8 92,5 69,5 92 69,3 92

dargestellt. Nach noch zehnmaligem Erwärmen und Erkälten hatte sich der Magnetismus des Stabes kaum, nach fernerem zwanzigmaligen Temperaturwechsel gar nicht mehr verändert. Bei 0° betrug sein Magnetismus stets 92, bei 100° 69,3. Ein anderer Stab, der bei 100° magnetisirt, dann auf 0° erkältet und wiederholt erwärmt und erkältet wurde, zeigte anfänglich die Magnetismen

122 103 89 85,3.

Nach fünfzehnmaligem Erwärmen und Erkälten betrug sein Magnetismus bei 0° 83, bei 100° 79 nnd dieser Magnetismus änderte sich nicht weiter, als der Stab ferner abwechselnd in kochendes Wasser und schmelzenden Schnee eingelegt wurde.

Es werden somit bei öfterem Erwärmen und Erkälten eines Magnetstabes die jedesmaligen Verluste im Magnetismus immer kleiner, so dass *zuletzt der Magnetstab* bei jedesmaliger Rückkehr zu einer bestimmten

Temperatur innerhalb der Grenzen des wiederholten Temperaturwechsels auch einen bestimmten Magnetismus wieder annimmt. Dieser Magnetismus ist indess bei höherer Temperatur kleiner als bei niederer.

Aus noch anderweitigen Versuchen mit Stahlstäben, die verschiedenen Temperaturen ausgesetzt und dabei hinsichtlich ihres Magnetismus untersucht wurden, zog Herr Wiedemann folgende zum Theil mit den oben erwähnten übereinstimmende Resultate:

Magnetisirt man einen Stab bei einer bestimmten Temperatur und erwärmt ihn, so verliert er einen Theil seines Magnetismus. Nach dem Erkalten nimmt er einen Theil des verlorenen Magnetismus wieder an. Der Verlust hierbei ist nahezu dem ersten Magnetismus proportional. Eine zweite Erwärmung und Erkältung bewirkt zwar dasselbe wie der erste Temperaturwechsel aber in viel schwächerem Grade. Der Verlust an Magnetismus ist hierbei etwa nur ein Achtel des ersten Verlustes. (Eine natürliche Folge davon ist nun die vorhererwähnte constante Grenze, der sich der Magnetismus bei weiteren Wiederholungen des Temperaturwechsels nähert.)

Ein bei höherer Temperatur (100°) magnetisirter Stab verliert beim Erkalten einen Theil seines Magnetismus und durch erneuertes Erwärmen verliert er noch einen ferneren Theil desselben. Wird er jetzt wieder erkältet, so nimmt er einen Theil seines verlorenen Magnetismus wieder an. Wiederholte Erwärmungen vermindern, wiederholte Erkältungen vermehren den Magnetismus des Stabes. Es verhält sich also ein bei höherer Temperatur magnetisirter Stab, abgesehen von seinem Verhalten bei der ersten Erkältung, wie ein bei gewöhnlicher Temperatur magnetisirter, der, wie schon früher bekannt, beim Erhitzen Magnetismus verliert und denselben beim Erkälten zum Theil wieder erhält.

XXI. Bereitung der Alizarin-Tinte*), von August Leonhardi in Dresden (patentirt für mehrere Staaten Deutschlands). Aleppische Galläpfel 42 Theile und holländischer Krapp (von dessen rothem Farbstoffe Alizarin der Name entlehnt ist) 3 Theile werden mit so viel Wasser warm ausgezogen, dass die Flüssigkeit 120 Theile beträgt. Nach dem Filtriren setzt man hinzu

$1\frac{1}{5}$ Theile Indiglösung
$5\frac{1}{5}$ „ Eisenvitriol und
2 „ Holzessigsaure Eisenlösung.

---

*) Da die Tinte eine nicht unwesentliche Rolle unter den nothwendigen Requisiten des Lebens spielt, so wird man die Aufnahme folgender Notiz an diesem Orte wenigstens zu *entschuldigen wissen.*

Fast sämmtliche Vorschriften zur Bereitung von Tinten, welche bis jetzt existiren, gehen darauf hinaus, eine gerbstoffhaltige Substanz mit Wasser auszuziehen und diesem Auszuge ein Eisensalz zuzusetzen, wodurch sich gerbsaures Eisenoxyd bildet. Dieses ist aber eine unlösliche Verbindung, die sich sehr bald in der Tinte absetzen würde, wenn nicht arabisches Gummi hinzukäme, welches den Niederschlag in der Tinte schwebend erhält. Diese Tinten erhalten dadurch das Unangenehme, dass durch Abdunsten von Wasser im offenen Tintengefäss der Gummischleim die Tinte zu sehr verdickt, das Absetzen der unlöslichen Eisenverbindung doch nicht ganz verhindert wird und sich auch durch Umwandlung des Gerbstoffs in Gallussäure, welche nur in der hundertfachen Menge Wasser löslich ist, noch mehr Absatz bildet. Diese Uebelstände sind bei der Alizarin-Tinte vermieden, indem 1) diese kein Gummi enthält, 2) der Niederschlag von gerbsaurem Eisen durch Zusatz von schwefelsaurem Indig verhütet und 3) das Schimmeln durch diesen Zusatz und durch das holzessigsaure Eisen unmöglich gemacht wird.

Die Zerstörung der Stahlfedern durch die gewöhnlichen Tinten ist mehr eine mechanische als eine chemische, da die Krusten beim Losbröckeln von der Feder stets etwas Metall mit fortnehmen.*) Durch die Weglassung des Gummi in der Alizarin-Tinte ist aber der Krustenbildung vergebeugt. Der Zusatz von schwefelsaurem Indig schadet den Stahlfedern nicht, da — wie Thomas und Delisse fanden (Dingler's polytechn. Journ. Bd. 107, S. 446) — die Metalle durchaus nicht von Beizflüssigkeiten angegriffen werden, wenn letzterer eine organische Substanz zugesetzt wird, wie z. B. Glycerin, Gerbstoff u. s. w.

Ausserdem besitzt die Alizarin-Tinte die vortreffliche Eigenschaft leicht aus der Feder zu fliessen und auf dem Papiere bald ein tiefes Schwarz anzunehmen, sowie als Copirtinte brauchbar zu sein.

(Mittheil. des Gewerbe-Vereins für d. K. Hannover 1856. 4. Heft, S. 193.)

***) Dem steht freilich entgegen, dass Stahl-Zeichenfedern trotz der ziemlich viel Gummi enthaltenden Tusche lange, unter übrigens gleichen Umständen auch viel länger als Schreibfedern beim Gebrauch der Alizarin-Tinte, brauchbar bleiben.**

VII.

Ueber die Bessel'sche Funktion.

Von O. SCHLÖMILCH.

Durch seine „Untersuchung des Theils der planetarischen Störungen, welcher aus der Bewegung der Sonne entsteht"*), wurde Bessel auf eine eigenthümliche Transcendente geführt, die auch in der Theorie der Wärme**) vorkommt, und in neuester Zeit durch die Störungsrechnungen des Herrn Dir. Hansen***) zu einer solchen Bedeutung gelangt ist, dass sich Letzterer zu einer beträchtlichen Erweiterung der Bessel'schen Tafel jener Funktion veranlasst sah. Wenn nach diesen Thatsachen die erwähnte Transcendente, die wir nicht besser als mit dem Namen ihres Entdeckers bezeichnen zu können glauben, gewiss alle Aufmerksamkeit verdient und man noch hinzubemerkt, dass die genannten Analytiker nur die für ihre nächsten Zwecke nöthigen Eigenschaften derselben entwickelt haben, so dürfte der nachstehende Versuch einer Theorie jener Transcendente vielleicht nicht überflüssig erscheinen.

§. 1.

Denken wir uns die Exponentialgrösse $e^{\lambda\left(x-\frac{1}{x}\right)}$ in eine Reihe von der Form

$$a + bx + cx^2 + \ldots\ldots$$
$$+ \frac{\beta}{x} + \frac{\gamma}{x^2} + \ldots\ldots$$

entwickelt, so verstehen wir unter Bessel'scher Funktion den Coefficienten von $x^{\pm n}$ und bezeichnen dieselbe mit $J_{\lambda,\pm n}$, wobei λ das Argument, $\pm n$ der Index der Funktion heissen möge; in dem besonderen Falle, wo alle vorkommenden Funktionen ein und dasselbe Argument besitzen, werden wir das obige Zeichen durch Weglassung des Argumentes abkürzen, also:

---

*) Abhandlungen der Königl. Akademie der Wissenschaften; aus dem Jahre 1824

**) *Fourier, Théorie de la chaleur. Cap. VI.*

***) Ermittelung der absoluten Störungen in Ellipsen von beliebiger Excentricität und Neigung. 1. Theil. Schriften der Sternwarte Seeberg. Gotha 1843.

$$1)\qquad e^{\lambda\left(x-\frac{1}{x}\right)} = J_0 + J_1 x + J_2 x^2 + J_3 x^3 + \dots$$
$$+ \frac{J_{-1}}{x} + \frac{J_{-2}}{x^2} + \frac{J_{-3}}{x^3} + \dots$$

Um zunächst die Transcendenten negativer Indices auf Transcendenten positiver Indices zurückzuführen, lassen wir $-\frac{1}{x}$ an die Stelle von x treten und bemerken, dass sich hierbei die linke Seite nicht ändert; die Vergleichung der rechten Seiten giebt dann

$$2)\qquad J_{-n} = (-1)^n J_n.$$

Es ist daher

$$3)\qquad e^{\lambda\left(x-\frac{1}{x}\right)} = J_0 + J_1 x + J_2 x^2 + J_3 x^3 + \dots$$
$$- \frac{J_1}{x} + \frac{J_2}{x^2} - \frac{J_3}{x^3} + \dots\dots$$

mithin kann man sich auf die Untersuchung der Transcendenten positiver Indices beschränken.

Die linke Seite der vorigen Gleichung bleibt ungeändert, wenn gleichzeitig $-\lambda$ für λ und $-x$ für x gesetzt wird; die Vergleichung der entsprechenden rechten Seiten führt zu der Relation

$$4)\qquad J_{-\lambda,n} = (-1)^n J_{\lambda,n},$$

die in Verbindung mit Nr. 2) die Identität von $J_{-\lambda,+n}$ und $J_{+\lambda,-n}$ kennen lehrt.

Bleiben wir zunächst bei den Transcendenten desselben Argumentes stehen, so können wir leicht eine Beziehung zwischen J_{n-1}, J_n und J_{n+1} entdecken; wir entwickeln nämlich einerseits den Differentialquotienten der Gleichung 3), d. i.

$$\lambda\left(1+\frac{1}{x^2}\right)e^{\lambda\left(x-\frac{1}{x}\right)}$$
$$= J_1 + 2J_2 x + 3J_3 x^2 + 4J_4 x^3 + 5J_5 x^4 + \dots$$
$$+ \frac{1J_1}{x^2} - \frac{2J_2}{x^3} + \frac{3J_3}{x^4} - \dots\dots$$

multipliciren andererseits die Gleichung 3) mit $\lambda\left(1+\frac{1}{x^2}\right)$ und vergleichen die Coefficienten gleicher Potenzen von x. Wir erhalten auf diesem Wege die Relation

$$5)\qquad nJ_n = \lambda(J_{n-1} + J_{n+1})$$

oder

$$6)\qquad J_{n+1} = \frac{n}{\lambda} J_n - J_{n-1}.$$

Die letzte Gleichung dient zur Berechnung von J_{n+1}, wenn J_n und J_{n-1} gegeben sind; für $n=0$ kommt man auf die schon bekannte Formel

$J_1 = -J_{-1}$ zurück, und es ist daher $n = 1$ der kleinste Werth von n, für welchen die Gleichung 5) eine praktische Brauchbarkeit besitzt. Man erhält jetzt der Reihe nach

$$J_2 = \frac{1}{\lambda} J_1 - J_0,$$
$$J_3 = \left(\frac{2}{\lambda^2} - 1\right) J_1 - \frac{2}{\lambda} J_0,$$
$$J_4 = \left(\frac{6}{\lambda^3} - \frac{4}{\lambda}\right) J_1 - \left(\frac{6}{\lambda^2} - 1\right) J_0,$$
$$J_5 = \left(\frac{24}{\lambda^4} - \frac{18}{\lambda^2} + 1\right) J_1 - \left(\frac{24}{\lambda^3} - \frac{6}{\lambda}\right) J_0,$$
$$J_6 = \left(\frac{120}{\lambda^5} - \frac{96}{\lambda^3} + \frac{9}{\lambda}\right) J_1 - \left(\frac{120}{\lambda^4} - \frac{36}{\lambda^2} + 1\right) J_0,$$

u. s. w.

Die allgemeine Form von J_n, ausgedrückt durch J_1 und J_0, ist demgemäss

$$7) \qquad J_n = \left(\frac{a_1}{\lambda^{n-1}} - \frac{a_3}{\lambda^{n-3}} + \frac{a_5}{\lambda^{n-5}} - \dots\dots\right) J_1$$
$$- \left(\frac{a_2}{\lambda^{n-2}} - \frac{a_4}{\lambda^{n-4}} + \frac{a_6}{\lambda^{n-6}} - \dots\dots\right) J_0$$

wobei übrigens die mit a bezeichneten Coefficienten nach einem ziemlich verwickelten Gesetze gebildet zu sein scheinen.

Um die independente Form von $J_{\lambda,n}$ kennen zu lernen, multipliciren wir die beiden Gleichungen

$$e^{\lambda x} = 1 + \frac{\lambda}{1} x + \frac{\lambda^2}{1.2} x^2 + \frac{\lambda^3}{1.2.3} x^3 + \dots\dots$$
$$e^{-\frac{\lambda}{x}} = 1 - \frac{\lambda}{1} \frac{1}{x} + \frac{\lambda^2}{1.2} \frac{1}{x^2} - \frac{\lambda^3}{1.2.3} \frac{1}{x^3} + \dots\dots$$

und vergleichen das Produkt der beiden Reihen mit der in Nr. 3) vorkommenden Reihe. Unter Benutzung des Symboles m' als Abkürzung für die Permutationszahl $1.2.3\dots m$ stellt sich das Resultat jener Operation in folgender Gestalt dar

$$J_0 = 1 - \frac{\lambda^2}{1'.1'} + \frac{\lambda^4}{2'.2'} - \frac{\lambda^6}{3'.3'} + \dots\dots$$
$$J_1 = \frac{\lambda}{1'} - \frac{\lambda^3}{1'.2'} + \frac{\lambda^5}{2'.3'} - \frac{\lambda^7}{3'.4'} + \dots\dots$$
$$J_2 = \frac{\lambda^2}{2'} - \frac{\lambda^4}{1'.3'} + \frac{\lambda^6}{2'.4'} - \frac{\lambda^8}{3'.5'} + \dots\dots$$
$$J_3 = \frac{\lambda^3}{3'} - \frac{\lambda^5}{1'.4'} + \frac{\lambda^7}{2'.5'} - \frac{\lambda^9}{3'.6'} + \dots\dots$$

u. s. w.

Hiernach wäre die allgemeine Form

$$8)\qquad J_n = \frac{\lambda^n}{n'} - \frac{\lambda^{n+2}}{1'(n+1)'} + \frac{\lambda^{n+4}}{2'(n+2)'} - \frac{\lambda^{n+6}}{3'(n+3)'} + \dots$$

wobei für $n = 0$ der Ausdruck $0'$ für 1 gerechnet werden muss, wie es der Theorie der Gammafunktionen zufolge in der Ordnung ist. Von der Richtigkeit der vorliegenden induktorischen Formel überzeugt man sich leicht mittelst des Schlusses von n auf $n+1$, wenn man die nach Nr. 8) gebildeten Werthe von J_n und J_{n-1} in die Gleichung 6) substituirt*).

Bevor wir die aus der independenten Bestimmung von J_n fliessenden Consequenzen erörtern, wollen wir in den nächsten Paragraphen erst noch einige Eigenschaften der Bessel'schen Funktion entwickeln, die sich aus den Gleichungen 3) und 5) gelegentlich ableiten lassen.

§. 2.

Geben wir der Gleichung 3) die Form

$$9)\qquad e^{\lambda\left(x-\frac{1}{x}\right)} = J_0 + J_2\left(x^2+\frac{1}{x^2}\right) + J_4\left(x^4+\frac{1}{x^4}\right) + \dots$$
$$+ J_1\left(x-\frac{1}{x}\right) + J_3\left(x^3-\frac{1}{x^3}\right) + \dots$$

so lassen sich rechter Hand zwei bekannte Sätze anwenden, die folgendermaassen lauten (*Cauchy, Cours d'Analyse, Note III., page* 550); für gerade m ist

$$\tfrac{1}{2}\left(x^m+\frac{1}{x^m}\right) = 1 + \frac{m\,.\,m}{2\,.\,4}\left(x-\frac{1}{x}\right)^2 + \frac{(m+2)\,m\,.\,m\,(m-2)}{2\,.\,4\,.\,6\,.\,8}\left(x-\frac{1}{x}\right)^4$$
$$+ \frac{(m+4)(m+2)\,m\,.\,m\,(m-2)(m-4)}{2\,.\,4\,.\,6\,.\,8\,.\,10\,.\,12}\left(x-\frac{1}{x}\right)^6 + \dots\dots$$

dagegen hat man für ungerade m

$$\tfrac{1}{2}\left(x^m-\frac{1}{x^m}\right) = \frac{m}{2}\left(x-\frac{1}{x}\right) + \frac{(m+1)\,m\,(m-1)}{2\,.\,4\,.\,6}\left(x-\frac{1}{x}\right)^3$$
$$+ \frac{(m+3)(m+1)\,m\,(m-1)(m-3)}{2\,.\,4\,.\,6\,.\,8\,.\,10}\left(x-\frac{1}{x}\right)^5 + \dots\dots$$

---

*) Giebt man der Gleichung 8) die Gestalt

$$J_{\lambda,n} = \frac{\lambda^n}{n'}\left\{1 - \frac{\lambda^2}{1'(n+1)} + \frac{\lambda^4}{2'(n+1)\,(n+2)} - \dots\right\}$$

so erkennt man leicht, dass sich $J_{\lambda,n}$ durch die hypergeometrische Reihe

$$F(\alpha,\beta,\gamma,x) = 1 + \frac{\alpha\beta}{1\,.\,\gamma}x + \frac{\alpha(\alpha+1)\,\beta(\beta+1)}{1\,.\,2\,.\,\gamma(\gamma+1)}x^2 + \dots$$

ausdrücken lässt; man hat nämlich

$$J_{\lambda,n} = \frac{\lambda^n}{n'}F\left(\alpha,\beta,n+1,-\frac{\lambda^2}{\alpha\beta}\right)$$

wenn gleichzeitig $\alpha = \beta = \infty$ genommen wird.

Die unter Nr. 9) verkommende Reihe verwandelt sich jetzt in eine andere nach Potenzen von $x - \frac{1}{x}$ fortschreitende Reihe, und diese lässt sich mit der unmittelbar bekannten Reihe

$$e^{\lambda\left(x-\frac{1}{x}\right)} = 1 + \frac{\lambda}{1}\left(x - \frac{1}{x}\right) + \frac{\lambda^2}{1.2}\left(x - \frac{1}{x}\right)^2 + \ldots$$

vergleichen; man erhält auf diese Weise

$$10)\quad \begin{aligned} J_0 + 2J_2 + 2J_4 + 2J_6 + \ldots\ldots &= 1, \\ 1J_1 + 3J_3 + 5J_5 + 7J_7 + \ldots\ldots &= \lambda, \\ 2^2J_2 + 4^2J_4 + 6^2J_6 + 8^2J_8 + \ldots\ldots &= 2\lambda^2, \\ 2.3.4J_3 + 4.5.6J_5 + 6.7.8J_7 + \ldots\ldots &= 4\lambda^3, \end{aligned}$$

u. s. w.

Die Vereinigung der zweiten und vierten Gleichung giebt noch

$$1^3J_1 + 3^3J_3 + 5^3J_5 + \ldots = \lambda + 4\lambda^3.$$

Hiernach ist zu vermuthen, dass für ungerade p eine Gleichung von der Form

$$11)\quad \begin{cases} 1^pJ_1 + 3^pJ_3 + 5^pJ_5 + 7^pJ_7 + \ldots\ldots \\ = P_1\lambda + P_3\lambda^3 + \ldots\ldots + P_p\lambda^p \end{cases}$$

existirt, welcher für ein gerades p die ähnlich gebildete Gleichung

$$12)\quad \begin{cases} 2^pJ_2 + 4^pJ_4 + 6^pJ_6 + 8^pJ_8 + \ldots\ldots \\ = P_2\lambda^2 + P_4\lambda^4 + \ldots\ldots + P_p\lambda^p \end{cases}$$

an die Seite zu stellen wäre. Die Richtigkeit dieser Vermuthung bestätigt sich, wenn alle J durch die Formel 8) ausgedrückt und die gleichartigen Grössen vereinigt werden; man findet

$$13)\quad P_k = \frac{1}{k'}\left[k_0 k^p - k_1(k-2)^p + k_2(k-4)^p - \ldots\right],$$

wobei $k_0, k_1, k_2 \ldots$ die Binomialcoefficienten $1, k, \frac{1}{2}k(k-1)\ldots$ bedeuten. Eine Ausnahme von diesen, wie es scheint, unbemerkt gebliebenen Gleichungen bildet nur die Formel 10), was sich bei der in Nr. 12) vorausgesetzten Form der linken Seite von selbst versteht.

Einige weitere Eigenschaften der Bessel'schen Funktion ergeben sich dadurch, dass man die beiden Gleichungen

$$e^{\lambda\left(x-\frac{1}{x}\right)} = J_0 + J_1x + J_2x^2 + J_3x^3 + \ldots\ldots$$
$$- \frac{J_1}{x} + \frac{J_2}{x^2} - \frac{J_3}{x^3} + \ldots\ldots$$

und

$$e^{-\lambda\left(x-\frac{1}{x}\right)} = J_0 - J_1x + J_2x^2 - J_3x^3 + \ldots\ldots$$
$$+ \frac{J_1}{x} + \frac{J_2}{x^2} + \frac{J_3}{x^3} + \ldots\ldots$$

mit einander multiplicirt; links erhält man die Einheit, rechts eine nach

Potenzen von x und $\frac{1}{x}$ fortschreitende Reihe, deren constantes Glied der Einheit gleich sein muss, während die Coefficienten der verschiedenen Potenzen von x und $\frac{1}{x}$ verschwinden müssen. Die erste Bemerkung führt zu der Relation

14) $$1 = (J_0)^2 + 2(J_1)^2 + 2(J_2)^2 + 2(J_3)^2 + \ldots,$$

aus welcher hervorgeht, dass die erste Transcendente J_0 die Einheit nicht übersteigen kann, und dass die übrigen Funktionen nie grösser als $\frac{1}{\sqrt{2}}$ werden können. Die sonst noch resultirenden Beziehungen sind weniger einfach.

Bezeichnet man mit Q_n den Ausdruck

$$\frac{J_{n+1}}{\lambda J_n},$$

so erhält man aus Nr. 6) sehr leicht

$$\lambda^2 Q_{n+1} = n + 1 - \frac{1}{Q_n}$$

oder umgekehrt

$$Q_n = \frac{1}{n + 1 - \lambda^2 Q_{n+1}}$$

und durch mehrmalige Anwendung derselben Relation

$$Q_n = \cfrac{1}{n + 1 - \cfrac{\lambda^2}{n + 2 - \cfrac{\lambda^2}{n + 3 - \genfrac{}{}{0pt}{}{}{\ddots - \cfrac{\lambda^2}{n + k - \lambda^2 Q_{n+k}}}}}}$$

Vermöge der independenten Formel für J_n ist

$$Q_{n+k} = \frac{J_{n+k+1}}{\lambda J_{n+k}} = \frac{1}{n+k+1} \; \frac{1 - \frac{\lambda^2}{1'(n+k+2)} + \ldots}{1 - \frac{\lambda^2}{1'(n+k+1)} + \ldots};$$

dieser Ausdruck verschwindet für unendlich wachsende k und es darf daher der vorige Kettenbruch bei Weglassung des Restes $\lambda^2 Q_{n+k}$ in's Unendliche fortgesetzt werden. Zufolge der Bedeutung von Q_n ist nun

15) $$\frac{J_{n+1}}{J_n} = \cfrac{\lambda}{n + 1 - \cfrac{\lambda^2}{n + 2 - \cfrac{\lambda^2}{n + 3 - \ldots}}}$$

nach welcher Formel sich J_{n+1} aus J_n herleiten liesse. (Vergl. Legendre, *Eléments de Géometrie.*)

§. 3.

Das allgemeine Glied der in Nr. 8) für J_n angegebenen Reihe war, abgesehen vom Vorzeichen,

$$\frac{\lambda^{n+2p}}{p'(n+p)'};$$

durch Differentiation der Gleichung 8) erhält man eine neue Reihe, deren allgemeines Glied ist

$$\frac{(n+2p)\,\lambda^{n+2p-1}}{p'(n+p)'} = \frac{\lambda^{n+2p-1}}{p'(n+p-1)'} + \frac{\lambda^{n+2p-1}}{(p-1)'(n+p)'},$$

und man hat daher

$$\frac{dJ_n}{d\lambda} = \frac{\lambda^{n-1}}{(n-1)'} - \frac{\lambda^{n+1}}{1'\,n'} + \frac{\lambda^{n+3}}{2'(n+1)'} - \frac{\lambda^{n+5}}{3'(n+2)'} + \dots$$
$$- \frac{\lambda^{n+1}}{(n+1)'} + \frac{\lambda^{n+3}}{1'(n+2)'} - \frac{\lambda^{n+5}}{2'(n+3)'} + \dots$$

d. i.

16) $$\frac{dJ_n}{d\lambda} = J_{n-1} - J_{n+1}.$$

Die wiederholte Anwendung dieser Formel liefert folgende Gleichungen

$$\frac{d^2 J_n}{d\lambda^2} = J_{n-2} - 2J_n + J_{n+2},$$
$$\frac{d^3 J_n}{d\lambda^3} = J_{n-3} - 3J_{n-1} + 3J_{n+1} - J_{n+3},$$
$$\frac{d^4 J_n}{d\lambda^4} = J_{n-4} - 4J_{n-2} + 6J_n - 4J_{n+2} + J_{n+4},$$

u. s. w.

wodurch die Entwickelung der Differentialquotienten von J_n auf die Berechnung der successiven Differenzen zwischen den um je zwei Stellen von einander entfernten Transcendenten zurückgeführt ist.

Aus der Formel 16) lässt sich durch Verbindung mit der früher bewiesenen Relation

$$nJ_n = \lambda\,(J_{n-1} + J_{n+1})$$

eine neue Gleichung zwischen zwei aufeinander folgenden Transcendenten herleiten; die Elimination von J_{n-1} giebt nämlich

17) $$J_{n+1} = \frac{n}{2\lambda} J_n - \frac{1}{2}\frac{dJ_n}{d\lambda},$$

und diese Beziehung kann dienen, um aus irgend einer analytischen Form von J_n die entsprechende Form von J_{n+1} zu finden. Nimmt man der Reihe nach $n = 0, 1, 2 \dots$ und substituirt jede Gleichung in die folgende, so erhält man

$$18)\quad \begin{cases} J_1 = -\frac{1}{2}\frac{dJ_0}{d\lambda}, \\ J_2 = -\frac{1}{4\lambda}\frac{dJ_0}{d\lambda} + \frac{1}{4}\frac{d^2J_0}{d\lambda^2}, \\ J_3 = -\frac{3}{8\lambda^2}\frac{dJ_0}{d\lambda} + \frac{3}{8\lambda}\frac{d^2J_0}{d\lambda^2} - \frac{1}{8}\frac{d^3J_0}{d\lambda^3}, \end{cases}$$

u. s. w.

und es können demnach sämmtliche Transcendenten desselben Argumentes durch wiederholte Differentiation der ersten Transcendente entwickelt werden.

Andererseits lässt sich die Gleichung 17) benutzen, um die bereits angegebenen Differentialquotienten von J_n durch eine geringe Anzahl von Transcendenten auszudrücken. Man hat nämlich zunächst

$$19)\quad \frac{dJ_n}{d\lambda} = \frac{n}{\lambda}J_n - 2J_{n+1},$$

ferner durch Differentiation und Anwendung der Gleichung 19) selber

$$\frac{d^2J_n}{d\lambda^2} = \frac{n(n-1)}{\lambda^2}J_n - \frac{4n+2}{\lambda}J_{n+1} + 4J_{n+2},$$

und wenn man noch J_{n+2} durch J_{n+1} und J_n ausdrückt,

$$20)\quad \frac{d^2J_n}{d\lambda^2} = \left\{\frac{n(n-1)}{\lambda^2} - 4\right\}J_n + \frac{2}{\lambda}J_{n+1}.$$

Auf diese Weise fortgehend, kann man die successiven Differentialquotienten von J_n durch J_n und J_{n+1} darstellen.

Multiplicirt man die Gleichung 19) mit $\frac{1}{\lambda}$ und addirt sie zu Nr. 20), so hebt sich J_{n+1} und es bleibt

$$21)\quad \frac{d^2J_n}{d\lambda^2} + \frac{1}{\lambda}\frac{dJ_n}{d\lambda} = \left(\frac{n^2}{\lambda^2} - 4\right)J_n;$$

die Funktion J_n ist also ein particuläres Integral der Differentialgleichung

$$\frac{d^2y}{d\lambda^2} + \frac{1}{\lambda}\frac{dy}{d\lambda} = \left(\frac{n^2}{\lambda^2} - 4\right)y.$$

Einer ähnlichen Differentialgleichung genügt auch der vorhin betrachtete Ausdruck

$$22)\quad Q_n = \frac{J_{n+1}}{\lambda J_n};$$

man findet nämlich durch Differentiation und unter Anwendung der Formeln

$$\frac{dJ_n}{d\lambda} = \frac{n}{\lambda}J_n - 2J_{n+1} \quad \text{und} \quad \frac{dJ_{n+1}}{d\lambda} = \frac{n+1}{\lambda}J_{n+1} - 2J_{n+2}$$

zunächst

$$\frac{dQ_n}{d\lambda} = 2\lambda\frac{(J_{n+1})^2 - J_nJ_{n+2}}{(\lambda J_n)^2}.$$

d. i. wenn J_{n+2} durch J_n und J_{n+1} ausgedrückt wird

$$\frac{dQ_n}{d\lambda} = 2\,\frac{\lambda(J_n)^2 - (n+1)\,J_n\,J_{n+1} + \lambda(J_{n+1})^2}{(\lambda\,J_n)^2}$$

oder

$$23)\qquad \frac{dQ_n}{d\lambda} = 2\left\{\frac{1}{\lambda} - \frac{n+1}{\lambda}\,Q_n + \lambda(Q_n)^2\right\}.$$

Aus diesen Formeln geht hervor, dass J_n auch durch ein bestimmtes Integral darstellbar sein muss, und da eine solche Ausdrucksweise manche Vortheile bieten würde, so wollen wir uns mit ihrer Aufsuchung beschäftigen.

§. 4.

Die Gleichung 9) giebt mit Hülfe der Substitution $x = u\sqrt{-1}$ und bei Vergleichung der reellen und imaginären Theile

$$\cos(2\lambda \sin u) = J_0 + 2J_2 \cos 2u + 2J_4 \cos 4u + 2J_6 \cos 6u + \ldots.$$

$$\sin(2\lambda \sin u) = 2J_1 \sin u + 2J_3 \sin 3u + 2J_5 \sin 5u + \ldots;$$

aus der ersten Gleichung findet man leicht

$$24)\qquad \int_0^\pi \cos(2\lambda \sin u)\cos nu\,du = \pi J_n, \text{ für gerade } n,$$
$$= 0, \text{ für ungerade } n,$$

und aus der zweiten

$$25)\qquad \int_0^\pi \sin(2\lambda \sin u)\sin nu\,du = \pi J_n, \text{ für ungerade } n,$$
$$= 0, \text{ für gerade } n.$$

Um die Unterscheidung gerader und ungerader Indices zu vermeiden, ziehen wir die obigen Gleichungen in folgende Formel zusammen

$$26)^*)\qquad \int_0^\pi \cos(nu - 2\lambda \sin u)\,du = \pi J_n,$$

deren Richtigkeit durch Auflösung von $\cos(nu - 2\lambda \sin u)$ und Integration der einzelnen Theile leicht nachweisbar ist.

Eine andere Zusammenziehung der Gleichungen 24) und 25) zu einer

---

*) Wir bemerken an dieser passenden Stelle, dass die Bessel'sche Bezeichnung von der Hansen'schen differirt. Bessel setzt nämlich

$$\frac{1}{\pi}\int_0^\pi \cos(nu - \mu \sin u)\,du = I_\mu^{(n)};$$

will man also die Bessel'sche Form in die Hansen'sche (deren wir uns bedienen) übertragen, so hat man

$$J_{\lambda,n} = I_{2\lambda}^{(n)} \text{ oder } I_\mu^{(n)} = J_{\frac{1}{2}\mu,n}.$$

für jedes n gültigen Formel lässt sich durch folgende Umwandlungen erreichen. Man setze in Nr. 24) $u = \frac{1}{2}\pi + z$, so wird bei geraden n

$$\pi J_n = \cos \tfrac{1}{2} n\pi \int_{-\frac{1}{2}\pi}^{\frac{1}{2}\pi} \cos(2\lambda \cos z) \cos nz\, dz;$$

die Funktion $\cos(2\lambda \cos z) \cos nz$ hat für negative z dieselben Werthe wie für positive z, daher ist weiter

$$\pi J_n = 2\cos \tfrac{1}{2} n\pi \int_0^{\frac{1}{2}\pi} \cos(2\lambda \cos z) \cos nz\, dz$$

$$= \cos \tfrac{1}{2} n\pi \int_0^{\pi} \cos(2\lambda \cos z) \cos nz\, dz,$$

wobei die letzte Transformation auf dem Umstande beruht, dass das Produkt $\cos(2\lambda \cos z) \cos nz$ von $z = \frac{1}{2}\pi$ bis $z = \pi$ dasselbe bleibt wie von $z = 0$ bis $z = \frac{1}{2}\pi$. Auf das letzte Integral ist nun die bekannte Jacobi'sche Reductionsformel

$$\int_0^{\pi} f(\cos z) \cos nz\, dz = \frac{1}{1.3.5\ldots(2n-1)} \int_0^{\pi} f^{(n)}(\cos z) \sin^{2n} z\, dz$$

anwendbar und giebt für $f(x) = \cos 2\lambda x$ und gerade n

$$\int_0^{\pi} \cos(2\lambda \cos z) \cos nz\, dz = \frac{(2\lambda)^n \cos \frac{1}{2} n\pi}{1.3.5\ldots(2n-1)} \int_0^{\pi} \cos(2\lambda \cos z) \sin^{2n} z\, dz$$

mithin

$$\pi J_n = \frac{(2\lambda)^n}{1.3.5\ldots(2n-1)} \int_0^{\pi} \cos(2\lambda \cos z) \sin^{2n} z\, dz.$$

Transformirt man das in Nr. 25) vorkommende Integral auf gleiche Weise, so erhält man bei ungeraden n ganz denselben Ausdruck für πJ_n, letzterer gilt daher für alle n. Man kann noch bemerken, dass die Funktion $\cos(2\lambda \cos z) \sin^{2n} z$ von $z = \frac{1}{2}\pi$ bis $z = \pi$ die nämlichen Werthe besitzt wie von $z = 0$ bis $z = \frac{1}{2}\pi$, und dass man folglich die obige Formel durch die folgende ersetzen darf

$$J_n = \frac{2}{\pi} \frac{(2\lambda)^n}{1.3.5\ldots(2n-1)} \int_0^{\frac{1}{2}\pi} \cos(2\lambda \cos z) \sin^{2n} z\, dz,$$

welche für $\cos z = x$ in die nachstehende übergeht

$$27) \quad J_n = \frac{2}{\pi} \frac{(2\lambda)^n}{1.3.5\ldots(2n-1)} \int_0^{1} (1-x^2)^{n-\frac{1}{2}} \cos 2\lambda x\, dx.$$

Die Uebereinstimmung dieser Formel mit der unter Nr. 8) verzeichneten ist übrigens leicht nachzuweisen, wenn man

$$\cos 2\lambda x = \Sigma \frac{(-1)^k (2\lambda)^{2k} x^{2k}}{1.2.3\ldots(2k)}, \quad k = 0, 1, 2 \ldots.$$

setzt und die einzelnen Glieder mittelst der bekannten Formel

$$\int_0^1 x^{2k} (1-x^2)^{n-\frac{1}{2}} dx = \frac{1.3.5\ldots(2n-1).1.3.5\ldots(2k-1)}{1.2.3.4\ldots.(n+k)} \frac{\pi}{2^{n+k+1}}$$

integrirt; man erhält nämlich zunächst

$$J_n = \Sigma \frac{(-1)^k \lambda^{n+2k} 2^k .1.3.5\ldots(2k-1)}{1.2.3\ldots(2k).1.2.3\ldots(n+k)},$$

und wenn man hier die Faktoren $1.3.5\ldots(2k-1)$ gegen die in $1.2.3..(2k)$ enthaltenen ungeraden Zahlen streicht, so bleibt

$$J_n = \Sigma \frac{(-1)^k \lambda^{n+2k}}{1.2\ldots k.1.2\ldots(n+k)}, \quad k = 0, 1, 2\ldots$$

was mit der Formel 8) übereinstimmt.

Noch wollen wir anmerken, dass der Gleichung 27) auch die folgende Gestalt verliehen werden kann

$$28) \qquad J_n = \frac{2\lambda^n}{\Gamma(\frac{1}{2})\,\Gamma(n+\frac{1}{2})} \int_0^1 (1-x^2)^{n-\frac{1}{2}} \cos 2\lambda x\, dx;$$

letztere ist nämlich für den Fall brauchbar, wo man die Gleichung 8) als Definition von $J_{\lambda, n}$ betrachtet, und darin den Index n als beliebige ganze oder gebrochene Zahl ansieht.

§. 5.

Benutzen wir die Formel 27) als Ausgangspunkt für weitere Untersuchungen, so liegt es am nächsten, das vorkommende Integral in andere als die bisherigen Reihen umzusetzen. Dies macht sich auch aus einem praktischen Grunde nöthig, denn obschon die Reihe in Nr. 8) immer convergirt, so würde doch bei einem etwas grossen λ die Convergenz erst so spät eintreten, dass die Formel zur numerischen Berechnung nicht mehr anwendbar bleibt. Bei den folgenden Entwickelungen werden wir uns übrigens auf den Fall $n = 0$ beschränken, weil $J_1, J_2 \ldots$ leicht aus J_0 hergeleitet werden können.

Verwandelt man den in der Gleichung

$$29) \qquad J_0 = \frac{2}{\pi} \int_0^1 \frac{\cos 2\lambda x}{\sqrt{1-x^2}} dx$$

vorkommenden Ausdruck $(1-x^2)^{-\frac{1}{2}}$ nach dem binomischen Satze in eine Reihe und integrirt die einzelnen Glieder mittelst der Formel

$$\int_0^1 x^p . \cos \mu x \, dx$$
$$= \sin \mu \left\{ \frac{1}{\mu} - \frac{p(p-1)}{\mu^3} + \frac{p(p-1)(p-2)(p-3)}{\mu^5} - \dots \right\}$$
$$+ \cos \mu \left\{ \frac{p}{\mu^2} - \frac{p(p-1)(p-2)}{\mu^4} + \frac{p(p-1)\dots(p-4)}{\mu^6} - \dots \right\}$$

so gelangt man leicht zu der folgenden Formel

$$30) \qquad J_0 = \frac{2}{\pi} \left\{ U \sin 2\lambda + V \cos 2\lambda \right\},$$

worin U und V zur Abkürzung dienen, nämlich

$$U = \frac{1}{2\lambda} + \frac{1}{2}\left[\frac{1}{2\lambda} - \frac{2.1}{(2\lambda)^3}\right]$$
$$+ \frac{1.3}{2.4}\left[\frac{1}{2\lambda} - \frac{4.3}{(2\lambda)^3} + \frac{4.3.2.1}{(2\lambda)^5}\right] + \dots\dots$$
$$V = \frac{1}{2}\frac{2}{(2\lambda)^2} + \frac{1.3}{2.4}\left[\frac{4}{(2\lambda)^2} - \frac{4.3.2}{(2\lambda)^4}\right]$$
$$+ \frac{1.3.5}{2.4.6}\left[\frac{6}{(2\lambda)^2} - \frac{6.5.4}{(2\lambda)^4} + \frac{6.5..2}{(2\lambda)^6}\right] + \dots\dots$$

Zur praktischen Berechnung von J_0 bietet diese Formel keinen grossen Vortheil, sie weist aber darauf hin, dass der Werth von J_0 jedenfalls nach absteigenden Potenzen von λ entwickelt werden kann. Zu einer brauchbaren Entwickelung dieser Art führt folgender Weg.

Wir nehmen $x = 1 - y$ und erhalten zunächst, wenn 2λ zur Abkürzung mit μ bezeichnet wird

$$J_0 = \frac{2}{\pi} \int_0^1 \frac{\cos \mu (1-y)}{\sqrt{y(2-y)}} dy$$

und durch Auflösung des Cosinus

$$J_0 = \frac{\sqrt{2}}{\pi} \cos \mu \int_0^1 \frac{\cos \mu y}{\sqrt{y}} \frac{dy}{\sqrt{1-\frac{1}{2}y}} + \frac{\sqrt{2}}{\pi} \int_0^1 \frac{\sin \mu y}{\sqrt{y}} \frac{dy}{\sqrt{1-\frac{1}{2}y}}$$

oder endlich durch Entwickelung von $\frac{1}{\sqrt{1-\frac{1}{2}y}}$

$$J_0 = \frac{\sqrt{2}\cos\mu}{\pi} \int_0^1 \frac{\cos \mu y}{\sqrt{y}} \left\{ 1 + \frac{1}{2}\frac{y}{2} + \frac{1.3}{2.4}\left(\frac{y}{2}\right)^2 + \dots \right\} dy$$
$$+ \frac{\sqrt{2}\sin\mu}{\pi} \int_0^1 \frac{\sin \mu y}{\sqrt{y}} \left\{ 1 + \frac{1}{2}\frac{y}{2} + \frac{1.3}{2.4}\left(\frac{y}{2}\right)^2 + \dots \right\} dy.$$

Die Werthe der einzelnen hier vorkommenden Integrale sind aus den ersten beiden Integralen

$$\int_0^1 \frac{\cos \mu y}{\sqrt{y}}\, dy \quad \text{und} \quad \int_0^1 \frac{\sin \mu y}{\sqrt{y}}\, dy$$

durch Differentiation in Beziehung auf μ leicht herzuleiten; bezeichnen wir nämlich die Werthe der vorstehenden Integrale einstweilen mit P und Q, so haben wir folgende Gleichungen

$$\int_0^1 \frac{\cos \mu y}{\sqrt{y}}\, dy = P, \qquad \int_0^1 \frac{\sin \mu y}{\sqrt{y}}\, dy = Q,$$

$$\int_0^1 \frac{y \cos \mu y}{\sqrt{y}}\, dy = Q', \qquad \int_0^1 \frac{y \sin \mu y}{\sqrt{y}}\, dy = -P',$$

$$\int_0^1 \frac{y^2 \cos \mu y}{\sqrt{y}}\, dy = -P'', \qquad \int_0^1 \frac{y^2 \sin \mu y}{\sqrt{y}}\, dy = -Q'',$$

$$\int_0^1 \frac{y^3 \cos \mu y}{\sqrt{y}}\, dy = -Q''', \qquad \int_0^1 \frac{y^3 \sin \mu y}{\sqrt{y}}\, dy = +P''',$$

u. s. w.

wobei die Zeichenwechsel dieselben sind wie bei den Cosinus und Sinus der vier Quadranten. Demgemäss ist

$$J_0 = \frac{\sqrt{2}}{\pi} \left\{ \begin{aligned} & P \cos \mu + Q \sin \mu - \frac{1.3}{4.8} (P'' \cos \mu + Q'' \sin \mu) + \dots\dots \\ & + \tfrac{1}{4} (Q' \cos \mu - P' \sin \mu) - \frac{1.3.5}{4.8.12} (Q''' \cos \mu - P''' \sin \mu) + \dots \end{aligned} \right\}$$

wo es nur noch auf eine geeignete Ausdrucksweise von P und Q ankommt. Man hat aber nach einer bekannten Formel

$$\int_0^1 \frac{\cos \mu y}{\sqrt{y}}\, dy = \int_0^\infty \frac{\cos \mu y}{\sqrt{y}}\, dy - \int_1^\infty \frac{\cos \mu y}{\sqrt{y}}\, dy$$

$$= \sqrt{\frac{\pi}{2\mu}} - \int_1^\infty \frac{\cos \mu y}{\sqrt{y}}\, dy$$

und hier kann das noch übrige Integral durch fortgesetzte theilweise Integration leicht in eine halbconvergente Reihe verwandelt werden, deren Rest jedesmal einen Bruchtheil des zuletzt in Rechnung gezogenen Gliedes beträgt. Lassen wir der Kürze wegen den Rest weg, so ist

$$P = \sqrt{\frac{\pi}{2\mu}} - \sin\mu\left\{\frac{1}{\mu} - \frac{1.3}{2^2\mu^3} + \frac{1.3.5.7}{2^4\mu^5} - \ldots\right\}$$
$$+ \cos\mu\left\{\frac{1}{2\mu^2} - \frac{1.3.5}{2^3\mu^4} + \frac{1.3.5.7.9}{2^5\mu^6} - \ldots\right\}$$

und in ähnlicher Weise

$$Q = \sqrt{\frac{\pi}{2\mu}} + \cos\mu\left\{\frac{1}{\mu} - \frac{1.3}{2^2\mu^3} + \frac{1.3.5.7}{2^4\mu^5} - \ldots\right\}$$
$$+ \sin\mu\left\{\frac{1}{2\mu^2} - \frac{1.3.5}{2^3\mu^4} + \frac{1.3.5.7.9}{2^5\mu^6} - \ldots\right\}$$

Hieraus sind $P', P'' \ldots$ sowie $Q', Q'' \ldots$ leicht herzuleiten, und durch Substitution dieser Werthe ergiebt sich bei gehöriger Zusammenziehung

$$31)\quad J_0 = \frac{\cos(2\lambda - \frac{1}{4}\pi)}{\sqrt{\lambda\pi}}\left\{1 - \frac{1^2.3^2}{4.8}\left(\frac{1}{4\lambda}\right)^2 + \frac{1^2.3^2.5^2.7^2}{4.8.12.16}\left(\frac{1}{4\lambda}\right)^4 - \ldots\right\}$$
$$+ \frac{\sin(2\lambda - \frac{1}{4}\pi)}{\sqrt{\lambda\pi}}\left\{\frac{1^2}{4}\left(\frac{1}{4\lambda}\right) - \frac{1^2.3^2.5^2}{4.8.12}\left(\frac{1}{4\lambda}\right)^3 + \ldots\right\}$$

oder auch bequemer für die numerische Berechnung

$$32)\quad J_0 = \frac{\cos(2\lambda - \frac{1}{4}\pi)}{\sqrt{\pi}}\left\{\frac{1}{\sqrt{\lambda}} - \frac{9}{512(\sqrt{\lambda})^5} + \frac{3675}{524288(\sqrt{\lambda})^9} - \ldots\right\}$$
$$+ \frac{\sin(2\lambda - \frac{1}{4}\pi)}{\sqrt{\pi}}\left\{\frac{1}{16(\sqrt{\lambda})^3} - \frac{75}{8192(\sqrt{\lambda})^7} + \frac{297675}{41943040(\sqrt{\lambda})^{11}} - \ldots\right\}$$

Mittelst der Formel

$$J_1 = -\tfrac{1}{2}\frac{dJ_0}{d\lambda}$$

erhält man hieraus für J_1 die Reihe

$$33)\quad J_1 = \frac{\sin(2\lambda - \frac{1}{4}\pi)}{\sqrt{\pi}}\left\{\frac{1}{\sqrt{\lambda}} + \frac{15}{512(\sqrt{\lambda})^5} - \frac{4725}{524288(\sqrt{\lambda})^9} + \ldots\right\}$$
$$+ \frac{\cos(2\lambda - \frac{1}{4}\pi)}{\sqrt{\pi}}\left\{\frac{3}{16(\sqrt{\lambda})^3} - \frac{105}{8192(\sqrt{\lambda})^7} + \frac{363825}{41943040(\sqrt{\lambda})^{11}} - \ldots\right\};$$

durch fortgesetzte Differentiationen könnte man leicht weitere Reihen für $J_2, J_3 \ldots$ ableiten, doch ist es bequemer, die numerische Rechnung mittelst der Recursionsformel 6) weiter zu führen.

Die in Nr. 32) und 33) vorkommenden Reihen, welche von Hansen auf anderem Wege (mit Hülfe der Differentialgleichung 21) gefunden wurden, sind zwar nur halbconvergente, eignen sich aber bei einigermaassen grossen λ vortrefflich zur Berechnung der Bessel'schen Funktion. Dass in der That jene Formeln schon bei verhältnissmässig kleinen λ sehr genaue Resultate liefern, kann man an folgendem von Hansen gegebenen Beispiele sehen. Für $\lambda = 4$ und $n = 0$ liefert die exacte Formel 8)

positive Glieder	negative Glieder
1,	
64,	16,
113,77777777	113,77777777
32,36345679	72,81777777
2,64191484	10,56765936
0,08349756	0,52185972
0,00122677	0,01104100
0,00000948	0,00011615
0,00000004	0,00000067
213,86788325	213,69623244

mithin als Differenz

$$J_{4,0} = + 0{,}1716508;$$

ferner hat man nach derselben Formel für $\lambda = 4$ und $n = 1$

positive Glieder	negative Glieder
1,	8,
21,33333333	28,44444444
22,75555555	12,13629629
4,52335097	1,32095742
0,29354609	0,05218597
0,00759069	0,00092008
0,00000436	0,00000830
0,00000063	0,00000004
50,01347162	49,95481254

und die vierfache Differenz beider Summen giebt

$$J_{4,1} = + 0{,}2346363.$$

Will man dagegen nach den Formeln 32) und 33) rechnen, so hat man nach Abzug der ganzen Kreisperipherieen

$$2\lambda - \tfrac{1}{4}\pi = 53^0\,21'\,58'',45$$

$$log\; cos = 9{,}7757545, \quad log\; sin = 9{,}9044267,$$

ferner sind die einzelnen Glieder der Coefficienten von $cos\,(2\lambda - \frac{1}{4}\pi)$ und $sin\,(2\lambda - \frac{1}{4}\pi)$

+ 0,2820947	+ 0,0044077
— 0,0003099	— 0,0000404
+ 0,0000077	+ 0,0000019
+ 0,2817925	+ 0,0043692.

Multiplicirt man die erste Summe mit $cos\,(2\lambda - \frac{1}{4}\pi)$ und die zweite mit $sin.(2\lambda - \frac{1}{4}\pi)$, so ergiebt sich

$$\begin{array}{r} + 0{,}1681450 \\ + 0{,}0035061 \\ \hline J_{4,0} = + 0{,}1716511, \end{array} \qquad \text{Fehler} = - 0{,}0000003.$$

Für $J_{4,1}$ ist die Rechnung

$$\begin{array}{r} + 0{,}2820947 \\ + 0{,}0005165 \\ - 0{,}0000099 \\ \hline + 0{,}2826013 \\ + 0{,}2267779 \\ + 0{,}0078580 \\ \hline J_{4,1} = 0{,}2346359, \end{array} \qquad \begin{array}{r} + 0{,}0132232 \\ - 0{,}0000565 \\ + 0{,}0000024 \\ \hline + 0{,}0131691 \end{array}$$

Fehler $= 0{,}0000004$.

Bei einer Genauigkeit von sechs Dezimalen würden demnach die Formeln 32) und 33) für $\lambda > 4$ dienen können.

Gelegentlich ergiebt sich aus den genannten Formeln noch ein Verfahren zur näherungsweisen Auflösung der beiden transcendenten Gleichungen

$$J_0 = 0 \quad \text{und} \quad J_1 = 0.$$

Setzen wir nämlich für den Augenblick zur Abkürzung

$$A = 1 - \frac{9}{512\lambda^2} + \frac{3675}{524288\lambda^4} - \ldots.$$

$$B = \frac{1}{16\lambda} - \frac{75}{8192\lambda^3} + \frac{297675}{41943040\lambda^5} - \ldots.$$

so ist nach Nr. 32)

$$\sqrt{\lambda\pi}\, J_0 = A \cos(2\lambda - \tfrac{1}{4}\pi) + B \sin(2\lambda - \tfrac{1}{4}\pi)$$

und wenn hier J_0 verschwinden soll, so muss

$$\cot(2\lambda - \tfrac{1}{4}\pi) = -\frac{B}{A}$$

mithin

$$2\lambda - \tfrac{1}{4}\pi = (k + \tfrac{1}{2}\pi) - \operatorname{Arctan}\frac{B}{A}$$

sein, wo k irgend eine ganze Zahl bedeutet. Hier lässt sich $\operatorname{Arctan}\frac{B}{A}$ leicht nach Potenzen von $\frac{1}{\lambda}$ entwickeln und es findet sich dabei, dass die Gleichung $J_0 = 0$ auf die folgende zurückkommt:

$$34)\qquad \lambda = \tfrac{1}{2}(k + \tfrac{3}{4})\pi + \frac{1}{32\lambda} - \frac{25}{6144\lambda^3} + \frac{1073}{327680\lambda^5} - \ldots$$

In ähnlicher Weise entspricht der Gleichung $J_1 = 0$ die nachstehende

$$35)\qquad \lambda = \tfrac{1}{2}(k + \tfrac{1}{4})\pi - \frac{3}{32\lambda} + \frac{21}{2048\lambda^3} - \frac{1899}{327680\lambda^5} + \ldots$$

Setzt man in diesen Gleichungen der Reihe nach $k = 0, 1, 2 \ldots$ und löst die entstehenden speciellen Gleichungen durch Annäherungen auf, was um so leichter ist je mehr k mithin auch λ beträgt, so erhält man die Wurzeln der Gleichungen $J_0 = 0$ und $J_1 = 0$. Man bemerkt sogleich, dass die Differenz zweier aufeinander folgender Wurzeln einer dieser Gleichungen sich der Grenze $\frac{1}{2}\pi$ nähert, wenn λ wächst.

In dem Vorigen sind bereits hinreichende Mittel zur Berechnung der Transcendente $J_{\lambda,n}$ enthalten, doch ist es nicht überflüssig, noch eine Formel für $J_{\lambda+\varepsilon,n}$, ausgedrückt durch $J_{\lambda,n}$, aufzusuchen, weil die Anwendung der Gleichungen 32) und 33) für andere als ganze Argumente nicht sehr bequem sein würde. Man hat nun gemäss Nr. 27)

$$J_{\lambda+\varepsilon,n}=\frac{2}{\pi}\,\frac{2^n(\lambda+\varepsilon)^n}{1.3\ldots(2n-1)}\int_0^1(1-x^2)^{n-\frac{1}{2}}\cos 2(\lambda+\varepsilon)\,x\,dx$$

und übersieht sogleich, dass die rechte Seite bei jedem beliebigen ε in eine nach Potenzen von ε fortschreitende Reihe verwandelbar ist, dass also der Taylor'sche Satz hier ohne Weiteres benutzt werden darf. Letzterer giebt

$$J_{\lambda+\varepsilon,n}=J_{\lambda,n}+\frac{dJ_{\lambda,n}}{d\lambda}\,\frac{\varepsilon}{1}+\frac{d^2J_{\lambda,n}}{d\lambda^2}\,\frac{\varepsilon^2}{1.2}+\ldots..$$

d. i. vermöge der in §. 3 angegebenen Werthe der Differentialquotienten

$$36)\qquad J_{\lambda+\varepsilon,n}=J_{\lambda,n}+(J_{\lambda,n-1}-J_{\lambda,n+1})\frac{\varepsilon}{1}$$
$$+(J_{\lambda,n-2}-2J_{\lambda,n}+J_{\lambda,n+2})\frac{\varepsilon^2}{1.2}+\ldots..$$

Die Einschaltung von $J_{\lambda+\varepsilon,n}$ zwischen $J_{\lambda,n}$ und $J_{\lambda,n+1}$ hat nach dieser Formel keine Schwierigkeit.

§. 6.

Unter die bemerkenswerthen Anwendungen der Bessel'schen Transcendenten gehört die Auflösung des Kepler'schen Problemes in Form einer periodischen Reihe. Ist x die mittlere, y die excentrische Anomalie und 2β die Excentricität der Ellipse, so hat man bekanntlich y aus der Gleichung

$$37)\qquad y-2\beta\sin y=x$$

zu bestimmen. Dabei entsprechen den Werthen $x=0$, $x=\pi$ die Werthe $y=0$, $y=\pi$ und es liegt daher nahe, die Differenz $y-x$, welche sowohl für $x=0$ als für $x=\pi$ verschwindet, in eine Sinusreihe zu verwandeln, nämlich

$$y-x=C_1\sin x+C_2\sin 2x+C_3\sin 3x+\ldots..$$

Die Coefficientenbestimmung geschieht nach der bekannten Formel

$$C_n=\frac{2}{\pi}\int_0^\pi(y-x)\sin nx\,dx$$

$$=\frac{2}{\pi}\left\{\int_0^\pi y\sin nx\,dx+\frac{\pi}{n}\cos n\pi\right\};$$

durch theilweise Integration erhält man

$$\int y \sin nx\, dx = -y\frac{\cos nx}{n} + \frac{1}{n}\int \cos nx\, dy$$
$$= -\frac{y}{n}\cos nx + \frac{1}{n}\int \cos n(y - 2\beta \sin y)\, dy$$

mithin durch Einführung der Grenzen $x = \pi$ und $x = 0$, denen $y = \pi$ und $y = 0$ entsprechen,

$$C_n = \frac{2}{n\pi}\int_0^\pi \cos(ny - 2n\beta \sin y)\, dy = \frac{2}{n} J_{n\beta,\,n}.$$

Die gesuchte Entwickelung ist demnach

38) $$y = x + 2\left\{\tfrac{1}{1} J_{\beta,1} \sin x + \tfrac{1}{2} J_{2\beta,2} \sin 2x + \ldots\right\}$$

Mittelst eines ähnlichen Verfahrens können $\cos y$, $\sin y$ und noch allgemeiner $\cos ky$ und $\sin ky$ entwickelt werden. Setzt man nämlich

39) $$\cos ky = A_0 + A_1 \cos x + A_2 \cos 2x + \ldots$$

so ist zunächst

$$A_0 = \frac{1}{\pi}\int_0^\pi \cos ky\, dx = \frac{1}{\pi}\int_0^\pi \cos ky\,(1 - 2\beta \cos y)\, dy$$

und wenn k als ganze positive Zahl angenommen wird

40) $$\begin{aligned} A_0 &= 0, && \text{für } k > 1, \\ &= -\beta, && \;\;,,\;\; k = 1. \end{aligned}$$

Ferner ergiebt sich

$$A_n = \frac{2}{\pi}\int_0^\pi \cos ky \cos nx\, dx = \frac{2k}{n\pi}\int_0^\pi \sin ky \sin nx\, dy$$
$$= \frac{2k}{n\pi}\int_0^\pi \sin ky \sin n(y - 2\beta \sin y)\, dy$$
$$= \frac{k}{n\pi}\left\{\int_0^\pi \cos[(n-k)y - 2n\beta \sin y]\, dy - \int_0^\pi \cos[(n+k)y - 2n\beta \sin y]\, dy\right\}$$

d. i.

41) $$A_n = \frac{k}{n}(J_{n\beta,\,n-k} - J_{n\beta,\,n+k}).$$

Für den speciellen Fall $k = 1$ hat man daher die Entwickelung

42) $$\cos y = -\beta + \tfrac{1}{1}(J_{\beta,0} - J_{\beta,2}) \cos x + \tfrac{1}{2}(J_{2\beta,1} - J_{2\beta,3}) \cos 2x + \ldots$$

Nicht minder leicht findet man, dass die Coefficienten B in der *Gleichung*

43) $$\sin ky = B_1 \sin x + B_2 \sin 2x + B_3 \sin 3x + \ldots$$

durch die Formel

44) $$B_n = \frac{k}{n}(J_{n\beta, n-k} + J_{n\beta, n+k})$$

bestimmt werden. Für $k=1$ und mit Rücksicht auf die in Nr. 5) erwähnte Relation giebt diess

45) $$\beta \sin y = \tfrac{1}{1} J_{\beta,1} \sin x + \tfrac{1}{2} J_{2\beta,2} \sin 2x + \ldots$$

übereinstimmend mit der Formel 38).

Bezeichnet r den Radiusvector, welcher in einer mit der grossen Halbachse $= 1$ und der Excentricität 2β beschriebenen Ellipse zur excentrischen Anomalie y gehört, so hat man bekanntlich

46) $$r = 1 - 2\beta \cos y$$

mithin nach Nr. 42)

47) $$r = 1 + 2\beta^2 - 2\beta\left[\tfrac{1}{1}(J_{\beta,0} - J_{\beta,2})\cos x + \tfrac{1}{2}(J_{2\beta,1} - J_{2\beta,3})\cos 2x + \ldots\right].$$

Auch der reciproke Werth von r lässt sich in eine Cosinusreihe umsetzen; aus der Gleichung 37) folgt nämlich

$$\frac{dy}{dx} = \frac{1}{1-2\beta\cos y} = \frac{1}{r}$$

mithin wenn links y aus Nr. 38) genommen wird,

48) $$\frac{1}{r} = 1 + 2\left\{J_{\beta,1}\cos x + J_{2\beta,2}\cos 2x + \ldots\ldots\right\}.$$

Die Coefficientenbestimmungen in 41) und 44) hat Jacobi gegeben (Crelle's Journal Bd. 15, S. 12), nachdem schon vorher Bessel (in den Abhandlungen der Berliner Akademie von 1816 und 1817) die Formeln 38) und 47) entwickelt hatte. Die letzte Gleichung (48) scheint nicht bemerkt worden zu sein, obschon sie sehr nahe liegt; für $x = 0$ und $x = \pi$ giebt sie ein Paar Eigenschaften der Transcendenten $J_{\beta,1}$, $J_{2\beta,2}$ etc.

§. 7.

Wir wollen endlich zeigen, dass sich jede beliebige Funktion einer Variabelen in eine nach Bessel'schen Transcendenten fortschreitende Reihe verwandeln lässt.

Zu diesem Zwecke gehen wir von der bekannten für $h \geqq z \geqq 0$ geltenden Entwickelung aus

$$F(z) = \tfrac{1}{2}A_0 + A_1 \cos\frac{\pi z}{h} + A_2 \cos\frac{2\pi z}{h} + \ldots.$$

$$A_n = \frac{2}{h}\int_0^h F(u)\cos\frac{n\pi u}{h}\,du,$$

nehmen darin $h = \frac{1}{2}\pi$, $z = \lambda x$, multipliciren die nunmehrige für $\frac{1}{2}\pi \geqq \lambda x \geqq 0$ gültige *Gleichung*

$$F(\lambda x) = \tfrac{1}{2} A_0 + A_1 \cos 2\lambda x + A_2 \cos 4\lambda x + \dots .$$

$$A_n = \frac{4}{\pi} \int_0^{\frac{1}{2}\pi} F(u) \cos 2nu\, du.$$

mit

$$\frac{2}{\pi} \frac{dx}{\sqrt{1-x^2}}$$

und integriren zwischen den Grenzen $x=0$, $x=1$; diess giebt

$$49) \qquad \frac{2}{\pi} \int_0^1 \frac{F(\lambda x)}{\sqrt{1-x^2}} dx$$

$$= \tfrac{1}{2} A_0 + A_1 J_{\lambda,0} + A_2 J_{2\lambda,0} + A_3 J_{3\lambda,0} + \dots .$$

und es gilt diese Gleichung von $\lambda = 0$ bis $\lambda = \frac{1}{2}\pi$ weil x die Einheit nicht überschritten hat. Nehmen wir weiter

$$50) \qquad \frac{2}{\pi} \int_0^1 \frac{F(\lambda x)}{\sqrt{1-x^2}} dx = f(\lambda),$$

so ist durch Differentiation in Beziehung auf λ

$$\frac{2}{\pi} \int_0^1 \frac{x F'(\lambda x)}{\sqrt{1-x^2}} dx = f'(\lambda);$$

in dieser Gleichung schreiben wir s statt x, μt statt λ, multipliciren beiderseits mit

$$\mu \frac{dt}{\sqrt{1-t^2}}$$

und integriren in Beziehung auf t zwischen den Grenzen $t=0$, $t=1$; es wird jetzt

$$\frac{2\mu}{\pi} \int_0^1 \frac{dt}{\sqrt{1-t^2}} \int_0^1 \frac{s F'(\mu s t)}{\sqrt{1-s^2}} ds = \mu \int_0^1 \frac{f'(\mu t)}{\sqrt{1-t^2}} dt$$

oder nach einem bekannten Satze*)

$$F(\mu) - F(0) = \mu \int_0^1 \frac{f'(\mu t)}{\sqrt{1-t^2}} dt.$$

---

*) Von anderen Theorien unabhängig lässt sich die betreffende von Abel herrührende Formel auf folgende Weise ableiten. Durch gewöhnliche doppelte Integration findet man leicht

$$\int_0^{\mu} \int_0^{\sqrt{\mu^2 - x^2}} \frac{F'(x)\, dx\, dy}{\sqrt{\mu^2 - x^2 - y^2}} = \frac{\pi}{2} [F(\mu) - F(0)];$$

Für $\lambda = 0$ giebt die Gleichung 50) $F(0) = f(0)$ mithin ist

$$51)\qquad F(\mu) = f(0) + \mu \int_0^1 \frac{f'(\mu t)}{\sqrt{1-t^2}} dt;$$

diese Formel enthält die Auflösung der Gleichung 50), wenn man in letzterer f als gegeben und F als unbekannt ansieht. Wir substituiren nun in die Gleichung 49) $f(\lambda)$ für die linke Seite, drücken rechter Hand $F(u)$, welches in A_n enthalten ist, durch $f(u)$ aus, und gelangen damit zu dem Satze, dass die beliebige Funktion $f(\lambda)$ unter der Bedingung $\frac{1}{2}\pi \geqq \lambda \geqq 0$ in die Reihe

$$52)\qquad f(\lambda) = \tfrac{1}{2} A_0 + A_1 J_{\lambda,0} + A_2 J_{2\lambda,0} + A_3 J_{3\lambda,0} + \ldots.$$

verwandelt werden kann, wobei die Coefficienten A nach der Formel

$$53)\qquad A_n = \frac{4}{\pi} \int_0^{\frac{1}{2}\pi} u \cos 2nu\, du \int_0^1 \frac{f'(ut)}{\sqrt{1-t^2}} dt$$

zu bestimmen sind.

Durch Differentiation in Beziehung auf λ, wobei die Formel

$$\frac{dJ_{\mu,0}}{d\mu} = -2J_{\mu,1}$$

anzuwenden ist und $f'(\lambda) = F(\lambda)$ sowie $-2nA_n = B_n$ sein möge, erhalten wir noch ein zweites Theorem, nämlich

$$54)\qquad F(\lambda) = B_1 J_{\lambda,1} + B_2 J_{2\lambda,1} + B_3 J_{3\lambda,1} + \ldots;$$

für λ gilt hier wieder die Bedingung $\frac{1}{2}\pi \geqq \lambda \geqq 0$ und die Coefficienten B sind nach der Formel

---

dasselbe Doppelintegral verwandelt sich bei Einführung von Polarcoordinaten ($x = r\cos\vartheta$, $y = r\sin\vartheta$) in

$$\int_0^\mu \int_0^{\frac{1}{2}\pi} \frac{F'(r\cos\vartheta)\, r\, dr\, d\vartheta}{\sqrt{\mu^2 - r^2}},$$

und daraus wird für $r = \mu s$ und $\cos\vartheta = t$

$$\mu \int_0^1 \int_0^1 \frac{F'(\mu s t)\, s\, ds\, dt}{\sqrt{1-s^2}\sqrt{1-t^2}}.$$

Durch Zusammenstellung der letzten Form mit dem bekannten Werthe des Integrales ergiebt sich

$$\mu \int_0^1 \frac{dt}{\sqrt{1-t^2}} \int_0^1 \frac{F'(\mu s t)\, s\, ds}{\sqrt{1-s^2}} = \frac{\pi}{2}[F(\mu) - F(0)],$$

wovon im Texte Gebrauch gemacht wurde. Abel's Beweis (Crelle's Journal Bd. I. S. 153) beruht auf anderer Grundlage und ist nicht streng (s. d. Verf. *Analytische Studien*, Bd. I. S. 111).

$$55)\qquad B_n = -\frac{8n}{\pi}\int_0^{\frac{1}{2}\pi} u \cos 2nu\, du \int_0^1 \frac{F(ut)}{\sqrt{1-t^2}}\, dt$$

zu bestimmen. — Wenn auch die praktische Brauchbarkeit der in 52) und 54) entwickelten neuen Theoreme nicht bedeutend sein sollte, so wird man ihnen doch jedenfalls ein theoretisches Interesse zugestehen.

Wir theilen noch die Hansen'sche Tafel der Funktion $J_{\lambda, n}$ mit. In dieser stehen unter den Ueberschriften a, b, c die Ausdrücke

$$\frac{dJ}{d\lambda},\quad \frac{1}{2}\frac{d^2J}{d\lambda^2},\quad \frac{1}{6}\frac{d^3J}{d\lambda^3}$$

reducirt auf das Increment der Tafel, welches in der ersten Hälfte 0,05 und in der zweiten 0,1 ist. Hat man nun für ein nicht in der Tafel vorkommendes Argument μ das zugehörige J zu suchen, so bezeichne man mit λ das nächste vorhandene Argument und setze $\mu - \lambda = \varepsilon$ also $\mu = \lambda + \varepsilon$; dann ist nach dem Taylor'schen Satze, wenn h das Increment der Tafel heisst,

$$J_{\lambda+\varepsilon} = J_\lambda + a\frac{\varepsilon}{h} + b\left(\frac{\varepsilon}{h}\right)^2 + c\left(\frac{\varepsilon}{h}\right)^3$$

oder

$$J_{\lambda+\varepsilon} = J_\lambda + \left[a + \left(b + c\frac{\varepsilon}{h}\right)\frac{\varepsilon}{h}\right]\frac{\varepsilon}{h}$$

was für die Rechnung etwas kürzer ist.

Tafel I.

λ	J_0	a	b	c	J_1	a	b	c
0,00	1	0	−2500	0	0	+50000	0	−62
0,05	0,997502	− 4994	2491	+ 6	0,049938	49813	− 187	62
0,10	0,990025	9950	2463	12	0,099501	49252	373	61
0,15	0,977626	14832	2416	18	0,148319	48323	556	60
0,20	0,960398	19603	2352	24	0,196027	47033	733	58
0,25	0,938470	24227	2270	30	0,242268	45393	905	56
0,30	0,912005	28670	2171	36	0,286701	43417	1070	53
0,35	0,881201	32900	2056	41	0,328996	41121	1225	50
0,40	0,846287	36884	1926	46	0,368842	38523	1370	47
0,45	0,807524	40595	1782	50	0,405950	35647	1504	43
0,50	0,765198	44005	1626	54	0,440051	32515	1626	38
0,55	0,719622	47090	1458	58	0,470902	29153	1734	34
0,60	0,671133	49829	1279	61	0,498289	25589	1828	29
0,65	0,620086	52202	1093	63	0,522023	21853	1906	24
0,70	0,566855	54195	890	65	0,541948	17975	1969	18

Tafel I.

λ	J_0	a	b	c	J_1	a	b	c
0,75	0,511828	−55794	− 699	+67	0,557937	13987	−2016	−13
0,80	0,455402	56990	496	68	0,569896	9922	2046	7
0,85	0,397985	57776	291	69	0,577765	5812	2060	− 2
0,90	0,339989	58152	− 85	68	0,581517	+ 1692	2057	+ 4
0,95	0,281819	58116	+ 120	68	0,581157	− 2405	2038	9
1,00	0,223891	57672	322	67	0,576725	6447	2002	14
1,05	0,166607	56829	520	65	0,568292	10401	1950	19
1,10	0,110362	55596	712	63	0,555963	14235	1882	25
1,15	0,055540	53987	896	60	0,539873	17919	1800	30
1,20	+0,002508	52018	1071	57	0,520185	21424	1703	34
1,25	−0,048384	49709	1236	53	0,497094	24722	1593	38
1,30	0,096805	47082	1389	49	0,470818	27789	1471	42
1,35	0,142449	44160	1530	45	0,441601	30601	1339	46
1,40	0,185036	40971	1657	40	0,409709	33136	1196	49
1,45	0,224312	37543	1769	35	0,375427	35377	1044	52
1,50	0,260052	33906	1866	29	0,339059	37307	885	54
1,55	0,292064	30092	1946	24	0,300921	38914	720	56
1,60	0,320188	26134	2009	18	0,261343	40186	551	57
1,65	0,344296	22066	2056	13	0,220663	41116	379	58
1,70	0,364206	17923	2085	7	0,179226	41701	205	58
1,75	0,380128	13738	2097	+ 1	0,137378	41938	− 32	58
1,80	0,391709	9547	2091	− 5	0,095466	41829	+ 141	57
1,85	0,399230	5383	2069	10	0,053834	41378	310	56
1,90	0,402556	− 1282	2030	16	+0,012821	40593	474	54
1,95	0,401826	+ 2724	1974	21	−0,027244	39484	634	52
2,00	0,397150	6604	1903	26	0,066043	38064	786	49
2,05	0,388670	10327	1817	31	0,103273	36348	929	46
2,10	0,376557	13865	1718	35	0,138647	34354	1063	43
2,15	0,361011	17190	1605	39	0.171897	32103	1186	38
2,20	0,342257	20277	1481	43	0,202776	29617	1298	34
2,25	0,320543	23106	1346	47	0,231061	26920	1397	31
2,30	0,296138	25655	1202	49	0,256553	24037	1483	26
2,35	0,269331	27908	1050	52	0,279081	20995	1556	22
2,40	0,240425	29850	891	54	0,298500	17824	1613	17
2,45	0,209738	31460	728	55	0,314695	14552	1656	12
2,50	0,177597	32758	560	56	0,327579	11208	1685	7
2,55	0,144335	33710	391	56	0,337097	7824	1697	+ 2
2,60	0,110290	34322	221	56	0,343223	4429	1695	− 3
2,65	0,075803	34596	+ 53	56	0,345961	− 1053	1678	8
2,70	0,041210	34534	− 114	55	0,345345	+ 2274	1646	13
2,75	−0,006844	34144	276	53	0,341438	5524	1601	18
2,80	+0,026971	33433	433	51	0,334333	8667	1541	22
2,85	0,059920	32415	584	49	0,324148	11679	1468	26
2,90	0,091703	31103	727	46	0,311028	14533	1384	30
2,95	0,122033	29514	860	43	0,295143	17206	1288	34
3,00	0,150645	27668	984	39	0,276684	19676	1181	37
3,05	0,177291	25586	1096	35	0,255865	21924	1065	40
3,10	0,201747	23292	1197	31	0,232917	23931	941	42
3,15	0,223812	20809	1284	27	0,208087	25684	810	44
3,20	0,243311	18164	1358	22	0,181638	27169	674	46

Tafel I.

λ	J_0	a	b	c	J_1	a	b	c
3,25	+0,260095	+15384	−1419	−18	−0,153841	+28376	+ 533	−47
3,30	0,274043	12498	1465	13	0,124980	29208	388	48
3,35	0,285065	9534	1497	8	0,095342	29929	243	49
3,40	0,293096	6522	1513	− 3	0,065219	30269	+ 96	49
3,45	0,298102	3490	1516	+ 2	0,034902	30316	− 49	48
3,50	0,300079	+ 468	1504	6	−0,004083	30075	192	47
3,55	0,299051	− 2515	1478	11	+0,025153	29551	331	46
3,60	0,295071	5433	1438	15	0,054327	28753	466	44
3,65	0,288217	8257	1384	20	0,082571	27691	595	42
3,70	0,278596	10962	1319	24	0,109625	26378	716	39
3,75	0,266340	13525	1242	28	0,135248	24830	830	36
3,80	0,251602	15921	1153	31	0,159214	23065	934	33
3,85	0,234559	18131	1055	34	0,181313	21101	1028	30
3,90	0,215408	20136	948	37	0,201357	18959	1112	26
3,95	0,194362	21918	833	39	0,219179	16662	1184	22
4,00	0,171651	23464	712	41	0,234636	14232	1244	18
4,05	0,147518	24761	585	43	0,247607	11695	1291	14
4,10	0,122216	25800	454	44	0,257998	9075	1326	9
4,15	0,096006	26574	320	45	0,265739	6399	1348	5
4,20	0,069158	27079	185	45	0,270786	3692	1357	− 1
4,25	0,041939	27312	− 49	45	0,273121	+ 981	1352	+ 4
4,30	+0,014623	27275	+ 86	44	0,272754	− 1709	1335	8
4,35	−0,012523	26972	218	43	0,269719	4352	1306	12
4,40	0,039234	26407	346	42	0,264073	6924	1264	16
4,45	0,065253	25590	470	40	0,255902	9401	1211	20
4,50	0,090334	24531	588	38	0,245312	11759	1146	23
4,55	0,114239	23243	699	36	0,232430	13978	1071	26
4,60	0,136748	21741	802	33	0,217408	16038	987	30
4,65	0,157655	20041	896	30	0,200414	17921	894	32
4,70	0,176772	18163	980	26	0,181632	19609	794	34
4,75	0,193929	16126	1055	23	0,161264	21090	686	36
4,80	0,208979	13953	1118	19	0,139525	22351	574	38
4,85	0,221796	11664	1169	15	0,116639	23382	456	39
4,90	0,232276	9284	1209	11	0,092840	24175	336	40
4,95	0,240341	6837	1236	7	0,068370	24725	213	41
5,00	0,245936	4347	1251	+ 3	0,043473	25028	− 90	41
5,05	0,249030	− 1840	1254	− 1	+0,018396	25085	+ 33	41
5,10	0,249617	+ 661	1245	5	−0,006616	24897	155	40
5,15	0,247717	3132	1223	9	0,031318	24468	274	39
5,20	0,243372	5547	1191	13	0,055473	23804	389	37
5,25	0,236648	7885	1146	17	0,078850	22914	500	36
5,30	0,227635	10123	1090	20	0,101229	21808	605	34
5,35	0,216443	12240	1025	23	0,122399	20500	702	31
5,40	0,203202	14217	950	26	0,142166	19004	793	29
5,45	0,188062	16035	867	29	0,160350	17335	875	26
5,50	0,171190	17679	776	32	0,176785	15512	947	23
5,55	0,152768	19133	678	34	0,191328	13553	1010	19
5,60	0,132992	20385	574	35	0,203853	11479	1062	16
5,65	0,112069	21426	466	37	0,214255	9311	1104	12
5,70	0,090215	22245	353	38	0,222450	7070	1135	8

Tafel I.

λ	J_0	a	b	c	J_1	a	b	c
5,75	−0,067654	+22838	+ 239	−38	−0,228379	− 4780	+1154	+ 4
5,80	0,044616	23200	123	39	0,232000	2462	1162	+ 1
5,85	−0,021332	23330	+ 7	39	0,233300	− 139	1159	− 3
5,90	+0,001967	23228	− 108	38	0,232285	+ 2165	1144	7
5,95	0,025049	22898	221	37	0,228983	4429	1118	10
6,00	0,047689	22345	332	36	0,223447	6631	1082	14
6,05	0,069667	21575	437	34	0,215749	8750	1035	17
6,10	0,090770	20598	538	32	0,205982	10765	979	20
6,15	0,110798	19423	633	30	0,194259	12659	913	23
6,20	0,129561	18071	721	28	0,180710	14413	839	26
6,25	0,146884	16543	801	25	0,165484	16012	758	28
6,30	0,162607	14874	872	22	0,148742	17441	670	30
6,35	0,176588	13068	934	19	0,130662	18688	576	32
6,40	0,188701	11143	987	16	0,111432	19741	477	34
6,45	0,198843	9125	1030	12	0,091248	20592	374	35
6,50	0,206928	7032	1062	9	0,070318	21234	268	36
6,55	0,212888	4885	1083	5	0,048853	21662	160	36
6,60	0,216686	2707	1094	− 2	0,027067	21874	+ 52	36
6,65	0,218298	+ 518	1094	+ 2	−0,005177	21869	− 57	36
6,70	0,217725	− 1660	1083	5	+0,016590	21649	163	35
6,75	0,214989	3805	1061	9	0,038049	21217	268	34
6,80	0,210133	5896	1029	12	0,058965	20580	369	33
6,85	0,203221	7914	987	15	0,079143	19744	466	31
6,90	0,194336	9839	936	18	0,098391	18721	557	29
6,95	0,183580	11653	876	21	0,116525	17520	643	27
7,00	0,171073	13338	808	24	0,133375	16155	721	25
7,05	0,156953	14878	732	26	0,148784	14640	792	22
7,10	0,141369	16261	650	28	0,162611	12992	855	19
7,15	0,124488	17478	561	30	0,174729	11227	909	16
7,20	0,106484	18503	468	32	0,185032	9363	953	13
7,25	0,087545	19343	371	33	0,193429	7421	988	10
7,30	0,067864	19985	271	34	0,199853	5418	1013	6
7,35	0,047642	20425	169	34	0,204251	3375	1028	− 3
7,40	0,027082	20659	− 66	34	0,206596	+ 1312	1033	0
7,45	+0,006392	20688	+ 37	34	0,206876	− 749	1027	+ 3
7,50	−0,014224	20510	139	34	0,205104	2790	1012	7
7,55	0,034462	20131	239	33	0,201310	4789	986	10
7,60	0,054421	19555	336	32	0,195545	6726	951	13
7,65	0,073608	18788	429	30	0,187879	8589	907	16
7,70	0,091936	17840	518	28	0,178400	10352	855	19
7,75	0,109231	6721	600	26	0,167213	12002	794	21
7,80	0,125326	15444	676	24	0,154440	13523	726	24
7,85	0,140070	14022	745	22	0,140216	14900	651	26
7,90	0,153326	12469	806	19	0,124691	16122	570	28
7,95	0,164971	10803	859	16	0,108028	17177	484	29
8,00	0,174899	9040	903	13	0,090397	18055	394	31
8,05	0,183024	7198	937	10	0,071979	18749	300	32
8,10	0,189275	5296	963	7	0,052962	19254	204	32
8,15	0,193603	3354	978	+ 4	0,033535	19506	107	32
8,20	0,195975	− 1389	984	0	+0,013895	19082	− 9	33

Tafel I.

λ	J_0	a	b	c	J_1	a	b	c
8,25	−0,196381	+ 577	+ 980	− 3	−0,005764	−19603	+ 88	+32
8,30	0,194828	2525	966	6	0,025247	19331	184	32
8,35	0,191344	4436	943	9	0,044362	18869	278	31
8,40	0,185974	6292	911	12	0,062923	18223	368	29
8,45	0,178783	8075	870	15	0,080749	17401	454	28
8,50	0,169854	9767	821	18	0,097669	16411	535	26
8,55	0,159285	11352	763	20	0,113519	15265	610	24
8,60	0,147191	12815	699	23	0,128150	13974	679	22
8,65	0,133701	14142	628	25	0,141423	12553	741	19
8,70	0,118956	15322	551	26	0,153216	11015	795	17
8,75	0,103110	16342	469	28	0,163420	9377	841	14
8,80	0,086828	17194	383	29	0,171943	7656	879	11
8,85	0,068780	17871	293	30	0,178710	5868	907	8
8,90	0,050646	18366	202	31	0,183663	4033	927	5
8,95	0,032109	18677	108	31	0,186765	2168	937	+ 2
9,00	−0,013356	18799	+ 15	31	0,187995	− 291	938	− 1
9,05	+0,005427	18735	− 79	31	0,187350	+ 1578	930	4
9,10	0,024052	18485	171	30	0,184848	3421	912	7
9,15	0,042336	18052	261	29	0,180523	5220	886	10
9,20	0,060098	17443	348	28	0,174428	6958	851	13
9,25	0,077165	16663	431	27	0,166634	8617	808	16
9,30	0,093371	15722	509	25	0,157225	10182	757	18
9,35	0,108560	14630	582	23	0,146305	11638	698	20
9,40	0,122585	13399	649	21	0,133990	12971	634	22
9,45	0,135315	12041	708	19	0,120408	14169	563	24
9,50	0,146630	10570	761	16	0,105702	15219	487	26
9,55	0,156423	9002	806	14	0,090022	16114	407	27
9,60	0,164607	7353	842	11	0,073529	16844	323	28
9,65	0,171107	5639	870	8	0,056391	17403	236	29
9,70	0,175869	3878	889	5	0,038782	17787	148	29
9,75	0,178854	2088	900	− 2	0,020877	17992	+ 58	30
9,80	0,180041	+ 286	901	+ 1	−0,002857	18019	− 32	30
9,85	0,179427	− 1510	893	4	+0,015101	17866	121	29
9,90	0,177029	3282	877	7	0,032817	17537	208	29
9,95	0,172878	5012	852	10	0,050117	17036	293	28
10,00	+0,167025	− 6683	− 818	+12	+0,066833	+16368	− 374	−26

Tafel II.

λ	J_5	a	b	c	λ	J_6	a	b	c
0,0	0,0000000	0	0	0	0,0	0,0000000	0	0	0
0,1	0,0000001	+ 1	+ 8	+ 12	0,1	0,0000000	0	0	+ 1
0,2	0,0000026	65	66	36	0,2	0,0000001	+ 2	+ 3	3
0,3	0,0000199	330	218	74	0,3	0,0000010	19	17	8
0,4	0,0000831	1027	504	123	0,4	0,0000056	82	50	18
0.5	0,0002498	2456	953	180	0,5	0.0000209	247	122	33
0,6	0,0006101	4961	1584	241	0,6	0,0000615	604	245	53
0,7	0,0012901	8910	2397	299	0,7	0,0001523	1275	438	79
0,8	0,0024523	14663	3384	352	0,8	0,0003321	2414	717	110
0,9	0,0042937	22540	4514	394	0,9	0,0006569	4207	1095	144
1,0	0,0070396	32703	5752	423	1,0	0,0012024	6865	1581	182

Tafel II.

λ	J_8	a	b	c	λ	J_9	a	b	c
1,0	0,0000222	+ 174	+ 58	+ 8	1,0	0,0000025	+ 22	+ 9	+ 1
1,1	0,0000464	237	99	16	1,1	0,0000058	46	15	3
1,2	0,0000908	580	159	25	1,2	0,0000123	89	28	5
1,3	0,0001674	980	246	34	1,3	0,0000246	164	48	8
1,4	0,0002937	1584	364	46	1,4	0,0000467	287	77	12
1,5	0,0004934	2463	522	60	1,5	0,0000848	481	119	17
1,6	0,0007983	3699	721	75	1,6	0,0001462	774	177	23
1,7	0,0012483	5386	974	93	1,7	0,0002438	1205	258	31
1,8	0,0018940	7631	1280	111	1,8	0,0003934	1821	362	40
1,9	0,0027967	10544	1642	130	1,9	0,0006160	2675	497	51
2,0	0,0040287	14237	2061	149	2,0	0,0009386	3834	667	62

λ	J_{11}	a	b	c	λ	J_{12}	a	b	c
2,0	0,0000366	+ 189	+ 43	+ 3	2,0	0,0000062	+ 36	+ 9	+ 2
2,1	0,0000604	296	64	7	2,1	0,0000109	59	14	2
2,2	0,0000972	449	91	11	2,2	0,0000184	94	22	3
2,3	0,0001524	668	129	15	2,3	0,0000363	147	33	4
2,4	0,0002337	974	178	19	2,4	0,0000486	224	47	6
2,5	0,0003509	1392	242	24	2,5	0,0000763	335	65	8
2,6	0,0005168	1952	321	30	2,6	0,0001172	492	92	10
2,7	0,0007473	2691	421	37	2,7	0,0001767	709	126	13
2,8	0,0010623	3650	542	45	2,8	0,0002616	1003	170	17
2,9	0,0014861	4876	688	53	2,9	0,0003807	1397	226	21
3,0	0,0020480	6419	860	61	3,0	0,0005452	1915	295	25

λ	J_{13}	a	b	c	λ	J_{14}	a	b	c
3,0	0,0001327	+ 515	+ 89	+ 7	3,0	0,0000297	+ 127	+ 24	+ 3
3,1	0,0001941	725	121	11	3,1	0,0000451	185	34	4
3,2	0,0002798	1002	159	15	3,2	0,0000674	265	47	5
3,3	0,0003974	1367	208	19	3,3	0,0000991	375	64	6
3,4	0,0005569	1842	268	23	3,4	0,0001436	522	85	8
3,5	0,0007702	2450	343	27	3,5	0,0002052	720	114	10
3,6	0,0010523	3221	431	32	3,6	0,0002896	979	148	13
3,7	0,0014209	4185	536	38	3,7	0,0004036	1314	191	16
3,8	0,0018970	5379	661	45	3,8	0,0005557	1747	243	19
3,9	0,0025055	6839	803	51	3,9	0,0007567	2205	307	23
4,0	0,0032749	8604	967	58	4,0	0,0010193	2982	383	28

λ	J_{15}	a	b	c	λ	J_{16}	a	b	c
4,0	0,0002926	+ 941	+ 135	+ 11	4,0	0,0000780	+ 273	+ 43	+ 4
4,1	0,0004015	1243	173	14	4,1	0,0001101	373	57	5
4,2	0,0005451	1639	219	17	4,2	0,0001537	504	75	7
4,3	0,0007327	2131	275	20	4,3	0,0002123	675	97	8
4,4	0,0009754	2744	340	24	4,4	0,0002904	895	123	10
4,5	0,0012864	3501	418	28	4,5	0,0003933	1174	157	12
4,6	0,0016813	4427	510	33	4,6	0,0005277	1527	197	15
4,7	0,0021784	5550	615	37	4,7	0,0007017	1968	245	18
4,8	0,0027987	6896	734	43	4,8	0,0009248	2514	303	21
4,9	0,0035661	8497	871	49	4,9	0,0012087	3185	370	24
5,0	0,0045080	*10390*	*1023*	56	5,0	0,0015668	4002	449	27

Tafel II.

λ	J_{18}	a	b	c	λ	J_{19}	a	b	c
5,0	0,0001524	+ 463	+ 64	+ 5	5,0	0,0000431	+ 141	+ 21	+ 2
5,1	0,0002056	606	81	6	5,1	0,0000596	189	27	3
5,2	0,0002750	789	103	8	5,2	0,0000815	252	36	3
5,3	0,0003650	1019	128	9	5,3	0,0001106	333	46	4
5,4	0,0004806	1304	159	11	5,4	0,0001489	437	58	5
5,5	0,0006281	1658	195	13	5,5	0,0001990	569	73	6
5,6	0,0008148	2091	239	16	5,6	0,0002638	734	93	7
5,7	0,0010494	2619	291	19	5,7	0,0003472	942	116	8
5,8	0,0013423	3259	350	21	5,8	0,0004538	1199	142	10
5,9	0,0017054	4026	418	24	5,9	0,0005889	1514	175	12
6,0	0,0021522	4939	497	27	6,0	0,0007590	1901	213	14

λ	J_{20}	a	b	c	λ	J_{21}	a	b	c
6,0	0,0002512	+ 681	+ 84	+ 7	6,0	0,0000784	+ 228	+ 30	+ 2
6,1	0,0003283	867	103	8	6,1	0,0001045	297	39	3
6,2	0,0004261	1098	128	9	6,2	0,0001384	384	48	4
6,3	0,0005496	1381	156	10	6,3	0,0001820	492	61	5
6,4	0,0007044	1725	189	12	6,4	0,0002378	628	75	6
6,5	0,0008971	2143	230	14	6,5	0,0003087	796	94	6
6,6	0,0011358	2645	274	16	6,9	0,0003984	1004	115	8
6,7	0,0014294	3245	327	19	6,7	0,0005111	1257	139	9
6,8	0,0017885	3957	386	22	6,8	0,0006517	1564	169	11
6,9	0,0022250	4796	455	25	6,9	0,0008261	1935	204	13
7,0	0,0027527	5782	532	28	7,0	0,0010413	2381	243	15

λ	J_{23}	a	b	c	λ	J_{24}	a	b	c
7,0	0,0001252	+ 331	+ 40	+ 3	7,0	0,0000402	+ 113	+ 15	+ 1
7,1	0,0001626	420	50	4	7,1	0,0000531	146	18	2
7,2	0,0002100	532	62	4	7,2	0,0000697	188	23	2
7,3	0,0002698	669	75	5	7,3	0,0000910	240	29	2
7,4	0,0003447	834	91	6	7,4	0,0001182	306	36	3
7,5	0,0004379	1037	112	7	7,5	0,0001527	387	45	3
7,6	0,0005536	1283	134	8	7,6	0,0001963	488	55	4
7,7	0,0006962	1577	161	10	7,7	0,0002510	610	67	5
7,8	0,0008710	1929	192	11	7,8	0,0003192	760	82	5
7,9	0,0010843	2349	228	13	7,9	0,0004040	942	99	6
8,0	0,0013433	2845	269	15	8,0	0,0005087	1160	120	6

λ	J_{25}	a	b	c	λ	J_{26}	a	b	c
8,0	0,0001828	+ 446	+ 50	+ 3	8,0	0,0000625	+ 162	+ 20	+ 1
8,1	0,0002328	557	61	4	8,1	0,0000808	206	24	2
8,2	0,0002950	691	73	5	8,2	0,0001040	260	30	2
8,3	0,0003719	853	90	6	8,3	0,0001332	326	37	3
8,4	0,0004668	1050	107	6	8,4	0,0001698	408	45	3
8,5	0,0005832	1284	128	7	8,5	0,0002154	507	55	4
8,6	0,0007252	1564	152	9	8,6	0,0002720	628	66	4
8,7	0,0008977	1896	181	10	8,7	0,0003419	774	80	5
8,8	0,0011064	2288	212	11	8,8	0,0004278	949	95	6
8,9	0,0013575	2747	249	13	8,9	0,0005328	1158	115	7
9,0	0,0016585	3286	290	15	9,0	0,0006608	1408	136	8

Tafel II.

λ	J_{27}	a	b	c	λ	J_{28}	a	b	c
9,0	0,0002505	+ 570	+ 59	+ 4	9,0	0,0000906	+ 219	+ 24	+ 1
9,1	0,0003138	701	72	4	9,1	0,0001151	274	30	1
9,2	0,0003915	858	86	5	9,2	0,0001457	340	36	2
9,3	0,0004864	1045	102	6	9,3	0,0001835	420	44	3
9,4	0,0006017	1268	121	7	9,4	0,0002302	518	54	3
9,5	0,0007413	1531	143	8	9,5	0,0002877	635	64	4
9,6	0,0009095	1842	169	9	9,6	0,0003580	775	76	5
9,7	0,0011115	2207	197	10	9,7	0,0004430	942	91	5
9,8	0,0013529	2632	229	11	9,8	0,0005475	1141	108	6
9,9	0,0016402	3127	267	13	9,9	0,0006731	1377	128	7
10,0	0,0019809	3700	307	15	10,0	0,0008243	1654	150	8

VIII.

Integration der Differentialgleichung

1) $xy'' - y = 0.$

Von Simon Spitzer.

Schon in einem früheren Aufsatze über die Integration der Differentialgleichung

$$xy^{(n)} - y = 0,$$

den ich in Grunert's Archiv für Mathematik veröffentlichte, habe ich das Integral der Gleichung 1) in geschlossener Form angegeben nämlich:

$$y = A\varphi(x) + B\left\{1 + \varphi(x)\log x - \int_0^1 \frac{u+1}{u-1}\cdot\frac{\varphi(ux) - u\varphi(x)}{u}\cdot du\right\}$$

wo

$$\varphi(x) = \frac{\sqrt{x}}{\pi}\int_0^\pi \cos\omega\, e^{2\sqrt{x}\cos\omega}\, d\omega$$

ist. Ich bin seit dieser Zeit bei mehreren verschiedenen Gelegenheiten auf die Gleichung 1) zurückgeführt worden und habe vor Kurzem ihr vollständiges Integral auf folgende einfachere Form gebracht:

$$y = A\sqrt{x}\int_0^\pi \cos\omega\, e^{2\sqrt{x}\cos\omega}\, d\omega + B\int_0^\pi e^{2\sqrt{x}\cos\omega}\, d\omega$$

$$+ 2B\sqrt{x}\int_0^\pi e^{2\sqrt{x}\cos\omega}\log(\sqrt{x}\sin^2\omega)\, d\omega$$

Bevor ich den Weg zeige, auf welchem ich dieses Integral fand, will ich bemerken, dass sich Herr Prof. Jos. Petzval in seinem sehr voluminösen Werke über die Integration der linearen Differentialgleichungen mit derselben Gleichung beschäftigte und ihr Integral auch wirklich angab, jedoch in der unbrauchbaren Form divergenter Reihen, für die er dann ihnen analoge bestimmte Integrale einführte.

Ich substituire

$$x = \xi^2;$$

es ist alsdann

$$\frac{dy}{dx} = \tfrac{1}{2} x^{-\frac{1}{2}} \frac{dy}{d\xi}, \quad \frac{d^2y}{dx^2} = -\tfrac{1}{4} x^{-\frac{3}{2}} \frac{dy}{d\xi} + \tfrac{1}{4} . x^{-1} \frac{d^2y}{d\xi^2}$$

und die Gleichung

1) $$xy'' - y = 0$$

geht über in

2) $$\xi \frac{d^2y}{d\xi^2} - \frac{dy}{d\xi} - 4\xi y = 0$$

zu welcher Gleichung auch Herr Prof. Petzval durch dieselbe Substitution gelangte. Das Integral dieser Gleichung steht in sehr nahem Zusammenhange mit dem Integrale folgender Gleichung

3) $$\xi \frac{d^2y}{d\xi^2} + \frac{dy}{d\xi} - 4\xi y = 0;$$

ist nämlich das Integral dieser Gleichung 3)

$$y = v,$$

so ist das Integral der Gleichung 2)

$$y = \xi \frac{dv}{d\xi}.$$

Dieser merkwürdige Satz rührt von Lebesgue her (*Liouville's Journal tome* 9) und ist höchst einfach zu beweisen. Man hat nämlich identisch

$$\xi \frac{d^2(\xi v')}{d\xi^2} - \frac{d(\xi v')}{d\xi} - 4\xi(\xi v') = \xi^2 \left(\frac{\xi v'' + v' - 4\xi v}{\xi}\right)',$$

folglich wird für

$$\xi v'' + v' - 4\xi v = 0$$

auch

$$\xi \frac{d^2(\xi v')}{d\xi^2} - \frac{d(\xi v')}{d\xi} - 4\xi(\xi v') = 0;$$

genügt also $y = v$ der Gleichung 3), so genügt zu gleicher Zeit $y = \xi v'$ der Gleichung 2), w. z. b. w.

Ein particuläres Integral der Gleichung 3) erhält man leicht mittelst der Laplace'schen Methode, welche 50 Jahre später Herr Prof. Jos. Petzval noch einmal erfunden zu haben vorgiebt. Setzt man nämlich

$$y = \int_{u_1}^{u_2} e^{u\xi} V \, du$$

voraus, so findet man

$$V=\frac{1}{\sqrt{u^2-4}},$$

und als Gleichung, deren Wurzeln die Integrationsgrenzen bestimmen,

$$e^{u\xi}\sqrt{u^2-4}=0.$$

Aus ihr folgt:

$$u=\pm 2$$

ferner für positive ξ, $u=-\infty$, und für negative ξ, $u=+\infty$. Lassen wir diese unendliche Wurzel ausser Acht, da das Zeichen von ξ nicht decidirt ist und ξ als Variable auch gleich Null sein kann, so haben wir folgendes particuläre Integral der Gleichung 3)

$$y=\int_{-2}^{+2}\frac{e^{u\xi}du}{\sqrt{u^2-4}},$$

welches für

$$u=2\cos\varphi$$

die Form

$$y=A\int_0^{\pi}e^{2\xi\cos\varphi}\,d\varphi$$

annimmt. — Ich setze nun das zweite particuläre Integral der eben genannten Differentialgleichung

$$3)\qquad \xi\frac{d^2y}{d\xi^2}+\frac{dy}{d\xi}-4\xi y=0$$

in folgender Form voraus:

$$y=B\int_0^{\pi}e^{2\xi\cos\varphi}\log(\xi W)\,d\varphi$$

unter W eine, einstweilen noch unbekannte Funktion von φ verstanden. Man hat nun

$$y'=2\int_0^{\pi}\cos\varphi\, e^{2\xi\cos\varphi}\log(\xi W)\,d\varphi+\frac{1}{\xi}\int_0^{\pi}e^{2\xi\cos\varphi}\,d\varphi$$

$$y''=4\int_0^{\pi}\cos^2\varphi\, e^{2\xi\cos\varphi}\log(\xi W)\,d\varphi+\frac{4}{\xi}\int_0^{\pi}\cos\varphi\, e^{2\xi\cos\varphi}\,d\varphi-\frac{1}{\xi^2}\int_0^{\pi}e^{2\xi\cos\varphi}\,d\varphi$$

und werden diese Werthe in 3) substituirt, so erhält man:

$$\xi\frac{d^2y}{d\xi^2}+\frac{dy}{d\xi}-4\xi y=4\xi\int_0^\pi cos^2\varphi\, e^{2\xi\cos\varphi}\log(\xi W)\,d\varphi+4\int_0^\pi \cos\varphi\, e^{2\xi\cos\varphi}\,d\varphi$$

$$+2\int_0^\pi \cos\varphi\, e^{2\xi\cos\varphi}\log(\xi W)\,d\varphi-4\xi\int_0^\pi e^{2\xi\cos\varphi}\log(\xi W)\,d\varphi$$

und wenn man das erste und letzte Glied des 2. Theils zusammenzieht:

$$\xi\frac{d^2y}{d\xi^2}+\frac{dy}{d\xi}-4\xi y=-4\xi\int_0^\pi e^{2\xi\cos\varphi}\sin^2\varphi\log(\xi W)\cdot d\varphi+4\int_0^\pi \cos\varphi\, e^{2\xi\cos\varphi}\,d\varphi$$

$$+2\int_0^\pi \cos\varphi\, e^{2\xi\cos\varphi}\log(\xi W)\,d\varphi$$

Nun ist aber

$$-4\xi\int_0^\pi e^{2\xi\cos\varphi}\sin^2\varphi\log(\xi W)\,d\varphi=-2\int_0^\pi e^{2\xi\cos\varphi}\left\{\sin\varphi\,.\,\frac{W'}{W}+\cos\varphi\log(xW)\right\}d\varphi$$

folglich hat man nach gehöriger Reduction

$$\xi\frac{d^2y}{d\xi^2}+\frac{dy}{d\xi}-4\xi y=4\int_0^\pi \cos\varphi\, e^{2\xi\cos\varphi}\,d\varphi-2\int_0^\pi \sin\varphi\, e^{2\xi\cos\varphi}\,.\,\frac{W'}{W}\,d\varphi$$

und soll der zweite Theil der Gleichung verschwinden, so muss

$$2\cos\varphi=\frac{W'}{W}\sin\varphi$$

d. h.

$$W=\sin^2\varphi$$

sein. Für die Gleichung

4) $$\xi\frac{d^2y}{d\xi^2}+\frac{dy}{d\xi}-4\xi y=0$$

hat man demnach als vollständiges Integral

5) $$y=A\int_0^\pi e^{2\xi\cos\varphi}\,d\varphi+B\int_0^\pi e^{2\xi\cos\varphi}\log(\xi\sin^2\varphi)\,d\varphi,$$

und folglich gehört der Gleichung

6) $$\xi\frac{d^2y}{d\xi^2}-\frac{dy}{d\xi}-4\xi y=0$$

das vollständige Integral

7) $$y=2A\xi\int_0^\pi \cos\varphi\, e^{2\xi\cos\varphi}\,d\varphi+B\int_0^\pi e^{2\xi\cos\varphi}\,d\varphi$$

$$+2B\xi\int_0^\pi \cos\varphi\, e^{2\xi\cos\varphi}\log(\xi\sin^2\varphi)\,d\varphi.$$

Setzt man jetzt

$$\xi = \sqrt{x},$$

so erhält man das Integral der Gleichung

$$8)\qquad x\frac{d^2y}{dx^2} - y = 0,$$

und zwar ist dasselbe

$$9)\quad y = 2C_1\sqrt{x}\int_0^\pi \cos\varphi\, e^{2\sqrt{x}\cos\varphi}\,d\varphi + C_2\int_0^\pi e^{2\sqrt{x}\cos\varphi}\,d\varphi$$
$$+ 2C_2\sqrt{x}\int_0^\pi \cos\varphi\, e^{2\sqrt{x}\cos\varphi}\log(\sqrt{x}\sin^2\varphi)\,d\varphi.$$

Ganz ebenso ergiebt sich das Integral der Gleichung

$$10)\qquad x\frac{d^2y}{dx^2} - b^2y = 0;$$

es ist nämlich

$$y = A\sqrt{x}\int_0^\pi \cos\omega\, e^{2b\sqrt{x}\cos\omega}\,d\omega + B\int_0^\pi e^{2b\sqrt{x}\cos\omega}\,d\omega$$
$$+ 2bB\sqrt{x}\int_0^\pi \cos\omega\, e^{2\sqrt{x}\cos\omega}\log(\sqrt{x}\sin^2\omega)\,d\omega$$

Durch Gleichsetzung der beiden gefundenen Integrale der Gleichung

$$xy'' - y = 0$$

gelangt man zu folgenden beachtenswerthen Formeln:

$$\int_0^\pi \cos^{2n}\omega\log\sin\omega\,d\omega = -\frac{\pi}{2^{2n+1}}\binom{2n-1}{n-1}\left(1 + \frac{2}{2} + \frac{2}{3} + \ldots + \frac{2}{n}\right)$$

$$\int_0^\pi \cos^{2n+1}\omega\log\sin\omega\,d\omega = 0.$$

Aus dem Integral der Gleichung

$$11)\qquad xy'' - b^2y = 0$$

kann man leicht das Integral der Gleichung

$$12)\qquad xz'' + \alpha z' - b^2z = 0$$

ableiten; wenn nämlich

$$y = v$$

das Integral der Gleichung 11) bedeutet, so ist

$$z = \frac{d^\alpha v}{dx^\alpha}$$

das Integral der Gleichung 12). Denn setzt man in 12) $z = v^{(\alpha)}$, so erhält man

$$xz'' + \alpha z' - b^2z = xv^{(\alpha+2)} + \alpha v^{(\alpha+1)} - b^2v^{(\alpha)},$$

was sich auch so schreiben lässt

$$xz'' + az' - b^2z = (xv'' - b^2v)^{(\alpha)};$$

weil nun der Voraussetzung zufolge die Gleichung

$$xv'' - b^2v = 0$$

stattfindet, so verschwindet die rechte Seite der vorigen Gleichung, wie es in Nr. 12) verlangt wird.

IX.

Ueber die Art der Bewegung, welche wir Wärme nennen. Nach Clausius und Krönig

von WITZSCHEL.

Die Vorgänge an Körpern, welche sich als Wärmeerscheinungen kundgeben, ist man hauptsächlich von zwei Seiten her als Bewegungserscheinungen aufzufassen veranlasst worden. Einmal ist es die Verbreitung der Wärme durch Strahlung und die Analogie der darauf bezüglichen Gesetze mit den für das Licht giltigen und nach der Undulationstheorie mit aller nur wünschenswerthen Evidenz erklärbaren Gesetzen, welche auch die Wärme als einen Bewegungszustand der kleinsten Theile eines Körpers annehmen lassen; zweitens wird diese Ansicht bestätigt durch die Beobachtungen und Erfahrungen, welche zur Aufstellung des Begriffes vom sogenannten Arbeitsäquivalent der Wärme geführt haben. Lassen sich nun die Erscheinungen der strahlenden Wärme in nicht blos ungezwungener, sondern in allseitig befriedigender Weise durch eine mit der Undulationstheorie des Lichts fast identischen Theorie erklären, so ist man doch noch sehr weit entfernt, eine klare abgeschlossene Vorstellung von der eigentlichen Art der Bewegung zu haben, in welche die Theilchen eines ponderabelen Körpers versetzt werden oder sind, wenn an demselben Wärmeerscheinungen sich kundgeben. Im Gebiete der Molecularphysik, zu welcher Untersuchungen und Fragen der Art gehören, giebt es zur Zeit noch so wenig unmittelbar dahin gehörige Thatsachen und Beobachtungen, welche zur Erklärung der auf Molecularactionen basirten Erscheinungen hier und da feste Anhaltepunkte gewährten, dass es schwer wird den Weg der Speculation mit einiger Sicherheit vor Abwegen zu betreten und zu verfolgen. Andererseits bietet eine strenge Ableitung der Wärmeerscheinungen und damit verwandter Vorgänge aus einer mechanischen Vorstellungsweise so complicirte, mit den gegenwärtigen Hilfsmitteln der Mathematik nicht füglich zu bewältigende Probleme dar, dass man vor der Hand sich begnügen muss, nur für einzelne beschränkte Erscheinungskreise eine befriedigende Erklärung durch Aufstellung mehrerer Hypothesen zu versuchen und zufrieden zu sein, wenn diese Hypothesen in ihren Consequenzen nicht zu arge Verstösse gegen anderweitige Erkenntnisse der Natur enthalten.

Diese Schwierigkeit einer allgemeinen Lösung des Problems macht es nothwendig, dasselbe in seinen Einzelheiten und besonderen Gestaltungen für gewisse Fälle aufzufassen, oder gewissen Wärmeerscheinungen einzeln auf den Grund zu gehen und zu versuchen, in welcher Weise und unter welchen Voraussetzungen sich dieselben als Bewegungszustände der durch Wärme afficirten Körper darstellen lassen. Es ist daher auch jeder Versuch, einen gewissen Kreis dahin gehöriger Erscheinungen von diesem Standpunkte aus zu deduciren, als ein Beitrag zur künftigen Lösung der Gesammtaufgabe willkommen zu heissen und gewiss wird man den hierbei nothwendiger Weise aufgestellten Hypothesen vorläufig nicht mindere Beachtung zu schenken haben, wie sie denjenigen zu Theil wird, welche bereits einer gelungenen Deduction anderer Naturerscheinungen als Ausgangspunkte dienen.

Sehr beachtenswerth in dieser Beziehung ist eine schon im Jahre 1850 veröffentlichte Abhandlung von Herrn Clausius (Poggend. Annal. Bd. 79), noch mehr aber eine neuere im 100. Bände derselben Annalen S. 353 eingerückte von demselben Verfasser, in welcher auf die „Art der Bewegung, welche wir Wärme nennen" näher eingegangen ist. Die Veröffentlichung der letzteren ist zunächst durch eine Abhandlung von Herrn Krönig: „Grundzüge einer Theorie der Gase" (Poggend. Annal. Bd. 99 S. 315) hervorgerufen worden, in welcher Herr Clausius zum Theil auch seine Ansichten über gewisse Molecularverhältnisse wiedergefunden hat, ohne irgend welche Prioritätsrechte Herrn Krönig gegenüber deshalb beanspruchen zu wollen. Da somit von zwei verschiedenen Seiten und unabhängig von einander eine theilweise Uebereinstimmung von Ansichten und Hypothesen zur Erklärung eines bestimmten Kreises von Erscheinungen vorliegt, so dürfte eine nähere Einsicht in diese beiden Abhandlungen und eine Vergleichung derselben nach den Punkten, in welchen beide Verfasser übereinstimmen oder nicht, wohl einiges Interesse in Anspruch nehmen und wieder gewähren.

Während Herr Krönig zunächst nur die Molecularverhältnisse der Gase, insoweit letztere von Wärmeäusserungen begleitet sind, berücksichtigt, geht Herr Clausius zwar auch von ähnlichen Betrachtungen über den bezeichneten Aggregatzustand aus, giebt aber auch eine, wenngleich noch sehr allgemeine Vorstellung von den Bewegungen der Molecüle eines Körpers im festen und tropfbarflüssigen Aggregatzustande, insoweit einige der bekannteren oder allgemeineren Wärmeerscheinungen dadurch hervorgerufen werden.

Nach der ersten von Herrn Krönig aufgestellten Hypothese bestehen die Gase aus Atomen, welche sich wie feste, vollkommen elastische, mit *gewissen Geschwindigkeiten* innerhalb eines leeren Raumes in (fortschreitender) Bewegung sich befindliche Kugeln verhalten. Feste und flüssige Körper sind, sobald Gleichgewicht oder ein dauernder Zustand eingetreten ist, den Stössen der Gasatome gegenüber ebenfalls absolut elastisch. [Flüssigkeiten dürften wohl nur mit besonderer Einschränkung diesem Verhalten der festen Körper sich anschliessen, vergl. unten die Ansicht des Herrn Clausius über den Vorgang der Verdampfung.] Herr Krönig erläutert diese Vorstellung von dem Verhalten der Gasatome in einem Gefässe mit demjenigen einer Anzahl absolut elastischer Kugeln, welche in einem Kasten von absolut elastischer Substanz zuerst irgendwie vertheilt sind, in ruhendem Zustande sich befinden und in ihrer Gesammtheit einen sehr kleinen Theil des vom Kasten eingeschlossenen Rauminhaltes einnehmen, sodann aber durch eine heftige Hin- und Herbewegung des Kastens in Bewegung gerathen und derselben überlassen werden, nachdem man den Kasten wieder in Ruhe versetzt hat. Unter der Voraussetzung, dass keine anderen Kräfte auf die Kugeln weiter einwirken, behalten diese ihre Bewegung unablässig bei, wie auch die Richtung und Geschwindigkeit jeder einzelnen Kugel durch das Zusammentreffen mit andern und mit den Wänden des Kastens sich ändert. In derartiger Bewegung nun sollen sich die Gasatome in einem Gefässe befinden.

Es ist somit die Bewegung eines Gasatoms eine fortschreitende, keine um irgend eine Gleichgewichtslage oscillirende, vielmehr bewegt sich das Atom so lange in derselben geraden Linie und mit derselben Geschwindigkeit fort, bis die Richtung und Geschwindigkeit durch das Zusammentreffen mit einem andern Gasatom oder mit einer festen Wand geändert wird. Ausgeschlossen wird also damit die Annahme einer gegenseitigen Abstossung zwischen zwei sich nicht berührenden Gasatomen, wie sie häufig in Hypothesen über Aggregatverhältnisse aufgestellt wird.

Durch die Zusammenstösse eines jeden Gasatoms mit andern sowie mit den Wänden, welche, wenn auch noch so eben, doch für diese Verhältnisse immer sehr uneben und höckerig anzunehmen sind, wird die Bahn des Atoms eine sehr unregelmässige, der Berechnung nicht zu unterwerfende sein; doch werden nach den Gesetzen der Wahrscheinlichkeit, insofern die unregelmässigen Bahnen ziemlich gleichmässig vorkommen dürften, gewisse Durchschnittsverhältnisse aufgestellt werden können, nach welchen jene Unregelmässigkeit nicht weiter in Betracht kommt, wie etwa folgende Auffassung (die übrigens sich noch verschiedentlich modificiren lässt, ohne dass das Resultat verändert wird) an die Hand giebt.

In einem rechtwinkelig parallelepipedischen Gefäss von den Dimensionen x, y, z seien n Gasatome, jedes von der Masse m enthalten. Man denke sich den vom Gefäss eingeschlossenen Raum in $\frac{1}{6}n$ gleiche Würfel zerlegt und in jedem derselben 6 Atome befindlich, die sich beziehlig in den *Richtungen* $+x$, $-x$, $+y$, $-y$, $+z$, $-z$ mit derselben Geschwindig*keit c bewegen.* Die Atome mögen sich gegenseitig nicht stören, sondern ungehindert ihre Bewegung bis zu einer Wand hin fortsetzen, wie man dies auch voraussetzen kann, wenn die Atome in derselben graden Linie sich bewegen, da sie nach einem Zusammenstoss nur ihre Geschwindigkeiten vertauschen, mithin wegen übrigens gleicher Beschaffenheit keine Veränderung im ganzen Systeme verursachen. Stösst nun ein Atom gegen eine Wand, z. B. gegen eine der beiden yz-Wände, so ist der dadurch hervorgebrachte Druck gegen dieselbe $= mca$, wenn a die Anzahl Stösse während der Zeiteinheit bezeichnet. Es stösst aber ein senkrecht gegen yz oder parallel mit x bewegtes Atom an die Wand yz, nachdem es den Weg $2x$ zurückgelegt hat; man hat somit $a = \frac{c}{2x}$. Die Stösse aller gegen yz gerichteten Atome, deren Zahl nach obiger Voraussetzung $\frac{2n}{6}$ ist, giebt den Gesammtdruck P derselben gegen die Wand, für welchen man somit hat

$$P = \frac{nmca}{3} = \frac{nmc^2}{2.3x}.$$

Bezeichnet p den Druck gegen die Flächeneinheit, so ist $p = \frac{P}{yz}$, folglich, wenn das Volumen $xyz = v$ gesetzt und der constante Factor weggelassen wird,

$$p = \frac{nmc^2}{v};$$

ein Ausdruck, welcher besagt, dass der Druck des Gases gegen die Flächeneinheit der Gefässwände gleich gross und, übereinstimmend mit dem Mariotte'schen Gesetze, den Volumen umgekehrt proportional ist.

Zu demselben Resultate gelangt auch Herr Clausius durch ähnliche Betrachtungen, welche zum Theil etwas vorsichtiger ausgesprochen, zum Theil wieder allgemeiner sind, und die (scheinbar) willkürliche Voraussetzung, dass gerade ein Drittel aller Gasatome sich senkrecht gegen die betrachteten Wände bewege, nicht enthalten. Er betrachtet zunächst den vollkommen gasförmigen Zustand, wie ihn die permanenten Gase am nächsten repräsentiren, oder nach der Bezeichnung Regnault's ein ideelles Gas, für welches das Mariotte'sche und Gay-Lussac'sche, sowie die damit in Verbindung stehenden Gesetze streng giltig sind. Unter dieser Voraussetzung nimmt er zur Bestimmung des Druckes eines Gases folgende vereinfachende Annahmen zu Hilfe. Die Gesammtzahl der Stösse, welche die Gefässwand erleidet, bleibt ungeändert, wenn man trotz der unendlich vielseitigen Richtungen, welche die Molecüle haben können, annimmt, dass letztere sich in ihren Bewegungen nicht stören, sondern jedes Molecül so lange geradlinig fortfliegt, bis es eine Wand trifft. (Das Gefäss wird hierbei als ein sehr flaches gedacht, in welchem zwei parallele Wände sich gegenüberstehen, deren Abstand gegen die übrigen Dimensionen des Gefässes *verschwindend klein ist.* Die Stösse der Molecüle gegen eine der kleinen

Seitenwände, deren Betrachtung das Resultat nicht weiter ändert, nur die Untersuchung weitläufiger macht, sind dann weiter nicht zu berücksichtigen).

Sodann ist nach den Gesetzen der Wahrscheinlichkeit die Annahme zulässig, dass hinsichtlich der Stösse gegen die Wand es eben so viele Molecüle giebt, für welche der Zurückwerfungswinkel innerhalb derselben Grenzen, z. B. zwischen 60° und 61° liegt, als solche, deren Einfallswinkel in dieselben Grenzen fällt. Da nun auch in der Geschwindigkeit der Molecüle im Ganzen keine Aenderung durch den Stoss gegen die Wand hervorgebracht wird, so macht es für das Endresultat keinen Unterschied, wenn man für jedes Molecül Winkel und Geschwindigkeit nach der Zurückwerfung wie vor derselben annimmt, wenn auch sein Verhalten in der Wirklichkeit nicht genau den gewöhnlichen Elasticitätsgesetzen gemäss ist, wie das der elastischen Kugeln an einer vollkommen ebenen Wand.

Obgleich endlich kein Grund vorhanden ist, die Geschwindigkeit der Molecüle als gleich gross anzunehmen, so kann man doch allen Molecülen eine gewisse mittlere Geschwindigkeit zuschreiben, die so gross ist, dass die lebendige Kraft aller Molecüle bei dieser mittleren Geschwindigkeit dieselbe ist, wie sie bei den verschiedenen Geschwindigkeiten sich herausstellt, welche die Molecüle wirklich haben.

Bezeichnet nun wieder x den Abstand der beiden Wände und ϑ den Winkel, welchen die Bewegungsrichtung des Molecüls mit der Normalen zur Wand bildet und der von 0° bis 90° variirt, so ist $\frac{x}{\cos\vartheta}$ die Länge des vom Molecül zurückgelegten Wegs von einer Wand zur andern und wenn c seine Geschwindigkeit ist, so hat man für die Anzahl der Stösse gegen die Wand

$$\frac{c\cos\vartheta}{2x}.$$

Da von den Bewegungsrichtungen der Molecüle jede gleich oft vorkommend anzunehmen ist, so wird die Anzahl der Molecüle, deren Bewegungsrichtungen mit der Normale Winkel bilden, welche zwischen ϑ und $\vartheta + d\vartheta$ liegen, zur ganzen Anzahl der Molecüle sich verhalten, wie der Flächeninhalt der Kugelzone, deren Grenzkreise durch ϑ und $\vartheta + d\vartheta$ bestimmt werden, zum Flächeninhalt der Halbkugel, d. h. wie

$$2\pi \sin\vartheta\, d\vartheta : 2\pi.$$

Wird also die Anzahl aller Molecüle mit n bezeichnet, so fallen davon in das Intervall von ϑ bis $\vartheta + d\vartheta$

$$n \sin\vartheta\, d\vartheta$$

und die Anzahl der von ihnen herrührenden Stösse ist

$$\frac{nc}{2x}\cos\vartheta \sin\vartheta\, d\vartheta.$$

Die Stärke eines Stosses richtet sich nach der auf die Wand senkrecht gerichteten Componente $c\cos\vartheta$ der Geschwindigkeit c des Molecüls, welche durch die Wand in die entgegengesetzte verwandelt wird, d. h. die Wand entzieht gleichsam dem Molecül die Geschwindigkeit $c \cos \vartheta$ und ertheilt ihm in entgegengesetzter Richtung dieselbe wieder, oder wie man auch sagen kann, sie ertheilt in der letzteren Richtung dem Molecül die Geschwindigkeit $2c \cos \vartheta$. Bezeichnet nun m die Masse des Molecüls, so wird demselben von der Wand eine Bewegungsgrösse

$$2mc \cos \vartheta$$

mitgetheilt. Diese Wirkung wiederholt sich bezüglich aller zwischen die Grenzen ϑ und $\vartheta + d\vartheta$ fallenden Molecüle in der Zeiteinheit $\frac{nc}{2x} \cos \vartheta \sin \vartheta \, d\vartheta$ mal und die denselben mitgetheilte Grösse der Bewegung ist

$$\frac{nmc^2}{x} \cos \vartheta^2 \sin \vartheta \, d\vartheta$$

ein Ausdruck, dessen Integral von $\vartheta = 0$ bis $\vartheta = \frac{\pi}{2}$ nämlich

$$\frac{nmc^2}{3x}$$

die Totalwirkung ist, welche die Wand auf alle Molecüle während der Zeiteinheit ausübt. Nach dem Satze für die Gleichheit des Drucks und Gegendrucks muss auch dieser Ausdruck die Druckkraft bezeichnen, mit welcher die Molecüle auf die Wand einwirken. Ist also p der Druck auf die Flächeneinheit der Wand, und α der Flächeninhalt derselben, so hat man

$$p = \frac{nmc^2}{3x\alpha},$$

oder da $x\alpha$ das Volumen v des Gefässes oder des Gases darstellt,

$$p = \frac{nmc^2}{3v}:$$

ein Ausdruck, der dieselben Schlüsse bezüglich der Expansivkraft des Gases zu machen erlaubt, wie der oben angeführte des Herrn Krönig.

Zu den bisherigen Annahmen fügt nun Herr Krönig diejenige, dass das in der Gleichung $p = \frac{nmc^2}{v}$ vorkommende Product mc^2, d. i. die lebendige Kraft eines Atoms oder die doppelte mechanische Arbeit desselben nichts anderes sei als die vom absoluten Nullpunkt an gezählte Temperatur. Dabei ist unter dem absoluten Nullpunkt derjenige Temperaturgrad verstanden, unter welchem das Gas gar keinen Druck mehr ausübt, und der (den Ausdehnungscoefficienten $= 0{,}00366$ angenommen) nach dem Gay-Lussac'schen Gesetz $= -273^\circ$ C. für ein ideelles Gas sein müsste. Bezeichnet nun t die von diesem absoluten Nullpunkt an gerechnete Temperatur, oder kurz die absolute Temperatur eines Gases, so übt dasselbe nach dem genannten Gesetze einen t proportionalen Druck aus. Dasselbe wird ausgedrückt durch

$$p = \frac{nt}{v},$$

wenn $t = mc^2$ obiger Annahme gemäss gesetzt wird.

Dieselbe Formel lässt aber auch dieselbe Deutung zu, wenn, wie Herr Clausius annimmt, die lebendige Kraft $\frac{1}{2} mc^2$ (welche von ihm, wie es in neuerer Zeit mehrfach geschieht, mit der mechanischen Arbeit gleichgesetzt wird) eines Molecüls oder die aller Molecüle d. i. $\frac{1}{2} nmc^2$ der absoluten Temperatur nur proportional angenommen wird. Dann aber folgt aus $\frac{1}{2} nmc^2 = t \,.\, const.$ auch $pv = t \,.\, const.$ Hierin liegt ein wesentlicher Unterschied zwischen den beiderseitigen Ansichten über die Natur der Wärme, der zwar bei Erklärung der Expansivkraft des Gases und ihrer Abhängigkeit von Volumen und Temperatur noch nicht so bemerkenswerthe Aenderungen hervorbringt, für andere Betrachtungen und Erklärungen indess von Einfluss sein dürfte. Herr Clausius meint nämlich, dass die von Herrn Krönig angenommene fortschreitende Bewegung der Atome nicht die einzig vorhandene sei, welche zur Erklärung von Temperaturerscheinungen herzugezogen werden müsse. Indem er zunächst annimmt, dass ein Molecül aus mehreren Atomen besteht, welche zu demselben nicht als eine starre Masse vereinigt, sondern innerhalb gewisser Grenzen als beweglich vorzustellen sind, glaubt er, dass man neben der fortschreitenden Bewegung der Molecüle erstlich eine rotirende Bewegung derselben, und sodann auch irgend welche Vibrationen (oder periodische Bewegungen, die in höchst verschiedener Weise denkbar sind) der Bestandtheile jedes Molecüls oder der Atome voraussetzen müsse. Denkt man sich nämlich die Molecüle als Gruppen von Atomen, so würde bei einer blos fortschreitenden Bewegung derselben sehr bald durch einen Zusammenstoss je zweier, wenn er nicht zufällig central ist, eine rotirende entstehen. Andererseits würde bei einer Anzahl von Molecülen, die in keiner fortschreitenden Bewegung sich befinden, deren Bestandtheile aber eine lebhafte Bewegung haben, leicht die erstere Bewegung hervorgebracht werden, allerdings unter entsprechendem Verluste an lebendiger Kraft für letztere Bewegung. Beim Vorhandensein beiderlei Bewegungen wird bald die eine, bald die andere auf Kosten von lebendiger Kraft der jedesmal anderen eine Vergrösserung erhalten bis ein Zustand eingetreten ist, in welchem alle Bewegungen ein gewisses, von der Beschaffenheit der Molecüle mit abhängiges Verhältniss zu einander haben, in Folge dessen sie sich gegenseitig weder vermehren noch vermindern.

Man kann daher die Bewegung von Molecülen, deren Bestandtheile selbst auch in Bewegung sind, nach einem Zusammenstosse je zweier oder von einer festen Wand nicht eigentlich nach den gewöhnlichen Elasticitätsgesetzen wie die zweier elastischer Kugeln beurtheilen; denn die Geschwindigkeiten und Richtungen der Bewegungen nach dem Stosse werden ausser von der fortschreitenden Bewegung der Molecüle vor demselben auch von der im Augenblicke des Stosses stattfindenden Bewegung der zunächst sich treffenden Bestandtheile beider Molecüle abhängen. Ist indessen der eben erwähnte Beharrungszustand eingetreten, so können bei einer grossen Anzahl von Molecülen die bei den einzelnen Stössen vorkommenden Abweichungen von den gewöhnlichen Gesetzen vernachlässigt werden, d. h. es ist die Annahme zulässig, dass die Molecüle bei ihrer fortschreitenden Bewegung den gewöhnlichen Elasticitätsgesetzen folgen. Wenn nun von dem Drucke eines Gases gegen eine feste Wand der Grund in dieser fortschreitenden Bewegung der Molecüle gesucht wird, so ist klar, dass bei Erklärung der Expansivkraft des Gases und ihrer Abhängigkeit von Volumen und Temperatur die eigenen Bewegungen der Bestandtheile eines Molecüls keine wesentliche Modification hervorrufen; nur wird man nach der vorausgehenden Auseinandersetzung die lebendige Kraft der fortschreitenden Bewegung nicht als die ganze dem Gase zugehörige Wärmegrösse auffassen können, sondern nur als einen gewissen Theil derselben bei vorausgesetztem Beharrungszustande der inneren und äusseren Bewegungen der Molecüle; d. h. die absolute Temperatur ist der lebendigen Kraft der Bewegung der Molecüle proportional.

Dass die fortschreitende Bewegung der Molecüle nur einen gewissen Theil der ganzen vorhandenen Wärme repräsentire, hat Herr Clausius in nachstehender Weise darzulegen versucht.

Die Wärmemenge sei nicht nach der gewöhnlichen Wärmeeinheit, sondern nach der mechanischen Einheit der lebenden Kraft (oder nach der Einheit der Arbeit) gemessen und werde, in solcher Weise bestimmt, $=H$ gesetzt. Man braucht hierzu nur die auf gewöhnliche Weise bestimmte Wärmemenge durch das Wärmeäquivalent für die Einheit der Arbeit, das $=A$ gesetzt werde, zu dividiren. Ferner sei C die specifische Wärme des Gases bei constantem Volumen (oder nach Rankine die wahre specifische Wärme), so ist die Vermehrung der in dem Gasquantum Q enthaltenen Wärmemenge (Q nach dem Gewichte bestimmt) bei einer Erhöhung der (absoluten) Temperatur um dt

$$dH = \frac{QC}{A}\,dt,$$

woraus durch Integration folgt

$$1)\qquad H = \frac{QC}{A}\,t,$$

wobei eine Constante nicht hinzugefügt zu werden braucht, da die im Gase vorhandene Wärme der lebendigen Kraft der fortschreitenden Bewegung proportional ist.

Für die rechte Seite dieser Gleichung lässt sich noch ein anderer Ausdruck gewinnen. Die Wärmemenge, welche man dem Gasquantum Q mittheilen muss, damit seine Temperatur um dt und sein Volumen um dv wächst, wird ausgedrückt durch

$$\frac{QC}{A}dt + p\,dv$$

worin das erste Glied die Zunahme der vorhandenen Wärme und das zweite die zur Arbeit verbrauchte Wärme darstellt. Wird nun angenommen, dass die Erwärmung unter constantem Drucke stattfinde, so hat man nach den früheren Auseinandersetzungen

$$pv = t\,.\,const.$$

und

$$p\,dv = dt\,.\,const.,$$

woraus noch

$$\frac{v}{dv} = \frac{t}{dt} \text{ oder } dv = \frac{v}{t}dt$$

folgt. Setzt man den Werth von dv in der obigen Gleichung ein, so hat man zunächst

$$\frac{QC}{A}dt + \frac{pv}{t}dt.$$

Setzt man noch die specifische Wärme des Gases unter constantem Drucke $= C'$, so ist die durch diese Formel ausgedrückte Wärmemenge auch mit $\frac{QC'}{A}dt$ zu bezeichnen. Somit ist

$$\frac{QC'}{A}dt = \frac{QC}{A}dt + \frac{pv}{t}dt,$$

oder

2) $$\frac{Q(C'-C)}{A}t = pv;$$

womit 1) übergeht in

3) $$H = \frac{C}{C'-C}pv.$$

Aus der frühern Gleichung $p = \frac{nmc^2}{3v}$ folgt aber, wenn man die lebendige Kraft der fortschreitenden Bewegung d. i. $\frac{1}{2}nmc^2$ kurz mit K bezeichnet,

$$K = \tfrac{3}{2}pv;$$

und wenn man diese Gleichung mit der vorhergehenden verbindet,

4) $$\frac{K}{H} = \tfrac{3}{2}\left(\frac{C'}{C} - 1\right).$$

Das Verhältniss $\frac{K}{H}$ der lebendigen Kraft der fortschreitenden Bewegung zur ganzen lebendigen Kraft ist somit auf das Verhältniss der beiden specifischen Wärmen zurückgeführt. Statt der nach der Gewichtseinheit berechneten specifischen Wärme können auch die nach der Volumeneinheit gerechneten specifischen (oder die *relativen) Wärmen*, welche γ und γ' heissen mögen, eingeführt werden, was bei Vergleichung der Werthe von $\frac{K}{H}$ für verschiedene Gase zweckmässiger ist. Letztere Gleichung geht dann über in

$$\frac{K}{H} = \frac{3}{2}\,\frac{\gamma' - \gamma}{\gamma}.$$

In einem frühern Aufsatze (Pogg. Ann. Bd. 79, S. 394) hat nun Herr Clausius nachgewiesen, dass für die Gase im ideellen Zustande die Differenz $\gamma' - \gamma$ constant ist. Sonach ist dann das Verhältniss $\frac{K}{H}$ der beiden lebendigen Kräfte umgekehrt proportional der nach der Volumeneinheit gerechneten wahren specifischen Wärme γ der Gase.

Bei denjenigen einfachen Gasen, welche hinsichtlich ihrer Volumenverhältnisse keine Unregelmässigkeiten zeigen, und bei denjenigen zusammengesetzten Gasen, die bei der Zusammensetzung keine Volumenverminderung erleiden, ist γ und somit auch $\frac{K}{H}$ constant. Für dieselben ist angenähert

$$\frac{\gamma'}{\gamma} = 1{,}421$$

und folglich

$$\frac{K}{H} = 0{,}6315.$$

Bei denjenigen zusammengesetzten Gasen aber, deren Volumen mit der Zusammensetzung abgenommen hat, ist $\frac{\gamma'}{\gamma}$ und ebenso auch $\frac{K}{H}$ kleiner und zwar um so mehr, je grösser die bei der Zusammensetzung stattfindende Verdichtung ist, wenn die Bestandtheile sämmtlich als gasförmig angenommen werden.

Die lebendige Kraft der fortschreitenden Bewegung ist sonach nicht hinreichend, die ganze im Gase vorhandene Wärme darzustellen und der Unterschied beider Grössen ist um so bedeutender, aus je mehr Atomen die einzelnen Molecüle der Verbindung bestehen.

Die bisherigen Auseinandersetzungen gelten, wie schon erwähnt, nur von den permanenten Gasen und von diesen nur angenähert oder, wie man sich erfahrungsmässig auch ausdrücken kann, nur von den Gasen in soweit sie dem Mariotte'schen und Gay-Lussac'schen und den damit in Verbindung stehenden Gesetzen streng folgen, d. h. von den im ideellen Gaszustande befindlichen Körpern. Ein solches Gas muss bezüglich seines Molecularzustandes folgenden Bedingungen genügen.

1) Der Raum, welchen die Molecüle des Gases wirklich ausfüllen, muss gegen den ganzen Raum, den das Gas einnimmt, verschwindend klein sein. 2) Die Zeit eines *Stosses*, innerhalb welcher bei einem Molecül ein Aus-

tausch oder überhaupt eine Veränderung der Bewegung stattfindet, muss gegen die Zeit, welche zwischen zwei Stössen vergeht, verschwindend klein sein. 3) Der Einfluss der Molecularkräfte muss verschwindend klein sein; d. h. die Kraft, mit welcher die Molecüle sich in ihren mittleren Entfernungen noch gegenseitig anziehen, muss gegen die aus der Bewegung entstehende Expansivkraft verschwindend klein sein und wenn die Molecüle bei ihren Bewegungen in grössere Nähe, als ihre mittleren Entfernungen betragen, an einander kommen, so müssen die von den activ werdenden Molecularkräften hervorgerufenen Abweichungen oder Störungen in der Bewegung eines Molecüls nach Richtung und Geschwindigkeit immer noch unmerklich oder verschwindend bleiben.

Sind diese Bedingungen nicht erfüllt, so treten in verschiedenem Sinne Abweichungen von den oben genannten einfachen Gesetzen der Gase ein, welche um so auffallender werden, je mehr sich der Molecularzustand des Gases von diesen Forderungen eines ideellen Zustandes entfernt.

Herr Clausius hat die Abweichungen der Gase von dem Verhalten nach dem Mariotte'schen und Gay-Lussac'schen Gesetze, wie sie die Arbeiten Regnault's herausgestellt haben, aus diesen Principien zu deduciren und aus der Beschaffenheit der Abweichungen bei einem einzelnen Gase die Molecularverhältnisse desselben abzuleiten versucht; indess ist er dabei auf grössere Schwierigkeiten namentlich auch in der Rechnung gestossen, als dass er bis dahin einigermassen zuverlässige Resultate mitzutheilen sich im Stande sah.

Herr Krönig, dessen Ableitung der Expansivkraft des Gases, wie wir gesehen, auf einer mehr vereinfachenden Annahme oder willkürlich erscheinenden Vorstellung beruhte, hat auch die Abweichungen von dem Mariotte'schen und Gay-Lussac'schen berührt, dieselben aber in entsprechender Weise einfach dadurch erklärlich gemacht, dass nicht bei jedem Gase und unter allen Umständen ein Molecül (oder Atom) der frühern Annahme zufolge in der Zeiteinheit $2 \cdot \frac{c}{2x}$ Stösse gegen eine Wand vollführe, sondern, weil wegen des Zusammenstosses mit einem andern Molecül (Atom) die Richtung desselben umgekehrt und der Weg mehr oder weniger abgekürzt werde, auch bald mehr oder weniger genau die Zeit $\frac{2 \cdot \frac{1}{2} x}{c}$ von einem Stosse gegen die Wand bis zum nächsten gebrauche. In Folge dessen könne nun auch der Druck p des Gases in dem einen Falle grösser im andern Falle kleiner als $\frac{n m c^2}{v}$ sein, wie er für den vollkommnen Gaszustand oben angenommen worden ist.

Man erkennt indessen leicht, dass hierdurch eigentlich nur eine Ausnahme von der zweiten der eben erwähnten, von Herrn Clausius aufgestellten Bedingungen für den ideellen Gaszustand berührt ist, und dass die Voraussetzungen des Letzteren die Sache von mehreren Seiten beleuchten und zu untersuchen Veranlassung bieten.

Ueber den Molecularzustand der festen und flüssigen Körper stellt Herr Clausius in Vergleich mit dem der gasförmigen folgende Hypothesen auf.

Im festen Zustande ist die Bewegung der Molecüle von der Art, dass sich dieselben um gewisse Gleichgewichtslagen bewegen, ohne dieselbe ganz zu verlassen, so lange nicht äussere Kräfte auf dieselben einwirken. Bei dieser im Ganzen vibrirenden Bewegung der Molecüle, die immer noch höchst verschieden gedacht werden kann, ist es ausserdem möglich ja wahrscheinlich, dass die Bestandtheile jedes Molecüls sich besonders bewegen und zwar um einen Schwerpunkt entweder hin- und herschwingen oder sich drehen. Wirken äussere Kräfte auf den Körper, so können durch dieselben die Molecüle in andere Gleichgewichtslagen auf die Dauer gebracht werden.

Diese bestimmte Gleichgewichtslage, um welche die Molecüle fester Körper sich bewegen, ist bei den flüssigen Körpern nicht mehr vorhanden; bei diesen können sich die Molecüle ganz um ihren Schwerpunkt herumdrehen und auch dieser sich aus seiner Lage beliebig fortbewegen. Doch steht diese Bewegung zu der gegenseitigen Anziehung der Molecüle in dem Verhältniss, dass ein vollständiges Auseinanderfliegen derselben noch nicht möglich ist, indem immer ein Molecül bei seiner Bewegung in das Bereich anderer Molecüle kommt, welche auf dasselbe eine gleiche Einwirkung haben, wie diejenigen, mit denen es vorher in Wechselwirkung gestanden hatte. Hiernach ist ein Molecül zwar nicht an bestimmte Nachbarmolecüle zu einem gewissen Systeme gebunden, doch verlässt es dieselben auch nicht von selbst, sondern nur unter Einfluss von Kräften, welche von andern Molecülen herrühren und mit denen es dann in ein gleiches Verhältniss tritt. Dieser Zustand ist jedoch als ein mittlerer Bewegungszustand aller Molecüle anzusehen, von welchem die wirkliche Bewegung und Geschwindigkeit eines einzelnen Molecüls nach beiden Seiten hin bedeutend abweichen kann. Im Durchschnitt ist aber somit den Molecülen einer Flüssigkeit eine schwingende, wälzende und fortschreitende Bewegung zuzuschreiben, letztere indess nur in dem Maasse, dass sie noch ohne äusseren Druck innerhalb eines gewissen Volumens sich gegenseitig zusammenhalten.

Im gasförmigen Zustande hat aber die fortschreitende Bewegung der Molecüle dergestalt zugenommen, dass sie sich über die Grenzen ihrer gegenseitigen Anziehung von einander entfernen. In Folge dessen wird auch die fortschreitende Bewegung nicht mehr wesentlich durch die Molecularanziehung verändert, und deshalb kann man diese Bewegung als gradlinig und den gewöhnlichen Gesetzen folgend annehmen. Beim Zusammenstoss zweier Molecüle ist einerseits die fortschreitende Bewegung so gross, die Anziehung beider so klein, dass beide mit derselben Heftigkeit wieder auseinander fliegen, während im flüssigen und festen Zustande des Körpers die Gesammtanziehung aller Nachbarmolecüle einen viel grössern, bezüglich überwiegenden Einfluss auf die Eigenbewegung eines Molecüls ausübt.

Eine erste Probe der Haltbarkeit dieser Ansichten wird darin bestehen können, darzulegen, ob und wie sich nach denselben die Erscheinungen des Uebergangs aus einem Aggregatzustand in den andern auf ungezwungene Weise erklären lassen. Herr Clausius hat selbst von einem dieser Vorgänge, dem der Verdampfung, in folgender Weise Rechenschaft zu geben versucht.

Da einzelne Flüssigkeitsmolecüle eine von dem angegebenen Mittelwerthe ihres Bewegungszustandes mehr oder weniger grössere Geschwindigkeit haben können, so ist der Fall denkbar, dass an der Oberfläche einer Flüssigkeit ein Molecül derselben mit solcher Geschwindigkeit fortbewegt wird, dass es aus dem Bereiche der Anziehung sämmtlicher Nachbarmoleküle heraustritt und, weil es dabei nicht wieder in die Anziehungssphäre anderer Molecüle kommt, in der fortschreitenden Bewegung verharrt, also durch den über der Flüssigkeit befindlichen Raum weiter fliegt. Ist nun dieser Raum begrenzt und anfänglich leer, so wird er sich nach und nach mit fortgeschleuderten Flüssigkeitsmolecülen füllen, die sich in diesem Raume wie die Molecüle eines Gases verhalten, an die den Raum begrenzenden Wände stossen u. s. w. Eine dieser Wände stellt aber die Flüssigkeitsoberfläche selbst vor, welche die gegen sie stossenden Molecüle wieder aufnimmt, in Folge der Molecularanziehung, welche auf das herabgeworfene Molecül wieder Einfluss gewinnt. Je mehr Molecüle sich nun bereits in dem über der Flüssigkeitsoberfläche befindlichen Raume angesammelt haben, desto grösser wird auch der aliquote Theil derjenigen sein, welche auf die Flüssigkeit wieder zurückfallen und von ihr aufgenommen werden, und es wird einmal dahin kommen, dass in der Zeiteinheit durchschnittlich nur ebensoviel Molecüle von der Flüssigkeit abgestossen, als wieder aufgenommen werden. Von da ab wird die Menge der im gasförmigen Zustande befindlichen Molecüle, d. h. die Dichtigkeit des Dampfes, nicht mehr vermehrt und es ist ein Gleichgewichtszustand hergestellt, der aber mehr als ein Beharrungs- oder Compensationszustand von zwei einander entgegengesetzten Vorgängen, dem der Verdampfung und des Niederschlags, zu bezeichnen ist.

Die Dichte des Dampfes ist sonach von der Menge der in einer gegebenen Zeit von der Flüssigkeit ausgestossenen Molecüle, und diese wiederum von der Stärke der Bewegung innerhalb der Flüssigkeit, d. i. von der Temperatur derselben abhängig. Das Gesetz der Abhängigkeit des Dampfdrucks von der Temperatur der Flüssigkeit aus diesen Betrachtungen abzuleiten, ist Herrn Clausius nach seiner eignen Angabe noch nicht gelungen.

Im Allgemeinen lassen sich indess nach ihm mit derselben Einfachheit *noch einige* andere damit verwandte Vorgänge und Erscheinungen erklären.

So verhalten sich zunächst auch die übrigen Wände des vom Dampfe erfüllten Raumes gegen den Dampf sehr bald wie die Flüssigkeitsoberfläche. Nachdem sich zuerst etwas Dampf an denselben niedergeschlagen hat (in Folge, dass die Dampfmolecüle die lebendige Kraft ihrer fortschreitenden Bewegung beim Zusammenstoss mit den Molecülen der festen Wände an dieselben zum grossen Theil verlieren, was theils durch die Molecularanziehung zwischen den dampfförmigen und festen Molecülen, theils dadurch zu erklären ist, dass die Dämpfe in der Nähe ihres Condensationspunktes nicht den Mariotte'schen und Gay-Lussac'schen Gesetzen folgen, also die dasselbe begründenden Voraussetzungen, wie sie oben für permanente Gase angegeben worden sind, weniger anwendbar bleiben) dieser Niederschlag später aber wieder der Verdampfung unterworfen ist, so muss auch hier ein Compensationspunkt eintreten, wobei abgestossene und aufgenommene Molecüle durchschnittlich von gleicher Anzahl sind. Ersichtlicherweise hängt der Vorgang der Dampfcondensation von der Dichtigkeit und Spannung des Dampfes in dem von den Wänden umschlossenen Raume, d. h. von der lebendigen Kraft der in fortschreitender Bewegung begriffenen Dampfmolecüle, ferner von der Kraft, mit welcher letztere von der Wand angezogen werden, und der Temperatur der Wand, d. h. von der Bewegung ihrer Molecüle ab. Alle diese Bewegungen setzen sich bezüglich der dampfförmigen Molecüle zu einer solchen zusammen, welche für das Bestehen des flüssigen Zustandes nothwendig ist, und da nach obigen Erörterungen dieselbe im Ganzen geringer zu schätzen ist, als sie für den dampfförmigen Zustand nöthig war, so muss nach dem Satze der Aequivalenz lebendiger Kräfte eine Temperaturerhöhung der festen Wände, sowie deren weiterer Umgebung und dann auch eine Wiederverdampfung der condensirten Flüssigkeit eintreten; d. h. die Wand wird von der niedergeschlagenen Flüssigkeit benetzt und verhält sich dann ebenso wie die Oberfläche der verdampfenden Flüssigkeit.

Ob der Raum über der Flüssigkeit, wie zuerst angenommen wurde, leer, oder mit einem andern Gas erfüllt ist, macht in dem eigentlichen Vorgange der Verdampfung keinen Unterschied. Die Wechselwirkung eines über der Flüssigkeit befindlichen Gases mit der Flüssigkeitsoberfläche besteht (bei Ausschliessung jeder besondern — chemischen — Verwandtschaft zwischen Flüssigkeit und Gas) nur darin, dass einzelne Gasmolecüle gegen die Oberfläche stossen und wieder zurückprallen und wiederum einzelne Flüssigkeitstheile in den vom Gase eingenommenen Raum hinausgestossen werden. Weil aber nach den für den gasförmigen Zustand oben aufgestellten Bedingungen die Gasmolecüle nur einen verschwindend kleinen Theil des von ihnen in Anspruch genommenen Raumes wirklich einnehmen, so werden verhältnissmässig nur sehr wenig Gasmolecüle gegen die Flüssigkeit stossen und es ist somit für die von der Flüssigkeit abgestossenen Molecüle der darüber befindliche Raum so gut wie leer. Trifft dann in entsprechend grösserer Entfernung von der Oberfläche ein Gas- und Dampfmolecül zusammen, so verhalten sich beide wie Molecüle zweier oder eines und desselben Gases. Der Compensationszustand tritt wieder erst ein, wenn durchschnittlich eben so viele Dampfmolecüle von der Flüssigheit ab- wie in dieselbe zurückgestossen werden, und dazu ist die für die Raumeinheit erforderliche Anzahl von Dampfmolecülen dieselbe, mag der Raum ausserdem noch ein Gas enthalten oder nicht.

Anders ist indess der Einfluss des Gasdruckes beim Sieden der Flüssigkeit. Erlangen an einzelnen Stellen der inneren Flüssigkeitsmasse oder da, wo dieselbe von den festen Wänden begrenzt ist, die Molecüle eine so heftige Bewegung, dass für den Augenblick ihr Zusammenhang gelöst wird, so entstehen kleine Räume, in welchen sich einzelne Molecüle mit derselben Heftigkeit wie beim gasförmigen Zustande hin- und herbewegen. Da aber jeder dieser Räume von allen Seiten noch von Flüssigkeitsmasse (oder theilweise von der festen Wand) umgeben ist, welche den bewegten Molecülen zunächst keinen Durchgang verstatten, so wird sich derselbe nur erhalten und bezüglich zu einer Dampfblase vergrössern können, wenn von seinen Flüssigkeitswänden ebenso viele oder noch mehr Molecüle fortgeschleudert werden, als in dieselbe wieder eindringen, d. h. wenn die lebendige Kraft aller Dampfmolecüle eines Bläschens dem Drucke zu widerstehen vermag, welcher von der darüberstehenden Flüssigkeitssäule und dem auf deren Oberfläche lastenden Gase herrührt. Die Expansivkraft des in einer Blase befindlichen Dampfes muss demnach auch um so grösser sein, je grösser der Druck ist, unter welchem die Flüssigkeit steht und es ist somit im Allgemeinen erklärlich, wie die Siedetemperatur von dem auf die Flüssigkeit lastenden Drucke abhängig ist.

Auf ähnliche Weise, wie bei den flüssigen Körpern lässt sich auch bei festen Körpern die Verdampfung oder deren Sublimation erklären und zugleich einsehen, dass nicht an der Oberfläche aller Körper eine Verdampfung stattfinden müsse. Denn es ist auch möglich, dass der Zusammenhang der Molecüle eines Körpers innerhalb gewisser Temperaturgrenzen so stark ist, dass keine Zusammensetzung von Eigenbewegungen einer gewissen Anzahl Molecüle ein Ablösen eines derselben aus seinem bisherigen Verbande zu bewirken vermag.

Eben so ungezwungen erklärt sich nach dem Vorhergehenden die Wärmeerzeugung und der Wärmeverbrauch bei Aenderungen des Aggregatzustandes und des Volumens als eine Uebertragung von lebendiger Kraft der Molecüle des in Aenderung befindlichen Körpers auf seine Umgebung oder umgekehrt. Aendern die Molecüle eines Körpers ihre zeitherige Lage zu einander, so kann dieses entweder in einem mit der Bewegung derselben übereinstimmenden oder im entgegengesetzten Sinne geschehen. Im ersteren Falle wird den Molecülen eine gewisse Geschwindigkeit mitgetheilt, deren lebendige Kraft als Wärme aufzufassen ist, im anderen Falle geben sie eine gewisse Geschwindigkeit ab, deren lebendige Kraft als ein Wärmeverlust erscheint. — Beim Uebergange aus dem festen in den flüssigen Zustand gehen die Molecüle aus einer bestimmten Gleichgewichtslage in andere mehr unregelmässige Lagen über, und es müssen hierbei die Kräfte, welche sie in der ersteren Verbindung zu erhalten suchten, überwunden werden, d. h. die Molecüle nehmen eine gewisse Summe mechanischer Arbeit auf. Dasselbe findet bei der Verdampfung statt, wo eine vollständige Trennung der einzelnen Molecüle und dazu wieder eine Ueberwindung entgegenstehender Kräfte nöthig ist. Hat nun aber ein Körper den (ideell-) gasförmigen Zustand einmal erhalten, so ist für noch weitere Ausdehnung desselben kein Molecularzusammenhang mehr zu überwinden und sonach auch keine innere Arbeit mehr zu verrichten.

Was dagegen die äussere Arbeit betrifft, so ist, wie sowohl Herr Krönig als Herr Clausius bemerkt haben und aus dem allgemeinen Satze von der Aequivalenz der lebendigen Kräfte hervorgeht, die durch die Expansivkraft eines Gases hervorgerufene äussere Arbeit der Veränderung der lebendigen Kraft der fortschreitenden Bewegung der Gasmolecüle entsprechend. Ist eine der Wände, gegen welche die Gasmolecüle stossen, selbst in Bewegung, so werden von dieser die Molecüle nicht mit denselben Geschwindigkeiten zurückgestossen, mit denen sie auftreffen. Kommt die Wand den Molecülen entgegen, so ist die Geschwindigkeit der Molecüle nach dem Zusammenstoss mit derselben im Allgemeinen grösser als vorher, und das Gas muss sich erwärmen. Treiben umgekehrt die Molecüle des Gases die bewegliche Wand zurück, so werden sie soviel von der lebendigen Kraft ihrer fortschreitenden Bewegung, d. h. einen dem proportionalen Theil ihrer Wärme verlieren, als zur Bewegung der Wand erforderlich ist. Daraus geht noch hervor, dass, wenn ein Gas sich ausdehnt, ohne einen Widerstand zu überwinden, es dabei im Ganzen keine Temperaturveränderung erleidet.

Endlich berührt Herr Clausius noch das Gesetz der einfachen Verhältnisse, welche zwischen den Volumen gasförmiger Verbindungen und denen ihrer Bestandtheile stattfinden.

Aus den oben angeführten Formeln für den Druck eines Gases auf die Flächeneinheit seiner umschliessenden Wände folgt, dass dieselbe der Anzahl der in der Volumeneinheit enthaltenen Molecüle und der lebendigen Kraft ihrer fortschreitenden Bewegung proportional ist. Nimmt man hierzu noch bezüglich der einfachen Gase an, was auch aus andern Gründen wahrscheinlich ist, dass bei gleichem Druck und gleicher Temperatur in gleichen Volumen gleich viel Atome enthalten sind, so folgt, dass die Atome verschiedener einfacher Gase bezüglich ihrer fortschreitenden Bewegung gleiche lebendige Kraft haben (oder, nach Herrn Krönig, dass bei gleichem Druck und gleicher Temperatur gleiche Volumen gleiche Wärmequantitäten enthalten.)

Zu demselben Schlusse gelangt man leicht, wenn man die zusammengesetzten Gase unter einander vergleicht.

So nehmen z. B. von den beiden Gasen, Stickstoffoxyd und Stickstoffoxydul, deren volumetrische Zusammensetzung in den Verhältnissen 1 : 1 und 1 : 2 stattfindet, solche Mengen, welche gleich viel Sauerstoff enthalten, gleichen Raum ein; d. h. es befinden sich bei diesen Gasen in gleichen Räumen gleich viel Molecüle, obgleich die Molecüle des einen aus je zwei, die des andern aus je drei Atomen ihrer Bestandtheile zusammengesetzt sind. Hieraus ist nun zu folgern, dass die verschiedenartig zusammengesetzten Molecüle verschiedener Gase gleiche lebendige Kraft in Bezug auf ihre fortschreitende Bewegung haben.

Abweichungen von diesem Gesetze können bei einigen Gasen sich zeigen, entweder wenn bei der Volumenbestimmung das Gas nicht weit von seinem Condensationspunkte entfernt war, oder wenn die übliche chemische Formel die atomistische Zusammensetzung des Gases nicht richtig darstellt.

Anders gestaltet sich indess die Sache bei Vergleichung von einfachen und zusammengesetzten Gasen, indem auf ein Atom eines einfachen Gases nicht derselbe Raum kommt, wie auf ein Molecül eines zusammengesetzten. Verbinden sich zwei einfache Gase nach gleichen Volumen, so findet erfahrungsmässig keine Volumenverminderung statt, obgleich nach jenem Gesetze eine im Verhältniss von 2 : 1 eintreten sollte. Zur Erklärung dieser Erscheinung hat Herr Clausius noch die Hypothese aufgestellt, „dass die Kraft, welche die Entstehung chemischer Verbindungen verursacht, und welche wahrscheinlich in einer Art von Polarität der Atome besteht, schon in den einfachen Stoffen wirksam ist, und dass auch in diesen mehrere Atome zu einem Molecüle verbunden sind."

Die einfachste Verbindung der Art würde sein, dass zwei Atome ein Molecül bildeten, und damit lässt sich die Gestaltung mehrerer Volumenverhältnisse erklären.

Bilden z. B. gleiche Volumen Sauerstoff und Stickstoff eine Mischung, so ist in derselben eine gewisse Anzahl von Molecülen enthalten, welche entweder aus zwei Atomen Sauerstoff oder aus zwei Atomen Stickstoff bestehen. Nach dem Uebergang dieser Mischung in eine chemische Verbindung sind in letzterer ebensoviele Molecüle, die nur anders, nämlich jedes aus einem Atom Stickstoff und einem Atom Sauerstoff zusammengesetzt sind, vorhanden, als vorher und somit kein Grund zu einer Volumenveränderung vorhanden. In einer Mischung von zwei Volumen Stickstoff und einem Volumen Sauerstoff besteht wieder jedes Molecül aus zwei Atomen, in der chemischen Verbindung dagegen aus drei Atomen. Mit dem Entstehen der chemischen Verbindung vermindert sich also die Anzahl der Molecüle im Verhältniss von 3:2 und in demselben Verhältniss muss also auch *das Volumen* der Verbindung abgenommen haben.

Einige Stoffe, z. B. Schwefel und Phosphor, geben bekanntlich hinsichtlich ihrer volumetrischen Zusammensetzung bedeutende Abweichungen von der gewöhnlichen Regel kund. Doch sind einerseits grade diese Stoffe auch wegen ihres anderweiten allotropischen Verhaltens vor andern Stoffen ausgezeichnet; andererseits ist festzuhalten, dass die Zusammensetzung der Molecüle eines einfachen Körpers aus je zwei Atomen zwar als die einfachste, doch nicht als die einzig mögliche oder nothwendige anzunehmen ist.

Wenn man nun von den berührten Ausnahmen, die bei der Unsicherheit, welche noch über die chemische Zusammensetzung mancher Stoffe herrscht, verhältnissmässig weniger ins Gewicht fallen, absieht, so würden — schliesst Herr Clausius — nach den vorhergehenden Erörterungen und Hypothesen sämmtliche Volumenverhältnisse der Gase sich auf den Satz zurückführen lassen, dass die einzelnen Molecüle aller Gase in Bezug auf ihre fortschreitende Bewegung gleiche lebendige Kraft haben.

Kleinere Mittheilungen.

XXII. Ueber die Krümmungshalbmesser der Kegelschnitte.

Bezeichnet r den Radiusvector, u die Normale und ϱ den Krümmungshalbmesser eines Kegelschnittpunktes, so gilt bekanntlich die Gleichung

$$\varrho = u \sec^2 (u, r)$$

und daraus folgt jene seit langer Zeit bekannte Construction des Krümmungsmittelpunktes, die man in allen ausführlicheren Werken über Kegelschnitte findet. Neuerdings hat Herr Prof. Gugler (in der 2. Aufl. seines Lehrbuchs der descriptiven Geometrie) sowohl jene Construction, als einige damit zusammenhängende Sätze auf so einfache und zwar völlig elementare Art bewiesen, dass wir es sehr bedauern müssten, wenn die Kenntniss dieser interessanten Ableitung sich nicht weiter als das genannte, hauptsächlich für Fachschulen bestimmte Werk verbreitete; wir theilen daher, mit Erlaubniss des Herrn Verfassers, das Bezügliche mit.

1. Für die Parabel ist bekanntlich die Subnormale MN gleich dem Halbparameter oder auch $FN = FP$ mithin $\angle FNP = \angle FPN$; fällt man NQ senkrecht auf FP, so erhält man die congruenten Dreiecke MNP und QPN, daraus $PQ = MN$ d. h. die Projection der Normale auf den Leitstrahl ist dem Halbparameter gleich.

2. In einer aus den Halbachsen a und b construirten Ellipse (Fig. 1) sei die Excentricität $CF = CG = e$, die Leitstrahlen eines Ellipsenpunktes P mögen FP und GP sein, $PU = PF$, $PV = PG$, S die Mitte von

FU, T der Mittelpunkt von GV, also ST die Tangente im Punkte P, und senkrecht dazu PN die Normale, welche parallel zu FU und GV ist; man hat nun

$$FV : FG = FP : FN \quad \text{oder} \quad \frac{FP}{FN} = \frac{a}{e},$$

$$GU : GF = GP : GN \quad \text{„} \quad \frac{GP}{GN} = \frac{a}{e}.$$

Fig. 1.

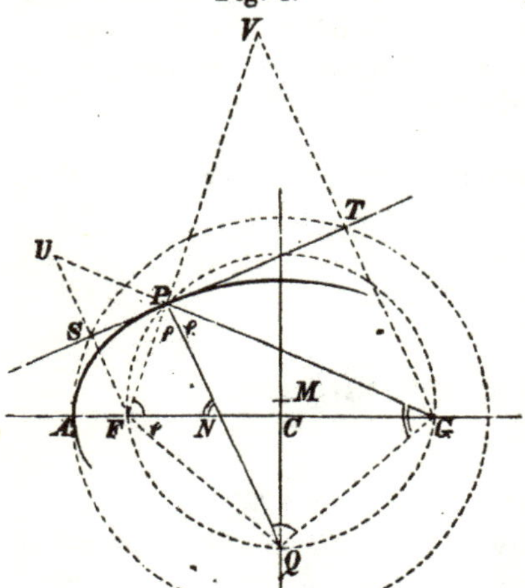

Denken wir uns ferner durch F, G und P einen Kreis gelegt (sein Mittelpunkt ist in der Figur mit M bezeichnet) und nach dem Durchschnitte Q desselben mit der verlängerten kleinen Achse eine Gerade PQ gezogen, so sind die über gleichen Bögen stehenden Peripheriewinkel FPQ und GPQ gleich, mithin fällt die Gerade PQ mit der Normale zusammen. Weiter geben die ähnlichen Dreiecke PNF und PGQ

$$\frac{PQ}{GQ} = \frac{PF}{NF} = \frac{a}{e}$$

folglich

$$\frac{a}{PQ} = \frac{e}{GP} = \cos\varphi \text{ oder } PQ \, . \cos\varphi = a,$$

d. h. die Projection des vom Curvenpunkte bis zur kleinen Achse reichenden Normalenstückes auf einen der Leitstrahlen ist der grossen Halbachse gleich.

Man hat ferner

$$FS = FP \, . \cos\varphi, \quad GT = GP \, . \cos\varphi;$$

multiplicirt man diese Gleichungen und beachtet die bekannte Relation $FS \, . \, GT = b^2$, so findet man weiter

$$b^2 = FP \, . \, GP \, . \cos^2\varphi = FP \, . \, GP \, . \left(\frac{a}{PQ}\right)^2;$$

andererseits ergiebt sich aus den ähnlichen Dreiecken PNF und PGQ die Proportion $FP : PN = PQ : GP$ oder $FP \, . \, GP = PN \, . \, PQ$, mithin nach dem Vorigen

$$b^2 = \frac{PN}{PQ} a^2.$$

Schreibt man statt dessen

$$\frac{b^2}{a} = PN \, . \, \frac{a}{PQ} = PN \, . \cos\varphi,$$

so hat man den Satz: die Projection der Normale auf einen der beiden Leitstrahlen ist dem Halbparameter gleich.

3. Die soeben vorgenommenen Schlüsse sind mit einer leichten Modification auch auf die Hyperbel anwendbar und führen zu zwei ähnlichen Sätzen, in denen die kleine Halbachse der Ellipse durch die Nebenhalbachse der Hyperbel vertreten wird.

4. Ist nun P ein beliebiger Punkt eines Kegelschnittes, PF sein Radius vector, auf diesem die Strecke PR gleich dem Halbparameter und RN senkrecht auf PR, so stellt PN die Normale des Punktes P dar und N ist ihr Durchschnitt mit der grossen Achse, d. h. mit der Scheitelnormale des Kegelschnittes. Beim Zusammenfallen der Punkte P und A fällt auch N mit R zusammen und wird zum Krümmungsmittelpunkte mithin AN zum Krümmungshalbmesser für den Scheitel A d. h. der Krümmungshalbmesser für den Scheitel eines Kegelschnittes ist dem Halbparameter gleich.

Bei der Ellipse kann man noch den Krümmungshalbmesser für den Endpunkt der kleinen Halbachse aus dem Vorigen herleiten. Man hat nämlich für irgend einen Punkt P den Punkt Q, wenn man auf PF die Strecke $PS = a$ nimmt und SQ senkrecht auf PS errichtet; fällt nun P nach B, so kommt S nach F und es bestimmt sich BQ durch die Gleichung

$$BQ = \frac{\overline{BF}^2}{BC} = \frac{a^2}{b}.$$

5. Um den Krümmungshalbmesser für einen beliebigen Kegelschnittspunkt zu finden, gehen wir von folgender Betrachtung aus. (Fig. 2.) Zu zwei willkürlichen Punkten P und P' eines Kegelschnitts sind die Normalen PN, $P'N'$ construirt und zugleich die Radienvectoren PF, $P'F'$ gezogen; durch N und N' legen wir zu der Sehne SPP' Parallelen, welche die Leitstrahlen PF und $P'F$ in V und V' schneiden; endlich sei W der Durchschnitt von $P'V'$ mit $N'V$, T der Durchschnitt der Normalen und T_0 der Punkt, in welchem die Gerade $V'V$ die zweite Normale $P'N$ trifft.

Fig. 2.

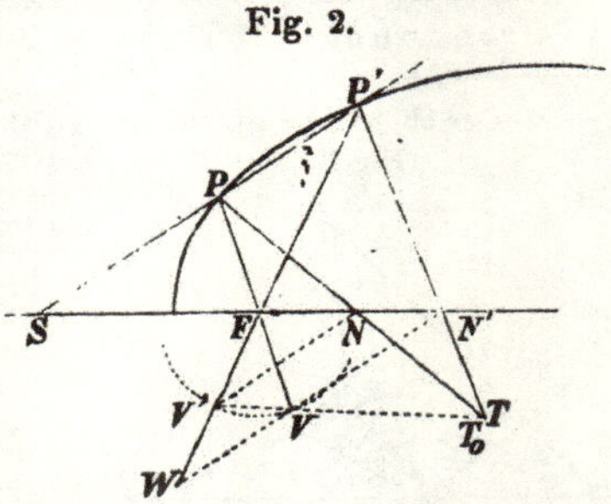

Da nun einerseits die Gerade PNT als Transversale für das Dreieck $SN'P'$, andererseits $V'VT_0$ als Transversale für das Dreieck $P'N'W$ angesehen werden kann, so gelten die beiden Gleichungen:

$$P'P \,.\, SN \,.\, TN' = PS \,.\, NN' \,.\, TP' \text{ und } P'V' \,.\, WV \,.\, T_0N' = V'W \,.\, VN' \,.\, T_0P'$$

$$\frac{P'P}{PS} \cdot \frac{SN}{NN'} = \frac{TP'}{TN'} \text{ und } \frac{P'V'}{V'W} \cdot \frac{WV}{VN'} = \frac{T_0P'}{T_0N'};$$

wegen der *parallelen Lage* der Geraden $P'S$, NV' und $N'W$ ist aber

$$\frac{P'P}{PS}=\frac{WV}{VN'} \quad \text{und} \quad \frac{SN}{NN'}=\frac{P'V'}{V'W},$$

und wenn man beide Relationen in die erste der obigen Gleichungen substituirt, so ergiebt sich

$$\frac{WV}{VN'}\cdot\frac{P'V'}{V'W}=\frac{TP'}{TN'}.$$

Die linke Seite dieser Gleichung ist identisch mit der linken Seite der zweiten von den früheren beiden Gleichungen, daher

$$\frac{TP'}{TN'}=\frac{T_0P'}{T_0N'}.$$

d. h. der Punkt T_0 fällt mit dem Punkte T zusammen oder: die drei Punkte V, V', T liegen in einer Geraden*).

Ferner gelten die Proportionen

$$FV':FN=FP':FS,$$
$$FN':FV=FS:FP$$
$$\overline{FV'.FN':FV.FN=FP'.FS:FS.FP}$$

oder

$$\frac{FV'}{FV}=\frac{FP'}{FN'}:\frac{FP}{FN};$$

nun ist aber für alle Kegelschnitte das Verhältniss von $FP:FN$ constant mithin

$$\frac{FV'}{FV}=1 \text{ oder } FV'=FV,$$

d. h. die Punkte V und V' liegen auf der Peripherie eines um den Brennpunkt F beschriebenen Kreises.

---

*) Der obige Satz gilt übrigens (wie auch der Verfasser später auf S. 245 anmerkt) nicht nur für Kegelschnitte und ist überhaupt ein specieller Fall eines allgemeineren Theoremes, welches u. A. auf folgende Weise ausgesprochen werden kann: „Wenn einem Vierecke $ABCD$, dessen Gegenseiten sich in F und G schneiden, ein zweites Viereck $abcd$ so eingeschrieben wird, dass des letzteren Diagonalen ac und bd durch die Punkte F und G gehen, so treffen die Gegenseiten des neuen Vierecks mit den Diagonalen des ursprünglichen Vierecks in zwei Punkten f und g zusammen." (Fig. 3.) Der Beweis dieses bekannten Satzes kann dem obigen analog geführt werden. Rückt man G unendlich weit weg und ersetzt

Fig. 3.

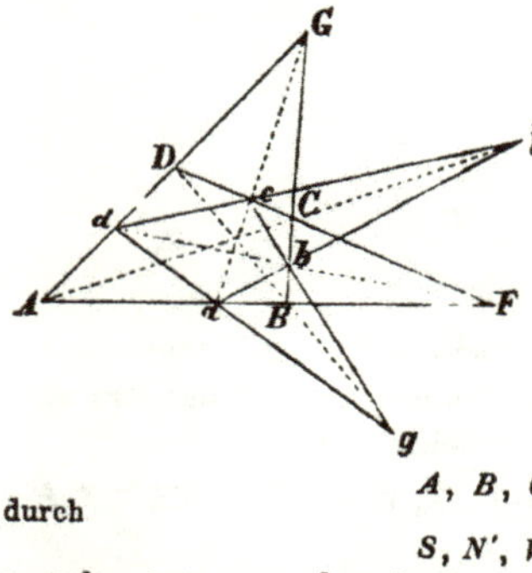

$$A,\ B,\ C,\ D,\ a,\ b,\ c,\ d,\ F,$$
durch
$$S,\ N',\ W,\ P',\ N,\ V,\ V',\ P,\ F,$$

so gelangt man zu dem im Texte vorkommenden Satze. Dabei ist in Fig. 2. das Viereck $ABCD=SN'WP'$ ein überschlagenes; soll es zu einem gewöhnlichen werden, so muss man statt F den anderen Brennpunkt des Kegelschnitts nehmen.

Hält man den Punkt P fest und lässt P' sich ihm mehr und mehr nähern, so rückt V' immer näher an V, während gleichzeitig auch $FV = FV'$ und die Strecken PT, $P'T$ sich ändern; je näher aber V' an V liegt, um so weniger differirt die Kreissecante $V'VT$ von einer Kreistangente, ist endlich P' mit P zusammengefallen mithin die Kegelschnittssecante SPP' zur Kegelschnittstangente geworden, so ist entsprechend $V'VT$ Kreistangente in V, ferner $V'N$ parallel zur Kegelschnittstangente also senkrecht auf der Normale PN, endlich $V'T$ senkrecht auf dem Kreisradius FV. Die Kreistangente $V'T$ bestimmt jetzt auf der Normale PN die Grenzlage, welche der Durchschnitt beider Normalen beim Zusammenfallen der Punkte P und P' annimmt. **Man erhält folglich den Krümmungsmittelpunkt T für den Kegelschnittspunkt P, wenn man im Endpunkte N der Normale auf dieser eine Senkrechte bis zum Durchschnitte V mit dem Leitstrahl PF errichtet und nachher in V eine auf dem Radiusvector senkrechte Gerade bis zum Schnitte T mit der Normale aufsteigen lässt.**

Der vorigen elementaren Bestimmung des Krümmungsmittelpunktes fügen wir eine andere bei, die zwar keine solche geometrische Eleganz besitzt, aber wenigstens auf einem sehr einfachen leicht zu merkenden Grundgedanken beruht. Man gelangt nämlich sogleich zum Krümmungshalbmesser, wenn man das Verhältniss $NN' : PP'$ (Fig. 4) auf zwei verschiedene Weisen ausdrückt und nachher zur Grenze für zusammenfallende P und P' übergeht.

Fig. 4.

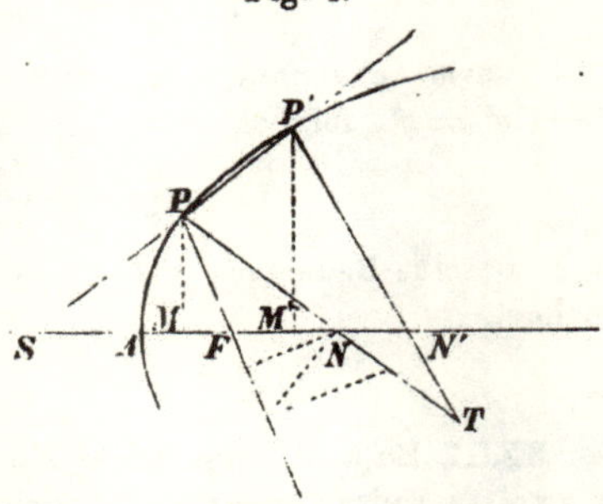

Bezeichnen wir die numerische Excentricität des Kegelschnittes mit ε (bei der Ellipse $= \frac{\sqrt{a^2-b^2}}{a}$, bei der Parabel $= 1$, und bei der Hyperbel $= \frac{\sqrt{a^2+b^2}}{a}$), so ist für alle Kegelschnitte $FN = \varepsilon . FP = \varepsilon r$, mithin $NN' = \varepsilon(r' - r)$; ausserdem hat man aber für alle Kegelschnitte $r = AF + \varepsilon x$ folglich $NN' = \varepsilon^2 (x' - x) = \varepsilon^2 . MM'$ und

$$\frac{NN'}{PP'} = \varepsilon^2 \frac{MM'}{PP'} = \varepsilon^2 \cos MSP = \varepsilon^2 \cos \sigma,$$

wo σ den Winkel zwischen der Sehne PP' und der Hauptachse des Kegelschnittes bedeutet.

Sehen wir zweitens die Normale $P'N'T$ als Transversale des Dreiecks SPN an, so können wir die Gleichung

$$\frac{SP'}{P'P}\cdot\frac{PT}{TN}\cdot\frac{NN'}{N'S}=1$$

aufstellen und ziehen daraus

$$\frac{NN'}{PP'}=\frac{NT}{PT}\cdot\frac{N'S}{P'S},$$

mithin durch Vergleich mit dem ersten Werthe des Verhältnisses $NN' : PP'$

$$\varepsilon^2 \cos\sigma = \frac{PT - PN}{PT}\cdot\frac{N'S}{P'S}.$$

Lassen wir P' mit P zusammenfallen, so wird SPP' zur Tangente und $\angle\sigma$ geht über in den Winkel τ, welchen die Tangente mit der Hauptachse einschliesst; ferner wird PT zum Krümmungshalbmesser ϱ, PN bleibt die Nomale u und es ergiebt sich

$$\varepsilon^2 \cos\tau = \frac{\varrho - u}{\varrho}\cdot\frac{NS}{PS}$$

d. i. weil jetzt PS senkrecht auf PN steht

$$\varepsilon^2 \cos\tau = \frac{\varrho - u}{\varrho}\sec\tau.$$

Diese Gleichung bestimmt ϱ nämlich

$$\varrho = \frac{u}{1 - \varepsilon^2 \cos^2\tau}$$

oder wegen $\cos\tau = \frac{y}{u}$

$$\varrho = \frac{u^3}{u^2 - \varepsilon^2 y^2}.$$

Nach einem bekannten, aus dem Vorigen herzuleitenden Satze ist aber $u^2 - \varepsilon^2 y^2 = p^2$, folglich

$$\varrho = \frac{u^3}{p^2} = u\left(\frac{u}{p}\right)^2 = u \sec^2\varphi$$

wo φ dieselbe Bedeutung hat wie in Nr. 2. und p den Halbparameter bezeichnet.

SCHLÖMILCH.

XXIII. Zu den Sätzen unter Nr. XVIII. der kleineren Mittheilungen im zweiten Hefte des ersten Jahrgangs dieser Zeitschrift. Von den drei nachfolgend mitgetheilten und elementar bewiesenen Sätzen enthält der zweite den dortigen ersten in sich, der dritte ist der dortige zweite, und als Hilfssatz für den Beweis desselben ist der erste vorangeschickt.

1. Die drei Strecken V_1W_1, W_1U_1, U_1V_1, welche auf irgend einer Transversale von je zwei in A, B, C zusammenstossenden Seiten des Dreiecks ABC ausgeschnitten werden, finden sich von den aus diesen Ecken über irgend einen Punkt O gezogenen Geraden in U_2, V_2, W_2 so getheilt, dass die zwei Pro-

dukte aus je drei Abschnitten, welche keinen gemeinschaftlichen Endpunkt haben, einander gleich sind, d. h. es ist

$$U_1V_2 \,.\, V_1W_2 \,.\, W_1U_2 = U_2V_1 \,.\, V_2W_1 \,.\, W_2U_1,$$

Beweis. Zieht man durch den Punkt O zu $U_1V_1W_1$ eine Parallele, welche die Gegenseiten von A, B, C in X, Y, Z trifft, so ist:

$$\frac{U_1V_2}{U_1W_2}=\frac{OY}{OZ},\quad \frac{V_1W_2}{V_1U_2}=\frac{OZ}{OX},\quad \frac{W_1U_2}{W_1V_2}=\frac{OX}{OY}$$

also

$$\frac{U_1V_2}{U_1W_2}\cdot\frac{V_1W_2}{V_1U_2}\cdot\frac{W_1U_2}{W_1V_2}=1$$

oder

$$U_1V_2 \,.\, V_1W_2 \,.\, W_1U_2 = U_2V_1 \,.\, V_2W_1 \,.\, W_2U_1.$$

Bemerkung. Wenn irgend welche von den drei Strecken, so können es nur immer zwei sein, welche zwischen ihren Endpunkten und nicht ausserhalb derselben getheilt sind.

Vermöge dieses Umstands bildet der Satz auch einen anderen Ausdruck des bekannten Satzes der höheren Geometrie: die drei Paare von Punkten, in welchen die drei Paare von Gegenseiten eines vollständigen Vierecks (A, B, O, C) eine Transversale schneiden, sind in Involution.

2. Die Geraden, welche aus den Ecken A, B, C eines Dreiecks nach den Schnittpunkten a, b, c der Gegenseiten mit irgend einer Transversale gezogen werden, theilen die Strecken V_1W_1, W_1U_1, U_1V_1, welche von je zwei in jenen Ecken zusammenstossenden Seiten auf irgend einer anderen Transversale ausgeschnitten werden, in U_2, V_2, W_2 so, dass die zwei Produkte aus je drei Abschnitten, welche keinen gemeinschaftlichen haben, einander gleich sind.

Beweis. Zieht man durch a, b, c zu der Transversalen $U_1V_1W_1$ Parallelen, welche AB und AC in z_1 und y_1, BC und BA in x_2 und y_2, CA und CB in y_3 und x_3 treffen, so ist:

$$\frac{U_2V_1}{U_2W_1}=\frac{ay_1}{az_1},\qquad \frac{V_2W_1}{V_2U_1}=\frac{bz_2}{bx_2},\qquad \frac{W_2U_1}{W_2V_1}=\frac{cx_3}{cy_3},$$

also

$$\frac{U_2V_1}{U_2W_1}\cdot\frac{V_2W_1}{V_2U_1}\cdot\frac{W_2U_1}{W_2V_1}=\frac{ay_1}{az_1}\cdot\frac{bz_2}{bx_2}\cdot\frac{cx_3}{cy_3}=\frac{bz_2}{az_1}\cdot\frac{cx_3}{bx_2}\cdot\frac{ay_1}{cy_3}$$
$$=\frac{bc}{ac}\cdot\frac{ac}{ab}\cdot\frac{ab}{bc}=1.$$

somit, wie behauptet wurde:

$$U_1V_2 \,.\, V_1W_2 \,.\, W_1U_2 = U_2V_1 \,.\, V_2W_1 \,.\, W_2U_1.$$

Zusatz. Sind nicht alle drei Strecken zwischen ihren Endpunkten getheilt, so ist es ganz gewiss Eine und nur Eine. Die drei Paare von Punkten bilden keine Involution. Sind desshalb zwei Strecken halbirt, so ist die aus unserem Satz fliessende Folge, dass auch die zwei Abschnitte der dritten Strecke einander gleich sind, auf die Halbirung dieser Strecke zu deuten, während bei Satz 1. die Gleichheit des Verhältnisses dieser beiden Abschnitte mit der Einheit, auf die Lage des Theilungspunktes in unendlicher Entfernung zu deuten wäre.

Sind deshalb ferner die drei Strecken in drei Punkten U_2, V_2, W_2 halbirt, so liegen die Punkte a, b, c, in welchen die Geraden AU_2, BV_2, CW_2 die Seiten BC, CA, AB schneiden, auf Einer Geraden.

3. Die drei Geraden, welche von den Durchschnittspunkten E, F und G je zweier Gegenseiten BC und AD, CA und BD, AB und CD eines vollständigen Vierecks nach den Halbirungspunkten U, V, W derjenigen drei Strecken U_1U_2, V_1V_2, W_1W_2 gezogen werden, welche sich auf einer beliebigen Transversalen von jenen drei Paaren ausgeschnitten finden, gehen durch Einen Punkt.

Beweis. Die Punkte u_1 und u_2, v_1 und v_2, w_1 und w_2, welche auf einer durch den Schnittpunkt S der Geraden EU und FV zu $U_1V_1W_1$ gezogenen Parallelen anstatt U_1 und U_2, V_1 und V_2, W_1 und W_2 auftreten, sind nichts anderes als die Schnittpunkte dieser Parallelen mit den Seiten des Dreiecks ABC und mit der aus den Gegenecken über den Punkt D gezogenen Geraden. Man hat also nach Satz 1:

$$1) \qquad u_1v_2 \,.\, v_1w_2 \,.\, w_1u_2 = u_2v_1 \,.\, v_2w_1 \,.\, w_2u_1$$

weil aber d. V. g. $UU_1 = UU_2$ und $VV_1 = VV_2$, so ist auch $Ou_1 = Ou_2$ und $Ov_1 = Ov_2$, daher auch: $u_1v_2 = u_2v_1$, somit nach 1)

$$v_1w_2 \,.\, w_1u_2 = v_2w_1 \,.\, w_2u_1, \text{ oder } \frac{v_1w_2}{w_2u_1} = \frac{v_2w_1}{w_1u_2}, \text{ und } \frac{v_1w_2 \pm w_2u_1}{w_2u_1} = \frac{v_2w_1 \pm w_1u_2}{w_1u_2}$$

Aus der bei Satz 1. gemachten Bemerkung ergiebt sich aber, dass die Zähler durch Einerlei Wahl des Doppelzeichens auf die Werthe v_1u_1 und v_2u_2 gebracht werden können, es ist deshalb auch

$$w_2u_1 = u_2w_1$$

und hieraus folgt, abermals mit Rücksicht auf die Lage der Punkte,

$$Ow_1 = Ow_2$$

d. h. es ist auch w_1w_2 in O halbirt, und die Gerade von G nach dem Halbirungspunkt W der Strecke W_1W_2 geht durch den Schnittpunkt O beider Geraden EU und FV oder alle drei gehen durch Einen Punkt.

XXIV. Zu der Lehre von den projectivischen Büscheln im Kreise.

Lehrsatz. Beschreibt man in einem Kreis vier Sehnenvierecke mit einer gemeinschaftlichen Seite PQ so, dass die ... BB_1, CC_1, DD_1) von PQ durch Einen Punkt O ... nden Büschel P und Q der Art projectivisch, dass je zwei Strahlen, welche Seiten eines und desselben Vierecks sind, einander entsprechen.

Beweis. Vermöge der Aehnlichkeit der Dreiecke OAB und $OB'A'$, desgleichen OCB und $OC'B'$ ist

$$\frac{AB}{A'B'}=\frac{OA}{OB'} \text{ und } \frac{BC}{B'C'}=\frac{OC}{OB'}$$

durch Division folgt hieraus:

$$\frac{AB}{A'B'}:\frac{BC}{B'C'}=\frac{OA}{OC}.$$

Da die rechte Seite von der Richtung der Geraden BB' ganz unabhängig ist, so muss es auch die linke sein, d. h. das Doppelverhältniss links ändert sich nicht, wenn an die Stelle der Punkte B und B' die Punkte D und D' gesetzt werden, oder man hat:

$$\frac{AB}{A'B'}:\frac{BC}{B'C'}=\frac{AD}{A'D'}:\frac{DC}{D'C'} \text{ oder auch } \frac{AB}{BC}:\frac{AD}{DC}=\frac{A'B'}{B'C'}:\frac{A'D'}{D'C'}$$

Da aber diese Sehnen sämmtlich den Sinus der ihnen in den Punkten P und Q gegenüberliegenden Peripheriewinkel proportional sind, so folgt auch, unter Anwendung einer selbstverständlichen Bezeichnungsweise:

$$\frac{\sin(a,b)}{\sin(c,b)}:\frac{\sin(a,d)}{\sin(c,d)}=\frac{\sin(a',b')}{\sin(c',b')}:\frac{\sin(a',d')}{\sin(d',c')}$$

womit die Behauptung nachgewiesen ist.

Bemerkung. Ich habe diesen Satz, der für die Behandlung der Lehre von den Sehnenvierecken von einigem Nutzen sein möchte, in seiner Allgemeinheit bei keinem der Schriftsteller über höhere Geometrie finden können. Nur bei Chasles begegnete ich unter Nr. 700 S. 490 seiner *Géométrie supérieure* einem Satz, der gewissermassen ein Corollar des meinigen bildet. Lässt man nämlich Q mit P, D mit A', B' oder C' und in Folge dessen D' mit A, B oder C zusammenfallen, so erhält man sechs Strahlen a und a', b und b', c und c', von welchen jede vier mit ihren vier conjugirten projektivisch sind, also eine Involution bilden.

C. W. Baur,
Prof. an d. polytechn. Schule in Stuttgart.

XXV. Aufgaben zu der Wahrscheinlichkeitsrechnung.

1. Zu gewissen Glücksspielen werden Würfel mit mehr als sechs Flächen, auf denen die Augzahlen ebenfalls nach der natürlichen Zahlenreihe fortschreiten, verwendet. Auf eine bestimmte Augensumme ist ein besonderer Gewinn gesetzt. Es entsteht daher — die gleiche Wahrscheinlichkeit des Auffalls auf jede Fläche vorausgesetzt — die Frage:

Was ist die Wahrscheinlichkeit, dass mit n Würfeln von je m Flächen die Augensumme a geworfen wird?

Bezeichnungen: $1.2.3\ldots.(n-1).n = n!$;

$$\frac{n}{1}\cdot\frac{n-1}{2}\cdot\frac{n-2}{3}\cdots\frac{n-p+2}{p-1}\cdot\frac{n-p+1}{p} = \binom{n}{p}$$

Lehnsatz: $$\binom{n}{n-p} = \binom{n}{p}$$

Der günstigen Würfe sind es eben so viele, als sich bei Ausführung der Multiplication

$$(x_1 + x_1^2 + x_1^3 + \ldots + x_1^m)(x_2 + x_2^2 + x_2^3 + \ldots + x_2^m)\ldots.$$
$$\ldots(x_n + x_n^2 + x_n^3 + \ldots + x_n^m)$$

solche Einzelprodukte $x_1^r . x_1^s \ldots . x_n^t$ einstellen, welche die Exponentensumme

$$r + s + \ldots + t = a$$

geben. Nimmt man aber

$$x = x_1 = x_2 = \ldots = x_n,$$

so geht jedes dieser Einzelprodukte in x^a ihre Summe also in dasjenige Vielfache von x^a über, welches die fragliche Anzahl zum Coefficienten hat. Weil nun das ganze Produkt in Folge dieser Annahme in

$$(x + x^2 + x^3 + \ldots + x^m)^n = \left(x . \frac{1 - x^m}{1 - x}\right)^n = x^n (1 - x)^{-n} . (1 - x^m)^n$$

übergeht, so wird diese fragliche Anzahl angegeben durch den Coefficienten von x^a in der Entwickelung letzteren, oder durch den Coefficienten von x^{a-n} in der Entwickelung folgenden Ausdrucks nach steigenden Potenzen von x:

$$(1 - x)^{-n}(1 - x^m)^n = \left\{1 + \binom{n}{1}x + \binom{n+1}{2}x^2 + \binom{n+2}{3}x^3 + \ldots\right\}$$
$$.\left\{1 - \binom{n}{1}x^m + \binom{n}{2}x^{2m} - \binom{n}{3}x^{3m} + \ldots.\right\}$$

In der ersten Reihe rechts sind diejenigen Potenzen von x, welche zur Bildung von x^{a-n} beitragen:

x^{a-2} behaftet mit dem Coefficienten $\binom{n + a - n - 1}{a - n} = \binom{a - 1}{n - 1}$

x^{a-n-m} " " " " $\binom{n + a - n - m - 1}{a - n - m} = \binom{a - m - 1}{n - 1}$

x^{a-n-2m} " " " " $\binom{n + a - n - 2m - 1}{a - n - 2m} = \binom{a - 2m - 1}{n - 1}$

. . . .

Der Coefficient von x^{a-n} oder die gesuchte Anzahl ist daher:

$$\binom{a-n}{n-1} - \binom{n}{1}\binom{a - m - 1}{n - 1} + \binom{n}{2}\binom{a - 2m - 1}{n - 1} + \ldots$$

und kann mit Angabe des Glieds, bei welchem sie von selbst abbricht, folgende Bezeichnung geschrieben werden, bei welcher ε einen positiven echten Bruch, der Null werden kann, ausdrückt, und r nur ganze Werthe annehmen darf:

$$\sum_{r=0}^{r=\frac{a-n}{m}-\varepsilon}(-1)^r\binom{n}{r}\binom{a-rm-1}{n-1}$$

Dividirt man diese Anzahl durch die Zahl m^n der überhaupt möglichen Würfe, so ergiebt sich die verlangte Wahrscheinlichkeit.

2. Von zwei Spielern legt der eine die acht Karten Einer Couleur nach der zufälligen Ordnung, in welcher sie durch das Mischen auf einander zu liegen gekommen sind, auf, während der andere zu gleicher Zeit die acht Namen der Karten nach der üblichen Rangordnung ausspricht; stimmt nun niemals der ausgesprochene Namen mit demjenigen der gleichzeitig aufgelegten Karte überein, so hat der eine gewonnen, im gegentheiligen Fall der andere. Was ist die Wahrscheinlichkeit des Gewins für den einen?

Die Frage kommt offenbar auf diese hinaus: Wieviel giebt es zwischen n Elementen $x_1, x_2, x_3, \ldots x_n$ solche Permutationen, in welchen kein Element sich an der durch seine Nummer bezeichneten natürlichen Stelle befindet?

Um aus der Zahl sämmtlicher Permutationen die nicht zu dieser Kategorie gehörigen auszuscheiden, schlagen wir folgendes Verfahren ein:

Wird mit $(y)_r$ die Summe sämmtlicher (als Produkte aufgefassten) Permutationen zwischen r Elementen $y_1, y_2, \ldots y_r$ bezeichnet, so denke man sich folgende Multiplication ausgeführt:

$$(1-x_1)(1-x_2)\ldots(1-x_n)\{1+(y)_1+(y)_2+\cdots(y)_n\}$$

sodann in jedem aus n Faktoren x und y zusammengesetzten Einzelprodukt dieselben so geordnet, dass sich jedes x an seiner natürlichen Stelle befindet, die y aber die leeren Stellen von links nach rechts in derselben Ordnung ausfüllen, nach welcher sie in der Permutation (y), aus welcher sie herstammen, aufeinander folgen. Endlich sollen die in dem Einzelprodukt fehlenden x nach der natürlichen Folge ihrer Nummern an die Stellen von y_1, $y_2, \ldots$ gesetzt werden. Für $n = b$ wäre z. B. für das Einzelprodukt

$$-\,x_2x_3x_4\cdot y_2y_5y_3y_4y_1$$

zuerst $-\,y_2x_2x_3y_5y_3y_4x_7y_1$,

sodann $-\,x_4x_2x_3x_8x_5x_6x_7x_1$

zu schreiben. Man erhält, wie das vorige Beispiel an x_5 und x_6 zeigt, nicht nur die aus den Faktoren $(1-x)$ eingeführten x ganz sicher, sondern möglicherweise auch solche x, welche für gewisse y substituirt wurden, an ihren *natürlichen Stellen*. *Eben* deshalb stellt sich jede Permutation in x, die nicht zur fraglichen Kategorie gehört, auch mehreremale ein. Während zwar die Faktoren x aus $(1-x_2)$, $(1-x_3)$ und $(1-x_7)$ mit keiner anderen Permutation (y) als der oben verwendeten die erhaltene Permutation in x liefern können, wird dieselbe dagegen von jeder Combination — diejenige zu Null nicht ausgeschlossen — zwischen den fünf Faktoren $(1-x_2), (1-x_3)$, $(1-x_5)$, $(1-x_6)$ und $(1-x_7)$, und zwar von jeder nur Einmal, geliefert.

Daraus folgt, dass jede Permutation, in welcher nur p Elemente x sich an ihren natürlichen Stellen befinden, sich mit folgendem Ausdruck als Gesammtcoefficienten einstellen wird, in welchem die aufeinanderfolgenden Glieder von den rückwärts aufgezählten p ersten Gliedern der Summe $1+(y)_1+(y)_2\ldots$ herrühren:

$$1-\binom{p}{1}+\binom{p}{2}-\binom{p}{3}+\ldots+(-1)^{p-1}\binom{p}{p-1}+(-1)^p=(1-1)^p=0,$$

d. h. wenn die gleich oft mit entgegengesetzten Vorzeichen auftretenden Permutationen in x gegen einander gestrichen werden, so bleiben nur solche zwischen den n Elementen x_1 bis x_n übrig, in welchen sich kein Element an seiner natürlichen Stelle befindet, denn von diesen Permutationen stellt sich jede nur mit dem Coefficienten $+1$ aus $(y)_n$ ein.

Setzt man daher jetzt

$$x=\begin{cases} x_1=x_2=x_3=\ldots=x_n \\ y_1=y_2=y_3=\ldots=y_n \end{cases}$$

so wird jede unserer Permutationen in x^n, das ganze Produkt aber in

$$(1-x)^n\,(1+1!\,x+2!\,x^2+\ldots+n!\,x^n)$$

übergehen. Die gesuchte Anzahl ist daher nichts anderes als der Coefficient von x^n in der Entwickelung des letzteren Ausdrucks nach st. Pot. von x, d. h. sie ist:

$$n!-\binom{n}{1}(n-1)!+\binom{n}{2}(n-2)!-\ldots+(-1)^{n-1}\binom{n}{n-1}1!+(-1)^n$$
$$=n!\left\{1-\frac{1}{1!}+\frac{1}{2!}-\ldots+\frac{(-1)^n}{n!}\right\}=n!\sum_{r=0}^{r=n}\frac{(-1)^r}{r!}$$

und die verlangte Wahrscheinlichkeit wird, da überhaupt $n!$ Permutationen zwischen den n Elementen möglich sind:

$$1-\frac{1}{1!}+\frac{1}{2!}-\ldots+\frac{(-1)^n}{n!}=\sum_{r=0}^{r=n}\frac{(-1)^r}{r!}.$$

Dieser Werth convergirt, wie man sieht, bei wachsenden n sehr rasch gegen den Werth $\frac{1}{e}=0{,}36788\ldots$, von welchem er schon für $n=4$ nur um $0{,}00712$ abweicht. Je mehr Karten Einer Couleur daher zum Spiel genommen werden, desto gleichgültiger ist ihre genaue Anzahl. C. W. Baur,

Prof. an d. polyt. Schule in Stuttgart.

XXVI. Zur Feststellung der Gesetze des Luftwiderstandes gegen Projectile von grosser Geschwindigkeit hat Herr Didion die Berechnung der Data und Resultate verschiedener Versuche einer Revision unterworfen und deren Ergebnisse in den *Comptes Rendus* (Juni 1856 Nr. 22) zusammengestellt und zu formuliren gesucht. Die ersten Versuche wurden von Robins mit Flintenkugeln angestellt im Jahre 1742, hierauf hatte Hutton 1788 und 1789 dergleichen Versuche mit Kanonenkugeln kleinern Kalibers gemacht, von welchen letzteren das Resultat lange Zeit eine Basis für die Ballistik bildete. Hutton hatte dabei die Geschwindigkeit der Kugeln auf verschiedene Distanzen von 9,14 bis 131 Metern gemessen und hieraus den Widerstandscoefficienten für eine regelmässige Reihe von Geschwindigkeiten abgeleitet. Im Jahre 1839 und 1840 sind die bekannten Versuche zu Metz mit Kugeln von grösserem Kaliber ausgeführt worden, deren Resultate als genauere und sicherere als die zeitherigen gehalten werden. Es wurden dabei 8-, 12- und 24pfündige Kugeln gegen ein ballistisches Pendel in Entfernungen von 15, 25, 50, 75 und 100 Metern geschossen.

Das Newton'sche Gesetz, nach welchem der Widerstand der Luft dem Flächeninhalt des Hauptkreises der Kugel und dem Quadrat der Geschwindigkeit proportional wäre, kann bei grossen Geschwindigkeiten nicht mehr angewendet werden; dividirte man den beobachteten Widerstand durch das Product dieser beiden Grössen, so würde man keinen constanten Coefficienten, sondern einen mit der Geschwindigkeit nach irgend einem erst aufzufindenden Gesetze veränderlichen finden.

Bei den Versuchen zu Metz wurde aus dem Verlust an lebendiger Kraft und aus der Länge der Bahn der mittlere Widerstand während des Flugs und somit der Widerstandscoefficient abgeleitet. Auf diese Weise hatte man so viele Coefficienten als Pulverladungen oder Geschwindigkeiten. Indem man letztere als Abscissen und die Coefficienten als Ordinaten nahm, erhielt man eine Reihe von Punkten, deren Gesammtheit das Gesetz graphisch darstellte. Zu dem Ende stellte man die kleinsten, mittleren und grössten Geschwindigkeiten gruppenweise zusammen und erhielt drei ohngefähr in grader Linie liegende Punkte, welche die beiden Glieder der gesuchten Ausdrücke lieferten.

General Piobert fand Hutton's Versuchen gemäss das nämliche Verhältniss zwischen den beiden Gliedern, aber das erste Glied war grösser. Die Zunahme hätte dem Unterschiede der Kaliber zugeschrieben werden können. Ob dieses jedoch zulässig ist, schien Herrn Didion zweifelhaft; nach Beobachtungen über die Flugbahn von Flintenkugeln, sowie nach anderen praktischen Untersuchungen schien ihm vielmehr jener Ausdruck vom Kaliber des Projectils unabhängig zu sein.

Er ging deshalb alle Versuche noch einmal durch und corrigirte insbesondere *alle beobachteten* Geschwindigkeiten unter Berücksichtigung des

Stosses der Pulvergase und der Neigung der Flugbahn beim Zusammentreffen mit dem Pendel.

Würde der Stoss der Gase gegen das ballistische Pendel, der insbesondere bei starken Ladungen und kleinen Distanzen merkbar ist, nicht berücksichtigt werden, so würde die Geschwindigkeit zu gering und der Widerstand zu gross ausfallen. Umgekehrt würden die Geschwindigkeiten zu gross sich ergeben, wenn die Neigung der Bahn an ihrem Ende ohne Berücksichtigung bliebe und diese Differenz würde um so grösser sich herausstellen, je geringer die Geschwindigkeit und je grösser die Distanz ist. Die Correction kann bis auf 3 % des zu messenden Widerstandes steigen.

Nach dieser Methode hat Herr Didion für die Versuche mit 12- und 24pfündigen Kugeln von 0,12 und 0,15 Metern Durchmesser bei gewöhnlichen Geschwindigkeiten und der mittleren Dichtigkeit der Luft = 1,208 den Ausdruck 0,027 $(1 + 0{,}0023\,v)$ gefunden, worin v die Geschwindigkeit des Geschosses bezeichnet und Meter, Kilogramm und Secunde als Einheiten angenommen sind. Dieser Ausdruck ist mit dem Quadrat der Geschwindigkeit und dem Inhalte des Hauptkreises der Kugel zu multipliciren um den Widerstand zu erhalten. Das Kaliber von 24 für sich betrachtet gab einen etwas stärkern, das von 12 einen schwächern Werth. Denjenigen Werth, welcher für die direct erhaltene Anfangsgeschwindigkeit die auf eine Distanz von 400 Metern beobachtete Flugbahn von Flintenkugeln am besten darstellte, fand Herr Didion = 0,0275. Die Versuche von Robin mit Kugeln von 0,019 Met. Durchmesser lieferten ebenfalls ohngefähr 0,027. Es scheint sich demnach der Werth jenes Ausdrucks keineswegs mit dem Durchmesser des Geschosses zu ändern. Um sich darüber noch mehr zu vergewissern, prüfte Herr Didion die Resultate sämmtlicher Versuche noch einmal nach einer andern Methode, welche auf die Annahme fusst, dass man in dem Ausdruck $A\left(1+\frac{v}{r}\right)$ des Widerstandes das Verhältniss $\frac{v}{r}$ wenigstens annäherungsweise kennt und sich vorbehält, dasselbe erforderlichenfalls zu corrigiren. Dann ist A die einzige zu bestimmende Grösse.

Hiernach fand er für die Versuche mit 24pfündigen Kugeln bei den gewöhnlichen Geschwindigkeiten unter 500^m, $A = 0{,}02713$ und für diejenige mit 12pfündigen Kugeln $A = 0{,}02603$. Die 8pfündige Kugel gab etwas grössere Resultate und die Gesammtheit aller Versuche mit den drei Kalibern $A = 0{,}02705$; bei Geschwindigkeiten von 500^m und darüber fand sich $A = 0{,}0268$, ein Werth der von dem vorhergehenden wenig differirt. Die nämliche Methode auf Hutton's Versuche mit 1pfündigen Kugeln von 0,05 Met. Durchmesser angewendet, gab $A = 0{,}0274$ bei kleineren und $A = 0{,}0278$ bei grösseren Geschwindigkeiten. Diese Uebereinstimmung der Resultate ist sehr befriedigend. Die geringe Differenz für die aus Hutton's Versuchen abgeleiteten Werthe erklären sich möglicherweise aus kleinen

Fehlern, die aus der geringern Steifigkeit des Hutton'schen Pendels hervorgehen.

Sucht man die Coefficienten des Luftwiderstandes $A\left(1+\frac{v}{r}\right)$ mit Hülfe des aus jedem Versuch resultirenden Werthes von A und vergleicht sie unter einander, so findet man, dass sie besser wiedergegeben werden, wenn man $\frac{1}{r} = 0{,}0025$ oder $v = 400^m$ annimmt; dann erhielte man mit der 1pfündigen Kugel $A = 0260$ für die Versuche zu Metz und $A = 0{,}0268$ für die Hutton-schen bei allen Geschwindigkeiten. Das einfachere Verhältniss $\frac{1}{r}$ würde überdies die Rechnung und den Gebrauch der ballistischen Tafeln erleichtern.

Man hat somit einen einfachen Ausdruck für den Widerstand der Luft gegen Projectile, der auf alle Kaliber und alle Geschwindigkeiten leicht anwendbar ist. Die Versuche, welche in jüngster Zeit zu Metz auch mit länglichen Geschossen unter Benutzung der neuesten Hilfsmittel angestellt werden, dürften einen neuen Beitrag zur Lösung der wichtigen Frage vom Luftwiderstande gegen Projectile von grosser Geschwindigkeit liefern.

WITZSCHEL.

XXVII. Bemerkungen zu der in der Literaturzeitung (verbunden mit der Zeitschrift für Mathematik und Physik, 1. Jahrg., Leipzig) 1856, S. 110 bis 112, von Herrn Professor Schlömilch gegebenen Ankündigung meines Beweises des Kräftenparallelogramms.

Diese Ankündigung, welche ich erst vor wenigen Tagen mir zu verschaffen vermochte, nöthiget mir folgende, theils die Urtheile berichtigende, theils den fraglichen Gegenstand noch begründende Bemerkungen ab.

Wenn ich auch, wie ich gerne zugestehe, bei der vorgelegenen Aufgabe der Zusammensetzung zweier Kräfte, als statische Beweis- und Hilfsmittel, gleich allen meinen Vorgängern in ihrer Lösung, nach allgemeinster Anschauung, nur passliche Zerlegung und abgeänderte Wiederzusammensetzung der Kräfte und bei elementarer Rechnungsweise noch manchmalige Uebertragung ihres Angriffspunktes benützte und insofern kein neues Princip oder Beweismittel in Anwendung brachte; so liegt diess nicht an mir, sondern im Wesen der Kräfte selbt, folglich kann ein Vorzug einer solchen Beweisführung nicht in der Umgehung dieser Mittel, sondern lediglich in einer mindern oder möglich mindesten Anzahl solcher unvermeidlichen Umänderungen gesucht werden. Dass hierin das Thunlichste von mir geleistet worden, möchte bei genauer Vergleichung mit anderen Beweisen dieser Lehre kaum zu läugnen sein.

Allein als anderweitige, höchst förderliche und bisher hiezu nicht verwendete *Hilfsmittel* dürften doch nicht allein die Benützung des, mit Unrecht so vernachlässigten Hauptsatzes von der Proportionalität zusammengehöriger Grössengattungen oder der Auflösung der besprochenen Functionalgleichung $F(x+y) = F(x) + F(y)$, sondern auch die Verwendung der Parallelcoordinaten zur Feststellung eines zweiten Punktes in der Richtung der Resultirenden anzuerkennen sein. Beides glaube ich als neue und wesentliche Behelfe zur anzustrebenden Kürzung des Beweises hervorheben zu dürfen, nachdem mein freundlicher Fachgenosse Herr Professor G. J. Verdam an der Hochschule zu Leiden, in einem wohlwollenden Antwortschreiben sich erklärte, dass er vorlängst mit der Untersuchung aller damals bekannt gewesenen Beweise des Kräftenparallelogramms *ad nauseam usque* sich befasst, jedoch diese zwei Beweismittel nirgends angetroffen habe und sohin, bevor er noch eine befriedigende elementare Auflösungsweise jener Functionalgleichung kennen gelernt, vorläufig mindestens schon zur Benützung jener Coordinaten mir gratuliren müsse.

Diese allerdings in Frage kommende elementare Auflösung wurde zwar (vielleicht auf eine von Laplace in die *Mécanique céleste, vol. I. pag.* 15 eingerückte Andeutung) bereits im März 1803 von J. J. A. Ide in §. 187 des I. Theils seiner „Anfangsgründe der reinen Mathematik“, dann 1827 von W. A. Förstemann im „Lehrbuch der Geometrie“ 1. Bd. S. 213 kurz, doch genügend gegeben, endlich 1829 von J. Knar in den „Anfangsgründen der Arithmetik“ §. 528 mit antiker Strenge und Umständlichkeit durchgeführt. Ich selbst habe ihr Ergebniss mehrmals in Grunert's Archiv, zuerst 1845 im 6. Theile, S. 116, vortheilhaft verwendet, und trug diese Lehre sowohl an der philosophischen Lehranstalt zu Tarnow, als auch an unserer Hochschule, mit Benützung der (schon nach der Subtraction in ihren Hauptsätzen gelehrten) Grenzmethode, vor und will nun noch, zur Beruhigung von Zweiflern und zu Nutzen der Leser dieser viel Treffliches bietenden Zeitschrift, endlich zur Anregung der Schaar meiner stammgenossischen Lehrbücherschreiber auch einmal Neueres und Besseres zu bieten, hier einen erst nach Lesung dieser Ankündigung erdachten, einfacheren Beweis — hoffentlich genügend umständlich vorlegen.

Alle Rechtfertigung der Lehre von der Proportionalität zweier einander entsprechenden Gattungen von Grössen beruht auf der gewählten Erklärung gleicher (sowohl rationaler als irrationaler) Verhältnisse zweier Paare von ungleich- oder gleichartigen Grössen. Unter diesen Erklärungen ist aber die Euklid's — des Meisters der Meister — wahrhaft klassisch und in Hinblick auf irrationale Verhältnisse unübertroffen und unvergleichlich sinnreich, wenn auch unläugbar etwas schwierig zu verdeutlichen. Sie lege ich meiner hiesigen Erörterung zu Grunde und erläutere sie wie folgt.

Um zu entscheiden, ob zwei Verhältnisse $A:a$ und $B:b$ von einerlei oder zweierlei, im Allgemeinen noch ungemessenen, Grössen gleich seien, bilde man alle ihre, ordnungsmässig auf einander folgenden Vielfachen (*selbstverständlich* nach lauter ganzzahligen Multiplicatoren); vergleiche dann jede zwei Gleichvielfachen, z. B. die $m$fachen der Nachsätze, also ma und mb, mit sämmtlichen Gleichvielfachen, den $n$fachen, $p$fachen, ... ihrer gleichartigen Vorsätze, mit nA und nB, mit pA und pB und dergl. Da nun können, wie auch immer die Multiplicatoren $m, n, p, \ldots$ gewählt und beliebig weit gesteigert werden mögen, entweder diese Gleichvielfachen der Vorsätze mit jenen Gleichvielfachen der Nachsätze übereintreffen, nämlich nA mit ma und zugleich nB mit mb, folglich

$$nA = ma \text{ und } nB = mb$$

sein; oder jede zwei solche Gleichvielfachen der Vorsätze können jene Gleichvielfachen der Nachsätze (in Absicht auf Grossheit) zwischen sich einschliessen, nämlich es kann jedesmal

$$nA \text{ noch } < ma \text{ aber } pA \text{ schon } > ma$$

und gleichzeitig

$$nB \text{ noch } < mb \text{ aber } pB \text{ schon } > mb$$

ausfallen. Bei solcher Bewandtniss nennt man jene beiderlei **Verhältnisse gleich**, schreibend

$$A:a = B:b.$$

Oder kürzer: Man nennt das Verhältniss $A:a$ dem Verhältnisse $B:b$ gleich, wenn

$$nA = < ma < pA$$

und zugleich

$$nB = < mb < pB$$

ist, für alle beliebig weit erhöhten Multiplicatoren m, n, p.

Uebergehen wir nun zur Lehre von der **Proportionalität zweier zusammenhängender Gattungen von Grössen**.

Man nennt zwei Gattungen von Grössen überhaupt von einander **abhängig**, **zusammenhängend**, einander **an-** oder **zugehörig**, einander **entsprechend**, nach einander sich **richtend** und dergl., wenn einer jeden Grösse der einen Gattung eine gewisse einzige Grösse der anderen Gattung entspricht, folglich gleichen Grössen der ersten Gattung auch wieder (unter sich) gleiche Grössen der zweiten Gattung entsprechen. Wenn hiebei insbesondere noch das Verhältniss jeglicher zwei Grössen der einen Gattung dem Verhältnisse der ihnen entsprechenden, und in $\left\{\begin{matrix}\text{derselben}\\ \text{umgekehrter}\end{matrix}\right\}$ Ordnung genommen, Grössen der andern Gattung gleicht; oder anders ausgesprochen, wenn jedwede zwei Grössen der einen Gattung sich zu einander verhalten, wie die in $\left\{\begin{matrix}\text{gleicher}\\ \text{umgekehrter}\end{matrix}\right\}$ Ordnung genommen, ihren angehörigen Grössen der andern Gattung: so nennt man solche zwei zusammengehörige Grössengattungen einander direct oder nur schlichthin invers, umgekehrt **proportional** (proportionirt), oder man sagt von ihnen, sie stehen zu einander im $\left\{\begin{matrix}\text{geraden}\\ \text{umgekehrten}\end{matrix}\right\}$ **Verhältnisse**.

I. Directe Proportionalität.

Erstes Kennzeichen. Wenn bei zwei zusammenhängenden Gattungen von Grössen 1tens jeder grösseren Grösse der einen Gattung auch eine grössere Grösse der andern Gattung angehört, und 2tens jedem Vielfachen einer jeden Grösse der einen Gattung das Ebensovielfache der ihr zugehörigen Grösse der andern Gattung entspricht: so sind diese zwei Gattungen von Grössen einander (direct) proportionirt.

Gehören nämlich zu irgend welchen Grössen A, a einer Gattung, die Grössen B, b einer andern Gattung und ist, so oft $A > a$ sich zeigt, auch die $B > b$; gehört ferner, indem man lauter ganzzahlige Multiplicatoren voraussetzt, zu jeglichem $n$fachen einer jeden Grösse A der ersten Gattung auch das $n$fache der ihr entsprechenden Grösse B der zweiten Gattung, nämlich zur nA auch die nB; so sind jenen Grössen A diese Grössen B (direct) proportional, nämlich das Verhältniss $A : a$ jeder zwei Grössen A, a der ersten Gattung ist dem Verhältnisse $B : b$ der ihnen angehörigen und ebenso geordneten Grössen B, b der zweiten Gattung gleich.

Denn da der Grösse a der ersten Gattung die Grösse b der andern Gattung angehört, so muss, gemäss der bedungenen Eigenschaft der Grössengattungen, der ma die mb angehören, und weil der Grösse A der ersten Gattung die Grösse B der andern Gattung entspricht, so muss der nA die nB und der pA die pB entsprechen.

Ist nun in einem Falle $nA = ma$, so muss, weil der nA die nB und der ma die mb entspricht, und weil den beiden gleichen Grössen nA, ma wieder gleiche Grössen der zweiten Gattung entsprechen, nothwendig $nB = mb$ sein.

Ist dagegen $nA < ma$, so muss, weil der nA die nB und der ma die mb entspricht und einer jeden grösseren Grösse der ersten Gattung auch eine grössere der zweiten Gattung zugehört, auch die $nB < mb$ sein.

Ist endlich $pA > ma$, so muss, da der pA die pB und der ma die mb angehört und jeder grösseren Grösse der ersten Gattung auch eine grössere der zweiten Gattung zukömmt, auch die $pB > mb$ sein. So oft demnach ma entweder $= nA$ oder einerseits $> nA$ und andererseits $< pA$ ist, wie hoch auch die Multiplicatoren m, n, p gewählt werden mögen, so muss auch mb wieder $= nB$ und dort $> nB$ hier aber $< pB$ sein; mithin ist, zufolge der aufgestellten Erklärung gleicher Verhältnisse, $A : a = B : b$, und sonach sind die Grössen A den Grössen B (direct) proportionirt.

Zweites Kennzeichen. Wenn bei zwei von einander abhängigen Gattungen von Grössen zur Summe jeder zwei Grössen der einen Gattung auch wieder die Summe der ihnen entsprechenden Grössen der andern Gattung gehört, so sind diese zwei Gattungen von Grössen einander (direct) proportionirt.

Gehören nämlich zu den beliebigen Grössen A, A', a einer Gattung die

Grössen B, B', b einer andern Gattung und zur Summe $A + A'$ jeder zwei Grössen A, A' der ersten Gattung die Summe $B + B'$ der ihnen entsprechenden Grössen B und B' der zweiten Gattung, so sind diese Grössen A den B proportionirt, nämlich allgemein verhält sich $A : a = B : b$.

Denn zuvörderst ist nach der gestellten Bedingung klar, dass jeder grösseren Grösse der ersten Gattung auch eine grössere der zweiten Gattung entspricht. Wenn ferner den beliebigen Grössen

$$A, A', A'', A''', A'''', \ldots$$

der ersten Gattung die Grössen

$$B, B', B'', B''', B'''', \ldots$$

der zweiten Gattung entsprechen, so muss der Summe $A + A' = a$ die Summe $B + B' = b$ entsprechen. Dann muss ebenso

der zweitheiligen Summe $a + A''$
die zweitheilige Summe $b + B''$

oder

der dreitheiligen Summe $A + A' + A'' = a'$
die dreitheilige Summe $B + B' + B'' = b'$

entsprechen.

Desgleichen muss zur zweitheiligen Summe $a' + A'''$ die zweitheilige Summe $b' + B'''$ oder zu der viertheiligen Summe $A + A' + A'' + A'''$ die viertheilige Summe $B + B' + B'' + B'''$ gehören.

Auf dieselbe Weise fortschreitend ersieht man überhaupt, dass jeder beliebigvieltheiligen Summe

$$A + A' + A'' + A''' + A'''' + \ldots$$

von irgend welchen Grössen der ersten Gattung die ebensovieltheilige Summe

$$B + B' + B'' + B''' + B'''' + \ldots$$

sämmtlicher ihrer entsprechenden Grössen der zweiten Gattung angehört.

Denkt man sich die bisher im Allgemeinen als verschieden vorausgesetzten Grössen A, A', A'', A''', A'''' ... der ersten Gattung nunmehr insbesondere allesammt gleich, so sind auch die ihnen zukommenden Grössen B, B', B'', B''', B'''', ... der zweiten Gattung unter sich gleich. Sind solcher gleichen Grössen dort wie hier n, so entspricht der Summe jener n der A gleichen Grössen auch die Summe dieser n der B gleichen Grössen, also der $n$fachen A auch die $n$fache B (der nA die nB); mithin sind nach vorigem Kennzeichen diese zwei zusammengehörigen Gattungen von Grössen einander proportional und sofort verhält sich $A : a = B : b$.

II. Umgekehrte Proportionalität.

Einziges Kennzeichen. Wenn bei zwei zusammengehörigen Gattungen von Grössen 1tens einer jeden grösseren Grösse der einen Gattung gegentheilig eine kleinere der andern Gattung *entspricht*, und wenn 2tens jeglichem Vielfachen einer jeden Grösse der ersten Gattung im Gegentheil der ebensovielte Theil der ihr angehörigen Grösse der zweiten Gattung zugehört; so sind diese zwei Gattungen von Grössen einander umgekehrt proportional.

Gehören nämlich zu den beliebig gewählten Grössen A, a einer Gattung die Grössen B, b einer andern Gattung, so zwar, dass, so oft $A > a$ ist, im Gegentheil $B < b$ ist, und entspricht jedem beliebigen $n$fachen jedweder Grösse A der ersten Gattung der n^{te} Theil der ihr angehörigen Grösse B der zweiten Gattung $\left(\text{der } nA \text{ die } \frac{B}{n}\right)$; so sind die Grössen A den Grössen B umgekehrt proportionirt, nämlich es verhalten sich jede zwei Grössen A, a der ersten Gattung wie die umgekehrt geordneten, ihnen zustimmigen Grössen B, b der zweiten Gattung, das ist $A : a = b : B$.

Denn weil zur a die b gehört, so muss, wenn m eine willkürliche Anzahl vorstellt, zur $m$fachen a der m^{te} Theil von b, d. i. zur ma der $\frac{b}{m}$ gehören. Ebenso, wenn der Grösse A der ersten Gattung die Grösse B der zweiten Gattung entspricht, muss, wenn n, p beliebige Anzahlen sind, der nA der $\frac{B}{n}$ und der pA der $\frac{B}{p}$ entsprechen.

Nun kann erstlich sein $nA = ma$; dann muss, weil zur nA der $\frac{B}{n}$ und zur ma der $\frac{b}{m}$ gehört und weil gleichen Grössen der einen Gattung auch wieder gleiche der andern zukommen, auch $\frac{B}{n} = \frac{b}{m}$ sein; und sofort ist, wenn man mit m und n multiplicirt, die $nb = mB$.

Andernfalls kann $nA < ma$ sein; dann muss, weil der nA der $\frac{B}{n}$ und der ma der $\frac{b}{m}$ zugehört und weil einer grösseren Grösse der 1ten Gattung eine kleinere der andern entspricht, $\frac{B}{n} > \frac{b}{m}$, also wenn man wieder mit mn multiplicirt, die $nb < mB$ sein.

Endlich kann noch $pA > ma$ ausfallen; da muss, weil zur pA der $\frac{B}{p}$ und zur ma der $\frac{b}{m}$ gehört und weil jeder grösseren Grösse der ersten Gattung eine kleinere der andern Gattung entspricht, $\frac{B}{p} < \frac{b}{m}$, daher wenn man mit mp multiplicirt, die $pb > mB$ sein.

So oft demnach $ma = nA$ ist, muss auch $mB = nb$ sein, und so oft $ma > nA$ aber $< pA$ ist, muss auch $mB > nb$ aber $< pb$ sein.

Mithin gleicht dem Verhältnisse $A : a$ nicht wie vordem das Verhältniss $B : b$, sondern das umgekehrte $b : B$, d. h. es verhalten sich $A : a = b : B$.

Prag, 2. April 1857. Professor Matzka.

Nachwort der Redaction.

Ohne zu untersuchen, ob die vorigen Seiten sich nicht mit etwas Besserem als mit Herrn Prof. Matzka's Einrede füllen liessen, haben wir doch dieselbe zum Abdrucke gebracht, um damit anzudeuten, dass wir jedem Widerspruche Rede zu stehen gesonnen sind. Was aber die Sache selber betrifft, so müssen wir Herrn Prof. Matzka vor Allem daran erinnern, dass von einer Berichtigung (denn der Verf. will ja unsere Urtheile berichtigen) solange keine Rede sein kann, als nicht vorher eine Unrichtigkeit nachgewiesen worden ist. Und wo wäre diese zu finden? Wir haben 1) aus Herrn Matzka's breitspuriger Abhandlung einen kurzen präcisen Auszug gegeben, hinreichend, um den Gedankengang des Verfassers zu charakterisiren, 2) haben wir bemerkt, das Princip sei — streng genommen — nicht neu und komme auf Duhamel's Betrachtung hinaus; 3) haben wir dem Matzka'schen Beweise den Vortheil der grösseren Einfachheit zugesprochen natürlich unter der Voraussetzung, dass die elementare Auflösung der Funktionalgleichung $f(x) + f(y) = f(x + y)$ eine genügende sein sollte, worüber uns im Augenblicke wegen Mangels der von Herrn Matzka citirten Werke kein Urtheil zustand. Den ersten Punkt lässt Herr Matzka völlig unangefochten, und folglich kann in unserem Referate keine Unrichtigkeit stecken; den zweiten Punkt giebt Herr Matzka selber zu und meint nur, es liege im Wesen der Kräfte, dass kein neues Princip möglich sei (davon nachher), in Beziehung auf Nr. 3 erzählt uns Herr Matzka, wie er und Andere jene Gleichung auflösen —; mit alledem ist uns aber keine Unrichtigkeit nachgewiesen, also hat der Verf. auch nichts zu berichtigen. Vielmehr zerfällt Herrn Matzka's Aufsatz in drei Theile: in eine Rechtfertigung, in eine Art von Beschwerde, und in einen Zusatz zur angezeigten Abhandlung.

Der Verf. glaubt aus dem Wesen der Kräfte schliessen zu können, dass ein neues Princip nicht möglich sei —; wir wollen Herrn Matzka nicht mit der Frage inkommodiren, ob er vom Wesen der Kräfte mehr als wir weiss (wir wissen nämlich gar nichts davon), wir wollen ihm nur die einfache Thatsache entgegenhalten, dass verschiedene Schriftsteller völlig verschiedene Principien zum Beweise des Kräfteparallelogrammes benutzt haben. Poisson z. B. behält den Angriffspunkt der Kräfte unverändert bei und nimmt andere Kräfte zu Hülfe; Duhamel dagegen führt keine neuen Kräfte ein, verlegt aber die ursprünglichen Kräfte nach anderen Angriffspunkten. Diess sind doch wohl verschiedene Principe, warum sollte es nicht noch andere geben? Wenn aber Jemand einen „neuen" Beweis jenes Satzes ankündigt, so wird man gerade nach dem Principe zuerst fragen und es ist Pflicht eines ordentlichen Referenten, das Publikum hierüber aufzuklären.

Der Verf. hebt zweitens hervor, dass er das Parallelcoordinatensystem angewandt habe und desswegen von Herrn **Verdam** belobt worden sei. Es war freilich eine grosse Unterlassungssünde von unserer Seite, dass wir diesen „neuen und wesentlichen" Behelf nicht erwähnt haben. Wer aber unsere Darstellung des **Matzka**'schen Beweises liesst, wird schwerlich das Coordinatensystem vermissen, unser Referat liefert sogar den thatsächlichen Beweis, dass das Coordinatensystem ein ganz überflüssiges Beiwerk ist. Der Herr Verf. verdirbt sich damit die eigene Sache und es ist ein wunderlicher Widerspruch, wenn er einerseits so viel Gewicht auf die Einfachheit des Beweises legt und doch andererseits das Coordinatensystem nicht beiseite lassen will, wodurch gerade erst die höchste Einfachheit erreicht wird. Dieser Widerspruch fiel uns schon in der Abhandlung auf und bewog uns, im Referate von dem Coordinatensysteme zu schweigen; diess scheint Herr **Matzka** sehr übel vermerkt zu haben, wir dagegen sind impertinent genug, zu glauben, dass unsere Darstellung einfacher und lesbarer als das Original ist.

Was endlich drittens den Zusatz zur Abhandlung (die Lehre von der Proportionalität) betrifft, so können wir nur dem Verfasser Recht geben, wenn er ihn selber für „genügend umständlich" erklärt; weitere Urtheile überlassen wir den Lesern unserer Zeitschrift.

Nach diesen Bemerkungen können wir in Herrn **Matzka**'s Antikritik nur den Ausbruch einer gewissen Empfindlichkeit erkennen, die sich bei manchen im Staatsdienst stehenden Gelehrten Oesterreichs vorfindet und aus dem Wechsel der Zustände leicht erklärlich ist. So lange die Censur existirte, erlaubte sie kein tadelndes Wort gegen einen k. k. Beamten; das war sogar consequent, denn wenn die hohe Regierung durch Anstellung eines Individuums dessen Tüchtigkeit faktisch anerkannt hatte, so durfte der beschränkte Unterthanenverstand sich nicht anmaassen, ein abweichendes Urtheil fällen zu wollen. Die neuere und in der That glorreiche Zeit des verjüngten Oesterreich hat wohl jene Verhältnisse, nicht aber die Menschen geändert. Eingelullt in die langjährige süsse Gewohnheit, sich immer nur gepriesen zu hören, werden die älteren Herren gleich sehr unwirsch wenn so ein infamer Recensent — **bei aller Anerkennung** des Guten — nicht mit vollen Backen in die Posaune des Lobes stossen will; *hinc illae lacrymae*! Uns Nichtösterreichern, die wir im literarischen Kampfe aufgewachsen sind, geht es gerade umgekehrt; bei uns beschränkt sich die Reizbarkeit auf die Jugendjahre, später wird das Nervensystem weniger empfindlich, das Fell dicker, und man tröstet sich in humoristischer Ruhe mit dem bekannten *habent sua fata libelli*. —

X.

Ueber die Reihen, welche die Anzahl der reellen Wurzeln der algebraischen Gleichungen mit einer oder mehreren Unbekannten geben*).

Von Francesco Brioschi,

Professor an der Universität Pavia.

I.

Einige Eigenschaften der quadratischen Formen.

1. Es sei

$$f = \Sigma_r \Sigma_s A_{r,s} u_r u_s, \quad (A_{r,s} = A_{s,r})$$

eine quadratische Form mit n Unbestimmten $u_1, u_2, \dots u_n$; transformirt man dieselbe mittelst der linearen Substitution

1) $$u_r = a_{r,1} v_1 + a_{r,2} v_2 + \dots + a_{r,n} v_n$$

indem man setzt

2) $$A_{1,s} a_{1,r} + A_{2,s} a_{2,r} + \dots + A_{n,s} a_{n,r} = h_{s,r}$$

und ferner

3) $$\begin{cases} h_{1,r} a_{1,s} + h_{2,r} a_{2,s} + \dots + h_{n,r} a_{n,s} = 0 \\ h_{1,r} a_{1,r} + h_{2,r} a_{2,r} + \dots + h_{n,r} a_{n,r} = p_r, \end{cases}$$

so erhält man die neue Form

4) $$f = \Sigma_r p_r v_r^2,$$

wo die Rechtecke verschwunden sind. Durch die lineare Substitution

5) $$u_r = c_{r,1} w_1 + c_{r,2} w_2 + \dots + c_{r,n} w_n$$

wird auf ähnliche Weise die Form f in die folgende umgewandelt

6) $$f = \Sigma_r q_r w_r^2$$

indem man setzt

$$A_{1,s} c_{1,r} + A_{2,s} c_{2,r} + \dots + A_{n,s} c_{n,r} = k_{s,r}$$
$$k_{1,r} c_{1,s} + k_{2,r} c_{2,s} + \dots + k_{n,r} c_{n,s} = 0$$
$$k_{1,r} c_{1,r} + k_{2,r} c_{2,r} + \dots + k_{n,r} c_{n,r} = q_r.$$

Bezeichnet man durch A und C die Determinanten

$$\Sigma(\pm a_{1,1} a_{2,2} \dots a_{n,n}), \quad \Sigma(\pm c_{1,1} c_{2,2} \dots c_{n,n}),$$

*) Aus den *Nouvelles Annales de Mathématiques* von Terquem und Gerono. Herr Terquem bemerkt sehr richtig zu dem obigen Aufsatze: *Nous engageons le lecteur à ne prendre qu'une forme quadratique à trois variables u_1, u_2, u_3, et il verra que dans cet admirable Mémoire tout devient d'une facilité intuitive.*

und durch $\alpha_{r,s}$, $\gamma_{r,s}$ die Ausdrücke $\frac{dA}{da_{r,s}}$, $\frac{dC}{dc_{r,s}}$, so geben die Gleichun 1) reciprok v in u.

$$Av_r = \alpha_{1,r} u_1 + \alpha_{2,r} u_2 + \ldots + \alpha_{n,r} u_n,$$

und indem man für $u_1, u_2, \ldots u_n$ die Werthe 5) substituirt, hat man

$$7) \qquad Av_r = \lambda_{r,1} w_1 + \lambda_{r,2} w_2 + \ldots + \lambda_{r,n} w_n,$$

wo

$$\lambda_{s,r} = \alpha_{1,s} c_{1,r} + \alpha_{2,s} c_{2,r} + \ldots + \alpha_{n,s} c_{n,r}.$$

Wenn man mittelst der linearen Substitution 7) die Gleichung 4) tr formirt, so giebt die Vergleichung dieses Resultates mit der Form 6) Gleichungen

$$8) \qquad \begin{cases} p_1 \lambda_{1,r}^2 + p_2 \lambda_{2,r}^2 + \ldots + p_n \lambda_{n,r}^2 = q_r A^2, \\ p_1 \lambda_{1,r} \lambda_{1,s} + p_2 \lambda_{2,r} \lambda_{2,s} + \ldots + p_n \lambda_{n,r} \lambda_{n,s} = 0. \end{cases}$$

Setzt man auf dieselbe Weise

$$\mu_{r,s} = \gamma_{1,r} a_{1,s} + \gamma_{2,r} a_{2,s} + \ldots + \gamma_{n,r} a_{n,s},$$

so erhält man die Gleichungen

$$9) \qquad \begin{cases} q_1 \mu_{1,r}^2 + q_2 \mu_{2,r}^2 + \ldots + q_n \mu_{n,r}^2 = p_r C^2, \\ q_1 \mu_{1,r} \mu_{1,s} + q_2 \mu_{2,r} \mu_{2,s} + \ldots + q_n \mu_{n,r} \mu_{n,s} = 0. \end{cases}$$

2. Es seien $\alpha_1, \alpha_2 \ldots \alpha_r$, r unbestimmte Grössen, so bezeichne durch L die Determinante

$$\begin{vmatrix} \alpha_1 \lambda_{1,1} \lambda_{2,1} \ldots \lambda_{r-1,1} \\ \alpha_1 \lambda_{1,2} \lambda_{2,2} \ldots \lambda_{r-1,2} \\ \ldots\ldots\ldots\ldots \\ \alpha_r \lambda_{1,r} \lambda_{2,r} \ldots \lambda_{r-1,r} \end{vmatrix}$$

und durch L_s den Ausdruck

$$\lambda_{s,1} \frac{dL}{d\alpha_1} + \lambda_{s,2} \frac{dL}{d\alpha_2} + \ldots + \lambda_{s,r} \frac{dL}{d\alpha_r}.$$

Setzt man in den Gleichungen 8)

$$r = 1, \; s = 2, 3, \ldots r,$$

so erhält man r Gleichungen, welche respective mit

$$\frac{dL}{d\alpha_1}, \; \frac{dL}{d\alpha_2}, \ldots \frac{dL}{d\alpha_r}$$

multiplicirt, das Resultat geben

$$p_r \lambda_{r,1} L_r + p_{r+1} \lambda_{r+1,1} L_{r+1} + \ldots + p_n \lambda_{n,1} L_n = q_1 \frac{dL}{d\alpha_1} A^2.$$

Von denselben Gleichungen 8) leitet man auf ähnliche Weise die folg den ab

$$p_r \lambda_{r,2} L_r + p_{r+1} \lambda_{r+1,2} L_{r+1} + \ldots + p_n \lambda_{n,2} L_n = q_2 \frac{dL}{d\alpha_2} A^2,$$

$$\ldots\ldots\ldots\ldots\ldots\ldots$$

$$p_r \lambda_{r,r} L_r + p_{r+1} \lambda_{r+1,r} L_{r+1} + \ldots + p_n \lambda_{n,r} L_n = q_r \frac{dL}{d\alpha_r} A^2,$$

und wenn man diese Gleichungen respective mit

$$\frac{dL}{d\alpha_1}, \ \frac{dL}{d\alpha_2}, \ldots \frac{dL}{d\alpha_r}$$

multiplicirt und alsdann addirt, so erhält man

$$10) \quad \begin{aligned} & p_r L_r^2 + p_{r+1} L_{r+1}^2 + \ldots + p_n L_n^2 \\ & = A^2 \left[q_1 \left(\frac{dL}{d\alpha_1}\right)^2 + q_2 \left(\frac{dL}{d\alpha_2}\right)^2 + \ldots + q_r \left(\frac{dL}{d\alpha_r}\right)^2 \right]. \end{aligned}$$

Bezeichnet man durch M die Determinante

$$\left| \begin{array}{lllll} \alpha_1 & \mu_{1,1} & \mu_{2,1} & \cdots\cdots & \mu_{r-2,1} \\ \alpha_2 & \mu_{1,2} & \mu_{2,2} & \cdots\cdots & \mu_{r-2,2} \\ \cdot & \cdot & \cdot & \cdots\cdots & \cdot \\ \alpha_{r-1} & \mu_{1,r-1} & \mu_{2,r-2} & \cdot\cdot & \mu_{r-2,r-1} \end{array} \right|$$

und durch M_s den Ausdruck

$$\mu_{s,1} \frac{dM}{d\alpha_1} + \mu_{s,2} \frac{dM}{d\alpha_2} + \ldots + \mu_{s,r-1} \frac{dM}{d\alpha_{r-1}},$$

so leitet man auf analoge Weise aus den Gleichungen 9) die Gleichung ab

$$11) \quad \begin{aligned} & q_{r-1} M_{r-1}^2 + q_r M_r^2 + \ldots + q_n M_n^2 \\ & = C^2 \left[p_1 \left(\frac{dM}{d\alpha_1}\right)^2 + p_2 \left(\frac{dM}{d\alpha_2}\right)^2 + \ldots + p_{r-1} \left(\frac{dM}{d\alpha_{r-1}}\right)^2 \right]. \end{aligned}$$

3. Nehmen wir die Coefficienten $a_{r,s}, c_{r,s}$ und die α als reelle Grössen an, so müssen auch $L_s, M_s, \frac{dL}{d\alpha_s}, \frac{dM}{d\alpha_s}$ reell sein; folglich werden die Vorzeichen der einzelnen Glieder der Gleichungen 10) und 11) nur von den Vorzeichen der Coefficienten $p_1, p_2 \ldots, q_1, q_2 \ldots$ abhängen. Ich nehme $p_1, p_2, \ldots p_{r-1}$ alle als negativ und die andern Coefficienten $p_r, p_{r+1}, \ldots p_n$ alle als positiv an. Die Gleichung 10) zeigt, dass die r Coefficienten $q_1, q_2 \ldots q_r$ nicht alle negativ sein können, und weil diese Coefficienten r beliebige aus den n Coefficienten $q_1, q_2, \ldots q_n$ sind, so folgt daraus, dass von diesen n Coefficienten keine grössere Anzahl als $r - 1$ negativ sein kann. Nun zeigt die Gleichung 11), dass die Coefficienten $q_{r-1}, q_r, \ldots q_n$ nicht alle positiv sein dürfen, weil $p_1, p_2, \ldots p_{r-1}$ negativ sind; aber diese Coefficienten sind $n - r + 2$ beliebige aus den n Grössen $q_1, q_2, \ldots q_n$; also darf die Anzahl der positiven unter diesen Coefficienten nicht grösser sein als $n - r + 1$, oder die Anzahl der negativen darf nicht kleiner sein als $r - 1$. Also kann die Anzahl der negativen Grössen unter $q_1, q_2, \ldots q_n$ weder grösser noch kleiner sein als $r - 1$, also ist sie gleich $r - 1$, d. h. gleich der Anzahl der negativen unter den n Coefficienten $p_1, p_2, \ldots p_n$. Somit hat man den folgenden

Lehrsatz I. Wenn man eine quadratische Form mittelst einer linearen Substitution mit reellen Coefficienten in eine andere transformirt, welche *nur die Quadrate* der Veränderlichen enthält, so muss die Anzahl der positiven und negativen Glieder der Transformirten constant sein, welche Substitution man auch angewandt haben möge.

Diese wichtige Eigenschaft der quadratischen Formen ist von Herrn Sylvester unter dem Namen des Gesetzes der Trägheit quadratischer Formen ausgesprochen worden.

4. Setzt man

$$m_{r,s} = \begin{vmatrix} A_{1,1} & A_{2,1} & \dots & A_{r,1} \\ A_{1,2} & A_{2,2} & \dots & A_{r,2} \\ \dots & \dots & \dots & \dots \\ A_{1,r-1} & A_{2,r-1} & \dots & A_{r,r-1} \\ A_{1,s} & A_{2,s} & \dots & A_{r,s} \end{vmatrix}.$$

und

$$m_{r,r} = \Delta_r, \ \Delta_0 = 1, \ \Delta_1 = A_{1,1}, \ \Delta_2 = A_{1,1} A_{2,2} - A_{1,2}^2 \dots$$

$$m_{r,s} = \frac{d\,.\,\Delta_r}{d\,.\,A_{r,s}},$$

so transformirt man die quadratische Form f in folgende

$$f = \Sigma_r \frac{\Delta_r}{\Delta_{r-1}} v_r^2$$

mittelst der linearen Substitution

$$\begin{array}{ll} m_{1,1}\, v_1 = m_{1,1}\, u_1 + m_{1,2}\, u_2 + \dots + m_{1,n}\, u_n \\ m_{2,2}\, v_2 = \qquad\quad m_{2,2}\, u_2 + \dots + m_{2,n}\, u_n \\ \dots\dots\dots\dots\dots\dots\dots\dots \\ m_{n,n}\, v_n = \qquad\qquad\qquad\qquad m_{n,n}\, u_n \end{array}$$

wenn die u als Funktionen von v ausgedrückt sind.

Nehmen wir jetzt an, dass die Coefficienten $A_{r,s}$ der Form f reell seien, so wird man als Zusatz zum Lehrsatz I. finden, dass die Anzahl der positiven und negativen Glieder in irgend einer Transformirten der Form f (welche nur die Quadrate der Veränderlichen enthalten darf und mittelst einer linearen Substitution mit reellen Coefficienten erhalten worden ist) gleich ist der Anzahl der positiven und negativen Glieder der Reihe

$$\frac{\Delta_1}{\Delta_0}, \ \frac{\Delta_2}{\Delta_1}, \dots \frac{\Delta_n}{\Delta_{n-1}},$$

d. h. gleich der Anzahl der Zeichenfolgen und Zeichenwechsel in der Reihe

12) $$\Delta_0, \Delta_1, \Delta_2 \dots \Delta_n.$$

Nun ist aber

$$\Delta_0 = 1,$$

also hat man folgenden

Lehrsatz II. Die Anzahl der Zeichenfolgen und Zeichenwechsel in der Reihe 12) ist gleich der Anzahl der positiven und negativen Glieder in *einer beliebigen* Transformirten der Form f, welche man unter den *Bedingungen des* Lehrsatzes I. erhalten hat.

5. Eine andere merkwürdige Transformation der quadratischen Form f ist diejenige mittelst einer orthogonalen Substitution, d. h. einer linearen Substitution

$$u_r = a_{r,1} v_1 + a_{r,2} v_2 + \dots + a_{r,n} v_n,$$

wo die Coefficienten folgende Gleichungen verificiren müssen

$$a_{r,1}^2 + a_{r,2}^2 + \dots + a_{r,n}^2 = 1$$
$$a_{r,1} a_{s,1} + a_{r,2} a_{s,2} + \dots + a_{r,n} a_{s,n} = 0.$$

Aus diesen Gleichungen leitet man ab

$$A = 1, \quad a_{s,r} = \alpha_{s,r};$$

aber die Gleichungen 3) geben im Allgemeinen

$$A h_{s,r} = p_r \alpha_{s,r},$$

folglich giebt in diesem besonderen Falle die Gleichung 2)

$$A_{1,s} a_{1,r} + \dots + (A_{s,s} - p_r) a_{s,r} + \dots + A_{n,s} a_{n,r} = 0.$$

Die Coefficienten p_1, p_2 etc., der Transformirten

$$f = \Sigma_r p_r v_r^2$$

sind also, wie bekannt, die n Wurzeln von

$$\text{13)} \qquad \begin{vmatrix} A_{1,1} - \Theta & A_{2,1} & \dots & A_{n,1} \\ A_{1,2} & A_{2,2} - \Theta & \dots & A_{n,2} \\ \dots & \dots & \dots & \dots \\ A_{1,n} & A_{2,n} & \dots & A_{n,n} - \Theta \end{vmatrix} = 0,$$

oder

$$\Theta^n - A_1 \Theta^{n-1} + A_2 \Theta^{n-2} - \dots + (-1)^{n-1} A_{n-1} \Theta + (-1)^n A_n = 0;$$

$A_1, A_2, \dots A_n$ sind Funktionen von $A_{1,1}, A_{1,2}$, etc.

Nun sind aber alle Wurzeln dieser Gleichungen reell, wie Cauchy, Jacobi, Borchardt, Sylvester u. A. bewiesen haben; folglich muss die Anzahl der positiven Coefficienten in der obigen Transformirten gleich sein der Anzahl der Zeichenfolgen in der Reihe

$$\text{14)} \qquad 1, A_1, A_2, \dots A_n,$$

und die Anzahl der negativen Coefficienten gleich der Anzahl der Zeichenwechsel in der nämlichen Reihe.

Die beiden Reihen 12) und 14) geben also für den Lehrsatz I. dieselbe Anzahl von Zeichenfolgen und Zeichenwechseln.

II.

Von den algebraischen Gleichungen mit einer Unbekannten.

1. Seien $x_1, x_2, \dots x_n$ die Wurzeln einer Gleichung

$$\varphi(x) = 0,$$

$\psi_1(x), \psi_2(x), \dots \psi_n(x)$, n ganze rationale Funktionen von x; $\omega(x)$, $\Theta(x)$ zwei Polynome, welche gleiche Zeichen für alle reellen Wurzeln der Gleichung haben, *und* a eine ganze, ungerade, positive oder negative Zahl.

Ich werde zuerst beweisen, dass die quadratische Form in u

$$f = \Sigma_m (x - x_m)^a \frac{\omega(x_m)}{\Theta(x_m)} \{u_1 \psi_1(x_m) + u_2 \psi_2(x_m) + \ldots + u_n \psi_n(x_m)\}^2$$

oder, wenn man setzt

$$\Sigma_m (x - x_m)^a \frac{\omega(x_m)}{\Theta(x_m)} \psi_r(x_m) \psi_s(x_m) = A_{r,s},$$

die quadratische Form

$$f = \Sigma_r \Sigma_s A_{r,s} u_r u_s$$

reelle Coefficienten hat. In der That, nehmen wir an, die Wurzeln x_1, x_2 seien zusammengehörige imaginäre, und es sei ferner

$$(x - x_1)^a \omega(x_1) \psi_r(x_1) \psi_s(x_1) = \alpha + i\beta$$
$$\Theta(x_1) = l + im,$$

so haben wir

$$(x - x_2)^a \omega(x_2) \psi_r(x_2) \psi_s(x_2) = \alpha - i\beta$$
$$\Theta(x_2) = l - im, \qquad (i = \sqrt{-1})$$

und

$$A_{r,s} = \frac{2}{l^2 + m^2}(l\alpha + m\beta)$$
$$+ \sum_3^n{}_m (x - x_m)^a \frac{\omega(x_m)}{\Theta(x_m)} \psi_r(x_m) \psi_s(x_m);$$

demnach fallen die Coefficienten der Form f für alle Werthe der Wurzeln $x_1, x_2, \ldots x_n$ reell aus; somit lässt sich auf diese Form der Lehrsatz II. anwenden.

2. Dieses vorausgesetzt, bemerke ich, dass wenn man die Wurzeln x_1, x_2 als zusammengehörige imaginäre annimmt und setzt

$$(x - x_1)^a \omega(x_1) = \lambda + i\mu, \quad \Theta(x_1) = l + im,$$
$$u_1 \psi_1(x_1) + u_2 \psi_2(x_1) + \ldots + u_n \psi_n(x_1) = P + iQ,$$

man erhält

$$(x - x_2)^a \omega(x_2) = \lambda - i\mu, \quad \Theta(x_2) = l - im,$$
$$u_1 \psi_1(x_2) + u_2 \psi_2(x_2) + \ldots + u_n \psi_n(x_2) = P - iQ,$$

wo P und Q lineare Funktionen von $u_1, u_2, \ldots u_n$ sind. Substituirt man diese Werthe in f, so wird

$$f = \frac{2}{\alpha(l^2 + m^2)} \{(\alpha P + \beta Q)^2 - (\alpha^2 + \beta^2) Q^2\}$$
$$+ \sum_3^n{}_m (x - x_m)^a \frac{\omega(x_m)}{\Theta(x_m)} \{u_1 \psi_1(x_m) + \ldots + u_n \psi_n(x_m)\}^2,$$

wo

$$l\lambda + m\mu = \alpha, \quad m\lambda - l\mu = \beta;$$

und allgemein, wenn man $x_1, x_{r+1}; x_2, x_{r+2}; \ldots x_r, x_{2r}$ als r Paare imaginärer Wurzeln, und

$$x_{2r+1} \ldots\ldots x_n$$

als reell annimmt, so stellt sich f unter die Form

$$f = 2\sum_1^r{}_s \frac{1}{\alpha_s(l_s^2+m_s^2)}\{(\alpha_s P_s + \beta_s Q_s)^2 - (\alpha_s^2+\beta_s^2)Q_s^2\}$$
$$+ \sum_{2r+1}^n{}_m (x-x_m)^a \frac{\omega(x_m)}{\Theta(x_m)}\{u_1\psi_1(x_m)+\ldots+u_n\psi_n(x_m)\}^2.$$

Transformirt man diese quadratische Form mittelst der linearen Substitution mit reellen Coefficienten

$$v_s = \alpha_s P_s + \beta_s Q_s,\quad v_{2s} = Q_s$$
$$v_m = u_1\psi_1(x_m) + u_2\psi_2(x_m) + \ldots + u_n\psi_n(x_m),$$
$$(s = 1, 2, \ldots . r;\quad m = 2r+1, \ldots . n)$$

so erhält man

$$15)\qquad f = 2\sum_1^r{}_s \frac{1}{\alpha_s(l_s^2+m_s^2)}\{v_s^2 - (\alpha_s^2+\beta_s^2)v_{2s}^2\}$$
$$+ \sum_{2r+1}^n{}_m (x-x_m)^a \frac{\omega(x_m)}{\Theta(x_m)} v_m^2$$

und die Anzahl der positiven und negativen Glieder in dieser Transformirten muss in Folge der beiden Lehrsätze des ersten Theiles gleich sein der Anzahl der Zeichenfolgen und Zeichenwechsel in der Reihe 12), und umgekehrt. Dieses wird für beliebige reelle Werthe der Veränderlichen x stattfinden. Die Δ sind Funktionen von $A_{r,s}$ und somit jetzt Funktionen von x.

Nun ist für einen reellen bestimmten Werth h von x die Anzahl der positiven Glieder der Transformirten 15) offenbar gleich r (der Anzahl der Paare imaginärer Wurzeln) plus der Anzahl der reellen Wurzeln $x_{2r+1}, \ldots \ldots x_n$, welche kleinere Werthe haben als h; und die Anzahl der negativen Glieder in derselben Transformirten ist gleich r plus der Anzahl der reellen Wurzeln, die grössere Werthe haben als h. So gelangt man zu dem folgenden

Lehrsatz III. Für einen reellen Werth h von x stellt die Anzahl der Zeichenfolgen in der Reihe

$$1, \Delta_1, \Delta_2, \ldots \Delta_n$$

die Anzahl der Paare imaginärer Wurzeln der Gleichung $\varphi(x) = 0$ dar, vermehrt um die Anzahl der reellen Wurzeln die kleiner als h sind. Durch die Anzahl der Zeichenwechsel wird die Anzahl der Paare imaginärer Wurzeln nebst der Anzahl reeller Wurzeln, die grösser als h sind, ausgedrückt.

In diesem Lehrsatze sind zwei analoge Theoreme der Herren Sylvester und Hermite mit einbegriffen.

Zusatz I. Setzt man in der Reihe 12) nach einander

$$x = h,\quad x = k,\quad (h > k),$$

so ist der Unterschied zwischen der Anzahl der entsprechenden Zeichenwechsel gleich der Anzahl der reellen Wurzeln der Gleichung $\varphi(x) = 0$, welche zwischen h und k enthalten sind.

Zusatz II. Die Gleichung $\varphi(x) = 0$ hat eben so viele Paare imaginärer Wurzeln als es in der Reihe der Coefficienten der höchsten Potenzen der Veränderlichen Zeichenwechsel giebt.

Erinnert man sich dessen, was im ersten Theil Nr. 5. bewiesen wurde, so sieht man leicht, dass die im obigen Lehrsatz und seinen Zusätzen gezeigten Eigenschaften auch für die Reihe

$$1,\ A_1,\ A_2,\ \ldots A_n$$

gelten, welche aus Funktionen von x besteht. (*Comptes rendus*, 25. *Juni* 1855, *Sur le dénombrement des racines etc. par M. Cauchy.*)

Man sieht also, dass es eine unendliche Menge von Funktionen giebt, welche die Eigenschaften der Sturm'schen besitzen, und dass man dieselben durch ziemlich einfache Mittel erhalten kann.

3. Wir halten es für nützlich, einige Anwendungen hinzuzufügen.

a) Nimmt man an

$$\psi_r(x) = x^{r-1},\quad \Theta(x) = \varphi'(x),\quad a = +1,$$

so hat man

$$A_{r,s} = \Sigma_m (x - x_m) \frac{\omega(x_m)}{\varphi'(x_m)} x_m^{r+s-2},$$

oder wenn man setzt

$$S_i = \Sigma_m \frac{x_m^i \omega(x_m)}{\varphi'(x_m)},$$

so erhält man

$$A_{r,s} = S_{r+s-2}\,x - S_{r+s-1}$$

und

$$\Delta_r = \begin{vmatrix} S_0 x - S_1 & S_1 x - S_2 & \ldots\ldots & S_{r-1} x - S_r \\ S_1 x - S_2 & S_2 x - S_3 & \ldots\ldots & S_r x - S_{r+1} \\ \ldots & \ldots & \ldots & \ldots \\ S_{r-1} x - S_r & S_r x - S_{r+1} & \ldots & S_{2r-2} x - S_{2r-1} \end{vmatrix}$$

oder durch eine bekannte Transformation

$$\Delta_r = \begin{vmatrix} S_0 & S_1 & \ldots\ldots & S_r \\ S_1 & S_2 & \ldots\ldots & S_{r+1} \\ \ldots & \ldots & \ldots & \ldots \\ S_{r-1} & S_r & \ldots\ldots & S_{2r-1} \\ 1 & x & \ldots\ldots & x^r \end{vmatrix}$$

Diese Funktionen Δ_r sind, mit Ausnahme eines constanten Faktors, die Nenner der Näherungen die man erhält, wenn man den Bruch $\frac{\omega(x)}{\varphi(x)}$ als Kettenbruch entwickelt, wobei vorausgesetzt ist, dass $\omega(x)$ von einem niedrigeren Grade ist als n. Ich habe diese Eigenschaft in einer Note: *Intorno ad alcuni punti d'algebra superiore* (Annalen von Tortolini, August 1854) *direct bewiesen*; man kann sich aber leicht *a posteriori* davon überzeugen.

Nimmt man $a = -1$ an und

$$J_i = \Sigma_m \frac{x_m{}^i\, \omega(x_m)}{(x - x_m)\, \varphi'(x_m)}$$

so hat man

$$\Delta_r = \begin{vmatrix} J_0 & J_1 \ldots . J_{r-1} \\ J_1 & J_2 \ldots . J_r \\ \ldots & \ldots \\ J_{r-1} & J_r \ldots . J_{2r-2} \end{vmatrix}$$

und diese Funktionen Δ_r sind, mit Ausnahme eines constanten Faktors, die Verhältnisse der Reste, die man erhält wenn man $\varphi(x)$ durch $\omega(x)$ dividirt, zu der Funktion $\varphi(x)$. Ich habe dies in der oben angeführten Note bewiesen und gezeigt, auf welche Art man diese Nenner und diese Reste als Funktionen der Coefficienten der Polynome $\varphi(x)$ und $\omega(x)$ bilden kann.

Nimmt man $\omega(x) = \varphi'(x)$, so erhält man die Resultate, welche Sylvester, Cayley, Borchardt gefunden haben. (*Nouvelles Annales*, 1854, *tome XIII*, *p.* 71). In diesem Fall hat man

$$\Delta_n = \varphi(x).$$

b) Man kann sogleich die Ausdrücke Δ_r durch eine geeignete Disposition der Funktionen $\psi_r(x)$ erhalten. Ich beschränke mich auf den Fall, wo

$$\omega(x) = \Theta(x) \text{ und } a = 1.$$

Man setze

$$\varphi(x) = a_0 x^n + a_1 x^{n-1} + \ldots + a_n$$

und

$$\psi_r(x) = a_0 x^{r-1} + a_1 x^{r-2} + \ldots + a_{r-1},$$
$$A_{r,s} = B_{r,s}\, x - C_{r,s};$$

mittelst der bekannten Relationen zwischen den Summen der Potenzen der Wurzeln und den Coefficienten einer Gleichung erhält man leicht

$$\begin{aligned} B_{r,s} &= (n - s + 1)\, a_{r-1} a_{s-1} \\ &- \left\{ \begin{array}{l} (s - r + 2)\, a_s a_{r-2} + (s - r + 4)\, a_{s+1} a_{r-3} + \ldots \\ + (s + r - 4)\, a_{s+r-3} a_1 + (s + r - 2)\, a_{s+r-2}\, a_0 \end{array} \right\} \\ - C_{r,s} &= (s - r + 1)\, a_{r-1} a_s + (s - r + 3)\, a_{r-2} a_{s+1} + \ldots \\ &+ (s + r - 1)\, a_0 a_{s+r-1}, \end{aligned}$$

und ferner

$$\Delta_r = \begin{vmatrix} B_{1,1}\, x - C_{1,1} & B_{2,1}\, x - C_{2,1} \ldots B_{r,1}\, x - C_{r,1} \\ B_{1,2}\, x - C_{1,2} & B_{2,2}\, x - C_{2,2} \ldots B_{r,2}\, x - C_{r,2} \\ \ldots & \ldots \\ B_{1,r}\, x - C_{1,r} & B_{2,r}\, x - C_{2,r} \ldots B_{r,r}\, x - C_{r,r} \end{vmatrix}$$

c) Nimmt man

$$\Theta(x) = 1,$$

so ist $\omega(x)$ eine Funktion, deren Werth für jeden reellen Werth der Veränderlichen positiv ist; setzt man ferner

$$a = 1, \quad \psi_r(x) = x^{r-1}$$

und

$$S_i = \Sigma_m x_m^i \, \omega(x_m)$$

so hat man

$$\Delta_r = \begin{vmatrix} S_0 & S_1 \ldots . S_r \\ S_1 & S_2 \ldots . S_{r+1} \\ \ldots & \ldots \\ S_{r-1} & S_r \ldots . S_{2r+1} \\ 1 & x \ldots . x^r \end{vmatrix}$$

ein Resultat, welches Herr Joachimsthal gefunden hat. (Ueber den Sturm'schen Satz, Crelle's Journal, Bd. XLVIII, p. 402.)

III.

Von den algebraischen Gleichungen mit zwei Unbekannten.

1. Seien

$$\varphi(x, y) = 0, \quad \lambda(x, y) = 0$$

zwei algebraische Gleichungen von den Graden u und v, und $x_1, y_1, x_2, y_2, \ldots x_n, y_n$ die $n = uv$ Systeme von Simultanwurzeln derselben Gleichungen. Bezeichnet man mit $\omega(x, y)$, $\Theta(x, y)$ zwei Polynome, welche für alle reellen Werthe der Veränderlichen einerlei Zeichen haben, mit ferner $\psi_1(x, y)$, $\psi_2(x, y)$, $\ldots \psi_n(x, y)$ n ganze rationale Funktionen, und mit a, c zwei ungerade positive oder negative Zahlen, so hat die quadratische Form

$$f = \Sigma_r \Sigma_s A_{r,s} u_r u_s,$$

in welcher

$$A_{r,s} = \sum_1^n {}_m (x - x_m)^a (y - y_m)^c \frac{\omega(x_m, y_m)}{\Theta(x_m, y_m)}$$
$$\times \psi_r(x_m, y_m) \, \psi_s(x_m, y_m),$$

reelle Coefficienten, was bewiesen wird, wie oben.

Geht man zu Werke wie im zweiten Theil und nimmt $x_1, y_1, x_{r+1}, y_{r+1}$, $x_2, y_2, x_{r+2}, y_{r+2}, \ldots . x_r, y_r, x_{2r}, y_{2r}$ als r Paare imaginärer Wurzeln, die andern Wurzeln aber als reell an, so kann man f auf die Form bringen

$$f = 2 \sum_1^r {}_s \frac{1}{\alpha_s(l_s^2 + m_s^2)} \{(\alpha_s P_s + \beta_s Q_s)^2 - (\alpha_s^2 + \beta_s^2) Q_s^2\}$$
$$+ \sum_{2r+1}^n {}_m (x - x_m)^a (y - y_m)^c \frac{\omega(x_m, y_m)}{\Theta(x_m, y_m)}$$
$$\times \{u_1 \psi_1(x_m, y_m) + \ldots u_n \psi_n(x_m, y_m)\}^2$$

wo P_s, Q_s die linearen Funktionen von u_1, u_2 etc. mit reellen Coefficienten sind. Man wird also mittelst einer linearen Substitution mit reellen Coefficienten diese Form f in die folgende umwandeln

$$16)\quad \begin{cases} f = 2\sum_{1}^{r}{}_s \dfrac{1}{\alpha_s(l_s^2+m_s^2)}\{v_s^2-(\alpha_s^2+\beta_s^2)v_{2s}^2\} \\ \quad + \sum_{2r+1}^{n}{}_m (x-x_m)^a(y-y_m)^c \dfrac{\omega(x_m,y_m)}{\Theta(x_m,y_m)}\,v_m^2. \end{cases}$$

Nun ist für ein bestimmtes System reeller Werthe h, k, von x und y die Anzahl der positiven Glieder in dieser Transformirten gleich r (der Anzahl der Paare imaginärer Simultanlösungen) plus der Anzahl reeller Simultanlösungen, für welche das Produkt $(h - x_m)(k - y_m)$ positiv ist; und die Anzahl der negativen Glieder ist gleich r, vermehrt um die Anzahl der reellen Simultanlösungen, für welche $(h - x_m)(k - y_m)$ negativ ist.

Somit hat man den folgenden

Lehrsatz IV. Für ein System reeller Werthe h und k von x und y stellt die Anzahl der Zeichenfolgen in der Reihe

$$1,\ \Delta_1,\ \Delta_2,\ \ldots\ \Delta_n$$

die Anzahl der Paare imaginärer Simultanlösungen der Gleichungen

$$\varphi(x,y) = 0,\quad \lambda(x,y) = 0$$

vor, vermehrt um die Anzahl der reellen Lösungen die zugleich grösser oder kleiner sind als h, k; und die Anzahl der Zeichenwechsel stellt die Anzahl der Paare imaginärer Simultanlösungen dar, vermehrt um die Anzahl der reellen Lösungen, von denen die eine grösser, die andere kleiner ist als h, k, oder umgekehrt.

Man muss sich immer erinnern, dass die Δ Funktionen von $A_{r,s}$, somit auch von x, y sind.

Zusatz. Setzt man in der obigen Reihe

$$x = h,\quad y = k,$$
$$x = h_1,\quad y = k_1,$$
$$(h_1 > h,\quad k_1 > k)$$

und bezeichnet man durch (h, k) die Anzahl der Zeichenfolgen in der Reihe, so findet man dass

$$p = \tfrac{1}{2}\{(h,k) + (h_1,k_1) - (h,k_1) - (h_1,k)\}$$

gleich der Anzahl der reellen Simultanlösungen, welche zugleich grösser als h, k und kleiner als h_1, k_1 sind. Denn setzt man in der Transformirten 16) h, k statt x, y, so hat man

$$(h,k) = r + n - 2r,$$

analog

$$(h_1,k_1) = n - r,\ (h,k_1) = r,\ (h_1\,k) = r,$$

und folglich

$$p = n - 2r,$$

was die Anzahl der reellen Simultanlösungen ist.

Man hat also auch für den Fall zweier algebraischen Gleichungen eine unendliche Menge von Funktionen, welche die Eigenschaften der Sturmschen haben. Diese wichtige Entdeckung verdankt man Herrn Hermite.

2. Anwendungen. Nimmt man

$$a = 1, \quad c = 1$$
$$\Theta(x, y) = \varphi'(x)\lambda'(y) - \varphi'(y)\lambda'(x),$$
$$\psi_r(x, y) = x^{a-r+1}y^{r-1}$$

und

$$S_{i,j} = \Sigma_m \frac{x_m^{j-i}y_m^i\,\omega(x_m, y_m)}{\Theta(x_m, y_m)},$$

so hat man

$$A_{r,s} = xy\,S_{\beta-2,2\alpha} - y\,S_{\beta-2,2\alpha+1} - x\,S_{\beta-1,2\alpha+1} + S_{\beta-1,2\alpha+2},$$

wo $\beta = r + s$. Die Ausdrücke $S_{i,j}$ können als Funktion der Coefficienten der gegebenen Gleichungen durch die von Jacobi in seiner Abhandlung *Theoremata nova algebraica etc.* (Crelle's Journal Bd. XIV.) angegebene Methode bestimmt werden.

Nimmt man

$$\omega(x, y) = \Theta(x, y)$$

so hat man

$$S_{i,j} = \Sigma_m x_m^{j-i}y_m^i,$$

und diese Ausdrücke können nach der Methode von Poisson berechnet werden (*Serret*, *Algèbre supérieure*, *p.* 103).

Setzt man endlich

$$\alpha = r + 1$$

und

$$S_i = y_1^i + y_2^i + \ldots + y_n^i$$
$$T_i = x_1y_1^i + x_2y_2^i + \ldots + x_ny_n^i$$

so hat man

$$A_{r,s} = y(xS_{\beta-2} - T_{\beta-2}) - (xS_{\beta-1} - T_{\beta-1})$$

mithin

$$\Delta_r = \begin{vmatrix} xS_0 - T_0 & xS_1 - T_1 & \ldots & xS_r - T_r \\ xS_1 - T_1 & xS_2 - T_2 & \ldots & xS_{r+1} - T_{r+1} \\ \ldots & \ldots & \ldots & \ldots \\ xS_{r-1} - T_{r-1} & xS_r - T_r & \ldots & xS_{2r-1} - T_{2r-1} \\ 1 & y & \ldots & y^r \end{vmatrix}$$

Diese letzteren Funktionen sind schon von Herrn Hermite in einem besonderen Falle betrachtet worden.

Es ist augenscheinlich, dass man durch die in diesem Abschnitt angewandte Methode analoge Sätze finden kann, die sich auf drei Gleichungen mit drei Unbekannten beziehen, etc.

IV.
Anwendung der im ersten Abschnitt gezeigten Eigenschaften.

Es sei

$$\varphi(x) = \begin{vmatrix} A_{1,1}-x & A_{2,1} & \ldots & A_{n,1} \\ A_{1,2} & A_{2,2}-x & \ldots & A_{n,2} \\ \ldots & \ldots & \ldots & \ldots \\ A_{1,n} & A_{2,n} & \ldots & A_{n,n}-x \end{vmatrix} = 0.$$

Es ist bekannt dass, wenn man $A_{r,s} = A_{s,r}$ annimmt, diese Gleichung nur reelle Wurzeln hat, und Herr Hermite hat neulich bemerkt, dass diese Eigenschaft auch stattfindet, wenn die Grössen $A_{r,s}$ imaginär, $A_{r,s}$ und $A_{s,r}$ zusammengehörig und die $A_{r,r}$ reell sind. Setzt man

$$x = h, \quad x = k,$$

so wird in der Reihe

$$\varphi(x), \varphi'(x), \varphi''(x), \ldots \varphi^{(n)}(x)$$

der Unterschied zwischen der Anzahl der entsprechenden Zeichenwechsel gleich der Anzahl der zwischen h und k enthaltenen Wurzeln der Gleichung $\varphi(x)=0$ sein. Setzt man nun in der Determinante 13) $A_{r,r}-x$ für $A_{r,r}$, so sieht man leicht, dass man, mit Ausnahme eines Faktors, haben wird

$$\varphi^{(n)}(x) = 1, \; \varphi^{(n-1)}(x) = -A_1, \ldots$$
$$\varphi'(x) = (-1)^{n-1} A_{n-1}, \; \varphi(x) = (-1)^n A_n,$$

und der Unterschied zwischen der den Wurzeln $x=h$, $x=k$ entsprechenden Anzahl der Zeichenfolgen in der Reihe

$$1, A_1, A_2, \ldots A_n$$

ist gleich der Anzahl der Wurzeln der Gleichung $\varphi(x)=0$, welche zwischen h und k enthalten sind.

Setzt man aber

$$\Delta_n = \begin{vmatrix} A_{1,1}-x & A_{2,1} & \ldots & A_{r,1} \\ A_{1,2} & A_{2,2}-x & \ldots & A_{r,2} \\ \ldots & \ldots & \ldots & \ldots \\ A_{1,r} & A_{2,r} & \ldots & A_{r,r}-x \end{vmatrix}$$

so giebt die Reihe

$$1, \Delta_1, \Delta_2, \ldots \Delta_n$$

dieselbe Anzahl von Zeichenfolgen, wie die obige Reihe. Man hat also folgenden

Lehrsatz V. Der Unterschied zwischen der Anzahl der Zeichenfolgen in der letzteren Reihe, welche den Wurzeln $x=h$, $x=k$ entsprechen, giebt die Anzahl der Wurzeln der Gleichung $\varphi(x)=0$, welche zwischen h und k enthalten sind. (*Comptes rendus*, 6. *Aug.* 1855, *Remarque sur un théorème de M. Cauchy par M. Hermite*).

Man sieht, dass diese letztere Reihe viel einfacher ist als die erstere, welche durch den Budan-Fourier'schen Satz gegeben ist.

Die Abhandlungen der Herren Hermite und Sylvester, die ich öfters angeführt habe, sind folgende: *Sur l'extension du théorème de M. Sturm à un système d'équations simultanées* (*Comptes rendus*, 1852, 2e *semestre*, *p.* 52). — *Remarque sur le théorème de M. Sturm* (*Comptes rendus*, 1853, 1er *semestre*, *p.* 294). — *On a theory of the syzigetic relations of two rational integral functions etc.* (*Philosophical Transactions*, 1853, *part III*). Durch diese Arbeiten haben diese beiden berühmten Geometer jenem wichtigen Theile der höheren Algebra seine wahre Grundlage gegeben.

XI.

Ueber die Projection der Krümmungslinien des Ellipsoids.

Von C. Küpper,

Lehrer an der Gewerbeschule in Trier.

In einer Note zur Theorie der Trägheitsmomente habe ich einen einfachen Beweis für folgenden Satz gegeben:

Die drei Flächen zweiten Grades, welche aus:

$$\frac{\mathfrak{x}^2}{u-\alpha}+\frac{\mathfrak{y}^2}{u-\beta}+\frac{\mathfrak{z}^2}{u-\gamma}=1$$

hervorgehen, wenn für u die drei Wurzeln dieser kubischen Gleichung eingeführt und dann $\mathfrak{x}, \mathfrak{y}, \mathfrak{z}$ veränderlich gedacht werden, schneiden sich im Punkte $\mathfrak{x}, \mathfrak{y}, \mathfrak{z}$ rechtwinkelig, und ihre Durchschnittslinien fallen in diesem Punkte mit den Krümmungslinien derselben Flächen zusammen. Es ist leicht einzusehen, wie man weiter folgern kann, dass je zwei der genannten Flächen die dritte in den beiden Krümmungslinien schneiden, welche auf dieser durch den Punkt $\mathfrak{x}, \mathfrak{y}, \mathfrak{z}$ gehen. Diesen Satz verdankt man Dupin.

Mit Anwendung des Sturm'schen Verfahrens erkennt man sogleich, dass unter der Voraussetzung $\alpha<\beta<\gamma$, die obige Gleichung drei reelle Wurzeln u', u'', u''' hat, wovon die grösste $u'>\gamma$, die mittlere u'' in dem Intervall (β, γ), die kleinste u''' in dem Intervall (α, β) liegt.

Das Ellipsoid

$$1)\qquad \frac{x^2}{u'-\alpha}+\frac{y^2}{u'-\beta}+\frac{z^2}{u'-\gamma}=1$$

wird demnach von dem einschaligen Hyperboloid:

$$2)\qquad \frac{x^2}{u''-\alpha}+\frac{y^2}{u''-\beta}+\frac{z^2}{u''-\gamma}=1$$

in einer Krümmungslinie K, von dem Hyperboloid:

$$3)\qquad \frac{x^2}{u'''-\alpha}+\frac{y^2}{u'''-\beta}+\frac{z^2}{u'''-\gamma}=1$$

in einer Krümmungslinie $\mathfrak{K}$ geschnitten. Die Ebene xy werde zur horizontalen, die Ebene xz zur vertikalen Projectionsebene gewählt, die aufzusuchenden Projectionen auf jener durch K, $\mathfrak{K}$; auf dieser durch K', $\mathfrak{K}'$ bezeichnet.

Eliminiren wir also aus 1) und 2) einmal z, das anderemal y, so entsteht:

$$\frac{\gamma-\alpha}{(u'-\alpha)(u''-\alpha)}\cdot x^2+\frac{\gamma-\beta}{(u'-\beta)(u''-\beta)}\cdot y^2=1\;\ldots\; K.$$

$$\frac{\beta-\alpha}{(u'-\alpha)(u''-\alpha)}\cdot x^2+\frac{\beta-\gamma}{(u'-\gamma)(u''-\gamma)}\cdot z^2=1\;\ldots\; K'.$$

Setzen wir in diese Gleichungen u''' statt u'', so entsteht:

$$\frac{\gamma-\alpha}{(u'-\alpha)(u'''-\alpha)}\cdot x^2+\frac{\gamma-\beta}{(u'-\beta)(u'''-\beta)}\cdot y^2=1\;\ldots\; \mathfrak{K}.$$

$$\frac{\beta-\alpha}{(u'-\alpha)(u'''-\alpha)}\cdot x^2+\frac{\beta-\gamma}{(u'-\gamma)(u'''-\gamma)}\cdot z^2=1\;\ldots\; \mathfrak{K}'.$$

K und K' sind Ellipsen; (wegen $u'''-\beta<0$) ist $\mathfrak{K}$ eine Hyperbel, $\mathfrak{K}'$ eine Ellipse.

Setzen wir nun

$$u'-\alpha=a^2,\; u'-\beta=b^2,\; u'-\gamma=c^2$$
$$\gamma-\alpha=a^2-c^2,\; \gamma-\beta=b^2-c^2,\; \beta-\alpha=a^2-b^2;$$

und nennen:

p^2, q^2	die	Quadrate	der	Halbachsen	der	Ellipse K,
p'^2, r^2	„	„	„	„	„	„ K',
$\mathfrak{p}^2, -\mathfrak{q}^2$	„	„	„	„		„ Hyperbel $\mathfrak{K}$,
$\mathfrak{p}'^2, \mathfrak{r}^2$	„	„	„	„		„ Ellipse $\mathfrak{K}'$,

so ist

$$p^2=\frac{a^2(u''-\alpha)}{a^2-c^2},\; q^2=\frac{b^2(u''-\beta)}{b^2-c^2},$$

daher durch Elimination von u'':

$$\frac{a^2-c^2}{a^2(a^2-b^2)}\cdot p^2-\frac{b^2-c^2}{b^2(a^2-b^2)}\cdot q^2=1;$$

d. i. p, q sind Coordinaten eines Punktes der Hyperbel, deren Halbachsen:

$$a\sqrt{\frac{a^2-b^2}{a^2-c^2}},\; b\sqrt{\frac{a^2-b^2}{b^2-c^2}}$$

sind. Ebenso findet man aus:

$$\mathfrak{p}^2=\frac{a^2(u''-\alpha)}{a^2-c^2},\text{ und } -\mathfrak{q}^2=\frac{b^2(u'''-\beta)}{b^2-c^2}:$$

$$\frac{a^2-c^2}{a^2(a^2-b^2)}\cdot \mathfrak{p}^2+\frac{b^2-c^2}{b^2(a^2-b^2)}\cdot \mathfrak{q}^2=1;$$

d. i. $\mathfrak{p}, \mathfrak{q}$ sind Coordinaten eines Punktes der Ellipse, deren Halbachsen-Quadrate denen der Hyperbel, absolut genommen, gleich sind.

Dies sind die beiden von Monge in der ersten Projectionsebene gebrauchten *Hülfscurven*. (*Taf.* III. Fig. 1). Es sei

$$OP = a\sqrt{\frac{a^2-b^2}{a^2-c^2}}, \quad OQ = b\sqrt{\frac{a^2-b^2}{b^2-c^2}},$$

und es werde die Ellipse PQ, sowie die Hyperbel $P\mathfrak{Y}$ gezeichnet. Mit den Coordinaten eines beliebigen Ellipsenpunktes M als Halbachsen construire eine Hyperbel $\mathfrak{K}$; mit denen eines Hyperbelpunktes $\mathfrak{M}$ als Halbachsen construire eine Ellipse K, betrachte diese Curven als Spuren zweier vertikalen Cylinder und stelle die Durchschnitte derselben mit dem Ellipsoid dar: Die vertikalen Projectionen dieser Curven sind Ellipsen, zwischen deren Halbachsen folgende Relationen stattfinden:

Mit Rücksicht darauf, dass $u''-\gamma$, $u'''-\gamma$ und $\beta-\gamma$ negativ sind, sei:

$$p'^2 = \frac{a^2(u''-\alpha)}{a^2-b^2}, \quad r^2 = \frac{c^2(\gamma-u'')}{b^2-c^2}$$

$$\mathfrak{p}'^2 = \frac{a^2(u'''-\alpha)}{a^2-b^2}, \quad \mathfrak{r}^2 = \frac{c^2(\gamma-u''')}{b^2-c^2},$$

so folgt:

$$\frac{a^2-b^2}{a^2(a^2-c^2)}\cdot p'^2 + \frac{b^2-c^2}{c^2(a^2-c^2)}\cdot r^2 = 1 = \frac{a^2-b^2}{a^2(a^2-c^2)}\mathfrak{p}'^2 + \frac{b^2-c^2}{c^2(a^2-c^2)}\cdot\mathfrak{r}^2,$$

d. i. (p', r), $(\mathfrak{p}', \mathfrak{r})$ sind Coordinaten von Punkten derselben Ellipse in der vertikalen Projectionsebene.

Schliesslich will ich die sechs Halbachsen der Flächen 2) und 3), welche im Punkte $\mathfrak{x}, \mathfrak{y}, \mathfrak{z}$ der Fläche 1) sich rechtwinkelig schneiden, durch Ausdrücke darstellen, mit Hülfe deren man auch das Problem lösen kann: „Wenn drei conjugirte Durchmesser einer Fläche zweiten Grades gegeben sind, die Hauptachsen zu finden."

Die Richtungscoefficienten der drei Normalen der Flächen 1), 2), 3) im Punkte $\mathfrak{x}, \mathfrak{y}, \mathfrak{z}$ seien: (λ', μ', ν'), $(\lambda'', \mu'', \nu'')$, $(\lambda''', \mu''', \nu''')$, so ist:

$$\text{I)}\quad \begin{cases} \lambda'(u'-\alpha) = \mathfrak{x}.\mathfrak{X}, & \lambda''(u''-\alpha) = \mathfrak{x}.\mathfrak{Y}, \quad \lambda'''(u'''-\alpha) = \mathfrak{x}.\mathfrak{Z} \\ \mu'(u'-\beta) = \mathfrak{y}.\mathfrak{X}, & \mu''(u''-\beta) = \mathfrak{y}.\mathfrak{Y}, \quad \mu'''(u'''-\beta) = \mathfrak{y}.\mathfrak{Z} \\ \nu'(u'-\gamma) = \mathfrak{z}.\mathfrak{X}, & \nu''(u''-\gamma) = \mathfrak{z}.\mathfrak{Y}, \quad \nu'''(u'''-\gamma) = \mathfrak{z}.\mathfrak{Z} \end{cases}$$

Die Bedeutung von $\mathfrak{X}$ zu finden, multiplicire man die in der ersten Verticalreihe stehenden Gleichungen der Reihe nach mit $\mathfrak{x}, \mathfrak{y}, \mathfrak{z}$ und bilde:

$$\lambda'\mathfrak{x} + \mu'\mathfrak{y} + \nu'\mathfrak{z} = \left(\frac{\mathfrak{x}^2}{u'-\alpha} + \frac{\mathfrak{y}^2}{u'-\beta} + \frac{\mathfrak{z}^2}{u'-\gamma}\right).\mathfrak{X} = \mathfrak{X},$$

daher

$$\mathfrak{X} = \lambda'\mathfrak{x} + \mu'\mathfrak{y} + \nu'\mathfrak{z}$$
$$\mathfrak{Y} = \lambda''\mathfrak{x} + \mu''\mathfrak{y} + \nu''\mathfrak{z}$$
$$\mathfrak{Z} = \lambda'''\mathfrak{x} + \mu'''\mathfrak{y} + \nu'''\mathfrak{z}.$$

Dies sind die Abstände der Berührungsebenen der drei confokalen Flächen *vom Punkte* $\mathfrak{x}, \mathfrak{y}, \mathfrak{z}$ von dem gemeinsamen Mittelpunkt.

Ebenso ist:

$$\mathfrak{x} = \lambda'\mathfrak{X} + \lambda''\mathfrak{Y} + \lambda'''\mathfrak{Z},$$
$$\mathfrak{y} = \mu'\mathfrak{X} + \mu''\mathfrak{Y} + \mu'''\mathfrak{Z},$$
$$\mathfrak{z} = \nu'\mathfrak{X} + \nu''\mathfrak{Y} + \nu'''\mathfrak{Z}.$$

Aus den in horizontaler Reihe stehenden Gleichungen I) folgt demnach:

$$(B)\qquad \begin{cases} \dfrac{\mathfrak{X}^2}{u'-\alpha} + \dfrac{\mathfrak{Y}^2}{u''-\alpha} + \dfrac{\mathfrak{Z}^2}{u'''-\alpha} = 1, \\[2ex] \dfrac{\mathfrak{X}^2}{u'-\beta} + \dfrac{\mathfrak{Y}^2}{u''-\beta} + \dfrac{\mathfrak{Z}^2}{u'''-\beta} = 1, \\[2ex] \dfrac{\mathfrak{X}^2}{u'-\gamma} + \dfrac{\mathfrak{Y}^2}{u''-\gamma} + \dfrac{\mathfrak{Z}^2}{u'''-\gamma} = 1. \end{cases}$$

„Im Mittelpunkte der zuerst gedachten Flächen 1), 2), 3) schneiden sich diese (B) rechtwinkelig, und zwar sind in diesem Punkte die Hauptachsen jener Normalen für diese, und ihre neun Halbachsen sind in anderer Ordnung denen des ersten Systems gleich.“

Aus 1), 2), 3) ergiebt sich für den Punkt $\mathfrak{x}, \mathfrak{y}, \mathfrak{z}$, und aus (B) für $\mathfrak{X}, \mathfrak{Y}, \mathfrak{Z}$:

$$\mathfrak{x}^2 = \frac{(u'-\alpha)(u''-\alpha)(u'''-\alpha)}{(\alpha-\beta)(\alpha-\gamma)} \qquad \mathfrak{X}^2 = \frac{(u'-\alpha)(u'-\beta)(u'-\gamma)}{(u'-u'')(u'-u''')}$$

$$\mathfrak{y}^2 = \frac{(u'-\beta)(u''-\beta)(u'''-\beta)}{(\beta-\alpha)(\beta-\gamma)} \qquad \mathfrak{Y}^2 = \frac{(u''-\alpha)(u''-\beta)(u''-\gamma)}{(u''-u')(u''-u''')}$$

$$\mathfrak{z}^2 = \frac{(u'-\gamma)(u''-\gamma)(u'''-\gamma)}{(\gamma-\alpha)(\gamma-\beta)} \qquad \mathfrak{Z}^2 = \frac{(u'''-\alpha)(u'''-\beta)(u'''-\gamma)}{(u'''-u')(u'''-u'')}$$

Weiter hat man:

$$\lambda'^2 = \frac{\mathfrak{x}^2 . \mathfrak{X}^2}{(u'-\alpha)^2} = \frac{(u'-\beta)(u'-\gamma)(u''-\alpha)(u'''-\alpha)}{(\alpha-\beta)(\alpha-\gamma)(u''-u')(u'''-u')},$$

$$\mu'^2 = \frac{\mathfrak{y}^2 . \mathfrak{X}^2}{(u'-\beta)^2} = \frac{(u'-\gamma)(u'-\alpha)(u''-\beta)(u'''-\beta)}{(\beta-\gamma)(\beta-\alpha)(u''-u')(u'''-u')},$$

$$\nu'^2 = \frac{\mathfrak{z}^2 . \mathfrak{X}^2}{(u'-\gamma)^2} = \frac{(u'-\alpha)(u'-\beta)(u''-\gamma)(u'''-\gamma)}{(\gamma-\alpha)(\gamma-\beta)(u''-u')(u'''-u')},$$

u. s. f.

Wenn man im Ellipsoid $\dfrac{\mathfrak{x}^2}{u'-\alpha} + \dfrac{\mathfrak{y}^2}{u'-\beta} + \dfrac{\mathfrak{z}^2}{u'-\gamma} = 1$ einen Diametralschnitt parallel zur Berührungsebene im Punkte $\mathfrak{x}, \mathfrak{y}, \mathfrak{z}$ legt, und die Halbachsen desselben D_1'', D_1''' nennt, so hat man, weil diese zu Richtungscoefficienten $(\lambda'', \mu'', \nu'')$, $(\lambda''', \mu''', \nu''')$ haben (wie ich a. a. O. bewiesen):

$$\frac{D_1''^2 . \lambda''^2}{u'-\alpha} + \frac{D_1''^2 . \mu''^2}{u'-\beta} + \frac{D_1''^2 . \nu''^2}{u'-\gamma} = 1,$$

$$\frac{D_1'''^2 . \lambda'''^2}{u'-\alpha} + \frac{D_1'''^2 . \mu'''^2}{u'-\beta} + \frac{D_1'''^2 . \nu'''^2}{u'-\gamma} = 1.$$

Aber:

$$\frac{\lambda''^2}{u'-\alpha}+\frac{\mu''^2}{u'-\beta}+\frac{\nu''^2}{u'-\gamma}$$
$$=\frac{(u''-\beta)(u''-\gamma)(u'''-\alpha)}{(\alpha-\beta)(\alpha-\gamma)(u'-u'')(u'''-u'')}+\frac{(u''-\gamma)(u''-\alpha)(u'''-\beta)}{(\beta-\gamma)(\beta-\alpha)(u'-u'')(u'''-u'')}$$
$$+\frac{(u''-\alpha)(u''-\beta)(u'''-\gamma)}{(\gamma-\alpha)(\gamma-\beta)(u'-u'')(u'''-u'')}.$$
$$=-\frac{(\beta-\gamma)(u''-\beta)(u''-\gamma)(u'''-\alpha)+(\gamma-\alpha)(u''-\gamma)(u''-\alpha)(u'''-\beta)+(\alpha-\beta)(u''-\alpha)(u''-\beta)(u'''-\gamma)}{(\beta-\gamma)(\gamma-\alpha)(\alpha-\beta)(u'-u'')(u'''-u'')}$$
$$=-\frac{[\alpha(\beta^2-\gamma^2)+\beta(\gamma^2-\alpha^2)+\gamma(\alpha^2-\beta^2)](u''-u''')}{(\beta-\gamma)(\gamma-\alpha)(\alpha-\beta)(u'-u'')(u'''-u'')}=\frac{1}{u'-u''}.$$

Ebenso

$$\frac{\lambda'''^2}{u'-\alpha}+\frac{\mu'''^2}{u'-\beta}+\frac{\nu'''^2}{u'-\gamma}=\frac{1}{u'-u'''}.$$

Folglich:

$$D_1''^2=u'-u''$$
$$D_1'''^2=u'-u''',$$

1) $D_1''^2=(u'-\alpha)-(u''-\alpha)=a^2-(u''-\alpha),\ u''-\alpha=a^2-D_1''^2,$

Ebenso:

2) $u''-\beta=b^2-D_1''^2,$

3) $u''-\gamma=c^2-D_1''^2,$

4) $D_1'''^2=(u'-\alpha)-(u'''-\alpha)=a^2-(u'''-\alpha),\ u'''-\alpha=a^2-D_1'''^2;$

5) $u'''-\beta=b^2-D_1'''^2,$

6) $u'''-\gamma=c^2-D_1'''^2.$

Die Formeln:

$$\frac{\lambda''^2}{u'''-\alpha}+\frac{\mu''^2}{u'''-\beta}+\frac{\nu''^2}{u'''-\gamma}=\frac{1}{u'''-u''},$$
$$\frac{\lambda'''^2}{u''-\alpha}+\frac{\mu'''^2}{u''-\beta}+\frac{\nu'''^2}{u''-\gamma}=\frac{1}{u''-u'''},$$
$$\frac{\lambda'^2}{u''-\alpha}+\frac{\mu'^2}{u''-\beta}+\frac{\nu'^2}{u''-\gamma}=\frac{1}{u''-u'},$$
$$\frac{\lambda'^2}{u'''-\alpha}+\frac{\mu'^2}{u'''-\beta}+\frac{\nu'^2}{u'''-\gamma}=\frac{1}{u'''-u'}.$$

lassen erkennen, dass die Diametralschnitte der Flächen 1), 2), 3), welche beziehlich den Berührungsebenen dieser Flächen im Punkte 𝔯, 𝔮, 𝔧 parallel sind, paarweise gleiche Achsen haben, und dass die Quadrate dieser Halbachsen, wie schon Chasles hervorhebt, den Quadraten der Excentricitäten der Hauptschnitte der Flächen (B) gleich sind:

„Ziehen wir nämlich durch den Mittelpunkt der Flächen 1), 2), 3) drei Gerade L', L'', L''', deren Richtungscoefficienten (λ', μ', ν'), $(\lambda'', \mu'', \nu'')$, $(\lambda''', \mu''', \nu''')$ sind, so liegen auf L' zwei Durchmesser der Flächen 2), 3), *welche imaginär* sind. — $D_{,,}'^2$ — $D_{,,,}'^2$ seien ihre Quadrate, so ist:

$$D_{,,}'^2=u'-u'',\ D_{,,,}'^2=u'-u''',$$

Auf L'' liegen zwei Durchmesser der Flächen 1), 3), deren Quadrate $D_{,}''^2$, $-D_{,,,}''^2$ seien, so ist:

$$D_{,}''^2 = u' - u'', \quad D_{,,,}''^2 = u'' - u'''.$$

Auf L''' liegen zwei Durchmesser der Flächen 1), 2), deren Quadrate $D_{,}'''^2$, $D_{,,}'''^2$:

$$D_{,}'''^2 = u' - u''', \quad D_{,,}'''^2 = u'' - u'''.“$$

Hieran knüpfen sich leicht nachstehende Folgerungen:

1) Die Durchschnittslinie eines Ellipsoids und einer concentrischen Kugel wird aus dem gemeinsamen Mittelpunkt durch einen Kegel zweiten Grades projicirt. Die zu den Seiten dieses Kegels conjugirten Diametral-Ebenen umhüllen einen Kegel zweiten Grades, welcher das Ellipsoid in einer Krümmungslinie schneidet, und zwar in einer Linie schwächster oder stärkster Krümmung, jenachdem der Radius jener Kugel kleiner oder grösser als die mittlere Halbachse des Ellipsoids ist.

2) Die beiden Kegel, welche sich so entsprechen, dass die Berührungsebenen des einen conjugirte Diametralebenen für die Seiten des anderen sind, mögen conjugirte Kegel heissen.

Um die beiden Krümmungslinien zu erhalten, welche in einem gegebenen Punkte eines Ellipsoids sich schneiden, lege man einen Diametralschnitt parallel der Berührungsebene in diesem Punkte, beschreibe um den Mittelpunkt des Diametralschnitts mit der grossen und kleinen Halbachse desselben zwei Kugelflächen und projicire aus demselben Punkte die Durchschnittslinien der Kugeln mit dem Ellipsoid: dann erhält man zwei Kegel zweiten Grades, deren conjugirte das Ellipsoid in den verlangten Linien schneiden.

3) Es giebt ein ganz elementares Verfahren, die Krümmungen der Normalschnitte in einem Punkte einer Fläche zweiten Grades zu finden, wie in der Kürze für das Ellipsoid gezeigt werden soll. In einem Punkte des Ellipsoids ziehe eine Tangente t, lege durch diese einen Normalschnitt und einen Diametralschnitt, bezeichne mit ϱ den Krümmungshalbmesser des ersten, mit ϱ' den des letzteren, mit ω den Winkel der schneidenden Ebenen, mit D' die Hälfte des mit t parallelen Durchmessers des Ellipsoids, mit s den Abstand des Mittelpunktes der Fläche von t, mit $\mathfrak{J}$ den Abstand desselben Punktes von der durch t gelegten Berührungsebene der Fläche, so ist bekanntlich:

$$\varrho' = \frac{D'^2}{s}.$$

Und nach dem Satze von Meunier:

$$\varrho = \frac{\varrho'}{\cos\omega}.$$

Aber offenbar ist: $\frac{\mathfrak{P}}{s} = \cos\omega$, also:

$$\varrho = \frac{\varrho' . s}{\mathfrak{P}} = \frac{D'^2}{\mathfrak{P}}.$$

Mit Hülfe dieses Ausdrucks hat man folgenden Satz:

4) Die Krümmungen, welche das Ellipsoid an verschiedenen Stellen einer bestimmten Krümmungslinie in darauf senkrechter Richtung darbietet, sind dem Abstand der betreffenden Berührungsebene vom Mittelpunkt der Fläche gerade proportional.

5) Wenn

$$\frac{x^2}{a'^2} + \frac{y^2}{b'^2} + \frac{z^2}{c'^2} = 1, \qquad \frac{x^2}{a''^2} + \frac{y^2}{b''^2} + \frac{z^2}{c''^2} = 1$$

die beiden Hyperboloide darstellen, welche im Punkte x, y, z das Ellipsoid

$$\frac{x^2}{a^2} + \frac{y^2}{b^2} + \frac{z^2}{c^2} = 1,$$

rechtwinkelig durchschneiden, und wenn $\mathfrak{P}$ den Abstand des gemeinsamen Mittelpunktes der drei Flächen von der Berührungsebene im Punkte x, y, z am Ellipsoid bedeutet, so hat man für die Werthe der Hauptkrümmungen in diesem Punkte:

$$\frac{\mathfrak{P}}{a^2 - a'^2} = \frac{\mathfrak{P}}{b^2 - b'^2} = \frac{\mathfrak{P}}{c^2 - c'^2};$$

und:

$$\frac{\mathfrak{P}}{a^2 - a''^2} = \frac{\mathfrak{P}}{b^2 - b''^2} = \frac{\mathfrak{P}}{c^2 - c''^2},$$

oder auch:

$$\frac{a . b . c}{(a^2 - a'^2)\sqrt{(a^2 - a'^2)(a^2 - a''^2)}}$$

und

$$\frac{a . b . c}{(a^2 - a''^2)\sqrt{(a^2 - a'^2)(a^2 - a''^2)}}.$$

XII.

Ueber die Theorie der Luftschwingungen in Röhren.

Von Emil Kahl,

Lieutenant der Artillerie und Lehrer der Physik und Chemie an der königl. Kriegsschule in Dresden.

Die Luft, welche sich in Röhren befindet, kann bekanntlich auf mehrerlei Art in tönende Schwingungen versetzt werden. Bisweilen bedingt die Methode, welche man zur Erregung der Schwingungen anwendet, eine fortwährende Lufterneuerung, wie z. B. das Anblasen der Zungenpfeifen, während andererseits eine solche z. E. bei der Resonanz von Luftsäulen nicht stattfindet. Ich werde mich in der gegenwärtigen Abhandlung nur auf diejenigen Fälle beschränken, in welchen die tönende Luftsäule eine Verschiebung im Ganzen nicht zu erleiden hat, d. i. also auf die Schwingungen, in welche die in Röhren enthaltene Luft beim Anblasen nach Art der Orgelpfeifen versetzt wird und auf die Resonanz der Luftsäulen. Obwohl die ausgezeichnetsten Mathematiker diesem Gegenstande ihre Aufmerksamkeit gewidmet und geschickte Experimentatoren Untersuchungen über denselben angestellt haben, so ist man dennoch zu einer völlig befriedigenden Theorie der Luftschwingungen noch nicht gelangt. Demohngeachtet verdienen die bisher für die Theorie gewonnenen Resultate Beachtung, indem die Theorie in ihrer jetzigen Gestalt nicht einer völligen Umgestaltung, sondern nur einer weiteren Entwickelung zu bedürfen scheint, um zur vollständigen Uebereinstimmung mit der Erfahrung zu führen. In der vorliegenden Abhandlung gebe ich den Inhalt der vorzüglichsten theoretischen Versuche wieder, worunter auch die neuesten Arbeiten von Duhamel und Quet mit inbegriffen sind, und vergleiche die erhaltenen Resultate mit den Ergebnissen der besten experimentellen Untersuchungen. Ich hoffe, dass es mir auf diese Weise gelingen möge, Einsicht in die Entwickelung der Theorie zu gewähren und den Standpunkt zu zeigen, auf welchem sich dieselbe jetzt befindet.

Der theoretischen Behandlung des Problemes der Schwingungen von Luftsäulen stehen, wie bekannt, bedeutende Schwierigkeiten entgegen. Dieselben rühren theils davon her, dass man wegen ungenügender Kenntniss der physikalischen Eigenschaften der Gase oft zu willkürlichen Annahmen über das Verhalten derselben genöthigt wird, theils beruhen dieselben auf der verwickelten Form der mathematischen Ausdrücke, zu welchen die Anwendung der Rechnung auf die bekannten und hypothetischen Eigenschaften luftförmiger Körper führt. Die Theorie der Luftschwingungen in Röhren steht in innigem Zusammenhange mit folgender Aufgabe, welche zugleich die allgemeinste aërodynamische Aufgabe ist, zu deren Lösung man noch einigermassen Mittel und Wege kennt:

In einem Raume, dessen Dimensionen gegeben sind, befindet sich ein Gas, dessen Dichtigkeit D im Gleichgewichtszustande für jede Stelle im Raume gegeben ist. Dem Gase werden an bestimmten Stellen und zu bestimmten Zeiten bekannte Geschwindigkeiten und Dichtigkeiten ertheilt. Es ist zu bestimmen, wie gross zu irgend welcher Zeit an jeder Stelle des gaserfüllten Raumes die Geschwindigkeit und Dichtigkeit des Gases sei.

Um die Lösung dieser Aufgabe nur einigermassen bewerkstelligen zu können, ist man genöthigt: 1) ausser den bekannten physikalischen Eigenschaften der Gase noch die hypothetische Eigenschaft derselben in die Rechnung einzuführen, dass der Druck auch in bewegten Gasen nach allen Richtungen mit gleicher Stärke fortgepflanzt werde, so wie 2) die willkürliche Voraussetzung zu machen, dass die Molecüle des Gases gegen einander keinerlei Anziehungen oder Abstossungen ausüben ausser denen, welche das Mariotte'sche und Gay-Lussac'sche Gesetz impliciren, ferner 3) anzunehmen, dass die Geschwindigkeit der Gastheilchen stets so klein bleibe, dass man das Quadrat der Geschwindigkeit jedes derselben gegen das Quadrat der Schallgeschwindigkeit (ca. 1050 preuss. Fuss) vernachlässigen dürfe und endlich muss man 4) die Voraussetzung machen, dass die Zunahmen der Dichtigkeit, welche durch den Bewegungszustand an einzelnen Stellen herbeigeführt werden, ebenfalls so klein sind, dass ihr Quadrat gegen das Quadrat der Schallgeschwindigkeit vernachlässigt werden darf.

Gewöhnlich bereitet man die besprochene Aufgabe unter Zugrundelegung eines rechtwinkeligen Coordinatensystemes zur Lösung vor und bestimmt zunächst die nach den Richtungen der Coordinatenaxen geschätzten Componenten u', v', w' der Geschwindigkeit v, welche an der Stelle x, y, z am Ende der Zeit t stattfindet. Anstatt der Dichtigkeit D_1, welche das Gas gleichzeitig an demselben Orte besitzt, bestimmt man die Verdichtung s, welche mit D_1 durch die Beziehung zusammenhängt:

$$D_1 = D\left(1 + \frac{D_1 - D}{D}\right) = D(1+s),$$

wobei D die anfängliche Dichtigkeit an der Stelle x, y, z bedeutet. Man gelangt so zu den bekannten Gleichungen:

$$\text{I)} \qquad u' = \frac{d\varphi}{dx}, \quad v' = \frac{d\varphi}{dy}, \quad w' = \frac{d\varphi}{dz},$$

in denen φ eine Function von x und t ist, welche theils aus der Differenzialgleichung:

$$\text{II)} \qquad \frac{d_2\varphi}{dt^2} = a^2\left(\frac{d_2\varphi}{dx^2} + \frac{d_2\varphi}{dy^2} + \frac{d_2\varphi}{dz^2}\right),$$

in welcher a die Schallgeschwindigkeit bedeutet, theils durch die gegebenen Geschwindigkeiten und Verdichtungen zu bestimmen ist, welche dem Gase von Aussen ertheilt wurden.

Der Gleichungen I) und II) hat sich direct nur Duhamel bedient, um an dieselben Untersuchungen über den Schwingungszustand der Luft in Röhren zu knüpfen, meist hat man einfachere Gleichungen angewendet, welche aus den vorigen mit Hülfe einer so ziemlich durch die Erfahrung gerechtfertigten Annahme erhalten werden. Man stellte sich nämlich vor, dass die Bewegung der Luft in prismatischen Röhren nur in einem einzigen Sinne erfolge; nimmt man die x-Axe der gemeinschaftlichen Bewegungsrichtung parallel an, so ziehen sich die Gleichungen I) und II) in folgende zusammen:

$$\text{III)} \qquad v = \frac{d\varphi}{dx}, \qquad s = -\frac{1}{a^2}\frac{d\varphi}{dt}$$

$$\text{IV)} \qquad \frac{d_2\varphi}{dt^2} = a^2\frac{d_2\varphi}{dx^2}.$$

Das Integral der Gleichung IV) kann bekanntlich in der Form dargestellt werden:

$$\text{V)} \qquad \varphi = F_1(x + at) + f_1(x - at),$$

wobei F_1 und f_1 willkürliche Functionen sind, welche aus den Verdichtungen und Geschwindigkeiten zu bestimmen sind, welche der Luft behufs der Einleitung und Erhaltung der Schwingungsbewegung ertheilt wurden.

Den Inhalt der vorzüglicheren theoretischen Arbeiten über die Schwingungsbewegung der Luft in Röhren werde ich in zwei Abtheilungen wiedergeben, enthaltend:

A. Die Untersuchungen, bei welchen von den einfacheren Gleichungen III) u. IV) ausgegangen worden ist und welche sich nur auf cylindrische Röhren beziehen;

B. Die Untersuchungen Duhamel's über die Luftschwingungen in cylindrischen, conischen Röhren etc., bei welchen derselbe sich der Gleichungen I) und II) bedient hat.

Am Schlusse der Abhandlung werde ich Gelegenheit nehmen, einige vortreffliche experimentelle Untersuchungen zur Sprache zu bringen, deren Erwähnung in den Abtheilungen *A.* und *B.* nicht geschehen konnte.

A. Anwendung der Gleichungen III. und IV. auf die Untersuchung des Schwingungszustandes der Luft in cylindrischen Röhren.

Bezeichnet man die Differenzialquotienten $\frac{dF_1(z)}{dz}$ und $\frac{df_1(z)}{dz}$ der willkürlichen Functionen in V) mit $F(z)$ und $f(z)$, so kann man nach erfolgter Verbindung von III) und V) für v und as schreiben:

$$\text{VI)}\quad \begin{cases} v = f(x - at) + F(x + at) \\ as = f(x - at) - F(x + at). \end{cases}$$

Mit Hülfe der Gleichungen VI) findet man bekanntlich ohne alle Schwierigkeit, dass eine Störung des Gleichgewichtes der Luft an einer Stelle eines nach beiden Seiten hin unendlich ausgedehnten Rohres bewirkt, dass im Allgemeinen von der Erschütterungsstelle aus nach beiden Seiten hin zwei Wellen fortschreiten. Die Luft in dem Rohre (Fig. 1) sei ursprünglich im Gleichgewicht, in einem Momente, von welchem an die Zeit gezählt wird, ertheilt man der Schicht MM' die Geschwindigkeit v_0 und Verdichtung s_0. Die Bedingung, dass zur Zeit $t = 0$, die Geschwindigkeit und Verdichtung der Schicht MM' v_0 und s_0 ist, während die Luft an allen anderen Stellen des Rohres sich im Gleichgewichte befindet, lässt sich auf folgende Weise ausdrücken, sobald man MM' als Coordinatenanfang betrachtet:

Fig. 1.

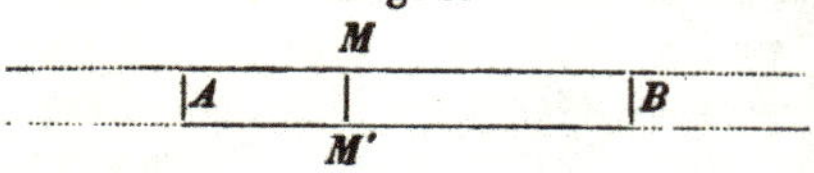

$$\begin{cases} v_0 = f(0) + F(0) \\ as_0 = f(0) - F(0) \end{cases}$$

$$\begin{Bmatrix} 0 = f(x) + F(x) \\ 0 = f(x) - F(x) \end{Bmatrix} \text{ für } \begin{cases} x > 0 \\ x < 0. \end{cases}$$

Diese Gleichungen dienen zur Bestimmung von $f(z)$ und $F(z)$ für alle Werthe der Variablen z und geben:

$$f(z) = F(z) = 0, \text{ sobald } \begin{cases} z > 0 \\ z < 0. \end{cases}$$

$$\left.\begin{aligned} f(z) &= \tfrac{1}{2} v_0 + \tfrac{1}{2} a s_0 \\ F(z) &= \tfrac{1}{2} v_0 - \tfrac{1}{2} a s_0 \end{aligned}\right\} \text{ sobald } z = 0.$$

Diese Werthe von $f(z)$ und $F(z)$ zeigen, dass die Gleichungen VI), welche den Zustand im Rohre für eine beliebige Zeit bestimmen, für negative Abscissen sich auf folgende zurückziehen:

$$\begin{aligned} v &= F(x + at) \\ as &= -F(x + at). \end{aligned}$$

Für positive Abscissen hat man dagegen:

$$\begin{aligned} v &= f(x - at) \\ as &= f(x - at). \end{aligned}$$

Eine links von MM' gelegene Schicht bleibt in Ruhe, so lange als $x + at$ negativ ist, geräth nach Ablauf der Zeit $-\frac{x}{a}$ in Bewegung, hierauf wird $x + at$ positiv und deshalb $v = s = 0$; eine rechts von MM' gelegene Schicht bleibt in Ruhe, so lange, als $t < \frac{x}{a}$, geräth nach Ablauf der Zeit

$t = \frac{x}{a}$ in Bewegung und kehrt hierauf in's Gleichgewicht zurück, da $x - at$ negativ wird, wenn $t > \frac{x}{a}$. Von der Erschütterungsstelle aus werden demnach nach beiden Seiten hin Theilwellen mit der Geschwindigkeit a des Schalles in freier Luft fortgepflanzt.

Wäre das Rohr nach der linken Seite hin unendlich weit ausgedehnt, jedoch rechts vom Coordinatenanfange bei B begrenzt, so würden die Gleichungen VI) in Verbindung mit den Angaben über den Anfangszustand nicht genügen, um den Bewegungszustand im Rohre für alle späteren Zeiten zu bestimmen. Man hätte in diesem Falle, die Entferung des Endes B vom Coordinatenanfang MM' mit β bezeichnet:

$$\begin{cases} v_0 = f(0) + F(0) \\ as_0 = f(0) - F(0) \end{cases}$$

und, für negative x, sowie $0 < x < \beta$:

$$\begin{cases} 0 = f(x) + F(x) \\ 0 = f(x) - F(x). \end{cases}$$

Dies giebt für $z = 0$:

$$\begin{aligned} f(z) &= \tfrac{1}{2} v_0 + \tfrac{1}{2} a s_0 \\ F(z) &= \tfrac{1}{2} v_0 - \tfrac{1}{2} a s_0. \end{aligned}$$

und für alle von 0 verschiedene z, welche kleiner als β sind:

$$f(z) = F(z) = 0.$$

Für $z > \beta$ bleiben aber $f(z)$ und $F(z)$ unbestimmt; die Bestimmung darf nämlich nicht auf die Weise geschehen, dass man, weil für $t = 0$ und $x > \beta$ $v = 0$ und $s = 0$, setzt:

$$\left.\begin{aligned} 0 &= f(x) + F(x) \\ 0 &= f(x) - F(x) \end{aligned}\right\} \text{ für } x > \beta,$$

denn ausserhalb des Rohres gelten die Gleichungen III), IV), V) und VI) nicht mehr, weshalb die letzten beiden Gleichungen völlig unstatthaft sind. Um auf rationellem Wege f und F für solche z zu bestimmen, welche die Länge β übertreffen, müsste man berücksichtigen, dass ausserhalb des Rohres nur die Gleichungen I) und II) gelten können, in das Integral derselben wäre die Bedingung $v = as = 0$ für $t = 0$ und $x > \beta$ einzusetzen und nachdem man noch die Bedingungen eingeführt hätte, dass die an die äussere Fläche des Rohres angrenzende Luft sich senkrecht gegen die Rohresfläche nicht bewegen kann, aus den erhaltenen Bedingungsgleichungen f und F zu bestimmen. Diese directe Bestimmung der noch fehlenden Werthe von f und F ist selbst von den ausgezeichnetsten Mathematikern nicht versucht worden, weil sie dieselbe für äusserst schwierig gehalten haben. Man hat vielmehr versucht, mit Hülfe einer Hypothese die noch fehlenden Werthe von f und F zu bestimmen.

Die Erfahrung lehrt, dass Lufterschütterungen, welche im Innern von Röhren hervorgebracht werden, sowohl von offenen, als von geschlossenen Enden der Röhren aus in die freie Luft fortgesetzt werden. An offenen Enden von Röhren wird Geschwindigkeit und Verdichtung sofort an einen viel grösseren Querschnitt, als der der Röhre ist, übertragen, daselbst wird demnach die Verdichtung sehr klein ausfallen müssen. Geschlossene Röhrenenden können nur insofern eine Uebertragung der Bewegung hervorbringen, als der Verschluss selbst durch die Luft von innen her wenig bewegt wird, welche Bewegung durch seine äussere Seite der äusseren Luft mitgetheilt wird. Da die Verschlüsse meist sehr fest sind, so wird die Geschwindigkeit der innerhalb angrenzenden Luftschicht, welche der des Verschlusses gleich ist, nur sehr gering sein können, während die Verdichtung oder Verdünnung an dieser Stelle noch recht merklich sein muss. Dieser Ansicht scheinen Euler und Lagrange gefolgt zu sein, indem sie annahmen, an offenen Enden von Röhren sei jederzeit, auch wenn daselbst Bewegung stattfindet, $s = 0$, während v nicht 0 sei; an geschlossenen Enden haben sie auch, während daselbst Bewegung statt hat, $v = 0$ für jedes t gesetzt, die Verdichtung s aber endlich angenommen.

Poisson hat ebenfalls berücksichtigt, dass die Verdichtung am offenen Ende einer Röhre nur gering sein kann, während eine Welle aus demselben austritt und dass an geschlossenen Enden die innere Luft nur mit geringer Geschwindigkeit bewegt werden kann, da sie sich der unbedeutenden Bewegung des Verschlusses innig anschliessen muss. Er hat jedoch noch einer anderen Ansicht über den Zustand an den Enden der Röhre gehuldigt. Er meint, dass eine nach Aussen gerichtete Geschwindigkeit des letzten Querschnittes an offenen wie geschlossenen Röhrenenden daselbst Verdichtung, eine nach innen gerichtete Geschwindigkeit Verdünnung hervorbringen müsse; ferner macht er die für kleine Verdichtungen und Geschwindigkeit sehr wahrscheinliche Voraussetzung, dass die Geschwindigkeit eine ihr proportionale Verdichtung oder Verdünnung hervorbringe. Er setzt für die v und s an den Enden der Röhre die Beziehung

$$as = kv$$

voraus, wobei k ein Factor ist, welcher für ein und dasselbe Röhrenende constant ist, für verschieden geformte Röhrenenden aber verschiedene Werthe annehmen kann. Die geringen Werthe von v und s, welche respective an geschlossenen und offenen Röhrenenden eintreten, berücksichtigt er dadurch, dass er für erstere k sehr gross, für letztere k sehr klein annimmt. Bedingt die Wahl des Coordinatensystemes, dass die nach Aussen gerichtete Geschwindigkeit mit einem positiven Vorzeichen versehen werde, so muss k positiv genommen werden, um auszudrücken, dass der Impuls zum Austreten Verdichtung, die nach Innen gerichtete Geschwindigkeit Verdünnung hervorbringt; um letztere Voraussetzung hingegen für Röhrenenden in der Formel auszudrücken, an welchen eine positive Geschwindigkeit eine nach innen gerichtete bedeutet, muss k negativ genommen werden.

Die Mathematiker, welche sich mit dem Schwingungsprobleme beschäftigt haben, sind sämmtlich von einer der beiden Annahmen ausgegangen. Welchen Einfluss die eine oder die andere auf die Resultate der Analyse haben könne, zeige ich zunächst an dem einfachen Beispiele, dessen Discussion bereits begonnen ist und welches sich auf den Fall bezieht, in welchem zur Zeit 0 der Coordinatenanfang MM' (Fig. 1.) Verdichtung und Geschwindigkeit besass, während die Luft an allen übrigen Stellen im Rohre sich im Gleichgewichte befand. Die Gleichungen VI) bestimmen den Zustand im Rohre dem Früheren gemäss, was die nach links gehenden Wellen betrifft, durch die Formeln:

$$v = F(x + at)$$
$$as = -F(x + at).$$

Die nach rechts gehende Welle ist solange durch die Gleichungen:

$$v = f(x - at)$$
$$as = f(x - at)$$

gegeben, als $x - at$ zwischen β und 0 enthalten ist, d. h. vom Augenblicke an, wo die nach rechts gehende Welle MM' verlässt, bis zum Momente ihrer Ankunft in B.

Zur Bestimmung der weiteren Bewegung der Welle müsste man entweder nach Euler und Lagrange für $x = \beta$, $v = 0$ oder $as = 0$, oder nach Poisson $as = kv$ setzen. Die doppelte Rechnung lässt sich jedoch in diesem Falle ersparen, indem wir einfach $as = kv$ setzen und berücksichtigen, dass die Poisson'sche Formel die Annahme von Euler und Lagrange repräsentirt, sobald man für geschlossene Röhrenenden $k = \infty$, für offene Röhrenenden $k = 0$ setzt.

Man hat demnach als letzte Bedingungsgleichung zur Bestimmung von f und F:

$$f(\beta - at) - F(\beta + at) = k\{f(\beta - at) + F(\beta + at)\},$$

oder, indem man z für at setzt:

$$\text{VII)} \qquad F(\beta + z) = \frac{1-k}{1+k} f(\beta - z).$$

Ist das Ende B geschlossen, so ist $k = +\infty$ oder eine positive sehr grosse Zahl, daher $\frac{1-k}{1+k}$ entweder -1 oder ein von -1 wenig verschiedener echter Bruch; ist jedoch das Ende B offen, so ist k entweder 0 oder ein sehr kleiner positiver Bruch, desswegen $\frac{1-k}{1+k}$ entweder $+1$ oder ein von $+1$ nur wenig verschiedener echter Bruch. Indem man nun die Gleichungen VI) zur Bestimmung von v und s für die rechts gehende Theilwelle und $t > \frac{\beta}{a}$ benutzt, findet man zunächst:

$$\begin{cases} v = F(x + at) \\ as = -F(x + at) \end{cases}$$

da $x - at$ stets negativ, deswegen $f(x - at)$ stets 0 sein muss. Indem man in Gleichung VII) $x + at - \beta$ für z setzt, erhält man:

$$F(x + at) = \frac{1-k}{1+k} f(2\beta - x - at)$$

und, nachdem man zur Abkürzung b für $\frac{1-k}{1+k}$ geschrieben hat:

$$\left.\begin{array}{l} v = b\,f(2\beta - x - at) \\ as = -b\,f(2\beta - x - at) \end{array}\right\} \text{ für } t > \frac{\beta}{a},$$

wodurch die Bewegung der rechts gehenden Theilwelle vollkommen bestimmt ist.

Die letzten beiden Gleichungen geben für

$$t = \frac{\beta}{a} \text{ und } x = \beta,\ v = b\,f(0) \text{ und } as = -b\,f(0),$$

während die früheren Gleichungen für die rechtsgehende Welle $v = as = f(x - at)$ für

$$t = \frac{\beta}{a} \text{ und } x = \beta,\ v = as = f(0)$$

geben. Am Ende B tritt demnach im Allgemeinen eine plötzliche Abnahme der absoluten Werthe der Geschwindigkeit und Verdichtung ein; von hier an kehrt die Welle mit Beibehaltung der veränderten Geschwindigkeit und Verdichtung zurück, indem sie mit der Geschwindigkeit a nach links fortschreitet; wovon man sich leicht überzeugt, wenn man berücksichtigt, dass die Luft an den Stellen x und x' nach Ablauf der Zeiten

$$t' = \frac{2\beta - x}{a} \text{ und } t' = \frac{2\beta - x'}{a}$$

durch die zurückkehrende Welle erschüttert wird, man hat aber:

$$t - t' = -\frac{x - x'}{a},$$

worin der Beweis obiger Behauptung liegt. Wäre das Rohr nicht am Ende B, sondern am Ende A begrenzt und nach B hin unendlich verlängert, so würde die nach rechts gehende Theilwelle unbehindert fortgehen, während die nach links fortschreitende Welle $v = -as = F(x + at)$ am Ende A eine Zurückwerfung erleiden würde. Entspricht dem Ende A die Abscisse $-\alpha$ (α eine positive Längengrösse), so würde man für die nach links gehende Theilwelle haben:

$$\text{für } t < \frac{\alpha}{a},\ v = -as = F(x + at).$$

$$\text{für } t = \frac{\alpha}{a}, \begin{cases} v = -as = F(0) \text{ und:} \\ v = as = b.F(0) \end{cases}$$

$$\text{für } t > \frac{\alpha}{a},\ v = b'.F(-2\alpha + at - x),$$

wobei $b' = \frac{1+k'}{1-k'}$ und k' dasselbe für A bedeuten, was b und k für B bedeuteten. Ist A offen, so ist $k' = 0$ oder eine kleine negative Grösse und deswegen $b' + 1$ oder ein der Einheit nahestehender positiver echter Bruch; ist A geschlossen, so ist k' eine grosse negative Zahl oder $-\infty$, daher b' ein negativer der Einheit nahestehender Bruch oder -1.

Indem man nun die bisher aus der Gleichung $as = kv$ gezogenen Folgerungen sofort auf ein beiderseits begrenztes Rohr anwendet und hierbei der verschiedenen Bedeutung sich erinnert, welche k und b besitzen, jenachdem man der Hypothese von Euler und Lagrange oder der von Poisson folgt, gelangt man zu Folgendem:

Wird einer beliebigen Schicht MM' die Geschwindigkeit v_0 und die Verdichtung s_0 ertheilt, so schreiten von der Erschütterungsstelle aus nach A und B Wellen mit der Geschwindigkeit a des Schalles in freier Luft fort. Die Geschwindigkeit der nach A fortschreitenden Welle beträgt

$v = \frac{1}{2} v_0 - \frac{1}{2} a s_0$, die Verdichtung ist in derselben $s = -\frac{v_0}{2a} + \frac{s_0}{2}$.

In der nach B fortschreitenden Welle ist die Geschwindigkeit und Verdichtung:

$$v = \tfrac{1}{2} v_0 + \tfrac{1}{2} a s_0; \quad s = \tfrac{1}{2} \frac{v_0}{a} + \tfrac{1}{2} s_0.$$

Beide Wellen erleiden an dem Ende, nach welchem sie sich hinbewegten, eine Zurückwerfung ohne Verzögerung, worauf sie sich mit veränderter Geschwindigkeit und Verdichtung, eben so schnell von ihren betreffenden Enden fortbewegen, als sie nach denselben sich vorher hinbewegten. Je nach Zugrundelegung einer von beiden Hypothesen findet man für die Zurückwerfung selbst Folgendes:

Nach Euler u. Lagrange:

An offenen Enden wie an geschlossenen Enden bleibt die absolute Grösse der Geschwindigkeit und Verdichtung ungeändert.

An offenen Enden bleibt die Richtung der Geschwindigkeit in der Welle bei der Zurückwerfung dieselbe, während sich die Verdichtung in eine gleichstarke Verdünnung, die Verdünnung in eine gleichstarke Verdichtung umwandelt.

An geschlossenen Röhrenenden wechselt die Geschwindigkeit die Richtung, während Verdichtung und Verdünnung dieselben bleiben.

Nach Poisson:

An offenen, wie an geschlossenen Enden tritt jederzeit eine geringe Verminderung der absoluten Grösse der Geschwindigkeit und Verdichtung ein.

An offenen Enden bleibt die Richtung der Geschwindigkeit in der Welle dieselbe, während die Verdichtung in Verdünnung, die Verdünnung in Verdichtung umgewandelt wird.

An geschlossenen Röhrenenden wechselt die Geschwindigkeit die Richtung, Verdichtung und Verdünnung werden wenig vermindert.

Nach Euler u. Lagrange.

Ist das Rohr an beiden Enden offen, so wird jede Theilwelle, nachdem sie an A und B Zurückwerfung erfahren und den Weg $2l$ (l die Länge des Rohres) zurückgelegt hat, wieder in MM' angekommen sein. In MM' wird demnach die ursprüngliche Geschwindigkeit und Verdichtung v_0 und s_0 so oft wiederkehren, so oft die beiden Theilwellen die Strecke $2l$ zurückgelegt haben, also nach Ablauf der Zeiten:

$$\frac{2l}{a}, \frac{4l}{a}, \frac{6l}{a} \ldots \frac{2nl}{a}.$$

Ist das Rohr am Ende A offen, am Ende B geschlossen, so wird jede Theilwelle den anfänglichen Zustand wieder angenommen haben, nachdem sie zweimal an A und zweimal an B zurückgeworfen wurde, beide Theilwellen treffen sich mit ihrer anfänglichen Beschaffenheit so oft in MM', so oft sie die Länge $4l$ durchlaufen haben, die Schicht MM' befindet sich nach Ablauf der Zeiten

$$\frac{4l}{a}, \frac{8l}{a} \ldots \frac{4nl}{a}$$

in dem anfänglichen Zustande.

Nach Poisson:

Ist das Rohr an beiden Enden offen, so ist $b = b'$, beide Grössen werden durch denselben positiven echten Bruch dargestellt. Geschwindigkeit und Verdichtung besitzen in jeder Theilwelle wieder das anfängliche Vorzeichen, nachdem jede derselben sowohl an A, als an B Zurückwerfung erlitten hat. Beide Theilwellen treffen so oft wieder in MM' zusammen, so oft sie die Strecke $2l$ durchlaufen haben. Nach Ablauf:

der Zeiten	ist	in MM':
$\frac{2l}{a}$	„	$v = b^2 v_0, \; s = b^2 s_0$
$\frac{4l}{a}$	„	$v = b^4 v_0, \; s = b^4 s_0$
$\frac{2nl}{a}$	„	$v = b^{2n} v_0, \; s = b^{2n} s_0$

Ist das Rohr am Ende A offen, am Ende B geschlossen, so erhält die Geschwindigkeit und Verdichtung in jeder Theilwelle das ursprüngliche Vorzeichen wieder, sobald jede Welle zweimal an A und zweimal an B reflectirt worden ist; beide Theilwellen treffen sich mit Geschwindigkeiten und Verdichtungen im nämlichen Sinne, als die ursprünglichen, so oft in MM', als sie die Strecke $4l$ durchlaufen haben.

Nach Ablauf der Zeit $\frac{4nl}{a}$ ist in MM':

$$v = b^{2n} b'^{2n} . v_0$$
$$s = b^{2n} b'^{2n} . s_0.$$

Die bisherigen Untersuchungen erstrecken sich nur auf Fälle, in welchen anfänglich nur eine einzige Schicht erschüttert worden war, mit Hülfe des Principes der Uebereinanderlagerung der Wirkungen können jedoch die erhaltenen Resultate mit Leichtigkeit auch auf diejenigen Fälle ausge dehnt werden, in welchen die anfängliche Erschütterung gleichzeitig an mehreren Stellen stattfand, oder in welchen die Luft durch eine Reihe sich wiederholender Erschütterungen in Bewegung gesetzt wird. Wären die Geschwindigkeiten und Verdichtungen, welche einer beliebigen Stelle, vermöge jeder primären Erschütterung allein zu einer beliebigen Zeit zukämen, $v'\ v''\ v'''$ etc., $s'\ s''\ s'''$ etc., so würde die wirkliche Geschwindigkeit und Verdichtung an dieser Stelle $v = v' + v'' + v''' + \ldots$ $s = s' + s'' + s''' + \ldots$ sein, wie obengenanntes Princip vorschreibt.

1. Untersuchung über die tönenden Schwingungen in einem beiderseits offenen Rohre nach der Methode von Euler und Lagrange.

Die Erfahrung lehrt, dass eine Röhre kaum längere Zeit tönt, als die tonerregende Ursache währt. Letztere ist entweder ein verdichteter Luftstrom, welcher quer über die Ränder der einen Oeffnung hinweggetrieben wird oder eine in grösserer oder geringerer Entfernung vor der Röhre angebrachte Tonquelle, z. B. eine tönende Scheibe. Im ersten Falle tönt die Luft in der Röhre allein, in letzterem Falle tönt die Luft in der Röhre nur mit und verstärkt dadurch den Ton der erregenden Tonquelle. Hiernach scheint die Untersuchung verschieden geführt werden zu müssen, jenachdem man es mit der einen oder anderen Art der Tonerregung zu thun haben will. Die Annahme von E. und L. schneidet jedoch von vornherein die Möglichkeit ab, überhaupt eine erregende Ursache von längerer Dauer anzunehmen. Wie aus dem Früheren bekannt ist, würde jede Erschütterung, welche an dem einen Ende der Luft in der Röhre mitgetheilt wird, unausgesetzt in der Röhre hin und hergehen und nach Verlauf der Zeiten $\frac{2l}{a}$, $\frac{4l}{a} \ldots \frac{2nl}{a}$ in ihrer ursprünglichen Stärke am Ausgangspunkte wieder anlangen. Wirkt die ursprüngliche Ursache längere Zeit, so würde baldigst eine ausserordentliche Tonverstärkung stattfinden müssen, wie sie von der Erfahrung nicht nachgewiesen wird, denn die Geschwindigkeit und Verdichtungen würden sich bis zum Uebermaass in der Röhre anhäufen, wodurch noch ausserdem der Fall unserer Analyse sich entzöge, welche sich immer nur auf unendlich kleine Schwingungen erstrecken kann. Man ist demnach genöthigt, von der Bestimmung der Bewegungserscheinungen aus dem wenigstens in einigen Fällen bekannten Verhalten der erregenden Ursache gänzlich abzusehen, weswegen es auch unmöglich ist, bei der Untersuchung den Fall des Anblasens der Röhren von dem der Resonanz zu unterscheiden. Man hat sich dadurch zu helfen gesucht, dass man die Voraussetzung machte, die Luft in der Röhre habe an verschiedenen Stellen von Aussen her Geschwindigkeit und Verdichtung erhalten, welche für den Augenblick, welchen man als Anfang der Zeit annimmt, für alle Schichten des Rohres durch die Gleichungen $v_0 = \psi(x)$, $as_0 = a\chi(x)$ gegeben sei. Man untersuchte nun, nach welcher Zeit der Anfangszustand im Rohre wiederkehren muss, jenachdem man über die Natur der Funktion ψ und χ entweder keine, oder jenachdem man über die Beschaffenheit derselben besondere einschränkende Bestimmungen macht. Diese Untersuchung führe ich in Folgendem so kurz und anschaulich als möglich durch.

Wie auch $v_0 = \psi(x)$ und $a s_0 = a\chi(x)$ beschaffen sein mögen, so wird doch derselbe Zustand im Rohre stets nach Ablauf der Zeit $\frac{2l}{a}$ zurückkehren; denn von jeder Stelle der ursprünglichen Erschütterung aus bewegen sich in diesem Falle die Theilwellen nach A und B ebenso, als wäre diese Stelle anfänglich allein erschüttert worden, sie erleiden an A und B Zurückwerfung und kehren endlich, nachdem sie sich vielfältig durchdrungen haben und nachdem sie sämmtlich die Länge $2l$ durchlaufen haben, gleichzeitig an die Ausgangsstellen zurück. Die Schwingungsdauer beträgt demnach im Innern, wie an den Enden der Röhre, von welchen aus die Mittheilung an die Luft erfolgt, $\frac{2l}{a}$.

Die Schwingungsdauer grösser als $\frac{2l}{a}$ annehmen zu wollen, würde keinen rechten Sinn haben; denn kehrte derselbe Bewegungszustand im Rohre z. B. nach Ablauf der Zeit $\frac{2nl}{a} + \frac{q}{a}$ wieder, wobei n eine positive ganze Zahl und $q < 2l$ ist, so würde doch dem Früheren zufolge auch vor und nach Ablauf der Zeit $\frac{2l}{a}$ derselbe Schwingungszustand stattfinden, demnach würde eine Wiederkehr desselben Zustandes auch nach Ablauf der Zeiten $\frac{q}{a}$, $\frac{2l-q}{a}$, $\frac{2q}{a}$ etc., also nach Verlauf von Zeiten, welche kleiner als $\frac{2l}{a}$ sind, eintreten.

Ist die Schwingungsperiode $\frac{\lambda}{a}$, wobei $\lambda < 2l$, so findet doch dem Früheren zufolge auch Wiederkehr des ursprünglichen Zustandes nach Ablauf der Zeit $\frac{2l}{a}$ statt, und es ist in gewissen Fällen möglich, dass ausser den Perioden $\frac{\lambda}{a}$ und $\frac{2l}{a}$ noch mehrere Perioden existiren, welche kleiner als $\frac{\lambda}{a}$ sind. Man kann auf folgende Weise die kleinste Periode suchen, welche der Coexistenz der Perioden $\frac{\lambda}{a}$ und $\frac{2l}{a}$ ihre Entstehung verdanken kann. Der Ausdruck für irgend eine Zeit, nach deren Ablauf der *ursprüngliche* Zustand wieder eingetreten ist, ist im Allgemeinen $\frac{2pl - r\lambda}{a}$, wobei p und r beliebige positive ganze Zahlen sind. Man kann nun p und r so wählen, dass $\frac{2pl - r\lambda}{c}$ den möglichst kleinsten positiven Werth annimmt; dieser wird zugleich die Grösse der kleinsten Schwingungsdauer angeben.

Ist λ commensurabel mit $2l$, z. B. $\lambda = \frac{2hl}{n}$, wobei $h < n$ und h und n ganze positive Zahlen sind, so ist der kleinste Werth der Schwingungsdauer $\frac{2l}{na}$; denn der Ausdruck

$$\frac{2pl - r \cdot \frac{h}{n} 2l}{a} = \frac{2l}{a}\left(p - r\frac{h}{n}\right)$$

kann, wie man auch p und r wählen möge, nie einen kleineren positiven Werth als $\frac{2l}{a} \cdot \frac{1}{n}$ annehmen, während sich andererseits immer Werthe von p und r finden lassen, für welche $p - \frac{rh}{n} = \frac{1}{n}$ wird.

Ist λ incommensurabel mit $2l$, so kann es zwischen zwei mit $2l$ commensurable Grenzen eingeschlossen werden und man kann für diese die kleinste Schwingungsdauer ermitteln, die beiden so erhaltenen Werthe für die kleinste Schwingungsdauer werden einander und der Null sich um so mehr nähern, je näher die Grenzen von λ aneinander gerückt werden, die kleinste Schwingungsdauer für ein incommensurables λ ist demnach Null, weswegen ein solches λ unstatthaft ist.

Die Schwingungsdauer kann dem Vorigen zufolge nur $\frac{2l}{na}$ betragen, wobei n jede beliebige ganze positive Zahl sein kann. Unter welchen Verhältnissen irgend eine der Schwingungsperioden $\frac{2l}{na}$ eintrete, kann auf eine Weise untersucht werden, welche ich nur an einem Beispiele zeigen, nicht aber im Allgemeinen durchführen will, da die Untersuchungsmethode zwar nicht schwierig, aber doch weitläufig ist. Die Schwingungsdauer beträgt beim ersten Obertone, für welchen $n = 2$, $\frac{\lambda}{a} = \frac{l}{a}$; ich werde nun zeigen, unter welchen Umständen nicht der Grundton $\frac{2l}{a}$, sondern der Ton $\frac{l}{a}$ zum Vorschein kommt. Fig. 2. möge ein bei A und B offenes Rohr vorstellen, an der beliebigen Stelle O in der Entfernung $AO = x$ vom Coordinatenanfange A möge die ursprüngliche Geschwindigkeit und Verdichtung sein:

Fig. 2.

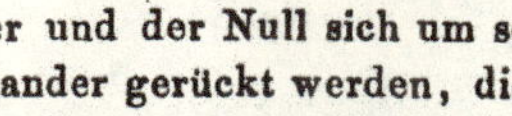

$$\left.\begin{aligned} \psi(x) &= f(x) + F(x) \\ a\chi(x) &= f(x) - F(x) \end{aligned}\right\} \text{ für } t = 0.$$

Am Ende der Zeit $\frac{l}{a}$ erhält O Geschwindigkeit und Verdichtung von zwei Wellen, welche ihren Ausgangspunkt in N ($AN = l - x$) haben. Von N gehen zu Anfang zwei Theilwellen ab; die eine mit der Geschwindigkeit und Verdichtung $f(l-x)$ schreitet nach B hin fort, dort wird sie zurückgeworfen, wobei ihre Geschwindigkeit $f(l-x)$ bleibt, während ihre Verdichtung $-f(l-x)$ wird; die andere bewegt sich von N aus mit der Geschwindigkeit $F(l-x)$ und Verdichtung $-F(l-x)$ nach A hin, wird dort zurückgeworfen und besitzt hierauf die Geschwindigkeit $F(l-x)$ und Verdichtung $F(l-x)$; beide Wellen treffen am Ende der Zeit $\frac{l}{a}$ in O ein und ertheilen der Luft daselbst die Geschwindigkeit und Verdichtung:

$$v = F(l-x) + f(l-x)$$
$$as = F(l-x) - f(l-x).$$

Da die Schwingungsdauer $\frac{l}{a}$ sein soll, muss:

$$v = F(l-x) + f(l-x) = \psi(x) = f(x) + F(x)$$
$$as = F(l-x) - f(l-x) = a\chi(x) = f(x) - F(x),$$

dies findet statt, wenn für jedes x:

$$f(x) = F(l-x), \quad F(x) = f(l-x);$$

d. i. auch, wenn

$$\psi(x) = \psi(l-x)$$
$$\chi(x) = -\chi(l-x).$$

Die regelmässige Vertheilung der Geschwindigkeit und Verdichtung im anfänglichen Zustande bedingt übrigens keineswegs die Existenz von Stellen, wo während der Schwingungen beständig $v = 0$ ist; denn man findet keine Stelle im Rohre, an welcher während der Schwingungen die Geschwindigkeiten der von links und rechts kommenden Theilwellen sich aufheben.

Untersucht man auf ähnlichem Wege, als für den Ton $\frac{\lambda}{a} = \frac{l}{a}$, die Bedingungen des Eintretens der kleineren Schwingungsperioden $\frac{\lambda}{a} = \frac{2l}{na}$, so findet man, dass anfänglich die Beziehungen stattfinden müssen:

$$\psi\left[\frac{2m+1}{2}\lambda - x\right] = \psi\left[\frac{2m+1}{2}\lambda + x\right]$$
$$\chi\left[\frac{2m+1}{2}\lambda - x\right] = -\chi\left[\frac{2m+1}{2}\lambda + x\right],$$

wobei m eine positive ganze Zahl und $x < \lambda$. Die erhaltenen Beziehungen bedingen ebenfalls nicht die Existenz von Schwingungsknoten.

Vergleich der erhaltenen Resultate mit der Erfahrung.

Ausser dem Uebelstand, dass die Theorie nicht von der Erregungsart des Tones Notiz nimmt, lässt sich noch ein anderer nicht fernhalten von ihr:

sie giebt eine unendliche Dauer des Tones an, wo die Erfahrung baldiges Aufhören desselben nach beendigter Wirksamkeit der erregenden Ursache nachweist.

Um die von der Theorie angegebene Schwingungsdauer mit der Erfahrung zu vergleichen, wende ich mich nicht an frühere Versuche, da dieselben nicht mit hinreichender Genauigkeit angestellt worden sind. In neuerer Zeit haben sich Werthheim und Zamminer das Verdienst erworben, nicht nur eine Tonerregungsmethode angewendet zu haben, welche sichere Schlüsse aus den Experimenten zu ziehen erlaubt, sondern auch die absoluten Schwingungsmengen bei ihren Versuchen mit grösster Genauigkeit bestimmt zu haben. Während man in früherer Zeit zum Anblasen der Luft in hohlen Räumen meist Mundstücke anschraubte und dadurch dem hohlen Raume noch eine trichterförmige Höhlung hinzufügte, haben die beiden genannten Physiker die in Röhren enthaltene Luft in Schwingungen versetzt, ohne solch ein fremdartiges Element hinzuzufügen. Sie wendeten cylindrische, an dem einen Ende abgeplattete Blechröhren zum Anblasen an; der aus denselben austretende bandförmige Luftstrom wurde quer über die Ränder der Röhrenenden geleitet, wobei je nach der Stärke des Anblasens der Grundton oder ein Oberton hörbar wurde. Die Tonhöhe wurde durch Beobachtung der Saitenlängen eines auf den Ton der Röhre abgestimmten Monochordes gemessen, während man sich früher oft begnügt hatte, die Stelle des Tones in der Scala zu bestimmen.

Dass bei beiderseits offenen Röhren die Obertöne wirklich das einfache harmonische Verhältniss zum Grundtone besitzen, welches die Theorie angiebt, hat Zamminer*) bewiesen. Er entlockte einem Glasrohre von 928^{mm} Länge und 22^{mm} innerem Durchmesser den Grundton und die ersten fünf Obertöne, beobachtete die Saitenlängen des auf die Töne eingestimmten Monochordes und fand dieselben in völliger Uebereinstimmung mit den Saitenlängen, welche er aus der dem Grundtone entsprechenden Saitenlänge berechnete, wie dies folgende Tabelle zeigt:

Ton.	Berechnete Saitenlänge.	Beobachtete Saitenlänge.	Differenz.
Grundton	— —	784	— —
1. Oberton	392	392,1	+ 0,1
2. „	261,3	260,5	— 0,8
3. „	196,0	194,4	— 1,6
4. „	156,8	156,0	— 0,8
5. „	130,7	129,4	— 1,3

Die absolute Schwingungsmenge der Töne ist nach den Beobachtungen von Werthheim und Zamminer in keinem Falle der theoretischen

*) Poggend. Annal. Bd. 97, S. 194.

Schwingungsmenge ganz gleich. Die Abweichung der beobachteten Schwingungsmenge von der theoretischen ist um so grösser, je grösser das Verhältniss des Durchmessers zur Länge des Rohres ist. Ich theile hier eine Tabelle mit, welche ich aus den Versuchsresultaten Werthheim's*) berechnet habe. Statt der beobachteten Schwingungsmenge des Grundtons ist in derselben die halbe Wellenlänge desselben angegeben, diese soll der Röhrenlänge gleich sein, wie aus der Theorie hervorgeht, ist jedoch stets grösser, wie folgende Angaben zeigen.

Material des Rohres.	Durchmesser mm.	Länge mm.	Halbwelle des Tones mm.	Ueberschuss der Halbwelle über die Röhrenlänge.
Gutta-Percha	80	785,0	832,4	47,4
		500,0	552,9	52,9
		355,0	407,9	52,9
		280,0	329,2	49,2
		157,0	204,3	47,3
„	60	1000,0	1038,5	38,5
		640,0	680,9	40,9
		340,0	379,2	39,2
„	48	1000,0	1030,4	30,4
		350,0	402,1	52,1
„	25	1000,0	1018,7	18,7
„	20	1000,0	1014,4	14,4
„	11	1000,0	1009,0	9,0
„	5	1000,0	1003,7	3,7
Glas	30	906,0	928,7	22,7
	21	307,0	321,7	14,7
Messing	20	541,5	553,5	12,0
		392,0	403,9	11,9
	38	676,0	704,4	28,4
		343,0	369,4	23,4

Auch Zamminer hat umfängliche Versuche über die Ueberschüsse der Halbwellen über die Röhrenlänge angestellt, aus denen namentlich hervorgeht, dass dieselben nicht, wie Werthheim glaubte, dem Durchmesser der Röhren einfach proportional sind.

Um den Vergleich zwischen Theorie und Erfahrung vollständig durchzuführen, hätte ich endlich noch die Schwingungsknoten zu berühren. Es ist bekannt, dass die schwingende Luftsäule in beiderseits offenen Röhren Stellen enthält, welche in jedem Augenblicke Vibrationsminima sind. Auf die Existenz von dergleichen Schwingungsknoten weist die Theorie jedoch keinesweges mit Nothwendigkeit hin, es würde wiederum einer besonderen Annahme über den Anfangszustand bedürfen, um aus demselben das Dasein von Knotenstellen zu entwickeln.

*) *Ann. chim. phys. troisième série t.* 31, p. 396.

2. Untersuchung über die tönenden Schwingungen in einem cylindrischen Rohre, welches an dem einen Ende offen, am anderen Ende geschlossen ist.

Die Untersuchung kann auch in diesem Falle nicht von der beständig wirkenden erregenden Ursache ausgehen, man ist genöthigt einen anfänglichen Bewegungszustand im Rohre als gegeben vorauszusetzen und kann nur die Beschaffenheit desselben untersuchen, welche den überhaupt möglichen Schwingungsperioden günstig ist. Indem man es durch Ausschliessung der erregenden Ursache von der Analyse vermeidet, in Conflict mit der Voraussetzung unendlich kleiner Schwingungen zu gerathen, hat man die Unannehmlichkeit, eine unendliche Dauer des einmal bestehenden Bewegungszustandes aus seinen Formeln zu erkennen. Ungeachtet dieser Uebelstände hat man aber in diesem Falle Ursache zu etwas grösserer Zufriedenheit mit der Theorie, da sie mit Nothwendigkeit auf die Existenz der Schwingungsknoten hinweist.

Der anfängliche Zustand in dem Rohre AB (Fig. 1), welches bei A in die freie Luft mündet, bei B geschlossen ist, sei durch die Gleichungen gegeben (Coordinatenanfang: A):

$$\left.\begin{aligned} v_0 &= \psi(x) = f(x) + F(x) \\ as_0 &= a\chi(x) = f(x) - F(x) \end{aligned}\right\} \text{ für } t = 0.$$

Von jeder Stelle des Rohres aus bewegen sich zwei Theilwellen, die eine nach links die andere nach rechts; nachdem jede derselben zwei Reflexionen an A, zwei an B erlitten und die Länge $4l$ durchlaufen hat, trifft sie mit der anderen am Ausgangspunkte wieder in der ursprünglichen Form zusammen. Wie also auch $\psi(x)$ und $\chi(x)$ beschaffen sein mögen, so tritt doch der ursprüngliche Zustand nach Ablauf der Zeit $\frac{4l}{a}$ wieder ein.

Auf dieselbe Weise, als bei beiderseits offenen Röhren lässt sich nun nachweisen, dass die Schwingungsdauer nicht grösser als $\frac{4l}{a}$ sein kann, so wie dass eine kleinere Schwingungsdauer nur ein Submultiplum von $\frac{4l}{a}$ sein, also nur die Form $\frac{4l}{2na}$ oder $\frac{4l}{(2n+1)a}$ haben kann. Aber auch die erste der beiden obengenannten Formen muss noch ausgeschlossen werden; denn wäre die Schwingungsdauer $\frac{4l}{2na}$, so würde der Anfangszustand doch auch nach Ablauf der Zeit $\frac{2l}{a}$ wiederkehren. Die von einer Stelle der ursprünglichen Erschütterung nach beiden Seiten fortschreitenden Theilwellen treffen sich jedoch am Ende der Zeit $\frac{2l}{a}$ an der Ausgangsstelle mit Verdichtung *und Geschwindigkeit*, welche den ursprünglichen gerade entgegengesetzt sind; dieser Widerspruch zeigt, dass die Schwingungsdauer $\frac{4l}{2na}$ nicht möglich ist.

Wie man die Beschaffenheit des ursprünglichen Zustandes auffinden kann, welche das Eintreten irgend einer der Perioden $\frac{4l}{(2n+1)a}$ zur Folge hat, zeige ich auch hier nur an einem Beispiele. Dem ersten Oberton entspricht die Schwingungsdauer $\frac{4l}{3a}$; am Ende der Zeit $\frac{4l}{3a}$ erhält:

1) jede Stelle x_1, welche zwischen 0 und $\frac{1}{3}l$ liegt, eine einmal und eine zweimal reflectirte Welle, vermöge welcher ihre Geschwindigkeit und Verdichtung ist:

$$v = -f(\tfrac{2}{3}l + x_1) - f(\tfrac{2}{3}l - x_1) = \psi(x) = f(x_1) + F(x_1)$$
$$as = -f(\tfrac{2}{3}l + x_1) + f(\tfrac{2}{3}l - x_1) = a\chi(x) = f(x_1) - F(x_1)$$

2) jede Stelle $\frac{1}{3}l + x_1$, welche zwischen $\frac{1}{3}l$ und $\frac{2}{3}l$ liegt, von beiden Seiten zwei einmal reflectirte Wellen, daher ist daselbst:

$$v = F(l - x_1) - f(\tfrac{2}{3}l + x_1) = f(\tfrac{1}{3}l + x_1) + F(\tfrac{1}{3}l + x_1)$$
$$as = F(l - x_1) + f(\tfrac{2}{3}l + x_1) = f(\tfrac{1}{3}l + x_1) - F(\tfrac{1}{3}l + x_1);$$

3) jede Stelle $\frac{2}{3}l + x_1$, welche zwischen $\frac{2}{3}l$ und l liegt, eine einmal und eine zweimal reflectirte Welle, daselbst ist daher:

$$v = F(\tfrac{2}{3}l - x_1) - F(x_1) = f(\tfrac{2}{3}l + x_1) + F(\tfrac{2}{3}l + x_1)$$
$$as = F(\tfrac{2}{3}l - x_1) + F(x_1) = f(\tfrac{2}{3}l + x_1) + F(\tfrac{2}{3}l + x_1).$$

Soll die Periode wirklich $\frac{4l}{3a}$ sein, so müssen die Beziehungen stattfinden, wie man aus den letzten 6 Gleichungen sehen kann:

$$f(\tfrac{2}{3}l + x_1) = -f(x_1)$$
$$F(\tfrac{2}{3}l + x_1) = -F(x_1),$$

demnach auch

$$\psi(\tfrac{2}{3}l + x_1) = -\psi(x_1)$$
$$\chi(\tfrac{2}{3}l + x_1) = -\chi(x_1);$$

ferner:

$$f(\tfrac{1}{3}l + x_1) = -F(\tfrac{1}{3}l - x_1)$$
$$F(\tfrac{1}{3}l + x_1) = -f(\tfrac{1}{3}l - x_1),$$

demnach auch

$$\psi(\tfrac{1}{3}l + x_1) = -\psi(\tfrac{1}{3}l - x_1)$$
$$\chi(\tfrac{1}{3}l + x_1) = -\chi(\tfrac{1}{3}l - x_1).$$

Man erkennt übrigens aus den vorigen Gleichungen, dass die Stelle $x = \frac{1}{3}l$ anfänglich und auch während der Schwingungen sich in Ruhe befinden muss; anfänglich, weil $\psi(\frac{2}{3}l + x_1) = -\psi(x_1)$, was für $x_1 = \frac{1}{3}l$ giebt: $\psi(\frac{1}{3}l) = -\psi(l) = 0$ und später, weil die von beiden Seiten her an die Stelle $x = \frac{1}{3}l$ gelangenden Wellen in jedem Augenblicke derselben *gleiche und entgegengesetzte* Geschwindigkeiten mittheilen.

Wendet man die speciell für die Schwingungsdauer $\frac{4l}{3a}$ executirte Untersuchungsmethode, welche übrigens durch geeignete Zeichnungen minder zeitraubend zum Resultate führt, auf die übrigen Schwingungsperioden $\frac{4l}{5a}, \frac{4l}{7a}$ etc. an, so gelangt man zu Folgendem: Das Zustandekommen der Periode $\frac{4l}{(2n+1)a}$ erfordert, dass sich der anfängliche Zustand im Rohre periodisch wiederhole; $\psi(x)$ und $\chi(x)$ müssen so oft denselben Werth wieder annehmen, als x um die Wellenlänge $\lambda = \frac{4l}{2n+1}$ zu oder abnimmt und so oft mit entgegengesetzten Zeichen wiederkehren, als x um $\frac{1}{2}\lambda = \frac{2l}{2n+1}$ zu oder abnimmt. Dieser anfängliche Zustand bewirkt, dass während der Schwingungen die Stellen $x = \frac{1}{4}\lambda$, $x = \frac{3}{4}\lambda$, $x = \frac{5}{4}\lambda$ etc. in Ruhe bleiben, während an den Stellen $x = \frac{2}{4}\lambda$, $x = \frac{4}{4}\lambda$, $x = \frac{6}{4}\lambda$ etc. $s = 0$ für jedes t ist.

Vergleich der theoretischen und experimentellen Resultate.

Auch bei einerseits geschlossenen Röhren stimmt das theoretische Verhältniss der Schwingungsmengen von Grundton und Obertönen mit dem beobachteten vollkommen überein, wie eine von Zamminer angestellte Beobachtung zeigt. Derselbe fand beim Anblasen eines einerseits geschlossenen Rohres von 16,6^{mm} Durchmesser und 485,4^{mm} Länge für die Schwingungsdauer des Grundtones und der ersten beiden Obertöne das Verhältniss: 8206 : 2732 : 1639, welches sehr nahe mit dem berechneten: 8206 : 2735$\frac{1}{3}$: 1641,2 übereinstimmt.

Die Theorie giebt die Wellenlänge $\frac{4l}{2n+1}$ an, sodass das Wellenviertel des Grundtones der Röhrenlänge gleich sein müsste, während dasselbe beim ersten, zweiten, dritten Obertone etc. 3, 5, 7 Mal etc. in der Röhrenlänge enthalten sein müsste. Die Erfahrung weist jedoch nach, dass das Wellenviertel des Grundtones etwas grösser ist, als die Länge der Röhre, wie z. B. aus folgender Tabelle hervorgeht, welche Zamminer*) aus den Ergebnissen seiner Versuche zusammenstellte:

Nr.	Länge des Rohres mm.	Durchmesser des Rohres mm.	Wellenviertel mm.	$\frac{\lambda}{4} - l$ mm.
1	501	25	517,3	16,3
2	200	10	205,5	5,5
3	300	19,4	310,1	10,1
4	374	24,6	.	.
5	200	19,7	208,8	8,8
6	300	38,8	310,8	10,8
7	200	39,0	210,5	10,5
8	300	58,8	316,7	16,7
9	200	58,6	211,0	11,0

*) *Pogg. Ann. Bd.* 97, *S.* 189.

Die Theorie weist die Existenz von Schwingungsknoten nach, d. s. Stellen, wo die Luft jederzeit sich in Ruhe befinden soll, während die Erfahrung nur Orte kleinster Schwingung kennt. Was die Lage der Knoten anbelangt, so ist wenigstens das mit grösster Evidenz aus den Experimenten bewiesen worden, dass die inneren Abstände der Knoten eine halbe Wellenlänge betragen, sowie dies auch die Theorie angiebt.

Zum Schlusse erwähne ich noch einige Versuche, welche Zamminer anstellte und aus denen hervorgeht, dass die Schwingungsmengen der Grundtöne von gleichlangen Röhren, welche beiderseits offen und einerseits gedeckt sind, nicht im Verhältniss 2 : 1 stehen, wie die Theorie angiebt; die Resultate der genannten Versuche finden sich in folgender Tabelle:

Nr.	Länge mm.	Durchm. mm.	Beiderseits offen, Wellenhälfte mm.	Einerseits gedeckt, Wellenlänge mm.	Verhältniss beider.
1	501	25	1044,4	2069,2	1,9812
2	200	10	415,2	822,0	1,9797
3	300	19,4	628,2	1240,4	1,9745
4	374	24,6	778,6	.	.
5	200	19,7	422,2	835,2	1,9777
6	300	38,8	648,6	1243,2	1,9167
7	200	39,0	441,6	842,0	1,9067
8	300	58,8	666,0	1266,8	1,9021
9	200	58,6	457,8	844,0	1,8436

Die Anwendung der Annahme von Euler und Lagrange auf die Theorie der Schwingungen von Luftsäulen führt auf eine unendliche Dauer der Schwingungen. Nach Poisson's Meinung ist dem Uebelstande durch Berücksichtigung der Reibung der Luft an den Wänden der Röhre nur unvollkommen abzuhelfen, da dieselbe viel zu gering sei, als dass sie das beinahe augenblickliche Aufhören des Tones nach beendigter Wirkung der erregenden Ursache veranlassen könne. Wie gut sich dieses jedoch durch die Hypothese von Poisson erklären lässt, ergiebt sich aus Folgendem:

Ist die anfängliche Geschwindigkeit und Verdichtung der Luft an einer Stelle eines beiderseits offenen Rohres v_0 und s_0, so ist die Geschwindigkeit und Verdichtung an dieser Stelle, nachdem die Theilwellen die doppelte Länge des Rohres $n$mal durchlaufen haben:

$$v = b^{2n} v_0, \quad s = b^{2n} s_0,$$

wie früher bewiesen wurde. Es bedeutet hier b einen positiven der Einheit nahestehenden echten Bruch. Ist der anfängliche Zustand im Rohre durch die Gleichungen:

$$v_0 = \psi(x) = f(x) + F(x)$$
$$a s_0 = a\chi(x) = f(x) - F(x)$$

gegeben, so würde derselbe nach Ablauf der Zeit $\frac{2nl}{a}$ durch die Ausdrücke zu repräsentiren sein:

$$v = b^{2n} v_0 = b^{2n} \psi(x)$$
$$s = b^{2n} s_0 = b^{2n} \chi(x).$$

Der Factor b^{2n} wird schon nach einem kleinen Bruchtheil Secunde so klein, dass die Stärke des Tones, welche man für gewöhnlich dem Quadrate der Geschwindigkeit proportional setzt, unmerklich werden muss. Ein beiderseits offenes Rohr von der bei akustischen Versuchen oft angewendeten Länge von $\frac{1}{2}^m$ wird bei einer Temperatur, die etwas grösser als 0° ist, in der Secunde 666 Mal durchlaufen, da in diesem Falle die Schallgeschwindigkeit 333^m beträgt. Man hätte also nach Ablauf einer Secunde:

$$v = b^{666} v_0, \quad s = b^{666} s_0.$$

Dies würde für $b = 0,99$ geben:

$$v = 0,00124\, v_0, \quad s = 0,00124\, s_0$$

und, wenn man $b = 0,9$ annimmt:

$$v = \frac{0,335355}{10^{30}} . v_0, \quad s = \frac{0,335355}{10^{30}} . s_0.$$

Ebenso leicht würde es sein, für ein einerseits gedecktes Rohr das baldige Erlöschen des Tones nach dem Aufhören der erregenden Ursache nachzuweisen, wie es soeben für ein beiderseits offenes Rohr geschehen ist.

Die Poisson'sche Hypothese $as = kv$ erfordert dem Vorigen zufolge, die Existenz einer längere Zeit währenden erregenden Ursache anzunehmen, wobei man sich auch über die Beschaffenheit derselben zu entscheiden, also den Unterschied zwischen Resonanz und Anblasen der Röhren zu machen hat.

Die theoretischen Versuche, bei denen man von der Annahme $as = kv$ ausgegangen ist, beschränken sich bis jetzt auf drei, welche sich indess nur auf die Resonanz der Röhren beziehen. Der erste derselben rührt von Poisson her, der zweite, welcher eine auf Versuche gegründete theilweise Verbesserung des ersten ist, von Hopkins; den dritten Versuch hat Quet gemacht, er bezieht sich auf einen andern Fall der Resonanz, als die Arbeit von Poisson.

3. Untersuchung der Resonanz nach Poisson*).

Poisson hat bei seinen Untersuchungen nur einen ganz speciellen Fall im Sinne gehabt, er hat dies zwar nicht ausdrücklich ausgesprochen, es geht dies jedoch aus seinen Formeln mit Bestimmtheit hervor. Poisson dachte sich die Luft eines Rohres AB (s. Fig. 1.) auf folgende Weise in Schwingungen versetzt: dem Querschnitt A wird durch eine elastische Platte fortwährend Bewegung ertheilt, wodurch die Luft des Querschnittes A,

*) *Mém. de l'Acad. Roy. de France* 1817. *Tom. II*, p. 304.

welche jederzeit dieselbe Geschwindigkeit besitzt, als die angrenzende Platte, nach einem gegebenen Geschwindigkeitsgesetze in Bewegung gesetzt wird, welches sich allgemein durch $v = \varphi(t)$ für $x = 0$ ausdrücken lässt, wobei $\varphi(t)$ eine gegebene Function der Zeit bedeutet. Poisson betrachtete den Anfangszustand als gegeben, indem er annahm, v und s seien für jede Stelle des Rohres für $t = 0$ bekannt, für das Ende B also für $x = l$ setzte er $as = kv$ für jedes t. Dieser Anschauungsweise gemäss boten sich nun Poisson folgende Gleichungen zur Bestimmung der Bewegung im Rohre dar, unter $\psi(x)$ und $\chi(x)$ die anfängliche Geschwindigkeit und Verdichtung verstanden:

$$\left.\begin{aligned}\psi(x) &= f(x) + F(x)\\ a\chi(x) &= f(x) - F(x)\end{aligned}\right\} \text{ für } 0 < x < l,$$

$$\varphi(t) = f(-at) + F(at),$$

$$f(l - at) - F(l + at) = k\,(f(l - at) + F(l + at)).$$

Aus diesen Gleichungen bestimmte Poisson $f(z)$ und $F(z)$ für jedes z und demnach v und s für beliebige x und t, nahm hierauf für $\varphi(t)$ gewisse periodische Formen an, verwandelte die genauen Ausdrücke für v und s in Näherungsformeln und zog aus letzteren Schlüsse über die Resonanz.

Dieser Poisson'schen Methode, v und s zu bestimmen, ziehe ich eine andere vor, welche den physikalischen Vorgang im Rohre besser zu übersehen gestattet, ferner halte ich es nicht für nöthig, anzunehmen, dass die Luft im Rohre anfänglich in Bewegung ist, weil bei Ausführung eines unter die betrachtete Kategorie gehörigen Resonanzversuches die Luft zu Anfange sich im Gleichgewicht befinden würde, ich setze also $\psi(x) = 0$, $\chi(x) = 0$, wodurch die Rechnung etwas vereinfacht wird; endlich wende ich nicht die von Poisson gebrauchte Näherungsmethode an, da sie Poisson zu einigen falschen Schlüssen über die Resonanz geführt hat. Im Folgenden gebe ich also die Entwickelung der Ausdrücke für v und s, wenn $\psi(x) = 0$ und $\chi(x) = 0$, wie man sie auch auf Poisson's Wege oder aus seinen allgemeinen Ausdrücken für v und s erhalten kann; die Annahmen, von welchen ich ausgehe, sind denen Poisson's äquivalent, da sie zu denselben Resultaten führen als die seinigen.

Man denke sich zuvörderst das Rohr AB nach B hin unendlich verlängert, die Luft anfänglich im Gleichgewicht und die Geschwindigkeit des Querschnittes A für jede beliebige Zeit durch $v = \varphi(t)$ für $x = 0$ gegeben, d. i. also:

$$\left.\begin{aligned}0 &= f(x) + F(x)\\ 0 &= f(x) - F(x)\end{aligned}\right\} \text{ für positive } x,$$

$$\varphi(t) = f(-at) + F(at) \text{ für positive } t,$$

$$\varphi(t) = 0 = f(x - at) + F(x + at) \text{ für positive } x \text{ und negative } t.$$

Man findet aus diesen Gleichungen:

$$F(z) = 0 \text{ für positive und negative } z$$
$$f(z) = 0 \text{ für positive } z \text{ und}$$
$$f(z) = \varphi\left(-\frac{z}{a}\right) \text{ für negative } z,$$

sodass die Gleichungen VI), welche v und s für beliebige x und t bestimmen, übergehen in:

$$v = f(x - at) = \varphi\left(t - \frac{x}{a}\right)$$
$$as = f(x - at) = \varphi\left(t - \frac{x}{a}\right).$$

Diese Ausdrücke von v und as zeigen, dass an der Stelle x solange Ruhe ist, als $t < \frac{x}{a}$, am Ende der Zeit $\frac{x}{a}$ beginnt die Bewegung, am Ende der Zeit t ist die Geschwindigkeit an der Stelle x so gross, als sie zur Zeit $t - \frac{x}{a}$ am Ende A war. Am Ende A entstehen Wellen, in denen die Geschwindigkeit $f(x - at)$, die Verdichtung $\frac{1}{a} f(x - at)$ ist, diese pflanzen sich mit der Geschwindigkeit des Schalles nach rechts fort. Wenn nun das Rohr nach rechts hinaus nicht in's Unendliche verlängert ist, sondern bei B begrenzt ist, so werden diese Wellen, wie früher gezeigt wurde, bei B eine Zurückwerfung erleiden, wobei die Geschwindigkeit v in $\frac{1-k}{1+k} v = bv$, die Verdichtung in $-\frac{bv}{a}$ übergeht, unter b ein positiver oder negativer, der Einheit nahestehender echter Bruch verstanden, je nachdem das Ende B offen oder geschlossen ist. Die von B zurückkehrenden Wellen schreiten nach A hin fort, wo sie eine abermalige Reflexion erleiden; die Poisson'schen Formeln geben nun merkwürdiger Weise zu erkennen, dass diese Reflexion am Ende A, wie an einer absolut festen Wand vor sich geht, so dass also die Geschwindigkeit bv der nach A gelangenden Welle in $-bv$ verwandelt wird, während die Verdichtung $-\frac{bv}{a}$ derselben erhalten bleibt. Diese beiden ebengenannten Vorstellungen über die Zurückwerfung der von A ausgehenden Wellen an B und A liegen in Poisson's Formeln verborgen, denn man gelangt mit Hülfe beider Vorstellungen zu denselben Ausdrücken, als Poisson.

Nach dem Vorigen erhält nun der Querschnitt MM' in der Entfernung x vom Ende A am Ende der Zeit t folgende Geschwindigkeiten und Verdichtungen:

$$\text{durch die directe Welle} \begin{cases} \text{Geschw. } \varphi\left(t - \frac{x}{a}\right) \\ \text{Verd. } \frac{1}{a}\varphi\left(t - \frac{x}{a}\right) \end{cases}$$

durch die bei B reflectirte Welle
$$\begin{cases} \text{Geschw.} & b\varphi\left[t-\frac{2l-x}{a}\right] \\ \text{Verd.} & -\frac{b}{a}\varphi\left[t-\frac{2l-x}{a}\right] \end{cases}$$

durch die bei B und A reflectirte Welle.
$$\begin{cases} \text{Geschw.} & -b\varphi\left[t-\frac{2l+x}{a}\right] \\ \text{Verd.} & -\frac{b}{a}\varphi\left[t-\frac{2l+x}{a}\right] \end{cases}$$

durch die bei B, A, B reflectirte Welle
$$\begin{cases} \text{Geschw.} & -\frac{b^2}{a}\varphi\left[t-\frac{4l-x}{a}\right] \\ \text{Verd.} & +\frac{b^2}{a}\varphi\left[t-\frac{4l-x}{a}\right] \end{cases}$$

durch die bei B, A, B, A reflectirte Welle
$$\begin{cases} \text{Geschw.} & b^2\varphi\left[t-\frac{4l+x}{a}\right] \\ \text{Verd.} & \frac{b^2}{a}\varphi\left[t-\frac{4l+x}{a}\right] \end{cases}$$

u. s. w.

Die Schicht MM' hat demnach am Ende der Zeit t folgende Geschwindigkeit und Verdichtung:

$$\text{VIII)}\quad \begin{cases} v = \varphi\left[t-\frac{x}{a}\right] + b\varphi\left[t-\frac{2l-x}{a}\right] \\ \quad - b\varphi\left[t-\frac{2l+x}{a}\right] - b^2\varphi\left[t-\frac{4l-x}{a}\right] \\ \quad + b^2\varphi\left[t-\frac{4l+x}{a}\right] + b^3\varphi\left[t-\frac{6l-x}{a}\right] - - + + \ldots \\ as = \varphi\left[t-\frac{x}{a}\right] - b\varphi\left[t-\frac{2l-x}{a}\right] \\ \quad - b\varphi\left[t-\frac{2l+x}{a}\right] + b^2\varphi\left[t-\frac{4l-x}{a}\right] \\ \quad + b^2\varphi\left[t-\frac{4l+x}{a}\right] - b^3\varphi\left[t-\frac{6l-x}{a}\right] - + + - \ldots \end{cases}$$

Die Ausdrücke in Nr. VIII) haben für ein t, welches ziemlich eine Secunde beträgt, schon einige Hundert Glieder, werden aber deshalb nie unendlich gross, denn setzt man sie ins Unendliche fort, wobei man alle Glieder positiv annimmt und für jedes φ den Maximumwerth von $\varphi\,(t)$ setzt, so gehen dieselben in geometrische Progressionen über, deren Summe endlich ist, weil $b < 1$. Die wirklichen Werthe von v und as sind stets kleiner als die Summe der unendlichen Reihen, in welche man sie auf die angegebene Weise überführen kann, folglich sind v und s selbst stets endlich. Dass Poisson v und s in manchen Fällen unendlich fand, rührt nur davon her, dass er nicht die allgemeinen Formeln in Nr. VIII), sondern Formeln discutirte, die er aus denselben durch zu weit getriebene Näherung erhalten hatte, wie Quet bereits bemerkt hat.

Wir beginnen nun die Discussion der Gleichungen VIII) mit der Annahme, dass dem Querschnitte A eine periodisch wiederkehrende Geschwindigkeit mitgetheilt werde, sodass, wenn λ die Wellenlänge des von der Platte erzeugten Tones ist:

$$\varphi(t) = \varphi\left(t + \frac{n\lambda}{a}\right).$$

Die Gleichungen VIII) zeigen, dass v und s aus Theilen bestehen, von denen ein jeder nach Verlauf der Zeit $\frac{\lambda}{a}$ denselben Werth wieder annimmt; die Geschwindigkeit und Verdichtung in der Röhre und an den Enden derselben halten also dieselbe Periode inne, als die Geschwindigkeit der Platte; die Luft in der Röhre tönt jederzeit mit, wenn die Platte in Bewegung gesetzt wird, und es findet somit stets eine Resonanz der Röhre statt, in welchem Verhältnisse auch l und λ stehen mögen. Dieses auffällige Resultat wird übrigens erklärlich, sobald man sich erinnert, dass die elastische Platte den Querschnitt A nach einem gegebenen Geschwindigkeitsgesetze in Bewegung setzt, die Geschwindigkeit $\varphi(t)$ wird dem Querschnitte A ertheilt, wie sehr auch die reflectirten Wellen, welche von B nach A gelangen, durch ihre Verdichtung sich der Bewegung der Platte entgegensetzen. Poisson hat durch seine Annahme über die Bewegung der Platte also eigentlich ausgesprochen, dass der Widerstand der reflectirten Wellen im Rohre stets durch die Kraft überwunden werde, welche die Platte in Bewegung setzt. Bei Ausführung eines Resonanzversuches ist dies nicht immer möglich, die Schwingungen der Platte werden in diesem Falle meist durch den Violinbogen erhalten, dessen Wirkung zu schwach ist, um grosse Widerstände zu überwinden. Die Erfahrung zeigt, dass unter gewissen Umständen die Luft in Röhren mittönt, während in andern Fällen eine Resonanz nicht stattfindet. Die Gleichungen VIII), welche zwar unter allen Umständen das Eintreten der Resonanz angeben, können übrigens auch dienen, diejenigen Fälle zu bestimmen, in welchen mit Wahrscheinlichkeit die Resonanz am leichtesten eintritt, sowie die, in denen sie am schwierigsten herbeizuführen sein möchte. Man bedient sich hierzu am besten folgender Gleichungen, welche v und s für $x=0$ und $x=l$ angeben,

$$\text{IX)}\quad v_0 = \varphi(t),\; as_0 = \varphi(t) - 2b\left[\varphi\left(t-\frac{2l}{a}\right) - b\varphi\left(t-\frac{4l}{a}\right) + b^2\varphi\left(t-\frac{6l}{a}\right) - + \ldots\right],$$

$$\text{X)}\quad \begin{cases} v_l = (1+b)\left[\varphi\left(t-\frac{l}{a}\right) - b\varphi\left(t-\frac{3l}{a}\right) + b^2\varphi\left(t-\frac{5l}{a}\right) - + \ldots\right], \\ as_l = (1-b)\left[\varphi\left(t-\frac{l}{a}\right) - b\varphi\left(t-\frac{3l}{a}\right) + b^2\varphi\left(t-\frac{5l}{a}\right) - + \ldots\right], \end{cases}$$

Am leichtesten tritt bei Versuchen die Resonanz ein, sobald die Verdichtung der an das Ende A gelangenden Wellen die Bewegung der Platte eher fördert, als hemmt, d. i. also, wenn die Platte, während sie sich nach dem Rohre hinbewegt, auf möglichst wenig verdichtete Luft zu wirken hat, und, wenn sie nach Aussen bewegt wird, unmittelbar hinter sich im Rohre starke Verdichtung zur Unterstützung hat. Um dieses Kriterium auf Gleichung IX) und X) anwenden zu können, muss man eine weitere Annahme über die Form von $\varphi(t)$ machen, durch welche der Verlauf der Werthe dieser Function etwas näher bestimmt wird, wir machen hier die einfachste Annahme, die es geben kann:

$$\varphi(t) = -\varphi\left[t + \frac{(n+\frac{1}{2})\lambda}{a}\right],$$

indem wir voraussetzen, dass die Bewegung der Platte mit grösster Regelmässigkeit geschieht.

Sind die Röhren bei B offen, so ist b positiv, die rechte Seite der 2. Gleichung in Nr. IX) zeigt, dass die Verdichtung bei A der Bewegung der Platte am wenigsten hinderlich ist, sobald:

$$\varphi(t) = \varphi\left(t - \frac{2l}{a}\right),$$

weil in diesem Falle s_0 sehr klein oder negativ, wenn $\varphi(t)$ positiv ist, während s_0 einen beträchtlichen positiven Werth hat, sobald $\varphi(t)$ negativ, d. h. die Geschwindigkeit der Platte nach Aussen gerichtet ist. Hält man die eben aufgestellte Bedingungsgleichung mit der früheren:

$$\varphi(t) = \varphi\left(t \pm \frac{n\lambda}{a}\right)$$

zusammen, so ergiebt sich

$$l = \frac{n\lambda}{2} = \frac{2n\lambda}{4};$$

die Verdichtung an A würde der Bewegung der Platte fortwährend hemmend entgegenwirken, sobald

$$\varphi(t) = -\varphi\left(t - \frac{2l}{a}\right)$$

ist, woraus sich in Anbetracht der Gleichung

$$\varphi(t) = -\varphi\left(t \pm (n+\tfrac{1}{2})\frac{\lambda}{a}\right)$$

ergiebt:

$$l = \frac{(2n+1)\lambda}{4};$$

im ersten Falle, in welchem $l = \frac{2n\lambda}{4}$, giebt die Gleichung X)

$$v_l = -\varphi(t), \quad as_l = -\frac{1-b}{1+b}\varphi(t),$$

im zweiten Falle, in welchem $l = \frac{2n+1}{4} . \lambda$, erhält man aus X)

$$v_l = \frac{1+b}{1-b} \varphi\left(t - \frac{l}{a}\right), \quad as_l = \varphi\left(t - \frac{l}{a}\right).$$

Berücksichtigt man nun, dass die Intensität des am Ende B an die Luft übertragenen Tones dem Quadrate der Geschwindigkeit der Luft an dieser Stelle proportional gesetzt zu werden pflegt, so kann man das Vorige zusammenfassen, wie folgt: ein bei B offenes Rohr hindert die Bewegung der Platte am wenigsten, wenn seine Länge ein gerades Multiplum des Wellenviertels ist, wobei jedoch auch die Resonanz am schwächsten ist; ein bei B offenes Rohr hindert die Bewegung der Platte am meisten, sobald seine Länge ein ungerades Multiplum des Wellenviertels ist. Man würde ebenso nachweisen können, dass die Bewegung der elastischen Platte um so mehr Widerstand erfährt, jemehr sich l einem ungeraden Multiplum von $\frac{\lambda}{4}$ nähert, wobei in demselben Maasse die Resonanz zunimmt etc.

Ist das Rohr am Ende B geschlossen, so ist b negativ, man würde für diesen Fall aus den Gleichungen IX) und X) nachweisen können, dass die Schwingungen der Platte bei A um so weniger gehindert werden, je mehr sich l einem ungeraden Multiplum von $\frac{\lambda}{4}$ nähert, wobei übrigens zugleich die Stärke der Resonanz abnimmt; die Schwingungen der Platte bei A werden um so mehr gehemmt und die Resonanz wird um so stärker, je näher l einem geraden Multiplum von $\frac{\lambda}{4}$ steht.

Die Voraussetzungen

$$\varphi(t) = \varphi\left(t \pm \frac{n\lambda}{a}\right) \text{ und } \varphi(t) = -\varphi\left(t \pm \frac{(n+\frac{1}{2})\lambda}{a}\right),$$

welche über die Function φ gemacht wurden, bedingen die Existenz von Schwingungsknoten im Rohre, sobald dessen Länge nicht zu unbedeutend ist. Jeder Querschnitt des Rohres erhält seine Geschwindigkeit durch eine directe, einmal, zweimal reflectirte Welle etc.; an Stellen, wo die einmal reflectirte Welle die Geschwindigkeit der directen Welle, die dreimal reflectirte Welle die Geschwindigkeit der zweimal reflectirten Welle u. s. w. in jedem Augenblicke der Bewegung möglichst aufhebt, findet jederzeit ein Minimum von Bewegung statt. Dies tritt bei Röhren, welche bei B offen sind, an Stellen ein, wo

$$t - \frac{x}{a} = t - \frac{2l - x}{a} + (n + \tfrac{1}{2}) \frac{\lambda}{a};$$

denn es ist in diesem Falle:

$$\varphi\left(t-\frac{x}{a}\right)=-\varphi\left(t-\frac{2l-x}{a}\right)$$

$$\varphi\left(t-\frac{2l+x}{a}\right)=-\varphi\left(t-\frac{4l-x}{a}\right)$$

u. s. w.

und die Nachbarglieder von v, Gleichung VIII), heben sich in jedem Augenblicke so ziemlich auf. Obige Bedingungsgleichung giebt aber:

$$l-x=\frac{2n+1}{4}\frac{\lambda}{a},$$

d. h. die Knotenstellen besitzen unter einander die Entfernung einer geraden Anzahl von Viertelwellenlängen, während der dem offenen Ende zunächst liegende Knoten um eine Vietélwellenlänge von demselben entfernt ist.

Sind die Röhren bei B geschlossen, so wird b in Gleichung VIII) negativ, v wird daher an den Stellen zu jeder Zeit Minimum, an welchen:

$$t-\frac{x}{a}=t-\frac{2l-x}{a}+n\frac{\lambda}{a}.$$

Hieraus findet man

$$l-x=\frac{n}{2}\lambda=\frac{2n\lambda}{4},$$

d. h. die Entfernung der Schwingungsknoten unter sich und vom geschlossenen Ende B ist einer geraden Anzahl von Viertelwellenlängen gleich.

Dies sind die Resultate, welche aus den allgemeinen Formeln Poisson's unter Einführung der Bedingung hervorgehen, dass die Luft im Rohre anfänglich sich im Gleichgewichte befindet. Ich hätte diese Ergebnisse gern auf einem strengeren Wege abgeleitet, allein die Allgemeinheit der Ausdrücke widerstand meinen Versuchen, ausserdem hielt ich es für weniger nothwendig, bedeutende Anstrengungen zur Auffindung einer besseren Herleitung der Resultate zu machen, weil dieser besondere Fall der Resonanz ganz so, wie ihn Poisson vor Augen hatte, nicht in Ausführung gebracht werden kann und weil endlich aus Hopkin's Versuchen hervorgeht, dass Poisson's Annahmen über den Zustand am Ende der Röhren jedenfalls einer Correction bedürfen.

Vergleich der erhaltenen Resultate mit der Erfahrung.

Als Poisson's Untersuchungen bekannt wurden, kannte man die Resonanz in beiderseits offenen oder einerseits geschlossenen Röhren nur in denjenigen Fällen, in welchen die Tonquelle sich zwar in der Nähe der Röhre befand, jedoch nicht unmittelbar auf den Querschnitt A der Röhre, sondern nur mittelbar durch zwischenliegende Luftschichten auf denselben wirkte. Man wusste, dass in solchen Fällen die beste Resonanz für die Normaltonreihe der Röhren eintritt, d. h. dass ein beiderseits offenes Rohr die beste Resonanz für die Tonreihe $\lambda = \frac{2l}{n}$, ein einerseits geschlossenes Rohr für die Tonreihe $\frac{4l}{2n+1}$ giebt. Mit diesen Erfahrungen stehen allerdings Poisson's Resultate in der von ihm ausgesprochenen Form insofern im Widerspruche, als ein am Ende B offenes Rohr nach seiner Behandlung wie ein einerseits geschlossenes zu betrachten ist, da er an der Platte die Reflexion wie an einer absolut festen Wand annahm, er sprach aber einem solchen Rohre die Resonanz für die Tonreihe $\frac{4l}{2n+1}$ geradezu ab. Hopkins*) hat sich nun das Verdienst erworben, den Widerspruch zu lösen, indem er den Fall, welchen Poisson analytisch behandelte, möglichst durch das Experiment zu verwirklichen suchte.

Zur Hervorbringung des Tones benutzte er eine Scheibe gewöhnlichen Fensterglases, welche in horizontaler Lage durch eine Zange festgehalten wurde; die Scheibe wurde durch Streichen ihres Randes mit dem Violinbogen zum Tönen gebracht und hierauf eine cylindrische Röhre — ihre Axe senkrecht — über die Scheibe gebracht und in einem Halter festgeklemmt. Die Röhre wurde über einem Schwingungssegment der Platte festgehalten, d. h. über einer Stelle derselben, deren Theile sich gleichzeitig in gleichem Sinne bewegen. Um die Communication der innern und äussern Luft zu hindern, wurde die Röhre der Glasscheibe so nahe gebracht, als es geschehen konnte, ohne die Schwingungen der letzteren zu stören und hierauf ein Tropfen Flüssigkeit auf das Schwingungssegment gegossen, welcher durch seine Adhäsion an den Rändern der Röhre und an der Scheibe den Zwischenraum zwischen beiden auch während der Schwingungen vollständig ausfüllte.

Hopkins fand bei seinen Versuchen, dass die Luft in der Röhre fast bei jeder Länge derselben mitschwingt und den Ton der Platte annimmt, er fand in Uebereinstimmung mit der Theorie, dass die Schwingungen der Glasscheibe am wenigsten durch die Gegenwart eines bei B geschlossenen Rohres gestört werden, sobald $l = \frac{2n+1}{4}\lambda$ ist. Je mehr sich l von diesem Werthe entfernt, desto mehr werden die Schwingungen der Scheibe gehindert und desto stärker wird die Resonanz, bis endlich, wenn $l = \frac{2n\lambda}{4}$, die Scheibe durch den Violinbogen kaum mehr in Bewegung zu setzen ist. Bei Röhren, welche am Ende B offen sind, stimmen Theorie und Erfahrung weniger vollkommen überein, Hopkins Resultate lassen sich in diesem Falle auf folgende Weise ausdrücken: Ist C eine zwischen 0 und $\frac{1}{4}\lambda$ enthaltene Grösse, so ist die Röhrenlänge, bei welcher sich die Scheibe am

*) Poggend. Ann. Bd. XLIV. S. 603.

leichtesten in Schwingungen versetzen lässt, $l = \frac{2n\lambda}{4} - C$, bei dieser Länge findet auch die schwächste Resonanz statt; je mehr sich l der Grösse $\frac{(2n+1)\lambda}{4} - C$ nähert, desto stärker wird die Resonanz und desto schwieriger ist die Scheibe in Bewegung zu setzen, die Resonanz nimmt hierbei so stark zu, dass sie schliesslich unerträglich wird, und dass sich dieselbe Vibrationsart der Platte nicht mehr unterhalten lässt. — Die Grösse C ist stets zwischen 0 und $\frac{1}{4}\lambda$ enthalten, ist abhängig von λ und vom Durchmesser der Röhre, ohne jedoch, wie es scheint, in einer einfachen Beziehung zu denselben zu stehen. Die Länge C nennt Hopkins die Versetzung der Schwingungsknoten, — aus welchem Grunde — werde ich weiter unten angeben.

Versuche über die Lage der Schwingungsknoten stellte Hopkins mit Hülfe einer über einen kleinen Rahmen gespannten Membran an, deren Spannung beliebig verändert werden konnte. Dieser Apparat wurde an einem Faden in das Rohr eingelassen, nachdem auf die Membran einige Sandkörner gebracht worden waren. Die stärkere oder schwächere Bewegung der Sandkörper zeigte nun, in welchem Bewegungszustande sich die Luft an der betreffenden Stelle befand. Hopkins fand zunächst mit Hülfe der sehr empfindlich gemachten Membran, dass, wie auch die Theorie zeigt, an keiner Stelle der Röhre während der Schwingungen absolute Ruhe stattfindet. Mit Hülfe einer weniger empfindlichen Membran fand er im Rohre Stellen kleinster Schwingung, welche die Membran durch Unbeweglichkeit des Sandes anzeigte. Die innern Knotenabstände betrugen in offenen, wie in geschlossenen Röhren immer eine gerade Anzahl halber Wellenlängen, so wie stets der letzte Knoten vom geschlossenen Ende B einer Röhre $\frac{1}{2}\lambda$ entfernt war. Bei offenen Röhren war der letzte Knoten nicht, wie die Theorie lehrt, eine Viertelwellenlänge, sondern $\frac{1}{4}\lambda - C$ vom offenen Ende entfernt, wobei C die bereits weiter oben erwähnte Grösse ist, welche im Allgemeinen zwischen 0 und $\frac{1}{4}\lambda$ enthalten ist und von λ und dem Durchmesser des Rohres abhängig ist. Man sieht, dass C sehr passend die Versetzung der Knoten genannt wird, da nur der Abstand des letzten Knotens vom offenen Ende nicht mit dem theoretischen übereinstimmt, während die inneren Knotenabstände, wie die Theorie erfordert, $\frac{2n\lambda}{4}$ betragen, und somit das ganze Knotensystem um die Länge C dem offenen Ende der Röhre näher gerückt erscheint. Folgende kleine Tabelle giebt einige der Hopkins'schen Beobachtungen, deren Resultate ich soeben erwähnt habe.

Durchmesser der Röhre = 1,35 engl. Zoll.

Werth von $\frac{1}{2}\lambda$ bei 63° F.	Abstand d. Knotens v. B berechnet	Abstand d. Knotens v. B beobachtet	Verschiebung der Knoten.
engl. Zoll	engl. Zoll	engl. Zoll	c.
2,044	11,24	10,88	0,36 } 0,365 = 0,09 λ
	7,15	6,78	0,37
3,994	9,98	9,51	0,47 = 0,06 λ
4,82	7,23	6,64	0,59 = 0,06 λ

4. Theorie der Resonanz nach Hopkins*).

Wie Poisson hat auch Hopkins angenommen, dass die Luft an dem einen Ende A nach dem gegebenen Geschwindigkeitsgesetze $v_0 = \varphi(t)$ in Bewegung gesetzt werde, er hat demnach für das Ende A die Bedingungsgleichung $\varphi(t) = f(-at) + F(at)$ aufgestellt. Den Anfangszustand im Rohre betrachtet er ebenfalls als gegeben, sodass man setzen könnte:

$$\psi(x) = f(x) + F(x)$$
$$a\chi(x) = f(x) - F(x).$$

Am Ende B nimmt die Luft ebenfalls eine periodische Bewegung an, wie am Ende A, die Periode des Querschnittes B ist auch dieselbe, als die Periode des Querschnittes A, allein die Bewegung bei B ist gegen die Bewegung bei A nach Hopkins nicht um $\frac{l}{a}$, sondern um $\frac{l}{a} + c$, wobei c eine positive Zahl, verzögert. Diese Annahme drückt Hopkins durch die Gleichung aus:

$$\psi_1\left[t - \frac{l+c}{a}\right] = f(l - at) + F(l + at).$$

Aus den angegebenen Gleichungen bestimmen sich nun alle Werthe von f und F und demnach jedes v und s für eine beliebige Stelle des Rohres und für eine beliebige Zeit t.

Es liegt nicht in meiner Absicht, hier nach Hopkins' Methode die allgemeine Bestimmung von v und s durchzuführen, da dieselbe sehr umständlich ist und zu Formeln führt, deren Allgemeinheit die Discussion ausserordentlich erschwert. Ich hielt es jedoch für nützlich, hier ebenso, wie bei den Poisson'schen Formeln zu untersuchen, welche Geschwindigkeit und Verdichtung jeder Querschnitt des Rohres erhält, die einzelnen Wellen auszumitteln, welche demselben Geschwindigkeit und Verdichtung ertheilen und namentlich die Reflexionsgesetze aufzufinden, welche in den Hopkins'schen Formeln verborgen liegen. Auf diesem Wege erkennt man, welchen physikalischen Vorgang die Formeln darstellen und erlangt somit auch ein Urtheil über den Werth der Theorie selbst.

*) Poggend. Ann. Bd. 44. S. 246.

Ich erhielt genau diejenigen Ausdrücke, welche man aus Hopkins allgemeinen Werthen von v und s ableiten kann, wenn man anfängliches Gleichgewicht, also $\psi(x) = 0$, $\chi(x) = 0$ annimmt, als ich von folgenden Voraussetzungen ausging: Dem Querschnitt A wird Geschwindigkeit nach dem gegebenen Gesetze $v_0 = \varphi(t)$ ertheilt, dessen Abänderung durch die Beschaffenheit der Kraft vorgebeugt wird, welche die Platte bei A in Bewegung setzt. Die Bewegung von A theilt sich den im Rohre enthaltenen Luftschichten mit, sodass die Geschwindigkeit und Verdichtung, welche die Stelle x am Ende der Zeit t durch die directe Welle erhält,

$$\varphi\left(t - \frac{x}{a}\right) \text{ und } \frac{1}{a}\,\varphi\left(t - \frac{x}{a}\right)$$

sind. Diese Welle erleidet am Ende B eine vollständige Zurückwerfung, ohne ihre Intensität zu ändern, gelangt hierauf rückwärts nach A, wo ebenfalls eine vollständige Zurückwerfung, wie an einer absolut festen Platte erfolgt u. s. w. Der Verschluss oder die Luft bei B werden durch die Wellen, welche dahin gelangen, in eine Bewegung von gleicher Periode, wie die Bewegung von A, versetzt, welche aber um die Zeit $\frac{l+c}{a}$ gegen die Bewegung von A verzögert erscheint, sodass man zur Zeit t in A $v = \varphi(t)$, in B $v = \psi_1\left(t - \frac{l+c}{a}\right)$ hat, wobei ψ_1 die noch unbekannte Function der Zeit bezeichnet, welche die Geschwindigkeit des letzten Querschnittes bei B ausdrückt. Letztere Geschwindigkeit erzeugt eine nach A fortschreitende Welle, welche der Stelle x direct die Geschwindigkeit und Verdichtung

$$\psi_1\left[t - \frac{l+c}{a} - \frac{(l-x)}{a}\right] \text{ und } \frac{1}{a}\,\psi_1\left[t - \frac{l+c}{a} - \frac{(l-x)}{a}\right]$$

mittheilt. Auch diese Welle erleidet an den Enden vollständige Zurückwerfung. — Diese Voraussetzungen, durch welche ich mit Benutzung des Principes der Uebereinanderlagerung der Wirkungen zu Hopkins' theoretischen Formeln gelangte, und welche demgemäss in letzteren versteckt enthalten sind, dienen gerade nicht zur Empfehlung der Theorie Hopkins', da sie geradezu Widersprüche enthalten, so z. B. kann man nicht recht begreifen, wie Wellen vom Ende B mit resp. unveränderter Geschwindigkeit und Verdichtung zurückkehren und dennoch daselbst die Luft oder die Verschlussplatte in die periodische Geschwindigkeit $\psi_1(t)$ versetzen können. Hopkins benutzt nun seine Formeln, um aus ihnen zunächst nachzuweisen, welche Röhrenlängen der Resonanz günstig oder ungünstig sind. Die erhaltenen Resultate stimmen allerdings mit den Ergebnissen seiner Versuche, allein dies kann seiner Theorie nicht zum Vortheil gereichen, da die Beweisführung nicht streng ist; so z. B. hält er die Resonanz bei denjenigen Röhrenlängen für unmöglich, welche seine Ausdrücke für v und s sehr gross machen, allein in diesem Falle kann eine *algebraische Unmöglichkeit* nicht eine physikalische Unmöglichkeit bedeuten.

Hierauf nimmt nun allerdings **Hopkins** eine sogenannte Umformung seiner Ausdrücke vor, indem er eine gewisse Beziehung zwischen ψ_1 und φ festsetzt, allein, wenn man die Sache näher untersucht, findet man eine totale Veränderung der Voraussetzungen, denn man gelangt zu seinen neuen Formeln, indem man unter Beibehaltung der übrigen Voraussetzungen annimmt, dass die Zurückwerfung am Ende B nach **Poisson's** Ansicht erfolge, d. h. dass die Wellensysteme φ und ψ so oft sie an B Zurückwerfung erlitten, die Geschwindigkeiten und Verdichtungen v und s in bv und $-bs$ umtauschten, unter b einen positiven oder negativen der Einheit ziemlich gleichen Bruch verstanden, je nachdem B offen oder geschlossen ist.

Hopkins hat aus seinen ersten und den letzten umgeformten Ausdrücken Resultate erhalten, welche mit seinen Experimenten übereinstimmen, allein Mangel an Klarheit und Strenge machen seine Theorie ungeniessbar. Auf der andern Seite ist jedoch nicht zu verkennen, dass in ihr eine gute Idee verborgen liegt, welche sich zu einer getreuen mathematischen Darstellung der Erscheinungen eignet. Es ist dies die Idee: die an das Ende einer verschlossenen Röhre gelangenden oder aus einer offenen Röhre austretenden Wellen versetzen resp. die Verschlussplatte selbst oder die Luft in einiger Entfernung vor der Röhre in Schwingungen. Im ersten Falle sendet die Verschlussplatte Wellen nach Innen und Aussen, im zweiten Falle verhält sich eine vor der Röhre gelegene Stelle wie eine primitiv erschütterte und sendet Wellen nach allen Seiten und somit auch in das Rohr zurück. **Hopkins** hat diese Idee auch bei Gelegenheit der Mittheilung seiner Versuchsresultate ausgesprochen und hat dieselbe auch wohl in seiner Theorie zur Geltung bringen wollen.

5. Theorie der Resonanz von cylindrischen Luftsäulen nach Quet*).

Quet hat sich mit dem besondern Falle der Resonanz beschäftigt, bei welchem nicht, wie **Poisson** und **Hopkins** voraussetzten, der Querschnitt A der Röhre **direct** durch eine elastische Platte Geschwindigkeit und Verdichtung erhält, sondern bei welchem sich die Tonquelle entfernt von der Röhre befindet und demnach dem Querschnitt A **mittelbar** Geschwindigkeit und Verdichtung ertheilt wird. **Quet** nimmt an, dass die bei A eintretenden Luftwellen daselbst der Luft Geschwindigkeit nach dem Gesetze mittheilen, dass für $x=0$, $v=\varphi(t)$ und die Verdichtung an derselben Stelle $s=\frac{1}{a}\varphi(t)$ sei, welche letztere Beziehung $as=v$ immer mit hinreichender Annäherung an Stellen stattfindet, welche sich in beträchtlicher Entfernung von der auf die freie Luft einwirkenden Tonquelle befinden. Die dem Querschnitt A mitgetheilte Geschwindigkeit und Verdichtung pflanzt sich im Rohre mit der Geschwindigkeit a nach dem Ende B

*) *Journ. des mathém. pures et appliq. p.* Liouville. Tom. XX. \.

hin fort, sodass der Querschnitt MM' in der Entfernung x vom Ende A zur Zeit t durch die von A ausgehende directe Welle die Geschwindigkeit und Verdichtung

$$\varphi\left(t-\frac{x}{a}\right),\quad \frac{1}{a}\varphi\left(t-\frac{x}{a}\right)$$

erhält. Haben die von A ausgehenden Wellen das offene oder geschlossene Ende B erreicht, so findet daselbst eine Zurückwerfung nach dem Poisson'schen Gesetze statt, d. h. die Geschwindigkeit v und die Verdichtung s der Welle wird in bv und $-bs$ verwandelt, die Wellen kehren vom Ende B nach A hin zurück, wo sie abermals eine Zurückwerfung nach dem Poisson'schen Gesetze erleiden, indem die Geschwindigkeit und Verdichtung bv und $-bs$ in bcv und bcs sich verwandeln, von A gehen die Wellen wieder nach B etc. etc. So-oft die Wellen an B zurückgeworfen werden, verwandelt sich v und s in bv und $-bs$, so oft sie an A zurückgeworfen werden, v und s in cv und $-cs$, wobei b und c der Einheit nahe echte Brüche sind, b ist positiv oder negativ, je nachdem B offen oder geschlossen, c ist stets positiv. Man findet hierauf leicht, dass am Ende der Zeit t der Schnitt MM' von den reflectirten Wellen folgende Geschwindigkeiten und Verdichtungen erhält:

durch die an B reflectirte Welle.	Geschw.	$b\varphi\left(t-\frac{2l-x}{a}\right)$
	Verd.	$-\frac{b}{a}\varphi\left(t-\frac{2l-x}{a}\right)$
durch die an B, A reflectirte Welle	Geschw.	$bc\varphi\left(t-\frac{2l+x}{a}\right)$
	Verd.	$\frac{bc}{a}\varphi\left(t-\frac{2l+x}{a}\right)$
durch die an B, A, B reflectirte Welle	Geschw.	$b^2c\varphi\left(t-\frac{4l-x}{a}\right)$
	Verd.	$-b^2c\varphi\left(t-\frac{4l-x}{a}\right)$

etc. etc.

Die Schicht MM' besitzt daher am Ende der Zeit t die totalen Geschwindigkeiten und Verdichtungen:

$$\text{XI)}\left\{\begin{aligned} v &= \varphi\left(t-\frac{x}{a}\right)+b\varphi\left(t-\frac{2l-x}{a}\right)+bc\varphi\left(t-\frac{2l+x}{a}\right)+b^2c\varphi\left(t-\frac{4l-x}{a}\right) \\ &\qquad + \ldots\ldots \\ as &= \varphi\left(t-\frac{x}{a}\right)-b\varphi\left(t-\frac{2l-x}{a}\right)+bc\varphi\left(t-\frac{2l+x}{a}\right)-b^2c\varphi\left(t-\frac{4l-x}{a}\right) \\ &\qquad +-\ldots. \end{aligned}\right.$$

Aus dem Vorhergehenden ergiebt sich, dass Quet auf eine geschickte Weise die Theorie der Resonanz mit dem Experiment vergleichbar gemacht hat. Die Annahme, dass die Luft bei A durch eine entfernte Tonquelle in Bewegung gesetzt wird, lässt sich immer realisiren, sie gestattet ausserdem, ohne neue willkürliche Annahmen den Einfluss der reflectirten Wellen auf die Erregungsstelle A in Rechnung zu ziehen; endlich hat Quet durch Einführung der Poisson'schen Hypothese $as = kv$ seine Theorie von vorn herein geschickt gemacht, das baldige Aufhören der Resonanz nach dem Aufhören des Tones der Tonquelle zu erklären.

Dass die Gleichungen XI) nie unendlich grosse Werthe für v und s geben können, erkennt man, wie bei den Poisson'schen Gleichungen VIII), indem man alle Glieder mit positivem Vorzeichen versieht, alle φ einander und dem Maximum von φ gleichsetzt und sich erinnert, dass b und c echte Brüche sind. Man kann sich die Gleichungen XI) auch als unendliche Reihen denken, indem man berücksichtigt, dass die unendliche Fortsetzung der Glieder immer convergente Reihen liefert und — da die endliche Reihe selbst nach kurzer Zeit schon ein paar Hundert Glieder hat — bei weiterer Fortsetzung v und s nur um ausserordentlich kleine zu vernachlässigende Grössen vermehrt. Quet hat sich die Glieder bis ins Unendliche fortgesetzt gedacht und dann für $\varphi(t)$ folgende periodische Function der Zeit eingesetzt:

$$\varphi(t) = h \sin \frac{2\pi a t}{\lambda},$$

wobei h eine constante Grösse und λ die Wellenlänge des Tones der Tonquelle bedeutet. Die Gleichungen XI) gehen in diesem Falle in geschlossene Ausdrücke über, welche er zur Discussion benutzt und aus denen er seine Schlüsse über die Resonanz der Röhren zieht. Die Einführung der angegebenen Substitution in XI) giebt zunächst:

$$v = h \sin \frac{2\pi}{\lambda}(at - x) + hbc \sin \frac{2\pi}{\lambda}(at - x - 2l) + hb^2c^2 \sin \frac{2\pi}{\lambda}(at - x - 4l) + \dots$$
$$+ hb \sin \frac{2\pi}{\lambda}(at + x - 2l) + hb^2c \sin \frac{2\pi}{\lambda}(at + x - 4l) + hb^3c^2 \sin \frac{2\pi}{\lambda}(at + x - 6l) + \dots$$

$$as = h \sin \frac{2\pi}{\lambda}(at - x) + hbc \sin \frac{2\pi}{\lambda}(at - x - 2l) + hb^2c^2 \sin \frac{2\pi}{\lambda}(at - x - 4l) + \dots$$
$$- hb \sin \frac{2\pi}{\lambda}(at + x - 2l) - hb^2c \sin \frac{2\pi}{\lambda}(at + x - 4l) - hb^3c^2 \sin \frac{2\pi}{\lambda}(at - x - 6l) - \dots$$

Wendet man hierauf die leicht zu verificirende Formel an:

$$\sin y + e \sin (y - z) + e^2 \sin (y - 2z) + e^3 \sin (y - 3z) + \dots$$
$$= \frac{\sin y - e \sin (y + z)}{1 - 2e \cos z + e^2},$$

so erhält man:

$$\left.\begin{matrix} v \\ as \end{matrix}\right\} = \frac{h\left[\sin\frac{2\pi}{\lambda}(at-x) - bc\sin\frac{2\pi}{\lambda}(at-x+2l)\right]}{1-2bc\cos\frac{4\pi l}{\lambda}+b^2c^2}$$
$$\pm \frac{hb\left[\sin\frac{2\pi}{\lambda}(at-2l+x) - bc\sin\frac{2\pi}{\lambda}(at+x)\right]}{1-2bc\cos\frac{4\pi l}{\lambda}+b^2c^2}$$

wobei das obere Vorzeichen des zweiten Gliedes auf v, das untere auf as zu beziehen ist. Trennt man nun in diesen Ausdrücken die Variabelen t und x, so kann man v und s in folgende Form bringen:

$$\text{XII)}\left\{\begin{aligned} v &= H\left(A\sin\frac{2\pi at}{\lambda} - B\cos\frac{2\pi at}{\lambda}\right) \\ as &= H\left(A'\sin\frac{2\pi at}{\lambda} - B'\cos\frac{2\pi at}{\lambda}\right), \end{aligned}\right.$$

wobei:

$$\text{XIII)}\left\{\begin{aligned} H &= \frac{h}{1-2bc\cos\frac{4\pi l}{\lambda}+b^2c^2} \\ A &= (1-b^2c)\cos\frac{2\pi x}{\lambda} + b(1-c)\cos\frac{2\pi(2l-x)}{\lambda} \\ B &= (1+b^2c)\sin\frac{2\pi x}{\lambda} + b(1+c)\sin\frac{2\pi(2l-x)}{\lambda} \\ A' &= (1+b^2c)\cos\frac{2\pi x}{\lambda} - b(1+c)\cos\frac{2\pi(2l-x)}{\lambda} \\ B' &= (1-b^2c)\sin\frac{2\pi x}{\lambda} - b(1-c)\sin\frac{2\pi(2l-x)}{\lambda} \end{aligned}\right.$$

Das Resonanzvermögen untersucht Quet auf die Weise, dass er die Geschwindigkeit v am Ende B bestimmt, wobei er den Ausdruck für dieselbe in eine für die Discussion geeignete Form bringt. Am Ende B ist:

$$A = (1+b)(1-bc)\cos\frac{2\pi l}{\lambda}$$
$$B = (1+b)(1+bc)\sin\frac{2\pi l}{\lambda};$$

v kann man auch schreiben:

$$v = H\sqrt{A^2+B^2}\left\{\frac{A}{\sqrt{A^2+B^2}}\sin\frac{2\pi at}{\lambda} - \frac{B}{\sqrt{A^2+B^2}}\cos\frac{2\pi at}{\lambda}\right\}$$

oder indem man setzt:

$$\frac{A}{\sqrt{A^2+B^2}} = \cos\Theta$$
$$\frac{B}{\sqrt{A^2+B^2}} = \sin\Theta,$$

wobei man sich unter Θ irgend einen den vorigen Gleichungen genügenden Winkelwerth denken kann:

$$v = H\sqrt{A^2+B^2}\sin\left(\frac{2\pi a t}{\lambda} - \Theta\right).$$

Die Stärke des Tones, welcher von B aus an die Luft übertragen wird, ist, wie man aus der vorigen Gleichung ersehen kann, der Grösse $H^2(A^2+B^2)$ proportional, welche Quet deswegen als Maass für die Stärke der Resonanz ansieht. Ich erinnere hierbei an den Umstand, dass doch auch am Ende A Uebertragung des Tones an die Luft stattfindet, welcher zur Verstärkung des Tones der Tonquelle beiträgt, man wird indess immer Quet's Ansicht beipflichten können, sobald man annimmt, dass man sich als Beobachter der Resonanz in der Verlängerung des Rohres nach B hin aufgestellt habe und dass die bei A an die äussere Luft abgegebene Bewegung nicht in der Richtung AB fortschreite. Wir nehmen also mit Quet an, dass der Factor:

$$H^2(A^2+B^2),$$

worin A und B die diesen Grössen für $x = l$ zukommenden Werthe bedeuten, das Maass für die Stärke der Resonanz sei. Indem wir nun für A, B, H die Werthe einsetzen, erhalten wir für die Stärke der Resonanz, welche ich mit R bezeichnen will:

$$\text{XIV)} \qquad R = \frac{(1+b)^2}{1 - 2bc.\cos\frac{4\pi l}{\lambda} + b^2c^2}.$$

Man erkennt aus dieser Formel sofort, dass für jeden beliebigen Ton Resonanz stattfindet, wobei freilich die Formel keine obere Grenze für λ angiebt. Beiderseits offene Röhren, für welche $b = c$ und positiv ist, geben die beste Resonanz für die Töne der Reihe $\frac{2l}{n}$; je mehr sich die Wellenlänge des Tones von dieser entfernt, desto schwächer wird die Resonanz, am schwächsten für die Töne der Reihe $\lambda = \frac{4l}{2n+1}$. Ebenso kann man aus der Formel nachweisen, dass bei einem einerseits geschlossenen Rohr die stärkste Resonanz für die Töne der Reihe $\lambda = \frac{4l}{2n+1}$ stattfindet etc.

Zur Aufsuchung der Schwingungsknoten und Schwingungsbäuche kann man sich nach dem Vorgange von Quet der Gleichungen XII) bedienen, nachdem man dieselben umgeformt hat. Setzt man:

$$\frac{A}{\sqrt{A^2+B^2}} = \cos\Theta,\ \frac{B}{\sqrt{A^2+B^2}} = \sin\Theta$$

$$\frac{A'}{\sqrt{A'^2+B'^2}} = \cos\Theta',\ \frac{B'}{\sqrt{A'^2+B'^2}} = \sin\Theta',$$

wobei Θ und Θ' irgend welche Winkel bedeuten können, welche den vorigen Gleichungen genügen, so kann man auch schreiben:

$$v = H\sqrt{A^2 + B^2} . \sin\left(\frac{2\pi a t}{\lambda} - \Theta\right)$$

$$a s = H\sqrt{A'^2 + B'^2} . \sin\left(\frac{2\pi a t}{\lambda} - \Theta'\right),$$

oder, nachdem man $\sqrt{A^2 + B^2}$ und $\sqrt{A'^2 + B'^2}$ aus den Gleichungen XIII) berechnet hat:

$$\text{XIV)} \left\{ \begin{aligned} v &= h \sqrt{\frac{(1+b)^2 - 4b \sin^2 2\pi \frac{l-x}{\lambda}}{(1-bc)^2 + 4bc \sin^2 \frac{2\pi l}{\lambda}}} \sin\left(\frac{2\pi a t}{\lambda} - \Theta\right) \\ a s &= h \sqrt{\frac{(1-b)^2 + 4b \sin^2 2\pi \frac{l-x}{\lambda}}{(1-bc)^2 + 4bc \sin^2 \frac{2\pi l}{\lambda}}} \sin\left(\frac{2\pi a t}{\lambda} - \Theta'\right) \end{aligned} \right.$$

Die in den vorigen Ausdrücken enthaltenen von t unabhängigen Factoren können nie verschwinden, da sie stets zwischen:

$$\frac{h(1+b)}{\sqrt{(1-bc)^2 + 4bc \sin^2 \frac{2\pi l}{\lambda}}} \text{ und } \frac{h(1-b)}{\sqrt{(1-bc)^2 + 4bc \sin^2 \frac{2\pi l}{\lambda}}}$$

enthalten sind. Es kann also im Rohre weder Orte vollkommener Ruhe, noch Stellen ohne Verdichtung geben. Bei einem am Ende B offenen Rohre (b positiv!) werden aber die Stellen Schwingungsminima oder Schwingungsknoten sein, deren Entfernung vom Ende B $l - x = \frac{2n+1}{4}\lambda$ beträgt, an diesen Stellen ist zugleich die Verdichtung fortwährend Maximum. Schwingungsbäuche, d. h. Stellen wo Verdichtungsminima und Geschwindigkeitsmaxima zusammenfallen, befinden sich in den Entfernungen $l - x = \frac{2n\lambda}{4}$ vom Ende B. Bei einem bei B geschlossenen Rohre (b negativ!) sind die Stellen, wo gleichzeitig Schwingungsminima und Verdichtungsmaxima zusammen stattfinden, um eine gerade Anzahl halber Wellenlängen von B entfernt, die Schwingungsbäuche haben von B die Entfernung einer ungeraden Anzahl von Viertelwellenlängen. Die inneren Knotenabstände betragen bei beiden Röhrenarten eine gerade Anzahl von Viertelwellenlängen.

Der Vergleich der von Quet erhaltenen theoretischen Resultate mit der Erfahrung kann hier nicht in der Weise geschehen, wie bei den Ergebnissen Poisson's; ich kenne keine Arbeit über die Resonanz, bei welcher die von Quet gemachten Voraussetzungen ganz erfüllt gewesen wären, ich kann weiter Nichts über den Gegenstand sagen, als dass die von Quet *aufgefundenen Gesetze* der Resonanz mit dem, was man aus Erfahrung von derselben weiss, nicht im Widerspruch stehen, ohne dass ich gerade eine directe Bestätigung angeben könnte. Beiderseits offene Röhren geben die beste Resonanz für die Töne der Reihe $\frac{2l}{na}$, einerseits offene für die Töne $\frac{4l}{(2n+1)a}$, so lehrt die Erfahrung (wobei sie sich wohl nicht auf sehr scharfe Messungen der Schwingungsmengen stützt) und so ist es auch nach Quet's Theorie. Nach Hopkins übt auf die Resonanz die Entfernung der Tonquelle von der Röhre einen bedeutenden Einfluss aus, worauf möglicher Weise bei den Angaben über die Resonanz nicht immer Rücksicht genommen worden ist.

Am Schlusse seiner Arbeit vergleicht Quet die erhaltenen Resultate mit Angaben Savart's über Töne, welche beim Anblasen von Röhren erhalten worden waren; ich habe Bedenken getragen, die Theorie Quet's auf diese Fälle zu beziehen, da ich mir nicht denken konnte, dass der erregende bandförmige Luftstrom eine plane Welle erzeuge, welche an der Erregungsstelle in das Rohr eintritt; ebensowenig schien es mir wahrscheinlich, dass auch für die Erregungsstelle selbst das Gesetz $as = kv$ gelte.

(Fortsetzung folgt.)

Kleinere Mittheilungen.

XXVIII. Zur Combinationslehre. Als weiteres Beispiel einer Anwendung der Methode, nach welcher die beiden Aufgaben im 3. Hefte d. Jahrg. aufgelöst worden sind, folge noch die Behandlung der von Herrn Dr. Cantor im 2. Hefte des II. Jahrgangs dieser Zeitschrift mitgetheilten

Aufgabe. Es soll die Anzahl derjenigen Permutationen zwischen den $m+k$ Elementen

$$y_1 y_1 y_2 y_2 \ldots . y_k y_k y_{k+1} y_{k+2} \ldots . y_m$$

angegeben werden, in denen keine zwei identischen Elemente neben einander stehen.

Auflösung. Man bezeichne mit $(y)_r$ die Summe sämmtlicher (als Produkte aufgefassten) Permutationen zwischen den $m+r$ Elementen des aus r Paaren von identischen und aus $m-r$ einzelnen Elementen zusammengesetzten Systems

$$y_1 y_1 y_2 y_2 \ldots . y_r y_r y_{r+1} y_{r+2} \ldots . y_m$$

und denke sich folgende Multiplication ausgeführt:

$$(1-x_1)(1-x_2)(1-x_3)\ldots(1-x_k)\{(y)_k+(y)_{k-1}+(y)_{k-2}+\cdots \\ \cdots+(y)_2+(y)_1+(y)_0\};$$

In den aus $m+k$ Factoren x und y zusammengesetzten Einzelprodukten denke man sich gewisse Aenderungen vorgenommen, welche für $m = 8$ und $k = 5$ an dem Beispiel des folgenden aus $(y)_2$ stammenden Einzelprodukts

$$- x_2 x_3 x_5 \cdot y_7 y_2 y_2 y_6 y_4 y_1 y_5 y_3 y_8 y_1$$

dargestellt werden sollen.

Man streiche die x und verdoppele dafür die noch nicht doppelt vorhandenen $k - r = 3$, mit $r + 1 = 3$ bis $k = 5$ numerirten Elemente y, indem man aber zugleich ihre Nummern der Grösse nach durch diejenigen der obigen x ersetzt, für y_3, y_4 und y_5, also an ihrem Orte nun $y_2 y_2$, $y_3 y_3$ und $y_5 y_5$ schreibt. Die Nummern der oben schon doppelt vorhandenen y_1 bis y_r, also hier y_1 und y_2, ersetze man ebenfalls der Grösse nach durch diejenigen der oben nicht vorkommenden x, schreibe also y_1 und y_4 für die je zwei obigen y_1 und y_2. Dadurch wird an die Stelle obiger Form die folgende treten:

$$- y_7 y_4 y_4 y_6 y_3 y_3 y_1 y_5 y_5 y_2 y_2 y_8 y_1 .$$

In dieser befinden sich nun nicht nur die je zwei y_2, y_3 und y_5 in Folge der vorgenommenen Verdoppelungen, sondern auch die beiden y_4 in Folge der anfänglichen Uebereinanderstellung der ursprünglichen y_2 beisammen, und es ist jetzt zu bemerken, wie diese Form nicht nur auf dem angezeigten Wege, sondern auch aus gewissen anderen Gliedern von $(y)_4$, $(y)_3$, $(y)_2$, $(y)_1$ und $(y)_0$ nebst den Combinationen zur nullten bis vierten Classe zwischen den vier Elementen x_2 bis x_5 gebildet werden kann.

Allgemein aber wird irgend eine Permutation mit r Paaren bei einander befindlicher identischer Elemente mit folgenden Coefficienten auftreten:

Mit dem Coefficienten $+ 1$ .... aus $(y)_k$

$- \binom{r}{1}$ .... „ $(y)_{k-1}$

$+ \binom{r}{2}$ .... „ $(y)_{k-2}$

. . . .

$+ \binom{r}{r-1}(-1)^{r-1}$ „ $(y)_1$

$+ (-1)^r$ ...... „ $(y)_0$.

Da nun aber wieder:

$$1 - \binom{r}{1} + \binom{r}{2} - \binom{r}{3} + \dots + \binom{r}{r-1}(-1)^{r-1} + (-1)^r = (1 - 1)^r = 0,$$

so werden alle Permutationen mit beisammenstehenden identischen Elementen aus der Gesammtentwickelung verschwinden und nur die der verlangten Art übrig bleiben. Setzt man daher jetzt:

$$x = \begin{cases} x_1 = x_2 = \dots = x_k \\ y_1 = y_2 = \dots = y_m, \end{cases}$$

so wird einerseits die Summe aller aus $m + k$ Faktoren x und y zusammengesetzten Einzelprodukte in das Sovielfache von x^{m+k} übergehen, als es

Permutationen der verlangten Art giebt, andererseits giebt es zwischen $m+r$ Elementen, worunter r Paare je zweier gleichen, bekanntlich $\frac{(m+r)!}{(2!)^r}$ Permutationen, es geht also $(y)_r$ in $\frac{(m+r)!}{2^r}x^{m+r}$ über, und die verlangte Anzahl wird durch den Coefficienten von x^{m+k} in der Entwickelung des Produkts

$$(1-x)^k\left\{\frac{(m+k)!}{2^k}x^{m+k}+\frac{(m+k-1)!}{2^{k-1}}x^{m+k-1}+..+\frac{(m+1)!}{2}x^{m+1}+\frac{m!}{2^0}x^m\right\}$$

d. h. durch folgenden Ausdruck angegeben:

$$\sum_{r=0}^{r=k}(-1)^{k-r}.\binom{k}{r}.\frac{(m+r)!}{2^r}$$

Stuttgart. Prof. Baur.

XXIX. Ueber den verallgemeinerten Taylor'schen Satz. Für ganze positive m gilt bekanntlich die Gleichung

$$f(x+m\alpha)=f(x)+\frac{m}{1}\Delta f(x)+\frac{m(m-1)}{1.2}\Delta^2 f(x)$$
$$+\frac{m(m-1)(m-2)}{1.2.3}\Delta^3 f(x)+\dots$$

oder auch wenn $m\alpha=h$ gesetzt wird, folglich h ein Vielfaches von α bedeutet,

$$f(x+h)=f(x)+\frac{h}{1}\frac{\Delta f(x)}{\alpha}+\frac{h(h-\alpha)}{1.2}\frac{\Delta^2 f(x)}{\alpha^2}$$
$$+\frac{h(h-\alpha)(h-2\alpha)}{1.2.3}\frac{\Delta^3 f(x)}{\alpha^3}+\dots;$$

diese Formel ist, wie zuerst A. L. Crelle in seiner Theorie der Fakultäten gezeigt hat, einer Erweiterung fähig, wobei h und α beliebige Grössen sein können, nur muss man die, in diesem Falle nicht von selbst abbrechende Reihe durch einen Rest ergänzen, über welchen Crelle gleichfalls eine scharfsinnige Untersuchung angestellt hat. Wir nehmen diesen Gegenstand hier wieder auf, um zu zeigen, dass der Rest des von Crelle verallgemeinerten Taylor'schen Satzes auf ganz ähnliche Weise ausgedrückt werden kann, wie (nach Ampère und Cauchy) der Rest des gewöhnlichen Taylor'schen Theoremes. Die hierzu nöthigen Betrachtungen sind sehr einfach und schliessen sich unmittelbar der Crelle'schen Entwickelung an, die wir desshalb reproduciren müssen.

Setzt man zur Abkürzung

1) $$\varphi(x,h)=\frac{f(x+h)-f(x)}{h},$$

so hat man die identische Gleichung

2) $$f(x+h)=f(x)+h\,\varphi(x,h);$$

in dieser werde gleichzeitig $x+\alpha$ an die Stelle von x, sowie $h-\alpha$ für h gesetzt, es ist dann

$$f(x+h) = f(x+\alpha) + (h-\alpha)\,\varphi(x+\alpha,\ h-\alpha)$$

und durch Subtraktion der beiden Gleichungen

$$0 = f(x+\alpha) - f(x) + (h-\alpha)\,[\varphi(x+\alpha,\ h-\alpha) - \varphi(x,h)] - \alpha\,\varphi(x,h).$$

Kürzer schreibt man diess, wenn man das Zeichen Δ für die gewöhnliche Differenz einer Funktion, und das Zeichen Θ für die besondere Art von Differenz benutzt, welche mit $h-\alpha$ multiplicirt ist; man hat dann

$$3)\qquad 0 = \Delta f(x) + (h-\alpha).\Theta\,\varphi(x,\alpha) - \alpha\,\varphi(x,h).$$

Lässt man wiederum $x+\alpha$ an die Stelle von x und gleichzeitig $h-\alpha$ an die von h treten, so ergiebt sich eine neue Gleichung, von der die vorige abgezogen werden möge; der übrig bleibende Unterschied ist

$$\begin{aligned} 0 = \Delta f(x+\alpha) - \Delta f(x) + (h-2\alpha)\,[\Theta\,\varphi(x+\alpha,\ h-\alpha) - \Theta\,\varphi(x,h)] \\ - \alpha\,[\Theta\,\varphi(x,h) + \varphi(x+\alpha,\ h-\alpha) - \varphi(x,h)] \end{aligned}$$

oder kürzer

$$4)\qquad 0 = \Delta^2 f(x) + (h-2\alpha)\,\Theta^2\,\varphi(x,h) - 2\alpha\,\Theta\,\varphi(x,h).$$

Durch nochmalige Anwendung derselben Operation findet sich

$$5)\qquad 0 = \Delta^3 f(x) + (h-3\alpha)\,\Theta^3\varphi(x,h) - 3\alpha\,\Theta^2\,\varphi(x,h),$$

und man übersieht leicht, wie dieses Verfahren fortzusetzen ist. Stellt man nun die vorigen Gleichungen in folgender Gestalt zusammen

$$\begin{aligned} f(x+h) &= f(x) + h\,\varphi(x,h), \\ \varphi(x,h) &= \frac{\Delta f(x)}{\alpha} + \frac{h-\alpha}{1\alpha}\,\Theta\,\varphi(x,h), \\ \Theta\varphi(x,h) &= \frac{\Delta^2 f(x)}{2\alpha} + \frac{h-2\alpha}{2\alpha}\,\Theta^2\,\varphi(x,h), \\ \Theta^2\,\varphi(x,h) &= \frac{\Delta^3 f(x)}{3\alpha} + \frac{h-3\alpha}{3\alpha}\,\Theta^3\,\varphi(x,h), \\ &\cdots\cdots\cdots \\ \Theta^{n-1}\,\varphi(x,h) &= \frac{\Delta^n f(x)}{n\alpha} + \frac{h-n\alpha}{n\alpha}\,\Theta^n\,\varphi(x,h), \end{aligned}$$

so bemerkt man augenblicklich, dass sich jede Gleichung in die vorhergehende substituiren lässt; damit gelangt man zu folgender identischen Entwickelung:

$$\begin{aligned} 6)\quad f(x+h) = f(x) + \frac{h}{1}\,\frac{\Delta f(x)}{\alpha} + \frac{h(h-\alpha)}{1.2}\,\frac{\Delta^2 f(x)}{\alpha^2} + \frac{h(h-\alpha)(h-2\alpha)}{1.2.3}\,\frac{\Delta^3 f(x)}{\alpha^3} + . \\ \ldots + \frac{h(h-\alpha)(h-2\alpha)\ldots(h-[n-1]\,\alpha)}{1.2.3\ldots n}\,\frac{\Delta^n f(x)}{\alpha^n} + R_n, \end{aligned}$$

worin der Rest R_n durch die Formel

$$7)\qquad R_n = \frac{h(h-\alpha)(h-2\alpha)\ldots(h-n\alpha)}{1.2.3\ldots n}\,\frac{\Theta^n\,\varphi(x,h)}{\alpha^n}$$

bestimmt ist.

Um den Rest in möglichst einfacher Gestalt darzustellen richten wir die Aufmerksamkeit auf den Ausdruck

$$\Theta^n \varphi(x, h) = \Theta^n \left(\frac{f(x+h) - f(x)}{h}\right)$$

und bemerken, dass

$$\frac{f(x+h) - f(x)}{h} = \int_0^1 f'(x+hu)\, du$$

mithin

$$\Theta^n \varphi(x, h) = \Theta^n \int_0^1 f'(x+hu)\, du$$

ist. Hier kann die mit Θ^n bezeichnete Operation leicht ausgeführt werden und zwar erhält man zunächst

$$\Theta \varphi(x, h) = \int_0^1 f'\Big(x + \alpha + (h-\alpha) u\Big)\, du - \int_0^1 f'(x+hu)\, du$$

$$= \int_0^1 \Big\{f'\Big((x + \alpha(1-u) + hu\Big) - f'(x+hu)\Big\}\, du$$

oder kürzer

$$\Theta \varphi(x, h) = \int_0^1 \Delta f'(x+hu)\, du,$$

wobei nur zu beachten ist, dass sich das Zeichen Δ auf eine Aenderung von x um $\Delta x = \alpha(1-u)$ bezieht, während h dabei als Constante gilt. Auf gleiche Weise findet sich weiter

$$\Theta^2 \varphi(x, h) = \int_0^1 \Delta^2 f'(x+hu)\, du, \text{ u. s. w.}$$

mithin

$$8)\quad R_n = \frac{h(h-\alpha)(h-2\alpha)\dots(h-n\alpha)}{1.2.3\dots n} \int_0^1 \frac{\Delta^n f'(x+hu)}{\alpha^n}\, du, \quad \Delta x = \alpha(1-u)$$

oder auch

$$9)\quad R_n = \frac{h(h-\alpha)(h-2\alpha)\dots(h-n\alpha)}{1.2.3\dots n} \int_0^1 (1-u)^n\, \frac{\Delta^n f'(x+hu)}{\Delta x^n}\, du.$$

Will man den Rest, der hier genau ausgedrückt ist, zwischen zwei Grenzen einschliessen, in denen keine Integralzeichen vorkommen, so braucht man sich *nur* an den Satz zu erinnern, dass immer

$$\int_0^1 F(u)\,du = F(\varrho)$$

gesetzt werden kann, wo ϱ eine zwischen 0 und 1 liegende Grösse bezeichnet; man hat daher nach Nr. 8)

$$10)\quad R_n = \frac{h(h-\alpha)(h-2\alpha)\dots(h-n\alpha)}{1.2.3\dots n}\cdot\frac{\Delta^n f'(x+\varrho h)}{\alpha^n},\quad \Delta x = (1-\varrho)\alpha$$

oder auch entsprechend Nr. 9)

$$11)\quad R_n = \frac{h(h-\alpha)(h-2\alpha)\dots(h-n\alpha)}{1.2.3\dots n}(1-\varrho)^n\frac{\Delta^n f'(x+\varrho h)}{\Delta x^n}.$$

In dem speciellen Falle $\alpha = 0$ wird die Gleichung 6) zu dem gewöhnlichen Taylor'schen Satze

$$f(x+h) = f(x) + \frac{h}{1}f'(x) + \frac{h^2}{1.2}f''(x) + \dots + \frac{h^n}{1.2\dots n}f^{(n)}(x) + R_n,$$

und weil jetzt auch das Increment $\Delta x = (1-\varrho)\alpha$ verschwindet, so folgt aus Nr. 9)

$$R_n = \frac{h^{n+1}}{1.2\dots n}\int_0^1 (1-u)^n f^{(n+1)}(x+hu)\,du$$

und aus Nr. 11)

$$R_n = \frac{h^{n+1}}{1.2\dots n}(1-\varrho)^n f^{(n+1)}(x+\varrho h),$$

welches die bekannten Restformeln von Ampère und Cauchy sind.

Subtrahirt man $f(x)$ von beiden Seiten der Gleichung 6), multiplicirt darauf mit $\frac{\alpha}{h}$ und lässt endlich h in Null übergehen, so gelangt man noch zu folgender Relation

$$12)\quad \alpha f'(x) = \tfrac{1}{1}\Delta f(x) - \tfrac{1}{2}\Delta^2 f(x) + \tfrac{1}{3}\Delta^3 f(x) - \dots$$
$$+ (-1)^{n+1}\frac{1}{n}\Delta^n f(x) + R_n,$$

welche den Differentialquotienten von $f(x)$ durch die successiven Differenzen von $f(x)$ ausdrückt, wobei α als Increment von x fungirt. Der Rest hat den Werth

$$13)\quad R_n = (-1)^n \alpha\int_0^1 \Delta^n f'(x)\,du,\quad \Delta x = \alpha(1-u)$$

oder auch

$$14)\quad R_n = (-1)^n \alpha\,\Delta^n f'(x),\qquad \Delta x = (1-\varrho)\alpha.$$

Die Gleichung 12) ist bekannt, die Restbestimmung aber noch nicht gegeben worden.

SCHLÖMILCH.

XXX. Ueber die Bestimmung des Krümmungshalbmessers für eine ebene Curve. Das Verfahren, dessen wir uns im 3. Hefte d. J. S. 187 zur Bestimmung des Krümmungshalbmessers der Kegelschnitte bedient haben, kann allgemeiner auf jede Curve angewendet werden und liefert dann die bekannte Formel

$$\varrho = \frac{\sqrt{(1+y'^2)^3}}{y''}.$$

Ist nämlich ein Curvenpunkt P durch die rechtwinkeligen Coordinaten $OM = x$, $MP = y$ bestimmt, PN die zugehörige Normale, mithin $MN = yy'$ die Subnormale, so hat man für das Stück ON, welches die Normale auf der Abscissenachse abschneidet, die Formel $ON = x + yy'$. Einer Zunahme des x um Δx entspricht ein zweiter Punkt P_1, dessen Ordinate $y + \Delta y$ und für welchen $ON_1 = ON + NN_1$ und $NN_1 = \Delta(x + yy')$ ist; bezeichnen wir noch mit Δs die Sehne PP_1, so haben wir zunächst

$$\alpha)\qquad \frac{NN_1}{PP_1} = \frac{\Delta(x+yy')}{\Delta s}.$$

Die beiden Normalen PN und P_1N_1 schneiden sich in einem Punkte R und es kann N_1P_1R als Transversale des Dreiecks NPS angesehen werden, wobei S den Durchschnitt der verlängerten Sehne PP_1 mit der x-Achse bezeichnet; aus der bekannten Transversalenformel zieht man jetzt

$$\beta)\qquad \frac{NN_1}{PP_1} = \frac{NR}{PR}\cdot\frac{N_1S}{P_1S} = \frac{NP+PR}{PR}\cdot\frac{N_1S}{P_1S}.$$

Durch Vergleichung der rechten Seiten von α) und β) erhält man leicht bei Reduktion auf PR

$$PR = \frac{NP\cdot\dfrac{N_1S}{P_1S}}{\dfrac{\Delta(x+yy')}{\Delta s} - \dfrac{N_1S}{P_1S}}.$$

Lassen wir nun die Punkte P und P_1 zusammenfallen und nennen ϱ den Grenzwerth von PR, so gelangen wir zu dem Ausdrucke

$$\varrho = \frac{NP\cdot\dfrac{NS}{PS}}{\dfrac{d(x+yy')}{ds} - \dfrac{NS}{PS}}.$$

Dabei ist aber die Secante P_1PS zur Tangente geworden, mithin PS senkrecht auf NS und $\dfrac{NS}{PS} = \sec NSP = \dfrac{ds}{dx}$, ferner NP als Normale $= y \sec MPN = y\dfrac{ds}{dx}$, also

$$\varrho = \frac{y\dfrac{ds}{dx}\cdot\dfrac{ds}{dx}}{\dfrac{d(x+yy')}{ds} - \dfrac{ds}{dx}}$$

oder auch, wenn Zähler und Nenner mit $\frac{ds}{dx}$ multiplicirt wird,

$$\varrho = \frac{y\left(\frac{ds}{dx}\right)^3}{\frac{d(x+yy')}{dx} - \left(\frac{ds}{dx}\right)^2}.$$

Setzt man hierin $\frac{ds}{dx} = \sqrt{1+y'^2}$ und $\frac{d(x+yy')}{dx} = 1 + yy'' + y'^2$, so erhält man die anfangs erwähnte Formel. SCHLÖMILCH.

XXXI. Ueber die sechs Kreise des vollständigen Vierecks. Allbekannt ist der Satz, dass die sechs Aehnlichkeitspunkte dreier Kreise zu je dreien in vier geraden Linien liegen, welche zusammen ein vollständiges Viereck bilden; es scheint aber trotz der vielen für dieses Theorem gegebenen Beweise unbemerkt geblieben zu sein, dass es eine rein anschauliche stereometrische Auffassung des Gegenstandes giebt, woraus der Satz selber sogleich folgt. Denken wir uns in jeder von drei parallelen Ebenen, die der Einfachheit wegen horizontal liegen mögen, einen beliebigen Kreis gezeichnet, so können wir je zwei solcher Kreise als Parallelschnitte eines schiefen Kegels ansehen und zwar wollen wir zunächst voraussetzen, dass diese Schnitte, von der Spitze des Kegels aus gerechnet, auf derselben Seite der ganzen Kegelfläche liegen. Ist nun M_1 der Mittelpunkt des ersten, M_2 der des zweiten Kreises und S_3 die Spitze des zu diesen Kreisen gehörigen Kegels, so liegt S_3 in der Geraden M_1M_2 und überhaupt sind die Spitzen S_1, S_2, S_3 der drei möglichen Kegel in den entsprechenden Geraden M_2M_3, M_3M_1, M_1M_2, also in der durch die Punkte M_1, M_2, M_3 bestimmten Ebene zu suchen. Um eine zweite Angabe über die Lage von S_1, S_2, S_3 zu erhalten, projiciren wir das System der drei Kegel auf eine beliebige Vertikalebene. Die drei um M_1, M_2, M_3 beschriebenen Kreise projiciren sich als drei parallele Strecken H_1K_1, H_2K_2, H_3K_3 (Taf. III. Fig. 2), und die Kegel selber erscheinen als die drei Dreiecke, welche entstehen, wenn man H_1H_2 und K_1K_2 bis zu ihrem Durchschnitte S''' verlängert, ebenso H_1H_3 und K_1K_3 bis S'' und H_2H_3, K_2K_3 bis S'; die erhaltenen Punkte S', S'', S''' sind jetzt die Vertikalprojectionen der Kegelspitzen S_1, S_2, S_3. Nach einem bekannten Satze*) liegen aber S', S'', S''' in einer Geraden, mithin sind S_1, S_2, S_3 in einer Ebene zu suchen, welche auf der Ebene der Zeichnung

*) Sind nämlich H_1K_1, H_2K_2, H_3K_3 die Kanten eines Parallelepipedes und $H_1H_2H_3$, $K_1K_2K_3$ zwei Schnitte desselben, so müssen sich H_1H_2 und K_1K_2 als nicht parallele Seiten eines ebenen Vierecks schneiden; der Durchschnitt S''' kann aber, weil H_1H_2 in der einen und K_1K_2 in der anderen Schnittebene des Körpers liegt, nur da erfolgen, wo sich diese Ebenen, hinreichend erweitert, schneiden. Dasselbe gilt von S'' und S'. In eine Ebene projicirt, hat man den Satz nach seiner gewöhnlichen Fassung.

senkrecht steht und letztere in der Geraden $S'S''S'''$ schneidet. Da nun nach dem Früheren S_1, S_2, S_3 in der von dieser Ebene verschiedenen Ebene $M_1 M_2 M_3$ enthalten sein sollen, so müssen S_1, S_2, S_3 auf dem Durchschnitte beider Ebenen, d. h. in einer Geraden liegen. Der hiermit gewonnene stereometrische Satz erhält sogleich eine Erweiterung, wenn man je zwei der obigen Kreise als ungleich liegende, d. h. auf entgegengesetzten Seiten der Kegelspitze befindliche Schnitte betrachtet; die Deduction bleibt dann wörtlich dieselbe und man hat daher den Satz:

Drei Kreise, deren Ebenen parallel sind, bestimmen sechs verschiedene Kegel; die Spitzen der letzteren liegen zu je dreien in vier Geraden und in einer Ebene.

Aus diesem, wie es scheint, nicht bekannten stereometrischen Theoreme folgt der Satz von den Aehnlichkeitspunkten dreier Kreise durch Projection der Kegel auf irgend eine horizontale Ebene.

Umgekehrt lässt sich jedes vollständige Viereck als Complex der vier Aehnlichkeitslinien dreier Kreise ansehen, und es ist sehr leicht, die Kreise selber zu construiren. Die vier gegebenen Geraden mögen $A_1 B_1$, $B_1 A_2$, $A_2 B_2$, $B_2 A_1$ (Taf. IV. Fig. 1) sein, die Durchschnitte der Gegenseiten C_1 und C_2, also $A_1 A_2$, $B_1 B_2$, $C_1 C_2$ die drei Diagonalen und A_0, B_0, C_0 die Durchschnitte der letzteren. Um A_0 beschreiben wir mit beliebigem Halbmesser einen Kreis, legen von C_1 aus Tangenten an denselben und construiren um B_0 als Mittelpunkt einen Kreis, welcher jene Tangenten berührt; C_1 ist jetzt äusserer Aehnlichkeitspunkt der um A_0 und B_0 beschriebenen Kreise, und hieraus würde man den inneren Aehnlichkeitspunkt der nämlichen Kreise durch harmonische Theilung der Geraden $A_0 B_0 C_1$ ableiten können. Diese harmonische Theilung ist aber schon vorhanden, weil sich die Diagonalen des vollständigen Vierecks harmonisch theilen, mithin ist C_2 der innere Aehnlichkeitspunkt jener Kreise. Auf gleiche Art leitet man aus dem um A_0 beschriebenen Kreise einen dritten von der Eigenschaft ab, dass B_1 der äussere und B_2 der innere Aehnlichkeitspunkt der um A_0 und C_0 beschriebenen Kreise ist. Ob nun die beiden neuen Kreise um B_0 und C_0 ihren äusseren Aehnlichkeitspunkt in A_1 und den inneren in A_2 haben, entscheidet sich leicht; der äussere Aehnlichkeitspunkt muss nämlich ebensowohl auf $B_0 C_0$, als in einer Geraden mit C_1 und B_1 liegen, kann also nur der Punkt A_1 sein, woraus sogleich folgt, dass der mit A_1, C_0 und B_0 harmonisch liegende Punkt A_2 der zugehörige innere Aehnlichkeitspunkt ist. — Wir haben dieses Verfahren etwas ausführlicher angegeben, weil es für die praktische Zeichnung einen wesentlichen Vortheil bietet. Zeichnet man nämlich zuerst drei Kreise und sucht deren Aehnlichkeitspunkte, so wird man selten zu einer genauen Zeichnung kommen und namentlich tritt leicht der Uebelstand ein, dass die drei äusseren Aehnlichkeitspunkte weit auseinander fallen; geht man dagegen von dem vollständigen Viereck der Aehnlichkeitslinien aus und nimmt A_0 als Mittelpunkt des grössten Kreises, so kann man nicht nur weit genauer zeichnen, sondern sich auch auf einen beliebig klein gewählten Raum beschränken.

Nach dem Gauss'schen Satze liegen die Mittelpunkte A, B, C der drei Diagonalen $A_1 A_2$, $B_1 B_2$, $C_1 C_2$ in einer Geraden, man kommt daher leicht auf den Gedanken, A, B, C als Mittelpunkte, $A_1 A_2$, $B_1 B_2$, $C_1 C_2$ als Durchmesser dreier Kreise zu nehmen und letztere mit den schon vorhandenen drei Kreisen in Verbindung zu bringen. Zu diesem Zwecke bezeichnen wir mit a, b, c die Radien der ursprünglichen um A_0, B_0, C_0 beschriebenen Kreise und setzen $a > b > c$ voraus, wodurch die Allgemeinheit nicht beeinträchtigt wird, ferner nehmen wir $A_0 B_0 = c_0$, $C_0 A_0 = b_0$, $A_0 B_0 = c_0$ und bestimmen nun die Lage der Aehnlichkeitspunkte A_1, A_2 durch die bekannten Formeln

$$A_1 B_0 = \frac{a_0 b}{b - c}, \qquad A_2 B_0 = \frac{a_0 b}{b + c};$$

daraus erhalten wir $A_1 A_2$ und nachher, weil $AA_1 = \frac{1}{2} A_1 A_2$ ist,

$$A A_1 = \frac{a_0 b c}{b^2 - c^2}.$$

Die Differenz $A_1 B_0 - A A_1$ giebt ferner $A B_0$ und durch Verminderung um $B_0 C_0$ auch $A C_0$ nämlich

$$A B_0 = \frac{a_0 b^2}{b^2 - c^2}, \qquad A C_0 = \frac{a_0 c^2}{b^2 - c^2}.$$

Die hiermit bestimmten Werthe von $A A_1$, $A B_0$, $A C_0$ genügen der Gleichung

$$\overline{A A_1}^2 \,.\, B_0 C_0 + b^2 \,.\, C_0 A - c^2 \,.\, A C_0 = A B_0 \,.\, B_0 C_0 \,.\, C_0 A,$$

und aus dieser geht hervor, dass die um A, B_0, C_0 beschriebenen eine und dieselbe Potenzlinie besitzen, d. h. collinear sind und collinear liegen*). Auf gleiche Weise lässt sich die collineare Verwandtschaft der um B, C_0, A_0, sowie der um C, A_0, B_0 construirten Kreise darthun, also folgender Satz aussprechen:

---

*) Bezeichnen wir die Halbmesser dreier Kreise mit r_1, r_2, r_3, ihre Mittelpunkte mit M_1, M_2, M_3 und setzen $M_1 M_2 = s_3$, $M_3 M_1 = s_2$, $M_2 M_3 = s_1$, so ist die Potenzlinie des ersten und zweiten Kreises um die Strecke

$$\frac{r_1^2 - r_2^2 + s_3^2}{2 s_3}$$

von M_1 entfernt; in gleicher Weise hat die Potenzlinie des ersten und dritten Kreises von M_1 die Entfernung

$$\frac{r_1^3 - r_3^2 + s_2^2}{2 s_2};$$

setzt man beide Abstände gleich und beachtet die Gleichung $s_2 - s_3 = s_1$, so ergiebt sich

$$r_1^2 s_1 - r_2^2 s_2 + r_3^2 s_3 = s_1 s_2 s_3.$$

Bei zwei sich schneidenden Kreisen ist die gemeinschaftliche Sehne zugleich die Potenzlinie; schneiden sich also die drei Kreise in nur zwei Punkten, so gilt dasselbe und es können dann r_1, r_2, r_3 als drei Gerade von M_1, M_2, M_3 nach einem beliebigen *vierten Punkte O* betrachtet werden. Dieser specielle Fall wird in manchen *Lehrbüchern der Geometrie* als eine Eigenschaft des Dreiecks angeführt.

Betrachtet man die Diagonalen eines aus den Aehnlichkeitslinien dreier Kreise gebildeten vollständigen Vierecks als Durchmesser von drei neuen Kreisen, so ist jeder der letzteren collinear und in collinearer Lage mit zweien der ursprünglichen Kreise.

Die Potenzlinie der drei Kreise um A, B_0, C_0 ist nach dem Vorigen identisch mit der Potenzlinie der Kreise um B_0 und C_0; auf letzterer liegt der Punkt O, in welchem sich die drei Potenzlinien der ursprünglichen drei Kreise um A_0, B_0, C_0 schneiden. Legt man also von O aus Tangenten an die vier Kreise um A_0, B_0, C_0 und A, so sind diese Tangenten von gleicher Länge. Dieselbe Bemerkung passt auf die von O aus an die um A_0, B_0, C_0 und B beschriebenen Kreise gehenden Tangenten, sowie endlich auf die Tangenten von O aus an die Kreise um A_0, B_0, C_0 und C. Mit anderen Worten, die von O aus an alle sechs Kreise gelegten Tangenten sind sämmtlich gleich. Beachtet man nur die neuen drei Kreise, so hat man von dem Punkte O aus drei gleiche Tangenten an denselben, mithin ist O auch der Durchschnitt der drei Potenzlinien dieser Kreise. Die Mittelpunkte der letzteren liegen aber in einer Geraden und es kann daher die ebengenannte Eigenschaft von O nur stattfinden, wenn die Potenzlinien der neuen Kreise zusammenfallen; d. h.:

Die drei über den Diagonalen eines vollständigen Vierecks construirten Kreise sind collinear in collinearer Lage.

Nach Gudermann's Angabe (Grundriss der analytischen Sphärik, S. 138) ist dieser Satz von Bodenmiller gefunden und a. a. O. auf das sphärische Viereck ausgedehnt worden. Als zu beweisenden Satz spricht ihn Gudermann in Crelle's Journal Bd. VI. S. 213 folgendermassen aus: „Beschreibt man über den drei Diagonalen eines vollständigen ebenen Vierecks, als Durchmessern, ähnliche und ähnlich liegende Ellipsen, so schneiden sie sich zweimal in denselben Punkten.“ Die Substitution von ähnlichen und ähnlich liegenden Ellipsen statt der Kreise ist hier offenbar durch eine Parallelprojection entstanden; andererseits bleibt unerwähnt, dass die zwei Durchschnitte jener drei Ellipsen auch imaginär werden können, und dass in diesem Falle die ideale Sehne, d. h. die Potenzlinie (Collineationsachse) an die Stelle der reellen Sehne tritt. Eine trigonometrische Untersuchung über diesen und einige andere Sätze habe ich in den Sitzungsberichten der K. sächs. Gesellsch. d. Wissensch. (Jahrg. 1854, S. 4) gegeben, worauf Herr Prof. Möbius zwei rein geometrische Beweise des Bodenmiller'schen Satzes (ebendas. S. 87) mittheilte, welche von dem obigen verschieden sind. Auch bei Chasles (*Traité de Géometrie supérieure*, p. 250) findet man den Satz mit Hülfe involutorischer Gebilde entwickelt.

Von allen bisherigen Geometern ist dieses Theorem als eine Eigenschaft des ebenen *vollständigen* Vierecks betrachtet worden, es hat aber noch eine andere Seite, wodurch es an Interesse wesentlich gewinnt und, wie es scheint, erst seine eigentliche Bedeutung erhält. Verbindet man nämlich vier in einer Ebene liegende Punkte a, b, c, d durch die sechs Geraden ab, bc, ca, ad, bd, cd und schneidet letztere durch eine beliebige Transversale in den Punkten C_1, A_1, B_1, A_2, B_2, C_2, so besteht zwischen den Strecken der Transversale die Beziehung

$$A_1B_2 . B_1C_2 . C_1A_2 = A_2B_1 . B_2C_1 . C_2A_1,$$

welche in ihrer äusseren Gestalt mit der Transversalenformel für das Dreieck übereinstimmt. Aus diesem Satze, der schon bei Pappus (*lib. VII, propos.* 130) vorkommt und auch in Chasles Geschichte der Geometrie (übers. von Sohncke, S. 325 u. 326) erwähnt wird, folgt leicht, dass die über den Strecken A_1A_2, B_1B_2, C_1C_2 construirten Kreise eine und dieselbe Potenzlinie besitzen. Der Bodenmiller'sche Satz ist nun nichts Anderes, als das stereometrische Correlat jenes alten Theoremes; man hat ihn dann folgendermassen auszusprechen:

Die sechs Geraden, welche vier Punkte im Raume paarweis verbinden, schneiden jede Transversalebene in sechs Punkten, welche zu je dreien in vier Geraden liegen und überhaupt ein vollständiges Viereck bilden (Taf. IV. Fig. 2); dabei mögen diejenigen Punkte als einander zugeordnete gelten, welche von gegenüberliegenden Geraden herrühren. Betrachtet man nun die von je zwei zugeordneten Punkten begrenzten Strecken als Durchmesser von Kreisen, so besitzen diese drei Kreise eine und dieselbe Potenzlinie.

Hieraus wird wieder der Satz des Pappus, wenn man die vier Punkte des Raumes in eine die Transversalebene schneidende Ebene fallen lässt.

Die sechs Punkte des Pappus bilden bekanntlich eine Involution; man wird daher durch den Bodenmiller'schen Satz veranlasst, die sechs Punkte im vollständigen Viereck als ein ebenes involutorisches Punktesystem anzusehen. In der That stimmt dies vollständig mit den Resultaten, zu welchen Herr Prof. Möbius auf anderem Wege gelangt ist (Verhandlungen der K. sächs. Gesellsch. d. Wissensch. Jahrg. 1853, S. 176).

SCHLÖMILCH.

XXXII. Da in dem zweiten Hefte des gegenwärtigen Jahrganges dieser Zeitschrift die verschiedenen Methoden des Rückwärtsabschneidens mit dem Messtisch zur Sprache gebracht worden sind, so sei es erlaubt, hier noch ein dergleichen Verfahren mitzutheilen, welches vielleicht noch wenig bekannt und für Praktiker nicht ohne Interesse sein dürfte, weil diese *immer demjenigen* Verfahren den Vorzug geben werden, bei welchem

1) an dem nach der Bussole oder nach dem Augenmaass orientirten Messtisch so wenig als möglich hin- und hergedreht wird, und
2) möglichst wenig Bleistiftlinien auf das Blatt kommen.

Das gedachte Verfahren beruht auf nachstehendem, leicht zu erweisenden Satze: Wenn man den in einem beliebigen Punkte aufgestellten und richtig orientirten Messtisch nach und nach sowohl rechts als links um verschiedene zwischen 0 und 90° liegende Winkel δ dreht, und in jeder dadurch erhaltenen Stellung des Messtisches durch Visiren nach denselben drei Terrainpunkten ein Visirliniendreieck bildet, so sind alle diese Dreiecke ähnlich, und diejenigen Seiten derselben, welche nach dem nämlichen Visirpunkt gerichtet sind, verhalten sich wie die Sinus der ihnen entsprechenden Drehungswinkel δ. Auf diesen Satz hat nun Herr Oberst Leonhardi während der Steuervermessung Sachsens, welcher er vorstand, folgendes Verfahren zur Correction der Orientirung eines Messtisches gegründet.

Wenn durch Visiren nach den drei Punkten A, B und C (Taf. IV. Fig. 3) das erste Visirliniendreieck abc erhalten und auf die bekannte Weise ermittelt worden ist, nach welcher Richtung der Tisch gedreht werden muss, um denselben in die Orientirung zu bringen, so führt man die Drehung in dieser Richtung so weit aus, dass ein abermaliges Visiren nach den Punkten A, B und C ein Visirliniendreieck $a_1 b_1 c_1$ von entgegengesetzter Lage giebt. Man wählt nun zwei nach demselben Visirpunkt gerichtete Seiten beider Dreiecke, z. B. ac und $a_1 c_1$ aus, und ist z. B. $Ba_1 < Bc$, so macht man $Br = BC$, $at = a_1 c_1$, au parallel tr und zieht durch den Durchschnittspunkt u von au und cr die Orientirungslinie BO des Messtisches. In dieser Linie liegt der gesuchte Standpunkt; man legt daher das Diopterlineal an dieselbe an, orientirt den Messtisch nach B und schneidet auf BO den Standpunkt durch einen Rückschnitt nach A oder C ab.

Dieses gewiss sehr sinnreiche Verfahren kann aber noch wesentlich vereinfacht werden. Zur Erlangung des zweiten Visirliniendreiecks braucht man nämlich weder den Messtisch zu drehen, noch wirklich nach den Punkten A, B und C zu visiren, sondern man erhält dasselbe durch Antragung gleicher Winkel x an die ersten drei Visirlinien. Hierzu kann man einen der drei Winkel benutzen, welche das zur Construction von Perpendikularen bestimmte Holzdreieck darbietet. Die Auswahl unter diesen drei Winkeln aber ist so zu treffen, dass:

1) das Dreieck $a_1 b_1 c_1$ wirklich die entgegengesetzte Lage von abc erhält (Winkel x nämlich hierzu gross genug ist);
2) wenigstens eine Seite dieses Dreiecks ganz auf den Messtisch fällt;
3) dass die Enden dieser Seite, welche mit Bleistift ausgezogen werden müssen, so viel als möglich auf noch leere Stellen der Zeichnung, oder auf die am Rande des Tisches angeklebten Papierdecken des fertigen Theiles derselben kommen.

Lassen sich diese Bedingungen mit der Annahme des rechten Winkels für x vereinigen, so wird die Sache noch einfacher, wie Fig. 4 zeigt. Alsdann errichtet man nämlich auf den Visirlinien Ac, Bc und Cb die Perpendikularen Ab_1, a_1c_1 und Cb_1, und entspricht dem Dreieck abc der Drehungswinkel δ, so gehört dem Dreieck $a_1b_1c_1$ der Drehungswinkel $90^0 - \delta$ an, d. h. es ist

$$tg\,\delta = \frac{ac}{a_1c_1} = \frac{bc}{b_1c_1} = \frac{ab}{a_1b_1}.$$

Fällt also z. B. a_1c_1 völlig auf den Messtisch, so trägt man $Bv = c_1a_1$, rechtwinkelig auf ersterer Linie, $vw = ac$ auf und zieht durch n die Orientirungslinie BO. Ist die Linie a_1c_1 zu lang, um dieselbe in den Zirkel zu fassen, so trägt man sie nach Bv vermittelst eines Blattes Papier über, an dessen Rändern den Punkten a_1 und c_1 entsprechende Marken gemacht werden, und der rechte Winkel bei r kann in der Regel wegen der geringen Grösse von vw nach dem Augenmaass aufgetragen werden, sodass die ganze Arbeit eine sehr geringe ist. W. v. R.

Im vorhergehenden Heft S. 170 der Zeitschrift haben wir eine Zusammenstellung der Untersuchungen der Herren **Krönig** und **Clausius** bezüglich der mechanischen Wärmetheorie gegeben. Im Nachstehenden folgen von einer anderen Seite weitere Beiträge über denselben Gegenstand, welche wir unverkürzt wiedergeben und nur zu dem letzten Theile (IV.) derselben uns eine kurze Bemerkung resp. Ergänzung erlauben. W.

XXXIII. Kleine Beiträge zur Undulationstheorie der Wärme. Von Friedr. Mann, Prof. an der Thurgauer Kantonschule in Frauenfeld.

I.

1. Das Gesetz:

„Die specifischen Wärmen der Grundstoffe sind den Atomgewichten derselben umgekehrt proportional“

ist bekanntlich auf empirischem Wege aufgefunden worden. Diesen Satz rationell zu begründen, d. h. ihn aus der Undulationstheorie der Wärme hervorzuholen, ist der Zweck der nachfolgenden Zeilen.

2. Bekanntlich versteht die Undulationstheorie unter „Wärme“ nichts anderes als Aetherschwingungen von solcher Langsamkeit, dass das Auge nicht mehr fähig ist, dieselben zu empfinden. Körper, welche diese Aetherschwingungen durch sich hindurchziehen lassen, ohne dass ihre eigenen Atome in Mitschwingung gerathen, sind **Diathermen**; bei allen anderen Stoffen ruft die Aetherschwingung eine Schwingung der Körperatome mit hervor. Wenn auf diese Weise die kleinsten Körpertheilchen durch den schwingenden Aether in Mitschwingung versetzt werden, so sagt man: *der Körper werde erwärmt.*

3. Da man unter „Temperatur" den Grad der Wärmewirkung nach aussen versteht, so muss dieselbe abhängig sein von der Stärke, mit welcher die schwingenden Atome auf ein ihnen dargebotenes Hinderniss stossen. Diese Stossstärke steht aber in geradem Verhältnisse:

a) zur Schnelligkeit der Vibration, und

b) zum Gewichte der stossenden Atome.

Bezeichnet man mit v die Intensität (Schnelligkeit) des Schwingens und mit p das Gewicht eines schwingenden Atoms, so ist pv offenbar ein Maass für die Stärke, mit der dieses Atom nach aussen stösst, also für die Temperatur desselben. Da p für ein und dasselbe Atom unveränderlich ist, so kann pv nur grösser werden, wenn v einen grössern Werth annimmt. Ein Atom in höhere Temperatur versetzen, heisst demnach, dafür sorgen, dass dasselbe in raschere Schwingungen geräth.

4. Die Kraftgrösse (Kraftquantität), welche erforderlich ist, um eine Masse m in die Geschwindigkeit v zu versetzen, ist bekanntlich gleich $m.v.$ — Die Frage: „welche Wärmemenge muss man einem Atom beibringen, um dasselbe in eine bestimmte Temperatur zu versetzen?" lautet in der Sprache der Undulationstheorie folgendermassen: „Welche Kraftgrösse ist erforderlich, um ein Atom so in Schwingung zu versetzen, dass es mit einer verlangten Stärke nach aussen stösst?" — Ist das Atom A (des einen Stoffes) gerade n mal so schwer als das Atom B (eines zweiten Körpers), und sollen beide Atome in gleich rasche Schwingungen versetzt werden, so bedarf es offenbar bei A einer genau n mal so grossen Kraft als bei B. Würde aber die gleichgrosse Kraftquantität (die nämliche Wärmemenge) auf beide Atome wirken, so nähme A eine n mal langsamere Schwingungsweise an als B. Aber trotz dieser n mal geringeren Schnelligkeit des Schwingens würde A doch mit der gleichen Stärke nach aussen stossen wie B und zwar wegen seines n mal grösseren Gewichtes. So erkennen wir: Es bedarf der nämlichen Wärmemenge, um je ein Atom der verschiedensten Stoffe in der Temperatur um gleichviel zu erhöhen.

5. Unter „specifischer Wärme" eines Stoffes versteht man bekanntlich die Wärmemenge, welche erforderlich ist, um eine Gewichtseinheit dieses Körpers in seiner Temperatur um einen Grad zu erhöhen. Um diese Erhöhung zu bewerkstelligen, bedarf es offenbar bei demjenigen Körper einer q mal grösseren Wärmemenge, bei welchem q mal so viele Atome auf eine Gewichtseinheit gehen (siehe 4.) Die specifischen Wärmen stehen daher in geradem Verhältnisse zu derjenigen Anzahl von Atomen, welche eine Gewichtseinheit ausmachen. Da aber offenbar die Mengen der eine Gewichtseinheit betragenden Atome im umgekehrten Verhältnisse zu den Gewichten dieser Atome stehen, so ergiebt sich der Satz: Die specifischen Wärmen verhalten sich umgekehrt wie die Atomgewichte.

II.

1. Nimmt die Kraftgrösse (Wärmemenge), welche zur Erwärmung einer gegebenen Anzahl von Atomen verwendet wird, zu, so ist der Erfolg ein zweifacher:

a) die Atome gerathen in rascheres Schwingen, d. h. die Temperatur erhöht sich;

b) die Ausschreitungen der schwingenden Atome von der Gleichgewichtslage weg werden immer grösser, d. h. der Körper dehnt sich aus.

2. Ist der erwärmte Körper eine chemische Verbindung, so sind die Atome dieser Verbindung als das Schwingende zu betrachten. Die Atome der Elemente werden aber innerhalb der Atomencomplexe, welchen sie angehören, gleichfalls schwingende Bewegungen ausführen. Die Bewegungsweise eines einfachen Atoms in einem schwingenden zusammengesetzten ist aber offenbar vom stofflichen Charakter dieses einfachen Atoms abhängig, — und die stoffliche Verschiedenheit der Elementenatome macht sich in um so höherem Grade geltend, je länger der erwärmende Einfluss dauert. Zuletzt wird der letzte bindende Faden reissen und die Elementenatome, welche ursprünglich Theile eines Ganzen bildeten, werden sich in einer Weise bewegen, dass keine Spur einer Zusammengehörigkeit mehr zu erkennen ist; d. h. sie werden ihre eigenen, durch ihre stoffliche Beschaffenheit ihnen vorgezeichneten Wege gehen. — Durch fortgesetztes Erwärmen werden chemische Verbindungen gelockert und zuletzt gelöst.

3. Bei der Erwärmung chemisch zusammengesetzter Körper wirkt die aufgebotene Kraftgrösse sowohl auf die Schwingungen der zusammengesetzten als auch der Elementaratome. Die Bewegungsvorgänge innerhalb eines zusammengesetzten Atoms sind aber offenbar von Einfluss auf die Schwingungsenergie des Gesammtatoms. Würde bei der chemischen Verbindung A mit dem Atomgewichte G_1 zur Temperaturerhöhung eines Pfundes um einen Grad die Wärmemenge P_1 ausreichen, falls die Elementenatome starr aneinander gefesselt wären: so wird in Wirklichkeit in Folge der stattfindenden Bewegungen der einfachen Atome die erforderliche Kraftgrösse von P_1 verschieden, etwa $P_1 + d_1$ sein. Haben P_2, G_2 und d_2 für eine zweite chemische Verbindung B die nämlichen Bedeutungen, welche wir den Zeichen G_1, P_1 und d_1 in Bezug auf A beilegten, so muss, früheren Entwickelungen gemäss (siehe I.) offenbar:

$$P_1 \cdot G_1 = P_2 \cdot G_2$$

sein. Dass das Dulong'sche Gesetz für die Körper A und B gelte, dazu wird gefordert, dass

$$(P_1 + d_1) \cdot G_1 = (P_2 + d_2) \cdot G_2 \tag{1}$$

sei. Da aber

$$P_1 \cdot G_1 = P_2 \cdot G_2$$

wirklich stattfindet, so geht die Gleichung 1) über in:

$$G_1 \,.\, d_1 = G_2 \,.\, d_2 \text{ oder } G_1 : G_2 = d_2 : d_1$$

und diese Bedingung scheint nun eben unter allen chemischen Verbindungen nur bei denjenigen erfüllt zu sein, welche eine **ähnliche chemische Constitution** besitzen, denn nur für diese gilt, wie die Versuche Regnault's darthun, das Dulong'sche Gesetz.

4. Ein und derselbe Stoff hat im Zustande grösserer Dichtigkeit bekanntlich eine kleinere specifische Wärme. Hiefür lassen sich vom Standpunkte der Undulationstheorie aus zweierlei Gründe aufbringen:

a) Um ein Pfund eines Körpers in der Temperatur um einen Grad zu erhöhen, müssen nicht nur die Körperatome, sondern auch die dazwischen liegenden Aetheratome in Schwingungen von gewisser Stärke versetzt werden. Nun gehen zwar von den Körperatomen stets gleichviele auf ein Pfund, der Körper mag mehr oder weniger dicht sein. Von Aetheratomen aber beherbergt ein Pfund des nämlichen Körpers höchst wahrscheinlich eine geringere Anzahl, wenn die Körperatome näher aneinander stehen.

b) Die Schwingungen der Atome sind bei grösserer Dichtigkeit des Körpers ineinandergreifender, was sofort anschaulich wird, wenn wir annehmen, dass diese Schwingungen von Körperschicht zu Körperschicht durch Vermittelung des dazwischenliegenden Aethers weiter getragen werden. — Ein schon um eine Gleichgewichtslage schwingender Körper (ein Pendel z. B.) übt ja auf eine ruhende Masse, die ihm in den Weg gestellt wird, auch einen um so kräftigeren Stoss aus, je näher an der Gleichgewichtslage diese Masse aufgestellt wird.

III.

1. Wenn zwei Massen, denen ungleiche Wärmewirkung nach aussen zukommt, in Berührung gebracht werden, so bildet sich nach längerer oder kürzerer Zeit eine gemeinsame Temperatur heraus. Der hiebei stattfindende Vorgang ist im Sinne der Emanationstheorie eine Vertheilung des vorhandenen Wärmestoffes über alle Körperatome in der Weise, dass zuletzt jedem dieser Atome die gleiche Wärmewirkung nach aussen zukommt. Vom Standpunkte der Undulationstheorie aus muss dieser Vorgang als eine Vertheilungsweise der gesammten, das Schwingen herbeiführenden Kraftgrösse (Wärmemenge) aufgefasst werden, welcher Process erst dann sein Ende erreicht, wenn den sämmtlichen Atomen beider Massen die nämliche Stossstärke zukommt. —

Zwei Systeme schwingender Atome wirken, wenn sie sich in der erforderlichen Nähe befinden, in Bezug auf Stossstärke so lange abändernd auf einander ein, bis alle Atome beider Systeme mit übereinstimmender Stärke nach aussen stossen*).

2. Es ist die nämliche Kraftgrösse (Wärmemenge) erforderlich, um ein Atom des Grundstoffes A auf die Temperatur t zu bringen, als um ein Atom irgend eines anderen Grundstoffes B auf die nämliche Temperatur zu erheben. Bei gleicher Temperatur enthalten die Atome aller Grundstoffe eine übereinstimmende Wärmemenge. Es müssen folglich bei gleicher Temperatur auch diejenigen Wärmemengen gleich sein, die in gleichvielen Atomen zweier verschiedener Grundstoffe enthalten sind. Gleichviele Atome aber hat man sicher, wenn man von beiden Grundstoffen so viele Gewichtseinheiten nimmt, als durch die einfachen Aequivalentzahlen ausgedrückt wird. —

Die Temperatur eines einfahen Körpers ist im Grunde nichts anderes, als die Wärmemenge, die jedes seiner Atome in sich trägt**).

3. Es seien A und B zwei Grundstoffe, von denen der erste a der zweite b Atome enthält. Die Temperatur von A sei t_1, und t_2 die von B. Der Voraussetzung gemäss, dass A und B Grundstoffe sind, ist $a \,.\, t_1$ ein Maass für die Wärmemenge (Schwingungskraftgrösse), welche in A steckt, und ebenso kann $b \,.\, t_2$ als ein Maas für diejenige Wärmemenge gelten, welche in B enthalten ist. Die ganze in A und B vorhandene Wärmemenge muss daher durch $a \,.\, t_1 + b \,.\, t_2$ ausgedrückt werden. Bringt man die beiden Körper A und B zur möglichst innigen Berührung, so entsteht eine Ausgleichungstemperatur t_3. In dem nämlichen Augenblicke aber, in welchem alle Atome der Körper A und B die Temperatur t_3 angenommen haben, tragen alle diese Atome auch eine übereinstimmende Wärmemenge in sich, — und diese allen gemeinsame Wärmemenge ist dann eben die Ausgleichungstemperatur t_3. Sehen wir nun bei jenem Ausgleichungsprocess von jedem Kraftverlust ab, so haben wir es lediglich mit der gleichmässigen Vertheilung der Schwingungskraftgrösse (Wärmemenge) $a \,.\, t_1 + b \,.\, t_2$ über $a + b$ Atome zu thun, so dass natürlich auf jedes Atom $\frac{a \,.\, t_1 + b \,.\, t_2}{a + b}$ kommt. Wir gelangen so zu der Gleichung

$$1) \qquad t_3 = \frac{a \,.\, t_1 + b \,.\, t_2}{a + b}$$

4. Ist G_1 das Gewicht von A und g_1 das eines Atoms von A, bezeichnet man ferner durch G_2 das Gewicht des Körpers B und durch g_2 das eines seiner Atome, so ist offenbar:

$$a = \frac{G_1}{g_1} \text{ und } b = \frac{G_2}{g_2}$$

*) Wir werden in diese, offenbar rein mechanischen Vorgänge später noch ausführlich eintreten.

**) *Zunächst ist immer nur von freier Wärme die Rede.*

Substituirt man diese Werthe in 1), so gewinnt man:

$$2)\qquad t_3 = \frac{G_1 . g_2 . t_1 + G_2 . g_1 . t_2}{G_1 . g_2 + G_2 . g_1}.$$

Nehmen wir nun den speciellen Fall, in welchem A und B in stofflicher Hinsicht übereinstimmen, also lediglich verschiedene Stücke eines und desselben Körpers sind, so ist offenbar $g_1 = g_2$, also

$$3)\qquad t_3 = \frac{G_1 . t_1 + G_2 . t_2}{G_1 + G_2}$$

In Gleichung 3) erkennen wir aber sofort die Formel, die Richmann auf empirischem Wege gefunden hat.

IV.

1. Indem sich die Ausgleichungstemperatur bildet, muss die Temperatur des einen Körpers steigen, die des andern fallen. Die Wärmemenge, welche a Atome von A abgeben, wenn sich die Temperatur von A um einen Grad erniedrigt, reicht vollständig aus, um a Atome von B in der Temperatur um einen Grad zu erhöhen. Giebt man daher von den Körpern A und B gleichviele Atome zusammen, so muss die Ausgleichungstemperatur offenbar das arithmetische Mittel aus den ursprünglichen Temperaturen werden. Gleichviele Atome beider Stoffe hat man aber gewiss, wenn man die durch die Aequivalentzahlen ausgedrückten Gewichtsmengen zusammenbringt. So gelangen wir zu dem Satze:

Als Ausgleichungstemperatur erscheint das arithmetische Mittel der ursprünglichen Temperaturen, so oft man so viele Gewichtseinheiten zweier Grundstoffe zusammenbringt, als die chem. Aequivalentzahlen derselben angeben.

Zu dem nämlichen Resultate wären wir auch gekommen, wenn wir in Gleichung 1) die Voraussetzung $b = a$ eingeführt hätten.

2. Denkt man sich unter C eine Mischung, welche aus m Gewichtstheilen des Grundstoffes A mit der Temperatur t_1 und n Gewichtstheilen des Grundstoffes B mit der Temperatur t_2 entsprungen ist, und lässt man m und n die Aequivalentzahlen der Grundstoffe A und B sein, so muss C eine Temperatur $= \frac{t_1 + t_2}{2}$ annehmen. Bezeichnet man mit s_1 die specifische Wärme von A, mit s_2 die von B, so ist $m . s_1 t_1$ die Wärmemenge, welche A in das Gemisch C brachte, und $n . s_2 t_2$ ist dann die Wärmemenge, welche B dem C zur Verfügung stellte. Man kann dann also sagen: es bedurfte der Gesammtwärmemenge $m . s_1 . t_1 + n . s_2 . t_2$, um in $m + n$ Pfunden von C die Temperatur $\frac{t + t_2}{2}$ hervorzurufen. Also wird die Wärmemenge,

welche erforderlich ist, um ein Pfund von C um einen Grad in der Temperatur zu erhöhen, durch

$$\frac{m \,.\, s_1 t_1 + n \,.\, s_2 t_2}{(m+n) \,.\, \frac{t_1 + t_2}{2}}$$

ausgedrückt sein. Bezeichnen wir daher die specifische Wärme von C durch s_3, so ist:

$$s_3 = \frac{2 \,.\, m \,.\, s_1 t_1 + 2 \,.\, n \,.\, s_2 t_2}{(m+n)(t_1 + t_2)}.$$

Der Voraussetzung gemäss sind aber A und B Grundstoffe, also Körper, von welchen das Dulong'sche Gesetz gilt; es ist daher:

$$s_1 : s_2 = n : m, \text{ oder } n = \frac{s_1 \,.\, m}{s_2}$$

Setzt man diesen Werth in obige Gleichung, so geht dieselbe nach gehöriger Vereinfachung über in:

4) $$s_3 = \frac{2 \,.\, s_1 \,.\, s_2}{s_1 + s_2}$$

d. h. werden zwei Grundstoffe im Verhältnisse ihrer Aequivalentzahlen gemischt, so ist die specifische Wärme des Gemisches gleich dem harmonischen Mittel aus den specifischen Wärmen der Gemischtheile.

3. Regnault hat auf empirischem Wege für Metalllegirungen die Formel gefunden:

5) $$s_3 = \frac{s_1 + s_2}{2}$$

Leider steht uns die Arbeit Regnault's in ihrem Detail für den Augenblick nicht zur Verfügung.

Berechnen wir aber für verschiedene Legirungen den Werth von s_3 das einemal aus Formel 4), das anderemal aus Formel 5), so ergiebt sich entweder vollständige, oder nahezu vollständige Uebereinstimmung der Werthe. —

Beispiele. Bei einer Legirung aus Blei und Wismuth ist (nach der von Regnault aufgestellten Tabelle der verschiedenen Wärmen der Grundstoffe)

$$s_1 = 0{,}03140 \text{ und } s_2 = 0{,}03084.$$

Aus Formel 4) ergiebt sich für diese speciellen Werthe:

$$s_3 = 0{,}03112, \text{ und aus Formel 5) } s_3 = 0{,}03112.$$

Nehmen wir Zinn und Blei, so ist:

$$s_1 = 0{,}05623 \text{ und } s_2 = 0{,}03140,$$

also s_3 nach Formel 4) $= 0{,}04029$ und nach Formel 5) $= 0{,}04029$. —

Handelt es sich um eine Legirung aus Quecksilber und Silber, so muss $s_1 = 0{,}03332$ und $s_2 = 0{,}05701$ gesetzt werden, sodass sich für s_3 aus Formel 4) 0,04205, aus Formel 5) dagegen 0,04516 ergiebt u. s. f.

Bedenken wir nun, dass Regnault die specifischen Wärmen der Legirungen jedenfalls nur nahezu gleich den arithmetischen Mitteln aus den specifischen Wärmen der legirten Metalle fand*), so können wir behaupten, dass Formel 4) zu den Einzelergebnissen der Versuche ebenso gut passt, wie Formel 5). Formel 4) hat aber das voraus, dass rationelle Gesichtspunkte zu ihr hinleiten. Dass Regnault bei dem eingeschlagenen empirischen Wege zur Formel 5) kommen musste, erklärt sich vollständig aus dem einfacheren Baue derselben.

Die Prüfung der Formeln 4) und 5) nach den bisherigen Ergebnissen der Erfahrung dürfte auf dem zuletzt angegebenen Wege zu keinem entscheidenden Ziele führen; vielmehr möchten wohl zu einem solchen Zwecke eigens darauf gerichtete Versuche von besonderer Art nöthig sein. Zuvörderst führt eine Berechnung der specifischen Wärmen von Legirungen (und auch so auch anderer Zusammensetzungen) aus den specifischen Wärmen ihrer Bestandtheile nach Formel 4) und 5) nur dann zu einem nahezu gleichen Resultate, wenn die Differenz der specifischen Wärmen im Verhältniss zu ihrer Summe sehr klein ist, wie aus dem Unterschiede des arithmetischen und harmonischen Mittels beider Wärmen oder aus

$$\frac{s_1+s_2}{2}-\frac{2s_1s_2}{s_1+s_2}=\frac{(s_1-s_2)^2}{2(s_1+s_2)}$$

unmittelbar hervorgeht. Fällt also, wie beim ersten Beispiele für Blei und Wismuth der Unterschied der specifischen Wärmen s_1 und s_2 erst in die 4. Decimalstelle, während deren Summe schon mit der 2. Stelle beginnt, so ist leicht abzunehmen, dass der Unterschied der Werthe für s_3, jenachdem diese nach der Formel 4) oder 5) berechnet sind, erst in die 6. Decimalstelle fällt, also innerhalb der für s_1 und s_2 angenommenen Grenzen der Genauigkeit $=0$ ist. Dagegen stellt sich schon ein wirklicher Unterschied innerhalb dieser Grenzen beim zweiten Beispiele (Zinn und Blei) ein, wobei die Differenz von s_1 und s_2 schon erheblicher ist, ebenso wie die Summe mit der zweiten Decimale beginnt.

Ausserdem kann man aber im Voraus erwarten, dass weder die Formel 4) noch 5) ohne Weiteres mit directen Versuchsresultaten in hinreichende Uebereinstimmung gebracht werden kann, und dass somit eine grössere oder geringere Annäherung an die Erfahrungsdaten nur in sehr beschränkter Weise zu weiteren Folgerungen berechtigt. Denn was zunächst die Legirungen betrifft, so ist die in den meisten Fällen nicht unerhebliche Abweichung der Dichtigkeit und des sonstigen Aggregationszustandes der Legirung von der Dichtigkeit und ähnlichen Verhältnissen der Bestandtheile oder von deren arithmetischem Mittel ein nicht minder beachtens-

*) Denn für die Legirung aus 1 Atom Blei + 1 Atom Zinn liefert der Versuch 0,04073 als specifische Wärme, während 0,04039 das genaue arithmetische Mittel aus den *spec. Wärmen von Zinn und Blei ist.*

werther Punkt bei Bestimmung oder Berechnung der specifischen Wärme eines zusammengesetzten Körpers, da ja die specifische Wärme eines und desselben Stoffes sich sehr verschieden zeigt, jenachdem die Dichtigkeit oder allgemeiner, das innere Gefüge desselben variirt. Nimmt man indess aus den oben angeführten und anderweitigen Gründen die Formel 4) resp. die vorhergehende allgemeinere als richtig an, wenn der aus der Dichte und anderen Aggregatverhältnissen herrührende Einfluss auf die specifische Wärme des zusammengesetzten Körpers ausser Acht gelassen wird, so liesse sich vielleicht aus der Differenz der nach dieser Formel berechneten und der nach geeigneten Versuchen beobachteten specifischen Wärme auf den durch eingetretene Contraction (Dilatation) herbeigeführten Verlust (Gewinn) von Wärmequantität, d. h. auf die bei Veränderung von Dichten und anderen Aggregatverhältnissen aufgenommene oder ausgegebene lebendige Kraft (mechanische Arbeit) derjenigen Bewegung, welche wir Wärme nennen, schliessen. W.

XXXIV. Reinigung missfarbig gewordener silberner Gegenstände; von Rud. Böttger. Silberne Gegenstände aller Art, welche mit der Zeit so missfarbig und namentlich durch Schwefelwasserstoff-Exhalationen zum Theil so angelaufen waren, dass ihre vollständige Säuberung und Reinigung auf keine Weise, selbst nicht durch den bekannten Sud der Silberarbeiter gelingen wollte, sind von Herrn Böttger auf elektrolytischem Wege in einer unglaublich kurzen Zeit völlig wieder wie neu hergestellt worden. Zu dem Ende bringt man eine gesättigte Lösung von Borax in Wasser, oder eine Aetzkalilauge von mässiger Concentration in heftiges Sieden und hierin die in ein siebartig durchlöchertes Gefäss von Zink gelegten missfarbigen Gegenstände ein. Wie durch einen Zauber sieht man da die grauen und schwarzen, grösstentheils aus einem Anfluge von Schwefelsilber bestehenden Flecken verschwinden und die Gegenstände im schönsten Silberglanze wieder hervortreten. In Ermangelung eines Zinksiebes lässt sich derselbe Zweck auch dadurch erreichen, dass man die in eine der genannten siedenden Flüssigkeiten eingetauchten Gegenstände an verschiedenen Stellen mit einem Zinkstäbchen berührt. (Jahresbericht des physikalischen Vereins zu Frankfurt v. 1856.)

XIII.

Ueber ein allgemeines Princip für Reihenentwickelungen.

(Aus den Sitzungsberichten der K. S. Gesellschaft d. Wissensch. zu Leipzig. 21. Febr. 1857.)

Von O. Schlömilch.

Obschon die beiden bekanntesten Reihenformeln — der Taylor'sche Satz und die Maclaurin'sche Summenformel, welche letztere gewöhnlich halbconvergente Reihen liefert — bereits auf sehr verschiedene Weisen abgeleitet worden sind, so scheint doch unbemerkt geblieben zu sein, dass jene beiden Formeln aus einer und derselben Quelle geschöpft werden können, die auch noch mehrere bisher unbekannte Reihenentwickelungen zu liefern vermag. Dieses allgemeine Princip beruht auf folgender überaus einfacher Betrachtung.

I. Wir bezeichnen mit $\alpha_0, \alpha_1, \alpha_2, \ldots$ irgend welche nach einem bekannten Gesetze fortschreitende Zahlen (wie z. B. die Secantencoefficienten, Bernoulli'sche Zahlen u. dergl.) mit $(m)_0, (m)_1, (m)_2, \ldots$, die Binomialcoefficienten $1, m, \frac{1}{2}m(m-1) \ldots$, mit z eine beliebige Variabele, und setzen

$$1)\quad \psi(z, m) = \alpha_0 (m)_0 z^m + \alpha_1 (m)_1 z^{m-1} + \alpha_2 (m)_2 z^{m-2} + \ldots \\ \ldots + \alpha_{m-1} (m)_{m-1} z + \alpha_m (m)_m.$$

Von der hiermit definirten ganzen rationalen und algebraischen Function m^{ten} Grades kennen wir ohne Weiteres den Werth $\psi(0, m)$, nämlich

$$2)\qquad \psi(0, m) = \alpha_m;$$

auch wollen wir voraussetzen, dass die Summe der Reihe

$$\alpha_0 (m)_0 + \alpha_1 (m)_1 + \alpha_2 (m)_2 + \ldots + \alpha_m (m)_m$$

d. h. der Werth von $\psi(1, m)$ ermittelt und zwar $= \beta_m$ sei, also

$$3)\qquad \psi(1, m) = \beta_m.$$

Endlich bemerken wir, dass der Function $\psi(z, m)$ die Eigenschaft

$$4)\qquad \frac{d\psi(z, m)}{dz} = m\psi(z, m-1)$$

zukommt, von welcher wir hauptsächlich Gebrauch bei der folgenden Entwickelung machen werden.

Sei nun $F(u)$ eine beliebige Function von u und nur der einen Bedingung unterworfen, dass die sämmtlichen Functionen

$$F(u),\ F'(u),\ F''(u), \ldots F^{(m+1)}(u)$$

von $u = x$ bis $u = x + h$ stetig und endlich bleiben, sei ferner

$$5)\qquad R_m = \frac{(-1)^m h^{m+1}}{1.2.3\ldots m}\int_0^1 \psi(z, m)\, F^{(m+1)}(x + hz)\, dz$$

und die Aufgabe gestellt, den Werth des vorläufig mit R_m bezeichneten Integralausdruckes zu ermitteln.

Fangen wir mit dem einfachsten Falle $m = 1$ an, so ist $\psi(z, 1) = \alpha_0 z + \alpha_1$,

$$R_1 = -h^2 \int_0^1 (\alpha_0 z + \alpha_1)\, F''(x + hz)\, dz$$

und man findet daraus durch theilweise Integration sehr leicht

$$6)\quad R_1 = \alpha_0[F(x + h) - F(x)] - h[\beta_1 F'(x + h) - \alpha_1 F'(x)],$$

wobei, dem Früheren gemäss, $\alpha_0 + \alpha_1 = \beta_1$ gesetzt worden ist.

Wendet man in gleicher Weise die partielle Integration auf das in Nr. 5) vorkommende Integral an, so erhält man

$$R_m = \frac{(-1)^m h^m}{1.2.3\ldots m}[\psi(1, m)\, F^{(m)}(x + h) - \psi(0, m)\, F^{(m)}(x)]$$
$$+ \frac{(-1)^{m-1} h^m}{1.2.3\ldots m}\int_0^1 \psi'(z, m)\, F^{(m)}(x + hz)\, dz$$

d. i. wenn man sich an die Gleichungen 2), 3) und 4) erinnert,

$$R_m = \frac{(-1)^m h^m}{1.2.3\ldots m}[\beta_m F^{(m)}(x + h) - \alpha_m F^{(m)}(x)] + R_{m-1}.$$

In dieser Gleichung nehmen wir der Reihe nach $m = 2, 3, 4 \ldots m$ und vereinigen alle Ergebnisse durch Addition mit der Formel 6); wir gelangen auf diese Weise zu der Gleichung

$$R_m = \alpha_0[F(x + h) - F(x)] - \frac{h}{1}[\beta_1 F'(x + h) - \alpha_1 F'(x)]$$
$$+ \frac{h^2}{1.2}[\beta_2 F''(x + h) - \alpha_2 F''(x)] - \ldots$$
$$\ldots + (-1)^m \frac{h^m}{1.2.3\ldots m}[\beta_m F^{(m)}(x + h) - \alpha_m F^{(m)}(x)].$$

Bei umgekehrter Anordnung ist dies eine Entwickelung von $F(x + h) - F(x)$ nach Potenzen von h mittelst der Differentialquotienten von $F(x + h)$ und $F(x)$, nämlich

$$7)\qquad \alpha_0\,[F(x+h)-F(x)]$$
$$=\frac{h}{1}\,[\beta_1 F'(x+h)-\alpha_1 F'(x)]-\frac{h^2}{1.2}\,[\beta_2 F''(x+h)-\alpha_2 F''(x)]+\ldots$$
$$\ldots+(-1)^{m-1}\frac{h^m}{1.2.3\ldots m}\,[\beta_m F^{(m)}(x+h)-\alpha_m F^{(m)}(x)]+R_m,$$

wobei R_m den Rest der Reihe bezeichnet.

Die vorstehende allgemeine Formel enthält alle bisherigen Reihenentwickelungen derselben Art als specielle Fälle in sich; so liefert sie z.B. für

$$\alpha_0=\alpha_2=\alpha_4\ldots=+1,$$
$$\alpha_1=\alpha_3=\alpha_5\ldots=-1,$$
$$\psi(z,m)=(z-1)^m,\ \beta_m=0$$

den Taylor'schen Satz; bei der Annahme*)

$$\alpha_0=1,\ \alpha_1=-\tfrac{1}{2},\ \alpha_2=B_1,\ \alpha_4=-B_2,\ \alpha_6=+B_3,\ldots$$
$$\alpha_3=0,\ \alpha_5=0,\qquad \alpha_7=0,\ldots$$

kommt man der Hauptsache nach auf die Betrachtungen zurück, welche ich im 1. Jahrgange der Zeitschrift für Mathematik und Physik (S. 193) über die Maclaurin'sche Summenformel angestellt habe.

II. Um den Rest der Reihe 7) in möglichst einfacher, vom Integralzeichen freier Form auszudrücken, erinnern wir an den bekannten Satz

$$\int_a^{a+b} f(z)\,\varphi(z)\,dz=f(a+\vartheta b)\int_a^{a+b}\varphi(z)\,dz,\qquad 1>\vartheta>0,$$

welcher unter der Bedingung gilt, dass $\varphi(z)$ von $z=a$ bis $z=a+b$ sein Vorzeichen nicht wechselt. Besitzt nun $\psi(z,m)$ diese Eigenschaft von $z=a=0$ bis $z=a+b=1$, so lässt sich das obige Theorem unmittelbar anwenden und giebt

$$\int_0^1 F^{(m+1)}(x+hz)\,\psi(z,m)\,dz=F^{(m+1)}(x+h\vartheta)\int_0^1\psi(z,m)\,dz;$$

man hat aber weiter nach Nr. 4)

$$\int\psi(z,m)\,dz=\frac{\psi(z,m+1)}{m+1}$$

mithin

$$\int_0^1\psi(z,m)\,dz=\frac{\beta_{m+1}-\alpha_{m+1}}{m+1},$$

*) Man wird zu den obigen Werthen durch den Versuch geführt, die Formel 7) so einzurichten, dass linker Hand $\Delta F(x)$ steht und die Reihe rechts nach den Differenzen $\Delta F'(x)$, $\Delta F''(x)\ldots$ fortschreitet. Es ist dann $\alpha_0=1$ und $\beta_m=\alpha_m$ zu setzen, woraus folgt

$$1+(m)_1\,\alpha_1+(m)_2\,\alpha_2+\ldots+(m)_{m-1}\,\alpha_{m-1}=0.$$

Für $m=2,3,4\ldots$ liefert diese Recursionsformel die oben angegebenen Zahlen, deren absolute Werthe mit den Bernoulli'schen Zahlen zusammenfallen.

und demgemäss wird das Ergänzungsglied der Reihe 7)

$$8)\quad R_m = (-1)^m \frac{h^{m+1}}{1.2\ldots(m+1)} (\beta_{m+1} - \alpha_{m+1}) F^{(m+1)}(x + \vartheta h),$$

wobei ϑ einen positiven ächten Bruch bezeichnet und festzuhalten ist, dass $\psi(z, m)$ von $z = 0$ bis $z = 1$ keinen Zeichenwechsel haben darf.

Aber auch für den Fall, dass $\psi(z, m)$ von $z = 0$ bis $z = 1$ sein Vorzeichen wechseln sollte, lässt sich R_m auf einen, immer noch hinreichend einfachen Ausdruck bringen. Wir gehen zu diesem Zwecke auf den obigen Satz von den bestimmten Integralen zurück. Wenn in dem Integrale

$$\int_a^{a+b} f(z)\, \psi(z)\, dz$$

unter $\psi(z)$ eine Funktion verstanden wird, die von $z = a$ bis $z = a + b$ keine unendlichen Werthe annimmt, so lässt sich immer eine constante Zahl C von der Beschaffenheit finden, dass $C - \psi(z)$ innerhalb des Integrationsintervalles positiv bleibt; in der That würde es hierzu schon hinreichen, wenn man für C den grössten positiven Werth nähme, den $\psi(z)$ zwischen $z = a$ und $z = a + b$ erreicht. Der früher benutzte Satz kann jetzt für $\varphi(z) = C - \psi(z)$ in Anspruch genommen werden und giebt

$$\int_a^{a+b} f(z)\,[C - \psi(z)]\, dz = f(a + \vartheta b) \int_a^{a+b} [C - \psi(z)]\, dz$$

d. i. bei Integration der einzelnen Theile

$$\int_a^{a+b} f(z)\, \psi(z)\, dz = C \int_a^{a+b} f(z)\, dz - Cb f(a + \vartheta b) + f(a + \vartheta b) \int_a^{a+b} \psi(z)\, dz.$$

Hier kann man das erste Integral durch $bf(a + \varepsilon b)$ ausdrücken, wo ε einen positiven ächten Bruch bezeichnet; es ist daher

$$\int_a^{a+b} f(z)\, \psi(z)\, dz = Cb\,[f(a + \varepsilon b) - f(a + \vartheta b)] + f(a + \vartheta b) \int_a^{a+b} \psi(z)\, dz.$$

Dieser verallgemeinerte Satz gestattet eine unmittelbare Anwendung auf das Integral

$$\int_0^1 F^{(m+1)}(x + hz)\, \psi(z, m)\, dz$$

weil hier $\psi(z, m)$ der Bedingung genügt, innerhalb der Integrationsgrenzen endlich zu bleiben; man findet auf diesem Wege

$$9)\quad R_m = (-1)^m \frac{h^{m+1}}{1.2.3\ldots m} C_m \left[F^{(m+1)}(x + \varepsilon h) - F^{(m+1)}(x + \vartheta h)\right]$$
$$+ (-1)^m \frac{h^{m+1}}{1.2.3\ldots(m+1)} (\beta_{m+1} - \alpha_{m+1}) F^{(m+1)}(x + \vartheta h),$$

wo $C_m > \psi(z, m)$ sein muss für alle z zwischen 0 und 1.

III. Um an einem Beispiele zu zeigen, wie sich aus der Formel 7) noch manche neue Entwickelung herleiten lässt, nehmen wir

$$\alpha_p = \left\{D^p\left(\frac{2}{e^v + e^{-v}}\right)\right\}_{(v=0)}.$$

Da bekanntlich für $\frac{1}{2}\pi > v > -\frac{1}{2}\pi$ die Gleichung

$$\frac{2}{e^v + e^{-v}} = 1 - \frac{\gamma_2 v^2}{1.2} + \frac{\gamma_4 v^4}{1.2.3.4} - \frac{\gamma_6 v^6}{1.2 \ldots 6} + \ldots$$

besteht, worin $\gamma_2, \gamma_4, \gamma_6 \ldots$ die sogenannten Secantencoefficienten bedeuten, so haben wir in diesem Falle

$$10) \quad \begin{cases} \alpha_{2q-1} = 0, \ \alpha_{2q} = (-1)^q \gamma_{2q}, \\ \psi(z, m) = z^m - \gamma_2 (m)_2 z^{m-2} + \gamma_4 (m)_4 z^{m-4} - \ldots \end{cases}$$

oder auch, wie man leicht findet,

$$11) \quad \psi(z, m) = \left\{D_v^m\left(\frac{2e^{vz}}{e^v + e^{-v}}\right)\right\}_{(v=0)}.$$

Daraus folgt für $z = 1$

$$\beta_m = \left\{D^m\left(\frac{2e^v}{e^v + e^{-v}}\right)\right\}_{(0)} = \left\{D^m\left(1 + \frac{e^v - e^{-v}}{e^v + e^{-v}}\right)\right\}_{(0)}$$

und hier ist die angedeutete Differentiation leicht ausführbar, wenn man die bekannte Formel

$$\frac{e^v - e^{-v}}{e^v + e^{-v}} = \frac{\gamma_1 v}{1} - \frac{\gamma_3 v^3}{1.2.3} + \frac{\gamma_5 v^5}{1.2 \ldots 5} - \ldots, \ \tfrac{1}{2}\pi > v > -\tfrac{1}{2}\pi$$

benutzt. Man erhält nämlich

$$12) \quad \beta_{2q} = 0, \ \beta_{2q+1} = (-1)^q \gamma_{2q+1};$$

dabei sind $\gamma_1, \gamma_3, \gamma_5 \ldots$ die sogenannten Tangentencoefficienten, welche einerseits mit den Bernoulli'schen Zahlen durch die Relation

$$\gamma_{2q-1} = \frac{2^{2q}(2^{2q} - 1)}{2q} B_{2q-1}$$

verbunden sind, andererseits mit den Secantencoefficienten insofern zusammenhängen, als beide Arten von Zahlen nach der gemeinschaftlichen Recursionsformel

$$\gamma_m - (m)_2 \gamma_{m-2} + (m)_4 \gamma_{m-4} - \ldots = \sin \tfrac{1}{2} m\pi$$

berechnet werden können, wenn der Reihe nach $m = 1, 2, 3, 4 \ldots$ genommen wird. Die allgemeine Gleichung 7) giebt jetzt für $m = 2n - 1$

$$13) \quad F(x+h) = F(x) - \frac{\gamma_2 h^2}{1.2} F''(x) + \frac{\gamma_4 h^4}{1.2.3.4} F^{IV}(x) - \ldots$$

$$\ldots + (-1)^{n-1} \frac{\gamma_{2n-2} h^{2n-2}}{1.2 \ldots (2n-2)} F^{(2n-2)}(x)$$

$$+ \frac{\gamma_1 h}{1} F'(x+h) - \frac{\gamma_3 h^3}{1.2.3} F'''(x+h) + \ldots$$

$$\ldots + (-1)^{n-1} \frac{\gamma_{2n-1} h^{2n-1}}{1.2 \ldots (2n-1)} F^{(2n-1)}(x+h) + R_{2n-1},$$

und für $m = 2n$

$$14)\quad F(x+h) = F(x) - \frac{\gamma_2 h^2}{1.2} F''(x) + \frac{\gamma_4 h^4}{1.2.3.4} F^{IV}(x) - \dots$$
$$\dots + (-1)^n \frac{\gamma_{2n} h^{2n}}{1.2\dots(2n)} F^{(2n)}(x)$$
$$+ \frac{\gamma_1 h}{1} F'(x+h) - \frac{\gamma_3 h^3}{1.2.3} F'''(x+h) + \dots$$
$$\dots + (-1)^{n-1} \frac{\gamma_{2n-1} h^{2n-1}}{1.2\dots(2n-1)} F^{(2n-1)}(x+h) + R_{2n}.$$

Um die Reste R_{2n-1} und R_{2n} kurz ausdrücken zu können, untersuchen wir den Gang der Function $\psi(z, m)$ innerhalb des Intervalles $z = 0$ bis $z = 1$. Von

$$\psi(z, 2) = z^2 - \gamma_2 = z^2 - 1$$

ist ohne Weiteres klar, dass diese Function von $z = 0$ bis $z = 1$ negativ bleibt; weil ferner

$$\psi'(z, 3) = 3\psi(z, 2),$$

so ist $\psi'(z, 3)$ negativ, mithin $\psi(z, 3)$ eine abnehmende Function, die ihre Abnahme mit $\psi(0, 3) = \alpha_3 = 0$ anfängt und daher negativ bleibt. Aus der Relation

$$\psi'(z, 4) = 4\psi(z, 3)$$

folgt weiter, dass $\psi(z, 4)$ abnimmt; diese Abnahme beginnt mit $\psi(0, 4) = \alpha_4 = +\gamma_4$ und geht bis $\psi(1, 4) = \beta_4 = 0$, mithin ist $\psi(z, 4)$ positiv. Wegen

$$\psi'(z, 5) = 5\psi(z, 4)$$

wächst nun $\psi(z, 5)$ von $\psi(0, 5) = \alpha_5 = 0$ ab und bleibt daher positiv. Die Fortsetzung dieser einfachen Schlüsse führt zu dem allgemeinen Resultate, dass $\psi(z, 4k-2)$ und $\psi(z, 4k-1)$ von $z = 0$ bis $z = 1$ negativ, dagegen $\psi(z, 4k)$ und $\psi(z, 4k+1)$ innerhalb derselben Grenzen positiv sind, dass also überhaupt $\psi(z, m)$ von $z = 0$ bis $z = 1$ sein Vorzeichen nicht wechselt. Hiermit ist die zum Bestehen der Formel 8) nothwendige Bedingung erfüllt, mithin

$$R_{2n-1} = -\frac{h^{2n}}{1.2.3\dots(2n)} (\beta_{2n} - \alpha_{2n}) F^{(2n)}(x+\vartheta h)$$
$$= (-1)^n \frac{\gamma_{2n} h^{2n}}{1.2.3\dots(2n)} F^{(2n)}(x+\vartheta h),$$
$$R_{2n} = \frac{h^{2n+1}}{1.2\dots(2n+1)} (\beta_{2n+1} - \alpha_{2n+1}) F^{(2n+1)}(x+\vartheta h)$$
$$= (-1)^n \frac{\gamma_{2n+1} h^{2n+1}}{1.2\dots(2n+1)} F^{(2n+1)}(x+\vartheta h).$$

Die Gleichungen 13) und 14) gestalten sich jetzt wie folgt

$$15)\quad F(x+h)=F(x)-\frac{\gamma_2 h^2}{1.2}F''(x)+\frac{\gamma_4 h^4}{1.2.3.4}F^{IV}(x)-\ldots$$
$$\ldots+(-1)^{n-1}\frac{\gamma_{2n-2}h^{2n-2}}{1.2\ldots(2n-2)}F^{(2n-2)}(x)$$
$$+\frac{\gamma_1 h}{1}F'(x+h)-\frac{\gamma_3 h^3}{1.2.3}F'''(x+h)+\ldots$$
$$\ldots+(-1)^{n-1}\frac{\gamma_{2n-1}h^{2n-1}}{1.2\ldots(2n-1)}F^{(2n-1)}(x+h)$$
$$+(-1)^n\frac{\gamma_{2n}h^{2n}}{1.2.3\ldots(2n)}F^{(2n)}(x+\vartheta h);$$

$$16)\quad F(x+h)=F(x)-\frac{\gamma_2 h^2}{1.2}F''(x)+\frac{\gamma_4 h^4}{1.2.3.4}F^{IV}(x)-\ldots$$
$$\ldots+(-1)^n\frac{\gamma_{2n}h^{2n}}{1.2\ldots(2n)}F^{(2n)}(x)$$
$$+\frac{\gamma_1 h}{1}F'(x+h)-\frac{\gamma_3 h^3}{1.2.3}F'''(x+h)+\ldots$$
$$\ldots+(-1)^{n-1}\frac{\gamma_{2n-1}h^{2n-1}}{1.2\ldots(2n-1)}F^{(2n-1)}(x+h)$$
$$+(-1)^n\frac{\gamma_{2n+1}h^{2n+1}}{1.2\ldots(2n+1)}F^{(2n+1)}(x+\vartheta h).$$

Ist die bisher beliebige Function $F(x)$ der Art, dass

$$17)\qquad F(-x)=F(x),$$

so wird $\qquad F^{(2p)}(-x)=F^{(2n)}(x),\ F^{(2p+1)}(0)=0$

und die Formel 15) giebt dann für $h=-x,\ 1-\vartheta=\vartheta_1$

$$18)\quad F(0)=F(x)-\frac{\gamma_2 x^2}{1.2}F''(x)+\frac{\gamma_4 x^4}{1.2.3.4}F^{IV}(x)-\ldots$$
$$\ldots+(-1)^{n-1}\frac{\gamma_{2n-2}x^{2n-2}}{1.2\ldots(2n-2)}F^{(2n-2)}(x)+(-1)^n\frac{\gamma_{2n}x^{2n}}{1.2\ldots(2n)}F^{(2n)}(\vartheta_1 x).$$

Besitzt dagegen $F(x)$ die Eigenschaft

$$19)\qquad F(-x)=-F(x),$$

so wird $F^{(2p)}(0)=0$ und man erhält, wenn erst $x=0$ gesetzt und nachher x für h geschrieben wird

$$20)\quad F(x)=\frac{\gamma_1 x}{1}F'(x)-\frac{\gamma_3 x^3}{1.2.3}F'''(x)+\frac{\gamma_5 x^5}{1.2\ldots5}F^{V}(x)-\ldots$$
$$\ldots+(-1)^{n-1}\frac{\gamma_{2n-1}x^{2n-1}}{1.2\ldots(2n-1)}F^{(2n-1)}(x)+(-1)^n\frac{\gamma_{2n+1}x^{2n+1}}{1.2\ldots(2n+1)}F^{(2n+1)}(\vartheta x).$$

Diese, wie es scheint, nicht bekannten Formeln liefern u. A. elegante Restbestimmungen für die Secanten- und Tangentenreihe. So giebt die Gleichung 18), wenn $F(x)=\cos x$ genommen, nachher mit $\cos x$ dividirt und $\sin(\vartheta_1 x)=\Theta$ gesetzt wird, wo nun Θ eine positive oder negative die Einheit nicht übersteigende Grösse bezeichnet

$$sec\,x = 1 + \frac{\gamma_2 x^2}{1.2} + \frac{\gamma_4 x^4}{1.2.3.4} + \ldots + \frac{\gamma_{2n-2}\, x^{2n-2}}{1.2.3\ldots(2n-2)} + \frac{\gamma_{2n}\, x^{2n}}{1.2.3\ldots(2n)} \frac{\Theta}{cos\,x};$$

aus Nr. 20) folgt entsprechend für $F(x) = sin\,x$ und $cos\,(\theta x) = \Theta_1$

$$tan\,x = \frac{\gamma_1 x}{1} + \frac{\gamma_3 x^3}{1.2.3} + \ldots + \frac{\gamma_{2n-1}\, x^{2n-1}}{1.2\ldots(2n-1)} + \frac{\gamma_{2n+1}\, x^{2n+1}}{1.2\ldots(2n+1)} \frac{\Theta_1}{cos\,x}.$$

IV. Nimmt man in dem allgemeinen Theoreme

$$21)\qquad \alpha_n = (-1)^n \int_a^b u^n\, \varphi(u)\, du,$$

wo $\varphi(u)$ eine beliebige Funktion von u bedeutet, so wird

$$22)\qquad \psi(z, m) = \int_a^b (z-u)^m\, \varphi(u)\, du$$

und

$$23)\qquad \beta_m = \int_a^b (1-u)^m\, \varphi(u)\, du.$$

Hier kann man $\varphi(u)$ leicht so wählen, dass die in Nr. 21) und Nr. 23) angedeuteten Integrationen bequem ausführbar werden und die Werthe von α_n und β_m liefern; die Gleichung 22) entscheidet dann über das Verhalten von $\psi(z, m)$ innerhalb des Intervalles $z = 0$ bis $z = 1$ und giebt die Mittel zu möglichst einfacher Darstellung des Restes.

Als Beispiel diene die Annahme $a = -1$, $b = +1$, $\varphi(u) = (1-u^2)^{k-1}$, wo k irgend eine positive Constante bezeichnen möge; es ist jetzt

$$\alpha_n = (-1)^n \int_{-1}^{+1} u^n (1-u^2)^{k-1}\, du = 0 \text{ für ungerade } n,$$

$$= 2\int_0^1 u^n (1-u^2)^{k-1}\, du = \frac{\Gamma(k)\, \Gamma\left(\frac{n+1}{2}\right)}{\Gamma\left(k + \frac{n+1}{2}\right)} \text{ für gerade } n.$$

Um ferner den Werth von

$$\beta_m = \int_{-1}^{+1} (1-u)^m (1-u^2)^{k-1}\, du$$

zu ermitteln, substituiren wir $u = cos\,\Theta$ mithin $1 - u = 2\,sin^2 \frac{1}{2}\Theta$, und erhalten

$$\beta_m = \int_0^\pi (2\,sin^2 \tfrac{1}{2}\Theta)^m\, sin^{2k-1}\, \Theta\, d\Theta;$$

ersetzen wir weiter $sin\,\Theta$ durch $2\,sin\,\frac{1}{2}\Theta\, cos\,\frac{1}{2}\Theta$ und führen zuletzt die neue *Variabele* $\vartheta = \frac{1}{2}\Theta$ ein, so stellt sich β_m unter die Form

$$\beta_m = 2^{2k+m} \int_0^{\frac{1}{2}\pi} cos^{2k-1}\,\vartheta\, sin^{2k+2m-1}\,\vartheta\, d\vartheta$$

d. i. nach einer bekannten Formel

$$\beta_m = 2^{2k+m-1}\,\frac{\Gamma(k)\,\Gamma(k+m)}{\Gamma(2k+m)}.$$

Der allgemeinen Entwickelung in Nr. 7) zufolge ist nun für $m = 2n$ und nach beiderseitiger Division mit $\Gamma(k)$

$$\begin{aligned}
\frac{\Gamma(\frac{1}{2})}{\Gamma(k+\frac{1}{2})}[F(x+h) - F(x)] = {} & \frac{h}{1}\,\frac{2^{2k}\,\Gamma(k+1)}{\Gamma(2k+1)}\,F'(x+h) \\
& - \frac{h^2}{1.2}\left[\frac{2^{2k+1}\,\Gamma(k+2)}{\Gamma(2k+2)}\,F''(x+h) - \frac{\Gamma(\frac{3}{2})}{\Gamma(k+\frac{3}{2})}\,F''(x)\right] \\
& + \frac{h^3}{1.2.3}\,\frac{2^{2k+2}\,\Gamma(k+3)}{\Gamma(2k+3)}\,F'''(x+h) \\
& - \frac{h^4}{1.2.3.4}\left[\frac{2^{2k+3}\,\Gamma(k+4)}{\Gamma(2k+4)}\,F^{IV}(x+h) - \frac{\Gamma(\frac{5}{2})}{\Gamma(k+\frac{5}{2})}\,F^{IV}(x)\right] \\
& + \ldots\ldots\ldots\ldots\ldots\ldots \\
& - \frac{h^{2n}}{1.2\ldots(2n)}\left[\frac{2^{2k+2n-1}\,\Gamma(k+2n)}{\Gamma(2k+2n)}\,F^{(2n)}(x+h) - \frac{\Gamma(n+\frac{1}{2})}{\Gamma(k+n+\frac{1}{2})}\,F^{(2n)}(x)\right] \\
& + \frac{R_{2n}}{\Gamma(k)}.
\end{aligned}$$

Einfacher wird diese Gleichung, wenn man $x = 0$ und voraussetzt, dass

$$F(-x) = -F(x)$$

sei, es verschwinden dann $F(0)$, $F''(0)$, $F^{IV}(0)$ etc. Endlich schreiben wir x für h, benutzen in jedem einzelnen Gliede die bekannte Relation

$$\Gamma(\mu+n) = \mu(\mu+1)(\mu+2)\ldots.(\mu+n-1)\,\Gamma(\mu)$$

und linker Hand die Formel

$$\Gamma(k)\,\Gamma(k+\tfrac{1}{2}) = \frac{\Gamma(\frac{1}{2})\,\Gamma(2k)}{2^{2k-1}};$$

das Resultat besteht dann in der Gleichung

$$\begin{aligned}
24)\quad F(x) = {} & \frac{x}{1}\,F'(x) - \frac{k+1}{2k+1}\,\frac{2x^2}{1.2}\,F''(x) + \frac{(k+1)(k+2)}{(2k+1)(2k+2)}\,\frac{2^2x^3}{1.2.3}\,F'''(x) - \ldots \\
& \ldots - \frac{(k+1)(k+2)\ldots(k+2n-1)}{(2k+1)(2k+2)\ldots(2k+2n-1)}\,\frac{2^{2n-1}x^{2n}}{1.2\ldots(2n)}\,F^{(2n)}(x) + S_{2n},
\end{aligned}$$

worin

$$25)\qquad S_{2n} = \frac{\Gamma(k+\frac{1}{2})}{\Gamma(k)\,\Gamma(\frac{1}{2})}\,R_{2n}.$$

Was nun das Ergänzungsglied betrifft, so ist zunächst

$$R_{2n} = \frac{x^{2n+1}}{1.2\ldots(2n)} \int_0^1 F^{(2n+1)}(xz)\,\psi(z, 2n)\,dz,$$

$$\psi(z, 2n) = \int_{-1}^{+1} (z-u)^{2n}(1-u^2)^{k-1}\,du,$$

mithin $\psi(z, 2n)$ eine positiv bleibende Funktion. Die Formel 8) giebt demgemäss

$$R_{2n} = \frac{x^{2n+1}}{1.2\ldots(2n+1)}(\beta_{2n+1} - \alpha_{2n+1})\,F^{(2n+1)}(\vartheta x);$$

setzt man hier die Werthe von β_{2n+1} und α_{2n+1} ein, so findet man R_{2n} und nachher

$$26)\qquad S_{2n} = \frac{(k+1)(k+2)\ldots(k+2n)}{(2k+1)(2k+2)\ldots(2k+2n)}\,\frac{2^{2n}x^{2n+1}}{1.2\ldots(2n+1)}\,F^{(2n+1)}(\vartheta x).$$

Der oben aufgestellten Bedingung $F(-x) = -F(x)$ genügt z. B. $F(x) = \sin x$, auch bemerkt man sogleich, dass in diesem Falle $\mathit{Lim}\, S_{2n} = 0$ wird für $n = \infty$ und jedes endliche x; die Gleichung 24) liefert dann folgende Relation

$$27)\quad \left(1 - \frac{k+1}{2k+1}\frac{2x^2}{1.2} + \frac{(k+1)(k+2)(k+3)}{(2k+1)(2k+2)(2k+3)}\frac{2^3x^4}{1.2.3.4} - \ldots\right)\sin x$$
$$= \left(\frac{x}{1} - \frac{(k+1)(k+2)}{(2k+1)(2k+2)}\frac{2^2x^3}{1.2.3} + \frac{(k+1)\ldots(k+4)}{(2k+1)\ldots(2k+4)}\frac{2^4x^5}{1.2..5} - \ldots\right)\cos x,$$

die *a posteriori* leicht zu beweisen ist. Beiläufig ergiebt sich noch, dass die Summe der Reihe

$$\frac{x}{1} - \frac{(k+1)(k+2)}{(2k+1)(2k+2)}\frac{2^2x^3}{1.2.3} + \frac{(k+1)\ldots(k+4)}{(2k+1)\ldots(2k+4)}\frac{2^4x^5}{1.2\ldots5} - \ldots,$$

unbeschadet des beliebigen positiven k, für jedes x verschwindet, welches ein positives oder negatives Vielfache von π ausmacht; ebenso annullirt sich die Summe der Reihe

$$1 - \frac{k+1}{2k+1}\frac{2x^2}{1.2} + \frac{(k+1)(k+2)(k+3)}{(2k+1)(2k+2)(2k+3)}\frac{2^3x^4}{1.2.3.4} - \ldots$$

für jedes x, welches einem positiven oder negativen ungeraden Vielfachen von $\frac{1}{2}\pi$ gleichkommt.

XIV.

Ueber das geodätische Vorwärts-Einschneiden.

Von J. J. Vorländer,
K. Preuss. Steuerrath.

Das Rückwärts-Einschneiden (Pothenot'sche Aufgabe) ist, insbesondere auch hinsichtlich seiner Behandlung nach der Methode der kleinsten Quadrate, von Gauss, Gerling und Anderen so ausführlich auseinandergesetzt worden, dass dem praktischen Geometer kein Zweifel über das dabei zu beachtende Verfahren zurück geblieben sein kann. Dagegen finden wir in den Lehrbüchern der Geodäsie nur sehr dürftige Fingerzeige, wie man bei dem Vorwärts-Einschneiden zu verfahren habe, um aus den angestellten Beobachtungen mit der geringsten Rechnungsweitläuftigkeit die zuverlässigsten Resultate zu erzielen. Nun ist aber das Vorwärts-Einschneiden wegen seiner viel öfteren Anwendung wichtiger als das Rückwärts-Einschneiden, und überdem ist es grade die Rechnungsweitläuftigkeit, welche nicht selten die praktischen Geometer von jeder Anwendung der Wahrscheinlichkeits-Rechnung auf ihre Arbeiten zurückschreckt. Es darf daher vermuthet werden, dass eine nähere Mittheilung über diese Bestimmungsform den Lesern dieser Blätter nicht unwillkommen sein werde.

Bekanntlich hat man sich in der neueren Zeit bemüht, bei den trigonometrischen Landesvermessungen die Anzahl der Standpunkte möglichst zu vermindern, weil jede unnöthige Anhäufung der letzteren die Kosten und den Zeitaufwand der Operation bedeutend vergrössert; man hat bei der Auswahl der Standpunkte alle Aufmerksamkeit darauf verwendet, dass sie eine möglichst umfangreiche Aussicht darbieten, und dass möglichst viele zu bestimmende Detailpunkte von ihnen aus gesehn werden können. Diese Standpunkte sind dann zu einem geschlossenen System von Dreiecken mit einander verbunden, in diesen alle Winkel gemessen und zu einer nach den bekannten Ausgleichungsmethoden geführten Berechnung benutzt. Die Resultate dieser Berechnungen bestehen in den Längen und Neigungswinkeln der Dreiecksseiten und den Coordinaten der Dreieckspunkte gegen eine angenommene Abscissen-Achse oder auch in den geographischen Längen und Breiten derselben.

Nach früheren Methoden wurden innerhalb des Hauptnetzes Dreiecke zweiter, dritter und vierter Ordnung so ausgewählt, dass sie zwar mit den Punkten höherer und niederer Ordnung in Verbindung traten, zugleich aber auch zu selbstständigen Netzen zweiter, dritter, vierter Ordnung sich zusammenschlossen; alle diese Dreieckspunkte waren in der Regel Standpunkte, so dass in allen Dreiecken die drei Winkel unmittelbar gemessen wurden.

In der neueren Zeit hat man, wie schon bemerkt, dieses Verfahren für zu umständlich gehalten, man hat sich darauf beschränkt, auf jedem Hauptpunkte nach vollendeter Messung der Haupt-Dreieckswinkel das Messinstrument gegen die mit dem Standpunkte in Verbindung stehenden Hauptpunkte des Horizonts zu orientiren, es dann festzustellen und hierauf bei allmäliger Fortbewegung der Alhidade die Richtungen aller von dem Standpunkte aus sichtbaren, als Visirziele geeigneten Gegenstände, z. B. Kirchthürme, Windmühlen, Essen, Frontspitzen u. s. w. zu bestimmen. Ergab nun die Berechnung des Hauptnetzes die Azimuthe oder die Neigungswinkel der Hauptrichtungen gegen die angenommene Abscissen-Achse, so brauchten ihnen die Unterschiede der abgelesenen Alhidadenstände auf den Hauptrichtungen und den untergeordneten Punkten nur zuaddirt zu werden, um sofort die Azimuthe oder Neigungswinkel der letzteren zu erlangen. Dadurch erhielt man also ein nach Azimuthen geordnetes Verzeichniss aller auf jedem Standpunkte sichtbaren Visirpunkte. War ein solcher Visirpunkt von zwei Standpunkten aus, gleichviel ob diese durch eine Hauptdreiecksseite verbunden waren oder nicht, in gedachter Art eingeschnitten, so war seine Lage bestimmt, aber noch nicht bestätigt, war er von mehr als zwei Hauptpunkten aus eingeschnitten, so war die Lage desselben mehr als bestimmt und folglich Gegenstand eines Ausgleichungsverfahrens.

Die Wichtigkeit des Zweckes trigonometrischer Messungen erfordert, dass die Lage jedes festzulegenden Punktes bestätigt oder verbürgt sei. Der einfachste Fall einer verbürgten Bestimmung liegt vor, wenn ein Punkt von drei Standpunkten aus eingeschnitten ist, von denen wenigstens zwei mit, ihrer Länge nach, bekannten Dreiecksseiten verbunden sind. In diesem Falle ist es zur Ausgleichungsrechnung nicht einmal erforderlich, die Azimuthe der Visirlinien nach dem Schnittpunkte abzuleiten, wir können die Rechnung mit den Winkeln zwischen diesen und den gedachten Dreiecksseiten führen.

Hätte man auf den Standpunkten a, b, c nach einem vierten Punkte g

die Winkel bag, kürzer bezeichnet a
abg, " " b_a
bcg, " " c

gemessen, seien ferner aus der Berechnung der Hauptdreiecke bekannt

die Seite ab, kürzer bezeichnet m,
„ „ bc, „ „ n,
der Winkel abc, „ „ b,

so kann zunächst der Winkel cbg, „ „ b_c, leicht durch Abzug, nämlich durch $b - b_a$ gefunden werden. Wir sind nun im Stande, die Seite bg, oder kürzer bezeichnet z_b doppelt zu berechnen, nämlich einmal aus dem Dreieck abg, das anderemal aus bcg. Beide Resultate würden einander gleich sein, wenn die Netzstücke m, n, b absolut genau wären, und die Messung der Winkel a, b_a, c ohne Fehler. Da aber alle Angaben über thatsächliche Grössen mit Fehlern, mögen diese auch sehr klein sein, behaftet sind, so darf die Gleichheit jener Resultate nicht erwartet, es muss vielmehr angenommen werden, dass zwischen ihnen ein Unterschied, den wir mit k bezeichnen wollen, bemerkbar wird, welcher im Allgemeinen um so kleiner ausfällt, je sorgfältiger die Messung des Hauptnetzes und der Schnittwinkel ist. Wir haben also für den vorliegenden Thatbestand die Gleichung:

$$\frac{m \sin a}{\sin (a + b_a)} - \frac{n \sin c}{\sin (c + b_c)} = k.$$

Müssen wir auch zugeben, dass die Fehler der Netzstücke m, n, b bei Entstehung der Grösse k mitgewirkt haben, so sehen wir doch im weitern Verfolge der Arbeit von ihnen ab, weil die Berechnung des Hauptnetzes definitiv abgeschlossen ist; wir behandeln m, n, b als Constanten und machen nur Anspruch darauf, unter dieser Beschränkung für z_b den wahrscheinlichsten Werth zu ermitteln. Unsere Aufgabe besteht also darin, für die Winkel a, b_a, c Verbesserungen, die wir mit α, β_a, γ bezeichnen wollen, zu ermitteln, welche in ihrer Zusammenwirkung fähig sind, die Grösse k zu vernichten, und zugleich unter allen Gruppen von Verbesserungen, welche dieselbe Fähigkeit besitzen, die wahrscheinlichsten sind.

Nach den Lehren der Wahrscheinlichkeitsrechnung ist unter allen Verbesserungsgruppen diejenige die wahrscheinlichste, welche die kleinste Quadratsumme der Gruppenglieder ergiebt.

Wie die Verbesserungen α, β_a, γ bei dem Bildungsprocess der Grösse k mitwirken, erfahren wir, wenn wir sie mit den Differenzial-Coefficienten multipliciren, die wir erhalten, wenn wir die obige Gleichung nach a, b_a, c partiell differenziren. Bezeichnen wir diese Coefficienten mit A, B, C, so können wir die Anforderungen, die wir vorhin an α, β_a, γ stellten, durch folgende zwei Gleichungen aussprechen:

$$A\alpha + B\beta_a + C\gamma = -k$$
$$\alpha\alpha + \beta_a\beta_a + \gamma\gamma = \text{Minimum}.$$

Der Minimalwerth dieser Quadratsumme kann nur eintreten, wenn das Differenzial ihres Ausdrucks $= 0$ wird; zugleich muss aber auch die Bedingung der ersteren Gleichung erfüllt werden. Um beiden Zwecken zu dienen, differenziren wir die Gleichungen, addiren sie zusammen und setzen die Factoren von $d\alpha$, $d\beta_a$, $d\gamma$ jeden für sich $=0$, nachdem jedoch vorher zur Erleichterung des Eliminations-Geschäfts das Differenzial der ersten Gleichung mit einem unbestimmten Factor, etwa I, multiplicirt worden ist. Wir erhalten dann

$$\alpha = A.I,$$
$$\beta_a = B.I,$$
$$\gamma = C.I.$$

Substituiren wir nun die an der rechten Seite der Gleichheitszeichen stehenden Werthe für α, β_a, γ in die erste der obigen Gleichungen, so erhalten wir:

$$AA.I + BB.I + CC.I = -k$$

oder

$$I = \frac{-k}{AA + BB + CC},$$

wonach wir dann durch Rücksubstitution des Zahlenwerthes für I in die drei vorstehenden Gleichungen auch die schliesslich gesuchten Werthe für α, β_a, γ erlangen.

Es bleibt nur noch zu bemerken, dass die partielle Differenzirung der anfänglichen Gleichung

$$\frac{m \sin a}{\sin(a + b_a)} - \frac{n \sin c}{\sin(c + b_c)} = k$$

nach a, b_a, c die Coefficientenwerthe

$$A = z_b . \frac{\sin b_a}{\sin a . \sin(a + b_a)}$$
$$B = -z_b . \frac{\sin(a + b + c)}{\sin(a + b_a) \sin(c + b_c)}$$
$$C = -z_b . \frac{\sin b_c}{\sin c . \sin(c + b_c)}$$

ergiebt, dass es aber für die Zahlenrechnung bequemer ist, den gemeinschaftlichen Factor z_b durch Division in $-k$ zu berücksichtigen, endlich dass k ursprünglich in Längenmaass gegeben ist, während α, β_a, γ in Bogenmaass, gewöhnlich in Sekunden ausgedrückt, verlangt werden, daher k vor der Ausgleichungsrechnung mit $\sin 1''$ getheilt werden muss. Setzen wir also

$$A' = \frac{\sin b_a}{\sin a . \sin(a + b_a)}$$
$$B' = -\frac{\sin(a + b + c)}{\sin(a + b_a) . \sin(c + b_c)}$$
$$C' = -\frac{\sin b_c}{\sin c . \sin(c + b_c)}$$

so wird die erstere der obigen beiden Bedingungsgleichungen:

$$A'\alpha + B'\beta_a + C'\gamma = -\frac{k}{z_b \,.\, \sin 1''} = -k''$$

weiterhin:

$$I = \frac{-k''}{A'A' + B'B' + C'C'},$$

endlich:

$$\alpha = A' . I$$
$$\beta_a = B' . I$$
$$\gamma = C' . I.$$

Bei der Einfachheit des Falles können wir einen noch bequemeren Weg einschlagen, um zu demselben Ziele zu gelangen. Wollten wir nämlich z_b aus den Gleichungen

$$z_b = \frac{\sin a}{\sin (a + b_a)}, \quad z_b = \frac{\sin c}{\sin (c + b_c)}$$

mit Hülfe der Logarithmen berechnen, so können wir die beiden für z_b resultirenden Logarithmen unmittelbar mit einander vergleichen; wir werden dann finden, dass sie um eine gewisse Zahl, die wir mit $\varDelta$ bezeichnen wollen, von einander abweichen, werden also haben

$$\log \sin a - \log \sin (a + b_a) - \log \sin c + \log \sin (c + b_c) = \varDelta.$$

Aendert sich aber der Winkel a um α, b_a um β_a, b_c um $-\beta_a$, c um γ, und ist die aus der Logarithmentafel hervorzunehmende Aenderung

$$\left.\begin{array}{ll} \text{des} & \log \sin a = r_1 \\ \text{,,} & \log \sin (a + b_a) = r_2 \\ \text{,,} & \log \sin c = r_3 \\ \text{,,} & \log \sin (c + b_c) = r_4 \end{array}\right\} \text{für eine angenommene Bogeneinheit, etwa für } 1'',$$

so haben wir nach dem gewöhnlichen Einschaltungsverfahren:

$$r_1 \alpha - r_2(\alpha + \beta_a) - r_3 \gamma + r_4(\gamma - \beta_a) = -\varDelta,$$

wobei jedoch nicht unbeachtet bleiben darf, dass bei steigenden *log sin* dem Werthe von r das Zeichen $+$, bei sinkenden dagegen das Zeichen $-$ beigelegt werden muss. Die vorstehende Gleichung zieht sich zusammen auf

$$(r_1 - r_2)\alpha - (r_2 + r_4)\beta_a - (r_3 - r_4)\gamma = -\varDelta$$

und verfällt von hier an demselben Rechnungsverfahren, wie die obige Gleichung:

$$A'\alpha + B'\beta_a + C'\gamma = -\frac{k}{z_b \sin 1''}$$

Wir finden nämlich:

$$I = \frac{-\varDelta}{(r_1 - r_2)^2 + (r_2 + r_4)^2 + (r_3 - r_4)^2}$$

und

$$\alpha = (r_1 - r_2)\, I$$
$$\beta_a = -(r_2 + r_4)\, I$$
$$\gamma = -(r_3 - r_4)\, \mathrm{I}.$$

Im Vorstehenden ist vorausgesetzt, das die drei Winkel a, b_a, c mit gleicher Zuverlässigkeit gemessen seien. Lässt sich dieses nicht annehmen, so müssen die Glieder der Gleichung

$$\alpha\alpha + \beta_a\beta_a + \gamma\gamma = \text{Minimum}$$

vor der weiteren, übrigens der obigen ganz gleich bleibenden Behandlung mit den die Verschiedenheit der Zuverlässigkeit ausdrückenden Gewichtszahlen multiplicirt werden. Wäre z. B. mit demselben Instrument der Winkel

$$\begin{aligned} a & \ldots\ldots p_1 \text{ mal} \\ b_a & \ldots\ldots p_2 \text{ mal} \\ c & \ldots\ldots p_3 \text{ mal} \end{aligned}$$

gemessen, so würden wir zu setzen haben:

$$p_1\alpha\alpha + p_2\beta_a\beta_a + p_3\gamma\gamma = \text{Minimum}$$

und erhielten dann:

$$I = \frac{-k''}{p_1 A'A' + p_2 B'B' + p_3 C'C'}$$

$$\begin{aligned} \alpha &= p_1 A' . I \\ \beta_a &= p_2 B' . I \\ \gamma &= p_3 C' . I, \end{aligned}$$

wie auch die ganz analogen Ausdrücke in dem zweiten Verfahren.

So einfach die vorstehenden Rechnungsformen auch sind, so weiss ich doch aus Erfahrung, wie leicht sich die Praktiker an die angeblich damit verbundenen Weitläuftigkeit stossen, wie leicht sie übersehn, dass es ihrer Arbeit nur an der klaren Uebersichtlichkeit und an einer zweckmässigen Gruppirung der Zahlen fehlte; ich kann es daher nicht für überflüssig halten, die vorstehende Auseinandersetzung an einem der Praxis entnommenen Rechnungsbeispiele zu erläutern.

Bei der Triangulirung zum Zweck der Aufnahme des Grundsteuer-Katasters in den westlichen Provinzen Preussens wurde auf den Standpunkten Soesterwarte, Stromberg und Harsewinkel der Thurm zu Freckenhorst eingeschnitten. Die Berechnung des Netzes hatte ergeben*):

log der Seite Soesterwarte - Stromberg = 3,5171603 in Ruthen
" " " Stromberg - Harsewinkel = 3,6790520 " "
der Winkel Soesterwarte - Stromberg - Harsewinkel zu 131° 22′ 53,23″.

Die in den Horizonten ausgeglichenen, bei fast gleicher Repetitionszahl nach Freckenhorst gemessenen Winkel waren**):

---

*) Vorländer's geographische Bestimmungen im Königl. Preuss. Reg.-Bez. *Minden, 1853,* Minden bei Körber & Freitag, S. 91.

**) *Ebendaselbst* Seite 64, 79, 82.

a) Soesterwarte $= 70^\circ\ 12'\ 2{,}19''$ }
b) Stromberg mit a $= 76\ \ 5\ \ 26{,}99$ } $146^\circ\ 17'\ 29{,}18'' = a + b_a$

" $c = 55\ \ 17\ \ 26{,}24$ }
c) Harsewinkel $= 70\ \ 46\ \ 3{,}74$ } $126^\circ\ \ 3'\ 29{,}98'' = c + b_c$

$$a + b + c = 272^\circ\ 20'\ 59{,}16 = s$$

+		r	−		r
$log\ sin\ a$	$= 9{,}9735363,$	$+\ 7{,}6;$	$log\ sin\ c$	$= 9{,}9750598,$	$+\ 7{,}4$
$log\ m$	$= 3{,}5171603$		$log\ n$	$= 3{,}6790520$	
$cp\ log\,sin\,(a+b_a)$	$= 0{,}2557315,$	$+\ 31{,}5;$	$cp\ log\ sin\ (c+b_c)$	$= 0{,}0923639,$	$+\ 15{,}3$
Δ	$= 3{,}7464281$		—	$3{,}7464757$	$= -476$
k	$= 5577{,}353$		—	$5577{,}965$	$= -0{,}612$

$$log\ k = 9{,}78675_n - 10$$
$$cp\ log\ z = 6{,}25358 - 10$$
$$cp\ log\ sin\ 1'' = 5{,}31443$$
$$log\ k'' = 1{,}35476$$

1. Methode der Zahlendifferenzen.

+	−	−
$log\ sin\ b_a = 9{,}98707;$	$log\ sin\ s = 9{,}99963_n;$	$log\ sin\ b_c = 9{,}91490$
$cp\ log\ (sin\,a\,.\,sin\,(a+b_a)) = 0{,}28219;$	$cp\ log\ (sin\,(a+b_a)\ sin\,(c+b_c)) = 0{,}34810;$	$cp\ log\ (sin\,c\,.\,sin\,(c+b_c)) = 0{,}11730$
$log\ A' = 0{,}26926;$	$log\ B' = 0{,}34773;$	$log\ C' = 0{,}03220_n$
$log\ A'A' = 0{,}53852;$	$log\ B'B' = 0{,}69546;$	$log\ C'C' = 0{,}06440$
$A'A' = +3{,}456$	$B'B' = +4{,}960$	$C'C' = +1{,}160$

$$= 9{,}576$$
$$log\ \ = 0{,}98118$$
$$log\ k'' = 1{,}35476$$
$$log\ I = 0{,}37358$$

$log\ A'\,.\,I = 0{,}64284;$	$log\ B'\,.\,I = 0{,}72131;$	$log\ C'\,.\,I = 0{,}40578_n$
$\alpha = +\ 4{,}393$	$\beta_a = +\ 5{,}264$	$\gamma = -\ 2{,}546$

2. Methode der logarithmischen Differenzen.

$$7{,}6\,\alpha + 31{,}5\,(\alpha + \beta_a) - 7{,}4\,\gamma - 15{,}3\,(\gamma - \beta_a) = +\ 476,$$

oder: $39{,}1\,\alpha + 46{,}8\,\beta_a \quad - 22{,}7\,\gamma = +\ 476$ $\qquad log\ \Delta = 2{,}67761$

Quadrate) $1528{,}81 + 2190{,}24 + \quad 515{,}29 \quad = +\ 4234{,}34$ $\qquad log \quad = 3{,}62679$

$\alpha = +\ 4{,}395;\ \beta_a = +\ 5{,}260;\ \gamma = -\ 2{,}551$ $\qquad log\ I = 9{,}05082$

$I = 0{,}1124$

Demnach ist die Verbesserung der gemessenen Winkel:

a')	$70^\circ\ 12'\ \ 2{,}19''$	$+\ 4{,}39''$	$= 70^\circ\ 12'\ 6{,}58''$	}	$146^\circ\ 17'\ 38{,}83'' = (a' + b_a')$
b_a')	$76\ \ 5\ \ 26{,}99$	$+\ 5{,}26$	$= 76\ \ 5\ 32{,}25$	}	
b_c')	$55\ \ 17\ \ 26{,}24$	$-\ 5{,}26$	$= 55\ \ 17\ 20{,}98$	}	$126\ \ 3\ \ 22{,}17 = (c' + b_c')$
c')	$70\ \ 46\ \ 3{,}74$	$-\ 2{,}55$	$= 70\ \ 46\ \ 1{,}19$	}	

$$a + b + c = 272\ \ 21\ \ 1{,}00 = s.$$

Berechnen wir nun die Seite Stromberg-Freckenhorst mit den verbesserten Winkeln, so erhalten wir:

$$\begin{array}{rlrl} \log \sin a' & = 9{,}9735396; & \log \sin c' & = 9{,}9750578 \\ \log m & = 3{,}5171603 & \log n & = 0{,}6790520 \\ cp \log \sin (a' + b_a') & = 0{,}2557619; & cp \log \sin (c + b_c) & = 0{,}0923519 \\ \hline \log z_b & = 3{,}7464618 & & = 3{,}7464617 \\ z_b & = 5577{,}786 & & = 5577{,}785 \end{array}$$

Die verbesserten Winkel ergeben nun auch die wahrscheinlichsten Werthe der übrigen Stücke der Figur. Ist ein Punkt von mehr als drei, durch Dreiecksseiten mit einander verbundenen Standpunkten eingeschnitten, so ändert sich das Verfahren nicht wesentlich, nur nimmt der Umfang der Arbeit mit jedem hinzukommenden Standpunkte um eine Bedingungsgleichung zu; die Anzahl dieser Gleichungen (die Minimalgleichung ungerechnet) ist also bei n Standpunkten $n - 2$, und statt dass wir vorhin das Correlat I der einen Bedingungsgleichung durch eine leichte Division berechnen konnten, müssen wir die Correlate I, II, III u. s. w. aus $n - 2$ Normal-Gleichungen durch Elimination entwickeln. Es ist unnöthig, das Verfahren in einem Falle dieser Art ausführlicher auseinander zu setzen, weil sich später Gelegenheit ergeben wird, das Ausgleichungsgeschäft bei einer hinreichend vergleichbaren Aufgabe auf mehr als eine Bedingungsgleichung auszudehnen.

Der complicirtere Fall des Vorwärts-Einschneidens liegt uns vor, wenn die Standpunkte nicht durch Dreiecksseiten unmittelbar mit einander verbunden sind, wenn ihre Lage gegen eine dem ganzen Netze gemeinschaftliche Abscissen-Achse gegeben ist. Wir können dann die Entfernung des Schnittpunktes von dem Standpunkte nicht mehr einfach durch Auflösung eines Dreiecks berechnen, sondern müssen uns nach einem Verfahren umsehen, aus den Coordinaten zweier Standpunkte und den durch Beobachtung ermittelten Azimuthen oder Neigungswinkeln nach einem dritten Punkte dessen Entfernung von den Standpunkten zu entwickeln.

Nehmen wir an, der erste der Standpunkte sei mit 1, der zweite mit 2 bezeichnet, der Schnittpunkt mit 0, der erstere sei durch die rechtwinkeligen Coordinaten x_1 und y_1, der zweite durch x_2 und y_2 gegeben, auf dem ersteren habe man durch Anschlussmessungen das Azimuth oder den Neigungswinkel a_1 nach dem dritten Punkte, auf dem zweiten den gleichnamigen Winkel a_2 erhalten; wir suchen die Coordinaten des dritten Punktes x_0 und y_0 und dessen Entfernungen z_1 und z_2 von den beiden Standpunkten.

Augenscheinlich ist:

$$x_0 = x_1 + z_1 \,.\, \cos a_1 = x_2 + z_2 \cos a_2$$
$$y_0 = y_1 + z_1 \,.\, \sin a_1 = y_2 + z_2 \sin a_2$$

und wir finden sofort durch Elimination:

$$z_2 = \frac{(x_2 - x_1) \sin a_1 - (y_2 - y_1) \cos a_1}{\sin (a_2 - a_1)}$$

$$z_1 = \frac{(x_2 - x_1) \sin a_2 - (y_2 - y_1) \cos a_2}{\sin (a_2 - a_1)}$$

Ist der Schnittpunkt auch von einem dritten Standpunkte aus bezielt worden, dessen Coordinaten und Azimuth x_3, y_3, a_3 sind, so kann irgend eine der drei Entfernungen z_1, z_2, z_3 auf zwei verschiedenen Wegen gefunden werden, z. B.

$$z_3 = \frac{(x_3 - x_1) \sin a_1 - (y_3 - y_1) \cos a_1}{\sin (a_3 - a_1)}$$

$$z_3 = \frac{(x_3 - x_2) \sin a_2 - (y_3 - y_2) \cos a_2}{\sin (a_3 - a_2)}$$

Beide Werthe werden wegen der unvermeidlichen Beobachtungsfehler nicht absolut genau mit einander übereinstimmen, es wird ein Unterschied k zwischen ihnen liegen.

Wäre der Punkt 0 von 4 Standpunkten aus eingeschnitten, so hätten wir:

$$z_4 = \frac{(x_4 - x_1) \sin a_1 - (y_4 - y_1) \cos a_1}{\sin (a_4 - a_1)}$$

$$z_4 = \frac{(x_4 - x_2) \sin a_2 - (y_4 - y_2) \cos a_2}{\sin (a_4 - a_2)}$$

$$z_4 = \frac{(x_4 - x_3) \sin a_3 - (y_4 - y_3) \cos a_3}{\sin (a_4 - a_3)}$$

Vergleichen wir diese drei Werthe mit einander, so finden wir:

$$\frac{(x_4 - x_1) \sin a_1 - (y_4 - y_1) \cos a_1}{\sin (a_4 - a_1)} - \frac{(x_4 - x_2) \sin a_2 - (y_4 - y_2) \cos a_2}{\sin (a_4 - a_2)} = k_{1.2.4}$$

$$\frac{(x_4 - x_2) \sin a_2 - (y_4 - y_2) \cos a_2}{\sin (a_4 - a_2)} - \frac{(x_4 - x_3) \sin a_3 - (y_4 - y_3) \cos a_3}{\sin (a_4 - a_3)} = k_{2.3.4}.$$

Die vorstehenden Ausdrücke geben deutlich genug zu erkennen, wie die Rechnungsformen ausfallen werden, wenn ein Punkt von mehr als vier Standpunkten eingeschnitten wurde. Wir können uns also bei Darlegung des Ausgleichungsverfahrens auf sie beschränken.

Da die Coordinaten x und y als konstante Grössen gegeben sind, so kann es sich nur darum handeln, für die gemessenen Winkel a_1, a_2, a_3, a_4 solche Verbesserungen zu ermitteln, welche die Grössen $k_{1.2.4}$, $k_{2.3.4}$ aufheben und eine möglichst kleine Quadratsumme ergeben.

Indem wir zu diesem Zwecke die vorstehenden Gleichungen differenziren, können wir den Differenzial-Coefficienten eine einfachere Form dadurch verschaffen, dass wir die Entfernungen des Schnittpunktes von den Standpunkten also z_1, z_2, z_3, z_4 in den Gliedern der Entwickelung als Factoren einführen. Wollten wir z. B. die erste der vorstehenden Gleichungen differenziren, indem wir α_1 für da_1, α_2 für da_2, α_3 für da_3, α_4 für da_4 zur Abkürzung setzen, so würden wir zunächst erhalten:

$$\frac{(x_4-x_1)\cos a_1+(y_4-y_1)\sin a_1}{\sin(a_4-a_1)}\cdot\alpha_1-\frac{(x_4-x_1)\sin a_1-(y_4-y_1)\cos a_1}{\sin(a_4-a_1)}$$
$$\times\frac{\cos(a_4-a_1)}{\sin(a_4-a_1)}(\alpha_4-\alpha_1)$$
$$-\frac{(x_4-x_2)\cos a_2+(y_4-y_2)\sin a_2}{\sin(a_4-a_2)}\cdot\alpha_2-\frac{(x_4-x_2)\sin a_2-(y_4-y_2)\cos a_2}{\sin(a_4-a_2)}$$
$$\times\frac{\cos(a_4-a_2)}{\sin(a_4-a_2)}(\alpha_4-\alpha_2)=0.$$

Nun ist aber der erste Faktor des zweiten, wie auch der des vierten Gliedes $=z_4$; ferner ist

$$\left(\frac{(x_4-x_1)\cos a_1+(y_4-y_1)\sin a_1}{\sin(a_4-a_1)}+z_4\cdot\frac{\cos(a_4-a_1)}{\sin(a_4-a_1)}\right)\alpha_1=\frac{z_1\cdot\alpha_1}{\sin(a_4-a_1)}$$

und

$$-\left(\frac{(x_4-x_2)\cos a_2+(y_4-y_2)\sin a_2}{\sin(a_4-a_1)}+z_4\cdot\frac{\cos(a_4-a_2)}{\sin(a_4-a_2)}\right)\alpha_2=-\frac{z_2\cdot\alpha_2}{\sin(a_4-a_2)}$$

endlich

$$z_4\left(\frac{\cos(a_4-a_2)}{\sin(a_4-a_2)}-\frac{\cos(a_4-a_1)}{\sin(a_4-a_1)}\right)\alpha_4=+z_4\cdot\frac{\sin(a_2-a_1)}{\sin(a_4-a_1)\sin(a_4-a_2)}\cdot\alpha_4;$$

also:

$$\frac{z_1\cdot\sin(a_4-a_2)\,\alpha_1-z_2\cdot\sin(a_4-a_1)\,\alpha_2+z_4\cdot\sin(a_2-a_1)\,\alpha_4}{\sin(a_4-a_1)\sin(a_4-a_2)}=0.$$

Wenn wir also jetzt den Buchstaben $\alpha_1, \alpha_2, \alpha_3, \alpha_4$ die Bedeutung endlich kleiner Verbesserungen beilegen, so erhalten wir sofort die Bedingungsgleichungen dieser Verbesserungen, nämlich:

$$z_1\sin(a_4-a_2)\cdot\alpha_1-z_2\sin(a_4-a_1)\cdot\alpha_2+z_4\sin(a_2-a_1)\cdot\alpha_4$$
$$=-k_{1.2.4}\cdot\frac{\sin(a_4-a_1)\sin(a_4-a_2)}{\sin 1''},$$
$$z_2\sin(a_4-a_3)\cdot\alpha_2-z_3\sin(a_4-a_2)\cdot\alpha_3+z_4\sin(a_3-a_2)\cdot\alpha_4$$
$$=-k_{2.3.4}\cdot\frac{\sin(a_4-a_2)\sin(a_4-a_3)}{\sin 1''}.$$

Bezeichnen wir die Coefficienten der ersten Gleichung mit m, die der zweiten mit n, und legen wir ihnen die entsprechenden Nummern bei, benennen wir ferner die Zahlenwerthe der Gleichungen mit k_m und k_n, fügen wir endlich die Fehlerquadratensumme bei, so erhalten wir:

$$m_1\alpha_1-m_2\alpha_2\qquad+m_4\alpha_4=-k_m$$
$$+n_2\alpha_2-n_3\alpha_3+n_4\alpha_4=-k_n$$
$$\alpha_1\alpha_1+\alpha_2\alpha_2+\alpha_3\alpha_3+\alpha_4\alpha_4=\text{Minimum}.$$

Differenziren wir die drei Gleichungen, multipliciren die Differenziale der beiden ersteren mit vorläufig unbestimmten Faktoren, die erste mit I, die zweite mit II, addiren dann und setzen die Coefficienten von $d\alpha_1$, $d\alpha_2$, $d\alpha_3$, $d\alpha_4$ *jeden für sich* $=0$, so finden wir:

$$\alpha_1 = + m_1 . I$$
$$\alpha_2 = - m_2 . I + n_2 . II$$
$$\alpha_3 = \qquad - n_3 . II$$
$$\alpha_4 = + m_4 . I + n_4 . II$$

und durch Substitution dieser Werthe für α_1, α_2, α_3, α_4 in die beiden ersten der obigen Gleichungen:

$$(m_1 m_1 + m_2 m_2 + m_4 m_4) . I - (m_2 n_2 - m_4 n_4) . II = - k_m$$
$$- (m_2 n_2 - m_4 n_4) . I + (n_2 n_2 + n_3 n_3 + n_4 n_4) . II = - k_n,$$

woraus dann die Werthe für I und II durch Elimination zu entwickeln sind, um durch deren Substitution in die unmittelbar vorhergehenden vier Gleichungen die Zahlenwerthe für α_1, α_2, α_3, α_4 zu erlangen.

Aus der einleitenden Rechnung ist nur die Entfernung z_4 bekannt geworden, wir bedürfen aber ausserdem zu der vorstehenden Entwickelung auch die Entfernungen z_1, z_2, z_3. Es genügt, wenn sie nur annähernd genau bekannt sind. Wenn der Geometer sie nicht schon anderweitig besitzt, so kann er sie mit Hülfe der obigen Ausdrücke leicht berechnen. Bei ihrer Bearbeitung erhielt er schon:

$$log\left(\frac{x_4 - x_1}{sin\,(a_4 - a_1)}\right),\ log\left(\frac{y_4 - y_1}{sin\,(a_4 - a_1)}\right),\ log\left(\frac{x_4 - x_2}{sin\,(a_4 - a_2)}\right),\ log\left(\frac{y_4 - y_2}{sin\,(a_4 - a_2)}\right)$$
$$log\left(\frac{x_4 - x_3}{sin\,(a_4 - a_3)}\right),\ log\left(\frac{y_4 - y_3}{sin\,(a_4 - a_3)}\right);$$

es macht also wenig Mühe, auch noch zu berechnen:

$$z_1 = \frac{x_4 - x_1}{sin\,(a_4 - a_1)} . sin\, a_4 - \frac{y_4 - y_1}{sin\,(a_4 - a_1)} . cos\, a_4,$$
$$z_2 = \frac{x_4 - x_2}{sin\,(a_4 - a_2)} . sin\, a_4 - \frac{y_4 - y_2}{sin\,(a_4 - a_2)} . cos\, a_4,$$
$$z_3 = \frac{x_4 - x_3}{sin\,(a_4 - a_3)} . sin\, a_4 - \frac{y_4 - y_3}{sin\,(a_4 - a_3)} . cos\, a_4.$$

Aus den erschienenen Abhandlungen über die Methode der kleinsten Quadrate ist bekannt, dass es zur Lösung jeder Aufgabe zwei der Form nach verschiedene Wege giebt, den Bedingungsweg und den Vermittlungsweg. Die Behandlung unserer gegenwärtigen Aufgabe auf dem ersteren Wege ist im Vorstehenden gezeigt worden. Es bleibt nur noch das Verfahren nachzuweisen, welches auf dem Vermittelungswege zu demselben Ziele führt.

Auf dem Vermittelungswege verfolgt der Rechner den Zweck, aus den gegebenen Thatsachen gewisse Endresultate abzuleiten und für sie die wahrscheinlichsten Werthe zu entwickeln. Die letzteren erstrebt er jedoch nicht unmittelbar. Zunächst nämlich sucht er sich für jene Resultate nur Näherungswerthe zu verschaffen, dann benutzt er diese, um die Grösse der gemessenen Gegenstände zu berechnen, hierauf vergleicht er die Rechnungsresultate mit den durch Messung gefundenen Angaben und verwendet endlich die bei dieser Vergleichung zum Vorschein kommenden Differenzen zur Entwickelung der wahrscheinlichsten Verbesserungen der gedachten Näherungswerthe, wie endlich auch der durch Messung gefundenen Thatsachen.

Zu jenen Endresultaten wählen wir um so zweckmässiger die Coordinaten des Schnittpunktes, als auch die Standpunkte durch Coordinaten gegeben sind. Besitzen wir nicht schon auf anderem Wege Näherungswerthe für jene Coordinaten, so können wir sie mit Hülfe einer nach den obigen Formeln gefundenen Entfernung des Schnittpunktes von einem Standpunkte leicht berechnen.

Sind nun die genäherten Coordinaten, die wir mit x_0 und y_0 bezeichnen mögen, auf die eine oder die andere Art bekannt geworden, so erhalten wir für die Unterschiede zwischen den Resultaten der Messung und der Rechnung unter Beibehaltung der auf dem Bedingungswege gebrauchten Bezeichnung:

$$a_1 - arc\ tang \frac{y_0 - y_1}{x_0 - x_1} = k_1$$

$$a_2 - arc\ tang \frac{y_0 - y_2}{x_0 - x_2} = k_2$$

$$a_3 - arc\ tang \frac{y_0 - y_3}{x_0 - x_3} = k_3$$

$$a_4 - arc\ tang \frac{y_0 - y_4}{x_0 - x_4} = k_4$$

Differenziren wir diese Ausdrücke und setzen dann an die Stelle der Differenziale da, dx_0 und dy_0 die endlich kleinen Verbesserungen α, $\mathfrak{r}$ und $\mathfrak{y}$, verwandeln die Coefficienten der beiden letzteren durch Division mit $sin\ 1''$ in Sekunden und setzen $\frac{1}{z^2}$ für $\frac{cos^2}{(x_0 - x)^2}$, so erhalten wir:

$$\alpha_1 = -\frac{y_0 - y_1}{z_1^2 . sin\ 1''}\mathfrak{r} + \frac{x_0 - x_1}{z_1^2 . sin\ 1''}\mathfrak{y} + k_1$$

$$\alpha_2 = -\frac{y_0 - y_2}{z_2^2 . sin\ 1''}\mathfrak{r} + \frac{x_0 - x_2}{z_2^2 . sin\ 1''}\mathfrak{y} + k_2$$

$$\alpha_3 = -\frac{y_0 - y_3}{z_3^2 . sin\ 1''}\mathfrak{r} + \frac{x_0 - x_3}{z_3^2 . sin\ 1''}\mathfrak{y} + k_3$$

$$\alpha_4 = -\frac{y_0 - y_4}{z_4^2 . sin\ 1''}\mathfrak{r} + \frac{x_0 - x_4}{z_4^2 . sin\ 1''}\mathfrak{y} + k_4$$

Zur Abkürzung bezeichnen wir die Coefficienten von $\mathfrak{r}$ mit m, jene von $\mathfrak{y}$ mit n, sodann erheben wir beide Seiten der Gleichungen zum Quadrat und erhalten

$$\alpha_1 \alpha_1 = (-m_1 \mathfrak{r} + n_1 \mathfrak{y} + k_1)^2$$
$$\alpha_2 \alpha_2 = (-m_2 \mathfrak{r} + n_2 \mathfrak{y} + k_2)^2$$
$$\alpha_3 \alpha_3 = (-m_3 \mathfrak{r} + n_3 \mathfrak{y} + k_3)^2$$
$$\alpha_4 \alpha_4 = (-m_4 \mathfrak{r} + n_4 \mathfrak{y} + k_4)^2.$$

Könnte den Neigungswinkeln a_1, a_2, a_3, a_4 nicht gleiche Zuverlässigkeit beigemessen werden, so müsste nun jede der letzteren Gleichungen mit der ihr zukommenden Gewichtszahl multiplicirt werden.

Die Gleichungen sind nun zusammen zu addiren. An der linken Seite des Gleichheitszeichens erscheint die Summe der Quadrate der gesuchten Verbesserungen für die Neigungswinkel, die wir kürzlich mit Ω bezeichnen und die nach dem oben ausgesprochenen Grundsatze ein Minimum werden soll. Damit dieses geschehe, haben wir die Ausdrücke $\frac{d\Omega}{d\mathfrak{x}} = 0$ und $\frac{d\Omega}{d\mathfrak{y}} = 0$ zu entwickeln. Zu dem Ende bezeichnen wir nach dem üblichen Gebrauche:

$$\begin{aligned} m_1 m_1 + m_2 m_2 + m_3 m_3 + m_4 m_4 &\text{ mit } [mm] \\ m_1 n_1 + m_2 n_2 + m_3 n_3 + m_4 n_4 &\text{ ,, } [mn] \\ n_1 n_1 + n_2 n_2 + n_3 n_3 + n_4 n_4 &\text{ ,, } [nn] \\ m_1 k_1 + m_2 k_2 + m_3 k_3 + m_4 k_4 &\text{ ,, } [mk] \\ n_1 k_1 + n_2 k_2 + n_3 k_3 + n_4 k_4 &\text{ ,, } [nk] \end{aligned}$$

und finden dann durch Differenzirung der an der rechten Seite des Gleichheitszeichens stehenden quadratischen Glieder nach $d\mathfrak{x}$ und $d\mathfrak{y}$:

$$\begin{aligned} [mm]\,\mathfrak{x} - [mn]\,\mathfrak{y} + [mk] &= 0 \\ -[mn]\,\mathfrak{x} + [nn]\,\mathfrak{y} + [nk] &= 0. \end{aligned}$$

Dieser Bildungsprocess lässt sich leicht in Worten aussprechen und dem Gedächtniss einprägen. Die rechte Seite jeder der die Verbesserungen α_1, α_2, α_3, α_4 ausdrückenden Gleichungen wird nämlich zuerst mit ihrem Coefficienten m multiplicirt und die Produkte werden addirt, alsdann wird ebenso mit den Coefficienten n verfahren, endlich wird jede der beiden Summen $= 0$ gesetzt. Die Elimination dieser, gewöhnlich mit dem Namen „Normalgleichungen" benannten Ausdrücke ergiebt die Verbesserungen $\mathfrak{x}$ und $\mathfrak{y}$ der genäherten Coordinaten x_0 und y_0, endlich die Substitution der Werthe von $\mathfrak{x}$ und $\mathfrak{y}$ in die obengedachten Verbesserungsgleichungen die Verbesserungen α_1, α_2, α_3, α_4.

In diesem complicirteren Falle des Vorwärts-Einschneidens ist bei der praktischen Anwendung die zweckmässige Stellung der Zahlen zur Verhütung jeder unnöthigen Weitläuftigkeit noch wichtiger, als in dem vorher behandelten Falle. Der Leser wird daher entschuldigen, auch hier die entwickelten Formeln an einem praktischen Beispiele erläutert zu sehen.

In den oben angezeigten geographischen „Bestimmungen im Königl. Preuss. Regierungs-Bezirk Minden" wurden die Dreieckspunkte Wittekindsstein, Idathurm und Heilige Buche durch rechtwinkelige Coordinaten gegen eine dem Meridian des Kölner Domchors parallel liegende Abscissenachse bestimmt. Ein vierter Punkt Papenbrink (Schaumburg-Lippe'scher Platz) fand seine gleichartige Bestimmung gelegentlich der Vermessung der Landesgrenze zwischen Preussen und Kurhessen.

Auf diesen vier Punkten wurden später Anschlusswinkel zur Bestimmung der Lage eines massiven Thurms, den der Freiherr v. **Vinke** auf einem in der Nähe seines Gutes Ostenwalde gelegenen Berge hatte errichten lassen, gemessen, und daraus die Azimuthe der Gesichtslinien von jenen vier Standpunkten nach diesem Schnittpunkte abgeleitet. Die Winkel wurden mit verschiedenen Instrumenten gemessen; auch sind nicht die einzelnen Ablesungen, sondern nur die Endresultate der Beobachtungen mitgetheilt. Es mangelt daher jedes Hülfsmittel, um eine etwa vorhandene Verschiedenheit ihrer Zuverlässigkeit zu bestimmen und bleibt nur übrig, sie als gleich zuverlässig in die Rechnung einzuführen.

Die gegebenen Coordinaten der Standpunkte sind:

	y	x	
1. Papenbrink	+ 37949,60,	+ 38317,46	in preussischen Ruthen
2. Idathurm	+ 38452,84,	+ 39110,81	„ „ „
3. Wittekindsstein	+ 35055,27,	+ 38999,69	„ „ „
4. Heilige Buche	+ 32077,77,	+ 35917,14	„ „ „

und die auf ihnen nach dem Thurme bei Ostenwalde gemessenen Azimuthalrichtungen:

$$\begin{aligned} a_1 &= 270^\circ\ 13'\ 18{,}4'' \\ a_2 &= 266\quad 46\quad 59{,}7 \\ a_3 &= 266\quad 17\quad 39{,}7 \\ a_4 &= 289\quad 49\quad 48{,}5 \end{aligned}$$

I. Ausgleichung auf dem Bedingungswege.

$$\begin{array}{ll} a_4 - a_1 = 19^\circ\ 36'\ 30{,}1'' & a_2 - a_1 = 356^\circ\ 32'\ 41{,}3 \\ a_4 - a_2 = 23\quad 3\quad 48{,}8 & a_3 - a_2 = 359\quad 31\quad 40{,}0 \\ a_4 - a_3 = 23\quad 32\quad 8{,}8 & \end{array}$$

$$\begin{array}{ll} x_4 - x_1 = -\ 2400{,}32 & y_4 = -\ y_1 - 5871{,}83 \\ x_4 - x_2 = -\ 3193{,}67 & y_4 = -\ y_2 - 6375{,}07 \\ x_4 - x_3 = -\ 3082{,}55 & y_4 = -\ y_3 - 2977{,}50 \end{array}$$

$$\begin{array}{lrlr} & + & & - \\ s_1 \begin{cases} \log(x_4 - x_1) \\ cp \log \sin(a_4 - a_1) \end{cases} & \begin{array}{r} = 3{,}3802691_n \\ = 0{,}4741922 \end{array} & \begin{array}{l} \log(y_4 - y_1) \\ cp \log \sin(a_4 - a_1) \end{array} & \begin{array}{r} = 3{,}7687735_n \\ = 0{,}4741922 \end{array} \\ \log \sin a_1 & = 9{,}9999967_n & \log \cos a_1 & = 7{,}5877975 \\ & 3{,}8544580 & & 1{,}8307632 \\ {}^1z_4 & = +\ 7152{,}502 & & +\ 67{,}727 = 7220{,}229 \\ s_2 \begin{cases} \log(x_4 - x_2) \\ cp \log \sin(a_4 - a_2) \end{cases} & \begin{array}{r} = 3{,}5042900_n \\ = 0{,}4069888 \end{array} & \begin{array}{l} \log(y_4 - y_2) \\ cp \log \sin(a_4 - a_2) \end{array} & \begin{array}{r} = 3{,}8044849_n \\ = 0{,}4069888 \end{array} \\ \log \sin a_2 & = 9{,}9993081_n & \log \cos a_2 & = 8{,}7513084_n \\ & 3{,}9105869 & & 2{,}9627821 \\ {}^2z_4 & = +\ 8139{,}298 & & -\ 917{,}872 = 7221{,}426 \end{array}$$

$$\left.\begin{array}{r} 7220{,}229 \\ 7221{,}426 \end{array}\right\} -1{,}197 = k_{1.2.4}$$

$$s_3\left\{\begin{array}{llll} \log(x_4-x_3) & =3{,}4889101_n & \log(y_4-y_3) & =3{,}4738518_n \\ cp\log\sin(a_4-a_3) & =0{,}3986772 & cp\log\sin(a_4-a_3) & =0{,}3986772 \\ \log\sin a_3 & =9{,}9990911_n & \log\cos a_3 & =8{,}8104376_n \\ & 3{,}8866784 & & 2{,}6829666 \\ & {}^3z_4=+7703{,}328 & & -481{,}911=7221{,}417 \end{array}\right\} +0{,}009=k_{2.3.4}$$

$\log\sin a_4 = 9{,}97345_n$ $\log\cos a_4 = 9{,}53051$

„ $+s_1$	3,82791	zu	+ 6728,4	3,77348	zu	+ 5935,8	= 12664,2 = z_1
„ $+s_2$	3,88473	„	+ 7668,8	3,74198	„	+ 5520,5	= 13189,3 = z_2
„ $+s_3$	3,86104	„	+ 7261,8	3,40304	„	+ 2529,5	= 9791,3 = z_3

$\log k_{1.2.4}$	$= 0{,}07809_n$	$\log k_{2.3.4}$	$= 7{,}95424$
$\log\sin(a_4-a_1)$	$= 9{,}52581$	$\log\sin(a_4-a_2)$	$= 9{,}59301$
$\log\sin(a_4-a_2)$	$= 9{,}59301$	$\log\sin(a_4-a_3)$	$= 9{,}60132$
$cp\log\sin 1''$	$= 5{,}31443$	$cp\log\sin 1''$	$= 5{,}31443$
	4,51134		2,46300
	$k_m = +32459{,}4$;		$k_n = -290{,}4$

$\log z_1 = 4{,}10258$; $\log z_2 = 4{,}12022$; $\log z_3 = 3{,}99084$; $\log z_4 = 3{,}85859$

$\log\sin(a_4-a_2) = 9{,}59301$;	$\log\sin(a_4-a_1) = 9{,}52581$		$\log\sin(a_2-a_1) = 8{,}78092_n$
	$\log\sin(a_4-a_3) = 9{,}60132$;	$\log\sin(a_4-a_2) = 9{,}59301$;	$\log\sin(a_3-a_2) = 7{,}91602_n$
I) $\log m = 3{,}69559$	$3{,}64603_n$		$2{,}63951_n$
II) $\log n =$	3,72154	$3{,}58385_n$	$1{,}77461_n$
$\log mm = 7{,}39118$	7,29206		5,27902
$\log m.n =$	$7{,}36757_n$		4,41412
$\log n.n =$	7,44308	7,16770	3,54922
$m.m = +24614000$	+ 19591000		+ 190000 = + 44395000
$m.n =$	− 23311000		+ 26000 = − 23285000
$n.n =$	+ 27738000	+ 14713000	+ 4000 = + 42455000

$$44395000\,I - 23285000\,II = +32459{,}4$$
$$-23285000\,I + 42455000\,II = -290{,}4$$

7,64733	$7{,}36708_n$	=	4,51134	4,11008
$9{,}71975_n$	7,08683		$4{,}23109_n$	
	+ 12213000 II	= −	17025,1	12885,0
	30242000 II	= +	16734,7	+ 453444
	7,48061	=	4,22361	4,65652

$\log II = 6{,}74300$; $\log I = 7{,}00919$

$\log m.I$ 0,70478	$0{,}65522_n$		$9{,}64870_n$
$\log n.II$	0,46459	$0{,}32685_n$	$8{,}51761_n$
+ 5,067″	− 4,521″		− 0,445″
	+ 2,915	− 2,123″	− 0,033
$\alpha_1 = +5{,}067''$	$\alpha_2 = +1{,}606''$	$\alpha_3 = -2{,}123''$	$\alpha_4 = -0{,}478''$

2. Ausgleichung auf dem Vermittelungswege.

Zunächst haben wir die vermittelnden Näherungswerthe für die Coordinaten des Punktes Ostenwalde zu suchen.

Wir hatten oben: $\log \sin a_4 = 9{,}97345$; $\log \cos a_4 = 9{,}53051$

$\log z_4$	$= 3{,}85859_n$	$= 3{,}85859$
	3,83204	3,38910
	— 6782,66	+ 2449,63
	$y_4 = 32077{,}77$	$x_4 = 35917{,}14$
	$y_0 = +25285{,}11$	$x_0 = +38366{,}77$

Wir haben sonach:

	y	x			
0) Ostenwalde	+ 25285,11,	+ 38366,77;			
1) Papenbrink	+ 37949,60,	+ 38317,46;	0 — 1 =	— 12664,49,	+ 49,31
2) Idathurm	+ 38452,84,	+ 39110,81;	0 — 2 =	— 13167,73,	— 744,04
3) Wittekindsstein	+ 35055,27,	+ 38999,69;	0 — 3 =	— 9770,16,	— 632,92
4) Heilige Buche	+ 32077,77,	+ 35917,14;	0 — 4 =	— 6792,66,	+ 2449,63

	1	2	3	4	
Fehler $k =$	— 4,701″	+ 2,274″	+ 3,078″	— 2,300″	
Gemessen $a =$	270.13.18,400	266.45.59,700	266.17.39,700	289.49.48,500	
Berechnet $a =$	270.13.23,101	256.45.57,426	266.17.36,622	289.49.50,800	$= arc\ tang \frac{y_0 - y}{x_0 - x}$
$\log tang\ a$	= 2,4096527	1,2479145	1,1885528	0,4429393	$= \log \frac{y_0 - y}{x_0 - x}$
$\log (y_0 - y)$	$= 4{,}1025877_n$	$4{,}1195108_n$	$3{,}9899016_n$	$3{,}8320398_n$	Anfang der Rechnung
$\log (x_0 - x)$	= 1,6929350	$2{,}8715963_n$	$2{,}8013488_n$	4,3891005	
$\log \cos a$	= 7,59083	$8{,}75138_n$	$8{,}81058_n$	9,53051	
$\log z$	= 4,10210	4,12022	3,99076	3,85859	$= \log \frac{x_0 - x}{\cos a}$
$\log z z$	= 8,20420	8,24044	7,98152	7,71719	
$\log \sin 1''$	$= 4{,}68557_{-10}$	$4{,}68557_{-10}$	$4{,}68557_{-10}$	$4{,}68557_{-10}$	
$\log z z \sin 1''$	= 2,88977	2,92601	2,66709	2,40276	
$\log \frac{y_0 - y}{zz \sin 1''}$	= 1,21281	1,19350	1,32281	1,42928	$= \log m$
$\log \frac{x_0 - x}{zz \sin 1''}$	= 8,80316	$9{,}94559_n$	$0{,}13426_n$	0,98634	$= \log n$
$\log k$	$= 0{,}67219_n$	0,35679	0,48827	$0{,}36549_n$	
$\log m m$	= 2,42562	2,38700	2,64562	2,85856	
$\log m n$	= 0,01597	$1{,}13909_n$	$1{,}45707_n$	2,41662	
$\log n n$	= 7,60632	9,89118	0,26852	1,97268	
$\log m k$	$= 1{,}88500_n$	1,55029	1,81108	$1{,}79477_n$	
$\log n k$	$= 9{,}47535_n$	$0{,}30238_n$	$0{,}62253_n$	$1{,}35183_n$	

$$mm = +\ 266{,}48 + 243{,}78 + 444{,}20 + 722{,}04 = +\ 1676{,}50$$
$$mn = +\ \ 1{,}04 - 13{,}77 - 28{,}65 + 260{,}39 = +\ 219{,}01$$
$$nn = +\ \ 0{,}00 + 0{,}78 + 1{,}86 + 93{,}91 = +\ 96{,}55$$
$$mk = -\ 76{,}736 + 35{,}505 + 64{,}726 - 62{,}341 = -\ 38{,}846$$
$$nk = -\ 0{,}299 - 2{,}006 - 4{,}193 - 22{,}482 = -\ 28{,}980$$

$$1676{,}50\,\mathfrak{x} + 219{,}01\,\mathfrak{y} = -\ 38{,}846$$
$$219{,}01\,\mathfrak{x} + 96{,}55\,\mathfrak{y} = -\ 28{,}980$$

3,22440,	2,34046,	$1{,}58935_n$;	$1{,}88682_n$
9,11606	1,45652	$0{,}70541_n$	
	+ 28,61	— 5,075	— 77,058
	+ 67,94	— 23,905	+ 38,212
	1,83213	$1{,}37849_n$	1,58220

$$\log \mathfrak{y} = 9{,}54636_n;\quad \log \mathfrak{x} = 8{,}35780$$
$$\mathfrak{y} = -0{,}352 \qquad \mathfrak{x} = +0{,}023$$

$\log \mathfrak{x} = 8{,}35780$;	$\log \mathfrak{y} = 9{,}54636_n$		
$\log m_1 = 1{,}21281$	$\log n_1 = 8{,}80316 - 10$;	9,57061,	$8{,}34952_n$
„ $m_2 = 1{,}19350$	„ $n_2 = 9{,}94559_n - 10$;	9,55130,	9,49195
„ $m_3 = 1{,}32281$	„ $n_3 = 0{,}13426_n$;	9,68061,	9,68062
„ $m_4 = 1{,}42928$	„ $n_4 = 0{,}98634$;	9,78708,	$0{,}53270_n$

$-k$	
$\alpha_1 = +\ 4{,}701$	$+\ 0{,}372 - 0{,}022 = +\ 5{,}051''$
$\alpha_2 = -\ 2{,}274$	$+\ 0{,}356 + 0{,}310 = -\ 1{,}608$
$\alpha_3 = -\ 3{,}078$	$+\ 0{,}479 + 0{,}479 = -\ 2{,}120$
$\alpha_4 = +\ 2{,}300$	$+\ 0{,}612 - 3{,}408 = -\ 0{,}496$

Wir finden also auf dem Wege

der Bedingung	der Vermittelung
$\alpha_1 = +\ 5{,}067''$	$+\ 5{,}051''$
$\alpha_2 = -\ 1{,}606$	$-\ 1{,}608$
$\alpha_3 = -\ 2{,}123$	$-\ 2{,}120$
$\alpha_4 = -\ 0{,}478$	$-\ 0{,}496$

Die Verbesserung der gemessenen Azimuthe ist demnach:

1. Papenbrink	= 270° 13′ 18,4″	+ 5,06″	= 270° 13′ 23,46″
2. Idathurm	= 266 45 59,7	— 1,61	= 266 45 58,09
3. Wittekindsstein	= 266 17 39,7	— 2,12	= 265 17 37,58
4. Heilige Buche	= 289 49 48,5	— 0,48	= 289 49 48,02.

Die Verbesserung der Näherungswerthe der Coordinaten:

0, Thurm zu Ostenwalde	25285,11,	38366,77
	— 0,352	+ 0,023
	25284,758,	38366,793

Wollen wir endlich noch die wahrscheinlichsten Fehler dieser Resultate berechnen, *so haben wir*:

$$\alpha_1^2 = 25{,}6036 \qquad log\frac{\Omega}{2} = 1{,}21643$$
$$\alpha_2^2 = 2{,}5921 \qquad \tfrac{1}{2}\,log\frac{\Omega}{2} = 0{,}60821$$
$$\alpha_3^2 = 4{,}4944 \qquad log\,0{,}6745 = 9{,}82898$$
$$\alpha_4^2 = 0{,}2304 \qquad log\, r_\alpha = 0{,}43719$$
$$\Omega = 32{,}9205 \qquad ,,\; r_\alpha = 2{,}736''.$$

Es ist also der wahrscheinlichste Fehler eines der vier Neigungswinkel $= 2{,}736''$.

Wollen wir mit Hülfe dieser Zahl auch die wahrscheinlichen Fehler der verbesserten Coordinaten finden, so haben wir zu berechnen:

$$log\,[m\,m] = 3{,}22440$$
$$log\,[n\,n] = 1{,}98475$$
$$5{,}20915, \quad \text{Zahl} = 161864$$
$$[m\,n]^2 = 45745$$
$$5{,}06490 \qquad 116119$$
$$-\,log\,[n\,n] = 3{,}08015 \;:\; 2 = 1{,}54007$$
$$-\,log\,[m\,m] = 1{,}84050 \;:\; 2 = 0{,}92025$$
$$log\, r_\alpha = 0{,}43719$$
$$log\, r_x = 8{,}89712, \quad r_x = 0{,}079 \text{ Ruthen}$$
$$log\, r_y = 9{,}51694, \quad r_y = 0{,}329 \quad ,,$$

Wir erhalten daher schliesslich die Coordinaten des Thurmes zu Ostenwalde:

Die Ordinate 25284,758 mit dem wahrscheinlichen Fehler 0,329,
„ Abscisse 38366,793 „ „ „ „ 0,079.

Dass die Unsicherheit des Schnittes am stärksten bei der Ordinate hervortritt, erklärt sich aus der beinahe senkrechten Lage der vier Schnittlinien gegen die Abscissenachse, und dass sie so beträchtlich ist, hat seinen Grund in der Kleinheit der drei parallactischen Winkel $a_4 - a_1$, $a_4 - a_2$, $a_4 - a_3$, von denen keiner 24 Grad erreicht.

Der Umfang der Arbeit ist auf den beiden Rechnungswegen bei vier Standpunkten fast gleich, bei drei Standpunkten auf dem Bedingungswege etwas geringer als auf dem Vermittelungswege. Mit jedem Standpunkte vermehrt sich die Anzahl der Bedingungsgleichungen. Da nun das Geschäft der Elimination ungefähr mit dem Quadrat der Anzahl der Bedingungsgleichungen wächst, so leuchtet ein, dass bei fünf und mehr Standpunkten der Bedingungsweg bei jener Vergleichung in Nachtheil kömmt, weil auf dem Vermittlungswege immer nur zwei unbekannte Grössen zu eliminiren sind, und das Vorbereitungsgeschäft ebenso wie bei dem Bedingungswege immer nur im arithmetischen Verhältniss mit der Anzahl der Standpunkte *wächst*.

Minden, den 30. April 1857.

XV.

I. Ueber die zweckmässigste Combination einer gegebenen Anzahl galvanischer Elemente, um bei gegebenem Schliessungsbogen die grösste Wirkung zu erhalten.

II. Ableitung des Laplace'schen Ausdrucks der astronomischen Refraction.

Von Dr. Ed. Lottner,

Lehrer der Mathematik und Physik an der Realschule zu Lippstadt.

I.

Bekanntlich erhält man das Maximum der Wirkung einer aus mehreren Ketten bestehenden galvanischen Säule, wenn man dieselben so gruppirt, dass der Leitungswiderstand innerhalb und ausserhalb der Kette einander gleich wird (Müller, Lehrbuch der Physik, 4. Aufl. Bd. II. S. 191). Beim Beweise dieses Gesetzes wird nicht mit der nothwendigen Allgemeinheit zu Werke gegangen. Gewöhnlich wird angenommen, dass man eine Anzahl von p einfachen galvanischen Elementen zu einer Säule von n Ketten, von denen jede m einfache Elemente umfasst (sodass $mn = p$) combiniren kann, und hierauf die Richtigkeit des oben angeführten Satzes vermittelst des Ohm'schen Gesetzes mathematisch erwiesen. Diese Gruppirung ist aber nicht die einzig mögliche. Denn man könnte die p Elemente so ordnen, dass n_1 Ketten, eine jede m_1 Elemente enthaltend, mit n_2 Ketten, eine jede m_2 Elemente enthaltend u. s. w. verbunden würden, wo die m und n die Bedingung zu erfüllen hätten:

$$1)\qquad m_1 n_1 + m_2 n_2 + m_3 n_3 + \ldots\ldots = p.$$

Man habe z. B. 8 einfache Becher. Bei dem gewöhnlichen Beweise nimmt man an, dass diese combinirt werden könnten

zu einer Säule mit 8 1fachen Ketten,
mit 4 2fachen „
mit 2 4fachen „
mit 1 8fachen „

Es wäre aber jedenfalls möglich, dass die Gruppirung geschähe

zu einer Säule mit 1 2fachen Kette
verbunden mit einer Säule mit 2 3fachen Ketten etc.

Die Anzahl der Gruppirung hängt dann davon ab, auf wieviel verschiedene Arten sich 8 in eine Summe von Producten zu 2 Factoren, die ganze Zahlen sind, zerlegen lässt.

In Folgendem soll gezeigt werden, dass die erste Art der Combination das Maximum der Stromstärke und die oben angeführte Gleichheit des wesentlichen und ausserwesentlichen Widerstandes giebt.

Es sei E die electromotorische Kraft eines Elementes, L der Leitungswiderstand in demselben, λ der im Schliessungsbogen. Dann ist die electromotorische Kraft von n_1 Elementen $= n_1 E$, von n_2 Elementen $= n_2 E$ u. s. w. Der Leitungswiderstand bei einer Säule von n_1 Elementen wird $n_1 L$, wenn aber die Oberfläche m_1 mal vergrössert ist $= \frac{n_1 L}{m}$, ebenso bei den übrigen. Man hat also für die Intensität J der ganzen Säule nach dem Ohm'schen Gesetze

$$2)\qquad J = \frac{(n_1 + n_2 + n_3 + \ldots) L}{\left(\frac{n_1}{m_1} + \frac{n_2}{m_2} + \frac{n_3}{m_3} + \ldots\right) L + \lambda}.$$

Dieser Ausdruck muss durch die Wahl der m nnd n mit Hinzuziehung der Bedingungsgleichung 1) zu einem Maximum gemacht werden. Bezeichnet man mit μ einen unbestimmten Factor, so ist nach dem Verfahren das Maximum und Minimum einer Function mehrerer Variabeln, die Bedingungsgleichungen zu erfüllen haben, zu bestimmen

$$d.\left\{\frac{E\Sigma n}{L\Sigma\frac{n}{m} + \lambda} + \mu\,\Sigma m n\right\} = 0.$$

Die Differentiation nach einem beliebigen n_s und m_s ergiebt:

$$3)\qquad \frac{\left(L\Sigma\frac{n}{m} + \lambda\right) dn_s - \frac{m_s dn_s - n_s dm_s}{m_s^2}.\Sigma n}{\left(L\Sigma\frac{n}{m} + \lambda\right)^2} E + \mu(n_s dm_s + m_s dn_s) = 0.$$

Da dn_s und dm_s gänzlich von einander unabhängig sind, so zerfällt diese Gleichung in folgende zwei:

$$4)\qquad \left\{\begin{aligned} &\frac{L\Sigma\frac{n}{m} + \lambda - \frac{L\Sigma n}{m_s}}{\left(L\Sigma\frac{n}{m} + \lambda\right)^2} E + \mu m_s = 0, \\ &\frac{\frac{n_s\Sigma n}{m_s^2} L E}{\left(L\Sigma\frac{n}{m} + \lambda\right)^2} + \mu n_s = 0. \end{aligned}\right.$$

Eliminirt man μ aus diesen Gleichungen, so hebt sich zugleich n_s, E und *der quadratische* Nenner weg und man erhält

$$5) \qquad m_s = \frac{2L\Sigma n}{L\Sigma\frac{n}{m} + \lambda}$$

Die Veränderung des Index s bringt keine Aenderung auf der rechten Seite der Gleichung hervor; man sieht also, dass alle m einander gleich sein müssen. Es sei nun $\Sigma n = N$, sodass man eine Säule von N Ketten hat, deren jede m Elemente enthält. Dann ist

$$\Sigma\frac{n}{m} = \frac{N}{m}, \quad p = Nm, \quad m = \frac{2LN}{\frac{LN}{m} + \lambda}, \quad \lambda = \frac{LN}{m}.$$

Die Grösse $\frac{LN}{m}$ drückt aber den Leitungswiderstand in einer Säule aus, die aus N Ketten zu je m Elementen besteht. Folglich ist bewiesen, dass 1. die $p = mN$ Elemente zu einer Säule von N Ketten zu je m Elementen combinirt werden und 2. dass die Widerstände in und ausserhalb der Kette einander gleich sein müssen, damit die Intensität ihr Maximum

$$J = \frac{NE}{\frac{2LN}{m} + \lambda} = \frac{mE}{2L}$$

erreiche. Ist der ausserwesentliche Widerstand λ gegeben, so ist

$$N = \sqrt{\frac{p\lambda}{L}}$$

zu setzen, wenn J sein Maximum $\frac{E}{2}\sqrt{\frac{p}{L\lambda}}$ erlangen soll.

II.

Ableitung des Laplace'schen Ausdrucks der atmosphärischen Refraction aus dem Gesetze der Brechung und der Abnahme der Dichtigkeit der Luft mit der Höhe.

Auf den Untersuchungen Euler's über die atmosphärische Refraction, die er in den *Mémoires de Berlin* für 1754 mittheilte, fussen die Arbeiten von Lagrange, Laplace und Bessel. Euler hat die Differentialgleichung der Refraction abgeleitet unter der Annahme, dass die Atmosphäre aus concentrischen Schichten von veränderlicher Dichtigkeit bestände, die den ihnen sehr nahe kommenden Lichtstrahl in einer Richtung anzögen, die, wie bei allen Molecularwirkungen, normal gegen ihre Oberfläche ist. Er legte also seiner Betrachtungsweise des Lichtes die Emanationshypothese zu Grunde, die seitdem und zwar mit Recht durch die Undulationstheorie verdrängt worden ist. Ausserdem macht er die willkürliche Annahme, dass die anziehende Kraft der Dichtigkeit proportional ist. Es wäre deshalb wünschenswerth, den analytischen Ausdruck der Refraction, der von Laplace in der vollkommensten Form in dem 4. Bande der *Mécanique céleste* gegeben, und auf Grund dessen die vorzüglichen Tafeln von Bessel berechnet worden sind, nur mit Hülfe der durch Beobachtung feststehenden Gesetze der Optik und der Abnahme der Dichtigkeit der Luft mit der Höhe abzuleiten. Im Folgenden ist dies ausgeführt, indem nur nachstehende Gesetze zur Entwickelung benutzt worden sind:

1. Das Verhältniss des Sinus des Einfallswinkels zum Sinus des Brechungswinkels ist constant.
2. Die brechende Kraft ist bei allen Gasen der Dichtigkeit proportional (nach Biot und Arago).
3. Abgesehen von der Veränderung der Temperatur, nimmt die Dichtigkeit der Luft in geometrischer Progression ab, wenn die Höhen arithmetisch wachsen.

Man denke sich die Atmosphäre in unendlich dünne Schichten von constanter Dichtigkeit getheilt, sodass der Weg des Lichtstrahls innerhalb einer solchen Schicht als gerade Linie betrachtet werden kann. Unter dieser Voraussetzung sei NCD der Weg eines Lichtstrahls innerhalb der Schichten LC und CB, in welchen bezüglich die Dichtigkeiten $\varrho + d\varrho$ und ϱ stattfinden mögen. Ferner sei

die Entfernung DM vom Mittelpunkte der Erde $= r$
" " CM " " " " $= r + dr$,
der Einfallswinkel des Lichtstrahls $LCN = \alpha$,
der Brechungswinkel $DCB = \beta$,
der Brechungsexponent zwischen den Mitteln von der Dichtigkeit $\varrho + d\varrho$ und $\varrho = n$,
der Contingenzwinkel der Refractionscurve $LCF = d\omega$,
das Bogenelement derselben $= ds$,
der Krümmungsradius $= P$,
der Polarwinkel der Curve $HMD = \varphi$. (Taf. V. Fig. 1.)

Man erhält alsdann folgende Gleichungen:

1) $$\sin\alpha = n \sin\beta,$$

2) $$\alpha - \beta = d\omega,$$

3) $$d\omega = \frac{ds}{P}.$$

Für den Krümmungsradius kann man mit Vortheil den Ausdruck benutzen, der vom Professor Schellbach im 45. Bande des Crelle'schen Journals S. 265 gegeben worden ist. Er lautet

$$P = \frac{r\,dr}{d\,.\,r^2 \frac{d\varphi}{ds}}.$$

Bezeichnet man nun die Differentialquotienten von r und φ, nach dem Bogen s genommen, mit r' und φ', so erhält man aus 3)

$$4)\qquad d\omega = \frac{d \,.\, r^2 \varphi'}{r r'}.$$

Aus 1) ergiebt sich, wenn man $\alpha = \beta + d\omega$ setzt,

$$\sin(\beta + d\omega) = \sin\beta + \cos\beta\, d\omega = n \sin\beta$$

$$5)\qquad d\omega = (n-1)\, tg\,\beta.$$

Da aber aus dem Dreiecke DCB

$$tg\,\beta = \frac{DB}{BC} = r\frac{d\varphi}{dr} = \frac{r\varphi'}{r'} \text{ ist,}$$

so folgt aus 4)

$$(n-1)\, r^2\varphi' = d \,.\, r^2\varphi'$$

$$6)\qquad n - 1 = d \,.\, \log r^2 \varphi'.$$

Es muss nun noch die unendlich kleine Grösse $n-1$ in Function von r ausgedrückt werden. Zu dem Ende sei m der Brechungsexponent zwischen dem leeren Raume und der Luft von der Dichtigkeit ϱ, $m + dm$ der Brechungsexponent zwischen dem leeren Raume und der Luft von der Dichtigkeit $\varrho + d\varrho$. Dann ist der Brechungsexponent n zwischen Luft von der Dichtigheit $\varrho + d\varrho$ und ϱ nach den Elementen der Optik

$$n = \frac{m}{m + dm},\quad n - 1 = -\frac{dm}{m + dm} = -\frac{dm}{m},$$

wenn man die unendlich kleinen Grössen der zweiten Ordnung vernachlässigt.

Nach den Versuchen von Biot und Arago ist die brechende Kraft, d. h. die Grösse $n^2 - 1$ bei allen Gasen der Dichtigkeit proportional, d. h.

$$m^2 = c\varrho + 1,$$

wo c eine durch die Beobachtung zu bestimmende Constante ist. Man erhält also

$$7)\qquad n - 1 = -\frac{dm}{m} = -d \,.\, \log m = -d \,.\, \log \sqrt{c\varrho + 1}.$$

Durch Einsetzung dieses Werthes in 6) und durch Integration wird erhalten

$$8)\qquad \frac{k}{\sqrt{c\varrho + 1}} = r^2 \varphi'.$$

Um die Integrationsconstante k zu erhalten, bemerke man, dass an der Oberfläche der Erde die Dichtigkeit ϱ_0 und $r = R =$ dem Erdradius ist. Ferner wird $\varphi_0' = \left(\frac{d\varphi}{ds}\right)_0 = \frac{1}{R}\cos D'JA = \frac{1}{R}\sin z$, wo z die scheinbare Zenithdistanz bezeichnet.

Man hat also

$$8a)\qquad k = R \sin z \sqrt{c\varrho_0 + 1},$$

die zu integrirende Gleichung lautet demnach

$$9)\qquad r^2\varphi' = R\sin z \sqrt{\frac{c\varrho_0 + 1}{c\varrho + 1}}.$$

Zur Erleichterung der Rechnung soll aber zunächst der Buchstabe k beibehalten werden.

Da

$$\frac{ds}{d\varphi}=\frac{r^2\sqrt{c\varrho+1}}{k}$$

ist, so wird

$$\frac{dr}{d\varphi}=r\sqrt{\frac{r^2(c\varrho+1)}{k^2}-1},$$

die Gleichung der Refractionscurve ist also:

$$\text{9a)} \qquad \varphi-\varphi_0=\pm\int\frac{dr}{r\sqrt{\frac{r^2(c\varrho+1)}{k^2}-1}}.$$

Um die gesammte Refraction zu erhalten, hat man nur nöthig die Gleichung 4) zu integriren. Die darin vorkommenden Differenziale lassen sich leicht ausdrücken,

$$\frac{dr}{ds}=\frac{dr}{d\varphi}\frac{d\varphi}{ds}=\frac{1}{r}\frac{1}{\sqrt{c\varrho+1}}\sqrt{r^2(c\varrho+1)-k^2}$$

$$d\omega=\frac{d.r^2\frac{d\varphi}{ds}}{r\frac{dr}{ds}},$$

also

$$d\omega=\frac{d.\frac{k}{\sqrt{c\varrho+1}}.\sqrt{c\varrho+1}}{\sqrt{r^2(c\varrho+1)-k^2}}=\frac{-\frac{1}{2}ckd\varrho}{(c\varrho+1)\sqrt{r^2(c\varrho+1)-k^2}}.$$

Durch Einsetzung der Constante k wird erhalten:

$$\text{10)} \qquad d\omega=\frac{-\frac{1}{2}c\sqrt{c\varrho_0+1}\,R\sin z\,d\varrho}{(c\varrho+1)\sqrt{r^2(c\varrho+1)-(c\varrho_0+1)R^2\sin^2 z}}.$$

Der Bruch $\frac{R}{r}$ wird sich nur sehr wenig von der Einheit entfernen. Setzt man also

$$\frac{R}{r}=1-v,$$

so wird v eine sehr kleine Grösse sein. Dividirt man im Zähler und Nenner in 1) mit r, so ergiebt sich nach Einführung des Werthes von v

$$\text{11)} \qquad d\omega=\frac{-\frac{1}{2}c\sin z\,(1-v)\,d\varrho}{(c\varrho+1)\sqrt{\frac{c\varrho+1}{c\varrho_0+1}-(1-v)^2\sin^2 z}};$$

die Integration erstreckt sich von $\varrho=\varrho_0$ bis $\varrho=0$. Diesen Werthen von ϱ werden sehr kleine Werthe von v entsprechen, da die Dichtigkeit der Atmosphäre in beträchtlichen Entfernungen von der Erdoberfläche 0 wird. Man kann also v^2 und auch cv gegen v vernachlässigen, denn die Grösse c

ist ebenfalls sehr gering. Der Ausdruck $c\varrho + 1$ bewegt sich zwischen den Grenzen 1 und $1 + c\varrho_0$. Nach der Theorie der bestimmten Integrale liegt also der Ausdruck

$$\int_{\varrho_0}^{0} \frac{d\varrho}{(1+c\varrho)F(\varrho)} \text{ zwischen } \int_{\varrho_0}^{0} \frac{d\varrho}{F(\varrho)} \text{ und } \int_{\varrho_0}^{0} \frac{d\varrho}{(1+c\varrho_0)F(\varrho)}.$$

Da aber 1 und $1 + c\varrho$ sehr wenig von einander verschieden sind, so kann man annehmen, dass das Integral gleich dem arithmetischen Mittel zwischen beiden multiplicirt mit $\int_{\varrho_0}^{0} \frac{d\varrho}{F(\varrho)}$ sein wird. Wir haben also:

$$12)\qquad \omega = \frac{-\frac{1}{2}c}{1+\frac{1}{2}c\varrho_0} \int_{\varrho_0}^{0} \frac{\sin z\, d\varrho}{\sqrt{\frac{1+c\varrho}{1+c\varrho_0} - (1-2v)\sin^2 z}}.$$

Mit Vernachlässigung der höhern Potenzen von c wird daraus erhalten, da $\frac{1+c\varrho}{1+c\varrho_0} = 1 - c(\varrho_0 - \varrho)$ gesetzt werden kann,

$$13)\qquad \omega = \frac{-\frac{1}{2}c}{1+\frac{1}{2}c\varrho_0} \int_{\varrho_0}^{0} \frac{\sin z\, d\varrho}{\sqrt{\cos^2 z - c(\varrho_0 - \varrho) + 2v\sin^2 z}}$$

$$= \frac{-\frac{1}{2}c}{(1+\frac{1}{2}c\varrho_0)\sqrt{2}} \int_{\varrho_0}^{0} \frac{d\varrho}{\sqrt{\frac{1}{2}\cot^2 z - \frac{c}{2}\frac{(\varrho_0-\varrho)}{\sin^2 z} + v}}.$$

Wenn man von der Abnahme der Temperatur abstrahirt, so ist nach den gewöhnlichen barometrischen Formeln

$$14)\qquad \varrho = \varrho_0 e^{-\beta v},$$

β enthält ebenso wie ϱ_0 einen Factor, der von der Temperatur abhängig ist und ausserdem noch den Erdradius, ist also eine ziemlich beträchtliche Grösse, sodass, wenn v nur einen namhaften Werth hat, d. h. nicht kleiner als circa $\frac{1}{88}$ ist, die Exponentialgrösse verschwindet. Man hat alsdann

$$15)\qquad \omega = \frac{\frac{1}{2}c\varrho_0\beta}{(1+\frac{1}{2}c\varrho_0)\sqrt{2}} \int \frac{e^{-\beta v}\,dv}{\sqrt{\frac{1}{2}\cot^2 z - \frac{\frac{c}{2}\varrho_0}{\sin^2 z}(1-e^{-\beta v}) + v}}.$$

Es sei zur Abkürzung $\frac{1}{2}c\varrho_0 = \alpha$, $\frac{1}{2}\cot^2 z - \frac{\alpha}{\sin^2 z} = a$, $\frac{\alpha}{\sin^2 z} = b$. Die Grenzen des Integrals sind $v = 0$ bis v dahin, wo die Exponentialgrösse keinen messbaren Werth hat.

Man setze jetzt den Ausdruck

$$16)\qquad a + be^{-\beta v} + v = u^2.$$

Die Grenzen für die neue Veränderliche u werden folgende sein: für $v=0$ wird $u=\sqrt{a+b}=\cot z.\sqrt{\tfrac{1}{2}}$; für $v=v_0$ (einem Werthe, wo die Exponentialgrösse verschwindet) wird $u=\sqrt{v_0}$. Um v explicite in u auszudrücken, gebraucht man die Lagrange'sche Reihe. Aus derselben folgt, wenn u^2-a mit x bezeichnet wird,

$$v=x-\frac{b}{1}e^{-\beta x}-\frac{b^2}{1.2}\beta.2^1e^{-2\beta x}-\frac{b^3}{1.2.3}\beta^2 3^2e^{-3\beta x}-\frac{b^4}{1.2.3.4}\beta^3.4^3e^{-4\beta x}-..$$

und da $e^{-\beta v}=\dfrac{x-v}{b}$,

$$e^{-\beta v}=e^{-\beta x}+\frac{b}{1.2}\beta 2^1e^{-2\beta x}+\frac{b^2}{1.2.3}\beta^2 3^2e^{-3\beta x}+\frac{b^3}{1.2.3.4}\beta^3 4^3e^{-4\beta x}+\ldots.$$

$$e^{-\beta v}dv=\left(e^{-\beta x}+\frac{b}{1.2}\beta 2^2e^{-2\beta x}+\frac{b^2}{1.2.3}\beta^2 3^3e^{-3\beta x}+\frac{b^3}{1.2.3.4}\beta^3 4^4e^{-4\beta x}+..\right)dx$$

$$=dx\left(e^{-\beta x}+\frac{b\beta}{1}2e^{-2\beta x}+\frac{(b\beta)^2}{1.2}3^2e^{-3\beta x}+\frac{(b\beta)^3}{1.2.3}4^3e^{-4\beta x}+\ldots\right)$$

Da $dx=2udu$ ist, so hebt sich u im Nenner fort und man erhält einfach

$$17)\quad \varpi=\frac{\alpha\beta}{1+\alpha}\sqrt{2}\int\limits_{\sqrt{\frac{1}{2}}\cot z}^{\sqrt{v_0}}du\left(e^{-\beta(u^2-a)}+\frac{b\beta}{1!}2e^{-2\beta(u^2-a)}+\frac{(b\beta)^2}{2!}3^2e^{-3\beta(u^2-a)}+..\right)$$

Wir haben also folgendes Integral zu betrachten:

$$18)\quad \frac{(nb\beta)^{n-1}}{(n-1)!}\int\limits_{\sqrt{\frac{1}{2}}\cot z}^{\sqrt{v_0}}e^{-n\beta(u^2-a)}du=\frac{(nb\beta)^{n-1}}{(n-1)!}e^{na\beta}\int\limits_{\sqrt{\frac{1}{2}}\cot z}^{\sqrt{v_0}}e^{-n\beta u^2}du.$$

Dies lässt sich leicht auf die Kramp'sche Transcendente zurückführen. Es sei dazu $u\sqrt{n\beta}=t$, so werden die Grenzen $t=\sqrt{\dfrac{n\beta}{2}}\cot z$ und $t=\sqrt{n\beta v_0}$, wo v_0 den Werth bedeutet, bei dem die Exponentialgrösse $e^{-\beta v_0}$ verschwindet. Man kann dafür also ∞ annehmen, obgleich schon früher die Werthe gegen die übrigen Grössen unmessbar werden. Dann erhält man die Umformung:

$$19)\quad \frac{(nb\beta)^{n-1}}{(n-1)!}\frac{1}{\sqrt{n\beta}}e^{na\beta}\int\limits_{\sqrt{\frac{n\beta}{2}}\cot z}^{\infty}e^{-t^2}dt$$

$$=\frac{n^{n-\frac{3}{2}}}{(n-1)!}\left(\frac{\alpha\beta}{\sin^2 z}\right)^{n-1}\frac{1}{\sqrt{\beta}}e^{-\frac{n\alpha\beta}{\sin^2 z}}e^{\frac{n\beta}{2}\cot^2 z}\int\limits_{\sqrt{\frac{n\beta}{2}}\cot z}^{\infty}e^{-t^2}dt.$$

Zur Abkürzung sei $e^{\frac{n\beta}{2}\cot^2 z}\int\limits_{\sqrt{\frac{n\beta}{2}}\cot z}^{\infty}e^{-t^2}dt=\psi(n)$, $\dfrac{\alpha\beta}{\sin^2 z}=\zeta$, so wird

$$20)\quad \omega = \frac{\alpha}{1+\alpha}\sqrt{2\beta}\left\{e^{-\zeta}\psi(1) + \frac{2^{\frac{1}{2}}}{1!}\zeta e^{-2\zeta}\psi(2) + \frac{3^{\frac{3}{2}}}{2!}\zeta^2 e^{-3\zeta}\psi(3) + \dots\right\}.$$

Dies ist der Ausdruck der astronomischen Refraction, den Laplace im 4. Bande der *Mécanique céleste* gegeben und den Bessel in den *Fundamentis astronomiae* als Grundlage der Berechnung seiner vorzüglichen Refractionstafeln benutzt hat.

Um die genaue Uebereinstimmung dieser Theorie mit den astronomischen Beobachtungen zu zeigen, möge die Berechnung der Constante $\alpha = \frac{1}{2}c\varrho_0$ aus physikalischen Daten mit den Resultaten Bessel's verglichen werden. Derselbe hat aus Bradley'schen Fixsternbeobachtungen den Werth von α bei der Dichtigkeit der Luft, die 29,6 engl. Zoll Barometerstand und 48,75° F. Temperatur entspricht $= 57,538''$ gefunden. Nun ist nach Biot und Arago, wenn die Dichtigkeit der Luft bei 760^{mm} Druck und 0° Celsius als Einheit angenommen wird, die brechende Kraft d. h. die Grösse $m^2 - 1$ zwischen derselben und dem leeren Raume

$$= 0,000588 = c.$$

Man hat aber nach dem Mariotte'schen und Gay-Lussac'schen Gesetze

$$\frac{\varrho_0}{\varrho} = \frac{1+\alpha t}{1+\alpha t_0}\cdot\frac{b_0}{b},$$

wo $\alpha = 0,00367$, b_0, b, t_0, t die den Dichtigkeiten ϱ_0 und ϱ entsprechenden Barometerstände und Temperaturen sind. Folglich ist die Dichtigkeit, die bei Bradley's Beobachtungen stattfand,

$$\varrho_0 = \frac{1}{1+\alpha\,.\,48,75^\circ\,\text{F.}}\cdot\frac{29,6''\ \text{engl.}}{760^{mm}}.$$

Nimmt man hier die Reduction auf Millimeter und Grade nach Celsius vor, so wird

$$\alpha = \tfrac{1}{2}c\varrho_0 = \frac{29,6\,.\,25,3995\,.\,0,000294}{760\,.\,1,0382414} = 0,000280125$$

und wenn man den Bogen in Secunden ausdrückt,

$$\alpha = 57,78'',$$

ein Resultat, welches in der That sehr wenig vom Bessel'schen abweicht.

Die Constante β ist aus barometrischen Höhenmessungen abzuleiten. Man findet unter denselben Bedingungen, unter denen α bestimmt wurde

$$\beta = 745,747\,,\quad \log\alpha\beta = 0,3181259 - 1.$$

Die Grössen α und β bedürfen in jedem besonderen Falle Correctionen, die von der Temperatur und dem Barometerstande abhängen. Es ist nicht der Zweck dieser Arbeit, hierauf näher einzugehen, vielmehr verweise ich, was die praktische Anwendung der Formel 20) betrifft, auf die Abhandlung Bessel's am angeführten Orte.

Wenn die Zenithdistanz z sehr gering ist, so ist die Refraction der Tangente von z proportional. Um dies Gesetz abzuleiten, hat man nicht nöthig, die Function, nach welcher die Dichtigkeit mit der Höhe abnimmt, zu kennen. Es ergiebt sich nämlich sogleich aus der Formel 13) durch theilweise Integration

$$21)\quad \omega = \frac{-\frac{1}{2}c}{(1+\frac{1}{2}c\varrho_0)\sqrt{2}}\left\{\left(\frac{\varrho}{\sqrt{\frac{1}{2}cot^2 z - \frac{c}{2}\frac{(\varrho_0-\varrho)}{sin^2 z} + v}}\right)_{\varrho=\varrho_0}^{\varrho=0} - \int_{\varrho_0}^{0} \frac{\varrho\left(\frac{c}{2 sin^2 z} + \frac{dv}{d\varrho}\right)d\varrho}{\left\{\frac{1}{2}cot^2 z - \frac{c}{2}\frac{\varrho_0-\varrho}{sin^2 z} + v\right\}^{\frac{3}{2}}}\right\}.$$

Das Glied vor dem Integrale wird für $\varrho = 0$, da alsdann $v = \infty$ wird, der Null gleich. Für die Grenze $\varrho = \varrho_0$ wird es

$$\frac{-\frac{1}{2}c\varrho_0}{1+\frac{1}{2}c\varrho_0}\, tg\, z.$$

Das Integral selbst wird bei der Entwickelung nur Glieder enthalten, die in die 3. und höhere Potenzen der Tangente multiplicirt sind. Es ergiebt sich demnach

$$\omega = \frac{\alpha}{1+\alpha}\, tg\, z = 57{,}763''\, tg\, z$$

als genäherter Werth der Refraction für kleine Zenithdistanzen.

Kleinere Mittheilungen.

XXXV. Integration der Differentialgleichung

$$1)\qquad (a_2 + b_2 x)\, y'' + (a_1 + b_1 x)\, y' + (a_0 + b_0 x)\, y = 0.$$

Laplace ist der erste, der sich mit der Integration solcher Differentialgleichungen beschäftigte, er setzt nämlich y in folgender Form voraus:

$$2)\qquad y = \int_{u_1}^{u_2} e^{ux}\, V du$$

und bestimmt V als Function von u, und u_1 und u_2 als constante Zahlen so, dass der vorgelegten Gleichung identisch Genüge geschieht. Man hat nämlich, seinen Weg betreten

$$y' = \int_{u_1}^{u_2} u\, e^{ux}\, V du \qquad y'' = \int_{u_1}^{u_2} u^2 e^{ux}\, V du$$

und setzt man

$$U_0 = a_2 u^2 + a_1 u + a_0$$
$$U_1 = b_2 u^2 + b_1 u + b_0,$$

so ist das Substitutionsresultat von 2) in die gegebene Gleichung

$$\int_{u_1}^{u_2} e^{ux} V(U_0 + U_1 x)\, du = 0.$$

Mittelst der Methode des theilweisen Integrirens erhält man aus derselben

$$\left\{e^{ux} U_1 V\right\}_{u_1}^{u_2} + \int_{u_1}^{u_2} e^{ux}\left[U_0 V - \frac{d(U_1 V)}{du}\right] du = 0$$

und dieser genügt man identisch durch eine solche Wahl von V, auf dass

$$U_0 V - \frac{d(U_1 V)}{du} = 0$$

wird, und durch solche Integrationsconstanten, welche die Gleichung

$$e^{ux} U_1 V = 0$$

befriedigen. Setzt man voraus, dass sich $\frac{U_0}{U_1}$ auf folgende Weise zerlegen lässt

$$3) \qquad \frac{U_0}{U_1} = \gamma + \frac{A}{u-\alpha} + \frac{B}{u-\beta}$$

so ergiebt sich für positive Werthe von A und B folgendes particuläre Integral der vorgelegten Gleichung

$$4) \qquad y = \int_{\alpha}^{\beta} e^{\gamma(u+x)} (u-\alpha)^{A-1} (u-\beta)^{B-1}\, du.$$

Ein italienischer Mathematiker und nach ihm Petzval haben gesucht, obige Differentialgleichung in alle denjenigen Fällen, in denen die Laplace'sche Methode nicht anwendbar ist, zu integriren, letzterer hat seine Arbeiten in einem voluminösen Werke „Integration der linearen Differentialgleichungen" veröffentlicht.

Ich bin vor Kurzem zu einer höchst einfachen Integrationsmethode obiger Gleichung gelangt, und war nicht wenig erstaunt, dass Andere vor mir, namentlich Petzval, der sich durch mehr als 30 Jahre auf's eifrigste mit diesem Gegenstande beschäftigte, so äusserst nahe dem von mir gefundenen Resultate, dasselbe übersah.

Ich setze vorerst denjenigen Fall voraus, wo die Zerlegung von $\frac{U_0}{U_1}$ auf folgende Weise angeht:

$$\frac{U_0}{U_1} = \gamma + \frac{A}{u-\alpha} + \frac{B}{u-\beta}.$$

Diese Gleichung kann auch so geschrieben werden:

$$\frac{a_2u^2 + a_1u + a_0}{b_2u^2 + b_1u + b_0} = \frac{\gamma b_2(u-\alpha)(u-\beta) + Ab_2(u-\beta) + Bb_2(u-\alpha)}{b_2(u-\alpha)(u-\beta)}$$

aus ihr folgen:

$$\begin{aligned} a_2 &= \gamma b_2 \\ a_1 &= b_2[A + B - \gamma(\alpha+\beta)] \\ a_0 &= b_2[-(A\beta + B\alpha) + \gamma\alpha\beta] \\ b_1 &= -b_2(\alpha+\beta) \\ b_0 &= b_2\alpha\beta. \end{aligned}$$

Vermittelst dieser Gleichungen kann man in die vorgelegte Gleichung statt der Constanten a_2, a_1, a_0, b_1 und b_0 die Constanten γ, A, B, α und β einführen, es ist alsdann die auf diese Weise aus 1) werdende Gleichung

5) $$(\gamma + x)y'' + [A + B - (\alpha+\beta)(\gamma+x)]y' + [-(A\beta+B\alpha) + \alpha\beta(\gamma+x)]y = 0.$$

Setzt man

$$y = e^{\alpha x}z,$$

so ist

$$y' = e^{\alpha x}(z' + \alpha z); \quad y'' = e^{\alpha x}(z'' + 2\alpha z' + \alpha^2 z)$$

und die Gleichung 5) geht über in:

$$(\gamma + x)z'' + [A + B + (\alpha-\beta)(\gamma+x)]z' + A(\alpha-\beta)z = 0.$$

Wird nun diese Gleichung nach Liouville's Vorgang n mal differenzirt, so hat man

$$(\gamma + x)z^{(n+2)} + [n + A + B + (\alpha-\beta)(\gamma+x)]z^{(n+1)} + (n+A)(\alpha-\beta)z^{(n)} = 0$$

und diese vereinfacht sich für

$$n + A = 0,$$

man erhält sie nämlich hierdurch

$$(\gamma + x)z^{(n+2)} + [B + (\alpha-\beta)(\gamma+x)]z^{(n+1)} = 0.$$

Sondert man die Variabelen, so kömmt man zu der Differentialgleichung

$$\frac{dz^{(n+1)}}{z^{(n+1)}} = -\frac{B\,dx}{\gamma+x} + (\beta-\alpha)\,dx$$

deren Integral ist:

$$\log z^{(n+1)} = (\beta-\alpha)x - B\log(\gamma+x)$$

oder

$$z^{(n+1)} = \frac{e^{(\beta-\alpha)x}}{(\gamma+x)^B} \text{ d. h. } z^{(-A+1)} = \frac{e^{(\beta-\alpha)x}}{(\gamma+x)^B}.$$

Man hat daher umgekehrt

$$z = \frac{d^{A-1}}{dx^{A-1}}\left[\frac{e^{(\beta-\alpha)x}}{(\gamma+x)^B}\right] = \left[\frac{e^{(\beta-\alpha)x}}{(\gamma+x)^B}\right]^{(A-1)}$$

und folglich

6) $$y = e^{\alpha x}\left[\frac{e^{(\beta-\alpha)x}}{(\gamma+x)^B}\right]^{(A-1)}.$$

Vertauscht man in diesen Formeln A mit B und α mit β, so ergiebt sich das zweite particuläre Integral; das vollständige Integral der vorgelegten *Gleichung* ist daher

$$y = C_1 e^{\alpha x}\left[\frac{e^{(\beta-\alpha)x}}{(\gamma+x)^B}\right]^{(A-1)} + C_2 e^{\beta x}\left[\frac{e^{(\alpha-\beta)x}}{(\gamma+x)^A}\right]^{(B-1)}.$$

Diese Analyse muss geändert werden in folgenden 3 Fällen:

1. wenn $U_1 = 0$ zwei gleiche Wurzeln hat,
2. wenn U_1 ein Polynom des 1. Grades ist, und
3. wenn U_1 eine reine Constante ist.

Im 1. Falle lässt sich $\frac{U_0}{U_1}$ so darstellen:

$$\frac{U_0}{U_1} = \gamma + \frac{A}{(u-\alpha)^2} + \frac{B}{u-\alpha}$$

dies giebt entwickelt:

$$\frac{a_2 u^2 + a_1 u + a_0}{b_2 u^2 + b_1 u + b_0} = \frac{\gamma b_2 (u^2 - 2\alpha u + \alpha^2) + A b_2 + B b_2 (u-\alpha)}{b_2 (u^2 - 2\alpha u + \alpha^2)}$$

hieraus folgen für a_2, a_1, a_0, b_1 und b_0 folgende Werthe:

$$\begin{aligned} a_2 &= \gamma b_2, \\ a_1 &= b_2 (B - 2\alpha\gamma), \\ a_0 &= b_2 (A - \alpha B + \gamma\alpha^2), \\ b_1 &= -2\alpha b_2, \\ b_0 &= b_2 \alpha^2 \end{aligned}$$

und die Gleichung 1) nimmt nach Einführung dieser Werthe folgende Gestalt an:

$$(\gamma + x) y'' + [B - 2\alpha(\gamma + x)] y' + [A - B\alpha + \alpha^2 (\gamma + x)] y = 0.$$

Setzt man nun wieder

$$y = e^{\alpha x} z,$$

so erhält man

$$7) \qquad (\gamma + x) z'' + B z' + A z = 0,$$

welche bei Einführung einer neuen unabhängigen Variabele ξ durch die Substitution

$$\xi^2 = \gamma + x$$

auf die Gleichung

$$\xi \frac{d^2 z}{d\xi^2} + (2B - 1)\frac{dz}{d\xi} + 4A\xi z = 0$$

führt, welche sich auf die erst gezeigte Weise integriren lässt. Man hat nämlich nach Nr. 6)

$$8) \quad z = C_1 e^{-2\xi\sqrt{-A}}\left[\frac{e^{4\xi\sqrt{-A}}}{\xi^{B-\frac{1}{2}}}\right]^{(B-\frac{1}{2})} + C_2 e^{+2\xi\sqrt{-A}}\left[\frac{e^{-4\xi\sqrt{-A}}}{\xi^{B-\frac{1}{2}}}\right]^{(B-\frac{1}{2})},$$

wo nach Ausführung der angedeuteten Differentiationen überall $\gamma + x$ für ξ^2 zu setzen ist.

Betrachten wir nun den 2. Fall, wo U_1 ein Polynom des ersten Grades ist, somit die vorgelegte Gleichung die Gestalt hat:

$$9) \qquad a_2 y'' + (a_1 + b_1 x) y' + (a_0 + b_0 x) y = 0.$$

Ist alsdann

$$\frac{U_0}{U_1}=\frac{a_2u^2+a_1u+a_0}{b_1u+b_0}=\gamma u+\beta+\frac{A}{u-\alpha},$$

so ergiebt sich durch Identificirung derselben

$$a_2=\gamma b_1,$$
$$a_1=b_1(\beta-\gamma\alpha),$$
$$a_0=b_1(A-\beta\alpha),$$
$$b_0=-b_1\alpha,$$

und somit ist die Gestalt der zu integrirenden Gleichung

$$\gamma y''+(-\gamma\alpha+\beta+x)y'+(A-\beta\alpha-\beta x)y=0.$$

Die nun wieder angewandte Substitution $y=e^{\alpha x}z$ giebt:

$$\gamma z''+(\gamma\alpha+\beta+x)z'+Az=0.$$

und eine $-A$malige Differentiation

$$\gamma z^{(-A+2)}+(\gamma\alpha+\beta+x)z^{(-A+1)}=0.$$

Hieraus folgt durch Trennung der Variabelen

$$\frac{dz^{(-A+1)}}{z^{(-A+1)}}=-\frac{\gamma\alpha+\beta+x}{\gamma}dx$$

und durch Integration

$$\log z^{(-A+1)}=-\frac{\gamma\alpha+\beta}{\gamma}x-\frac{x^2}{2\gamma}.$$

Es ist daher

$$z=\left[e^{-\frac{\gamma\alpha+\beta}{\gamma}x-\frac{x^2}{2\gamma}}\right]^{(A-1)}$$

und folglich

$$10)\qquad y=e^{\alpha x}\left[e^{-\frac{\gamma\alpha+\beta}{\gamma}x-\frac{x^2}{2\gamma}}\right]^{(A-1)}.$$

Endlich im letzten Falle, wo

$$a_2y''+a_1y'+(a_0+b_0x)y=0$$

ist, führt der Laplace'sche Weg unseres Erachtens am einfachsten zum Integrale.

Inwiefern die hier benutzte Methode sich auf die allgemeine Differentialgleichung

$$(a_n+b_nx)y^{(n)}+(a_{n-1}+b_{n-1}x)y^{(n-1)}+\ldots+(a_1+b_1x)y'+(a_0+b_0x)y=0$$

ausdehnen lasse, soll den Gegenstand einer nächsten Abhandlung bilden.

Wien. Simon Spitzer.

XXXVI. Ueber die graphische Rectification und Transposition von Kreisbögen, sowie über die Construction cyclischer Curven.

Zur näherungsweisen Rectification eines gegebenen Kreisbogens AB (Taf. V. Fig. 2.) hat man folgendes seit langer Zeit bekanntes Verfahren: man ziehe durch A eine Tangente an den Kreis und zugleich einen Durchmesser, auf welchem man die Strecke AC gleich dem dreifachen Radius nimmt; die Gerade CB schneidet dann von der Tangente ein Stück AD ab, welches dem Kreisbogen um so genauer gleichkommt je kleiner letzterer ist. Für den Kreishalbmesser $= r$ und den Centriwinkel ω giebt nämlich die Construction

$$AD = r\frac{3 \sin\omega}{2 + \cos\omega},$$

oder, wenn ω in Theilen des Halbmessers ausgedrückt und Alles in Reihen verwandelt wird,

$$AD = r\left(\omega - \frac{\omega^5}{180} - \frac{\omega^7}{1512} + \ldots\right);$$

daraus folgt z. B. für einen Centriwinkel von 30^0 oder $\omega = \frac{1}{6}\pi$,

$$AD = \tfrac{1}{6}\pi r - 0{,}00022 \,.\, r$$

und hier ist die Differenz selbst für einen Halbmesser von 10 Zoll (der nicht häufig vorkommen dürfte) noch ganz unmerklich. Auch für einen Winkel von 45^0 bleibt die Abweichung $(0{,}0017 \,.\, r)$ unerheblich, wenn der Halbmesser nicht gross, d. h. höchstens etwa 3 Zoll ist. Für graphische Arbeiten von gewöhnlichen Dimensionen kann man sich also der obigen Construction bis gegen 45^0 hin mit Sicherheit bedienen.

Beträgt der Centriwinkel mehr als 45^0, so liegt es am nächsten, denselben in zwei, drei oder mehr gleiche Theile zu zerlegen, einen der entsprechenden Bögen zu rectificiren und die erhaltene Gerade zu vervielfachen. Dieses Verfahren ist bequem und genau genug, wenn eine Halbirung oder Dreitheilung des Winkels ausreicht d. h. solange der Winkel nicht mehr als 135^0 beträgt, darüber hinaus wird aber die Construction durch das Theilen des Winkels etwas umständlich und nachher ungenau, weil die Vervielfachung jener durch Rectification erhaltenen Geraden von einer Vervielfachung des begangenen Fehlers begleitet ist. Für diesen Fall empfehlen wir folgendes Verfahren. Mittelst des Kreishalbmessers theile man, vom Anfangspunkte des gegebenen Bogens ausgehend, die ganze Kreisperipherie in 6 gleiche Theile; der Endpunkt des gegebenen Bogens fällt dann zwischen zwei Theilpunkte, und der Bogen kann unter einer der Formen $\frac{n}{6}\pi + a$ oder $\frac{n+1}{6}\pi - b$ dargestellt werden, wo π die Kreisperipherie bezeichnet und entweder a oder b weniger als 30^0 fasst. Man rectificirt nun den halben Kreisumfang mittelst der Kochansky'schen Construction*) und bestimmt daraus $\frac{n}{6}\pi$ oder $\frac{n+1}{6}\pi$, rectificirt dann entweder a oder b

---

*) Wenn nämlich LP der Durchmesser des Kreises ist, so nimmt man $LN = r \tan 30^0$, $NQ = 3r$ und erhält (Fig. 3)

$$PQ = r\sqrt{13\tfrac{1}{3} - \sqrt{12}} = r \,.\, 3{,}1415333\ldots;$$

die Differenz ist

$$\pi r - PQ = 0{,}00005932.$$

Bei einem Halbmesser von 2 Fuss beträgt dieser Fehler noch nicht $\frac{1}{10}$ einer Decimallinie.

(jenachdem a oder b weniger als 30° hält) und setzt endlich den ganzen Bogen aus seinen Theilen zusammen. In Taf. V. Fig. 4 z. B. beträgt der Bogen AB etwas mehr als $\frac{2}{3}\pi$ und zwar ist der Ueberschuss CB kleiner als $Arc\,30^0$; man rectificirt also BC, wodurch man BE erhält und setzt daran die Linie $EF = \frac{2}{3}\pi = \frac{2}{3}$ der in Taf. V. Fig. 3. vorkommenden Linie PQ.

Die vorigen Constructionen lassen sich auch umgekehrt anwenden um auf einem gegebenen Kreise einen Bogen abzuschneiden, der einer gegebenen Geraden gleichkommt. Ist erstens die gegebene Strecke im Verhältniss zum Kreisradius so klein, dass der gesuchte Bogen voraussichtlich nicht mehr als 30° halten wird, so legt man die gegebene AD tangential an den Kreis, zieht durch den Berührungspunkt A einen Durchmesser, nimmt auf diesem $AC =$ dem dreifachen Radius und schneidet endlich den Kreis durch die Gerade CD; es ist dann AB (Taf. V. Fig. 2.) der gesuchte Bogen. Im entgegengesetzten Falle, d. h. wenn die gegebene Strecke den halben Radius wesentlich übersteigt, rectificirt man zuerst den gegebenen Kreis und theilt die erhaltene Peripherie in 6 gleiche Theile bestimmt also $\frac{1}{3}\pi$*); der Vergleich mit der gegebenen Geraden zeigt sogleich, zwischen welchen Sechsteln des Kreisumfanges jene Strecke liegt. Man überträgt nun den Unterschied auf den Kreis und setzt dann noch die nöthigen Sechstel hinzu. In Taf. V. Fig. 4 z. B. sei BF die gegebene Linie und tangential an den Kreis gelegt; der Linie BF kommen $\frac{2}{3}\pi$ am nächsten, zieht man diese $= FE$ davon ab, so bleibt ein Stück BE, welches, auf den Kreis übertragen, den Bogen BC liefert. Durch Vergrösserung um den Bogen CA, welcher $\frac{2}{3}\pi$ beträgt, also 120° fasst, erhält man jetzt $Arc\,BA = BF$.

Hieran knüpft sich endlich noch die Aufgabe, einen gegebenen Kreisbogen auf einen anderen Kreis zu übertragen. Die Lösung besteht einfach darin, dass man erst den gegebenen Bogen rectificirt und dann auf dem zweiten Kreise einen Bogen bestimmt, welcher der vorhin durch Rectification erhaltenen Geraden gleich ist. Bei kleinen Bögen ersieht man das Verfahren unmittelbar aus Taf. V. Fig. 5, wo AB der gegebene Bogen und AB' der ihm gleiche ist; bei grösseren Bögen hat man sich an die oben erwähnten Modificationen zu halten.

Wie man diese Constructionen bei der graphischen Darstellung cyclischer Curven vortheilhaft benutzen kann, wollen wir noch mit wenigen Worten andeuten.

Die Kreisevolvente. Ist A (Taf. V. Fig. 6) der Anfangspunkt der Bewegung und N ein beliebiger Punkt der Kreisperipherie, so erhält man bekanntlich den entsprechenden Punkt der Kreisevolvente, wenn man auf der durch N gelegten Kreistangente die Strecke $NP = Arc\,NA$ nimmt. Wollte man die Punkte N ganz beliebig wählen und jeden der einzelnen Bögen NA rectificiren, so würde die Construction der Curve sehr mühselig

*) Diese Theilung verursacht keine Mühe, weil man nur in Fig. 3 durch die Punkte N_1 und N_2 Parallelen zu NP zu legen braucht.

werden; dagegen kommt man rasch zum Ziele, wenn man sogleich den halben Umfang des Kreises rectificirt: $A_1 B_1 = Arc\ AB$, sowohl den Kreis als die ihm gleiche Strecke in eine übereinstimmende Anzahl gleicher Theile zerlegt und nun die entsprechenden Stücke von $A_1 B_1$ auf die Tangenten aufträgt. In der Figur z. B. ist $Arc\ AN = \frac{4}{12} Arc\ AB$, mithin $NP = \frac{4}{12} A_1 B_1 = A_1 N_1$. Da hier nur eine Rectification vorgenommen und im Uebrigen getheilt wird, so vertheilt sich auch der bei der Rectification begangene Fehler auf die einzelnen Tangenten und man erhält deshalb eine sehr scharfe Bestimmung der einzelnen Punkte. Die Punkte N sind bekanntlich die Krümmungsmittelpunkte der Curve; letztere kann daher ohne allen merklichen Fehler aus Kreisbögen zusammengesetzt werden, was auch in Fig. 6. geschehen ist.

Die Cycloiden. Die Gerade, auf welcher sich der gegebene Kreis vom Durchmesser CE wälzt, sei XX', A der Anfangspunkt der Bewegung, M der Mittelpunkt des Kreises in einer seiner Lagen und N sein Berührungspunkt mit der Basis; um jetzt den entsprechenden Punkt der Cycloide zu finden, hat man auf dem Kreisumfange den Bogen NP gleich der Geraden NA zu nehmen. Auch hier wäre es unpraktisch, den Punkt N willkürlich zu wählen, man wird vielmehr erst den Halbkreis rectificiren, um die halbe Basis der Cycloide $ANC = Arc\ CQE$ zu erhalten, sowohl AC als den Halbkreis in eine übereinstimmende Anzahl gleicher Theile theilen und für N die verschiedenen Theilpunkte nehmen. So ist z. B. in der Figur $AN = \frac{3}{8} AC$, $Arc\ CQ = \frac{3}{8} Arc\ CE$, mithin $AN = Arc\ CQ = Arc\ NP$; hiernach geht die Construction sehr rasch mit grosser Genauigkeit von Statten. Die Gerade PN ist bekanntlich die zum Punkte P gehörige Normale der Cycloide; construirt man zu allen gefundenen Punkten die Normalen und nimmt die Durchschnitte je zweier aufeinander folgender Normalen als Krümmungsmittelpunkte, was näherungsweis richtig ist, so kann man die Cycloide leicht aus Kreisbögen zusammensetzen, wie es in der Figur geschehen ist.

Für die Epi- und Hypocycloiden erleidet diese Construction keine wesentliche Aenderung. In Taf. V. Fig. 8. z. B. ist CD der Durchmesser des ruhenden, CE der Durchmesser des rollenden Kreises, letzterer in seiner mittleren Lage d. h. für den Wälzungswinkel von 180^0 gedacht. Die Strecke CD_1 stellt den halben Umfang des ruhenden Kreises dar, CE_1 ist die halbe Peripherie des beweglichen Kreises, die Differenz $D_1 E_1 = DF$ konnte wegen ihrer geringen Grösse und den kleinen Dimensionen der Zeichnung unmittelbar auf den ruhenden Kreis nach DH übertragen werden, und es ist nun $Arc\ DA = Arc\ DH = Arc\ CND - Arc\ CQE$, oder $Arc\ CNA = Arc\ CQE$, folglich A der Anfangspunkt der Bewegung. Sowohl $Arc\ CNA$ als $Arc\ CQE$ sind in 12 gleiche Theile getheilt, N und Q zwei entsprechende Theilpunkte nämlich $Arc\ AN = \frac{8}{12} Arc\ ANC$, $Arc\ CQ = \frac{8}{12} Arc\ CQE$. Verlängert man ON um den Halbmesser des rollenden Kreises, so hat man den Punkt M als Mittelpunkt des letzteren Kreises in der Lage, wo er den grösseren Kreis in N berührt. Auf der Peripherie des rollenden Kreises wäre jetzt $Arc\ NP = Arc\ NA$ zu nehmen, weil aber $Arc\ NA = Arc\ CQ$, so hat man nur die Sehne CQ nach NP zu übertragen. Die Gerade NP ist zugleich die Normale der Curve und die Durchschnitte der successiven Normalen geben die Mittelpunkte der Kreisbögen, aus denen die Curve zusammengesetzt werden kann.

Die Schraubenlinie. Der Halbmesser des Cylinders, auf welchem die Schraubenlinie sich befindet, sei (Taf. V. Fig. 9.) $O'A' = r$, $A'B'$ ein Quadrant des Grundkreises, der rectificirte Quadrant $= A_1 B_1$ und $\angle B_1 A_1 B = \alpha$ der Steigungswinkel der Schraubenlinie. Sowohl $A'B'$ als $A_1 B_1$ sind in eine übereinstimmende Zahl nämlich 6 gleiche Theile getheilt, P' und P_1 entsprechende Theilpunkte, nämlich $A'P' = \frac{2}{6} Arc\ A'B'$, $A_1 P_1 = \frac{2}{6} A_1 B_1$; endlich ist $P_1 P = AP_1 . \tan \alpha$. Der Durchschnitt einer von P ausgehenden Horizontalen mit einer von P' aufsteigenden Verticalen giebt nun einen Punkt P'' der Verticalprojection der Schraubenlinie. Sind x, y, z die rechtwinkeligen Coordinaten eines Punktes der Curve, so bildet die Tangente an P'' mit der x-Achse einen Winkel, dessen trigonometrische Tangente $= -\frac{r \tan \alpha}{y}$ ist (s. d. Verf. Lehrbuch der analyt. Geom. des Raumes, pag. 242), der Winkel zwischen der Normale im Punkte P'' und der x-Achse hat daher den Ausdruck $\frac{y}{r \tan \alpha}$ zur trigonometrischen Tangente. Um hiernach zu construiren, nehmen wir $A_1 H = r$, $HK = r \tan \alpha$ (den sogenannten Parameter der Curve) und tragen die Strecke HK nach MN. Da $MQ' = MP' = y$, so ist $\angle MNQ'$ der Winkel zwischen der Normale und der x-Achse, mithin die Normale $P''R // Q'N$. Die Durchschnitte der Normalen geben näherungsweis wieder die Krümmungsmittelpunkte.

Diese Andeutungen mögen hinreichen und dürften vielleicht deswegen nicht überflüssig sein, weil man die erwähnten Constructionen auf diese Weise ausgeführt in keinem der bekannteren Lehrbücher der descriptiven Geometrie findet.

SCHLÖMILCH.

XXXVII. Ueber einige bei trigonometrischen Messungen vorkommende Aufgaben. Die folgenden Aufgaben, auf welche mich praktische Fälle geführt haben, und von welchen mir nicht bekannt ist, dass sie bereits zur Sprache gekommen, oder dass ihre Auflösungen anderwärts schon mitgetheilt worden wären, scheinen wegen mancher nützlichen Anwendung, deren sie bei Centrirung horizontaler Winkel und bei Höhenmessungen fähig sind, eine kurze Erörterung zu verdienen.

I. Um den Winkel zweier Objecte zu bestimmen, konnte man sich nicht in seinem Centrum aufstellen, sondern musste die Aufstellung in einem *Punkte nehmen*, welcher so gelegen war (z. B. innerhalb einer Stadt, von

Häusern umgeben), dass sich die **beiden** Centrirungselemente weder direkt messen, noch durch die gewöhnlichen Verfahrungsarten indirekt bestimmen liessen. Dagegen konnte man vom Aufstellungsorte aus zwei andere Objekte, deren Entfernungen vom wahren Centrum wenigstens angenähert bekannt waren, beobachten und ihren Winkel messen. Ferner waren die Winkel, welche, von diesen beiden letzteren Objekten aus gesehen, das Centrum und der Aufstellungsort mit einander bilden, gegeben, und es handelte sich nun darum, vermittelst dieser Angaben die Centrirungselemente zu bestimmen.

Es seien (Fig. 1.) A und B die beiden Objekte, deren Winkel ACB im

Fig. 1.

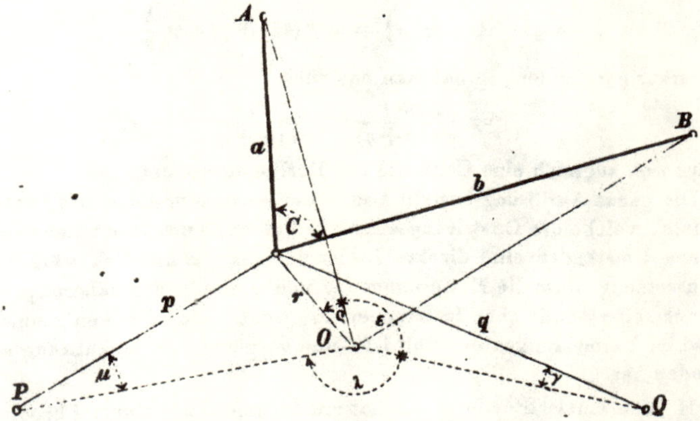

wahren Centrum C bestimmt werden soll; O der Aufstellungsort; P und Q die beiden von O aus sichtbaren Objekte, deren Entfernungen:

$$CP = p, \ CQ = q$$

und deren Winkel

$$POQ = \lambda$$

bekannt sind. Ferner seien:

$$AOQ = \omega, \ OPC = \mu, \ OQC = \nu$$

die oben als gegeben bezeichneten Winkel. Bedeutet nun $r = CO$ die Excentricität und $\varrho = COA$ den sogenannten Richtwinkel und setzt man zur Abkürzung

$$\alpha = \lambda + \omega - 180,$$

so erhält man, wie leicht zu sehen, die Gleichungen:

$$r \sin(\alpha + \varrho) = p \sin \mu$$
$$r \sin(\omega + \varrho) = q \sin \nu$$

und daraus, zufolge bekannter Formeln:

$$2r\sin\left(\frac{\alpha+\omega}{2}+\varrho\right)\cos\frac{\alpha-\omega}{2}=p\sin\mu+q\sin\nu$$

$$2r\cos\left(\frac{\alpha+\omega}{2}+\varrho\right)\sin\frac{\alpha-\omega}{2}=p\sin\mu-q\sin\nu$$

Dividirt man diese beiden Gleichungen durch einander, so ergiebt sich:

$$\mathrm{tang}\left(\frac{\alpha+\omega}{2}+\varrho\right)=\frac{p\sin\mu+q\sin\nu}{p\sin\mu-q\sin\nu}\cdot\mathrm{tang}\,\frac{\alpha-\omega}{2}$$

und, wenn man zur bequemern logarithmischen Berechnung

$$\mathrm{tang}\,\gamma=\frac{q\sin\nu}{p\sin\mu}$$

setzt, und α wieder eliminirt:

$$\mathrm{tang}\left(\frac{\lambda}{2}+\omega+\varrho\right)=\mathrm{tang}\,(45^\circ+\gamma)\,\mathrm{cotg}\,\frac{\lambda}{2}.$$

Ist hieraus ϱ gefunden, so hat man nun auch

$$r=\frac{p\sin\mu}{\sin(\alpha+\varrho)}=\frac{q\sin\nu}{\sin(\omega+\varrho)},$$

woraus sich zugleich eine Controlle der Rechnung ergiebt.

Die ganze Auflösung besteht also in der Anwendung der drei letzteren Formeln, welche die Centrirungselemente liefern, ohne dass unter den gegebenen Umständen eine direkte Linienmessung erforderlich wäre. Die Voraussetzung, dass die Entfernungen p und q wenigstens näherungsweise bekannt seien, trifft aber fast immer zu, wenn, wie dies wenigstens bei grösseren Vermessungen der Fall ist, eine vorgängige Triangulirung stattgefunden hat.

II. Von einem Standorte aus hat ein Ingenieur mit einem Theodoliten den Horizontwinkel und die Zenithdistanzen zweier Punkte gemessen, deren horizontale Entfernung und Höhenunterschied ihm bekannt waren. Es sollen hieraus sowohl die horizontalen Distanzen als auch die Höhenlage jenes Standortes gegen die zwei bezeichneten Punkte bestimmt werden.

Es seien (Fig. 2.) A und B die beiden beobachteten Punkte;

d ihre horizontale Entfernung, h ihr Höhenunterschied;

z, z' die Zenithdistanzen, 2γ der Horizontalwinkel jener Punkte vom Standorte S aus gemessen;

D, D' die Horizontaldistanzen der Punkte A und B von S aus gerechnet, und

H der Höhenunterschied zwischen S und B.

Dies vorausgesetzt hat man unmittelbar die folgenden Gleichungen:

$$D^2-2DD'\cos 2\gamma+D'^2=d^2,$$

$$D=(H+h)\,\mathrm{tang}\,z;\quad D'=H\,\mathrm{tang}\,z';$$

aus welchen, wie leicht zu sehen, für H sich die quadratische Gleichung *ergiebt:*

$$H^2\,(\mathrm{tang}\,z^2 - 2\,\mathrm{tang}\,z\,\mathrm{tang}\,z'\cos 2\gamma + \mathrm{tang}\,z'^2)$$
$$-\,2H\,(\mathrm{tang}\,z'\cos 2\gamma - \mathrm{tang}\,z)\,.\,h\,\mathrm{tang}\,z + h^2\,\mathrm{tang}\,z^2 = d^2.$$

Fig. 2.

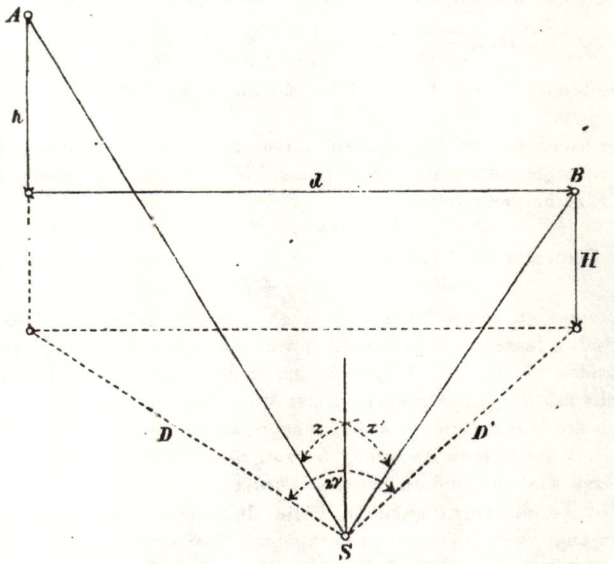

Nun kann man dem Coefficienten von H^2 die Form geben:

$$(\mathrm{tang}\,z' + \mathrm{tang}\,z)^2 \sin\gamma^2\,.\left\{\left(\frac{\mathrm{tang}\,z' - \mathrm{tang}\,z}{\mathrm{tang}\,z' + \mathrm{tang}\,z}\,.\,\mathrm{cotg}\,\gamma\right)^2 + 1\right\}$$
$$= \left(\frac{\sin(z'+z)}{\cos z'\cos z}\sin\gamma\right)^2\left\{\left(\frac{\sin(z'-z)}{\sin(z'+z)}\,\mathrm{cotg}\,\gamma\right)^2 + 1\right\}$$

und analog lässt sich der Coefficient von H wie folgt umgestalten:

$$(\mathrm{tang}\,z' + \mathrm{tang}\,z)\sin\gamma^2\,.\left\{\frac{\mathrm{tang}\,z' - \mathrm{tang}\,z}{\mathrm{tang}\,z' + \mathrm{tang}\,z}\,\mathrm{cotg}\,\gamma^2 - 1\right\}$$
$$= \frac{\sin(z'+z)}{\cos z'\cos z}\sin\gamma^2\left\{\frac{\sin(z'-z)}{\sin(z'+z)}\,\mathrm{cotg}\,\gamma^2 - 1\right\}$$

Unsere Gleichung geht nun über in die folgende:

$$\left\{H\,\frac{\sin(z'+z)}{\cos z'\cos z}\,.\,\frac{\sin\gamma}{\sin\varphi}\right\}^2 - 2\left\{H\,\frac{\sin(z'+z)}{\cos z'\cos z}\,.\,\frac{\sin\gamma}{\sin\varphi}\right\}.\,h\,\mathrm{tang}\,z\,.\cos(\gamma+\varphi)$$
$$+\,(h\,\mathrm{tang}\,z)^2 = d^2,$$

wobei φ einen durch die Gleichung

$$\mathrm{tang}\,\varphi = \frac{\sin(z'+z)}{\sin(z'-z)}\,\mathrm{tang}\,\gamma$$

bestimmten Hilfswinkel bezeichnet.

Führt man nun einen zweiten Hilfswinkel ψ durch die Gleichung

$$\sin\psi = \frac{h}{d} \operatorname{tang} z \sin(\gamma + \varphi)$$

ein, so ergiebt sich als die eine Wurzel der obigen Gleichung

$$H = \frac{\cos z' \cos z}{\sin(z' + z)} \cdot \frac{\sin(\gamma + \varphi + \psi)}{\sin(\gamma + \varphi)} \cdot \frac{\sin\varphi}{\sin\gamma} \cdot d$$

Den zweiten Wurzelwerth von H findet man, wenn $180^\circ - \psi$ an die Stelle von ψ gesetzt wird. —

Die drei letzteren Formeln enthalten, der Ordnung nach angewendet, die vollständige Auflösung der Aufgabe. Werden die Entfernungen D, D' verlangt, so hat man dafür:

$$D = (H + h) \operatorname{tang} z, \quad D' = H \operatorname{tang} z'$$

und zur Controlle der Rechnung

$$D^2 - 2DD' \cos 2\gamma + D'^2 = d^2.$$

Die Genauigkeit, mit welcher sich durch dieses Verfahren die Grössen H, D, D' finden lassen, hängt natürlich von jener der zu Grunde gelegten beobachteten Werthe ab. Obgleich nun in der Regel die Zenithdistanzen z, z' nicht mit der Schärfe horizontaler Winkel gemessen werden können und auch die Höhendifferenz h selten sehr genau gegeben sein wird, folglich die aus der obigen Rechnung hervorgehenden Resultate öfter keinen hohen Grad von Genauigkeit besitzen werden, so lässt sich doch der praktische Nutzen dieser Aufgabe für Fälle, in welchen die grösste Schärfe nicht verlangt wird, keineswegs verkennen. Denn sie lehrt, wie aus den Höhen zweier Punkte die Höhe eines dritten abgeleitet werden könne und erfordert hierzu keine Messung einer Standlinie, sondern nur die Beobachtung dreier Winkel und zwar aus dem zu bestimmenden Punkte selbst. Die Aufgabe hat also in dieser Hinsicht ziemlich dieselbe Bedeutung für das Höhenmessen, wie das Pothenot'sche Problem für Horizontalmessungen.

III. Die Höhenunterschiede dreier Punkte sind gegeben und deren Zenithdistanzen und Horizontalwinkel von zwei Standorten aus gemessen, welche weder gegenseitig sichtbar sind, noch in demselben Horizonte liegen und deren Entfernung nicht bekannt sind. Man soll die Höhenlage und Horizontaldistanzen dieser zwei Punkte gegen die drei ersteren besimmen.

Die Auflösung dieser Aufgabe, welche auf eine Gleichung vierten Grades führt, möge dem Leser überlassen bleiben.

Brünn, 5. Juli 1857. Dr. A. Winckler.

XXXVIII. Lehrsätze. 1) Das Trägheitsmoment eines ebenen Systems in Bezug auf die Geraden in seiner Ebene lässt sich auf unendlich vielfache Weise durch das Trägheitsmoment zweier Punkte in Bezug auf diese *Geraden ausdrücken*, dies letztere vermehrt um eine Constante. Je zwei solche Punkte liegen auf derjenigen Geraden, für welche das Trägheitsmoment den kleinsten Werth hat, sodass das Rechteck aus ihren Abständen vom Schwerpunkt des Systems constant ist; sie müssen mit solchen Massen versehen werden, dass ihr Schwerpunkt mit dem Schwerpunkt des Systems zusammenfällt, und dass ihre Gesammtmasse gleich der des Systems ist. Sind α, β zwei positive Zahlen, deren Summe $= 1$; SX, SY die Abstände zweier Punkte X, Y von der obigen Eigenschaft vom Schwerpunkt, αM, βM die Massen dieser Punkte, so hat man $\frac{XS}{SY} = \frac{\beta}{\alpha}$, $XS \,.\, SY = e^2$; sind ferner Ma^2, Mb^2 die Momente für die Hauptträgheitsaxen, darunter Mb^2 das kleinste, so hat man $e^2 = a^2 - b^2$. Heissen x, y die Abstände der Punkte X, Y von einer beliebigen Geraden, T das Trägheitsmoment in Bezug auf dieselben, so hat man $T = M(\alpha x^2 + \beta y^2 + b^2)$.

2) Wenn OA, OB, $OC \ldots$. mehrere durch einen Punkt O gehende Geraden sind, welche in derselben Ebene liegen, und man bestimmt die Abstände eines beliebigen Punktes P dieser Ebene von diesen Geraden, sie seien entsprechend der obigen Bezeichnung: a, b, $c \ldots$., multiplicirt ihre Quadrate mit den positiven sonst beliebigen Zahlen α, β, γ, $\ldots$., so lässt sich die Summe $\alpha a^2 + \beta b^2 + \gamma c^2 + \ldots$ durch $\frac{1}{2}(\alpha + \beta + \gamma + \ldots)(x^2 + y^2)$ ausdrücken, wenn x, y die Abstände des Punktes P von zwei bestimmten Geraden OX, OY bedeuten, deren Lage von der Lage des Punktes P ganz unabhängig ist.

3) Legt man durch den Punkt O eine Kreislinie und bezeichnet mit A, B, C, $\ldots$. X, Y die Punkte, in welchen dieselbe von den Strahlen OA, OB, $OC \ldots$. OX, OY, getroffen wird, so erhält man den Schwerpunkt der Punkte A, B, C, $\ldots$., denen die Gewichte α, β, γ, $\ldots$. beigelegt sind, als Mittelpunkt der Sehne XY, welches auch die gebrauchte Kreislinie sei; umgekehrt dient dieser Satz dazu, die beiden Geraden OX, OY aufzufinden, welche die in 2) aufgestellte Eigenschaft haben.

4) Durch einen Punkt O giebt es unendlich viele Geraden-Paare (OX, OY), (OX', OY'), $\ldots$., für welche die Quadratsumme der Abstände eines bestimmten Punktes P denselben Werth hat: $x^2 + y^2 = x'^2 + y'^2 \ldots$. Legt man durch O eine Kreislinie, welche diese Geraden in (X, Y), (X', Y') trifft, so umhüllen die Sehnen XY, $X'Y' \ldots$ eine Parabel.

5) Beschreibt man um den Brennpunkt einer Parabel einen Kreis, so haben die Punkte P, Q in welchen dieser Kreis die Axe der Parabel schneidet, in Bezug auf die Tangenten der Curve folgende Eigenschaften: X, Y seien die Punkte, in welchen eine Tangente den Kreis schneidet,

1. $PX^2 + PY^2 = const$, $QX^2 + QY^2 = const$.
2. Ist O ein beliebiger Punkt jenes Kreises, und zieht man nach je zwei Punkten (X, Y), (X', Y'), $\ldots$., in welchen die Tangenten den Kreis schneiden, die Geraden (OX, OY), $(OX', OY') \ldots$., nennt (x, y),

(x', y') die Abstände des Punktes P von diesen Geraden, so hat man $x^2 + y^2 = x'^2 + y'^2 = \dots.$

3. Heissen p, q die Abstände der Punkte P, Q von einer Tangente der Parabel, so ist $p^2 - q^2 = const.$

Trier, den 6. Januar 1857. C. Küpper.

XXXIX. In den *Compt. Rend. Tom. XLIII.* wird von Herrn Raimondi ein angeblich neues Verfahren, die Dichtigkeit fester Körper mittels einer gewöhnlichen Wage zu bestimmen, bemerkt. Wenn nun auch die Neuheit dieses Verfahrens nicht als unbestreitbar hingestellt werden dürfte, so mag doch die Beschreibung desselben hier einen Platz finden, insofern damit ein ziemlich einfacher Weg, das Archimedische Princip zu erläutern, angedeutet sein möchte.

Wenn ein mit Wasser gefülltes Gefäss auf der einen Schaale einer Wage ins Gleichgewicht gebracht ist, und man taucht in dasselbe einen an einem ungedrehten Faden hängenden festen Körper, so bemerkt man, dass sich die betreffende Wagschaale neigt und zur Wiederherstellung des Gleichgewichts muss man den Gewichten auf der anderen Wagschaale ein solches zulegen, das dem der verdrängten Wassermasse gleich kommt. Dies ist eine Folge des Archimedischen Princips. Hat man nun auf die eine Wagschaale in das mit Flüssigkeit gefüllte Gefäss einen festen Körper A gelegt, der dichter als die Flüssigkeit ist und an einem ungedrehten Faden festgebunden sei, dessen Gewicht und Volumen man vernachlässigen kann, und ist das Ganze mittels aufgelegter Gewichte auf der anderen Wagschaale ins Gleichgewicht gebracht, so wird, wenn man den Körper A an dem Faden aufzuheben sucht, das Gleichgewicht gestört und man muss zur Wiederherstellung desselben von der andern Schaale ein Gewicht wegnehmen, welches der auf den Faden ausgeübten Spannung gleich ist. Kommt man bei fortgesetzter Spannung des Fadens dahin, den Körper aufzuheben, sodass er nicht mehr den Boden des Gefässes berührt, doch aber in dem aufgehängten Zustande in der Flüssigkeit ganz untergetaucht bleibt, so ist offenbar die betreffende Wagschaale um ein Gewicht leichter geworden, das dem absoluten Gewicht des Körpers vermindert um das Gewicht der verdrängten Wassermasse gleich kommt, und zur Herstellung des Gleichgewichts wird man von der anderen Wagschaale ein dem gleiches Gewicht wegnehmen müssen. Dieses könnte man auch experimentell dadurch nachweisen, dass man den Körper vermittels des Hakens einer hydrostatischen Wage statt mit der blossen Hand aufhebt.

In praxi kann man nun folgendermassen verfahren. Nach Abwägung des betreffenden Körpers in der Luft stellt man auf die eine Schaale einer Wage das Gefäss, welches mit derjenigen Flüssigkeit, meistens mit destillirtem Wasser, gefüllt ist, deren man sich zur Bestimmung der Dichte des festen Körpers bedienen will, und stellt das Gleichgewicht an der Wage her. Zur Seite der Schaale, auf welcher das Gefäss steht, befestigt man einen nach einem rechten Winkel umgebogenen Stab (Γ), der in einen Haken ausläuft, welcher sich senkrecht über dem Gefäss befindet, und hängt den Körper mittels eines Coconfadens an diesem Haken auf, so dass er in der Flüssigkeit untertaucht, worauf man wiederum das Gleichgewicht der Schaalen durch Gewichte herstellt, welche das Gewicht der verdrängten Flüssigkeitsmenge darstellen. Die Dichtigkeit des Körpers ergiebt sich dann nach der Formel

$$\varDelta = D\frac{P}{P'} + d,$$

wobei $\varDelta$ die gesuchte Dichtigkeit des festen Körpers, D die der angewandten Flüssigkeit, d die der Luft, ferner P das Gewicht des Körpers in der Luft, P' das der verdrängten Flüssigkeit oder dasjenige Gewicht ist, welches man zur Wiederherstellung des Gleichgewichts auf die andere Schaale hat legen müssen.

Diese Methode ist insofern bequemer, als die mit dem Fläschchen, weil bei Bestimmung der Dichtigkeit eines grösseren Körpers die Oeffnung des Fläschchens grösser als gewöhnlich sein muss, dann aber der Verschluss sich nicht leicht bewerkstelligen und der gewünschte Genauigkeitsgrad nicht erreichen lässt.

XL. Ueber die optischen Eigenschaften einiger durchsichtiger Körper unter der Einwirkung des Magnetismus. Von Herrn VERDET (*Compt. Rend. T. XLIII, p.* 529.)

Mehrere Physiker haben gewisse Beziehungen zwischen der durch den Einfluss des Magnetismus hervorgebrachten Drehung der Polarisationsebene und zwischen gewissen Eigenschaften durchsichtiger Körper aufgestellt. Herr de la Rive wies bei Anführung der Versuche des Herrn Bertin im ersten Bande seines *Traité d'Electricité* zuerst darauf hin, dass die Drehung im Allgemeinen um so schneller ist, je höher der Brechungscoefficient ist. Zwei Substanzen aber, welche schon in dem der Abhandlung*) des Herrn Bertin beigefügten Verzeichnisse erwähnt sind, bilden eine Ausnahme von diesem Gesetze, nämlich Alkohol und Aether, welche, wie bekannt, das Licht stärker brechen als das Wasser, und bei denen doch unter der Einwirkung des Magnetismus eine merklich kleinere Drehung der Polarisationsebene stattfindet. Zur weiteren Prüfung des Gesetzes des Herrn de la Rive mass ich die Brechungscoefficienten einer hinreichenden Menge von Substanzen und verglich sodann die Einwirkungen, welche sie auf polarisirtes Licht ausüben, wenn man sie zwischen die Pole eines Electromagneten hält. Dabei bediente ich mich ausschliesslich flüssiger Körper und zwar

*) Annalen der Chemie und Physik, 3. Heft, Band XXIII.

meistens der Salzauflösungen, weil dieselben klarer und reiner sind und dann auch, weil sie sich leicht von gleicher Dicke herstellen lassen. Die Gesammtheit meiner Versuche stellt die Richtigkeit des Gesetzes von de la Rive in Frage, und ich glaube demgemäss annehmen zu dürfen, dass es keine Beziehung giebt zwischen dem Brechungscoefficienten und dem, wofür ich den Namen magnetisches Drehungsvermögen (*pouvoir rotataire magnétique*) vorschlage. Folgende Tabelle enthält die Resultate einiger meiner Versuche, nach welchen das Gesetz des Herrn de la Rive verletzt wird.

	Brechungscoefficient.	Vollständige Umdrehung*), hervorgebracht durch eine 44*mm* dicke Schicht.
Destillirtes Wasser	1,334	4,00°
Auflösung von Salmiak (verdünnt)	0,359	4,45
„ „ Zinnchlorür (verdünnt)	1,364	5,27
„ „ Salmiak (concentrirt)	1,370	5,29
„ „ Pottasche	1,371	4,21
„ „ Chlorcalcium	1,372	4,55
„ „ Zinnchlorür (verdünnt)	1,378	6,10
„ „ Zinkchlorür	1,394	5,57
„ „ Zinnchlorür (concentrirt)	1,424	8,16
„ „ salpetersaurem Ammoniak	1,448	3,14
Flüssiger Chlorkohlenstoff ($C^2 Chl^4$)	1,460	5,12

Herr Bertin hat beobachtet, dass gewisse Substanzen, z. B. das salpetersaure Ammoniak und das schwefelsaure Eisenoxydul, wenn sie sich in Wasser auflösen, das magnetische Drehungsvermögen der Lösung vermindern. Herr Edmund Becquerel hat eine ganz ähnliche Beobachtung an dem Eisenchlorür gemacht und glaubt daher allgemein annehmen zu dürfen, dass die Drehung der Polarisationsebene, welche durch den Einfluss des Magnetismus hervorgebracht wird, sich umgekehrt wie die magnetische Kraft der Körper ändere. Die Experimente, welche Herr Edmund Becquerel anführt, lassen indess das Gesetz nicht als absolut richtig erscheinen. Man sieht z. B. aus denselben, dass, wenn man die Drehung des Wassers gleich 10 setzt, die zweier ungleich concentrirter Lösungen von Eisenchlorür bezüglich = 9 und = 3, und die einer Auflösung von schwefelsaurem Nickeloxyd gleich 13,55 gesetzt werden müsste; mit andern Worten: es würden von drei magnetischen Auflösungen zwei eine geringere Drehung als das Wasser geben, während die dritte eine weit stärkere hervorbrächte. Es scheint indess die sehr geringe Drehung einer concentrirten Auflösung von Eisenchlorür, verglichen mit den Beobachtungen des Herrn

*) Ich verstehe unter vollständiger Umdrehung (*rotation complète*) den Unterschied der beiden Azimuthe des empfindlichen Farbentones, entsprechend den beiden entgegengesetzten Richtungen des Stromes.

Bertin am schwefelsauren Eisenoxydul, anzuzeigen, dass es zwischen den Eisenverbindungen eine ganz eigenthümliche Art von Thätigkeit giebt, welche genauerer Untersuchungen werth ist.

Ich löste in Wasser eine bestimmte Anzahl von Eisenoxydul- und Eisenoxydsalzen (salzsaure, schwefelsaure und salpetersaure Verbindungen) und fand dabei jedesmal das Drehungsvermögen der Lösung kleiner als das des Wassers. Aber noch mehr: wenn man das specifische Gewicht und die Zusammensetzung der Lösung betrachtet und die von dem in derselben befindlichen Wasser allein hervorgebrachte Drehung berechnet, so erhält man stets eine grössere Zahl als durch die Beobachtung. Die Erscheinung ist also von der Art, als ob das aufgelöste Eisensalz ein dem Wasser entgegengesetztes Drehungsvermögen besässe.

Ich nahm mir nun vor, die Richtigkeit dieser Hypothese bezüglich dieser Erscheinungen zu untersuchen, und ich glaube sie ausser Zweifel stellen zu können. Nach vielen vergeblichen Versuchen, eine feste oder leicht flüssige Eisenverbindung darzustellen, welche bei einer Dicke von 1—2^{cm} hinreichend durchsichtig ist, und welche für sich keinen Einfluss auf das polarisirte Licht ausübt; erreichte ich meinen Zweck, indem ich Eisensalze in Flüssigkeiten auflöste, welche eine hinreichende Menge des Salzes aufnehmen können, und deren magnetisches Drehvermögen gering genug ist, dasjenige der Auflösung erscheinen zu lassen. Durch Mischung von 8 Gramm wasserfreiem Eisenchlorid mit 32 Gramm rectificirtem Aether erhielt ich eine stark braunroth gefärbte und klare Auflösung, welche unter dem Einflusse des Magnetismus die Polarisationsebene nach links unter Umständen ablenkte, unter welchen das Wasser und andere durchsichtige Flüssigkeiten dieselbe nach rechts ablenken. Wenn ich aber nur 4 Gramm Eisenchlorid mit 32 Gramm Aether vermischte, so erhielt ich eine Auflösung, welche unter dem Einflusse eines Electromagneten, den ich zu meiner Disposition hatte, auf das polarisirte Licht nicht im Geringsten einwirkte. Durch entsprechende Auflösungen dieses Salzes in Alkohol erhielt ich ganz ähnliche Erscheinungen. Hieraus lässt sich mit Leichtigkeit entnehmen, dass die ätherischen und alkoholischen Auflösungen der Salze der Alkalien und schweren Metalle sich im Allgemeinen ebenso verhalten, wie die wässerigen Auflösungen. Wenigstens gilt dies von den in Aether und Alkohol aufgelösten Eisensalzen, welchen man die bemerkenswerthen Erscheinungen, die ich oben beschrieben habe, zuzuschreiben hat, und man muss hieraus schliessen, dass die Eisensalze dem Einflusse des Magnetismus unterworfen, eine der Gesammtheit der durchsichtigen Substanzen entgegengesetzte Wirkung auf das polarisirte Licht ausüben.

Ich schlage vor, das magnetische Drehungsvermögen des Wassers, des schweren Glases (*verre pesant*), des Schwefelkohlenstoffes und der meisten durchsichtigen Körper als das directe, das der Eisensalze hingegen als das indirecte zu bezeichnen.

Die Frage lag sehr nahe, ob auch andere magnetische Salze, als die des Eisens, analoge Erscheinungen hervorbringen würden. Ich bin im Stande, eine begründete Meinung nur in Bezug auf die Nickel- und Mangansalze aufzustellen; von diesen habe ich das schwefelsaure, salpetersaure und salzsaure Nickel, das schwefelsaure und das salzsaure Mangan geprüft und an denselben beobachtet, dass sie in ihren Auflösungen ein directes magnetisches Drehungsvermögen, wie das Wasser, zeigen und sich nur wenig von den gewöhnlichen Metallsalzen unterscheiden. Ueber die Chrom- und Kobaltsalze kann ich jedoch nichts Bestimmtes aussprechen. Diese Verbindungen haben eine so starke färbende Kraft, dass, wenn man hinreichend durchsichtige Auflösungen erhalten will, man nur sehr verdünnte Lösungen anwenden kann. Der Einfluss der aufgelösten Salze ist dann sehr schwach im Vergleich mit dem des Auflösungsmittels, sodass über die Richtung der Drehung sich Nichts mit Sicherheit bestimmen lässt.

Ich habe nicht nöthig, auf die neue Schwierigkeit aufmerksam zu machen, welche aus den optischen Eigenthümlichkeiten der Eisen- und Nickelsalze für die Aufstellung einer Theorie dieser Erscheinungen hervorgeht. Auf jeden Fall ist es unmöglich, blos zu sagen, dass die Drehung der Polarisationsebene um so schwächer wird, je grösser die magnetische Capacität ist, da man sieht, dass magnetische Körper gerade entgegengesetztes Drehungsvermögen zeigen.

Endlich habe ich noch die Auflösung des salpetersauren Ammoniaks geprüft, welche nach Herrn Bertin ein geringeres magnetisches Drehungsvermögen als das Wasser besitzt. Dies ist zwar vollkommen richtig, aber ganz anders anzusehen, als der Vorgang bei den Eisensalzen. Das salpetersaure Ammoniak ist so sehr in Wasser löslich, dass man leicht Auflösungen herstellen kann, welche 60 — 66% Salz enthalten. Die magnetische Drehung der Polarisationsebene, welche durch diese Auflösungen hervorgebracht wird, ist dann viel schwächer, als die des reinen Wassers, aber sie ist doch noch viel grösser, als das in der Lösung enthaltene Wasser allein hervorbringen würde. Das Experiment beweist einfach, dass die Auflösung von salpetersaurem Ammoniak ein viel geringeres Drehungsvermögen besitzt als das Wasser, jedoch in demselben Sinne.

XLI. Für das Auskochen der Barometer giebt Herr Taupenot in den *Annal. de chim. et de phys. Tom. XLIX, p.* 91 einige Vorsichtsmassregeln an, die im Wesentlichen auf Verminderung der Stösse des Quecksilbers gegen die Röhre durch Verminderung des Luftdrucks hinzielen. Nach der gewöhnlichen Methode des Auskochens der Barometerröhren, wie sie auch meist in den Lehrbüchern der Physik angegeben wird, wird dasselbe in drei Theilen so vorgenommen, dass ein erstes Drittel, sodann ein zweites Drittel der Röhre ausgekocht und der Rest mit siedendem Quecksilber angefüllt wird. Dabei kann aber doch die im letzten Drittel am Glase ziemlich hartnäckig haftende Luft nicht ganz entfernt werden, und diese vereinigt sich später zu Blasen, welche nach und nach in das Vacuum des Barometers aufsteigen. Ein weiterer Uebelstand bei dieser Auskochungsart ist die hohe Temperatur, in welche man zugleich das Glas mit versetzen muss, für welches aus anderen Gründen eine nicht zu geringe Dicke sehr wünschenswerth ist, und das durch die starken Stösse der Quecksilbersäule, welche zuweilen ungleich erwärmte Stellen der Röhre treffen, einem Zerbrechen dadurch sehr oft und leicht ausgesetzt wird.

Diese Uebelstände verschwinden, wenn man über der auszukochenden Quecksilbersäule ein relatives Vacuum herstellt. Dann kann die Röhre auf einmal ganz gefüllt und die Auskochung ihrer ganzen Ausdehnung nach vorgenommen werden. Man nimmt eine Röhre, die 10 — 15 Centimeter länger als gewöhnlich ist und giebt ihr an dem überschüssigen Theile, der später abgeschnitten wird, ein Paar Einschnürungen. Durch diese, übrigens nicht unbedingt nöthigen Verengungen werden die Oscillationen des Quecksilbers beim Auskocken des oberen Theils der Röhre etwas gemässigt.

Die bis an die erste Verengung oder bis etwa an den Punkt, wo später abgeschnitten wird, gefüllte Röhre wird an ihrem offenen Ende mit einer Luftpumpe in entsprechende Verbindung gesetzt, und wie gewöhnlich auf einen geneigten Rost gelegt. Man evacuirt hierauf und beginnt mit dem Erhitzen am untern Theile der Röhre. Das Sieden des Quecksilbers geht dabei ohne besonderes Stossen vor sich und sowohl im Ganzen als auch bei Annäherung an das Ende der Quecksilbersäule mit viel grösserer Leichtigkeit, sodass etwa binnen 25 Minuten die ganze Operation beendet ist.

Uebrigens gewährt diese Methode noch den Vortheil, dass das Quecksilber nicht so sehr dem Oxydiren ausgesetzt wird.

Weil bei einem Springen der Röhre, das, wenn auch seltener, doch vorkommen kann, alles oberhalb des Sprunges befindliche Quecksilber in den Körper der Luftpumpe getrieben würde, so ist es gut, zwischen die Barometerröhre und den Pumpenkörper einen aufrecht stehenden etwas weiteren Cylinder oder, wie Herr Poggendorff dazu bemerkt, eine kleine zweihalsige Flasche einzuschalten, wodurch für diesen Fall alles aufwärts getriebene Quecksilber gefasst und auch die Luft durchgelassen werden kann, in ähnlicher Weise, wie bei den gewöhnlichen Sicherheitsröhren.

Die bei dieser Gelegenheit von besonderm Interesse gewordene Frage über den Siedepunkt des Quecksilbers in verdünnter Luft konnte nach besonderen Versuchen dahin beantwortet werden, dass das Sieden des Quecksilbers unter einem Druck von 8 — 10 Millimeter ohngefähr 90° C. niedriger erfolgt als in freier Luft. Nach der Leichtigkeit des Siedens zu urtheilen, hätte man eine noch niedrigere Temperatur erwarten können, doch scheinen die Versuche mit aller Vertrauen erweckenden Sorgfalt angestellt zu sein. In der geringen Wärme-Capacität des Quecksilbers dürfte hierzu eine Erklärung zu suchen sein.

XLII. Ueber den Zusammenhang der katalytischen Erscheinungen mit der Allotropie stellt Herr Schönbein in einer akademischen Einladungsschrift (s. auch Poggend. Annal. Bd. C. S. 1) eine neue Ansicht auf. Er hält sich vorläufig und hauptsächlich an die den Sauerstoff betreffenden Erscheinungen, weil er als höchst bemerkenswerthe Thatsache hervorheben muss, dass die meisten und anffallendsten Contactwirkungen an Sauerstoffverbindungen wahrgenommen werden. Unter diesen liefert das Wasserstoffsuperoxyd das lehrreichste Beispiel, indem diese Verbindung von einer Menge einfacher Stoffe, wie Platin, Gold, Silber, Kohle etc., die selbst irgend eine Veränderung dabei nicht erfahren, in Wasser und gewöhnliches Sauerstoffgas zersetzt wird. Andere Contactsubstanzen von zusammengesetzter Art, die das Wasserstoffsuperoxyd zerlegen, erleiden dabei eine Zersetzung, wie z. B. die Oxyde der genannten Metalle, welche vollständig reducirt werden, oder mehrere Superoxyde, wie Braunstein, das braune Bleioxyd u. s. w., welche einen Theil ihres Sauerstoffs verlieren.

Diese Zersetzungserscheinungen, die seit ihrer Entdeckung durch Thenard immer besonderes Interesse und nicht minder Verwunderung erregt haben, bringt Herr Schönbein mit der in neuerer Zeit gemachten Entdeckung, dass einfache Körper die Fähigkeit besitzen, sowohl in Bezug auf ihr chemisches wie physikalisches Verhalten in verschiedenen Zuständen zu existiren, d. h. mit der Allotropie und hier insbesondere mit der Allotropie des Sauerstoffs in Verbindung.

Was die Allotropie des Sauerstoffs betrifft, so hat Herr Schönbein wiederholt darzuthun versucht, dass nicht nur der freie, sondern auch der chemisch gebundene Sauerstoff in zwei verschiedenen Modificationen, als chemisch activer und passiver, als ozonisirter und als gewöhnlicher Sauerstoff oder als $\overset{o}{O}$ und O zu bestehen vermöge.

Das zweite Sauerstoffäquivalent des Wasserstoffsuperoxyds, meint nun Herr Schönbein, existire in ozonisirtem Zustande und zwar aus dem Grunde, weil es Oxydationswirkungen hervorbringe, die auch der freie ozonisirte, nicht aber der gewöhnliche Sauerstoff zu bewirken im Stande ist.

Wenn ferner der freie ozonisirte Sauerstoff nach den Versuchen des Herrn S. nicht blos durch Erhitzung, sondern auch durch blose Berührung mit gewissen Substanzen, z. B. Kohle, den Oxyden der edelen Metalle, den Superoxyden des Bleies, Mangans etc., in den gewöhnlichen Sauerstoff verwandelt werden kann — und wenn das Wasserstoffsuperoxyd ein Aequivalent ozonisirten Sauerstoffs enthält, der ebenfalls durch Kohle u. s. w. sofort abgeschieden wird, indem, wie die Erfahrung lehrt, durch Berührung mit solchen Substanzen aus Wasserstoffsuperoxyd sogleich Wasser und freier Sauerstoff entsteht —: so scheint es Herrn Schönbein im hohen Grade wahrscheinlich, dass die nächste Ursache der durch die genannten Substanzen bewirkten Katalyse des Wasserstoffsuperoxyds in der Ueberführung des in dieser Verbindung enthaltenen ozonisirten Sauerstoffs in den gewöhnlichen zu suchen sei.

Dass das Wasserstoffsuperoxyd als $HO + \mathring{O}$ anzusehen ist, dafür sprechen mehrere Thatsachen. Bekanntlich lässt sich Wasser und gewöhnlicher Sauerstoff nicht zum Superoxyde vereinigen; sondern der Sauerstoff scheint in einer anderen Modification vorhanden sein zu müssen, wenn er mit HO verbindbar sein soll. Dass der Sauerstoff bei seiner elektrolytischen Abtrennung vom Wasser im ozonisirten Zustande sich befindet, ist als bekannte Thatsache zu betrachten, nicht minder, dass dabei ein Theil dieses Sauerstoffs an der positiven Elektrode mit Wasser zu $HO + \mathring{O}$ zusammentritt, während ein anderer Theil frei und wahrscheinlich unter dem Einflusse des Platins fast gänzlich desozonisirt wird. Die gewöhnliche Darstellung des Wasserstoffsuperoxyds aus dem Bariumsuperoxyd stellt gleichfalls als wahrscheinlich hin, dass in letzterer Verbindung ebenfalls die Hälfte des Sauerstoffs ozonisirter ist, der mit Hilfe einer kräftigen Säure auf HO übergetragen wird.

Wenn also Sauerstoff im gewöhnlichen Zustande keine chemische Verbindung mit Wasser eingehen kann, sondern nur der ozonisirte Sauerstoff dies thun kann, so wird es umgekehrt leicht erklärlich, warum Wasserstoffsuperoxyd durch alle Substanzen katalysirt werden kann, welche ozonisirten Sauerstoff in gewöhnlichen überzuführen vermögen, Denn nach einer solchen Ueberführung hört eben die chemische Beziehung zwischen Wasser und Sauerstoff auf, und letzterer tritt als gewöhnlicher aus der Verbindung aus.

Die Zersetzung des Wasserstoffsuperoxyds kann ausser durch genannte Substanzen auch durch die Wärme und zwar so rasch bewirkt werden, dass der Sauerstoff unter Explosion sich abscheidet. Da ferner auch die Katalyse des Wasserstoffsuperoxydes durch andere Agentien immer unter einer Wärmeentwickelung vor sich geht, so ist es nicht unwahrscheinlich, dass die Ueberführung des $\mathring{O}$ in O mit einer Wärmeerregung aufs innigste verknüpft ist, dass, wie Herr Schönbein sich bestimmter ausdrückt, die specifische oder latente Wärme von $\mathring{O}$ eine andere und zwar grössere ist, als von O, also beim Uebergange von $\mathring{O}$ in O Wärme frei wird. Diese Ansicht könnte direct durch Versuche geprüft werden, wenn man ozonisirten Sauerstoff in reinem Zustande zu besitzen sich versichert halten könnte; dann würde derselbe bei seiner Desozonisation durch Kohle, Eisenoxyd etc. eine unmittelbare Temperaturerhöhung zeigen. Setzt man diese Temperaturerhöhung vorläufig als factisch begründet voraus, so kann daraus weiter gefolgert werden, dass bei Abscheidung des Sauerstoffs aus Verbindungen, in denen derselbe aus anderweitigen Gründen als in der ozonisirten Modification vorhanden anzunehmen ist, die dabei auftretende starke, bis zur

Glühhitze bisweilen gesteigerte Wärmeentwickelung, durch die Ueberführung des $\overset{o}{O}$ in O sich erklären lässt.

Für letzterwähnte Beziehungen scheint das chlorsaure Kali ein hervorstechendes Beispiel abzugeben. Bei seinem Schmelzpunkt liefert dieses Salz noch keinen abgeschiedenen Sauerstoff, wird aber der schmelzenden Masse eine geringe Menge Eisenoxyd beigemischt, so entsteht eine sofortige und stürmische Entwickelung von Sauerstoff und zugleich eine so starke Wärmeentbindung, dass die in Zersetzung begriffene Masse bis zum Glühen gebracht wird. Die bedeutenden Oxydationswirkungen des chlorsauren Kali machen es wahrscheinlich, dass in demselben der Sauerstoff wenigstens zum grössern Theile als ozonisirter vorhanden ist. Da nun der aus dem Salze abgeschiedene Sauerstoff gewöhnlicher ist, so muss er erst aus dem activen Zustande in denselben übergeführt worden sein, welcher Process mit der bei der Zersetzung des Salzes auftretenden hohen Wärme in unmittelbarem Zusammenhange zu stehen scheint.

Nach den gewöhnlichen physikalischen Ansichten bezüglich der bei Aggregatveränderungen auftretenden Wärmeerscheinungen müsste bei der Zersetzung des chlorsauren Kali's, wenn selbige nur in einer einfachen Abtrennung mehrerer Aequivalente Sauerstoff bestände, eher eine Temperaturerniedrigung eintreten, insofern der feste Sauerstoff Gasform annimmt. Die eminente Temperaturerhöhung dürfte also darauf vielmehr hinweisen, dass, wie bemerkt, die Abscheidung des Sauerstoffs mit einer Veränderung seiner Modification und in Folge dessen seines allgemeinen Wärmezustandes auf das innigste verknüpft ist. Herr Schönbein vergleicht diese Erscheinungen noch mit dem ähnlichen Verhalten der übrigen Verbindungen des Sauerstoffs mit Chlor, sowie mit Stickstoff, Mangan etc. und stellt namentlich die Ansicht auf, dass manche dieser Verbindungen sich deshalb entweder leicht zersetzen ($Cl\overset{o}{O}$, $Cl\overset{o}{O}_3$, $Cl\overset{o}{O}_4$) oder im wasserfreien Zustande so äusserst schwierig (wasserfreie Salpetersäure) und zum Theil bis jetzt gar nicht (Chlor-, Brom-, Uebermangansäure, wovon die letztere indess neuerdings von Herrn Thénard d. j. wasserfrei, doch sehr leicht zersetzbar, dargestellt worden sein soll) darstellbar sind, weil ein oder mehrere Aequivalente Sauerstoff der betreffenden Verbindung aus dem ozonisirten Zustande, in welchem sie allein fähig sind in der Verbindung zu existiren, äusserst leicht in den gewöhnlichen Zustand übergehen.

Von andern Sauerstoffverbindungen, z. B. Wasser, Kali, Bleioxyd, glaubt Herr Schönbein, dass der Sauerstoff in gewöhnlichem Zustande in denselben enthalten sei, und aus dem Grunde nicht von denselben durch Katalyse abgeschieden werden könne, weil keine Substanz des O umgekehrt in $\overset{o}{O}$ überzuführen im Stande sei. Diese Katalyse oder Ueberführung des O in $\overset{o}{O}$ kann indess, wie die Erfahrung lehrt, durch Elektricität bewirkt werden.

Das Gegenstück zu den bemerkten katalytischen Erscheinungen bilden gewisse Contactwirkungen, wobei unter dem Berührungseinflusse mancher Substanzen chemische Verbindungen geschlossen werden. Auch diesen Vorgang erklärt Herr Schönbein im Wesentlichen durch eine Ueberführung des gewöhnlichen Sauerstoffs, der als solcher keine Verbindung einzugehen fähig ist, in die andere Modification, welche allein Oxydationen zu bewirken im Stande ist. Herr Schönbein bezeichnet diesen Einfluss mancher Substanzen auf den Sauerstoff allgemein als einen allotropisirenden. Von den ponderabelen Agentien, welche diese Eigenschaft, den gewöhnlichen Sauerstoff zu ozonisiren, haben, ist bekanntlich der Phosphor eines der ausgezeichnetsten. Sauerstoff, der mit demselben in Berührung steht, oder in Berührung gestanden hat, besitzt die Fähigkeit eine grosse Anzahl einfacher wie zusammengesetzter Substanzen bei gewöhnlicher Temperatur zu oxydiren, während der gewöhnliche Sauerstoff unter denselben Umständen ohne alle Einwirkung auf diese Substanzen bleibt. Silber und Blei werden z. B. durch den hierdurch ozonisirten Sauerstoff sofort zu Superoxyden, Stickstoff (bei Anwesenheit von HO, KO etc.), zu Salpetersäure oxydirt, das gelbe Blutlaugensalz in das rothe übergeführt, die schwefelige Säure in Schwefelsäure verwandelt etc. Ausser Phosphor zeigt zunächst das Platin (Vereinigung des H und O), sowie Gold, Silber und die andern edlen Metalle diese allotropisirende Eigenschaft.

Als ein besonders merkwürdiger Körper in dieser Hinsicht erscheint aber das Stickoxyd (NO_2), welches selbst bei sehr niedriger Temperatur und auch in der Dunkelheit mit zwei Aequivalenten gewöhnlichen Sauerstoffs sich zu Untersalpetersäure oxydirt, dann aber bekanntlich diesen Sauerstoff wieder leicht an andere Körper abtritt und somit als ein kräftiges Oxydationsmittel sich erweist. Diese Wirkungen des Stickoxyds auf andere Körper, welche den des Phosphors und des mit ihm in Berührung gestandenen Sauerstoffs ganz gleich kommen, finden eben so leicht ihre Erklärung, wenn man annimmt, dass die zwei Aequivalente Sauerstoff, welche vom Stickoxyd erst aufgenommen werden, zugleich in die active Modification übergehen, oder dass Untersalpetersäure ozonisirtes Stickoxyd ($NO_2 + 2\overset{o}{O}$) sei, das Stickoxyd also wie der Phosphor die Fähigkeit besitzt, gewöhnlichen Sauerstoff zu ozonisiren und denselben dadurch zur Eingehung in andere Verbindungen fähig zu machen; daher die wichtige Rolle, welche das Stickoxyd bei der Umwandlung von SO_2 in SO_3 spielt.

Aehnlich dem Stickoxyd resp. der Untersalpetersäure verhalten sich Mangan- und Eisenoxydul resp. Mangan- und Eisenoxyd, und es würden nach Herrn Schönbeins Ansicht die Wirkungen von MnO und FeO ungleich kräftiger sein, wenn diese ersten Oxydationsstufen wie das Stickoxyd flüssig oder gasförmig wären.

Auch organische Körper können die Rolle eines $\overset{o}{O}$-Trägers übernehmen, so namentlich das Terpenthinöl und die Camphenöle überhaupt, sowie auch der Saft mehrerer Pilze. Die eigenthümlichen Reactionen dieser Stoffe auf Jodkalium, schwefelige Säure, Eisenoxydulsalze, Indigotinktur etc. erklärt Herr Schönbein ganz auf dieselbe Weise wie die Einwirkungen des Stickoxyds.

Endlich bringt Herr Schönbein noch die wichtigsten und grossartigsten Oxydationsprocesse in der Natur, die Verwesung organischer Körper, das dabei zuweilen mit auftretende Leuchten (faules Holz, abgestorbene Fische etc.), sowie die durch Verwesung stickstoffhaltiger Materien hervorgerufene Salpeterbildung, nicht minder auch die Gährung mit der Allotropie des eine Hauptrolle dabei spielenden Sauerstoffs in Verbindung, ohne jedoch ganz bestimmte Ansichten vertreten zu wollen.

XLIII. Eine akustische Beobachtung. Nach Beobachtungen des Herrn Schaffgotsch äussert auf die schwingende Luftsäule der am besten mit gewöhnlichem Leuchtgase unterhaltenen chemischen Harmonika ein in der Nähe angestimmter musikalischer Ton, wenn er zu dem der Harmonika in einem einfachen Verhältnisse steht, z. B. *unisono* oder eine Octave höher, einen so starken Einfluss, dass die Flamme in lebhafte Bewegung geräth und bei gesteigerter Bewegung sogar verlischt. Auf diese Weise vermag, wenn der Harmonikaton ein hoher ist, eine kräftige Falsettstimme die Gasflamme auf 10 bis 12 Schritt auszulöschen. Bei einem wiederholt angestellten Versuche in Gegenwart des Herrn Poggendorff bemerkte derselbe, dass wenn die Flamme gross war, sie durch Singen zwar nicht ausging, aber ihre rundliche Gestalt plötzlich in eine längliche verwandelte; ferner dass die Röhre bei einer gewissen Grösse und Stellung der Flamme ohne weiteres Zuthun gleichzeitig zwei wenig von einander verschiedene Töne gab, die, mit einander interferirend, Schläge hervorbrachten, welche nicht blos hörbar waren, sondern auch durch Zucken der Flamme sichtbar wurden. (Poggend. Annal. Bd. 100. S. 252.)

XLIV. Ueber das elektrische Licht macht Herr Prof. Dr. Dove (Monatsberichte der K. Pr. Akademie, März 1857) nachstehende Ergebnisse seiner Untersuchungen bekannt, die mit den schon früher ausgesprochenen Ansichten anderer Physiker (Angström, Masson u. A.) im Ganzen übereinstimmen, dass nämlich das Licht des elektrischen Funkens ein aus directer Lichterregung in dem Medium, in welchem der Funke hervorgerufen wird, und aus glühend fortgeschleuderten Theilchen der Kugeln, zwischen denen der Funke überschlägt, zusammengesetztes sei. Herr Dove hat sich bei seinen Untersuchungen insbesondere verschieden gefärbter Ueberfanggläser bedient, und somit die Componenten der zusammengesetzten Lichterscheinung theilweise verändert und isolirt dargestellt. Diese Untersuchungen in Verbindung mit den Ergebnissen der prismatischen Zerlegung des elektrischen Lichtes führen zu folgenden Resultaten: Ein durch Erwärmung glühend werdender Draht ist zuerst roth, dann orange, endlich weiss, verhält sich also wie die Vereinigung des Lichts, welches man erhält, wenn man einen Schirm vor dem durch denselben verdeckten Spectrum wegzieht, so dass zuerst das rothe Ende sichtbar wird, dem zuletzt sich das violette hinzufügt. Ganz anders verhält sich die Steigerung der Helligkeit von dem schwach leuchtenden elektrischen Büschel (dem schwachen elektrischen Glimmen, oder dem Lichte bei der Unterbrechung des Funkens) bis zum hellen Funken. Hier ist es, als wenn der weggezogene Schirm zuerst das violette Ende frei machte, dann die andern Farben. Schon dieser Unterschied macht es unwahrscheinlich, dass die elektrischen Lichterscheinungen im Stadium geringer Helligkeit einem allmälig zunehmenden Glühen fester Theile zugeschrieben werden können. Sie verhalten sich vielmehr wie eine schwach leuchtende Flamme des Wasserstoffgases, welche durch feste glühende Kohle in den sogenannten Gasflammen, oder durch andere Körper, wie bei dem Drummond'schen Licht, weiss wird. Das eigentliche elektrische Licht entsteht in dem umgebenden isolirenden luftförmigen Medium, auf grosse Entfernungen hin, wenn dasselbe verdünnt wird. Mit diesem farbigen, dem stark brechbaren Theile des Spectrums angehörigen Lichte können sich nun Glühphänomene verbinden durch fortgerissene Theile des positiven oder negativen Körpers. Sind diese Theilchen nur rothglühend, so entsteht aus der Mischung derselben mit dem elektrischen Licht der Eindruck eines violetten Lichts. Hierher gehört die Lichtsäule im elektrischen Ei und der Fusspunkt des Büschels, endlich die zackigen röthlichen Funken einer Elektrisirmaschine auf Entfernungen hin, wo ein weisser Funke nicht überschlägt. Erreichen weissglühende Theilchen einander, so ist, wie bei Flaschenfunken, das Ganze weiss, da gegen das helle Glühlicht das schwächer leuchtende elektrische so verschwindet, wie bei einer Gasflamme der schwach bläuliche untere Theil im Gegensatz zur hellen Lichtmasse schwarz erscheint, während dieser bei der geringen Helligkeit eines Wachslichtes auch ohne optische Hilfsmittel der Absorption seine Farbe verräth. Nur die prismatische Analyse und die Wirkung auf ein Uranglas deuten auf die Mitanwesenheit des elektrischen Lichts. Erreichen die weissglühenden Theilchen einander nicht, so erhält der Funke eine Unterbrechungsstelle, die aber noch rothes Licht, ausser dem eigentlichen elektrischen zeigt, wenn die vorher weissglühenden Theilchen sich bis zum Rothglühen abgekühlt haben. Der Fusspunkt des elektrischen Büschels, welcher zurücktritt gegen das grössere Feld, in welchem das elektrische Licht sichtbar wird, ist der Unterbrechungsstelle des Funkens zu vergleichen; die hier noch rothglühenden Theilchen des festen Körpers mögen, in grössere Entfernung gelangend, vollkommen erlöschen, so dass dann allein das elektrische Licht sich geltend macht. Durch eine unter dem Büschel gehaltene, durch Kochsalz gelb gefärbte Weingeistflamme den Büschel zu färben, gelang nicht, da er sich dann in einen Funken verwandelt. Die Erscheinungen an einer leeren Röhre mit etwas Quecksilber (grünes Licht von der Farbe des Schweinfurter Grün, das im Dunkeln lebhaft weiss, am Tageslicht bläulich grün erscheint) deuten die Modification an, welche das elektrische Licht in anderen Medien als die atmosphärische Luft erfährt.

XVI.

Petrus Ramus, Michael Stifel, Hieronymus Cardanus,

drei mathematische Charakterbilder aus dem 16. Jahrhundert.

Vortrag, gehalten zu Bonn in der mathem.-astronom. Section der 33. Naturforscher-Versammlung.

Von Dr. M. Cantor,

Docent an der Universität Heidelberg.

In der Geschichte jedes Volkes giebt es Zeiten, in welchen die Entwickelung desselben stille steht, ja einen scheinbaren oder wirklichen Rückgang macht. Dann aber, wenn nicht die ganze Kraft desselben erschöpft und sein Untergang nothwendig geworden, bringt ein einziger Schritt es wieder weiter, als die allmälige regelmässige Entwickelung es hätte fördern können. Solch mächtiges Aufraffen knüpft sich in der Regel an das Erscheinen einzelner hervorragender Männer, welche die gesammte geistige Macht der Zeiten des Stillstandes in sich vereinigt zu tragen scheinen, und dieselbe in eine Kraftentwickelung übertragen, welche allerdings nur dadurch möglich ist, dass jene Helden auf den Schultern ihrer Vorgänger stehen, wenn auch deren geringere Verdienste nicht mehr namentlich aufgezählt werden können, sondern nur in ihren Folgen sich erhalten haben.

So verhält es sich im politischen Leben der Völker, so auch in den einzelnen Wissenschaften. Auch hier finden sich einzelne besonders Bevorzugte, welchen die Mit- und Nachwelt Entdeckungen zu verdanken hat von bedeutungsvollster Tragweite. Aber solche Männer treten dann nie am Anfange einer neuen geistigen Entwickelungsphase auf. Sie bilden deren Mittelpunkt oder gar deren Culminationspunkt. Es findet deshalb die weitere Uebereinstimmung statt, dass es auch in der Geschichte der Wissenschaften meistens genügen wird, die Bilder jener verhältnissmässig wenigen von selbst hervortretenden Heroen schärfer in's Auge zu fassen, um an ihnen die ganze damalige Zeit zu studiren. So überliefert uns Archimed die Kenntnisse, bis zu denen die Griechen in der Mathematik gedrungen; so giebt uns Leonardo von Pisa einen tiefen Blick in das 12. und 13. Jahrhundert; so zeigen uns Leibnitz und Newton das bestimmte Hervortreten der vorher nur in Spuren erscheinenden höheren Mathematik.

In ganz ähnlicher Weise hat auch die Mathematik der Mitte des 16. Jahrhunderts *sich im* Wesentlichen in drei Männern concentrirt, den drei

Nationen angehörig, welche damals die mathematischen Studien pflegten. Und so werden wir über den Zustand unserer Wissenschaft überhaupt und namentlich über das Verhältniss dieses Zustandes bei den Franzosen, den Deutschen, den Italienern ziemlich ins Klare kommen, wenn wir uns nur die drei Charakterbilder vorhalten: Petrus Ramus, Michael Stifel, Hieronymus Cardanus. Lassen wir deren Leben in raschen Zügen unserer Erinnerung sich darstellen.

Pierre de la Ramée oder mit seinem wissenschaftlichen Namen Petrus Ramus Vermanduus wurde 1515 in dem Dörfchen Cuth bei Soissons in der Grafschaft Vermandois geboren. Seine Familie war arm, wenn auch adeligen Ursprunges. Sein Grossvater hatte bei der Eroberung von Lüttich, seiner Heimath, durch Karl den Kühnen 1468 sein ganzes Vermögen eingebüsst und musste als Kohlenbrenner sein späteres Leben fristen. Auch dessen Sohn Jacques erhob sich nicht weiter über den Stand eines Ackermannes und verband sich mit einer Frau gleichen Standes Jeanne Charpentier. Dieses waren die Eltern des Mannes, welcher berufen war, den ersten Feilstrich an die Ketten aristotelischer Philosophie zu legen, welche Frankreich fesselten. Seines Vaters früh beraubt, eines selbst armen mütterlichen Oheims Hülfe kaum empfindend, war der junge Ramus mit 12 Jahren auf seine eigene Kraft gewiesen. Nur seine physische Entwickelung, welche bei ihm der geistigen noch vorauseilte, machte es ihm, dem Kinde, möglich als Diener eines reichen Schülers des *Collège de Navarre* einen Lebensunterhalt zu finden, der es ihm erlaubte, in nächtlicher Arbeit sich den Inhalt der Vorlesungen anzueignen, welche er bei Tage im Gefolge seines jungen Gebieters anhören durfte. So erlernte er die lateinische, später die griechische Sprache in seltener Vollkommenheit, so vertiefte er sich weit genug in das Studium der Philosophie, d. h. nach dem damaligen Gebrauche in das Studium des Aristoteles, um 1536 die merkwürdige These anschlagen zu können: *Quaecunque ab Aristotele dicta essent commentitia esse.* Mit dieser These warf er der ganzen herrschenden Schule den Fehdehandschuh hin, und die ruhmvoll durchgeführte Disputation war nur der erste von den Kämpfen, deren wechselnder Ausgang ihn bald zu den höchsten Ehrenstellen erhob, bald in die Verbannung in die Fremde trieb, endlich seinen Tod zur Folge hatte.

In den letzten Jahren hat ein gelehrter Franzose dieses Ringen des Geistes und des eigenen Urtheils gegen den Unverstand und den Autoritätsglauben mit zu scharfer Feder beschrieben, als dass wir mehr thun könnten, als auf sein Werk verweisen. Charles Waddington (*Ramus, sa vie, ses écrits et ses opinions. Paris*, 1855) zeigt uns, wie Ramus sehr bald nach Erwerbung der Doctorwürde einen Lehrstuhl erhielt, den er zur mündlichen wie zur schriftlichen Verbreitung seiner Ansichten benutzte. In einem Processe, dessen wahrhaft scandalöse Führung uns mit Verachtung gegen die Richter, mit Unwillen gegen die Sieger Antoine von Govéa und

Pierre Galland erfüllt, wird Ramus als Verführer der Jugend verurtheilt, seine Schriften werden verbrannt, er selbst zum Stillschweigen genöthigt, während er den Galeren nur durch die Gnade Franz I. entgeht. Aber schon in demselben Jahre, 1545 wird Ramus wieder zu einem Lehrstuhle am *Collège de Presles* berufen, dem er von nun an mit dem grössten Beifalle vorsteht. In dieser Stellung erwirbt er sich den gefährlichsten Feind an Charpentier, nur dem Namen nach mit seiner mütterlichen Familie verwandt, dem Rektor der Pariser Universität, dem Schüler von Pierre Galland, von dem früheren Gegner des jungen Kämpfers. Aber noch fruchteten diese Anfeindungen Nichts gegenüber der Gunst, in welcher Ramus bei dem mächtigen Cardinale von Lothringen stand, und so waren die Jahre von 1551 — 1561 nur Zeugen von immer neuen Triumphen des glänzenden Redners, des tiefen Philosophen, des scharfsinnigen Mathematikers. Denn in dieser Zeit neigte er sich zuerst dem Studium der mathematischen Disciplinen hin, und begann jene Erklärungen des Euclid, welche ebenso zu einer scharfen Kritik wurden, wie seine Erklärung des Aristoteles fast in einer Widerlegung desselben bestand. Da zum Unglücke für seine übrigen Forschungen begann er seit der bekannten Disputation von Poissy (September 1561), in welcher Theodor von Bèze gegen den Cardinal von Lothringen die Lehren der Reformation vertheidigte, sich auch in theologische Streitigkeiten zu mischen. Die Hausandacht im *Collège de Presles* wurde immer weniger nach dem alten Ritus abgehalten; endlich bekannte sich Ramus öffentlich zu der neuen Lehre und verlor dadurch seinen früheren Gönner, der es von der Zeit an zuliess, dass ein Charpentier und Consorten ihn ihren Mäcen nennen durften. Beim Ausbruch der Bürgerkriege, welche Frankreich nicht weniger als Deutschland zerrissen, musste Ramus bald von Paris sich entfernen, wohin er nur auf kurze Zeit zurückkehrte, um 1568 es auf's Neue zu verlassen und unter dem Vorwande einer mit königlicher Erlaubniss im Interesse der Wissenschaften unternommenen Reise*) nach Deutschland zu flüchten. Vorher schrieb er noch sein Testament, welches namentlich einen Lehrstuhl der Mathematik mit dem für damals bedeutenden Jahresgehalte von 500 Livres stiftete, auf den wir gleich noch zurückzukommen haben.

Während seines Aufenthaltes in Deutschland verfasste er *Scholarum mathematicarum libri unus et triginta. Basileae* 1569, die bedeutenste seiner mathematischen Schriften, welche aber leider der Verfasser dieser Abhandlung sich nicht in der Originalausgabe verschaffen konnte, sondern nur in der von Lazarus Schoner besorgten Ausgabe, *Francofurti ad Moenum* 1627. Ausserdem wurden noch die gleichfalls in Basel geschriebenen und veröffentlichten *Arithmeticae libri duo, geometriae septem et viginti. Basileae*, 1569 benutzt. Es soll weiter unten auf Einzelheiten noch eingegangen wer-

*) *Impetravi ab humanissimo rege annuae ad Europae nobiles academias peregrinationis tanquam legationem liberam.* (*Ramus*, *Arithmetica*. Vorrede pag. 2.)

den; hier mag nur eine Charakteristik des ersteren Werkes im Ganzen vorausgehen. Die *schol. math.* bestehen im Wesentlichen aus drei Theilen: aus einer kurzen Geschichte der Mathematik, welche als Einleitung an die Königin Katharina von Medicis gerichtet ist und sie anregen soll, das Studium der Mathematik unter ihren besonderen Schutz zu nehmen; aus Anmerkungen zu seiner eigenen Arithmetik; und aus Anmerkungen zu den Elementen des Euclid. Letztere sind grösstentheils kritischer und enthalten manchen scharfen Tadel, der in der allzupraktischen Geistesrichtung des Verfassers seine einzige Begründung findet. Manches hingegen ist so wahr und treffend, dass man die Verehrung sowohl begreift, welche ihm seine Freunde zollten, als auch den bittern Hass, den seine Gegner ihm geschworen hatten.

So scheint Ramus zuerst auf das Unmethodische aufmerksam gemacht zu haben, wenn die Geometrie der Arithmetik vorausgehe*). So klagt er über den Fehler, Definitionen zusammenzustellen, bevor man sie braucht**). So spricht er sich über das Ungenügende des damaligen philosophischen Unterrichtes überhaupt aus, wo die jungen Leute nur *nugas quasdam sophisticas* treiben und dann als *Magistri liberalium artium* sich brüsten. Um auch seine weniger begründeten Einwendungen gegen Euclid anzuführen, sei bemerkt, dass Ramus die arithmetischen Bücher desselben als unpraktisch und unnöthig bezeichnet. Von dem schönen Satze der Unendlichkeit der Primzahlen heisst es, man könne nicht begreifen, warum er überhaupt bewiesen werde, da er vielmehr als Grundsatz und zwar als ein specieller Fall anzunehmen sei***). Das 10. Buch wird als confus, unklar, unbrauchbar bezeichnet†).

Am interessantesten für den Historiker sind aber jedenfalls die drei Bücher der Einleitung, welche viel vortreffliches Material enthalten, und namentlich das Verhältniss zu den deutschen und italienischen Mathematikern derselben Zeit etwas aufklärt. Eine Stelle, welche nur auf die persönlichen Verhältnisse von Ramus Bezug hat, dürfte noch besonders zu erwähnen sein. Unter den Betrachtungen (*Schol. math. p.* 47), welche ihm der

---

*) *Euclides geometriam natura posteriorem parte quadam proponit, arithmeticam natura priorem postponit.* (*Schol. math. p.* 97.)

**) *Neque enim natura initio sylvae omnium arborum radices praeposuit, nec architectus initio civitatis omnium aedificiorum fundamenta collocavit, sed suis arboribus suas radices natura, suis aedificiis sua fundamenta architectura subjecit. Itaque debuerat Euclides definitionem trianguli triangulorum, multanguli multangulorum doctrinae praeponere; cumque viam in coeteris principiis servare.* (*Schol. math. p.* 98.)

***) *Specialis est, quum de omni specie numeri imo numerationis sit id verum. Additionis per* 1, 2, 3 *species infinitae sunt. sic subductionis, multiplicationis, divisionis. Sic numeri compositi, impares, pares, imperfecti, perfecti plures sunt omni proposita multitudine. Quare postulandum id fuit generaliter numerum infinite crescere, non autem specialiter demonstrandum* (*Schol. math. p.* 250).

†) *Nulla pars geometriae (si tamen in vero geometriae usu locum ullum acumina ista habitura sunt) inutilior, nulla tamen praeceptis et theorematis cumulatior . . . . . . Equidem toto decimo libro studiose et accurate considerato nihil aliud judicare potui, quam crucem in eo fixum esse. quae generosae mentes cruciarentur* (*Schol. math. p.* 252).

Zustand der Astronomie einflösst, und in welchen namentlich Copernicus als *astrologus non antiquis solum comparandus*, *sed in astrologia prorsus admirandus* aufgeführt ist, spricht Ramus den Wunsch aus, es möchte doch irgend ein Gelehrter, vor Allem ein Gelehrter Deutschlands (*e tot nobilius Germaniae scholis*) auftreten, der fern von Hypothesen die Astronomie rein auf Thatsachen und Berechnungen zu gründen den Versuch machte. Wer Solches leiste, dem könne er, falls der unsterbliche Ruhm ihn nicht allein reitze, eine königliche Professur zu Paris als Lohn versprechen und, setzt er hinzu, *sponsionem hanc equidem libentissime vel nostrae professionis cessione praestabo*. Es klingt fast komisch, wenn in dieser Weise der Flüchtling über seine eigene Professur zu verfügen scheint, und so dürfte vielleicht die Vermuthung Raum greifen, Ramus verstehe darunter die in seinem früher erwähnten Testamente errichtete Professur. Möglich ist allerdings auch die wörtliche Auffassung, da diese Einleitung als *Prooemium mathematicum ad Catharinam Medicaeam reginam* schon zwei Jahre früher in Paris erschien, also in einer Periode, wo die Bürgerkriege und mit ihnen die Zeit persönlicher Gefahr für Ramus erst anbrachen.

Die gleichfalls obengenannte Arithmetik enthält nur die einfachste Anleitung zur Ausführung von Rechnungsoperationen ohne weiteres Verdienst, als dass sie zum Anknüpfungspunkt für die in den *Scholis* enthaltenen Bemerkungen dient.

Was die Ergebnisse des Ramus in Deutschland betrifft, so verfolgte ihn auch hier der Hass der aristotelischen Schule und verkümmerte ihm manchen schönen Erfolg, den er bei Unparteiischen sich erwarb. So wurde er in Strassburg zurückgewiesen, wo er um eine Lehrstelle am Gymnasium sich bemühte, so konnte er trotz seiner Anstellung von Seiten Friedrich III. von der Pfalz der widerstrebenden Facultät gegenüber sich auch in Heidelberg nicht halten. Die nähere Geschichte der Kämpfe, die er an diesem Orte zu bestehen hatte, würde für den Zweck der gegenwärtigen Abhandlung zu weit abführen, dürfte indessen selbst Stoff genug zu einem späteren besonderen Aufsatze liefern. Im März 1570 verliess Ramus das ihm verleidete Heidelberg und begann eine weitere Rundreise durch die Kulturstädte von Süddeutschland. Frankfurt am Main, Nürnberg, Augsburg sahen ihn zu kürzerem oder längerem Aufenthalte. Dann durchreiste er Tyrol und die Schweiz und wartete in Genf, später durch eine Seuche vertrieben in Lausanne auf den Frieden, der ihm die Heimkehr gestatten würde. Umsonst hatten ihm die Akademien von Bologna, von Krakau, von Weissenburg in Siebenbürgen die glänzendsten Anerbietungen gemacht. Er trat am 1. September 1570 die Heimreise an, oder wie der Geschichtsschreiber Franz I., wie Gaillard sich ausdrückt: *Il revint se faire encore persécuter.*

In der That warteten sein Enttäuschungen der bittersten Art. Seine Stelle als Principal des *Collège de Presles*, sowie seine Professur am *Collège de France* fand er beide an so unbekannte Menschen vergeben, dass nicht einmal deren Name der Nachwelt verliehen ist. Man hatte dem Könige zu diesem Zwecke ein Decret abgedrungen, wonach von jedem Angestellten ein Glaubenseid des reinen Katholicismus verlangt wurde, und an der Spitze der Rathgeber des schwachen Monarchen stand der Cardinal von Lothringen, der frühere Gönner von Ramus. Umsonst wandte sich der aus seinem Besitze Vertriebene zweimal an den Cardinal; die Antwort war nur eine Veröffentlichung jenes Decretes vom 20. November, in welcher es hiess: „*Que défenses soient faites à toutes personnes de tenir escholes, principautés et collèges, ny lire en quelque art et science que ce soit en public, ny en privé en chambre s'ils ne sont connus et approuvez catholiques, tenans la religion catholique et romaine.*" Da wandte sich Ramus brieflich nach Genf, wo man ihn noch vor Kurzem zu behalten wünschte. Auch von hier aus erhielt er von Theodor von Bèze, seinem Glaubensgenossen, welcher aber doch in einzelnen theologischen Punkten, sowie in den gesammten philosophischen Ansichten von ihm abwich, eines jener überhöflichen Schreiben, deren Schlussphrase „Uebrigens habe ich die Ehre, mit vorzüglicher Hochachtung u. s. w." genugsam beweist, dass man nicht blos ablehnt, sondern auch nicht weiter gebeten oder widerlegt sein will. Endlich schien wieder ein neuer Tag für Ramus zu beginnen, noch einmal leuchtete ihm die Sonne des Glückes. Der Kanzler der Universität von Paris starb, und an seine Stelle trat der politische Cardinal von Bourbon. Dieser im Verein mit der Königin Katharina von Medicis, welche sich endlich ihres ehemaligen Schützlinges erinnerte, bewirkten zu Anfang 1571 bei dem Könige, dass Ramus nicht abgesetzt, sondern nur als in den Ruhestand versetzt erklärt wurde, wobei ihm sein Gehalt blieb, ja sogar erhöht wurde, und er das Recht bewahrte, seine Lehren, wenn auch nicht mehr mündlich, doch schriftlich zu verbreiten*). In dieser geschäftigen Ruhe lebte nun Ramus $1\frac{1}{2}$ Jahre bis zu jener Nacht, welche die Geschichtsschreiber Frankreichs nur zu gern aus ihren Blättern ausmerzen möchten, welche aber als die Nacht des St. Bartholemäus eine blutige Berühmtheit gewonnen hat. In dieser oder wahrscheinlicher noch in der darauf folgenden Nacht fiel Ramus, ein Opfer des von seinen Feinden gegen ihn aufgestachelten Pöbels, und mit lauter Stimme klagte die Mit- und Nachwelt Charpentier als geistigen Urheber des Mordes an. Ramus starb als Märtyrer der Freiheit des Denkens und die aristotelische Schule hat seine Würger gedungen. Die Beweise davon hat Waddington (p. 258—283) in überzeugendster Weise zusammengestellt.

Nachdem wir so versucht haben, die Hauptmomente aus dem Leben des Petrus Ramus hervorzuheben, für deren nähere Motivirung allerdings auf die schon häufiger citirte ausführliche Biographie verwiesen werden muss, wollen wir über seine Persönlichkeit und seinen Charakter nur noch

*) *Décharge à Pierre de la Ramée, professeur du roi en éloquence, de sa lecture ordinaire qu'il est tenu faire, sans préjudice de ses gages et droits* (*Mémorial de la chambre des comptes*; Waddington, p. 233).

Weniges aus derselben Quelle mittheilen. Ramus soll ein stattlicher Mann gewesen sein, mit starkem Kopfe, schwarzem Haare; die breite Stirne wölbte sich hoch auf, und ein scharfer Blick sprühte aus den dunkeln Augen; die Nase war gebogen, der Mund fein geschnitten, mit einem leisen Zuge von Ironie. So beschreibt ihn wenigstens Waddington, und ebenso stellt ihn ein Bild dar, welches auf der Rückseite des Titelblattes des Heidelberger Exemplares der *Arithmetica* aufgeklebt ist. Ein Bild, welches übrigens mit dem von Theodor de Bry verfertigten (Waddington p. 320) bis auf die Unterschrift völlig übereinstimmt. Letztere lautet nämlich bei dem uns vorliegenden Holzschnitte:

Labor omnia vincit. *Petrus Ramus anno aeta:* LV.
MDLXX.

Der Grundzug seines Charakters war eine ausnehmende Strenge gegen sich wie gegen Andere, welche einestheils in seinem mässigen Lebenswandel und seiner unermüdlichen Arbeitsthätigkeit sich aussprach, von der schon sein Wahlspruch Zeugniss ablegt, andererseits ihn in den Ruf eines streitsüchtigen, eigensinnigen Menschen brachte, und bei seinen Schülern ihm den Namen eines *magister plagosus* verschaffte. Trotzdem konnte er von hinreissender Liebenswürdigkeit sein, und seine Beredsamkeit fesselte selbst diejenigen, welche vom Anfange ihm abgeneigt waren. Den meisten Umgang hatte er, wenigstens in Paris, mit einigen Gelehrten, die zum Theile ältere Schüler von ihm waren, dann aber liebte er es auch, bei seinen täglichen Spaziergängen durch die *rue St. Denis* bei den Kaufleuten einzutreten und mit ihnen über Geschäftsführung und Rechenvortheile sich zu besprechen. Waddington (p. 311) hat einzelne Stellen angeführt, die dieses bezeugen. Noch deutlicher spricht dafür des Ramus eigene Beschreibung eines solchen Spazierganges (*Schol. math. p.* 52) und den bestimmtesten Aufschluss geben uns darüber die Kenntnisse aus der Arithmetik, welche er in demselben Werke mittheilt, und die Ansichten, welche er über andere Kapitel dieser Wissenschaft ausspricht.

Es dürfte hier der geeignete Ort sein, die versprochenen Einzelheiten einzuschieben, und so bemerken wir vor Allem wiederholt, dass es Ramus nur um die Praxis zu thun war; Sätze, welche keine unmittelbare Anwendung auf das Leben haben, schienen ihm eine unnöthige Geistesplage; zahlentheoretische Untersuchungen in's Besondere hatten für ihn gar keinen Werth. Hingegen giebt er in den *Scholis* verschiedene Methoden der Multiplication an, wovon eine mit jener netzförmigen indischen Methode übereinstimmt, welche Colebroocke, *Algebra of the Hindus, p.* 7, und nach ihm Bohlen, das alte Indien, Bd. II, S. 232 citirt, und welche die Araber unter dem Namen *Shabacah* kennen. Die betreffende Stelle (*Schol. math. p.* 119) lautet: *Mercatorum quidam libri speciem multiplicationis praeterea continent, abaco tot quadrangulis in triangula sectis longo, quot notae fuerint mul-*

tiplicandi, lato autem quot fuerint multiplicantis, ubi colliguntur summae sequendo diagonios, ut hic vides:

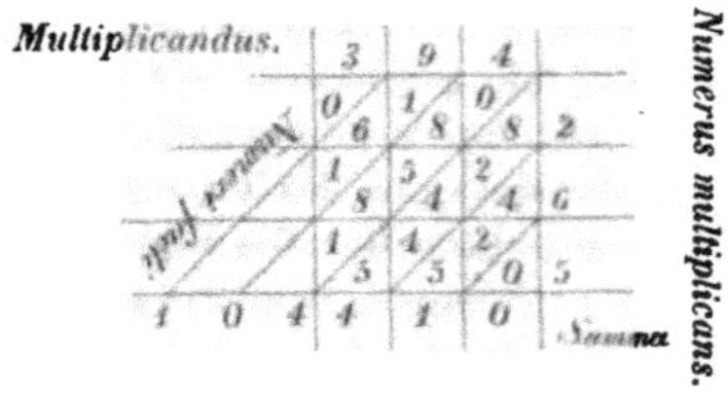

Welche kaufmännischen Bücher übrigens als Quelle gemeint sind, ist schwer zu ergründen, da wohl viele Werke der Art verloren gegangen sein dürften. Von denen, die uns in die Hände kamen, enthält kein einziges die angegebene Methode. Anders verhält es sich mit einer zweiten Multiplicationsmethode, oder vielmehr einem Kunstgriffe, dessen Wiederauftreten bei Autoren der verschiedensten Zeiten und Nationen zu Folgerungen berechtigen dürfte. Dieser Kunstgriff (*Schol. math. p.* 118) besteht in den Zeichen der neueren Buchstabenrechnung geschrieben*) in Folgendem. Es seien zwei Zahlen a, b mit einander zu multipliciren, welche beide zwischen 5 und 10 liegen. Bildet man alsdann das Product der beiden Differenzen $(10-a)\times(10-b)$, so hat man die Einer des wirklichen Productes, dessen Zehner man dann noch erhält, indem man $10-a$ von b abzieht. In der That ist:

$$a\times b=(10-a)\times(10-b)+10.[b-(10-a)],\quad 8.6=2.4+10.(6-2)=48.$$

Sind a und b Zahlen anderer Beschaffenheit, als in dem eben angegebenen Falle, so lassen sich leicht Modificationen der Regel anbringen, welche immer darauf hinauslaufen, dass die Multiplication nur mit Zahlen zwischen 1 und 5 auszuführen ist. Ramus hat zu viel praktischen Sinn, um nicht einzusehen, dass diese Mittel weit entfernt davon sind, wirkliche Erleichterung zu gewähren, dass es vielmehr noch weniger Mühe kostet, das Einmaleins in seiner Vollständigkeit dem Gedächtnisse einzuprägen, als alle diese einzelnen Regeln. Er führt sie indessen doch an mit dem Zusatze: *In tali multiplicatione digitorum author algorithmi demonstrati septem theoremata prolixa consumpsit.*

So wäre die nächste Frage nach diesem *author*, welcher überdies noch an anderen Stellen (z. B. *Schol. math. p.* 112) in solcher Art citirt wird, dass man sieht, wie Ramus ihm Vieles entlehnt. Wir haben uns weder das Werk selbst, noch näheren Aufschluss darüber verschaffen können. Dass natürlicherweise das erst 1599 erschienene Werk Schoner's dieses Titels nicht gemeint sein kann, braucht kaum erwähnt zu werden; ebensowenig scheint aber die Hypothese des Ramus selbst gerechtfertigt: *Algorithmum ipsum*

*) Wir wollen ein für alle Mal bemerken, dass im ganzen Verlauf dieser Abhandlung die neueren Schreibweisen nur zur bequemeren Verständniss benutzt werden; nicht als ob die betreffenden Autoren sie schon gekannt hätten.

demonstratum probandum, eximium, exaratum maximi et doctissimi viri Regiomontani divina manu confirmant mathematici doctissimi (*Schol. math. p.* 117), indem der sonst sehr zuverlässige Doppelmayr (Nachricht von den Nürnbergischen Mathematicis und Künstlern. Nürnberg, 1730) dieses Buch weder unter den gedruckten Werken des Regiomontan, noch unter dessen Manuscripten erwähnt. Da indessen *mathematici doctissimi* die Behauptung aufgestellt haben, so ist wenigstens anzunehmen, dass diese anonym erschienene Schrift aus den ersten Zeiten der Buchdruckerkunst datirt, indem Regiomontan 1475 starb.

Wir haben den auseinandergesetzten Kunstgriff erst etwas später gefunden, nämlich in der *Margaritha philosophica* von 1512, einem höchst merkwürdigen Sammelwerke, dessen wir schon in einem früheren Aufsatze in dieser Zeitschrift (Bd. I. S. 68) Erwähnung zu thun Gelegenheit hatten. Von da ab scheint der Kunstgriff in Deutschland bekannt geblieben zu sein; wenigstens findet er sich noch in der *Arithmetica integra* von Michael Stifel, welche noch einer genaueren Besprechung unterworfen werden wird und in der von Pelletarius in Paris 1550 herausgegebenen *Arithmeticae practicae methodus facilis per Gemmam Frisium medicum ac mathematicum in quatuor partes divisa.* So unwichtig der Kunstgriff an sich ist, so suchen wir vielleicht mit Recht gerade deshalb in seiner Verbreitung den Beweis eines schulmässigen Zusammenhanges zwischen den Schriftstellern, bei denen er sich findet, indem es nicht wahrscheinlich ist, dass ein so unpraktischer Gedanke in vielen Köpfen gleichzeitig entstanden sein sollte. Bei grossen Entdeckungen pflegt dieses mitunter der Fall zu sein; bei Unbedeutendem wird wohl sicherer eine Uebertragung anzunehmen sein; und wie die neuere Archäologie sich mehr und mehr an einzelne Ornamente hält, welche stylmässig geworden die Fortpflanzung der Kunst und deren Entwickelung von Volk zu Volk nachweisen, so dürfte es in der Geschichte der Mathematik gerathen sein, das Augenmerk auf einzelne Rechenvortheile zu richten, welche schulmässig auftretend, sich von Autor zu Autor verfolgen lassen müssen. Es scheint uns deshalb ganz besonders bemerkenswerth, dass dieselbe Multiplicationsmethode, die den Gegenstand der bisherigen Betrachtungen bildete, sich auch in einem persischen Sammelwerke der Arithmetik wiederfindet, welches Strachey, *On the early history of algebra* (*Asiatic researches Vol.* 12, *London* 1818) näher beschrieben hat. Wir meinen den Khilâsat-al-Hisâb (Essenz der Rechenkunst) des Bahà-ul-Dîn (1575 bis 1653), bei welchem die Uebereinstimmung mit dem *Algorithmus demonstratus* so weit geht, dass der Kunstgriff gleichfalls in sieben Regeln gelehrt wird. Eine weitere Uebereinstimmung zwischen beiden besteht noch darin, dass unter den Rechnungsarten die *duplicatio* und *dimidiatio* besonders aufgezählt werden, welches sonst bei europäischen Werken nicht durchgehends der Fall ist. Auch die Definition des Multiplicirens ist bei Bahà-ul-Dîn wörtlich dieselbe wie in den *Scholis*, wo sie dem *Algorithmus demon-*

stratus entnommen sein dürfte. Jene lautet in Strachey's Uebersetzung: *Multiplication is finding a number such, that the ratio, which one of the factors bears to it, shall be the same as that, which unity bears to the other factor.* Bei Ramus heisst es: *ut unitas ad multiplicantem, sic multiplicandus ad factum* (*Schol. math. p.* 118), während bei Stifel der Uebergang zu der späteren, weniger allgemeinen Definition sich zeigt, wonach bei der Multiplication eine Zahl so oft genommen werden soll, als eine andere angiebt: *Multiplicatio est inventio numeri continentis multiplicandum quoties multiplicans continet unitatem.*

Es wird durch die Vereinigung dieser Punkte wahrscheinlich, erstens dass Ramus einen Theil seiner arithmetischen Kenntnisse dem Umgange mit Kaufleuten und der Lectüre kaufmännischer Bücher verdankte; zweitens, dass er sich namentlich an deutschen Mustern, insbesondere an einem wenig bekannten Werke, *Algorithmus demonstratus*, bildete; drittens, dass letzteres Werk selbst auf arabische, oder allgemeiner gesagt, auf orientalische Quellen zurückweist, welche in ihrer Entwickelung auf vaterländischem Boden eine fast wörtliche Uebereinstimmung mit den europäischen Uebertragungen zeigen.

Für den zweiten Punkt spricht auch noch die grosse Verehrung, welche Ramus bei jeder Gelegenheit gegen die deutschen Mathematiker an den Tag legt, wovon wir schon oben Gelegenheit hatten, eine Probe anzuführen*). Den Ursprung deutscher Mathematik aber verlegt Ramus nach Wien, wohin sie Henricus Hassianus um 1390 eingebürgert habe. Wenn nun auch Untersungen über diesen Theologen und Mathematiker von grossem Interesse wären, so müssen wir doch diese Abschweifung uns für jetzt versagen, und fügen nur die Bemerkung hinzu, dass gütige Mittheilungen des Herrn Directors der Sternwarte C. von Littrow in Wien und des Herrn Professor Schell in Marburg uns in den Stand setzen, diese Forschungen mit wahrscheinlichem Erfolge weiter zu führen. Wenn nun Ramus die deutschen Mathematiker so hoch stellt, und namentlich das Auftreten mathematischer Schulen als einen Gegensatz gegen andere Völker hervorhebt, bei denen diese Beschäftigung nur Nebensache sei**), so drängt sich mehr und mehr die Frage nach dem Zustande der deutschen Wissenschaft in der Mitte des 16. Jahrhunderts auf, eine Frage, deren Beantwortung wir erhalten werden, wenn wir als zweites Bild uns Michael Stifel von Esslingen vorführen.

Ueber dessen Lebensumstände sind bei Weitem nicht so reichliche

*) Noch lobender klingt der Satz: *Quum itaque de mundi nobilibus scholis studiose mortales omnes, qui alicunde peregre ad nos rediissent, percunctarer nulla in gente tam multas mathematici studii scholas comperiebam publicis stipendiis ornatas quam in Germania* (*Schol. math. p.* 60).

**) *Arithmetica non numerorum potius quam nummorum non in Italia modo, sed in Gallia, Britannia et reliqua Europa, credo etiam in Asia et Africa Italorum trapezitarum manibus exercetur* (*Schol. math. p.* 101).

Nachrichten vorhanden, wie sie uns bei der Biographie des Ramus zu Gebote standen. Das Wenige, was wir von ihm wissen, ist indessen authentisch, da es grossentheils auf Auszügen aus seinen eigenen Werken beruht; dann auch auf Seckendorf, *Historia Lutheranismi* und auf dem Artikel „*Stiefelius*“ in Gottsched's Uebertragung von Bayle's historischem Wörterbuche. Stifel*) scheint 1486 oder 1487 in Esslingen geboren zu sein und sich dem geistlichen Stande als Augustinermönch gewidmet zu haben. Später trat er zum Protestantismus über und wurde um 1525 Prediger in seiner Vaterstadt. Von dort verjagt, rettete er sich nach Oesterreich, wo er Luther persönlich kennen lernte, und als er auch hier 1527 seinen Abschied erhielt, scheint er Prediger in Holzdorf bei Wittenberg geworden zu sein. Dort kam er in Berührung mit dem gelehrten Arzte Milichius, der auf seine mathematische Richtung den wesentlichsten Einfluss ausübte, wenn auch die erste Bekanntschaft in anderer Weise entstand. Milichius hatte nämlich Stifel's Frau während einer Krankheit behandelt und seitdem kam Stifel mitunter nach Wittenberg, um ihn in Gesundheitsrücksichten, oft auch wegen theologischer Streitfragen zu Rathe zu ziehen**). Milichius eiferte nun Stifel unaufhörlich an, ein Werk zu verfassen, in welchem er die Entdeckungen niederlegen solle, die er theils selbst in der Mathematik gemacht hatte, theils den früheren und gleichzeitigen Arbeiten eines Christoph Rudolf, eines Adam Riese, eines Franciscus Campanus, eines Hieronymus Cardanus entlehnte. Und als Stifel endlich das Werk vollendet hatte, welches auch 1544 in Nürnberg erschien, so war es Milichius***) wieder, der ihm den Titel: *Arithmetica integra* angab. Ungefähr gleichzeitig veröffentlichte Stifel einen deutschen Auszug aus dem grösseren Werke, der weniger bekannt zu sein scheint, aber auch kaum das Durchlesen lohnt. Stifel sagt übrigens selbst in dieser „deutschen Arithmetica. inhaltend die Haussrechnung, deutsche Coss, Kirchrechnung. Alles durch Herr Michael Stifel auff ein besondere newe und leichte weis gestellet. Zu Nürnberg truckts Johan Petreius 1545,“ dass sein Büchlein nur für Laien verfasst sei („aber sollichen geübten Leuthen schreibe ich hie in diesem büchlin gar nichts /wie ich mich des bedingt hab bey dem anfang. S. 5). Bald nach Verfertigung der genannten Schriften scheint Stifel auch aus Holzdorf durch Kriegsschicksale vertrieben worden zu sein. Denn 1550 finden wir ihn zu Habestrom bei Königsberg in Preussen, wo er

---

*) Wir ziehen diese Orthographie vor; man findet jedoch auch Stiefel und Stieffel.

**) Interessant sind in dieser Beziehung die Worte aus der *Arith. integ.: Necesse est interdum explorari aliarum Ecclesiarum statum meae ecclesiae commonefaciendae causa. Nam de tyrannis (*) nihil sciscitor.*

***) Vergl. *Arith. integ. fol.* 102. Milichius theilte auch Stifel die abgeschmackte Ableitung des Wortes *algebra* von dem Mathematiker Jäber (*ars Gebri*) mit, wie Stifel selbst erzählt (*Arith. integ. fol.* 227). Damit dürften die Zweifel Nesselmann's über diesen Punkt (Gesch. d. Algebra bei d. Griechen, S. 45 Note 16) beseitigt sein.

die Ausgabe von Christoph Rudolf's Coss besorgt, welche Kaestner (Gesch. d. Mathem. Bd. I. S. 163) ausführlich beschrieben hat, und in deren Vorrede es heisst: „Dieweil nun die Hispanier vor 6 Jahren *anno Domini* 1547 mich und alle meine Pfarrleut aus unsern Nestern verscheuchten .... ward ich verursacht hieher in Preussen zu ziehen" und weiter unten: „weil meine Pfarrkinder herzlich und ernstlich mein wiederum begehren zu ihrem Pfarrer, so weiss ich nicht, wie lang ich hie in Preussen bleiben werde." Auch wir können die Zeit seiner Rückkehr nach Sachsen nicht näher angeben. Sicher ist nur, dass er 1567 in Jena im 80. Jahre seines Lebens starb. Wir müssen dabei erwähnen, dass Vossius ihn nur 58 Jahre alt werden lässt, wonach seine Geburt erst 1509 fallen würde. Wahrscheinlicher ist aber jedenfalls die andere Meinung, indem doch nicht anzunehmen ist, dass er 1525 schon in seinem 16. Lebensjahre Prediger gewesen sein sollte.

Was Stifel's Charakter betrifft, so scheint er, nach der Anhänglichkeit seiner Gemeinde zu urtheilen, ein liebenswürdiger gewesen zu sein. Namentlich aber lag in ihm ein Anflug zur Schwärmerei, wie er in der damaligen Zeit so vielen Predigern der reformirten Lehre in Deutschland inne wohnte, und diese Ueberschwänglichkeit des Geistes, verbunden mit dem blindesten Glauben an die Untrüglichkeit seiner Wissenschaft liess Stifel an arithmetischen Spielereien Vergnügen finden, welche ihn mitunter lächerlich machten, einmal ihn fast das Leben gekostet hätten.

Aus dem Ausspruche *VIDebVnt In qVeM transfIXerVnt* hatte er nämlich den Weltuntergang auf das Jahr 1533 prophezeit, und die Bauern, welche darauf hin ihr Vermögen thöricht verzecht hatten, schleppten ihn, als die Welt leider bestehen blieb, gebunden und unter Schlägen nach Wittenberg, wo ihn nur Luthers persönliche Dazwischenkunft rettete.

Ein anderes Mal sass er im Bade und liess von einem Knaben, der ihn bediente, die Summe bilden, welche in den Worten *Vae tibi, Papa, vae tibi* enthalten ist, wenn man den 23 Buchstaben des Alphabets, aus welchen j, u, w ausgelassen wurden, die auf einander folgenden Dreieckszahlen als Werth beilegt ($a = 1$, $b = 3$, ... $z = 276$). So ergab sich die Zahl 1260, welche zweimal in der Apocalypse vorkommt (XI, 3 und XII, 6). Stifel soll darüber, ein neuer Archimed, mit einem Satze das Bad verlassen haben, um die grosse Entdeckung hinauszurufen.

Fragen wir nun, wie diese eigenthümliche Neigung, das Wissenschaftliche mit dem Wunderbaren, das mathematisch Sichere mit dem abergläubisch als eben so sicher Gewähnten zu verbinden, auf Stifel's Arbeiten eingewirkt, so finden wir bei ihm, im schroffsten Gegensatze zu Ramus, gerade solche Gegenstände mit besonderer Vorliebe behandelt, welche keinen praktischen Zweck haben, wenigstens damals noch nicht haben konnten. Namentlich das erste Buch der *Arithmetica integra*, welches am Selbständigsten gehalten ist, ist reich an solchen, grösstentheils geistvollen Untersuchungen, wenn auch mitunter voreilige Schlüsse vorkommen, welche falsche Resultate liefern. Das zweite und dritte Buch hingegen sind im Wesentlichen auf fremde Verarbeiten gestützt (vergl. *Arith. integ. fol.* 227) und zwar das zweite auf die Schriften des Campanus, das dritte auf die des Christoph Rudolf und Adam Riese.

Zu jenen Stifel eigenthümlichen Untersuchungen sind zunächst solche über die sogenannten vollständigen Zahlen zu rechnen, von denen noch weiter die Rede sein wird. Ferner Sätze über Diametralzahlen (fol. 15), worunter er das Product $a.b$ versteht für den Fall, dass $a^2 + b^2$ eine Quadratzahl ist. Stifel behauptet nämlich, damit eine Diametralzahl entstehe, müssten die Zahlen a, b in dem Verhältnisse stehen, dass entweder $\frac{a}{b} = n + \frac{n}{2n+1}$ oder aber $\frac{a}{b} = n + \frac{7+(n-1)4}{8+(n-1)4}$. Hierin liegt freilich eine Ungenauigkeit. Denn wenn auch einestheils aus den angegebenen Verhältnissen die Eigenschaft von $a.b$ als Diametralzahl folgt, so lassen sich doch leicht Diametralzahlen angeben, welche nicht in den von Stifel angezeigten Formen enthalten sind. So entsteht eine Diametralzahl $a.b$, wenn $a = m^2 - n^2$, $b = 2mn$ wo $m > n$ angenommen ist, sonst aber diese Zahlen von einander unabhängig sind. Dann ist $\frac{a}{b} = \frac{m}{2n} - \frac{n}{2m}$ und wenn noch $\frac{m}{2n} = q$ gesetzt wird $\frac{a}{b} = q - \frac{1}{4q}$, welches nicht in jene Formen passt.

Höchst sinnreich sind die Methoden zur Verfertigung magischer Quadrate, welche im dritten Capitel des ersten Buches auseinandergesetzt sind, und deren Beweis manche Schwierigkeiten darbieten dürfte; weshalb sie auch wohl geeignet scheinen, den Zahlentheoretikern der jetzigen Zeit Stoff zum Nachdenken zu geben.

Um endlich noch eine geistreiche Spielerei anzuführen, welche bei Stifel sich findet, so wird das Errathen einer geheimen Zahl x, welche aus n Ziffern bestehen mag, in folgender Weise gelehrt. Man suche zwei aufeinander folgende Zahlen a, $a+1$, sodass deren Product $a.(a+1)$ eine $n+1$ zifferige Zahl, somit jedenfalls grösser als x werde. Wird alsdann x durch a dividirt und der Rest mit $a+1$ multiplicirt, ferner x durch $a+1$ dividirt und der Rest mit a^2 multiplicirt, dann endlich die Summe dieser beiden Restproducte durch $a.(a+1)$ dividirt, so bleibt x zum Reste. Bezeichnet man die Ganzen, die in einem Bruche stecken, durch das von Abel eingeführte Functionalzeichen E, so sind in der That die beiden Reste

$$\left[\frac{x}{a} - E\left(\frac{x}{a}\right)\right].a \quad \text{und} \quad \left[\frac{x}{a+1} - E\left(\frac{x}{a+1}\right)\right].(a+1),$$

folglich die Summe, deren Producte in $a+1$ und a^2

$$\left[\frac{x}{a} - E\left(\frac{x}{a}\right)\right] a.(a+1) + \left[\frac{x}{a+1} - E\left(\frac{x}{a+1}\right)\right] a^2.(a+1)$$
$$= x + \left[x - E\left(\frac{x}{a}\right) - a.E\left(\frac{x}{a+1}\right)\right] a.(a+1),$$

welche durch $a.(a+1)$ dividirt den Rest x übrig lässt.

So interessant gerade diese Partien der *Arithmetica integra* sind, so sind doch wie natürlich andere Theile derselben weiter bekanntgeworden, welche Keime künftiger Entwickelung in sich trugen, die freilich nur sehr angedeutet waren, oder neue Schreibweisen zeigten, die indessen mitunter auch bei anderen Autoren sich finden, so dass es schwer ist zu entscheiden, wem die Priorität der Einführung angehört.

Was z. B. die Zeichen + — betrifft, deren Erfindung man auch jetzt noch fast allgemein Stifel zuschreibt, so hat Drobisch in einer 1840 veröffentlichten Abhandlung *De Joan. Widmanni Egerani compendio arithmeticae mercatorum* dieselben schon in einem Werke aus dem Jahre 1489 nachgewiesen*). Indirect gesteht Stifel selbst, dass die Zeichen + — älteren Ursprunges sind, worauf noch nicht aufmerksam gemacht worden ist. In der deutschen Arithmetica heisst es nämlich ausdrücklich: „wie man addiret durch das Zeichen +, also multipliciret ich durch das Zeichen 𝔐 und dividiret durch das Zeichen 𝔇.“ Indessen kommen diese letzteren Zeichen in der ganzen Schrift nicht weiter vor.

Eine Bezeichnung, deren Einführung mit grösserer Bestimmtheit Stifel zugesprochen werden kann, ist die Darstellung der unbekannten Grösse durch r als Anfangsbuchstabe von *radix* (nicht von *res*, wie man in Analogie zu dem italienischen *cosa* vermuthen möchte, vergl. *Arithm. integ. fol.* 228). Kommen noch weitere Unbekannte vor, so werden sie A, B, C.... genannt. Die Schreibweise des r als unbekannte Grösse ist der etwas verzogene Schriftzug *ӕ*, so dass die Hypothese vielleicht nicht zu gewagt wäre, dass daraus das spätere x geworden. Dass dieses erst 80 Jahre später durch Thomas Harriot eingeführt wurde, spricht eher dafür als dagegen, indem grade nach längerer Zeit eine solche Verwechselung eher möglich ist. Was die vor ihm seit Vieta verbreiteten Vokale für die unbekannte Grösse betrifft, so ist diese Bezeichnung sicher aus der alten Gewohnheit entstanden, die Endpunkte geometrischer Figuren so zu nennen, welchen der Reihe nach die Buchstaben a, e, i, o, u, y zugetheilt wurden, und erst wenn diese nicht mehr ausreichten, die Buchstaben s, r, t u. s. f. Beispiele davon finden sich häufig bei Ramus (*Schol. math. p.* 174, 176, 179, 180 u. s. w.) und Anderen.

---

*) So referirt wenigstens Dr. Gerhardt in einem Aufsatze „die Algebra in Italien seit Fibonacci“ (Grunert's Archiv Bd. 3. S. 291). Wenn ebendaselbst die Behauptung ausgesprochen ist, die *Arith. integ.* sei nur eine Bearbeitung einer (?) im Jahre 1524 erschienenen Schrift des Christoph Rudolf von Jauer, so muss dieses *auf einer* Verwechselung beruhen.

Von den Entdeckungen, deren Ausarbeitung der Wissenschaft wesentliche Dienste leistete, nennen wir vor Allem die *Utilis quaedam tractatio ut progressioni arithmeticae respondeat geometrica progressio* (*Arithm. integ. fol.* 35), welche geeignet war, die Erfindung der Logarithmen anzubahnen.

Wir dürfen eben so wenig das Capitel: *De inventione numerorum, qui peculiariter pertinent ad suas species extractionum* übergehen, welches die zu den ersten Potenzen gehörenden Binomialcoefficienten angiebt, und zwar deren Bildungsweise aus dem Satze $m_r + m_{r+1} = (m+1)_{r+1}$ lehrt. Die Tragweite dieser Sätze wurde am Frühesten erkannt. Schon Hieronymus Cardanus führt sie als Stifel's Eigenthum in seinem *Opus novum de proportionibus* an, welches zuerst *Norimbergae* 1545 gleichzeitig mit der *Arithmetica integra* erschien.

Aus dieser Gleichzeitigkeit erklärt es sich auch, wenn umgekehrt bei Stifel ein Satz als von Cardanus erfunden angegeben wird, der in jenem *Opus novum* (*propos.* 170) enthalten ist. Es ist dieses der merkwürdige Satz aus der Combinationslehre, dass die Combinationen aus n Elementen zu allen Klassen zusammen 2^n betragen, ein Satz, dessen Erfindung sonst wohl Franciscus van Schooten zugeschrieben wird, der ihn in seinen *Exercitationes Mathematicae, Liber V, Sectio I.* (*Lugd. Batav.* 1657 bei Joh. Elsevir p. 375) ausspricht, und von welchem ein specieller Fall in einem Briefe Pascal's an Fermat vom 29. July 1654 (*oeuvres de Pascal, Paris* 1819, *chez Lefèvre T. IV, p.* 365) vorkommt. Die Fassung, in welcher der Satz bei Stifel (*Arithm. integ. fol.* 101) angegeben ist, besteht darin, dass das Product aus n von einander verschiedenen Primzahlen so viele Factoren habe, als die Summe der Reihe $2^0 + 2^1 + \ldots + 2^{n-1} = 2^n - 1$ angiebt.

Mit dieser letzten Bemerkung haben wir nun auch den Uebergang zu dem dritten Mathematiker gemacht, dessen Verdienste wir näher besprechen wollten, zu Hieronymus Cardanus. Für diese Biographie besitzen wir wieder ausführlichere Nachrichten, die zum Theil aus der merkwürdigen Schrift des Cardanus, *De vita propria*, zum Theil aus Naudé, *vita Cardani* geschöpft sind; grosse Dienste leistete uns auch die vortreffliche Zusammenstellung von Victorien Sardou in der *Nouvelle Biographie universelle* (*T. VIII, p.* 686 — 696, *Paris* 1854). Für das Studium von Cardanus' Werken stand uns die grosse Lyoner Ausgabe (*Hieronymi Cardani Medislanensis Opera omnia in decem tomos digesta. Lugduni* 1663) zu Gebote.

Schon der Beginn der Existenz Cardan's war von den ausserordentlichsten. Als Frucht eines unehelichen Verhältnisses hatte ihn seine Mutter Clara Micheria schon tödten wollen, noch ehe er reif war, das Licht der Welt zu sehen. Die Versuche, welche sie dazu anstellte, waren indessen vergebens, und so erfolgte die Geburt des Hieronymus Cardanus am 24. September 1501 zu Patavia unter jener nach dem astrologischen Aberglauben der Zeit ungünstigen Constellation. Diese musste daher die Schuld daran tragen, wenn das unglückliche Kind von Vater und Mutter um die

Wette misshandelt und verwahrlost von Krankheit in Krankheit verfiel. In seinem siebenten Jahre erhielt es den ersten Unterricht von dem Vater, welcher er ein eben so tüchtiger Arzt als Rechtsgelehrter war und auch der Mathematik mit Erfolg manche Zeit widmete. Diese Vielseitigkeit der Bildung war aber auch fast das einzige Erbtheil, welches dem jungen Hieronymus hinterblieb, wozu noch der Glaube an einen Schutzgeist, eine Art von sokratischem Dämon kam, welchen Cardanus der Vater zu besitzen behauptete. Hieronymus machte sich die Zeit seines Unterrichtes sehr zu Nutzen, welche freilich zugleich eine Zeit härtester Dienstbarkeit für ihn war, da der ihn zwar liebende aber überaus strenge Vater ihn zu jeglicher Knechtesarbeit anhielt, während er auch geistig die grössten Anstrengungen von ihm verlangte. Der Erfolg war, dass Hieronymus schon in seinem 22. Jahre selbst als Lehrer in Pavia auftrat und öffentlich den Euclid erklärte. Im darauf folgenden Jahre 1524, demselben Jahre, in welchem er seinen Vater verlor, sehen wir ihn als *Magister liberalium artium* in Venedig, 1526 als *Doctor medicinae* und Rector der Universität in Padua, wo er sich freilich auch anderen wenig wissenschaftlichen Beschäftigungen hingab; wie z. B. in der Abhandlung Cardan's *De ludo aleae* (Cap. XX.) ein Abenteuer aus jener Zeit erzählt ist, wo er im Kartenspiele bedeutende Summen verloren hatte, und dieselben *aliqua arte*, d. h. eigentlich durch Betrug*) wieder gewann. Vergebens wandte er sich darauf 1529 nach Mailand, der Heimath seines Vaters, um dort die Heilkunde auszuüben. Das Collegium der Aerzte wies ihn wegen des Makels seiner Geburt zurück. Mühsam ernährte er sich und seine 1531 ihm angetraute Gattin Lucia Bandarina durch mathematischen Unterricht, ohne dass auch nur das Erlangen eines Kindes ihnen zum Troste gereicht hätte, da er schon seit einer Reihe von Jahren des weiblichen Umganges unfähig war. Die Noth nahm immer mehr zu, und mit einer bitteren Ironie erzählt Cardanus in Bezug auf das Jahr 1533: *sanitati restitutus desii pauper esse: nam nil mihi relictum est* (*De vita propria Cap. IV*). Aber einer seiner Wünsche wurde wenigstens 1534 durch die Geburt eines Sohnes erfüllt, der freilich später die Hoffnungen, die auf ihn gebaut waren, bitter täuschend das ausschweifendste Leben führte, seine junge Gattin vergiftete und deshalb 1560 hingerichtet wurde. Im Jahre 1539 wurde Cardanus endlich in das Collegium der Mailänder Aerzte aufgenommen, nachdem er inzwischen nochmals zurückgewiesen worden war, und nun begann die einzige wirklich glückliche Zeit seines Lebens.

Er veröffentlichte die *Practica arithmeticae generalis, Mediolani* 1539; kurz darauf die *Ars magna arithmeticae*: ferner *Artis magnae sive de regulis algebraicis liber unus*, *Norimbergae* 1545**); und ebendaselbst in demselben Jahre

*) Cardanus erzählt er ausführlich, wie er die Reihenfolge der Karten bis zu 24 Abzügen auswendig lernte u. s. w.

) Die beiden letzteren Schriften, von denen die erste dem Bischof von Burgo die schon genannte Schrift: *Opus novum de proportionibus numerorum, motuum, ponderum, sonorum, aliarumque rerum mensurandarum non solum geometrico more stabilitum sed etiam variis experimentis et observationibus rerum in natura solerti demonstratione illustratum*, welche in der Lyoner Ausgabe Bd. IV, fol. 463—601 abgedruckt, in dem Register dieses Bandes jedoch eigenthümlicher Weise vergessen ist*). Durch diese rasch aufeinander folgenden Schriften von klassischem Werthe erwarb sich Cardanus bald den Ruhm des ersten Mathematikers seiner Zeit, und da auch andere Bücher medicinischen und philosophischen Inhaltes von ihm erschienen), so verbreitete sich sein Ruf mehr und mehr und auf die Vermittelung des grossen Anatomen Vesalius bemühte sich der König von Dänemark, Cardanus an seinen Hof zu ziehen. So glänzend indessen diese Anerbietungen waren, so wies doch Cardanus die Versuchung zurück, welche ihn an einen protestantischen Hof berief, in ähnlicher Weise wie Ramus es verweigert hatte, nach dem katholischen Polen überzusiedeln. Hingegen machte Cardanus 1552 eine Reise nach Schottland, um dem kranken Erzbischofe von St. Andrews ärztliche Hülfe zu bringen.

Nach zehn Monaten, während welcher er Frankreich, Schottland, die Niederlande und Deutschland kennen gelernt hatte, kehrte er zurück und überliess sich noch eine Reihe von Jahren seinen Lieblingsstudien, die er leider oft genug durch ausschweifende Spielgelage unterbrach. Auf diese Weise büsste er nicht blos das seither Erworbene wieder ein, sondern war auch durch sein entsittlichendes Vorbild die Ursache des Verderbens seiner beiden Söhne. Wir haben schon gesehen, welches das Loos des Aeltesten von beiden war. Auch der Jüngere war so ausschweifend, dass Cardanus ihn verstiess und enterbte; das letztere freilich war kaum eine Strafe bei den durchaus zerrütteten Vermögensverhältnissen des Vaters. Denn dieser konnte selbst in Bologna, wohin er durch Vermittelung seiner Freunde als Professor berufen worden war, und wo er von 1562—1570 lehrte, eine Schuld von 1800 Thalern nicht tilgen und musste deshalb in's Gefängniss wandern. Diese Haft nannte er das vierte grosse Unglück seines Lebens. Die drei früheren bestanden in seiner 10jährigen Impotenz, in der schlechten Aufführung seiner Söhne und in der Hinrichtung des Aeltesten derselben. So war ihm auch Bologna zuwider geworden, und er flüchtete nach Rom, wo der Papst Gregor XIII. ihn unterstützte. Endlich am 21. September 1576 verschied er 75 Jahre alt, wie er selbst vorhergesagt hatte. Jos. Scaliger versichert, Cardanus habe sich Hungers sterben lassen, damit nur eine

---

Sancti Sepulchri, die zweite dem gelehrten Protestanten Andreas Osiander gewidmet ist, werden wegen des gemeinsamen Namens *ars magna* leicht verwechselt. Wir werden daher nur die erstere als *ars magna*, die zweite als *algebra* citiren.

*) In dem Gesammtverzeichniss des ersten Bandes hingegen ist sie angegeben.

**) z. B. *De sapientia libri V, Norimbergae* 1544. *De subtilitate libri XXI, Norimbergae* 1550, welches von Nicht-Mathematikern als sein vortrefflichstes Werk gerühmt wird.

seiner Weissagungen in Erfüllung ginge; eine Thatsache, welche indessen sonst durch Nichts verbürgt ist.

Den Charakter des Cardanus brauchen wir nach diesem Abrisse seiner Lebensgeschichte wohl nicht besonders zu schildern, und noch weniger kann es uns einfallen, diesen Widerstreit von Leidenschaften der niedrigsten Art und tiefer Religiösität, von wahrhaft kolossalem Wissen und wirklichem oder erheucheltem Aberglauben erklären zu wollen. Nur in Bezug auf den Dämon, den auch Hieronymus Cardanus um sich gehabt haben will, mag bemerkt werden, dass derselbe zum Theil ein Erbstück seines Vaters war, dass aber anderntheils Cardanus ihn namentlich dann gebrauchte, wenn er irgend eine gemeine That von sich abwälzen wollte, wie bei jener beim Spiel verbrachten Nacht in Padua, welche oben angeführt wurde. Mag sein, dass Cardanus also selbst nicht an das glaubte, was er Anderen vorspiegelte. Das Unerklärlichse ist und bleibt aber die Selbstbiographie, welche Cardanus verfasste, und in welcher er seine Fehler, ja seine Laster auf das Schonungsloseste aufdeckt, zugleich aber auch seiner Eitelkeit in ungemessener Weise fröhnt, indem er sich Lobsprüche ertheilt, welche seine Verdienste, so bedeutend sie auch sind, noch weit übersteigen.

Gehen wir nun zu seiner Stellung in der Geschichte der Mathematik über. Man ist gewöhnt, in Cardan den grossen Algebristen zu bewundern, und in der That gehören seine Arbeiten in diesem Felde zu den fruchtbarsten, wenn wir gleich noch andere Leistungen nicht geringerer Art von ihm kennen lernen werden. Es ist freilich bekannt genug, dass die sogenannte cardanische Formel die Erfindung des Scipione Ferro ist, welcher 1496—1525 zu Bologna lehrte. Dieser theilte sie für den bestimmten Fall, dass die Gleichung $x^3 + ax = b$ zu lösen wäre, seinem Schüler Antonio Fiore mit, welcher darauf 1535 Nicolo Tartaglia von Brescia herausforderte, cubische Gleichungen zu lösen; und dieser letztere beantwortete nicht blos die gestellten Fragen, sondern dehnte die Auflösung auch auf die anderen Fälle aus, ohne jedoch seine Methoden zu veröffentlichen. Cardanus bat lange vergebens um Mittheilung der Entdeckung, gab auch sein Wort, sie eben so geheim zu halten, wie Tartaglia selbst und erzielte endlich 1539 von diesem einige Verse, in welchen sich Andeutungen des Gewünschten fanden. Nun gelang es Cardan selbst, dem genauen Verfahren auf die Spur zu kommen, und sich nicht mehr an sein Versprechen gebunden glaubend, da es zum Theile Resultate seiner eigenen Bemühungen waren, die er veröffentlichte, übergab er dem wissenschaftlichen Publicum zum ersten Male in seiner *Algebra*, und dann auf's Neue in der etwas dunkel und undeutlich gehaltenen Schrift *De rugula Aliza**) die vollständige Behandlung der cubischen Gleichungen. Dieses Alles, wiederholen

*) ein Name, dessen Entzifferung allen bisherigen Bemühungen widerstand.

wir, ist bekannt genug*) und würde gewiss nicht hinreichen, Cardan zu dem bedeutendsten Mathematiker seiner Zeit zu machen, wenn auch die Kunst, den Beweis einer nur angedeuteten Methode zu finden, nicht unterschätzt werden darf.

Namentlich hat sich aber Cardanus um allgemeine Sätze aus der Theorie der Gleichungen verdient gemacht, welche noch von nachhaltigerer Wirkung waren, als die Lösung der Gleichungen des dritten Grades. Wenn wir nicht einmal ein grosses Gewicht auf die Behandlung von quadratischen Gleichungen mit mehreren Unbekannten legen wollen, bei der er, zum Theil auf Vorarbeiten von Magister Gabriel de Aratoribus sich stützend, fast alle Kunstgriffe und Substitutionen angiebt (vergl. *Practica Arithmeticae*, *cap. LI.*), deren auch die Neuzeit sich bedient, so ist ein Gedanke von ausserordentlicher Tragweite, den er in derselben Schrift Cap. XXII, §. 17, Cap. XLII, §. 118 und häufiger ausspricht.

Wir meinen den Gedanken, man könne Gleichungen oft dadurch lösen, dass man auf beiden Seiten dasselbe addirt, so dass ein gemeinschaftlicher Factor erscheint, der weggelassen werden kann. So löst sich z. B. die Gleichung $2x^3 + 4x^2 + 25 = 16x + 55$ durch beiderseitige Addition von $2x^2 + 10x + 5$, indem sie dadurch in

$$(2x + 6).(x^2 + 5) = (2x + 6).(x + 10) \text{ und weiter in } x^2 + 5 = x + 10$$

übergeht, woraus sich $x = \frac{1}{2} + \frac{1}{2}.\sqrt{21}$ ergiebt. Es ist kaum nothwendig, hinzuzusetzen, dass dieser Gedanke der Bombelli'schen Auflösung der biquadratischen Gleichungen zu Grunde liegt.

Es ist ferner als von allgemeiner Wichtigkeit hervorzuheben, dass Cardanus den Sinn negativer Wurzeln vollständig erkannt hat. Immer noch in der *Pract. Arithm. Cap.* LXVI, §. 70 ist die Aufgabe gestellt: Wenn $1\frac{3}{4}$ Wagen Kalk, $4\frac{2}{3}$ Wagen Steine und $13\frac{7}{12}$ Wagen Sand zu $42\frac{34}{46}$ *lire* verkauft werden, den Preis der drei Gattungen Baumaterialien anzugeben. Da hieraus für den Wagen Kalk $5\frac{1}{2}$, für den Wagen Steine 14, für den Wagen Sand — $1\frac{1}{2}$ *lire* folgen, so setzt Cardanus hinzu: *sabulum nihil venditur, imo dominus sabuli solvit* $1\frac{1}{2}$ *libras emptori aliarum rerum pro unoquoque curru, ut amoveat ipsum e domo: in talibus autem aportet esse valde cautum, ubi non omnia venduntur.*

Nicht minder hat Cardan das Auftreten imaginärer Wurzeln bemerkt und macht darauf aufmerksam, wie solche das Zeichen einer falschen Aufgabe seien. (Vergl. *Algebra, Cap. V, Regula III.*)

Noch wichtiger hat sich in seiner weiteren Verfolgung ein Satz entwickelt, den er in der *Ars magna Cap. XVIII* ausspricht und welcher wohl in

*) Cardanus erzählt selbst die Geschichte der Auflösung der cubischen Gleichungen in der angegebenen Weise, mit Ausnahme des Versprechens an Tartaglia, welches er verschweigt. Vergl. Algebra Cap. I. und Cap. XI.

vollständigem Wortlaute angeführt werden muss. Dort heisst es nämlich: *Septimum notandum est quod, quum fuerint denominationes extremae aequales extremis, semper aequatio erit una tantum et casus possibilis quotquot fuerint denominationes: quum vero denominationes intermediae fuerint aequales extremis tunc semper erunt plures aequationes in quaesito et casus poterit cum hoc etiam esse impossibilis.* Da es nicht ganz leicht ist, die dabei gebrauchten Ausdrücke zu verstehen, wenn man sich nicht in die Sprachweise unseres Autors eingelesen hat, so mag zunächst bemerkt werden, dass *denominationes* die Potenzen der unbekannten Grösse sind und dass *plures aequationes* soviel als mehrere Wurzeln der Gleichung bedeutet. Nimmt man hinzu, dass Cardanus, wie die Araber, die Gleichungen nie auf Null bringt, sondern sie so schreibt, dass auf beiden Seiten des Gleichheitszeichens nur Positives sich findet, so wird der Sinn der citirten Worte deutlicher. Cardan meint, wenn aus dem Polynomium $a_0x^n + a_1x^{n-1} + \ldots + a_n$ eine Gleichung dadurch gebildet wird, dass irgendwo das Gleichheitszeichen eingeschoben wird, und die beiden Extreme auf beiden Seiten des Gleichheitszeichens in der anfänglichen Rangordnung bleiben, sodass also die Gleichung auf Null gebracht nur einen Zeichenwechsel hätte, dann giebt es immer eine positive Wurzel; werden hingegen beim Einschieben des Gleichheitszeichens ein oder mehrere Glieder von dem Ende auf die andere Seite (aber natürlich positiv) gebracht, sodass die geordnete auf Null gebrachte Gleichung mehr als einen Zeichenwechsel hätte, dann giebt es mehr als eine positive Wurzel, oder die Gleichung kann auch unmöglich sein. Für die Richtigkeit dieser Interpretation sprechen die Beispiele, welche für den ersten Fall $x^2 = 3x + 10$, $x^3 + 3x^2 = 6$, $x^4 + 3x^3 + 7x^2 = 20x + 10$ u. s. w. heissen, für den zweiten Fall $x^3 + 10 = 10x^2 + 3x$, $x^4 + 3x^3 + 10 = 2x^2 + 5x$ u. s. w. Nach unserer Erklärung kann aber kein Zweifel stattfinden, dass hierin schon die wesentlichsten Bedingungen des Descartesschen Satzes über den Zeichenwechsel liegen.

Wenn Cardanus schon so allgemeine theoretische Gedanken besass, so sind auch in der praktischen Auflösung der Gleichungen, sowie in den sonstigen praktischen Rechenoperationen seine Arbeiten der Art, dass auch jetzt noch der Mathematiker sie mit Vergnügen liest. Die *regula aurea* (*Algebra, cap. XXX*) ist eine Näherungsmethode, welche in Folgendem besteht. Man suche zwei aufeinander folgende Zahlen a, $a+1$, zwischen denen eine Wurzel der Gleichung liegt. Also $f(a) = -b$, $f(x) = 0$, $f(a+1) = b'$, so heisst $b + b'$ die grössere Differenz, b die erste Differenz, b' die zweite Differenz. Dann ist $a + \frac{b}{b+b'}$ ein Näherungswerth, welcher etwa $f\left(a + \frac{b}{b+b'}\right) = b''$ macht, und $a + 1 - \frac{b'}{b+b'} \cdot \frac{b'}{b'-b''}$ ist ein zweiter schon sehr genauer Werth.

Auch näherungsweise Wurzelausziehungen werden (*Pract.*

Arithm. cap. XXIII) in verschiedenen Auffassungen gelehrt. Die eine Methode giebt eine sehr rasche, wenn auch etwas unbequeme Annäherung. Ist nämlich $\sqrt{a} = b$ in ganzen Zahlen und $a - b^2 = r_1$, so ist $\frac{r_1}{2b}$ dem Werthe b hinzuzufügen und $b_1 = b + \frac{r_1}{2b}$; $b_1^2 = a + \frac{r_1^2}{4b^2} = a + r_2$. Dann bildet man $\frac{r_2}{2b_1}$ und setzt $b_2 = b_1 - \frac{r_2}{2b_1}$ u. s. f. indem man von dem zweiten Näherungswerthe an die Correction immer abzieht; z. B. $\sqrt{20} = 4 = b$; $20 - 16 = 4 = r_1$, $4 + \frac{4}{8} = 4\frac{1}{2} = b_1$; $20\frac{1}{4} - 20 = \frac{1}{4} = r_2$, $4\frac{1}{2} - \frac{1}{36} = 4\frac{17}{36} = b_2$; $20\frac{1}{1296} - 20 = \frac{1}{1296} = r_3$, $4\frac{17}{36} - \frac{1}{11592} = 4\frac{5473}{11592} = b_3$ u. s. w.

Die andere Methode hingegen, welche **Cardanus** ausdrücklich als seine Erfindung in Anspruch nimmt, ist vollständig die noch jetzt gebräuchliche mit Anwendung der **Decimalbrüche***), obgleich man überall gesagt findet, erst **Stevin** habe dieselben 1585, also 45 Jahre später, in Anwendung gebracht. Es dürfte sogar gerade die *Practica arithmeticae* die Quelle sein, aus welcher **Stevin** schöpfte, indem in ihr (*cap. LX*) auch die doppelte Buchhaltung auf's Ausführlichste auseinandergesetzt ist, über welche bekanntlich **Stevin** gleichfalls schrieb.

Wir sind weit entfernt, die angeführten Entdeckungen für die einzigen zu halten, welche **Cardanus** in diesem Gebiete gemacht hat. Jeder, der nur einmal mit historischen Studien sich beschäftigt hat, weiss wie unendlich schwierig es ist, in einem nicht immer im elegantesten Latein geschriebenen Werke Nichts zu übersehen, und so möchten wir nur als Resultate unserer bisherigen Auffindungen hinstellen, was im Vorhergehenden enthalten ist, und welches schon in mancherlei Beziehung sich von dem unterscheidet, was **Libri** in seiner auch sonst nicht immer zuverlässigen *Histoire des sciences mathématiques en Italie T. III. p.* 167 ffgg. über denselben Schriftsteller mittheilt. Auffallend genug ist übrigens, dass weder **Libri**, noch irgend ein anderer Historiker **Cardan** unter die Mathematiker rechnet, welche sich mit zahlentheoretischen Untersuchungen beschäftigten, da gerade dieser Theil seiner Schriften, wenn auch nicht die folgewichtigsten Entdeckungen enthält, doch der neueren Darstellungsweise sich am meisten nähert. Die dahin einschlagenden Arbeiten finden sich zum Theil in einer kleinen, wahrscheinlich fragmentarischen Abhandlung: *De numerorum proprietatibus liber unicus* (*Opera T. IV, fol.* 1—12), zum Theil in dem *cap. XLII* der *Practica arithmeticae* und in verschiedenen Aufgaben des *cap. LXVI* derselben Schrift.

Die zuletzt angegebenen Stellen enthalten namentlich viele unbe-

---

*) *Est et alius quaerendi quadratam et cubicam modus cum approximatione in una operatione tantum valde bonus ac praecisus, quo ego utor, et est ut in quadrata addas numero totiens* 00 *quotiens volueris invenire praecisionem propinquiorem, veluti si addideris* 00 *habebis praecisionem ad* $\frac{1}{10}$, *si addideris* 0000 *habebis praecisionem in* $\frac{1}{100}$ *et ita semper in dimidio nullitatum additarum.*

stimmte Aufgaben des ersten und zweiten Grades, wobei mitunter Leonardo von Pisa als Erfinder genannt ist; deren Besprechung dürfte daher passender für eine andere Gelegenheit bewahrt werden, wo wir uns speciell mit diesem Mathematiker zu beschäftigen gedenken.

Der Inhalt jenes Fragmentes hingegen, sowie des cap. XLII. besteht aus Sätzen, welche, der Hauptsache nach auf den arithmetischen Büchern des Euclid und denen des Boëtius fussend, doch manches Neue hinzufügen. So kommt viel Interessantes über ähnlich zusammengesetzte Zahlen vor, d. h. über solche, deren Factoren in demselben Verhältnisse zu einander stehen; so ist die Rede von congruenten Zahlen, d. h. von einer Zahl x, welche $a^2 + x$ und $a^2 - x$ zu Quadraten macht, und deren Auffindung gelehrt wird; so ist der allgemeine Satz dort ausgesprochen: *nota quod non dixi integris aut fractis, quoniam omnis quaestio solubilis per numeros fractos potest etiam solvi per integros et ideo unum non separavi ab altero.* während es an einer anderen Stelle heisst: *ostendimus quod numerus fractus integri radix esse non potest*, wovon wir indessen den Beweis bei Cardanus nicht aufzufinden vermochten. Endlich wollen wir näher auf die Arbeiten über vollkommene Zahlen eingehen, da diese uns Gelegenheit bieten, auch der beiden anderen Schriftsteller wieder zu gedenken, deren Verdienste in diesem Aufsatze besprochen wurden.

Eine Zahl A wird bekanntlich eine vollkommene Zahl, *numerus perfectus*, genannt, wenn die Summe ihrer Factoren ihr selbst gleich ist. Ist diese Summe grösser, so heisst die Zahl *numerus abundans* (bei Ramus *numerus redundans*, *Schol. math. p.* 127), im entgegengesetzten Falle *numerus diminutus*. Schon Euclid stellt (IX, 36) die Regel auf: „Ist die Summe der Reihe $1 + 2 + 4 + \ldots + 2^n = 2^{n+1} - 1$ eine Primzahl $= p$, so ist $(2^{n+1} - 1) . 2^n$ eine vollkommene Zahl." In der That hat A alsdann nur die Factoren: $1, 2, 4, \ldots 2^n, p, 2p, \ldots 2^{n-1}p$, deren Summe $= (1 + 2 + \ldots + 2^{n-1})(p + 1) + 2^n = A$ ist.

Michael Stifel stellt nun weiter die falsche Regel auf, man solle die Progression

$$4, 8 \mid 16, 32 \mid \ldots\ldots \mid 2^{2n}, 2^{2n+1} \mid \ldots.$$

bilden, wo dann immer aus zwei zwischen Strichen befindlichen Zahlen (er nennt sie *numeri socii*) eine vollkommene Zahl entstehe, wenn man die um 1 verminderte grössere mit der kleineren multiplicire, also $(2^{2n+1} - 1) . 2^{2n}$. Offenbar glaubte Stifel (er sagt es beinahe ausdrücklich) alle Zahlen von der Form $2^{2n+1} - 1$ seien Primzahlen. Diese unrichtige Voraussetzung erinnert übrigens an die einzige irrige Hypothese Fermat's, als ob jede Zahl $2^m + 1$ eine Primzahl wäre, wenn m selbst eine Potenz von 2 ist, eine Hypothese, die er in einem Briefe an Pascal vom 29. August 1654 mit dem Zusatze ausspricht: *C'est une propriété, de la vérité de la quelle je vous réponds. La démonstration en est très malaisée, et je vous avoue, que je n'ai pu encore la trouver pleinement: je ne vous la proposerais pas pour la chercher, si j'en étais venu à bout.* Wenn nun Stifel sich so in der Hauptsache von einer zu sanguinisch angestellten Induction täuschen lässt, so macht er doch den richtigen Zusatz, eine vollständige Zahl könne nie ein Vielfaches einer anderen volltständigen Zahl sein.

Noch genauer drückt sich indessen Cardanus aus, welcher den Beweis liefert, dass das Vielfache einer vollständigen Zahl immer abundire. Sind nämlich $a_1, a_2, \ldots . a_n$ die Factoren von A und $A = a_1 + a_2 + \ldots + a_n$ so ist schon $f.A = f.a_1 + f.a_2 + \ldots + f.a_n$, während $f.A$ doch noch andere Factoren enthält. Eine eigenthümliche Bemerkung macht noch Cardanus. Unter der stillschweigenden Voraussetzung nämlich, dass nur nach der Euclidischen Regel vollkommene Zahlen entstehen, kann man deren Endziffer angeben. Denn die Potenzen von 2 schliessen mit 2, 4, 8, 6, die um 1 verminderten mit 1, 3, 7, 5, wovon die auf 5 ausgehenden keine Primzahlen sein können. Daraus folgt weiter, dass die vollkommenen Zahlen mit 6 oder 8 schliessen und zwar abwechselnd, wie Cardanus behauptet; insgemein (*ferme*) treten je eine zwischen zwei aufeinander folgenden Potenzen von 10 auf. *Sed quia regula haec non est omnino generalis ideo est parvi momenti.*

Wollen wir auch noch Ramus über denselben Gegenstand hören, so erfahren wir Nichts, als dass sein Landsmann Carolus Bovillus über diesen Gegenstand geschrieben habe, den er als nutzlos übergehe: *Haec libenter in arithmeticam recipiam, quum talis subtilitatis usum aliquem extra artem ipsam cognovero. Caeterum subtilitas in arte non satis est, nisi sit utilitati conjuncta. Si quis uspiam in rebus vel mathematicis vel politicis et popularibus ullum usum extra scholam et artem animadvertat, adnotato.*

So wären wir zum Schlusse dieser Zusammenstellung gelangt, und hätten noch über das Verhältniss uns auszusprechen, welches zwischen den drei Männern, welche wir unserer Betrachtung zu Grunde legten, existirte, woraus dann Folgerungen auch für die Nationen, welche sie repräsentiren, gezogen werden konnten. Wir fühlen indessen zu sehr das Schwierige eines solchen Unternehmens, um den zu entwickelnden Ansichten mehr als blos subjectiven Werth zuzuschreiben.

Uns scheinen hier drei Entwickelungsphasen des menschlichen Geistes vorzuliegen, wie sie in jedem einzelnen Individuum auftreten, wie sie aber auch in jeder Wissenschaft, namentlich in den Erfahrungswissenschaften sich auszusprechen pflegen. So lange dieselben noch auf der niedersten Stufe stehen, begnügen sie sich damit, Thatsachen zu sammeln, ohne auf Theorien sich einzulassen. Die zweite Stufe ist, wir möchten beinahe sagen, die naturphilosophische; nur Theorie lautet ihr Wahlspruch, und um die Richtigkeit des *a priori* Angenommenen kümmert sie sich nicht. Endlich auf der dritten, höchsten Stufe erscheint die eigentliche Wissenschaft. Die Theorie wird gefördert, aber das Experiment entscheidet über dieselbe, die Praxis bildet die Controle.

Solche Phasen bietet auch die Mathematik uns dar. Zuerst werden nur Sätze bewiesen, die unmittelbar im Verkehre des täglichen Lebens verwerthet werden können. Dann folgt die Zeit, in der gerade die weniger praktischen Gegenstände am meisten Interesse einflössen, und der Mangel an Kritik führt nicht selten zu falschen Resultaten. Endlich wird auch dieses, in der Regel nur kurze, Zwischenstadium überwunden. Noch erfreut sich der Mathematiker an allgemeinen Sätzen, noch bedarf es nicht gerade praktischer Anwendung, um ihm einen Zweig seiner Wissenschaft zu empfehlen, aber er prüft die Wahrheiten genauer, die ihm vorzuliegen scheinen; statt ungenügender Induction sucht er nach trifftigen Beweisen; und so ist namentlich sein Streben dahin gerichtet, strenge und allgemeine Methoden zu finden.

Nach der früher begründeten Charakteristik der drei grossen Mathematiker aus der Mitte des 16ten Jahrhunderts bleibt uns daher kein Zweifel, dass wir in ihnen neben einander das erblicken, was wir zuletzt als ein regelmässiges Nacheinanderauftreten bezeichneten. Und so glauben wir mit Recht die benutzte Reihenfolge einhalten zu können:

PETRUS RAMUS, MICHAEL STIFEL, HIERONYMUS CARDANUS.

XVII.

Ueber die Theorie der Luftschwingungen in Röhren.

Von EMIL KAHL,

Lieutenant der Artillerie und Lehrer der Physik und Chemie an der königl. Kriegsschule in Dresden.

(Fortsetzung und Schluss.)

B. Die Untersuchungen DUHAMEL's über die Luftschwingungen in cylindrischen, conischen Röhren etc., bei welchen sich derselbe der Gleichungen I) und II) bedient hat.

Duhamel hat bei seinen Untersuchungen über die Luftschwingungen*) die Annahme ausgeschlossen, dass die Bewegung der Lufttheilchen in gleichem Sinne erfolge; er musste sich daher der allgemeinen Bewegungsgleichungen bedienen:

$$\text{I)} \qquad u' = \frac{d\varphi}{dx}, \quad v' = \frac{d\varphi}{dy}, \quad w' = \frac{d\varphi}{dz}, \quad s = -\frac{1}{a^2}\frac{d\varphi}{dt},$$

---

*) *Journ. d. math. pur. et appliq. p. Liouville t. XIV. p.* 49.

$$\text{II)} \qquad \frac{d_2\varphi}{dt^2} = a^2\left(\frac{d_2\varphi}{dx^2} + \frac{d_2\varphi}{dy^2} + \frac{d_2\varphi}{dz^2}\right),$$

in welchen u', v', w' die nach den Richtungen der Coordinatenaxen geschätzten Componenten der Totalgeschwindigkeit v am Orte x, y, z und zur Zeit t bedeuten; s ist die gleichzeitig an demselben Orte stattfindende Verdichtung und φ eine Function von x, y, z und t, welche aus Gleichung II), sowie aus den gegebenen Geschwindigkeiten und Verdichtungen zu bestimmen ist, welche dem Gase von Aussen ertheilt wurden.

Duhamel beschäftigt sich in der unten bemerkten Abhandlung zunächst mit der Fortpflanzungsgeschwindigkeit des Schalles in einem Rohre von der Form eines Cylinders, dessen Directrix eine beliebige Curve ohne Inflexionen ist. Er nimmt an, dass man den Lufttheilchen innerhalb einer sehr kleinen Partie Luft im Innern des Rohres anfänglich Verdichtungen und beliebig gerichtete Geschwindigkeiten ertheilt und hierauf die Luft im Rohre sich selbst überlassen habe, welches sich von der Erschütterungsstelle aus nach beiden Seiten hin in's Unendliche ausdehnt. Die mathematische Untersuchung dieses Falles zeigt ihm, dass von der Erschütterungsstelle aus nach beiden Seiten hin Theilwellen mit der Geschwindigkeit a des Schalles in freier Luft fortschreiten, wie dies in einem cylindrischen Rohre der Fall sein würde, in welchem die Luft anfänglich nur im Sinne der Axe bewegt wurde. Was die Constitution dieser Theilwellen und die Herleitung des ganzen Resultates anbelangt, so muss ich auf die Originalabhandlung verweisen; es würde den Umfang dieser Abhandlung ohne Vortheil für die nachfolgenden Entwickelungen bedeutend vermehren, wenn ich diesen Gegenstand hier aufnehmen wollte. Von hohem Interesse für die Theorie der Luftschwingungen ist aber die Untersuchung Duhamel's über den Einfluss, welchen eine beliebige der Axe nicht parallele Schwingungsbewegung auf die Höhe des Tones cylindrischer, beiderseits offener Röhren äussert, diese Untersuchung und der Vergleich ihrer Resultate mit der Erfahrung füllt die nächsten Seiten aus.

1. Beliebig gerichtete Luftschwingungen in einem beiderseits offenen cylindrischen Rohre von kreisförmiger Basis.

Das Rohr möge die Länge l, seine Basis den Halbmesser ϱ besitzen, die Axe der x möge mit der Cylinderaxe, der Coordinatenanfang mit dem Mittelpunkt der einen Grundfläche zusammenfallen. Da die Gleichungen I) und II) bei ihrer Anwendung zu analytischen Untersuchungen immer auf sehr complicirte Ausdrücke führen, hat Duhamel die die Rechnung etwas vereinfachende Annahme gemacht, dass die Bewegung symmetrisch zur Cylinderaxe sei, und dass die verlängerte Schwingungsrichtung jedes Lufttheilchens die Axe des Rohres durchschneide. Dieser Annahme folgend, kann man in jedem Querschnitte des Rohres die Componenten $v' = \frac{d\varphi}{dy}$

und $w' = \frac{d\varphi}{dz}$ durch eine einzige in Richtung des Radius ersetzen, welche ich vorläufig mit ζ bezeichnen will und welche wegen der angenommenen Symmetrie der Bewegung in Beziehung auf die Axe des Rohres nur als eine Function von r und t zu betrachten ist. Um ζ als Function von φ auszudrücken, hat man zunächst zu berücksichtigen, dass:

$$\frac{d\varphi}{dy} = \frac{y}{r}\zeta, \quad \frac{d\varphi}{dz} = \frac{z}{r}\zeta;$$

ferner, dass $r^2 = y^2 + z^2$, woraus man durch Differenziation ableitet:

$$r\,dr = y\,dy + z\,dz.$$

Entnimmt man aus den beiden oberen Gleichungen die Werthe von y und r und setzt sie in die letzte Gleichung ein, so erhält man:

$$\zeta\,dr = \frac{d\varphi}{dy}dy + \frac{d\varphi}{dz}dz.$$

Die rechte Seite der Gleichung ist identisch mit $\frac{d\varphi}{dr}dr$, woraus hervorgeht: $\zeta = \frac{d\varphi}{dr}$.

Um nun in Gleichung II) die Variabelen y und z durch die Variabele r allein zu ersetzen, hat man die Ausdrücke:

$$\frac{d^2\varphi}{dy^2} = d.\frac{\left(\frac{y}{r}\frac{d\varphi}{dr}\right)}{dr}\frac{dr}{dy} = \frac{y^2}{r^2}.\frac{d^2\varphi}{dr^2} + \frac{z^2}{r^3}\frac{d\varphi}{dr}$$

$$\frac{d^2\varphi}{dy^2} = d.\frac{\left(\frac{z}{r}\frac{d\varphi}{dr}\right)}{dr}\frac{dr}{dz} = \frac{z^2}{r^2}.\frac{d^2\varphi}{dr^2} + \frac{y^2}{r^3}\frac{d\varphi}{dr}$$

in dieselbe einzuführen. Durch diese Operation gelangt man zu einer neuen Differenzialgleichung der Bewegung, welche in Verbindung mit den vorher gewonnenen Resultaten die Grundlage der nachfolgenden Untersuchung bildet; diese Gleichungen, von denen hier ausgegangen wird, sind:

$$\text{XVI)} \qquad u' = \frac{d\varphi}{dx}, \quad \zeta = \frac{d\varphi}{dr}, \quad s = -\frac{1}{a^2}\frac{d\varphi}{dt},$$

$$\text{XVII)} \qquad \frac{d^2\varphi}{dt^2} = a^2\left(\frac{d^2\varphi}{dx^2} + \frac{d^2\varphi}{dr^2} + \frac{1}{r}\frac{d\varphi}{dr}\right).$$

Die Annahme, dass die Bewegung symmetrisch zur Axe erfolge, erfordert, dass jederzeit $\zeta = 0$ sei für $r = 0$, Duhamel gesellt dieser Annahme noch diejenige zu, dass die Wände des Rohres absolut fest seien, so dass jederzeit $\zeta = 0$ sei für $r = \varrho$, oder:

$$a) \text{ für jedes } t \text{ ist } \frac{d\varphi}{dr} = 0 \text{ für } r = 0 \text{ und } r = \varrho.$$

Die Schwierigkeit der Aufgabe scheint Duhamel Veranlassung gegeben zu haben, in Bezug auf den Schwingungszustand der Luft an den Enden der Röhre den Annahmen von Euler und Lagrange treu zu bleiben, er setzt also:

$$b) \text{ für jedes } t, \frac{d\varphi}{dt} = 0 \text{ für } x = 0 \text{ und } x = l.$$

Duhamel nimmt nun fernerweit an, dass der anfängliche Zustand im Rohre durch die Gleichungen bestimmt sei:

$$\left.\begin{array}{ll} c) & \varphi = \Pi(x, r) \\ d) & \frac{d\varphi}{dt} = \Psi(x, r) \end{array}\right\} \text{für } t = 0,$$

wobei zu bemerken ist, dass die Functionen Π und Ψ nur für Werthe der Variabelen gegeben sind, welche zwischen $x = 0$ und $x = l$, $r = 0$ und $r = \varrho$ enthalten sind.

1α. Integration der Gleichung XVII.

Duhamel sucht zunächst ein particuläres Integral der Gleichung XVII) auf, indem er setzt:

$$\varphi = u\Theta,$$

wobei u eine Function von r allein, Θ eine Function von x und t bedeutet. Die Einführung dieses Werthes in XVII) giebt:

$$1) \qquad u\frac{d^2\Theta}{dt^2} = a^2\left(\frac{d^2u}{dr^2} + \frac{1}{r}\frac{du}{dr}\right)\Theta + a^2u\frac{d^2\Theta}{dx^2}$$

Um die Functionen u und Θ zu trennen, wird u durch folgende Gleichung bestimmt, in welcher α eine Constante bedeutet:

$$2) \qquad a^2\left(\frac{d^2u}{dr^2} + \frac{1}{r}\frac{du}{dr}\right) = -\alpha^2u,$$

wodurch Gleichung 1) übergeht in:

$$3) \qquad \frac{d^2\Theta}{dt^2} = a^2\frac{d^2\Theta}{dx^2} - \alpha^2\Theta.$$

Die Integration der Gleichung 2) kann auf folgendem Wege geschehen: Zur Auffindung eines particulären Integrals von 2) setzt man:

$$u = \int_p^q e^{r\omega} V d\omega,$$

wobei p und q vor der Hand unbestimmt bleibende Grenzen und V eine noch nicht bestimmte Function von ω bedeutet. Die Einsetzung dieses Werthes in 2) ergiebt:

$$\int_p^q\left(\omega^2 + \frac{\alpha^2}{a^2}\right) e^{r\omega} V d\omega + \int_p^q \frac{\omega}{r} e^{r\omega} V d\omega = 0,$$

oder, nach partieller Integration des ersten Integrales voriger Gleichung:

$$\left[\left(\omega^2+\frac{\alpha^2}{a^2}\right)V.\frac{e^{r\omega}}{r}\right]_{\omega=p}^{\omega=q}+\frac{1}{r}\int_p^q\left\{\omega e^{r\omega}V-d.\frac{\left(\omega^2+\frac{\alpha^2}{a^2}\right)V}{d\omega}e^{r\omega}\right\}d\omega=0.$$

Die vorige Gleichung wird für beliebige r nur dann zu Null, sobald beide Glieder derselben für sich Null werden, man muss demnach haben:

$$\omega V=\left(\omega^2+\frac{\alpha^2}{a^2}\right)\frac{dV}{d\omega}-2\omega V=0,$$

woraus sich ergiebt:

$$4)\qquad V=\sqrt{\frac{1}{\omega^2+\frac{\alpha^2}{a^2}}}.$$

Zur Bestimmung der Grenzen p und q hat man nun die Gleichung:

$$5)\qquad \left[\sqrt{\omega^2+\frac{\alpha^2}{a^2}}.\frac{e^{r\omega}}{r}\right]_{\omega=p}^{\omega=q}=0.$$

Berücksichtigt man nun, dass die Wurzeln der Gleichung:

$$\sqrt{\omega^2+\frac{\alpha^2}{a^2}}.\frac{e^{r\omega}}{r}=0$$

$\omega=-\infty$; $\omega=+\frac{\alpha}{a}\sqrt{-1}=\frac{\alpha}{a}i$ und $\omega=-\frac{\alpha}{a}i$ sind, so erkennt man leicht, dass man der Gleichung 5) genügen würde, indem man etwa annimmt, dass $p=-\frac{\alpha}{a}i$ und $q=+\frac{\alpha}{a}i$ sei, so dass man das Integral:

$$u=\int_{-\frac{\alpha}{a}i}^{+\frac{\alpha}{a}i}\frac{e^{r\omega}}{\sqrt{\omega^2+\frac{\alpha^2}{a^2}}}d\omega$$

als particuläres Integral der Gleichung 2) ansehen kann. Die Substitution $\omega=-\frac{\alpha}{a}i\cos\beta$ würde dasselbe umwandeln in:

$$i.\int_0^\pi e^{-\frac{\alpha}{a}ir\cos\beta}d\beta=\int_0^\pi\left(i\cos\left[\frac{\alpha}{a}r\cos\beta\right]+\sin\left[\frac{\alpha}{a}r\cos\beta\right]\right)d\beta$$

Der Werth des zweiten Theiles vom letzten Integrale lässt sich leicht durch Zerlegung in zwei Integrale ermitteln, indem man setzt:

$$\int_0^\pi\sin\left[\frac{\alpha}{a}r\cos\beta\right]d\beta=\int_0^{\frac{\pi}{2}}\sin\left(\frac{\alpha r}{a}\cos\beta\right)d\beta+\int_{\frac{\pi}{2}}^{\pi}\sin\left(\frac{\alpha r}{a}\cos\beta\right)d\beta$$
$$=\int_0^{\frac{\pi}{2}}\sin\left(\frac{\alpha r}{a}\cos\beta\right)d\beta-\int_0^{\frac{\pi}{2}}\sin\left(\frac{\alpha r}{a}\cos\beta\right)d\beta=0$$

und man kann demnach mit Weglassung des Factors i das erste particuläre Integral der Gleichung 2) in der Form aufstellen:

6) $$u = \int_0^\pi \cos\left[\frac{\alpha}{a} r \cos\beta\right] d\beta.$$

Um das zweite particuläre Integral von 2) zu finden, kann man, wie es bei dieser Art von Differenzialgleichungen wohl zu geschehen pflegt, bei demselben die Form voraussetzen:

$$u = \int_0^\pi \cos\left(\frac{\alpha r}{a}\cos\omega\right) \log(r W)\, d\omega,$$

wobei W eine noch unbestimmte Function von ω bedeutet. Setzt man u in die Gleichung 2) ein, so erhält man:

$$\frac{\alpha}{a}\int_0^\pi \sin^2\omega \,.\, \cos\left(\frac{\alpha}{a} r\cos\omega\right) \log r W d\omega$$

$$-\int_0^\pi \frac{\cos\omega}{r} \sin\left(\frac{\alpha}{a} r \cos\omega\right)\left\{2 + \log r W\right\} d\omega = 0.$$

Das erste Integral der vorigen Gleichung ist bei Anwendung der partiellen Integration folgender Umformung fähig:

$$\frac{1}{r}\int_0^\pi \sin\omega \log(r W) \,.\, \frac{\alpha r}{a} \sin\omega \cos\left(\frac{\alpha r}{a}\cos\omega\right) d\omega$$

$$= \frac{1}{r}\int_0^\pi \sin\left(\frac{\alpha r}{a}\cos\omega\right) . \left\{\sin\omega \frac{W'}{W} + \cos\omega \log r W\right\} d\omega,$$

man kann daher anstatt der Bedingungsgleichung für W schreiben:

$$\int_0^\pi \sin\left(\frac{\alpha r}{a}\cos\omega\right)\left\{\sin\omega \frac{W'}{W} - 2\cos\omega\right\} d\omega = 0.$$

Diese Bedingung wird für beliebige r erfüllt, sobald:

$$\frac{dW}{W} = 2\cot\omega \,.\, d\omega, \text{ oder:}$$

$$W = \sin^2\omega.$$

Das zweite particuläre Integral besitzt somit die Form:

$$u = \int_0^\pi \cos\left(\frac{\alpha r}{a}\cos\omega\right) \log(r \sin^2\omega)\, d\omega$$

und das vollständige Integral der Gleichung 2) ist:

$$7)\quad u = M\int_0^\pi cos\left(\frac{\alpha r}{a}\cos\omega\right)d\omega + N\int_0^\pi cos\left(\frac{\alpha r}{a}\cos\omega\right)\log(r\sin^2\omega)\,d\omega,$$

wobei M und N Constante bedeuten. Man erhält aus Nr. 7):

$$\frac{du}{dr} = -\frac{M\alpha}{a}\int_0^\pi \sin\left(\frac{\alpha r}{a}\cos\omega\right)\cos\omega\,d\omega$$

$$-\frac{N\alpha}{a}\int_0^\pi \sin\left(\frac{\alpha r}{a}\cos\omega\right)\cos\omega\log(r\sin^2\omega)\,d\omega$$

$$+\frac{N}{r}\int_0^\pi \cos\left(\frac{\alpha r}{a}\cos\omega\right)d\omega.$$

Da nun dieser Ausdruck Null sein muss für $r = 0$ (s. Gleichung a), so muss $N = 0$ sein, weil ausserdem $\frac{du}{dr}$ für $r = 0$ unendlich gross werden würde, die Gleichung 7) zieht sich demnach auf ihr erstes Glied zurück; damit $\frac{du}{dr} = 0$ werde für $r = \varrho$ muss man haben:

$$\alpha\int_0^\pi \sin\left(\frac{\alpha\varrho}{a}\cos\omega\right)\cos\omega\,d\omega = 0$$

oder, wie man durch partielle Integration findet:

$$8)\qquad \alpha^2\int_0^\pi \cos\left(\frac{\alpha\varrho}{a}\cos\omega\right)\sin^2\omega\,d\omega = 0.$$

Um irgend einen Werth von u zu finden, welcher der Gleichung a) genügt, hat man demnach aus Gleichung 8) irgend einen Werth von α zu entnehmen und in 6) einzusetzen. Man wird bemerken, dass, wenn $+\alpha$ eine Wurzel der Gleichung 8) ist, $-\alpha$ ebenfalls die Gleichung 8) befriedigt, sowie, dass man aus Nr. 6) denselben Werth von u enthält, gleichviel, ob man die Wurzel $+\alpha$ oder $-\alpha$ in dieselbe einführt, man wird sich demnach auf die positiven Wurzeln von Nr. 8) beschränken können, wenn man mit Hülfe von Nr. 6) Werthe von u aufsucht.

Um ein particuläres Integral der partiellen Differenzialgleichung 3) zu finden, kann man den Werth $\Theta = e^{mx+nt}$ versuchsweise in dieselbe einsetzen, man findet, dass dieser Werth der Gleichung 3) genügt, sobald $n = \pm\sqrt{a^2m^2 - \alpha^2}$ ist. Nimmt man an, es sei $m = \pm\mu\sqrt{-1}$, so ist entsprechend $n = \pm\sqrt{-1}\,.\sqrt{a^2\mu^2 + \alpha^2}$ und man findet durch Umsetzung der Exponentialgrössen $e^{\pm\mu ix}$ und $e^{\pm it\sqrt{a^2\mu^2+\alpha^2}}$ in trigonometrische Functionen leicht, dass man particuläre Integrale von 3) erhält, indem man einen der Ausdrücke $\cos \mu x$, $\sin \mu x$ mit einem der Ausdrücke $\cos\left(\sqrt{a^2\mu^2+\alpha^2}\,.\,t\right)$ oder $\sin\left(\sqrt{a^2\mu^2+\alpha^2}\,.\,t\right)$ multiplicirt. Man kann demnach auch folgenden Ausdruck als particuläres Integral von 3) ansehen:

$$\Theta = (A \sin \mu x + B \cos \mu x)\left(M \cos t\sqrt{a^2\mu^2+\alpha^2} + N \sin t\sqrt{a^2\mu^2+\alpha^2}\right),$$

in welchem A, B, M, N, μ constante Grössen bedeuten. Damit dieser Ausdruck den Bedingungen:

$$\frac{d\varphi}{dt} = 0, \text{ für } x = 0 \text{ und } x = l$$

genüge, muss auch für dieselben Specialwerthe der Variabelen $\frac{d\Theta}{dt} = 0$ sein, es muss also $B = 0$ und $\mu = \frac{n\pi}{l}$ sein, wobei es genügt, für n eine beliebige positive ganze Zahl zu nehmen. Ein particuläres Integral der Gleichung 3), welches dem Zustand der Luft an den Enden der Röhre angepasst ist, ist demnach:

$$9)\quad \Theta = \sin\frac{n\pi x}{l}\left\{M \cos t\sqrt{\frac{n^2a^2\pi^2}{l^2}+\alpha^2} + N \sin t\sqrt{\frac{n^2a^2\pi^2}{l^2}+\alpha^2}\right\}$$

Ein allgemeineres Integral der Gleichung 3) würde man erhalten, indem man in Gleichung 9) für ein und dasselbe $\alpha = \alpha_m$, dem n alle Werthe von $n = 1$ bis $n = \infty$ ertheilt, dabei für jedes n den Constanten M und N besondere Werthe giebt und dann die erhaltenen Ausdrücke durch Addition vereinigt, man gelangt dann zu dem Ausdrucke:

$$10)\quad \Theta = \sum_{n=1}^{n=\infty} \sin\frac{n\pi x}{l}\left\{M_n \cos t\sqrt{\frac{n^2a^2\pi^2}{l^2}+\alpha_m^2} + N_n \sin t\sqrt{\frac{n^2a^2\pi^2}{l^2}+\alpha_m^2}\right\}$$

Um nun endlich ein particuläres Integral der Gleichung XVII) zu erhalten, hätte man zu berücksichtigen, dass $\varphi = u\Theta$ gesetzt wurde; bezeichnet man mit u_m den Werth von u, welcher der m^{ten} Wurzel α_m der Bedingungsgleichung 8), entspricht, so könnte man als particuläres Integral der Gleichung XVII) folgenden Ausdruck ansehen:

$$11)\quad \varphi = u_m \sum_{n=1}^{n=\infty} \sin\frac{n\pi x}{l}\left\{M_n \cos t\sqrt{\frac{n^2a^2\pi^2}{l^2}+\alpha_m^2} + N_n \sin t\sqrt{\frac{n^2a^2\pi^2}{l^2}+\alpha_m^2}\right\}$$

Setzt man nun in Gleichung 11) nach und nach für α_m alle positiven Wurzeln der Gleichung 8) ein und addirt die erhaltenen Ausdrücke, so gelangt man zu dem allgemeinen Integrale:

$$\text{XVIII)}\quad \varphi = \sum_{m=1}^{m=\infty} u_m \sum_{n=1}^{n=\infty} \sin\frac{n\pi x}{l}\left\{M_n \cos t\sqrt{\frac{n^2\pi^2a^2}{l^2}+\alpha_m^2} + N_n \sin t\sqrt{\frac{n^2\pi^2a^2}{l^2}+\alpha_m^2}\right\}$$

1β. Bestimmung der Coefficienten M und N aus den Bedingungen des Anfangszustandes.

Der Ausdruck Nr. XVIII. muss den Bedingungen des Anfangszustandes angepasst werden, d. h. die Constanten M und N sind so zu bestimmen, dass derselbe den Gleichungen c) und d) genügt, man muss also haben:

$$12)\quad \sum_{m=1}^{m=\infty} u_m \sum_{n=1}^{n=\infty} M_n \sin\frac{n\pi x}{l} = \Pi(x,r),$$

$$13)\quad \sum_{m=1}^{m=\infty} u_m \sum_{n=1}^{n=\infty} N_n \sqrt{\frac{n^2 a^2 \pi^2}{l^2} + \alpha_m^2}\,.\, \sin\frac{n\pi x}{l} = \Psi(x,r).$$

Berücksichtigt man, dass in den Gleichungen 12) und 13) jedes u_m mit einem Factor multiplicirt ist, welcher x enthält und verschieden ist je nach dem Werthe von α_m, dem er zugehört, so sieht man, dass man für die letzten Gleichungen auch schreiben kann:

$$14)\quad \begin{cases} \Pi(x,r) = \sum\limits_{m=1}^{m=\infty} u_m F_m(x,\alpha_m) = +\, u_1 F_1(x,\alpha_1) + u_2 F_2(x,\alpha_2) + \ldots \\ \Psi(x,r) = \sum\limits_{m=1}^{m=\infty} u_m f_m(x,\alpha_m) = +\, u_1 f_1(x,\alpha_1) + u_2 F_2(x,\alpha_2) + \ldots \end{cases}$$

Aus diesen Gleichungen kann man zunächst irgend eine der Functionen $F_m(x, \alpha_m)$ und $f_m(x, \alpha_m)$ bestimmen, indem man jede Gleichung mit $u_m r dr$ multiplicirt und hierauf zwischen den Grenzen 0 und ϱ integrirt; hierbei verschwinden nämlich die Integrale:

$$\int_0^\varrho u_m u_n r\, dr$$

jedesmal, sobald m und n verschiedene Werthe besitzen, während hingegen das Integral:

$$\int_0^\varrho u_m^2 r\, dr$$

stets einen endlichen Werth besitzt.

Der Beweis des eben Behaupteten lässt sich mit Hülfe der Differenzialgleichung 2) führen. Man erhält mit Hülfe derselben zunächst:

$$u_m r\, dr = -\frac{\alpha_m^2}{a^2}\left(r\frac{d^2 u_m}{dr^2} + \frac{du_m}{dr}\right) dr = -\frac{\alpha_m^2}{a^2}\, d\,.\,\frac{r\frac{du_m}{dr}}{dr}\, dr$$

$$\int_0^\varrho u_m r\, dr = -\frac{\alpha_m^2}{a^2}\left(r\frac{du_m}{dr}\right)_{r=0}^{r=\varrho}.$$

Berücksichtigt man nun, dass jedes u_m der Bedingung $\frac{du_m}{dr} = 0$ für $r = 0$ und $r = \varrho$ angepasst ist, so erkennt man, dass:

$$\int_0^\varrho u_m r\, dr = 0.$$

Durch partielle Integration von:

$$\int u_m u_n r\, dr$$

kann man nun sowohl erhalten:

$$\int u_m u_n r\, dr = u_m \int u_n r\, dr + \frac{a^2}{\alpha_n^2} \int r \frac{du_m}{dr} \cdot \frac{du_n}{dr} dr,$$

als auch:

$$\int u_m u_n r\, dr = u_n \int u_m r\, dr + \frac{a^2}{\alpha_m^2} \int r \frac{du_m}{dr} \cdot \frac{du_n}{dr} dr,$$

oder:

$$\int_0^\varrho u_m u_n r\, dr = \frac{a^2}{\alpha_n^2} \int_0^\varrho r \frac{du_m}{dr} \cdot \frac{du_n}{dr} dr,$$

$$\int_0^\varrho u_m u_n r\, dr = \frac{a^2}{\alpha_m^2} \int_0^\varrho r \frac{du_m}{dr} \cdot \frac{du_n}{dr} dr.$$

Die eben aufgestellten Gleichungen können bei verschiedenen m und n nur bestehen, sobald:

$$\int_0^\varrho r \frac{du_m}{dr} \frac{du_n}{dr} dr = 0,$$

mithin auch:

$$\int_0^\varrho r\, u_m u_n\, dr = 0.$$

Dahingegen kann:

$$\int_0^\varrho r\, u_m^2\, dr$$

nicht Null werden, weil $r u_m^2$ innerhalb des Intervalles 0 und ϱ stets positiv bleibt.

Durch das Vorhergehende habe ich das von Duhamel nur angedeutete Verfahren zur Auffindung der Coefficienten $F_m(x, \alpha_m)$ und $f_m(x, \alpha_m)$ hinsichtlich seiner Grundlagen erörtert und komme nun zu einem wichtigen Punkte, zur Frage über die Convergenz der Reihen 14). Berücksichtigt man, dass die Anwendung des Duhamel'schen Verfahrens zu den Werthen führt:

$$15)\quad \begin{cases} F_m(x, \alpha_m) = \dfrac{\int_0^\varrho \Pi(x,\gamma)\, u_m \gamma\, d\gamma}{\int_0^\varrho \gamma\, u_m^2\, d\gamma} \\[2ex] f_m(x, \alpha_m) = \dfrac{\int_0^\varrho \Psi(x,\gamma)\, u_m \gamma\, d\gamma}{\int_0^\varrho \gamma\, u_m^2\, d\gamma} \end{cases}$$

so erkennt man, dass die allgemeinen Glieder der Reihen 14) Brüche sind, deren Zähler Producte eines einfachen und Doppelintegrales sind, und deren Nenner ein dreifaches transcendentes Integral ist. Aus diesem Grunde möchte es sehr schwer fallen, nachzuweisen, in welchen Fällen die Summe beider Reihen wirklich mit den Functionen $\Pi(x, r)$ und $\Psi(x, r)$ identisch ist. Duhamel übergeht diese Frage gänzlich und meinen eigenen Bemühungen ist es nicht gelungen, im vorliegenden Falle die Convergenz der Reihen 14) zu entscheiden. Für die gegenwärtige Untersuchung bleibt daher nichts Anderes zu thun übrig, als eine solche Beschaffenheit der Functionen $\Pi(x, r)$ und $\Psi(x, r)$ vorauszusetzen, dass sich die Reihen 14) auf eine endliche Anzahl von Gliedern beschränken, man ist dann sicher, keine falschen Schlüsse zu machen.

Hat man nun für $F_m(x, \alpha_m)$ und $f_m(x, \alpha_m)$ aus passend gewählten $\Pi(x,r)$ und $\Psi(x, r)$ Functionen erhalten, welche innerhalb der Grenzen 0 und l endlich und stetig sind, so ergiebt hierauf die Bestimmung der Coefficienten M und N:

$$16)\quad \begin{cases} M_n = \dfrac{2}{l} \cdot \displaystyle\int_0^l F_m(\beta, \alpha_m) . \sin \frac{n\pi\beta}{l} d\beta \\[2ex] \quad = \dfrac{2}{l} \cdot \displaystyle\int_0^l \sin . \frac{n\pi\beta}{l} d\beta \frac{\int_0^\varrho \Pi(\beta, \gamma) u_m \gamma\, d\gamma}{\int_0^\varrho \gamma . u_m^2\, d\gamma} \\[2ex] N_n = \dfrac{2}{l\sqrt{\frac{n^2 a^2 \pi^2}{l^2} + \alpha_m^2}} \displaystyle\int_0^l f_m(\beta, \alpha_m) . \sin \frac{n\pi\beta}{l} d\beta \\[2ex] \quad = \dfrac{2}{l\sqrt{\frac{n^2 a^2 \pi^2}{l^2} + \alpha_m^2}} \displaystyle\int_0^l \sin \frac{n\pi\beta}{l} d\beta \frac{\int_0^\varrho \Psi(\beta, \gamma) u_m \gamma\, d\gamma}{\int_0^\varrho \gamma . u_m^2\, d\gamma}. \end{cases}$$

17. Einfluss der Schwingungen, deren Richtung der Axe des Cylinders nicht parallel ist, auf die Tonhöhe.

Dem bisherigen Gange der Untersuchung scheint es am angemessensten zu sein, die Eigenschaften der Schwingungen für den Fall zu untersuchen, in welchem vermöge der Beschaffenheit des Anfangszustandes die Gleichung XVIII) nur eine einzige Wurzel α_m der Gleichung 8) enthält.

Soll in Gleichung XVIII) nur die Wurzel $\alpha_0 = 0$ der Gleichung 8) vorkommen, so muss man haben:

$$\Pi(x, r) = u_0 F_0(x, 0) = \pi F_0(x, 0)$$
$$\Psi(x, r) = u_0 f_0(x, 0) = \pi f_0(x, 0),$$

d. h. der Anfangszustand muss von r unabhängig sein, die Schwingungen müssen also parallel zur Axe des Cylinders erfolgen. Man erhält in diesem Falle:

$$M_n = \frac{2}{\pi l}\int_0^l \Pi(\beta) \, . \sin\left(\frac{n\pi\beta}{l}\right) d\beta$$

$$N_n = \frac{2}{na\pi^2}\int_0^l \Psi(\beta) \, . \sin\left(\frac{n\pi\beta}{l}\right) d\beta.$$

und demnach:

$$\varphi_0 = \sum_{n=1}^{n=\infty} \sin\frac{n\pi x}{l}\left(M_n \cos\frac{an\pi t}{l} + N_n \sin\frac{an\pi t}{l}\right).$$

Die Schwingungsdauer beträgt somit $\frac{2l}{na}$, wobei die Grösse der ganzen Zahl n von der Natur der Functionen Π und Ψ abhängt.

Zur Auffindung von α_1 und u_1 kann man sich der unendlichen Reihen bedienen, in welche man die Ausdrücke 8) und 6) auf folgende Weise verwandeln kann. Man zerlegt zunächst jedes der beiden genannten Integrale in zwei mit den Grenzen 0 und $\frac{\pi}{2}$, $\frac{\pi}{2}$ und π und findet hierauf durch Zurückführung des zweiten auf die Grenzen 0 und $\frac{\pi}{2}$:

$$6) \qquad \int_0^\pi \cos\left(\frac{\alpha}{a} r \cos\omega\right) d\omega = 2\int_0^{\frac{\pi}{2}} \cos\left(\frac{\alpha}{a} r \cos\omega\right) d\omega$$

$$8) \; \alpha^2 \int_0^\pi \cos\left(\frac{\alpha}{a} \varrho \cos\omega\right) \sin^2\omega \, d\omega = 2\alpha^2 \int_0^{\frac{\pi}{2}} \cos\left(\frac{\alpha}{a} \varrho \cos\omega\right) \sin^2\omega \, d\omega = 0.$$

Setzt man nun rechter Hand unter dem Integralzeichen:

$$\cos\left(\frac{\alpha}{a} r \cos\omega\right) = 1 - \frac{\left(\frac{\alpha}{a} r \cos\omega\right)^2}{1 \, . \, 2} + \frac{\left(\frac{\alpha}{a} r \cos\omega\right)^4}{1 \, . \, 2 \, . \, 3 \, . \, 4} - + \ldots .$$

und integrirt hierauf, so hat man nur zu berücksichtigen, dass:

$$\int_0^{\frac{\pi}{2}} \cos^{2k}\omega \, d\omega = \tfrac{1}{2}\sqrt{\pi}\,\frac{\Gamma(k+\frac{1}{2})}{\Gamma(k+1)} = \frac{1 \, . \, 3 \, . \, 5 \, \ldots\ldots (2k-1)}{2 \, . \, 4 \, . \, 6 \, \ldots\ldots 2k} \, . \, \tfrac{1}{2}\pi$$

$$\int_0^{\frac{\pi}{2}} \cos^{2k}\omega \, . \sin^2\omega \, d\omega = \frac{\Gamma(\frac{3}{2}) \, . \, \Gamma(k+\frac{1}{2})}{2\,\Gamma(k+2)} = \frac{1 \, . \, 3 \, . \, 5 \ldots . (2k-1)}{2 \, . \, 4 \, . \, 6 \ldots . \, 2k} \, . \, \frac{1}{2k+2}\,\frac{\pi}{2}.$$

Man erhält hierauf:

$$6)\ \int_0^\pi \cos\left(\frac{\alpha}{a} r \cos\omega\right) d\omega = \pi\left\{1 - \frac{\left(\frac{\alpha}{a} r\right)^2}{2^2} + \frac{\left(\frac{\alpha}{a} r\right)^4}{2^2.4^2} - \frac{\left(\frac{\alpha}{a} r\right)^6}{2^2.4^2.6^2} + - \ldots\right\}$$

$$8)\ \alpha^2 \int_0^\pi \cos\left(\frac{\alpha}{a} \varrho \cos\omega\right) \sin^2\omega\, d\omega = \frac{\alpha^2\pi}{2}\left\{1 - \frac{\left(\frac{\alpha}{a}\varrho\right)^2}{2^2}.\tfrac{1}{2} + \frac{\left(\frac{\alpha}{a}\varrho\right)^4}{2^2.4^2}.\tfrac{1}{3} - \frac{\left(\frac{\alpha}{a}\varrho\right)^6}{2^2.4^2.6^2}.\tfrac{1}{4} + - \ldots\right\}.$$

Die Entstehungsart dieser Reihen giebt zu erkennen, dass sie uneingeschränkt für alle Werthe der Variabelen r oder ϱ Geltung besitzen.

Aus der letzten Gleichung findet man nun für den Werth des Integrales:

$$\frac{1}{\pi}\int_0^\pi \cos\left(\frac{\alpha}{a}\varrho \cos\omega\right) \sin^2\omega\, d\omega,$$

welches wir kurz mit P bezeichnen wollen, folgendes:

Für	$\alpha = 0$	ist	$P = 0{,}50$
„	$\alpha = 0{,}5 \cdot \frac{a}{\varrho}$	„	$P = 0{,}48$
„	$\alpha = 1 \cdot \frac{a}{\varrho}$	„	$P = 0{,}44$
„	$\alpha = 1{,}5 \cdot \frac{a}{\varrho}$	„	$P = 0{,}37$
„	$\alpha = 2 \cdot \frac{a}{\varrho}$	„	$P = 0{,}29$
„	$\alpha = 2{,}5 \cdot \frac{a}{\varrho}$	„	$P = 0{,}20$
„	$\alpha = 3 \cdot \frac{a}{\varrho}$	„	$P = 0{,}11$
„	$\alpha = 3{,}8295 \cdot \frac{a}{\varrho}$	„	$P = 0{,}00$

Es ist demnach $\alpha_1 = 3{,}8295\,\frac{a}{\varrho}$ die zweite Wurzel, welche die Gleichung 8) zu Null macht.

Soll in Gleichung XVIII) nur die Wurzel α_1 vorkommen, so müssen die Functionen, durch welche der Anfangszustand bestimmt wird, die Form besitzen:

$$\Pi(x, r) = u_1 F_1(x, \alpha_1)$$
$$\Psi(x, r) = u_1 f_1(x, \alpha_1),$$

demnach aus Factoren bestehen, von welchen der eine:

$$u_1 = \int_0^\pi \cos\left(3{,}8295 . \frac{r}{\varrho} \cos\omega\right) d\omega$$

eine bereits bestimmte Function von r allein ist, während die andern beiden Functionen von x allein sind, bei deren Wahl man die Gleichungen b), c) und d) zu berücksichtigen hat.

Einen der einfachsten Fälle würde man vor sich haben, wenn man die Functionen F_1 und f_1 so bestimmte, dass sich dadurch die Doppelreihe XVIII) auf ein einziges Glied zurückzöge. Setzt man z. B.:

$$\begin{aligned}
\Pi(x, r) &= A u_1 . \sin\frac{\pi x}{l} \\
&= A \sin\frac{\pi x}{l} \int_0^\pi \cos.\left(3{,}8295 . \frac{r}{\varrho} \cos\omega\right) d\omega \\
\Psi(x, r) &= B . \sqrt{\frac{a^2\pi^2}{l^2} + \left(3{,}8295\frac{a}{\varrho}\right)^2} . u_1 . \sin\frac{\pi x}{l} \\
&= B . \sqrt{\frac{a^2\pi^2}{l^2} + \left(3{,}8295\frac{a}{\varrho}\right)^2} . \sin\frac{\pi x}{l} \int_0^\pi \cos\left(3{,}8295\frac{r}{\varrho} \cos\omega\right) d\omega,
\end{aligned}$$

wobei A und B Constante bedeuten, so erhält man:

$$\text{XIX)} \left\{\begin{aligned}
\varphi_1 &= \sin\frac{\pi x}{l} . \int_0^\pi \cos\left(3{,}8295\frac{r}{\varrho} \cos\omega\right) d\omega \\
&\times \left\{A \cos t\sqrt{\frac{a^2\pi^2}{l^2} + \left(3{,}8295\frac{a}{\varrho}\right)^2} + B \sin t\sqrt{\frac{a^2\pi^2}{l^2} + \left(3{,}8295\frac{a}{\varrho}\right)^2}\right\}
\end{aligned}\right.$$

Die Schwingungsdauer beträgt im vorliegenden Falle:

$$t = \frac{2\pi}{\sqrt{\frac{a^2\pi^2}{l^2} + \left(3{,}8295\frac{a}{\varrho}\right)^2}},$$

daher ist die Schwingungsmenge:

$$\frac{\sqrt{\frac{a^2\pi^2}{l^2} + \left(3{,}8295\frac{a}{\varrho}\right)^2}}{2\pi}.$$

Man erkennt sehr leicht, dass diese Schwingungsmenge dem tiefsten einfachen Tone entsprechen müsse, welcher überhaupt beim Mitwirken radialer Schwingungen vorkommen kann, denn nimmt man statt der Wurzel $\alpha_1 = 38295\frac{a}{\varrho}$ eine grössere Wurzel α_m der Gleichung 8), so erhält man eine grössere Schwingungsmenge, als die oben angegebene; eben so würde dem Anfangszustande:

$$\Pi(x, r) = A u_1 \sin \frac{n \pi x}{l}$$

$$\Psi(x, r) = B . u_1 \sqrt{\frac{a^2 \pi^2}{l^2} + \left(3{,}8295 \frac{a}{\varrho}\right)^2} . \sin . \frac{n \pi x}{l}$$

die Schwingungsmenge:

$$\frac{n \sqrt{\frac{n^2 a^2 \pi^2}{l^2} + \left(3{,}8295 \frac{a}{\varrho}\right)^2}}{2\pi},$$

also eine viel grössere, als die oben erhaltene entsprechen.

Es ist nun leicht zu übersehen, dass sich die Töne, welche bei Mitwirkung radialer Bewegung entstehen, durch ihre bedeutende Höhe von denen unterscheiden, welche den parallel zur Axe der Röhren stattfindenden Luftschwingungen ihre Entstehung zu verdanken haben; denn während die Schwingungsmenge des Grundtones bei letzteren $\frac{a}{2l}$ ist, beträgt sie bei ersteren:

$$\frac{\sqrt{\frac{a^2 \pi^2}{l^2} + \left(3{,}8295 \frac{a}{\varrho}\right)^2}}{2\pi} = \frac{a}{2l} \sqrt{1 + \left(\frac{3{,}8295}{\pi}\right)^2 \left(\frac{l}{\varrho}\right)^2}$$

welcher Ausdruck in den gewöhnlich vorkommenden Fällen, in denen das Verhältniss $\frac{l}{\varrho}$ ziemlich bedeutend ist, stets einen sehr grossen Werth für die Schwingungsdauer liefert.

Das eben ausgesprochene Resultat hat Duhamel nur durch nähere Betrachtung der einfachen Töne gefunden, d. h. derjenigen, welche einem einzigen Gliede der Doppelreihe XVIII) entsprechen, auf die Fälle, in welchen die Töne der Summe einer Anzahl von Gliedern des Ausdruckes XVIII) entsprechen, hat Duhamel seine Untersuchungen nicht erstreckt.

18. Vergleich der erhaltenen Resultate mit der Erfahrung.

Die Länge der Halbwelle des Grundtones, welcher bei der Mitwirkung radialer Schwingungen entstehen könnte, ist dem Vorigen zufolge:

$$\frac{l}{\sqrt{1 + \left(\frac{3{,}8295}{\pi}\right)^2 \left(\frac{l}{\varrho}\right)^2}}$$

und würde demnach z. B. bei einem 200^{mm} langen Rohre von 10^{mm} innerem Durchmesser:

$$\frac{200}{48{,}77} = 4{,}101^{mm}$$

betragen, während Zamminer bei seinen Versuchen die Länge der Halbwelle des Grundtones eines derartigen Rohres $207{,}6^{mm}$ fand.

Dergleichen ausserordentlich grosse Differenzen zwischen den beobachteten Halbwellen der Töne und den für radiale Schwingungen berechneten, könnte man bei allen bis jetzt bekannten Versuchen über tönende Röhren nachweisen.

Die Annahme von Schwingungen, welche der Axe der Cylinder parallel sind, führt, wie bekannt ist, zu einer weit grösseren, wenn auch noch nicht vollständigen Uebereinstimmung mit der Erfahrung, so dass man wohl annehmen darf, dass die Töne, welche man für gewöhnlich an cylindrischen Röhren beobachtet, nur solchen Schwingungen ihre Existenz verdanken, welche der Axe der Röhren parallel sind. Töne von der Höhe, wie sie die Theorie bei Mitwirkung radialer Schwingungen angiebt, sind noch von Niemand beobachtet worden.

2. Schwingungsbewegung der Luft in einem beiderseits offenen Rohre von rechteckiger Basis.

Die Seitenflächen des Rohres mögen rechtwinkelig auf den Grundflächen desselben stehen und die Grundflächen des Rohres im Lichten Seiten von der Länge $2m$ und $2n$ besitzen, die Länge des Rohres sei l. Die Axe des Rohres möge mit der x-Axe eines rechtwinkeligen Coordinatensystemes zusammenfallen, dessen Anfang in die Mitte der einen Grundfläche fällt, die y- und z-Axe sei den Seiten m und n der Grundfläche parallel.

Ausser den allgemeinen Bewegungsgleichungen I) und II) sind bei der Untersuchung des vorliegenden Falles noch folgende Bedingungen zu berücksichtigen:

$$17)\qquad v' = \frac{d\varphi}{dy} = 0 \text{ für } y = \pm m$$

$$18)\qquad w' = \frac{d\varphi}{dz} = 0 \text{ für } z = \pm n$$

$$19)\qquad \frac{d\varphi}{dt} = 0 \text{ für } x = 0 \text{ und } x = l.$$

Die Gleichungen 17) und 18) enthalten die Annahme, dass die Wände des Rohres absolut fest seien, während Nr. 19) die Euler'sche Hülfsannahme ausdrückt, dass die Verdichtung der Luft an den Enden des Rohres beständig Null sei. Wie bei den cylindrischen Röhren ist letztere Hypothese jedenfalls nur deswegen von Duhamel zu Grunde gelegt worden, weil die Rechnung dadurch bedeutend vereinfacht wird.

Duhamel hat nur das Resultat angegeben, zu welchem ihn die Untersuchung des vorliegenden Falles geführt hat, man kann zu demselben, wie ich mich überzeugt habe, auch auf den im Folgenden betretenen Wege gelangen.

2a. Aufsuchung eines particulären Integrales der Gleichung II.

Um ein particuläres Integral der Gleichung II) zu finden, welches den Bedingungsgleichungen 17), 18) und 19) genügt, setzten wir voraus, dass φ die Form besitze:

$$\varphi = X . Y . Z . T,$$

wobei: X eine Function von x allein,
" : Y " " " y "
" : Z " " " z "
" : T " " " t "

bedeuten möge. Führt man obigen Werth von φ in die Gleichung II) ein, so erhält man:

$$20)\qquad \frac{1}{a^2}\cdot\frac{1}{T}\cdot\frac{d^2T}{dt^2} = \frac{1}{X}\cdot\frac{d^2X}{dx^2} + \frac{1}{Y}\cdot\frac{d^2Y}{dy^2} + \frac{1}{Z}\cdot\frac{d^2Z}{dz^2}.$$

Der Gleichung 20) wird nur Genüge geleistet, sobald folgende Beziehungen stattfinden:

$$21)\qquad \begin{cases} \frac{1}{a^2}\cdot\frac{1}{T}\cdot\frac{d^2T}{dt^2} = -k \\ \frac{1}{X}\cdot\frac{d^2X}{dx^2} = -K_1 \\ \frac{1}{Y}\cdot\frac{d^2Y}{dy^2} = -K_2 \\ \frac{1}{Z}\cdot\frac{d^2Z}{dz^2} = -K_3 \end{cases}$$

wobei k, K_1, K_2, K_3 beliebige Constanten sind, welche nur an die Bedingung:

$$k = K_1 + K_2 + K_3$$

gebunden sind. Nehmen wir an, diese Constanten seien negativ, so würde die Integration der Gleichung 21) auf Ausdrücke für X, Y, Z und T führen, welche sich den Gleichungen 17), 18) und 19) nicht anpassen lassen, die Constanten k, K_1, K_2, K_3 sind daher als positiv zu betrachten. Die Integration der Gleichungen 21) liefert nun:

$$22)\qquad \begin{cases} T = A\cos a\sqrt{k}\,.\,t + B\sin a\sqrt{k}\,.\,t \\ X = P_1\cos\sqrt{K_1}\,.\,x + Q_1\sin\sqrt{K_1}\,.\,x \\ Y = P_2\cos\sqrt{K_2}\,.\,y + Q_2\sin\sqrt{K_2}\,.\,y \\ Z = P_3\cos\sqrt{K_3}\,.\,z + Q_3\sin\sqrt{K_3}\,.\,z, \end{cases}$$

wobei A, B, P_1, P_2, P_3, Q_1, Q_2, Q_3 Constante sind.

Den Gleichungen 17), 18) und 19) zufolge muss man haben:

$$\frac{dY}{dy} = 0 \text{ für } y = \pm m$$

$$\frac{dZ}{dz} = 0 \text{ für } z = \pm n$$

$$X = 0 \text{ für } x = 0 \text{ und } x = l.$$

Man genügt den vorigen Bedingungsgleichungen, sobald man setzt:

$$Q_2 = 0,\ K_2 = \frac{q^2\pi^2}{m^2} \text{ (}q\text{ eine beliebige ganze positive Zahl)}$$

$$Q_3 = 0,\ K_3 = \frac{r^2\pi^2}{n^2} \text{ (}r\text{ eine beliebige ganze positive Zahl)}$$

$$P_1 = 0,\ K_1 = \frac{p^2\pi^2}{l^2} \text{ (}p\text{ eine beliebige ganze positive Zahl).}$$

Die Constante k erhält demnach den Werth:

$$k = \pi^2\left(\frac{p^2}{l^2} + \frac{q^2}{m^2} + \frac{r^2}{n^2}\right).$$

Setzt man nun die erhaltenen Werthe für die Constanten in Nr. 22) ein und bildet hierauf den entsprechenden Werth von φ, so erhält man, wenn man zugleich die überflüssigen Constanten unterdrückt:

$$\text{XX)}\quad \varphi = \sin\frac{p\pi x}{l}.\cos\frac{q\pi y}{m}.\cos\frac{r\pi z}{n}\left\{M\sin\pi a t\sqrt{\frac{p^2}{l^2}+\frac{q^2}{m^2}+\frac{r^2}{n^2}} + N\cos\pi a t\sqrt{\frac{p^2}{l^2}+\frac{q^2}{m^2}+\frac{r^2}{n^2}}\right\}.$$

Man könnte ein allgemeineres Integral der Gleichung II) dadurch bilden, dass man den Constanten p, q, r alle möglichen zwischen 0 und ∞ gelegenen Werthe ertheilt, für verschiedene Werthe von p, q, r auch den M und N verschiedene Grösse giebt und die dadurch erhaltenen Ausdrücke von φ addirt, wobei man nur Sorge zu tragen hätte, dass diese Summe nicht unendlich gross ausfällt. Man würde jedenfalls hierbei untersuchen müssen, in welchen besonderen Fällen das so erhaltene allgemeine Integral von II) eine regelmässige Wiederkehr desselben Bewegungszustandes im Rohre andeutet. Endlich würde die Frage zu erörtern sein, welche Beschaffenheit die anfänglich der Luft im Rohre mitgetheilte Bewegung haben müsse, damit tönende Schwingungen entstehen. Alle diese Fragen lassen wir, wie Duhamel, unerörtert und halten uns nur an das particuläre Integral XX), welches auf eine regelmässige Wiederkehr desselben Bewegungszustandes hinweist und für welchen sich leicht die Beschaffenheit der ursprünglichen Erschütterung auffinden lässt, welche denselben zur Folge hat.

2β. Einfluss der Schwingungen, welche der Axe des Rohres nicht parallel sind, auf die Schwingungsmenge.

Sobald die ursprüngliche Erschütterung von der Beschaffenheit ist, dass der Schwingungszustand im Rohre durch die Gleichung XX) repräsentirt wird, so ist die Schwingungsmenge des etwa entstehenden Tones:

$$\text{23)}\qquad i = \frac{pa}{2l}\sqrt{1 + \frac{q^2}{m^2}\cdot\frac{l^2}{p^2} + \frac{r^2}{n^2}\cdot\frac{l^2}{p^2}},$$

wobei p, q, r dem Früheren gemäss positive ganze Zahlen bedeuten. Ist $q = r = 0$, so geschehen die Schwingungen parallel zur Axe und die

Schwingungsmenge ist $\frac{pa}{2l}$. Den tiefsten Ton, welcher von Gleichung XX) angezeigt wird, wenn die Geschwindigkeiten v' und w' nicht Null sind, erhält man, indem man $p = q = r = 1$ setzt; seine Schwingungsmenge beträgt:

$$\frac{a}{2l}\sqrt{1+\frac{l^2}{m^2}+\frac{l^2}{n^2}},$$

während die Halbwelle desselben die Länge:

$$\frac{l}{\sqrt{1+\frac{l^2}{m^2}+\frac{l^2}{n^2}}}$$

besitzt. Man erkennt aus dem Vorigen, dass sehr hohe Töne zum Vorschein kommen müssen, wenn die Verhältnisse $\frac{l}{m}$ und $\frac{l}{n}$, wie bei den Pfeifen mit vorwiegender Längsdimension, einigermassen gross sind und wenn die Schwingungen nicht einzig und allein der Länge des Rohres parallel sind. Bei einem Rohre z. B., welches quadratische Basis hat und bei welchem sich die Breite zur Länge wie 1 zu 10 verhält, würde die Schwingungsmenge $\frac{a}{2l}$. 28,28 sein, während ihr Betrag bei parallelen Schwingungen nur $\frac{a}{2l}$ ist.

2γ. Vergleich der erhaltenen Resultate mit der Erfahrung.

Bei nicht parallelen Schwingungen liegt der durch die Theorie angegebene Ton in Röhren von vorwiegender Längendimension so hoch über den wirklich beobachteten Tönen, dass man wohl annehmen muss, dass die letzteren nur solchen Schwingungen ihr Dasein verdanken, welche der Axe der Röhren parallel sind. Dieser Schluss wird übrigens durch die Thatsache gerechtfertigt, dass die beobachteten Töne denjenigen sehr nahe liegen, welche die Theorie für Schwingungen angiebt, welche der Axe des Rohres parallel vor sich gehen.

Die Schwingungsmenge i (23), welche bei nicht parallelen Schwingungen stattfindet, geht für ein Rohr, dessen Dimensionen l', m', n' sind, über in:

$$i' = \frac{pa}{2l'}\sqrt{1+\frac{q^2}{m'^2}\cdot\frac{l'^2}{p^2}+\frac{r^2}{n'^2}\cdot\frac{l'^2}{p^2}}.$$

Die Schwingungsmengen i und i' würden in das Verhältniss treten:

$$i : i' = \frac{1}{l} : \frac{1}{l'},$$

sobald $\frac{l'}{m'} = \frac{l}{m}$ und $\frac{l'}{n'} = \frac{l}{n}$, d. h. wenn die beiden Rohre ähnlich sind. Dies stimmt mit dem von Savart ausgesprochenen allgemeinen Gesetze überein, dass die Luftschwingungen in ähnlichen Räumen Töne hervorbringen, deren Schwingungsdauer homologen Dimensionen der Körper proportional sind.

3. Schwingungen der Luft in einem Rohre, welches durch vier Ebenen gebildet wird, von denen zwei parallel sind.

Das Rohr wird durch zwei sich schneidende Ebenen und durch zwei parallele Ebenen gebildet, welche letzteren einen rechten Winkel mit dem Durchschnitt der beiden ersteren einschliessen, die Enden des Rohres sind Cylinderflächen, deren gemeinschaftliche Axe ebenfalls der Durchschnitt der erstgenannten Ebenen ist. Duhamel legt seinen Untersuchungen dieses Falles die vereinfachende Annahme zu Grunde, dass Geschwindigkeit und Verdichtung in allen Punkten einer Cylinderfläche dieselbe sei, deren Axe der Durchschnitt der beiden sich schneidenden Ebenen ist und dass die Bewegung nur im Sinne des Radius dieser Cylinderfläche erfolge. Er gelangt dadurch zu dem Resultate, dass Grundton und Obertöne bei beiderseits offenen oder einerseits geschlossenen Röhren nicht in einem einfachen harmonischen Verhältnisse stehen. Was den Untersuchungsgang und das Nähere der Resultate anbelangt, so bitte ich, die Originalabhandlung *) nachzusehen, der Umstand, dass experimentelle Untersuchungen zur Prüfung der theoretischen Resultate in vorliegendem Falle nicht zu Gebote stehen, hat mich veranlasst, hier nicht weiter auf den Gegenstand einzugehen.

Luftschwingungen in conischen Röhren.

In der mehrmals erwähnten Originalabhandlung Duhamel's wird zunächst der Beweis gegeben, dass sich auch in conischen Röhren eine Erschütterung mit der Geschwindigkeit a des Schalles in freier Luft fortpflanze. Ich habe diese etwas weitläufige Untersuchung nicht mit aufgenommen; ebenso wenig werde ich die Untersuchungsmethode hier berühren, welche Duhamel für den Fall vorschlägt, dass die Schwingungen der Luft in conischen Röhren ganz beliebig gerichtet sind. Man bedarf nämlich der letzteren in allen hierher gehörigen Fällen keineswegs, sondern kann, wie Duhamel, mit Hülfe einer die Rechnung vereinfachenden Annahme zu Resultaten gelangen, welche im Wesentlichen mit der Erfahrung übereinstimmen. Diese Annahme besteht darin, dass sowohl anfänglich als in späteren Zeiten Geschwindigkeit und Verdichtung für alle Punkte dieselbe sei, welche sich in gleicher Entfernung von der Spitze des Kegels befinden, von welchem die tönende Röhre einen Theil ausmacht. Durch diese Annahme wird zunächst eine Vereinfachung der Gleichungen I) und II) erzielt, indem dieselben auf die Form gebracht werden, in welcher man sich ihnen oft bei der Untersuchung über die Ausbreitung des Schalles in freier Luft bedient.

*) *Journ. d. math. pures et appliq. t. XIV*, p. 105.

In die Spitze des Kegels möge man sich den Anfang eines rechtwinkeligen Coordinatensystemes gelegt denken. Die Entfernung eines Punktes x, y, z, welcher im Innern des Rohres liegt, vom Coordinatenanfange sei r; die Luft möge am Ende der Zeit t im Punkte x, y, z die Geschwindigkeit v und die Verdichtung s besitzen. Der Bewegungszustand im Punkte x, y, z wird nach dem Früheren durch die Gleichungen I) und II) bestimmt, in denen u', v', w' die nach den Axen geschätzten Componenten der Geschwindigkeit v bedeuten:

$$\text{I)}\qquad u' = \frac{d\varphi}{dx}, \quad v' = \frac{d\varphi}{dy}, \quad w' = \frac{d\varphi}{dz}, \quad s = -\frac{1}{a^2}\frac{d\varphi}{dt};$$

$$\text{II)}\qquad \frac{d_2\varphi}{dt^2} = a^2\left(\frac{d_2\varphi}{dx^2} + \frac{d_2\varphi}{dy^2} + \frac{d_2\varphi}{dz^2}\right).$$

Um diese Gleichungen zu vereinfachen, differenzirt man zunächst die Gleichung:

$$r^2 = x^2 + y^2 + z^2,$$

wodurch man erhält:

$$r\,dr = x\,dx + y\,dy + z\,dz.$$

Wegen der angenommenen alleinigen Bewegung im Sinne des Radius kann man in der letzten Gleichung die Substitutionen machen: $\frac{x}{r} = \frac{u'}{v}$, $\frac{y}{r} = \frac{v'}{v}$, $\frac{z}{r} = \frac{w'}{v}$; man erhält:

$$u'\,dx + v'\,dy + w'\,dz = v\,dr,$$

oder:

$$\frac{d\varphi}{dx}dx + \frac{d\varphi}{dy}dy + \frac{d\varphi}{dz}dz = v\,dr.$$

Da die linke Seite als vollständiges Differenzial auch kurz $d\varphi = \frac{d\varphi}{dr}dr$ geschrieben werden kann, so ist demnach:

$$v = \frac{d\varphi}{dr}.$$

Ist v an einer beliebigen Stelle bekannt, so ist daselbst auch $u' = \frac{x}{r}v$, $v' = \frac{y}{r}v$, $w' = \frac{z}{r}v$ bekannt, es genügt daher, sich zur Bestimmung der Geschwindigkeit statt der ersten drei Gleichungen von I), nur der eben gefundenen Gleichung $v = \frac{d\varphi}{dr}$ zu bedienen.

Die Umformung der Gleichung II) erfordert die nochmalige Differenziation der Gleichungen:

$$u' = \frac{d\varphi}{dx} = \frac{d\varphi}{dr}\cdot\frac{x}{r}, \quad v' = \frac{d\varphi}{dy} = \frac{d\varphi}{dr}\cdot\frac{y}{r}, \quad w' = \frac{d\varphi}{dz} = \frac{d\varphi}{dr}\cdot\frac{z}{r};$$

Man erhält:

$$\frac{d_2\varphi}{dx^2}=d.\frac{\frac{d\varphi}{dr}\cdot\frac{x}{r}}{dr}\cdot\frac{dr}{dx}=\frac{d_2\varphi}{dr^2}\cdot\frac{x^2}{r^2}+\frac{d\varphi}{dr}\left(\frac{1}{r}-\frac{x^2}{r^3}\right)$$

$$\frac{d_2\varphi}{dy^2}=d.\frac{\frac{d\varphi}{dr}\cdot\frac{y}{r}}{dr}\cdot\frac{dr}{dy}=\frac{d_2\varphi}{dr^2}\cdot\frac{y^2}{r^2}+\frac{d\varphi}{dr}\left(\frac{1}{r}-\frac{y^2}{r^3}\right)$$

$$\frac{d_2\varphi}{dz^2}=d.\frac{\frac{d\varphi}{dr}\cdot\frac{z}{r}}{dr}\cdot\frac{dr}{dz}=\frac{d_2\varphi}{dr^2}\cdot\frac{z^2}{r^2}+\frac{d\varphi}{dr}\left(\frac{1}{r}-\frac{z^2}{r^3}\right)$$

Die Einsetzung dieser Werthe in Gleichung II) giebt:

$$\frac{d_2\varphi}{dt^2}=a^2\cdot\left(\frac{d_2\varphi}{dr^2}+\frac{2}{r}\,\frac{d\varphi}{dr}\right),$$

oder:

$$\frac{d_2(r\varphi)}{dt^2}=a^2\frac{d_2(r\varphi)}{dr^2}.$$

Die Annahme radialer Bewegung führt demnach zu den Gleichungen:

$$\text{XXI)}\quad \begin{cases} v=\dfrac{d\varphi}{dr},\quad s=-\dfrac{1}{a^2}\dfrac{d\varphi}{dt} \\ \dfrac{d_2\varphi}{dr^2}=a^2\cdot\dfrac{d_2(r\varphi)}{dr^2} \end{cases}$$

Das Integral vorstehender Differenzialgleichung ist:

$$\text{XXII)}\qquad r\varphi=f_1(r-at)+F_1(r+at),$$

wobei f_1 eine willkürliche Function von $r-at$ und F_1 eine willkürliche Function von $r+at$ ist.

Duhamel hat sich bei seinen analytischen Untersuchungen nicht des Integrales XXII) bedient, dessen Gebrauch, wie ich gefunden habe, meist nur auf einem äusserst unbequemen Wege zu Resultaten über die Schwingungen der Luft in conischen Röhren führt; er setzt vielmehr das allgemeine Integral der Gleichung XXI) aus particulären Integralen zusammen. Ebenso mag Duhamel die Schwierigkeit des Gegenstandes veranlasst haben, in Betreff des Zustandes der Luft an den Enden der Röhren die Annahmen von Euler zu Grunde zu legen. Diese Behandlung des Problemes führt, wie man aus dem Folgenden ersehen kann, auf einem sehr eleganten Wege zur Lösung.

4. Schwingungen der Luft in einem beiderseits offenen conischen Rohre.

Die Entfernung der kleineren Grundfläche des kegelförmigen Rohres von der Spitze des Kegels möge b, die Entfernung der grösseren Grundfläche von der Spitze $b+l$ sein, wobei l die Länge des Rohres bedeutet. Der Zustand an den Enden der Röhre lässt sich nach dem Vorgange von Euler durch die Gleichungen ausdrücken:

$$24)\quad \left\{ \begin{array}{c} \text{für jedes } t \text{ und } r = b,\ \text{sowie } r = b + l \text{ ist:} \\ \frac{d\varphi}{dt} = 0. \end{array} \right.$$

Dieser Gleichung kann man nun irgend ein particuläres Integral der Gleichung XXI) anpassen und hierauf durch Summirung von dergleichen Integralen ein allgemeineres Integral bilden. Duhamel wählt das particuläre Integral:

$$r\varphi = (A \sin amt + B \cos amt)(\sin mr + M \cos mr),$$

in welchem A, B, M, m constante Coefficienten bedeuten, von denen zwei durch die Bedingungen für die Enden der Röhre bestimmt werden können. Diese Bedingungen erfordern, dass:

$$\sin mb + M \cos mb = 0,$$
$$\sin m(b + l) + M \cos m(b + l) = 0.$$

Durch Elimination von M aus beiden Gleichungen findet man: $\sin ml = 0$, demnach $m = \frac{n\pi}{l}$, während die erste der beiden Gleichungen allein $M = -\operatorname{tang} mb = -\operatorname{tang} \frac{n\pi b}{l}$ giebt, wobei n eine beliebige ganze Zahl bedeutet. Setzt man die eben erhaltenen Werthe in das particuläre Integral ein, so findet man, dass dasselbe ersetzt werden könne durch:

$$r\varphi = \left(A \sin \frac{n\pi at}{l} + B \cos \frac{n\pi at}{l}\right) \sin \frac{n\pi(r - b)}{l}.$$

Dieses Integral, in welchem A und B wiederum Constante bedeuten, kann man zur Bildung des allgemeinen Integrales anwenden, indem man dem n alle möglichen negativen und positiven Werthe beilegt, für jedes n auch den Constanten A und B besondere Werthe ertheilt und hierauf alle auf diese Weise erhaltenen particulären Integrale summirt. Da man aber bei der nun folgenden Bestimmung der Constanten A und B aus dem anfänglichen Bewegungszustande finden würde, dass man für das dem Anfangszustande angepasste Integral denselben Ausdruck erhält, gleichviel ob man positive und negative n oder nur positive n genommen hat, so kann man sich auf letztere beschränken. Das allgemeine Integral von Gleichung XXI) ist demnach:

$$\text{XXIII)}\quad r\varphi = \sum_{n=1}^{n=\infty} \left(A_n \sin \frac{n\pi at}{l} + B_n \cos \frac{n\pi at}{l}\right) \sin \frac{n\pi(r - b)}{l}.$$

Die Bestimmung der Constanten A und B verlangt die Kenntniss des anfänglichen Zustandes der Luft in der Röhre; anstatt der anfänglichen Geschwindigkeit und Verdichtung im Rohre kann man sich aber auch als gegeben denken:

$$25)\quad \left\{ \text{für } t = 0,\ \varphi = F(r),\ \frac{d\varphi}{dt} = f(r); \right.$$

denn diese Functionen bestimmen den Anfangszustand vollkommen. Man erhält nun zunächst:

$$26)\quad \begin{cases} \sum_{n=1}^{n=\infty} B_n \sin \frac{n\pi(r-b)}{l} = r F(r) \\ \sum_{n=1}^{n=\infty} A_n \sin \frac{n\pi(r-b)}{l} = \frac{rl}{\pi a} f(r). \end{cases}$$

Multiplicirt man jede dieser beiden Gleichungen mit $\sin \frac{n\pi(r-b)}{l} dr$ und integrirt zwischen den Grenzen b und $b+l$, so hätte man zu berücksichtigen, dass für irgend welche positive k und n die Beziehungen gelten:

$$\int_b^{b+l} \sin \frac{k\pi(r-b)}{l} . \sin \frac{n\pi(r-b)}{l} . dr = 0,$$

$$\int_b^{b+l} \sin \frac{n\pi(r-b)}{l} ; \sin \frac{n\pi(r-b)}{l} . dr = \frac{l}{2}.$$

Die angedeutete Integration führt demnach zu den Ausdrücken:

$$27)\quad \begin{cases} B_n = \frac{2}{l} \int_b^{b+l} r F(r) . \sin \frac{n\pi(r-b)}{l} dr \\ A_n = \frac{2}{n\pi a} \int_b^{b+l} r . f(r) \sin \frac{n\pi(r-b)}{l} dr. \end{cases}$$

Ueber die Convergenz der linken Seiten von 26) kann man folgende Entscheidung treffen: Es ist bekannt, dass der Ausdruck:

$$28)\quad \psi(x) = \sum_{n=1}^{n=\infty} C_n \sin nx, \text{ wobei } C_n = \frac{2}{\pi} \int_0^{\pi} \psi(u) \sin nu\, du$$

für alle zwischen 0 und π gelegene x richtig ist, sobald $\psi(x)$ zwischen 0 und π endlich und stetig ist, dass derselbe jedoch für $x = 0$ und $x = \pi$ nicht mehr gilt. Nimmt man nun in den Gleichungen 26) und 27) die Substitution $r = \frac{l}{\pi} x + b$ vor und vergleicht hierauf mit 28), so erhält man das Resultat:

Die Ausdrücke 26) gelten für jedes zwischen b und $b+l$ gelegene r, sobald die Functionen $rF(r)$ und $rf(r)$ zwischen b und $b+l$ endlich und stetig sind; für $r = b$ und $r = b + l$ gelten sie jedoch im Allgemeinen nicht mehr. Dass die Doppelreihe XXIII) convergirt, sobald die linken Seiten von 26) convergiren und die Glieder der letzteren sämmtlich positiv sind, versteht sich von selbst; wechseln aber die Vorzeichen, so ist wohl die Convergenz von XXIII) in jedem speciellen Falle besonders zu erweisen.

Nimmt man an, die Functionen $rF(r)$ und $rf(r)$ seien zwischen $r=b$ und $r=b+l$ endlich und stetig und so beschaffen, dass Gleichung XXIII) eine convergente Doppelreihe bildet, so wird die Schwingungsdauer des Tones $\frac{2l}{a}$ betragen. Es giebt in diesem Falle eine unendliche Zahl von Functionen $F(r)$ und $f(r)$, die dieselbe Schwingungsdauer zur Folge haben würden. Trifft man jedoch über den anfänglichen Zustand die specielle Bestimmung, dass derselbe durch die Gleichungen repräsentirt werde:

$$29)\qquad \begin{cases} F(r) = B \cdot \frac{1}{r} \cdot \sin \frac{n\pi(r-b)}{l} \\ f(r) = \frac{n\pi a A}{l} \cdot \frac{1}{r} \cdot \sin \frac{n\pi(r-b)}{l}, \end{cases}$$

in denen A und B constante Grössen bedeuten, so würde sich der Ausdruck $r\varphi$ in folgenden zusammenziehen:

$$\text{XXIV)}\quad r\varphi = \left(A \sin \frac{n\pi a t}{l} + B \cos \frac{n\pi a t}{l}\right) \sin\left(\frac{n\pi(r-b)}{l}\right)$$

und die Schwingungsdauer würde $\frac{2l}{na}$ sein. Man erkennt aus Vorstehendem auch, dass Grundtöne und Obertöne gleich langer cylindrischer und conischer Röhren dieselben sein müssen. Die Geschwindigkeit und Verdichtung der Luft würden durch die Gleichungen bestimmt sein:

$$v = \frac{d\varphi}{dr} = \left(A \sin \frac{n\pi a t}{l} + B \cos \frac{n\pi a t}{l}\right)\left(\frac{n\pi}{lr} \cos\left(\frac{n\pi(r-b)}{l}\right) - \frac{1}{r^2} \sin\left(\frac{n\pi(r-b)}{l}\right)\right)$$

$$s = -\frac{1}{a^2}\frac{d\varphi}{dt} = -\frac{n\pi}{al}\left(A \cos \frac{n\pi a t}{l} - B \sin \frac{n\pi a t}{l}\right) \cdot \sin\left(\frac{n\pi(r-b)}{l}\right).$$

Die Stellen, wo die Verdichtung der Luft unausgesetzt Null ist, oder die Schwingungsbäuche, besitzen die Entfernungen

$$30)\qquad r = b + \frac{k}{n} l$$

von der Spitze; die Entfernungen der Schwingungsknoten von der Spitze des Rohres sind aus der Gleichung:

$$31)\qquad tg \frac{n\pi(r-b)}{l} = \frac{n\pi r}{l}$$

zu bestimmen und entsprechen den zwischen b und $b+l$ liegenden Wurzeln derselben.

Vergleich der erhaltenen Resultate mit experimentellen Untersuchungen.

Auch im vorliegenden Falle ist wegen der angewendeten Untersuchungsmethode insofern eine durchgängige Uebereinstimmung zwischen Theorie und Erfahrung nicht zu erwarten, indem z. B. jener zufolge eine unendliche Schwingungsdauer statthaben müsste. Was jedoch die Schwingungsmenge und Knotenlage anbetrifft, so harmoniren Theorie und Erfahrung sehr gut, wie Zamminers*) vortreffliche Untersuchungen zeigen. Zamminer wendete sieben Röhren von Weissblech an, von denen jede 485,4^{mm} Länge besass; die erste derselben war cylindrisch, alle Röhren, ausgenommen die letzte, waren an beiden Enden offen. Die Dimensionen der angewendeten Röhren finden sich in folgender Tabelle:

Bezeichnung.	Oberer Durchmesser	Unterer Durchmesser.	Verhältniss beider.
c	16,6^{mm}	16,6^{mm}	1,000
e	15,4	18,2	1,182
f	13,9	19,0	1,367
g	11,8	23,5	1,991
h	8,6	25,8	3,000
k	6,6	26,1	3,995
l	0,0	28,9	∞

Das Anblasen der Röhren geschah auf die oben angegebene Weise und es wurde mit derselben Vorsicht, als bei den dort angegebenen Versuchen, die Tonhöhe durch die Saitenlänge des gleichgestimmten Monochordes bestimmt. Aus Zamminers Untersuchungen ergiebt sich zunächst, dass Grundton und Obertöne bei conischen Röhren und gleich langen cylindrischen die nämlichen sind, wie dies auch aus Duhamel's Theorie folgt. Die hierher gehörigen Beobachtungen Zamminer's sind in folgender Tabelle enthalten, in welcher anstatt der Schwingungsmenge der Töne die Längen des gleichgestimmten Monochordes angegeben sind:

	Erregungsstelle.	*c*	*e*	*f*	*g*	*h*	*k*	*l*	Mittel.
Grundton	weites Ende	410,2	410,4	410,0	409,9	412,0	409,6	410,6	
	enges Ende	410,5	409,6	409,1	408,7	411,6	409,7	412,1	
	.	410,3	410,0	409,5	409,3	411,8	409,7	411,3	410,3
1. Oberton	weites Ende	203,2	202,4	.	.	203,0	.	204,5	
	enges Ende	203,7	202,0	.	.	203,6	.	204,4	
		203,5	202,2	.	.	203,3	.	204,4	203,4
2. Oberton	weites Ende	134,5	135,2	.	.	136,0	.	136,7	
	enges Ende	134,2	134,6	.	.	135,0	.	.	
		134,4	134,9	.	.	135,5	.	136,7	135,3

Die Lage der Schwingungsknoten hat Zamminer auf die Weise bestimmt, dass er die Röhren (die Axe vertikal) soweit in Wasser einsenkte, bis der vorher auf die Monochordsaite übertragene Ton beim Anblasen wieder hörbar wurde. Das Niveau des Wassers befindet sich dann an derselben Stelle, wo beim Anblasen der nicht in's Wasser gesenkten Röhre der Schwingungsknoten liegt. Mögliche Fehler hat Zamminer durch umsich-

*) Poggend. Annal. Bd. 97. S. 201.

tige Anwendung des Verfahrens sehr vermindert, was die Principien desselben anbelangt, so verweise ich auf S. 403. Bei den eben erwähnten Versuchen wurden die Knoten an denselben Stellen gefunden, an welchen sie nach Duhamel's Theorie liegen müssen, wie man aus folgenden Angaben sehen kann, bei welchen beispielsweise drei von Zamminer beobachtete Knotenlagen mit drei von mir aus Gleichung 31) berechneten zusammengestellt sind.

Röhren.	Entfernung des Knotens vom engen Ende.	
	beobachtet	berechnet
	mm.	mm.
e	236,6	234,5
h	189,5	188,9
l	0,0	0,0

5. Schwingungen der Luft in einem am engen Ende gedeckten conischen Rohre.

Das Rohr möge die Länge l besitzen und die Entfernung seiner schmäleren Basis von der Spitze des Kegels b betragen. Ausser den Gleichungen XXI):

$$\text{XXI)} \quad \begin{cases} v = \dfrac{d\varphi}{dr}, \quad s = -\dfrac{1}{a^2}\dfrac{d\varphi}{dt} \\ \dfrac{d^2\varphi}{dr^2} = a^2 \dfrac{d^2(r\varphi)}{dr^2} \end{cases}$$

sind in diesem Falle noch die Gleichungen zu berücksichtigen:

$$\text{32)} \qquad v = \frac{d\varphi}{dr} = 0 \text{ für } r = b \text{ und beliebige } t,$$

$$\text{33)} \qquad s = -\frac{1}{a^2}\frac{d\varphi}{dt} = 0 \text{ für } r = b + l \text{ und beliebige } t.$$

Ein particuläres Integral der Gleichung XXI) ist:

$$\text{34)} \qquad r\varphi = (A \sin amt + B \cos amt)(\sin mr + M \cos mr),$$

in welchem A, B, M, m Constante bedeuten. Um diesen Ausdruck den Bedingungsgleichungen 32) und 33) anzupassen, hat man $\frac{d\varphi}{dr}$ und $\frac{d\varphi}{dt}$ zu bestimmen und hierauf in dieselben einzusetzen. Man erhält so zunächst (wegen 33):

$$\text{35)} \qquad M = -\operatorname{tg} m(b+l).$$

Setzt man diesen Werth in 34) ein, so erhält man:

$$r\varphi = -\frac{(A \sin amt + B \cos amt)\sin(b+l-r)m}{\cos m(b+l)}$$

und hierauf nach der Differenziation nach r wegen 32):

$$\text{36)} \qquad \operatorname{tg} ml = -mb.$$

Das particuläre Integral 34) kann man nun, indem man $-\frac{A}{\cos m(b+l)}$ und $-\frac{B}{\cos m(b+l)}$ kurz mit A_1 und B_1 bezeichnet, schreiben:

$$\text{XXV)}\qquad r\varphi = (A_1 \sin amt + B_1 \cos amt) \,.\, \sin m(b+l-r),$$

wobei für m irgend eine positive*) Wurzel der Gleichung 36) einzusetzen ist.

Da die Wurzeln der Gleichung m irrational sind, würde es für die gegenwärtige Untersuchung keinen besonderen Vortheil gewähren, wenn man ein allgemeineres Integral auf die Weise bilden wollte, dass man in XXV) alle möglichen Wurzeln von 36) einsetzt, den Constanten A und B für jede Wurzel einen andern Werth ertheilt und hierauf die so gewonnenen Ausdrücke für φ summirt. Einem so gebildeten allgemeinen Integrale würde eine regelmässige Wiederkehr desselben Zustandes im Rohre nicht entsprechen.

Ist nun der anfängliche Bewegungszustand der Luft im Rohre so beschaffen, dass der Schwingungszustand am Ende der Zeit t durch die Gleichung XXV) bestimmt ist, so beträgt die Schwingungsdauer $\frac{2\pi}{am}$ und die Schwingungsmenge des etwa entstehenden Tones $\frac{am}{2\pi}$. Da die m unter einander nicht in einem einfachen Verhältnisse stehen, so können auch Grundton und Obertöne ein solches nicht besitzen.

Um die Lage der Schwingungsknoten und Schwingungsbäuche zu bestimmen, hat man zu berücksichtigen, dass man den Gleichungen XXI) zufolge haben muss:

$$v = -\frac{(A_1 \sin amt + B_1 \cos amt)}{r}\left[\frac{\sin m(b+l-r)}{r} + m \cos m(b+l-r)\right]$$

$$s = m\,\frac{(B_1 \sin amt - A_1 \cos amt)}{r} \sin m(b+l-r).$$

Je nachdem man v oder s der Null gleich setzt, findet man, dass die Lage der Schwingungsknoten aus der Gleichung:

$$\text{37)}\qquad tg\, m(b+l-r) = -mr,$$

der geometrische Ort der Schwingungsbäuche aus der Gleichung:

$$\text{38)}\qquad \sin m(b+l-r) = 0$$

zu bestimmen ist.

Es möge hier noch folgende Aufgabe Platz finden: Ein beiderseits offenes conisches Rohr, dessen Constanten b' und l' sind, wird so angeblasen, dass es seinen Grundton von der Schwingungsmenge $\frac{a}{2l'}$ hören lässt, hierauf wird dasselbe — die Axe vertikal, das schmälere Ende nach unten

*) Die negativen Wurzeln von 36) sind von gleichem absolutem Werthe, als die positiven, deshalb giebt eine negative Wurzel bei der Substitution in XXV) einen Werth, der sich bei der Unbestimmtheit von A_1 und B_1 nicht von dem unterscheidet, den man durch Substitution der entsprechenden positiven Wurzel erhalten würde.

gekehrt — soweit in Wasser eingesenkt, bis es beim Anblasen wieder den Ton $\frac{a}{2l'}$ als Grundton giebt. Es ist zu untersuchen, ob das Niveau des Wassers beim zweiten Versuche sich an der Stelle befindet, an welcher beim ersten Versuche sich der Schwingungsknoten befand?

Die Lage des Schwingungsknotens beim ersten Versuche wird aus Gleichung 31) bestimmt. Die Entfernung r des Schwingungsknoten von der Spitze des Kegels ist die zwischen b und $b+l$ liegende Wurzel der transcendenten Gleichung:

$$39)\qquad tg\frac{\pi(r-b')}{l'}=\frac{\pi r}{l'}.$$

Dass in der That zwischen $r=b'$ und $r=b'+l'$ nur ein einziger Werth liegt, der vorige Gleichung befriedigt, erkennt man, indem man berücksichtigt, dass:

$$\frac{\pi(r-b')}{l'}<\frac{\pi r}{l'};$$

in diesem Falle giebt es aber nur einen einzigen zwischen 0 und $\frac{\pi}{2}$ liegenden Werth von $\frac{\pi(r-b')}{l'}$, woraus überdies folgt, dass r zwischen b' und $b'+\frac{l'}{2}$ liegen muss. Senkt man nun das Rohr soweit in das Wasser ein, dass der Abstand seines Niveau's von der Spitze des Kegels r beträgt, wobei r die zwischen b und $b+\frac{l}{2}$ liegende Wurzel der Gleichung 39) ist, so würde beim Anblasen ein Ton von der Schwingungsdauer $\frac{2\pi}{am}$ gehört werden müssen, wobei nach Nr. 36) m die erste positive Wurzel der Gleichung:

$$40)\qquad tg\, m(b'+l'-r)=-mr$$

bedeutet. Diese Wurzel muss zwischen den Grenzen liegen:

$$\frac{\pi}{b'+l'-r}>m>\frac{\pi}{2(b'+l'-r)}.$$

Es soll nun versucht werden, ob man der Gleichung 40) durch den aus der Gleichung $\frac{2\pi}{am}=\frac{2l'}{a}$ entnommenen Werth $m=\frac{\pi}{l'}$ genügt. Dieser Werth ist innerhalb der für m angegebenen Grenzen enthalten, er wird der Gleichung 40) Genüge leisten, sobald seine Substitution zeigt, dass r wirklich dasjenige r ist, welches Nr. 39) entnommen gedacht wurde, d. h. sobald man durch Substitution von $m=\frac{\pi}{l'}$ in 40), die Gleichung 39) erhält. Letzteres findet wirklich statt und somit ist dann erwiesen, dass, wenn man das auf die angegebene Weise bis an die Knotenfläche eingesenkte Rohr anbläst, die *Schwingungsmenge* $\frac{a}{2l'}$ wie beim Anblasen des ganzen beiderseits offenen

Rohres eintritt. Sobald man am eingesenkten Rohre einen höhern oder tiefern Ton als $\frac{a}{2l'}$ wahrnimmt, befindet sich das Niveau über oder unter der Knotenfläche, so dass also beim Tone $\frac{a}{2l'}$ das Wasser die Knotenfläche richtig markirt.

5β. Vergleich der erhaltenen Resultate mit experimentellen Untersuchungen.

Zamminer hat die bereits Seite 401 beschriebenen Röhren auch am weiten Ende offen, am engen Ende gedeckt, angewendet. Die Methode des Anblasens war dieselbe, als bei dessen früher beschriebenen Versuchen Auch hier hat sich eine hinreichende Uebereinstimmung zwischen Theorie und Erfahrung herausgestellt, so dass die von ersterer vorausbestimmten Grund- und Obertöne beim Versuche wirklich erscheinen. Ich lasse beispielsweise eine Zusammenstellung der von Zamminer beobachteten Grundtöne der einerseits gedeckten Röhren mit den durch die Theorie bestimmten folgen; es ist in folgender Tabelle nicht die Schwingungsmenge, sondern die Saitenlänge des auf den Ton abgestimmten Monochordes angegeben, die Berechnung der Saitenlängen in der zweiten Columne ist von mir aus Gleichung 36) und der Saitenlänge 820,6, die dem Tone der Röhre *c* entspricht, geschehen.

Röhren.	Berechnete Saitenlänge.	Beobachtete Saitenlänge.	Differenz.
	mm.	mm.	mm.
c	820,6	820,6	— —
e	767,8	785,6	+ 17,8
f	724,4	727,8	+ 3,4
g	636,4	624,5	— 11,9
h	563,1	572,8	+ 9,7
k	526,2	529,9	+ 3,7
l	410,3	411,3	+ 1,0

Die in der vierten Columne aufgeführten Differenzen könnten leicht zu bedeutend erscheinen, es ist jedoch zu berücksichtigen, dass die Röhren sämmtlich vom Klempner, nicht vom Mechanicus angefertigt worden waren, sowie, dass Zamminer die Töne nur bei sehr verschiedener Windstärke hervorzubringen vermochte. Dass auch die beobachtete Knotenlage mit der berechneten übereinstimmt, zeigte sich z. B. am Kegel *l*. Zamminer bestimmte die Lage der Knotenfläche hier dadurch, dass er den Ton auf das Monochord übertrug und hierauf nach und nach Wasser in den Kegel füllte. Das Niveau des Wassers fällt bei senkrechter Stellung der Kegelaxe mit der Knotenstelle zusammen, wenn der Kegel beim Anblasen zugleich den ursprünglichen Ton giebt. Folgende kleine Tabelle enthält die von Zamminer beobachtete und die von mir mit Hülfe von Gleichung 37) *berechnete Knotenlage*.

Ton.	Abstände der Knotenfläche von der Spitze.	
	Beobachtet.	Berechnet.
	mm.	mm.
1. Oberton	0,0	0,0
	351,4	347,1
2. Oberton	0,0	0,0
	237,4	231,4
	404,4	397,9

6. Schwingungen der Luft in einem am weiten Ende gedeckten conischen Rohre.

Die Gleichungen XXI) würden in diesem Falle wieder den Ausgangspunkt der Untersuchung bilden, ihnen würden folgende Bedingungen für den Zustand an den Enden des Rohres zuzufügen sein:

$$s = -\frac{1}{a^2}\frac{d\varphi}{dt} = 0 \text{ für } r = b \text{ und jedes } t,$$

$$v = \frac{d\varphi}{dr} = 0 \text{ für } r = b + l \text{ und jedes } t.$$

Als particuläres Integral von XXI) hätte man auch hier wieder Nr. 34) zu benutzen Ich übergehe die Entwickelung ganz, welche der des vorigen Falles sehr ähnlich ist und gebe nur das Endresultat an:

Der Schwingungszustand im Rohre ist bei tönenden Schwingungen immer einer von denjenigen, welche durch die Gleichung charakterisirt sind:

$$\text{XXVI)} \qquad \varphi r = (A \sin amt + B \cos amt) \sin m(r - b),$$

wobei für m irgend eine positive Wurzel der Gleichung:

$$\text{39)} \qquad \tang ml = m(b + l)$$

zu nehmen ist. Die Schwingungsdauer beträgt $\frac{2\pi}{ma}$; die Schwingungsbäuche sind durch die Gleichung:

$$\text{40)} \qquad \sin m(r - b) = 0,$$

die Schwingungsknoten jedoch durch die Gleichung:

$$\text{41)} \qquad \tang m(r - b) = mr$$

bestimmt.

Auch die hier mitgetheilten Resultate sind durch Zamminer's Untersuchungen bestätigt worden, wovon man sich leicht durch den Vergleich von Duhamel's Analyse mit Zamminer's experimentellen Untersuchungen überzeugen würde, deren Resultate, wie bereits mehrfach erwähnt wurde, im 97. Bde. von Poggend. Annalen niedergelegt sind.

Hinsichtlich der Differentialgleichung:

$$\frac{d^2u}{dr^2}+\frac{1}{r}\frac{du}{dr}+\frac{\alpha^2}{a^2}u=0$$

bemerke ich nachträglich, dass das particuläre Integral derselben:

$$u=\int_0^\pi cos\left(\frac{\alpha r}{a}\cos\omega\right)d\omega,$$

einen Specialfall der Bessel'schen Function bildet und sich demnach mit Anwendung der Hansen'schen Bezeichnung schreiben lässt:

$$u=\pi J_{\frac{\alpha r}{2a},0}$$

Ebenso kann man die Bedingungsgleichung: $\frac{du}{dr}=0$ für $r=\varrho$, in die Form bringen:

$$J_{\frac{\alpha\varrho}{2a},1}=0$$

und die Wurzeln dieser Gleichung mit Hülfe der Tafeln für die Bessel-sche Function ermitteln.

Ich halte es nicht für überflüssig, am Schlusse des eben beendeten Berichtes einen Rückblick auf die in demselben abgehandelten Gegenstände zu werfen.

Bei den älteren Untersuchungen über die Schwingungen der Luft in cylindrischen Röhren war man genöthigt gewesen, die Seite 230 unter 1., 2., 3., 4. angegebenen Voraussetzungen zu machen; ihnen gesellte man die Annahme zu, dass alle Lufttheilchen, welche sich in einem und demselben auf der Axe des cylindrischen Rohres rechtwinkeligen Querschnitte befinden, gleichzeitig gleiche Verdichtung und gleiche der Cylinderaxe parallel gerichtete Geschwindigkeit besitzen. Die Veränderungen, welche die Luftbewegung an den geschlossenen oder offenen Enden der Röhren erleidet, vermochte man nicht durch die Rechnung zu bestimmen, man machte deshalb die Annahme, dass an den offenen Enden die Verdichtung beständig Null, an den geschlossenen Enden die Geschwindigkeit beständig Null sei. Die eben angegebenen Annahmen nöthigten wiederum, bei allen hierher gehörigen Schwingungsproblemen den Ideengang zu nehmen, dass man eine anfänglich im Innern des Rohres bewirkte Störung des Gleichgewichtes der Luft als gegeben betrachtete und hieraus die Bewegungsart der Luft zu bestimmen suchte, welche als Folge des anfänglichen Zustandes eintreten musste. Obwohl auf diesem Wege eine unendliche Dauer der Bewegung bewiesen wurde, hatte man doch auf der anderen Seite die Genugthuung das Zustandekommen regelmässiger Schwingungen nachzuweisen, deren

Zahl in der Zeiteinheit mit der durch Versuche bekannten Schwingungsmenge angenähert übereinstimmte. Dass eine vollständige Uebereinstimmung nicht stattfand, konnte zweierlei Ursachen haben:

Erstens war es wohl möglich, dass die Annahme unrichtig sei, dass die Schwingungen nur der Axe der Röhren parallel geschehen. Duhamel hat in seiner verdienstlichen Arbeit bewiesen, dass die Annahme von Schwingungen, welche der Axe der Röhren nicht parallel sind, wenigstens bei Röhren von vorwaltender Längendimension nicht im Stande ist, Theorie und Erfahrung in vollkommene Uebereinstimmung zu versetzen, sondern im Gegentheil auf sehr hohe Töne führt, wie sie noch nie beobachtet worden sind.

Zweitens konnte wohl die mangelnde Uebereinstimmung zwischen Theorie und Erscheinung in den fehlerhaften Annahmen über den Bewegungszustand der Luft an den Enden der Röhre ihren Grund haben. Von dieser Idee geleitet, versuchte Poisson, den vorhandenen Uebelständen durch die Annahme abzuhelfen, dass Geschwindigkeit und Verdichtung an den Enden der Röhre in einem constanten, von der Zeit unabhängigen Verhältnisse stehen und dass Geschwindigkeit und Verdichtung resp. an geschlossenen und offenen Röhrenenden zwar nicht Null, aber doch sehr klein sind. Die Poisson'sche Annahme führt zwar auf eine endliche Schwingungsdauer und scheint wohl recht geeignet zu sein, einzelne Fälle der Resonanz mit Glück theoretisch zu untersuchen, auf der andern Seite bedarf sie jedoch, wie Hopkin's Versuche beweisen, namentlich für offene Röhrenenden einer Correction. Dies würde übrigens ebenfalls aus dem Umstande hervorgehen, dass Poisson's Annahme bei beiderseits offenen Röhren, welche beim Anblasen tönen, auf dieselben Töne führt, als die Annahme, dass die Verdichtung an den Enden der Röhre Null sei — und diese theoretischen Töne sind bekanntlich etwas höher, als die wirklich beobachteten.

So hängt denn dem Vorigen zufolge die weitere Ausbildung der Theorie der Luftschwingungen von einer exacten theoretischen oder experimentellen Untersuchung über den Schwingungszustand an den Enden der Röhren, oder von einer geschickten und glücklichen Annahme über denselben ab. Auch den vortrefflichen Untersuchungen Duhamel's über Luftschwingungen in conischen Röhren etc. und allen zu unternehmenden theoretischen Versuchen über Luftschwingungen in Hohlräumen von irgend welcher Gestalt würden dergleichen Bestrebungen zum Vortheil gereichen, da dergleichen Untersuchungen bis jetzt noch sämmtlich mit den Mängeln behaftet sein müssen, welche die Annahme nach sich zieht, dass Geschwindigkeit und Verdichtung resp. an geschlossenen und offenen Röhrenenden Null sei.

Wo eine Theorie noch in der Ausbildung begriffen ist, werden gut ausgeführte experimentelle Untersuchungen sowohl zur Prüfung der vorhandenen theoretischen Untersuchungen, als auch zur Anregung neuer theorescher Fragen wünschenswerth sein. Die Thatsachen, welche zur Prüfung er vorhandenen theoretischen Arbeiten über Luftschwingungen geeignet aren, habe ich in gegenwärtigem Berichte schon an mehreren Orten angeihrt. Es bleibt mir nur noch übrig, derjenigen experimentellen Arbeiten u gedenken, denen eine theoretische Erklärung noch nicht zur Seite steht.

Dieselben betreffen:

1. die Tonhöhe von Pfeifen, bei welchen ein Ende oder beide Enden theilweise gedeckt sind. Die theilweise Deckung eines Röhrenendes geschieht durch Befestigung eines Deckels an dasselbe, in dem sich eine Oeffnung von grösserem oder geringerem Flächeninhalte befindet. Werthheim, welcher den Einfluss der theilweisen Deckung an cylindrischen und parallelepipedischen, und Zamminer, welcher denselben nur an cylindrischen Pfeifen untersuchte, fanden, dass die Tonhöhe bei theilweiser Deckung des angeblasenen Endes um so geringer ist, je geringer der Flächeninhalt der Oeffnung des partiell gedeckten Endes ist. Die Versuche beider Gelehrten sind mit grösster Sorgfalt angestellt und von Werthheim in den *Ann. d. chim. et d. phys.* 3ième *série*, *t.* 31, *p.* 385, von Zamminer in Poggend. Annal. Bd. 97, S. 173 beschrieben worden. Zwar hat sich aus diesen zahlreichen Versuchen inductorisch kein einfaches Gesetz über die Wirkung der partiellen Deckung ergeben, allein die sorgfältig aufgezeichneten Beobachtungen sind doch als sehr schätzbares Material für künftige theoretische Untersuchungen zu betrachten.

2. Die Tonhöhe von Kugeln und Kugelabschnitten, über welche Werthheim und Zamminer an den oben angegebenen Orten Mittheilungen gemacht haben, die sich auf zahlreiche Versuche gründen.

3. Die Töne, welche beim Ausströmen von Luft aus engen kreisförmigen Oeffnungen entstehen. Ueber diesen Gegenstand hat Masson ausserordentlich zahlreiche Versuche gemacht, welche er in den *Ann. d. chim. et d. phys.* 3ième *série t.* 40, *p.* 333 beschrieben hat und aus denen hervorgeht, dass die Tonhöhe unabhängig vom Durchmesser der Ausströmungsöffnungen ist, sowie dass die Schwingungsmenge der entstehenden Töne der Geschwindigkeit der ausströmenden Luft direct proportional ist.

Kleinere Mittheilungen.

XLV. Ueber Normalstellen. Bei Durchlesung der zweiten Aufgabe zur Wahrscheinlichkeitsrechnung, welche Prof. Baur in Nr. XXV. der kleineren Mittheilungen des dritten Heftes dieses Jahrganges behandelt, erinnerte ich mich, eine etwas allgemeinere Aufgabe vor einigen Jahren in Untersuchung genommen zu haben, bei welcher sich einzelne interessante Resultate ergaben, deren Veröffentlichung zum Theil deshalb unterblieb, weil ich später einige dieser Sätze in der „Lehre von den Combinationen nach einem neuen System bearbeitet und erweitert von Prof. Oettinger" (Freiburg 1837) schon gegeben fand. In der That stimmt das dortige achte Capitel, „Stellenelemente bei Versetzungen" überschrieben, mit einigen meiner Resultate zusammen und namentlich kommt die Formel 135 auf S. 103 auch mit dem Werthe jener Wahrscheinlichkeit überein, den Prof. Baur auf eine ganz verschiedene, elegante Weise entwickelt. Es möge verstattet sein, hier nur noch einiges Weitere hinzuzufügen, welches noch nicht bekannt zu sein scheint.

Was zunächst die Bezeichnung betrifft, deren ich mich bediene, so nenne ich P_n die Anzahl aller Permutationen, welche überhaupt aus den Elementen $a_1, a_2, a_3, \ldots a_n$ gebildet werden können; $P_n^{(k)}$ aber die Anzahl der Permutationsformen, in welchen k Elemente (weder mehr noch weniger) an ihrer Normalstelle stehen, d. h. an derselben Stelle wie in einer bestimmten Form, zu welcher wir die Form $a_1\, a_2 \ldots a_n$ wählen und ihr den Namen Normalform beilegen wollen. Es wird demnach $P_n^{(0)}$ die Anzahl der Permutationsformen bedeuten, in welcher kein Element seine Normalstelle einnimmt, und so heisst die an den angegebenen Orten entwickelte Formel in unserer Bezeichnung:

$$1)\qquad P_n^{(0)} = P_n . \sum_{r=2}^{r=n} \frac{(-1)^r}{1.2..r} \text{ und } lim\left(\frac{P_n^{(0)}}{P_n}\right) = \frac{1}{e}.$$

Die allgemeinere Frage nach $P_n^{(k)}$ lässt sich hierauf leicht beantworten. Diese Permutationsformen werden nämlich gebildet, indem k Elemente aus den n ausgewählt werden, die ihre Normalstellen einnehmen sollen, während von den übrigen $n-k$ Elementen keines seine Normalstelle einnehmen darf. Da nun k Elemente aus n Elementen auf $\frac{n(n-1)\ldots(n-k+1)}{1.2\ldots k}$ Arten gewählt werden können, und die übrigen $n-k$ Elemente sich unter der vorgeschriebenen Bedingung $P^{(0)}_{n-k}$ mal versetzen lassen, so ist:

$$2)\qquad P^{(k)}_n = \frac{n(n-1)\ldots(n-k+1)}{1.2\ldots k}\; P^{(0)}_{n-k}$$

oder durch Benutzung von 1.

$$3)\quad P^{(k)}_n = \frac{P_n}{P_k}\cdot\sum_{r=2}^{r=n-k}\frac{(-1)^r}{1.2..r}\ \text{und}\ \lim\left(\frac{P^{(k)}_n}{P_n}\right)=\frac{1}{eP_k},\ \text{sowie}\ \lim\left(\frac{P^{(0)}_n}{P^{(k)}_n}\right)=P_k.$$

Auch hiermit stimmt nach Oettinger, Formel 143 und 144 auf S. 105. Die weiteren Folgerungen sind neu. Wird $n-1$ statt n in die Formel 1 gesetzt, und dann mit n multiplicirt, so erhält man die Recursion:

$$4)\qquad P^{(0)}_n = n.\ P^{(0)}_{n-1} + (-1)^n$$

und durch nochmalige Benutzung derselben

$$5)\qquad P^{(0)}_n = n(n-1).\ P^{(0)}_{n-2} + (-1)^{n-1}(n-1).$$

Es ist somit $P^{(0)}_n$ niemals durch n, immer durch $n-1$ theilbar. Und ferner sind die Zahlen $P^{(0)}_n$ und $P^{(0)}_{n-1}$ stets relative Primzahlen.

Es leuchtet ein, dass bei Berücksichtigung aller P_n Permutationsformen jedes der n Elemente P_{n-1} mal an seiner Normalstelle stehen wird, dass es also im Ganzen $n\,P_{n-1} = P_n$ mal vorkommt, dass ein Element seine Normalstelle einnimmt. Auf der anderen Seite giebt es allgemein $P^{(k)}_n$ Formen, in deren jeder genau k Elemente ihre Normalstelle einnehmen; in sämmtlichen $P^{(k)}_n$ Formen nehmen daher $k.\ P^{(k)}_n$ Elemente ihre Normalstelle ein, und lassen wir für k die verschiedenen Werthe von 0 bis n zu, so muss sein:

$$6)\qquad P_n = \sum_{k=0}^{k=n} k.\ P^{(k)}_n$$

Eine ähnliche Ueberlegung verschafft uns einen zweiten Werth für P_n. Nämlich die P_n möglichen Permutationsformen aus den n Elementen zerfallen in Gruppen, je nachdem eine bestimmte Anzahl von Elementen ihre Normalstelle einnimmt. D. h. es ist:

$$7)\qquad P_n = \sum_{k=0}^{k=n} P^{(k)}_n$$

folglich durch Verbindung der beiden Werthe durch Gleichung:

$$8)\qquad P^{(0)}_n = P^{(2)}_n + 2.\ P^{(3)}_n + \ldots\ldots + (n-3).\ P^{(n-2)}_n + n - 1,$$

indem von selbst klar ist, dass $P^{(n-1)}_n = 0$, $P^{(n)}_n = 1$ sein muss.

Gab diese letztere Gleichung den Zusammenhang von Functionen, bei denen der untere Index constant, der obere veränderlich war, so lässt sich auch eine weitere Formel ableiten, in welcher bei constantem oberen Index der untere sich verändert. Wird nämlich der Werth von $P_n^{(k)}$ aus 2. in 7. eingeführt, so ergiebt sich:

$$9)\quad P_n = P_n^{(0)} + n\,P_{n-1}^{(0)} + \frac{n\,(n-1)}{1\,.\,2}P_{n-2}^{(0)} + \ldots . + \frac{n\,(n-1)\,(n-2)}{1\,.\,2\,.\,3}P_3^{(0)} + \frac{n(n-1)}{1\,.\,2}\,P_2^{(0)} + 1.$$

Aehnlicherweise ist:

$$P_{n-1} = P_{n-1}^{(0)} + (n-1)\,P_{n-2}^{(0)} + \frac{(n-1)\,(n-2)}{1\,.\,2}\,P_{n-3}^{(0)} + \ldots + \frac{(n-1)\,(n-2)\,(n-3)}{1\,.\,2\,.\,3}\,P_3^{(0)} + \frac{(n-1)\,(n-2)}{1\,.\,2}\,P_2^{(0)} + 1,$$

$$n\,.\,P_{n-1} = n\,P_{n-1}^{(0)} + n\,(n-1\,P_{n-2}^{(0)} + \frac{n\,(n-1)\,(n-2)}{.1\,.\,2}\,P_{n-3}^{(0)} + \ldots + \frac{n\,(n-1)(n-2)(n-3)}{1\,.\,2\,.\,3}\,P_3^{(0)} + \frac{n\,(n-1)(n-2)}{1\,.\,2}\,P_2^{(0)} + n,$$

folglich durch Verbindung mit 9.

$$10)\quad P_n^{(0)} = 1.\frac{n\,(n-1)}{1\,.\,2}\,P_{n-2}^{(0)} + 2.\frac{n\,(n-1)\,(n-2)}{1\,.\,2\,.\,3}\,P_{n-3}^{(0)} + \ldots . + (l-1).\frac{n\,(n-1)\,.\,.\,(n-l+1)}{1\,.\,2\,.\,.\,.\,l}\,P_{n-l}^{(0)} + .\,. + (n-3).\frac{n(n-1)}{1\,.\,2}\,P_n^{(0)} + n-1.$$

Von weiterreichendem Interesse scheinen namentlich die Untersuchungen zu sein, bei welchen man die Function $P_n^{(k)}$ abgesehen von ihrem combinatorischen Sinne betrachtet, also für n und k auch negative und gebrochene Werthe zulässt.

CANTOR.

XLVI. Elementare Herleitung einer von Poncelet aufgestellten Näherungsformel. Bezeichnet φ einen zwischen den Grenzen $\alpha - \delta$ und $\alpha + \delta$ enthaltenen spitzen Winkel, so dass

$$1 \geqq \cos\,(\varphi - \alpha) > \cos\,\delta,$$

so erhält man aus Vergleichung des veränderlichen Ausdruckes $\cos\,(\varphi - \alpha)$ mit dem arithmetischen Mittel seiner beiden Grenzwerthe, d. i. mit $\cos^2 \frac{\delta}{2}$, die Formel:

$$\cos^2 \frac{\delta}{2} = \cos\,(\varphi - \alpha) \pm \varrho,$$

worin ϱ den zwischen 0 und $\sin^2 \frac{\delta}{2}$ gelegenen absoluten Werth der Differenz von $\cos^2 \frac{\delta}{2}$ und $\cos\,(\varphi - \alpha)$ darstellt. Wird in der vorhergehenden Gleichung beiderseitig mit $sec^2 \frac{\delta}{2}$ multiplicirt und zugleich $\varepsilon = \varrho \; sec^2 \frac{\delta}{2}$ gesetzt, so entsteht die neue Gleichung

$$1 = sec^2 \frac{\delta}{2} cos\,(\varphi - \alpha) \pm \varepsilon,$$

welche mit Einführung der abgekürzten Bezeichnungen

$$a = sec^2 \frac{\delta}{2}\; cos\,\alpha, \quad b = sec^2 \frac{\delta}{2}\; sin\,\alpha$$

auf die Form

$$\sqrt{cos^2\varphi + sin^2\varphi} = a\; cos\,\varphi + b\; sin\,\varphi \pm \varepsilon$$

gebracht werden kann.

Man multiplicire nun mit der beliebigen Grösse r und setze $r\; cos\,\varphi = x$, $r\; sin\,\varphi = y$, so ergiebt sich bei Vernachlässigung von ε die angenähert richtige Formel

$$\sqrt{x^2 + y^2} = ax + by.$$

Die hierin zur Bestimmung der Coefficienten a und b nöthigen Winkel α und δ folgen aus der Gleichung $tan\,\varphi = \frac{y}{x}$ und den für den Winkel φ vorgelegten Grenzen; es sind nämlich $tan\,(\alpha - \delta)$ und $tan\,(\alpha + \delta)$ die Grenzwerthe des Quotienten $\frac{y}{x}$. Was ferner den in der Näherungsformel enthaltenen relativen Fehler betrifft, so kann derselbe mit Rücksicht auf die obigen Werthe von ε und ϱ den Maximalwerth

$$\varepsilon_m = tan^2 \frac{\delta}{2}$$

nicht überschreiten.

Um das Vorhergehende durch ein Beispiel zu erläutern, so mögen x und y keiner weitern Beschränkung unterworfen sein, als dass $x > y$. Da in diesem Falle der Quotient $\frac{y}{x}$ zwischen den Grenzen 0 und 1 enthalten ist, so erhält man

$$tan\,(\alpha - \delta) = 0 \text{ oder } \alpha = \delta,$$
$$tan\,(\alpha + \delta) = 1 \text{ oder } \alpha + \delta = 45^0,$$

und hieraus $\alpha = \delta = 22^0\; 30'$. Dies giebt:

$$a = sec^2\, 11^0\, 15'.\; cos\, 22^0\, 30' = 0{,}960434$$
$$b = sec^2\, 11^0\, 15'.\; sin\, 22^0\, 30' = 0{,}397825$$
$$\varepsilon_m = tan^2\, 11^0\, 15' = 0{,}039566.$$

Mit einer in vielen praktischen Fällen ausreichenden Abrundung der gefundenen Zahlen kann hiernach, sobald $x > y$, angenähert

$$\sqrt{x^2 + y^2} = 0{,}96\, x + 0{,}4\, y$$

gesetzt werden, wobei der Fehler 4% des richtigen Werthes nicht überschreitet.

Die hier entwickelten Resultate stimmen vollkommen mit denen überein, welche zuerst von Poncelet in dessen „*Mécanique appliquée aux machines,*“ so wie in Crelle's Journal f. d. Mathematik, Bd. 13, S. 277 u. f. aufgestellt worden und hieraus, da sie sich namentlich zur praktischen Vereinfachung mehrerer Formeln der Mechanik eignen, in viele neuere Lehrbücher dieser Wissenschaft übergegangen sind*). Da an den angegebenen Orten zur Begründung der obigen Formeln fast durchgängig die Hilfsmittel der höhern Mathematik angewendet werden, so dürfte vorstehender Versuch einer elementaren Herleitung nicht ganz ohne Interesse sein.

Dresden. O. Fort.

XLVII. Ueber gewisse elliptische Integrale. Von Angelo Genocchi in Turin. (Auszug eines Briefes.) Die von Ihnen unter No. 4, S. 51 des 2ten Jahrgangs angegebene Formel

$$\int_0^{\frac{1}{2}\pi} \frac{l \sin\vartheta\, d\vartheta}{1 - r^2 \sin^2\vartheta} = -\frac{\pi}{2} \frac{l(1+\sqrt{1-r^2})}{\sqrt{1-r^2}}$$

lässt sich unabhängig von der Theorie der Gammafunktionen auf folgende Weise entwickeln. Man setze $\cot\vartheta = u$ also

$$\int_0^{\frac{1}{2}\pi} \frac{l \sin\vartheta\, d\vartheta}{1 - r^2 \sin^2\vartheta} = -\frac{1}{2}\int_0^{\infty} \frac{l(1+u^2)\, du}{1-r^2+u^2}$$

und substituire

$$l(1+u^2) = 2u^2 \int_0^1 \frac{v\, dv}{1+u^2v^2};$$

man erhält jetzt rechter Hand das Doppelintegral

$$-\int_0^{\infty}\int_0^1 \frac{u^2\, du}{1-r^2+u^2}\, \frac{v\, dv}{1+u^2v^2},$$

welches für $1-r^2=c^2$, bei umgekehrter Anordnung der Integrationen und bei Zerlegung des Bruches folgende Form annimmt:

$$-\int_0^{\infty} v\, dv \int_0^1 \frac{1}{1-c^2v^2}\left(\frac{1}{1+u^2v^2} - \frac{c^2}{c^2+u^2}\right) du$$

$$= -\int_0^1 \frac{v\, dv}{1-c^2v^2}\left(\frac{\pi}{2}\frac{1}{v} - \frac{\pi}{2}c\right) = -\frac{\pi}{2}\int_0^1 \frac{dv}{1+cv} = -\frac{\pi}{2}\frac{l(1+c)}{c}.$$

---

*) Vgl. u. A. Weisbach's Lehrbuch der Ingenieur- und Maschinen-Mechanik. 3. Aufl., Th. 1, S. 279.

Der gefundene Werth stimmt mit Ihrer Angabe überein.

Auf ähnliche Weise gelangt man leicht zu folgender Formel:

$$\int_0^{\frac{1}{2}\pi} l(1-r^2 \sin^2\vartheta)\, d\vartheta = \pi\, l\left(\frac{1+\sqrt{1-r^2}}{2}\right)$$

$$= \frac{\pi}{2} l\left(\frac{1+\sqrt{1-r^2}}{1-\sqrt{1-r^2}}\right) - \pi\,(lr - l2);$$

setzt man hier (wie auf S. 52 Ihres Aufsatzes) $r = k \sin\varphi, \sqrt{1-k^2\sin^2\varphi} = \Delta(k,\varphi)$, multiplicirt mit $\frac{d\varphi}{\Delta(k,\varphi)}$ und integrirt von $\varphi = 0$ bis $\varphi = \frac{1}{2}\pi$, so erhält man das Doppelintegral:

$$\int_0^{\frac{1}{2}\pi}\int_0^{\frac{1}{2}\pi} \frac{l(1-k^2\sin^2\varphi \sin^2\vartheta)}{\Delta(k,\varphi)}\, d\varphi\, d\vartheta$$

$$= \frac{\pi}{2}\int_0^{\frac{1}{2}\pi} l\left(\frac{1+\Delta(k,\varphi)}{1-\Delta(k,\varphi)}\right)\frac{d\varphi}{\Delta(k,\varphi)} + \pi(lk - l2)\int_0^{\frac{1}{2}\pi}\frac{d\varphi}{\Delta(k,\varphi)} + \pi\int_0^{\frac{1}{2}\pi}\frac{l\sin\varphi\, d\varphi}{\Delta(k,\varphi)}$$

$$= \frac{\pi^2}{4}K' + \frac{\pi}{2}K\, l\left(\frac{k}{4}\right).$$

Mittelst theilweiser Integration ergiebt sich die Reductionsformel

$$\int_0^{\frac{1}{2}\pi} \sin^m\vartheta .\, l(1-r^2\sin^2\vartheta)\, d\vartheta$$

$$= \frac{m-1}{m}\int_0^{\frac{1}{2}\pi} \sin^{m-2}\vartheta .\, l(1-r^2\sin^2\vartheta)\, d\vartheta - \frac{2r^2}{m}\int_0^{\frac{1}{2}\pi}\frac{\sin^m\vartheta\cos^2\vartheta}{1-r^2\sin^2\vartheta}\, d\vartheta;$$

in Verbindung mit den obigen Formeln kann diese Gleichung zur Ermittelung des Werthes von

$$\int_0^{\frac{1}{2}\pi} u\, l v\, d\vartheta$$

dienen, wenn u eine ganze Funktion von $\sin\vartheta$, und v einen der Ausdrücke $\sin\vartheta$, $\cos\vartheta$, $1-r^2\sin^2\vartheta$ bezeichnet.

Für die Verdoppelung der elliptischen Integrale hat man bekanntlich die Formeln:

$$\sin\psi = \frac{2\sin\varphi\cos\varphi\,\Delta(k,\varphi)}{1-k^2\sin^4\varphi}, \qquad \frac{d\psi}{\Delta(k,\psi)} = 2\,\frac{d\varphi}{\Delta(k,\varphi)};$$

multiplicirt man den Logarithmus der ersten Gleichung mit der zweiten Gleichung und integrirt nachher zwischen den einander entsprechenden Grenzen $\psi = 0$, $\psi = \pi$ und $\varphi = 0$, $\varphi = \frac{1}{2}\pi$, so gelangt man zu

$$\int_0^{\pi}\frac{l\sin\psi}{\varDelta(k,\psi)}d\psi=2\,l\,2\int_0^{\frac{1}{2}\pi}\frac{d\varphi}{\varDelta(k,\varphi)}+2\int_0^{\frac{1}{2}\pi}\frac{l\sin\varphi\,d\varphi}{\varDelta(k,\varphi)}+2\int_0^{\frac{1}{2}\pi}\frac{l\cos\varphi\,d\varphi}{\varDelta(k,\varphi)}$$

$$+2\int_0^{\frac{1}{2}\pi}\frac{l\varDelta(k,\varphi)\,d\varphi}{\varDelta(k,\varphi)}-2\int_0^{\frac{1}{2}\pi}\frac{l(1-k^2\sin^4\varphi)d\varphi}{\varDelta(k,\varphi)}.$$

Der Werth des ersten Integrales ist:

$$=2\int_0^{\frac{1}{2}\pi}\frac{l\sin\psi\,d\psi}{\varDelta(k,\psi)}=2\int_0^{\frac{1}{2}\pi}\frac{l\sin\varphi\,d\varphi}{\varDelta(k,\varphi)}$$

es bleibt daher

$$\int_0^{\frac{1}{2}\pi}\frac{l(1-k^2\sin^4\varphi)\,d\varphi}{\varDelta(k,\varphi)}=l\,2\int_0^{\frac{1}{2}\pi}\frac{d\varphi}{\varDelta(k,\varphi)}+\int_0^{\frac{1}{2}\pi}\frac{l\cos\varphi\,d\varphi}{\varDelta(k,\varphi)}+\int_0^{\frac{1}{2}\pi}\frac{l\varDelta(k,\varphi)\,d\varphi}{\varDelta(k,\varphi)},$$

d. i. vermöge der bekannten Integralwerthe rechter Hand

$$\int_0^{\frac{1}{2}\pi}\frac{l(1-k^2\sin^4\varphi)}{\varDelta(k,\varphi)}d\varphi=Kl\left(\frac{2k'}{\sqrt{k}}\right)-\tfrac{1}{4}\pi K'.$$

Der Werth des links stehenden Integrales muss negativ sein, weil $l(1-k^2\sin^4\varphi)$ immer negativ bleibt für $\varphi>0$; man gelangt mittelst dieser Bemerkung zu der Relation:

$$\frac{K'}{K}>\frac{2}{\pi}l\left(\frac{4k'^2}{k}\right),$$

welche für $k=\cos\vartheta$ mit derjenigen übereinstimmt, die W. Roberts in den *Nouvelles Annales de M. Terquem* 1850, *pag.* 182 zum Beweise vorlegte.

Man kann übrigens für das Verhältniss $K':K$ eine einfachere und näher liegende untere Grenze finden wenn man von der Gleichung

$$\int_0^{\frac{1}{2}\pi}\frac{l(2\cos\varphi)}{\varDelta(k,\varphi)}d\varphi=l2\int_0^{\frac{1}{2}\pi}\frac{d\varphi}{\varDelta(k,\varphi)}+\int_0^{\frac{1}{2}\pi}\frac{l\cos\varphi}{\varDelta(k,\varphi)}d\varphi=\tfrac{1}{2}Kl\left(\frac{4k'}{k}\right)-\tfrac{1}{4}\pi K'$$

ausgeht und bemerkt, dass der Werth des linker Hand verzeichneten Integrales negativ ist. Setzt man nämlich

$$\alpha_n=\int_0^{\frac{1}{2}\pi}l(2\cos\varphi)\sin^{2n}\varphi\,d\varphi,\quad c_n=\frac{1.3.5\ldots(2n-1)}{2.4.6\ldots.(2n)},$$

so ergiebt sich zunächst vermöge der bekannten Reihe für $\varDelta(k,\varphi)$

$$\int_0^{\frac{1}{2}\pi}\frac{l(2\cos\varphi)}{\varDelta(k,\varphi)}d\varphi=\alpha_0+\alpha_1c_1k^2+\alpha_2c_2k^4+\ldots.$$

Ferner erhält man leicht durch theilweise Integration

$$\alpha_n=\frac{2n-1}{2n}\alpha_{n-1}-\frac{\pi}{4n}c_n$$

oder, wenn $\alpha_n = \frac{\pi}{4} c_n \beta_n$ gesetzt wird,

$$\beta_n = \beta_{n-1} - \frac{1}{n}.$$

Es ist aber

$$\alpha_0 = \int_0^{\frac{1}{2}\pi} l(2\cos\varphi)\, d\varphi = 0, \quad \alpha_1 = -\frac{\pi}{4} c_1,$$

folglich

$$\beta_1 = -1, \; \beta_2 = -1 - \tfrac{1}{2}, \; \beta_3 = -1 - \tfrac{1}{2} - \tfrac{1}{3}, \text{ etc.},$$

mithin sind auch sämmtliche α, mit Ausnahme von $\alpha_0 = 0$, negativ, woraus die Behauptung folgt, dass die linke Seite der vorigen Gleichung

$$\int_0^{\frac{1}{2}\pi} \frac{l(2\cos\varphi)}{\Delta(k,\varphi)}\, d\varphi = \tfrac{1}{2} K\, l\left(\frac{4\,k'}{k}\right) - \tfrac{1}{4}\pi K'$$

einen negativen Werth besitzt. Demnach ist

$$\frac{K'}{K} > \frac{2}{\pi}\, l\left(\frac{4k'}{k}\right).$$

Der Werth des vorhin entwickelten Doppelintegrales liefert hierzu eine obere Grenze. Da nämlich $l\,(1 - k\,\sin^2\varphi\,\sin^2\vartheta)$ immer negativ ist, so hat jenes Doppelintegral einen negativen Werth; daraus folgt

$$\frac{K'}{K} < \frac{2}{\pi}\, l\left(\frac{4}{k}\right)$$

also mit dem Vorigen zusammen

$$\frac{2}{\pi}\, l\left(\frac{4}{k}\right) > \left(\frac{K'}{K}\right) > \frac{2}{\pi}\, l\left(\frac{4\,k'}{k}\right).$$

Diese Grenzbestimmungen können übrigens auch aus den bekannten Jacobi'schen Formeln

$$\sqrt[4]{k} = \sqrt{2}\,\sqrt[8]{q}\;\frac{(1+q^2)(1+q^4)(1+q^6)\ldots\ldots}{(1+q)\;(1+q^3)\;(1+q^5)\;\ldots\ldots},$$

$$\sqrt{k'} = \frac{(1-q)^2\,(1-q^3)^2\,(1-q^5)^2\ldots\ldots}{(1+q)^2\,(1+q^3)^2\,(1+q^5)^2\ldots\ldots}$$

hergeleitet werden, worin $l\left(\frac{1}{q}\right) = \pi\frac{K'}{K}$ ist. Wegen $q < 1$, $q^2 < q$, $q^4 < q^3$ etc. ist nämlich $\sqrt[4]{k} < \sqrt{2}\,\sqrt[8]{q}$ oder $k < 4\sqrt{q}$, $\sqrt{\frac{1}{q}} < \frac{4}{k}$, $\frac{1}{2} l\left(\frac{1}{q}\right) < l\left(\frac{4}{k}\right)$ d.h. $\frac{\pi}{2}\frac{K'}{K} < l\left(\frac{4}{k}\right)$, was der erste Theil der obigen Ungleichung ist. Ferner hat man nach den erwähnten Formeln

$$\sqrt[4]{\frac{k}{k'}} = \sqrt{2}\sqrt[8]{q}\;\frac{(1+q^2)(1+q^4)(1+q^6)\ldots}{(1-q)\,(1-q^3)\,(1-q^5)\ldots} > \sqrt{2}\sqrt[8]{q}$$

mithin $\sqrt{\frac{1}{q}} > \frac{4\,k'}{k}$ und, wenn man die Logarithmen nimmt, $\frac{\pi}{2}\frac{K'}{K} > l\left(\frac{4\,k'}{k}\right)$ übereinstimmend mit dem zweiten Theile der obigen Ungleichung.

Einige Aufmerksamkeit scheint mir das bestimmte und einfache, von zwei Argumenten abhängige Integral

$$\int_0^{\frac{1}{2}\pi} \frac{l\,(1-k^2 \sin^2 \varphi \sin^2 \vartheta)}{\Delta\,(k, \vartheta)}\, d\,\vartheta$$

zu verdienen, weil sich die unvollständigen elliptischen Integrale dritter Gattung mit logarithmischen Parameter darauf zurückführen lassen, wie ich nachher zeigen werde. (Jacobi benutzt bekantlich zu demselben Zwecke ein unbestimmtes Doppelintegral.)

Um zunächst die Fundamentaleigenschaft der erwähnten Funktion, die $W(k, \varphi)$ oder $W am\, u$ heissen möge, wenn $u = F(k, \varphi)$ ist, zu entwickeln, setze ich

$$am\, p = \varphi,\; am\, q = \psi,\; am\,(p+q) = \sigma,\; am\,(p-q) = \delta;$$

nach den bekannten Additionsformeln ist dann

$$(1 + k \sin \sigma \sin \vartheta)\,(1 + k \sin \delta \sin \vartheta)\,(1 - k^2 \sin^2 \varphi \sin^2 \psi)$$
$$= 1 - k^2 \sin^2 \psi\,(\sin^2 \varphi + \sin^2 \vartheta) + k^2 \sin^2 \varphi \sin^2 \vartheta + 2k \sin \varphi \sin \vartheta \cos \psi\, \Delta(\psi),$$

wobei sich der zweite Theil nicht ändert, wenn man φ und ϑ gegen einander vertauscht. Lässt man $-k$ an die Stelle von k treten und multiplicirt die entstehende neue Gleichung mit der ersten, so behält die rechte Seite die erwähnte Eigenschaft; es ist daher für $\vartheta = am\, u$ und bei Vertauschung von φ und ϑ d. h. von p und u

$$[1 - k^2 \sin^2 am\,(p+q) \sin^2 am\, u]\,[1 - k^2 \sin^2 am\,(p-q) \sin^2 am\, u]\,[1 - k^2 \sin^2 am\, p \sin^2 am\, q]^2$$
$$= [1 - k^2 \sin^2 am\,(u+q) \sin^2 am\, p]\,[1 - k^2 \sin^2 am\,(u-q) \sin^2 am\, p]$$
$$\times [1 - k^2 \sin^2 am\, u \sin^2 am\, q]^2.$$

Von beiden Seiten der Gleichung nehmen wir die Logarithmen, multipliciren mit du und integriren von $u = 0$ bis $u = K$, dies giebt

$$W am\,(p+q) + W am\,(p-q) + 2K\, l\,(1 - k^2 \sin^2 am\, p \sin^2 am\, q)$$
$$= \int_0^K l\,[1 - k^2 \sin^2 am\,(u+q) \sin^2 am\, p]\, du + \int_0^K l\,[1 - k^2 \sin^2 am\,(u-q) \sin^2 am\, p]\, du$$
$$+ 2\, W am\, q.$$

Die beiden auf u bezüglichen Integrale lassen sich, wenn zur Abkürzung $l\,(1 - k^2 \sin^2 am\, v \sin^2 am\, p) = V$ gesetzt wird, auf folgende Weise umwandeln:

$$\int_q^{K+q} V\, dv = \int_0^K V\, dv + \int_K^{K+q} V\, dv - \int_0^q V\, dv,$$
$$\int_{-q}^{K-q} V\, dv = \int_{-q}^0 V\, dv + \int_0^K V\, dv - \int_{K-q}^K V\, dv;$$

wegen

$$\int_{-q}^0 V\, dv = \int_0^q V\, dv,\; \int_K^{K+q} V\, dv = \int_{K-q}^K V\, dv$$

ist die Summe der beiden erwähnten Integrale

$$= 2\int_0^K V\,dv = 2\ W\,am\,p.$$

Mach Substitution dieses Werthes ergiebt sich als Fundamentaleigenschaft der Funktion W die Gleichung

$$\frac{W am\,(p+q) + W am\,(p-q)}{2} = W am\,p + W am\,q$$
$$- K\,l\,(1 - k^2 \sin^2 am\,p \sin^2 am\,q),$$

Differenzirt man diese Gleichung in Beziehung auf q, multiplicirt dann mit dp und integrirt von $p=0$ bis $p=p$, so erhält man

$$W am\,(p+q) - W am\,(p-q) = 2p\ \frac{d\,W am\,q}{dq}$$
$$+ 4K\int_0^p \frac{k^2 \sin^2 am\,p \sin am\,q \cos am\,q\,\Delta am\,q}{1 - k^2 \sin^2 am\,p \sin^2 am\,q}\,dp,$$

und hierin liegt in der That die erwähnte Reduction weil

$$\frac{d\ W am q}{dq} = \frac{d\ W(\psi)}{d\psi}\,\Delta(\psi) = -\int_0^{\frac{1}{2}\pi} \frac{2k^2 \sin\psi \cos\psi\,\Delta(\psi) \sin^2\vartheta}{1 - k^2 \sin^2\psi \sin^2\vartheta}\ \frac{d\vartheta}{\Delta(\vartheta)}$$

ein vollständiges Integral dritter Art ist, welches bekanntlich auf elliptische Integrale erster und zweiter Gattung zurückgeführt werden kann.

Wenn man die obige Fundamentalgleichung schlechtweg mit dp multiplicirt und von $p=0$ bis $p=F(k,\varphi)$ integrirt, so erhält man eine Gleichung mittelst deren die von drei Argumenten abhängige Transcendente

$$\int_0^\varphi \frac{l\,(1 - k^2 \sin^2\varphi \sin^2\psi)}{\Delta(\varphi)}\,d\varphi$$

auf Integrale von der Form

$$\int_0^u W am\,u\,du$$

zurückgeführt wird. W. Roberts hat zu demselben Zwecke dreifache Integrale benutzt, (*Journal de Liouville.* 1847).

Für den speciellen Fall $q=p$ giebt die Fundamentalformel

$$W am\,(2p) = 4\ W am\,p - 2\,K\,l\,(1 - k^2 \sin^4 am\,p);$$

multiplicirt man diese Gleichung mit dp und integrirt von $p=0$ bis $p=K$, so gelangt man für $2p=s$ zu

$$\tfrac{1}{2}\int_0^{2K} W am\,s\,ds = 4\int_0^K W am\,p\,dp - 2\,K\int_0^K l\,(1 - k^2 \sin^4 am\,p)\,dp$$

oder

$$\frac{1}{2}\int_0^{\pi}\frac{d\varphi}{\Delta(\varphi)}\int_0^{\frac{1}{2}\pi}\frac{l(1-k^2\sin^2\varphi\sin^2\vartheta)}{\Delta(\vartheta)}d\vartheta = 4\int_0^{\frac{1}{2}\pi}\frac{d\varphi}{\Delta(\varphi)}\int_0^{\frac{1}{2}\pi}\frac{l(1-k^2\sin^2\varphi\sin^2\vartheta)}{\Delta(\vartheta)}d\vartheta$$
$$-2K\int_0^{\frac{1}{2}\pi}\frac{l(1-k^2\sin^4\varphi)}{\Delta(\varphi)}d\varphi,$$

d. i:

$$\int_0^{\frac{1}{2}\pi}\int_0^{\frac{1}{2}\pi}\frac{l(1-k^2\sin^2\varphi\sin^2\psi)}{\Delta(\varphi)\,\Delta(\psi)}d\varphi\,d\psi = \frac{2K}{3}\int_0^{\frac{1}{2}\pi}\frac{l(1-k^2\sin^4\varphi)}{\Delta(\varphi)}d\varphi$$
$$=\frac{1}{3}K\left[K\,l\left(\frac{4k'^2}{k}\right)-\frac{1}{2}\pi K'\right],$$

wie W. Roberts auf anderem Wege gefunden hat.

XLVIII. Ueber eine Reihenentwickelung. Mittelst des Theoremes von Lagrange hat es keine Schwierigkeit, den Ausdruck

$$f(x)=\left(\frac{\sqrt{1+x}-1}{x}\right)^k$$

in eine nach Potenzen von x fortschreitenden Reihe zu verwandeln, will man dagegen nur von dem Maclaurin'schen Satze Gebrauch machen, so kommt es darauf an, den Werth von $f^{(n)}(0)$ zu finden. Es wäre nun zwar das Natürlichste $f^{(n)}(0)$ aus $f^{(n)}(x)$ abzuleiten, man wird aber diesen Versuch bald aufgeben, weil $f^{(n)}(x)$ voraussichtlich ein sehr complicirter Ausdruck von schwer erkennbarem Bildungsgesetze ist; so bleibt denn nichts übrig, als $f^{(n)}(0)$ unabhängig von der Kenntniss des $f^{(n)}(x)$ zu ermitteln, und in der That kann man hierzu durch folgenden Kunstgriff gelangen.

Setzen wir zur Abkürzung:

$$Y=\frac{\sqrt{1+x}-1}{x},$$

so erhalten wir durch Differentiation

$$Y'=-\frac{x+2-2\sqrt{1+x}}{x^2}\cdot\frac{1}{2\sqrt{1+x}}=-Y^2\frac{1}{2\sqrt{1+x}}=-\frac{Y^2}{2(1+xY)}$$

oder

$$Y'+x\,.\,YY'=-\tfrac{1}{2}Y^2.$$

Diese Gleichung multipliciren wir mit Y^{k-1} und differenziren nachher $n-1$ mal, wobei wir von der bekannten Formel

$$D_x^m(xZ)=x\,D_x^m Z+m\,D_x^{m-1}Z$$

Gebrauch machen; wir erhalten auf diesem Wege

$$D_x^{n-1}(Y^{k-1}Y')+x\,D_x^{n-1}(Y^kY')+(n-1)\,D_x^{n-2}(Y^kY')$$
$$=-\tfrac{1}{2}D_x^{n-1}Y^{k+1}$$

oder auch

$$\frac{1}{k}D_x^n Y^k+\frac{x}{k+1}D_x^n Y^{k+1}+\frac{n-1}{k+1}D_x^{n-1}Y^{k+1}=-\tfrac{1}{2}D_x^{n-1}Y^{k+1}.$$

Für $x=0$ verschwindet linker Hand das zweite Glied, und die übrig bleibende Gleichung enthält nur die beiden Differentialquotienten $D^n\,Y^k$ und $D^{n-1}\,Y^{k+1}$; drückt man jenen durch diesen aus, so hat man die Recursionsformel

$$\left[D_x^n\,Y^k\right]_0 = -\frac{k}{k+1}\,\frac{2n+k-1}{2}\left[D_x^{n-1}\,Y^{k+1}\right]_0.$$

Durch $n$malige Anwendung derselben gelangt man zu

$$\left[D_x^n\,Y^k\right]_0 = (-1)^n\,\frac{k}{k+n}\,\frac{(2n+k-1)(2n+k-2)(2n+k-3)\ldots(n+k)}{2^n}\left[Y^{k+n}\right]_0$$

d. i. nach Hebung von $k+n$, bei umgekehrter Anordnung der Factoren im Zähler und unter Rücksicht auf den Umstand, dass Y bei verschwindenden x den Werth $\frac{1}{2}$ annimmt

$$\left[D_x^n\,Y^k\right]_0 = \frac{(-1)^n\,k}{2^{k+2n}}\,(k+n+1)(k+n+2)\ldots(k+2n-1).$$

Hiermit ist $f^{(n)}(0)$ gefunden und der Maclaurin'sche Satz giebt nun

$$\left(\frac{\sqrt{1+x}-1}{x}\right)^k = \frac{1}{2^k}\left\{1-\frac{k}{1}\,\frac{x}{4}+\frac{k(k+3)}{1.2}\left(\frac{x}{4}\right)^2-\frac{k(k+4)(k+5)}{1.2.3}\left(\frac{x}{4}\right)^3 + \frac{k(k+5)(k+6)(k+7)}{1.2.3.4}\left(\frac{x}{4}\right)^4-\ldots\right\}$$

oder auch

$$\left(\frac{2}{1+\sqrt{1+x}}\right)^k = 1-\frac{k}{1}\,\frac{x}{4}+\frac{k(k+3)}{1.2}\left(\frac{x}{4}\right)^2-\frac{k(k+4)(k+5)}{1.2.3}\left(\frac{x}{4}\right)^3+-\ldots;$$

diese Gleichungen gelten übrigens, wie man leicht finden wird, nur unter der Bedingung $1>x>-1$. Für $x=-4z(1-z)$ zieht man daraus

$$\frac{1}{(1-z)^k} = 1-\frac{k}{1}\,z(1-z)+\frac{k(k+3)}{1.2}\,z^2(1-z)^2-\frac{k(k+4)(k+5)}{1.2.3}\,z^3(1-z)^3+\ldots$$

wobei z zwischen den Grenzen 0 und $\frac{1}{2}$ enthalten sein muss.

Wir haben die vorstehende Entwickelung, deren Endresultate bekannt, wenn auch nicht auf so einfachem Wege bewiesen waren, nur desswegen mitgetheilt, weil uns die zur Bestimmung von $[D_x^n\,Y^k]_0$ benutzte Methode noch weiterer Anwendungen fähig zu sein schien. SCHLÖMILCH.

XLVIV. Ueber die Ursache des Kupferniederschlags an der Daniel-schen Kette und über dessen Verhütung macht Herr FR. PLACE Nachstehendes bekannt (Poggend. Ann. Bd. 100. S. 590). Die bekannte Erscheinung des Kupferniederschlags an der dem Kupfer zugewandten Seite der Thonzelle eines Daniel'schen Elements ist ein Uebelstand, welcher sowohl eine schnellere Zerstörung und darum öftere Erneuerung der Thonzelle, als auch eine baldige Schwächung des Stromes und einen unnöthigen Zinkverbrauch zur Folge hat. Herr Place, welcher auf eine Beseitigung dieser Uebelstände bedacht war, suchte zunächst bei erfahrenen Technikern, Telegraphen-Beamten etc. einigen Rath zu erholen, fand aber mehr oder weniger irrige Meinungen über die Ursache und Bedeutung dieses Kupferniederschlags verbreitet, namentlich die Ansicht, dass dieser Niederschlag nothwendig wäre und einen wesentlichen Theil zur Erhaltung der Constanz der Kette bilde, während doch gerade das Gegentheil statt findet, indem das angesetzte und in die Thonzelle hineingewachsene Kupfer eine leitende Brücke vom Zink zum Kupfer abgiebt und so eine Nebenschliessung der Kette bewirkt, mithin die Wirkung im eigentlichen Schliessungsbogen merklich schwächt. Herr Place giebt nun über die beregte Erscheinung und deren Beseitigung folgende Erklärungen und Mittel an:

1) Die Kupferbekleidung der Thonzelle ist nicht ein Theil des die Polarisation verhütenden Kupferniederschlags; denn während das Voltameter 1862 Kubikcentimeter Knallgas entbindet (1 Gramm Wasser zersetzt), nimmt das Gewicht des Kupfercylinders um die vollen äquivalenten 3,518 Gramm zu, mag dabei auf die Thonzelle viel oder wenig Kupfer abgelagert sein.

2) Die Kupferbekleidung ist auch kein secundäres Stromproduct, denn man kann Tage lang einen kräftigen Strom erhalten, ohne dass sich eine sichtbare Spur von ihr zeigt, während man andrerseits an ungeschlossenen und nie geschlossen gewesenen Ketten in einigen Tagen 10 bis 30 Gramm Bekleidung erhalten kann. Die in Rede stehende Bekleidung hat also mit der galvanischen Thätigkeit der Kette überhaupt gar nicht das Geringste zu schaffen.

3) Füllt man die Kette auf die übliche Art mit den Flüssigkeiten, stellt aber die Kupfer- und Zinkcylinder nicht hinein, so bleibt die Bekleidung aus, sie entsteht also nicht durch eine Thätigkeit der beider Flüssigkeiten auf einander; sie bleibt ferner aus, wenn man auch den Kupfercylinder einsetzt, sie tritt aber nach einigen Tagen ein, wenn man den Zinkblock einstellt, dieser ist also wesentlich erforderlich.

4) Stellt man einen wohl amalgamirten Zinkblock in verdünnte Schwefelsäure von der gewöhnlichen Concentration (5 bis 20 Proc. nach Gewicht), so ist der chemische Angriff wohl sehr verringert, aber niemals vernichtet. Bekanntlich löst sich ein Gemenge von Zink und Blei, Zink und Eisen, Mangan, Kadmium etc. nicht auf, sondern nur das Zink wird als Zinkvitriol gelöst, während die beigemengten Stoffe, Eisen, Blei, Mangan, Kadmium etc. metallisch zu Boden fallen. Nun ist das im Handel vorkommende und zu galvanischen Erregungen angewandte Zink stets mehr oder weniger mit diesen Stoffen, namentlich Eisen, verunreinigt. In Folge hiervon bekleidet sich bald das in der Säure stehende Zink mit einer grauen losen Schicht, die wir vorläufig als „Zinkschlamm“ bezeichnen wollen, und die eben aus den genannten metallischen Stoffen besteht.

5) Hat sich der Zinkschlamm reichlicher angehäuft, so sinkt er zu Boden, so dass der Zinkblock öfters mehr als 1 Centimeter tief in ihm steht. — Auch kommt es durch schräge Stellung oder Bewegung des Zinkblocks bald dahin, dass grössere oder geringere Quantitäten Zinkschlamm an der Wand der Thonzelle hängen bleiben.

6) Die Wand der Thonzelle ist nach längerer Zusammenstellung der Kette stets von Kupfervitriollösung duchzogen. An der inneren Wand der Thonzelle hänge nun in der Säure eine Quantität Zinkschlamm, so wird dieser auf die bekannte Art (gerade wie ein in Kupfervitriol getauchter Eisendraht) auf der Thonzellenseite Kupfer reduciren. Die so gebildete Kupferschicht berührt direct den metallischen Zinkschlamm; letzterer steht in verdünnter Schwefelsäure, erstere in Kupfervitriollösung (von der die Wand durchzogen ist). Somit hat man ein kleines Daniell'sches Element in schönster Form, die constanten und ziemlich kräftigen Ströme verdicken in der bekannten Art die Kupferschicht, die auf diese Art in Fäden den Gängen in der Thonwand folgend, diese durchwächst, um sich aussen frei und massenhaft auszubreiten.

7) Demgemäss beginnt die Durchwachsung stets an der dem Zink zugewandten Seite, wie man sich leicht überzeugt, wenn man sie unterbricht, noch ehe sie vollendet ist.

8) Die Nothwendigkeit des Zinkes (3) verwandelt sich mithin in die Nothwendigkeit des Zinkschlammes. In der That, als ich die Flüssigkeiten in gewöhnter Weise einfüllte, beide Metalle fortliess, und die Säure etwas früher gebildeten Zinkschlamm that, denselben auch an den Wänden in regelmässigen Figuren vertheilte, hatte ich schon 10 Stunden später den Kupferbeschlag ganz entsprechend an der Aussenseite der Zelle.

9) Zu einer vollständigen Erklärung der Bekleidung sind also folgende zwei Bedingungen nothwendig und ausreichend:

A) Anhaften von Zinkschlamm an der Wand der Thonzelle.

B) Durchzogensein der Thonzelle durch Kupfervitriollösung.

10) Verhindert man eine dieser Bedingungen, so verhindert man auch die Bekleidung. Die Bildung des Zinkschlammes kann wohl nicht leicht auf eine praktisch brauchbare Art umgangen werden, allein das Anhaften lässt sich recht wohl vermeiden. Mein erstes Geschäft mit einer neuen Thonzelle ist, dass ich sie über der Spirituslampe erwärme, 1 Grm. Wachs in ihr schmelze und dieses durch passendes Neigen und Schwenken über den Boden und etwa 5 Millimeter hoch an den Wänden ausbreite, denn hier ist die Lieblingsstelle der Bekleidung. Alles Auftragen von Firniss ist nicht so gut (dieser Ueberzug hat stets Risse, durch welche die Durchwucherung hindurchsetzt; Wachs aber dringt in alle Gänge und bewirkt eine wahrhafte Verstopfung derselben), jedenfalls aber gänzlich zwecklos, wenn es von Aussen erfolgt. Sodann sehe man darauf, dass die untere Fläche des Zink-

blockes*) eben und senkrecht auf dessen Axe sei, so dass es frei und gerade mitten in der Zelle feststehe. Den entstehenden Zinkschlamm nehme ich alle zwei bis drei Tage mit einer Blechkratze ab, die ein 15 Cent. langes, unten 1 Cent. weit rechtwinklig gebogenes Eisenblech ist. Man verwendet dabei Sorgfalt darauf, nicht an die Thonzelle zu streichen. Der wenige niederfallende Schlamm wird vom Wasser unschädlich gemacht.

Führt man diess mit Sorgfalt und Sauberkeit aus, so ist die erste Bedingung (9 *A*) vermieden, und die Bekleidung bleibt aus.

11) Obgleich die Verhinderung dieser Einen Bedingung vollständig genügt, so ist es doch leicht, auch der Bedingung (*B*) etwas entgegenzuwirken. Giesst man rasch nach einander Säure und Kupfervitriollösung in die Kette, so ist das sehr unvortheilhaft. Die Säure durchdringt wegen ihrer bedeutenderen Zähheit nur langsam die Zelle, der mittlerweile eingegossene Kupfervitriol kommt ihr weit rascher entgegen, und fast die ganze Wand ist mit letzterem durchzogen. Ich giesse die Säure 4 bis 5 Stunden vor der Kupfervitriollösung ein, dann ist die ganze Wand von Säure durchzogen. Hierdurch ist der Lösung der Eintritt schon sehr erschwert, wozu noch die bekannte Ueberführung tritt, so dass bei stetem Gebrauch der Kette alle Eindringungs-Versuche der Lösung zurückgeschlagen werden. Hierin liegt auch der Grund, dass gerade bei geöffneter Kette die Bekleidung häufiger und schneller eintritt als bei geschlossener. Man begreift ferner den Vortheil bei sehr lange andauerndem Gebrauche der Kette, dann und wann eine neue Thonzelle einzusetzen und die alte (nun doch durchzogene) auszuspülen; überhaupt ist das Ausspülen nöthig und noch wirksamer ist tagelanges Stehenlassen der Zelle voll Brunnenwasser, das man so oft durch reines ersetzt, als es blau-grün und trübe wird.

12) Seit 2 Monaten hat sich bei dieser Vorsicht (10, 11) noch keine Spur einer Bekleidung wieder an den Zellen gebildet, obschon ich 1 bis 4 Elemente stets in Thätigkeit habe, und die Kupfercylinder seitdem wenigstens 40 bis 50 Grm. schwerer geworden sind. Ich hätte in der Zeit früher mindestens ebenso viel Kupfer auf die Zellen bekommen, was ein nutzloser Verbrauch von nahezu ½ Pfund Kupfervitriol wäre, und sicher 5 bis 6 Zellen zerstört hätte.

*) 1) Mit grossem Vortheile bedient man sich, statt des lästigen Hohlcylinder, massiver Zinkblöcke, die bei 19 Cent. Höhe und 299 Quadratcent. Fläche ein Gewicht von 700 Grm. haben. Die Amalgamation dauert wenige Sekunden. Alle zur Daniell'schen Kette gehörigen Stücke, diese Blöcke und vortreffliche Thonzellen liefert der Mechaniker Herr Meissner (Berlin) sehr gut.

Literaturzeitung

der

Zeitschrift für Mathematik und Physik

herausgegeben

unter der verantwortlichen Redaction

von

Dr. O. Schlömilch und Dr. B. Witzschel.

Zweiter Jahrgang.

LEIPZIG,
Verlag von B. G. Teubner.
1857.

INHALT.

Arithmetik und Analysis.

Geometrie.

Astronomie und Mechanik.

Physik.

Literaturzeitung.

Recensionen.

Die Grundlehren der neueren Geometrie. Erster Theil: Die Theorie des anharmonischen Verhältnisses, der homographischen Theilung und der Involution, und deren Anwendung auf die geradlinigen und Kreisfiguren; nach CHASLES: *Traité de Géométrie supérieure* frei bearbeitet von DR. C. H. SCHNUSE (349 S. mit in den Text gedruckten Holzschnitten). Braunschweig. E. Leibrock. 1856. $2\frac{1}{2}$ Thlr.

Diese Schrift ist im Wesentlichen eine Uebersetzung des trefflichen Werkes von Chasles: *Traité de Géométrie supér.* Weggelassen sind dabei einige Capitel oder einzelne Partien und manche Sätze des Originalwerks, welche nach der Ansicht des Herrn Schnuse entweder in einem zweiten Theile, worin die Theorie der Kegelschnitte mit abgehandelt werden soll, Platz finden möchten, oder nicht recht in ein systematisches Lehrbuch der neueren Geometrie gehören, oder von geringerem Interesse sind und lediglich den Preis des Buches in nicht ganz gerechtfertigter Weise erhöhen würden. In welche von den drei aufgestellten Kategorieen die eine oder andere der weggelassenen Partieen gehört und was von dem Chasles'schen Werke in dem in Aussicht gestellten zweiten Theile noch zu erwarten ist, wird in der Vorrede nicht bemerkt. Hinzugefügt hat dagegen der Herr Uebersetzer einige Bemerkungen über die Lage und Construction der imaginären Punkte und Linien, wovon das Weitere unten.

Der Inhalt des Originalwerkes und der vorliegenden Uebersetzung oder „freien Bearbeitung" ist folgender: Herr Chasles schickt dem eigentlichen Werke eine werthvolle Abhandlung voraus über die Entwickelung der Geometrie vom Alterthume an bis in die neueste Zeit, mit besonderer Berücksichtigung alles dessen, was als Keim und Ursprung des besonderen, mit „neuerer Geometrie" (*Géométrie supérieure*) bezeichneten Zweiges dieser Wissenschaft gelten kann. Es lässt sich dieselbe als ein Auszug (zum Theil auch Ergänzung, s. pag. XXXII der Einleitung) der früher von demselben Verfasser erschienenen Schrift *Aperçu historique sur l'origine et le développement des Méthodes en Géométrie* (übersetzt unter dem Titel: Geschichte der Geometrie, hauptsächlich etc. von Chasles, übertragen von Dr. Sohncke, Prof. etc.) anzusehen. In der vorliegenden Uebersetzung ist diese Abhandlung nicht berücksichtigt.

Das eigentliche Werk zerfällt in vier Abtheilungen, von denen die erste in 13 Kapiteln die Fundamentalsätze, die Theorie des anharmonischen Verhältnisses (des Doppelschnittsverhältnisses), der homographischen (collinearen Theilung und der Involution enthält. Im ersten, einleitenden, Kapitel ist die Anwendung der Zeichen + und — zur Bestimmung der Richtung des eine Gerade beschreibenden Punktes und des Drehungssinnes der einen Winkel beschreibenden Geraden erörtert, oder kurz das Princip der Zeichen für Abschnitte von Geraden und für Winkel festgestellt, das auch in der ganzen Folge des Werkes streng festgehalten wird. Herr Chasles scheint der erste in Frankreich zu sein, welcher dieses Princip seit einiger Zeit (in dem 1837 erschienenen *Aperçu historique etc.* ist dasselbe noch nicht aufgestellt) mit aller Consequenz bei seinen mathematischen Untersuchungen sich zu eigen gemacht und mit nicht geringem Erfolge dabei in Anwendung gebracht hat. Wenn er daher in der Vorrede S. IX bemerkt, dass die zeitherige Vernachlässigung dieses Princips ein Hemmniss für die Fortschritte der Geometrie abgegeben habe (*on a donc beaucoup perdu à ne pas introduire systématiquement dans la Géométrie pure le principe des signes: les progrés de la science en ont été nécessdirement retardés*), so hat er gewiss nicht Unrecht; wenn aber damit auch nach dem Zusammenhange mit dem Vorhergehenden im Allgemeinen gesagt sein soll, dass vor ihm das erwähnte Princip nicht in Anwendung gekommen sei, so dürfte dieses sicher insofern unrichtig sein, als bereits längere Zeit vorher Herr Möbius in allen seinen Schriften, also mindestens von dem Erscheinen des barycentrischen Calculs an gerechnet (1827) selbiges aufgestellt und durchgehends in Anwendung gebracht hat. Hat nun Herr Chasles davon weniger Notiz genommen, so mag dies erklärlich [ob zu entschuldigen, mag dahin gestellt bleiben*)] sein durch seine Unkenntniss der deutschen Sprache; was soll man aber sagen, wenn von deutschen Schriftstellern über neuere Geometrie oder einzelne Gegenstände derselben der barycentrische Calcul lange Zeit nach seinem Erscheinen unberücksichtigt geblieben ist, während die an und für sich sehr vortrefflichen Noten zum *Aperçu historique* des Herrn Chasles sich einer ungleich grösseren Aufmerksamkeit zu erfreuen

---

*) In Deutschland pflegt jeder Originalschriftsteller die Arbeiten des „gebildeten“ Auslandes, also namentlich Frankreichs und Englands, zu berücksichtigen und in Fragen der Priorität selbst zu respectiren, weil die dazu nöthige Kenntniss der französischen und englischen Sprache gleichsam als etwas Selbstverständliches vorausgesetzt wird. In Frankreich und England dagegen gilt noch recht häufig die Unkenntniss der deutschen Sprache als vollgiltige Entschuldigung bei unberechtigter Aneignung fremden geistigen Eigenthums. Herr Chasles macht insofern noch eine rühmliche Ausnahme, als er wenigstens lebhaft bedauert, der deutschen Sprache nicht *mächtig* zu sein! (*Aperçu historique*. Cap. V. §. 22; S. 211 d. Sohncke'schen Uebers.)

gehabt haben (man vergl. z. B. Adams: die harmonischen Verhältnisse etc. 1845). Man kann hierin wieder einen Beleg für das eigenthümliche Schicksal deutscher Geistesproduction finden, welcher in der Regel nur dann allgemeinere Anerkennung zu Theil wird, wenn sie mit französischer oder englischer Enveloppe als etwas Neues offerirt wird.

Das zweite und dritte Kapitel enthalten die metrischen Eigenschaften des anharmonischen Verhältnisses zwischen vier Punkten einer Geraden und vier Geraden eines Strahlenbüschels, sowie die auf zwei derartige gleiche Verhältnisse bezüglichen Sätze. Sind nämlich A, B, C, D vier Punkte einer Geraden und a, b, c, d vier Gerade eines Strahlenbüschels der Ebene, so ist der Ausdruck

$$\frac{AC}{CB} : \frac{AD}{DB} \text{ und } \frac{\sin(ac)}{\sin(cd)} : \frac{\sin(ad)}{\sin(bd)}$$

von Möbius als ein Doppelschnittsverhältniss (*ratio bissectionalis.* Baryc. C. S. 244), später kürzer von ihm und Steiner (systematische Entwickelung etc. 1832) als Doppelverhältniss bezeichnet worden, von Chasles dagegen, der denselben etwas abweichend

$$\frac{AC}{AD} : \frac{BC}{BD}, \quad \frac{\sin(ac)}{\sin(ad)} : \frac{\sin(bc)}{\sin(bd)}$$

schreibt, ein anharmonisches Verhältniss deshalb genannt worden, weil daraus in dem besonderen Falle, dass sein Werth $= -1$ ist, die bekannte harmonische Proportion hervorgeht. Da die Benennung „Doppelverhältniss" ebenso kurz, wie bezeichnend und klar ist, dagegen mit der negativen Bezeichnung „anharmonisch" überhaupt jedes Verhältniss belegt werden kann, das eben kein harmonisches ist, so dürfte wohl schon in diesem Betracht und abgesehen von einer gewissen historischen Berechtigung das „Doppelverhältniss" vor dem „anharmonischen" Verhältniss den Vorzug verdienen, trotzdem, dass bereits manche Geometer den letzteren Namen ohne Weiteres angenommen haben. — Die metrischen Eigenschaften des Doppelverhältnisses sind übrigens in den angegebenen Kapiteln des Chasles'schen Werkes sehr systematisch, klar und ausführlich auseinander gesetzt. Das vierte Kapitel behandelt in ähnlicher Weise die Relationen des speciellen Falles, wenn das Doppelverhältniss in das harmonische übergeht. Das fünfte Kapitel enthält die Theorie des imaginären Punkten- und Strahlenpaares. Dass durch Einführung des Imaginären in die Geometrie den betreffenden Sätzen eine grössere Allgemeinheit gegeben werden kann, ist schon vielseitig erkannt und ausgesprochen worden. Auch Herr Chasles hat zu diesem Zwecke von dem Imaginären in betreffenden Fällen Anwendung gemacht und seine Theorie mit einer höchst beachtenswerthen Consequenz durchgeführt. Indem ihm das Imaginäre wie in der gewöhnlichen analytischen Geometrie zunächst als Wurzel einer quadratischen Gleichung sich darstellt, legt er bei der geometrischen Deutung oder

Anwendung desselben darauf den besonderen Nachdruck, dass der imaginäre Ausdruck eine gewisse Function reeller Grössen, nämlich der Coefficienten der Gleichung ist. Lassen sich daher auf irgend eine Weise die expliciten imaginären Elemente durch die reellen Elemente, deren Function sie sind, vertreten, so ist nach Herrn Chasles damit der Weg bezeichnet, die imaginären Elemente, d. h. die imaginären Punkte und Linien (z. B. die imaginären Doppelpunkte und Doppelstrahlen bei einer Involution, die imaginären Durchschnittspunkte eines Kreises und einer Geraden, die ganz ausserhalb desselben liegt etc.), welche unter gewissen Bedingungen die Lösung einer Aufgabe involvirt, gar nicht zum Vorschein kommen zu lassen und doch die Lösung der Aufgabe oder den durch dieselbe repräsentirten geometrischen Satz für alle Fälle als möglich und giltig hinzustellen. Der Uebersetzer, Herr Schnuse, bemerkt zu dieser Behandlungsweise der Sätze von Seiten des Herrn Verfassers nicht mit Unrecht, dass dabei eine Hauptfrage, die nach der Lage der imaginären Elemente, ganz unentschieden bleibe. Nach dem Vorgange von Gauss u. A. weiss man aber, dass ein imaginärer Punkt einer Geraden zwar nicht in derselben, wohl aber in einer durch die Gerade zu legenden Ebene construirbar ist. Diese Construction der imaginären Punkte gewährt, es lässt sich nicht leugnen, in den Fällen, wo dieselben bei analytischer Betrachtungsweise auftreten, eine gewisse Befriedigung und würde auch auf die von Herrn Chasles gegebene Theorie und Anwendung des Imaginären ohne Zweifel sowohl ein helleres Licht geworfen, als auch dieselbe in nicht unwesentlichen Stücken ergänzt haben. Diese Lücke hat nun der Herr Uebersetzer in einigen Noten unter dem Text, hauptsächlich auf S. 40, 41, 42 und 270, auszufüllen versucht. So schätzenswerth diese Zugabe des Herrn Schnuse auch sein mag, so hätte doch nach der Meinung des Referenten dieselbe in einer der übrigen von Herrn Chasles gegebenen Bearbeitung und Darstellung des Gegenstandes mehr angemessenen Ergänzung bestehen können; vielleicht hätte dann auch die gelieferte Uebersetzung eher auf den Titel einer „freien Bearbeitung" des Chasles'schen Werkes Anspruch machen dürfen, als ihr bis jetzt zuzugestehen ist. Bei näherem Eingehen auf die Darstellung der imaginären Elemente in der Geometrie kann nach dem jetzigen Standpunkte der Theorie derselben, sowie nach der nicht unerheblichen Tragweite, welche letztere, in den Chasles'schen Lehrgang mit verflochten, speciell erhalten hat, es nicht blos mit den kurzen Bemerkungen, dass und wie ein imaginäres Punkte- oder Linienpaar zu construiren ist, sein Bewenden haben, vielmehr dürfte eine Darstellung des organischen Zusammenhanges der imaginären und reellen Elemente in analytischer wie rein constructiver Beziehung als eine nicht unberechtigte Forderung an einen systematischen Lehrgang der Geometrie, wie er im Uebrigen durch das Chasles'sche Werk gegeben ist, hingestellt werden, insbesondere nach und *in Folge der* neueren Untersuchungen und Bearbeitungen der Theorie des

Imaginären durch namhafte Mathematiker. Namentlich hätten dabei die höchst sinnreichen Deutungen und Anwendungen, welche Herr Möbius von dem Imaginären gemacht und in den Berichten der Königl. Sächs. Ges. d. Wissenschaften (Jahrg. 1852 S. 41, 1833 S. 14 u. 176), sowie auch in dem Crelle'schen Journal veröffentlicht hat, berücksichtigt und verarbeitet werden können.

Das sechste, siebente und achte Kapitel des Chasles'schen Werkes enthalten in derselben Ausführlichkeit und Klarheit die Theorie der homographischen Strahlenbüschel mit zwei und einem Mittelpunkte. Unter Homographie ist bei Chasles dieselbe Verwandtschaft, welche Herr Möbius allgemeiner Collineation genannt hat, zu verstehen. Durch die homographischen Gebilde auf einer Geraden ist die Theorie der Involution naturgemäss vorbereitet, welche dann in den nächst folgenden fünf Kapiteln mit einer Gründlichkeit und Eleganz bearbeitet ist, wie sie wohl in keinem anderen Werke über neuere Geometrie zu finden sein dürfte.

Die drei folgenden Abtheilungen enthalten Anwendungen der vorausgeschickten Theorieen und zwar zunächst auf geradlinige Figuren. Man findet daselbst I. die Probleme des Apollonius vom bestimmten Schnitt, vom Verhältnissschnitt und Raumschnitt (*sectio determinata*, *sectio rationis*, *sectio spatii*) allgemein gelöst; ferner die wichtigsten Sätze über das Dreieck, Viereck, Sechseck und Vieleck im Allgemeinen; die verschiedenen Darstellungen einer Geraden als der Aufeinanderfolge einer Reihe nach gewissen Gesetzen bestimmter Punkte; die Lehre von dem Centrum der mittleren Distanzen und der mittleren Harmonikalen (fehlt in der Uebersetz.); allgemeine Relationen zweier Systeme von Punkten einer Geraden und Anwendung derselben auf Zerlegung rationaler Brüche (fehlt gleichfalls in der Uebers.).

Die dritte Abtheilung enthält eine allgemeine Theorie der Coordinaten eines Punktes; die Lehre von den Verwandtschaften der Figuren, insbesondere die Betrachtung homographischer (collinearer), homologer (collinear oder perspectivisch liegender) und correlativer (reciproker) Figuren. Zum Schluss dieser Abtheilung stellt der Verfasser (im 27. Kapitel) eine allgemeine Untersuchung über die verschiedenen Methoden der Beweisführung mit Hilfe der eben erwähnten Principe an (die in der Uebersetzung gleichfalls fehlt) und motivirt den von ihm im Lehrbuche befolgten Gang.

Die vierte Abtheilung behandelt die Theorie des Kreises, insbesondere die an demselben in Verbindung mit Geraden vorkommenden Doppel- und harmonischen Verhältnisse, die Lehre von den Polen und Polaren in Bezug auf einen Kreis, die Sehnen- und Tangenten-Vier- und Vielecke, die Beziehungen zweier und mehrerer Kreise zu einander, die Potenzlinien (*axe radical*), Potenzpunkte, Aehnlichkeitspunkte und Aehnlichkeitsaxen, das Tactionenproblem u. s. w.; ferner (was in der Uebersetzung fehlt) die Theorie und Bedeutung eines imaginären Kreises, die im Wesentlichen mit der oben erwähnten Auffassung imaginärer Elemente überhaupt übereinstimmt und deren Anwendung auf stereometrische Betrachtungen am schiefen Kreiskegel, welche gewissermaassen die Einleitung und den Uebergang zu den Kegelschnitten vermitteln. Das letzte Kapitel enthält noch eine Anwendung gewisser Eigenschaften des Kreises auf elliptische Functionen.

Gehen wir schliesslich auf vorliegende Uebersetzung des Herrn Schnuse noch insbesondere ein, so hat sie das Verdienst, in wohlfeiler Ausgabe das höchst schätzbare Werk von Herrn Chasles seinem hauptsächlichsten Inhalte nach dem deutschen Publicum zugänglich gemacht zu haben. Die Buchhandlung hat hierbei das Ihrige durch gute Ausstattung beigetragen. Zu wünschen wäre allerdings, dass mancherlei Druckfehler vermieden, namentlich aber etwas mehr Aufmerksamkeit auf die Buchstabenbezeichnung in den Figuren, wobei die Weglassung der Accente nicht selten sehr störend ist, beobachtet worden wäre. (Man sehe S. 306 u. 308, wo in der Figur am S der ′ fehlt, desgl. in Fig. 313, wo der Stellenzeiger 1 am m entweder fehlt oder undeutlich ausgeführt ist u. a. a. O.) Noch störender und wirklich zeitraubend für den Leser ist die Verwechslung der Figuren. Zu §. 274 sind zwei Figuren beigesetzt, die nicht zusammen gehören; es gehört vielmehr zu der ersten (links stehenden) die zu §. 277 beigedruckte erste (links stehende) Figur; dagegen ist die zweite (rechts stehende) dem §. 274 beigestellte Figur zu §. 277 zu nehmen. Die §§. 274—277 incl. sind somit nach den beigedruckten Figuren gar nicht verständlich. Es möchte daher die verehrl. Buchhandlung den Exemplaren noch eine darauf bezügliche erläuternde, resp. berichtigende Note beifügen oder die betreffenden Bogen umdrucken lassen. WITZSCHEL.

Lehrbücher und Beispielsammlungen für den mathematischen Elementarunterricht.

1) Arithmetik und Algebra für Gymnasien und Realschulen von F. H. MÜLLER, Prof. am Berlinischen Gymnasium zum grauen Kloster. (Berlin. 1857. Verlag von Jul. Springer. 280 S. 8. Preis ⅚ Thlr.)

Der in diesem Lehrbuche abgehandelte Cursus der Arithmetik und Algebra ist seinem Umfange nach der gewöhnliche oder zeitherige an Gymnasien und Realschulen eingeführte, insoweit von demselben alles, was zur algebraischen Analysis gehört, ausgeschlossen ist. Nach der Ansicht des Herrn Verfassers ist von dem eigentlichen Elementarunterrichte dasjenige zu sondern, wobei unendliche Formen als Data für weitere Theorien benutzt werden, wenn auch das Resultat des Unendlichen schon früh, z. B. schon bei den Decimalbrüchen, auftritt. Ob damit der Umfang des Unterrichts auf Gymnasien und höheren Realschulen streng zu begrenzen ist, kann in Betracht der Anforderungen der Gegenwart und der jetzigen Entwickelung der Wissenschaft nach der Meinung nicht allein des Referenten, sondern auch namhafter Lehrer und Mathematiker (vergl. die Vorrede zu der kürzlich erschienenen Bretschneider'schen Arithmetik) zwar bezweifelt und bestritten werden, doch wird es nicht wenig Unterrichtsanstalten irgend welchen Ranges geben, auf denen das angegebene Maass des Unterrichtsstoffes ein völlig hinreichendes sein wird.

Das Lehrbuch beginnt mit der Darstellung der combinatorischen Operationen (die rechnende Combinatorik ist davon getrennt und an den Schluss des Lehrgangs gestellt), ohne dass jedoch die darauf folgenden nächsten Abschnitte der eigentlichen Arithmetik davon abhängig gehalten sind, so dass diese Einleitung, falls sie Bedenken gewisser Schwierigkeit erregen sollte, auch beim ersten Unterrichte weggelassen werden kann. Uebrigens ist der Ansicht des Verfassers recht wohl beizupflichten, wenn er sagt, dass die sytactischen oder combinatorischen Operationen dem arithmetischen Anfangspensum, sonst so arm an geeignetem Uebungsmaterial, insofern die Schüler in ihrer Praxis der Theorie weit voraus sind, reichen Stoff zu den mannigfaltigsten Uebungsaufgaben liefern und somit sowohl dem Bildungsgrade der betreffenden Schüler angemessener seien, als auch deshalb ein lebhafteres Interesse für den Unterricht überhaupt erregen. In den ersten Abschnitten (Summen und Differenzen, Produkte und Quotienten) sind die Sätze auf ein Minimum beschränkt; später ist dasselbe zwar auch noch festgehalten, doch werden die Sätze, welche für einen ersten Unterricht zwar zu schwer, doch für einen gewissen Abschluss der Theorie nothwendig sind, in Anhänge verlegt, die bei einer Wiederholung der betreffenden Abschnitte in einer höheren Klasse zu berücksichtigen sind. So wird z. B. der dritte Abschnitt, der 1) Potenzen und Wurzeln von Zahlen, 2) Potenzen und Wurzeln von Potenzen und Wurzeln, 3) Potenzen und Wurzeln von Producten und Quotienten, 4) Potenzen und Wurzeln von Summen und Differenzen, 5) Irrational- und imaginäre Zahlen behandelt, durch einen Anhang ernänzt, der *A*. Potenzen mit Bruchexponenten, *B*. Potenzen mit negativen Exponenten, im Ganzen also die Erweiterung des Potenzbegriffes enthält.

Es würde hier zu weit führen, den Inhalt der einzelnen Abschnitte näher zu besprechen; es sei daher im Allgemeinen nur noch bemerkt, dass das Lehrbuch diejenigen Theile der angewandten Arithmetik, welche für die meisten Berufsklassen von practischer Bedeutung sind, entsprechend berücksichtigt und namentlich deren rationelle Fundirung den Augen des Schülers hinlänglich klar und deutlich hervorhebt — ein nicht unwesentlicher Vorzug dieses Lehrbuchs vor vielen andern, welcher es namentlich zur Einführung in Realschulen empfiehlt. (Man vergl. insbesondere den Abschnitt über Proportionslehre und dessen Anhang.)

Bezüglich der Darstellung des Ganzen ist noch besonders hervorzuheben, dass es dem Herrn Verfasser einerseits wohl gelungen ist, eine gewisse Kürze und Prägnanz zu beobachten, ohne jedoch andererseits dadurch der nöthigen Klarheit und Deutlichkeit oder einer leichteren Verständlichkeit für den Schüler irgendwie Abbruch zu thun. In dieser Beziehung möchte Referent das Lehrbuch, welches sich ausserdem durch einen sehr mässigen Preis auszeichnet, zunächst der Einsicht und nähern Prüfung der Herren Lehrer der Mathematik anempfohlen wissen.

Sammlung von Aufgaben aus der Arithmetik und Algebra für Gymnasien und Gewerbschulen bearbeitet von FRIED. HOFMANN, Prof. der Math. am K. Gymnasium zu Bayreuth; in drei Theilen. (Erster Theil, arithmetische Aufgaben, 2. Auflage mit Resultaten; zweiter Theil, algebraische Aufgaben, 2. Auflage mit Resultaten. Bayreuth, Grau'sche Buchhandl. 1856. 1. Theil: 15 Ngr. 2. Theil: 20 Ngr. 3. Theil 1 Thlr.)

Wie schon mehrere Beurtheilungen der ersten Auflage dieser Beispielsammlung rühmend anerkannt haben (man s. Grunert's Archiv f. Math. u. Phys. Nr. 76 u. 88, Mager's Pädagogische Revue, Aprilheft 1854, „die Volksschule“ 4. Heft. 1856 etc.), ist diese Sammlung vielleicht die reichhaltigste; die Zahl der Aufgaben geht in die Tausende. Dabei sind die Aufgaben kurz und deutlich gefasst und jedes überflüssige Wort sorgfältig vermieden. Eine sehr anzuerkennende Raumersparniss hat der Herr Verfasser dadurch erzielt, dass er den nöthigen Text zu gleichartigen Aufgaben nie mehr als einmal drucken liess, in demselben aber statt der numerischen Angaben sich schon in dem ersten Theile der Buchstaben als allgemeiner Symbole bediente und sodann unter den Text die für diese Buchstaben einzusetzenden Zahlen für mehr oder weniger Fälle stellt. Als Beispiel entnehmen wir dem VI. Abschnitte der zweiten Abtheilung des ersten Theiles folgende Aufgabe: m Stück einer Waare, jedes zu n Ellen, kosten im Ganzen a Fl.; wie theuer ist die Elle zu verkaufen mit einem Gewinn oder Verlust von p %?

	(1)	(2)	(3)	(4)	(5)	(6)	(7)
$m =$	11	39	13	23	26	17	3
$n =$	59	50	37	43	43	61	54
$a =$	1300	2674,8	$972\frac{7}{30}$	1150,4	$1007\frac{1}{20}$	$1296\frac{1}{4}$	120
$p =$	9 G.	13 G.	8 G.	4 V.	3 V.	$5\frac{1}{3}$ V.	15 G.

und so sind ausserdem noch für 7 Aufgaben derselben Art die numerischen Werthe für m, n, a, p daselbst angegeben. Diese Einkleidungsweise der Aufgaben hat aber ausserdem noch den nicht unerheblichen Vortheil, dass sich der Schüler schon zeitig an den Gebrauch der allgemeinen Zahlen gewöhnt und der Begriff derselben allmälig in ihm vorbereitet und herangebildet wird. Bei den Geldrechnungen sind gleichmässig die Gulden und

Kreuzer (österreichische und rheinische) wie Thaler und Silbergroschen berücksichtigt. Ueberhaupt ist das Streben des Herrn Verfassers, die Sammlung möglichst vielen Verhältnissen gleichmässig anzupassen, wohl anzuerkennen.

Dieselbe Reichhaltigkeit, streng geordnete Aufeinanderfolge und Lückenlosigkeit in den Aufgabenreihen ist in dem zweiten Theile beobachtet, welcher die Aufgaben für die Buchstabenrechnung bis einschliesslich der allgemeinen Potenzlehre, sowie für die Lehre von den Gleichungen des ersten Grades mit einer und mehreren Unbekannten enthält. (Der dritte Theil, wie zu erwarten ebenso bearbeitet, liegt Ref. zur Zeit noch nicht vor.)

Für Lehrer ist diese Sammlung, deren Werth bezüglich der zweiten Auflage noch durch Beifügung der Resultate in besonderen Heften nicht unwesentlich erhöht worden ist, jedenfalls eine sehr schätzbare Hilfe beim Unterricht. Ihrer Einführung in Schulen hat die Verlagshandlung durch entsprechende Ausstattung, gutes Papier und deutlichen Druck, sowie vorzüglich durch verhältnissmässige Wohlfeilheit jeden Vorschub geleistet.

Witzschel.

Elemente der allgemeinen Arithmetik, von J. Bootz. II. Cursus. Erlangen, bei F. Enke 1857.

Der erste Cursus dieses Machwerks hat in diesen Blättern (S. 114 ff. des vorigen Jahrgangs) eine Besprechung erfahren, die demselben den gebührenden Platz unter den Plagiaten der neuern Zeit anweisst. Nicht glimpflich, jedoch vollständig berechtigt ist das Urtheil eines Mannes, der sich die Früchte seines Fleisses nicht ruhig rauben lassen wollte. In dem inzwischen erschienenen zweiten Cursus des fraglichen Werkes hat der ehrenwerthe Herr Verfasser mit einer ungleich grösseren, alle Vorstellung übersteigenden Keckheit sein literarisches Treiben fortgesetzt und in weit eclatanterer Weise mit fremdem Kalbe gepflügt. Der Verfaser des Werkes, dem Herr Bootz seine mathematische Weisheit in seinem *opus* verdankt, ist todt; es ist daher Sache der Ueberlebenden, ein Verfahren zu brandmarken, dass bei grösserer Verbreitung die Begriffe über das literarische „Mein und Dein“ wesentlich zu verwirren geeignet wäre. Das Werk: „Lehrbuch der Mathematik für Gymnasien von C. G. Wunder, II. Theil, Leipzig bei W. Engelmann 1839, aus dem Herr Bootz mit höchst unkritischer Sichtung das seinige compilirte, ist weder in der Vorrede, noch im Texte mit einer Silbe erwähnt; es ergiebt sich daraus mit voller Gewissheit, dass sich der Verfasser der Unrechtmässigkeit seiner Handlungsweise vollständig bewusst war, da ihm der Gebrauch ehrlicher Männer die Quelle, aus der sie zu schöpfen Veranlassung finden, anzugeben, jedenfalls bekannt sein musste.

Liesse die verdächtige bis auf unbedeutende Worte sich erstreckende

Uebereinstimmung, die bereits im Inhaltsverzeichnisse sich zeigt, sich wenn auch mit geringer Wahrscheinlichkeit aus der gleichen Anordnung des Stoffes erklären, so verschwindet jeder Zweifel über die unredliche Handlungsweise des Herrn Bootz, wenn man die Paragraphen selbst vergleicht. Höchst unnöthige, unwissenschaftliche, sprachlich nicht zu rechtfertigende und selbst unsinnige Redactionsveränderungen ausgenommen, wie ja statt bekanntlich, zweite vom Ende statt vorletzte, ganz unabhängig statt unabhängig — was versteht Hr. Bootz unter theilweiser Unabhängigkeit? — und dergleichen mehr; ist das Original mit seiner breiten Darstellungsweise, den beigefügten charakteristischen Beispielen, ja wie wir unten sehen werden, sogar mit Druckfehlern §. für §. zum grössten Theil wörtlich abgedruckt.

Es würde zu weit führen und kaum der Mühe lohnen, wollten wir alle die Belege anführen, die das ausgesprochene Urtheil bestätigen; statt aller wollen wir die erste beste Seite herausgreifen und es dem Leser überlassen, falls er es noch für nöthig halten sollte, sich weitere Belege zu sammeln.

Wunder, S. 70.	Bootz, S. 6.
Aufgabe. Alle Permutationen für irgend eine gegebene Elementenmenge 1, 2, 3, ... (n—1) n darzustellen.	Aufgabe. Alle Permutationen gegebener Elemente aufzustellen.
I. Auflösung. Die erste oder niedrigste Permutation erhält man, wenn man alle gegebenen Elemente gut geordnet neben einander stellt; dieselbe ist also z. B. für 5 Elemente: 12345. Hieraus leitet man nach und nach alle übrigen ab, indem man nach einer der beiden folgenden Regeln von jeder Permutation zu der nächstfolgenden übergeht.	Erste Auflösung. Man erhält die erste oder niedrigste Permutation, wenn man alle gegebenen Elemente gut geordnet nebeneinanderstellt; man hat also für 4 Elemente $abcd$: aus dieser Permutation leitet man alle andern nach einer der beiden folgenden Regeln ab:
A. Wenn das letzte Element höher als das vorletzte ist; so vertausche man beide mit einander und lasse die übrigen unverändert; ...	1) Ist das letzte Element höher als das zweite vom Ende, so vertausche man beide und lasse die übrigen ungeändert...
B. Wenn aber das vorletzte Element höher als das letzte ist; so suche man von der Rechten nach der Linken hin das erste Element, welches niedriger ist als das rechts neben ihm stehende; an dessen Stelle setze man das nächst höhere aus den rechts von ihm stehenden, lasse die links davon	2) Wenn das zweite vom Ende höher als das letzte ist, so suche man von rechts nach links hin das erste Element, das niedriger ist, als das rechts neben ihm stehende; an dessen Stelle setze man das nächste (!!) höhere aus den rechts von ihm stehenden, lasse die linksstehenden un-

Wunder, S. 78	Bootz, S. 6.
befindlichen ungeändert und setze rechts davon die noch übrigen Elemente gut geordnet hin.	geändert und setze die noch übrigen Elemente gut geordnet hin.
Ist auch diese zweite Regel nicht mehr anwendbar, weil kein Element u. s. w.	Ist diese zweite Regel nicht mehr anwendbar, weil kein Element u. s. w.

Dass der Ausdruck „nächste höhere" etwas ganz anderes bedeutet, als das im Original stehende „nächst höhere" und dass durch diese Verballhornung vollständiger Unsinn in seine Regel gekommen ist, scheint Hr. Bootz in seiner Ignoranz nicht bemerkt zu haben. Nach seiner Regel ist z. B. die auf 15432 folgende Permutation 51234, während es in Wirklichkeit und nach der Wunder'schen Regel 21345 ist. — Diess eine Beispiel wird genügen, die Leichtfertigkeit und Unwissenheit des Plagiators in's Licht zu setzen. In gleicher Weise hat er die Combinations- und Variationslehre, die Entwickelung des Binomialtheorems, die Kettenbrüche, überhaupt mit wenig Ausnahmen, für welche wir uns nicht bemühten, das Original aufzusuchen, das ganze Buch fabricirt. Dass er, mit der Quotientenbezeichnung der Kettenbrüche unbekannt, eine Menge Papier verschwendet und z. B. zu dem Kettenbruche [6, 1, 3, 1, 1, 2, 6, 2, 1, 1, 1, 1, 3, 1, 1, 2, . . .] eine volle Seite braucht, ist zwar ebenfalls geeignet, den Standpunkt seines mathematischen Wissens zu bezeichnen, in der Hauptsache aber ein Verfahren, das er bei seinem Verleger zu verantworten hat, der durch die Unwissenheit seines Lieferanten ohnediess am schwersten getroffen wird.

Ehe wir aber von der literarischen Thätigkeit des Herrn Bootz scheiden, können wir uns nicht versagen, noch ein Beispiel der Intelligenz des Herrn Bootz anzuführen. Als Anwendung der Permutationslehre führt Wunder den bekannten Hexameter an: *Tot tibi sunt dotes, Virgo, quot sidera coelo* und fügt hinzu:

Wunder.	Bootz bringt dasselbe Beispiel und sagt:
Jacob Bernoullis (*Ars conjectandi p. II., pag.* 78) giebt an, dass nach seinen eignen Untersuchungen die Anzahl der richtigen Hexameter 3312 sei, wobei er wohl Hexameter ohne Censur, aber keinen Spondaikus mitgerechnet zu haben scheint.	Die acht Worte geben nach Jacob Bernoullis eingnen Untersuchungen (*Ars conjectandi p. II., pag.* 78) durch Versetzung 3312 richtige Hexameter, wobei er wohl die Hexameter ohne Censur (!!), aber keinen Spondaikus mitgerechnet zu haben sagt.

Konnte denn Herr Bootz nicht einen wenn auch nur mittelmässigen Quartaner des Erlanger Gymnasiums um Belehrung angehen, was ein Hexameter mit oder ohne Censur sei? Des Verfassers sprachliche und logische Bildung, von der fachwissenschaftlichen nicht zu reden, erinnert ohnehin oft an den Quartaner. Wahrlich! hätte man nicht Grund zur Entrüstung, man könnte über solche Dinge lachen.

In der Vorrede zum vorliegenden zweiten Cursus hat Herr Hilfslehrer Bootz einen demnächst erscheinenden Cursus der Stereometrie und Trigonometrie angekündigt. Nach dem Vorausgegangenen lässt sich annehmen, dass Herr Bootz bei der Verfertigung auch dieser Bücher ein ähnliches Verfahren anwenden werde, worauf wir die Leser dieser Blätter hiermit aufmerksam gemacht haben wollen. Dr. Jordan.

Programme.

1. Einige Probleme der Wärmetheorie. Von Dr. Deicke. Michaelisprogramm von 1855 der höheren Bürgerschule zu Mühlheim a. d. Ruhr.

Die durch Versuche ermittelten Gesetze für strahlende Wärme (*Dulong et Petit: Recherches sur la mesure des températures et sur les lois de la communication de la chaleur*) geben dem Verfasser Gelegenheit zur Behandlung einer Reihe von Aufgaben theils allgemeiner theils specieller Natur. Die erste Aufgabe betrifft die Bestimmung der Wärmeänderung der Oberflächeneinheit, wenn sich in einer luftleeren Umgrenzung mehrere Körper befinden; daran knüpfen sich in natürlicher Folge die Fragen nach dem Ausstrahlungs- und Einstrahlungsvermögen, dem gegenseitigen Verhältnisse beider (welches eine Funktion der Temperatur ist), nach der Grösse der Absorptionscoefficienten, der Temperatur u. s. w. Die entsprechenden Aufgaben für den Fall, dass die betrachteten Körper sich in einem gasförmigen Medium befinden, bilden den zweiten Theil der Abhandlung, welchem sich endlich noch die Untersuchung einiger speciellen Fälle anreiht.

Die Darstellung des Verfassers ist eben so präcis als klar, die Handhabung des Calcüls gewandt und sicher.

---

2. Zur Theorie der Kugelfunktionen. Von Oberlehrer Bertram. Michaelisprogramm von 1855 der Königstädtischen Realschule zu Berlin.

Die Kugelfunktionen, welche in der Theorie der Wärme und bei den Störungsrechnungen eine hervorragende Rolle spielen, sind ganze rationale algebraische Funktionen der Sinus und Cosinus zweier Winkel ϑ, φ und eines ganzen Index n, und genügen der Differentialgleichung

$$n(n+1)\,y_n + \frac{1}{\sin\vartheta}\,\frac{d\left(\sin\vartheta\,\frac{dy_n}{d\vartheta}\right)}{d\vartheta} + \frac{1}{\sin^2\vartheta}\,\frac{d^2 y_n}{d\varphi^2} = 0.$$

Das allgemeine Integral dieser Gleichung, d. h. die allgemeine Form der Kugelfunktionen bestimmt der Verfasser in §. 1. mittelst eines sehr einfachen Verfahrens und leitet daraus die von Laplace, Legendre, Jacobi, Heine und Neumann gefundenen Eigenschaften der betreffenden

Funktionen ab. Unter die merkwürdigsten Eigenschaften derselben gehört z. B., dass jede Funktion zweier Variabelen ϑ und φ in eine Reihe von Kugelfunktionen verwandelt werden kann.

In nahem Zusammenhange hiermit steht die Aufgabe, den Ausdruck

$$\left\{1 - 2a\left[\cos\Theta\cos\Theta_1 + \sin\Theta\sin\Theta_1\cos(\varphi - \varphi_1)\right] + a^2\right\}^{-\frac{1}{2}}$$

nach Potenzen von $a < 1$ so zu entwickeln, dass die Coefficienten von a, a^2 etc. nach den Cosinus der Vielfachen von $\varphi - \varphi_1$ geordnet sind (bekanntlich hat dieses viel behandelte Problem zuerst auf die Kugelfunktionen geführt); auch hier giebt der Verf. eine neue Behandlung der specielleren Aufgabe, worauf die obige zuletzt hinauskommt. — Das Schriftchen ist recht gut geschrieben und lässt in dem Verfasser einen tüchtigen Schüler Jacobi's und Dirichlet's erkennen. SCHLÖMILCH.

Bibliographie

vom 15. October bis 1. December 1856.

Periodische Schriften.

Sitzungsberichte der kaiserl. Akademie der Wissenschaften. Mathem.-naturwissenschaftl. Classe; XXI. Bd. 2. Heft. Lex. 8. Wien, in Comm. bei Braumüller. 2⅓ Thlr.

Dieselben. Register zu den zweiten 10 Bänden der Sitzungsberichte (Bd. 11—20). Lex. 8. Geh. Ebendas. ⅓ Thlr.

Abhandlungen, mathem., der königl. Akademie der Wissenschaften zu Berlin; aus dem J. 1855. gr. 4. Geh. Berlin, in Comm. Dümmler's Verlagsbuchh. ⅚ Thlr.

Berliner astronomisches Jahrbuch für 1859; herausgeg. von J. F. ENCKE. Ebendas.

Physikalische Abhandlungen der königl. Akademie der Wissensch. zu Berlin; aus dem J. 1855. gr. 4. geh. Ebendas. 4 Thlr.

Denkschriften der kaiserl. Akademie der Wissenschaften zu Wien; mathem. naturwissensch. Classe. 12 Bd. gr. 4. geh. 1856. Wien, Braumüller. 9⅓ Thlr.

Annalen der Physik und Chemie; herausgegeb. von J. C. POGGENDORFF, 100.— 102. Bd. oder Jahrg. 1857. Nr. 1. Leipzig, Barth. pro compl. 9⅓ Thlr.

Die Fortschritte der Physik im Jahre 1853. Dargest. von Physikal. Gesellchaft zu Berlin. IX. Jahrg. Red. v. A. Krönig. 8. XLIV und 753 S. Berlin, 1856. 4 Thlr.

Annales de l'observatoire physique centrale de Russie, publiées par A. T. Kupffer. Année 1853. 2 *Nrs.* 4. XII 1100 *et* XX *pag.* Mit 2 Tafeln. St. Petersburg.

Correspondance météorologique, publication de l'administration impériale des mines de Russie, rédigée par A. T. Kupffer. Année 1854. 4. Vol. 185. XX S. Mit 2 Tafeln.

Annales de l'Observatiore impérial de Paris, par Urb. J. Le Verrier. Tome II. 4. VIII *et* 167 *pag.* Mit 1 Tafel. *Paris* 1856.

Reine Mathematik.

BRETSCHNEIDER, C. A. System der Arithmetik und Analysis. 2. Lehrg. 1. Abth.: Die unbestimmten rationalen Zahlen. Lex. 8. geh. 1857. Jena, Mauke. 24 Ngr.

KESSLER, H. C. Ueber das Potential des Kreises und der Kugelfläche. gr. 8. geh. Marburg, in Comm. bei Koch. 5 Ngr.

Tafel der natürlichen Logarithmen auf 5 Decimalen und der Gauss'schen Logarithmen. 8. geh. Ebendas. 8 Ngr.

WIEGAND, A. Lehrbuch der Stereometrie und sphär. Trigonometrie. 3. Aufl. gr. 8. geh. 1857. Halle, Schmidt. ⅓ Thlr.

BINDER, J. G. Die Anfangsgründe der Algebra, populär vorgetragen. gr. 8. geh. 1857. St. Gallen, Huber & Co. 27 Ngr.

BOOTZ, J. Elemente der allgemeinen Arithmetik. 2. Cursus. Lex. 8. geh. 1857. Erlangen, Enke. 1 Thlr. 8 Ngr.

WINCKLER, A. Neue Theoreme zur Lehre von den bestimmten Integralen. Lex. 8. geh. Wien u. Brünn, Ritsch & Grosse. 12 Ngr.

ZECH, P. Die höhere Geometrie in ihrer Anwendung auf Kegelschnitte und Flächen zweiter Ordnung. gr. 8. geh. 1857. Stuttgart, Schweizerbart'sche Verlagshandl. 16 Ngr.

WINKLER, G. Edler von Brückenbrand: Lehrbuch der Geometrie, der ebenen Trigonometrie und Polygonometrie. 5. Aufl. von F. Bauer. gr. 8. geh. 1857. Wien, Braumüller. 1 Thlr. 26 Ngr.

WITT, J. Aufgabe aus der wichtigen Lehre von den Pythagoräischen Zahlen; ein kleiner Beitrag zur unbestimmten Analytik. Lex. 8. geh. 1856. Itzehoe, Claussen. 8 Ngr.

MOCNIK, Fr. Lehrbuch der Algebra für die Obergymnasien. 5. Aufl. gr. 8. geh. Wien, Gerold's Sohn. 27 Ngr.

SNELL, K., Prof. Lehrbuch der Geometrie für Schulen und zum Selbstunterricht. 1. Th. A. u. d. T.: Lehrbuch der geradlinigen Planimetrie. 2. Aufl. gr. 8. geh. 24 Ngr.

KRAUSE. Lehrbuch der Arithmetik und niedern Algebra für Gymnasien bearbeitet. gr. 8. geh. Deutsch-Crone 1856. Landsberg, Volger & Klein. ⅓ Thlr.

KRAUSE. Lehrbuch der Geometrie für Gymnasien bearb. gr. 8. geh. Deutsch-Crone 1856. Ebendas. 16 Ngr.

STEFFENSEN, P. Anwendung der Algebra auf die Geometrie. Eine Sammlung von Formeln u. analyt. Gleichungen aus d. Planimetrie mit Andeutungen über die Art u. Weise der Entwickelung u. Benutzung derselben. 8. 372 S. mit eingedruckt. Holzschn. Schleswig. 1856. 2 Thlr.

WEIERSTRASS, K. Theorie der Abel'schen Funktion. Abdruck a. d. Journal für die reine u. angewandte Mathem. 4. 96 S. Berlin 1856. 1 Thlr.

Choquet. Traité d'Algèbre. 8. XVI et 551 pag. Paris. 1856. 2 Thlr. 15 Ngr.

T. Waddingham. A Geometrical Treatise on Conic Sections. 8. pag. 73. cloth. London, Longman. 6 *sh.*

Angewandte Mathematik.

BEER, A. H. Lehrbuch der Markscheidekunst für Bergschulen u. zum Selbstunterrichte. Lex. 8. geh. Prag, Credner. 2 Thlr. 12 Ngr.

Die Fortschritte der Naturwissenschaft in biographischen Bildern. 1.—4. Heft. Inh.: 1) Nic. Copernicus, ⅓ Thlr. 2) Joh. Keppler, ⅔ Thlr. 3) Galileo Galilei, ⅓ Thlr. 4) Leop. v. Buch, ⅓ Thlr. gr. 8. Berlin, Basselmann. 1⅔ Thlr.

Handatlas der Erde und des Himmels in 70 Lief. Neu red. Ausg. 3. Lief. Imp.-Fol. Weimar, Landes-Industrie-Comptoir. ⅓ Thlr.

Akademische Sternkarten. Zone V Uhr. Blatt 6. gr. Fol. Mit Verzeichniss der von Bradley, Piazzi, Lalande u. Bessel beobachteten Sterne zwischen $4^h\,56'$ bis $6^h\,4'$ gerader Aufsteigung und 15° südl. bis 15° nördl. Abweichung berechnet von Argelander. Fol. Berlin, in Comm. bei Dümmler. 1 Thlr.

ROGG, J. Ueber geodätische Ortsberechnungen und die geographische Lage von Tübingen. 4. geh. Tübingen, Fues. 8 Ngr.

ARAGO, Fr., sämmtl. Werke. Deutsche Originalausgabe v. W. G. Hankel. 13 Bde. 3. Bd.: Populäre Astronomie. Leipzig, O. Wigand. 2 Thlr. Velinpapier 3 Thlr.

SCHIELE, L. Theorie der Ausweich-Geleise und Bahn-Kreuzungen. gr. Lex. 8. geh. 1856. Wien, Lamarski. 1 Thlr.

UHLEMANN, M. Grundzüge der Astronomie und Astrologie der Alten, besonders der Aegypter. gr. 8. geh. Leipzig, O. Wigand.

ALLÉ, Mr. Oppositon der Calliope vom Jahre 1857. Aus den Sitzungsberichten der mathem.-naturw. Classe der Kaiserl. Akademie der Wissenschaften. 8. 7 S. Wien, 1856. 2 Ngr.

D'ARREST, H. Resultate aus Beobachtungen der Nebelflecken und Sternhaufen. 1. Reihe. Aus den Abhandlungen der mathem.-phys. Classe der K. Sächs. Gesellschaft der Wissenschaften. 4. 86 S. Leipzig, 1856. 24 Ngr.

WEISBACH, J. Lehrbuch der Ingenieur- und Maschinen-Mechanik. 3. Aufl. 2. Bd. 1. u. 2. Lief. gr. 8. Geh. Braunschweig, Vieweg & Sohn. à 15 Ngr.

Furiet. Eléments de mécanique, exposés suivant le programme de M. le ministre de l'instruction publique et des cultes du 30. août 1852 pour le baccalauréat ès sciences. 8. XX, 326 S. Paris, 1856. Mit Abbild. im Text. 2 Thlr.

Morin, Arth. Leçons de mécanique pratique. Résistance des matériaux. 2. édit. 8. II, 483 S. Mit 6 Taf. Paris, 1856. 2 Thlr. 15 Ngr.

E. Willard. Astronography, or Astronomical Geography with the use of the Globes. 8. 200 *pag. cloth. (Cassel's Educational Course.) Kent.* 2 *sh.*

F. Schaub. Guida allo studio dell' astronomia nautica. gr. 8. geh. Triest, Direction d. Oesterr. Lloyd. 1 Thlr.

Physik.

WEBER, v. Licht und strahlende Wärme in ihren Beziehungen zu einander, mit Rücksicht auf die Identitätstheorie. gr. 8. Geh. 1857. Berlin, Bosselmann. 1⅙ Thlr.

SCHILLING, G. Akustik oder die Lehre vom Klange. 2. Ausg. 8. Geh. Stuttgart, Hallberger. 12 Ngr.

KREIL, K. Erste Ergebnisse der magnetischen Beobachtungen in Wien. Imp. 4. geh. Wien, in Comm. bei Braumüller, 13 Ngr.

ULE, O. Physikalische Bilder im Geiste kosmischer Anschauung. 2. Bd. A. u. d. T. die Erscheinungen der Wellenbewegung oder die Lehre vom Schall, Licht und Wärme. 8. geh. Halle, Schmidt. 1 Thlr.

DOVE, H. W. Ueber die täglichen Veränderungen der Temperatur der Atmosphäre. gr. 4. geh. 1856. In Comm. 14 Ngr.

HARTMANN, W., Handbuch der physischen Geographie. gr. 8. geh. Berlin, Jonas.

EBNER, v. Ueber die Anwendung der Reibungs-Electricität zum Zünden von Sprengladungen. 8. 29 S. Mit 5 Taf. Wien, 1856.

Arago. F. Oeuvres publiées d'après son ordre sous la direction de J. A. Barral. Tome VII, Notices scientifiques. Tome III. gr. 8. geh. Leipzig, Weigel. 2 Thlr,

Brachet, Achille. Simples préliminaires sur le commentaire de la notice du meilleur microcoscope dioptrique composé achromatique du professeur Amici. 8. 16 *pag. Paris* 1856.

Warren, D. M. A System of Physical Geography, to wich is added a Treatrise on the Physical Geography of the United States. Philadelphia (London). 7 *sh.* 6 *d.*

Duplex, G. Matter: its form and governing lawes. 12 *no. pag.* 162. *cl. Bradbury.* 3 *sh.* 6 *d.*

Literaturzeitung.

Recensionen.

Analytische Geometrie der Ebene und des Raumes für polare Coordinatensysteme. Von J. A. Grunert, Professor zu Greifswald. Greifswald und Leipzig, 1857. C. A. Koch's Verlagshandlung, Th. Kunike.

Das vorliegende Werk des bekannten Herausgebers des Archivs der Mathematik gehört, wie manches seiner Geschwister, unter jene eigenthümlichen Bücher, von denen man nicht weiss, für wen sie eigentlich geschrieben sind. Der Vorrede nach zu urtheilen will der Verfasser eine Lücke im System der Mathematik ausfüllen, er meint, weil es Lehr- und Handbücher der analytischen Geometrie giebt, in denen fast nur das rechtwinklige Coordinatensystem benutzt wird, so sei es nicht mehr als billig, dass auch einmal das polare Coordinatensystem ebenso ausschliesslich zur Anwendung komme. Zufolge dieser Erklärung, die nur einen Schluss nach Analogie enthält und auf welche Referent nachher zurückkommen wird, sollte man erwarten, dass der Verfasser für wissenschaftlich gebildete Leute schreiben, also mindestens die Kenntniss der gewöhnlichen analytischen Geometrie voraussetzen würde; statt Dessen fängt aber das Buch *ab ovo* an und spricht in den ersten sechs Capiteln über die allbekanntesten Dinge mit einer Ausführlichkeit, wie sie kaum bei einem auf das Selbststudium von Anfängern berechneten Werke vorkommen darf. In den übrigen sechs Capiteln differenzirt und integrirt der Verfasser (auch der bei Herrn Grunert stereotype Rest der Taylor'schen Reihe muss ganz unnützerweise mehrmals herhalten) setzt also doch einige tiefere mathematische Bildung voraus — wie passt das nun zu dem Vorigen? Referent begreift das in der That nicht, und würde vielmehr seine Leser zu beleidigen fürchten, wenn er in der einen Hälfte eines Buches höhere Analysis von ihnen verlangte und ihnen in der anderen Hälfte zumuthete elementare Definitionen und Rechnungen zu lesen, die jeder mathematisch Gebildete selber machen kann. Doch lassen wir die Form und besehen wir uns die Sache näher.

Die algebraische Geometrie und die Trigonometrie haben das Gemeinsame, dass sie die unbekannten Stücke einer geometrischen Figur aus deren gegebenen Stücken berechnen; dabei handelt es sich aber hauptsächlich nur um die **Grössen** der gegebenen und gesuchten Stücke, ihre Lagen werden nicht besonders berücksichtigt und es ist z. B. für die trigonometrische Auflösung eines Dreiecks vollkommen gleichgültig, ob dessen Spitze über oder unter der Grundlinie liegt. Diesen beschränkten Standpunkt einer rechnenden Geometrie des Maasses überwindet die eigentliche analytische Geometrie; sie will rechnende Geometrie des Maasses und der **Lage zugleich** sein. Diess gelingt ihr dadurch, dass sie nicht nur die **relative** Lage der Punkte gegeneinander betrachtet (wie es z. B. die Trigonometrie bei dem **Pothenot'schen** Probleme thut), sondern auch die **absolute** Lage derselben im Raume soweit fixirt, als diess überhaupt möglich ist. Diess kann auf unendlich viel verschiedene Weisen geschehen, jenachdem man sich den Raum auf verschiedene Art entstanden oder, besser gesagt, den schon vorhandenen Raum eingetheilt denkt. Zerlegt man die Ebene durch zwei Systeme von Parallelen in Parallelogramme, so kommt man auf das Parallelcoordinatensystem, theilt man sie durch einen Strahlbüschel und concentrische Kreise in gemischtlinige Vierecke, so hat man das Polarsystem u. s. w. Unter allen diesen möglichen Coordinatensystemen kommt ohne Zweifel die grösste wissenschaftliche Bedeutung demjenigen Systeme zu, welches von der primitivsten und ebendesswegen einfachsten Eigenschaft des Raumes hergenommen ist, nämlich von den **drei Dimensionen** des Raumes. So wenig Jemand leugnen kann, dass die gerade Linie eine einfachere Gestalt als der Kreis, die Ebene einfacher als die Kugel ist, so wenig wird man bestreiten, dass das rechtwinklige Coordinatensystem einfacher und der Natur des Raumes adäquater ist als das polare. Selbstverständlig wird damit nicht ausgeschlossen, dass in **speciellen** Fällen und namentlich da, wo es sich um Kugelflächen, rotirende Bewegungen und dergleichen handelt, das polare Coordinatensystem von bequemer Anwendung sein kann. Wenn aber von dieser empirischen Thatsache die Berechtigung zu einer „Analytischen Geometrie für polare Coordinatensysteme" hergeleitet wird, so liegt darin ein Mangel an Unterscheidung zwischen der praktischen Brauchbarkeit für specielle Fälle und der allgemeinen wissenschaftlichen Bedeutung einer Methode. Mit demselben Rechte wie der Verfasser eine analytische Geometrie des polaren Systemes ausarbeitet, also

$$x = r \cos\varphi \cos\psi, \quad y = r \sin\varphi \cos\psi, \quad z = r \sin\psi$$

setzt, könnte jeder Andere auch eine analytische Geometrie des elliptischen Coordinatensystemes

$$x = r \cos\varphi \cos\psi, \quad y = r \sin\varphi \sqrt{1 - m^2 \sin^2\psi}, \quad z = r \sin\psi \sqrt{1 - n^2 \sin^2\varphi}$$
$$(m^2 + n^2 = 1)$$

aufstellen, welches für $m = 1$ und $n = 1$ in das vorige übergeht, und wovon bekanntlich **Jacobi** und **Lamé** sehr schöne Anwendungen gemacht haben.

Im Zusammenhange hiermit steht ein zweiter Punkt. Der Verfasser erklärt in der Vorrede, er wolle nicht in Abrede stellen, dass alle seine

Resultate auch durch Transformation der Coordinaten aus der gewöhnlichen analytischen Geometrie abgeleitet werden könnten, er habe aber diesen Weg nicht einschlagen wollen einerseits, weil dadurch die neue analytische Geometrie von der alten abhängig geworden wäre und somit ihren selbständigen Werth verloren hätte, andererseits, weil dieser Weg oft sehr mühevoll und dornig sei, wie Jeder finden würde, der den Versuch in gehöriger Ausdehnung unternähme. Was nun den ersten Grund betrifft, so hätte sich das von Herrn Grunert befürchtete Unglück wohl ertragen lassen; der Werth des polaren Systemes ist, wie vorhin erwähnt, gar nicht so bedeutend, dass eine grosse Selbständigkeit nothwendig wäre, im Gegentheile meinen wir, dass der Uebergang vom rechtwinkligen zum polaren Systeme gerade das Beste ist, was man hier thun kann und thun muss, wenn man der alten guten Regel, vom Einfachen zum Complicirteren stetig weiter zu schreiten, treu bleiben will. Der zweite Grund hat uns wahrhaft überrascht, denn sonderbarer Weise verhält sich die Sache gerade umgekehrt, wie wir sogleich an Beispielen zeigen wollen. Die Gleichungen der Geraden im Raume können bekanntlich auf folgende Form gebracht werden

$$x = Az + a, \quad y = Bz + b,$$

wo A und B zwei nur von der Richtung der Geraden abhängige Constanten sind, a und b die rechtwinkligen Coordinaten des Durchschnitts der Geraden mit der xy-Ebene bedeuten; nennen wir c den Abstand dieses Punktes (Horizontalspur) vom Coordinatenanfang und ω den Winkel zwischen c und der x-Achse, so ist $a = c \cos \omega$, $b = c \sin \omega$, ausserdem gelten für x, y, z die vorhin erwähnten Formeln, mithin sind die Gleichungen der Geraden in Polarcoordinaten

$$r \cos \varphi \cos \psi = A r \sin \psi + c \cos \omega,$$
$$r \sin \varphi \cos \psi = B r \sin \psi + c \sin \omega.$$

Durch Einführung neuer Hilfswinkel i und ϑ mittelst der Gleichungen

$$A = \cot i \cos \vartheta, \quad B = \cot i \sin \vartheta,$$

aus denen die geometrische Bedeutung von i und ϑ sehr leicht erhellt, gelangt man jetzt unmittelbar zu genau denselben Gleichungen, zu deren Entwickelung Herr Grunert über fünf Seiten des grössten Lexiconoctav-Formates braucht. Dieselbe enorme Weitschweifigkeit kehrt bei der Ebene wieder, wo gleichfalls nach fünf Seiten Rechnung nichts weiter herauskommt, als was man unmittelbar durch Coordinatentransformation in ebensoviel Zeilen findet. Auch bei den Differentialformeln, welche zur Bestimmung der Tangenten, Krümmungshalbmesser etc. dienen, sowie bei den Integralformeln für die Quadratur, Rectification etc. bestätigt sich des Verfassers Behauptung nicht; in Cap. X, §. 1 werden z. B. drei Seiten an die Entwickelung der Formel

$$s = \int d\varphi \sqrt{r^2 + \left(\frac{dr}{d\varphi}\right)^2}$$

verschwendet, während man aus $ds^2 = dx^2 + dy^2$ durch Substitution von

$x = r \cos\varphi$, $y = r \sin\varphi$ unmittelbar $ds^2 = (r\,d\varphi)^2 + dr^2$ und damit sofort die obige Formel erhält. Nach diesen Erfahrungen müssen wir die Behauptung, dass der Weg der Transformation mühevoll und dornig sei, als einen starken Irrthum bezeichnen; jene „Dornen" dürften nur dem gefährlich sein, der mit einer gewissen Ungeschicklichkeit auf dem Felde des Calcüls herumtappt; der Gewandte merkt gar nichts davon. — Diesen allgemeinen Erörterungen, deren Gesammtresultat in den zwei Worten besteht, dass die ganze Grundidee des Buches keine glückliche ist, lassen wir eine genauere Angabe des Inhaltes folgen, um daran noch einige Bemerkungen zu knüpfen.

Das erste Capitel enthält die allgemeine Betrachtung des ebenen und räumlichen Polarcoordinatensystems, und lehrt die Transformation der rechtwinkligen Coordinaten in polare, sowie den Uebergang von einem Polarcoordinatensysteme zum anderen. Die bei Herrn Grunert nun einmal unvermeidliche Breite der Darstellung abgerechnet, haben wir an dieser Partie des Buches nichts auszusetzen und halten sie überhaupt für die beste. In Cap. II wird zunächt die Polargleichung der Geraden in der Ebene entwickelt, nämlich

$$r = \frac{a \sin\mu}{\sin(\mu - \varphi)},$$

was man einfacher aus $y = A(x - a)$ durch Substitution der Werthe $x = r\cos\varphi$, $y = r\sin\varphi$, $A = \tan\mu$ haben kann, und dann folgt eine Reihe von Aufgaben, wie z. B. die Polargleichung einer Geraden zu finden, welche zwei durch Polarcoordinaten bestimmte Punkte verbindet; die Polarcoordinaten des Durchschnitts zweier Geraden zu finden, deren Polargleichungen gegeben sind etc. Aufgaben dieser Art giebt man gewöhnlich einem Studenten, der im ersten Semester analytische Geometrie gehört hat und sich am Ende desselben um ein Stipendium bewirbt, welches nur nach Bestehung eines kleinen Examens ertheilt wird; man giebt gerade diese Aufgaben, weil sie nur die Seitenstücke der entsprechenden Aufgaben der analytischen Geometrie des Parallelsystems sind und ihre Lösung ebendesswegen kein sonderliches Talent erfordert. Dergleichen Unbedeutendheiten lässt man aber nicht *in extenso* drucken, die Angabe des Resultats genügt, die Herleitung überlässt man dem Leser. — Noch weniger hat sich Referent mit Cap. III befreunden können. Wenn man bei Vorlesungen über analytische Geometrie auf die Theorie der geraden Linie einen kleinen Excurs über die merkwürdigen Punkte des Dreiecks, das vollständige Viereck etc. folgen lässt, so will man damit keine besonders werthvollen Beweise längst bekannter Sätze geben, sondern nur an einigen Uebungsbeispielen zeigen, wie die analytische Geometrie in solchen Fällen rechnet. Dieser Calcül ist so einförmig (es handelt sich fast immer nur um Gerade durch zwei Punkte oder um die Durchschnitte von Geraden), dass wenige Beispiele ausreichen und später nur die Resultate angegeben zu werden brauchen, etwa mit demjenigen Maass der Kürze, wie es z. B. Referent auf Seite 318 und 319 des vorigen Jahrgangs eingehalten hat. Für Polarcoordinaten bleibt der Calcül seiner Art nach derselbe und jeder, der mit rechtwinkligen Coordinaten rechnen gelernt hat, wird sich binnen wenigen Minuten auch an den Umgang mit Polarcoordinaten gewöhnen; kann er das nicht, so ist er überhaupt nicht zum Mathematiker geboren und mag dann seine analytischen Studien aufgeben. Referent findet es daher sehr überflüssig, dass in Cap. III. die merkwürdigen Punkte des Dreiecks in aller Breite mit Polarcoordinaten behandelt werden; dass aber in §. 6 nicht weniger als $8\frac{1}{2}$ Seiten zum Beweise des Pascal'schen Satzes vom Sehnensechseck im Kreise benutzt sind, hält Referent für eine Papierverschwendung. — Die beiden folgenden Capitel enthalten die Theorie der Geraden im Raume und die Theorie der Ebene; von der Umständlichkeit, womit hier der Verfasser zu Werke geht, haben wir anfangs schon ein paar Proben gegeben, die wohl abschreckend genug sein dürften.

Cap. VI beschäftigt sich mit den Tangenten und Normalen an Curven sowohl einfacher als doppelter Krümmung; als Beispiele dienen ein paar Spiralen, die Lemniscate (natürlich wird ihre Gleichung erst entwickelt und discutirt, als wenn Niemand wüsste, was eine Lemniscate ist) und die Schraubenlinie. Am Ende dieses Capitels findet sich eine Anmerkung, die wir unseren Lesern nicht vorenthalten können, nämlich: „Es würde hier der schicklichste Ort sein, von der Concavität und Convexität, den Wendungspunkten etc. der Curven zu handeln. Bei der Darstellung dieses Gegenstandes würde es aber, wie ich mich überzeugt habe, der Kürze wegen am besten sein, auf rechtwinklige Coordinaten zurückzugehen und ich würde dadurch in die Nothwendigkeit gesetzt werden, ganz bekannte Dinge, die man in jedem Lehrbuche findet, zu wiederholen. Ich ziehe es daher vor, im Folgenden bloss die Formeln anzugeben, durch welche y, $\frac{dy}{dx}$, $\frac{d^2y}{dx^2}$ .... durch r, $\frac{dr}{d\varphi}$, $\frac{d^2r}{d\varphi^2}$ ... ausgedrückt werden." Die betreffenden Formeln sind nämlich, wenn man die Differentialquotienten von y mit y', y'' ... und die von r mit r', r'' ... bezeichnet:

$$x = r\cos\varphi,\quad y = r\sin\varphi,$$

$$y' = -\frac{r\cos\varphi + r'\sin\varphi}{r\sin\varphi - r'\cos\varphi},$$

$$y'' = -\frac{r^2 + 2r'^2 - rr''}{(r\sin\varphi - r'\cos\varphi)^3},$$

und gehören gleichfalls unter „die ganz bekannten Dinge", die in allen Lehrbüchern stehen. Jene Anmerkung ist aber besonders desswegen interessant, weil der Verfasser dadurch in Zwiespalt mit sich selber geräth. Von zwei verschiedenen Principien kann man doch nur eines durchführen; soll die polare analytische Geometrie ihre Unabhängigkeit vom rechtwinkligen

Coordinatensystem, soll „die neue Wissenschaft (!!) ihren eigenthümlichen Werth" behalten, so müssen auch die Wendepunkte etc. polar behandelt werden und sollte es 10 Seiten Formeln kosten (die doch Herrn Grunert gewiss keine Mühe verursachen werden); kommt es aber auf möglichste Kürze an, so waren auch mindestens Neun Zehntel aller vorigen Entwickelungen überflüssig. Um z. B. die Polargleichung der Tangente am Punkte $xy = r\varphi$ zu erhalten, braucht man nur in die Gleichung

$$Y - y = y'(X - x)$$

die obigen Werthe nebst $X = R \cos \Phi$, $Y = R \sin \Phi$ zu substituiren und nach R aufzulösen; das Resultat ist

$$R = \frac{r^2}{(r \sin \varphi - r' \cos \varphi) \sin \Phi + (r \cos \varphi + r' \sin \varphi) \cos \Phi}$$

und der Weg weit kürzer als Herrn Grunert's Entwickelung auf Seite 141 und 142. — Der eigentliche Grund, warum die Untersuchung über ausgezeichnete Punkte der Curven bei polaren Coordinaten so weitläufig wird, liegt darin, dass der zweite und nöthigenfalls noch weitere Differentialquotienten von y in Betracht zu ziehen sind, welche aber, wie schon y'' zeigt, immer complicirter werden. Der eigenthümliche Werth der neuen Wissenschaft geht also nur bis zum ersten Differentialquotienten. — —

Da es der Verfasser schon zu weitläufig findet, den in Polarcoordinaten ausgedrückten Werth von y'' zu discutiren (die Wendepunkte aufzusuchen), so sollte man consequenter Weise erwarten, dass der noch complicirtere Ausdruck für den Krümmungshalbmesser gleichfalls nicht direct entwickelt, sondern aus der Formel

$$R = \frac{\sqrt{(1 + y'^2)^3}}{y''}$$

durch Substitution der obigen Werthe von y' und y'' abgeleitet würde, denn das ist jedenfalls das Kürzeste; aber nein, hier wird Herr Grunert dem Principe der Kürze wieder untreu und kehrt zu seiner gewöhnlichen Weitschweifigkeit zurück, um mittelst des Taylor'schen Satzes den Krümmungshalbmesser zu bestimmen. Unter allen langen Wegen ist diess der längste; kürzer war es, wenn nun einmal eine directe Entwickelung gegeben werden musste, den Krümmungsmittelpunkt als den Grenzpunkt des Durchschnittes zweier benachbarter Normalen zu betrachten, und damit wenigstens den Taylor'schen Satz zu sparen. Gleich darauf bei den Krümmungshalbmessern der Raumcurven geschieht aber das noch Merkwürdigere, dass der Verfasser beiden erwähnten Principien zugleich den Rücken kehrt. Er benutzt wieder, um ja nicht zu kurz zu sein, den Taylor'schen Satz und zwar zur Bestimmung des Krümmungshalbmessers für rechtwinklige Coordinaten und drückt dann letztere durch polare Coordinaten aus. Wo bleibt denn da der selbstständige Werth der neuen Wissenschaft? Der Verfasser bemerkt zwar, diese rechtwinkligen Coordinaten seien nur „Hilfsgrössen", aber mit dieser Redensart wird sich Niemand täuschen lassen;

das Verfahren ist und bleibt doch nichts anderes, als ein ganz ordinärer Uebergang von dem einen Systeme zum anderen, d. h. gerade Das, was der Verfasser in der Vorrede verwirft.. Mit einem Worte, „die neue Wissenschaft“ macht an dieser Stelle Bankerott.

Cap. VIII beginnt mit einer mehr als fünf Seiten langen Entwickelung der Polargleichung der Berührungsebene für eine gegebene Fläche, wobei wieder der unvermeidliche Rest der Taylor'schen Reihe vorkommt. Man sieht gerade an dieser ganzen Exposition wie Herr Grunert ohne alle geometrische Anschauung und Klarheit wüst in's Gelag hinein rechnet; die Berührungsebene erklärt er für diejenige, bei welcher die mit $\Delta\varphi$ und $\Delta\psi$ behafteten Glieder verschwinden, während es doch viel einfacher und anschaulicher ist, die berührende Ebene auf dieselbe Weise aus der schneidenden Ebene entstehen zu lassen, wie die Tangente aus der Secante. Stellt man die Polargleichung der Ebene in der Form

$$A\cos\Phi\cos\Psi + B\sin\Phi\cos\Psi + C\sin\Psi = \frac{1}{R}$$

dar und lässt sie durch diejenigen drei Punkte der Fläche gehen, deren Polarcoordinaten sind

$$\begin{array}{ccc} \varphi, & \psi, & r, \\ \varphi + \Delta\varphi, & \psi, & r + \left(\frac{\Delta r}{\Delta\varphi}\right)\Delta\varphi, \\ \varphi, & \psi + \Delta\psi, & r + \left(\frac{\Delta r}{\Delta\psi}\right)\Delta\psi, \end{array}$$

so hat man drei Gleichungen ersten Grades zur Bestimmung von A, B, C; durch Uebergang zur Grenze für verschwindende $\Delta\varphi$, $\Delta\psi$, Δr gelangt man nachher sofort zur Gleichung der Berührungsebene mit ungefähr dem fünften Theile des Rechnungsaufwandes.

Wozu der Verfasser Cap. IX aufgenommen hat, ist uns nicht klar geworden. Der Hauptsache nach steht eigentlich nur die Lehre von der Krümmung der Flächen darin (z. B. der Euler'sche Satz), welche auf die gewöhnliche Weise d. h. mit rechtwinkligen Coordinaten behandelt ist; erst im letzten Paragraphen werden die Formeln entwickelt, mittelst deren

$$\frac{\partial z}{\partial x}, \frac{\partial z}{\partial y}, \frac{\partial^2 z}{\partial x^2}, \frac{\partial^2 z}{\partial x\,\partial y}, \frac{\partial^2 z}{\partial y^2}, \text{ und dergl.}$$

durch

$$\frac{\partial r}{\partial\varphi}, \frac{\partial r}{\partial\psi}, \frac{\partial^2 r}{\partial\varphi^2}, \frac{\partial^2 r}{\partial\varphi\,\partial\psi}, \frac{\partial^2 r}{\partial\psi^2} \text{ etc.}$$

ausgedrückt, mithin die als „Hilfsgrössen“ benutzten rechtwinkligen Coordinaten herausgeschafft werden könnten, wenn es jemand nöthig fände. Es scheint Herrn Grunert nicht eingefallen zu sein, dass dieses Capitel keinen selbstständigen Werth hat und dass die Entwickelung der Krümmungsgesetze unter jene bekannten Dinge gehört, die in allen Lehrbüchern anzutreffen sind. Auch die fünf Seiten lange und langweilige Rechnung um

$$\frac{\partial f(x,y,z,)}{\partial x}, \frac{\partial f(x,y,z)}{\partial y}, \frac{\partial f(x,y,z)}{\partial z} \text{ etc.}$$

durch

$$\frac{\partial f(r,\varphi,\psi,)}{\partial r}, \frac{\partial f(r,\varphi,\psi)}{\partial \varphi}, \frac{\partial f(r,\varphi,\psi)}{\partial \psi} \text{ etc.}$$

auszudrücken, konnte entweder ganz wegbleiben oder musste wenigstens auf einem weit geringeren Raum zusammengedrängt werden, denn in allen bessern Lehrbüchern der Differentialrechnung ist unter dem Capitel „Vertauschung der unabhängigen Variabelen" hinreichend gezeigt, wie solche Umrechnungen zu bewerkstelligen sind. (S. z. B. Navier's Lehrbuch der Differential- und Integralrechnung übers. v. Dr. Wittstein, 2. Aufl. § 78.)

Die letzten drei Capitel (X., XI. und XII.) beschäftigen sich mit der Rectification und Quadratur der Curven, Complanation der Flächen und Cubatur begränzter Räume. Auch hier findet man nichts weiter als jene weltbekannten Formeln und Beispiele, wie sie jedes Lehrbuch angiebt; mit welcher Umständlichkeit aber Herr Grunert auch hier wieder zu Werke geht, davon wollen wir wenigstens eine Probe anführen. Wer einmal weiss, dass in Beziehung auf rechtwinklige Coordinaten

$$ds^2 = dx^2 + dy^2 + dz^2$$

der wird, wenn er überhaupt höhere Analysis versteht, sogleich die Integralformeln für die drei möglichen Fälle, dass entweder x, oder y, oder z als unabhängige Variabele gilt, hinschreiben können, nämlich entweder

$$s = \int dx \sqrt{1 + \left(\frac{dy}{dx}\right)^2 + \left(\frac{dz}{dx}\right)^2}$$

oder

$$s = \int dy \sqrt{\left(\frac{dx}{dy}\right)^2 + 1 + \left(\frac{dz}{dy}\right)^2}$$

u. s. w. Ebenso verhält es sich bei Polarcoordinaten; man entwickelt ein für allemal die Formel

$$ds^2 = r^2 \cos^2\psi \, d\varphi^2 + r^2 d\psi^2 + dr^2$$

und gestaltet die daraus folgende Integralformel jenachdem man r, φ oder ψ als unabhängige Variabele betrachtet. Der Verfasser dagegen hält es für nöthig, jede der drei möglichen Formeln

$$ds = d\varphi \sqrt{r^2 \cos^2\psi + r^2 \left(\frac{d\psi}{d\varphi}\right)^2 + \left(\frac{dr}{d\varphi}\right)^2},$$

$$ds = d\psi \sqrt{r^2 \cos^2\psi \left(\frac{d\varphi}{d\psi}\right)^2 + r^2 + \left(\frac{dr}{d\psi}\right)^2},$$

$$ds = dr \sqrt{r^2 \cos^2\psi \left(\frac{d\varphi}{dr}\right)^2 + r^2 \left(\frac{d\psi}{dr}\right)^2 + 1}$$

besonders durch eine Grenzenbetrachtnng abzuleiten ohne zu bemerken, dass diese drei verschiedenen Grenzenbetrachtungen der Sache nach identisch sind. Es hätte nur gefehlt, dass der Verfasser den noch übrigen Fall besonders erörtert hätte, wo r, φ und ψ durch eine vierte Variabele ω ausgedrückt sind (wie z. B. bei der Cycloide die Coordinaten durch den Wälzungswinkel), und dann consequenter Weise eine vierte Grenzenbetrachtung für die Formel

$$ds = d\omega \sqrt{r^2 \cos^2 \psi \left(\frac{d\varphi}{d\omega}\right)^2 + r^2 \left(\frac{d\psi}{d\omega}\right)^2 + \left(\frac{dr}{d\omega}\right)^2}$$

zum Besten gegeben hätte.

Sollen wir endlich unser Urtheil über das ganze Werk zusammenfassen, so müssen wir gestehen, dass uns unter Büchern von gleichem Volumen selten ein unnützeres vorgekommen ist. Eine kleine, auf 1 bis 2 Bogen beschränkte Sammlung der resultirenden Formeln (nur hie und und da mit kurzer Andeutung ihrer küzzesten Herleitung) würden wir als ein ganz brauchbares Werkchen bezeichnet haben und dieses wäre vielleicht Geodäten, Astronomen, überhaupt Allen, die das polare Coordinaten-System öfter anwenden, sehr willkommen gewesen; in seiner widerlich breiten Ausführlichkeit aber halten wir das Werk für gänzlich verfehlt. Die Herren Malmsten und Svanberg, denen dieses neue *opus* gewidmet ist, dürften daran keine besondere Freude haben; Herr Cauchy aber, an welchen sich die Vorrede zum Theil wendet, wird jedenfalls denken „Herr Grunert mag Mancherlei von mir profitirt haben, Eines jedoch hätte er vor Allem von mir lernen sollen, nämlich concise Darstellung.“

Schlömilch.

Neue Theoreme zur Lehre von den bestimmten Integralen. Von Dr. Anton Winckler, Professor a. d. k. k. techn. Lehranstalt zu Brünn. Bes. abgedr. aus dem Julihefte des Jahrg. 1856 der Sitzungsberichte der kais. Akad. d. Wissensch. zu Wien.

Wenn schon jeder grössere Beitrag zu den zahlreichen einzelnen Theilen der Lehre von den bestimmten Integralen mit Dank anerkannt werden muss, so gilt diess in noch höherem Gerade von solchen Arbeiten, wodurch nicht nur die Menge der Resultate vermehrt, sondern auch gleichzeitig eine Verallgemeinerung herbeigeführt wird, in Folge deren eine Reihe isolirt stehender Wahrheiten auf eine gemeinschaftliche Quelle zurückgeführt wird und in wenigen allgemeinen Theoremen ihren gemeinsamen Ausdruck findet. Von diesem Gesichtspunkte ausgehend müssen wir das vorliegende Schriftchen als eine sehr tüchtige Arbeit bezeichnen, die sich den früheren Abhandlungen des Verfassers (Crelle's Journal Bd. 45 u. 50) würdig zur Seite stellt. Der Inhalt ist folgender.

In §. 1 entwickelt der Verfasser die Formel

$$\int_{\alpha}^{\beta}\frac{dx}{\psi(x)}\Big\{F(x,b)-F(x,a)\Big\}=\int_{a}^{b}\frac{dy}{\varphi(y)}\Big\{F(\beta,y)-F(\alpha,y)\Big\}$$

welche unter der Bedingung gilt, dass die Funktion $F(x,y)$ unter der Form

$$F(x,y)=f\left(\int\frac{dx}{\psi(x)}+\int\frac{dy}{\varphi(y)}\right)$$

enthalten ist. Nimmt man hierin beispielweis $\psi(x)=x$, $\varphi(y)=y$, $F(x,y)=e^{-xy}$, wodurch der letzten Bedingung genügt wird, so erhält man für $\beta=\infty$ und $\alpha=0$

$$\int_{0}^{\infty}\frac{dx}{x}\left(e^{-bx}-e^{-ax}\right)=\int_{a}^{b}\frac{dy}{y}(-1)=l\left(\frac{a}{b}\right),$$

wie schon bekannt ist; der Verfasser erweitert aber diese Resultate in §. 2 durch Einführung complexer Zahlen. Der nächste Paragraph enthält wieder ein allgemeines Theorem, welches sich auf die homogenen Funktionen, deren Differentialquotienten und Integrale bezieht. Bezeichnet nämlich $\Theta(x,y,z\ldots)$ eine homogene Funktion $n$ten Grades zwischen m Variabelen $x, y, z\ldots$, so gilt bekanntlich die Euler'sche Gleichung

$$x\frac{\partial\Theta}{\partial x}+y\frac{\partial\Theta}{\partial y}+z\frac{\partial\Theta}{\partial z}+\ldots=n\Theta,$$

worin alle Differentialquotienten partielle sind; diese Gleichung verallgemeinert der Verfasser, indem er zeigt, dass hiernach einer beliebigen Funktion von Θ die folgende Eigenschaft zukommt:

$$\frac{\partial[x\,F(\Theta)]}{\partial x}+\frac{\partial[y\,F(\Theta)]}{\partial y}+\frac{\partial[z\,F(\Theta)]}{\partial z}+\ldots$$
$$=n\Theta\frac{\partial F(\Theta)}{\partial\Theta}+m\,F(\Theta)=n\frac{\partial[\Theta\,F(\Theta)]}{\partial\Theta}+(m-n)\,F(\Theta).$$

Durch Combination dieses und des vorigen Theoremes gelangt der Verfasser zu zahlreichen mehr oder weniger allgemeinen Formeln zur Umwandlung bestimmter Integrale. Bezeichnet man z. B. die Werthe, welche $t\,F(t)$ für $t=0$ und für $t=\infty$ erhält, mit resp. T_0 und T_∞, so ist

$$\int_{0}^{\infty}dx\,[b\,F(bx)-a\,F(ax)]=(T_\infty-T_0)\,l\left(\frac{b}{a}\right),$$

$$\int_{0}^{\infty}\frac{dx}{x}[b\,F(bx)-a\,F(ax)]=(b-a)\int_{0}^{\infty}\frac{dt}{t^2}[t\,F(t)-T_0]$$

Nach Erledigung dieser allgemeinen Sätze wendet sich die Untersuchung einem specielleren Gegenstande zu nämlich den Euler'schen Integralen. Gestützt auf das Vorige gelingt es hier dem Verfasser, den bekannten Gauss'schen Satz

$$\Gamma(k)\,\Gamma\!\left(k+\frac{1}{m}\right)\Gamma\!\left(k+\frac{2}{m}\right)\ldots\Gamma\!\left(k+\frac{m-1}{m}\right)=(2\pi)^{\frac{1}{2}(m-1)}\,m^{\frac{1}{2}-km}\,\Gamma(km)$$

auf elegante Weise zu verallgemeinern; das betreffende Theorem lautet: Bezeichnen a, b, k beliebige Grössen und m, n ganze positive Zahlen, welche der Bedingung $a : b = m : n$ genügen, so ist allgemein

$$\frac{\Gamma\!\left(\frac{k}{a}\right)\Gamma\!\left(\frac{k+b}{a}\right)\Gamma\!\left(\frac{k+2b}{a}\right)\ldots\Gamma\!\left(\frac{k+(m-1)b}{a}\right)}{\Gamma\!\left(\frac{k}{b}\right)\Gamma\!\left(\frac{k+a}{b}\right)\Gamma\!\left(\frac{k+2a}{b}\right)\ldots\Gamma\!\left(\frac{k+(n-1)a}{b}\right)}=(2\pi)^{\frac{m-n}{2}}\left(\frac{b}{a}\right)^{\frac{m}{a}k+\frac{na-(m+n)}{2}}.$$

Der Gauss'sche Satz folgt hieraus, wenn $a = m$, $b = n = 1$ gesetzt und ka für k geschrieben wird.

Hieran knüpft sich die Untersuchung der Gammafunktionen mit complexen Argumenten. Für $p = q + r\sqrt{-1} = q + ri$ geht nämlich die Gleichung

$$\Gamma(p) = \int_0^\infty z^{p-1}\,e^{-z}\,dz$$

über in

$$\Gamma(q+ri) = \int_0^\infty z^{q-1}\,[\cos(r\,lz) + i \sin(r\,lz)]\,e^{-z}\,dz$$

oder nach Substitution von $z = e^x$

$$\Gamma(q+ir) = \int_{-\infty}^{\infty} e^{qx-e^x}\cos rx\,dx + i\int_{-\infty}^{\infty} e^{qx-e^x}\sin rx\,dx;$$

die Integrale rechter Hand bezeichnet der Verfasser mit u und v, setzt

$$u^2 + v^2 = \Pi(q, r), \qquad \frac{v}{u} = \Theta(q, r),$$

und zeigt nun, dass die Funktionen Π, Θ viele Eigenschaften mit Γ gemein haben. Namentlich für $\Pi(q, r)$, welches bei verschwindenden r mit $[\Gamma(q)]^2$ identisch wird, geht diese Analogie sehr weit; so existirt z. B. ein dem obigen erweiterten Gauss'schen Satze entsprechendes Multiplicationstheorem für Π, wovon u. A. die Gleichung

$$\Pi\!\left(\frac{1}{m}, r\right)\Pi\!\left(\frac{2}{m}, r\right)\ldots\Pi\!\left(\frac{m-1}{m}, r\right) = (2\pi)^{m-1}\,\frac{e^{r\pi}-e^{r\pi}}{e^{mr\pi}-e^{mr\pi}}$$

ein bemerkenswerther specieller Fall ist.

Referent schliesst diese Anzeige mit dem Bekenntniss, dass ihm die Lectüre der genannten Schrift ebensoviel Vergnügen als Belehrung gewährt hat, und mit dem Wunsche, dass dem Verfasser zu weiteren Untersuchungen auf diesem Gebiete die nöthige Musse nicht fehlen möge.

SCHLÖMILCH.

Lehrbücher und Beispielsammlungen für den mathematischen Elementarunterricht. (Fortsetzung.)

3) Lehrbuch der Elementar-Geometrie für den Schul- und Selbstunterricht von August Beyer, Prof. am Gymnasium zu Neustettin. (Erste Abtheilung, 140 S. 8. Berlin, Oehmigke's Verl.)

Der Herr Verfasser hat, wie er selbst bemerkt, „lange den Wunsch gehegt, statt des bisher gebrauchten „Leitfadens von Mathias" ein passenderes Lehrbuch beim Unterrichte am dortigen Gymnasium zu benutzen. Nach genauerer Prüfung der in neuerer Zeit erschienenen Lehrbücher konnte keinem (von den so vielen!) derselben, namentlich in den Elementen der Geometrie und Arithmetik, ein entschiedener Vorzug gegeben werden, aus welchem Grunde er sich nach langem Widerstreben entschloss, ein neues Lehrbuch der Mathematik zu schreiben." Wie das Lehrbuch, welches der Herr Verfasser für passend erklärt haben würde, hätte beschaffen sein sollen, ist nicht weiter bemerkt; Referent muss es verwundern, dass auch nicht ein einziges Lehrbuch Gnade gefunden hat; oder ist etwa ein Haupterforderniss dabei gewesen, dass ein solches Lehrbuch, wie der Herr Verfasser von dem seinigen behauptet, die Elemente der Geometrie in einer auch dem elfjährigen Knaben verständlichen Sprache darstelle? Dann möchte der Herr Verfasser beispielsweise den Beweis für den in §. 47 seines Lehrbuchs gegebenen Lehrsatz (durch welchen, beiläufig bemerkt, das bekannte 11. Axiom des Euklides, oder ein dasselbe vertretendes überflüssig gemacht und umgangen werden soll) noch einmal prüfen, ob derselbe für einen elfjährigen Knaben klar und verständlich ist.

Die vorliegende erste Abtheilung des Lehrbuchs der Elementargeometrie enthält die Eigenschaften der ebenen Figuren, ihrer Winkel und Seiten sowie die Congruenz derselben. In der zweiten Abtheilung sollen die Verhältnisse und Proportionen, die Aehnlichkeit, Gleichheit und Ausmessung der Figuren abgehandelt werden.

---

4) Geometrische Uebungen von Dr. Friedr. Ed. Thieme, Oberlehrer am Gymnasium mit Realschule zu Plauen. (Erstes Heft, 44 S. 8. Plauen, Verl. v. Schröter.)

Die vielfach bestätigte Erfahrung, dass Uebungsaufgaben, welche vom Schüler selbst gelöst werden, ein vorzügliches Mittel zur Erlernung der betreffenden Disciplin sind, hat den Herrn Verfasser bestimmt, eine Reihe geometrischer Aufgaben zunächst für den Gebrauch an den beiden in Plauen befindlichen Lehranstalten zusammenzustellen. Um dieselben auch für eine allgemeinere Verwendung geeigneter zu machen und von einem besondern Lehrbuche oder Cursus unabhängig zu lassen, hat er die zur Lösung nöthigen Sätze über jeden Abschnitte von Aufgaben angegeben. Das vorliegende erste Heft enthält sowohl rein geometrische Aufgaben (gegen 140), als auch Aufgaben in eingekleideter Form der Praxis entnommen (gegen 30), welche sich sämmtlich auf die Gleichheit und Ungleichheit grader Linien und Winkel in gradlinigen Figuren beziehen. Wird diese Aufgabensammlung auch bezüglich der übrigen Abschnitte der Geometrie mit derselben oder nur annähernden Auswahl und Reichhaltigkeit fortgesetzt, so dürfte diese Sammlung schliesslich eine der umfänglichsten und reichhaltigsten ihrer Art werden.

---

4) Lehrbuch der Geometrie für den Schul- und Selbstunterricht bearbeitet von Dr. Fr. Reuter, ord. Lehrer an der grossen Stadtschule zu Wismar. I. Theil. Planimetrie. (104 S. 8. Wismar u. Ludwigslust, Verl. Hinstorff'sche Hofbuchhandlung. Preis 12 Sgr.)

Ein kurzgefasster Lehrgang der Geometrie mit eingeschalteten Uebungsaufgaben, wie er gewöhnlich und in vielen andern Lehrbüchern angetroffen wird. Namentlich ist, wie auch in der Vorrede bemerkt, der „Leitfaden für einen heuristischen Unterricht von Mathias“ zum Grunde gelegt, und dessen Anordnung aus Rücksichten der Schule, an welcher der Herr Verfasser thätig ist, beibehalten worden. Dem eigentlichen wissenschaftlichen Cursus ist eine Einleitung (12 Seiten) vorausgeschickt, in welcher einmal eine Art Anschauungsunterricht bezweckt, sodann eine kurze Anleitung zum Gebrauch des Zirkels und Lineals gegeben wird.

Der Mond, ein Ueberblick über den gegenwärtigen Umfang und Standpunkt unserer Kenntnisse von der Oberflächengestaltung und Physik dieses Weltkörpers von J. F. Jul. Schmidt, Astronomen der Sternwarte des Prälaten etc. von Unkrechtsberg zu Olmütz (164 S. gr. 8. mit 2 farbigen Steindrucktafeln und mehreren Holzschnitten, Leipzig, Verl. v. J. A. Barth 1856. 1⅓ Thlr.

Bei der grossen Masse angeblich populärer Schriften über allerlei Gegenstände und Zweige der Naturwissenschaften, womit zwar der Büchermarkt reichlich ausgestattet, der Verbreitung wahrer Wissenschaft indess wenig genützt ist, verdient eine Schrift wie die vorliegende als ein erfreuliches Zeichen und Zeugniss echter Wissenschaftlichkeit besonders hervorgehoben zu werden. Ist einerseits der Herr Verfasser derselben mit vielem Erfolg bemüht gewesen in Darstellung und Ausdruck allgemein verständlich zu sein und somit auch dem Laien in der Astronomie ein klares Bild von dem zu geben, was bis jetzt über das uns nächststehende Gestirn bekannt ist und bekannt zu werden in Aussicht steht; so hat er auch andererseits den Standpunkt der strengen Wissenschaft in der Angabe von Resultaten nie verlassen und sich nicht auf Kosten der Wahrheit in haltlosen Hypothesen ergangen oder in eine überflüssige Conjecturalphysik und Philosophie eingelassen, deren Ausbeutungen zwar eine Darstellung über diesen Gegenstand recht pikant, von wissenschaftlichem Gesichtspunkte aber völlig werthlos machen. Die Schrift, der Vorläufer eines grösseren selenographischen Werkes, ist sowohl für den Liebhaber der Astronomie als auch für den Geologen insbesondere und sodann für jeden wirklich Gebildeten bestimmt und trägt sowohl das Gepräge einer streng wissenschaftlichen Arbeit als auch die Form echt populärer Darstellung, wie sie von Meistern der Wissenschaft geliefert zu werden pflegen.

Um über die physische Natur des Mondes, soweit dies für uns möglich ist, mehr Aufschluss zu erhalten, betrachtet der Herr Verfasser die Configuration der Mondoberfläche, von welcher er dabei ein treues Bild entwirft auch durch graphische Darstellung zum Theil noch näher legt, ausser vom astronomischen auch vom geologischen Standpunkte aus, giebt Gesichtspunkte für die Vergleichung der Mondoberfläche mit der unserer Erde an, stellt darnach Vergleichungen selbst an und sucht, soweit es wissenschaftlich zulässig ist, auf die gemeinsamen Kräfte zurückzuschliessen, welche anscheinend gemeinsame Wirkungen auf beiden Weltkörpern hervorgebracht haben. Wenn auch die Resultate in letzterer Beziehung (m. vergl. die Schlussbemerkungen S. 107) noch dürftig und grösstentheils negativ ausfallen, so sind doch die Untersuchungen darüber noch keineswegs geschlossen, vielmehr deutet der Herr Verfasser die Wege an, auf denen die Kenntniss über die Beschaffenheit des Mondes ergänzt werden kann, und welche natürlicher Weise im Allgemeinen keine andern sind als die der Beobachtung: freilich mühsamern und phantastischen Gemüthern weniger zusagende Aussichten, als es etwa die Fabrikation einerseits und die Anhörung andererseits irgend eines Märchens von Mondmenschen oder andern dergleichen Albernheiten ist. Um einem gewissen Hange des Menschen, mit seinen Gedanken über irdische Grenzen hinauszuschweifen und ausserirdischen Gegenständen irdische Verhältnisse anzupassen, einigermaassen Rechnung zu tragen und doch der Würde der Wissenschaft nichts zu vergeben, hat der Herr Verfasser im Anfange die Frage und die Meinungen über lebende Wesen auf dem Monde und auf den Planeten vom Standpunkte der Wissenschaft aus kritisch beleuchtet: ein Aufsatz, der allein das Studium der Schrift auch in weitern Kreisen recht wünschenswerth macht. In dem letzten Abschnitte giebt er noch eine wirklich poetische und doch den Resultaten der Wissenschaft wahrhaft entsprechende Schilderung eines Tages und einer Nacht auf dem Monde, sowie dessen, was bei diesem Wechsel von irdischen Augen erblickt und empfunden werden könnte. „So“, schliesst der Herr Verfasser, „der Traum von einem Tage und einer Nacht auf dem Monde, von dem erwachend man fühlt, dass seine einfache und würdige Darstellung nicht ohne erhebende Anregung und einige Belehrung sei. Märchen aber und Fabeln vom Monde erzähle ein Anderer.“

Bibliographie

vom 1. December 1856 bis 31. März 1857.

Periodische Schriften.

Sitzungsberichte der kaiserl. Akademie der Wissenschaften. Mathematisch-naturwissenschaftl. Classe XXII. Bd. 2. Lex.-8. In Comm. Wien, Gerold's Sohn. 2 Thlr.

Archiv der Mathematik u. Physik mit besonderer Rücksicht auf die Bedürfnisse der Lehrer an höheren Unterrichtsanstalten. Herausgegeben v. Prof. Joh. Aug. Grunert. 4. Hefte. Mit Steindruckt. Lex.-8. Greifswald, Koch's Verl. 3 Thlr.

Reine Mathematik.

Richter, E. H. Lehrbuch der Mathematik. 2. Thl. A. u. d. T. Lehrbuch der Aehnlichkeitslehre und der Flächenraumlehre. gr. 8. 1856. Frankfurt a. O., Harnecker & Co. 16 Ngr.

Heger, J. Auflösungsmethode für algebraische Buchstabengleichungen mit einer einzigen unabhängigen Buchstabengrösse. gr. 4. 1856. In Comm. Geh. Wien, Gerold's Sohn. 1⅔ Thlr.

Haller von Hallerstein, F. Lehrbuch der Elementar-Mathematik. 3. Aufl. gr. 8. Geh. Berlin, Nauck & Co. 2⅔ Thlr.

Teirich, V. Lehrbuch der Algebra. 2. Aufl. 1. Hälfte. gr. 8. 1856. Geh. Wien, Seidel. pro clpt. 1⅓ Thlr.

Moçnik. F. Geometria intuitiva per il ginnasio inferiore. Parte 1. Edizione II. gr. 8. Geh. ½ Thlr.

— *Manuale di aritmetica. Tradotto da G. Zampieri. Edizione III. Parte 1.* gr. 8. Geh. Wien, Gerold's Sohn. 18 Ngr.

Angewandte Mathematik.

Fleischhauer und E. Fleischhauer, der praktische Geometer oder Anleitung zur gewerblichen Geometrie. 2. Aufl. 8. Geh. Langensalza, Schulbuchh. d. Thür. L.-V. ½ Thlr.

Dienger, J. Ausgleichung der Beobachtungsfehler nach der Methode der kleinsten Quadratsummen. gr. 8. Geh. Braunschweig, Vieweg & Sohn. 1⅙ Thlr.

Heinen, Fr. Ueber einige Rotations-Apparate, insbesondere den Fesselschen. gr. 8. Geh. Ebendas. ⅔ Thlr.

Klinkerfues, W. Ueber eine neue Methode, die Bahnen der Doppelsterne zu berechnen. Inaugural-Dissertation. 4. (25 S.) Göttingen, 1855. Geh. Vandenhoek & Ruprecht. ⅓ Thlr.

Laur, Civil-Ingen. Prof. J. A., vereinfachte und vervollkommnete praktische Geodäsie zum Gebrauche der Civil- und Militär-Ingenieurs des Brücken- und Wegebaues, des Bergwerkwesens, der Geometer des Katasters etc. Aus dem Französischen übertragen von Hauptmann O. Strubberg. 1. Bd. Mit 8 (lithogr.) Tafeln (in qu. gr. 4. u. qu. Fol.) Autorisirte und vom Verfasser mit einem Anhang über Nivellements, Entwässerungen etc. vermehrte. Uebersetzung der 6. Origin.-Ausg. gr. 8. (XVI. u. 291 S.) Geh. Leipzig, Breitkopf & Härtel. 1¾ Thlr.

Physik.

Du Moncel, Th. Ruhmkorff's Inductions-Apparat und die damit anzustellenden Versuche. Nach dem französischen Original bearbeitet v. C. Bromeis u. J. F. Bockelmann. gr. 8. Geh. Frankfurt a. M. Sauerländer's Verlag. 1 Thlr.

Osann, G. Die Kohlenbatterie in verbesserter Form. Lex.-8. Geh. Erlangen, Enke. ⅙ Thlr.

Hartmann, W. Handbuch, der physischen Geographie. Ein Leitfaden für höhere Schulen etc. gr. 8. Geh. Berlin, Jonas Verlagsbuchh. ⅓ Thlr.

Weiser, J. Anfangsgründe der Physik. 2. Auflage. gr. 8. Geh. 1⅙ Thlr.

— Lehrbuch der Physik. 1. u. 2. Lfg. gr. 8. Geh. pro cplt. Wien, Seidel. 2⅔ Thlr.

Druckfehlerberichtigung.

S. 121, XVI., ist statt Rechteck *AFDBECA* zu lesen: Sechseck *AFDBECA*.

Literaturzeitung.

Recensionen.

Lehrbuch der descriptiven Geometrie; von Dr. B. GUGLER, Professor an der Königl. polytechn. Schule zu Stuttgart. Mit 12 Kupfertafeln in einer Mappe. Zweite, umgearb. Auflage. Stuttgart, Metzler'sche Buchhandlung, 1857.

Es gehört unter die ebenso unbegreiflichen als bedauerlichen Thatsachen, dass sich die Bekanntschaft mit der descriptiven Geometrie, dem liebenswürdigen Schoosskinde der polytechnischen Institute, fast noch gar nicht über die Kreise der Fachschulen und Techniker hinaus erstreckt. Wo ist die deutsche Universität, in deren Lectionskataloge ein Collegium über descriptive Geometrie verzeichnet stünde, und wo sind, in Folge davon, die deutschen Gymnasiallehrer, die sich einer irgendwie erheblichen Fertigkeit in der graphischen Darstellung räumlicher Gebilde rühmen könnten? — Unbegreiflich finden wir diese Thatsache, weil man erwarten sollte, dass eine Wissenschaft, die sich in Strenge, Eleganz u. Anschaulichkeit mit jedem anderen Zweige der Mathematik messen darf, doch auch unter den deutschen Mathematikern zahlreiche Verehrer finden müsste (ganz abgesehen von der Aufmerksamkeit, welche sonst gewöhnlich französischen Arbeiten bei uns geschenkt zu werden pflegt), bedauerlich aber finden wir jene Thatsache, weil man damit den Schülern das beste Mittel zur Ausbildung ihrer stereometrischen Phantasie vorenthält. Während z. B. die Zöglinge polytechnischer Schulen mit Leichtigkeit Zeichnungen auffassen (man könnte sagen „lesen"), ist es sehr gewöhnlich, höhere Verwaltungsbeamte verdutzten Gesichtes vor den einfachsten Entwürfen stehen zu sehen; noch mehr aber tritt diese Schattenseite des stereometrischen Gymnasialunterrichtes bei Medicinern und Naturforschern hervor, für die — namentlich beim Gebrauche des Mikroskops — eine gewandte figürliche Anschauung ganz unerlässlich ist. Man wird vielleicht einwerfen, auf dem Gymnasium sei der Mathematik ein so geringer Spielraum gegönnt, dass zum Unterrichte in der descriptiven Geometrie keine Zeit bleibe; dieser Einwand hätte allerdings seine Bedeutung, wenn es sich um einen so vollständigen

Cursus der descriptiven Geometrie handelte, wie ihn die polytechnischen Institute geben müssen, er verliert aber seine Kraft, sobald man sich auf das Nothwendigste zu beschränken weiss. Als Beweis aber, dass ein solcher Unterricht auch auf dem Gymnasium ausführbar ist, darf Ref. vielleicht seine eigene Erfahrung anführen. Zur Ausfüllung einer im Lehrerpersonal entstandenen Lücke übernahm Ref. an einem Gymnasium einige Stunden in Prima und benutzte dieselben zu einem Cursus der Projectionslehre. Die Aufgabe derselben wurde dahin beschränkt, jeden beliebigen Körper in jeder beliebigen Lage desselben darzustellen, wobei von einer einfachsten Lage (bei einer geraden Pyramide z. B. von ihrer vertikalen Stellung) ausgegangen und jede andere Lage durch successive Drehungen herbeigeführt wurde (§. 68 der Stereometrie des Ref.). Selbstverständlich begannen diese Constructionen mit dem einfachsten Gebilde, der geraden Linie, gingen dann weiter zu ebenen Polygonen und Curven, und schlossen mit der Darstellung von Polyedern, Cylindern und Kegeln. Da es die Zeit erlaubte, konnten noch die Durchschnitte von Körpern mit Ebenen, welche auf der einen oder anderen Projectionsebene senkrecht stehen, sowie die gegenseitigen Durchschnitte von solchen Flächen behandelt werden, deren horizontale Querschnitte entweder gerade Linien oder Kreise sind (Cylinder, Kegel und Kugel). Zu allem Vorgenannten brauchte Referent an Zeit ein Semester mit wöchentlich zwei Stunden. Das darauf folgende Vierteljahr wurde der Perspective gewidmet ganz in der Weise, wie sie Ref. in Cap. XI seiner Stereometrie dargestellt hat. — Diese Thatsache dürfte zu dem Beweise hinreichen, dass schon in kurzer Zeit ein befriedigendes Resultat gewonnen werden kann; wer sich mehr Zeit gönnen darf und vorher in Secunda einen, etwa einstündigen, Cursus des geometrischen Zeichnens durchgenommen hat, der wird ohne Zweifel es noch weiter bringen. Uebrigens finden die Schüler, allgemeiner Erfahrung zufolge, immer viel Geschmack an dieser Beschäftigung, und amüsiren sich gewöhnlich am meisten wenn namentlich bei Durchschnitten von Flächen die Figur ganz anders ausfällt, als sie sich vorher gedacht haben. Gerade in dieser Correctur der falschen Anticipationen der Phantasie liegt aber das Bildende des genannten Unterrichts; die Schüler lernen stereometrisch sehen und sie haben davon einen bleibenderen Nutzen, als wenn sie mit einer algebraisch-geometrischen Behandlung der Kegelschnitte oder gar mit sphärischer Trigonometrie abgequält worden wären.

Ref. hat diese Bemerkungen nicht zurückhalten wollen, weil er hofft, dass sich vielleicht der eine oder andere Gymnasiallehrer dadurch zu einem Versuche in der angedeuteten Richtung bewegen lässt; ist dies aber der Fall, und sucht derselbe nach einem ausführlicheren Lehrbuche der descriptiven Geometrie, so würde ihm Ref. das Gugler'sche Werk als treuen Rathgeber empfehlen. Wir glauben nicht zu viel zu thun, wenn wir dem genannten Buche eine hervorragende Stelle unter den Werken über descriptive Geometrie einräumen, weswegen wir auch den Inhalt etwas genauer angeben wollen.

In Cap. I. werden zunächst die allgemeinen Grundsätze besprochen, welche für die Darstellung durch Parallelprojection maassgebend sind, und zugleich die wenigen stereometrischen Sätze, deren die descriptive Geometrie bedarf, übersichtlich zusammengestellt; daran knüpft sich sofort die descriptive Darstellung der Geraden durch ihre Projectionen und der Ebene durch ihre Spuren. Cap. II. enthält als nächste Folgerung hiervon die Lösung der zahlreichen Aufgaben, die sich in Beziehung auf Gerade und Ebenen im Raume stellen lassen. Da alle diese Lösungen auf den bekannten von Monge entwickelten Grundsätzen beruhen, so wird man selbstverständlich in diesem Abschnitte keine wesentliche Originalität erwarten; wohl aber ist die gute Anordnung und die Vollständigkeit des Gegebenen rühmend anzuerkennen. Das III. Capitel „Ueber Raumecke“ hat eine ziemlich selbstständige Stellung und würde mit geringen Modificationen in jede sphärische Trigonometrie Aufnahme finden können. Es enthält u. A. die graphische Auflösung der auf das sphärische Dreieck (Dreikant) bezüglichen Aufgaben, wobei der Verf. für die Fälle, in denen zwei oder drei Winkel gegeben sind, doppelte Auflösungen, nämlich mit und ohne Polarecke, angiebt. Wir empfehlen dieses Capitel besonders den Lehrern der sphärischen Trigonometrie. Cap. IV. behandelt, zum Theil in origineller Weise, die Veränderungen des Grundsystemes d. h. den Uebergang von einem rechtwinkligen Coordinatensysteme im Raume zu einem anderen; Cap. V. erörtert die Projectionen der Polygone und Polyeder namentlich der regelmässigen Körper, sowie ihrer Durchschnitte mit Ebenen und unter sich. Hiermit schliesst die erste Abtheilung des Werkes, die sich mit geradlinigen und ebenen Gebilden beschäftigt, während die zweite Abtheilung den krummen Linien und Flächen gewidmet ist. Unter die glänzendsten Partieen gehört ohne Zweifel das erste Capitel dieser Abtheilung, ebene und räumliche Curven betreffend, welches die Theorie der Tangenten, Normalen, Asymptoten, Krümmungshalbmesser, Evoluten etc. in ausgezeichneter Weise behandelt. Man findet darin eine reiche Auswahl rein geometrischer Betrachtungen, von denen wir im vorliegenden Hefte der Zeitschrift eine, den Scharfsinn des Verfassers hinreichend bezeichnende Probe mitgetheilt haben. Nicht minder hat uns Cap. II. „Erzeugung und graphische Darstellung krummer Flächen“ angesprochen; namentlich machen wir Freunde der höheren Geometrie auf den in Nr. 279 gegebenen Beweis des allgemeinen Pascal'schen Satzes aufmerksam, wobei unter „Sechseck“ jede geradlinige Figur verstanden wird, welche durch irgend eine Verbindung von sechs Punkten einer Ebene erhalten wird. Daran knüpft sich in Nr. 281 ein origineller Beweis des Carnot'schen Satzes von den drei Transversalen, welche einen Kegelschnitt in sechs Punkten treffen. Der Betrachtung von Kegelflächen folgt die Untersuchung von Umdrehungsflächen und die Lehre von den Flächen zweiten Grades, welche letzteren der Verfasser durch parallele Verschiebung von Linien zweiten Grades bei gleichzeitiger Aenderung von deren Achsen entstehen lässt. Den Beschluss dieses Capitels macht die ausführliche, immer von rein geometrischen Untersuchungen begleitete Lehre von den windschiefen Flächen, namentlich dem einfachen Hyperboloide, dem hyperbolischen Paraboloide und der Schraubenfläche. In Cap. III. findet man eine sehr vollständige Behandlung der Aufgaben, welche sich auf die berührenden Ebenen krummer Flächen beziehen; Cap. IV. betrachtet die ebenen Schnitte krummer Flächen, namentlich der Flächen zweiten Grades; Cap. V. endlich behandelt die Schnitte krummer Flächen durch krumme Flächen und krumme Linien.

Man wird aus diesen Angaben ersehen, dass das Werk einen sehr reichen Inhalt bietet; als besonders verdienstlich aber müssen wir hervorheben, dass der Verf. nirgends bei der blossen Construction der Gebilde, wie z. B. der Schnitte krummer Flächen, stehen bleibt, sondern auch jederzeit eine geometrische Untersuchung ihrer Eigenschaften hinzugiebt. In Folge dieses Umstandes enthält das Buch weit mehr eigentliche reine Geometrie, als man dem Titel nach erwarten sollte und gerade dadurch zeichnet es sich vor vielen anderen Lehrbüchern der descriptiven Geometrie aus, die sich meistens auf den constructiven Theil beschränken. Die Darstellung des Verfassers ist sehr präcis und klar, die Figuren sind zwar in etwas kleinem Maassstabe gezeichnet, aber so sauber in Kupfer gestochen, dass sie deutlich genug bleiben. Sollten wir endlich noch einen Wunsch hinzufügen, so wäre es der, dass sich der Verfasser aufgelegt fühlen möchte, in einem kleinen Supplemente noch die axonometrische Projection, über deren Praxis neuerdings Prof. Weisbach in Zeuner's Civilingenieur einen lesenswerthen Aufsatz geliefert hat, und die Perspective zu behandeln, wodurch nachher ein gewisser Abschluss in den Methoden der graphischen Darstellung erreicht werden würde. SCHLÖMILCH.

Mathematisches Wörterbuch, alphabetische Zusammenstellung sämmtlicher in die mathematischen Wissenschaften gehörenden Gegenstände in erklärenden und beweisenden, synthetisch und analytisch bearbeiteten Abhandlungen von LUDW. HOFFMANN, Baumeister in Berlin. Verlag von G. Bosselmann in Berlin.

Unter obigem Titel liegt uns das erste Heft eines nicht ganz anspruchslos auftretenden Werkes vor. Schon das erste Deckblatt gewährt den imposanten Anblick eines Portals, schön mit Säulen geschmückt; in zwei Nischen die kunstreich gearbeiteten Statuen griechischer Mathematiker, den einen mit dem Globus in der Hand, den anderen mit dem pythagoräischen Lehrsatze; über diesen Statuen rechts die Namen der Heroen Hipparch, Pythagoras, Archimedes; links: Galilei, Newton, Euler. Unter solchen

Auspicien betreten wir mit banger Ehrfurcht den Tempel, welchen der Herr Baumeister der Wissenschaft errichtet hat, und mit ahnungsvollem Zagen greifen wir nach dem Falzmesser, welches die innersten Heiligthümer uns erschliessen soll. Hat doch unser Buchhändler die Warnungstafel beigefügt: „Aufgeschnittene Exemplare werden nicht zurückgenommen". Ich gestehe, dass mich wenigstens diese Warnung so weit vorsichtig machte, dass ich das Messer wieder bei Seite legte, um zunächst nur zwischen den Blättern mir ein Urtheil zu suchen, was ja bei nicht zusammenhängenden Artikeln möglich ist.

Zunächst treffen wir auf eine Vorrede an die geehrten Leser. Lassen wir den Autor selbst aussprechen, was er mit seinem Werke beabsichtigt. „Bei dem Wörterbuche, (so beginnt er) dessen erstes Heft vorliegt, soll es mein Bestreben sein, dem Inhalte des Titelblattes nach allen Richtungen möglichst zu entsprechen, und die mathematischen Wissenschaften nicht nur an sich, sondern auch in ihrer Anwendung auf andere Wissenschaften abzuhandeln und zugleich die Theorie mit der Praxis zu verbinden." Dann wird weiter auseinandergesetzt, dass principiell niemals auf folgende Artikel verwiesen werden solle, sondern immer nur rückwärts auf vorhergehende, und endlich verspricht der Herr Verfasser sich, ohne der Deutlichkeit zu schaden, der möglichsten Kürze zu befleissigen.

Ueber die Qualität der Leser selbst ist Nichts gesagt. Daher sind die beiden Möglichkeiten in's Auge zu fassen: das mathematische Wörterbuch ist für Laien geschrieben oder für Mathematiker von Fach. Die Wahrscheinlichkeit des Ersteren ist nun ziemlich gering. Denn einmal würde der Laie die meisten Artikel doch nicht verstehen, und dann ist auch der Preis des Werkes ein derartiger, dass man ihn nicht leicht an ein Buch wenden wird, welches man nur so nebenbei einmal gebrauchen will. Die Zahl der Lieferungen ist nämlich auf 40—50 bestimmt, und da jede ⅔ Thlr. kostet, so wird das Ganze auf etwa 30 Thlr. zu stehen kommen. Es muss also wohl der zweite Fall angenommen werden: Herr H. hat sein mathematisches Wörterbuch auf mathematische Leser berechnet. Und nun ist die weitere Frage die: was verlangt der Mathematiker von einem Wörterbuche und inwiefern wird es ihm hier geboten?

Ich glaube nicht auf allzugrossen Widerspruch bei meinen Herren Collegen vom Fache zu stossen, wenn ich sogleich die Antwort in folgender Weise ausspreche: Von einem mathematischen Wörterbuche verlangen wir nicht blosse Worterklärungen, denn das wäre ein trauriger Mathematiker, der nicht die allgemeinste Bedeutung der Wörter kennte, die ihm vorkommen, sondern eine möglichst erschöpfende Darstellung der Untersuchungen, welche über den betreffenden Gegenstand angestellt worden sind. Wir verlangen literarische Angaben über die Originalarbeiten. Wir verlangen endlich historische Notizen. Oder um Alles mit einem Worte zu sagen, wir verlangen, wenn überhaupt ein neues mathematisches Wörterbuch herausgegeben werden soll, dass es vom Standpunkte der heutigen Wissenschaft das leiste, was in dem Klügel'schen Werke für die Zeit seines allmäligen Erscheinens vollständig erreicht ist, was in Bezug auf angewandte Mathematik von Jahn wenigstens angestrebt wurde. Davon aber findet sich in der uns vorliegenden ersten Lieferung keine Spur.

Es müssen wohl einige Artikel ihrem ganzen Wortlaute nach abgedruckt werden, um dieses freilich harte Urtheil zu rechtfertigen:

Abacus ist Tabelle; z. B. A. Pythagoricus die bekannte Einmaleinstafel.

Abwickelung einer krummen Linie ABC geschieht, indem ein biegsamer Faden um dieselbe gelegt, in einem Punkt z. B. C befestigt und von einem anderen Punkte z. B. A aus unter steter Anspannung nach C hin bis E, wo EC in C an ABC Tangente ist, fortbewegt wird. Die Linie ADE heisst die abwickelnde Linie, Evolvente, die Linie ABC die abgewickelte Linie oder Evolute.

Aeussere Polygonwinkel die $\angle$, welche durch Verlängerung der Seiten des Polygons mit den nebenliegenden Seiten gebildet werden. Werden sämmtliche Seiten eines Polygons nach einerlei Ordnung verlängert, so sind sämmtliche äussere $\angle = 4R$. Hat das Vieleck convexe $\angle$, so werden deren äussere $\angle$, welche innerhalb des P. fallen, negativ genommen.

Ambe jede Verbindung von je zwei Zahlenelementen: ab, cd, 1.2, 2.1 u. s. w., die Bezeichnung Ambe ist jedoch vorzugsweise im Lotto gebräuchlich, in der Combinationslehre sagt man Binion.

Nun noch eine kleine Blumenlese von Stellen, die grösseren Artikeln entnommen sind: Unter dem Artikel „Addition" ist als §. 5 gesagt:

5. Bei Addition von periodischen Decimalbrüchen thut man wohl (!), die Stellen bis auf den spätesten Eintritt einer Periode zu ergänzen, also das Exempel 1) wie 2) zu schreiben:

1)	2)
0,594	0,59444 . . .
0,7	0,77777 . . .
0,30065 . .	0,30065 . . .
	1,67287 . . .

Die letzte Stellenreihe $= 4 + 7 + 5 = 16$ ist das Resultat für jede spätere Reihe, es musste also die 1 zu jeder folgenden hinzugezählt werden und die Periode fängt mit der Zahl 7 an.

Unter Aerostatik heisst es S. 40:

Ein Luftball (auch Aerostat genannt) steigt mit seiner Belastung, wenn sein summarisches Gewicht geringer ist als die Differenz zwischen dem Gewicht der von dem Ball verdrängten atm. Luft und dem Gewicht der in dem Ball befindlichen leichteren Luft; und er steigt bis zu der Höhe, in welcher die atmosphärische Luft so viel dünner ist, dass sein summarisches Gewicht jener Differenz gleich, wo also Gleichgewicht ist und der Ballon im schwimmenden Zustande sich befindet.

Auf derselben Seite wird noch gründlicher vom Aether gehandelt, „der noch heut bei vielen Naturforschern als eine äusserst feine Flüssigkeit gilt, welche das ganze Weltall ausfüllt, während andere Naturforscher eine solche als nicht vorhanden behaupten.“ Zu den letzteren gehört Herr H. selbst, der übrigens vom Lichtäther keine Silbe vorbringt.

Bei Algebra, S. 43, treten wichtige etymologische Studien hervor: arabischer Name, wie schon die Vorsilbe Al, der Artikel, anzeigt; wie Alchymie, deutsch die Chemie; Alcadi, der Kadi.

Auf der folgenden Seite wird die algebraische Function erklärt, als solche, „bei welcher der Zusammenhang durch einfache arithmetische Operationen (?) entstanden dargestellt wird im Gegensatze von transcendenter Funktion, bei welcher der Zusammenhang durch logarithmische und trigonometrische (!!) Zahlen (?) gegeben ist.“

Nach diesen aus wenig Seiten geschöpften Beispielen ist wohl eine weitere Citation überflüssig und wir wollen zum Schlusse nur noch einige Artikel angeben, die ganz fehlen. Abgekürzte Rechnungsverfahren überhaupt; abgekürzte Division (da die abgekürzte Multiplication freilich in ungründlichster Weise behandelt ist; z. B. von der Genauigkeit derselben ist Nichts angegeben); algebraische Summe, Algorithmus, Analogie (als gleichbedeutend mit Proportion) und noch Manches andere aus der angewandten Mathematik*). Cantor.

Ausgleichung der Beobachtungsfehler nach der Methode der kleinsten Quadratsummen, mit zahlreichen Anwendungen, namentlich auf geodätische Messungen, von Dr. J. Dienger. VIII. u. 186 S. Braunschweig, Vieweg, 1857. 1 Thlr. 5 Ngr.

Referent macht auf diese kleine aber treffliche Schrift aufmerksam, welche in gedrängter Kürze das Wesentlichste der Theorie der Methode der kleinsten Quadrate klar und präcis darstellt und die Anwendung der-

*) Wir fügen diesen Erinnerungen noch folgende bei. S. 15 u. 16 enthält das Wort „Absiden“ einen orthographischen Schnitzer. S. 17 hätte unter „Absteckung von Linien“ die Absteckung der Eisenbahncurven erwähnt werden sollen, wobei man sich selten der vom Verfasser angegebenen Coordinatenmethode bedient. S. 41 ist nur von der chemischen „Affinität“ die Rede, die geometrische scheint dem Verf. unbekannt zu sein. S. 65 findet sich ausser der nautischen Bedeutung von „Amplitude“ keine weitere bemerkt, obschon das Wort in der Mathematik und Physik oft gebraucht wird. S. 67 heisst es: „Analytik ist die Analysis als Methode“; von dem sehr gewöhnlichen Ausdrucke „Unbestimmte Analytik“ hätte da nicht geschwiegen werden sollen. S. 73 ist zwar das anisometrische Krystallsystem, nicht aber die anisometrische Projection erwähnt, die gegenwärtig von den Technikern mehrfach benutzt wird. — Endlich muss man es als einen entschiedenen Mangel bezeichnen, dass der Verf. nirgends literarische Nachweise giebt, die gerade bei den dürftigen Worterklärungen des Buches für jeden nach weiterer Belehrung suchenden Leser sehr nöthig gewesen wären. So halten wir z. B. die Quellenangaben in Grunert's Supplementen zu Klügel's mathematischem Wörterbuche trotz ihrer Lücken und theilweisen Unrichtigkeiten immer noch für das Beste an jener im Uebrigen sehr verunglückten Fortsetzung. S.

selben an einer grössern Reihe der verschiedenartigsten Beispiele, neben numerischen auch einige analytische, erläutert. Wenn Referent sich erlaubt, im Folgenden einige Bemerkungen zu machen, so will er damit nur das lebhafte Interesse bekunden, das er an dem Buche nimmt, und verbindet damit den Wunsch, es möge der Herr Verfasser bei einer zweiten Auflage dieselben nicht ganz unberücksichtigt lassen.

Das Buch beginnt mit einer Einleitung, welche diejenigen Sätze aus der Wahrscheinlichkeitsrechnung enthält, von denen weiterhin Gebrauch gemacht wird. Der Satz VI. lehrt die Wahrscheinlichkeit finden, dass ein beobachtetes Ereigniss, das an sich aus verschiedenen möglichen Ursachen hervorgehen konnte, durch eine bestimmte von diesen Ursachen hervorgebracht worden ist. Der Verf. macht von diesem Satze häufig Gebrauch, giebt aber selbst zu, dass die Anwendungen desselben zuweilen gezwungen erscheinen. Refer. will es bedünken, dass dieser Satz ganz überflüssig ist, und dass das Gezwungene nur eine Folge des abstracten Ausdruckes jenes Satzes ist. Sind z. B. zur Bestimmung mehrerer Unbekannten eine Reihe von Beobachtungen gemacht worden, so giebt jede Hypothese über die Werthe der Unbekannten ein ganz bestimmtes System von Beobachtungsfehlern, und zu jeder zulässigen Annahme über die Fehler der einzelnen Beobachtungen gehören umgekehrt ganz bestimmte Werthe der Unbekannten. Darnach ist es ohne Weiteres klar, dass die wahrscheinlichsten Werthe der Unbekannten diejenigen sind, welche das wahrscheinlichste Fehlersystem geben, ohne dass man nöthig hätte, auf jenen Satz zu recurriren. — S. 14 hätte zur grössern Deutlichkeit bemerkt werden dürfen, dass, im Fall die Anzahl der möglichen Fehler unendlich gross ist, der Faktor c unendlich klein zu denken ist. — S. 22. Zu der Art, wie hier der Begriff Gewicht eingeführt wird, ist zu bemerken, dass es einen grossen Unterschied ausmacht, ob z. B. vier verschiedene Beobachtungen den gleichen Werth gegeben haben, oder ob derselbe durch eine Beobachtung vom vierfachen Gewicht gefunden worden ist; für die Bestimmung der Unbekannten ist es allerdings einerlei, aber der mittlere Fehler der einzelnen Beobachtung vom einfachen Gewichte, wie der des Resultats wird in dem einen Fall ein ganz anderer, als in dem andern. Darnach hätte auch der erste Absatz, S. 47, etwas vorsichtiger gefasst werden sollen. — §. 10, welcher von der Bestimmung des wahrscheinlichen Fehlers einer einzelnen Beobachtung vom einfachen Gewichte handelt, lässt in der Darstellung Manches zu wünschen übrig; Refer. zweifelt, ob Jemand, der den Gegenstand hiernach zum ersten Male studirt, sich vollkommen klar werden wird. Ref. giebt zu, dass dieser Punkt jedenfalls einer der schwierigsten in der ganzen Lehre ist; aber um so mehr ist es geboten, hier mit den einfachsten Fällen zu beginnen und nur allmälig zu dem allgemeinsten aufzusteigen, statt mit diesem zu beginnen. — Wenn in §. 12 von dem wahrscheinlichen Fehler der Bestimmung von h gehandelt wird, so hätte mit demselben Rechte auch auseinander gesetzt werden sollen, warum h gerade aus den Quadraten der Fehler, und nicht aus irgend welcher andern Potenz derselben bestimmt wird.

Zu diesen Bemerkungen im Einzelnen fügt Referent noch einige allgemeine. Wenn der Verf., um die Methode der kleinsten Quadrate auf das Wesentliche zu reduciren, dieselbe von den gewöhnlich damit zusammengestellten praktischen Rechnungsmethoden entkleidet, so kann sich Ref. mit einer solchen Trennung in einem Lehrbuche vollständig einverstanden erklären. Aber das kann Ref. nicht billigen, dass bei einer so durch und durch praktischen Sache, wie es die Methode der kleinsten Quadrate ist, die praktischen Rechnungsmethoden so kurz abgefertigt werden, wie es der Verf. im Anhang thut. Bei allem Rechnen ist es durchaus nöthig, dass man sich an das möglichst einfache, jedenfalls an ein ganz bestimmtes Verfahren gewöhnt; es ist dies nicht blos Nebensache, es ist für die Sicherheit der Rechnung von der allergrössten Wichtigkeit. Damit hängt zusammen, dass der Verf. über die Bestimmung der Gewichte der Unbekannten sehr leicht weggeht. Die Elimination so oft zu wiederholen, als es Unbekannte sind, und der Reihe nach jede der Unbekannten zur letzten zu machen, sowie es der Verf. vorschreibt, ist eine sehr umständliche Arbeit, wenn die Anzahl der Unbekannten auch nur mässig gross ist. Es giebt ein einfacheres und leicht auseinander zu setzendes Verfahren (das Hansen'sche), welches lange nicht so viel Zeit kostet, als nur eine einmalige vollständige Umkehrung der Elimination. Ueberhaupt wird auf die Bestimmung der Gewichte zu wenig Werth gelegt. Bei allen genauen Untersuchungen hat der blosse Werth der Unbekannten zu wenig Bedeutung, wenn man nicht auch sein Gewicht kennt. Bei der Ausgleichung bedingter Beobachtungen wird die Gauss'sche Abhandlung *Supplementum theoriae etc.* ganz ignorirt; und doch würde sogar bei dem einfachen Beispiele S. 31 durch Einführung der Correlaten eine wesentliche Vereinfachung erzielt.

Der Verf. hat den Begriff des mittlern Fehlers gar nicht aufgenommen, da der wahrscheinliche Fehler genüge und weit natürlicher erscheine, dagegen ist zu sagen, dass der wahrscheinliche Fehler hauptsächlich nur für das Resultat von Wichtigkeit ist, die Genauigkeit der einzelnen Beobachtung dagegen durch den mittlern Fehler anschaulicher dargestellt wird, doch dies wäre Nebensache; viel wichtiger ist, dass der Werth des mittlern Fehlers ganz unabhängig ist von der Form der Wahrscheinlichkeitsfunction der Fehler, der Werth des wahrscheinlichen Fehlers dagegen von dieser abhängt, und ein anderer wird, wenn man eine andere Form für jene Function annimmt. Der mittlere Fehler ist daher etwas Wirkliches, der wahrscheinliche nur etwas Künstliches, und man könnte weit eher diesen, als jenen entbehren. Gauss hat bekanntlich gezeigt, dass man ohne alle Kenntniss der nähern Form der Wahrscheinlichkeitsfunction der Fehler, nur mit Hilfe derjenigen Eigenschaften derselben, welche sie der Natur der Sache nach haben muss, zur Methode der kleinsten Quadrate gelangen kann. Statt diesem Gang zu folgen, schlägt der Verf., wie fast alle seine Vorgänger, den Weg ein, dass er möglichst rasch zu der bestimmten Form $\frac{h}{\sqrt{\pi}} e^{-h^2 x^2}$ für die Wahrscheinlichkeitsfunction zu gelangen sucht, und daraus dann das Uebrige herleitet. Man könnte sich das gefallen lassen, wenn dieser Weg klarer, anschaulicher, oder wenn wenigstens jene Form die nothwendig richtige wäre. Weder jenes noch dieses ist der Fall. Das Princip, von welchem Gauss in der *Theoria combinationis etc.* und in dem *Supplementum theoriae etc.* ausgeht, ist viel natürlicher als die Folgerungen aus dem Eingangs erwähnten Satze VI. der Einleitung; und die Function $\frac{h}{\sqrt{\pi}} e^{-h^2 x^2}$, so sehr sie auch im Allgemeinen mit der Erfahrung übereinstimmt, kann doch nur nahezu, nicht absolut genau die relative Wahrscheinlichkeit des Fehlers x ausdrücken. So erscheint die Methode mit einem Mangel behaftet, der ihr in Wirklichkeit nicht zukommt.

Zum Schlusse erwähnt Refer. noch die in einem Lehrbuche nicht zu rechtfertigende Einführung neuer Bezeichnungen ohne allen dringenden Grund, wie g für die Gewichte statt des herkömmlichen p u. a. Der Doppelpunkt zur Auseinanderhaltung zweier nicht zusammengehöriger analytischer Ausdrücke ist störend; man denkt unwillkürlich an die Division. Endlich der Name „Methode der kleinsten Quadratsummen" (sprachlich richtiger wäre der Singularis Quadratsumme) mag die Sache besser bezeichnen, als der herkömmliche; aber das dürfte doch kaum hinreichen, letzteren zu verlassen, nachdem er, einmal eingebürgert, sich ein historisches Recht erworben hat.

Trotz dieser Ausstellungen, die im Ganzen genommen doch nur Einzelnes betreffen, glaubt Referent das vorliegende Buch warm empfehlen zu können; es wird allen Denen willkommen sein, denen Zeit oder Gelegenheit fehlt, die verschiedenen Abhandlungen von Gauss, Encke u. A. zu studiren; es hat aber auch unabhängig davon für sich einen grossen Werth durch die zahlreichen instructiven Beispiele.

Die Ausstattung ist, wie es sich bei der Verlagshandlung nicht anders erwarten lässt, vortrefflich; Ref. ist nur ein Druckfehler aufgefallen, S. 32 in der letzten Bedingungsgleichung (a) sollte es (9) statt (10) heissen.

Tübingen. ZECH.

Lehrbücher und Beispielsammlungen für den mathematischen Elementarunterricht. (Fortsetzung.)

6) Lehrbuch der Geometrie von WILH. MINK, Lehrer der Mathematik an der höhern Stadtschule zu Crefeld (zweite umgearb. Auflage, 198 S. 8. Crefeld, Verl. von Schüller, Preis 27 Ngr. ord.)

Ein gedrängt gehaltenes Lehrbuch der Planimetrie, ebenen Trigonometrie, Stereometrie und sphärischen Trigonometrie in dem Umfange des gewöhnlichen Unterrichtscursus eines Gymnasiums oder einer Realschule. Hinsichtlich der Anordnung und Begrenzung der einzelnen Abschnitte, sowie des dem Ganzen untergelegten Planes ist eine gewisse Einheit und Ebenmässigkeit sehr wohl zu erkennen. Hiernach dürfte der Herr Verfasser nicht zu derjenigen Classe mathematischer Schriftsteller gehören, welche, wenn sie nach ihrer minutiösen Kritik gefunden haben, dass irgend ein Abschnitt (in der Regel einer der ersten) des von ihnen zeither gebrauchten Lehrbuchs ihren Ansichten nicht so ganz mehr entspricht, sich sofort entschliessen, ein Lehrbuch selbst zu schreiben, über die ersten Abschnitte aber sehr schwer hinauskommen und so einstweilen die Planimetrie, oder vielleicht nur einen Theil davon, z. B. die „geradlinigte" hinausschicken, bei Bearbeitung der folgenden Theile aber zu spät bemerken, dass sie vielleicht den ersten etwas anders hätten anlegen sollen.

Die Beweise der Lehrsätze und Auflösungen der Aufgaben sind grossentheils nur angedeutet, öfters dem eignen Nachdenken der Schüler ganz überlassen; doch findet letzteres nur in den leichteren Fällen statt, in allen schwierigeren und zu Anfange sind die Beweise und Auflösungen vollständig mitgetheilt. Dem planimetrischen Theile sind die wichtigsten Sätze der Transversalentheorie und über die harmonische Theilung mit eingereiht, ferner in einem besondern Abschnitte eine nicht unerhebliche Anzahl gut ausgewählter Uebungsaufgaben hinzugefügt. Nicht unerspriesslich würde es gewesen sein, wenn der Herr Verf. in dem 11. Kapitel über geometrische Construction algebraischer Ausdrücke das Princip der Zeichen mit berücksichtigt hätte. Die Determination der Auflösungen verschiedener Aufgaben würde dadurch viel Interessantes dem Schüler bieten und den Gesichtskreis desselben wesentlich erweitern; auch hätte es dann nicht in §. 6. (S. 86) der Trigonometrie, wo die Benutzung dieses Princips nicht zu umgehen ist, der Erklärung (wohl Erläuterung oder Bemerkung) bedurft, deren Inhalt und Fassung an dieser Stelle einigermassen den Schein einer willkürlichen Ansicht oder eines Nothbehelfs in gewissen Fällen an sich trägt.

---

7) Lehrbuch der ebenen Geometrie nebst Repetitionstafeln; für Real- und insbesondere technische Schulen, sowie zum Selbstunterrichte entworfen von Dr. Walther Zehme, Director der K. Provinzial-Gewerbschule zu Hagen (zweite Auflage, 196 S. 8. mit 25 Figurentaf. Hagen, Verl. G. Butz. Preis 1 Thlr. 10 Ngr. ord. = 27 Ngr. n.).

Der Verfasser ist sichtlich bemüht gewesen, durch Anordnung, Einkleidung und Darstellung des Stoffes dem geometrischen Elementar-Unterrichte diejenige formale Seite mit abzugewinnen, welche das Lehrobject zu geben vermag und auf Real- und technischen Schulen um so weni[g] dem Auge gelassen werden darf, als dort manches formale Bildung[s] den Schülern weniger zu Gute kommen kann, als auf Gymnasien, welche ihrem Lehrplane nach damit reichlich versehen sind. Um zuvörderst dem Schüler einen klaren Begriff von einem geometrischen Beweise und dessen Zusammenstellung aus seinen unter- und übergeordneten Sätzen zu geben, hat der Verfasser auch äusserlich eine eigenthümliche Anordnung der Beweise durchgeführt, nach welcher die einzelnen aufeinander folgenden Zeilen an verschiedenen Vertikallinien beginnen oder verschiedentlich ein- und ausgerückt sind und wobei jede einzelne Conclusion zunächst aus denjenigen vorhergehenden Gleichungen gezogen ist und so erscheint, welche gleichmässig als etwas weiter eingerückt dastehen. Diese Anordnung „erleichtert, wie der Herr Verfasser bemerkt, nicht allein die Uebersicht über die etwas ausgedehnteren Beweise, sondern macht es auch möglich, dass man nach Belieben den Beweis ausführlich oder nur in den Grundzügen durchnehmen und repetiren kann, jenachdem man alle Gleichungen berücksicht, oder nur diejenigen, welche weniger weit nach rechts eingerückt sind.“ Das sieht zwar auf den ersten Anblick etwas „pedantisch oder zopfig“ aus, hat aber jedenfalls seine guten Seiten, die bei näherer Einsicht bald hervortreten. Bekanntlich hat der Lehrer beim Classenunterricht stets einen mehr oder weniger nachhaltigen Krieg mit der Trägheit der Schüler im Denken zu führen; diesen ewigen Feind eines schnelleren Fortschreitens erfolgreich zu bekämpfen giebt es nun verschiedene, theils lediglich von der intellectuellen und pädagogischen Persönlichkeit des Lehrers abhängige, theils allgemeinere, durch die Methodik des betreffenden Unterrichts vorgeschriebene Mittel. Dieselben haben im Grunde mit der Wissenschaft, welche gelehrt wird, nichts zu schaffen, erscheinen daher als etwas derselben aufgezwungenes und pedantisches. Je freier und lieber sich Jemand der reinen Wissenschaft hingiebt, desto verhasster sind ihm diese Zugaben der Pädagogik, oder desto geneigter ist er, sich, wenn auch in leisem Spotte darüber zu ergehen. Nichts destoweniger sind diese pädagogischen Hilfsmittel bis zu einem gewissen Grade unentbehrlich, wenn ein Theil der Wissenschaft, namentlich ihre Elemente, Gegenstand gründlichen Wissens unter der heranzubildenden Jugend werden soll, und wenn der Unterricht in derselben eine Art Geistesgymnastik sein soll. Diese und ähnliche Ideen in Verbindung mit gewissen pädagogischen Erfahrungen werden auch den Verfasser vielleicht bestimmt haben, auf die eben genannte wie noch auf einige andere scheinbare „Pendanterien“ einigen Nachdruck zu legen. Bekommt der Schüler Anweisung und wird er genöthigt, bei seinen geometrischen Aufgaben die Beweise in ähnlicher Art anzuordnen, so wird er auch veranlasst, den Beweis schärfer aufzufassen und zu durchdringen. Natürlich kann, wie jede Methode, so auch diese in ungeschickten Händen sowohl übertrieben, als auch travestirt werden; sie kann dem strebsamen und befähigten Schüler zu einer Pein gemacht werden, welche ihm jede Lust und Liebe zur Sache benimmt; der Vortrag des Lehrers kann sich in Beobachtung äusserlicher Subtilitäten verlieren und so dürr und frostig werden, dass dem Schüler vor der mathematischen Stunde jedesmal ein mindestens gelinder Schauer überkommt: indess ein nur einigermassen gewandter, mit einiger Lebendigkeit ausgerüsteter Lehrer wird das Gezwungene, welches dieses Verfahren enthalten mag, den Schülern wenig oder gar nicht fühlen lassen, dafür aber den Vortheil desselben ihnen unvermerkt zu Gute kommen lassen.

Als ein weiteres Mittel, den Lehrgang den Schülern möglichst fest einzuprägen, hat dem Herrn Verfasser die Anordnung und Ausführung der Figuren gedient, der zufolge die Tafeln eben so viele Nummern, wie der zugehörige Text enthalten (sodass zu jedem Satze eine Figur construirt ist), und wobei an jeder Figur Behauptung und Voraussetzung des betreffenden Lehrsatzes dadurch erkenntlich gemacht ist, dass die stark ausgezogenen Linien und die mit Haken markirten Winkel auf die Voraussetzung, die doppelt ausgezogenen Linien und schraffirten Winkel dagegen auf die Behauptung Bezug haben. Hierdurch fallen diejenigen Figuren doch verschieden aus, welche ohne diese Bezeichnungsweise völlig identisch erscheinen würden, z. B. die zu umgekehrten Lehrsätzen gehörigen Figuren.

Bei dieser Anordnung und Ausführung der Figuren ist es dem Herrn Verfasser möglich geworden, die Repetitionen auch so vorzunehmen, dass nur die Figurentafeln in den Händen der Schüler gelassen werden, oder mit andern Worten, den Lehrsatz und dessen Beweis an das Bild der Figur für das Gedächtniss fester zu knüpfen.

Das gesammte Material ist zunächst in zwei Abtheilungen gebracht, von denen die erste die wichtigsten und unentbehrlichsten Sätze der Planimetrie enthält. Der zweite, für vorgerücktere Schüler bestimmte Theil giebt im I. Abschnitt eine grosse Anzahl von Lehrsätzen mit blosser Andeutung ihrer Beweise, wobei die Sätze ohne Hindeutung auf die Figur in Worten ausgedrückt sind. Sodann folgt im II. Abschnitt eine Fortsetzung und Erweiterung des Lehrgangs des ersten Theils, in welcher die Hauptsätze über die stetige und harmonische Theilung einer Graden, über die Chordalen, Polen, Polaren, Aehnlichkeitspunkte etc. von Kreisen (viele derselben (340—360) in dualer Form) aufgeführt sind. Durch diese Excursion in das Gebiet der neueren Geometrie zeichnet sich das Lehrbuch vor vielen andern, selbst in neuester Zeit erschienenen sehr vortheilhaft aus. Es möchte bei dem jetzigen Stande der Wissenschaft Zeit werden, auch dem Schüler von der Einsicht und Uebersicht, welche die Entwickelungen der neuern Geometrie über ganze Satzreihen und Satzgebiete gewähren, etwas zu Theil werden zu lassen. Dazu eignen sich ganz besonders die harmonischen Eigenschaften an geradlinigen und Kreisgebilden, die sich überall ungezwungen und fast von selbst darbieten, ohne dass man sie erst ängstlich suchen oder in den Lehrgang gewaltsam hineintragen muss. Der III. Abschnitt enthält die Sätze über Rectification und Quadratur des Kreises und der IV. eine Anleitung über den richtigen Gebrauch der mathematischen Zeicheninstrumente, sowie eine kurze Anweisung zum geometrischen Zeichnen: ein Kapitel, welches natürlicherweise auch zeitiger, als nach dieser Reihenfolge zu entnehmen wäre, mit dem Schüler gelegentlich durchgegangen und nach entsprechenden Vorlagen eingeübt werden kann. WITZSCHEL.

Bibliographie

vom 1. April bis 31. Mai 1857.

Periodische Schriften.

Bibliotheca historico-naturalis, physico-chemica et mathematica; herausgeg. v. E. A. ZUCHOLD. 6. Jahrg. 2. Heft: Juli bis December 1856. gr. 8. Göttingen, Vandenhoek & Ruprecht's Verlag. 9 Ngr.

Sitzungsberichte der kaiserl. Akademie der Wissenschaften. Mathematisch-naturwissenschaftl. Classe. XXII. Bd. 3. Hft. Lex.-8. In Comm. Wien, Gerold's Sohn. 24 Ngr.

Die Fortschritte der Physik im Jahre 1854. Dargestellt von der Physikalischen Gesellschaft zu Berlin. X. Jahrg. Red. v. A. KRÖNIG. 1. Abth. gr. 8. Berlin, G. Reimer. Geh. 2 Thlr.

Annalen der K.K. Sternwarte in Wien, herausgeg. v. C. v. LITTROW. 3. Folge. 5. u. 6. Bd. Jahrg. 1855 u. 1856. gr. 8. 1856/57. In Comm. Wien, Wallishausser'sche Buchhandl. Geh. à 2⅔ Thlr.

BREMIKER, C. Nautisches Jahrbuch oder vollständige Ephemeriden und Tafeln für das J. 1859, zur Bestimmung d. Länge, Breite und Zeit auf See etc. gr. 8. Berlin, Reimer. Geh. ½ Thlr.

Bremiker, C. Annuaire nautique ou éphémerides et tables complètes pour l'an 1859 *pour détermines la longitude, la latitude et le temps dans la navigation etc.* gr. 8. Ebendas. Geh. ½ Thlr.

Astronomische Beobachtungen auf der Königl. Sternwarte zu Berlin. Herausgeg. von J. F. ENCKE. 4. Bd. Berlin, Dümmler. 4 Thlr.

Connaissance des temps ou des mouvements celestes; pour l'an 1859, *publiée par le bureau des longitudes. Paris.* 1⅔ Thlr.

Reine Mathematik.

STEINHAUSER, A. Anhang zu allen deutschen Ausgaben von Logarithmen-Tafeln. Nach Borda's Anhang erweitert. hoch. 4. Wien, Beck's Univ.-Buchh. Geh. 24 Ngr.

KAMBLY, L. Die Elementar-Mathematik für den Schulunterricht bearbeitet. 3. Theil: Ebene und sphär. Trigonometrie. 3. Aufl. gr. 8. Breslau, Hirt's Verlag. Geh. 12½ Ngr.

NAGEL, CH. H. **Lehrbuch der ebenen Geometrie.** 8. Aufl. gr. 8. Ulm, Wohler'sche Buchh. Geh. ⅔ Thlr.

KEIL. **Gemeine oder Briggische Logarithmen mit 3 u. 4 bis zu 6 Decimalen.** gr. 8. (Tabell. einzeln 1¼ Ngr.) Eisenberg, Schöne'sche Buchhandl. Geh. 2 Ngr.

ROGNER, Prof. **Materialien bei und nach dem Unterrichte aus der Arithmetik in den Unterrealschulen.** 1. Theil. Wien, Gerold's Sohn. ⅔ Thlr.

HOFFMANN, L. **Mathematisches Wörterbuch.** Alphabet. Zusammenstellung sämmtlicher in die mathemat. Wissenschaften gehörender Gegenstände. 1. Liefer. Berlin, Bosselmann. ⅔ Thlr.

Meyer, A. Nouveaux éléments du calcul des variations. Liège. 1⅓ Thlr.

— — *Démonstration de deux propositions nouvelles sur le calcul des probabilités. Liège.* 18 Ngr.

Angewandte Mathematik.

LAUR, J. A. **Vereinfachte und vervollkommnete Geodäsie.** Aus d. Französischen v. O. STRUBBERG. 2. Bd. gr. 8. Leipzig, Breitkopf & Härtel. Geh. 1¾ Thlr.

DUHAMEL, **Lehrbuch der analytischen Mechanik.** Nach der 2. Aufl. des Originals frei in's Deutsche übertragen von O. SCHLÖMILCH. 2. gänzlich umgearb. Aufl. der **Eggers'**schen Uebersetzung. 1. Lief. Leipzig, Teubner. ⅓ Thlr.

DIENGER, Prof. **Ausgleichung der Beobachtungsfehler nach der Methode der kleinsten Quadratsummen.** Braunschweig, Vieweg & Sohn. 1⅙ Thlr.

HEINEN. **Ueber einige Rotationsapparate, insbesondere den Fessel'schen.** Braunschweig, Vieweg & Sohn. ⅔ Thlr.

OELTZEN. **Vergleichung des Sternkatalogs v. Fedorenko mit anderen Quellen.** (Aus den Sitzungsber. der Kais. Akad.). Wien, Gerold's Sohn. 8 Ngr.

STEINHAUSER, A. **Grundzüge der mathematischen Geographie und der Landkartenprojection.** Lex.-8. Wien, Beck's Univ.-Buchhandl. Geh. 2¼ Thlr.

RÜMKER, C. **Handbuch der Schifffahrts-Kunde.** 6. Aufl. gr. 8. Hamburg, Perthes-Besser & Mauke. Geb. 4 Thlr. 12 Ngr.

— — **Neue Folge der mittlern Oerter von Fixsternen für den Anfang** von 1850. gr. quer-4. In Comm. Hamburg, Perthes-Besser & Mauke. Geh. 1⅓ Thlr.

REDTENBACHER, F. **Die Bewegungs-Mechanismen.** Darstellung u. Beschreibung eines Theiles der Maschinen-Modell-Sammlung der polytechn. Schule in Carlsruhe. Querfol. Mannheim, Bassermann. In Mappe. 10 Thlr.

OTTO, J. C. F. Hilfsmittel für ballistische Rechnungen. 3. Lief. gr. 8. Berlin, Mittler & Sohn. Geh. 12 Ngr.

MARIN, A. G. Portefeuille für Ingenieure, enth. 90 Taf. nebst einer Anleitung zum Gebrauch derselben. 12. Brünn, Buschak & Irrgang. Cart. 1⅙ Thlr., in engl. Einb. 1⅓ Thlr.

WARD, E. C. Neue Mond-Tafeln zur Berichtigung der scheinbaren Distanz des Mondes von der Sonne etc. hinsichtlich Refraction u. Parallaxe. In's Deutsche übertr. von E. F. J. HUWALD. 4. Hamburg. Leipzig, Gerhard. Cart. 2 Thlr.

Physik.

LAMONT, J. Magnetische Ortsbestimmungen, ausgeführt an verschiedenen Punkten des Königreichs Bayern etc. 2 Th. Lex.-8. 1856. In Comm. München, Franz. 2⅔ Thlr.

ZIMMERMANN, W. F. A. Optik oder die Lehre vom Licht. gr. 8. 1856. Berlin, Hempel. Geh. 1⅙ Thlr.

v. BAUMGARTNER, A. Von der Umwandlung der Wärme in Elektricität. Lex.-8. In Comm. Wien, Gerold's Sohn. (Aus den Sitzungsberichten d. Kaiserl. Akademie). Geh. 4 Ngr.

— — Ueber Gewitter und Hagelwetter. Ebendas. 4 Ngr.

v. SONKLAR. Ein Condensations-Hygrometer. Ebendas. ⅙ Thlr.

BOUÉ, A. Parallele der Erdbeben, der Nordlichter u. d. Erdmagnetismus. Lex.-8. In Comm. Ebendas. Geh. ⅙ Thlr.

Physikalisches Lexicon. 2. Aufl. Von O. MARBACH. Fortges. von C. S. CORNELIUS. 53. u. 54. Liefer. Lex.-8. Leipzig, O. WIGAND. Geh. à ½ Thlr.

BEETZ, W. Leitfaden der Physik. 2. Aufl. Lex.-8. Berlin, Nauck'sche Buchhandl. Geh. 24 Ngr.

Gavarret, Traité de l'électricité. Tome I. Paris. 2⅔ Thlr.

Literaturzeitung.

Recensionen.

Theorie und Anwendung der Determinanten. Mit Beziehung auf die Originalquellen dargestellt von Dr. R. BALTZER, Oberlehrer am Gymnasium zu Dresden. Leipzig, Verlag von S. Hirzel. 1857.

Die Leser unserer Zeitschrift werden sich erinnern, dass im Prospectus derselben unter den zunächst erscheinenden Arbeiten auch eine „Theorie der Determinanten von Herrn Dr. BALTZER" genannt war; in der That hatte der mit jener Theorie schon seit längerer Zeit beschäftigte Verfasser uns eine Abhandlung darüber versprochen, welche die Grundzüge dieser wichtigen Lehre enthalten und einem grösseren Werke als Vorläufer dienen sollte. Diesem Versprechen ist der Verfasser, bis jetzt wenigstens, nicht nachgekommen und da gegenwärtig eine in der Zeitschrift abgedruckte Theorie der Determinanten nicht mehr den Zweck erfüllen könnte wie damals, wo die Werke von Brioschi und Baltzer noch nicht erschienen waren, so haben wir auf eine, die Grundzüge der Theorie enthaltende Arbeit über Determinanten überhaupt verzichtet. Nach dieser Erklärung, die wir den Lesern der Zeitschrift schuldig zu sein glaubten, wenden wir uns zur Sache selber.

Es liegt sehr nahe, die Baltzer'sche Bearbeitung der Determinantenlehre mit der Brioschi'schen zu vergleichen, welche zwar früher, aber doch erst zu einer Zeit erschienen ist, wo der Verfasser bereits seinem Abschlusse zueilte und daher Brioschi's Werk kaum noch benutzen konnte. Dieser Vergleich dürfte in mehreren Punkten zum Vortheil für den Verf. ausfallen. So ist es zuerst rühmend anzuerkennen, dass der Verf. weit genauer als Brioschi auf die Quellen zurückgeht und bei jedem einigermassen wichtigen Resultate in historischer Reihenfolge alle Abhandlungen namhaft macht, welche sich auf den Gegenstand beziehen. Bei der grossen Zerstreutheit des Materiales mag dieser Reichthum von Citaten keine geringe Mühe verursacht haben, auch stimmen wir gern dem Verf. bei, wenn er in der Vorrede sagt, dass derartige Citate ein Stück Geschichte der Wissenschaft bilden und zum Studium der hohen Werke einladen, aus denen die Wissenschaft aufgebaut ist und in denen noch immer reiche Schätze ungehoben liegen. Als einen zweiten Vorzug der Baltzer'schen Arbeit müssen wir die grössere Präcision der Darstellung, oder richtiger, Beweisführung hervorheben. Wir haben schon früher erwähnt, dass Brioschi's Darstellung an Gedankensprüngen und kurzen Ausdrucksweisen leidet, die dem Anfänger das Studium erschweren dürften, wie denn überhaupt Brioschi's Arbeit den Eindruck macht, als habe ihr Verfasser, gleich vielen schöpferischen Geistern, keinen rechten Sinn zum Lehrbücherschreiben; diesen Uebelständen wird man bei unserem Verfasser nicht begegnen, und wenn wir auch die Liebhaberei für den „synthetisch genau articulirten Vortrag", für „Lehrsatz" und „Beweis", „Aufgabe" und „Auflösung" nicht theilen, so müssen wir andererseits doch zugestehen, dass der Verf. diese Manier wenigstens nicht auf Kosten der Klarheit durchgeführt hat. Endlich unterscheidet sich die Baltzer'sche Anordnung des Stoffes noch insofern von der Brioschi'schen, als bei jener die reine Theorie, getrennt von den Anwendungen vorausgeschickt worden ist. Dies giebt dem Verf. folgende Gliederung:

§. 1. Eintheilung der Permutationen gegebener Elemente in zwei Classen. §. 2. Determinante eines Systemes von n^2 Elementen. §. 3. Ordnung der Glieder einer Determinante nach den in einer Reihe stehenden Elementen. §. 4. Zerlegung einer Determinante in eine Summe von Produkten aus partiellen Determinanten. §. 5. Anordnung einer Determinante nach Produkten der Elemente von zwei sich schneidenden Reihen. §. 6. Produkte von Determinanten. §. 7. Determinanten von adjungirten Systemen. §. 8. Determinante eines Systems von Elementen, unter denen die correspondirenden ($a_{i,k}$ und $a_{k,i}$) entgegengesetzt gleich sind. — Diese acht Paragraphen enthalten die Theorie der Determinanten; ihnen folgen zehn weitere Paragraphen Anwendungen, nämlich: §. 9. Auflösung eines Systemes von linearen Gleichungen. §. 10. Lehrsätze über die linearen Differentialgleichungen. §. 11. Resultante von zwei algebraischen Gleichungen. §. 12. Produkt aller Differenzen gegebener Grössen. §. 13. Die Funktionaldeterminanten. §. 14. Lehrsätze von den homogenen Funktionen. §. 15. Die linearen, insbesondere die orthogonalen Substitutionen. §. 16. Die Dreiecksfläche und das Tetraedervolumen. §. 17. Produkte von Dreiecksflächen und Tetraedervolumen. §. 18. Polygonometrische und polyedrometrische Relationen. — Namentlich die letzten drei Paragraphen enthalten viele interessante geometrische Sätze, die bei Brioschi nicht vorkommen.

Die äussere Ausstattung des Buches ist recht gut und ziemlich in derselben Art und Weise gehalten wie bei den Abhandlungen der Königl. sächs. Gesellsch. d. Wissensch., die in demselben Verlage erscheinen, ohne jedoch zu dem Baltzer'schen Werke in irgend welcher Beziehung zu stehen. Wir empfehlen schliesslich das Werk zum genaueren Studium allen Denen, welche sich mit der schönen Determinantenlehre völlig vertraut machen wollen. SCHLÖMILCH.

Lehrbücher der Physik.

1) Grundzüge der Physik, als Lehrbuch für die oberen Klassen der Realschulen und Gymnasien, von Dr. J. Schabus. 550 S. in 8. Wien, Verlag von Carl Gerold's Sohn.

Ein Lehrbuch, welches zunächst hinsichtlich seiner Ausführlichkeit die Mitte zwischen einem Leitfaden und einem Handbuche hält, recht klar und verständlich abgefasst ist, im Ganzen bezüglich der Anordnung und Auswahl des Stoffs, wie nicht anders zu erwarten, mit vielen anderen Lehrbüchern mehr oder weniger übereinstimmt, doch aber auch mancherlei Vorzüge enthält, welche nach der Meinung des Referenten einer kurzen Erwähnung nicht unwerth sein dürften. Insbesondere möchte mit Rücksicht auf die Schulen, für welche es dem Titel nach vorzugsweise bestimmt ist, hervorzuheben sein, dass in den ersten zwei Kapiteln (von den Körpern und den an ihnen wirkenden Kräften und von den an den kleinsten Körpertheilchen wirkenden Kräften und davon abhängigen Erscheinungen) eine kurze Uebersicht der vornehmsten und wichtigsten physikalischen Erscheinungen oder eine Einleitung in das Gebiet der Physik (incl. der Chemie) mit gegeben ist. Wenn auch über die Nothwendigkeit eine derartige Einleitung zu geben verschiedene Ansichten sich kund geben, und Manche dieselbe ganz überflüssig erachten (man s. den übrigens sehr schätzbaren Leitfaden von Q. v. Icilius und diese Literaturzeitung 1856, S. 10); so wird doch auf vielen Lehranstalten der Unterrichtsplan von der Art sein, dass ein propädeutischer Unterricht für die eigentliche Physik, namentlich aber auch für die Chemie recht am Platze sein dürfte. Hervorzuheben sind ferner die mehrfachen Hinweisungen auf die Erscheinungen des täglichen Lebens, auf welche entweder zur Erläuterung sowie zur Bestätigung des vorher Gesagten aufmerksam gemacht wird, oder welche durch die daselbst erörterten physikalischen Gesetze ihre Erklärung finden.

Die Anordnung des Materials wird man aus dem beigefügten Inhaltsverzeichniss entnehmen können: 1. Kap. Von den Körpern und den an ihnen wirkenden Kräften. 2. Kap. Von den an den kleinsten Körpertheilchen wirkenden Kräften und den davon abhängigen Erscheinungen. *A*) Aeussere Verschiedenheit der Körper und Capillarität. *B*) Innere Verschiedenheit der Körper. 3. Kap. Vom Gleichgewichte der Kräfte: *A*) an festen, *B*) an tropfbarflüssigen, *C*) an gasförmigen Körpern. 4. Kap. Von der Bewegung *A*) fester, *B*) flüssiger Körper. 5. Kap. Von der schwingenden Bewegung. 6. Kap. Vom Schall. 7. Kap. Vom Magnetismus und der Elektricität, *A*) Magnetismus, *B*) Reibungselektricität, *C*) Berührungselektricität, *D*) Anderweitige Elektricitätsquellen, *E*) Elektromagnetismus und Elektrodynamik, *F*) Induction. 8. Kap. Vom Licht. *A*) Fortpflanzung und Reflexion, *B*) Einfache Brechung, *C*) Interferenz und Beugung, *D*) Doppelte Brechung und Polarisation, *E*) Physiologische und chemische Wirkungen des Lichts. 9. Kap. Von der strahlenden Wärme. 10. Kap. Von den Erscheinungen im Grossen: *A*) Astronomie, *B*) Meteorologie. Man kann hieraus abnehmen, dass der grösste Theil der Wärmelehre, wie in vielen andern Lehrbüchern, an verschiedenen Stellen eingefügt ist; eine Anordnung, welche von mancherlei Seiten als zweckmässig bestritten, bisweilen sogar sehr getadelt wird. Es ist indessen nicht zu verkennen, dass auch die Vertheilung der Wärmelehre auf das ganze übrige Material sich recht wohl vertheidigen und insbesondere auch in pädagogischer Hinsicht begründen lässt, und dass umgekehrt manche Partien in der Wärmelehre anderer Lehrbücher, z. B. die Dampfmaschinen, sich daselbst etwas sonderbar ausnehmen.

Als ein besonderer Vorzug der vorliegenden „Grundzüge der Physik“ mag noch hervorgehoben werden, dass neben der Meteorologie auch ein kurzer Abriss der Astronomie mit gegeben ist. Der Gegenstand beider Wissenschaften erscheint recht passend dem Buche als ein besonderes Kapitel unter dem Titel „Erscheinungen im Grossen“ beigefügt.

---

2) Grundriss der Physik nach ihrem gegenwärtigen Standpunkte, von Ph. Spiller, Gymnasial-Oberlehrer; zweite wesentlich verbesserte und erweiterte Auflage; mit 250 in den Text gedruckten Figuren; XVI. und 420 S. in 8. Triest, literarisch-artistische Abtheilung des österreichischen Lloyd 1857.

Ein recht gutes Lehrbuch der Physik, welches in gedrängter Kürze und doch mit der nöthigen Klarheit eine nicht unbedeutende Masse des zugehörigen Materials behandelt und den schon am vorgehends angezeigten Werke hervorgehobenen Vorzug, nämlich Hindeutungen auf die Erscheinungen des gemeinen Lebens, in noch höherem Maasse enthält, sodass der Herr Verfasser mit vollem Rechte in der Vorrede hat bemerken können: „Ich habe aus den verschiedensten Richtungen des praktischen Lebens an den geeigneten Stellen Beispiele in so grosser Anzahl aufgeführt, wie sie nicht bald wohl in einem anderen Buche vorkommen.“ Damit der Lernende bei der ausserordentlichen Menge des Stoffes sich zu orientiren stets im Stande sei, ist der Herr Verfasser bestrebt gewesen, das Material in einer streng logischen Anordnung, die bis in das Einzelne geht und Manchem vielleicht auf den ersten Anblick pedantisch erscheinen möchte, wiederzugeben. Für diese Bemühung und das daraus hervorgegangene Resultat kann man ihm indess, wie auch in gewissen Einzelheiten die Ansichten Anderer von den seinigen abweichen mögen, wohl dankbar, jedenfalls dankbarer sein, als man mit manchen Elaboraten Anderer auf diesem Felde der Literatur es zu sein Ursache hat. Wenn irgend ein ausführliches Inhaltsverzeichniss von der Darstellung des behandelten Materials einigermassen einen Begriff geben kann, so ist es dieses dem Lehrbuche vorangeschickte, ziemlich 12 Seiten einnehmende, von dem wir nur einige Bruchstücke, die

Einleitung und den Galvanismus betreffend, zur eignen Beurtheilung unserer Leser beifügen wollen.

Erster Theil: Eigenschaften der Körper.

a) Erste Abtheilung: nothwendige Eigenschaften.

1. Ausdehnung, Volumen, Dichtigkeit;
2. Undurchdringlichkeit;
3. Beharrungsvermögen: *α*) Ruhe (absolute, relative); *β*) Bewegung (absolute, relative), Täuschungen; fortschreitende, zirkulirende, oscillirende, rotirende Bewegung. Richtung, Weg, Zeit, Geschwindigkeit, Kraft (momentan, continuirlich; konstant, veränderlich), Bewegungsmoment.
4. Massenanziehung.

   A. Kohäsion;

   a) die festen Körper: *α*) absolute, *β*) relative, *γ*) rückwirkende Festigkeit (Torsionsfestigkeit?)

   b) die flüssigen Körper: *α*) tropfbare, *β*) luftige.

   B. Adhäsion;

   a) mechanische Verwandtschaft mit Berücksichtigung aller Aggregatzustände, Verhältniss der Kohäsion zur Adhäsion (Benetzen, Zerfliessen, Kapillarattraction; Trockenbleiben, Kugelform, Kapillardepression).

   b) Chemische Verwandtschaft zwischen einfachen und bei zusammengesetzten Körpern; einfache und doppelte Verwandtschaft; Endosmose, Exosmose; Krystallisation.

   C. Gravitation;

   a) irdische Schwere, Erdmasse, Massenvertheilung, Gewicht: *α*) absolutes, *β*) specifisches Gewicht.

   b) überirdische (!) Schwere, Gravitationsgesetze, Sonnenmasse, Ebbe und Fluth; Masse der Erde und des Mondes.

b) Zweite Abtheilung: untergeordnete (? zufällige) Eigenschaften;

1. Theilbarkeit (Atome, Moleküle, Elemente).
2. Pressbarkeit, Ausdehnbarkeit.
3. Porosität*).
4. Elasticität.

---

*) Unter den Beispielen zum Nachweise dieser Eigenschaft ist mit angegeben (S. 30): „Hermetisch verschlossene und in eine Tiefe von 1150′ ins Meer hinabgelassene Glaskugeln hat man nach dem Heraufziehen mit Wasser gefüllt gefunden.“ Soll dieses anzeigen, dass unter einem solchen Druck Glas das Wasser durchlässt, oder wie ist der sogenannte „hermetische“ Verschluss, über den nichts weiter angegeben ist, beschaffen gewesen?

Zweiter Theil: Statische und mechanische Zustände der Körper:

a) Erste Abtheilung: nothwendige Zustände.

Erster Abschnitt: Zustände des Gleichgewichts und der Bewegung fester Körper.

I. Gleichgewicht fester Körper.

A. Zusammensetzung und Zerlegung der Kräfte, u. s. w.

II. Bewegung fester Körper; u. s. w.

III. Hindernisse der Bewegung;

Zweiter Abschnitt: Zustände des Gleichgewichts und der Bewegung tropfbarflüssiger Körper für sich und in Verbindung mit festen.

u. s. w.

Dritter Abschnitt: Gleichgewicht u. Bewegung luftiger Körper u. s. w.

u. s. w.

b) Zweite Abtheilung: untergeordnete (?) Zustände:

Erster Abschnitt: Schwingende Bewegung der Körper aller Aggregatzustände; u. s. w.

Zweiter Abschnitt: Schalllehre u. s. w.

Dritter Abschnitt: Magnetismus u. s. w.

Vierter Abschnitt: Elektrizität;

A. Elektrizität durch Reibung, statische Elektr. u. s. w.

B. Elektrizität durch Berührung u. a. mechanische Elektr.

I. Einfache Erscheinungen:

1. Elektromotoren, Spannungsgrenze;

2. Elektrische Spannungsreihe;

a) für Metalle,

b) für die flüssigen Körper,

c) für feste Körper in Berührung mit Gasen;

3. Der elektrische Strom und die elektr. Kette;

4. verschiedene *a*) Ketten,

b) Säulen, *α*) nasse, *β*) trockne (isolirte u. nicht isolirte, ihre Pole);

5. Gesetze der Stromstärke bei Ketten und Säulen;

II. Wirkungen der strömenden Elektrizität und ihre Wechselwirkung mit Magnetismus und Wärme.

a) Mechanische Wirkungen im Allgemeinen;

b) Chemische Wirkungen:

α) nach aussen: 1. Zersetzungen, 2. Verbindungen (Metallvegetation);

β) in den Ketten selbst:

1. Abnahme der Stromstärke (das elektrolytische Gesetz);

2. galvanische Polarisation,

3. Ladungssäulen,

4. konstante Ketten,
5. Ausscheidung regulinischer Metalle,
α) Galvanoplastik,
β) Galvanographik,
γ) galvanische Metallplattirung,
δ) Metallochromie.

c) Magnetische Wirkungen des elektr. Stroms. etc. etc.

Fünfter Abschnitt: vom Licht etc. etc.

Sechster Abschnitt: von der Wärme etc. etc.

Das somit wohl ersichtliche Streben des Verfassers gehörig zu coordiniren und zu subordiniren fällt, wie schon erwähnt, bisweilen ins Kleinliche; fasst man jedoch den pädagogischen Standpunkt etwas schärfer auf und bedenkt man, dass aller Unterricht, namentlich der Elementarunterricht, nie ganz frei von sogenannten „Pedanterien" sein wird oder sein kann, so wird man dem Herrn Verfasser im Ganzen genommen alle Gerechtigkeit widerfahren lassen. Jedenfalls ist anzuerkennen, dass derselbe bei seinem Unterrichte, dessen Plan er in diesem Lehrbuche wohl dargelegt hat, viel auf Uebersichtlichkeit über das Ganze und darauf hält, dass dem Schüler der Gesammteindruck über den vielen Einzelheiten nicht verloren geht. Dies zeigt sich auch in dem zu Ende des Buches gegebenen „Rückblicke", wenn man auch mit allen daselbst aufgestellten Ansichten und Behauptungen nicht ohne Weiteres und vollständig sich einverstanden erklären kann. So ist es doch wohl noch nicht ausgemachte Thatsache, dass dem Magnetismus und der Elektrizität ebenso gut wie dem Schalle, dem Lichte und der Wärme Schwingungen und zwar stehende Schwingungen (dort fortschreitende) der untrennbaren Massentheilchen um ihren Schwerpunkt zu Grunde liegen. Dergleichen Aussprüche und daran geknüpfte Folgerungen dürften wohl noch einige Zeit der Form physikalischer Dogmen entbehren müssen, werden sie aber frei von einer jede weitere Forschung entbehrlich machenden Sicherheit in dem angemesseneren Gewande von Hypothesen aufgestellt, deren nähere Begründung als eine der jetzigen und künftigen Naturforscher würdige Aufgabe zu bezeichnen ist: dann dürften dergleichen Gedanken und Seitenblicke von dem Gebiete der Thatsachen ab sowohl dem Schüler viel Interresse und Anregung, als auch möglicher Weise der Wissenschaft selbst Nutzen gewähren können.

---

3) Lehrbuch der Physik, zum Gebrauche bei Vorlesungen und zum Selbstunterrichte, von W. Eisenlohr, Grossherz. bad. Hofrathe u. Prof. d. Phys. an d. polyt. Schule in Carlsruhe. Siebente vermehrte u. verbesserte Auflage mit 636 Holzschn. im Texte, 652 S. in gr. 8. Stuttgart, Verl. v. Krais & Hoffmann. 1857. 2 Thlr. 20 Ngr.

Ueber dieses mit anerkannter Klarheit und Vollständigkeit verfasste Lehrbuch, das in so Vieler Händen ist, noch etwas Empfehlendes zu bemerken, dürfte wohl als überflüssig erscheinen; die Reihe von Auflagen, welche es erlebt, spricht mehr als alle Anpreisungen für dasselbe. Es möge also dieser Anzeige nur hinzugefügt werden, dass auch diese neue Auflage mit allem Rechte eine vermehrte und verbesserte zu nennen ist. Vermehrung hat das Lehrbuch erhalten durch eine erhebliche Zahl von experimentalen Nachweisungen verschiedener physikalischer Gesetze und durch Erläuterung von neuerfundenen (zum Theil von dem Herrn Verfasser herrührenden) zweckmässigen Apparaten durch Abbildung und Text. Ferner hat der Herr Verf. die elementar-mathematische Darstellung der Naturgesetze und ihrer Anwendung noch mehr, als schon früher geschehen ist, berücksichtigt, dahin gehörige Bemerkungen aber aus leicht erkennbaren Gründen meist in die Anmerkungen zum Haupttexe verlegt. Dass somit das Buch nicht unwesentliche Verbesserungen erhalten hat und insbesondere einem gründlichen und unserem Zeitbedürfnisse entsprechenden streng wissenschaftlichen Unterrichte der Physik untergelegt werden kann, bedarf wohl auch weiter keiner nähern Auseinandersetzung. Die Herren Verleger haben dem gediegenen Werke eine angemessene und würdige Ausstattung zu Theil werden lassen, ohne den Preis desselben gegen den der früheren Auflagen zu erhöhen. WITZSCHEL.

Die höhere Geometrie in ihrer Anwendung auf Kegelschnitte und Flächen zweiter Ordnung, nebst einem Anhange: die Wellenfläche zweiaxiger Krystalle von Dr. PAUL ZECH, Repet. an der polytechn. Schule z. Stuttgart. 102 S. in 8. Stuttgart, Schweizerbart'sche Buchhandlung. 1857. 16 Sgr.

Eine dem Volumen nach kleine aber sehr gehaltvolle Schrift über neuere oder höhere Geometrie oder vielmehr einen Gegenstand derselben, die Theorie der Linien und Flächen zweiter Ordnung betreffend. Sie enthält wesentlich drei Abschnitte, in deren erstem diejenigen Grundbegriffe der höhern Geometrie, welcher der Herr Verf. für seine Darstellung und Bearbeitung der beiden folgenden Abschnitte benöthigt ist, zusammengestellt und entwickelt werden. In dem zweiten und dritten Abschnitt ist eine Theorie der Kegelschnitte und der Flächen zweiter Ordnung in möglichster Kürze und Präcision, doch mit aller Klarheit gegeben. Die Schrift eignet sich, wenn auch nicht gerade zum ersten Studium der höhern Geometrie doch nach erlangter Kenntniss und Uebersicht über die ersten Elemente derselben sehr wohl für einen Jeden, der sich mit dem so interessanten Gegenstande dieser neuen Wissenschaft mehr bekannt machen will, oder in der Beschäftigung damit sein edles Vergnügen findet. In den drei Paragraphen des ersten Abschnitts werden die harmonischen, projectivischen und involutorischen Gebilde in der Geraden, in der Ebene und im Raume in einer der Geometrie der Lage strenger sich anschliessenden Darstellungsweise behandelt. Der Herr Verfasser hat sich dabei, wie er auch in der Vorrede bemerkt, anfänglich (§§. 1 u. 2.) an von Staudt's Geometrie der Lage, in dem der Begriff Geometrie der „Lage" ganz scharf und durchgreifend, mit Vermeidung aller metrischen Beziehungen festgehalten ist, später in der Behandlung der Involutionen und weiter an Chasles' *Geometrie superieure* mit Unterdrückung des „anharmonischen" Verhältnisses gehalten. Das anharmonische Verhältniss (wohl entsprechender nach Möbius Doppelverhältniss genannt) meint der Herr Verf. als Resultat der Rechnung, und nicht der Anschauung, verbannen zu müssen, und hat darin wohl vollkommen Recht, wenn er seinem Gegenstande eine von allen metrischen Beziehungen freie, der reinen Geometrie der Lage adäquate Darstellungs- und Entwickelungsform hat geben wollen. Es ist aber nicht unbekannt, wie schwierig oder schwülstig die Erörterung vieler Eigenschaften der Kegelschnitte und der Flächen zweiten Grades durch Ausschliessung aller metrischen Verhältnisse wird, und wenn auch die Möglichkeit der reinen Darstellung einer Geometrie nach v. Staudt's Vorgange nicht mehr zu bezweifeln ist, und ein derartiges Kunstwerk, vom rein wissenschaftlichen Standpunkte aus betrachtet, eben so hoch wie bewundernswürdig dasteht, so ist doch wohl noch die Frage offen, ob eine solche Darstellungsweise der Geometrie im Allgemeinen, wie gewisser Abschnitte der neueren Geometrie insbesondere eine völlig naturgemässe und ihrer zeitherigen wie künftigen Entwickelung besonders förderliche sei. Die Ansichten und Urtheile können allerdings, wie ich offen gestehe, verschieden ausfallen, mir scheint indess eine scharfe Trennung der Geometrie der Lage und des Maasses für die Darstellung keines Theiles dieser Wissenschaft einen nachhaltigen Vortheil zu gewähren. Insbesondere möchte für die neuere Geometrie zu bemerken sein, dass aus gewissen Lagenverhältnissen sich leicht sehr einfache metrische Beziehungen ableiten lassen, die wieder einer sehr fruchtbaren Anwendung zur Erörterung zusammengesetzterer Verhältnisse sowohl für Lage als Maass fähig sind. Beiläufig sei bemerkt, dass es mir nicht selten vorgekommen ist (ohne jedoch hierbei speciellen Bezug auf vorliegende Schrift zu nehmen), als würden die Begriffe „neuere oder höhere Geometrie" und „Geometrie der Lage" identificirt, was namentlich daher zu rühren scheint, dass in der neueren Geometrie gewisse Lagenverhältnisse mehr oder ausschliesslich eine Berücksichtigung erfahren, wie man es in der gewöhnlichen Elementargeometrie nicht vorfindet oder benöthigt ist. Es ist nicht ganz leicht eine Bestimmung und Abgrenzung des Inhaltes einer Wissenschaft, und so auch der neueren Geometrie zu geben. Einen Versuch dazu möchten folgende Betrachtungen abgeben. Die Elementargeometrie stützt die Entwickelung ihres Gegenstandes auf die Verwandtschaften Congruenz, Gleichheit und Aehnlichkeit und untersucht hierbei die Gleichheit sowohl der Figuren und ihrer Elemente an und für sich, als auch der Grössenverhältnisse derselben. In der Regel kommen Betrachtungen über reine

Lagenverhältnisse nicht vor, wenn auch zwei derselben, die symmetrische und ähnliche Lage, nicht unberücksichtigt bleiben sollten. Der Gegenstand der neueren Geometrie ist nun an die Untersuchung und Anwendung höherer oder allgemeinerer Verwandtschaften zwischen den Figuren geknüpft, unter denen insbesondere die Collineation oder projectivische Verwandtschaft und deren besondere Unterart, die Affinität, ferner die Reciprocität, ausser den vorhin genannten Elementar-Verwandtschaften eine durchgreifende Rolle spielen. Hierbei zeigt sich auch unabweisbarer das Bedürfniss, die Lagenverhältnisse der Figuren mit ins Auge zu fassen, weil sich an diese der Begriff dieser Verwandtschaften schärfer anlehnt. Sowie man aber in der Elementargeometrie die Lehre von den geometrischen Proportionen, sei es in Euklideischer oder einer mehr modernen Fassung, als einen nicht ungehörigen und derselben fremdartigen Gegenstand mit einführt und wieder als Hülfsmittel zu weiteren Untersuchungen hinstellt; so meine ich auch, ist gar kein Grund vorhanden, in der neueren Geometrie die Lehre von den Doppelverhältnissen und der harmonischen Proportion (gleichsam eine potenzirte Proportionslehre), „weil dieselben etwa einen arithmetischen Charakter haben", geflissentlich zu vermeiden und die dadurch angezeigten metrischen Beziehungen auf Umwegen in Gestalt reiner Positionsverhältnisse wiederzugeben. Wie leicht und elegant übrigens die Anwendung der Doppelverhältnisse auf Untersuchungen aus dem Gebiete der neueren Geometrie sich herausstellt, haben wohl Möbius und Chasles, nicht minder auch Steiner hinlänglich dargethan.

Eine von der Chasles'schen Darstellungsweise wesentlich abweichende hat der Herr Verfasser mit der seinigen noch dadurch begründet, dass er das Imaginäre gänzlich verbannt hat. Das Imaginäre erscheint bei Chasles nur als Resultat der Rechnung und wird aus der arithmetischen Form und Bedeutung nicht herausgehoben, und dadurch gewähren die imaginären Beziehungen, soweit und wie sie in dem Chasles'schen Werke mit eingeflochten sind, nicht den Eindruck allseitiger Befriedigung, weil jede geometrische Deutung dieser Rechnungsresultate fehlt, letztere vielmehr nicht viel anders als wie früher die imaginären und complexen Grössen in der Arithmetik angesehen, d. h. nur als Rechnungssymbole weiter verwendet und dann eliminirt werden. Hierin lag allerdings für den Herrn Verf. vorliegender Schrift eine Nöthigung, das Imaginäre zu vermeiden, wenn er nicht den Begriff desselben besonders zu begründen unternehmen wollte, wie es Herr v. Staudt in seinem I. Heft „der Beiträge zur Geometrie der Lage" gethan hat. Der Herr Verf. hat hierbei gezeigt, wie weit man auch ohne den Begriff des Imaginären kommen kann; ob übrigens die Verbannung dieses Begriffs für die Darstellungsweise immer erspriesslich ist, lässt er, wie er in der Vorrede selbst bemerkt, als eine offene Frage.

Die beiden Abschnitte, in welchen die Theorie der Kegelschnitte und der Flächen zweiten Grades behandelt ist, bieten eine gedrängte und schätzenswerthe Uebersicht über den beregten Gegenstand der neueren Geometrie dar, welchen man sonst grösstentheils nur noch zerstreut in einzelnen Schriften und Monographien aufzusuchen hat, hier aber in einem wissenschaftlichen Zusammenhange auf wenigen Seiten herausgehoben findet, und hiermit hat sich der Herr Verf. ein nicht gering zu schätzendes Verdienst erworben. In einem Anhange ist noch eine Untersuchung der Wellenfläche zweiaxiger Krystalle mit Hülfe der neueren Geometrie gegeben, um deren weitgreifende Anwendbarkeit an einem neuen Beispiele und einem nicht minder interessanten wie schwierigen Probleme zu zeigen.

WITZSCHEL.

Programme.

3. Untersuchung eines von C. G. J. Jacobi aufgestellten Correlationssystemes. Von Dr. H. KLEIN. Osterprogr. für 1857 des Vitzthumschen Gymnasiums zu Dresden.

In Crelle's Journal Bd. XII, S. 137 erwähnt Jacobi ein Correlationssystem, welches auf folgende Weise zu Stande kommt. Man denke sich in zwei (verschiedenen oder zusammenfallenden) Ebenen zwei Paar feste Punkte A, B und A', B', wobei A und A' sowie B und B' entsprechende Punkte heissen mögen, lasse in der ersten Ebene einen Punkt P eine beliebige Gerade durchlaufen und in der zweiten Ebene den entsprechenden Punkt P' sich so bewegen, dass immer $A'P' = AP$ und $B'P' = BP$. Der Punkt P' beschreibt dann einen Kegelschnitt. Mit anderen Worten, man hat zwei Systeme, bei denen einer Geraden des einen Systemes ein Kegelschnitt im anderen Systeme entspricht. Das stereometrische Seitenstück zu diesem Satze lautet: Werden im Raume drei feste Punkte A, B, C und drei ihnen entsprechende A', B', C' angenommen und die correspondirenden Punkte P und P' immer so gewählt, dass $AP = A'P'$, $BP = B'P'$ und $CP = C'P'$, so entstehen zwei Systeme, bei denen P' eine Fläche zweiten Grades beschreibt, wenn P sich in einer Ebene bewegt. Auf dieselbe Art der Verwandtschaft zweier Systeme macht auch Magnus in einer Anmerkung zu §. 85 des 2. Theiles seiner analytischen Geometrie aufmerksam und erwähnt dabei gelegentlich, dass es gut sein würde, die Verwandtschaften überhaupt nach dem Grade der Gleichungen einzutheilen, welche zwischen x, y, z und x', y', z' stattfinden; die obige Beziehung würde dann zur zweiten Classe gehören und, wie alle Relationen dieser Classe, die Eigenthümlichkeit besitzen, dass einem reellen Punkte nicht immer ein reeller Punkt entspricht. — Diese Verwandtschaft untersucht der Verfasser mittelst der gewöhnlichen analytischen Geometrie und gelangt dabei zu mehreren Resultaten, die nicht ohne Interesse und wohl auch nicht bekannt sind. Als Beispiel für eine nicht besonders schwere analytisch-geometrische Untersuchung wird man den Inhalt des Schriftchens brauchen können.

---

4. Geschichte der Variationsrechnung. Von J. GIESEL. Einladungsschrift zu dem am 5. April 1857 gehaltenen Actus des Gymnasiums zu Torgau.

Der Verfasser leitet seine werthvolle Schrift mit folgenden sehr wahren Worten ein: „Die Geschichte der Mathematik, wie sie vollständig in dem bedeutenden Werke von Montucla und in den diesem weit nachstehenden von Bossut, Savérier u. A. behandelt, und wie sie für specielle Zeiträume von Kästner, Libri u. s. f. bearbeitet worden ist, beschäftigt sich zum grössten Theile mehr mit Biographieen, literarhistorischen Notizen, wohl auch mit Aufstellung geistreicher Gesichtspunkte, als dass es ihre vorzügliche Aufgabe wäre, den inneren Gang, die Entwickelung der einzelnen Methoden und Disciplinen der Mathematik aufzudecken. Letzteres ist weit mehr der Zweck vieler trefflicher Abhandlungen und Monographieen gewesen, wie z. B. der von Lagrange einzelnen Theilen seiner *mécanique analytique*, seiner *théorie des fonctions*, seines *calcul des fonctions* u. s. w. beigegebenen, jedoch nur in einzelnen Theilen genaueren und ausführlicheren historischen Einleitungen, ferner der Geschichte der Algebra in Italien von Cossali, der bisher leider unvollendet gebliebenen Geschichte der Algebra von Nesselmann, der historischen Abhandlungen von Chasles, vorzüglich aber seiner Geschichte der Geometrie. In ähnlicher Weise, wie zuletzt angedeutet ward, soll auch die gegenwärtige Abhandlung ein Versuch sein, die Geschichte der Variationsrechnung in ihrer vollen Entwickelung zu geben." Referent setzt gern hinzu, dass dieser Versuch in ausgezeichneter Weise gelungen ist und dass Referent sich sehr gefreut hat, in dem Verfasser einen ebenso tüchtigen Mathematiker als Historiker kennen zu lernen.

Den Anfang macht die Besprechung des berühmten von Joh. Bernoulli gestellten Problemes der Brachystochrone; die eigenthümlichen Betrachtungen, mittelst deren Jacob Bernoulli die Aufgabe löste, werden in §. 4. vollständig mitgetheilt. Daran schliesst sich das von Jac. Bernoulli gestellte isoperimetrische Problem, wobei der Verfasser wiederum in §. 6. den Gedankengang Bernoulli's klar auseinandersetzt. Mit besonderer Sorgfalt und Ausführlichkeit verweilt die weitere Darstellung bei den Abhandlungen Euler's, „*Problematis isoperimetrici in latissimo sensu accepti solutio generalis*" und „*Curvarum maximi minimive proprietate gaudentium inventio nova et facilis*", welche nachher in dem selbständigen Werke „*Methodus inveniendi lineas curvas maximi minimive proprietate gaudentes*" ihren Abschluss gefunden haben; von allen diesen Arbeiten Euler's giebt der Verf. eine in's Detail gehende Analyse. Den Beschluss macht die Auseinandersetzung von Lagrange's „*nouvelle methode pour déterminer les maxima et minima des formules intégrales indéfinies*", worin der Algorithmus der Variationsrechnung zum ersten Male auftritt. Angehangen sind ein Hundert Noten, welche von dem fleissigen Quellenstudium des Verf. Zeugniss ablegen.

Referent gesteht, dass er dieses Schriftchen mit ebensoviel Vergnügen als Belehrung gelesen hat und dass es ihm als ein Muster guter historischer Darstellung erschienen ist; er knüpft daran zwei Wünsche, dass nämlich der Verfasser seine Untersuchungen, womöglich mit Rücksicht auf die analytische Mechanik, bald zu Ende führen und nachher das Ganze als selbstständiges Werk erscheinen lassen möge. SCHLÖMILCH.

Bibliographie

vom 1. Juni bis 31. Juli 1857.

Periodische Schriften.

Berichte über die Verhandlungen der Königl. sächs. Gesellschaft der Wissenschaften zu Leipzig. Mathem.-phys. Classe. Bd. 8 (Jahrg. 1856), Heft 2. Leipzig, Hirzel. ⅓ Thlr.

Sitzungsberichte der mathem.-naturwissensch. Classe der Akademie der Wissensch. in Wien. Bd. XXIII. Heft 2. Wien, Gerold's Sohn in Comm. 1⅚ Thlr.

Astronomische Nachrichten. Bd. 46, Heft 1. Hamburg, Perthes-Besser & Mauke. pro compl. 5 Thlr.

Annalen der k.k. Sternwarte in Wien. Herausgeg. von C. v. LITTROW. 3. Folge. Bd. 4—6. Jahrg. 1854—56. Wien, Wallishauser. 2⅔ Thlr.

Beobachtungen der kais. Universitäts-Sternwarte Dorpat, herausgegeben von J. H. MÄDLER. Bd. 13 u. 14. Dorpat, Gläser in Comm. 6⅔ Thlr.

Mélanges biologiques tirés du bulletin physico-mathématique de l'académie de Pétersbourg. Tome II, livr. 4 et 5. Leipzig, Voss in Comm. 1 Thlr. 11 Ngr.

Mélanges physiques et chimiques tirés du bulletin de l'académie de Pétersbourg. Ebendas. 18 Ngr.

Reine Mathematik.

KUMMER, E. Theorie der idealen Primfactoren der complexen Zahlen, welche aus den Wurzeln der Gleichung $\omega^n = 1$ gebildet sind, wenn n eine zusammengesetzte Zahl ist. Berlin, Dümmler in Comm. 16 Ngr.

Petzval, J. **Integration der linearen Differentialgleichungen mit constanten und veränderlichen Coefficienten.** 4. Liefer. Wien, Gerold's Sohn in Comm. 4 Thlr.

Crelle, A. L. **Rechentafeln.** Stereotypausg. mit Vorwort v. C. Bremiker. Berlin, Reimer. 5 Thlr.

Raabe, J. L. **Mathematische Mittheilungen.** Heft 1. Zürich, Meyer & Zeller. ⅔ Thlr.

Baltzer, R. **Theorie und Anwendung der Determinanten.** Leipzig, Hirzel. 1⅓ Thlr.

John, J. **Allgemeine Grössenlehre.** Prag, Calve'sche Buchh. in Comm. 1 Thlr. 2 Ngr.

Schoof, C. L. **Arithmetik und Algebra.** 1. Heft. Hannover, Hahn. 12½ Ngr.

Ludowieg. **Erster Cursus der reinen Mathem.,** enthaltend Arithmetik, Algebra und ebene Geometrie. 3. Aufl. Ebendas. 28 Ngr.

Fahland, H. **Leitfaden für den planimetrischen Unterricht.** Luckau, Kutscher. 12 Ngr.

Bland, Miles. **Algebraische Gleichungen des 1. und 2. Grades theils mit theils ohne Auflösungen.** Nach dem engl. Original bearb. v. C. Girl. 1. Bd. Halle, Schmidt. 2 Thlr.

Spitz. **Lehrbuch der ebenen Geometrie.** Leipzig, C. F. Winter'sche Verlagshandlung. 24 Ngr.

Ders. **Anhang dazu,** enth. **Resultate und Andeutungen zur Auflösung der Aufgaben.** Ebend. 8 Ngr.

Féaux, B. **Lehrbuch der ebenen Planimetrie.** Paderborn, Schöningh. ¾ Thlr.

Ders. **Rechenbuch und geometrische Anschauungslehre.** Ebendaselbst. 12 Ngr.

Grunert, J. A. *De area trianguli loxodromici in superficie ellipsoidis. Dissertatio.* Greifswald, Koch in Comm. ⅓ Thlr.

Honegger, K. **Leitfaden f. d. geometr. Unterricht an Mittelschulen.** Zürich, Meyer & Zeller. ⅔ Thlr.

Nübel. **Lehrbuch der Trigonometrie.** 2. Aufl. Wesel, Hülsemann. ⅓ Thlr.

Ders. **Auflösung von Aufgaben aus Meier Hirsch.** 2. Aufl. Ebendaselbst. 8 Ngr.

Schwarz, A. **Die Anfänge der geometrischen Analysis.** Halle, Lippert. 1 Thlr.

v. Bouniakowsky. *Développements analytiques pour servir à compléter la théorie des Maxima et Minima des fonctions à plusieurs variables indépendantes.* Petersburg. Leipzig, Voss. ⅓ Thlr.

STURM. *Cours d'analyse de l'école polytechnique. Publié d'après le voeu de l'auteur, par E. Prouhet. Tome I. Paris, Mallet-Bachelier. 2 vol.* 12 *frcs.*

SANG, E. *The higher Arithmetic. London, Blackwood.* 5 *sh.*

Angewandte Mathematik.

SCHREIBER, G. Geodäsie. Anleitung zum geometrischen Theilen der Grundstücke. Mannheim, Bassermann. 1⅙ Thlr.

FINGER, L. Reductionstabellen, enthaltend Vergleichungen des Mikrometerpunktes mit der pariser Duodecimallinie und dem Millimeter, sowie umgekehrt. Berlin, Heymann in Comm. 1⅓ Thlr.

SCHEFFLER, H. Theorie der Gewölbe, Futtermauern und eisernen Brücken. Braunschweig, Vieweg's Schulbuchhandl. 2⅔ Thlr.

SEGNITZ. Beiträge zur mechanischen Theorie des Pfluges. Greifswald, Koch in Comm. 16 Ngr.

GURLT u. v. EGERSTROEM. Der Einfluss der Rotation auf die Abweichung der Geschosse. Cöln, Eisen's Verl. ½ Thlr.

KRAMER, P. Elemente der mathematischen Geographie. Augsburg, Rieger. ⅓ Thlr.

DRECHSLER, Dr. AD. Die Zeitabschnitte in kirchl., bürgerl. und astron. Hinsicht. Dresden, Kuntze. 16 Ngr.

BOGUSLAWSKY, G. v. Die Kometen und ihre Bedeutung als Weltkörper. Stettin, Cartellieri. 12 Ngr.

HEYBROK u. RATZEBURG. Nautischer Handatlas. Berlin, Hirschwald. 1⅚ Thlr.

VAN GALEN. Bahnbestimmung des Kometen III. 1846 für die Wiedererscheinung in den Jahren 1851 u. 1857 mit Rücksicht auf die Störungen der Planeten. Rotterdam, Bädeker. 16 Ngr.

Atlas des gestirnten Himmels für den Anfang des Jahres 1855 entworf. auf der k. Sternwarte zu Bonn. Lief. 1. Bonn, Markus. 3 Thlr.

LOBATTO, R. *Verzameling van vraagstukken, ter beoefening in te teopassing der gronden van de statica en hydrostatica. Amsterdam.* 3½ Thlr.

Physik.

Die Naturwissenschaften; für das Verständniss weiterer Kreise bearbeitet von DIPPEL, GOTTLIEB, KOPPE, LOTTNER, MÄDLER etc. Lief. 5 u. 6. Essen, Bädeker. pro Lief. ⅓ Thlr.

KUPFER, A. T. Ueber den Einfluss der Wärme auf die elastische Kraft der festen Körper und insbesondere der Metalle. Petersburg. Leipzig, Voss in Comm. 1⅔ Thlr.

Clausius, R. Ueber das Wesen der Wärme, verglichen mit Licht und Schall. Zürich, Meyer & Zeller. 8 Ngr.

Fleischhauer. Populär-physikalisches Handwörterbuch. 3 Hefte. Langensalza, Schulbuchhandl. à Heft 12 Ngr.

Becquerel. Elemente der Electrochemie. Aus dem Französisch. 3. Ausgabe. Erfurt, Otto. ⅚ Thlr.

Hänle, C. F. Galvano-Epikalymmatik oder hydroelektrische Metallüberziehung, Vergoldung, Versilberung etc. 2. Aufl. Lahr, Geiger. ⅚ Thlr.

Zodiacal-light; observations made chiefly on board the U. S. steam frigate Mississippi, by the Rev. G. Jones, chaplain. London. (forming Vol. III. of the U. S. Japan Expedition).

Beale, Lionel. A course of lectures on microscopical manipulation and the practical application of the microscope to different branches of investigation. London, Churchill.

Literaturzeitung.

Recensionen.

Lehrbuch der ebenen Geometrie, zum Gebrauche an höheren Lehranstalten und beim Selbststudium, von Carl Spitz, Lehrer an der polytechnischen Schule in Carlsruhe. Leipzig u. Heidelberg, C. F. Winter'sche Verlagshandlung, 1857.

Dieses für seinen Zweck, auf den wir gleich zurückkommen, sehr compendiös gefasste Werkchen zerfällt in 8 Abschnitte, welche zwei grössere Abtheilungen bilden. Die erste, Abschnitt I.—VI. umfasst nur solche Sätze, deren Beweisführung die Kenntniss der Lehre von den Proportionen ausschliesst; die zweite Abtheilung, Abschnitt VII—VIII., beruht im Wesentlichen auf dieser Lehre. Was den Inhalt der einzelnen Abschnitte betrifft, so genügt es wohl, deren allgemeine Ueberschriften anzugeben, welche in der nachstehenden Weise aufeinander folgen:

Einleitung §. 1—5. I. Von der geraden Linie und der Bestimmung der Lage einer Ebene §. 6—11. II. Von den Winkeln §. 12—37. III. Von den ebenen Figuren im Allgemeinen §. 38—43. IV. Von den Winkeln in den gradlinigen Figuren §. 44—48. V. Von der Congruenz der Figuren §. 49—110. VI. Von der Gleichheit und der Berechnung der geradlinigen Figuren §. 111—128. VII. Von der Aehnlichkeit der Figuren §. 129—179. VIII. Der Kreis in Verbindung mit den ein- und umgeschriebenen regelmässigen Vielecken — Berechnung des Kreises §. 180—202.

Ueber den Grund dieser Reihenfolge und namentlich der Trennung des Ganzen in zwei Hauptabtheilungen spricht der Herr Verfasser sich in der Vorrede aus. In der Vorschule des Polytechnicums in Carlsruhe wird nämlich die ebene Geometrie in zwei Jahrescursen gelehrt, mit denen der Unterricht in den übrigen Fächern der Art parallel läuft, dass es wenigstens zu Anfange gut ist, die Proportionen noch nicht als bekannt vorauszusetzen. Ein weiteres und, wie es scheint, wichtigeres Motiv liegt dann darin, dass es wünschenswerth ist, auch den Schülern, welche schon nach einem Jahre die Anstalt verlassen, um sich einem Gewerbe zu widmen, wenigstens die Kenntnisse mitzugeben, welche ihnen für ihren künftigen Beruf am unentbehrlichsten sind, und dazu gehören weit mehr die Berechnungen des

Flächeninhaltes der Figuren, als die Lehren von der Aehnlichkeit, oder gar die neueren Sätze der Transversalgeometrie, die eben deshalb erst dem VII. Abschnitte einverleibt sind.

Wenn wir auch mit diesen praktischen Rücksichten nicht rechten wollen, vielmehr gern unsere eigenen Universitätsansichten den Erfahrungen des Schulmannes unterordnen, so können wir uns um so weniger mit dem Titel des Ganzen einverstanden erklären. Es ist kein Lehrbuch zum Gebrauch an höheren Lehranstalten, am allerwenigsten zum Selbststudium, welches uns vorliegt; es ist ein sehr fasslich geschriebener und auch an Reichhaltigkeit des Inhaltes vielen ähnlichen Büchern vorzuziehender Leitfaden zum Unterrichte von etwa 14jährigen Knaben, und als solcher vollständig zu empfehlen. Höhere Ansprüche wollte und durfte der Herr Verf. nicht an seine Arbeit stellen, wenn er die nächste Veranlassung derselben, ihre Benutzung an der genannten Vorschule, im Auge behielt; und wenn wir auch allen Grund haben, anzunehmen, dass es ihm leicht gewesen wäre, ein Werk der Art zu schreiben, wie der Titel durch einen *lapsus calami* verspricht, so lag es diesesmal sicher nicht in seiner Absicht. Es geht dieses auch schon aus der Ordnung hervor, nach welcher eine ganze Anzahl von Sätzen nur angedeutet sind, deren Auflösung sich dann in dem besonders erschienenen „Anhang zu dem Lehrbuche der ebenen Geometrie von C. Spitz“ vorfindet, welcher etwas an die von demselben Verfasser vor zwei Jahren veröffentlichten und mit vielem Beifalle aufgenommenen „geometrischen Aufgaben“ erinnert.

Von Einzelheiten, welche uns zum Theile neu, zum Theile weniger gewöhnlich erschienen, wollen wir namentlich die Definition der Parallellinien hervorheben, welche von einer Parallelbewegung einer Geraden ausgeht, d. h. einer Bewegung einer Geraden *am* längs einer anderen Geraden *ab*, sodass jede Drehung um *a* ausgeschlossen bleibt. Ferner den Beweis der Aehnlichkeit der Dreiecke aus der Gleichheit der Winkel mit Hülfe des Flächenraums, indem dadurch der Fall der Incommensurabilität der Seiten keiner besonderen Betrachtung bedarf. Endlich wollen wir noch einen Gegenstand etwas näher in's Auge fassen, uns vorbehaltend bei anderer Gelegenheit weitere Ansichten über die Elemente der Geometrie auszusprechen.

Im §. 2. wird die gerade Linie definirt:

„Fällt jeder beliebige Theil einer Linie, wenn er mit zwei beliebigen Punkten irgendwo und auf irgend welche Weise auf dieselbe gelegt gedacht wird, überall mit ihr zusammen, so sagt man, die Linie sei grade“

und wir gestehen, dass von allen Definitionen dieses schwierigen Begriffes uns keine besser gefällt. Man pflegt nicht immer der Mängel sich bewusst zu sein, welche an den meisten sogenannten Definitionen der geraden Linie haften; und so möge es verstattet sein, hier eine Auswahl aller Erklärungen zu geben, die dem Referenten bekannt geworden sind.

Die älteste Definition ist die Euclidische: εὐθεῖα γράμμη ἐστιν, ἥτις ἐξίσου τοῖς ἐφ' ἑαυτῆς σημέιοις κεῖται, die Lorenz so überträgt: Eine gerade Linie ist, welche zwischen jeden in ihr befindlichen Punkten auf einerlei Art liegt; oder wie Andere übersetzen: welche den Punkten auf ihr gleichmässig liegt. Abgesehen davon, dass diese Definition an einer Dunkelheit des Ausdruckes leidet, welche ebensogut einen Kreisbogen als eine gerade Linie erkennen lässt, geht das Ungenügende derselben schon daraus hervor, dass es die einzige geometrische Definition ist, welche in den Elementen des Euclid niemals als Beweisgrund vorkommt, während alle übrigen in dieser Beziehung benutzt werden.

Mit Recht wurde deshalb von den meisten deutschen Autoren eine Erklärungsweise gesucht, welche, der Euclidischen sich anschliessend, den Vorzug einer grösseren Deutlichkeit besässe; mit Unrecht aber glaubten sie dieses Ziel dadurch erreicht zu haben, wenn sie sagten: „eine gerade Linie sei die, die immer eine Richtung behalte.“ In der That ist hierbei ein Hysteronproteron vorhanden, weil die gerade Linie auf die Richtung zurückgeführt ist, während umgekehrt die Richtung das Zusammengesetztere ist, die Gerade das Einfachere. Richtung ist erst die Art, wie eine Gerade im Raume sich ausdehnt. Denn Sätze wie folgender: „Richtung sei die unmittelbare Beziehung eines Punktes zu einem anderen“, sind doch wohl zu unverständlich, als dass man ihnen nicht ansehen sollte, wie sie nur gemacht sind, um einen logischen Fehler zu verbergen.

Besser wäre schon die Definition: „Eine gerade Linie ist die, bei der jeder Theil dem Ganzen ähnlich ist,“ wenn nicht dabei der Begriff der Aehnlichkeit vorausgesetzt wäre, welcher in der Regel erst viel später in der Geometrie auftritt.

Der Vollständigkeit wegen möge auch angeführt werden, dass Plato sagt: „die gerade Linie sei die, in der die mittleren Punkte die äusseren beschatten.“

Einige andere Erklärungsweisen bestehen darin, dass sie einen Lehrsatz aussprechen, dessen Möglichkeit, geschweige denn dessen Richtigkeit nicht im Voraus einleuchten. Dahin gehört die Definition: „Gerade Linien sind solche, deren zwischen zwei Punkten nur eine stattfindet“, oder wie Playfair in seinen *Elements of geometry* sich ausdrückt: „*If two lines are such, that they cannot coincide in any two points without coinciding alltogether, each of them is called a straight line.*“

Die bekannteste Definition aber, welche an diesem Fehler leidet, ist die Archimedische, welche namentlich von Lacroix und Legendre wieder aufgenommen wurde: „die gerade Linie sei der kürzeste Weg von einem Punkte zum andern.“ Hierin liegt ein streng zu beweisender Satz, abgesehen davon, dass der kürzeste Weg eine Tautologie enthält. Denn der kürzeste Weg ist doch nur der, dessen Länge die unbedeutendste; die Länge wird aber durch eine gerade Linie gemessen. Mit anderen Worten:

eine gerade Linie ist die, welche durch eine gerade Linie am kürzesten gemessen werden kann. Wollte man einwenden, der kürzeste Weg sei der, welcher in der kürzesten Zeit zurückgelegt wird, so stände der Richtigkeit der Definition zwar kein logisches aber ein factisches Hinderniss im Wege, wenn man sie nicht anders fassen will; denn das Licht z. B., welches bekanntlich den Weg der kürzesten Zeit einschlägt, bewegt sich durch verschiedene Mittel nicht in gerader Linie u. s. w.

Schliesslich kommen wir noch zu einer Definition, welche, von Fourier zuerst aufgestellt, sich in verschiedenen Ausdrucksweisen wiederholt hat. So sagt Olivier: „Eine Linie von beliebiger Länge, die mit einer ihr gleichen Linie auf keine Weise einen Flächenraum einschliessen kann, heisst gerade.“ Besser drückt sich Crelle aus: „Wenn, während zwei Punkte einer Linie fest sind, alle übrigen Punkte an demselben Orte im Raume bleiben, wie auch die Linie im Raume durch die festen Punkte gelegt werden mag, so heisst sie gerade.“ Bei Bretschneider endlich heisst es: „Eine gerade Linie ist diejenige, welche, wenn man sie um zwei in ihr als fest angenommene Punkte herumdreht, keinen hohlen Raum umschliesst, sondern stets ganz in sich hineinfällt.“ Aber auch hier lässt sich der Einwand machen, es sei die Möglichkeit einer solchen Linie nicht im Voraus klar, wie es doch nothwendig ist, wenn man eine Erklärung aufstellen will; eine Nothwendigkeit, durch deren Versäumniss man eben so gut dazu kommen könnte, einen viereckigen Kreis zu definiren.

Fassen wir die angegebenen Erklärungen nochmals zusammen, so finden wir in der That keine, welche mit der des besprochenen Werkes den Vergleich aushielte. Noch mehr aber stimmen wir mit Herrn Wittstein überein, der wohl zuerst (in seinem „Lehrbuch der Elementarmathematik“, Hannover 1856) den Gedanken im Drucke veröffentlichte, die gerade Linie sei einer von jenen Begriffen, die wir zur Geometrie mitbringen müssen, möge man sie nun angeboren oder erfahrungsmässig erworben nennen; keinesfalls aber reiche eine Definition zu deren Kenntniss aus.

CANTOR.

Grundzüge der darstellenden Geometrie für technische Schulen. Von CHR. SCHWERK, Prof. etc. Mit 10 lithogr. Figurentafeln. Stuttgart, Metzler'sche Buchhandlung.

Nachdem wir im 3. Hefte d. Jahrgangs auf das sehr ausführliche Gugler'sche Werk aufmerksam gemacht haben, können wir uns bei der Besprechung des vorliegenden Buches kürzer fassen, da es seiner ganzen Anlage nach für einen weniger hohen Standpunkt berechnet zu sein scheint. Während nämlich dort ein bedeutender Theil der reinen Geometrie in den Vortrag der descriptiven Geometrie verflochten ist, hat sich der Verf. der „Grundzüge etc.“ auf den constructiven Theil seiner Wissenschaft beschränkt, wie es von den meisten Schriftstellern dieses Fachs geschehen ist. Hierin liegt übrigens durchaus kein Tadel, und in so weit für jede vorkommende Construction ein Beweis gegeben wird, bleibt die mathematische Strenge gewahrt, und es fehlen nur jene Excurse, von denen man nicht behaupten kann, dass sie nothwendig zur descriptiven Geometrie gehören, die aber gerade dem Gugler'schen Werke einen eigenthümlichen Reiz verleihen.

Als Einleitung stellt der Verf. diejenigen stereometrischen Sätze zusammen, von denen die descriptive Geometrie besonders häufig Gebrauch macht; die Anordung ist dieselbe, wie in dem Lehrbuche der Stereometrie von Kauffmann (3. Aufl., Stuttgart 1856). Im Allgemeinen finden wir dagegen nichts zu erinnern und nur im Vorbeigehen wollen wir bemerken, dass uns die alte Definition der Ebene (als einer Fläche, bei welcher die gerade Verbindungslinie zweier Punkte von ihr ganz in sie hineinfällt) nicht besonders zusagt. Leichter und einfacher als die Construction eines mit vorherbestimmten Eigenschaften begabten Objectes ist es ohne Zweifel, einem schon vorhandenen Objecte gewisse Eigenschaften beizulegen, sowie es ganz analog offenbar mehr Mühe macht, eine Maschine von bestimmter Wirkungsweise zu erfinden, als die Wirkungsweise einer vorliegenden Maschine zu erkennen. Ebendeswegen ziehen wir es vor, die Ebene durch Bewegung einer Geraden erst entstehen zu lassen und ihr nachher die obige Eigenschaft *a priori* zu vindiciren.

In der ersten Abtheilung behandelt der Verf. einzeln nach einander die Projectionen des Punktes, der Geraden und die Spuren der Ebene, welche letztere der Reihe nach mit Punkten, Geraden und anderen Ebenen in Verbindung gebracht wird. Dieser Gang ist etwas systematischer, als der Gugler'sche, bei welchem die Darstellung des Punktes, der Geraden und der Ebene zusammen gegeben wird; er möchte daher für erste Anfänger jedenfalls passender sein. Daran knüpft sich die Betrachtung des bewegten Punktes (Cap. V.) und die Darstellung ebenflächiger Körper.

Die zweite Abtheilung beschäftigt sich mit gekrümmten Linien, Flächen und den von letzteren begrenzten Körpern. Für die Rectification des Kreises giebt der Verf. nur die Archimedische Regel (Umfang = $3\frac{1}{7}$ Durchmesser), die aber wegen der Theilung des Durchmessers in 7 Theile keine Bequemlichkeit bietet; es wäre hier die Angabe einer anderen, wie z. B. der Kochansky'schen Construction nicht überflüssig gewesen. Bei den Kegelschnitten hat es der Verfasser unterlassen, für die Constructionen der Tangenten, Normalen etc. Beweise beizubringen, obschon dieselben im Allgemeinen wenig Mühe machen; dies scheint uns etwas zu praktisch, und steht jedenfalls in Widerspruch mit der in der Vorrede verheissenen wissenschaftlichen Behandlung. Sollte aber der Verf. für diese und ähnliche, bei manchen Constructionen an Flächen nöthigen Ergänzungen ein Werk im Rückhalte haben, so hätte er dieses ebenso wie die Kauffmann'sche Stereometrie in der Einleitung anführen sollen. Von den windschiefen

Flächen finden wir zuerst das hyperbolische Paraboloid unter dem unglücklichen, eine *contradictio in adjecto* enthaltenden Namen „windschiefe Ebene"; das einfache Hyperboloid fehlt dagegen, obschon es gewiss ebenso wichtig als das hyperbolische Paraboloid und gerade nicht schwerer zu construiren ist. Ausführlich verbreitet sich der letzte Abschnitt über die Schraubenflächen, was bei deren häufigem technischen Gebrauche zu erwarten war.

Im Allgemeinen können wir die wissenschaftliche Seite des Buches nicht für dessen starke Seite erklären und möchten das Ganze weniger für ein Lehrbuch der descriptiven Geometrie als für eine mit Sachkenntniss zusammengestellte, gut geordnete und gedrängte Sammlung der descriptivgeometrischen Constructionen halten. Für manche Zwecke, und namentlich, wenn der mündliche Vortrag die öfters fehlenden Beweise ergänzt, wird dies hinreichen, auch wird das Buch bei seinem geringen Umfange als Nachschlagebuch Manchem willkommen sein, der nur eben die Constructionen beisammen haben will und die Beweise kennt oder selber zu finden weiss.

Schliesslich wollen wir bei dieser Gelegenheit noch einen Punkt besprechen, der den Verf. nicht allein betrifft, nämlich die hie und da auftauchende Bestrebung, an die Stelle der lateinischen und griechischen Kunstausdrücke der Mathematik deutsche Benennungen einführen zu wollen. Wir sind dieser Bemühung gänzlich abhold, nicht etwa aus Gelehrtthuerei, sondern aus einem ganz praktischen Grunde. Es wäre für den Verkehr in Wissenschaft, Kunst und Handel gewiss ein enormer Vortheil (für die Sprachlehrer freilich ein Unglück), wenn alle civilisirten Völker eine und dieselbe Sprache redeten, und wohl mag die Erwägung dieses Nutzens Leibnitz auf den ernstlichen Einfall einer Pasigraphie gebracht haben. Wir Mathematiker sind nahebei im Besitze dieses Schatzes und als Beweis dafür mag gelten, dass ein bekannter Schriftsteller, ohne ein Wort Englisch zu verstehen, englische mathematische Werke vollkommen richtig übersetzte, was er bei einem historischen Werke sicher hätte bleiben lassen, sowie auch Referent italienische und schwedische Abhandlungen durch die blosse Uebereinstimmung in den mathematischen Kunstausdrücken nicht selten vollständig entziffert hat. Diese Bequemlichkeit aufzugeben, halten wir für sehr verkehrt; es handelt sich dabei nicht im Geringsten darum, etwas Nationaleigenthümliches zu haben, denn jene Kunstausdrücke sind dem Schweden, Russen etc. eben so fremd wie uns. Wohin aber der puristische Eifer, consequent ausgeführt, kommen kann, das mag folgende Probe aus einem 1846 erschienenen, wahrscheinlich recht guten aber völlig unlesbaren Werke zeigen; das betreffende mathematische Räthsel lautet nämlich (S. 210): „Bei dem Strahlenzuge entspricht jeder Abkreisecke eine verbundene Zeilung zwischen den Grenzseiten; die Seiten der verbundenen Zeilung sind Zeilen der verbundenen Durchmesser. Die Spitze und Wendeecke bilden auf dem verbundenen Durchmesser eine Mittelflächung etc. etc."

SCHLÖMILCH.

Anleitung zum axonometrischen Zeichnen. Von J. WEISBACH, K. S. Bergrath und Professor. Freiberg bei Engelhard, 1857.

Denkt man sich einen Punkt im Raume auf ein rechtwinkeliges dreiachsiges Coordinatensystem bezogen mithin als Ecke eines rechtwinkeligen Parallelepipedes, dessen Kanten x, y, z heissen mögen, so bietet sich als nächstes Versinnlichungsmittel dieser Beziehung die Projection dar, welche entsteht, wenn man jenes Parallelepiped auf eine Ebene projicirt, die keiner von den Seitenflächen des Parallelepipedes parallel ist. Die Coordinatenachsen projiciren sich dabei als drei unter gewissen Winkeln gegeneinander geneigte Geraden und die Coordinaten x, y, z als gewisse auf jenen Geraden abgeschnittene Strecken x', y', z'. Kennt man die Lage der Projectionsebene gegen das rechtwinkelige Coordinatensystem, so sind auch die constanten Verhältnisse $\frac{x}{x'}$, $\frac{y}{y'}$, $\frac{z}{z'}$, sowie die Winkel $x'y'$, $y'z'$, $z'x'$ leicht zu bestimmen; da man aber hierbei meistens auf unbequeme irrationale Zahlenverhältnisse kommt, so hat der Verfasser schon vor längerer Zeit (s. Volz u. Karmarsch, polyt. Mittheil. Bd. I., 1848) den beachtenswerthen Vorschlag gemacht, lieber den umgekehrten Weg zu gehen, d. h. vorauszusetzen, dass sich die Projectionen x', y', z' dreier gleicher Coordinaten x, y, z wie drei gegebene Zahlen l, m, n verhalten sollen und daraus die Lage des Coordinatensystemes gegen die Projectionsebene und die Winkel $x'y'$, $y'z'$, $z'x'$ herzuleiten. Dies ist die theoretische Grundlage der axonometrischen Projection, welche der Verf. bereits am angeführten Orte vollständig mittelst der sphärischen Trigonometrie entwickelt hat. Später zeigte Ref. (im „Civilingenieur" von Zeuner), dass schon die einfachsten Grundformeln der analytischen Geometrie zu dieser Theorie hinreichen, und dass namentlich die Bestimmung der Winkel $x'y'$, $y'z'$, $z'x'$ auf einen sehr einfachen Ausdruck gebracht werden kann; die Linien x', y'. z' sind nämlich, $x = y = z$ vorausgesetzt, die Winkelhalbirenden eines Dreiecks, dessen Seiten sich wie $l^2 : m^2 : n^2$ verhalten (s. auch d. Ref. analyt. Geom. des Raumes). Nachdem hiermit das theoretische Princip der axonometrischen Projection genugsam erörtert war, kam es noch auf eine Anleitung zur Praxis derselben an, und aus diesem Bedürfnisse ist die vorliegende kleine Schrift, zum Theil Abdruck aus dem „Civilingenieur", hervorgegangen. Der Verfasser giebt zunächst die analytisch-geometrische Theorie der axonometrischen Projection, die sich aber auch, wie in Anhang I. gezeigt wird, durch einfache geometrische Betrachtungen ersetzen lässt, und knüpft daran die eigentliche Constructionslehre indem er der Reihe nach die Fundamentalaufgaben der descriptiven Geometrie axonometrisch behandeln lehrt. Auch die Durchschnitte von Flächen und die Schattenconstructionen zieht der Verf. in seinen Bereich und schliesst mit der axonometrischen Darstellung einiger technischen Apparate, um noch an einigen grösseren Beispielen zu zeigen, wie sich derartige Abbildungen ausnehmen. Man wird dabei bemerken, dass die axonometrische Projection zwischen der descriptiven Geometrie und der Perspective ungefähr die Mitte hält. Grundriss und Aufriss eines Gegenstandes geben zwar die Dimensionen desselben richtig an, können aber durch vielfache Deckung der unter- oder hintereinander liegenden Theile leicht die Deutlichkeit beeinträchtigen und liefern in keinem Falle ein anschauliches Bild des Objectes; die Perspective bietet zwar den grossen Vortheil einer malerischen Ansicht, ist aber für den Techniker wegen der ungleichen Verkürzungen und überhaupt wegen der Schwierigkeit, Maasse daraus zu entnehmen, fast gänzlich unbrauchbar; die axonometrische Projection endlich vereinigt die Annehmlichkeiten beider Darstellungsarten. Sie besteht aus einem einzigen Bilde und ähnelt sehr einer perspektivischen Zeichnung, bei welcher Augenpunkt und Distanzpunkt so weit entfernt liegen, dass die Abbildungen paralleler Geraden nahezu parallel sind; sie liefert aber auch gleichzeitig die wahren Dimensionen des Objectes, weil die Verkürzungsverhältnisse $\frac{x}{x'}$, $\frac{y}{y'}$, $\frac{z}{z'}$ bekannte constante Werthe haben. Zufolge dieser Vorzüge findet die axonometrische Projection gegenwärtig immer mehr Anwendung, und wer sie kennen lernen will, wird gewiss keine bessere Unterweisung als die ihres Urhebers erhalten können. SCHLÖMILCH.

Der Operationscalcul, oder **die Methode der Trennung der Operations- und Quantitätssymbole.** Von C. CARMICHAEL, deutsch herausgegeben von Dr. SCHNUSE. Braunschweig, Leibrock'sche Hofbuchhandlung. 1857.

Bereits auf S. 28—32 des ersten Jahrgangs unserer Literaturzeitung haben wir den Inhalt des englischen Originales so ausführlich besprochen, dass wir auf den materiellen Theil der vorliegenden Uebersetzung nicht tiefer einzugehen brauchen; es wird in dieser Beziehung die Bemerkung hinreichen, dass die deutsche Ausgabe — ein paar unbedeutende Noten abgerechnet — mit dem Originale übereinstimmt und hierdurch ein wenigstens wohlfeiles Mittel geboten ist, den Operationscalcul kennen zu lernen. Weniger zufrieden sind wir mit dem Style der Uebersetzung, der sich oft seitenlang der Construction „Wenn man . . . ., so erhält man . . . .“ bedient, was freilich sehr einfach und klar, aber auch sehr langweilig ist. Diese Dürftigkeit entspringt jedenfalls aus der Art und Weise, wie Herr Schnuse sein Uebersetzungsgeschäft betreibt; Ref. hatte früher Gelegenheit, eine **Schnuse**'sche Uebersetzung (aber **nicht** die vorliegende) im Manuscripte zu sehen und da zeigte sich denn, dass nur der zwischen den Formeln stehende Text im Manuscripte vorhanden, hinsichtlich der Formeln aber auf das beigelegte Manuscript verwiesen war. Dieses Verfahren bietet ohne Zweifel die Vortheile der Bequemlichkeit und geschwinden Expedition, es bindet aber auch den Arbeiter so streng an die Constructionen des Originales, dass von einem **deutschen** Style kaum noch die Rede sein kann. Wenn Männer wie **Gauss**, **Jacobi**, **Dirichlet**, deren Arbeiten in **jeder** Form dankbar anzunehmen wären, ihren Mittheilungen auch in stylistischer Beziehung die höchste Vollendung ertheilen, so hat ein Uebersetzer, dessen ganzes Geschäft nur in der Stylisirung besteht, gewiss die doppelte Verpflichtung, sich einer eleganten Darstellung zu befleissigen.

Herr **Schnuse** bemerkt in der Vorrede, der Operationscalcul sei für den geübteren Mathematiker ein kräftiges Hülfsmittel, um neue Wahrheiten mit Sicherheit und Schnelligkeit zu erhalten; diess möchte nur halb wahr sein, und wenn auch Referent die Schnelligkeit nicht in Abrede stellen will, so bezweifelt er um so mehr die Sicherheit. Soweit des Ref. Erfahrung reicht, kann der Operationscalcul zwar zur raschen Auffindung eines Resultates dienen, aber das Resultat selber bedarf immer noch einer Verification auf anderem Wege und namentlich einer besonderen Untersuchung über die Bedingungen seiner Gültigkeit, denn eben diese Bedingungen giebt der Operationscalcul nicht an. So hat man z. B.

$$e^{hD_x} u = u + \frac{h}{1} D_x u + \frac{h^2}{1.2} D_x^2 u + \dots = u + \Delta u$$

oder kürzer

$$e^{hD} = 1 + \Delta, \text{ mithin } hD = l(1+\Delta) = \Delta - \tfrac{1}{2}\Delta^2 + \dots$$

und wenn hiermit gegen eine Funktion $f(x)$ operirt wird, so ergiebt sich rasch genug die Gleichung

$$hDf(x) = \tfrac{1}{1}\Delta f(x) - \tfrac{1}{2}\Delta^2 f(x) + \tfrac{1}{3}\Delta^3 f(x) - \dots$$

jedoch ohne die wesentliche Bedingung, dass für unendlich wachsende n

$$Lim \int_0^1 \Delta^n f'(x)\, dt = 0, \quad \Delta x = h(1-t)$$

sein muss, wie auf Seite 272 des vorl. Jahrg. d. Zeitschr. f. Math. u. Phys. gezeigt worden ist. Auch der Verf. geht oft leichtsinnig genug mit seinem Calcul um und gelangt dann zu Resultaten, denen man auf den ersten Blick ansieht, dass sie in der Allgemeinheit, womit sie angegeben werden, schlechterdings nicht bestehen können. So z. B. findet der Verf. (S. 154 d. Uebers.)

$$\int e^x f(x)\, dx = e^x [f(x) - f'(x) + f''(x) - \dots]$$

und bemerkt, dass man hierzu auch durch theilweise Integration gelangen könne; das ist richtig und zwar zeigt die theilweise Integration, dass jedesmal ein Rest von der Form

$$\int e^x f^{(n)}(x)\,dx$$

übrig bleibt, aber von dieser Thatsache, die gerade da wichtig ist wo die Reihe halbconvergent wird, sagt der Operationscalcul gar nichts. Auf derselben Seite leitet der Verf. aus

$$\tfrac{1}{2} = \cos\vartheta - \cos 2\vartheta + \cos 3\vartheta - \ldots.$$

das allgemeine Theorem

$$\begin{aligned} f(x) &= f(x+h) - f(x+2h) + f(x+3h) - \ldots. \\ &+ f(x-h) - f(x-2h) + f(x+3h) - \ldots. \end{aligned}$$

her; hier ist schon die erste Gleichung unrichtig (wie u. A. der Specialfall $\vartheta = \pi$ zeigt), mithin auch die zweite. Man braucht nur $f(x) = \cos x$ und $h = \pi$ zu setzen, um sich hiervon auf der Stelle zu überzeugen. Gleich nachher geht der Verf. von der Formel

$$\tfrac{1}{2}\vartheta = \sin\vartheta - \tfrac{1}{2}\sin 2\vartheta + \tfrac{1}{3}\sin 3\vartheta - \ldots$$

aus, ohne zu berücksichtigen, dass dieselbe nur unter der Bedingung $\pi > \vartheta > -\pi$ gilt, und gelangt zu der Gleichung

$$\begin{aligned} hf'(x) &= \tfrac{1}{1}f(x+h) - \tfrac{1}{2}f(x+2h) + \tfrac{1}{3}f(x+3h) - \ldots. \\ &- \tfrac{1}{1}f(x-h) + \tfrac{1}{2}f(x-2h) - \tfrac{1}{3}f(x-3h) + \ldots. \end{aligned}$$

Auch diese ist falsch; denn setzt man $f(x) = \frac{1}{x}$, $h = \pi$ und zieht die unter einander stehenden Glieder zusammen, so ergiebt sich

$$-\frac{1}{x^2} = \frac{2}{\pi^2 - x^2} - \frac{2}{(2\pi)^2 - x^2} + \frac{2}{(3\pi)^2 - x^2} - \ldots.$$

oder

$$0 = \frac{1}{x} + \frac{2x}{\pi^2 - x^2} - \frac{2x}{(2\pi)^2 - x^2} + \frac{2x}{(3\pi)^2 - x^2} - \ldots.$$

und man weiss längst, dass die Summe der rechter Hand stehenden Reihe nicht $= 0$, sondern $= \operatorname{cosec} x$ ist. (Dass der Uebersetzer von All dem nichts bemerkt hat, wird nach dem, was wir über Herrn Schnuse's Arbeitsmethode anführten, sehr begreiflich sein.)

Diese auffallenden Unrichtigkeiten mahnen zur Vorsicht bei der Handhabung des Operationscalcüls namentlich da, wo unendliche Reihen, Produkte etc. zu behandeln sind; man wird in diesen Fällen wohl thun, den erhaltenen Resultaten kein unbedingtes Vertrauen zu schenken und rückwärts Beweise dafür zu suchen.

Trotz dieser Ausstellungen bleibt übrigens das Carmichael'sche Werk immer eine originelle Erscheinung, die beachtet zu werden verdient, und sich auch vielleicht bei weiterer Durcharbeitung von ihren bisherigen Mängeln befreien lässt. Man lasse sich daher durch das Obige von näherer Einsicht in das vorliegende, auch typographisch recht gut ausgestattete Büchlein nicht abhalten.

SCHLÖMILCH.

Abgedrungene Erklärung gegen die Ein- und Ausfälle des Herrn Dr. Schnuse in Heidelberg.

Herr Dr. Schnuse hat in einem Anhange zu seiner Uebersetzung von Carmichael *treatise on operations* eine **Antikritik** meiner in der Literaturzeitung zum 1. Heft dieses Jahrgangs der Zeitschrift gegebenen Beurtheilung seiner freien Bearbeitung von Chasles's *traité de Géometrie super.* veröffentlicht, deren Ton und Inhalt mich zwar jeder Entgegnung überheben sollte, insofern man mit Leuten, die solche Sprache führen, jeden, auch den öffentlichen Verkehr abbrechen muss, die aber doch einen Punkt enthält, über welchen zu schweigen mir falsch ausgelegt werden könnte.

Die in der genannten Antikritik unter fünf Nummern aufgestellten Einwände gegen mehrere theils richtig, theils falsch verstandene Aeusserungen in meiner Beurtheilung seiner „freien Bearbeitung oder Uebersetzung" legte mir Herr Dr. Schnuse schon am 5. März d. J. in einem besondern Schreiben mit ähnlichen unschicklichen Bemerkungen, wie sie die „Antikritik" enthält, sowie mit dem Verlangen, selbige in der Zeitschrift abdrucken zu lassen, vor und fügte die Drohung hinzu, gegen mich ebenso aufzutreten, wie gegen Herrn Grunert (in einer Nachschrift zur Vorrede der „freien Bearbeitung" des Chasles'schen Werks), wenn ich die Insertion unterliesse.

Schon letztere Drohung war mir hinreichend genug, mich zu bestimmen, auf das Schreiben des Herrn Dr. Schnuse weder privatim noch öffentlich zu antworten, und auch jetzt würde, wie erwähnt, Form und Inhalt vorliegender „Antikritik" jede Entgegnung meinerseits überflüssig machen, wenn nicht Herr Dr. Sch. unter Nr. 4) folgende Bemerkung mit einzufügen sich erlaubt hätte:

> „Indessen gesteht Herr Witzschel meiner „Uebersetzung" schliesslich doch das Verdienst zu: „in wohlfeiler Ausgabe das höchst schätzbare Werk von Chasles seinem wesentlichsten Inhalte nach dem deutschen Publikum zugänglich gemacht zu haben" — und somit wäre also mein Zweck vollständig erreicht. — Bemerken muss ich hier aber noch: dass Herr Witzschel über das Chasles'sche Werk und meine „Uebersetzung" desselben Herrn Buchhändler B. G. Teubner in Leipzig, welchem ich den Verlag der letztern antrug, ein Privatgutachten abgestattet hat, das mich förmlich indignirte, und wogegen die besprochene Recension in der Zeitschrift etc. noch als sehr günstig erscheint. — Unter andern behauptet Herr Witzschel darin: die *Géométrie Supérieure* stehe noch sehr weit gegen den barycentrischen Calcul zurück — woraus Chasles noch sehr Vieles hätte lernen können — das Doppelschnittsverhältniss verdiene vor dem anharmonischen den Vorzug — die *Géométrie Supérieure* brauche nicht deutsch herausgegeben zu werden, weil jeder Deutsche Französisch verstehe — und die deutschen Originalschriftsteller Möbius, Staudt, etc.

weit Vorzüglicheres geleistet hätten, als Chasles, etc. — Kurz die Anmassung und Nationaleifersucht des Herrn Witzschel spricht sich hier auf eine ebenso lächerliche, als unschickliche und unwahre Weise aus; denn man müsste ganz bornirt, oder verblendet sein, wenn man den wesentlichen Fortschritt verkennen, oder leugnen wollte, welchen die Darstellung der neuern Geometrie durch die Chasles'sche Arbeit gemacht hat. — Vor der Oeffentlichkeit hat es Herr Witzschel doch nicht gewagt, das fragliche Werk in gleicher Weise herabzusetzen — weshalb seine Recension über dasselbe Werk viel günstiger ausgefallen ist, als das Privaturtheil!" —

Diese Behauptungen des Herrn Dr. Schnuse entbehren nun allen Grundes. Herr Schnuse hat allerdings nach mittlerweile mir von Seiten der Herrn B. G. Teubner gefälligst zugekommenen Eröffnungen im September 1853 der genannten Buchhandlung den Verlag seiner Uebersetzung des Chasles'schen Werkes angeboten und den 11. October desselben Jahres bezüglich dieser Offerte eine ablehnende Antwort erhalten unter Beifügung eines diese Ablehnung motivirenden Gutachtens: aber **gänzlich unwahr** ist die Behauptung des Herrn Dr. Schnuse, dass ich der Verfasser dieses Privatgutachtens bin. Die Keckheit des Herrn Dr. Schnuse in seinen müssigen Erfindungen nöthigt mich diese Erklärung noch mit derjenigen zu belegen, dass ich zu der angegebenen Zeit noch nicht die Ehre gehabt habe, mit dem Herrn B. G. Teubner in irgend einer hierzu erforderlichen Beziehung und Bekanntschaft zu stehen.

Jedes Wort zur Widerlegung der weiteren ungegründeten Behauptungen halte ich nun für überflüssig. Einsichtsvolle und ehrenwerthe Leser der Schnuse'schen Antikritik, sowie meiner Recension und der vorstehenden Erklärungen können sich selbst ein Urtheil bilden, dass ich nicht zu fürchten brauche. Herrn Dr. Schnuse aber habe ich schon mit der bisherigen, wenn auch noch so geringen Mühe zu viel Ehre angethan.

Im Interesse des auch mir unbekannten*) Herrn Verfassers jenes Privatgutachtens, wovon mir in diesen Tagen auf meine Bitte von der Buchhandlung eine Abschrift bereitwilligst zugekommen ist, will ich nur noch an einem Beispiele kurz zeigen, welchen eigenthümlichen Gebrauch Herr Dr. Schnuse von diesem Gutachten bei Abfassung seiner „Antikritik" gemacht hat. Herr Sch. referirt aus dem Gutachten: „Die *Géom. supér.* brauche nicht deutsch herausgegeben zu werden, weil **jeder Deutsche** Französisch verstehe"; in dem Gutachten steht aber: „Soll dagegen nur der

---

*) Dass von der Discretion des ehrenwerthen Herrn B. G. Teubner eine sorgfältige Verschweigung des Namens vom Verfasser jenes Gutachtens gegen Jedermann zu erwarten bleibt, ist zwar selbstverständlich genug und insofern jede besondere Versicherung überflüssig, dürfte aber der mangelhaften Einsicht oder Gewissenhaftigkeit des Herrn Dr. Schnuse besonders und eindringlich beizubringen nöthig sein.

Zweck der Schnuse'schen Arbeit sein, die Bemühungen des Herrn Chasles auszugsweis in Deutschland bekannt zu machen, so möchte dies ziemlich überflüssig sein; eine Uebersetzung aus dem Französischen lässt sich heut zu Tage nur bei Lehrbüchern für Schulen noch verantworten, denn **jeder gebildete Mathematiker** versteht Französisch genug, um die stets in sehr einfachem Style geschriebenen Werke französischer Mathematiker lesen zu können." Aus „jeder gebildete Mathematiker" macht Herr Schnuse „jeder Deutsche" — ist ein solches Gebahren nicht Entstellung zu nennen, wenn aus einem vernünftigen und wohlbegründeten Ausspruche ein völlig unsinniger und unwahrer gemacht wird? Aber solchen Unsinn muss Herr Schnuse fabriziren, um ihn mir an den Kopf zu werfen und damit meine von ihm entdeckte Bornirtheit und Verblendung nachzuweisen! Die übrigen Referate, wie sie von Herrn Schnuse aus dem Gutachten gezogen sind, in gleicher Weise als Falsificate hinzustellen, wäre mir zwar möglich, allein auch hier wird mir der wirkliche Herr Verfasser des besagten Privatgutachtens beistimmen: Für Herrn Dr. Schnuse zu viel Ehre, übrigens — *sapienti sat!* —

Dresden, den 20. September 1857. Dr. Witzschel.

Bibliographie

vom 1. August bis 15. September 1857.

Periodische Schriften.

Journal für reine und angewandte Mathematik. Als Fortsetzung des Crelle'schen Journals herausgeg. von Borchardt. Bd. 54, Heft 1. Berlin, Reimer. pro compl. 4 Thlr.

Archiv der Mathematik u. Physik, herausgeg. von Grunert. Bd. 29, Hef. 1. Greifswald, Koch. pro compl. 3 Thlr.

Astronomische Nachrichten, begr. von Schumacher, fortges. von Hansen und Peters. Bd. 47, Nr. 1—3. Hamburg, Perthes, Besser & Mauke. pro compl. 5 Thlr.

Berichte über die Verhandlungen der Königl. sächs. Gesellschaft der Wissenschaften zu Leipzig. Mathem.-phys. Classe. Jahrg. 1857, Heft 1. Leipzig, Hirzel. ⅛ Thlr.

Abhandlungen der Königl. Akademie der Wissensch. zu Berlin. Aus dem Jahre 1856. Berlin, Dümmler in Comm. 15 Thlr.

Mélanges physiques et chimiques tirées du bulletin physico-mathém. de l'académie de Pétersbourg. Tome III, Livr. 1. Leipzig, Voss in Comm. 23 Ngr.

Fortschritte der Physik im Jahre 1854. Dargest. von der physik. Gesellsch. in Berlin. 10. Jahrgang, redigirt von A. Krönig. 2. Abth. Berlin, Reimer. 2 Thlr.

Reine Mathematik.

Dilling, A. Sammlung von Aufgaben und Beispielen aus der Arithmetik und Algebra. Braunschweig, Schwetschke & Sohn. 1 Thlr. 18 Ngr.

Ders. Auflösungen und Resultate dazu. Ebendas. 1 Thlr.

Escher, P. Begründung der wichtigsten Gesetze der Arithmetik. Stuttgart, Metzler'sche Buchhandl. ⅓ Thlr.

Brettner, H. A. Leitfaden beim Unterrichte in der Arithmetik, Algebra u. Combinationslehre. 5. Aufl. Breslau, Max & Comp. ⅔ Thlr.

Beger, A. Lehrbuch der Elementar-Mathematik. Erster Theil: Lehrbuch der Elementar-Arithmetik. 1. u. 2. Abschn. Berlin, Oehmigke. 24 Ngr.

Köhler, H. G. Logarithmisch-trigonometrisches Handbuch. 5. Stereotyp-Ausg. Leipzig, Tauchnitz. 27 Ngr.

Bland, Miles. Algebraische Gleichungen des 1. und 2. Grades. Bearbeit. vom Oberlieuten. Girl. 2. Bd. Halle, Schmidt. ⅔ Thlr. (pro compl. 2⅔ Thlr.)

Dienger, J. Die Differential- u. Integralrechnung, umfassend dargestellt. Stuttgart, Metzler'sche Buchhandl. 4 Thlr.

Carmichael, R. Der Operationscalcul; deutsch herausgeg. von Dr. Schnuse. Braunschweig, Leibrock. 1½ Thlr.

Rose, H. Lehrbuch der Geometrie für techn. Lehranstalten und Gymnasien. 1. Theil: ebene Geometrie. 2. Aufl. Nürnberg, Riegel & Wiessner. 1 Thlr. 12 Ngr.

Berkhan, W. Das Problem des Pappus von den Berührungen durch geometr. Oerter gelöst etc. Halle, Schmidt. ½ Thlr.

Schäffer, H. Lehrbuch der Stereometrie. Leipzig, Brockhaus. 1 Thlr.

Sloman, H. Leibnitzens Anspruch auf die Erfindung der Differentialrechnung. Leipzig, Teubner. 1 Thlr.

Sturm, M. *Cours d'Analyse de l'école polytechnique; publié par E. Prouhet. Tome I. Paris, Mallet-Bachelier.*

Angewandte Mathematik.

Hansen, P. A. Auseinandersetzung einer zweckmässigen Methode zur Berechnung der absoluten Störungen der kleinen Planeten. 2. Abhandl. (Aus d. Abhandl. d. Leipzig. Gesellsch. d. Wissensch.) Leipzig, Hirzel. 1⅓ Thlr.

SCHUBERT, G. H. v. **Lehrbuch der Sternkunde.** 3. Aufl. Frankfurt a. M., Heyder & Zimmer. ⅝ Thlr.

JOHN, G. A. **Anleitung zur Kenntniss des gestirnten Himmels.** Neue Ausg. Leipzig, Thomas. ⅝ Thlr.

PFEIL, L., Graf. **Der Einfluss der Kometen und Meteore auf die Entstehung und Entwickelung der Erde.** Berlin, Wagner. ⅙ Thlr.

ALLÉ, M. **Ueber die Bahn der Lätitia.** (Aus den Sitzungsber. der Wiener Akademie.) Wien, Gerold's Sohn in Comm. 4 Ngr.

WIEGAND, A. **Grundriss der mathematischen Geographie.** 4. Aufl. Halle, Schmidt. ⅓ Thlr.

KRÖHNKE, H. **Handbuch zum Abstecken von Curven auf Eisenbahnlinien.** 2. Aufl. Leipzig, Teubner. 18 Ngr.

LAISSLE und SCHÜBLER. **Der Bau der Brückenträger,** mit wissenschaftlicher Begründung. Stuttgart, Neff. 1 Thlr. 24 Ngr.

WEISBACH, J. **Lehrbuch der Ingenieur- und Maschinen-Mechanik.** 3. Aufl. Bd. 2. Lief. 3 u. 4. Braunschweig, Vieweg. pro Lief. ½ Thlr.

RÜHLMANN, M. **Hydromechanik.** Heft 3. Leipzig, Arnoldische Buchhandlung. 1 Thlr. 12 Ngr.

WIEBE, F. K. H. **Die Lehre von den einfachen Maschinentheilen.** Bd. 2. Heft 3. mit Atlas. Berlin, Ernst & Korn. 2⅓ Thlr.

OTTO, J. C. F. **Neue ballistische Tafeln.** 2 Abtheilungen. Berlin, Geh. Hofbuchdruckerei (Decker). 2 Thlr.

GROSSMANN, F. **Führer in der geometrischen Analyse der Krystallographie.** Leipzig, Engelmann. ¾ Thlr.

Physik.

REDTENBACHER, F. **Das Dynamiden-System.** Grundzüge einer mechanischen Physik. Mannheim, Bassermann. 2 Thlr.

CRÜGER, C. F. J. **Grundzüge der Physik.** 5. Aufl. Erfurt, Körners Verlag. ½ Thlr.

BRETTNER, H. A. **Leitfaden für den Unterricht in der Physik.** 14. Aufl. Breslau, Max & Comp. ⅜ Thlr.

BARY, M. E. **Neue physikalische Probleme.** Für die oberen Klassen von Gymnasien etc. Uebers. von Dr. KORSCHEL. Halle, Schmidt. 1 Thlr. 6 Ngr.

SCHICKH. **Rückblicke auf die 32. Versammlung der Naturforscher in Wien 1856.** Leipzig, Hässel. 12 Ngr.

Die Naturwissenschaften; für das Verständniss weiterer Kreise bearbeitet von Dippel, Gottlieb, Mädler, Koppe etc. Heft 7 u. 8. Essen, Bädeker. à Heft . . ⅙ Thlr.

Gerling, H. Bemerkungen über die rundlaufenden Stürme oder Cyclonen. Hamburg u. Leipzig, Rein'sche Buchhandlung. 1 Thlr.

Petzval, J. Bericht über optische Untersuchungen. (Aus den Sitzungsberichten der Wiener Akademie.) Wien, Gerold's Sohn in Comm. ⅙ Thlr.

Fromberg, E. Die graphischen Künste der Galvanoplastik (Galvanographie etc.). Quedlinburg, Basse. ⅙ Thlr.

Gerke, F. A. Der Elektro-Magnetismus als Maschinen-Triebkraft. Hamburg, Meissner. 8 Ngr.

Blodget, Lorin. *Climatology of the United States, with isothermal Carts etc.* (Philadelphia) London.

Literaturzeitung.

Recensionen.

Neue Ballistische Tafeln. Von J. C. F. Otto, Oberstlieutenant à la suite des Garde-Artillerie-Regiments und Director der Pulvermühle zu Spandau.

Diese neuen ballistischen Tafeln bilden den Abschluss für einen wesentlichen Theil der vielen werthvollen Arbeiten, mit welchen der Verfasser die Ballistik bereichert hat, und zur besseren Würdigung derselben sei es daher gestattet, mit einer kurzen Schilderung seines Wirkens auf diesem Felde zu beginnen.

Im Jahre 1833, in welchem die erste Schrift des Verfassers, die mathematische Theorie des Rikoschettschusses, erschien, herrschte wenigstens im Allgemeinen noch die Ueberzeugung, dass der Widerstand der Luft gegen ein kugelförmiges Geschoss durch eine in der Richtung der Tangente seiner Mittelpunktsbahn wirkende Resultante dargestellt werden könne.

Die Grösse des Widerstandes wurde gewöhnlich als Gewicht einer Luftsäule angegeben, deren Grundfläche die grösste Kreisfläche der Kugel und deren Höhe ein gewisser Theil λ ihrer Geschwindigkeitshöhe war; auch wusste man bereits aus den Hutton'schen Versuchen, dass die Newton'sche Annahme $\lambda = \frac{1}{2}$ zu klein und λ eine mit dem Wachsen der Geschossgeschwindigkeit zunehmende Grösse sei. Um jedoch die aus der Veränderlichkeit von λ entspringende grössere Verwickelung des ballistischen Problems zu vermeiden, begnügte man sich gewöhnlich damit, bei jeder einzelnen ballistischen Untersuchung für λ einen constanten Mittelwerth anzunehmen, der nach Massgabe der grösseren oder kleineren Geschossgeschwindigkeiten, welche eben in Betracht kamen, etwas grösser oder kleiner gewählt wurde, und auch Oberstlieutenant Otto hielt dieses Verfahren bei der Construction seiner ballistischen Tafeln fest; mit welchem Rechte dies geschah, wird unten näher beleuchtet werden.

Was ferner den damaligen Stand der Ballistik in analytischer Hinsicht anbelangt, so hatte es bis dahin an einer den Anforderungen der Praxis nur einigermassen genügenden Gleichung der Flugbahn gefehlt; denn die

nach den Potenzen der horizontalen Abscissen x fortlaufenden Reihen, welche die vertikale Ordinate y der Flugbahn ausdrücken sollen, werden schon für x von geringer Grösse divergent, und Gleichungen von anderer Form, wie z. B. die Vega'sche gelten nur für sehr flache Bahnen. Das erste Verdienst des Verfassers der neuen ballistischen Tafeln war daher die Auffindung einer, wenn auch nicht immer convergenten, aber doch in weit grösserer Ausdehnung brauchbaren Reihe für die vertikale Coordinate y der Flugbahn, welche in der mathematischen Theorie des Rikoschettschusses veröffentlicht und dieser Theorie unter Beifügung der nöthigen Tafeln zum Grunde gelegt wurde. Bezeichnen nämlich:

G das Absolutgewicht des kugelförmigen Geschosses vom Durchmesser D,

G' „ „ einer Luftkugel von demselben Durchmesser,

λ den obengedachten Factor,

k den Ausdruck $\frac{2DG}{3G'}$,

x und y die horizontale und vertikale Coordinate eines Punktes der Flugbahn (den Coordinatenanfang in der Geschützmündung angenommen),

φ den Winkel, welchen im Punkte x, y die Tangente der Bahn mit der Richtung der x bildet,

w denselben Winkel für den Anfang der Bahn, den sogenannten Elevationswinkel,

v die Geschwindigkeit des Geschosses im Punkte x, y.

c die Geschwindigkeit des Geschosses im Anfange der Bewegung,

e die Grundzahl der natürlichen Logarithmen,

g die Beschleunigung der Schwere,

ξ den Ausdruck $\frac{x}{k \cos w}$,

ζ den Ausdruck $\frac{y}{h}$,

ϱ den Ausdruck $\frac{gk}{c^2}$,

$f_0' = e^{\xi} - 1 - \xi$, f_1'', f_0''' und f_2'''

$F_0' = e^{\xi} - 1$, F_1'', F_0''' und F_2'''

Functionen von ξ und e^{ξ}, deren Werthe in den oben gedachten Tafeln enthalten sind, so ist:

1) $\zeta = \xi \sin w - \varrho f_0' + \varrho^2 \sin w f_1'' - \varrho^3 [f_0''' + \sin^2 w f_2'''] \ldots .$

2) $tg\, \varphi \cos w = \sin w - \varrho F_0' + \varrho^2 \sin w F_1'' - \varrho^3 [F_0''' + \sin^2 w F_2'''] \ldots .$

Die Convergenz dieser Reihen erstreckt sich zwar ebenfalls nicht auf sehr grosse Werthe von ξ, wenn w nicht sehr klein ist, genügt aber unter Anwendung einiger besonderen Kunstgriffe zur Lösung der den Rikoschettschuss betreffenden Fragen. Für grössere ξ gab Oberstlieutenant Otto in den im Jahre 1834 erschienenen ballistischen Tafeln die Gleichung

3) $\frac{gk}{c^2} = \varrho = [\xi]_1 \sin w + [\xi]_3 \sin^3 w + [\xi]_5 \sin^5 w - \zeta\left[\frac{1}{e^\xi - 1 - \xi} + z \sin^2 w\right]$

in welcher $[\xi]_1 = \frac{\xi}{e^\xi - 1 - \xi}$, $[\xi]_3$, $[\xi]_5$ und z Functionen von ξ und e^ξ sind, und y nur klein gegen x vorausgesetzt wird.

Diese Reihe convergirt, wenn w 24° nicht übersteigt, von $\xi = 0$ an, um so schneller je grösser ξ wird, die ballistischen Tafeln vom Jahre 1834 aber geben die Zahlenwerthe der verschiedenen in derselben vorkommenden Functionen von ξ und in der Einleitung Näherungsmethoden, um vermittelst derselben Gleichung auch ξ aus w, oder w aus ξ zu berechnen, wenn ϱ und y, also auch ζ bekannt sind. Die gedachten Tafeln genügten daher bei dem damaligen Standpunkt der Ballistik zur Auflösung aller wesentlichen beim Schiessen aus Kanonen und Haubitzen vorkommenden Fragen. Für Bombenwürfe aus Mörsern, bei denen w zwischen 30° und 75° liegt und φ von $\varphi = w$ bis 0 ab, und dann mit entgegengesetztem Vorzeichen selbst bis über w hinaus wieder zunimmt, sind die Gleichungen 1), 2) und 3) nicht brauchbar, und überhaupt wohl keine die ganze Bahn umfassenden Gleichungen möglich, weil d^2y den Factor $(dx^2 + dy^2)^{\frac{1}{2}}$ enthält, welcher vor der Integration in eine Reihe verwandelt werden muss, die je nachdem dx oder dy grösser ist nach den Potenzen des zweiten oder des ersteren Differentials fortschreitet. Der Verfasser der ballistischen Tafeln hat sich aber für derartige höhere Flugbahnen eine Anzahl einander entsprechender Coordinaten x und y, sowie die ihnen correspondirenden Flugzeiten t dadurch verschafft, dass er den Bogen s der Curve in kleine Elemente Δs theilte, welche bei der Berechnung der ihnen entsprechenden Δx, Δy u. s. w. als gerade Linien betrachtet werden konnten.

Bezeichnet im Allgemeinen (m) den Ausdruck

$$\tfrac{1}{2}\left[\frac{\sin m}{\cos^2 m} + \log nat\, tg\,(45^\circ + \tfrac{1}{2} m)\right],$$

denkt man sich die Flugbahn rückwärts unendlich verlängert und nennt man die hierauf bezügliche Grenze von φ, d. i. der Assymptotenwinkel der Bahn, α, so ist zuvörderst:

$$4)\qquad (\alpha) = (w) + \frac{gk}{c^2 \cos^2 w},$$

sodann

$$\frac{s}{k} = \log nat\,[(\alpha) - (\varphi)] - \log nat\,\frac{gk}{c^2},$$

und wenn den Endpunkten des Bogens Δs die Winkel φ_1 und φ_2 entsprechen

$$\Delta s = k \log nat \frac{(\alpha) - (\varphi_2)}{(\alpha) - (\varphi_1)} = 2{,}302585\, k \log vulg \frac{(\alpha) - (\varphi_2)}{(\alpha) - (\varphi_1)}.$$

Endlich hat man, wenn $2{,}302585\,k$ als Einheit der Längen genommen, und dann die Abscisse und Ordinate mit ζ^I und ξ^I bezeichnet wird,

$$\Delta \xi^l = \log vulg \frac{(\alpha) - (\varphi_2)}{(\alpha) - (\varphi_1)} \cos\left(\frac{\varphi_1 + \varphi_2}{2}\right)$$

$$\Delta \zeta^l = \log vulg \frac{(\alpha) - (\varphi_2)}{(\alpha) - (\varphi_1)} \sin\left(\frac{\varphi_1 + \varphi_2}{2}\right).$$

Auf ähnliche Art aber findet sich, wenn $2{,}302585 \sqrt{\frac{k}{g}}$ die Einheit der Zeiten ist, und dem Bogen s die Zeit Θ entspricht:

$$\log vulg \Delta \Theta = \log vulg \Delta \xi^l + \tfrac{1}{2} \log vulg [[(\alpha) - (\varphi_1)][(\alpha) - (\varphi_2)]]$$

Durch Addition der einzelnen Elemente der Coordinaten und der Zeit wurden dann leicht ξ^l, ζ^l und Θ erhalten und zu den im Jahre 1842 erschienenen Tafeln für den Bombenwurf verwendet. Dieses Werk enthält nämlich der Hauptsache nach folgendes:

1. eine Tafel der Zahlenwerthe der Function (w) von $w = 0$ bis $w = 87^\circ$.
2. eine Tafel, in welcher bei jedem der Elevationswinkel $w = 30^\circ$, 35°, 40° .... bis 75° für verschiedene Asymptotenwinkel von $\alpha = w + 1^\circ$ an bis $\alpha = 87^\circ$ die $y = 0$ entsprechende horizontale Sehne oder Wurfweite ξ der Bahn, und die correspondirende Zeit Θ enthalten sind.
3. eine Tafel, in welcher für dieselben w und α die $y = 0$ entsprechenden φ und $\frac{\xi}{\Theta^2}$ stehen.

Ist also k und w gegeben, so erhält man aus der Gleichung 4) vermittelst der Tafel 1) den Asymptotenwinkel α, und findet sodann in Tafel 2) die horizontale Wurfweite ξ^l und die Zeit Θ, welche nur noch auf die gewöhnliche Längen- und Zeiteinheit zu bringen sind. Ferner giebt dann die Tafel 3) auch den Aufschlagswinkel φ, und somit die Möglichkeit, für ein von 0 verschiedenes y die entsprechende Wurfweite ξ, oder nach der Gleichung

$$v = \frac{\sqrt{gk}}{\cos \varphi \sqrt{(\alpha) - (\varphi)}}$$

die Aufschlagsgeschwindigkeit zu berechnen.

Ist endlich k unbekannt, aber w, die horizontale Wurfweite x und die Zeit T (in gewöhnlichem Längen- und Zeitmaass) gegeben, so hat man

$$\frac{x}{T^2} = \frac{2{,}302 \ldots . k \xi}{(2{,}302 \ldots .)^2 \frac{k}{g} \Theta^2},$$

mithin:

$$\frac{2{,}302 \ldots . x}{g T^2} = \frac{\xi}{\Theta^2}.$$

Sucht man den hieraus erhaltenen Zahlenwerth von $\frac{\xi}{\Theta^2}$ in der Tafel 3) auf, so findet man daneben den Asymptotenwinkel α, dann in der zweiten Tafel ξ^l und endlich

$$k = \frac{x}{2{,}302585\,\xi^I},\quad \lambda = \frac{2DG}{3kG^I}.$$

Die Ballistik, deren Grundlagen man bis dahin für genügend gehalten hatte, war nun durch diese verschiedenen ballistischen Tafeln und durch andere ähnliche Hülfsmittel, von denen hier nur die in Frankreich gebräuchliche d'Obenheim'sche *Planchette de canonier* genannt werden möge, soweit ausgebildet, dass man dieselbe mit grösserer Leichtigkeit als vorher auf die Praxis anwenden konnte. Allein je öfter dies geschah, um so mehr stellte es sich heraus, dass die Ergebnisse der Theorie in vielen Fällen denjenigen der Praxis sehr widersprachen. In Deutschland war man aber inzwischen auch mit dem grossen Einfluss bekannt geworden, welchen bei excentrischen Hohlkugeln die Lage ihres Schwerpunktes im Geschützrohr und die dadurch bedingte Richtung ihrer Rotation auf die Flugbahn derselben ausübt.

Es machte sich daher bald die Ueberzeugung geltend, dass die Rotationen, welche bei keinem Geschoss unterbleiben, einen Widerstand oder Druck der Luft gegen das Geschoss in einer auf die Tangente der Flugbahn rechtwinkeligen Richtung erzeugen, und dass die Nichtbeachtung dieser seitlichen Wirkung der Luft die Hauptursache der wahrgenommenen Widersprüche zwischen Theorie und Praxis sei. Man bestrebte sich deshalb vielseitig hierüber in das Klare zu kommen und auch der Verfasser der ballistischen Tafeln betheiligte sich — die beabsichtigte Erweiterung jener Tafeln einstweilen verschiebend — an diesen Bestrebungen durch eine Reihe von interessanten theoretischen Untersuchungen, welche in den Jahren 1843—1847 unter dem Titel: „Ueber Umdrehung der Artillerie-Geschosse und Fortsetzung der Bemerkungen über den Einfluss der Umdrehung der Artillerie-Geschosse auf ihre Bahn“ erschienen.

In Frankreich beachtete man, wie es mit dem im Auslande gefundenen so oft geschieht, die gemachten Entdeckungen über den Einfluss der Rotationen auf die Geschossbahnen nur wenig. Man suchte daher dort die Widersprüche zwischen den Ergebnissen der Theorie und der Praxis in der ungenauen Annahme über den Coefficienten λ und stellte sehr sorgfältige Versuche zur Bestimmung desselben an. Die Ergebnisse dieser Versuche, welche im 6. Heft des 1. Jahrganges dieser Zeitschrift mitgetheilt worden sind, stimmen mit den von Hutton gefundenen nahe überein, und man kann nach denselben $\lambda = \frac{1}{2}\left[1 + \frac{1}{r}v\right]$ setzen, wo 1 constant und v die veränderliche Geschwindigkeit des Geschosses ist. Man säumte daher nicht, dieses Resultat in der Praxis einzuführen, und das *Traité de ballistique* des Eskadronchefs Didion, welches im Jahre 1848 mit den nöthigen Tabellen zur Erleichterung der praktischen Anwendungen erschien, ist auf diese Annahme $\lambda = \frac{1}{2}\left[1 + \frac{1}{r}v\right]$ gegründet. Dass nun durch diese Auffassung die ballistischen Formeln weit verwickelter werden, als für ein constantes λ, ist an sich klar; allein man könnte diesen Uebelstand wohl mit in den Kauf nehmen, wenn dadurch eine grössere Uebereinstimmung zwischen Theorie und Praxis erreicht würde. Bei den ungemein verwickelten Didion'schen Formeln möchte es aber kaum möglich sein, in denselben den Einfluss der Rotationen auf die Flugbahn auf eine für den praktischen Rechner irgend brauchbare Weise mit in Ansatz zu bringen, und dadurch verliert man an der Genauigkeit der Resultate ungleich mehr, als durch die genauere Annahme über λ gewonnen wird. Wenn aber überhaupt von dem Verfasser des *traité de balistique* die Uebereinstimmung seiner Formeln mit der Praxis gerühmt wird, so kann sich Referent dabei eines gewissen Zweifels nicht ganz erwehren; denn er hat sich selbst viel mit der praktischen Anwendung der Ballistik beschäftigt und hierbei im Allgemeinen die Erfahrung gemacht, dass wenn man die Einwirkung der Rotation in der Rechnung unberücksichtigt lässt, gerade die grösseren Werthe von λ, wie $\lambda = \frac{1}{2}\left(1 + \frac{1}{r}v\right)$, gewöhnlich am wenigsten dazu geeignet sind, um das Verhältniss der horizontalen Schussweiten zu den Elevationswinkeln so zu geben, wie es sich in der Praxis findet.

In Deutschland hatte indessen der Verfasser der ballistischen Tafeln einen andern Weg eingeschlagen, um die gewünschte Uebereinstimmung zwischen Theorie und Praxis zu erzielen. Er wählte nämlich für die Beschleunigung der Kraft, mit welcher die Luft in Folge der Rotation in einer auf die Tangenten der Flugbahn rechtwinkeligen Richtung gegen die Geschosse wirkt, — in Ermangelung einer theoretischen Bestimmung derselben, — einen empirisch aufgestellten Ausdruck und suchte die Zahlenwerthe seiner Constanten für jeden einzelnen Fall der Praxis aus der letzteren selbst zu bestimmen. Die Ergebnisse dieser Arbeit sind in den 1855 bis 1857 im Archiv für die Offiziere des Königl. Preussischen Artillerie- und Ingenieur-Corps, sowie in besonderen Abdrücken erschienenen Hülfsmitteln für ballistische Rechnungen 1., 2. und 3. Lieferung enthalten. Da auch hier die Annahme eines constanten λ beibehalten ist, so wird die Berechtigung hierzu besonders nachgewiesen. Der Verfasser wendet nämlich 8 verschiedene Hypothesen über den Widerstand der Luft auf ein willkürlich gewähltes und auf ein der Erfahrung entnommenes Beispiel an, um zu zeigen, dass die Ergebnisse dieser Rechnung in allen 8 Fällen nur unerhebliche Verschiedenheiten darbieten und mithin durch Annahme eines veränderlichen λ nichts wesentliches zu gewinnen ist.

Als Probe hiervon heben wir nur einiges aus, was die Newton'sche Annahme $\lambda = \frac{1}{2}$ und die Didion'sche Annahme $\lambda = \frac{1}{2}\left[1 + \frac{1}{r}v\right]$ betrifft.

Nimmt man als gegeben an: die Schussweiten $x = 400$ Schritt und $x = 1500$ Schritt, und die entsprechenden Flugzeiten $t = 1{,}1241''$ und

$t = 5{,}3678''$, berechnet man hieraus unter der Voraussetzung, dass die Bahnen flach genug seien, um dieselben bei der Zeitbestimmung als geradlinig zu betrachten, die anfänglichen Geschwindigkeiten c und Geschwindigkeiten für gewisse Abstände von der Mündung des Geschützes, endlich aber aus jeder anfänglichen Geschwindigkeit c nach der Gleichung der Bahn die Grösse y, um welche die Geschosse in gewissen horizontalen Abständen von der Mündung aus ihrer ursprünglichen Richtung herabgesunken sind, so ergiebt sich, als Maasse in Schritten ausgedrückt, folgendes:

Abstand von der Geschützmündung.	noch übrige Geschwindigkeit, für $\lambda = \frac{1}{2}$,	für $\lambda = \frac{1}{2}\left[1 + \frac{1}{r}v\right]$,	durchfallener Weg y, für $\lambda = \frac{1}{2}$,	für $\lambda = \frac{1}{2}\left[1 + \frac{1}{r}v\right]$,
0	386,9	389,5	0	0
500	314,8	313,0	12,54	12,52
1000	256,0	255,5	58,40	58,67
1500	208,3	211,0	154,64	155,23

Nachdem dies constatirt ist, geht der Verfasser zur Wahl eines Ausdrucks für die Beschleunigung über, welche die Rotation in einer auf die Tangenten der Bahn rechtwinkeligen Richtung erzeugt; diese Beschleunigung wird in der Richtung nach oben als positiv angenommen, mit f bezeichnet und $= A + Bv^m$ gesetzt; indem A, B und m Constanten sind und v die veränderliche Geschwindigkeit des Geschosses ausdrückt. Für flache Bahnen, bei denen $\cos w = 1$, mithin ξ (was hier mit z bezeichnet ist) $= \frac{x}{k}$ gesetzt, endlich aber auch bereits ϱ^2 vernachlässigt werden kann, verwandelt sich dann die Gleichung 1) in

$$5)\quad y = x\, tg\, w + F(e^z - 1 - z) + G\left(e^{(1-\frac{1}{2}m)z} - 1 - (1 - \tfrac{1}{2}m)z\right)$$

wo

$$6)\quad \begin{cases} F = \dfrac{Ak^2}{c^2} - \dfrac{gk^2}{c^2} \\ G = \dfrac{Bk^2\, c^{m-2}}{(1-\frac{1}{2}m)^2} \end{cases}$$

ist. Diese Gleichung wird unter der Annahme $\lambda = \frac{1}{2}$ und unter verschiedenen Annahmen über m auf eine Reihe von sehr genauen Schiessversuchen angewendet, nachdem aus den erlangten mittleren Schussweiten x (Mittelzahlen aus 30 Schüssen) und den ihnen entsprechenden mittleren Flugzeiten t nach der Methode der kleinsten Quadrate die anfängliche Geschwindigkeit $c = 379{,}15$ Schritt berechnet worden war*). Die Ergebnisse dieser Arbeit, bei welcher auch F und G allemal nach der Methode der kleinsten Quadrate bestimmt wurden, zeigen, dass der Exponent m eine nicht zu kleine negative Zahl, mindestens -2 sein muss. Für diesen Werth

*) Auch hier werden bei der Berechnung von c die Bahnen als geradlinig betrachtet.

von n stimmen aber die Resultate der Rechnung mit den Ergebnissen der Beobachtung schon sehr gut überein, wie das Nachstehende zeigt:

Coordinate y.

Elevationswinkel w.	Schussweite x Schritt,	nach der Beobachtung Zoll,	nach der Gleichung 5) Zoll,	nach derselben Gleichung für $A=0$ u. $B=0$ Schritt,
1° —	400	— 12	— 22,4	— 1,018
1° 30′	553	— 10	— 15,4	— 1,421
2° —	731,6	— 20	— 29,4	— 3,622
2° 30′	886,6	— 18	— 14,1	— 5,894
3° —	1061,9	— 15	— 5,0	— 10,685
3° 30′	1233,9	— 2	— 4,2	— 19,866
3° 53′	1382,5	+ 9	+ 7,9	— 30,906

Der Verfasser behält daher $n = -2$ für die weitere Untersuchung bei, setzt zugleich $F + \frac{g k^2}{c^2} = F_1$ und bekommt dadurch für die Beschleunigung der ablenkenden Kraft

7) $$f = F_1 \frac{c^2}{k^2} + \frac{4 G c^4}{k^2 v^2},$$

wofür bei flachen Bahnen auch

8) $$f = F_1 \frac{c^2}{k^2} + 4 G \frac{c^2}{k^2} e^{-z}$$

gesetzt werden kann. In dem obigen speciellen Falle giebt dies:

für $x = 0$ Schritt $f = -0,3586$ Schritt
„ $x = 400$ „ $f = 1,9314$ „
„ $x = 885$ „ $f = 5,7705$ „
„ $x = 1282$ „ $f = 11,3949$ „

indem $F_1 = -96,276$ und $G = +22,871$ ist.

Endlich geht die Gleichung 5) in

9) $$y = x \operatorname{tg} w + F(e^z - 1 - z) + G(e^{2z} - 1 - 2z)$$

über. Bei der Anwendung dieser Gleichung auf die vorgedachten Versuche war übrigens $\lambda = \frac{1}{2}$ gesetzt und dadurch k im voraus bestimmt, und dennoch schon eine grosse Uebereinstimmung mit der Praxis erlangt worden. Noch mehr wird aber diese Uebereinstimmung befördert, wenn man in vorkommenden ähnlichen Fällen nicht nur F und G sondern auch k erst aus den Versuchen bestimmt. Eine Anleitung hierzu giebt der Verfasser für zwei Fälle, nämlich

1. wenn die anfängliche Geschwindigkeit c aus Versuchen mit einem ballistischen Pendel bekannt ist und
2. wenn man die Flugzeiten für zwei Schussweiten kennt, von denen die eine gerade doppelt so gross wie die andere ist.

In der dritten Lieferung der Hülfsmittel für ballistische Rechnungen geht der Verfasser zu Bahnen mit höheren Richtungswinkeln bis circa 24° über, bei denen $\cos w$ nicht mehr der Einheit gleich gesetzt, und ϱ^2 und ϱ^3 nicht mehr vernachlässigt werden kann. Es ist daher hier $z = \frac{x}{k \cos w}$. Ferner wird vorausgesetzt, dass man in Beziehung auf die Beschleunigung f in der Gleichung 7) F_1 und G wenigstens annäherungsweise aus Versuchen kenne, welche mit demselben Geschütz, demselben Geschoss und derselben Ladung unter flacheren Elevationswinkeln angestellt worden waren, sowie dass k und c, also auch ϱ bekannt sei. Endlich sind die Abkürzungen

$$P = \frac{F_1}{k \cos w}, \quad Q = \frac{G}{k \cos w}$$

gebraucht. Unter diesen Voraussetzungen hat der Verfasser auf einem nur kurz angedeuteten, aber sehr mühsamen Wege für die Coordinate $\zeta = ky$ eine Gleichung von der nachstehenden Form entwickelt:

$$10) \left\{ \begin{aligned} \zeta = \Big[& z \sin w + [P(e^z - 1 - z) + Q(e^{2z} - 1 - 2z)] \\ & + \sin w \, [P^2 A_2^0 + PQ B_2^0 + Q^2 C_2^0] \\ & + [P^3 A_3^0 + P^2 Q B_3^0 + PQ^2 C_3^0 + Q^3 D_3^0] \\ & + \sin^2 w \, [P^3 E_3^0 + P^2 Q F_3^0 + PQ^2 G_3^0 + Q^3 H_3^0] \Big] \\ & + \varrho \Big[-(e^z - 1 - z) + \sin w \, [P A_1^1 + Q B_1^1] \\ & \qquad + [P^2 A_2^1 + PQ B_2^1 + Q^2 C_2^1] \\ & \qquad + \sin^2 w \, [P^2 D_2^1 + PQ E_2^1 + Q^2 F_2^1] \Big] \\ & + \varrho^2 \Big[\sin w \, A_0'' + [P A_1'' + Q B_1''] + \sin^2 w \, [P C_1'' + Q D_1''] \Big] \\ & + \varrho^3 \Big[A_0''' + \sin^2 w \, B_0''' \Big], \end{aligned} \right.$$

in welcher alle mit oberen und unteren Zeichen versehenen A, B, C, D, E, F, G, H, gegebene Functionen von z und e^z sind. Formeln von ähnlicher Beschaffenheit folgen dann für $\frac{d\zeta}{dz} = tg \, \varphi \cos w$ und für

$$\Theta = \left(\frac{dt}{dz}\right)^2 = \frac{k^2 \cos^2 w}{v^2 \cos^2 \varphi}.$$

Endlich giebt der Verfasser auch noch eine Anleitung, wie die Werthe der in diesen Gleichungen 10) etc. vorkommenden Grössen ϱ, P und Q durch Anwendung gedachter Gleichungen auf ein System geeigneter Schiessversuche nach der Methode der kleinsten Quadrate verbessert werden können. Auch bemerkt er noch, dass die Convergenz der Gleichung 10) nicht geringer ist, als diejenige der Gleichung 1), in welche erstere für $P = 0$ und $Q = 0$ übergeht, weil die letzteren Grössen immer sehr klein sind.

Nachdem auf diese Weise für die Berücksichtigung des Rotationseinflusses auf die Bahnen das zur Zeit Mögliche geschehen war, wendete der Verfasser seine Thätigkeit der Erweiterung seiner ballistischen Tafeln wieder zu, welche nun unter dem im Eingange angeführten Titel erschienen und für die verschiedenen in denselben behandelten Fragen bis zu Elevationswinkels von 24° ausreichend sind, während für Bahnen mit höheren Elevationen auf die 1842 veröffentlichten Tafeln für den Bombenwurf hingewiesen wird. Ueber die Bedeutung der neuen ballistischen Tafeln im Allgemeinen ist nach den vorstehenden Mittheilungen nur noch wenig hinzuzufügen. Der dermalige Standpunkt der Wissenschaft bringt es mit sich, dass die allgemeinen ballistischen Formeln, wie an der Gleichung 10) ersichtlich ist, zwei Hauptgattungen von Gliedern enthalten, nämlich:

1. Glieder, welche unabhängig von den auf die Einwirkung der Rotation sich beziehenden Symbolen sind, und also auch ungeändert bleiben, wenn man das Vorherrschen einer bestimmten Richtung der Rotationen bei den Geschossen nicht annimmt und deshalb die Beschleunigung f der Rotationswirkung $= 0$ setzt.
2. Glieder, welche die auf f bezüglichen Symbole enthalten und daher verschwinden, wenn man $f = 0$ annimmt, was unter vielen Umständen, namentlich bei der Betrachtung der Bahnen von Vollkugeln statthaft sein wird, wenn die Unterschiede der einzelnen in Betracht kommenden Schussweiten nicht allzugross sind.

Die neuen ballistischen Tafeln geben nun zwar nur die Glieder der ersteren Gattung, weil die Gesetze, nach denen die Grösse von f sich bestimmt, noch nicht genügend feststehen, um schon jetzt die grosse Arbeit der Berechnung von Tafeln für die Glieder der zweiten Gattung zu unternehmen. Demungeachtet werden die ballistischen Tafeln bei den verschiedenen, unten näher angegebenen Fragen die wesentlichsten Dienste leisten. Wird bei denselben der Einfluss von Rotationen nicht berücksichtigt, oder geschieht letzteres wegen der geringen Grösse von w nur durch Anwendung der Gleichung 9), so gewähren die ballistischen Tafeln alle überhaupt mögliche Abkürzungen der Rechnung. In allen anderen Fällen geben dieselben doch wenigstens die von f unabhängigen Glieder, denen man dann allerdings die f enthaltenden Glieder noch hinzufügen muss, sei es nun, dass man dieselben nach Gleichung 10) oder nach irgend einer anderen Gleichung von ähnlicher Form berechnet, oder einer künftig erscheinenden Tafel entnommen hat. Dass endlich die neuen ballistischen Tafeln λ wieder constant voraussetzen, wird nach dem, was oben über diesen Gegenstand bereits bemerkt wurde, ganz unbedenklich erscheinen. Der Zweck und Inhalt der einzelnen Tafeln erhellt aus Folgendem.

Die Tafel I. enthält die Logarithmen des Ausdrucks $[e^{\xi} - 1 - \xi]$ von $\xi = 0$ bis $\xi = 20$, und gewährt somit alles, was man bei Anwendung der Gleichung 9) zur Erleichterung der Rechnung braucht.

Die Tafel II. giebt $(e^{\xi} - 1 - \xi)$ von $\xi = 0$ bis $\xi = -9$ und wird daher von Nutzen sein, wenn man den Coordinatenanfang nicht am Geschütz, sondern in einem andern Punkte der Bahn, z. B. im Scheitel derselben annimmt.

Die Tafel III. dient in Verbindung mit Nr. I. dazu, um auch bei grösseren Elevationswinkeln w die Coordinate $\zeta = ky$ und den Neigungswinkel φ der Bahntangente vermittelst der Gleichungen 1) und 2) zu berechnen, welche zur Erlangung einer besseren Einrichtung der Tafel III. die nachstehenden Formen erhalten haben:

$$1)\quad \zeta = \xi \sin w - \varrho(e^{\xi} - 1 - \xi) + \varrho^2 \sin w \frac{\xi^4}{24}\cdot\left[\frac{24}{\xi^4} f_1''\right] - \varrho^3 \frac{\xi^5}{120}\cdot\left[\left[\frac{120}{\xi^5} f_0'''\right] + \sin^2 w\left[\frac{120}{\xi^5} f_2'''\right]\right]$$

$$2)\quad tg\,\varphi \cos w = \sin w - \varrho\xi\cdot\left[\frac{F_0'}{\xi}\right] + \varrho^2 \sin w\cdot\frac{\xi^3}{6}\cdot\left[\frac{6}{\xi^3} F_1''\right] - \varrho^3\frac{\xi^4}{24}\cdot\left[\left[\frac{24}{\xi^4} F_0'''\right] + \sin^2 w\left[\frac{24}{\xi^4} F_2'''\right]\right].$$

Tafel III. giebt die Logarithmen von $\left[\frac{24}{\xi^4} F_1''\right]$ u. s. w. von $\xi = 0$ bis $\xi = 1$. Für grössere ξ entbehren diese Gleichungen, wenn w nicht sehr klein ist, der Convergenz. Der Verfasser hat deshalb für diese Fälle noch zwei neue Gleichungen der Flugbahn aufgefunden. Unter der Voraussetzung, dass

$$11)\quad \begin{cases} \frac{x}{k} = a, \\ \frac{2gk}{c^2 \sin^2 w} = R \end{cases}$$

ist und A_I, A_{II}, A_{III}, C_I, C_{II}, C_{III} gewisse bekannte Functionen von a und e^a bezeichnen, hat man nämlich:

$$12)\quad \begin{cases} \zeta = a\, tg\, w - tg\, w\,.\,\frac{a^2}{2}\left[\frac{2(e^a - 1 - a)}{a^2}\right] R \\ \quad - tg^3 w\left\{\frac{a^3}{12}\left[\frac{12}{a^3} A_I\right] R - \frac{a^4}{24}\left[\frac{24}{a^4} A_{II}\right] R^2 + \frac{a^5}{120}\left[\frac{120}{a^5} A_{III}\right] R^3\right\} \\ \quad - tg^5 w\left\{\ldots\ldots\ldots\ldots\right\} \end{cases}$$

und

$$13)\quad \begin{cases} tg\,\varphi = tg\, w - tg\, w\,.\,a\left[\frac{e^a - 1}{a}\right] \\ \quad - tg^3 w\left\{\frac{a^2}{4}\left[\frac{4}{a^2} C_I\right] R - \frac{a^3}{6}\left[\frac{6}{a^3} C_{II}\right] R^2 + \frac{a^4}{24}\left[\frac{24}{a^4} C_{III}\right] R^3\right\} \\ \quad - tg^5 w\left\{\ldots\ldots\ldots\ldots\right\} \end{cases}$$

Diese Reihen, für welche die Tafeln VIII. und IX. die Werthe von $\left[\frac{2(e^a - 1 - a)}{a^2}\right]$, $\left[\frac{12}{a^3} A_I\right] \ldots\ldots \left[\frac{e^a - 1}{a}\right]$, $\left[\frac{4}{a^2} C_I\right] \ldots\ldots$ von $\xi = 0$ bis $\xi = 5$

geben, convergiren für alle a so stark, dass in der Regel schon die mit $tg^2 w$ multiplicirten Glieder weggelassen werden können.

Tafel IV. und V. sind eine Umarbeitung der im Jahre 1834 von dem Verfasser herausgegebenen ballistischen Tafeln und beziehen sich auf die Gleichung 3), welche hier die Form:

$$3)\quad \frac{gk}{c^2} = \varrho = \left[\frac{\xi}{e^\xi - 1 - \xi}\right] \sin w + [\xi]_3 \sin^3 w + [\xi]_5 \sin^5 w + \ldots$$
$$\ldots - \frac{\xi}{\xi^2}\left[\frac{\xi^2}{e^\xi - 1 - \xi} + \xi^2 z \sin^2 w\right]$$

erhalten hat, und um so convergenter ist, je grösser ξ wird. Von $\xi = 0$ bis $\xi = 5$ findet man vermittelst Tafel V. $\log \frac{e^\xi - 1 - \xi}{\xi} = -\log \frac{\xi}{e^\xi - 1 - \xi}$ und in Tafel VI. die Werthe von $[\xi]_3$, $[\xi]_5$, $\frac{\xi^2}{e^\xi - 1 - \xi}$ und $\xi^2 z$. Die Gleichung 3) giebt also unmittelbar ϱ, woraus sich die anfängliche Geschwindigkeit $c = \sqrt{\frac{gk}{\varrho}}$, und wenn auch der Einfallswinkel φ bestimmt worden war, die Endgeschwindigkeit $u = \frac{c \cos w}{e^{\frac{1}{2}\xi} \cos \varphi}$ berechnen lässt.

Die Tafel VI. dient in Verbindung mit Tafel V. zur Berechnung der $y = 0$ entsprechenden horizontalen Schussweite x, wenn der Elevationswinkel w gegeben wird. Wegen $y = 0$ reducirt sich hierbei die Gleichung 3) auf

$$\frac{\varrho}{\sin w} = \frac{\xi}{e^\xi - 1 - \xi} + [\xi]_3 \sin^2 w + [\xi]_5 \sin^4 w$$

und man erhält vermittelst Tafel V. einen Näherungswerth von ξ, welcher r heisst, aus:

$$\frac{e^r - 1 - r}{r} = \frac{\sin w}{\varrho}$$

dann ist also:

$$\frac{r}{e^r - 1 - r} = \frac{\xi}{e^\xi - 1 - \xi} + [\xi]_3 \sin^2 w + [\xi]_5 \sin^4 w$$

und aus dieser Gleichung hat der Verfasser durch ein eigenthümliches Umkehrungsverfahren, unter der Bezeichnung

$$W_r = [r]_5 - \left\{\frac{\frac{d[r]_3}{dr}}{d\left[\frac{r}{e^r - 1 - r}\right] : dr} x [r]_3\right\}$$

die neue Gleichung

$$\frac{\xi}{e^\xi - 1 - \xi} = \frac{\varrho}{\sin w} - [r]_3 \sin^2 w - W_r \sin^4 w$$

abgeleitet. Tabelle VI. giebt die Werthe von $[r]_3$ und W_r, und hat man mit Hülfe derselben $\frac{\xi}{e^\xi-1-\xi}$ berechnet und $\log\frac{e^\xi-1-\xi}{\xi}=-\log\frac{\xi}{e^\xi-1-\xi}$ gesucht, so findet man zu diesem Logarithmus in Tafel V. das verlangte ξ; sowie endlich $x=k\xi\cos w$.

Taf. VII. dient zur Berechnung des Elevationswinkels w, wenn x und y, mithin $\frac{x}{k}=\xi^I$ und $\frac{y}{k}=\zeta$ bekannt sind. Setzt man noch

$$14)\qquad R=\varrho+\frac{\zeta}{\xi^2}\left(\frac{\xi^2}{e^\xi-1-\xi}+\xi^2 z\sin^2 w\right),$$

so lässt sich die Gleichung 3) nach der Multiplication mit ξ^I auch schreiben:

$$\xi^I R=\tfrac{1}{2}\frac{\xi^2}{e^\xi-1-\xi}\sin 2w+\xi^I\{[\xi]_3\sin^3 w+[\xi]_5\sin^5 w\}.$$

Ist $y=0$, mithin $\zeta=0$ und also $\xi^I R=\frac{gx}{c^2}$ bekannt, so sucht man den Zahlenwerth dieser letzteren Grösse in Tafel VII. für drei neben einander stehende, um 0,1 verschiedene ξ^I auf, von denen das kleinste kleiner und das nächstfolgende grösser als das gegebene ξ^I ist. Bei jedem dieser drei ξ^I findet man einen $\xi^I R$ entsprechenden Werth von w, und aus diesen drei Winkeln w, welche mit w^I, w^{II} und w^{III} bezeichnet werden möge, erhält man durch eine leichte Interpolation den gesuchten Elevationswinkel w. Ist nämlich der gegebene Werth von ξ^I um $\frac{b}{10}$ grösser als der nächste kleinere in der Tafel, mithin das Intervall, auf das man zu interpoliren hat, als Bruchtheil des Intervalls $\frac{1}{10}$ ausgedrückt b, ferner die erste und zweite Differenz der drei Winkel w^I, w^{II} und w^{III} Δ^I und Δ^{II}, so wird

$$w=w^I+b\Delta^I-\tfrac{1}{2}b(1-b)\Delta^{II}.$$

Tritt der verwickeltere Fall ein, d. h. ist y nicht Null und der positive oder negative Winkel, dessen Tangente $=\frac{y}{x}$ beträgt, F, so nimmt man annäherungsweise wieder $y=0$, dagegen aber anstatt x die Schussweite $\frac{x}{\cos F}$ in Rechnung, findet daraus wie oben einen Werth von w, welcher w_I heisse, und erhält dann für den gesuchten Elevationswinkel

$$w=w_I+F.$$

War y nicht gross, so ist dieses w schon hinlänglich genau, für grosse y aber dient es wenigstens als Näherungswerth, um vermittelst der Gleichung 14) die Grösse R mit der erforderlichen Genauigkeit zu bestimmen, mit welcher dann die Berechnung von w ganz wie im ersten Falle geschieht.

Die Darlegung der Methoden für die Auffindung der in dem vorstehenden angeführten ballistischen Formeln verspricht der Verfasser, soweit dieselben nicht bereits in den Bemerkungen über die Umdrehung der

Artillerie-Geschosse und deren erster und zweiter Fortsetzung enthalten sind, in einer besonderen Abhandlung unter dem Titel: Neue Auflösung des ballistischen Problems zu geben, und Referent sagt wohl nicht zu viel, wenn er im Voraus die Ueberzeugung ausspricht, dass diese Abhandlung eine wesentliche Bereicherung der Analysis sein wird. Ueberhaupt aber war die von der Redaction dieser Zeitschrift an ihn gestellte Aufforderung zu einer Beurtheilung der neuen ballistischen Tafeln Referenten eine willkommene Veranlassung, um auch öffentlich dem Verfasser derselben die Anerkennung zu zollen, welche seine dreissigjährige wahrhaft bewunderungswürdige Ausdauer in der Lösung der ballistischen Probleme verdient.

W. H. v. Rouvroy.

Leibnitzens Anspruch auf die Erfindung der Differenzialrechnung, von H. Sloman, Dr. Leipzig, 1857.

Es ist dem Referenten eigenthümlich mit der vorliegenden Schrift gegangen. Zuerst erweckte sie in ihm den Wunsch, eine ausführliche Besprechung derselben zu liefern, bei näherer Lectüre ward ihm das Unnöthige einer solchen eingehenden Beurtheilung immer klarer, bis zuletzt der Inhalt der S. 94 es ihm zur Pflicht machte, wenigstens in Kürze seine Ansicht darüber auszusprechen.

Nachdem nämlich Herr Sloman im Verlaufe der Abhandlung eine ganze Reihe von Mathematikern der früheren wie der jetzigen Zeit abzuthun sich das Vergnügen gemacht, ist er auf der erwähnten Seite so freundlich, auch mich zu citiren, den er „den Recensenten" in der Literaturzeitung der Schlömilch'schen Zeitschrift für Mathematik und Physik nennt. Auf diese Weise persönlich in die Sache hineingezogen, kann ich nicht umhin, mich recht sehr dagegen zu verwahren, dass meine früher in der Recension von Weissenborn's Principien u. s. w. ausgesprochene Meinung als Stützpunkt für die maasslosen Angriffe angeführt wird, welche Herr S. gegen Leibnitz richtet. Ich sehe mich gleichzeitig dadurch genöthigt, noch etwas bestimmter zu fassen, was ich damals (Literaturztg. Bd. I. S. 62) vielleicht in zu kurzer Behauptung aussprach, da ich befürchten musste, auch so schon die Grenzen einer gewöhnlichen Recension weit überschritten zu haben.

Ich glaubte allerdings (und glaube noch jetzt), dass Herr Weissenborn von der Ansicht durchdrungen ist, als habe Leibnitz von der Newton'schen Fluxionsmethode indirecte Kenntniss gehabt, und unterschrieb dieses Urtheil vollständig wenn auch ungern, weil dadurch Leibnitzens Ruhm, als ganz selbständiger Erfinder der Differentialrechnung etwas geschmälert wird. Aber es ist doch noch ein himmelweiter Unterschied dazwischen, ob man durch indirecte Andeutungen in einer schon begonnenen

Untersuchung unterstützt wird, oder ob man sich eines gemeinen Plagiates schuldig macht.

Soweit erstrecken sich aber die Anschuldigungen, welche Herr Sloman gegen einen Leibnitz führt. Es sind dann freilich auch gar gewaltige Gründe, welche er in seiner Anklageschrift zusammenfasst, und von welchen ein unparteiisches Résumé am Platze sein dürfte.

I. Leibnitz hat Barrow's Arbeiten bei ihrem Erscheinen gekannt, also zu seiner Differentialrechnung benutzt. Freilich hat schon Gerhardt gezeigt, dass Leibnitz damals die Grundideen des charakteristischen Dreieckes bereits gehabt haben muss, und ich glaube dieses in der schon angeführten Arbeit S. 95 durch das Wort *praereptam* näher nachgewiesen zu haben, sowie ich auch einen neuen, nicht unwichtigen Beweisgrund aus einer Abhandlung von 1686 hinzufügte.

II. Leibnitz hat die Integralrechnung aus den Vorarbeiten von Wallis geschöpft. Nur Schade, dass bei Wallis lauter ungründliche Inductionen vorkommen, welche ebenso leicht falsche als richtige Resultate liefern konnten, und dass trotzdem Leibniz offen und ehrlich zugesteht, dass *initia Hugenius et Wallisius dedisse videbantur* (Gerhardt, Abhandl. v. 1848 p. 31). Die Quadraturmethoden, welche Herr Sloman S. 39 anführt, „die Nichts anderes als die des Wallis sind“, können überdies auch die Mercator's sein.

III. Der Brief Newton's vom December 1672 wurde Leibnitz durch Tschirnhaus in Paris mitgetheilt. Tschirnhaus hatte an Leibnitz einen Brief Oldenburg's vom 30. September 1675 (auf den Herr S. besonderes Gewicht legt), konnte also mit Ersterem erst später so befreundet werden, wie es allerdings der Fall war, und doch enthalten Leibnitzens Manuscripte vom October 1675 schon die Principien der Differentialrechnung. Ich stelle keineswegs in Abrede, dass Leibnitz aus diesem Briefe, wenn er ihn in der Zwischenzeit sah, Einiges lernen konnte; aber selbst Herr Sloman hätte aus diesen kurzen Andeutungen gewiss nicht in drei Wochen die Differentialrechnung mit ihrem Algorithmus zusammensetzen können. Hat doch Jacob Bernoulli eines viel längeren Studiums (fast drei Jahre) bedurft, um die viel klarere Abhandlung von 1684 zu verstehen (Sloman S. 74).

IV. Ging nicht schon der ganze Brief nach Paris, so zeigte ihn natürlich Oldenburg oder Collins in London an Leibnitz (Sloman S. 33, Anmerkung). Gegen die zwingende Logik, die in diesem „natürlich“ liegt, ist natürlich Nichts einzuwenden. Solcher Beweise kommen übrigens mehrere vor, z. B. S. 59: „da wird ihm Oldenburg die Analysis Newton's gegeben haben.“ In Bezug auf die zuerst citirte Stelle ist auch noch zu bemerken, dass Leibnitz und Collins sich in London gar nicht kannten (Gerhardt, Abhandl. v. 1848 S. 20).

V. Leibnitz hat auch frühere Plagiate an Mouton und

Mengol begangen. Diese Anschuldigung haben nicht einmal die früheren Feinde direct auszusprechen gewagt. Leibnitz war, als er die bei den erwähnten Autoren schon vorhandenen Entdeckungen machte, zu wenig mathematisch gelehrt, als dass man es ihm zum Vorwurf machen könnte, jene Arbeiten nicht gekannt zu haben. Wohlgemerkt, Leibnitz war mathematisch ungelehrt (*in superba pene Matheseos ignorantia*), aber deshalb nicht mathematisch unwissend. Er hatte bis 1672 eben nur selbst gearbeitet, nicht oder wenig studirt. Ganz ohne mathematische Kenntnisse hätte er nicht 1666 den ersten wissenschaftlichen Versuch einer Combinationslehre verfassen können.

VI. Leibnitz hat die *analysis* etc. Newton's excerpirt; es findet sich kein Datum dieses Excerptes, das Werk selbst erschien 1711 im Drucke, folglich hatte Leibnitz es als Manuscript vor 1676 in Händen. Zum ersten Male erfahre ich hierdurch, dass man gedruckte Bücher nicht excerpiren kann, was meine eigenen bisherigen Studien mich nicht hatten ahnen lassen. Gesetzt jedoch, Leibnitz habe das Manuscript gesehen, so beweist das Integralzeichen (welches zum ersten Male am 29. October 1675 gebraucht ist: *utile erit scribi ∫ pro omn.* Gerhardt, Abhandl. v. 1855 S. 125), dass das Excerpt erst gemacht wurde, als Leibnitz die Differentialrechnung nicht blos schon im Kopfe herumtrug. Und ferner, glaubt denn Herr Sloman, dass „die diplomatische Feinheit des Advocaten und Staatsrathes Leibnitz" (Sloman, S. 57) andererseits so gering gewesen ist, dass er die bodenlose Dummheit begangen hätte, überhaupt einen Auszug aufzubewahren, welcher seinem Plagiate als Grundlage gedient hatte, namentlich nachdem ein Streit über die Erfindung ausgebrochen war?

Diese Punkte aber sind es hauptsächlich, welche Herr S. für jetzt zusammenstellt und deren Widerlegung er (S. 94) verlangt. Für später verspricht er eine Abhandlung über Leibnitzens Notizen, über die Herr Gerhardt Freude haben soll. Ich hoffe diese Freude seiner Zeit theilen zu können.

Was die übrige Polemik des Herrn S. gegen l'Hopital z. B. betrifft, so könnte er vielleicht noch hinzufügen, dass man in Frankreich ziemlich allgemein der Meinung ist, auch die Vorrede zur *Analyse des infinement petits* habe einen anderen Verfasser, nämlich Fontenelle.

Die neueren Historiker endlich, über deren Charakter sowie über deren Forschungen der Stab gebrochen wird, die Herren Biot, de Morgan, Gerhardt, Lefort mögen sich selbst vertheidigen, oder noch besser solche Angriffe durch Stillschweigen richten.

CANTOR.

Beiträge zur Geometrie der Lage, von Dr. Georg Karl Christ. v. Staudt, ord. Prof. in Erlangen. 1. Heft zugleich als Fortsetzung der im Jahre 1847 von demselben Verfasser erschienenen Schrift über die Geometrie der Lage. Nürnberg, Verl. von Bauer & Raspe 1856.

Der Herr Verfasser hat, wie bekannt, in der im Jahre 1847 erschienenen „Geometrie der Lage" eine strenge Scheidung dieses genannten Theiles der Geometrie von derjenigen des Maasses versucht und ein System darin entwickelt und ausgeführt, welches als ein seltenes Kunstwerk in der Literatur der Mathematik dasteht. In dem vorliegenden ersten Hefte der „Beiträge" giebt er eine in demselben Geiste gehaltene Fortsetzung seiner Untersuchungen über die reine Positionsgeometrie und wenn man einen gewissen Mittelpunkt auffinden will, um welchen sich diese neueren Forschungen des Herrn Verfassers gruppiren, so kann man hierfür den Begriff und die Theorie des Imaginären nennen. Der Begriff der imaginären Grössen oder Elemente ist in der üblichen Fassung ein aus der Arithmetik auf die Geometrie übergetragener und daher mit dem des Maasses innerlich verknüpft. Für eine reine Geometrie der Lage handelte es sich also zunächst darum, diesen Begriff selbstständig hinzustellen und namentlich von allen arithmetischen und Maassbeziehungen zu isoliren, oder, um die Ausdrucksweise des Herrn Verfassers beizubehalten, folgende Frage zu beantworten: „In der analytischen Geometrie nennt man, was sehr einfach zu sein scheint, einen Punkt imaginär, wenn seine Coordinaten nicht sämmtlich reell sind. Indessen ist hiermit nur die Sprache der Algebra auf die Geometrie übergetragen, keineswegs aber nachgewiesen, dass ein imaginärer Punkt gleichwie ein reeller Punkt etwas vom Coordinatensysteme Unabhängiges sei. Wo ist, fragt sich wohl Jeder, der imaginäre Punkt, wenn man vom Coordinatensysteme abstrahirt?" Der Herr Verfasser löst die von ihm gestellte Aufgabe in ganz eigenthümlicher Weise dadurch, dass er die Beziehung des reellen oder imaginären Elements zum ganzen geometrischen Gebilde als eine combinatorische hinstellt. In der That, kein Theil der Arithmetik kann nach seiner ursprünglichen Bedeutung als ein passenderes Seitenstück zur Geometrie der Lage hingestellt werden, als die Combinatorik, in der man von Haus aus es ebenso wenig mit der eigentlichen Zahl zu thun hat, als man in der Geometrie der Lage mit dem Maasse etwas zu schaffen haben soll. Im Uebrigen ist der Unterschied der reellen und imaginären geometrischen Elemente ähnlicher Weise auf den Sinn der Gebilde basirt, wie sich die übliche geometrische Deutung eines imaginären oder complexen Abschnitts einer Geraden auf die Richtung der Geraden gegen eine den positiven Sinn repräsentirende Richtungsaxe stützt, oder wie der imaginäre Factor $\sqrt{-1}$ geometrisch als ein Richtungsfactor gedeutet wird. Die Art und Weise, wie hierbei der Herr Verfasser zu Werke geht, lässt sich etwa so andeuten: Die drei Elemente A, B, C eines geschlossenen Gebildes, welches aus einer stetigen

Aufeinanderfolge von Punkten oder Geraden oder Ebenen besteht, können ausser dem Stücke ABC desselben auch zugleich durch ihre Aufeinanderfolge von dem Elemente A über das Element B nach dem Elemente C den Sinn bestimmen, in welchem das ganze durch ABC bezeichnete Gebilde beschrieben zu denken ist, und welcher auch derselbe bleibt, wenn die Elemente A, B, C in dem Gebilde sich bewegen, so lange keine zwei derselben in einander fallen. Der Sinn ABC ist derselbe mit BCA und CAB, aber der entgegengesetzte von CBA, BAC, ACB. Diese allgemeine Definition des Sinnes der Gebilde wird zunächst auf projectivische Gebilde gleichartiger oder ungleichartiger Natur angewendet und für die einzelnen Fälle näher festgestellt, z. B.: Ein Strahlenbündel pqr und ein gerades Gebilde ABC, welches mit dem Büschel in einerlei Ebene liegt, aber nicht durch seinen Mittelpunkt s geht, sollen in einem und demselben Sinne beschrieben heissen, wenn der Sinn $s(ABC)$ mit dem Sinne pqr übereinstimmt u. s. w. Die Unterscheidung des Sinnes bestimmt hierauf bei involutorischen Gebilden, oder bei solchen in einander liegenden projectivischen Gebilden, bei denen je zwei homologe Elemente einander abwechselnd entsprechen, die Eintheilung derselben in zwei Classen. In der einen sind diejenigen inbegriffen, bei denen jeder Sinn der projectivischen Gebilde sich selbst zugeordnet ist, oder wenn $AA'.BB'\ldots$ die Involution bilden, in denen der Sinn ABA' mit dem Sinne $A'B'A$ übereinstimmt, jedes Elementenpaar also durch ein anderes getrennt und kein Element sich selbst zugeordnet ist. In der andern Classe ist jeder Sinn ABA' dem Sinne $A'B'A$ entgegengesetzt und kein Elementenpaar durch ein anderes getrennt, daher giebt es in diesem Falle zwei sich selbst entsprechende Elemente, welche der Verf. Ordnungselemente nennt. (Bei geradlinigen Gebilden sind diese Ordnungselemente die sogenannten Doppelpunkte). „Wenn man nun, sagt der Herr Verfasser (§. 116), mit einem involutorischen (einförmigen) Gebilde $AA'.BB'\ldots$, welches keine Ordnungselemente hat, einen bestimmten in demselben enthaltenen Sinn ABA' verbindet, so hat man ein imaginäres Element $ABA'B'$ erster Art, nämlich einen imaginären Punkt, oder eine imaginäre Gerade, oder eine imaginäre Ebene, je nachdem das einförmige Gebilde ein Punktgebilde, oder ein Strahlenbüschel, oder ein Ebenenbüschel ist. Verbindet man mit demselben involutorischen Gebilde den entgegengesetzten Sinn, so erhält man das imaginäre Element $A'BAB'$, welches dem ersteren conjungirt heissen soll." Elemente werden aber der gleichen Verbindungen zweier Begriffe nur aus dem Grunde genannt, weil sie häufig die Stelle von wirklichen (reellen) Elementen vertreten." Eine imaginäre Gerade $aba'b'$ der zweiten Art wird ähnlicher Weise erhalten, wenn man mit einem geschaart-involutorischen Systeme $aa'.bb'$, welches keine Ordnungslinie hat, einen bestimmten, in der involutorischen Regelschaar enthaltenen Sinn verbindet. Der entgegengesetzte Sinn liefert die conjungirte imaginäre Gerade $a'bab'$ der zweiten Art. „Ausser diesen bemerkten imaginären Elementen, bemerkt der Herr Verfasser, giebt es keine anderen".

Man wird aus diesen kurzen Auszügen erkennen, dass der von dem Herrn Verf. aufgestellte Begriff imaginärer Elemente als aus einer Verallgemeinerung des Begriffs der imaginären Doppelpunkte einer Involution, bei der die involutorischen Segmente in einander eingreifen, hervorgegangen angesehen werden kann. In dieser Hinsicht liegt nun in den aufgestellten Definitionen nichts Befremdendes. Wenn man indessen berücksichtigt, dass in der Arithmetik der Begriff des Imaginären durch gewisse Rechnungsformen uns aufgedrungen wird, die also gegeben sind und durch deren Existenz für uns die Nöthigung entsteht, denselben entweder eine bestimmte Deutung zu geben, oder dieselben einer solchen für unfähig zu erklären — woraus, kann man fragen, geht die Nöthigung hervor, zwei Doppelelemente bei einer Involution anzunehmen, welche nach der Beschaffenheit der in ihr enthaltenen projectivischen Gebilde keine haben kann, und diese nicht existirenden Elemente als imaginär zu bezeichnen? Referenten will es bedünken, dass, während die anderweitigen neueren Untersuchungen im Gebiete des Imaginären mit darauf hinausgehen, einen scheinbaren Widerspruch aufzulösen, der hier aufgestellte Begriff geradezu an dem des Widerspruchs fester hält. Ausserdem dürfte wohl allgemein in der Position von etwas nicht Existirendem nicht das Wesen des Imaginären gesucht werden; sonst müsste man z. B. die ganzen oder rationalen Werthe oder Wurzeln Diophantischer Gleichungen, welche nach der Beschaffenheit der letzteren nicht vorhanden sein können, auch als imaginäre Grössen bezeichnen.

Referent bescheidet sich gern, diese Fragen als nur aphoristisch hingeworfene Einwände zu erklären und will sie keineswegs als unbestrittene Einwände gegen diese so tief gehenden Untersuchungen des Herrn Verfassers hingestellt haben. Ein weiteres Eingehen würde aber einen grössern als den ihm zugemessenen Raum beanspruchen und für Leser, welche das vorliegende Werk des Herrn Verfassers noch nicht eingesehen haben, leicht unklar werden. Da nun der Zweck unserer Anzeige mehr dahin geht, auf diese neueren Forschungen des rühmlichst bekannten Herrn Verfassers unsere Leser aufmerksam zu machen, so möchte mit dem bisherigen, auszugsweise Gegebenen es sein Bewenden haben, alles Uebrige aber einem aufmerksamen Studium vorliegender Schrift, wozu wir nur eine äussere Anregung haben geben wollen, überlassen bleiben.

Witzschel.

Integration der Differentialgleichung
$$(a_2 + b_2 x) y'' + (a_1 + b_1 x) y' + (a_0 + b_0 y) = 0.$$
Von Simon Spitzer. Aus den Sitzungsberichten der kaiserlichen Akademie der Wissenschaften, Bd. XXV. S. 31, besonders abgedruckt. Wien, Gerold's Sohn in Commission.

Der Verfasser, rühmlichst bekannt durch mehrere Arbeiten über die Auflösung algebraischer Gleichungen und die Integration der Differentialgleichungen, giebt in der vorliegenden Schrift eine weitere Ausführung der Methode, welche er in Heft 5, Jahrg. II. der vorliegenden Zeitschrift bereits mitgetheilt hat. Ausserdem wird noch gezeigt, wie sich dasselbe Verfahren bei gehöriger Modifikation auf die Differenzengleichung

$$(a_2 + b_2 x) \frac{\Delta^2 y}{\Delta x^2} + (a_1 + b_1 x) \frac{\Delta y}{\Delta x} + (a_0 + b_0 x) y = 0$$

anwenden und auch auf lineare Differentialgleichungen höherer Ordnungen ausdehnen lässt; als Beispiel hierzu dient die Differentialgleichung

$$(a_3 + b_3 x) y''' + (a_2 + b_2 x) y'' + (a_1 + b_1 x) y' + (a_0 + b_0 x) y = 0.$$

Referent ist der Ueberzeugung, dass diese zwar kleine aber gehaltvolle Schrift aller Aufmerksamkeit werth ist, und wünscht andererseits, dass der Verfasser in seinem Vaterlande, unbeirrt von Chikanen, die verdiente Anerkennung finden möge. Schlömilch.

Essai sur le sinus intégral. *Par J. D. Fénolio. Turin imprimerie royale.*

Für die transcendente Funktion

$$Si(x) = \int_0^x \frac{\sin x}{x} dx,$$

welche zuerst von Prof. Bretschneider in Gotha betrachtet worden ist, kennt man bis jetzt zwei Berechnungsweisen; es ist nämlich für jedes x

$$Si(x) = \frac{1}{1} \frac{x}{1} - \frac{1}{3} \frac{x^3}{1.2.3} + \frac{1}{5} \frac{x^5}{1.2\ldots5} - \ldots$$

und diese Reihe kann recht gut zur Berechnung von $Si(x)$ gebraucht werden, wenn x nicht einen beträchtlichen Werth hat, dagegen würde für grosse x die Convergenz der Reihe zu spät eintreten, als dass die Rechnung noch bequem wäre, und daher bedient man sich in solchen Fällen der Formel

$$Si(x) = \frac{\pi}{2} - \cos x \left\{ \frac{1}{x} - \frac{1.2}{x^3} + \ldots + \frac{(-1)^{n-1} 1.2\ldots(2n-2)}{x^{2n-1}} \right\}$$
$$- \sin x \left\{ \frac{1}{x^2} - \frac{1.2.3}{x^4} + \ldots + \frac{(-1)^{n-1} 1.2\ldots(2n-1)}{x^{2n}} \right\}$$
$$+ \frac{1.2\ldots(2n-1) . \vartheta}{x^{2n}},$$

wobei ϑ einen positiven oder negativen ächten Bruch bezeichnet. Der Verfasser sucht nun weitere Formeln für $Si(x)$ zu entwickeln und gelangt dabei zu einigen bemerkenswerthen Resultaten. Auf Seite 16 findet er, dass die Gleichung

$$Si(x)=2\left\{\tfrac{1}{1}\sin\frac{x}{2^n}+\tfrac{1}{3}\sin\frac{3x}{2^n}+\ldots+\frac{1}{2^n-1}\sin\frac{(2^n-1)x}{2^n}\right\}$$

mit um so grösserer Genauigkeit stattfindet, je grösser n ist; auf S. 21 wird gezeigt, dass man nur die Funktionen $Si(\pi)$, $Si(2\pi)$, $Si(3\pi)$ etc. zu kennen braucht, um mit Leichtigkeit auch $si(x)$ zu erhalten, nämlich:

$$\frac{\pi}{2}Si(x)=\frac{x}{2}Si(\pi)+\frac{Si(2\pi)}{2}\sin x+\frac{Si(3\pi)-Si(\pi)}{4}\sin 2x$$
$$+\frac{Si(4\pi)-Si(2\pi)}{6}\sin 3x+\ldots\ldots$$

Einige allgemeine Eigenschaften des Integralsinus und eine Interpolationsformel, welche sich hierauf basirt, machen den Beschluss der kleinen Abhandlung. Allem Anschein nach ist dieselbe ein Erstlingswerk und wir wollen wünschen, dass ihr noch manche ähnliche Monographie folgen möge.

Schlömilch.

Bibliographie

vom 16. September bis 1. November 1857.

Periodische Schriften.

Denkschriften der kaiserl. Akademie der Wissenschaften zu Wien. Mathem.-naturwissensch. Classe. 13. Band. Wien, Gerold's Sohn in Comm. 11 Thlr.

Abhandlungen, mathematische, der Königl. Akademie der Wissensch. zu Berlin. Aus dem Jahre 1856. Berlin, Dümmler in Comm. 16 Ngr.

Abhandlungen, physikalische, derselben Akademie. Ebendaselbst. 7 Thlr.

Annalen der Königl. Sternwarte bei München. Herausgegeb. v. J. Lamont. 9. Bd. (der vollständigen Sammlung 24. Bd.) München, Franz in Comm. 1⅓ Thlr.

Sitzungsberichte der Kaiserl. Akademie der Wissensch. zu Wien. Mathemat.-naturwissensch. Classe. 24. Bd. 1. Heft. Wien, Gerold's Sohn in Comm. ⅓ Thlr.

Bibliotheca mathematica, physico-chemica etc. ed. E. A. Zuchold. 7. Jahrg., Januar bis Juni 1857. Göttingen, Vandenhoek & Rupprecht. 12 Ngr.

Reine Mathematik.

Witt, J. Aufgabe aus der wichtigen Lehre von den pythagorischen Zahlen. Fortsetzung. Itzehoe, Claussen. ⅙ Thlr.

Steinberger, A. Tafel der gemeinen Logarithmen aller Zahlen von 1—1000000 mit 7 Decimalstellen. 2. Aufl. Regensburg, Manz. ⅙ Thlr.

Herring, R. S. Sammlung von Aufgaben aus der höheren Arithmetik. 3. Heft. Leipzig u. Magdeburg, Gebr. Bänsch. ¼ Thlr.

Koppe, K. Arithmetik und Algebra. 5. Aufl. 1. Abth. Essen, Bädeker. pro compl. 27 Ngr.

Schoof, C. L. Arithmetik und Algebra. 2. Heft. Hannover, Hahn. ⅓ Thlr.

Močnik. Lehrbuch der Arithmetik für Untergymnasien. 1. Abth. 8. Aufl. Wien, Gerold's Sohn. 18 Ngr.

Zehfuss. Lehrbuch der Arithmetik. Oppenheim, Kern. 16 Ngr.

Heger, J. Auflösungsmethode für algebraische Gleichungen mit einer Unbekannten. Wien, Gerold's Sohn in Comm. 1⅙ Thlr.

Féaux, B. Buchstabenrechnung und Algebra nebst Uebungsaufgaben. Paderborn, Schöningh. 17½ Ngr.

Ders. Ebene Trigonometrie und elementare Stereometrie. Ebendas. 17½ Ngr.

Lübsen, H. B. Ausführliches Lehrbuch der Elementargeometrie. 3. Aufl. Hamburg, Meissner. 1 Thlr.

Gernerth, A. Grundlehren der ebenen Geometrie. Wien, Gerold's Sohn. 24 Ngr.

Fialkowski, R. Taschenmodelle zum Studium der darstellenden Geometrie, Perspective etc. Wien, Wendelin in Comm. 16 Ngr.

Lerch, E. Die Berechnung der Kreissegmente. Tübingen, Fues in Comm. ⅙ Thlr.

v. STAUDT. Beiträge zur Geometrie der Lage. 2. Heft. Nürnberg, Bauer & Raspe. 27 Ngr.

LAMÉ, G. *Leçons sur les fonctions inverses des transcendantes et les surfaces isothermes. Paris, Mallet-Bachelier.* 5 *frcs.*

Angewandte Mathematik.

Ingenieurs-Taschenbuch. Herausgeg. von dem Verein „die Hütte". 3. Theile. Berlin, Ernst & Korn. 1⅓ Thlr.

WETZEL, E. Allgemeine Himmelskunde. Berlin, Stubenrauch & Comp. 2⅓ Thlr.

d'ALEMBERT. Untersuchungen über die Präcession der Nachtgleichen und die Nutation der Erdachse. Uebersetzt von K. SEUFFERT. Nürnberg, Korn'sche Buchhandl. 1⅙ Thlr.

BRÜCKE, E. Ueber Gravitation und Erhaltung der Kraft. Wien, Gerold's Sohn in Comm. 4 Ngr.

KREIL, K. Entwurf eines meteorologischen Beobachtungssystems für die österreich. Monarchie. Wien, Gerold's Sohn in Comm. 7 Ngr.

Kepleri opera omnia ed. C. Frisch. Vol. I, pars 1. Frankfurt a/M., Heyder & Zimmer. 1 Thlr. 24 Ngr.

ZERNIKOW. Die Theorie der Dampfmaschinen. Braunschweig, Vieweg & Sohn. 1⅔ Thlr.

WEISS, A. Die Elemente der analytischen Dioptrik. Nürnberg, J. B. Schmid's Verlag. 1⅓ Thlr.

Physik.

KOPPE, K. Anfangsgründe der Physik. 6. Aufl. 1. Abth. Essen, Bädeker. pro compl. 1⅙ Thlr.

Die gesammten Naturwissenschaften; bearb. v. DIPPEL, GOTTLIEB, KOPPE etc. 9. Lief. Essen, Bädeker. ⅓ Thlr.

KÜLP, E. Lehrbuch der Experimentalphysik. 2. Bd.: Schall u. Licht. Darmstadt, Diehl. 2 Thlr.

SCHABUS, J. Anfangsgründe der Naturlehre. 5. Aufl. Wien, Gerold's Sohn. 1 Thlr.

Encyclopaedie der Physik, bearb. von BRIX, DECHER etc. Herausgeg. von KARSTEN. 3. Lief. Leipzig, Voss. 2⅔ Thlr.

BÖDEKER, C. Die gesetzmässigen Beziehungen zwischen Zusammensetzung, Dichtigkeit und specif. Wärme des Gases. Göttingen, Vandenhoek & Rupprecht. ⅓ Thlr.

Schröter, A. Ueber die Ursache des Tones bei der chem. Harmonika. Wien, Gerold's Sohn in Comm. 2 Ngr.

Hankel, W. G. Elektrische Untersuchungen. 2. Abhandl. Ueber die thermoelektrischen Eigenschaften des Boracits. Leipzig, Hirzel. 24 Ngr.

Dove, H. W. Klimatologische Beiträge. 1. Theil. Berlin, Reimer. 1⅔ Thlr.

Ders. Ueber das Gesetz der Stürme. Ebendas. ⅔ Thlr.

Encke, J. F. Ueber die magnetische Declination in Berlin. Berlin, Dümmler in Comm. ⅙ Thlr.

Hagen, G. Ueber Fluth und Ebbe in der Ostsee. Ebendas. 8 Ngr.

Neumann, A. C. Kurzer Abriss der Odlehre. Leipzig, Förstner-sche Buchhandl. ¼ Thlr.

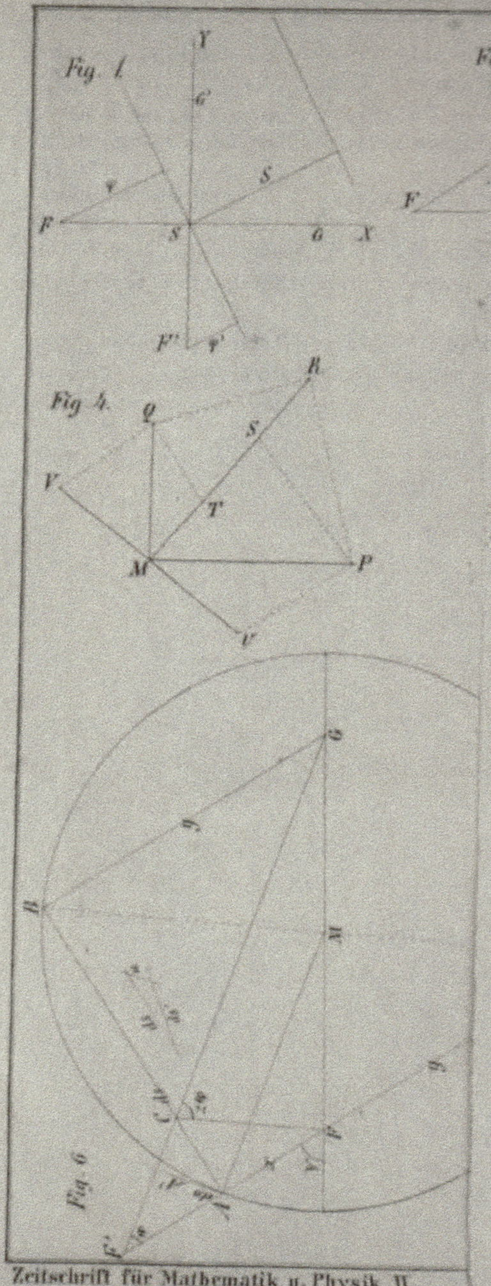
Fig. 1
Fig. 4
Fig. 6

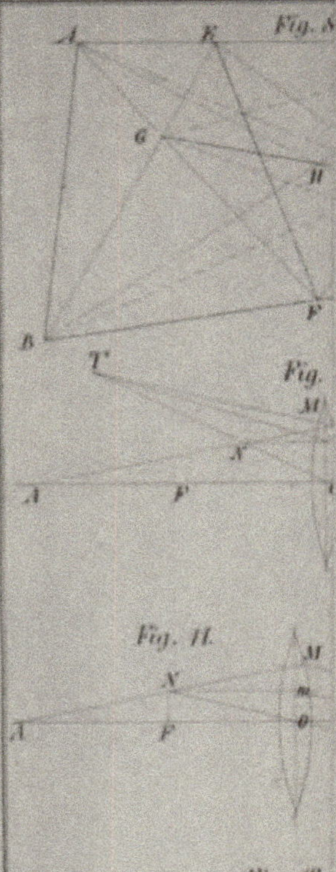
Fig. 8
Fig. 11.
Fig. 12.
Fig. 13.

Fig. 1.

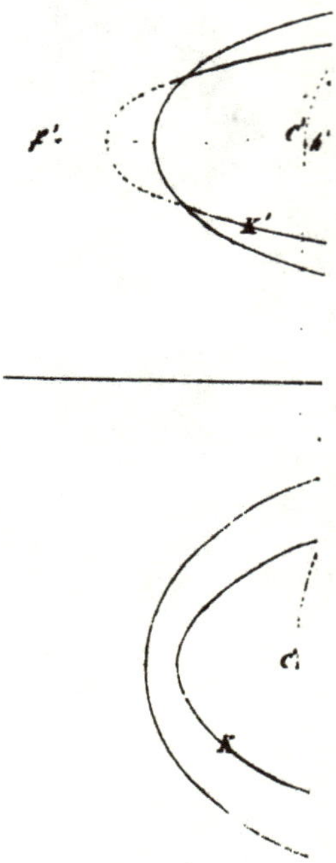

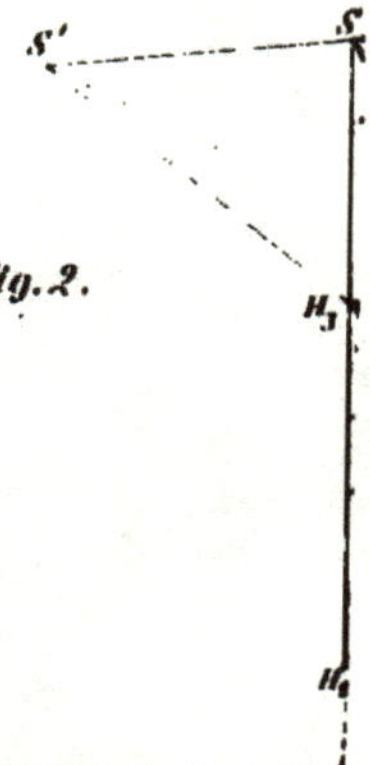

Fig. 2.

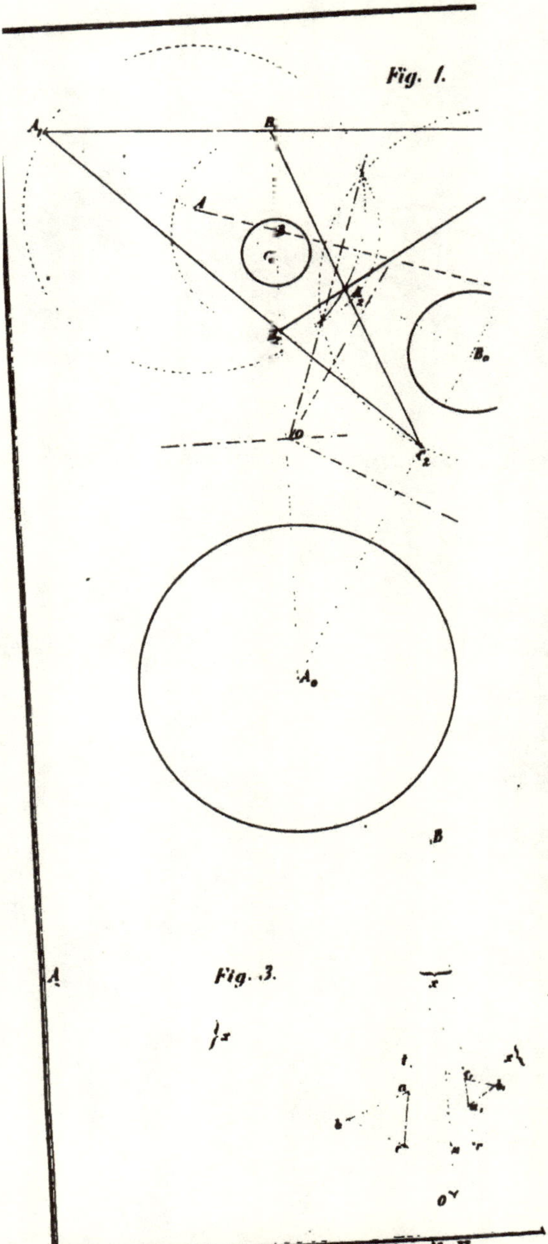
Fig. 1.
Fig. 3.